【1+2+3全集】

著 杨志军

藏獒

人民文学出版社

图书在版编目(CIP)数据

藏獒 1 + 2 + 3 全集/杨志军 著. – 北京:人民文学出版社, 2008.4

(当代书丛)

ISBN 978 – 7 – 02 – 005863 – 1

Ⅰ. 藏… Ⅱ. 杨… Ⅲ. 长篇小说 – 中国 – 当代

Ⅳ. 1247.5

中国版本图书馆 CIP 数据核字(2008)第 128846 号

藏獒 1 + 2 + 3 全集

杨志军　著

人民文学出版社出版

http://www.rw – cn.com

北京市朝内大街 166 号　邮编:100705

北京松源印刷有限公司印刷　新华书店经销

字数 570 千字　开本 880 × 1230 毫米　1/32　印张 15.5

2008 年 4 月北京第 1 版　　2008 年 4 月第 1 次印刷

印数　1 – 200000

ISBN 978 – 7 – 02 – 005863 – 1

定价 38.00 元

目 录

——藏獒 1＋2＋3 全集

藏獒 1

藏獒 2

藏獒 3

藏獒 1+2+3全集 ————

藏獒 1

第一章

　　发生在青果阿妈草原的那场藏獒之战，在当地的史志上，只是寥寥几笔：民国二十七年，马步芳所属西宁罗家湾机场汉兵营移驻青果阿妈西部草原——西结古草原，号称狗肉王的营长派兵大肆捕狗杀狗，引起当地头人和牧民的不满，随即爆发了战事。在牧马鹤部落的军事首领强盗嘉玛措的率领下，数百藏獒个个奋勇争先，迫使汉兵营弃营而走，逃离了西结古草原。

　　但是在草原人的口头上，民国二十七年的藏獒之战，既是英雄的礼赞，也是生命的悲歌，死亡的沉痛就像雪山对草原的浇灌，那么冰凉地渗透在了人和藏獒的记忆里。因为汉兵营的逃离并不意味着藏獒之战的结束，甚至可以说战事才刚刚开始。决不容忍草原民族有任何反抗举动的马步芳派出一个骑兵团前来镇压所谓的叛乱。西结古草原一片兵荒马乱。

　　前来血洗西结古草原的不光是马步芳的骑兵团，还有历史的冤家上阿妈草原的骑手。上阿妈草原的头人们，服从头人的骑手们，在马步芳骑兵团的挑动利诱下，冲过了自祖先开始就有争议的草原边界，把古老的草场纠纷和部落矛盾迅速演变成了一场现实的战争。那么多人头掉了，那么多藏獒扒皮了，西结古草原的春天淋着血雨长出了一片片黑红色的牧草，那是无法再绿的牧草，那是春夏秋冬风霜雨雪洗不净的牧草，那是一种连根连遗传的基都浸透了鲜血和仇恨的牧草。穿过狼道峡，就看见青果阿妈西部草原了。护送父亲的两个军人勒马停了下来。一个军人说："我们只能送你到这里，记者同志，青果阿妈西部草原的牧民和头人对我们很友好，你不会有什么危险。你朝着太阳落山的方向走，不到三个时辰就会看到一座寺院和一些石头房子，那儿就是西结古，你要去的地方。"父亲目送着两个军人走进了狼道峡，疲倦地从马背上溜下来，牵着枣红马走了几步，就仰躺在了草地上。

　　昨天晚上在多猕草原跟着牧人学藏话，很晚才睡，今天早晨又是天不亮就出发，父亲想睡一会儿再赶路。他闭上了眼睛，突然觉得有点饿，便从缠在身上的干粮袋里抓出一把花生，一粒一粒往嘴里送。花生是带壳的，那些黄色的壳就散落在他的身体两侧。他吃了一把，还想吃一把，第二把没吃完，就睡着了。等他醒来的时候，突然意识到自己已经十分危险，眼睛的余光里有些黑影包围着他，不是马的黑影，而是比马更矮的黑影。狼？他忽地坐了起来。

　　不是狼，是狮子，也不是狮子，是狗。一只鬣毛飒爽的大黄狗虎视眈眈地蹲踞在他身边。狗的主人是一群孩子，孩子们好奇的眼睛忽闪忽闪的。父亲第一次这么近地接触这么大的一只藏獒，紧张地往后缩了缩，问道："你们是哪里的？想干什么？"

　　孩子们互相看了看。一个大脑门的孩子用生硬的汉话说："上阿妈的。""上阿妈的？你们要是西结古的就好了。"父亲看到所有的孩子手里都拿着花生壳，有两个正放在嘴边一点一点咬着。再看看身边，草地上的花生壳都被他们捡起来了。父亲说："扔掉吧，那东西不能吃。"说着从干粮袋里抓出一把花生递了过去。

　　孩子们抢着伸出了手。父亲把干粮袋里的所有花生均匀地分给所有的孩子，最后剩下了两颗。他把一颗丢给了大黄狗，讨好地说："千万别咬我。"然后示范性地剥开一个花生壳，吃掉了花生米。孩子们学着他的样子吃起来。大黄狗怀疑地闻着花生，一副想吃又不敢吃的样子。大脑门的孩子飞快地捡起狗嘴前的花生，就要往自己嘴里塞。另一个脸上有刀疤的孩子一把抢过去说："这是冈日森格的。"然后剥了壳，把花生米用手掌托到了大黄狗面前。大黄狗感激地望着刀疤，一伸舌头舔了进去。

父亲问道："知道这是什么？"大脑门的孩子说："天堂果。"又用藏话说了一遍。几个孩子都赞同地点了点头。父亲说："天堂果？也可以这么说，它的另一个名字叫花生。"大脑门的孩子说："花生？"

父亲站起来，看看天色，骑在了马上。他朝孩子们和那只令人敬畏的大黄狗摆摆手，策马往前走去，走出去很远，突然听到后面有声音，回头一看，所有的孩子和那只雄狮一样的大黄狗都跟在身后。

父亲停下了，用眼睛问道："你们跟着我干什么？"孩子们也停下了，用眼睛问道："你怎么不走了？"父亲继续往前走，孩子们继续往前跟。鹰在头顶好奇地盘旋，它看到草原夏天绿油油的地平线卜，一个汉人骑在马上，一群七个衣袍褴褛的藏族孩子和一只威风凛凛的黄色藏狗跟在后面。孩子们用赤脚踢踏着松软的草地，走得十分来劲。

父亲始终认为，就是那些花生使他跟这七个孩子和那只大黄狗有了联系。花生是离开西宁时老金给他的。老金是报社记者部的主任，他女儿从河南老家带来了一大包花生，他就恨不得全部让父亲拿走。老金说："这是专门带给你的，咱们是老乡，你就不要客气。"父亲当然不会全部拿走，只在干粮袋里装了一些，一路走一路吃，等到青果阿妈草原时，就只剩下最后一点了。草原亡的七个孩子和一只名叫冈日森格的藏狗吃到了父亲的最后一点花生，然后就跟在父亲后面，一直跟到了西结古。西结古是青果阿妈西部草原的中心的标志就是有一座寺院，有一些石头的碉房。在不是中心的地方，草原只有四处漂移的帐房。寺院和碉房之间，到处都是高塔一样的嘛呢堆，经杆林立，经石累累，七色的印有经文的风马旗和彩绘着佛像的幡布猎猎飘舞。

父亲到达西结古的时候已是傍晚，夕阳拉长了地上的阴影，依着山势错落高低的西结古寺和一片片碉房看上去是倾斜的。山脚的平地上，在森林和草原手拉手的地方，稀稀疏疏扎着一些黑色的牛毛帐房和白色的布帐房。六字真言的彩色旗帜花边一样装饰在帐房的四周。炊烟从房顶升上去，风一吹就和云彩缠绕在了一起。云很低很低，几乎蹭着林木森然的山坡。

仿佛是云彩发出的声音，狗叫着，越来越多的狗叫着。草浪起伏的山脚下，一片刷刷刷的声音。冲破云层的狗影朝着父亲狂奔而来。父亲哎呀一声，手忙脚乱地勒马停下。他从来没见过这么多的狗，而且不少是身体壮硕的大狗，那些大狗几乎不是狗，是虎豹狮熊一类的野兽。

父亲后来才知道他见到的是藏獒，一大群几百只各式各样的藏狗中，至少有三分之一是猛起起的藏獒。那时候草原上的藏獒绝对是正宗的，有两个原因使这种以凶猛和智慧著称的古老的喜马拉雅獒犬保持了种的纯粹：一是藏獒的发情期固定在秋天,而一般的藏狗都会把交配时间安排在冬天和夏天;在藏獒的发情期内,那些不是藏獒的母狗通常都是见獒就躲的,因为它们经不起藏獒的重压,就好比母羊经不起公牛的重压一样。二是藏獒孤独傲慢的天性使它们几乎断绝了和别的狗种保持更亲密关系的可能,藏獒和一般的藏狗是同志,是邻居,却不可以是爱人;孤傲的公獒希望交配的一般都是更加孤傲的母獒,一旦第一次交配成功就很少更换伴侣,除非伴侣死掉。在极少数的情况下,死掉伴侣的公獒会因情欲的驱使在藏獒之外寻求泄欲的对象,但是如前所说,那些承受不起重压的母狗会远远躲开,一旦躲不开,也是一压就趴下,根本就无法实现那种天然铆合的生殖碰撞。还有一些更加优秀的藏獒,即使伴侣死掉,即使年年延宕了烈火般燃烧洪水般汹涌的情欲,也不会降低追求的标准。它们是狗群中尊严的象征,是高贵典雅的獒之王者,至少风范如此。

父亲惊恐地掉转马头,打马就跑。一个光着脊梁赤着脚的孩子不知从什么地方冒了出来,一把拽住了父亲的枣红马。枣红马惊得朝后一仰,差点把父亲摞下来。孩子悬起身子稳住了马,长长地吆喝了一声,便把所有狂奔 过来的藏狗堵挡在了五步之外。

狗群骚动着,却没有扑向父亲。父亲从马背上滚了下来。光脊梁的孩子牵着父亲的马朝前走去。狗群不远不近地跟在后面,敌意的眼光始终盯着父亲。父亲能用脊背感觉到这种眼光的威胁,禁不住一次次地寒颤着。

光脊梁的孩子带着父亲来到一座白墙上糊满了黑牛粪的碉房前。碉房是两层的,下面是敞开的马圈,上面是人居。光脊梁翻着眼皮朝上指了指。

父亲感谢地拍拍光脊梁的肩膀。光脊梁噌地跳开了,恐惧地望着父亲,恰如父亲恐惧地望着狗群。父亲问道:“你怎么了?”光脊梁说:“仇神,仇神,我的肩膀上有仇神。”没有听懂的父亲不解地摇摇头,从马背上取下行李,又给马卸了鞍子摘了辔头,让它去山坡上吃草,自己提着行李踏上石阶走到了碉房门口。他在门前站了一会儿,正要敲门,就听光脊梁的孩子一声尖叫,惊得他倏地回过头去。父亲看到光脊梁的脸一下子变形了:夕阳照耀下的轮廓里,每一道阴影都是仇恨,尤其是眼睛,父亲从来没见过孩子的 眼睛会凸瞪出如此猛烈的怒火。

不远处的草坡上,一溜儿站着跟随父亲来到西结古的七个孩子和那只雄狮一样的名叫冈日森格的大黄狗。父亲很快就会知道,“冈日森格”就是雪山狮子的意思,它也是一只藏獒,是一只年轻力壮的狮头公獒。

父亲用半通不通的藏话对光脊梁的孩子说:“你怎么了? 他们是上阿妈的孩子。”光脊梁的孩子瞪了他一眼,用藏话疯了一样喊起来:“上阿妈的仇家,上阿妈的仇家,獒多吉,獒多吉。”

藏狗们立刻咆哮起来,争先恐后地飞扑过去。七个上阿妈的孩子落荒而逃,边逃边喊:“玛哈噶喇奔森保,玛哈噶喇奔森保。”

冈日森格掩护似的迎头而上,转眼就和一群西结古的狗撕咬成了一团。父亲惊呆了。他第一次看到狗类世界里有如此激烈的冲撞,第一次发现狗类和人类一样首先要排挤的是自己的同类而不是异类。所有的藏狗都放弃了对七个上阿妈的孩子的追咬,而把攻击的矛头对准了拦截它们的冈日森格。

　　冈日森格知道局面对自己十分不利,只能采取速战速决的办法。它迅速选准目标,迅速跳起来用整个身子夯过去,来不及狠咬一口就又去扑咬下一个目标。这种快节奏重体力的扑咬就像山崩,它扑向谁,谁就立刻会滚翻在地。但西结古的藏狗似乎很愿意自己被对方扑倒,每当冈日森格扑倒一只,别的藏狗就会乘机在它的屁股和腰肋上留下自己的牙印,牙印是冒着血的,迅速把冈日森格的屁股和腰肋染红了。

　　更加严峻的现实是,冈日森格扑翻的所有藏狗没有一只是身体壮硕的大狗,那些大狗,那些虎豹狮熊一类的野兽,站在狗群的外围,连狂吠一声的表示都没有。它们在观战,它们似乎不屑于这种一哄而上的群殴战法而保持着将军般的冷静,或者它们意识到根本不需要自己出手,来犯者会死无葬身之地,所以就傲慢地沉默着。而对冈日森格来说,让一群比自己矮小的藏狗和自己打斗,几乎就是耻辱。更加耻辱的是它打败了对方,而流血的却是自己。这些藏狗不是靠勇武而是靠投机靠群集的力量正在使它一点点地耗尽力气和流尽鲜血。

　　冈日森格改变战法了。当又一只藏狗被它扑翻而它的屁股又一次被偷袭者戳了两个血窟窿似的牙印之后,涌动在血管里的耻辱让它做出了一个几乎丧失理智的决定:它绕开了所有纠缠不休的藏狗,朝着那些身体壮硕的大狗冲了过去。它知道它们跟自己属于同一个狗种,那就是令狗类也令人类骄傲的喜马拉雅獒种;知道喜马拉雅獒种的这些骄子才是西结古狗群的领袖,能跟自己决一死战的应该是它们而决不是吠绕着自己的这些小喽啰。它相信自己能够杀死它们,也相信自己很有可能被它们杀死,但不管是杀死它们还是被它们杀死,它所渴望的只应该是一种身份相当、势力相当、荣辱相当的藏獒之战。

　　西结古的藏獒没想到冈日森格会直冲过来,而且一来就撞倒了一只和来犯者一样威风凛凛的狮头金獒。藏獒们吃惊之余,哗地散开了,这是扑过去迎战来犯者的前奏。但是它们都没有扑过去,它们看到狮头金獒已经翻身起来扑了过去,就仍然傲慢地保持着将军般的冷静。冈日森格和狮头金獒扭打在一起了,你咬着我的皮,我咬着你的肉,以两颗硕大的獒头为中心,沿着半径,转过来转过去。但显然这不是一场势均力敌的战斗,很快就有了分晓,狮头金獒被压倒在地了,半个脖子嵌进了冈日森格张开的大嘴。血从冈日森格的牙缝里流了出来,那是狮头金獒未能尊重一只比它更强大的同类而付出的代价。这代价并不惨重,因为冈日森格并没有贪婪地咬住它不放直到把它咬死。当它很快扭动着滴血的脖子十分愤怒地站起来,想要龇牙回击冈日森格时,发现对方已经丢开自己冲向了另一只离它最近的藏獒。

　　这是一只竖着眼睛挺着鼻子的凶狠的灰色老公獒。它之所以站在离冈日森格最近的地方,是因为早就预见了狮头金獒的失败,也早就做好了鏖战冈日森格的准备。在冈日森格压倒狮头金獒的时候,它就做出了一副随时扑咬的样子挑逗着对方,但等到冈日森格真的朝它扑来时,它又巧妙地闪开了。这种还没有较量就开始躲闪的举动在喜欢硬碰硬的藏獒中并不常见,只有那种和狼和豹子经过无数次打斗的藏獒才会从对手那里学来这样一种战术。躲闪是为了激怒对方,以便在对方怒不可遏失去章法的情况下寻找进攻的机会,所以老公獒一而再再而三地躲闪着,让愤怒的冈日森格更加愤怒了——当冈日森格那越来越狂猛的扑咬接二连三失败之后,它不禁发出了一声藏獒在打斗时本不应该发出的尖叫。这说明灰色老公獒的目的正在达到,只要这样的扑咬再持续几次,就会大大挫伤冈日森格的锐气,而挫伤锐气对一只年轻气盛的公獒来说,几乎等于丧失了一半攻击的速度和力量。

然而老谋深算的灰色老公獒仍然低估了冈日森格的能力,冈日森格虽然由于求胜心切有一些暴躁失态,可它很快知道了老公獒的目的,也观察到了对方躲闪的线路。它依照最优秀的遗传本能立刻就明白对老公獒的扑咬是需要提前量的。它用自己算计好的提前量扑咬了一次,尽管没有成功,但立刻又明白,不仅要有提前量,而且要声东击西,让对方在自己的计谋面前逃无可逃。接下来的一次扑咬它大获成功,也让老公獒的自尊心大受伤害。灰色老公獒在闪开对方攻击的一瞬间噗嗤一声趴在了地上,实实在在感到一种沉重的压迫已经出现在脊背之上,与此同时后颈上有了一阵灼烫的疼痛,冈日森格的利牙霎然撕开了它的皮毛。它回头就咬,碰到的却是冈日森格在呼噜噜的喉咙深处向它发出的低声警告。它一听这警告就低下头哑哑地叫起来,那是哭声,那是相当于人类凄然而恸的哭声。哭声不是由于害怕,而是由于悲哀,它知道自己已经老得不行了,老得都不能维护西结古草原藏獒的尊严了。它现在唯一要做的并不是挣扎着起来和对方扭成一团继续撕咬直到自己被咬成重伤或者被咬死,而是把本该自己消灭的敌人拱手让给别的藏獒,然后痛苦地看着别的藏獒在打败这个来犯者之后是如何的趾高气扬。

凄然而恸的哭声让冈日森格迅速离开了老公獒抽搐不止的灰色脊背。它转身撞翻了两只从后面蹿过来试图咬它屁股的小喽啰藏狗,然后面对一群一只比一只壮硕的喜马拉雅獒种,用鼻子噗噗噗地喷洒着满胸涌荡的豪气,一副威武不屈、剽悍不羁的样子。

到了这种时候,按照獒类世界古老习俗的约定,该是由獒王出面迎战来犯者的时候了。在青藏高地,草原深处,尤其是在青果阿妈草原,守护领地的藏獒群里,大都会有一个处于领袖地位的獒王存在。它一定是雄性,一定是十分强大十分凶悍的,一定在保护领地中建立过人和狗都能认同的巨大功勋——咬死过许多荒原狼和雪狼,咬死过许多金钱豹和雪豹,甚至咬伤或者咬死过藏马熊和野牦牛。此外它们很可能就像咬死狐狸那样咬死过人,咬死过那些敢于闯入领地挑衅主人的仇家。和别的动物不一样,獒王的诞生并不一定是藏獒与藏獒之间激烈打斗一决雌雄的结果,因为在天长日久的耳鬓厮磨中,在共同的责任共同的敌人面前,谁是最勇武的,谁是最智慧的,谁是智勇双全的,藏獒们心里都有数,加上人类的认可,大家也就随之认可主动称臣了。只有一种情况会使獒王的产生演变成藏獒与藏獒之间你死我活的战斗,那就是人类的认可和藏獒们的认可出现误差。被人类认可或者指定的獒王一定要证明人类的选择是正确的,而被藏獒们认可的獒王也一定要证明藏獒的选择是正确的,于是打斗就会频繁出现,直到有一天其中的一只被彻底征服。也有至死不服的,倔强的一只被更倔强的一只活活咬死。通常被征服或者被咬死的往往是人类认可的獒王,因为在确定獒王的功勋和识别獒王的能力方面,藏獒比人更接近真实更具有公正的评判。

现在,西结古草原藏獒群落中的獒王就要出现了,一旦出现,那差不多就是一场老虎斗老虎、狮子咬狮子的重量级角斗。所有的藏獒，所有的藏狗，包括那些兴奋到不知死活的小狗，一下子都安静了。等待着，连炊烟和云彩，连傍晚和夕阳，都静止不动地等待着。倾斜的西结古寺和一片片碉房更加倾斜了，鸟瞰的阴影拉得更长更远。

冈日森格扬头扫视着獒群，几乎把所有藏獒都看了一遍，然后死死盯住了一只带着微笑望着它的虎头雪獒。虎头雪獒就是西结古草原的獒王，尽管它现在所处的位置不在獒群的中央，尽管它依然蹲踞着就好像面前的打斗跟它毫无关系，但冈日森格一眼就看出它是獒王。它身形伟岸，姿态优雅，一脸的王者之气，顾盼之间八面威风冉冉而来。它一只眼睛含着王者必有的自信和豪迈，一只眼睛含着斗士必有的威严和杀气，但行动却是傲慢和迟缓的，充满了对来犯者发自内心的蔑视。冈日森格不禁暗暗称赞：好一个獒王，尊严的头颅居然是纹丝不动的，仿佛每一根迎风抖动的雪白的獒毛都在证明它存在的伟大意义。更重要的是，它虽然闭着嘴但尖长的虎牙却不可遏止地伸出了肥厚的嘴唇，虎牙是六刃的，也就是说它有六根虎牙，嘴的两边各有三根，而一般的藏獒一共只有四根，并且还没有它这般尖长。六刃的尖长虎牙明白如话地告诉对方它是不可战胜的，而大嘴阔鼻所形成的古老的喜马拉雅獒种的经典之相貌，会让任何人任何动物望一眼而顿生敬畏，那是凛然不可侵犯的生命的神圣威仪。

虎头雪獒站了起来。西结古草原的獒王终于站了起来。冈日森格盯着它的眼睛眨巴了一下，金灿灿的鬣毛奋然一抖。一场猛獒对猛獒的打斗就要开始了。不，不是打斗，是惩罚。在藏獒们和藏狗们看来，这是一次毫无悬念的惩罚性撕咬，为了忠于职守和捍卫荣誉，西结古草原的獒王必须严厉惩罚一个汹汹然不自量力的来犯者。如果来犯者敢于反抗獒王的惩罚，那就是说它不打算活下去了。

獒王虎头雪獒走出獒群，来到冈日森格面前，嗓眼里呼呼地响着，似乎在告诉对方：你现在还来得及捡回一条命，赶快逃跑吧，西结古草原不欢迎你。冈日森格听懂了它的话，却没有做出任何听话的表示，而是挑衅地斜绷起前腿把身子朝后倾了倾。獒王虎头雪獒眯缝起眼睛扮出一副笑模样，大度地摇了摇尾巴：走吧年轻人，你长得如此英俊健美，我实在不忍心杀死你。冈日森格不理对方的茬，耸起一棱一棱的脊毛，就要扑过去了。

但是且慢，有个声音正在响起来，那是人的声音，是那个光着脊梁赤着脚的孩子的声音。孩子等不及了，他希望西结古的狗群尽快咬死冈日森格，然后跟着他去追逐七个上阿妈的仇家，所以就喊起来："那日，那日。"他知道虎头雪獒是西结古草原獒群里的獒王，却不知道越是獒王就越不会心浮气躁地出手，它要端端架子，吊吊胃口，然后一扑成功，一口致命。他既失望又吃惊地以为西结古草原的獒王不敢对这个年轻力壮、威仪堂堂的来犯者动手，就耐不住性子地喊起来："那日，那日。"

被称作那日的藏獒从獒群里跳出来了，它是一只黑色的狮头母獒。它很小很小的时候和同胞姐姐一起被光脊梁的孩子喂养过，只要喂养过的人就都应该是主人，所以听他一叫，它就跳出来了。跳出来后才知道光脊梁的孩子要它干什么。它迟疑了一下，便按照光脊梁的手势越过了獒王跟对手的对阵线，无所畏惧地扑向了冈日森格。

年轻的冈日森格没想到,它心惊胆战地渴望着的这场勇者之战,这场挑战西结古獒王的狂妄之战,在没有实现之前就早早地结束了。它愣愣地站着,直到被牛犊般大小的大黑獒那日三撞两撞撞翻在地,也没有明白为什么扑向自己的不是它死死盯住的獒王而是一只自己从不招惹的母獒。它从地上跳起来,像刚刚被它打败的那只灰色老公獒一样躲闪着对方的撕咬。

光脊梁的孩子又喊起来:"果日,果日。"

果日出现了。它是大黑獒那日的同胞姐姐,也是一只牛犊般大小的黑色狮头母獒。冈日森格根本就没看见它是从哪里跳出来的,甚至都没有看清它的面影,就被它撞了个正着。趁着这个机会,大黑獒那日再次呼啸着扑了过来。

冈日森格被扑翻在地上。这次它没有立刻站起来。它身上压着两只牛犊般大小的母性的大黑獒,使它很难翻过身来用粗壮的四肢支撑住大地。它本来可以用利牙的迅速切割摆脱两只大黑獒的压迫和撕咬,但是它没有这样。人类社会中"男不跟女斗"的解嘲在喜马拉雅獒种世界里变成了一种恒定的规则,公獒是从来不跟母獒叫板的,况且是如此美丽的两只母獒,如果遇到母獒的攻击,忍让和退却是公獒唯一的选择。冈日森格坚决信守着祖先遗传的规则,却使自己陷入了生命危机的泥淖。它有些迷惑:怎么西结古草原的藏獒是这样的,好像它们来自另一个世界,獒类社会那些天定的法律并没有渗透到它们的血液里。它不知道这是人类起了坏作用——人类一掺和,动物界的许多好规矩就会变成坏习惯。更不知道,它所服从与钟爱的人类(此刻人类的代表就是那个光脊梁的孩子)正在把更加危险的局面导人它的命运之中。

光脊梁的孩子挥着胳膊喊起来:"獒多吉,獒多吉。"

他是要所有的狗都朝冈日森格扑去。藏獒们不安地跳动着,拥挤到了一起。只有作为獒王的虎头雪獒无动于衷地卧下了,并且冲着两只疯狂撕咬的母性大黑獒不满地叫唤着。藏獒们看到它们的王这样,便渐渐安定下来。它们是整个西结古草原的领地狗,它们可以不听任何来自个人的命令。而那些作为小喽啰的藏狗却没有这么好的理性,它们被"獒多吉獒多吉"的喊声煽动得群情激愤,环绕着倒在地上的冈日森格一圈一圈地跑。突然它们冲了过去,当两只母性的大黑獒在獒王虎头雪獒的叫声中离开冈日森格时,几乎所有的藏狗都扑向了一个点。藏狗们在这个点上一层一层地摞起来,都想用利牙痛痛快快地咬一口最下面的这只外来的藏獒冈日森格。

冈日森格已经站不起来了,在两只母性大黑獒致命的撕咬之后,藏狗们的撕咬就变成了死神来临的信号。这个信号无休无止地重复着,使它身上的伤口差不多变成了一张鱼网,那是名副其实的千疮百孔。

渐渐安静了,连嘈杂不休的藏狗也不再激动地叫唤了。安静对藏在草冈后面远远地窥伺着这边的七个上阿妈的孩子无疑是一个不祥的征兆。他们悄悄摸了回来,探头探脑地想营救他们的冈日森格。光脊梁的孩子几乎是用后背感觉到了仇家的到来,倏地转过身去,鹰鹫般的眼光朝前一横,便大喊起来:"上阿妈的仇家,上阿妈的仇家。"狗群骚动起来,包括藏獒在内的所有西结古的领地狗都朝着七个上阿妈的孩子奔扑过去。

七个上阿妈的孩子转身就跑,齐声喊着:"玛哈噶喇奔森保,玛哈噶喇奔森保。"父亲提着行李站在碉房门前观望着,奇怪地发现,七个孩子的喊声一响起来,狗群追撵的速度马上就减慢了,甚至有些大狗(它们是包括獒王虎头雪獒在内的一些藏獒)干脆放弃了追撵,摇头摆尾地在原地打转。

光脊梁的孩子同样感到奇怪,朝前跑了几步,喊道:"獒多吉,獒多吉。"父亲已经知道这是撺掇狗群追撵的声音,生怕七个上阿妈的孩子跑不及被狗群追上,朝光脊梁大喊一声:"你要干什么? 他们是跟我来的。"

话音刚落,父亲身后的碉房门突然打开了,一只手伸出来一把将他拽了进去。

第二章

碉房里男男女女坐了十几个人,有的是军人,有的不是。不管是军人还是地方上的人,都是西结古工作委员会的成员。成员们正在开会。拽他进来的军人严厉地问道:"你是什么人? 胡喊什么?"父亲赶紧掏出介绍信递了过去。那人看都不看,就交给了一个戴眼镜的人。眼镜仔细看了两遍说:"白主任,他是记者。"白主任也就是拽他进来的军人说:"记者? 记者也得听我们的。那几个孩子是你带来的?"父亲点点头。白主任又说:"你不知道我们的纪律吗?"父亲问道:"什么纪律?"白主任说:"坐下,你也参加我们的会。"

父亲坐在了自己的行李上。白主任告诉他,青果阿妈草原一共有大小部落三十二个,分布在西结古草原、东结古草原、上阿妈草原、下阿妈草原和多猕草原五个地方。西结古草原的部落和上阿妈草原的部落世代为仇,见面就是你死我活。而父亲,居然把上阿妈草原的孩子带到了西结古草原,又居然试图阻止西结古人对上阿妈人的追打。

父亲说:"他们只有七个人,很危险。"

白主任说:"这里的人也只是撵他们走,真要是打起来,草原上的规矩是一对一,七个人只要个个厉害,也不会吃亏的。"

父亲说:"那么狗呢? 狗是不懂一对一的。那么多狗一拥而上,我怎么能看着不管?"

白主任不理狗的事儿,教训父亲道:"你要明白,不介入部落之间的恩怨纠纷,这是一条严格的纪律。你还要明白,我们在西结古草原之所以受到了头人和牧民群众的欢迎,根本的原因就是对上阿妈草原采取了孤立的政策。上阿妈草原的几个部落头人过去都是投靠国民党的,马步芳在上阿妈草原驻扎过骑兵团,团长的小妾就是头人的妹子。"

父亲寻思:既然不介入矛盾,为什么又要孤立对方? 但他没来得及把自己的疑问说出来,思路就被一股奶茶的香味打断了。奶茶是炖在房子中间的泥炉上的,一个姑娘倒了一碗递给父亲。姑娘蓝衣蓝裤,一副学生模样,长得很好看,说话也好听:"喝吧,路上辛苦了。"父亲一口喝干了一碗奶茶,站起来不放心地从窗户里朝外看去。

前面的草坡上，已经没有了孩子们的身影，逃走的人和追打的人都已经跑远了。刚刚结束了撕咬的一大群几百只各式各样的领地狗正在迅速离开那里。它们的身后，是一堆随风抖动的金黄色绒毛，在晚霞照耀的绿色中格外醒目。父亲说："它肯定被咬死了，我去看看。"说着，抬脚就走。

父亲来到草坡上，看到四处都是血迹，尤其是冈日森格的身边，浓血漫漶着，把一片片青草压塌了。他回忆着刚才狗打架的场面，狮子一样雄壮的冈日森格被一大群西结古的藏狗活活咬死的场面，身子禁不住抖了一下。他蹲下来，摸了摸已不再蓬松的金黄的獒毛，手上顿时沾满了血。他挑了一片无血的獒毛擦干自己的手，正要离开，就见冈日森格的一条前腿痉挛似的动了一下，又动了一下。父亲愣了：它还没有死？天麻麻的，就要黑了。散了会的眼镜来到草坡上对父亲说："白主任认为你刚来，不懂规矩，应该跟他住在一起。"原来西结古工作委员会的人都散住在牧民的帐房里，只有白主任和作为文书的眼镜住进了那座白墙上糊满黑牛粪的碉房。碉房是野驴河部落的头人索朗旺堆献出来的，除了住人，还能开会，等于是工作委员会的会部。父亲说："好啊，可是这狗怎么办？"眼镜说："你想怎么办？"父亲说："这是一条命，我要救活它。"眼镜说："恐怕不能吧，这是上阿妈的狗，你要犯错误的。"

父亲回到了碉房里。眼镜从墙角搬过来一个木头匣子放到地毯中央。匣子里是青棵炒面，用奶茶一拌，再加一点酥油，就成糌粑了。这就是晚饭。吃饭的过程中，白主任抓紧时间给他讲了不少草原的规矩，什么在牧民的帐房里不能背着佛坛就坐因为人的后脑勺上冒着人体的臭气啦，不能朝着佛坛伸脚打喷嚏说脏话因为佛是喜欢体面和干净的啦，不能从嘛呢石经堆的左边走过因为那是地神和青棵神的通道啦，不能打鱼吃鱼因为水葬的时候鱼是人的灵魂的使者其地位仅次于天葬的秃鹫啦，不能吃油炒的食物因为那是对神赐食物的亵渎啦，不能吃当天宰杀的肉因为牲畜的灵魂还没有升天啦，不能打鸟打蛇打神畜因为那是你前世的亲人啦，不能拍男人的肩膀因为肩膀上寄居着战神或者仇神啦，不能在帐房上晒衣服因为吉祥的空行母就在上面飘荡啦，不能走进门口有冒烟的湿牛粪的人家因为那是家中有病人的信号 啦，不能从火塘上跨过去因为那是得罪灶神的举动啦，不能在畜圈里大小便因为背着疫病口袋的魔鬼正是借助肮脏的东西发散毒气的啦，不能帮助牧人打酥油因为酥油神是不喜欢陌生人啦，不能打牧人的狗也不能打流浪的狗因为狗是人的影子啦，甚至连在帐房里不能放屁因为宝帐护法一闻到不洁净的气味就会离家出走这样的事情也讲了，最后说："你一定要吸取教训，不能和上阿妈草原的人有任何牵连。父亲又是点头，又是称是，心里却惦记着冈日森格。

就要打开行李睡觉的时候，父亲借口找马又来到草坡上，再次摸了摸血迹浸染的冈日森格。冈日森格好像知道有人在摸他，动了一下，又动了一下，这次是耳朵，耳朵一直在动，像是求生的信号。

父亲跪在地上想抱起它，使了半天劲才发现自己根本就抱不动，起身跑回碉房，对眼镜说："你帮我把那只狗抬过来，它死了，它有很大很厚的一张狗皮。"眼镜严肃地望着白主任。白主任沉吟着说："它是上阿妈的狗，扒了它的狗皮，我看是可以的。"

父亲在碉房前的草洼里找到还在吃草的枣红马，套上辔头，拉它来到草坡上，和眼镜一起把冈日森格抱上了马背。眼镜小声说："你怎么敢欺骗白主任？"父亲说："为什么不敢？"

他们来到碉房下面的马圈里，把冈日森格从马背上抱下来。父亲问道："你们西工委有没有大夫？"眼镜说："有啊，就住在山下面的帐房里。"父亲说："你能不能带我去？"眼镜说："白主任知道了会说我，再说我怕狗，这会儿天黑了，牧人的狗会咬人的。"父亲犹豫着，又仔细看了看冈日森格，对眼镜说："你回去吧，白主任问起来，就说我正在扒狗皮呢。"

父亲毅然朝山下走去。他其实也是非常怕狗的，尤其是当他看到雄狮一样的冈日森格几乎被咬死之后，就知道西结古草原的狗有多厉害。但他还是去了，他的同情心战胜了他的怯懦，或者说他天性中与动物尤其是藏獒的某种神秘联系起了作用，使他变得像个猎人，越害怕就越想往前走。

打老远帐房前的狗就叫起来，不是一只，而是四五只。父亲停下了，喊道："大夫，大夫。"狗叫声淹没了父亲的叫声，父亲只好闭嘴，等到狗不叫了，突然又大喊："大夫，大夫。"狗朝这边跑来，黑影就像鬼蜮，形成一个半圆的包围圈横挡在了父亲面前。父亲的心打鼓似的跳着，他知道 这时候如果往前走，狗就会扑来，如果往后退，狗也会扑过来，唯一的选择就是原地不动。可他是来找大夫的，他必须往前走，原地不动算怎么回事儿？ 他战战兢兢地说："你们别咬我，千万别咬我，我不是贼，我是个好人。"他边说边往前挪动，狗们果然没有扑过来咬他，反而若无其事地朝后退去；他有点纳闷：莫非它们真的听懂了我的话？ 突然听到身后有动静，惊得出了一身冷汗，猛回头，发现一个立起的黑色狗影就要扑过来。他哎哟一声，正要夺路而逃，就听有人咕咕地笑了，原来那立起的黑影不是狗。

一个孩子出现了，就是那个白天面对七个上阿妈的孩子眼睛凸瞪出猛烈怒火的孩子。夜凉如秋，但他依然光着脊梁赤着脚，似乎堆缠在腰里的衣袍对他永远是多余的。他笑着往前走去，走了几步又回身望着父亲。父亲赶紧跟了过去。

鬼蜮一样的狗影突然消失了。光脊梁的孩子带着父亲来到一顶黑色的牛毛帐房前，停下来让父亲进去。父亲觉得帐房里面也有狗，站在那里不敢动。光脊梁就自己掀开门帘钻了进去，轻声叫着："梅朵拉姆，梅朵拉姆。"不一会儿，大夫梅朵拉姆提着药箱出来了，原来就是那个白天给父亲端过奶茶的姑娘。父亲说："有碘酒吗？"梅朵拉姆问道："怎么了？"父亲说："伤得太重了，浑身都是血。"梅朵拉姆说："在哪儿？ 让我看看。"父亲说："不是我，是冈日森格。"梅朵拉姆说："冈日森格是谁？"父亲况："是狗。"

两个人来到了碉房下面的马圈里。梅朵拉姆从药箱里拿出手电让父亲打着，自己把冈日森格的伤势仔细察看了一遍说："晚了，这么深的伤口，血差不多已经流尽了。"父亲说："可是它并没有死。"梅朵拉姆拿出酒精在冈日森格身上擦着，又撒了一层消炎粉，然后用纱布把受伤最重的脖子、右肋和后股包了起来。梅朵拉姆说："这叫安慰性治疗，是在给你抹药，如果你还不甘心，下次再用碘酒涂一遍，然后……"说着给了父亲一瓶碘酒。父亲问道："然后怎么办？"梅朵拉姆说："然后就把它背到山上喂老鹰去。"

梅朵拉姆和父亲一前一后走出了马圈,突然看到两个轮廓熟悉的黑影横挡在他们面前——白主任和眼镜出现了。几乎在同时,父亲看到不远处仁立着另一个熟悉的黑影,那个黑影在月光下是光着脊梁赤着脚的,那个黑影的脸上每一道阴影都是对冈日森格的仇恨。

父亲的执拗是从娘肚子里带来的,连他自己也感到吃惊:我怎么能这样?白主任的训斥越是严厉,他越是不愿意听。白主任说:"我们来这里的任务是了解民情,宣传政策,联络上层,争取民心,力求在最短的时间内站稳脚跟,你这样做会让我们工作委员会在西结占草原失去立足之地。你明天就给我回去,我们这里不需要你这样的人。"父亲说:"我是一个记者,我不归你们管,用不着等到明天,我马上就离开你们,从现在开始,我做什么都跟西工委没关系了。"说着走上石阶,从碉房里抱出了自己的行李。白主任气得嘴唇不住地抖:"好,这样也好,我就这样给上级反映,会有人管你的。"说罢就走。碉房的门砰一声关上了。

梅朵拉姆对父亲小声说:"你怎么能这样?白主任说得也有道理,不能为了一只狗,影响工作。赶紧去认个错吧。"父亲哼了一声,什么话也不说。其实很后悔自己对白主任的顶撞,但既然已经顶撞了,就装也要装出一副天不怕地不怕的样子。梅朵拉姆摇摇头,要走。眼镜况:"我送你回去吧,以后晚上你不要出来。"梅朵拉姆说:"我是个大夫,我得看病。"眼镜说:"晚上出来让狗咬了怎么办?再说你是人的大夫,不是狗的大夫。"

这天晚上,父亲就在马圈里呆了一夜。他在站着睡觉的枣红马和昏迷不醒的冈日森格之间铺开了自己的行李。躺下后怎么也睡不着,脑子里乱哄哄的,想得最多的倒不是白主任,而是那个光脊梁的孩子。他知道光脊梁的孩子一定不会放过冈日森格,冈日森格是活不成了,除非自己明天离开西结古时把它带走。可这么大一只半死的狗,自己怎么带啊?算了吧,不管它了,自己走自己的吧。又一想,如果不管冈日森格,他还有必要明天就离开西结古吗?还有必要针尖对锋芒地和白主任顶撞下去吗?

天快亮的时候,父亲睡着了睡就睡得很死。

第三章

清晨,一个名叫顿嘎的老喇嘛从碉房山最高处的寺院里走了出来。他背着一皮袋牛羊的干心肺,沿着小路盘行而下,路过工作委员会会部所在地的牛粪碉房时停下了。他立到马圈前看了看蜷成一团酣睡着的父亲和包扎着伤口的冈日森格,又回身望了望山下的野驴河,悄悄地离开了。

野驴河开阔的水湾里,山下的帐房前,晨烟正在升起,牛群和羊群已经起来了,叫声一片。牧家的狗分成了两部分:休息了一夜的牧羊狗正准备随着畜群出发,它们兴奋地跑前跑后,想尽快把畜群赶到预定的草场;一夜未眠的守夜狗离开畜群卧在了帐房门口,它们在白天的任务是看家和睡觉。而在河湾一端鹅卵石和鹅冠草混杂的滩地上,一大群几百只各式各样的领地狗正在翘首等待着老喇嘛的到来。生活如旧,一切跟昨天没什么两样,除了老喇嘛心里的不安宁。

老喇嘛顿嘎心里的不安宁正是由于领地狗的存在。领地狗也是流浪狗，但它们只在自己的领地流浪，当这个生生不息的庞大狗群按照人的意志认为以西结古为中心的整个青果阿妈西部草原都是它们的领地时，任何外来的狗就别想轻易在这片土地上找到生存的机会。也就是说，牧羊狗是守护畜群的，看家狗是守护帐房和碉房的，领地狗是守护整个西结古草原的。领地狗终生不会离开自己的草原，哪怕饿死，哪怕蜕变为野生动物，哪怕变成人见人嫌的癞皮狗。因为一旦离开自己守护和生存的草原，别处的领地狗就会把它咬死吃掉，无论它有多么强大。

领地狗不是野狗，野狗是没人喂的，而领地狗除了自己经常像野兽一样在草原上捕捉活食外，还会在固定的时间固定的地方得到人给的食物。人给它们食物的举动在表面上是出于宗教与世俗的善良，实际上是为了从生存的依赖上加固它们对人类的依附关系。尽管领地狗不属于任何个人，但人的意志却明确无误地体现在它们的一举一动中。给它们食物的除了牧家还有寺院，老喇嘛顿嘎就是西结古寺专门给领地狗抛散食物的人。

老喇嘛顿嘎来到野驴河的滩地上，拔出腰刀，在石板上割碎了牛羊的心肺，一点一点抛散给它们。突然看到光脊梁的孩子沿着河边的浅水噼里啪啦地跑来，心里不觉隐隐一沉，叫了一声："不好。"

光脊梁的孩子大声喊着："那日，那日。"牛犊般的大黑獒那日立马跑了过来。光脊梁把手中的一只肥嘟嘟的羊尾巴扔给了它。大黑獒那日跳起来一口叼住，一边狼吞虎咽地吃着，一边盯着光脊梁。它预感到它曾经的主人并不仅仅是来喂它羊尾巴的，一定还有别的事儿，就像以往发生过的那样，让它跟他去草原深处打猎，或者替它去寻找一件他找不到的东西。再就是厮杀，就跟昨天似的，让它抢在獒王前面向着来犯的同类猛烈冲击然后疯狂撕咬。它知道主人的事情永远比自己的吃喝更重要，嚼都没嚼，连肉带毛把羊尾巴吞到了肚子里。这时它看到光脊梁的孩子奋力朝前跑去，跑了几步又回身朝它招手，喊着："那日，那日。"

大黑獒那日用四只粗壮的腿腾腾地敲打着地面跟了过去。老喇嘛顿嘎望着人和狗消失在碉房与碉房之间的狭道里，赶紧朝寺院走去。

在双身佛雅布尤姆殿的大堂里，老喇嘛顿嘎对西结古寺的住持丹增活佛说，他昨天晚上做了一个梦，一个狮子一样漂亮雄伟的金色公獒请求他救自己一命。金色公獒说它前世是阿尼玛卿雪山上的狮子，曾经保护过所有在雪山上修行的僧人。老喇嘛又说，他今天早晨在牛粪碉房的马圈里看到了一个陌生的汉人和一只外来的受了重伤的金色狮头公獒，又在野驴河边看到光脊梁的孩子招走了大黑獒那日。丹增活佛问道："你是不是说，你梦见的雪山狮子就是你看见的狮头公獒？"老喇嘛顿嘎说："是啊是啊，它现在已经十分危险了，我们怎么才能救它一命呢？"丹增活佛知道这个问题是很严重的，赶紧叫来另外几个活佛商量，商量的结果是派三个铁棒喇嘛前去保护前世是阿尼玛卿雪山狮子的狮头公獒和那个外来的汉人。

铁棒喇嘛是西结古寺护法金刚的肉身体现，是草原法律和寺院意志的执行者，在整个青果阿妈西部草原，只有他们才可以代表神的意志随意惩罚包括藏獒在内的所有生灵。别人的惩罚虽然也是可以的，但却不是神圣的。不是神圣的惩罚，自然也就不是替天行道而免遭报应的惩罚。

父亲被一阵闷雷般的狗叫惊醒了。他忽地坐起来,就见一只牛犊般大小的黑獒正朝着他身边的冈日森格扑过来。他本能地掀起被子,迎着大黑獒盖了过去。大黑獒那日来不及躲闪,獒头一下子被盖住了。它戛然止步,咬住被子使劲甩着。父亲抓住被子的一角,拔河似的把大黑獒那日拉出了马圈。大黑獒那日突然意识到,它的敌人并不仅仅是那只将死而未死的狮头公獒,还有狮头公獒的主人一个陌生的汉人。它松开被子可着嗓门吠叫起来,不是冲着父亲,而是冲着碉房山前的野驴河。

父亲后来说,大黑獒那日的吠叫就是藏獒的语言,它肯定提到了冈日森格,提到了父亲,还提到了枣红马。远方的领地狗群一听就明白了;'汪汪汪"地回应着狂奔起来,转眼之间就从野驴河的滩湾里来到了这里。

父亲在心里惨叫一声:"完了。"赶紧用被子盖住依旧奄奄一息的冈日森格,再从马圈的墙角拽过和他同样惊恐无度的枣红马,准备跳上去逃跑。

但是已经来不及了,领地狗群密密麻麻地挡在了马圈前面,大黑獒那日和它的同胞姐姐大黑獒果日以及昨天被冈日森格打败的灰色老公獒已经冲过来了,不是冲着人,而是冲着马。聪明的藏獒都知道,咬人先咬马,马一流血就不听人的指挥,人也就无法逃脱了。枣红马忽地一下掉转了身子,抬起屁股踢了过去,一下就踢在了大黑獒那日的左眼上。大黑獒那日尖叫一声滚翻在地,立刻又爬起来,以十倍的疯狂再次扑过去,尖利的虎牙咻地一声扎在了枣红马的屁股上。枣红马叫着,边叫边踢。父亲清楚地看到,枣红马的铁蹄好几次踢在了大黑獒那日的 肚子上,但大黑獒那日就是不松口,它拼命拉转枣红马的身子,让它的前胸和肚腹完全暴露在了前面。大黑獒果日和灰色老公獒同时跳起来,咬住了枣红马。枣红马轰然一声栽倒在地。大黑獒那日跳过去,一口咬住了枣红马的喉咙。

父亲惊叫一声,噌地跳向了墙角。本能告诉他,在墙角他至少可以避免腹背受敌的危险。他浑身颤抖,绝望地瞪着面前的狗群。它们有的沉默寡言,有的狂叫不止;沉默寡言的朝前扑着,狂叫不止的站在一边助威。

在他和狗群之间,是用被子掩盖着的冈日森格。领地狗群还没有发现冈日森格。咬死了枣红马的大黑獒那日似乎忘了冈日森格,它扑过来的唯一目的就是像咬死枣红马那样咬死父亲。父亲冷汗淋漓,他想到了死,也想到了不死,他不知道死会怎样死,不死会怎样不死,他只做了一件让他终生都会忏悔的事情,那就是出卖,他在狗群强大的攻击面前,卑微地出卖了他一直都想保护的冈日森格——当伤痕累累的大黑獒那日和另外几只藏獒朝他血口大开的时候,他忽地一下掀掉了覆盖着冈日森格的被子。

所有的狗都愣了一下,除了大黑獒那日。左眼和肚子上沾满了血的大黑獒那日一口咬住了父亲手中的被子,被子曾经盖住过它,它仇恨这被子甚至超过了仇恨冈日森格。被子刺啦刺啦地响着,烂了。被子一烂,大黑獒那日就认为对被子的报复已经结束,自己应该全力对付的还是冈日森格和被子的主人。它冲着同伴呼呼地送着气,父亲以后会明白,这送气的声音就是它对其他藏獒的吩咐:你们几个咬死那只狗,我来咬死这个人。另外几只藏獒还在犹豫,它们认为冈日森格昨天已经被狗群咬死了,现在面对着的不过是一具尸体,而它们——正气凛然的藏獒是从来不会咬噬同类的尸体的。大黑獒那日不耐烦地骂了一句同伴,然后一跃而起。

大黑獒那日的目标是父亲的喉咙,父亲一躲,利牙噗嗤一声陷进了肩膀。父亲惨叫着;一声声地惨叫着。惨叫声里,大腿被牙刀割烂了,胸脯也被牙刀割烂了。然后就是面对死亡。

父亲后来说,如果不是奇迹出现,他那天肯定会死在大黑獒那日的牙刀下。奇迹就是大黑獒那日突然不行了,它的一只眼睛和肚子正在流血,流到一定程度就有了天旋地转的感觉,它从父亲的胸脯上滑落下来,身子摆了几下,就瘫软在了地上。接着是另一个奇迹的出现,冈日森格苏醒了。一直昏迷不醒的冈日森格在父亲最危险的时刻突然抽搐起来,一下,两下,三下,然后睁开了眼睛,甚至还强挣着抬了一下头。围绕着它的藏獒顿时闷叫起来。而紧跟在大黑獒那日后面正要扑向父亲的大黑獒果日和灰色老公獒,突然改变主意扑向了冈日森格。因为在它们的意识里,仇视同类永远比仇视人类更为迫切。

冈日森格危险了,它的危险给父亲赢得了几秒钟的保险。这关系人命也关系狗命的几秒钟使父亲避免了两只猛獒致命的撕咬,却使冈日森格再一次受到了牙刀的宰割。

这时候父亲看到了白主任、眼镜和梅朵拉姆。他们被领地狗群阻挡在碉房门口的石阶上面。白主任拿了一把手枪威胁着狗群却不敢射出子弹来,他知道狗是不能打的,打死了狗后果不堪设想。狗群咆哮着,它们根据这三个人走路的姿态就能判断出他们是来解救父亲的,便蹿上石阶逼他们朝后退去。三个人很快进了碉房。两只藏獒站在门口,用大头碰撞着门板,警告里面的人再不要出来多管闲事。

父亲再次绝望了。他看到五十步远的地方有三个裹着红氆氇的喇嘛正朝着马圈走来,就冲他们惨兮兮地喊道:“快来救人哪。”三个身材魁梧的喇嘛在狗群中跑起来,不停地喊叫着,挥舞手中的铁棒打出一条路来到了马圈里。那些不肯让开的藏獒,那些还准备扑咬父亲的藏獒,以及还在撕咬冈日森格的大黑獒果日和灰色老公獒,被三个喇嘛手中的铁棒打得有点晕头转向,一时不知道如何是好。但它们决不撤退,因为它们是藏獒,它们的祖先没有给它们遗传在战斗中遇到阻止后立马撤退的意识。它们朝着三个铁棒喇嘛狂吠着,激愤地向问:你们到底是什么意思? 难道这一狗一人两个来犯者不应该受到惩罚? 我们是领地狗,保卫领地是西结古人赋予我们的神圣职责。难道现在又要收回了吗? 三个铁棒喇嘛不可能回答它们的问题,回答问题的只能是那些更有头脑的藏獒。

一直在一边默然观望着的獒王虎头雪獒突然叫起来,叫声很沉很稳很粗很慢,但所有的藏獒包括小喽啰藏狗都听到了,都明白了其中的含义,那就是它要求它们必须尊重铁棒喇嘛的意志。一旦铁棒喇嘛出面保护,闯入它们领地的外来狗和外来狗的主人,就已经不是必须咬死的对象了。先是大黑獒果日和灰色老公獒夹起了尾巴,低下头默默离开了马圈。接着所有进入马圈的藏獒纷纷离开了那里。獒王虎头雪獒高视阔步,朝着野驴河走去。藏獒们几乎排着队跟在了它身后。小喽罗藏狗们仍然不依不饶地叫嚣着,但也只是叫嚣而已,叫着叫着,也都慢慢地跟着藏獒们走了。

三个红毯氆的铁棒喇嘛站在马圈前面目送着它们。马圈里只剩下了活着的父亲和死去的枣红马,还有两只藏獒,一只是再次昏死过去的冈日森格,一只是因失血过多瘫软在地的大黑獒那日。

父亲长出一口气,一屁股坐在了地上。光脊梁的孩子不知从什么地方钻出来蹿进了马圈。他"那日那日"地叫着,扑到大黑獒那日身上,伸出舌头舔着它左眼上的血,舔着它肚子上的血。他以为自己的舌头跟藏獒的舌头一样也有消炎解毒的功能,甚至比藏獒的舌头还要神奇,只要舔一舔,伤口立刻就会愈合。大黑獒那日吃力地摇摇尾巴,表示了它对昔日主人的感激。

父亲的伤势很重,肩膀、胸脯和大腿上都被大黑獒那日的牙刀割烂了,裂口很深,血流不止。冈日森格情况更糟,旧伤加上新创,也不知死了还是活着。大黑獒那日还在呼呼喘气,它虽然站不起来了,虽然被枣红马踢伤的左眼还在流血,却依然用仇恨的右眼一会儿盯着父亲,一会儿盯着冈日森格。

一个身强力壮的铁棒喇嘛背起了父亲,一个更加身强力壮的铁棒喇嘛背起了大黑獒那日,一个尤其身强力壮的铁棒喇嘛背起了冈日森格。他们排成一队沿着小路朝碉房山最高处的西结古寺走去。

光脊梁的孩子跟在了后面。无论是仇恨冈日森格,还是牵挂大黑獒那日,他都有理由跟着三个铁棒喇嘛到西结古寺去。快到寺院时,他停下了,眯起眼睛眺望着野驴河对岸的草原,突然发出了一声尖叫,惊得三个铁棒喇嘛回过身来看他。光脊梁的脸上正在夸张地表现着内心的仇恨,眼睛里放射出的怒火猛烈得就像正在燃烧的牛粪火。

野驴河对岸的草原上,出现了七个小黑点。光脊梁的孩子一眼就认出,那是七个跟着父亲来到西结古草原的上阿妈的孩子。他朝山下跑去,边跑边喊:"上阿妈的仇家,上阿妈的仇家。"

很快就有了狗叫声。被铁棒喇嘛背着的父亲能够想象到,狗群是如何兴奋地跟着光脊梁的孩子追了过去,好像他是将军,而它们都是些冲锋陷阵的战士。父亲无奈地叹息着,真后悔自己的举动:为什么要把花生散给那些孩子们呢?草原不生长花生,草原上的孩子都是第一次吃到花生,那种香喷喷的味道对他们来说是前所未有的。他们跟着父亲,跟着前所未有的香喷喷的天堂果来到了西结古,结果就是灾难。七个孩子,怎么能抵御那么多狗的攻击?父亲在背着他的铁棒喇嘛耳边哀求道:"你们是寺院里的喇嘛,是行善的人,你们应该救救那七个孩子。"铁棒喇嘛用汉话说:"你认识上阿妈的仇家?上阿妈的仇家是来找你的?"父亲说:"不,他们肯定是来找冈日森格的,冈日森格是他们的狗。"铁棒喇嘛没再说什么,背着他走进了赭墙和白墙高高耸起的寺院巷道。

光脊梁的孩子带着领地狗群,涉过野驴河,追撵而去。

又是一次落荒而逃,七个上阿妈的孩子似乎都是逃跑的能手,只要撒开两腿,西结古的人就永远追不上。他们边跑边喊:"玛哈噶喇奔森保,玛哈噶喇奔森保。"好像是一种神秘的咒语,狗群一听就放慢了追扑的速度,吠叫也变得软弱无力,差不多成了多嘴多舌的催促:"快跑啊,快跑啊。"

第四章

西结古寺僧舍的炕上，父亲惨烈的叫声就像骨肉再一次被咬开了口子。咬他的不是利牙，而是猛药。西结占寺的藏医喇嘛尕宇陀从一只圆鼓一样的豹皮药囊里拿出一些白色粉末、黑色粉末和蓝色粉末分别撒在了父亲的肩膀、胸脯和大腿上，又用一种糨糊状的液体在伤口上涂抹了一遍。撒入粉末的一刹那，父亲几乎疼晕过去，等到包扎好以后，感觉立刻好多了。血已经止住，疼正在减轻，他这才意识到浑身被汗水湿透了，一阵干渴突然袭来。他说："有水吗？给我一口水喝。"藏医尕宇陀听懂了，对一直守候在身边的那个会说汉话的铁棒喇嘛叽咕了几句。铁棒喇嘛出去了，回来时端着一木盆黑乎乎的草药汤。藏医尕宇陀朝着父亲做了个喝的样子，父亲接过来就喝，顿时苦得眼泪都出来了。

在僧舍另一边的地上，卧着昏迷不醒的冈日森格和即将昏迷的大黑獒那日。藏医尕宇陀先是解开了昨天梅朵拉姆给冈日森格的包扎，给旧伤口和新伤口撒上不同颜色的粉末，又用糨糊状的液体涂抹全身，把一只狗耳朵卷起来，使劲捏了几下，然后再去给大黑獒那日治疗。父亲突然想起梅朵拉姆留给自己的那瓶碘酒，赶紧从身上摸出来递了过去。藏医尕宇陀接过来看了看，闻了闻，扔到了炕上。父亲拿起来诧异地问道："这药很好，你为什么不用？"尕宇陀摇了摇头，一把从他手里夺过碘酒瓶，干脆扔到了墙角落里，用藏话冲着铁棒喇嘛说了几句什么。铁棒喇嘛对父亲说："反对，反对，你们的药和我们的药反对。"

即将昏迷的大黑獒那日在上药时突然睁大了眼睛，浑身颤栗，痛苦地挣扎哀叫着。铁棒喇嘛大力摁住了它，等上完了药，它已经疼昏过去了。

藏医尕宁陀让铁棒喇嘛掰开大黑獒那日的嘴，把父亲喝剩下的草药汤灌了进去，又出去亲自端来半盆温热的草药汤，灌给了冈日森格。他静静地望着父亲和还在喘气的冈日森格，实在庆幸父亲和它居然还能活下来。

门外有了一阵脚步声，白主任、眼镜和梅朵拉姆来了。一个面容清癯、神情严肃的僧人陪伴着他们。藏医尕宇陀和铁棒喇嘛一见那僧人就恭敬地弯下了腰。白主任说："伤的怎么样？你可把我们吓坏了。"父亲有点冷淡地说："可能死不了吧，反正伤口这会儿已经不疼了。"白主任说："应该感谢西结古寺的佛爷喇嘛，是他们救了你。"又指着面容清癯的僧人说，"你还没见过这佛爷吧，这就是西结古寺的住持丹增活佛。"父亲赶紧双手合十，欠起腰来，象征性地拜了拜。丹增活佛跨前一步，伸出手去，扫尘一样柔和地摸了摸父亲的头顶。父亲知道这就是活佛的摸顶，是草原的祝福，感激地俯下身去，再次拜了拜。

丹增活佛来到冈日森格跟前，蹲了下去，轻轻抚摩着涂了药液的绒毛。藏医尕宇陀不安地说："它可能活不了，它的灵魂正在离去。"丹增活佛站起来说："怎么会呢？它是托了梦的，梦里头没说它要死啊。它请求我们救它一命，我们就能够救它一命。它是阿尼玛卿雪山狮子的转世，它保护过所有在雪山上修行的僧人，它还会来保护我们，它不会死，这么重的伤，要死的话早就死了。好好服侍吧，救治人世的病痛者，你会有十三级功德，救治神界的病痛者，你会有二十六级功德，而救治一个保护过许多苦修僧人的雪山护法的世间化身,你就会有三十九级功德。还有,这个把雪山狮子的化身带到西结古草原来的汉人是个吉祥的人,你们一定要好好对待他,他的伤就是你们自己的伤。"藏医尕宇陀和铁棒喇嘛"呀呀呀"地答应着。

来青果阿妈草原之前,眼镜在西宁参加过一个藏语学习班,他差不多听懂了丹增活佛的话,赶紧翻译给白主任和梅朵拉姆听。白主任很高兴,朝着父亲伸出大拇指说:"好啊好啊,这样就好,你为我们在西结古草原取得当地人的信任做出了贡献,我一定要给上级反映。"又指着梅朵拉姆和眼镜说,"记者同志身上有一种舍生忘死的精神,你们要好好向他学习。丹增活佛说他是个吉祥的人,吉祥就是扎西,扎西德勒,扎西德勒。"

铁棒喇嘛认真地对父亲说:"你是汉扎西,我是藏扎西,我们两个都是扎西。"原来他也叫扎西,而丹增活佛说父亲是个吉祥的人,就等于给父亲赐了一个称呼,不管父亲愿意不愿意,草原上的人,从此就会叫他"汉扎西"。

又说了一些话,大家都走了。梅朵拉姆留下来小声对父亲说:"我看看,他们给你上了什么药。"父亲说;"我的伤口包扎住了,你去看狗吧,狗身上抹什么药,我身上就抹什么药。"梅朵拉姆惊叫道:"那怎么行,你又不是狗。"说着走过去蹲到冈日森格跟前看了看,没看出什么名堂,一摆头瞅见了丢在墙角的那瓶碘酒。她捡起来说:"我带来的药不多,你怎么把它扔了?"父亲用铁棒喇嘛的口气说:"反对,反对,你的药和喇嘛的药反对。"

梅朵拉姆把碘酒装进药箱说:"但愿他们的药能起作用。我现在最担心的倒不是伤口感染,而是传染上狂犬病。"父亲问道:"传染上狂犬病会怎么样?"梅朵拉姆睁大美丽的眼睛一脸惊恐地说:"那就会变成神经病,趴着走路,见狗就叫,见人就咬,不敢喝水;最后肌肉萎缩、全身瘫痪而死。"父亲说:"这么可怕,那我不就变成一只疯狗了?"说着瞪起眼睛,冲她龇龇牙,"汪"地喊了一声。梅朵拉姆尖叫一声,转身就跑。

僧舍里安静下来。父亲躺平了身子,想睡一会儿。铁棒喇嘛藏扎西走进来,把一碗拌好的糌粑和一碗酥油茶放在了矮小的炕桌上。父亲摇摇头,表示不想吃。藏扎西说:"你一定要吃,糌粑是丹增佛爷念过经的;吃了伤口很快就会长出新肉来。"说着把父亲扶起来,守着他吃完了糌粑喝光了酥油茶。

就这样父亲住进了西结古寺,而且和两只受伤的藏獒住在一起。大黑獒那日当天下午就苏醒了。它一苏醒就用一只眼睛阴沉地瞪着身边的冈日森格,威胁地露出了利牙。见冈日森格一动不动,又把黑黝黝的眼光和白花花的利牙朝向了父亲。父亲躺在炕上,看它醒了,就一瘸一拐地走了过去。

大黑獒那日警惕地想站起来,但左眼和肚子上的伤口不允许它这样,只好忍着强烈的愤怒听任父亲一点点地接近它。它觉得父亲接近它的速度本身就是阴谋的一部分:他为什么不能一下子冲过来,而要慢慢地挪动呢?它吃力地扬起大头用一只眼睛瞪着父亲的手,看他到底拿着鞭子还是棍子或者刀子和枪,这些人类用来制服对手的工具它都是非常熟悉的。大黑獒那日发现对方手里什么也没有,便更加疑惑了:他怎么可以空着手呢?难道他的手不借助任何工具就能产生出乎意料的力量?

父亲来到大黑獒那日身边,蹲下来愣愣地望着它,突然想到了一个大黑獒那日正在想的问题:他这么快地来到它跟前,他想干什么? 他是不是不希望它醒过来? 可是事实上它已经醒了,他应该怎么办? 它无疑是一只恶狗,它咬惨了他,它是冈日森格的最大威胁,它最好的去处就是死掉。父亲这么想着,看了看自己的双手。这双手是完好无损的,它虽然没有牛力马力狗力,但掐死毫无反抗能力的大黑獒那日还是绰绰有余的

大黑獒那日似乎明白父亲在想什么,冲着他的手低低地叫了一声。

父亲摇了摇手,同时咬了咬牙;好像马上就要动手了,但是突然又没有了力气和勇气。没有力气和勇气的原因是父亲发现自己一点也不恨它,父亲天生是个喜欢动物尤其是狗的人,他不能像报复人那样报复一只狗,父亲放松了咬紧的牙关,搓着两只手,坐在了地上。

大黑獒那日立刻明白了父亲心理的变化,扬起的大头沉重地低下去,噗然一声耷拉在伸直的前腿上,疲倦地粗喘着气,躺歪了身子。父亲望着它,内心不期然而然地升起一丝柔情,手不由自主地伸向大黑獒那日蓬蓬松松的鬣毛。

大黑獒那日再次扬起大头费劲地扭动着想咬那只手,咬不着手它就撕扯父亲的衣服。父亲不理它。他把全部的注意力集中在了自己的手上,手在鬣毛里滑动着,开始是在毛浪里轻柔地抚摩,慢慢地变成了挠。他在它的脖子上不停地挠着,挠得不痒的地方痒起来,痒的地方舒服起来。脖子的舒服就像涌出的泉水一样扩散着,扩散到了全身,扩散到了内心,而舒服一进入内心就变成了另一种东西,那就是好感。藏獒是很容易产生好感的那种动物,它们有老虎狮子的野蛮凶猛,却很早就被人类驯化,甘愿为人类服务,就是因为它们有着老虎狮子没有的接收感情和表达感情的神经系统,它们的潜质里最最活跃的便是对人类产生好感的那部分因子。

不知不觉地,大黑獒那日的大头不再费劲扭动了,牙齿也不再撕扯父亲的衣服。它感到一种痒痒的温暖正在升起,一种忍受创痛时来自人类的慰问正在升起,突然意识到,面前的这个人也许并不一定是个面目可憎需要提防的阴谋家,至少在此刻,他并不想报复性地加害它,而是想讨好它。它不喜欢他的手接触它的皮毛,却非常喜欢这样的接触演变成一种舒适的享受和讨好,尤其是陌生人的讨好、仇人的讨好,这是它战胜了他的证明。它把头放在了伸展的前肢上,静静享受着暖洋洋的抚摩,那只没有受伤的眼睛和那只伤得很重的眼睛渐渐蕴涵了非常复杂的内容:容忍你但并不一定接受你,不咬你但并不一定喜欢你。它是西结古草原的领地狗,它唯一忠于的只能是西结古的土地和人。可是你,你是什么人?

老喇嘛顿嘎进来了。大黑獒那日朝他摇了摇尾巴。老喇嘛顿嘎一看大黑獒那日醒了,而且在父亲的爱抚下显得非常安静,高兴得甚至给父亲鞠了一个躬。他转身出去,拿来了一些切成碎条的干牛肺,交给父亲,做了一个吃的动作。父亲拿起一条牛肺就往自己嘴里塞。顿嘎摆摆手,指了指大黑獒那日。父亲明白了,这干牛肺是喂狗的,就一条一条往狗嘴里塞去。大黑獒那日吃着,显得有点费劲,但仍然贪馋地吃着。

老喇嘛顿嘎出去了。他是西结古寺专门给领地狗抛散食物的,他爱护领地狗就像爱护自己的孩子一样。他高兴地离开了僧舍里的大黑獒那日和父亲,把自己

的想法迅速散布到寺院的各个角落:那个客居在西结古寺的汉扎西,是个肚量很大的心地善良的喜欢藏獒的不加害仇狗的人,这样的人带着雪山狮子的化身来到了青果阿妈西部草原,美好的事情就一定要发生了。而且汉扎西居然想吃干牛肺,草原人自己从来不享用牛肺羊肺,牛肺羊肺是专门用来喂养狗的。他想吃牛肺,说明他前世也是一只狗,一只大狗好狗,一只灵性的狮子一样雄伟的藏獒。藏獒吃了牛肺羊肺就会长出坚硬的骨头、庞大的体格和一颗绝对忠诚主人的心,这颗心是真正的藏獒所拥有的金子一样的心。此时此刻,汉扎西就坐在大黑獒那日的身边,正在给它一点一点喂着干牛肺,说明汉扎西想和大黑獒那日做朋友,想成为大黑獒那日的主人。一个喜欢领地狗的人,一个即使咬了自己也不改变爱狗之心的人,必然是一个有功德的人。

这样的说法一传十,十传百,整个西结古寺都变得喜气洋洋了。

铁棒喇嘛藏扎西听了以后说:"藏民喜欢的东西他喜欢,说明他跟藏民是一条心。"说罢就走出寺院,到山下的帐房里化缘去了。

这天晚上,铁棒喇嘛藏扎西给父亲拿来了他化缘的肉食:"这一块是牦牛肩胛上的肉,这一块是绵羊胸脯上的肉,这一块是山羊后腿上的肉,你吃啊,你为什么不吃? 你要知道在草原上是吃什么补什么的,你的伤口在肩膀上、胸脯上和大腿上,你就得天天吃这些东西,连续吃上七天,你长出来的筋肉就比原来的筋肉还要结实。"父亲非常感动,他已经意识到,你对狗好,寺院的喇嘛就会对你好。他赶紧说:"既然吃什么补什么,大黑獒那日是不是应该吃掉牛的眼睛、羊的肚子呢? 至于遍体鳞伤的冈日森格,要是它苏醒过来,是不是应该吃掉一整头牛或一整只羊呢?"藏扎西说:"对啊对啊,你说得对啊。不过藏獒的命有七条,人的命只有一条,藏獒比人能活能长,藏獒不吃牛眼睛也能长好眼睛,不吃整个牛也能长好整个身子。"

父亲只吃了一半藏扎西拿来的牦牛的肩肉、绵羊的胸肉、山羊的腿肉,剩下的一半拿给了大黑獒那日。大黑獒那日的眼睛里依然充满了疑虑:你到底是干什么的? 我咬了你,你为什么还要给我肉吃? 你不是西结古草原的人,你为什么对我这样好? 它知道这是人的食物,是喇嘛送给父亲的食物,而父亲却把一半留给了它。一种受人尊重被人重视的荣幸,一种与人共享的自豪,油然而生。它有滋有味地吃着很少吃到的熟食,觉得咸咸的,软软的,爽爽的,感觉就像父亲在它脖子上抓挠一样舒服酥麻。它想到了自己的尾巴,并且把一股力气运在了尾巴的根部,但终于还是没有摇起来。安静的尾巴传递给父亲的还是深深的疑虑:你是谁? 你带着一只狮头公獒来我们西结古草原干什么? 一连五天,父亲和大黑獒那日每天都能吃到丹增活佛念过经的糌粑和铁棒喇嘛藏扎西化缘的肉食——牦牛的肩肉、绵羊的胸肉、山羊的腿肉。有一次他们甚至吃到了寺院头一天专门为他们绳杀(用绳子缠在嘴鼻上窒息而死)的新鲜牛肩肉、羊胸肉和腿肉,味道的鲜美让父亲终身难忘。饮食加上每天一次的换药,他和大黑獒那日的伤迅速好起来,他可以到处走一走,大黑獒那日也能够站起来往前挪几步了。

可以走动以后父亲就经常走出僧舍,从右边绕过照壁似的嘛呢石经墙,好奇地转悠在寺院的大经堂、密宗殿、护法神殿、双身佛雅布尤姆殿和别的一些殿堂僧院里。喇嘛们见了他都会友好地露出笑脸来,父亲就双手合十朝他们低低头弯弯腰。

如果是狭道相逢,喇嘛们必然要侧身让开,请父亲先过。父亲是乖巧的,你越是让他先过,他就越要让你先过,礼多人不怪,喇嘛们都觉得父亲是个好人。更重要的是,父亲见佛就拜,他拜了密教的大日如来和莲花生以及大荒神坤纳耶迦,拜了显教的三世佛和八大菩萨,拜了苯教祖师辛饶米沃且和威尔玛战神、十二丹玛女神,这样的礼拜在别的汉人那里是没有的,西结古工作委员会的人就从来不拜佛。喇嘛们觉得父亲跟别的汉人不一样,父亲是可亲可近的,所有在佛与神面前有着虔敬态度的人都是可亲可近的。

一天上午,父亲正在护法神殿的台阶上跟着铁棒喇嘛藏扎西学说六字真言,刚把"唵嘛呢叭咪吽"的"吽"(hong)字念对,突然听到一阵沉闷的狗叫。尽管寺院里还有不少别的狗,但他一听就知道那是大黑獒那日的声音。他心里一惊,转身就跑,跑啊跑,实际上不是跑,是一瘸一拐地走,只不过是在心里使劲跑。他跌跌撞撞地绕过嘛呢石经墙,跑进了僧舍,面前的情形完全证实了他的猜测:冈日森格醒了,它在昏死了五天之后突然苏醒了。

大黑獒那日的叫声就是冲着突然醒过来的冈日森格的:你不是死了吗,怎么又活了?它站在睁开了眼睛的冈日森格身边愤怒地叫着,但也只是叫着,并没有把利牙对准毫无反抗能力的冈日森格,毕竟它们都是同属于一个祖先的藏獒,它们在一起身贴身地呆了这么些日子。更重要的是,大黑獒那日意识到,这个被自己坚决仇恨着并且一再撕咬过的藏獒,这个愣头愣脑闯入自己领地的来犯者,是一只年轻英俊的狮头公獒,而它大黑獒那日,是一只母獒,一只正值青春妙龄眼看就要发情的狮头母獒。

这时藏扎西跟了进来,一看冈日森格的眼睛扑腾扑腾忽闪着,惊喜地叫了一声,转身就走。

藏扎西叫来了西结古寺的住持丹增活佛,叫来了藏医尕宇陀和老喇嘛顿嘎。藏医尕宇陀对着丹增活佛弯了弯腰说:"神圣的佛爷你说对了,它是阿尼玛卿雪山狮子的转世,伟大的山神保佑着它,它是死不了的。"丹增活佛说:"你救治了一个雪山狮子的化身,你的三十九级功德已经记录在佛菩萨的手印上了,祝福你啊尕宇陀。"尕宇陀说:"不,佛爷,不是我的功德,是西结古寺的功德,需要祝福的应该是我们光明的西结古寺。"

藏医尕宇陀俯下身去,仔细验看着冈日森格的伤势和眼睛,突然站起来说:"它的血已经流尽了,它现在需要补充最好的血,不然它还会晕过去的。"藏扎西问道:"什么血是最好的血,我这就去找。"尕宇陀说:"最好的血不是牛血和羊血,是藏獒的血和人血,你不用去找了,你快去拿一个干净的木盆来。"

父亲没想到,藏医尕宇陀会放出自己的血救狗一命。他从圆鼓一样的豹皮药囊里拿出一个拇指大的金色宝瓶,滴了一滴药在自己的手腕上,消毒以后,又拿出一把六寸长的形状像麻雀羽毛的解剖刀,割开了自己左手腕的静脉。血哗啦啦地流进了干净的木盆。

差不多流了有半碗,丹增活佛一把将尕宇陀的左手腕攘住了,然后伸出了自己的胳膊。藏医尕宇陀说:"佛爷,你的血是圣血,你的血哪怕只有一滴,对雪山狮子也能起到起死回生的作用。"说着用宝瓶里的药水在丹增活佛的手腕上消了毒,用刀轻轻划了一下。血涌出来了，鲜艳得耀红了整个僧舍。

接着是藏扎西的血。接着是老喇嘛顿嘎的血。

最后父亲走过去，捋起袖子，把胳膊亮在了藏医尕宇陀面前。尕宇陀摇摇头说："不行啊不行，你也是受过伤流过血的，你也需要血。"藏扎西翻译道："药王喇嘛说汉扎西你就算了吧，雪山狮子用它明亮的眼睛告诉我们，它不需要你的血。"父亲说："为什么？难道汉人的血和藏民的血是不一样的？"

藏扎西把父亲的话翻译了出来。丹增活佛说："人和人只要心一样，血就是一样的，不一样的只有邪恶人和善良人的血。"又对尕宇陀说："你就成全了他的好心吧，少放一点血，一滴血的恩情和一碗血的恩情是一样的。"

父亲的血流进了木盆。木盆里是四个藏族僧人和一个汉族俗人的血，它们混合在一起，就要流进冈日森格饥渴的喉咙了。冈日森格知道为什么要给它灌血，也知道血的重要和看到了血的来源，感激地想摇摇尾巴。可是它浑身乏力怎么也摇不起来，只好睁大眼睛那么深情地望着他们，泪水便出来了。冈日森格把残存在体内的液体全部变成了泪水，一股股地流淌着。泪水感动了在场的人，父亲的眼睛也禁不住湿润了。

一直站在一旁观望着的大黑獒那日看看冈日森格的眼泪，又看看父亲的眼泪，安静地卧了下来。有一种力量正在强烈地感动着它，使它的尾巴突然有了一种违背它的意愿的冲动：翘起来了，慢慢地翘起来了，而且摇摆着，一次次地摇摆着，仿佛尾巴要代替它表达整个獒类世界的感激。它回头用一只眼睛望着尾巴，似乎连它自己也奇怪，它的尾巴怎么会这样？领地狗的原则呢？作为一只藏獒必须具有的对来犯者神圣的怒吼和威逼呢？怎么一眨眼就让自己的尾巴扫荡干净了？大黑獒那日突然变得非常沮丧，因为它比谁都清楚，尾巴是表达感情的工具，藏獒的尾巴就是藏獒内心世界的外化。它的心变了，已经不再是坚硬如铁的杀手之心，不再是尖锐如锥的仇恨之心了。

灌完了血，又给冈日森格换药。冈日森格忍受着疼痛，任由藏医尕宇陀把那些刀子一样刺激着伤口的各色药粉撒遍了全身。两个小时后它在父亲的帮助下喝下了一盆藏宝汤，那是用晶莹的雪山圣水加上热泉里的边缘石和深山里的藏红花熬制成的牛骨头汤。而大黑獒那日吃到的除了牛骨头汤，还有藏扎西拿来的牛的眼睛和羊的肋条。

第五章

梅朵拉姆和眼镜来了。这几天他们两个天天都来，代表白主任来看望父亲。父亲已经知道梅朵拉姆原来叫张冬梅，因为恰好在藏族的语言里鲜花称作梅朵，她的房东尼玛爷爷就自作主张把她的名字改成了"梅朵拉姆"，意思是花朵一样的仙女。眼镜知道了以后说："梅朵拉姆多好听啊，意思也好，比你的张冬梅好多了，冬天的梅花，又孤独又冷清，多可怜。"梅朵拉姆说："冬梅的意思是傲霜斗雪，不畏寒冷，我挺喜欢的。不过草原上的人喜欢叫我梅朵拉姆，我也不能不让他们叫，一个人有两个名字挺好的。"眼镜说："这也是为了和当地藏民打成一片嘛。我也给我起了个新名字，是汉藏结合的，叫李尼玛。"梅朵拉姆说："我知道尼玛是太阳的意思，我的房东爷爷就叫尼玛。"李尼玛说："对啊，尼玛不错，尼玛是永远不落的。"父亲还知道李尼玛和梅朵拉姆互相是有点意思的，是那种男人对女人、女人对男人的意思，就像两块磁石，正好处在互相吸引的那一面。在整个西结古工作委员会里，女的里头就数梅朵拉姆漂亮，男的里头就数李尼玛英俊且有文化，郎才女貌，看上去也是天生的一对地配的一双。

梅朵拉姆一进父亲养伤的僧舍就吃惊地叫起来："它活啦？居然活啦？我还寻思不是今天就是明天，你就该把它背上山去喂老鹰了。"李尼玛对她说："看样子你得学点藏医，藏医的医术真是神了。"父亲坐在地上，一手摸着大黑獒那日，一手摸着冈日森格说："我听喇嘛们说，它前世是一只阿尼玛卿雪山上的神狮子，保护过许多在雪山上修行的僧人，它死不了，永远都死不了，佛会保佑它的。"父亲说这话时天真得像个孩子。梅朵拉姆更加天真地说："原来是这样啊。"李尼玛说："我觉得是迷信。"他们蹲在父亲身边，说着话，一会儿动动大黑獒那日，一会儿动动冈日森格。两只硕大的藏獒静静地卧着，它们知道这个美丽的姑娘和这个四只眼的青年男子是父亲的朋友，而父亲，在它们眼里，已经是很亲很亲的人了。

说了一会儿话，李尼玛和梅朵拉姆就用眼神互相提醒着，站了起来。父亲送他们出门说："快回去吧，你们有你们的事儿，我好着呢，不需要你们天天来看我。"

实际上李尼玛和梅朵拉姆并不是想回去，而是想到旷野里去。每次从西结古寺看望父亲回去，他们都会从碉房山的另一边绕到荒野里。雪山高耸，草原辽阔，河水清澈，了无人迹。坦坦荡荡的绿原上只有他们两个人。两个人开始说着话，后来就什么话也不说了，他就把她捉住了。先是捉住她的手，再是捉住她的脸和嘴，然后就捉住了她的身子。当他把她的整个身子紧紧抱在怀里试图压倒在草地上时，她突然一阵颤抖，使劲推开了他。梅朵拉姆绯红了脸说："别这样，我们还早着呢。"李尼玛遗憾地说："这里这么安静，谁也看不见我们。"

尽管她不由自主地推开了他，但两个人都不能否认，在每天去西结古寺看望父亲的日子里，他们的关系迅速地密切起来温馨起来。这大概就是最初的爱情吧。见证了他们最初爱情的有老鹰和秃鹫，有藏羚羊和藏野驴，有马麝和白唇鹿。它们在很近的地方看到了李尼玛和梅朵拉姆，一点也不害怕，不仅不躲开，反而好奇地走过来，就像孩子面对大人那样天真地望着他们。李尼玛说："太美妙了，简直就是童话。"组成童话的还有七八只领地狗。领地狗中的藏獒，确切地说是獒王虎头雪獒和跟它关系特别密切的大黑獒果日、灰色老公英以及另外几只藏獒始终不远不近地跟着他们。李尼玛说："讨厌，他们跟着我们干什么？"梅朵拉姆说："它们用鼻子一闻就知道你不是好人，跟过来防止你欺负我。"李尼玛说："我就欺负了，咋了？咋了？"说着又一次抱住了她。藏獒们转过了身去，它们对于他和她互相间的这种"欺负"似乎跟人一样羞于窥伺。梅朵拉姆说："放开，放开，你别再这样了好不好，连狗都知道害羞了。"

人对动物的猜测向来不及动物对人的猜测，尤其是那些不在草原上土生土长的人，面对藏獒的时候，总是不能善解人家的意思。獒王虎头雪獒之所以带着几个亲密伙伴一直跟踪着他们，是因为它们对危险的预感比人类探测天空的雷达还要敏锐而准确。雷达是同一时间感应,而它们是超时空预知。当这一对男女第一次出现在旷野里,它们第一次看到他和她手捉手、嘴捉嘴的时候,它们尤其是獒王虎头雪獒就明确无误地感觉到一种危险就像美丽的光环一样悬浮在他们的头顶,随时都会套住他们。但它们又说不好什么时候会套住,所以就跟了过来,远远地监视着那个人类永远看不见摸不着、而它们一眼就能望见、一鼻子就能闻到的东西。是的,它们跟上了危险,而不是跟上了人。因为它们是领地狗中的藏獒,没有必要亲近或者巴结任何一个人,却必须履行解除任何一个人的危险的职责。只要是在西结古草原生活的人,不管是富人还是穷人,不管是藏民还是汉人,一旦遇到危险而不能立刻解救,那就是藏獒的耻辱,而藏獒是不会生活在耻辱之中的。它们最最敏感也最最需要的,是忠诚与牺牲,是那种能够保证它们凌驾于一切动物之上的荣誉,是维护人类生命极其财产的勇敢。

它们不远不近地跟了几天。獒王虎头雪獒带着它的伙伴突然靠近了李尼玛和梅朵拉姆,因为它们感觉到危险更加靠近了。而被危险包围着的李尼玛和梅朵拉姆却试图摆脱它们的跟踪。李尼玛说:"讨厌,它们跟野生动物不一样,见到它们我就像见到了熟人。"梅朵拉姆说:"那还不好,可以让你老实一点。"李尼玛说:"走,咱们离开这里,让它们找不到我们。"他拉着她的手跑起来,一直跑得看不见藏獒的影子为止。但是李尼玛没想到,在这里他对她的爱情遇到了真正的见证,一个他和梅朵拉姆都认识的光脊梁的孩子比藏獒更加讨厌地出现在了他们面前。

那一刻,李尼玛照例捉住了梅朵拉姆的手,然后捉住了她的脸和嘴,就在他把她抱在怀里又一次试图压倒在草地上的时候,那孩子一声尖叫,从灌木丛里跳了出来。他和她愣住了,迅速分开了。梅朵拉姆吃惊地说:"你怎么在这儿?"光脊梁的孩子额头上顶着一个又青又紫的大包,用一种古怪的眼神看着他们,赤脚踢了一下面前的草墩子。梅朵拉姆走近他,用大夫本能的关切问道:"你怎么了?疼不疼?快跟我回去,我给你包扎一下。"她没带药箱,只要是去看望父亲,她都不会带着药箱,因为用不着。她作为一个大夫在神奇的藏医喇嘛面前很是自惭形秽,也就不想把那个汉人大夫的标志挎在肩膀上晃来晃去了。

光脊梁的孩子站着不动。梅朵拉姆一把拉起他的手问道:"到底怎么了?是谁打了你还是你自己绊倒了?"光脊梁的孩子猜测到她在问什么,用藏话说:"上阿妈的仇家,上阿妈的仇家。"梅朵拉姆一脸困惑。李尼玛过来说:"他是说他额头上的大包是上阿妈的仇家留给他的。"梅朵拉姆说:"上阿妈的仇家?不就是汉扎西带来的那七个小孩吗?他们怎么打了你?"光脊梁用扑腾的大眼睛疑惑地望着梅朵拉姆同样扑腾的大眼睛,从腰里解下了一个两米长的牛毛绳"乌朵"。他捡起一块椭圆的石头,兜在"乌朵"的毡兜里,用大拇指扣住牛毛绳一端的绳孔,把尖细的另一端攥在手心里,挥动胳膊,呜呜呜地甩起来。突然他把尖细的一端松开了,只听嗡的一声,石头飞了出去,在一百多米的地方砰然落地。梅朵拉姆惊诧地说:"他们就是用这个打你的?你可要小心点,石头飞过来会打死人的。以后你不要一个人在草原上游荡,多叫几个伙伴。"光脊梁的孩子似乎对她的话有一种非凡的理解能力,扑腾着黑暗的大眼睛,点点头,转身跑开了,跑到更野更远的草原上去了。

獒王虎头雪獒已经意识到这一对男女不喜欢它们游荡在他们的视野里,就知趣地隐藏了起来。但隐藏并不等于放弃跟踪,恰恰相反,它们离他更近了。它们就隐藏在离他们只有五十步远的草洼里,静静地等待着。这就叫埋伏,它们埋伏在危险就要出现的道路上。而这个时候危险也在跟踪着这一对男女,已经很近很近,近得只剩下几秒钟的路程了。

　　危险来自金钱豹。这是一个一公两母的组合,这样的组合说明它们对人类的袭击绝对不是为了猎食。很可能两只母豹的孩子都被猎人抓走或者打死,迫使它们认为,只要是两条腿走路的,就都是残害了小豹子的人。它们是生性凶残的金钱豹,无休无止地进行更加凶残的报复是它们唯一的选择。为了实现报复,它们可以几天几夜不吃饭,耐心地跟踪目标,也更加耐心地培养饥饿,因为只有饥饿才能使它疯狂,而疯狂是百倍凶残的前提。如果不能疯狂,如果没有百倍的凶残,它们在对付人类时就会犹豫不决——金钱豹的祖先并没有给它的后代遗传仇视人类的基因。

　　一公两母三只金钱豹几乎在同时一跃而起。但是没有声音,如果按照它们这时候的速度和力量实现它们的计划,恐怕李尼玛和梅朵拉姆脖子断了还不知道是谁搞断的呢。李尼玛和梅朵拉姆只感觉有一阵风从后面吹来,草原上到处都是风,后面的风没什么奇怪的,只不过更强劲一些罢了,再强劲的风也是不咬人的,有什么可怕的? 可怕的倒是前面。前面的草洼里,突然跳起了几只藏獒,就是这几天一直跟踪着他们的那几只藏獒。它们在一只虎头雪獒的带领下朝着他们狂奔而来。他们惊呆了,突然意识到它们在跟踪了几天之后终于要对他们动手了。它们的体魄是猛兽的体魄,性情也是猛兽的性情,它们利牙铮狞,血口大开,它们吃掉他们就像风吹掉树叶一样容易。他们软了,李尼玛哎哟一声,一屁股坐在了地上。梅朵拉姆双手捂着咚咚跳荡的胸脯,惊怕得眼泪夺眶而出,心说今天完了,今天要死在这里了。

　　七八只野蛮的藏獒跳起来了,但它们并榴有扑到他们身上,而是一扑而过,扑到他们身后去了。只听身后一阵咆哮,有藏獒的,也有别的动物。梅朵拉姆突然反应过来,赶紧回头,顿时惊得大叫一声。她看到了三只矫健的金钱豹看到这三只偷袭而来的金钱豹就在离他们五步远的地方被藏獒拦住了。为首的虎头雪獒已经和为首的豹子扭打在一起,另外几只暴怒的藏獒正在扑向另外两只豹子,也已经是头碰头牙对牙了。

　　转眼就是血,洇在了獒王虎头雪獒洁白的身体上,也洇在了金钱豹美丽的皮毛上,不知道是谁在流血,也看不出谁胜谁败,就像一场势均力敌的拳击赛,外行人很难判断谁的点数多谁的点数少,直到裁判举起一个人的手,观众才知道那个老是抱着人家不出手的却原来是个狠狠出击的赢家。獒王虎头雪獒就是这样一个赢家,它并没有这里咬一口那里咬一口,而是一张口就把牙齿插进了对方的脖子,然后拔出长牙让对方的鲜血汩汩流淌。这之后它就很少进攻,打斗并不激烈。它把主要精力放在防御上,耐心地用力气压住对方,不让对方咬住自己的要害,等到性情暴躁的金钱豹乱扑乱咬露出破绽时,它就第二次把利牙对准了对方的脖子。这次不是插入而是切割,它割破了对方脖子上的大血管。当血一下子滋出来喷了它一脸时,它后腿一弯,跳到了一边。金钱豹扑了过来。獒王虎头雪獒以硬碰硬的姿态迎了过去,突然侧身倒地,露出虎牙,利用金钱豹扑过来的惯性划破了对方柔软的肚子,然后马上跳起来,稳稳地站在了那里。

獒王虎头雪獒知道自己已经把这只金钱豹打败了,它可以继续撕咬让对方迅速死掉,也可以不再撕咬让对方慢慢死掉。它选择了后者,因为它痛惜着对方的雄壮和漂亮想让它多活一会儿。在獒王虎头雪獒的眼里,金钱豹在草原上的地位远远超过了其他野生动物,这种皮毛美丽的野兽虽然是敌手,但却是高贵而值得尊敬的敌手。更重要的是,獒王虎头雪獒始终认为,藏獒尤其是它自己的许多打斗技巧,比如快速地曲线奔跑,计算出提前量然后灵活扑跳,假装咬屁股等对方一掉头立马改变方向咬住脖子的战术等等,都是从金钱豹和雪豹那里学来的。金钱豹又扑了一次,又扑了一次。獒王虎头雪獒漫不经心地躲闪着,眼睁睁地看着对方掉出了肠子,悲哀地趴在血淋淋的草地上,再也起不来了。

獒王虎头雪獒凭吊似的望了望就要死去的金钱豹,又抬头看了看那边。那边的打斗早就结束,两只金钱豹都已经死去,獒王满意地叫了几声。大黑獒果日和灰色老公獒以及另外几只藏獒走过来簇拥到了它的身边。它们互相查看着伤势,互相舔干了身上的血,看都没看一眼被它们用生命从豹子嘴边救下来的一男一女,就快快离开了那里。危险已经解除了,这一对男女就跟它们没关系了。它们没想过人应该记住并感谢它们的恩德,反而总希望自己记住并报答人的恩德,这就是藏獒。或者说,有恩不报不是藏獒,施恩图报也不是藏獒。藏獒就是这样一种猛兽:把职守看得比生命更重要。永远不想着自己,只想着使命;不想着得到,只想着付出;不想着受恩,只想着忠诚。它们是品德高尚的畜生,是人和一切动物无可挑剔的楷模。牧人们形容一个坏蛋,就说他坏得像恶狼,形容一个好人,就说他好得像藏獒。

李尼玛站起来,到处走动着,仔细观察着死掉的三只金钱豹,小声说:"这么好的豹子皮,丢在这里多可惜啊。"梅朵拉姆瞩望着离去的七八只藏獒,大颗大颗地落着感激的眼泪,突然说:"真威风,它要是一个男人就好了。"她指的是虎头雪獒。她并不知道虎头雪獒是西结古草原的獒王,只觉得它的威猛骇人比起老虎狮子来有过之而无不及,它是一种顶天立地的形象,是一个英雄般的存在,恰到好处地吻合了她想象中的那种勇毅伟岸的男人风格。

生怕再遇上豹子或者其他野兽,李尼玛和梅朵拉姆沿着野驴河快快地走着。就要到达西结古时,他们看到光脊梁的孩子又一次出现了。他挺立在不远处高高在上的灌木丛里,把皮袍摇摇欲坠地堆缠在腰里,背衬着蓝天,神情肃穆地俯视着他们。和刚才不一样的是,他身边密密麻麻簇拥着一大片领地狗。李尼玛和梅朵拉姆一眼就看到,刚才救了他们的虎头雪獒和另外几只藏獒混杂在狗群里,一副若无其事的样子。

梅朵拉姆愣愣地望着他,突然朝他扬了扬手。光脊梁的孩子穿过灌木丛跑了过来,一大群几百只各式各样的领地狗跟在后面跑了过来。几只顽皮的小狗绕开李尼玛,使劲朝梅朵拉姆腿上扑着,它们天生就知道谁是可以跟它们玩的。梅朵拉姆弯下腰逗着小狗,一摆头,看见了光脊梁的孩子流着血的赤脚,便大惊小怪地叫起来,"你怎么是赤着脚的? 灌木丛里尽是刺,划破了会感染的。你应该穿双靴子,靴子。"说着,用手在自己的膝盖上砍了一下。光脊梁的孩子知道她是在关心自己,也明白她说到了靴子,绷紧的脸上露出一个憨笑来,抬起右脚擦了擦左脚面上的血,突然转身,对着领地狗群挥手大喊几声:"嗉多吉,嗉多吉。"

领地狗们立马兴奋起来,朝着野草深处狂奔而去,一边跑一边叫,用一个形容人类的词汇就是沸反盈天。低飞的老鹰升高了,不远处的一群白唇鹿首先奔跑起来,它们一跑,河对岸的藏羚羊和藏野驴也都按捺不住了,可着劲儿跑,转着圈儿跑。其实它们并不是害怕这些领地狗,领地狗从来没有伤害过它们,它们就是想找一个借口跑,因为它们本来就是一些善于奔跑的动物。更重要的是,它们一跑,那些潜藏在四周觊觎着它们的荒原狼、藏马熊、金钱豹和雪豹就不可能继续潜藏下去了,它们也会跑起来,一跑就会暴露在狗群面前。而在草原上,能让领地狗尤其是藏獒群起而攻之的,除了荒原狼,再就是比狼更凶猛的藏马熊、金钱豹和雪豹了。

"嗉多吉,嗉多吉。"光脊梁的孩子跟在狗群后面拼命地喊着跑着。他是想让狗群轰起几匹荒原狼和几只豹子或者一头独往独来的藏马熊,一旦轰起来,领地狗尤其是藏獒是不咬死它们不罢休的。咬死了就好,就有了狼皮,或者豹皮,或者熊皮。他要把皮子带回去,带到青果阿妈草原中部、狼道峡那边的多猕草原上去。多猕草原上有市场,市场上有靴子,什么样的靴子都有。他可以卖了皮子再买靴子,也可以直接交换,用一张皮子换一双靴子。因为美丽的仙女梅朵拉姆说了:"你应该穿双靴子。"—"嗉多吉,嗉多吉。"光脊梁的孩子声嘶力竭地驱赶着领地狗群,领地狗群还在疯狂地奔跑。期待中的荒原狼出现了,飕飕飕地在草丛里穿行。期待中的藏马熊出现了,站在草洼里愣愣地望了一会儿率先奔袭而来的藏獒和跑在最前面的嗉王虎头雪獒,转身就逃。期待中的金钱豹和雪豹没有出现,藏獒们知道,它们不会出现了,至少十天半月它们不会再来这片被碉房山俯瞰着的草原,它们已经嗅到了三只死豹子的气息,这会儿全都奔丧去了。

"嗉多吉,嗉多吉。"奇怪的是光脊梁的喊声突然失去了力量,跑在前面的藏獒并没有朝着已经出现的荒原狼和藏马熊包抄过去。它们先是放慢了速度,接着就散散乱乱地停下了。它们被另一种能够销蚀群体意志的神秘声音阻挡在了一片草丘之前:"玛哈噶喇奔森保,玛哈噶喇奔森保。"

七个上阿妈的孩子出现了。

光脊梁的孩子停了下来,愤怒地望着前面,使出吃奶的力气,伸长脖子喊着:"嗉多吉,嗉多吉。"然而这毕竟只是一个人的声音,抵制不了七个人的声音,当上阿妈的仇家齐声喊起来时,领地狗们就只能听见"玛哈噶喇奔森保"了。听见了就必须服从,谁也说不清凶猛的所向无敌的藏獒为什么会服从这样一种莫名其妙的声音。领地狗们此起彼伏地吠叫着,却没有一只跳起来扑过去。嗉王虎头雪獒望着逃跑的藏马熊,犹豫不决地来回走动着。

光脊梁的孩子棱角分明的脸上每一条肌肉都是仇恨,他仇恨着七个上阿妈的孩子,也仇恨着一听到对方古怪的喊叫就放弃追撵的领地狗。他在仇恨的时候从来就是奋不顾身的,他迎着仇家跑了过去,全然没有想到好汉不吃眼前亏。

但是七个上阿妈的孩子并不想让光脊梁靠近自己,因为一旦靠近就必然是一对一的打斗:摔跤,拼拳,或者动刀子。受伤的、死掉的,未必就不是自己。他们不想受伤,更不想死掉,也不愿意违背青果阿妈草原的规矩群起而上——群起而上是藏狗的风格不是人的作为甚至也不是藏獒对藏獒的战法。他们一个个从腰里解下抛石头的"乌朵",呜儿呜儿地甩起来。

石头落在了光脊梁面前,咚咚咚地夯进了草地。光脊梁愣了一下,站住了,蓦然回头看了一眼远处的仙女梅朵拉姆。

梅朵拉姆正在朝他招手,喊着:"你回来,小男孩你快回来。"光脊梁仿佛天生就能领悟她的意思,虽然听不懂她的话,但却照着做了。他转身往回走,一直走到了梅朵拉姆跟前。七个上阿妈的孩子甩过来的乌朵石消失了,在零零星星的"玛哈噶喇奔森保"的喊声中,一大群领地狗在獒王虎头雪獒的带动下迅速回到了光脊梁身边。

梅朵拉姆说:"多危险哪,石头是不长眼睛的。刚才一喊你,我才发现我还不知道你的名字呢,你叫什么?"光脊梁眨着眼睛不回答。她又说:"就是名字,比如尼玛、扎西、梅朵拉姆。"光脊梁明白了,大声说:"秋珠。"梅朵拉姆说:"秋珠?秋天的秋?珍珠的珠?多漂亮的名字。"李尼玛说:"漂亮什么?秋珠是小狗的意思。"说着指了指两个正在扭架的小狗。光脊梁点了点头。李尼玛又说:"肯定是他阿爸阿妈很穷,希望他胡乱吃点什么就长大,不要让阎罗殿的厉鬼勾走了魂,就给他起了这么一个名字。小狗多容易活啊,狗命是最硬的。或者他阿爸阿妈是赤贫的流浪塔娃,觉得狗命比人命富贵,就给他起了一个更有希望的名字——'小狗'。反正,有这个名字的,肯定是贫苦牧民家的孩子。"梅朵拉姆说:"小狗也不错,草原上的狗都是英雄好汉,秋珠也是英雄好汉,敢于一个人冲锋陷阵。"李尼玛说:"那他就叫巴俄好了,巴俄,你就叫巴俄。"孩子知道"巴俄"是英雄的意思,但他并不愿意叫这个吉祥的名字,固执地说:"秋珠。"梅朵拉姆摸了摸光脊梁的头说:"那就把两个名字合起来,叫巴俄秋珠,英雄的小狗。"光脊梁的孩子望着她,点点头,笑了。梅朵拉姆叫道:"巴俄秋珠。"光脊梁响亮地答应了一声:"呀。"

巴俄秋珠很快离开了那里,因为他发现梅朵拉姆又一次看了看他受伤的脚。他把脚朝草丛里藏去,一看藏不住就赶紧离开了。他走向草野深处,登上一座针茅草丛生的高冈,朝着刚才七个上阿妈的孩子朝他抛了乌朵石的方向呜里哇啦喊起来。梅朵拉姆问李尼玛:"他在喊什么?"李尼玛"嘘"了一声,侧过耳朵听了半天说:"他好像说上阿妈的仇家你们听着,我是英雄秋珠,我命令你们马上离开西结古草原,你们要是不马上离开,今天晚上你们上阿妈草原的七个狼屎蛋就会统统死在我们西结古草原的七个英雄好汉手里。等着瞧,决一死战的时刻就 要来到了。"梅朵拉姆说:"这孩子,说他是英雄,他就真以为自己是英雄了,咱们不能让他去,打架没轻重,伤了死了怎么办?"

然而已经来不及阻拦了。巴俄秋珠喊着喊着就飞下高冈朝着碉房山跑去。獒王虎头雪獒似乎已经猜到了巴俄秋珠的用意,带头跟了过去。所有的领地狗都跟了过去,刹那间野驴河里有了哗哗哗的声音,草原上有了刷刷刷的声音。任凭梅朵拉姆喊破嗓子让巴俄秋珠回来,巴俄秋珠也听不见了。

第六章

　　李尼玛和梅朵拉姆回到西结古的时候，已是黄昏。白主任等在牛粪碉房前面的草坡上，问他们汉扎西到底怎么样了，他们怎么去了这么长时间。李尼玛就说汉扎西好着呢，冈日森格已经醒了，他们陪着汉扎西和冈日森格还有已经能够站起来挪动几步的大黑獒那日多坐了一会儿。白主任说："好，你们这样做是对的，汉扎西的做法已经证明，狗是藏民的宝，你对狗好，藏民就会对你好。"梅朵拉姆说："这我已经知道了，我现在和房东家的狗关系也不错。"白主任说："这样就好。我听说在上阿妈草原和其他一些地方，直到现在喇嘛们都还不允许工作委员会的男男女女走到寺院里去。而在我们这里，通过对一只狗冈、冈、冈日森格的爱护，已经突破了这道难关。不仅汉扎西住进了寺院，连女同志也能够随随便便进出寺院了。这就证明，我们前一阶段了解民情，联络上层，争取民心，站稳脚跟的工作任务完成得不错。当然不能骄傲，还需要深入，以后你们到了寺院里，不光要和汉扎西接触，不光要把冈日森格和大黑獒那日当人看待，还要和喇嘛们接触，要投其所好，需要的话，也可以拜拜佛嘛。如果让他们感觉到他们信仰的也是我们尊敬的，那在感情上就成一家人了。还有一件事情需要表扬，就是我们到了西结古草原之后，很多同志都给自己起了一个藏族名字，比如你叫李尼玛，你叫梅朵拉姆，这是一个很好的做法，我发现只要名字一变，藏民们就会把你当成自己人看待。我今天下午去了野驴河部落的头人索朗旺堆的帐房，在那里碰到丹增活佛，我让他也给我起一个藏族名字。丹增活佛和索朗旺堆头人都高兴地又是给我端茶又是给我敬酒。我就说，酒先不喝，起了名字再喝。丹增活佛就给我起了一个名字，非常好，连我的姓也包括进去了，叫白玛乌金，白玛乌金是谁？白玛乌金就是莲花生，莲花生是谁？莲花生就是喇嘛教里头密宗的祖师。这么伟大的一个名字起给了我，说明人家对我们是真心实意的。"梅朵拉姆说："丹增活佛给你起了名字，你就激动得差点把自己喝醉。"白主任白玛乌金说："对啊，你怎么知道？"梅朵拉姆和李尼玛一起说："我们闻到酒味了。"

　　又说了一些话，李尼玛跟随白主任回到碉房里去了。梅朵拉姆匆匆走向自己居住的帐房。正是牧归的时候，一整天都在草原上奔忙的牧羊狗已经跟着畜群回来了，加上留在家里的看家狗，五只大藏獒齐刷刷地立在帐房门前的平场上。平场上还有三只小狗，打老远看见了汉姑娘梅朵拉姆，便和七岁的小主人诺布一起互相追逐着朝她跑来。梅朵拉姆高兴地叫着孩子和小狗的名字："诺布，嘎嘎，格桑，普姆。"一弯腰抱起了一只小狗，又搂了搂诺布的头。另外两只小狗顽皮地扑到她的腿上撕扯她的裤子。她放下这只小狗，又抱起那只小狗，最后干脆将它们都抱了起来。它们是大体格的喜马拉雅獒种，才两个月就已经有五六公斤重了。她吃力地抱着它们往前走。大狗们看她这么喜欢小狗，统统朝她摇起了尾巴。小狗的阿妈一只后腿有点瘸的黑色的看家狗坐在了地上，笑眯眯地望着她。瘸腿阿妈的丈夫那只一天没见梅朵拉姆的白色的牧羊狗嘎保森格走过来舔了舔她的手。她知道这是什么意思，就说："饿了吧？你们等着，马上就给你们开饭。"她放下小狗，一掀帘子钻进了帐房。

帐房里尼玛爷爷正在准备狗食,他从一个羊皮口袋里抓出一些剁碎的牛肺和牛腿肉,放进了一个盛着半盆肉汤的大木盆里,又从墙角的木箱里挖出一些青稞炒面放了进去。梅朵拉姆蹲在大木盆旁,接过尼玛爷爷手里的木勺使劲拌了几下,和七岁的诺布一起抬着大木盆来到了门外。

自从汉扎西因为保护冈日森格受到西结古寺僧众的爱戴以后,房东家的狗每天就都是由梅朵拉姆喂食了。她发现只要她喂它们,尼玛爷爷一家就特别高兴,总是笑呵呵地望着她。不知不觉,帐房里佛龛前的酥油灯多了一盏,净水碗多了一个,那是代表汉姑娘梅朵拉姆给神佛的献供,尼玛爷爷一家已经把她看成自家人了。喂了几次狗,梅朵拉姆就发现这种被草原人称作藏獒的狗不是一般的狗,它们除了不会说话,什么都懂,尤其是在理解人的语言方面,比人还要有灵性。一般来说,汉人说话藏民听不懂,藏民说话汉人听不懂,可是藏獒就不一样了,汉话的意思和藏话的意思它们都能理解。你用藏话说:"你去把诺布叫过来。"它去了。你用汉话说:"你去把诺布叫过来。"它也去了。好像它们理解人的语言不是凭了听觉,而是凭了心灵感应,它们听到的不是你的声音,而是你的心灵和思想。

梅朵拉姆一边看着藏獒们吃饭,一边和尼玛爷爷的儿子牧羊回来的班觉说话。她说;"秋珠?秋珠?"班觉知道她是想了解秋珠这个人,就比画着说,他是一个失去了阿爸阿妈的人,他的阿爸在十二年前的那场藏獒之战中被上阿妈草原的人打死了。阿爸死后阿妈嫁给了他的叔叔,他非常崇拜他的叔叔,因为叔叔立志要给他阿爸报仇,结果他叔叔去报仇的时候,又被上阿妈 草原的人打死了。叔叔死后,他的阿妈一个性情阴郁的女人嫁给了人见人怕的送鬼人达赤。女人知道,如果指望自己的儿子去报仇,儿子的结局就只有一个,那就是死掉。她不想让儿子去送死,就把报仇的希望寄托在了送鬼人达赤身上。尝到了爱情滋味的送鬼人达赤当着女人的面向八仇凶神的班达拉姆、大黑天神、白梵天神和阎罗敌发了毒誓,要是他不能为女人的前两个丈夫报仇,他此生之后的无数次轮回都只能是个饿痨鬼、疫死鬼和病殃鬼,还要受到尸陀林主的无情折磨,在火刑和冰刑的困厄中死去活来。遗憾的是女人并没有等来他给她报仇的那一天,嫁给他两年之后她就病死了。女人死后不久,送鬼人达赤就离开西结古,搬到西结古草原南端党项大雪山的山麓原野上去了。秋珠认为阿妈是沾上了送鬼人达赤的鬼气才死掉的,就不跟他去,也不认他做自己的阿爸。送鬼人达赤很失望,走的时候对秋珠说,你不能一辈子做一个无家可归的塔娃,你还是跟我走吧,去做西结古草原富有的送鬼继承人吧,只要你叫我一声阿爸,我就给你一头牛,叫我十声阿爸,我就给你十头牛,叫我一百声阿爸,我就给你一群牛。秋珠不叫,秋珠说我没有阿爸,我的阿爸死掉了。秋珠一个人留在了西结古,四处流浪。牧民们可怜这个死去了三个亲人的孩子,经常接济一些吃的给他。他是个心地善良的孩子,给他的食物他总是只吃一半,一半留给领地狗。

梅朵拉姆边听边点着头。其实大部分话她都没有听懂,似乎也用不着听懂,她只想搞清楚这会儿能在什么地方找到秋珠,好去阻止今天晚上将要发生的西结古草原的·七个英雄好汉"对上阿妈草原的"七个狗屎蛋"的决一死战。

梅朵拉姆问遭;"领地狗?你说到了领地狗?你是不是说哪儿有领地狗哪儿就

能找到秋珠?"班觉一脸迷茫,拿不准自己是否听懂了梅朵拉姆的话。梅朵拉姆着急地喊起来:"秋珠,秋珠,哪儿能找到秋珠?"

埋头吃饭的五只大藏獒和三只小狗一个个扬起了头,望着梅朵拉姆。梅朵拉姆又说了一句:"哪儿能找到秋珠?"这次是直接冲着藏獒说的,五只大藏獒互相看了看。白色的牧羊狗嘎保森格首先掉转身子往前跑去。接着两只黑色的牧羊狗萨杰森格和琼保森格也掉转身子往前跑去。另外一只名叫斯毛的大藏獒也想跟上,突然意识到自己是看家狗,晚上还有一整夜护圈巡逻的任务,就停下来嗡嗡地叫着。小狗们活跃起来,似乎理解了父辈们的意思,飞快地跑出去,又飞快地跑回来,围着大木盆和瘸腿阿妈兜着圈子,转眼就扭打成一团了。

班觉朝梅朵拉姆挥着手说:"去吧,去吧,它们知道秋珠在哪里。"梅朵拉姆听明白了,抬脚就跑,边跑边喊着一白二黑三只大牧狗的名字:"嘎保森格,萨杰森格,琼保森格,等等我。"以后的日子里她会明白:嘎保森格是白狮子的意思,萨杰森格是新狮子的意思,琼保森格是鹰狮子的意思。

班觉走进帐房,坐下来喝茶。尼玛爷爷对儿子说:"天黑了,你还是跟去看看吧。"正在锅灶上准备晚饭的班觉的老婆拉珍也说:"你去把她叫回来,要吃饭了。"班觉说:"阿爸,你什么时候见过吃人的野兽出没在碉房山上?再说还有我们家的三只大牧狗引导着她保护着她呢。拉珍你听着.人家是远远的地方来的汉人,有顶重要的事情要做,我怎么能把人家叫回来?你不要怕麻烦,她什么时候回来。你什么时候把热腾腾的奶茶和手抓端给她。"

这时帐房外面的瘸腿阿妈和它的姐妹那只名叫斯毛的看家狗叫起来,声音不高,像是说话,温和中带有提醒。班觉听了听,知道不是什么危险来临的信号,就没有在乎。但是他没想到,瘸腿阿妈和藏獒斯毛的提醒虽然不那么激烈,但也并非完全和危险不沾边,就像一个大人正在语重心长地叮嘱自己的孩子:"晚上不要出门,万一遇到坏人怎么办?"这是亲情的表达,内心的忧患以及缘于经验和阅历的关切溢于言表。它们关切的是班觉的儿子七岁的诺布。诺布这时已经离开帐房,追随着漂亮的阿姐梅朵拉姆走到深不可测的黑夜里去了。诺布本来在帐房门口站着.听阿妈说要吃饭了,就在心里说:"阿爸阿妈,我去把梅朵拉姆阿姐叫回来。"然后就走了。等到踏上碉房山的盘山小路,听到山上隐隐有狗叫声传来时,诺布就把"叫回来"的初 衷忘得一千二净了。

这天晚上,西结古寺的僧舍里,父亲照例睡得很早,天一黑就躺到了炕上。但是他睡不着,心想自己是个记者,一来青果阿妈草原就成了伤员,什么东西也没采访,即使报社不着急,自己也不能再这样晃悠下去了。明天怎么着也得离开寺院,到草原上去,到头人的部落里去,到牧民的帐房里去。他觉得自己已经得到了寺院僧众的信任,又跟着铁棒喇嘛藏扎西学了不少藏话,也懂得了一些草原的宗教,接下来的工作就好做多了。

这么想着的时候,他听列地上有了一阵响动,点起酥油灯一看,不禁叫了一声:"那日。"昨天还只能站起来往前挪几步的大黑獒那日这会儿居然可以满屋子走动了。大黑獒那日看他坐了起来,就歪起头用那只没有受伤的右眼望着他,走过来用嘴蹭了蹭他的腿,然后来到门口不停地用头顶着门扇。父亲溜下炕去,抚弄着它的鬣毛说:"你要干什么? 是不是想出去?"它哑哑地叫了一声,算是回答,父亲打开了门。大黑獒那日小心翼翼地越过了门槛,站到门口的台阶上,汪汪汪地叫起来。因为肚子不能用劲,它的叫声很小,但附近的狗都听到了,都跟着叫起来。它们一叫,整个寺院的狗就都叫起来。好像是一种招呼、一种协商、一种暗语。招呼打完了,一切又归于宁静。大黑獒那日回望了一眼父亲.往前走了几步,疲倦地卧在了漆黑的夜色里照壁似的嘛呢石经墙下。父亲走过去说:"怎么了,为什么要卧在这里?"他现在还不明白,大黑獒那日作为一只领地狗,只要能够走动,就决不会呆在屋子里。这是本能,是对职守的忠诚。草原上所有的领地狗所有的藏獒都是习惯了高风大夜习惯了奔腾叫嚣的野汉子。

父亲回到僧舍,看到冈日森格的头扬起着,一副想挣扎着起来又起不来的样子。他蹲到它身边,问它想干什么。它眨巴着眼睛,像个小狗似的鸣鸣叫着,头扬得更高了。父亲审视着它,突然意识到冈日森格是想让他把它扶起来。他挪过去,从后面抱住了它的身子,使劲往上抬着。起来了,它起来了,它的四肢终于支撑到地面上了。父亲试探着松开了手,冈日森格身子一歪,噗然一声倒了下去。父亲说:"不行啊,老老实实卧着,你还站不起来,还得将息些日子。"冈日森格不听他的,头依然高高扬起,望着父亲的眼睛里充满了求助的信任以及催促和鼓励。父亲只好再一次把它抱住,抬着,使劲抬着,四肢终于站住了。父亲再也不敢松手,一直扶着它。

冈日森格抬起一只前腿弯了弯,抬起另一只前腿弯了弯,接着轮番抬起后腿,弯了又弯。好着呢,骨头没断。它似乎明白了,一点一点地叉开了前腿,又一点一点地叉开了后腿。父亲一看就知道,冈日森格是想自己站住。"你行不行呢?"父亲不信任地问着,一只手慢慢离开了它,另一只手也慢慢离开了它。冈日森格站着,依然站着,站着就是没有再次倒下,没有倒下就可以往前走,就是继续雄强勇健的第一步了。冈日森格永远不会忘记,这第一步是父亲帮助它走出去的。它望着父亲,感激的眼睛里湿汪汪的。

父亲再次抱住了它,又推动着它。它迈开了步子,很小,又一次迈开了步子,还是很小。接下来的步子一直很小,但却是它自己迈出去的,父亲悄悄松开了手,不再抱它也不再推动它。它走着,偌大的身躯缓缓移动着。父亲说:"对,就这样,一直往前走。"说着他迅速朝后退去,一屁股坐到了炕上。失去了心理依托的冈日森格猛地一阵摇晃,眼看就要倒了。父亲喊起来:"坚持住,雪山狮子,你要坚持住。"冈日森格听明白了,使劲绷直了四肢,平衡着晃动的身子,没有倒下,终于没有倒下,几秒钟过去了,几分钟过去了,依然没有倒下,依然威风凛凛地站着。

不再倒下的冈日森格一直站着,偶尔会走一走,但主要是站着,一声不吭地站着。直到后半夜,父亲矇矇胧胧睡着以后,它突然叫起来,鸣鸣鸣的,像小孩哭泣一样,哭着哭着就把自己的身子靠在了门边的墙上。

这时父亲听到门外的大黑獒那日汪汪汪地叫起来,叫声依然很小,但还是得到了别的狗的响应。很快,寺院里所有的狗都叫起来。

父亲下了炕,来到门口,伸出头去看了看漆黑的夜色,轻声喊道:"那日,那日。"大黑獒那日回头用叫声答应着他。他说:"你叫什么? 别吵得喇嘛们睡不成觉,喇嘛们明天还要念经呢。"住在西结古寺的这些日子里,他还是第一次半夜三更听到这么多狗叫。大黑獒那日不听他的,固执地叫着,只是越叫越哑,越叫越没有力气了。父亲回到炕上,再也睡不着,愣愣地坐着。

渐渐的,听不到大黑獒那日的叫声,别的狗也好像累了,叫声稀落下来。一个压低了嗓门的声音如同诡谲的咒语神秘地出现在轻悠悠的夜风里:"玛哈噶喇奔森保,玛哈噶喇奔森保。"酥油灯欲灭还明的光亮里,父亲看到自己的黑影抖了一下,冈日森格的黑影抖了一下。接着就是呜呜呜的哭泣,依然靠在门边墙上的冈日森格用呜呜呜的哭泣让"玛哈噶喇奔森保"声音再次出现了。父亲突然想起来,就在他刚来西结古的那天,七个上阿妈的孩子落荒而逃时,发出的就是这种声音:"玛哈噶喇奔森保,玛哈噶喇奔森保。"

父亲心里不知为什么激荡了一下,咚地跳到了炕下,从窗户里朝外望去,看到一串儿低低的黑影正在绕过照壁似的嘛呢石经墙,朝僧舍走来。

梅朵拉姆跟着三只大牧狗来到了尼玛爷爷的邻居工布家的帐房前,又跟着它们沿着盘山小道走向了山坡上的碉房群。她和它们在六座碉房前停留了六次,每一次梅朵拉姆都会喊起来:"巴俄秋珠,巴俄秋珠。"她这么喊着,三只大牧狗便知道她是非找到巴俄秋珠不可的,又带着她从另一条山道走下来,走到了草原上。这样的路线让梅朵拉姆明白过来,巴俄秋珠已经召集了六个孩子,加上他一共七个,去实现他的诺言:让上阿妈草原的七个狗屎蛋统统死在西结古草原的七个英雄好汉面前。一对一的决一死战就要开始,或者已经开始了。她说:"嘎保森格,萨杰森格,琼保森格,你们说怎么办?"三只大牧狗的回答就是继续快速往前走,只要梅朵拉姆不让它们回去,它们就会一直找下去。

梅朵拉姆跟在三只大牧狗的后面,走得气喘吁吁,不停地喊着:"等等我,等等我。"终于它们停下了。梅朵拉姆发现,它们带着她来到了白天七个上阿妈的孩子朝巴俄秋珠抛打过乌朵石的地方。

梅朵拉姆不禁打了个激灵,突然就感到非常害怕,也非常后悔,自己干么要深更半夜来这里?她想起了白天的事情:三只凶猛的金钱豹偷袭而来,要不是以虎头雪獒为首的几只藏獒舍命相救,她和李尼玛早就没命了。她寻找依靠似的摸了摸身边的三只大牧狗,对它们说:"咱们回吧?"

三只大牧狗站在河边扯开嗓子朝着对岸吠叫着。它们知道这个地方没有巴俄秋珠,巴俄秋珠走到野驴河那边去了,和巴倘秋珠在一起的还有六个人,还有一群领地狗,他们过了河是因为他们追踪的目标过了河。但是他们肯定还要原路返回,因为风告诉三只大牧狗,巴俄秋珠他们追踪的目标——七个上阿妈的孩子并没有远去,过了河的目标又过了同一条河,也就是说,七个上阿妈的孩子又回来了,回到西结古的碉房山上去了。

三只大牧狗边叫边看着梅朵拉姆。梅朵拉姆又一次说:"咱们回吧,咱们不找巴俄秋珠了。"看它们固执地站着不动,就又说,"那就赶快找,找到了赶快回,这里很危险。"说着弯下腰摸了摸黑暗中翻滚的河水,吃不准自己敢不敢过河,能不能过河。一般来说,野驴河是可以涉水而过的,但是这里呢?这里的水是不是也和别处一样只有没膝深呢?她心说不如留下一只狗和我一起在这边等着,让另外两只狗过去寻找巴俄秋珠,狗比她强,狗是会水的。她相信,两只聪明的藏獒会把她正在寻找他的意思准确传达给他,也相信只要巴俄秋珠看到尼玛爷爷家的大牧狗,就会想到是她梅朵拉姆找他来了,他应该赶快回来。

她挥着手说:"萨杰森格,琼保森格,你们过去,我和嘎保森格在这儿等你们。"萨杰森格和琼保森格不听她的,不仅没有过河,反而绕到她身后,警惕地望着黑黢黢的草原。她俯下身子推了推它们,哪里能推得动,生气地说:"你们怎么不听我的话?"它们的回答是一阵狂猛的叫嚣,三只大牧狗都叫了,朝着同一个方向,用藏獒最有威慑力的粗大雄壮的叫声,叫得整个草原的夜色都动荡起来。

一声凄厉的狼啤破空而来,就像石头落在了梅朵拉姆的头上。她的头不禁摇晃了一下心里猛然一揪:危险又来了,白天是豹子,晚上是狼。狼是什么? 狼的概念就是吃人,是比豹子更有血腥味的吃人。自从来到西结古草原,她不止一次地听到过狼嗥,有时候半夜在帐房里睡不着,听着远方的狼嗥就像尖厉的哭声,竟有些被深深打动的感觉。但她从来没有一个人在夜深人静的旷野里听过狼嗥,现在听到了,就再也不是打动而是不寒而栗了。

梅朵拉姆身子抖抖地蹲下来,害怕地瞪着前面,抱住了嘎保森格这只她最钟爱也最信赖的大牧狗。但白狮子一样的嘎保森格并不喜欢她在这个时候有这样的举动,挣脱她的搂抱,朝前走了几步,继续着它的叫嚣。

突然白狮子嘎保森格跑起来,围绕着梅朵拉姆跑了一圈,然后箭镞般直直地朝前飞去。接着是新狮子萨杰森格,接着是鹰狮子琼保森格,它们都朝前跑去,一跑起来就都像利箭,刷刷两下就不见了。等梅朵拉姆反应过来时,她看见的只是草原厚重的黑暗和可怕的孤远。狗呢? 大牧狗呢? 三只引导着她又保护着她的大藏獒呢? 她喊起来:"嘎保森格,萨杰森格,琼保森格。"喊了几声就明白喊破嗓门也是白喊,风是从迎面冲来的,一吹就把她的声音吹落在了身后的野驴河里。

梅朵拉姆战战兢兢朝着传来狗叫的地方走去,就像迷路的人寻找星光那样在黑暗中深一脚浅一脚地探摸着,很快就发现迎接自己的不是希望而是触及灵魂的恐怖。

恐怖是因为她听不到三只大牧狗的叫声,更是因为她看见了灯光,那是鬼火一样蓝幽幽的灯光。灯光在朝她移动,开始是两盏,后来是四盏,再后来就是六盏、八盏、十二盏了。梅朵拉姆没见过黯夜里的狼,也没见过飘荡在草原黯夜里的蓝幽幽的鬼火一样的狼眼,但是她本能地意识到:狼来了,而且是一群,至少有六匹。她大喊一声:"救命啊。"

第七章

这天晚上,首先发现了三只大牧狗和一个姑娘的是五匹壮狼和三匹小狼,这是一支以母狼为头狼的狼家族。它们非常奇怪:这个时候居然有一个不是牧人的姑娘和三只大牧狗出现在草原上,她和它们半夜三更要去干什么? 似乎并不是为了满足对食物的欲望而仅仅是一种好奇催动着这个母狼家族远远地跟上了姑娘和三只大牧狗。差不多跟了两个时辰,它们才停下来,毕竟饥饿比好奇更能主宰它们的行动。它们知道一个姑娘自然是无力对付它们的,但如果再加上三只纯粹的喜马拉雅獒种的大牧狗,那就决不是它们这个五匹壮狼三匹小狼的母狼家族所能对付得了的。它们目送着姑娘和三只大牧狗,告别似的嗥叫了几声,转身走开了。就在这时,它们意外地发现,远远跟着姑娘和三只大牧狗的还有一个人,是个小孩。小孩是唾手可得的。唾手可得的小孩已经被另一支以公狼为头狼的狼家族盯上了。

两支狼家族是互相认识的,冬天食物缺少的时候它们会在一个狼群里混饭吃,到了夏天就以家族为单位分开行动了。分开不是绝对的,有时候也会有联合,比如今天晚上。两支狼家族心照不宣地会合到了一起,磨合了一会儿,又很快在家族头狼的带领下分开了。现在,一直跟踪着孩子的这支四匹壮狼两匹小狼的公狼家族绕开孩子,斜斜地插到前面去了。一直跟踪着姑娘和三只大牧狗的母狼家族悄悄地围住了孩子。

这孩子就是班觉的儿子七岁的诺布。他以为自己是个男子汉,是男子汉就必须像藏獒一样勇敢无畏地钻进草原凶险的黑夜里保护他的阿姐梅朵拉姆。他悄悄地跟着,一直跟着,从家里跟到了碉房山,又从碉房山跟到了这里。这里是阿爸带着他牧羊牧牛的草野,是狼群出没的地方。现在他已经看到狼群了,狼群星星一样的眼睛闪烁成了一溜儿。他知道狼的眼睛也已经看到了他。他停了下来,愣愣地望着,不知道自己该怎么办。

母狼家族没有马上扑过来咬倒诺布。因为两群狼商量的结果是,不光要吃掉孩子,也要吃掉那个姑娘,不然狼多肉少,狼群就会互相打起来。它们的计谋是利用孩子把三只大牧狗引过来,等大牧狗一到,这边的母狼家族就用嗥叫通知那边的公狼家族立刻扑咬那姑娘。姑娘一定会喊起来,一喊就又把三只大牧狗拽回去了。大牧狗回去后,看到的就只能是姑娘的尸体。这时候母狼家族再对孩子下手。三只大牧狗肯定还会来到这里,动作快的话它们会看到孩子的尸体,动作慢的话看到的就仅仅是血迹了。

母狼家族的八匹狼警惕地望着四周,等待着三只大牧狗的到来。

草原上能够对荒原狼造成威胁的只有藏獒。藏狗的优势是个体的威猛强悍,如果像人一样一对一地抗衡,即使狼群中最凶恶的头狼,也不是普通藏獒的对手。而且藏獒一个个都是视死如归的,面对狼群的时候,从来就不知道什么叫忍让和逃跑。荒原狼的优势则表现在群体奋发时的凝聚力和威慑力上。一旦和藏獒打起来,总是一群对付一只或几只。更重要的是,它们对付敌手的狡诈阴险和保护自己的智慧远远超过了一般藏獒的理解能力。就比如现在,当它们试图利用孩子把三只作为大牧狗的藏獒引过来时,三只大牧狗果然就奔腾而至了。母狼家族一边后退一边嗥叫,通知那边的公狼家族立刻对姑娘下手。

三只大牧狗远远地就闻到了狼的味道和小主人诺布的味道。两种味道在空气中的混合说明狼群和诺布已经很近很近,危险即刻就要发生。它们用叫声威胁着狼群狂奔而来,庆幸地发现小主人安然无恙,便直扑狼群。

五匹壮狼和三匹小狼的母狼家族加快了撤退的速度,队形由三匹小狼在前,五匹壮狼断后变成了一匹壮狼在前,三匹小狼居中,四匹壮狼断后。在前面领先撤退的那匹壮狼就是这支母狼家族的母性头狼,它在前面掌握着速度,既不能跑得太快，离开猎物太远，徒然消耗了体力，也不能让大牧狗很快追上，形成一种面对面搏杀的局面。作为狼，它们的意识始终是明确的：自己的目的永远是食物而不是搏杀，而获取食物的目的又是为了保存自己。为了"保存自己'这个最根本的目的，它们能不搏杀就不搏杀尤其是面对藏獒的时候，它们的态度变得格外功利而务实，决不会离开对食物的贪婪和算计而有任何虚妄的举动。可是藏獒就不一样了，藏獒的生存意义永远超越着包括食物在内的任何功利目的，它们和狼群搏杀和陌生人搏杀和一切野兽搏杀完全不是为了吃掉它们和他们，甚至根本与自己的生存以及温饱没有任何关系，而是为了对人类（确切地说是主人）的忠诚和仗义，是为了帐房和领地的安全，就跟一个国家的军队那样。所以对藏獒来说，搏杀并且夺取胜利就是唯一的目的。

三只大牧狗的穷追不舍使它们和母狼家族之间的距离渐渐缩短了。母狼家族的队形又发生了变化，前面领跑的换成了另一匹母狼，头狼从领跑的位置换到了三匹小狼后面，它作为三匹小狼的母亲现在的主要任务是保护并督促小狼快跑。头狼的身后是三匹公狼，它们排成一线，随时准备迎接藏獒的撕咬。整个母狼家族奔逃的速度明显加快了。

然而，距离还是在缩小，白狮子嘎保森格弹性的四肢使它像风一样席卷而去，右翼的新狮子萨杰森格如同磅礴的黑夜无声地笼罩而去，左翼的鹰狮子琼保森格变成了一只真正的雄鹰飞翔而去。母狼家族因为三匹小狼的存在只能容忍距离的缩小。这样的容忍几乎就是对强大的藏獒天性的挑衅，三只大牧狗火冒三丈，眼看狗牙就要碰到狼尾巴上。殿后的三匹公狼突然扭转了身子，引导着追击者跑向了一边，越跑越快，越跑越快，头狼和三匹小狼顿时安全了。

终于，按照荒原狼的设想，姑娘喊起来了："救命啊。"三只大牧狗愣了一下，追击的速度不由得放慢了。狗慢了，狼也慢了。在荒原狼的想象中，只要姑娘一喊，三只大牧狗就一定会丢下孩子急转折回，那孩子转眼就会落人它们的魔口。逃跑的狼一个个回头看着大牧狗，等待着对方放弃追击的那一刻。然而没有，狼们的声东击西并没有得逞，三只大牧狗很快又把追击的速度调整到了最快。

狼们有些吃惊，居然藏獒变得比自己狡猾了。它们没想到追击自己的大牧狗中有一只是特别优秀的藏獒，它叫白狮子嘎保森格。它是一只年轻的公獒，它除了勇敢和耳鼻的灵敏，还有足够聪明的大脑，这样的大脑能够准确判断战场的局势，及时识破敌手的阴谋。更重要的是，大脑的经验储存和知识储存以及遗传的记忆使这只藏獒具备了优越的思维能力。当它意识到这种优越的能力超拔在獒群之上时，它就按照天性的启示自然而然变成了一只表现欲特别强烈的野心勃勃的藏獒。它以为包括这次追狼在内的任何一次跟野兽的打斗都不过是一个表现自己的机会，而一只具有领袖素质的藏獒，是决不会放过这种机会的。它告诉自己一定要咬住对方，一定要一口毙命，不然地连自己这一身雪白的獒毛也对不起了。它清楚自己是一只漂亮的白色狮头公獒，而在西结古草原，领地狗中的獒王好几代都是白色的，这是神祇的安排，神概对白色的藏獒特别关照，对它自然也不会例外。既然如此，那它就要试一试了，不是现在，而是将来，它幻想，不，已经不是幻想，而是希望，它希望獒王虎头雪獒在智慧和勇敢方面都被它打败，希望有朝一日自己成为一只自由的领地狗,成为西结古草原威镇四方的新一代獒王。

野心勃勃的白狮子嘎保森格首先追了上去,大头一顶,一下子顶翻了被自己追逐的这匹健壮的公狼。等公狼起身再跑时,嘎保森格已经重重地压在了它身上。公狼回头就咬,嘎保森格用自己的虎牙迎接着狼的虎牙,犬牙交错的瞬间,嘎巴一声响,牙断了,是坚硬的荒原狼的牙而不是更加坚硬的藏獒的牙。断了牙的狼就好比失去了枪的枪手,被悍烈的白狮子嘎保森格一口咬住了后颈。

据说荒原狼的后颈上寄住着护狼神瓦恰,只要在荒原狼的后颈上咬出一个血洞,护狼神瓦恰就会少一根头发,等到头发全部失去,护狼神就会死掉,到那个时候草原上就没有狼了;据说荒原狼的后颈是它的灵魂逃离躯壳的地方,一旦灵魂逃离,就会把狼的败运带给藏獒和养了藏獒的人,人和藏獒就都要倒霉了,而咬住荒原狼的后颈,它的灵魂就无处可逃,就会憋死在躯壳里,霉运就永远属于荒原狼了。所以草原上的藏獒在撕咬荒原狼的时候,总会把致命的一口留在对方的后颈上。荒原狼的后颈,是狼血泉涌的地方。

现在,白狮子嘎保森格一口咬住了公狼的后颈,公狼别无选择地迎来了死亡。对方的死亡就是战斗的结束,藏獒是不贪吃的,即使狼肉很香很香。嘎保森格丢开死狼飞快地往前跑去。它追上了新狮子萨杰森格,追上了另一匹公狼,但它并没有亲自实施屠杀。它和公狼并肩跑了一会儿,然后超过对方半个身子,回头一拦,张嘴假装咬了一下。公狼赶快朝一边躲去,逃跑的速度顿时慢了下来。就在这个时候,新狮子萨杰森格追了上来,一口咬住了公狼的后颈。嘎保森格戛然停下,高兴得叫了一声好。萨杰森格同样是高兴的,一边把牙齿埋进狼肉享受着狼血温暖的浸泡,一边不失时机地朝它摇了摇感激的尾巴。嘎保森格叫了一声,告诉它:"这没什么。"然后又朝前跑去。

嘎保森格知道一只具有领袖素质的藏獒,不仅自己要勇猛厮杀,还要帮助同伴成就属于它们的业绩。如果你以为自己比别的藏獒高明,抢在别的藏獒之前杀了人家一直追撵的猎物,别的藏獒就会深深嫉恨你。因为自尊和自强是所有藏獒的天然禀赋,是藏獒活着的权利,是藏獒在草原上立于不败之地的个性特征。你损害了对方的这种权利,也就等于损害了你自己的威信。对方虽然不可能战胜你,但它决不会追随你。而一只浑身充满了领袖欲的藏獒,即使强大到无与伦比,也不可能抛弃自己的追随者。藏獒代代相传的古老而纯粹的血液先知一样告诉白狮子嘎保森格:追随是领袖的基础,培养追随者是做领袖之前必不可少的功课,獒王的地位有一半是依靠自己的力量,有一半是依靠众藏獒甚至小喽啰藏狗们的拥戴。

白狮子嘎保森格全力奔跑着,跑到了最后一匹公狼的前面,掉转身子迫使公狼改变了逃跑的方向。在后面紧追不舍的鹰狮子琼保森格呼啸而来,用肩膀撞翻了公狼,然后一口咬住了对方的后颈。

一眨眼工夫三匹荒原狼就被三只作为大牧狗的藏獒活活咬死了。

逃离危险的两匹母狼和三匹小狼没看见三匹公狼的毙命,但是它们知道三匹公狼(其中包括了母狼的丈夫和小狼的父亲)都已经离开了这个世界。它们站在高高的草冈上,拼命地凄号着,很久很久。尤其是那匹母性的头狼,凄号里充满了失算后的懊悔和疑问:为什么,三只大牧狗在听到姑娘的喊声后没有转回去救她? 难道因为那姑娘是外来的,跟它们没有主人和仆从的关系,它们就可以放任不管?

但是很快母性的头狼就明白并不是这么回事。前去包围那姑娘的荒原狼听到凄号来到了这里,这个四匹壮狼两匹小狼的公狼家族因为逃跑及时而没有损兵折将。它们告诉哀恸中的母狼家族,就在它们迫使姑娘发出恐惧的喊声并打算立刻咬死她的时候,一群黑压压的领地狗突然出现了。它们在一个叫做巴俄秋珠的孩子和他的六个伙伴的带领下,从野驴河那边奔跑而来。六匹狼的公狼家族哪里是一群领地狗的对手,除了拼命逃跑还能做什么?事实上,领地狗还没有过河它们就已经逃跑了,不然肯定没好下场,整个家族的全体灭亡在领地狗的扫荡中往往是一瞬间的事情。

遗憾的是,这边的母狼家族没有听到也没有闻到突然出现的这群领地狗,它们按照事先的计谋继续吸引着三只大牧狗,而三只大牧狗尤其是白狮子嘎保森格却很快闻到了野驴河边的变化。它们的嗅觉比荒原狼灵得多,不仅闻到了领地狗,也闻到了巴俄秋珠和他的六个伙伴的气息。白狮子嘎保森格立刻告诉自己的两个同伴:领地狗的气息已经出现,獒王虎头雪獒是所向无敌的,我们没有必要再为汉姑娘梅朵拉姆担忧了。

深夜的草原上,母狼家族的幸存者和公狼家族的成员全体嗥叫着,为死去的三匹公狼悲愤地志哀。远方的狼群听到了,也此起彼伏地发出了同样的嗥叫。到处都是凄告,是哭声。护狼神瓦恰变成了风,呜呜地吹。

汉姑娘梅朵拉姆得救了。她一天两次死里逃生,身体和心灵都有点支撑不住了。她在见到领地狗群以及巴俄秋珠和他的六个伙伴的一瞬间,两腿突然一软,坐在了地上,双手捂着脸,无声地哭起来。巴俄秋珠一直守在她身边。他知道美丽的仙女梅朵拉姆是为他而来的,她为他差一点被狼吃掉。他很感动,感动得都有些发抖,也很内疚,内疚得恨不得一头撞到岩石上去,但脸上却毫无表情,像个什么也不懂的傻子。

这样过了很久,梅朵拉姆站起来说:"走吧。"突然又没好气地喊起采,"你怎么还没穿靴子?脚上都划出血来了,伤口感染了怎么办?得了破伤风怎么办?"巴俄秋珠愣了一下,转身就跑,用藏话喊道:"上阿妈的仇家,上阿妈的仇家。"他的六个伙伴和一群领地狗呼啦一下跟了过去。

很快他们见到了诺布和保护着诺布寸步不离的三只大牧狗。他们停留了一会儿,狗和狗说着话,人和人说着话。白狮子嘎保森格在见到獒王虎头雪獒的一刹那,恭敬地竖起了尾巴,然后走过去,谦卑地闻了闻獒王尊贵而雪白的獒毛。獒王虎头雪獒伸出舌头舔了它一下,以表示自己对它的厚爱。而对新狮子萨杰森格和鹰狮子琼保森格,獒王只是用眼睛问候了一声:"好长时间没见了,你们好啊。"萨杰森格和琼保森格走过来,在五步之外停下,敬畏地朝它低下头,用鼻子沙沙沙地喷着地上的草。獒王有礼貌地回喷了一鼻子气,然后扭头望着嘎保森格的嘴,矜持而赞赏地眨了眨眼睛。

白狮子嘎保森格知道自己的嘴边有一些残留的狼血,这是一种光荣的印记,尽管这样的光荣印记对一只身经百战的藏獒来说如同舔了一口凉水一样平常,但它还是故意显露在了獒王虎头雪獒的面前。獒王知道它是故意的,也知道这只跟自己同样圣洁雪白的藏獒有着非凡的勇力和过人（狗）的聪明才智，是个天生我才必有用的角色。所以它给足了它面子，即使面对把狼血留在嘴边作为炫耀这样浅薄的举动，它也没有不屑一顾。作为一只獒王它本能地欣赏有能耐的同类，就像大王欣赏英勇顽强的将军一样。为了这种欣赏，它大度地原谅了它已经隐隐感觉到的貌似谦卑的嘎保森格从骨子里透出来的傲慢和自负。它以为有一技之长且不成熟的藏獒都这样，况且白狮子嘎保森格还不是一技之长，而是多技之长。它这样想是因为它很自信，它简直太自信了，太觉得自己的智慧和勇力无獒能敌了。所以当它身边的灰色老公獒 提醒它，嘎保森格也是一身雪白，你看它嘴上留狼血的样子，简直就没有把你放在眼里时，獒王虎头雪獒只是笑了笑，似乎是说：嘎保森格一身雪白又怎么样，我已经有预感，它的存在永远不会是对我作为獒王的挑战。

獒王虎头雪獒率先离开了那里。全体领地狗和三只大牧狗都跟了过去。它们毫不犹豫地认为，七个上阿妈的孩子已经去了碉房山，西结古的碉房山于今夜耻辱地遭到了上阿妈的仇家的侵扰。它们恨得咬牙切齿，引导着以巴俄秋珠为首的七个西结古草原的孩子，像水流漫漶的野驴河，哗啦啦地冲破了越来越厚重的夜色。

梅朵拉姆追上了巴俄秋珠，严肃地说："你不能去打架，你和他们都是贫苦牧民的孩子，互相打坏了怎么办？再说你虽然叫巴俄秋珠，但你还不是真正的巴俄（英雄），你没有权利命令他们离开西结古草原，草原是大家的，不是你一个人的。"巴俄秋珠的黑眼睛一闪一闪的，他能猜到她的意思，但不知道如何反应，只能一声不吭，把所有的话憋在脑子里：阿爸被上阿妈草原的人打死了，立志报仇的叔叔也被上阿妈草原的人打死了。阿妈嫁给了送鬼人达赤，送鬼人达赤是不吉利的，不吉利的人不能给阿爸和叔叔报仇，能报仇的就只有他了。他一定要报仇，不报仇就不是男人，就要被头人抛弃被牧民嗤笑被姑娘们瞧不起了，草原的规矩就是这样。

巴俄秋珠朝前跑去，转眼就把他眼里的仙女汉姑娘梅朵拉姆落在了后面。梅朵拉姆回顾身后，发现连诺布和三只大牧狗也被巴俄秋珠裹挟而去了。她不禁打了个哆嗦，连连呼唤着诺布和三只大牧狗，快步跟了过去，走着走着就发现，黑暗中的碉房山已经被自己踩在脚下了，就好像碉房山突然倒塌了似的。到处都是游窜的狗影和炸响的狗叫。她喊着："诺布你在哪里？嘎保森格，萨杰森格，琼保森格，你们在哪里？"

第八章

冈日森格一直呜呜呜地哭着，边哭边朝门口挪动了几步。父亲来到它身边，抚摩着它，吱扭一下推开了门。就跟他想到的一样，黑色的背景上出现了七个黑色的轮廓，那是被父亲带到西结古的七个上阿妈的孩子。他们来了，他们看到冈日森格站在门里，就不顾一切地扑进来，争先恐后地抱住了它。冈日森格呜呜呜地哭着，是悲伤，也是激动。父亲吃惊地问道："你们居然还没有离开西结古？你们怎么知道它在这里？"

大脑门的孩子嘿嘿地笑着。他一笑，别的孩子也笑了，脸上有刀疤的孩子抚摩着冈日森格的头比画了一下。大脑门立马伸出了手："天堂果。"

父亲说:"我知道你们跟我来西结古是因为我给了你们几颗天堂果。那不是什么天堂果,那就是花生,是长在土里的东西。在我的老家,遍地都是,想吃多少有多少。但是在这里,我没办法给你们,我带来的花生已经吃完了。你们还是走吧,这里不是你们呆的地方。"大脑门把父亲的话翻译给别的孩子听。刀疤站起来指了指冈日森格。大脑门点点头,对父亲说:"我们要和它一起走。"

父亲说:"冈日森格的伤还没好,现在走不了。"刀疤猜到父亲说的是什么,用藏话说:·那我们也不走了。"大脑门点点头,所有的孩子甚至连冈日森格都点了点头。父亲说:"你们只有七个人,而且都是孩子,你们不怕这里的人这里的狗? 快走吧,回到你们上阿妈草原去吧。"大脑门说:"我们不回上阿妈草原了,永远不回去了,一辈子两辈子三辈子不回去了。"父亲吃惊地问道:"为什么? 难道上阿妈草原不好?"大脑门和刀疤说了几句什么,然后告诉父亲:"上阿妈草原骷髅鬼多多的有哩,吃心魔多多的有哩,夺魂女多多的有哩。"

父亲说:"不回上阿妈草原,你想去哪里?"刀疤又一次猜到父亲说的是什么,用藏话说:"冈金措吉,冈金措吉。"大脑门对父亲说:"额弥陀冈日。"父亲说:"什么叫额弥陀冈日?"大脑门又说:"就是海里长出来的大雪山,就是无量山。"父亲问道:"无量山在哪里?"大脑门摇摇头,望了望夜色笼罩的远方。所有的孩子都望了望远方。远方是山,是无穷无际的大雪山,是四季冰清的莽莽大雪山。

父亲说;"你们去那里干什么?"没有人回答。

大黑獒那日来到了门口,歪着头,把那只肿胀未消的眼睛抬起来,望着七个上阿妈的孩子。它知道他们是冈日森格的主人,看在冈日森格的面子上它不能对他们怎么样。再说他们是喊着"玛哈噶喇奔森保"来到这里的,玛哈噶喇奔森保,这来自远古祖先的玄远幽秘的声音,仿佛代表了獒类对人类最早驯服和人类对獒类最早调教的某种信号,是所有灵性的藏獒不期而遇的软化剂,一听到它,它们桀骜不驯的性情就再也狂野不起来了。

大黑獒那日卧在了门口。它的眼睛和肚子都还有点疼,很想闭着眼睛睡一会儿,但忠于职守的祟性使它无法安然入睡。它把下巴支在前肢上,静静地望着前面。很快,它就变得焦躁不安了,扇着耳朵站起来,轻轻叫唤了几声。发达的嗅觉和听觉告诉它:危险就要来临了。

让它深感忧虑的是,冈日森格还不能自由行动,那个给它喂食伴它疗伤的汉扎西也无法保护他自己,七个上阿妈的孩子不合时宜地来到了这里——尽管他们可以凭着"玛哈噶喇奔森保"的神秘咒语阻止领地狗的进攻,但对前来复仇的西结古的孩子,那神秘咒语是不起作用的。

如果他们打起来,自己到底应该怎么办? 偏向冈日森格,按照它的愿望保护它的主人七个上阿妈的孩子? 这是绝对不可能的,因为保护他们就意味着撕咬西结古草原的人和狗,这是要了命也不能干的事情。或者做出相反的举动,遵从西结古的孩子的旨意,撕咬七个上阿妈的孩子? 那也是不可能的,因为他们是"玛哈噶喇奔森保"的布道者,是冈日森格的主人。而冈日森格是多么有魅力的一只雄性藏獒啊,年轻漂亮,器宇轩昂,是所有美丽大方、欲望强烈的母性藏獒热恋的对象。

大黑獒那日离开门口朝前走去,走过了僧舍前照壁似的嘛呢石经墙,冲着黑夜低低地叫唤着。它已经看到它们了,那些和它朝夕相处的领地狗,那些被领地狗撺掇而来的寺院狗和牧羊狗,正在悄悄地走来。它们知道目标正在接近,这时候不需要声音,所有的偷袭都不需要声音,所以就轻轻地走来。西结古寺突然寂静了,整个西结古草原突然寂静了。只有大黑獒那日的声音柔柔地回荡着,那是一种问候、一种消解:你们怎么都来了?有什么事儿吗?它悠悠然摇着尾巴,尽量使自己显得气定神闲,逍遥自在。

狗们有些疑惑:这不是大黑獒那日吗?这里明明弥漫着生人生狗的气息,它怎么没事儿似的。它们在獒王虎头雪獒的带领下停在了离它二十步远的地方,一个个回应似的摇着尾巴,等待着大黑獒那日的解释。

大黑獒那日步履滞重地走了过去。凭着它和獒王虎头雪獒之间比较亲密(是伙伴的亲密而不是雌雄的亲密)的关系,凭着它在领地狗群中的威望,它相信它的解释不可能一点效果也没有。它的解释就是让它们看到它身上正在愈合的伤口,闻到它身上弥散不去的汉扎西的味道和冈日森格的味道,让它们知道它跟汉扎西跟冈日森格已经是亲密无间了。至于七个上阿妈的孩子,他们是冈日森格的主人,亲近冈日森格就必然要亲近它的主人,这难道不是常识吗?

许多领地狗明白了大黑獒那日的意思,恍恍惚惚觉得它的选择也应该是它们的选择,可以不必剑拔弩张了,回吧,回吧,去野驴河边睡觉去吧。它的同胞蛆姐大黑獒果日走过来怜爱地舔了舔它的伤口,然后就"回吧回吧"地叫起来。但是寺院狗和三只大牧狗并不买它的账,它们既不认同大黑獒那日的威望,也不像大黑獒那日那样存有"爱江山更爱美男"的私念,静悄悄的狗群里突然响起了一阵苍朗朗的鸣叫,这是嘘声,是对大黑獒那日的责备。大黑獒那日呜呜呜地回应着,意思是说:看在西结古草原的面子上,你们就听我一次吧。领地狗和寺院狗以及三只大牧狗你一声我一声地叫着,都把目光投向了獒王虎头雪獒。它们知道,到了这种时候,是进是退的决定权应该在獒王手里,獒王怎么说,大家就会怎么做。

獒王虎头雪獒一直盯着大黑獒那日。大黑獒那日乞求着来到了獒王跟前。獒王闻了闻它的鼻子,看了看它身上的伤口,又舔了舔它受伤的眼睛,然后奋然一抖把浑身雪白的獒毛抖得哗啦啦响。这就是说,它不想走,至少不想马上就走,因为还有人类,人类才是这次行动的主宰。在这样的主宰面前,藏獒能够选择的并不是进退,而是听话。最凶猛的藏獒往往也是最听话的走狗。大黑獒那日明白了獒王的意思;沮丧地离开它,穿行在领地狗的中间,哀哀地诉说着:闻闻我身上的味道吧,那是汉扎西和冈日森格的味道,我跟这一人一狗已是彼此信赖的朋友了,你们就饶了他们吧,七个上阿妈的孩子是冈日森格的主人,你们也饶了他们吧。

不会有狗听它的了,连同情它的那些领地狗也立马改变了主意,因为巴俄秋珠和他的伙伴撺上来。他们一起喊着:"獒多吉,獒多吉。"喊得狗们一个个亢奋起来,然后又喊着:"上阿妈的仇家,上阿妈的仇家。"狗叫突然爆响了,狗群就像决堤的潮水,朝着僧舍汹涌而去。

大黑獒那日望着狗群,浑身抖了一下,突然跟着它们跑起来。它吃惊自己居然跑起来了,而且速度也不慢。它的伤口还没好,左眼和肚子让它难受得又是咬牙又是吸气,但是它毕竟可以四肢灵活地跑动了。它跑到了僧舍门口,堵挡在台阶上,冲着黑暗的天空，憋足力气叫了一声。

父亲的动作太慢了，他没有来得及关上门，野心勃勃的表现欲极强的牧羊狗白狮子嘎保森格就首先扑进了僧舍，接着是新狮子萨杰森格和鹰狮子琼保森格，接着是灰色老公獒和大黑獒果日等几只凶猛的领地狗。七个上阿妈的孩子猛乍乍地喊起来："玛哈噶喇奔森保，玛哈噶喇奔森保。"

也是白狮子嘎保森格，首先愣了，它几乎扑到了站在前面保护着冈日森格的刀疤身上，但却没有下口咬住他。那个声音太奇怪了，奇怪得让它感到仿佛听到了遥远的主人隐秘的呼唤。可面前的这个人它明明不熟悉，气味和形貌都不熟悉，怎么会发出记忆深处那个远古主人的声音呢？它用几乎和对面的刀疤一样高的身体横挡在孩子们跟前，呼呼地闷叫着，但已经不是撕咬前的恐吓与威逼而是询问了：你们是谁啊？难道是我最早的主人，是我上一辈子的主人，是我父亲母亲或者祖父祖母的主人？回答它的依然是"玛哈噶喇奔森保"。

所有扑过来的藏獒都愣着，都情不自禁地朝后退去。趁着这个机会，父亲跳到门口，把大黑獒那日连抱带拉地弄进了僧舍。在他的意识里，对手的朋友也应该是对手，大黑獒那日已经是冈日森格的朋友了，自然也就是领地狗群的对手，难免不遭对方的攻击。大黑獒那日挣扎着，它似乎并不愿意接受父亲的呵护，更希望自己在这个非常时刻保持中立的姿态，只对着天空不偏不倚地叫嚣。

"那日，那日。"狗不叫了，人开始叫。巴俄秋珠的声音让大黑獒那日的耳朵猛然一扇，它挣脱了父亲的拉扯，奋力朝外跑去。黑暗中巴俄秋珠满怀抱住了它，伸出舌头露了舔它的眼睛，又趴在地上舔了舔它的肚子。就像久别重逢的亲人，大黑獒那日的尾巴使劲播着，差不多就要摇断了。

父亲担忧地喊起来："那日，那日，那日快进来。"但是来到父亲面前的不是大黑獒那日，而是裹着红氆氇的铁棒喇嘛藏扎西。藏扎西一手举着火把，一手拿着铁棒，一进门就把七个上阿妈的孩子拨拉到了门口，然后用自己魁梧的身子挡住父亲和冈日森格，口气平和地说："你们已经跑不掉了，还是出去吧，一对一是不可避免的，一定要使劲啊，你们的命运就掌握在你们自己手里。"

七个上阿妈的孩子出去了，藏扎西紧跟着也出去了。僧舍外面，在门口的台阶和嘛呢石经墙之间的空地上，挤满了狗影和人影。西结古寺的十几个铁棒喇嘛和十来个闻讯赶来的牧人举着火把，鹤立鸡群地矗立在一群狗和一群孩子之上。加上诺布一共八个西结古的孩子愤怒地面对着七个上阿妈的孩子。狗群又开始狂叫了，但并没有扑过去，它们似乎已经意识到，只要扑过去，就又会被密咒似的"玛哈噶喇奔森保"的声音挡回来。

仿佛是故意说给父亲听的，铁棒喇嘛藏扎西大声用汉话说："我们按照规矩办，孩子对孩子，七个对七个，大人不算数，狗也不算数。上阿妈的要是输了，一人留下一只手，滚出西结古草原，上阿妈的要是赢了，我们一人送你一只羊，囫囵身子滚出西结古草原。"他刚说完，就有喇嘛和牧人举起了手，铁棒嗡嗡嗡地响，火把哗啦啦地流。

父亲来到了门外，看到火把照耀下的西结古草原的孩子一个个像一团燃烧的火，每一张脸都是金刚怒目的样子；看到火光里鹤立鸡群的并不都是铁棒喇嘛和牧人，还有梅朵拉姆。梅朵拉姆，三更半夜，你跑到这里来干什么？父亲喊了她一声，但她没有听见。她也在喊人，她喊的是巴俄秋珠，她要阻止这场打斗，就想把巴俄秋珠喊到自己身边来。但巴俄秋珠没听见，美丽仙女的声音他居然没听见。梅朵拉姆又喊诺布，喊了诺布又喊嘎保森格、萨杰森格、琼保森格。诺布过来了，接着新狮子萨杰森格和鹰狮子琼保森格也过来了。最后过来的是白狮子嘎保森格，它慢腾腾的，不断地回头张望着，显得极不情愿。但它明白自己必须听从梅朵拉姆的，因为它是跟她出来的，她虽然只是家中的客人，但从尼玛爷爷一家对她的态度中它知道，她也应该是它的主人，更何况还有诺布。作为一只家养的藏獒，它掂得出轻重，守在诺布和梅朵拉姆跟前，保护他们的安全才是最重要的。

梅朵拉姆拽住诺布说："咱们走，咱们回家去，再不回去，爷爷和阿爸阿妈会着急的，巴俄秋珠的事儿咱们不管了。"话虽这么说，梅朵拉姆并没有马上就离开，因为她看到冈日森格摇摇晃晃地走出了僧舍，站到了它的主人七个上阿妈的孩子跟前。狗群更加粗野地狂叫着，忽地涌过去，眼看就要扑到冈日森格身上，脸上有刀疤的孩子赶紧跳起来护住了它，又大喊一声"玛哈噶喇奔森保"。

狗群朝后退去，冈日森格从刀疤身后钻出来，无所畏惧地挡在了刀疤和巴俄秋珠之间。巴俄秋珠朝前推了推自己身边的大黑獒那日，喊起来："那日，那日，上。"在他看来，既然冈日森格是负了伤的，让别的狗去撕咬显然是胜之不武的，公平合理的办法就是让同样负了伤的大黑獒那日去战胜它。但是他没有想到，大黑獒那日已经不能了，在对待冈日森格的问题上，它早已成了西结古草原的叛徒。

大黑獒那日望着巴俄秋珠，朝后缩了缩。巴俄秋珠奇怪地扫了它一眼，突然推开它，喊了一句什么，跳起来抱住了面前的刀疤。

西结古的孩子们纷纷跳了过去。就像事先安排好的一场摔跤比赛，七个西结古的孩子和七个上阿妈的孩子按照祖先的规则抱在了一起。

狗群雷鸣般地叫着，但没有一只狗扑过去帮忙。冈日森格扬起了头呜呜地叫着，也没有过去帮忙。好像有一种默契，只要主人们一对一地抱在一起，狗们就只能这样用叫声助威，除非主人发出进攻的信号。但是，信守规则的主人，是不会借助狗来战胜对手的，那样的胜利只能是耻辱而不是光荣。

巴俄秋珠和刀疤的摔跤最先有了结果，刀疤倒地了。巴俄秋珠举起了胜利的双手，喊道："那日，那日，上。"他希望大黑獒那日在这个时候冲向冈日森格，一爪扑倒它，然后咬死它。大黑獒那日身体后倾着，做出要前扑的样子。父亲赶紧过去，蹲在地上抱住冈日森格的脖子，警惕地望着大黑獒那日说："你可千万不能背信弃义。"灵性的大黑獒那日顿时摇了摇尾巴，侧过身去，一连后退了几步。

巴俄秋珠突然明白过来：大黑獒那日已经有贰心了。但他越是明白就越想让它回心转意，就越要让它扑过去撕咬冈日森格。他是大黑獒那日小时候的主人，他自信他的话是最有权威的。"那日，那日，上。"他更加激烈地喊起来。大黑獒那日再一次做出了前扑的样子。

还在摔跤的孩子陆续倒地了，倒地的六个孩子中三个是上阿妈的孩子，三个是西结古的孩子。这就是说，摔跤以四比三结束，上阿妈的孩子输了。铁棒喇嘛藏扎西望了一眼父亲，又望了一眼汉姑娘梅朵拉姆，大声用汉话说："输了，输了，上阿妈的输了,先关起来,明天一人砍掉一只手,再赶出西结古草原。"说罢,招呼几个牧人,拽起七个上阿妈的孩子就走。父亲松开冈日森格,迫到嘛呢石经墙跟前说:"你们要干什么?你们真的要砍掉他们的手?我求求你们放了他们,他们是我带到西结古来的。"藏扎西假装没听懂他的话,弯腰扛起一个孩子,又用胳膊夹起一个孩子,大步走去。

冈日森格过来了,嗞嗞地叫着,想跳起来阻止一个牧人对刀疤的拽拉,身子突然一歪,扑通一声倒在了墙边。

巴俄秋珠朝着嘛呢石经墙使劲推搡着大黑獒那日:"那日,那日,上。"大黑獒那日跑过去了,但不是撕咬冈日森格,而是和冈日森格一起趴在了地上。它心疼地舔着冈日森格的脸,不顾一切地用它的全部柔情安慰着这只受了伤的雄壮公獒。巴俄秋珠生气地骂了一句.一蹦子跳过去,撕住大黑獒那日的耳朵,把它拉到一旁,又指着墙边的冈日森格,冲狗群喊遭:"獒多吉,獒多吉,咬死它,咬死它。"

狗群顿时分成了两部分,一部分冲过去了,他们是领地狗中喜欢凑热闹的小喽啰藏狗和一些寺院狗;另一部分原地不动,它们是领地狗中威严傲慢的藏獒。它们原地不动的原因是獒王虎头雪獒没有动。獒王以极其冷静和超然的态度观察着面前的一切,对身边的灰色老公獒和大黑獒果日说:"它好像离我们远去了。我们要等等看,看它到底会怎么样,到底会走多远。"獒王说的"它",就是大黑獒那日。

大黑獒那日冲着和自己朝夕相处的狗群汪地一声。巴俄秋珠满脸怒火,用惩罚叛徒的狠恶,猛踢了大黑獒那日一脚。大黑獒那日痛苦地呜咽了一声,绝望地趴在了地上。父亲冲巴俄秋珠大吼一声:"你胡来,你疯啦?"

突然,大黑獒那日站了起来,呜呜地叫着,用它此刻所能发出的最大声音乞告狗群:别呀,你们别对冈日森格下手。横冲过去的狗群蓦地停下了,连吠声也没有了。巴俄秋珠不依不饶地喊着:"獒多吉,獒多吉,咬死它,咬死它。"

父亲后来知道,"獒多吉"是猛犬金刚的意思,是西结古人对藏狗杀性的鼓动,就好比汉人"冲冲冲杀杀杀"的呐喊。不论是领地狗,还是看家狗和牧羊狗以及寺院狗,一听到这种声音,就都知道人需要它们奋力向前,拼死一搏的时刻来到了。

狗群再次动荡起来,吠声又起。火光中,照壁似的嘛呢石经墙把黑影拉到天上去了。大黑獒那日乞求地望着巴俄秋珠,正要过去保护冈日森格,被巴俄秋珠一脚踢在了鼻子上。这一脚虽然踢得不重,却代表了不可违拗的主人的意志。大黑獒那日彻底绝望了,悲号了一声,狂猛地朝前跑去。

大黑獒那日跑向了嘛呢石经墙。嘛呢石经墙坚硬而高大。一声巨大的碎了的响声素然而起,接着就是血肉喷溅。当大黑獒那日在血色中火光里轰然倒地的时候,盯着它的人和狗才恍然明白发生了什么事情——在服从神圣主人的威逼和服从性与爱的驱使之间,大黑獒那日选择了第三条道路:撞墙自杀。

獒王虎头雪獒大叫了一声。大黑獒那日的姐姐大黑獒果日大叫了一声。灰色老公獒和所有近旁的藏獒都大叫了好几声。但它们大叫的意思略有不同,在獒王虎头雪獒是被深深刺痛后的悲愤之嗟:"它真的已经离我们远去了,不能啊大黑獒那日,美丽无比的大黑獒那日,青春激荡的大黑獒那日,你不能就这样离我们远去。"在大黑獒果日是悲痛欲绝:"妹妹死了,妹妹死了。"在别的藏獒是吃惊和惋惜:

"它怎么死了？它怎么就这样自杀了？"

转眼就是沉默。獒王虎头雪獒走过去，闻了闻大黑獒那日，又默默地走回来，走到黑暗的獒群里去了。就在这走来走去的时候，獒王突然做出了一个它终其一生都不会改变的决定：一定要赶走或者咬死冈日森格。因为正是这只外来的年轻力壮的狮头公獒勾引了大黑獒那日，又直接导致了它的死亡。它记得自己对大黑獒那日是不错的，这种不错完全有可能发展成雌雄之间的那种亲热、那种甜蜜。大黑獒那日对獒王虎头雪獒的态度也是蜜蜜绵绵、羞羞答答的，只是还没有来得及发展到允许獒王跟它交配的那一步，因为大黑獒那日不能忽视獒王对姐姐大黑獒果日的态度。在獒王虎头雪獒眼里，大黑獒果日同样也是美丽无比、青春激荡的，它作为獒王既喜欢妹妹那日，又喜欢姐姐果日，所以它一直都在选择，天天都是举棋不定。举棋不定的时候，妹妹那日死了。为了保护或者为了不能保护冈日森格，大黑獒那日居然如此悲烈地断了自己。该死的狮头公獒，一堆金黄色的应该迅速烂掉的皮毛，我要是对你不管不问，我就不是獒王了。满腹的悲痛加上隐隐的嫉妒，獒王虎头雪獒迅速酝酿着自己的仇恨，悄悄地朝前走去。

它是走向冈日森格的，它要即刻实现自己的决定：赶走或者咬死冈日森格。雪白的身影移动着，眼看就要靠近冈日森格了。这时突然从旁边凌乱的狗影中冒出了另一个雪白的身影，横挡在了它面前。獒王虎头雪獒停下了，它等待对方给它让路，它觉得对方这是不小心堵在了它前面，它没有必要发怒，只要对方马上让开。但是对方没有马上让开的意思，对方是白狮子嘎保森格。

嘎保森格用无法抑制的大胆举动明确无误地表示了它对獒王虎头雪獒的不尊重，那生硬的态度仿佛在说：獒群里怎么能出这样一个叛徒呢？你是獒王，你为什么要容忍一个西结古藏獒的败类生活在你身边呢？獒王虎头雪獒不习惯这样的态度，冲白狮子嘎保森格吼了一声。嘎保森格居然也朝獒王吼了一声。獒王吃了一惊，然后就是愤怒，本来它就是愤怒的，现在更加愤怒了，愤怒得都有点不分青红皂白了。它扑了过去。嘎保森格用肩膀顶了一下，试了试獒王的力量，等獒王再次扑来时，它迅速闪开了。

毕竟嘎保森格是一只成熟的公獒，它深知现在还不到正式挑战獒王的时候，它得继续忍耐，得把更多的力量和智谋蓄积在年轻的身体中和更加年轻的大脑里，得用很长一段时间来韬光养晦，寻找机会也等待机会来寻找自己。它竖起尾巴，假装认错地摇了摇。恰好这时梅朵拉姆又开始高一声低一声地喊它了，它转身跑了过去。

獒王虎头雪獒觉得白狮子嘎保森格今天的举动有点蹊跷，气恨而又疑惑地望着它的背影直到消失，再回过神来寻找冈日森格时，冈日森格已经不见了。它遗憾地甩甩头，沿着气味赶紧寻找，又一阵猛叫。

父亲是机敏的，就在狗群和七个西结古的孩子注目大黑獒那日，獒王虎头雪獒和白狮子嘎保森格发生摩擦的时候，他迅速扶起冈日森格，拽着它的鬣毛，快步走向了僧舍。等獒王虎头雪獒反应过来，带领狗群再次蜂拥而至时，僧舍的门已经被父亲从里面牢牢闩死了。

冈日森格知道父亲又一次救了它，呜呜地叫着，用下巴蹭着父亲的腿，感激地哭了。父亲顾不上和冈日森格交流感情，从窗户里望过去，想知道大黑獒那日到底怎么样了，就见嘛呢石经墙前，簇拥着几个孩子和几个打着火把的牧人。巴俄秋珠趴在地上悲切地叫着："那日，那日。"

梅朵拉姆牵着七岁的诺布，带着三只大牧狗，沿着碉房山的小路，匆匆走下山去。他们先来到西结古工作委员会的会部牛粪碉房的门前，敲出了白主任白玛乌金和眼镜李尼玛，告诉他们，七个上阿妈的孩子打架打输了，西结古草原的人已经把他们抓起来，准备明天一人砍掉一只手，然后赶出西结古草原。她说："赶快啊，白主任，工作委员会得出面干涉了，要不然七个上阿妈的孩子就会一人丢掉一只手，人是不能没有手的，白主任。"

白主任说："是啊，是啊，没有了手他们将来怎么做一个自食其力的牧民。不过，这件事儿并不那么简单，如果我们出面干涉，七个孩子的手是不是就能保得住呢？更让我担心的是，一旦我们出了面，就说明我们是同情七个上阿妈的孩子的。这七个孩子值得同情吗？当然值得，因为一看他们破衣烂衫的样子就知道他们是贫苦牧民的后代。问题是西结古草原各部落和上阿妈草原各部落的仇恨是不共戴天的，如果我们恩怨不明，立场不稳，就会影响到整个青果阿妈草原孤立上阿妈草原各部落的策略。我听说过上级的传达，上阿妈草原的部落头人坏得很哪，过去都是投靠马步芳的，送金子，送银子，送劳役，送小妾，帮着马步芳的骑兵团杀害西结古草原的藏民和藏獒，这样的事情是不能饶恕的。我们工作委员会的主要任务是了解民情，联络上层，争取民心，站稳脚跟，现在基本上做到了。万一因为这件事情，引起西结古草原的头人和牧民对我们的反感，那不就前功尽弃了？"

梅朵拉姆跺着脚说："可我们总不能见死不救吧？"白主任说："谁说见死不救了？我是说我们得有一个万全之策，既要坚决制止事态的发展，又不能鲁莽行事。"梅朵拉姆问道："有什么万全之策？"白主任沉吟着说："这事儿我来处理吧，你赶快回去睡觉，都这么晚了。"又对身边的李尼玛说，"你送送她，不要让她再乱跑了，夜里一个人出来，很不安全。"

回帐房的路上，梅朵拉姆一直皱着眉头低着首。诺布走累了，趴在了白狮子嘎保森格身上。嘎保森格驮着他，不紧不慢地跟在梅朵拉姆身后。新狮子萨杰森格和鹰狮子琼保森格警惕地望着四周，不时地吠叫一声。

李尼玛忍不住说："你以后不要这样。"梅朵拉姆没好气地说："不要哪样？"李尼玛说："不要到处乱跑，也不要操心太多，你是一个大夫，看好病就行了。"梅朵拉姆说："这是我分内的事儿，我作为一个大夫不能看着他们把人致残而不管吧？"李尼玛："你能有什么办法，西结古草原和上阿妈草原的矛盾是历史造成的，很深很深，深得都说不清准是谁非了。我告诉你，部落战争是草原生活最基本的形态，草原的历史就是部落之间互相打仗的历史，没有打仗就没有部落，也没有草原，砍手、砍脚、割耳、割鼻，甚至扒皮，杀头，这种事儿多了，在过去根本就不算什么。"梅朵拉姆说："可现在不是过去，现在就是现在，过去我没来，现在我来了。"李尼玛吃惊地望着她说："人家叫你梅朵拉姆（花朵一样的仙女），你真的就有花朵绽放、女神降临的感觉啦？"梅朵拉姆说："你少挖苦人，回去吧，不需要你送。"李尼玛看到离尼玛爷爷家的帐房已经不远，便停下来目送她走了过去，然后转身走了。

梅朵拉姆加快脚步,来到尼玛爷爷家的帐房前,从白狮子嘎保森格身上抱起已经睡着的诺布,正要钻进帐房,就听不远处有人腾腾腾地走来.说:"你们回来了?我去寺里找你们,说你们已经离开了。"是尼玛爷爷的儿子班觉。三只大牧狗争相迎了过去。

班觉过来,把半个身子探进帐房,拿出一个羊皮口袋,倒了一些风干肉在大木盆里,对三只大牧狗说:"吃吧吃吧,都跑了大半夜了,吃了赶紧睡,天一亮还要跟着畜群出牧呢。"班觉的老婆拉珍听到动静赶紧从被窝里钻出来,要给梅朵拉姆和诺布烧奶茶,热手抓。梅朵拉姆把诺布放到紧挨着自己的毡铺上说:"别忙活了.睡吧,过一会儿你就要起来做早饭了。"拉珍不听梅朵拉姆的,她只听丈夫的话,丈夫说了:梅朵拉姆什么时候回来,你什么时候把热腾腾的奶茶和手抓端给她。

三只大牧狗迅速吞咽了一些风干肉,卧在门口很快睡着了。它们比人更清楚,自己必须保持足够的精力,只要天一亮,只要跟着羊群和牛群走向野兽出没的草原,就一个盹儿也不能打了。

第九章

照壁似的嘛呢石经墙前,传来了巴俄秋珠的哭声。这哭声告诉别人:大黑獒那日死了。它躺在地上纹丝不动,头撞开了一个口子,鼻梁撞断了,原来就有伤的左眼再次迸裂,血流了一头一地。这样一副情状,谁看了都会唏嘘不已。有个牧人唏嘘完了又朝巴俄秋珠厉声呵斥道:"哭什么?你要害了那日吗?你一哭那日的灵魂就会留在你的哭声里,就不能飞到远远的地方去转世了。"

巴俄秋珠赶紧止住了哭声,呆愣了一会儿,觉得后面有动静,回头一看,发现牧人们已经走了,和自己一起奔波了大半夜的六个孩子也准备带着所有的领地狗和寺院狗离开。他知道这是对的,自己也必须和他们一起走。这里现在需要安静,需要驱散活人和活狗的气息,让大黑獒那日的灵魂尽快摆脱尘世的羁绊,在经声梵语的烘托下,乘着袅袅的桑烟飞升而去。

寺院里的桑烟、大经堂里的酥油灯、护法神殿里的火焰塔都是彻夜不熄的。守夜的喇嘛经声不断,金刚铃清脆的声音如同空谷滴水。风把殿顶的宝幢和□□□拍得嗡嗡响。经幡悄悄地摆动着,仿佛那些美丽的经文排着无尽无止的队伍,脚步沙沙地走上了天路,走到佛的耳朵里去了。

比夜色还要沉黑的嘛呢石经墙的暗影下,大黑獒那日静静地躺着,死了。人们没有去把藏医尕宇陀喊来治疗,就证明它已经死了。

然而父亲却认为它还活着。他不懂这里的规矩,觉得人们没有把它抬出寺院挖坑埋掉或者喂掉老鹰,就证明它还没有死。他心说这些人真是不像话,人家都伤成这个样子了,他们说走就走了。尤其是光脊梁的巴俄秋珠,只知道利用大黑獒那日打仗,只知道喊什么"那日那日上",或者"獒多吉獒多吉",那日一倒下他就不管了,就权当它死了,这就好比一个没有良心的将军,把不能战斗的战士都看成了死人。大黑獒那日是怎么伤的?还不是他逼的。父亲打开门,悄悄地走过去,蹲在大黑獒那日身边仔细看着。

父亲什么也没有看到,夜色是黑的,獒毛是黑的,血迹也是黑的。他只是在心里看到了,大黑獒那日伤得很重,需要马上急救。怎么急救?他不是大夫,既没有药物也不懂技术,只知道嘴对嘴地呼吸就是急救。他展展地趴在了地上,用自己的嘴对准了耷拉在地上的大黑獒那日的嘴,使劲地吸一口,又狠狠地呼出去。不知道这样到底有没有效果,反正他心里觉得是有效果的,大黑獒那日就要好起来了。嘴对嘴呼吸了差不多二十分钟,父亲站了起来,回到僧舍里,端来了酥油灯。他想知道大黑獒那日的新伤口在哪里,是不是还在流血,如果流血不止,就应该先把血口子扎住,再去把藏医尕宇陀叫来。

酥油灯往地上一放,父亲就看到了血。血其实已经不流了,但他看到的却是流,灯光一闪,不流的血就流起来了。他说:"哎哟妈呀,就像泉眼子一样往外冒呢。"他赶紧包扎,手头没有纱布,就只好撕扯自己的衣服。他撕下了半个前襟和一只袖子,把大黑獒那日的头严严实实包了起来。

包扎完了,父亲坐在地上愣愣地想:这大黑獒那日真是了不起,巴俄秋珠让它咬冈日森格,它偏不咬,它说你让我咬我就死给你看,于是它英勇地撞到了嘛呢石经墙上。嘛呢石经墙是什么墙?是祈福的墙保平安的墙,再硬也是软的,大黑獒那日怎么会撞死呢?藏扎西说了,藏獒的命有七条,也就是说它死七次才能真正死掉,现在才死了几次?最多两次。它不会死,它就是撞伤了。伤不怕,人和狗都是吃什么补什么的,它伤在头上,明天就让藏扎西找一个羊头或者牛头来,它吃了羊头牛头就什么都能长好了。再说寺院里还有藏医尕宇陀,藏医尕宇陀就是藏族的华佗,"妙手回春"这个词,说的就是他们两个。

父亲乱七八糟想着的时候,有一双眼睛在黑暗中看着他。这双眼睛属于那个专门给领地狗抛散食物的老喇嘛顿嘎。老喇嘛顿嘎其实早就来了,躲在嘛呢石经墙后面于心不忍地偷看着就要灵肉分家的大黑獒那日,但他没有看到那日的灵魂升天,却看到了父亲的一举一动。他感动得老泪纵横,又觉得父亲这个时候不该出现在这里,就忍不住从嘛呢石经墙后面走出来,给父亲小声说着什么,又比画着什么。意思是你赶快离开这里,灵魂升天是需要安静的,再也不要嘴对嘴地呼吸了,你会把大黑獒那日的灵魂吸走的,你吸走了大黑獒的灵魂下一辈子你就是一只大黑獒。依照父亲的性格,他要是完全听懂了老喇嘛顿嘎的话就一定会说:"做个大黑獒有什么不好?勇敢善战,视死如归,忠诚可靠,义重如山,是狗中的义士,动物里的君子。"可惜他没有完全听懂,只搞明白了一点,那就是让他赶快离开这里。

父亲站起来说:"好啊,我马上就走。你帮帮我,把那日抬到僧舍里去,卧在这里露水会打湿伤口的。"说着就要抱住大黑獒那日的头。老喇嘛顿嘎一声惊叫,死死地按住了他的手。父亲愣了一下,没来得及搞明白顿嘎的意思,顿嘎又是一声惊叫。这一声惊叫比前一声惊叫还要惊人.因为顿嘎突然听到了大黑獒那日的声音。

大黑獒那日呻唤着,声气小小的,小小的,差不多就跟空气的流动一样小,但老喇嘛顿嘎敏感地捕捉到了。他惊喜地说:"那日活了。"说罢就扑通一声跪在了父亲面前,咚咚咚地磕起头来,"觉阿汉扎西,觉阿汉扎西。"意思是称赞汉扎西是个佛。在他看来,大黑獒那日原本是死了的,是父亲救活了它。父亲几天前救活了前世是阿尼玛卿雪山狮子的冈日森格,现在又救活了大黑獒那日,如果不是佛爷转世,怎么能够创造让死掉的生命活过来的奇迹呢?

可是父亲并不清楚老喇嘛顿嘎的想法,他四下里看了看说:"你给谁磕头呢?"说着赶紧和老喇嘛并排跪下,也磕起了头。他以为面前的黑暗里一定出现了一个老喇嘛顿嘎看得见他却看不见的神或者鬼,所以顿嘎才显得如此紧张如此恭敬。顿嘎膝盖一转,再次对着父亲磕了一个头。父亲这才有一点明白,赶紧拉他起来问道:"怎么了,怎么了,我怎么了?"

这天晚上,天快要亮的时候,父亲和老喇嘛顿嘎把大黑獒那日抬进了僧舍。父亲蹲在大黑獒那日身边对老喇嘛顿嘎说:"快去啊,你把藏医尕宇陀叫来。"顿嘎听到父亲的汉话里有"尕宇陀"这个藏话的词儿,转身就走。

这时一直注视着父亲的冈日森格走了过来,用牙齿拽了拽父亲的衣服,来到了门口,看父亲并没有跟它走的意思,就又回来拽了拽父亲的头发。父亲被拽疼了,喊道:"你怎么咬我?"冈日森格摇着尾巴再次走向了门口。这次父亲明白了,忧郁地说:"我知道你的心思,你要去找七个上阿妈的孩子,阻止西结古人砍掉他们的手是不是? 可是我们去哪里找他们呢? 找到了又能怎么样,西结古人会听我们的?"说完了突然意识到,找到七个上阿妈的孩子也许并不难,因为有冈日森格,阻止西结古人砍手也不是没有希望,把自己和冈日森格的命搭上,西结古人难道还会无动于衷? 父亲想着,倏地站了起来。

父亲就是这样一个人,他有时候会有一些大胆的想法,一有想法就会马上行动起来。而无论怎样冒险的行动放在父亲身上都不会有那种瞻前顾后的沉重。他总是一往无前的。这就跟冈日森格一样,冈日森格冲锋陷阵的时候,决不会想到逢危当弃啦,遇险自保啦,硬弓弦先断啦,钢刀口易伤啦等等这些了不起的人生哲学。父亲后来说:"我前世肯定是一只藏獒,要不然我怎么那么喜欢狗尤其是藏獒,狗想做的我都想做。我和狗是互相欣赏的,我觉得狗有人性,狗觉得我有狗性。到底狗性伟大,还是人性伟大,我看一样伟大。"

父亲和冈日森格出发了。把大黑獒那日托付给了匆匆赶来的藏医尕宇陀和老喇嘛顿嘎。冈日森格的伤还没有好利索,只能慢慢走,等父亲跟着它穿过十几条窄窄的巷道,曲里拐弯地走到西结古寺最高处的密宗札仓明王殿的时候,天已经亮了。

天是从远方亮起来的,远方是雪山。雪山承接着最初的曙色,也用自己的冰白之光播散着大地最初的黎明。父亲和冈日森格都停下来,翘首望着越来越明亮的雪山,深深呼吸着草原夏天凉爽的雪山气息。再次开路的时候,冈日森格领着父亲来到了明王殿后面山坡上能看到降阎魔洞的地方。

洞前的悬崖平台上,站着十几个人。父亲和冈日森格只认识其中的铁棒喇嘛藏扎西。藏扎西守在洞门口,正在和别人说着什么。气氛有点不祥,冈日森格感觉到了,轻声而费力地叫起来。父亲抢到冈日森格前面,快快地走了过去。藏扎西一见父亲,就大声用汉话问道:"汉扎西你来这里干什么?"父亲说:"你不用问我,你看看我身后的雪山狮子冈日森格就知道我们是来干什么的。"

冈日森格停下了,这是个岔路口,它凭着灵敏的嗅觉已经知道自己的主人七个上阿妈的孩子虽然来过这里但现在并不在这里。可是父亲不知道,父亲走上平台问道:"你把那七个孩子弄到哪里去了?"说着就要推开降阎魔洞的门进去。藏扎西把铁棒一横说:"降阎魔洞里除了降阎魔尊和十八尊护法地狱主,再就是大五色曼荼罗和守洞的喇嘛了,你要找的人不在这里。"这时一个戴着高筒毡帽,裹着獐皮藏袍,穿着牛鼻靴,脖子上挂着一串红色大玛瑙的中年人用汉话说:"你就是汉扎西?听说你救了雪山狮子的命,草原上的人都说你是个远来的汉菩萨,是来给西结古草原谋幸福的。"

父亲审视着中年人说:"请问大叔你是谁?"中年人说:"我是野驴河部落的头人索朗旺堆老爷家的管家齐美,我们老爷说了,在上阿妈的仇家杀伤杀死的人中,我们野驴河部落的最多,砍掉仇家手的应该是我们。我刚才已经去护法神殿向吉祥天母请示过啦,吉祥天母把她的批准洒到了天上,洒成了一中清脆悦耳的金刚铃声。可是铁棒喇嘛不相信我的话,他说空中的金刚铃声是吉祥天母送给所有人的祝福,硬是不让我把七个上阿妈的仇家带走。"父亲说:"你先别争这个,先应该找到七个上阿妈的孩子,他们现在在哪里?"齐美管家说:"他们让铁棒喇嘛藏起来了。"铁棒喇嘛藏扎西说:"天已经亮了,太阳就要照到寺院里来了,光明的山上没有罪恶的阴影,七个孩子又不是七只蚂蚁,我能藏到哪里去?上阿妈的仇家是让别人抢走的,这时候说不定已经砍了手,正在返回上阿妈草原的路上。"

齐美管家不客气地说:"我不相信,谁能从你铁棒喇嘛手里抢走人呢,你还是闪开,让我们进到降阎魔洞里搜一搜。"藏扎西叹了一口气,身子一侧,把手中的铁棒收进了怀里。齐美管家忽地一声趴下,朝着洞门磕了一个等身长头,跳起来推开门走了进去。父亲赶紧照着他的样子也磕了一个长头,起身就要跟进去,却被藏扎西一把拽住了。藏扎西小声道:"你们西工委的白主任白玛乌金怎么没有来啊?头人的耳朵里现在只有西工委的话才是有分量的。"父亲说:"他没来我来了,我就是来阻止你们胡乱砍手的。"

藏扎西摇了摇头,望着降阎魔洞下面通向草原的小路上走走停停的冈日森格,神情黯然地说:"你走吧,跟着雪山狮子一直走,你就能找到七个上阿妈的孩子了。"父亲说:"他们真的走了?"藏扎西一言不发。

七个上阿妈的仇家开始是被铁棒喇嘛藏扎西和几个牧人带到降阎魔洞里关起来的。这些牧人来自好几个部落,好几个部落的人都想由本部落来执行这次砍手的刑罚,因为几乎所有西结古草原的部落都有人死在上阿妈人的手里。铁棒喇嘛藏扎西说:"这七个上阿妈的仇家是在寺院里抓住的,按照规矩应该由我来决定把他们交给哪个部落,但明摆着我的决定会引起大家的争执,所以我打算把决定权交给草原威严的护法。你们现在赶快回去,请你们的头人或者管家去护法神殿向吉祥天母上香请求,吉祥天母批准哪个部落成为复仇的先锋哪个部落才能把人带走。"

牧人们很快离去了,几分钟后,铁棒喇嘛藏扎西打开了降阎魔洞的门,急促而紧张地说:"快跑啊,你们给我快跑,赶紧回到该死的上阿妈草原去,再也不要来西结古草原捣乱了。"七个上阿妈的孩子一拥而出。

但是现在,藏扎西有点后悔了,后悔自己放跑了七个上阿妈的仇家。他知道西结古草原的部落头人们是不会原谅他这种背叛行为的，因为草原的铁律之一便是惩戒仇家和叛徒，他作为一个草原法律的执行者，放跑仇家就意味着执法犯法。如果工作委员会不出面为他开脱，他就会受到叛徒应该受到的惩罚，轻则被西结古寺逐出寺门，永世取消他做喇嘛的资格，重则砍掉他的手，而且是双手，让他一辈子失去生活的能力。

草原像梦里的波浪，柔柔地漂动着，无极地漂动着。冈日森格带着父亲来到了和雪山一样清凉的早晨的阳光里。阳光就像雪粉，结成透明的晶体曼舞在蓝绿色的空气里，这样的空气是令生命欢欣鼓舞的。可父亲和冈日森格一点也欢欣不起来，夜晚的折腾已经使他们筋疲力尽。尤其是冈日森格，它不得不卧下来休息一会儿再走，它很累，也很痛苦，未愈的伤口和见不到主人的痛苦使它一路走来一路哭，呜呜呜的。父亲也止不住潸然泪下了。

但不管冈日森格怎样苦累不堪，它追寻主人的意念始终不变。它坚定地走着，开始是向着东边的雪山，后来是向着南边的雪山，最后又改变方向朝着西边的雪山。父亲奇怪了，绕了一大圈，七个上阿妈的孩子怎么又回去了？是不是冈日森格的嗅觉出了错，把过去的味迹当成了主人今天走过的路线？

就在父亲满腹狐疑的时候，冈日森格突然变得狂躁不安起来，想吠又吠不出足够大的声音，只好一再地龇着牙，连牙根都龇出来了。它伸长脖子往前走，拼命想加快脚步，但实际上它是越走越慢，几乎是原地踏步了。父亲说："歇会儿吧，你走不动了。"说着一屁股坐在地上，拍着冈日森格要它卧下。冈日森格没有卧下，朝前低低地吼了一声。与此同时父亲听到了一阵马蹄的骤响，抬头一看，热阳泛滥的地平线上已是骑影飞驰。

骑影从右前方的大草洼里翻上来，正要穿过左前方的一座大草冈。平滑的草冈之上，一溜儿骑影就像天刀剪出来的，剪出来了七个马影，剪出来了十四个人影。也就是说，每一匹马上骑着两个人，一个大人，一个小人。冈日森格鼻子闻着，眼睛望着，比父亲抢先搞懂了剪影的意思：它的主人七个上阿妈的孩子被骑手们抓起来了。

第十章

是牧马鹤部落的军事首领强盗嘉玛措带着骑手把七个上阿妈的仇家抓回来的。

牧马鹤部落的头人大格列一听说铁棒喇嘛藏扎西规定各个部落的头人或者管家必须去护法神殿向吉祥天母上香请求，吉祥天母批准哪个部落行刑哪个部落才能把人带走，就知道藏扎西肯定要给这七个上阿妈的仇家放了。道理很简单：如果藏扎西真心要让西结古人的复仇得逞，把七个孩子分开，让各个部落都有行刑的机会不就可以了，何必要去打搅吉祥天母呢？大护法吉祥天母是仁慈和宽爱的，如果不能证明七个上阿妈的孩子是仇家草原派来的魔鬼，她怎么会允许西结古人去砍掉他们的手呢？尽管它是仇家的手。当然，即使得不到吉祥天母的明示，部落也可以跟保护部落的山神和战神商量，尽量使砍手变得名正言顺。但现在需要面对的并不是名不正言不顺,而是即使得到了神灵的批准你也会无手可砍,因为时间正在过去,再不抓紧,七个上阿妈的仇家恐怕就会逃离西结古草原了。

牧马鹤部落聪明的头人大格列一边深入去砦宝雪山祭告部落的黑颈鹤山神,去砦宝泽草原祭告部落的黑颈鹤战神,一边派强盗嘉玛措带领骑手前去拦截七个上阿妈的仇家。

消息很快传遍了草原:七个上阿妈的仇家被铁棒喇嘛藏扎西放跑了。

消息再次传遍了草原:在砦宝山神和砦宝泽战神的帮助下,牧马鹤部落的强盗嘉玛措一个不落地抓到了七个上阿妈的仇家。

还有一个消息传得更快:砍手的刑罚将在碉房山下野驴河边执行。

能来的牧民都来了,尤其是牧马鹤部落的人。

牧马鹤部落的驻牧地在砦宝雪山下的砦宝泽草原,他们之所以纷纷攘攘来到碉房山下执行刑罚,是因为碉房山是所有部落的碉房山。大约在一百多年前,为了抵御包括上阿妈草原的骑手在内的入侵者和保卫神圣的西结古寺以及更加神圣的佛法僧三宝,也为了部落头人及其家眷的安全,所有部落的头人都以部落的名义在这里建起了碉房。从此便有了惯例,只要是与抵抗外敌有关的活动——行赏、惩罚、祭祀、出征等等,无论是哪个部落,就都在碉房山下举行。

碉房山下的行刑台前突然热闹起来。人多狗也多,小狗们追逐嬉闹,情狗们碰鼻子舔毛,熟狗们彼此问好,生狗们互相致意。和别处的狗不一样,这里的狗不管是生狗还是熟狗,都不会横眉冷对甚至打起来,因为气味会告诉对方:我们都属于西结古草原。对藏狗尤其是藏獒来说,西结古草原有一种特殊的气息,绝对和外面的草原不一样,这一点连父亲也感觉到了。父亲后来说:这里是獒高原,这里连空气也是獒臊味的,是那种你熟悉了就觉得很好闻的咸咸的獒臊味,差不多就跟大海里散发着的鱼虾的咸腥味一样。

父亲和冈日森格艰难趱行到碉房山下,远远望见行刑台时,砍手的刑罚快要开始了。

行刑台是用石头垒起来的,上面立着一溜儿原木的支架,支架上吊着一排铁环和一些绳索,一看就知道那是绑人吊人的。支架的前后都是厚重的木案,既能躺人,也能坐人和砍人。七个上阿妈的孩子已经被七个彪形大汉拽到了台上,两个戴着獒头面具的操刀手威武地立着,把砍手的骷髅刀紧紧抱在怀里,让他们的胸怀在正午的阳光下闪出一片耀眼的银雪之光。七个牧马鹤部落的红帽咒师一人拿着一把金灿灿的除逆戟槊,高声诵读着什么;另外七个黑帽神汉一人拿着一面人头鼓缓慢而沉重地敲着;还有七个黄帽女巫挥舞断魔锚杖环绕着行刑台边唱边走。

父亲停下了,冈日森格也停下了,远远地望着,都意识到他们不能就这样走上前去。人群可以穿过,狗群呢?西结古草原的藏狗尤其是藏獒会把上阿妈草原的狮头公獒冈日森格撕得粉碎然后让老鹰和秃鹫一滴不剩地吃掉。人和狗都愣怔着,不知道怎么办好。冈日森格吃力地翘起了头,神情哀哀地看着行刑台上的七个上阿妈的孩子,意识到自己已经无能为力,便四肢一软扑通一声倒在了地上。父亲俯身抱住了它,看着它泪汪汪的眼睛说:"你是不是不行了? 你别这样,咱们再想想办法。"他求援似的四下里看了看,看到不远处有一顶帐房,帐房前的草地上铺着几张晒得半干的牛皮,几只百灵鸟在牛皮上啁啁啾啾地啄食。他琢磨了一下,突然就又是高兴又是忧虑地说:"现在就看你的了冈日森格,只要你能走得动,我们说不定就能走过去。"

冈日森格的理解能力让父亲吃惊,他把一张大牛皮拉过来,示范似的刚一披到自己身上,冈日森格立刻就摇晃着身子站了起来。父亲把牛皮从自己身上取下来,严严实实盖住了冈日森格,只给它的眼睛留出了一条缝。父亲说:"你行吗?"冈日森格用行动告诉父亲:"行。"他们开始往前走,父亲在前,它在后,它低头盯着父亲的脚后跟,慢慢地走着,乍一看,尤其是让狗们乍一看,那黑色的皮毛绝对是一头牛的移动。狗们有点奇怪:怎么这牛身上还混杂着异地狗的味道?是不是被外来的狗咬伤了?不,不是咬伤了,而是咬掉了头,这个没有头的牛怎么还能走路呢?

谢天谢地,冈日森格一直走着。它没有倒下,它本来是要倒下的,孱弱的身体让它觉得连自己那一身浓密的黄毛都成了累赘,怎么还能披得动一张沉甸甸的牛皮呢?但是它坚持住了,硬是没有倒下,前面需要救命的主人七个上阿妈的孩子让它奇迹般地不仅一直立着,而且一直走着。它跟着父亲安全穿过了包括许多聪明的藏獒在内的狗群,也安全穿过了更加聪明的人群。人当然能看明白那不是一头牛而是一只狗,但他们不明白狗为什么要披着牛皮走路,还以为砍掉仇家手的庆典需要这样一个环节、这样一种装扮。

行刑台越来越近了,最危险的时刻也就来临了。不知为什么,几只硕大的藏獒从领地狗群中分离了出来,正好横挡在他们前去的路上,其中就有白晃晃的獒王虎头雪獒。父亲抖了一下,冈日森格也抖了一下,一前一后行走的速度明显地慢了。好在披着牛皮的冈日森格没有在颤抖中倒下,它用出乎自己意料的坚韧依然如故地缓缓移动着,就像所有受到狗保护的牛一样朝着拦路的藏獒毫无顾忌地走了过去。獒王虎头雪獒认出了父亲,他就是昨天晚上把冈日森格救进僧舍的那个外来人。这个人是可恶的,但又是了不起的。从大黑獒那日对他的态度中獒王已经知道自己不能撕咬这个人,这个人没有报复曾经咬死过他的马咬伤过他本人的大黑獒那日,反而赢得了对方的心,可见这个人天生就是藏獒的理想主人。它看到这个藏獒的理想主人突然冲它笑了笑,接着就唱起来,跳起来,又是挥手,又是踢腿。獒王虎头雪獒好奇地看着,它身边的大黑獒果日和灰色老公獒以及另外几只藏獒比它还要好奇地看着。父亲越唱越疯,越跳越狂了。

就这样,在可怕的拦路藏獒忘乎所以的好奇中,在父亲手舞足蹈的表演中,冈日森格靠近了它们,它披着牛皮缓慢而紧张地靠近了它们。獒王虎头雪獒和所有的藏獒都没有在乎它,因为牛是它们时时刻刻都能看到的东西,乏味了,多看一眼都不想了。它们的眼睛朝上瞅着,上面是父亲高高举起的手,手在舞动,在变着花样舞动,最后甚至舞起了衣服,忽忽地响,哗哗地响,自始至终吸引着它们的眼球。等那个人、那双手不再舞动的时候,冈日森格已经从它们身边走过去了,距离迅速拉大,威胁正在消除,獒王和它的伙伴已经不可能看清那是移动的牛皮而不是真正的牛了。

父亲和冈日森格终于走到了行刑台下。这儿没有狗只有人,这儿的人沉浸在砍手的庄严里,脸上没有表情,哪怕是一丝惊讶的表情。父亲掀掉了冈日森格的牛皮,双手托着它的肚子,连推带抱地让它登上了行刑台。

獒王虎头雪獒远远地看着,愣了。所有刚才注意过那头牛的藏獒以及小喽囉藏狗都愣了,接着就是一片吠声。獒王没有吠,它回忆着刚才父亲和冈日森格通过的情形,一丝隐忧像饥饿的感觉在身心各处袅袅升起。它并不认为这是人的鬼主意,它觉得冈日森格居然能够在它的眼皮底下蒙混过关,完全是靠了一只优秀藏獒不凡的素质和禀性——超常的机灵和超常的胆略。它喜欢这样的藏獒,同时又警惕着这样的藏獒。如果这样的藏獒属于自己终身厮守的这片草原,那就是一员杀伐野兽保护人类极其财产的干将;如果它来自一片敌对的草原,那就坏了,那肯定就是一种不能让西结古草原平安宁静的强大威胁,一定要毫不客气地赶走它,不,不能赶走它,应该咬死它,必须咬死它。獒王虎头雪獒恨恨地想着,多少有点失态地从嗓子眼里呼出了几口粗重的闷气。

一上行刑台,冈日森格就径直走向七个上阿妈的孩子,确切地说是走向那个脸上有刀疤的孩子。"冈日森格?"孩子们异口同声地喊起来。冈日森格朝孩子们摇了摇尾巴,瞪起眼睛望着那些死拽着主人的彪形大汉。但是它没有发出叫声,甚至也没有龇出虎牙来吓唬吓唬他们。它知道现在不是对抗的时候,一个庄严肃穆的仪式就要举行,一个不是狗(哪怕它是气高胆壮的藏獒)所能抗拒的人的整体意志正在出现;更知道它自己现在的状况——它正在伤痛之中,已经没有对抗任何敌手的能力了。它唯一能做的就是找到自己的主人然后和他们一起接受被人宰割的命运。它卧在刀疤身边,和主人一样面对着用来砍手的木案和两个戴着獒头面具的操刀手。

父亲跟在冈日森格后面,走向了七个上阿妈的孩子,笑着问道:"你们叫它冈日森格,我也叫它冈日森格,冈日森格是什么意思?"大脑门的孩子用下巴蹭着彪形大汉揪住自己肩膀的手使劲侧过头来,看了看刀疤说:"雪山狮子。"父亲问道:"冈日森格就是雪山狮子?你们怎么知道?"大脑门一脸懵懂,不知道父亲为什么这样问。父亲大声说:"我告诉你们吧,西结古寺的丹増活佛说了,冈日森格是阿尼玛卿雪山狮子的转世,它前世保护过所有在雪山上修行的僧人,它是一只多情多义的神狗,谁也不能欺负它。你们现在把我的话重复一遍,用藏话重复,大声重复,让这里的人都听到。"刀疤问大脑门:"他在说什么?"大脑门把父亲的话告诉了他,跟冈日森格一样机灵的刀疤立刻明白了父亲的意思,几乎是喊着用藏话说起来。

然后父亲若无其事地走向了一个戴着獒头面具的操刀手,跷起大拇指笑着说:"你的刀真漂亮,我从来没见过装饰得这么华丽的刀。"操刀手看父亲一身汉装,知道是西结古工作委员会的人,也从面具后面笑了笑。父亲感觉到他是友好的,也不管他能不能听懂自己的话,就把手伸了过去:"能看看你的刀吗?"操刀手搞不懂父亲要干什么,不知所措地摇了摇头。父亲干脆把手伸向他的怀抱,抓住了骷髅刀的刀柄。操刀手犹豫了一下,居然松开了手。父亲拿过刀来,在正午阳光的照耀下,从刀柄一直欣赏到刀尖。

行刑台下响起了一阵喧哗。狗们叫起来。父亲抬起头,看到七个红帽咒师正在把金灿灿的除逆戟槊举起来,七个黑帽神汉正在把斑斑斓斓的人头鼓举起来,七个黄帽女巫正在把环佩丁当的断魔锡杖举起来,三七二十一个部落灵异者在举起法器的同时，都把头扭向了一条人群自动让开的通道。通道上走来一群衣着华贵的人，两边的牧人都静静地弯下了腰，个个都是毕恭毕敬的样子，甚至连狗也知道肃静，再也不叫了，哪怕是欢快的吠叫。父亲望着他们，发现早晨见过的齐美管家也混杂在里头，便知道这是些什么身份的人了。但是他仍然没有想到，西结古草原所有部落的头人和管家都来了，包括前面提到的野驴河部落的头人索朗旺堆和牧马鹤部落的头人大格列。

　　头人和管家们迅速走来，停留在行刑台下一片专门为他们留出来的空地上。这就是说，仪式的主人大格列和被邀请的各个部落的贵客都已经到了，行刑马上就要开始。操刀手朝着父亲礼貌地弯了弯腰，意思是说："还我的刀来。"父亲冷冷地笑着，突然朝后一跳，冲过去一把揪住了冈日森格绵长的鬣毛。冈日森格吓了一跳，侧头不安地望着父亲。父亲扯开嗓门喊起来：

　　"听着，听着，底下的人都听着。今天你们大家都来了，你们来这里干什么？是来看砍手的，还是来看我和冈日森格？我今天不活了，冈日森格也不活了，我们今天豁出去了。"

　　行刑台下一片骚动。吠声再次响起。大部分人没有听懂父亲的话，只是觉得父亲的形象十分可怕：一手举着闪闪发光的骷髅刀，一手拽着丝毫不做反抗的冈日森格，面孔狰狞，声嘶力竭，差不多就是个镇压邪祟的大威德布威金刚了。父亲等狗叫停止了又喊道：

　　"冈日森格是什么狗？我不说你们也知道，它是雪山狮子，是来自阿尼玛卿雪山的神，它前世保护过所有在雪山上修行的僧人，现在又来保护西结古草原了，你们不会不管它的死活吧？至于我，我是什么人，你们不知道是不是？西结古寺的丹增活佛说了，我是个吉祥的汉人，所有的喇嘛都要像对待自己一样对待我，因为是我把雪山狮子的化身带到西结古草原来的。我告诉你们，我是狗的朋友，是狗的恩人，我救了冈日森格的命，还救了大黑獒那日的命，草原上的人都说我是远来的汉菩萨，是来给西结古草原谋幸福的。我现在郑重宣布，你们谁要是砍了这七个孩子的手，我就砍死冈日森格，然后再去西结古寺砍死大黑獒那日，最后砍死我这个汉菩萨。"

　　父亲喊叫着，拉着冈日森格过去，把硕大的獒头摁在了木案上。冈日森格听到父亲叫了好几声自己的名字，便知道父亲的用意，顺从地一动不动，只是用眨巴的眼睛问着父亲：你真的想砍了我吗？

　　行刑台下，狗群吆喝着朝前涌过来。它们看着父亲举刀摁头的样子，以为父亲真要杀了冈日森格，便助威似的吠叫起来。只有獒王虎头雪獒一声不吭。它侧耳听着父亲的话，研究着父亲的表情，虽然没有听懂，也没有研究明白，但却准确地得出了一个结论：这个一直都在充当藏獒的保护者的汉人是不可能杀死冈日森格的，所有的人包括西结古草原的人都不可能杀了这只外来的雪山狮子，要杀了它的只能是西结古草原的藏獒，确切地说，是它——西结古草原的獒王虎头雪獒。獒王随着狗群朝前跑去，快到行刑台时它停下了。它用声音和眼色阻止了领地狗的涌动，然后就静静地观察着台上的一切，也观察着机会的出现。没有，没有，没有机会。它不停地遗憾着，知道在这种人声嘈杂狗影泛滥的地方，自己很难实现杀死冈日森格的计划,甚至连咬它一口,吠它一声的机会也没有。它有点沮丧地后退了几步,突然不满起来:冈日森格是一个来犯者,它的主人是上阿妈的仇家,怎么不见西结古草原的人跳到台上对它表示一下自己的愤怒呢? 难道他们也像大黑獒那日一样喜欢上了这只漂亮英俊的狮头公獒? 不,这是不允许的,老天不允许,祖先不允许,我们藏獒坚决不允许。咬死它,咬死它,尽快咬死它。獒王虎头雪獒越想越觉得自己必须亲自咬死它。

而在人群里,懂汉话的齐美管家一遍遍地把父亲的话翻译给一些听不懂汉话的头人和管家们听。野驴河部落的头人索朗旺堆说:"我也听说丹增活佛说过这样的话,丹增活佛没看错人吧?"牧马鹤部落的头人大格列说:"我佩服不怕死的汉人,更佩服能够救活藏獒性命的汉人。但是他不该保护七个上阿妈的仇家,他一保护他们,就不是我们西结古草原的汉菩萨,而是上阿妈草原的汉菩萨了。"

父亲挥着骷髅刀继续喊叫着:"你们谁是管事儿的? 快过来呀,把这七个孩子放了,要不然我就要砍了,真的砍了。"

父亲的这种举动在以后的人看来完全像个"二杆子",却的确起到了延缓乃至阻拦砍手事件发生的作用,没有人认真对待。组织这次砍手仪式的牧马鹤部落的强盗嘉玛措拽着野驴河部落的齐美管家,跑上了行刑台。齐美管家喊道:"汉菩萨,汉菩萨,你不要这样,你不知道原因,上阿妈草原的人欠了我们的血,欠了我们的命。"只会说一点点汉话的强盗嘉玛措一下一下地扬着手说:"远远的原因,多多地欠了。"齐美管家说:"对,他们欠了我们许许多多的人命和藏獒的命,就是砍了这七个仇家的头,也是还不完的。"

父亲说:"谁欠了你们的命你们找谁去们的命不是这七个孩子欠的。"

齐美管家把父亲的话翻译给嘉玛措听,作为牧马鹤部落军事首领的强盗嘉玛措一脸愠色,红堂堂的就像染了颜色,呜里哇啦地说着什么。齐美管家说:"部落欠的命,部落的所有人都有份;上阿妈欠的命,上阿妈的所有人都要还,这是草原的规矩。"父亲:"不要给我说这些,我不听。我汉菩萨有汉菩萨的规矩,放人,赶快放人,不放我就砍了。"

强盗嘉玛措意识到说得再多也没用,便朝着失去了刀的操刀手一阵训斥。父亲听不明白,但他觉得应该是这样的:"废物,怎么搞的,连自己的骷髅刀都拿不住,部落养你这样的操刀手有什么用? 还不赶快抢过来。"

戴着獒头面具的操刀手扑向了父亲手中的骷髅刀。父亲把刀高高举起,大吼一声:"你别过来,你过来我就砍了,先砍死冈日森格,再砍死我。"操刀手一愣,还要往前扑。父亲说:"哎哟妈呀,他跟我一样不要命。"说着一刀砍了下去。

一片惊叫。在别人看来,他砍在了冈日森格的头上,只有他自己和冈日森格知道,他砍在了自己掘着冈日森格的左手上。冈日森格不禁颤抖了一下,它很痛,它是一只和人类心心相印的出色藏獒,它立马感觉到了周身的疼痛,好像父亲的身子就是它的身子,父亲的神经就是它的神经,当伤口在父亲手上产生疼痛感觉的时候,真正受到折磨的却是它。冈日森格呜呜呜地叫着,这是哭声,是它从人类那里学来的发自肺腑的哭声。

操刀手一看这阵势,吓坏了,望着强盗嘉玛措朝后退去。强盗嘉玛措朝操刀手不屑地挥了挥手，摆开架势准备亲自扑上去夺刀。齐美管家一把拽住了他："你可不要逼这个汉人，逼出了人命或者藏獒的命谁担待得起？"

流血了。父亲扬起流血的手，挥舞着说："看啊，看啊，流血了，这是汉菩萨的血，流在西结古草原上了。"血花飞溅而去，谁也不知道落在了哪里，只有一滴是知道的，它落在了行刑台下一个姑娘的脸上。这姑娘用手背一擦，看到手背上出现了一个红色的彗星，突然就一激动，跳了起来。

姑娘旋风般来到行刑台上，喊道："也算我一个，你们准要砍了七个孩子的手，就先砍了我的手。"父亲一看，是梅朵拉姆，就说："你来凑什么热闹？谁在乎你啊。"又说，"也好，把手放在案子上，我要砍了。"梅朵拉姆吸了一口凉气，真的把手放在了案子上。父亲又说："我砍了？"她咬着牙说："你砍吧。"然后闭上了眼睛。

父亲忽地举起了骷髅刀，但那不过是一个造型，一个冒充的嗜杀如命者的杀人造型。刀并没有落下来，因为他意识到梅朵拉姆的美丽也包括了她白嫩的手，如果一定要砍，他砍烂的肯定还是自己的肉，砍下的肯定是自己的手或者头。他悲愤地质问梅朵拉姆："白主任怎么没有来？他是不是不知道？是不是知道了以后故意躲起来了？"

这时候父亲最希望看到的一是西结古工作委员会的白主任，二是西结古寺的住持丹增活佛。他觉得他们两个人中的任何一个人，都有可能制止这种残酷的砍手仪式。但是直到现在他们谁也没有出现，他们真是太超脱、太逍遥了。父亲很沮丧，觉得今天真是倒霉，自己非死在这里不可了。他好像并不担心自己拿骷髅刀砍向自己的脖子时会不会怯懦，他担心的是：即使他死了也未必能保住七个上阿妈的孩子的手。父亲呆愣着，这一刻的呆愣让他变成了一个受刑者。他已经陷入骑虎难下的境地，除了考虑自杀好像再也想不出别的办法了。

观看的人群和狗群虽然骚动不宁，但仪式还在举行。沉默了片刻之后，七个拿着金色除逆戟槊的红帽咒师又开始高声诵读着什么，七个拿着人头鼓的黑帽神汉又开始缓慢而沉重地敲起来，七个挥舞断魔锡杖的黄帽女巫又开始环绕行刑台边唱边走，好像行刑台上发生的一切跟他们没有任何关系。

他们怎么这么麻木啊，我就要死在他们的麻木之中了。父亲扔掉了骷髅刀，突然流下了眼泪。他后来说，我怎么会在那种时候流泪呢？我怎么不是一个坚强而悍烈的藏獒呢？我怎么这么软弱，软弱得有点可耻，软弱得都不是男子汉了。我要是一个密宗法师或者是一个苯教咒师就不会软弱了，我就可以用最伟大的咒语，搞乱所有藏獒的敌我界限，然后调动它们都来营救七个上阿妈的孩子。遗憾的是我不是，我既没有催破魔障的本领，也没有差遣非人、猛咒诅詈的法力。我真是一点办法也没有了。

父亲一流泪，七个上阿妈的孩子便知道自己的手必砍无疑了，哇哇地哭起来，梅朵拉姆也哇哇地哭起来。冈日森格的眼泪无声地流在了木案上，木案上一片湿润。

不远处的狗群里，獒王虎头雪獒突然振作起来。机会？也许这就是一个机会：以雷轰电掣之势跑上行刑台，在冈日森格和它身边的人沉浸在悲伤之中来不及反应的时候，一口咬死它。就一口，不多咬，一口咬不死它，我就不做獒王了。獒王虎头雪獒禁不住轻轻吼起来,示威似的来回走了走,让雪白的獒毛迎风飘舞着,四腿一弹,忽地跑了起来。

冈日森格浑身抖了一下,鼻子一闻,耳朵一扇,抬头警觉地看了看远方。它不哭了,舔了舔木案上自己的眼泪,然后来到行刑台的边沿,朝着下面沙哑地叫起来。它是在威胁那些生杀予夺的头人和管家,还是在威胁那些看热闹的藏狗以及那只飞速跑来的雪白的藏獒?不,父亲擦了一把眼泪就发现,冈日森格不是威胁,是欢迎和期待。它欢迎着一个熟人的到来,这个熟人便是西结古寺的铁棒喇嘛藏扎西。

藏扎西带着十几个铁棒喇嘛和一大群寺院狗从碉房山奔跑而来。寺院狗肆无忌惮的叫声吸引了所有人和所有狗的注意。

獒王虎头雪獒戛然止步。它知道铁棒喇嘛是草原法律和寺院意志的执行者,在整个青果阿妈西部草原,只有他们才可以随意惩罚包括藏獒自然也包括它獒王在内的所有生灵,所以它知趣地停下了。它停下的地方离行刑台只有两三步,离冈日森格只有七八步,也就是说仅仅晚了几秒钟,冈日森格就依然活着了。冈日森格痛苦地活着,獒王虎头雪獒却因为冈日森格的活着而痛恨地活着。

第十一章

其实父亲期待中的那两个大人物——丹增活佛和白主任白玛乌金在父亲闯上行刑台要死要活的时候,并没有闲着。他们已经通过各自的渠道知道了西结古草原上正在发生着什么,照现在的说法,就是他们正在进行紧急磋商,地点是西结古寺的护法神殿。

白主任说:"草原上的麻烦是我们的汉扎西惹出来的,现在只有佛爷你出面才能够解决了。"丹增活佛说:"其实这种时候你们不应该回避,应该迎着魔鬼的陷阱奋勇而上。"白主任说:"我们不行,我们一出面,头人们和牧民们就会误解我们的意思,以为我们的屁股坐到了上阿妈草原一边,今后的工作就不好开展了。"丹增活佛理解地点了点头说:"可是,可是我也不便亲自出面哪。"白主任说:"如果佛爷实在不愿意出面,那我就只好去一趟了,但恐怕头人们不听我的话,救人的目的达不到,去了也是白去。"

他们的磋商是由眼镜李尼玛翻译的,差不多就是由白主任和李尼玛两个人想尽一切理由来说服丹增活佛。丹增活佛本来就很严肃的神情更加严肃了,他知道事不宜迟,再这样说来说去七个完整的生命就会残废,七只孩子的手就会成为血淋淋的狼食。他派人叫来了铁棒喇嘛藏扎西,吩咐他立刻带人去制止碉房山下牧马鹤部落正在举行的砍手仪式。

藏扎西把铁棒朝地上杵了一下,转身就走。丹增活佛又问道:"铁棒喇嘛你真的要去了?"藏扎西回身说:"是啊,我听佛爷的吩咐,我要去了。"丹增活佛摇摇头说:"不是我的吩咐,是你自己的主意。"藏扎西似懂非懂地站着不走。丹增活佛说:"我是说,是你把七个上阿妈的仇家救下来了,不是寺院救下来了。救了仇家就会得罪各个部落,是你得罪了部落,不是寺院得罪了部落。"藏扎西想了想说:"我明白了。"丹增活佛说:"你还要明白,得罪部落是要付出代价的。你作为草原法律的执行者,昨天晚上尽数放跑了仇家,就已经是叛逆行径了,应该被西结古寺逐出寺门,永世不得再做喇嘛。现在你又要带人去把仇家从砍手的刀口下营救出来,按照古老的习惯,那就是罪上加罪,一旦抓住你,就一定会砍掉你的双手。"藏扎西呆愣着。丹增活佛又说:"对我们草原来说,习惯就是法律,我也不能违背。你要想得远一点,一旦你救了仇家,你失去的很可能不仅仅是双手,还有部落、人群、足够生活的牲畜,你也许只能是个乞丐,是个流浪的塔娃,是个孤魂野鬼。"藏扎西不禁打了个寒颤,突然把铁棒一丢,咚地跪在地上,朝着护法神殿正前方怒发冲冠的吉祥天母磕了一个头,又朝着丹增活佛磕了一个头说:"祈愿佛和护法帮助我躲过所有的苦难,战胜一切魔障,我只能去了,因为一个喇嘛不是为了自己才活着,就好比一只藏獒不是为了自己才去战斗。"丹增活佛说:"是啊,你是为了西结古寺才不得不这样做的,神圣的吉祥天母和所有的佛僧法僧都会保佑你,赶快去吧,再不去就来不及了。"

藏扎西站起来,拿着铁棒,大步走去。

这些都是父亲后来才知道的。父亲后来还知道,西结古寺是西结古草原各个部落头人的前辈划地捐资建起来的,从古到今寺院僧众的所有生活开销都来自部落的供给和信徒的布施。既然如此,寺院为部落服务就成了顾理成章的事情。这种服务最重要的是,寺院必须体现包括复仇在内的部落意志,满足部落以信仰和习惯的名义提出的各种要求。如果寺院违背草原的习惯和部落的意志,各个部落就会召开联盟会议,做出惩罚寺院的决定:断其供给,或者把不听话的活佛和喇嘛请出寺院,再从别处请进听话的活佛和喇嘛成为西结古寺掌管佛法的新僧宝。丹增活佛显然不想走到这一步,但又意识到不援救七个无辜的上阿妈的孩子是有违佛旨佛意的,只好出此下策,让铁棒喇嘛藏扎西以个人的名义代替寺院承担全部责任。

铁棒喇嘛藏扎西带着西结古寺的所有铁棒喇嘛和所有寺院狗,跑步赶到了行刑台上。他们从七个彪形大汉手里抢到了七个上阿妈的孩子,又把父亲汉扎西和冈日森格以及汉姑娘梅朵拉姆用身体保护了起来,然后由藏扎西大声念起了《刹利善天母咒》。这就意味着他藏扎西作为铁棒喇嘛是奉了护法神吉祥天母的密令来劫持七个上阿妈的孩子的。他们作为孩子是不是应该当作仇家来对待,还得恭请吉祥天母最后裁定。没有人敢于阻拦他,尽管他对《刹利善天母咒》的念诵很快就会被证明是矫佛之命,但在此时此刻,所有人都相信他的举动没有半点虚假,都相信疾风般席卷而来的,不仅仅是以藏扎西为首的铁棒喇嘛和一群寺院狗,更是在众生的心灵深处被推向至尊至崇的一种力量和被敬畏被服从的一种符号。

行刑台上,骷髅刀已不再闪耀银雪之光,两个戴着獒头面具的操刀手和七个彪形大汉入定了似的立着。牧马鹤部落的军事首领强盗嘉玛措冲着藏扎西喊了一句什么,被野驴河部落的齐美管家立刻用手势制止了。

行刑台下,七个高声诵读着什么的红帽咒师沉默了,七个敲打着人头鼓的黑帽神汉安静了,七个环绕行刑台边唱边走的黄帽女巫愣住了。他们作为灵异的神职人员,对十几个来自西结古寺的铁棒喇嘛毫无办法,因为他们属于牧马鹤部落,而铁棒喇嘛则属于比牧马鹤部落大得多的整个西结古草原。更因为他们是古老苯教的修炼者,而西结古草原的苯教在那个时候已经完全失去了独立性,早就归属西结古寺的佛教了。

后来父亲渐渐知道,佛教之所以在草原上具有统治一切宗教的地位,最根本的原因,还在于佛教受到了历代朝廷以及中央政府的认可和册封,而苯教没有,苯教从来没有在中央政府中获得过任何尊崇的地位。再从宗教本身的作为来讲,苯教是祛除邪祟的,佛教是追求光明的。追求光明的佛教聪明而大度,在进入草原之后,把原始苯教祛除邪祟的所有神祇都吸纳到了自己门下,不仅使自己也具有了祛除邪祟的能力,更使得苯教完全变成了自己的一部分。虽然各个部落在信仰的仪式、遵守的规矩和养成的习惯上和苯教的要求没什么两样,但心理的归属和灵魂的依托却发生了很大的变化。这种变化就是,生民们很快意识到自己信仰的已不再是原始的苯教而是现代的佛教,因为当他们来到西结古寺的时候,发现所有他们崇拜着的祖先和畏惧着的苯教神灵,都在西结古寺辉煌的佛殿里找到了自己的位置,而且都是佛迹的追随者、佛理的布道者和佛教的护法神。

疾风般席卷而来的,流水般漫荡而去了。当铁棒喇嘛藏扎西离开夭折了的行刑仪式时,他身后紧跟着冈日森格和七个上阿妈的孩子以及父亲和汉姑娘梅朵拉姆。十几个铁棒喇嘛,一大群寺院狗,在两侧和后面保护着他们。寺院狗当然知道冈日森格是个该死的来犯者,但它们更知道铁棒喇嘛藏扎西的意图,它们只能保护,不能撕咬,万一周围的领地狗扑过来撕咬,它们还必须反撕咬,哪怕伤了自家兄弟姐妹的和气。

西结古草原的领地狗以及别的藏狗跟寺院狗一样不笨,就像俗世的牧人崇敬着寺里的喇嘛一样,它们也崇敬着寺院狗,一看到寺院狗都在保护冈日森格,它们也就悄悄地不做声了,再愤怒的心情也得压抑,再凶悍的性情也要克制。獒王虎头雪獒就是最愤怒的一个,又是最克制的一个,它友善地朝着寺院狗打着招呼,走过去,靠近冈日森格使劲闻了闻。这一闻就把冈日森格的气味深刻地烙印在了记忆里,一辈子也忘不掉,出现什么情况也忘不掉了。它心说狡猾的家伙,无论你以后披上牛皮羊皮还是豹皮熊皮,我都不会上当受骗了。它以獒王的矜持朝着寺院狗们笑了笑,大摇大摆地离开了那里。不离左右的灰色老公獒和大黑獒果日赶紧跟了过去。

铁棒喇嘛藏扎西一行走得并不快,因为要照顾走得很慢的冈日森格。走着走着就停下了,他们看到,冈日森格再也走不动了。冈日森格伤口未愈,体能已经越过了极限,加上神经高度紧张,终于支撑不住了。它昏迷过去,它不是一倒下就昏迷过去的,而是还没倒下就昏迷过去了。父亲知道自己背不动,但还是俯下身去想背它。藏扎西推开他,招呼另外两个铁棒喇嘛把冈日森格抬起来放在了自己背上。他们行走的速度顿时加快了,越来越快,风一样呼呼地响着,把人群和狗群很快甩在后面,消失了。

一堆穿戴华美的头人和管家沉默着。所有的人和所有的狗都沉默着。

突然,就像打鼓一样,牧马鹤部落的头人大格列朗声说:"寺里怎么能这样做?丹增活佛完全错了,怎么能这样处理七个上阿妈的仇家? 怎么能如此放纵那个自称救了狗命的汉菩萨呢? 还有那只狮头公獒,谁能证明它前世真的就是阿尼玛卿的雪山狮子？各位头人你们说。是不是应该召开一次部落联盟会议了？我们牧马鹤部落丢了脸不要紧，坏了草原的规矩就麻烦了。"野驴河部落的头人索朗旺堆摇了摇头，却没有把摇头的意思说出来。

狗叫了，它们比人更快地知道了严肃的仪式已经结束。小狗们又开始追逐嬉闹，情狗们又开始碰鼻子舔毛，熟狗们又开始彼此问好，生狗们又开始互相致意，乱纷纷，闹哄哄的。

部落的头人和管家们很快离开了那里。接着人散了，狗也散了。行刑台前，一片旷古的宁静。秃鹫在空中盘旋，越旋越低，刚落下，就来了一群雪狼。秃鹫和雪狼都很失望，它们在行刑台上什么也没有找到。

正在失望的时候，秃鹫和雪狼看到从迷蒙的草色岚光里走来一个人。这个人头上盘着粗辫子，辫子上缀着毒丝带和巨大的琥珀球，琥珀球上雕刻着罗刹女神蛙头血眼的半身像。他身穿大红氆氇袍，扎着缀有一串儿牛骨鬼卒骷髅头的熊皮阎罗带，胸前挂着一面有墓葬主造型的镜子，走起路来闪闪发亮。秃鹫和雪狼一见他，就像见了活阎罗，掉头就走，能飞的赶快飞远了，能跑的迅速跑掉了。

碉房山歪歪斜斜的路上，父亲和梅朵拉姆被眼镜李尼玛拦住了。李尼玛说："白主任要你们去一下。"父亲说："等一会儿我会去找他的，我先去藏医尕宇陀那儿包扎一下手。"李尼玛指着梅朵拉姆说："就让她给你包扎吧，你不去，我给白主任怎么交代？白主任都气瘫了。"说着埋怨地瞪了一眼梅朵拉姆。

梅朵拉姆不理他，转身朝尼玛爷爷家走去，突然看到不远处的一座碉房后面光脊梁的巴俄秋珠正在探头探脑，便停下来喊了一声，想让他帮她去拿药箱。巴俄秋珠朝她跑来，突然意识到自己还赤着脚，还没有穿上靴子，又拐了个弯儿，倏忽一闪不见了。梅朵拉姆寻思，真是有些古怪，这个小男孩，不知道他心里想什么呢。

父亲跟着李尼玛来到了工作委员会的牛粪碉房里。白主任白玛乌金正躺在床上呼呼吹气，一见他就忽地坐了起来，铁青着脸吼道："你给我回去，今天就回去，如果你不回去，就请你告诉草原上的人，你不是汉人，更不是西结古工作委员会的人，免得人家把账算到我们头上。"

父亲笑了，非常得意的样子，好像他刚刚从一场胜利了的游戏中下来。他爽快地说："好，我明天就去说，我是一个藏民，是一个上阿妈草原的藏民，我带着七个孩子和冈日森格来到了这里，这里是美丽的西结古草原。"

白主任气得一仰身又躺下了，还没有躺稳，又诈尸一样躬起了腰，对李尼玛吼道："张冬梅呢？"李尼玛愣怔着，好像他压根不知道张冬梅是谁。白主任又吼了一声："梅朵拉姆呢？"李尼玛有点紧张，张着嘴半天说不出话来。父亲不怀好意地说："她拿药箱去了，就来给你治病，李尼玛说你气成瘫子了。"

这时梅朵拉姆走了进来，不敢看白主任似的低着头，打开药箱，给父亲包扎那只他自己砍伤的左手，突然笑了，说："你挺会砍的，血流了那么多，但伤口并不深。"父亲说："我自己的手我能使劲砍？"梅朵拉姆说："对了，我问你，你当时为什么不砍我的手？"父亲说："舍不得，要是李尼玛的手，我一定砍下来。"说着哈哈大笑。

包扎好了伤口，父亲就要离去。白主任白玛乌金喘了一口气说："你们把我气死了，都给我坐下，我有话给你们说。"父亲说："可是我饿了。"

一进入西结古寺，十几个铁棒喇嘛和所有的寺院狗就散去了。藏扎西背着冈日森格来到父亲居住的僧舍，把它和大黑獒那日放在了一起，然后就去丹增活佛跟前复命。他跪在丹增活佛面前，悲伤地说："神圣的佛爷，使命已经完成了，我该走了。"丹增活佛说："你是说你要离开寺院吗？不要这么着急，你先回到你的住处去，等一会儿我叫你。"藏扎西又去找到藏医尕宇陀，忧愁万分地说："仁慈的药王喇嘛，快去救命啊，雪山狮子不行了。"藏医尕宇陀说："你的事情我已经知道了，他们真的会砍了你的手吗？常常念诵大医王佛的法号东方药师琉璃光如来吧，它会解除你心灵和肉体的所有痛苦。"藏扎西虔诚地答应着，磕了一个头，转身走了。

等藏医尕宇陀来到父亲居住的僧舍时，丹增活佛已经果断地做出了这样的决定：派人把七个上阿妈的孩子和昏迷不醒的冈日森格以及奄奄一息的大黑獒那日背到"日朝巴"（雪山里的修行人）修行的昂拉雪山密灵洞里藏起来。这在他有两种考虑：一是七个上阿妈的孩子和冈日森格必须得到保护，不能让他们再落到部落人的手里；二是大黑獒那日和冈日森格都有重伤在身，必须由藏医尕宇陀治疗。如果它们两个不在一起，尕宇陀就会在西结古寺和密灵洞之间来回奔走。怕的不是天天奔走的辛苦，而是被人发现。一旦部落的人发现七个上阿妈的孩子和冈日森格藏在昂拉雪山的密灵洞里，派几个操刀手私自砍了他们的手甚至暗杀了都有可能。所以他把尕宇陀派到密灵洞里去，和两只受伤的藏獒以及七个上阿妈的孩子住在一起，等治疗差不多了再下来。

藏医尕宇陀点头称是，草草地看了看冈日森格，从豹皮药囊里拿出一粒红色的药丸塞进了还在昏迷的冈日森格嘴里，又在它脖子上使劲扯了扯让它咽了下去，然后说："佛爷，我先走一步了，我走得慢。"

半个时辰后，另一拨人马离开了西结古寺。七个上阿妈的孩子一人背着一个牛肚，里面装满了酥油和青稞炒面。两个年轻力壮的铁棒喇嘛背起了冈日森格和大黑獒那日。另外两'铁棒喇嘛一人背一个沉重的牛皮口袋，里面是风干肉、干奶皮、茯茶、干牛肺和碎羊骨。牛皮口袋上绑着一只烧奶茶的铜壶，锃亮地反射着比阳光还要强烈的阳光。

一送走他们，丹增活佛就来到自己的僧舍里，派人传话，让藏扎西快来见他。他想对这位忠诚于自己和寺院的铁棒喇嘛说，你也可以躲到昂拉雪山的密灵洞里去，对外我就说你带着七个上阿妈的孩子逃跑了，不知道跑到什么地方去了。这样虽然你还是不能回到西结古寺里来继续做喇嘛，但至少可以保住你的双手。以后的草原还不知道是什么样儿呢，躲过了这一阵，说不定你就安然无恙了。但是丹增活佛没有来得及把这个突然冒出来的大胆想法告诉藏扎西，派去传话的人回来说，藏扎西已经走了，他解掉了象征地位的红毡氆，放下了代表草原法律和寺院意志的铁棒，只带着很早以前在他被选拔为铁棒喇嘛后丹增活佛赐给他的金刚杵，悄悄地走了。

通往昂拉雪山的山道上，光脊梁的巴俄秋珠灵巧地躲开七个上阿妈的孩子和四个铁棒喇嘛的视线，远远地跟了过去。

通往昂拉雪山的另一条山道上，准备翻越昂拉雪山流浪远方的藏扎西看到了七个上阿妈的孩子和四个铁棒喇嘛，同时也发现了远远跟踪着他们的巴俄秋珠。

他心里不免一惊,加快脚步,风风火火地走了过去。

半个时辰后,藏扎西立在了雪线上巴俄秋珠的面前,严厉地说:"你要去干什么? 你是一个俗人,又是一个孩子,你不怕昂拉山神没有调教好的儿子化成恶枭啄掉你的眼珠子?"巴俄秋珠停下了,愣了一会儿,转身就跑,像一头受惊的白唇鹿,顺着雪坡,一溜烟滑向了沟底。雪尘纷纷扬起。

藏扎西追了过去,也想顺着雪坡滑向沟底,突然看到沟底站着一个人。这个人的标志是:粗辫子、毒丝带、琥珀球、氆氇袍、阎罗带、骷髅头,身上还有罗刹女神蛙头血眼的半身像、映现三世所有事件镜和墓葬主手捧饮血头盖骨碗的全身像。他打了个愣怔,"哎哟"一声,转身就走。

父亲和梅朵拉姆坐在了白主任对面李尼玛的床沿上。李尼玛从泥炉上提起铜壶给每人倒了一碗奶茶,又把装着青稞炒面的木箱子放在了父亲身边,自己委屈地坐在了白主任床下的地毯上,像一只听话的小狗仰起面孔认真地望着白主任。

白主任说:"你们知道吗,不说远的,就说最近二十年里,上阿妈草原的人打死了多少西结古草原各部落的人?"他停顿了一下又说,"告诉你们,有好几百呢。"父亲说:"这恐怕是双方的吧? 双方都死了人。"

白主任说:"不,二十年前是双方的,为了占领一些说不清归属的草山,纠纷来纠纷去,年年都有战争,年年都要死人,那是互相的,区别也就在于你死了八个,我死了九个。以后,也就是从民国二十七年开始,情况就不一样了。马步芳的一个汉兵营进驻到了西结古草原,要求各个部落供给牛羊肉和狗肉。牛羊肉当然是可以的,要活的送活的,要死的送死的,但狗肉万万不可。藏民们说,狗不能吃,吃狗就跟吃人一样,你们的兄弟姐妹是你们吃掉的吗? 你们要吃我们的狗,就先把我们吃掉。号称狗肉王的汉兵营营长说,你们知道枪杆于是干什么的? 一是打藏狗,二是打不让吃藏狗的人。但是狗肉王营长没想到,西结古草原的藏民也是有枪的,打狗的开始也就是反抗的开始,不仅藏民反抗,藏狗尤其是藏獒也百倍凶猛地进行了反抗。这就是发生在青果阿妈草原的著名的藏獒之战,你们知道不知道?"父亲大口吃着自己拌的糌粑说:"打死了多少人,你刚才已经说了,打死了多少藏獒,你还没说。"

白主任挥了一下手,就把父亲的问题挥出了谈话之外,继续说:"两个月以后汉兵营就坚持不住了,边打边退,一直退出了狼道峡。后来青海省主席马步芳派了一个骑兵团来到青果阿妈草原镇压叛乱,团部和大部队就驻扎在上阿妈草原。上阿妈草原的各个部落又是奉送金银,又是供给吃喝,阿妈河部落的头人甲巴多还把自己的妹子送了团长做小妾,更严重的是骑兵团的三次血洗西结古草原都有上阿妈草原的骑手参加,这些骑手也和马步芳的骑兵一样,不仅打人也打狗,已经完全不像草原人了,所以西结古草原的人对他们的仇恨超过了对马步芳的仇恨。这些历史背景你们知道不知道?"

父亲吃下最后一口糌粑,往里挪了挪,靠到李尼玛的被子上,打了一个哈欠说:"我一到这里你就对我说了,但是不详细。"白主任说:"今天我又不厌其烦地说了这么多,意思就是要让你们明白问题的严重性。对上阿妈草原采取孤立政策是站稳立场的需要,不能有一丝一毫的怀疑。但七个上阿妈的孩子又不能不救,救了他们我们就得付出代价,这个代价就是汉扎西同志明天必须离开西结古草原,免得这里的人因为不理解而产生仇恨,又因为仇恨而产生意外。听明白了没有?"白主任看父亲闭着眼睛不回答,就又说,"不管你的行动招没招来仇恨,为了你的安全,我必须派人把你送到青果阿妈草原工作委员会多猕总部去。"

突然有了鼾声,父亲睡着了。他昨天一宿没有好好睡觉,今天又劳累了一天,实在撑不住了。

为了不让前来观看砍手刑罚的部落头人和管家们扫兴,牧马鹤部落的头人大格列把大家请进了野驴河边的宽大彩帐,又亲自骑马去西结古寺请来了丹增活佛。喝茶吃肉的时候,西结古草原的部落联盟会议也就开始了。

丹增活佛说:"寺院出了一个忤逆的喇嘛,带人擅闯行刑台,劫持走了七个上阿妈的仇家和冈日森格,真是叫我无法面对各位尊敬的上人。为了向大家请罪,我已经把这个违背寺规的铁棒喇嘛开除出了寺门,罚他永世不得再做喇嘛。"盘腿坐在彩帐右边地毯上的头人们互相看了看。

野驴河部落的头人索朗旺堆首先说:"原来那个胡闹的喇嘛不是寺里派出来的?那我们就放心了。佛爷真是明断,那样的喇嘛是不应该再呆在寺院里的。"牧马鹤部落的头人大格列说:"我说嘛,寺里怎么能这样做呢?原来和丹增活佛本人没有关系。那就好办了,入侵者必须按照草原的规矩付出代价,既然七个上阿妈的仇家在一对一的摔跤中输了,就一定要砍掉他们的手,然后赶起西结古草原。上阿妈的人统统都是跟着马步芳跑的,马步芳是尸林魔,跟着尸林魔跑的就是尸林鬼,砍掉尸林鬼的手,他们就不能祸害我们西结古草原的人了。还有那只叫做冈日森格的狮头公獒,如果它真的是雪山狮子的转世,那首先应该得到藏獒们的承认,可是我们西结古草原的藏獒承认不承认呢?至于对那个自称救了两条狗命的汉菩萨,我以为我们应该公开提出质疑:他是不是上阿妈草原派来的?他怎么能够登上行刑台干涉我们西结古草原部落的事情呢?"

大家点着头,都觉得索朗旺堆头人和大格列头人的话说得不错。

丹增活佛说:"阿尼玛卿山神托梦给了老喇嘛顿嘎,说冈日森格有生命危险,你们一定要救它一命,因为它前世是阿尼玛卿雪山上的狮子,保护过所有在雪山上修行的僧人。这一点是千真万确的,老喇嘛顿嘎从来不会对本佛说半句谎话。这样一只与佛有缘的宝狗跟着一个汉人来到了我们西结古草原,难道这个汉人是魔鬼的化身,是上阿妈的奸细?不,他是一个吉祥的人,他豁出命来保护了冈日森格,又用神奇的力量使我们西结古草原的一只领地狗死而复生,而这只被他救活的领地狗正是差一点把他咬死的大黑獒那日。我们伟大的先圣米拉日巴说过,对草原的态度就是对牲畜的态度,对狗的态度就是对人的态度。这个智慧的法言让我想到,汉人对藏狗的态度就是对我们藏民的态度,难道我们要像对待仇家那样对待我们的朋友吗?我请求各位上人相信我的话,菩萨以行善为本以慈悲为怀,这个汉人的做法就是菩萨的做法,为了西结古草原的将来,我们一定要接受大家点着头,都觉得丹增活佛的话说得不错。

每个人都表明了自己的态度,最后部落联盟会议做出了三个决定:一是坚决不放过七个上阿妈的仇家,必须执行砍手刑罚,然后赶出西结古草原;二是找到已经被逐出寺门的藏扎西,砍掉他的双手,把他贬为哪个部落都不准接受的流浪塔娃;三是冈日森格养好伤以后,必须用自己的凶猛和智慧证明它的确是一只了不起的雪山狮子,否则就不能活着呆在西结古草原。至于那个汉人,就听丹增活佛的,承认他是汉菩萨,但是他最好不要再管草原的事和部落的事。

这就是说,不仅要砍手,而且要打仗了,是冈日森格和西结古草原最优秀的藏獒之间的战斗。因为几乎所有的头人都认为,既然冈日森格是雪山狮子,那就应该是战无不胜的。在草原上,没有哪一个人哪一只藏獒可以不经过肉体或精神的征服,就享受荣誉,就获得尊崇的地位。

从部落联盟会议回到西结古寺时天已经黑了,丹增活佛来到寺院最高处的密宗札仓明王殿里打坐念经,一直念的是《八面黑敌阎摩德迦调伏诸魔经》。他为雪山狮子祈祷,期望冈日森格尽快痊愈,并在痊愈以后的战斗中获胜,因为草原的规矩就是这样,只有胜利者才会被人也被藏獒接纳。

第十二章

睡醒了的父亲发现自己躺在李尼玛的床上,碉房里除了他没有别人。门和窗户都开着,黎明的景色在狭小的门窗外面招摇,偌大的草原和绵延的雪山浓缩在一抹白玉般的晴朗里奔涌而来。父亲猛吸了一口草腥味儿醇厚的空气,忽地一下坐起来,穿上鞋,亢奋地来到了门外。

碉房门外的石阶下,自主任白玛乌金和李尼玛正在说着什么,离他们不远的马圈前,两个军人牵着三匹马立在那里。

父亲说:"我怎么睡在这儿? 我走了,我得去寺院看看七个上阿妈的孩子和冈日森格,还有大黑獒那日。"白主任使劲拽住他说:"你不能再去寺院了,你今天必须离开西结古草原。"父亲愣了,半晌才想起昨天白主任的谈话。他看了看马圈前两个背着枪的军人说:"我要是不离开呢?"白主任说:"那我们就把你绑起来,押解到多猕总部去。"父亲叹口气,妥协地说:·我总得去告别一声吧? 我在寺院里养伤养了这么久,走时连声招呼都不打,人家会说我们汉人怎么一点情谊都不讲。"自主任说:"你走了以后我会亲自去寺院,代表我们西工委,向丹增活佛表示感谢。"父亲耍赖地说:"就算我同意离开西结古草原,那也得吃早饭吧。"白主任说:"路上吃,他们带了很多,有糌粑,有酥油,还有奶皮子,够你吃的。"父亲没辙了,大声说:"我觉得你们对我的态度是错误的。"白主任说:"告诉你,这事儿要是发生在我身上,我也不会走,但要是发生在别人身上,我就一定要送他走,因为我必须对来这里的每一个人的安全负责,保证他们绝对不出事儿。"父亲说:"我都是汉菩萨了,能出什么事儿?"白主任说:"万一呢? 你已经参与了部落矛盾,谁能保证没有人仇恨你?"说罢,朝着马圈前两个背着枪的军人招了招手说,"赶快出发吧,路上小心,到了多猕,一定要把他交给总部的领导。"太阳出来了,东边的雪山变成了金山,西边的雪山就显得更加白亮。草原也是一半金草一半银草,金草和银草比赛着起伏,就像风中的丝绸,在无尽地飘荡。

父亲骑在一匹大灰马上后面跟着两个军人,军人骑的都是枣红马。枣红马是军马,是工作委员会进驻西结古草原时带来的。大灰马是草原马,是为了送走父亲从部落里借来的。野驴河部落的头人索朗旺堆一听说是父亲也就是汉扎西汉菩萨要骑马,就在自己的坐骑中挑了一匹老实一点的牵给了来借马的李尼玛,一再地说:"什么借不借的,汉扎西的马被西结古的领地狗大黑獒那日咬死了,理应由西结古草原赔偿,这匹马就让他留着吧,不要还了,千万不要还了。"李尼玛没有告诉父亲这些,所以父亲并不知道他骑的是一匹索朗旺堆头人骑过的好马。他只是有点奇怪:沿途遇到的所有领地狗怎么都对大灰马保持了足够的敬意?远远看见就会飞奔而来,站在十步远的地方恭敬地摇着尾巴。看着大灰马走远了,一大群领地狗中便分出了七八只,在一只虎头雪獒的带领下保镖似的跟了过来。不错,它们就是保镖,它们在护送他们。它们比人和马更清楚,寂寥的草原上,不定哪个草坝后面,就埋伏着一只袭击人的猛兽,狼,或者熊,或者豹。

父亲当时并不知道,护送他们的那只领头的虎头雪獒就是西结古草原的獒王,更不知道獒王之所以要亲自护送他们而不是让别的领地狗例行公事,除了像敬重头人那样敬重着头人的坐骑大灰马之外,还有一个原因那就是它想知道冈日森格的下落。昨天夜里它带着灰色老公獒和大黑獒那日去了西结古寺,出乎意料的是它们在寺院的任何地方都没有闻到冈日森格的味道。它们扩大了寻找的范围,结果发现在整个碉房山都没有冈日森格的踪迹。獒王虎头雪獒有点奇怪,更奇怪今天早晨看到父亲时,父亲居然骑上了索朗旺堆头人的大灰马。他骑着索朗旺堆头人的大灰马要去干什么?他差不多就是冈日森格的主人,他是不是已经丢失了它,是不是也要去寻找它?獒王虎头雪獒本能地觉得跟着父亲或许就能找到冈日森格。它用坚定的步伐告诉同伴:这个人要保护好,这个人是我们找到冈日森格的唯一线索。而在父亲看来,藏獒们敬重大灰马自然也要敬重骑在马上的人,它们对他的殷勤保护是领地狗的职分。

他们一直沿着野驴河往前走。大灰马不停地趟进水中,让走热的蹄子在冰凉的水中感受舒服。走着走着,獒王虎头雪獒突然猛吼了一声,告诉大灰马赶紧上岸,它闻到了水里的阴谋。骄傲的大灰马不听它的,继续往前走,没走几步就一蹄子踏进了水獭洞。它顿时失去了平衡,身子一歪,把父亲掀进了河里。獒王虎头雪獒惊叫一声,第一个扑了过去。接着别的藏獒也纷纷扑向河水,撕住了父亲的衣服。水獭的洞穴本来应该在岸上,夏天水涨了,就把洞穴淹到河里去了。对草原上的马来说,这是最最可恶的陷阱。好在洞不深,没有别断马腿。大灰马拔出腿,站直了身子,也和藏獒们一起,用牙撕着父亲的衣服,把他拖向了对岸。父亲很感动,虽然河水并不深,再加上他是会水的,淹不死他,但他仍然觉得这是救了他的命。而狗和马似乎也这样认为,水虽然不深却很急,人一倒在水里就是石头掉进了水里,只有沉底的份,因为它们在草原上从来没见过会凫水的人。七八只藏獒和一匹马庆幸地喘着气,笑望着父亲祝贺他拣回了一条命。

跟在父亲后面渡河的两个军人奇怪了,一个问道:"你认识这些狗?"父亲说:"不认识。"另一个问道:"那么马呢?你骑过这匹马?"父亲说:"这是你们的马,我哪里骑过它。"军人说:"这不是我们的马,我们的马是军马,军马都是枣红马,这是从部落头人那里借来的。"父亲明白了：大灰马是一匹有灵性、耐力好、速度快的马，一旦跑起来，外来的军马绝对不是它的对手。一个念头随着大灰马的一声长嘶进入了父亲的脑海：我是不是可以骑着快马逃跑呢？跑回西结古寺怎么样？我总得知道七个上阿妈的孩子、冈日森格和大黑獒那日现在到底怎么样了吧？

父亲的大胆想法又来了，并且再次延续了他那一有想法就行动的习惯。正如他自己所认为的，他就是一只藏獒，瞻前顾后不是他的本能，他总是一往无前的，就像那时候的流行歌曲所唱的："向前，向前，向前，我们的队伍向太阳。"父亲正是向着太阳奔跑而去的，跑了大约一刻钟就把两个军人和作为保镖的七八只藏獒甩在了身后看不见的地方。然后他拐了弯，紧贴着一座草粱的坡脚朝回疾驰，很快到达了自己刚才掉进河水的那个地方。

父亲惊奇地看到，獒王虎头雪獒和它的同伴居然在这里等着他，好像它们是父亲肚子里的蛔虫，早就知道父亲的诡计。其实这是风的功劳。草原的风有时候并不是东风或者西风，而是乱风，从草粱上刮来的西风到了草洼里就会变成东风。东南西北风都可以在同一时段里变换方向。而且风是跟人的，你朝哪里走，它就朝哪里刮。追撵父亲的藏獒追着追着就不追了，因为风中的气味告诉它们，父亲已经在回来的路上了。只有两个军人还在追，一直追到他们认为父亲失踪了的时候。

父亲骑着大灰马在獒王虎头雪獒极其同伴的簇拥下原路返回，走了不到一个时辰，就见一彪人马由南而来，朝着远方的雪山飞奔而去。他心说他们是哪个部落的，是去干什么的？这彪人马消失了不多一会儿，就见草潮线上一个人影大步流星地走来。他寻思这个人是干什么的，怎么跟铁棒喇嘛藏扎西一模一样？父亲和那个人会合而去，走近了才发现，他就是藏扎西，不过他手里拿的已不是象征草原法律和寺院意志的铁棒，而是一根流浪汉的木头打狗棒。

父亲吃惊地跳下了马背。藏扎西掩饰不住悲伤地拉住父亲的手说："终于又见到你了，我知道我会见到你，所以就一路找来。"

他用流畅的汉话让父亲知道了七个上阿妈的孩子和冈日森格以及大黑獒那日的去向，又说："那个被汉姑娘梅朵拉姆称作巴俄秋珠的孩子，已经把七个上阿妈的仇家藏在昂拉雪山的秘密，告诉了牧马鹤部落的强盗嘉玛措。我敢断定，用不了多久，七个上阿妈的孩子就会再次落到牧马鹤部落的手里。这七个孩子是你带到西结古草原的，你可千万不能丢下不管。"

獒王虎头雪獒听着藏扎西的话，突然轻轻地叫了几声。

父亲说："这个巴俄秋珠，简直是个小魔鬼，事情都坏在他身上。"

藏扎西说："巴俄秋珠按照草原的规矩要给他的亲人报仇，但草原的规矩还有一条，那就是人命有价仇有尽。一个牧人的命价是二十个元宝，他家里被打死了两个人，加起来是四十个元宝，一个元宝是七十块银元，四十个元宝就是两千八百块银元。一个家里有了这么多银元，就能过上顶顶好的日子了。为什么顶顶好的日子不要，而要你死我活地报仇呢？报了仇巴俄秋珠还是个穷光蛋，这有什么好？况且砍了七个上阿妈的孩子的手也不能算是报仇，因为并不是这七个孩子的阿爸打死了巴俄秋珠的阿爸和叔叔。仁慈的人发怒会驱散饿鬼，邪恶的人发怒会招来饿鬼，他是要招来饿鬼的呀。饿鬼是没有手的，饿鬼的手要饭时被人砍掉了，他要寻找替身就必须砍掉别人的手。你刚才看见了吧,有一队骑手朝着西边飞奔而去了,那里头就有饿鬼附身的人。他们遵从大格列头人和强盗嘉玛措的命令,要把七个上阿妈的孩子从昂拉雪山里搜出来,抓到牧马鹤部落的驻牧地碜宝泽草原,以部落山神的名义自行处置。那肯定是凶多吉少,砍了手的孩子没有藏医尕宇陀的治疗,就会一个个死掉。幸亏这些骑手不认识我,还冲我打听去昂拉雪山有没有近便的路呢,如果认识我,我的手这会儿肯定已经不在我的胳膊上了。"

父亲皱着眉头说:"草原的王法呢,在哪里?难道他们就是?"

藏扎西说:"还有冈日森格,它在昂拉雪山能不能养好自己的伤?养好伤以后它到底能不能用凶猛和智慧证明自己是一只名副其实的雪山狮子?我没有这个把握,我不知道它会不会死掉,我想避免所有对冈日森格严重不利的打斗,但是我一点办法也没有,我连我自己都保不住了。说实在的汉扎西,我不想失去我的双手,在草原上没有手的人就是犯了罪的人,连磕头都没有人理睬。汉扎西你听我说,你不能就这样走掉,你是有办法的,你让工作委员会的白主任白玛乌金站出来理直气壮地为七个上阿妈的孩子和冈日森格还有我说句好话,我们的命运就不会像现在这样悲惨了。"

獒王虎头雪獒又莫名其妙地叫了几声。

父亲说:"我明白了藏扎西,你不要再说了,我得走了。我本来是要去西结古寺看看七个上阿妈的孩子,看看冈日森格和大黑獒那日的,但是现在我不去了,我要去多猕草原,越快越好。再见了藏扎西,你要多保重啊,最好远远地走掉,最好藏起来,千万不要让部落的人抓住你。"

藏扎西说:"你先别急着走,我还要告诉你一件事情,我见到送鬼人达赤了。这个人藏在党项大雪山已经很久很久,他在那里磨砺着复仇的毒誓黑愿,谁也不知道这毒誓黑愿最终会变成什么,只知道他就要把毒誓黑愿变成行动了。我非常害怕,他突然出现在西结古不是一件好事情,你可要小心提防他。"

父亲翻身上马,毅然丢下满眼祈望的流浪汉藏扎西,朝着多猕草原的方向打马而去,很快就把依然护送着他的七八只藏獒甩在身后了。

獒王虎头雪獒带领着它的同伴,闻着父亲的气味追踪而去。直到穿过狼道峡,多猕草原阔海似的草潮一轮一轮扑上眼底的时候,它们才停下来。根据多猕草原的领地狗用尿渍留下的气息,它们知道已经到了一片陌生草原的边界,再往前走就不符合它们的行为习惯了。潜伏在记忆中的古老规则牢固地制约着它们,使它们总是忘不了自己作为领地狗的职责:守卫自己的领地,不侵入别人的领地。除非主人带着它们进去,就像七个上阿妈的孩子带着冈日森格来到西结古草原那样。而父亲不是它们的主人,他在西结古草原不过是个亲近着主人和被主人亲近着的客人,这一点作为领地狗的藏獒和作为獒王的虎头雪獒完全明白。

第十三章

返回的路上,獒王虎头雪獒一声不吭。它一直在琢磨已经沦落为流浪汉的藏扎西给父亲说过的话。那些话它当然听不懂,但有几个敏感的词汇它是知道的,比如昂拉雪山,比如七个上阿妈的孩子,比如冈日森格。这些曾经听人说起的词汇,在它脑子里已经形成了一个个固定的形象。它现在把这几个形象连接起来,就准确地排列出了这样一个逻辑:昂拉雪山——七个上阿妈的孩子——冈日森格。它不时地抬头眺望着昂拉雪山,看到山的耸立无边无际,白色的起伏就像水的运动浩浩荡荡,寥廓的峰峦、深奥的远方、神秘的所在,统统变成敌意的诱惑了。冈日森格,它决心一口咬死的冈日森格,就在冰山雪岭的一角,神态安详地等待着它。獒王加快了脚步,紧跟在它身后的灰色老公獒和大黑獒果日似乎看出了它的心思,不停地发出几声兴奋的咆哮,仿佛昂拉山群就在跟前,冈日森格就在跟前。

黄昏了,碉房山遥遥在望。一天没有进食的獒王虎头雪獒突然停了下来,扬起宽大的鼻子闻着四周的空气。身后的同伴走过来围在它身边和它一样使劲闻着。然后就是商量。它们闻到了旱獭和鼠兔的气息,闻到了猞猁和藏马熊的气息,它们要商量一下,现在吃什么是最合适的。它们没有发出声音,只用脸部的表情和形体的动作商量着复杂的问题。灰色老公獒以为它现在最想吃的是旱獭,因为旱獭又肥又嫩,而且容易抓到,它跑了一天,累了,不想为食物花更多的力气了。大黑獒果日以为它现在最想吃的是猞猁,猞猁的肉是最有营养的,而且血是甜的,它作为一只母獒喜欢那种加了蜜糖似的血腥味。别的藏獒有想吃鼠兔的,有想吃旱獭的。大家谁也说服不了谁,就把眼光投向了獒王虎头雪獒。獒王用最舒服的姿势坐到地上,伸出舌头一遍遍地舔着牙齿,那意思是说:你们没有谁想吃熊肉吗?可我想吃熊肉了。獒王的话其实就是最后的决定。大家都不发表意见了,熊肉就熊肉,一头熊有多少肉多少血啊,可以开怀大吃大饮了,只不过可能会费点事,熊毕竟是熊,熊是草原上除了野牛之外最有力气的野兽。

獒王虎头雪獒忽地站起来,朝着它认定的藏马熊藏身的地方快速走去。另外几只藏獒赶紧跟上,在这种时候,谁也不想落在后面,因为就要搏斗了。对藏獒来说,吃饭是本能,而搏斗则是本能之中的本能。为了忠于本能之中的本能,它们宁可不在乎吃饭。现在,只是纯粹的搏斗了,夏天的草原上那些很容易得到的食物已经被它们忽略不计了。

獒王虎头雪獒和白狮子嘎保森格都没有想到会在这里遇到对方。四目相视的一刹那,嘎保森格差一点气愤地叫起来:凭什么你要干涉我的狩猎生活?这头藏马熊多次接近过我家的羊群,我已经盯了很长时间,它是属于我的,应该由我来咬死它。但是嘎保森格马上抑制住了自己的怒气,毕竟它看到的是西结古草原的现任獒王,它不能说怒就怒,当着獒王的崇拜者冒犯了人家的尊严。尤其是当它意识到自己的野心尽管天天都在膨胀但取而代之的时机还远远没有到来时,就更不能露出任何蛛丝马迹了。

白狮子嘎保森格朝着獒王恭顺地翘起了尾巴,獒王满意地用尾巴回应着,然后盯住了不远处那头已经发现了藏獒的藏马熊。

嘎保森格殷勤地用弹性十足的四腿跑过来,和獒王虎头雪獒肩并肩站在了一起。獒王侧头看了一眼,发现对方的肩膀跟自己的肩膀居然是不分前后的,顿时有些不高兴了。没有哪只藏獒敢于这样,尤其是面对强大敌手的时候,所有藏獒的位置都不得超过獒王的屁股,除非獒王允许它们靠前。獒王虎头雪獒撮了撮鼻子,告诉它在这个位置上是相当危险的,你应该朝后一点。白狮子嘎保森格愣了一下,吃惊自己居然会站到这个不该站的位置上,它是不经意的,也就是说它在不经意中显露了要和獒王起平起平坐的野心。它有些忐忑,但它并没有马上退到后面去,似乎觉得既然错了,就没有必要纠正了。它气昂昂地站着,盯着前面的藏马熊,又用眼睛的余光看着獒王虎头雪獒。獒王知道自会有藏獒出面教训这个无知的僭越者,便不再跟嘎保森格计较,眼角挂着冷笑,假装无所谓地晃动着硕大的头颅。

果然就有藏獒从后面蹿上来,用肩膀狠狠顶了一下白狮子嘎保森格。它就是灰色老公獒,它万万没想到,在西结古草原居然还有对獒王虎头雪獒如此不恭的藏獒,它的愤怒比獒王本人还要强烈,看到自己第一下并没有把白狮子嘎保森格顶到它该去的地方,便第二次扑了过去。这次灰色老公獒动用了虎牙,它想让这个不懂礼貌的年轻人从此记住僭越的罪过就是流血的代名词。但它没想到,它所要惩罚的对象决不是一个等闲之辈,敢于和獒王肩并肩的白狮子嘎保森格对它这只灰色老公獒有着十二分的轻蔑。

就在灰色老公獒第一次从后面蹿上来狠狠顶了它一下后,白狮子嘎保森格就已经知道老公獒完全不是自己的对手。老公獒用肩膀顶它差不多就是顶在了岩石上,受伤的只能是它自己。所以当灰色老公獒第二次扑过去时,白狮子嘎保森格采取了一个让包括獒王在内的所有藏獒大吃一惊的举动,那就是一跃而起,从扑过来的灰色老公獒的头顶一闪而过,落地的同时,忽地转过身来,一口咬住了老公獒的尾巴,用力一拽,便把老公獒拽得翘趄了身子。灰色老公獒狂叫一声,弯过腰来就咬。白狮子嘎保森格旋风一般又把身子转了回去,再一次一跃而起。这一次它是跃向前方的,前方是它们共同的敌手藏马熊。整个过程简练、流畅、机智、凶狠,一点多余的动作也没有,每一个环节的衔接都恰到好处,尤其是两次跃起和两次转身,简直就是炉火纯青的扑杀表演。獒王看着大为惊叹心说这个白狮子嘎保森格怪不得有些骄傲,原来它有如此不凡的身手。它想冲着嘎保森格发出一声赞美的喊叫,有一种隐秘的力量阻止了它,至于那是一种什么力量,它并不知道,或者说暂时不知道。它看着白狮子嘎保森格已经扑到了藏马熊跟前,赶紧助威似的边吼边跑了过去。

这是一头棕色的大公熊。大公熊一看到藏獒本能的反应就是逃跑,因为藏獒是草原上唯一能够叫板甚至杀死熊这种庞然大物的四脚动物。但是现在它跑不了了,一只白狮子一样的藏獒已经扑到眼前,挡住了它的去路,另外几只藏獒正从四面八方朝它包抄而来。它恼怒地吼叫着,人立而起,朝着白狮子嘎保森格一掌扇了过去。嘎保森格躲开了,它知道这一掌的分量,一旦挨上,那就别想站着离开这个地方,尖利的指甲会划得你皮开肉绽,猛烈的力量会打得你筋断骨折。扇不着对方的大公熊狂怒而啸,就像山体倒塌那样扑了过来。白狮子嘎保森格朝后一跳,再一次成功地闪开了。

但躲闪不是白狮子嘎保森格扑过来的目的,它的目的是要在獒王虎头雪獒和它的伙伴面前表现自己,所以它必须攻击,而且要一击得逞。没有机会,大公熊保护着自己最容易受到伤害的柔软的肚腹,举起两只沉重的前掌,左一掌,右一掌,搞得嘎保森格只能把自己的扑咬限制在离对方一米远的地方。如果在平时它独自面对藏马熊,或者跟自己的牧羊伙伴新狮子萨杰森格和鹰狮子琼保森格共同面对藏马熊,它就不会为不能马上接近对方而焦灼不安。因为和藏马熊的对抗并不是比速度,而是比耐力。只要你能坚持扑咬,不停地扑咬,藏马熊在扇打不着的情况下就会渐渐烦躁起来,一烦躁就没有章法了,就会露出破绽而让你的扑咬变得名副其实。但是现在不行,现在不是耐力比赛而是速度比赛,因为跟你比赛的已不是藏马熊而是自己的同类,是自己向来不服气的獒王虎头雪獒和它的同伴。

白狮子嘎保森格着急地左奔右跳,引诱得大公熊更加着急地左扑右扇。双方都在浪费精力和时间,嘎保森格仍然没有机会用牙刀豁开大公熊的肚子拉出里面的肠子,大公熊也没有机会接触到对方的身体哪怕撕下一撮雪白的獒毛。打斗一下子进入了胶着状态,似乎再也不会激烈起来了。

一直环绕在大公熊身后的獒王虎头雪獒和它的同伴互相看了看。灰色老公樊和大黑獒果日有点按捺不住了,想从后面扑上去。獒王用喊声制止了它们,然后把大尾巴一垫,悠闲地坐在了地上。它想见识见识白狮子嘎保森格的身手,自己并不急着发威,因为对它来说,并不需要用单独咬死一头藏马熊的做法来证明自己什么,它已经单独咬死过许多藏马熊了。

白狮子嘎保森格的身手在大公熊面前似乎变得僵硬了,单调了,都不如一般的藏獒了。甚至有几次它都显出了它这种藏獒不该有的胆怯,因为当躲闪的策略换不来进攻的机会时,躲闪本身就成了目的,这种目的造就的只能是狼狈、无能和气急败坏。

还是胶着,似乎永远都是胶着。獒王虎头雪獒站了起来,它寻思自己的作用当然不是站在大公熊的身后防止它转身逃跑,既然你拿不下来,那就看我的了。它吼了一声,以獒王威武有力的步态走了过去。按照它的想法,它要走过去用这种步态告诉白狮子嘎保森格:请你让开,看我和大公熊单打独斗,一刻钟,绝对不超过一刻钟,大公熊滚烫的血会淹没我冷飕飕的牙齿,到时候你也来喝几口啊。但让獒王虎头雪獒失望的是,它的想法并没有实现,不等它走过去,局势突然就发生了变化。

当白狮子嘎保森格再次扑过去,暴躁的大公熊再次人立而起,用厚重的熊掌猛扇了一下后,嘎保森格用更快的速度退了回来。它没有像前几次那样等到对方四肢着地之后再行扑咬,也没有像前几次那样退回来后稳站在地上看着厚重的熊掌扇出第二下第三下,而是四腿猛然一弹,再次扑了过去。这次它用足了力气,如同一支射出去的箭镞,寒光一闪,便嚯然中的。它一口掏进了大公熊的肚子,牙刀的深度足以切断最隐蔽的肠子。大公熊的大掌扇过来了,忽地掀起一股风,风到掌到,眼看就要扇到嘎保森格的腰上。忽地一下,也是风起腰走,嘎保森格流水一样把自己柔韧的身子扭得跟大公熊平行了起来。可怕的熊掌扇在了嘎保森格雪白的尾巴上,雪白的尾巴这时候变成了真正的雪,蓬松而柔软,飘起来化解了熊掌飞刀一样的锋刃和强大的力量。接着白狮子嘎保森格纵身朝后一跳,离开了大公熊,用虎牙勾出来的肠子洒了一地,从肚子里冒出来的血水洒了一地。

大公熊吼叫着,反抗着,山影一样高大的身躯一次次立起来,一次次趴下去。白狮子嘎保森格远远地躲开了它,所有的藏獒都远远地躲开了它。它们知道,再也没有必要浪费精力去和它对峙了。它们愣愣地看着,直到它躺下而不是趴下,直到它吼喘着再也起不来了。

白狮子嘎保森格在獒王虎头雪獒和它的伙伴们面前得意地走了几个来回,然后昂然迈着方步走向了正在死去的大公熊。獒王望着它,什么表示也没有。而在过去,在它看到别的藏獒显露不凡身手的时候,总是要高叫着赞美几声的,如果关系比较近,它还会走过去碰碰鼻子以示祝贺。

獒王的沉默影响了它的伙伴,灰色老公獒和大黑獒果日以及别的几只藏獒冷冷地看着,谨慎地和白狮子嘎保森格保持着身体和心灵上的距离。獒王虎头雪獒似乎觉得气氛太沉闷了,便用张开鼻孔伸伸舌头的表情告诉伙伴:白狮子嘎保森格的身手是不错的,但不是最好的,因为相持的时间太长了,最好的藏獒,无论遇到什么样的对手,都必须在二十分钟内结束战斗。灰色老公獒马上用舔舔獒王屁股的动作表示:就像獒王你一样。大黑獒果日则用耸动额毛的样子告诉大家:嘎保森格永远不能跟我们的獒王相提并论。

以獒王虎头雪獒为首的七八只藏獒和白狮子嘎保森格一起,围着一头咬死的藏马熊,酣畅淋漓地吃喝起来。

按照惯例,只要獒王在场,猎物的心脏是要献给獒王的,心脏几乎是一包血,那是猎物身上最温暖最最甘美的地方。但是这次是个例外,白狮子嘎保森格抢在獒王前面两口就把大公熊的心脏吃掉了。獒王的几个伙伴埋头自己的吃喝没看见心脏的去向。獒王虎头雪獒看见了,不

白狮子嘎保森格着急地左奔右跳,引诱得大公熊更加着急地左扑右扇。双方都在浪费精力和时间,嘎保森格仍然没有机会用牙刀豁开大公熊的肚子拉出里面的肠子,大公熊也没有机会接触到对方的身体哪怕撕下一撮雪白的獒毛。打斗一下子进入了胶着状态,似乎再也不会激烈起来了。

一直环绕在大公熊身后的獒王虎头雪獒和它的同伴互相看了看。灰色老公獒和大黑獒果日有点按捺不住了,想从后面扑上去。獒王用喊声制止了它们,然后把大尾巴一垫,悠闲地坐在了地上。它想见识见识白狮子嘎保森格的身手,自己并不急着发威,因为对它来说,并不需要用单独咬死一头藏马熊的做法来证明自己什么,它已经单独咬死过许多藏马熊了。

白狮子嘎保森格的身手在大公熊面前似乎变得僵硬了,单调了,都不如一般的藏獒了。甚至有几次它都显出了它这种藏獒不该有的胆怯,因为当躲闪的策略换不来进攻的机会时,躲闪本身就成了目的,这种目的造就的只能是狼狈、无能和气急败坏。

还是胶着,似乎永远都是胶着。獒王虎头雪獒站了起来,它寻思自己的作用当然不是站在大公熊的身后防止它转身逃跑,既然你拿不下来,那就看我的了。它吼了一声,以獒王威武有力的步态走了过去。按照它的想法,它要走过去用这种步态告诉白狮子嘎保森格:请你让开,看我和大公熊单打独斗,一刻钟,绝对不超过一刻钟,大公熊滚烫的血就会淹没我冷飕飕的牙齿,到时候你也来喝几口啊。但让獒王虎头雪獒失望的是,它的想法并没有实现,不等它走过去,局势突然就发生了变化。

当白狮子嘎保森格再次扑过去,暴躁的大公熊再次人立而起,用厚重的熊掌猛扇了一下后,嘎保森格用更快的速度退了回来。它没有像前几次那样等到对方四

肢着地之后再行扑咬，也没有像前几次那样退回来后稳站在地上看着厚重的熊掌扇出第二下第三下，而是四腿猛然一弹，再次扑了过去。这次它用足了力气，如同一支射出去的箭镞，寒光一闪，便嘁然中的。它一口掏进了大公熊的肚子，牙刀的深度足以切断最隐蔽的肠子。大公熊的大掌扇过来了，忽地掀起一股风，风到掌到，眼看就要扇到嘎保森格的腰上了。忽地一下，也是风起腰走，嘎保森格流水一样把自己柔韧的身子扭得跟大公熊平行了起来。可怕的熊掌扇在了嘎保森格雪白的尾巴上，雪白的尾巴这时候变成了真正的雪，蓬松而柔软，飘起来化解了熊掌飞刀一样的锋刃和强大的力量。接着白狮子嘎保森格纵身朝后一跳，离开了大公熊，用虎牙勾出来的肠子洒了一地，从肚子里冒出来的血水洒了一地。

大公熊吼叫着，反抗着，山影一样高大的身躯一次次立起来，一次次趴下去。白狮子嘎保森格远远地躲开了它，所有的藏獒都远远地躲开了它。它们知道，再也没有必要浪费精力去和它对峙了。它们愣愣地看着，直到它躺下而不是趴下，直到它吼喘着再也起不来了。

白狮子嘎保森格在獒王虎头雪獒和它的伙伴们面前得意地走了几个来回，然后昂然迈着方步走向了正在死去的大公熊。獒王望着它，什么表示也没有。而在过去，在它看到别的藏獒显露不凡身手的时候，总是要高叫着赞美几声的，如果关系比较近，它还会走过去碰碰鼻子以示祝贺。

獒王的沉默影响了它的伙伴，灰色老公獒和大黑獒果日以及别的几只藏獒冷冷地看着，谨慎地和白狮子嘎保森格保持着身体和心灵上的距离。獒王虎头雪獒似乎觉得气氛太沉闷了，便用张开鼻孔伸伸舌头的表情告诉伙伴：白狮子嘎保森格的身手是不错的，但不是最好的，因为相持的时间太长了，最好的藏獒，无论遇到什么样的对手，都必须在二十分钟内结束战斗。灰色老公獒马上用舔舔獒王屁股的动作表示：就像獒王你一样。大黑獒果日则用耸动额毛的样子告诉大家：嘎保森格永远不能跟我们的獒王相提并论。

以獒王虎头雪獒为首的七八只藏獒和白狮子嘎保森格一起，围着一头咬死的藏马熊，酣畅淋漓地吃喝起来。

按照惯例，只要獒王在场，猎物的心脏是要献给獒王的，心脏几乎是一包血，那是猎物身上最最温暖最最甘美的地方。但是这次是个例外，白狮子嘎保森格抢在獒王前面两口就把大公熊的心脏吞掉了。獒王的几个伙伴埋头自己的吃喝没看见心脏的去向。獒王虎头雪獒看见了，不免有些吃惊。它表面上极力装出一副大度宽容的样子，整个神情沉浸在大吃大喝的痛快中，可内心却是难以平静的，强烈的不满几乎使它把大公熊的肉当成嘎保森格的肉。獒王虎头雪獒以为，和这次嘎保森格对它的不恭相比，此前发生的所有不恭都是可以一笑了之的。但是这次不能，因为它发现白狮子嘎保森格在吃掉心脏之前颇有深意地望了它一眼，这就证明对方是故意的，是在向它的权威发出挑衅而不是忽略了礼节。既然如此，对方吃掉的就不仅仅是不该它吃的心脏了，而是獒王的尊严和存在。而所有敢于蔑视獒王尊严和敢于忽略獒王存在的藏獒都只有一种心态，那就是它觉得自己比獒王能耐，自己在勇武和智慧方面都已经超过了獒王或者即将超过獒王。面对这样一只自视其高的藏獒，獒王唯一的选择就是打掉它的气焰，消除它觊觎王位的野心。除非獒王已经老了，老得都不想把尊严和权力当回事儿了。

然而獒王虎头雪獒并没有老，它正处在藏獒身强力壮、意气奋发的黄金年龄段，绝对不允许任何一只藏獒威胁到它的权力和地位。如果像白狮子嘎保森格这样，以为自己多了不起，而无视獒王享受猎物心脏的权力，那它得到的就只能是来自獒王的严厉惩罚。

是的，是惩罚，对白狮子嘎保森格的惩罚是迟早的事，但不是现在。獒王虎头雪獒以为，现在最最要紧的还应该是尽快解决雪山狮子冈日森格的问题。它必须吃饱肚子，按照它从流浪汉藏扎西的话里获取的信息，进入昂拉雪山，追踪冈日森格和七个上阿妈的孩子。它始终认为，冈日森格，它决心一口咬死的同类仇敌冈日森格，就在冰山雪岭的一角，神态安详地等待着它。

獒王虎头雪獒带着它的同伴很快离开了那块饕餮之地。白狮子嘎保森格用戏谑的吠声送别着它们。獒王挺胸昂首，没有做出任何理睬的表示。獒王的几个伙伴同样也采取了不予理睬的态度。于是白狮子嘎保森格知道，它已经把獒王虎头雪獒彻底得罪了。

第十四章

尼玛爷爷家要迁徙了，是头人索朗旺堆让他们这样做的。索朗旺堆说："今年春天雨水多，夏天的草长得好，雪线下的地面都绿了。你们应该到远远的山上去放牧，让野驴河两岸草原上的草长得高高的，留给冬天，也留给明年，明年的草就没有今年好了。丹增活佛说过，草原是一年一盛的，自然也是一年一败的。"

梅朵拉姆当然不能跟着他们走，她得住到别的牧人家里去了。真是恋恋不舍，她向尼玛爷爷道别，向班觉和拉珍两口子道别，又抱着七岁的诺布，把他的脸蛋亲了个通红。然后就是向藏獒们道别了。小狗们不谙世事，依然顽皮地活蹦乱跳着，一点也不受长辈情绪的影响。它们的长辈三只大牧狗和两只看家狗可都知道迁徙是怎么回事儿，迁徙就是分别，跟熟悉的草原和野驴河分别，跟一些舍不得离开的人和狗分别。而在这个早晨，最主要的分别对象显然就是脚边放着行李的汉姑娘梅朵拉姆了。五只大藏獒忧伤地望着梅朵拉姆，滞重而缓慢地摇着尾巴。梅朵拉姆给这个捋捋毛，给那个拍拍土，用自己美丽的眼睛告诉它们：这是最后一次了，至少在整个夏天和秋天，我不可能再给你们捋毛拍土了。她当然对白狮子嘎保森格格外动情，捋着它的毛，从脖子一直捋到尾巴，突然就伤心地哭了，眼泪哗哗的。嘎保森格安静地依偎在她怀里，舔着她的手和腿，眼睛里也是湿湿的。

最后是向三只小狗道别。她说："嘎嘎、格桑、普姆，过来呀。让我最后抱你们一次，等你们下次回来的时候，我就抱不动你们了，你们就是大狗了。到那个时候你们还认识我吗？"格桑和普姆过去了，小白狗嘎嘎不过去，它的瘸腿阿妈和它的阿爸白狮子嘎保森格就用鼻子轮番把它拱了过来。梅朵拉姆蹲在地上把三只小狗抱在怀里，轮换着让它们咬自己的手。它们假装使劲咬着，但和以往一样没有咬疼她。

驮着帐房的牦牛已经出发，在前面带路的班觉早就骑马离开，羊群和牛群开始上路,忠于职守的三只大牧狗白狮子嘎保森格、新狮子萨杰森格和鹰狮子琼保森格向她最后摇了一下尾巴,毅然转身,跟着畜群走了。梅朵拉姆知道,该是松手让三只小狗离开的时候了。但是她犹豫着,怎么也不忍心松手,她觉得一松手就什么也没有了,人情和狗情都没有了。

这时站在她面前的尼玛爷爷说了一句什么。接着拉珍也说了一句同样的话。他们的话汉姑娘梅朵拉姆没有听懂。拉珍对站在自己身边的瘸腿阿妈和那只名叫斯毛的看家狗挥挥手说:"快走吧快走吧,再不走就跟不上了。"等它们一走,拉珍就从梅朵拉姆怀里抱起一只小黑狗交给了尼玛爷爷,又抱起另一只小黑狗自己搂着,然后说:"再见了姑娘。"这句话梅朵拉姆听懂了。她站起来要把自己怀里的小白狗嘎嘎还给拉珍,却见拉珍摆摆手,从自己身上扯下一块做手巾的熟羊皮蒙在了嘎嘎头上,梅朵拉姆这才明白尼玛爷爷和拉珍的意思:你这么喜欢我们家的狗,你就留下一只吧。她愣住了,不知道自己该不该接受这礼物。尼玛爷爷笑了笑,走了。拉珍也笑了笑,走了。等她回过神来,激动地说了一声"谢谢",又说了一声"可是我不能要",但他们已经听不见她的声音了。

为什么不能要呢? 拒绝人家的礼物是不礼貌的,况且这礼物是这么可爱这么宝贝。这时候梅朵拉姆完全没有想到小白狗嘎嘎在突然失去了哥哥妹妹和阿妈阿爸后会怎么样。被羊皮手巾蒙住了头的小白狗嘎嘎也没有意识到有什么不对,还在黑暗中在她温暖的怀抱里又拱又舔又抓又咬。

眼镜李尼玛来了,他是来帮梅朵拉姆搬家的。梅朵拉姆的新家就是尼玛爷爷的邻居工布家的帐房。工布一家本来也要按照头人索朗旺堆的吩咐到远远的山上去放牧,但是他们家的一只最凶猛的牧羊藏獒前天被五只雪豹咬死吃掉了,还有一只牧羊藏獒被雪豹抓破了肚子,眼看就要咽气。远远的山上有多多的猛兽,就凭他们家现在的两只看家藏獒是远远不够的。索朗旺堆头人说:"那就算了吧,工布家现在最要紧的是在领地狗群里挑几只小狗赶快用最好的牛羊肉催大,要不然畜群就连野驴河对岸的草原也不敢去了。"

梅朵拉姆和李尼玛来到了工布家的门口。两只看家狗警惕地叫起来,工布和老婆以及两个女儿赶紧出来把客人请进了帐房。因为常去尼玛爷爷家串门,两个女儿和汉姑娘梅朵拉姆早就是熟人了,她们嘻嘻哈哈从李尼玛手里接过行李放在了帐脚,一个拉着梅朵拉姆坐在左边的地毯上,比比画画说着什么,一个帮着阿妈先给李尼玛端茶,再给梅朵拉姆端茶。

小白狗嘎嘎掀掉蒙在头上的羊皮手巾,跳出了梅朵拉姆的怀抱,四下里看了看,毫不犹豫地朝帐房外面跑去。它是要去找哥哥妹妹玩的。出去一看,才发现这里没有哥哥妹妹,也看不见阿妈阿爸,有的只是被它叫做叔叔婶婶的工布家的两只看家狗。叔叔和婶婶走过来,友好地用鼻子闻着它。它学着大狗的样子烦躁地摇摇头,转身走开了。它不想理睬它们,在它的印象中叔叔和婶婶总是一本正经的,一点也不好玩。它用稚嫩的嗓子汪汪汪地叫着,希望得到哥哥妹妹或者阿妈阿爸的回音。但是没有,呼呼的顺风和更加呼呼的逆风里都没有。它开始奔跑,先是绕着工布家的帐房跑了两圈,断定自己的亲人并不是在这里跟它捉迷藏后,就朝尼玛爷爷家跑去。

　　没有了，什么也没有了。地上没有了帐房它是知道的，帐房跑到牦牛背上去了。可是牦牛呢？牦牛跑到哪里去了？主人和羊群跑到哪里去了？哥哥妹妹、阿妈阿爸以及所有年长的藏獒都跑到哪里去了？它喊着它们的名字，爬上冰凉的锅灶，翘首望着远方。远方是一片苍茫的未知，是它从来没有去过的地方。它想起曾经有一天它和哥哥妹妹打算走过去，看看远方的未知里到底潜藏着什么，还没有走到河水流淌的地方，就听到了瘸腿阿妈严厉的吼声："回来，回来。"它们不听阿妈的，阿妈就让它的好姐妹斯毛阿姨飞奔而来，一爪打翻了哥哥，又一鼻子拱翻了妹妹，然后一口叼起了它。斯毛阿姨跑回帐房门口，把它交给了阿妈。阿妈张大嘴好一阵炸雷般的训斥，差一点把虎牙攘到它的屁股上。从此它知道，作为小狗，是万万不能因为远方的诱惑而离开大狗离开主人的帐房的。

　　可是现在，人和狗都到远方去了，就把它一个丢下了。远方到底有什么？他们为什么要丢下我？它呜呜呜地哭起来，泪眼模糊了，什么也看不见了，也忘了自己是站在锅灶上的，屁股朝后一坐，扑通一声滚了下来。它在地上滚了好几滚，哼哼唧唧就像撒娇一样，突然觉得一股强烈的异味扑鼻而来，身子一挺碰到一只毛烘烘的爪子上。它赶紧爬起来，甩掉眼泪一看，发现面前站着三只像狗但绝对不是狗的东西。它愣了，接着就惊叫一声，浑身的白毛顿时竖了起来。

　　狼？小白狗嘎嘎知道这是狼。虽然迄今为止它是第一次见到狼，但祖祖辈辈遗传的记忆让它一降生就知道狼是什么味儿的。它稚气地叫起来，四肢拼命朝后绷着，做出要扑过去的样子。它是藏獒的后代，尽管它很小，小得不够三匹狼吃一顿的心里也很害怕，害怕得尾巴都僵硬了，但它却不知道什么叫逃跑和乞求，因为在它幼稚的骨子里没有对狼示弱的基因，狼来了的意义对它来说就是诱发它的扑咬和杀性。

　　三匹狼望着它，觉得它这个样子十分可笑，就流着口水用了一点时间和耐心来欣赏它的可笑。但就是这一点时间，突然让站在后面的一匹母狼改变了主意。它看到自己的丈夫用一只爪子猛地摁住小狗，就要一口咬下去，便迅速一跳，用肩膀顶开了丈夫。母狼张嘴把小白狗嘎嘎叼了起来，就像叼住自己的孩子那样用力用得恰到好处，既没有伤着小白狗的皮肉，也不至于使它掉下来。母狼朝前跑去。它的丈夫和另外一匹公狼追上去想从它嘴里把食物抢过来，却被它用从胸腔里发出的低低的吼声阻止在了一米之外。在接下来的时间里，母狼坚定地拒绝两匹公狼的靠近。它警惕地看着它们，选择最便捷的道路，朝着昂拉雪山小跑而去。

　　草原连接着昂拉雪山的灌木林，光脊梁的巴俄秋珠跳了出来，望着叼在狼嘴上的小白狗，吃惊地叫了一声："雪狼。"

　　三匹雪狼陡然加快了奔跑的速度。雪狼是荒原狼的一种，它们因为毛厚怕热居住在寒冷的雪线之上。和雪线上的许多动物比如雪兔、雪鼠、雪狐一样，它们也长着一身能够把自己混同于冰天雪地的雪白的绒毛。毛色加上隐蔽的行踪，使它们显得非常诡秘，雪线上的霸王藏马熊和雪豹很少能伤害到它们。雪狼以狡猾和阴险著称草原，牧人们要是形容一个人不老实，就说你奸得就像一匹雪狼。雪狼是很少通过搏杀获取食物的一种狼，它们总是挑选最没有危险最容易混饱肚子的时候出现在草原上。比如现在，当牧人刚刚搬家，草地上残留着许多人居痕迹的时候,它们甚至比乌鸦更及时地来到了这里,想看看有没有遗弃的腐肉、骨头或者一块皮子、半截皮绳。让它们喜出望外的是,一只懵懂无知的小白狗出现在了它们面前。这是一小堆活生生的鲜嫩无比的食物,招惹得它们口水直流。但是母雪狼却把口水咽了回去,出于一种暂时谁也不知道的原因,它由一个猎食者迅速变成了食物的保护者。

昂拉雪山面对草原的第一个积雪的冲击扇很快出现了。母雪狼加快速度和两匹公雪狼拉开了距离,然后停下来,用一只前爪踩住小白狗,呼哧呼哧喘着气。小白狗汪汪汪地反抗着,好几次都咬住了母雪狼的爪子。母雪狼用带刺的舌头狠狠舔了它一下,舔得小白狗有点发晕,眼睛里顿时渗出了酸涩的泪水。这时两匹公雪狼已经追了上来,母雪狼叼起小白狗就跑,一直跑过开阔的冲击扇,跑进了昂拉雪山冰白的山谷。

一座雪丘后面,带领几个同伴埋伏已久的獒王虎头雪獒悄悄地探出头来,用一种雾蒙蒙的眼光望着三匹雪狼。它身边的灰色老公獒和大黑獒果日显然已经等得不耐烦了,就要跳起来冲过去。獒王用严厉的眼神和前爪刨雪的动作制止着它们,继续用雾蒙蒙的眼光望着三匹越来越近的雪狼。它看到一匹母雪狼跑在前面,两匹公雪狼跑在后面,母雪狼的嘴里叼着一只小白狗,便用只有獒王才会有的宽厚的鼻子使劲闻了闻,闻出小白狗身上散发着藏獒的气息,并且这气息跟白狮子嘎保森格的气息是一模一样的。獒王虎头雪獒意识到它就是尼玛爷爷家的小狗,它的母亲是一只瘸腿藏獒,父亲就是白狮子嘎保森格。

白狮子嘎保森格?一想起这个名字,獒王虎头雪獒的心尖就倏然一抖。嘎保森格真是了不起啊,连自己的孩子都保护不好,怎么还能指望它保护牧人家的羊群和牛群呢?獒王没有出击,从来就是见狼就冲的獒王虎头雪獒这一次没有出击。它眼看着三匹雪狼叼着一只小白狗从自己眼皮底下快速走过而没有履行一只藏獒的职责。藏獒的职责在心灵深处那个声音的告诫下悄然隐退了,那个声音是此刻它谛听到的唯一的声音:在整个西结古草原只有白狮子嘎保森格敢于挑战你的权力,蔑视你的存在,你是决定要惩罚它的,惩罚的日子不是已经来到了吗?用自己的利牙打击它和用失去孩子的痛苦打击它其实是一样的,前者体现的是你的勇气,后者体现的是你的智慧,无论勇气还是智慧,都是獒王必不可少的武器。

就在獒王这么想着的时候,三匹雪狼已经不见了,漫漫起伏的冰山雪岭消隐了它们矫健的身影。獒王虎头雪獒恶狠狠地叫了一声,意思是说:算你们命大,迟早我要吃了你们。伙伴们望着獒王,有的理解,有的不理解,但不管是理解的还是不理解的,都表示了绝对的服从。

獒王虎头雪獒猛然跳上雪丘,眺望着白茫茫的山影,坚定地朝前走去。它用这个举动告诉它的伙伴:找下去,找下去,继续找下去,找不到目标,我们决不出山。

已经有十多天了,它们转悠在昂拉山群里,寻找可恶的来犯者。冈日森格在哪里?七个上阿妈的孩子在哪里?开始是有信息的,空气中有冈日森格的气味,雪地上有七个上阿妈的孩子的气味。聪明的獒王知道,雪地上没有冈日森格的气味是因为人把它背进了昂拉雪山,还知道人和狗是在一起的,只要闻着空气找到冈日森格,就能找到七个上阿妈的孩子;只要闻着积雪找到七个上阿妈的孩子,就能找到冈日森格。但是后来，风把冈日森格的气味吹散了，又卷起雪粉把七个上阿妈的孩子的气味覆盖了。当什么也闻不到了的时候，它们就开始四处转悠，一个山谷一个山谷地寻找。它们没有找到执意要找的，倒是一连两天碰到了两头藏马熊。它们把藏马熊当作晚饭吃掉了；后来又两次碰到了三只雪豹，它们又把雪豹当作午饭吃掉厂；还有一次它们围攻致死了一头雄健的野牦牛，野牦牛轰然倒下的时候，震得近旁的雪山发生了雪崩，它们撒腿就跑，转眼之间，野牦牛就被崩下来的冰石雪块掩埋了。吃不上野牦牛肉就去吃雪狼肉，雪狼肉是浓膻浓膻的。獒王虎头雪獒和它的伙伴最喜欢吃的就是这种膻膻的雪狼肉。

但是今天，它们放过了最不该放过的三匹雪狼。

它们忍着饥饿，走向一座它们从未到过的高大雪峰，用它们锐利的眼睛、聪灵的耳朵和敏感的鼻子，继续在冰天雪地里寻找西结古藏獒的仇敌冈日森格和西结古人的仇家七个上阿妈的孩子，同时也寻找可以果腹的野兽。它们喜欢吃食肉动物，越是凶猛的野兽就越会成为它们奔逐猎食的对象。它们从来不吃那些柔弱温顺的动物，不吃羊、盘羊、岩羊、藏羚羊都不吃，也不吃野驴和野骆驼，更不吃麋鹿、白唇鹿、梅花鹿、马麝和四不像。有时候饿极了累极了，它们也会拿唾手可得的旱獭和野兔充饥，但是不经常，也不会一顿吃饱。它们总是把自己饿着，用寻找食物时超量的运动来加强肠胃的蠕动，用肠胃的蠕动来制造难以忍受的饥饿感，用难以忍受的饥饿感来催动它们挑战野兽的勇气和习惯。大概正是这种喜食猛兽血肉的习惯，才使它们成了草原上能够吃掉所有野兽的野兽。换一种说法：所有的野兽总是挑选那些比自己弱小好欺的动物当作捕食对象，唯独藏獒总喜欢吃掉比自己更凶残更毒辣的杀手、比自己更强大更疯狂的嗜血者，于是它们就成了草原上所向无敌的第一杀手、第一嗜血者。

这一天，獒王虎头雪獒和它的伙伴仍然没有找到冈日森格和七个上阿妈的孩子。它们找到了一对猞猁，自然是抓住了，咬死了，吃掉了；又碰到了一只雪狐，自然又是抓住了，咬死了，吃掉了。夜晚来临的时候，它们还在找，和人相比，它们从来不知道什么叫气馁和沮丧；也没有过于明确的时间概念——已经找了多长时间？还要寻找多长时间？这些问题统统不存在，只要没找到，就要找下去，哪一天找到，哪一天算完。

第十五章

当梅朵拉姆和李尼玛在草原上寻找小白狗嘎嘎的时候，光脊梁的巴俄秋珠一直呆在草原连接着昂拉雪山的灌木林里。灌木林深处有几顶帐房，那是绘饰着八宝吉祥图的彩帐，是野驴河部落的头人索朗旺堆一家消暑度夏的地方。头人的儿子们和侍女们常常在这里唱歌跳舞，唱歌跳舞的时候穿着靴子，不唱歌跳舞的时候就不穿靴子。不穿靴子的时候，靴子就和衣服帽子一起乱扔在草地上。你悄悄地走过去他们不知道，你悄悄地拿走一双靴子他们也不知道。他们是燠夏原野上的干柴烈火，哪里有时间瞻前顾后。可是今天他们一直在唱歌，唱累了就吃喝，吃好了再唱歌。似乎知道巴俄秋珠的眼睛盯上了靴子，任你怎么盼望，他们也不肯把靴子脱下来扔到地上。所以巴俄秋珠就一直没有离开灌木林,尽管他看到了草原上梅朵拉姆和李尼玛的身影,也听到他们一遍又一遍地叫着嘎嘎的名字,但是他没有及时走过去告诉他们自己看到的那一幕:一匹母雪狼叼着小白狗嘎嘎,在两匹公雪狼的追随下,跑进了昂拉雪山。

巴俄秋珠寻思:仙女梅朵拉姆说了"你应该穿双靴子",我还没有靴子我怎么走到梅朵拉姆跟前去? 不过已经不会太远了,我就要有靴子了。

"嘎嘎,嘎嘎。"在离碉房山不远的草原上,环绕着工布家的帐房,梅朵拉姆和李尼玛东一嗓子西一嗓子地喊着,身边是清凌凌的野驴河,远处是一脉脉连绵不绝的雪山冰岭,冰岭之下,绿色浅浅的高山草甸连接着黑油油的灌木丛。灌木丛是一片一片的,冲开山麓前松杉林的围堵,流水似的蔓延到了草原上。草原放纵地起伏坦荡着。"嘎嘎,嘎嘎。"两个人的叫声飞起来落下去,就像硬邦邦的石头砸出了野驴河琮琮净净的响声,满河湾的麻子鱼、黄鱼和狗头鱼既好奇又惊慌,闹腾出一片扑通扑通的鱼跳声。

李尼玛不知不觉拉起了梅朵拉姆的手,虽然还是"嘎嘎,嘎嘎"地叫着,但心思已经不在那只跟他无关的小白狗身上了。或者说他并不希望小白狗嘎嘎这时候真的被他们从草丛里或者鼠洞里喊出来,就这样一直喊下去最好。手拉着手一边喊着一边走着,突然,狼来了,他把她抱住了。狼又走了,他把她放开了。放开干什么? 寻找嘎嘎已经变成了一个机会,一个和梅朵拉姆单独在一起的机会,千万不能错过。再次拉起她的手,拉着拉着就把身子也拉到一起了。亲她的脸,亲她的嘴,使劲,使劲。他使劲想让她明白其实他最想使劲的并不是嘴,但她总是不愿意明白,身子本能地躲着他,一躲就仰躺到了草地上,就给他提供了一个饿豹一样扑上去啃咬的机会。于是他就真的变成了一只饿豹,似饥饿的小豹子贪婪地啃咬着她的乳房。她是母豹,她的母豹的丰盈圆满的乳房,哺育着他这只青春激荡的公豹。

李尼玛胡思乱想着,突然张开双臂抱住了梅朵拉姆。梅朵拉姆好像早有准备,使劲推开他,大声说:"你要干什么? 赶快找嘎嘎。嘎嘎,嘎嘎。"她尖利地喊叫着兀自前去。李尼玛扫兴地追了上去,盯着梅朵拉姆的背影干巴巴地喊着:"嘎嘎,嘎嘎。"

环绕着工布家的这片草原差不多被他们用脚步丈量厂一遍。嘎嘎一定是跑到更远的地方去了。更远的地方有更大的危险,梅朵拉姆不敢去。她在那里遇到过金钱豹,遇到过荒原狼,已经是惊弓之鸟了。尤其是没有藏獒陪伴的时候,她只能在这里寻找。她眺望着草潮漫漫的远方,突然抽抽搭搭哭起来。她觉得嘎嘎已经死了,已经被豹子或者狼吃掉了。

李尼玛走过去安慰她,不是用语言,而是用手。他用自己的手给她揩眼泪,揩着揩着就不老实了,就揣到她的胸脯上去了。梅朵拉姆再一次推开他,生气地说:"你走开,你不要跟着我。"大概是美丽姑娘的眼泪刺激了李尼玛,大概是西结古草原的牛羊肉和酥油糌粑格外能催动起情欲来,大概是李尼玛突然就不知道自己是谁也不知道对方是谁了,他没有妥协,他像一只决不妥协的藏獒一样扑向了它的敌人一只母豹或者一只母狼。

梅朵拉姆完全没有想到会是这样。她被他压倒了,又被她一口咬住了脖子。

更糟糕的是他的两只手,疯狂地撕扯着她的衣服。夏天的衣服本来就不多,撕扯几下也就没有了。这时候他的牙咬住了她的乳房,他的两只手又去撕扯她的裤子。她在反抗,用脚蹬他,用拳头打他,甚至用牙咬伤了他的肩膀。但是毫无作用,他现在是没有疼痛感觉的,你就是割掉了他的头他照样要干他想干的事情。裤子扯掉了,似乎扯她的裤子比扯他自己的裤子还要容易。她极不情愿地精赤着,眨眼之间贞操成为历史,处女红鲜花一样绽放在草原上的时候,梅朵拉姆就像被野兽猛咬了一口,惨烈地大叫一声。

不是这一声惨叫召唤了巴俄秋珠,而是他本来就奔跑在想和梅朵拉姆见面的路上。他来了,他终于有了靴子所以他来了。那是一双羊毛褐子和大红呢做靴筒的牛皮靴子。他穿着靴子飞奔而来,因为不习惯,好几次差一点绊倒。他依然光着脊梁,堆缠在腰里的皮袍随着他的奔跑呼扇呼扇的,脚上的靴子是七层牛皮靴掌的,让他陡然长高了几寸。他跑着,风是他的声音,水是他的路线,等他突然停下的时候,野驴河哗啦一声激响,风没了,平静了。他愣在那里,看到灌木林里头人的儿子们和侍女们往草地上乱扔靴子和衣服的事情,居然也发生在这里,发生在李尼玛和梅朵拉姆身上。不同的是,和头人的儿子们在一起的侍女们是高兴的,而和李尼玛在一起的梅朵拉姆是不高兴的。这一点他一听就明白,梅朵拉姆的叫声里充满了怨怒的毒素。他站了一会儿,走过去,悄悄的,就像走向了头人儿子的靴子。他从草地上捡起了李尼玛的衣服、裤子和鞋子,退了几步,转身就跑。

他还是不习惯穿着靴子奔跑,又是好几次差一点绊倒。他跑向了野驴河水流最急最深的地方,想把怀里的东西扔进河里让水冲走。眼看想法就要实现了,突然他又改变了主意。他看到一大群领地狗正卧在河边无所事事地晒太阳,便挥动手臂吆喝起来:"獒多吉,獒多吉。"

领地狗们顿时来了精神,纷纷朝他跑来。他把怀里的衣服、裤子和鞋子扔了过去,怂恿它们跳起来争抢。领地狗们以为这是他跟它们玩呢,就像马戏团里训练有素的动物演员那样你叼一下我叼一下,然后争宠似的送到他手里,居然一点损坏也没有。巴俄秋珠气呼呼地接过衣服、裤子和鞋子,摔到地上,用脚,不,用他刚刚穿上的靴子狠狠地踩着,踩着。领地狗们从来没见过他穿靴子,都惊讶地看着,仿佛说:"好啊,你也穿上这个了。"很快又明白,巴俄秋珠并不是在卖弄自己的靴子,他是要它们明白这些东西都是坏东西,是该撕该咬的外来的东西。领地狗们扑上来了,你撕我扯地不亦乐乎。那些东西哪里经得起它们折腾,转眼之间就七零八碎了。

巴俄秋珠知道,重要的还不是毁掉这些东西,而是让领地狗们有一次毁掉这些坏东西的经历,这样的经历会让它们对坏东西的气味产生记忆,从此只要它们碰到这种气味也就是说碰到李尼玛,撕咬的冲动就会油然而生。巴俄秋珠想象着李尼玛光着身子走在草原上的样子和领地狗一见李尼玛扑上去就咬的情形,觉得自己正在为心中的仙女梅朵拉姆报仇,禁不住高兴得咧开了嘴。他"獒多吉獒多吉"地喊着,转身就跑。领地狗们呼呼啦啦地跟了过去,无所事事的它们终于有所事事了。

巴俄秋珠边跑边想,他现在要把梅朵拉姆从李尼玛的强暴中解救出来;要告诉梅朵拉姆,你满草原寻找的小白狗嘎嘎已经不在了,它被一匹母雪狼和两匹公雪狼叼进了昂拉雪山,肯定吃掉了。

等巴俄秋珠带着领地狗来到这里时,梅朵拉姆和李尼玛已经分开了。梅朵拉姆穿好自己的衣裤躺在草地上不知道怎么办好。她恨死了李尼玛,真想大哭一场,又觉得这是自找的,既然你愿意跟一个男人以恋爱的原因单独在一起,既然你早已知道男人的欲望有时候会变成一种不能自持的暴力,为什么还要为失去的贞洁而大哭小叫呢?她这样想着,就没有哭,就发呆地躺着。而李尼玛却在得逞之后惊叫起来:"裤子呢?我的裤子呢?"他到处寻找他的衣服、裤子和鞋子,近处没有就去远处,远处没有就又到近处。就在他一会儿河边一会儿草原,赤裸裸地来回走动着抓耳挠腮的时候,巴俄秋珠伙同一大群领地狗突然出现了。

好像人与狗是提前商量好的,一到跟前巴俄秋珠和领地狗群就自动分开了:巴俄秋珠跑向了梅朵拉姆,领地狗群跑向了李尼玛。李尼玛开始并没有意识到危险,他已经好几次面对过领地狗了,只要没有人的唆使,它们一般是不咬人的。但是他没有想到唆使已经背着他秘密地进行过了,领地狗们来这里就是为了和他过不去。它们朝他吠着,自然是小喽啰藏狗在前,藏獒在后。藏獒们跑着跑着就不跑了,好像面前这个光身子的人根本就不值得它们亲自动手,交给小喽啰们处理就可以了。小喽啰藏狗们你喊我叫地奔扑而去。李尼玛大叫一声:"不好。"转身就跑,没跑多远,一只身手敏捷的藏狗就把牙刀举到了他的大腿上。·

尽管谁也没有看见,但一个漂亮的侍女一口咬定是巴俄秋珠偷了头人儿子的靴子,因为她曾经发现巴俄秋珠在灌木丛后面朝这边张望。一个阿妈嫁给了送鬼人达赤后很快死掉的小流浪汉,一个无家可归的塔娃,偷了头人儿子的靴子,这在草原上并不是小事。青果阿妈草原的风尚是:你有本事你就去抢,半路剪径,打家劫舍,啸聚林野,占山为王,没什么不可以的。抢出了名气你就是南征北战的伟大强盗,牧人敬畏,头人佩服,请你做部落的军事首领也是常有的事儿。但就是不能偷,偷是罪大恶极的。打个比方:抢是藏獒的行为,偷是狼的行为。牧人们爱獒如命,恨狼入骨,藏獒与狼的区别就是抢与偷的区别。在部落的法规里,对偷窃的惩罚是:烙火印、钉竹签、拴马尾、割鼻子、挖眼睛、割耳朵、剁双手、押黑房、关地牢、上脚镣、戴手铐、吊旗杆、抽鞭子。犯了偷的人很多都会在严刑中死掉,不死也是个半残。尤其是你不能偷头人家的东西,头人家的一张皮,顶得上牧人家的半群羊。头人的三儿子知道惩罚偷窃罪的严酷峻烈,小声对侍女说:"你不要大声喊叫好不好?你去找到巴俄秋珠,赏他一个耳光,悄悄把靴子要回来不就行了?"侍女用更大的声音说:"那怎么可以呢三少爷,流浪汉的前世是可恶的狼,难道你要宽容地对待一匹狼吗?再说巴俄秋珠是送鬼人达赤的儿子,它浑身沾染着鬼气,他穿了你的靴子,你的靴子上就有了鬼气,这样的靴子难道还能穿在你高贵的脚上吗?"头人的三儿子说:"巴俄秋珠是个善良的人,我每次给他食物,他总是自己吃一半,给领地狗留一半。我不信这样的人前世会是一匹狼,说他前世是一只藏獒还差不多。前世是藏獒的人是应该得到好报的。"侍女说:"三少爷真是好心肠,可惜这样的事情我做不了主,我得告诉齐美管家,他说怎么办就怎么办。"

齐美管家做出的决定是,亲自带人带狗去追寻巴俄秋珠。他带的狗是给头人看家的上等藏獒，这样的藏獒要在草原上找到巴俄秋珠或者说要找到头人儿子的靴子，简直就是袖筒里找手肩膀上找头，太容易了。一个时辰后，头人的藏獒在野驴河边一处寂静的草地上找到了巴俄秋珠，它冲他叫着并不扑过去，因为它认识他。齐美管家眼睛冒火，脸色阴沉，吩咐两个随从把巴俄秋珠绑起来。两个随从拿着皮绳跑过去正要动手，就见巴俄秋珠身边的草丛里突然站起一个人来，那是一个鲜花一样美丽的仙女，那是一朵仙女一样美丽的鲜花。汉姑娘梅朵拉姆秀眉一横，厉声问道：“你们要干什么？”顿时把两个随从镇住了。

　　齐美管家一看是梅朵拉姆，马上弯了弯腰，朝前走了几步，把巴俄秋珠偷靴子的事儿说了。梅朵拉姆的第一个反应是看看巴俄秋珠脚上的靴子，又看看他眼睛里的惊恐说：“你怎么可以偷东西呢？”第二个反应是瞪着齐美管家说：“不就是一双靴子嘛？那是我让他偷的，不，不是偷，是要，这孩子多可怜，整天在草原上跑，棘刺划破了脚，流了多少血，你们知道不知道？你们是头人是管家，你们难道还缺一双靴子？你们是管牧民的，牧民没有靴子穿你们为什么不.管？你们的责任哪里去了？”梅朵拉姆气不打一处来，把对李尼玛的怨怒统统发泄给了齐美管家。齐美管家是听得懂汉话也会说汉话的，梅朵拉姆的话对他来说简直就是闻所未闻的奇谈怪论。偷靴子居然是她的主意，而且也不是偷，是要。牧民没有靴子穿，是因为头人和管家没有尽到责任。真正是岂有此理。但是齐美管家知道西结古工作委员会的人是不能得罪的，尤其是不能得罪仙女下凡的梅朵拉姆。更重要的是，梅朵拉姆的话似乎预示了草原的未来：牧民可以拿走头人的东西，头人要负责牧民的靴子。嗨，草原的未来到底是怎么回事儿啊？齐美管家把腰弯得更低了，说：“我们三少爷说了，巴俄秋珠前世是一只藏獒，前世是藏獒的人肯定是有好报的，这双靴子就赏了他吧。”梅朵拉姆说：“这就对了嘛，巴俄秋珠前世要不是一只藏獒，他能把这么多藏獒叫到这里来。”齐美管家这才发现，野驴河边，一大群领地狗正在追逐一个赤裸裸的人。梅朵拉姆推了一把齐美管家说：“你们快去啊，快去把我们的人从狗嘴里抢下来。”

　　齐美管家和他的随从快速跑了过去，用极其严厉的吆喝和手势赶走了所有的领地狗，回头看时，发现李尼玛的双腿已是鲜血淋淋了。好在他一直没有倒下，他的上半身是完好无损的；好在他是玩了命地跑，迫他的小喽啰藏狗没有来得及蹿到他前面一口叼走他那来回甩动的生殖器。齐美管家奇怪地打量着李尼玛说：“衣服呢？你的衣服呢？领地狗怎么扒光了你的衣服？”突然又明白过来，“你是脱光了要洗澡是不是？怪不得领地狗要咬你，野驴河是雪山圣河，是天神献给草原的哈达，没得到天神的许可你怎么能随便洗澡呢？”说着，脱下自己的獐皮藏袍披在了他身上，摘下自己的高筒毡帽戴在了他头上，拔下自己的牛鼻靴穿在了他脚上，取下自己脖子上的一串红色大玛瑙套在了他的脖子上，诚恳地说：“对不起了外来的汉人李尼玛，西结古草原的领地狗对不起你了，这些东西就算是给你的赔罪吧。只要你穿上我的藏香熏过的衣服，戴上我的佛爷加持过的玛瑙，我敢保证，从此以后就没有哪一只狗敢于咬你了。”李尼玛忍着疼痛，恶狠狠地瞪着已不再冲他大吠小叫的一大群领地狗，心说我为什么没带枪呢？我要是带了枪非毙了它们不可。对，以后出门一定要把自主任的手枪带在身上，谁敢再咬我，我就把枪口对准谁现在,光脊梁的巴俄秋珠有靴子了,是一双羊毛褐子和大红呢做靴筒的牛皮靴子,是头人的儿子才配穿的靴子。现在,梅朵拉姆失去了贞洁,是美丽的姑娘价值昂贵的贞洁,是梦幻一样迷人的贞洁。现在,李尼玛成了第二个被西结古草原的领地狗咬伤的汉人,第一个是父亲,伤得很重,因为是藏獒咬的,第二个是他,伤得不重,因为是小喽哕藏狗咬的。现在,齐美管家正在灌木林深处的彩帐里向野驴河部落的头人索朗旺堆报告靴子的事儿和领地狗咬了李尼玛的事儿。索朗旺堆头人摇晃着手中菩萨像骷髅冠金刚橛形状的嘛呢轮无语,突然抬头望了一眼山神时刻都在显灵的雪山,长叹一口气说:"看来草原真的要变了,这都是征兆啊,你不追究靴子的事儿是对的,你把自己的衣服送给人家也是对的。"现在,梅朵拉姆哭了,不是为自己而是为了尼玛爷爷一家送给她的礼物。巴俄秋珠告诉她:你满草原寻找的小白狗嘎嘎已经不在了,它被三匹雪狼叼进昂拉雪山吃掉了。现在,作为西结古工作委员会会部的牛粪碉房里,白主任白玛乌金正在大声训斥他的部下:"狗是草原上最好的东西,牧人把最好的东西送给了你,你却把它丢了,而且一丢就丢到狼嘴里去了,你是怎么搞的? 赶紧想办法补救,这不是一件小事儿。还有你,你说你没有得罪领地狗,没有得罪怎么会把你咬成这个样子? 藏狗尤其是藏獒的态度,就是草原的态度,藏狗不喜欢你,就等于牧民不喜欢你。你来西结古草原这么长时间了,怎么连和狗搞好关系的本事都没有学会? 还有这件獐皮袍子,这顶高筒帽子,这双牛鼻靴子,这串大红玛瑙,都是很贵重的,你不能留下来,免得人家说我们西工委的人贪财腐化。梅朵拉姆你赶快给他抹药,治好了伤,头一件事情,就是把东西还给人家;第二件事情,就是做好狗的工作,让狗重新认识你。还有,你们两个不要老是在一起,免得影响不好。一男一女的,尽往野地里跑,像什么话!"

第十六章

整整半个月的平安宁静,经过藏医尕宇陀的精心治疗,加上顿顿都是干牛肺和碎羊骨的喂养,冈日森格的伤口迅速痊愈着,精神也饱满起来。一天中午,它走出密灵洞,在雪谷里转了一圈,回来时居然叼着一只雪鼬。第二天一大早,它又出去了,回来时同样叼着一只雪鼬。雪鼬就是雪线上的黄鼠狼,是一种善跑善钻的家伙,冈日森格居然把它捉住了,这说明了什么? 冈日森格自己是知道的,要不然它不会像出示证据一样两次都把雪鼬放在藏医尕宇陀和七个上阿妈的孩子面前。藏医尕宇陀呵呵呵地笑着,拍打着冈日森格硕大的头颅说:"今天能活捉雪鼬,明天就能咬死狼了。"

雪鼬还活着,冈日森格用两只爪子轮番拨拉着,送到了大黑獒那日的嘴边。卧在地上的大黑獒那日一口咬住了雪鼬的喉咙,使劲磨着牙,磨了一会儿才把脖子咬断。它咯吱咯吱嚼着脆骨吃起来。冈日森格一直在旁边看着,一口牙祭也不打。这就是冈日森格和大黑獒那日的区别,也是看家狗和领地狗的区别。冈日森格曾经做过看家狗,草原上最好的看家狗一般不在野外猎食动物,除非遇到不吃就会饿死的情况。

大黑獒那日吃得很慢,藏医尕宇陀蹲在它身边,不停地把一些宝石粉、麝香粉和藏红花掺和起来的药面撒到雪鼬的肉上。大黑獒那日知道这些药面是治伤的，贵重得就像金子，一点也不浪费地舔了进去。尕宇陀轻轻摸着它的头说："你伤得太重了，还得养些日子，才能到野外自己找食吃。"大黑獒那日头上的伤口正在愈合，断了的鼻梁又被尕宇陀接好了，两次受创的左眼已不再肿胀。但是尕宇陀的担心仍然没有消除，那就是左眼能不能恢复到从前，如果不能，视力到底能下降到什么程度？

背着冈日森格和大黑獒那日来到密灵洞的四个铁棒喇嘛回去了两个，留下了两个。留下的两个按照丹增活佛的吩咐，照顾和守护着住进洞里的人和狗，尤其是对七个上阿妈的孩子，绝对不允许他们走出暗藏着密灵洞的密灵谷。丹增活佛说了，密灵谷外就是雕巢崖，雪雕会告诉进山搜寻七个上阿妈的孩子的骑手：这里有人，这里有人。

密灵谷是昂拉雪山中的一个暗谷，所谓暗谷就是在东西走向的巨大山巅中突然出现了一个南北走向的深谷，远远地看绝对看不出它是谷地，走近了才发现那山巅在耸起的时候又突然从背后跌落了下去，跌落得越来越深，越来越阔。也不知什么时候，被称作"日朝巴"的山中修行僧发现了它，起了个名字叫密灵谷，意思是密宗显灵之谷。天赐的密灵谷里更有天赐的密灵洞，在绝对寂寞中苦苦修行的密宗僧人就代替雪豹成了密灵洞里的第一茬人类。几百年过去了，数千个密宗僧人在极其机密的状态中成就了大圆满法、时轮金刚法、大手印法、阎摩德迦法以及莲花生弘传的金刚橛法，修得了预知未来、骑鼓飞行、吞刀吐火、密咒降敌、分身夺舍的功夫，然后就远远地去了。就像一线单传的传家宝一样，密法的修行者离开这里后，要做的第一件事情，就是招收门徒，传授密法，几年后再把密灵谷以及密灵洞的存在秘传给自己最得意的门徒，一个，只能是一个。这个得意门徒受传之后，就会千里迢迢来到昂拉雪山，先寻找密灵谷再寻找密灵洞。找到了，就算他和密法有缘，按照上师的传授修炼就是了，找不到就说明没有缘分，他得回复上师由上师另行派人。西结古寺的住持丹增活佛就是一个由自己的上师另行派来的门徒。

丹增活佛自然是找到了，也修炼过了，等他走出密灵洞，就要离开密灵谷时，吃惊地发现满谷都是藏獒，密密麻麻的，差不多西结古草原上的藏獒都来到了这里。后来他知道，那一年出现了百年不遇的狗瘟，那一年的藏獒无论是领地狗和寺院狗，还是牧羊狗和看家狗，都成了无情的狗瘟虐杀的对象。藏獒一旦得了传染病就会主动离开主人和草原，走得远远的，走到雪山里来，然后孤独地死去。但是这一年，它们并不孤独，它们集体得病，集体来到了密灵谷，好像它们早就知道昂拉雪山里有这样一个人鬼不知的地方。

神秘的修行者丹增活佛呆愣着半晌不敢迈动步子。他在密灵谷只见过无忧无虑、纵横驰骋的雪狼和雪豹，从来没见过伴随人生活的藏獒，藏獒怎么来了？来这里准备悄悄死掉的藏獒和人一样吃惊：这里怎么有人，而且是一个人类中备受尊敬的僧人？看来它们是不能在这里死掉的，这里是个干净圣洁的地方。但是藏獒们已经走不动了，命运只能让它们在密灵谷里死掉。就在它们纷纷咽气的时候，丹增活佛走出了密灵谷。他做的第一件事情不是招收门徒，而是追祭藏獒之魂。他告诉别人：为什么得了狗瘟的藏獒会到昂拉雪山里去死呢？一是它们不想把瘟病传染给别的狗和人;二是它们死了以后就会成为狼食,狼吃了它们也会得病,也会死掉,这样草原上就不会出现狼吃羊的时候没有藏獒保护的局面了。可以说,病死一只藏獒,就会同样病死好几匹狼。狼是狡猾的,但在遇到病獒的躯体时,却完全失去了判断能力。因为在它们的经历中总是藏獒咬狼,对藏獒的仇恨差不多就是狼界里的所有仇恨和唯一仇恨。它们急切地需要报复,需要发泄仇恨,于是就丧失理智地疯狂撕咬,大口吞咽带有瘟病的獒肉。

丹增活佛说:这就是藏獒的好处它们即使得病死了,也要让狼尝尝藏獒的厉害也要尽到保护人畜的义务。

丹增活佛追祭了獒魂后的第三年,才开始招收门徒,传授密法。但他没有把密灵谷以及密灵洞的存在当作神圣而机密的密宗修炼道场秘传给自己最得意的门徒,因为那么多藏獒在那里死掉了,那么多吃了藏獒的狼在那里死掉了,一个到处飘逸着獒魂和狼魂的地方,是修炼不出真正的密宗大法的,如果非要修炼,很可能就会进入外道魔障,染上污风邪气,变成净土世界佛法密宗的敌人。他领会到这是大日如来的旨意:藏獒的踪迹就是人的踪迹,密灵谷已经不再密灵了,你是最后一个密灵洞里的得道者。

密灵洞虽然已不再是机密的修炼道场,但知道的人并不多,藏匿七个上阿妈的孩子和冈日森格还是绝对保险的。半个月的时间里,牧马鹤部蓓的骑手在强盗嘉玛措的率领下一直都在昂拉雪山的沟沟洼洼里寻找,但他们就是发现不了暗藏其中的密灵谷。他们不止一次地远远看着东西走向的巨大山崩,却始终没有发现在耸起的山势中突然从背后跌落下去的深谷。它们的寻找即将失败,眼看就要回去了。就要回去的这天是七个上阿妈的孩子和冈日森格躲进密灵洞的第十六天。

这一天,在天寥地廓的昂拉山群里,母雪狼把小白狗嘎嘎放了一面冰坡上,一口咬断了嘎嘎的一条后腿,然后跳上冰坡前的一座雪岩,用唬声和利牙坚持不懈地驱赶着两匹试图吃掉小白狗的公雪狼。过了大约二十分钟,两匹公雪狼终于被它吓住或者被它说服了,它们跟着母雪狼来到了一块更高的雪岩上,居高临下地看着冰坡上痛苦挣扎的小白狗。

小白狗嘎嘎已经发不出汪汪汪的吠叫了,它的叫声变哑变细变得若断似连,最后变成了吱吱吱的哭泣。哭泣是不由自主的,钻心的疼痛使它把表面上根本不存在的藏獒的怯懦从身体最深奥的角落里挖了出来,生命拒绝伤害和惧怕死亡的本能一下子抓住了它的灵魂,让它有生以来第一次对自己的能力和对藏獒在自然界的地位感到了绝望。它拖着一只断掉的后腿,哭着喊着拼命逃跑,差不多就要把力气用完了,才发现它只不过是在原地打转。红色的血迹在洁白的冰坡上就像圆规一样画了一圈又一圈,当最后一圈在疲倦和痛苦中结束时,它疾喘一声,就再也不动了。

它没有死掉,也没有昏过去。凭着潜意识的作用,它采取了生命在面对困境时所采取的最有效的办法,那就是咬住牙关,悄悄地忍着,忍着。一个时辰过去了,身体越来越冰凉,冰凉得都感觉不到冰坡和空气的冰凉了。血还在流,一流出来就变成了红色的晶体。小白狗嘎嘎呆呆地望着它,意识到这些晶体与自己的生命有关,流走的越多,生命就越接近死亡,而接近死亡的标志就是异常的口渴。它蠕动起来,把自己的头枕在红色的晶体之上,伸出舌头一下一下舔着,似乎好受一点了,似乎不怎么疼痛了,似乎眼看就要套住自己的死亡又慢慢离去了。它不知道藏獒的优良遗传正在起着作用,使它的另一种本能从残存的血液里冒了出来,只知道它已经不怎么怯懦和惧怕死亡了,它在不知不觉中坚强起来了。它又发出了汪汪汪的吠叫,而且声音越来越大。叫着叫着它站了起来,用三条腿支撑着身子,冲着它用天生灵敏的嗅觉捕捉到的狼膻味儿满腔仇恨地叫着。

母雪狼带着两匹公雪狼依然趴在雪岩上耐心十足地看着小白狗嘎嘎。它们喜欢它的吠叫,在这样一个野兽出没的地方,如此幼稚的狗吠就连警告也算不上,只能算是引诱。它引诱着它们,也引诱着另一匹只有半个鼻子的母雪狼。半个鼻子的母雪狼就要来了,吃掉小白狗的时刻就要到了。

半个鼻子是一匹四处流浪的孤狼,至少暂时是这样。它体格强壮、性情粗暴,经常来这里以最轻蔑的方式挑衅着冰坡的主人母雪狼和两匹公雪狼。而对母雪狼来说,更危险的是,当这种挑衅来临时,两匹公雪狼的反击并不是不遗余力。半个鼻子的挑衅有时候会突然变成挑逗,挑逗意味着什么,母雪狼再清楚不过了:两匹公雪狼虽然已不再年轻,但发情时好色的本性一点也没有改变,只要有一匹公然背叛它,这面冰坡的主人就不可能再是它母雪狼,而是半个鼻子了。

所以母雪狼想出了这个让半个鼻子吃掉小白狗的办法,套用人类的术语就是"嫁祸于人"。为了让这个想法变成事实,它必须用坚强的意志暂时抑制贪馋的本性,必须说服跟随自己的两匹公雪狼,让它们也和自己一样在这个冰雪的世界里具有冰雪的聪明。

草原上包括雪狼在内的野兽都知道,藏獒的嗅觉是最可怕的杀敌能力。你要是伤害了藏獒的主人和亲人,或者咬死了它们看护的牛羊,你首先得想好摆脱跟踪报复的办法,否则你就完了。它们会循着你的足迹,袭击你的家园,摧毁你的巢穴。更加严重的是,有时候藏獒的报复并不是接踵而至,而是相隔很长时间,半年,或者一年,在你把什么都忘了,毫无戒备的时候,它会突然出现在你家的门口。你不知道它是哪儿来的藏獒,而它是知道你的,它的鼻子和记忆告诉它,你就是那个伤害了它的主人和亲人或者咬死了它看护的牛羊的恶棍。所以在以往的经验里,雪狼得罪了藏獒以后,第一个行动就是逃离家园,走向遥远的地方另筑巢穴。

现在,母雪狼的聪明想法就要实现了。它的眼睛倏忽一闪,看到了一个移动的影子。那就是半个鼻子的母雪狼,正从山脚的雪窒里小跑而来。

母雪狼兴奋地站了起来,威胁似的鸣叫着。它觉得威胁是必要的,因为对格外凶悍的半个鼻子来说,你越是威胁它,它就越会跑过来,而如果你悄悄地不做声,它就会疑窦横生:"是不是陷阱的机关啊?是不是毒药的诱饵啊?"威胁持续着,半个鼻子远远地看着母雪狼,嗅着空气走了过来。

狼膻味儿越来越浓,小白狗嘎嘎充满仇恨的吠叫越来越大了。当半个鼻子从雪丘后面突然冒出来时,嘎嘎居然勇敢地用三条腿扑了一下。

半个鼻子停了下来。尽管母雪狼的威胁已经表明小白狗的出现或许不是什么诡计,但它还是谨慎地看了看四周,又用研究的眼光仰视着雪岩上的母雪狼和两匹公雪狼。它觉得有点蹊跷,便绷直了前腿,小心翼翼地走过去,一爪踩倒了还在吠叫的小白狗。

它露出了虎牙,却没有直接咬下去,而是用半个鼻子蹭着小白狗的皮毛闻起来。没有闻到毒药的气息,它又抬起头,弯着脖子,抖了一下直立的耳朵,最后一次前后左右地看了看,听了听。这一听就听出问题来了。有一种声音正在出现,只有一丝丝,别的雪狼根本听不到,而它却听到了,因为它是半个鼻子。它丢失的那半个鼻子足以使它对危险变得更加警觉和敏感,也足以使它记住这样一个教训:藏獒是不好惹的,除非你不要命。

半个鼻子的母雪狼抬起头,恶狠狠地望着雪岩上的母雪狼和两匹公雪狼,深刻地留下了阴险的一瞥:"果然是诡计,咱们走着瞧啊。"然后跳起来,转身就跑,一眨眼就不见了踪影。

怎么回事儿? 母雪狼和两匹公雪狼大惑不解。它们站在雪岩上居高临下地期待着半个鼻子吃掉小白狗的一幕,但等来的却是半个鼻子的逃跑。母雪狼扬起脖子,警觉地四下里看着。两匹公雪狼却已经失去了把问题搞清楚的耐心,不等母雪狼做出判断,就你争我抢地跑下了雪岩。它们的口水已经流得太多太多,饥饿的肠胃在食物的诱惑下早就开始痉挛,浑身的每一个细胞都在发出同一个声音:"吃掉小白狗,吃掉小白狗。"

母雪狼依然站在雪岩上,望着远方的密灵谷,突然一阵颤抖,朝着两匹公雪狼发出了一声尖锐的警告。在昂拉雪山密灵谷的密灵洞里,藏医尕宇陀对两个铁棒喇嘛说:"风干肉和青稞炒面已经不多了,狗吃的干牛肺和碎羊骨也所剩无几,你们必须回去一趟,今天不回去,明天大家就要饿肚子了。人饿几天肚子不要紧,两只藏獒是不能饿肚子的,它们正在治疗伤势,恢复身体,没有了食物,我给它们的药也就不顶用了。"一个铁棒喇嘛说:"药王喇嘛说得对,我们也是这么想的,就是害怕我们走了以后这七个上阿妈的孩子不听你的话,万一他们跑出了密灵谷,丹增佛爷的一番苦心就白费了。"藏医尕宇陀说:"这七个孩子和冈日森格是一条心,我只要看牢冈日森格,就等于看牢了他们。你们放心去吧,这里不会有事儿的。"

于是在中午直射的阳光和满地的雪光碰撞出另一种强光的时候,两个铁棒喇嘛告别了人和狗,朝着密灵谷外快速走去。

出了密灵谷,就是雕巢崖。不知为什么,在这个万年积雪耸成了海的地方,会兀然冒出一座终年不落雪的山崖。山崖上密密麻麻布满了雕巢,几千只雪雕栖息在所有可以筑巢的地方。雪雕是见人就叫的,那是高兴和感激的表示,因为在雪雕的记忆里,人不仅从来没有伤害过它们,还曾经把雪狼咬伤的小雪雕带回去治好了伤再送回来。而对于人来说,之所以这样好心肠地对待雪雕,完全是因为作为高山留鸟的雪雕一生都在草原和雪山之间飞翔,一生只把鼢鼠和鼠兔作为主要食物。鼢鼠和鼠兔是草原上食草量最大的啮齿动物,超过牛群和羊群食量的几十倍,如果没有雪雕对鼢鼠和鼠兔在数量上的限制,大片大片的草原就会变成寸草不生的黑土滩。所以牧人们说:"好牧草是地上长的,好牛羊是雪雕给的。"每逢鼠害严重的年份,头人们和寺院的喇嘛们就会带着最好的酥油、柏香和糌粑,来到雕巢崖下,点起桑烟,念经祈祷,祭祀山神的同时,也请求雪雕之神化现为部落战神,以千百万的无量之变,吃掉所有的啮齿目孽障。

现在,雕巢崖上的雪雕又开始叫了,依然是高兴和感激的表示。在它们的鸟瞰下,两个裹着红氆氇提着铁棒的喇嘛匆匆走来,又匆匆走去。

而在很远很远的昂拉雪山的山口前,雪雕集体汇合时洪亮的鸣叫就像一只大手,一下子拽住了一队就要走出山口的人影。他们是牧马鹤部落的军事首领强盗嘉玛措率领的骑手,是前来搜寻七个上阿妈的孩子的。搜寻已经持续了半个月,他们接到了头人大格列的命令:“不要再找了,我们的骑手务必在天黑之前撤回砻宝泽草原。”大格列头人还说:“与其这样没头没脑没完没了地找下去,不如召开部落联盟会议,直接质问西结古寺的丹增活佛——为什么你要把七个上阿妈的仇家和仇家的狗藏起来?你如果不想做西结古草原的叛徒,就应该赶快把人和狗交给我们,光凭一句‘佛家以行善为本以慈悲为怀’,是不能让我们信服和原谅的。请问丹增佛爷,上阿妈草原的人什么时候对我们行过善呢?我们供养你的目的可不是为了忘却历史,报仇雪恨是部落的信仰,包括佛爷在内,西结古草原的每一个人都应该为神圣的信仰承担责任。”

大格列头人撤回骑手的另一个原因是,有人看见被逐出寺门的藏扎西在草原上流浪,两只手居然还长在胳膊上。这怎么可以呢?大格列捎了个口信给各个部落的头人:“骑手们,各个部落的骑手们,该是把西结古草原从头到脚仔细清理一遍的时候了,找到叛徒藏扎西,砍掉他的手,要不然部落联盟会议的权力怎么体现?头人们说一不二的威严怎么体现?西结古草原的规矩怎么体现?看见藏扎西的人说他手里攥着打狗棒,说明他要远走他乡了。赶快抓住他,砍掉他的两只手再让他离开西结古草原。骑手们,各个部落的骑手们,该是你们出发的时候了。”使命感特重、责任心特强的大格列头人紧急招回部落的军事首领强盗嘉玛措和他率领的骑手,最主要的目的就是抓捕藏扎西。

牧马鹤部落的骑手们停留在昂拉雪山的山口,惊愕地谛听着雪雕的齐声鸣叫。这鸣叫无异于告诉他们:这里有人,这里有人。强盗嘉玛措说:“真的有人吗?可我们在山怀里搜寻了这么些日子,怎么连一个人渣渣都没有找到?”他迟疑着,突然又喊起来,“骑手们,头人的命令是天黑之前撤回砻宝泽草原,现在还早着呢,太阳离落下去的地方还有三个箭程,我们为什么不返回去看看呢?到底是什么人来到了雕巢崖下。”骑手们嗷嗷地吆喝着,表示了他们的赞同。于是在强盗嘉玛措的带领下,牧马鹤部落的几十名骑手朝着雕巢崖奔腾而去。

快到雕巢崖的时候,他们碰到了两个行色匆匆的铁棒喇嘛。不等强盗嘉玛措吩咐,所有的骑手都翻身下马,弯着腰,恭恭敬敬地立在了那里。强盗嘉玛措勒马停下,一边下马一边问道:“两位执法如山的铁棒喇嘛,你们从哪里来?”一个铁棒喇嘛严肃地说:“了不起的强盗嘉玛措,难道你看不出来,我们从天上来。”强盗嘉玛措天上地下地看了看说:“天上来的喇嘛,为什么把脚印留在了地上?”另一个铁棒喇嘛说:“天上的影子,到了地上就成了印子,那是因为我们扛着铁棒身子重。”强盗嘉玛措笑了,说:“两位身子重的喇嘛,需要不需要人间的骏马?让我们的骑手送你们一程吧?”“不了不了,三脚两步就到西结古寺了。”两个铁棒喇嘛说着抬脚就走。所有的骑手垂手而立,久久目送着他们。只有强盗嘉玛措牵着马朝前走去,锐利的眼睛寻觅着雪地上的两串儿喇嘛的脚印,越走越快。

密灵洞里,七个上阿妈的孩子正在玩着羊骨节。他们围成圈,给二十一个"8"字形的羊骨节起了各种动物的名字,由脸上有刀疤的孩子高高地抛起来,让大家抢。一人只能抢三个,羊骨节的形状是相同的,谁也不知道自己会抢到什么动物。抢完了便以抢到藏獒的人作为头家,用自己的羊骨节弹打对方的羊骨节,打上后接着再打,打不上就要挨别人的打。一般来说,藏獒、野牛和马总是要赢的,因为在游戏的规则里,藏獒、野牛和马可以通吃一切,而狼、熊、豹、羊、狐、兔、猿、鼠是受到限制的,比如狼去弹打藏獒,打上了也不算。这样的游戏最关键的是你能抢到什么,抢就是闹,就是打,如同一群小狗玩打架一样。他们就这样抢着闹着玩着,天天都这样,好像永远玩不腻。

就在他们玩得忘乎所以的时候,冈日森格悄悄走出了密灵洞。大黑獒那日想跟出去,站起来走了几步,就被藏医尕宇陀拦住了:"那日你不能去,你受创的左眼不能让大风吹,更不能让雪光刺,不然就好不了。"

冈日森格来到洞外,走了几步,就开始奔跑,一跑起来就觉得浑身非常舒服。它的习性本来就是在雪里取暖,在风中狂奔,高峻寒冷的昂拉雪山正好般配丁它的习性,它兜圈子跑着,越来越快,边跑边用鼻子在冷风里呼呼地闻着。突然它停下了,空气里有一股异样的味道让它心里咯噔一下,那不是它一连两天抓到的雪鼬的味道,是一股格外刺激的狼臊味儿,而且不仅是狼臊味儿,还有狗味儿,狗味儿和狼味儿怎么能混合在一起呢?

它回望了一眼密灵洞,觉得情况紧急没有必要征得主人的许可,便跳起来就跑。这一次它没有兜圈子,而是选择最短的路线直直地跑了过去。它跑出了密灵谷,跑过了一座平缓的雪冈,跑上了一面开阔的冰坡。

现在,冈日森格已经不是仅靠嗅觉支配行动了,听觉和视觉同时发挥了作用。它看到了站在雪岩上的母雪狼,听到了母雪狼给同伴发出的尖锐的警告。接着,它看到了母雪狼的同伴——两匹在食物的诱惑下忘乎所以的公雪狼。而它们就要吃到嘴的食物,居然是一只藏獒的孩子小白狗。

冈日森格发疯了,用一种三级跳似的步态跑着,吠着,威胁着。自从来到西结古草原后它还没有如此疯狂地奔跑过。威胁的吠声延宕了两匹公雪狼下口咬死小白狗的时间,它们吃惊地抬起了头,本能地朝后缩了缩。

小白狗嘎嘎趴在地上,已经叫不出声音了。像许多毛烘烘的动物在意识到生命就要结束时所表现的那样,它把头埋进了蜷起的前肢,闭上眼睛,在利牙宰割的疼痛没有出现之前,提前进入了死亡状态。

温暖的血、鲜嫩的肉、油汪汪的膘、脆生生的骨头,这就是一个幼小的活食所能提供的一切。大概就是对活食魅力的迷恋吧,纵然有母雪狼的警告和呼唤,两匹公雪狼也没有立即跑开。它们犹豫了片刻,就是这片刻的犹豫注定了它们的命运。它们死了。一匹公雪狼死在了当时,一匹公雪狼死在了第二天。

死在第二天的那匹公雪狼是抢先逃跑的,但已经来不及了,冈日森格的速度疾如闪电快如飘风,忽一下就来到了它的跟前,准确地说,是雪山狮子同时也叫冈日森格的尖尖的虎牙来到了它的后颈上。哧的一声响,随着虎牙的插进拔出,血喷了出来。公雪狼弯过腰来撕咬冈日森格。冈日森格一头顶了过去,虽然自己的头上有了狼牙撕破的裂口,但却把公雪狼撞出了两米远。公雪狼摇晃着身子跑了几步,哀叫一声倒在了地上,直到第二天血尽气绝,再也没有起来。

死在当时的那匹公雪狼这时已经逃出去二十多米远。它一跃而起,打算跳上雪岩和母雪狼一起共同对付冈日森格,但是没想到,作为妻子的母雪狼会一头把它顶下来。它滚翻在雪岩下面,正好把柔软无毛的肚子暴露了出来。迫撵过来的冈日森格立刻和它纠缠在一起。这差不多就是动物界的三拳打死镇关西。冈日森格摆动着头颅,一牙挑出了肠子,又一牙挑在了狼鞭上,几乎把那东西挑上了半空。然后在公雪狼的后颈上咬了一口,用狼血封住了狼魂逃离躯壳的通道,转身奋身跳上雪岩,打算一并把母雪狼也收拾掉。

母雪狼跑了,已是踪影全无。它用一头从雪岩上顶下自己的丈夫的举动,赢得了逃之夭夭的时间。它是卑鄙的,也是智慧的。无论是卑鄙的还是智慧的,它都是雪狼天性的表现,是它们生存必备的手段。一匹阅历深广、经验丰富的母性的雪狼,永远都是一个阴险狡诈的极端利己主义者。草原的狼道就是这样,狼道对狗道和人道的批判也是这样。

就像父亲很久以后对我说的,狼是欺软怕硬的,见弱就上,见强就让,一般不会和势力相当或势力超过自己的对手发生战斗。藏獒就不一样了,为了保卫主人和家园,再硬的对手也敢拼,哪怕自己死掉。狼一生都在损害别人,不管它损害的理由多么正当,藏獒一生都在帮助别人,尽管它的帮助有时是卑下而屈辱的。狼的一贯做法就是明哲保身,见死不救,藏獒的一贯做法是见义勇为,挺身而出。狼是自私自利的,藏獒是大公无私的。狼始终为自己而战,最多顾及到子女,藏獒始终为别人而战——朋友、主人,或者主人的财产。狼以食为天,终身只为食物活着,藏獒以道为天,它们的战斗早就超越了低层次的食物需求,而只在精神层面上展示力量——为了忠诚,为了神圣的义气和职责。狼的生存目的首先是保存自己,藏獒的生存目的首先是保卫别人。狼的存在就是事端的存在,让人害怕,藏獒的存在就是和平与安宁的存在,让人放心。狼动不动就翻脸,就背叛群体和狼友,所谓"白眼狼"说的就是这个,藏獒不会,它终身都会厚道地对待曾经friends善地对待它的一切。

冈日森格站在雪岩上,扬起头,喘着粗气,撮起鼻子四下里闻了闻,闻出母雪狼朝着西北方的雪沟逃跑了。按照本性,它是要追的,但按照更大的本性,它没有追。它跳下雪岩,小跑着来到了小白狗嘎嘎身边,闻了闻那白花花的绒毛,舔了舔那血淋淋的断腿,看它仍然闭着眼睛一动不动,就一口叼了起来。冈日森格跑下了开阔的冰坡,跑过了平缓的雪冈,跑进了密灵谷,突然发现这里已不再寂静,这里出事了。

强盗嘉玛措走到了雕巢崖的下面,朝上看了看。雪雕愉快的叫声就像一片早夏里的雷雨笼罩在他的头顶。他看到许多雪雕一边叫一边拍打着翅膀,羽毛就像雪花一样纷纷扬扬;看到黑色的羽毛朝着近旁的雪山飘飞而去,雪山上依然是两个铁棒喇嘛的脚印。他奇怪了:两个喇嘛怎么是从雪崩上走下来的? 他拉着马走向这座东西走向的巨大山巅,走着走着,山崩突然从背后跌落下去了,一条暗谷豁然出现在眼前。暗谷是南北走向的,深阔的谷地就像一把勺子镶嵌在万雪千冰之中。强盗嘉玛措惊愕之余,转身朝着落在后面的骑手大声喊起来:"快,过来。"喊了一声,突然又把嘴紧紧闭上了。他意识到这里应该就是藏匿着七个上阿妈的孩子和冈日森格的地方,要悄悄的,悄悄的,不能有任何响动。

强盗嘉玛措率领着骑手们,沿着还在继续延伸的两个铁棒喇嘛的脚印,悄无声息地走了过去。

是大黑獒那日首先觉察了骑手们的到来。它闻到了,也听到了。就在强盗嘉玛措朝着落在后面的骑手大喊一声"快过来"的时候,它就已经听到了。在这方面,它似乎比冈日森格还要敏锐。它知道这是部落人的声音和气息,高兴地叫了一声,从一直不让它出去的藏医尕宇陀身边站起来,摇起了尾巴。摇着摇着它就觉得有点不对劲了,怎么内心感觉到的竟是一种紧张,一种敌意的存在?难道西结古草原的部落人是敌意的?它看了看这些日子里和自己朝夕相处的七个上阿妈的孩子,想了想这会儿正在风中雪里奔奔跳跳的冈日森格,似乎有点明白了,便不再摇尾巴,通报似的朝着密灵洞外哑哑地"汪"了一声,又朝着藏医尕宇陀小小地"汪"'了一声。

盘腿打坐的藏医尕宇陀伸手准确地拽住了大黑獒那日的耳朵,这证明他虽然闭着眼睛,但其实什么都能看见。大黑獒那日使用自己的耳朵拽着他的手,使劲朝外走去。尕宇陀站起来说:"那日你要干什么?你不能出去,你受伤的左眼不能让大风吹,更不能让雪光刺……"

大黑獒那日用叫声打断了他的话,丢开他跑向洞外。藏医尕宇陀赶紧跟了出去,就见大黑獒那日站在密灵洞的门口,朝着开阔的谷地一直叫着,声音不大,却显得非常着急,是那种既不表达愤怒也不表达欢喜的着急。尕宇陀心说它发现了什么?来了敌人它会扑过去,来了朋友它也会扑过去,这种能让它光叫唤不扑咬的东西是什么?他走过去登上一座雪丘朝远处望了望,回头对大黑獒那日说:"什么也没有啊。"大黑獒那日的叫声显得更加焦急不安了。藏医尕宇陀又往前走了走,登上一座更高的雪丘,在一片刺眼的雪光中眯起眼睛一看,发现密灵谷洁白的谷底上滚动着一溜儿黑色的斑点。他以为那是野兽,仔细瞅了瞅才认出那是人,是人骑在马上的造型。他转身就走,对大黑獒那日说:"回去吧回去吧,你的左眼见风就流泪,湿汪汪的,伤口怎么能好?"大黑獒那日看到藏医尕宇陀脸上一点紧张的表情都没有,也就不叫了,重新摇了摇尾巴,跟着他回到了洞里。

其实藏医尕宇陀心里正在翻江倒海。翻江倒海的结果是,他做出了一个超出藏医喇嘛本分的决定。他对七个上阿妈的孩子说:"安静,安静,不要再玩了,你们都过来,都给我听着。"七个上阿妈的孩子都过来围住了他。他说:"你们快走,快走,赶紧离开这里,离开西结古草原,回到你们上阿妈草原去,有人来抓你们了。"

七个上阿妈的孩子几乎一起摇了摇头。刀疤说:"离开就离开,西结古草原的人要砍我们的手哩。但我们不回上阿妈草原,一辈子两辈子三辈子不回上阿妈草原。"尕宇陀问道:"为什么?上阿妈草原是你们的故乡,你们为什么不回去?"刀疤说:"上阿妈草原骷髅鬼多多的有哩,吃心魔多多的有哩,夺魂女多多的有哩。我们不回,我们要去冈金措吉。"藏医尕宇陀知道"冈金措吉"就是"额弥陀冈日",汉人叫做"海生大雪山",或者"无量山",便问道:"冈金措吉在哪里?"刀疤摇了摇头。大脑门说:"冈金措吉在海上。"刀疤说:"对,在海上。"尕宇陀又问道:"海在哪里?"

刀疤望了望大脑门说:"在雪山背后。"尕宇陀说:"雪山背后还是雪山,我告诉你们,海在没有山的地方,在地势低的地方。快快走吧,有人来抓你们了。"

藏医尕宇陀推搡着七个上阿妈的孩子来到了密灵洞外。刀疤四下里看着喊起来:"冈日森格,冈日森格。"这时大黑獒那日轻轻叫起来。人和狗几乎同时看到了谷底黑蚂蚁一样的骑手。骑手们正在靠近,似乎还没有发现他们。七个上阿妈的孩子紧张起来。尕宇陀说:"这个冈日森格,到哪里去了,你们先走吧,来不及等它了,快。"说罢朝着密灵洞后边指了指。

密灵洞后边是一面冰坡,尽管陡了点,但完全可以爬上去。七个上阿妈的孩子爬上去了,坚硬的冰坡上没有留下他们的脚印。藏医尕宇陀朝着还在回头寻找冈日森格的刀疤和大脑门挥挥手:"快走吧,走得远远的,越远越好,再也不要回来了。"大黑獒那日冲他们摇着尾巴,受伤的和没有受伤的眼睛都是泪汪汪的,直到七个上阿妈的孩子消失在冰坡那边,它依然摇着尾巴。藏医尕宇陀弯腰拍拍大黑獒那日说:"快,我们也得藏起来。"

一人一狗朝洞里走去。这时一阵叫声从寂静的密灵谷底传来,骑手看见他们了。骑手们的叫声就像牧羊狗突然发现了狼。

第十七章

七个上阿妈的孩子离开密灵洞不久,就碰到了一个人。这个人是从他们后面走来的,好像一直跟踪着他们。当他们穿雪沟,翻雪岭,一路疾走,累得满头大汗,倒在雪地上喘息不迭的时候,他突然从雪包后面冒了出来。他带着诚实的笑容,和颜悦色地问道:"七个苦命的孩子,你们要去哪里啊?"孩子们没有回答,惊奇地望着他。他胸前挂着墓葬主的镜子,头上缀着罗刹女神的琥珀球,腰里吊着一串儿鬼卒骷髅头,一看就知道不是一个普通的人。

脸上有刀疤的孩子大声问道:"你是谁?你到这里来干什么?"这个人说:"我叫达赤,我是雪山的儿子,是指路的明灯。我常常出现在迷途的人们面前,告诉他们哪里是他们应该去的地方。"刀疤打量着他说:"你是指路的明灯?那你能给我们指路吗?"达赤从腰里取下一个骷髅头说:"你们看我有没有神力,就知道能不能给你们指路了。"说着他用双手把骷髅头合在中间,念道,"大哭女神来了,伏命魔头来了,一击屠夫来了,金眼暴狗来了。来了就变了,骷髅变宝石了。"他忽地张开双手,里面的骷髅头果然变成了一个绿松石的羊。七个上阿妈的孩子吃惊着面面相觑。达赤又变了几次,一会儿变个黑玛瑙的猴,一会儿变个寒水石的狗,一会儿变个铁疙瘩的鬼,最后又变回到了骷髅头。孩子们望着他的眼睛顿时就亮光闪闪了。他们没见过这样的魔术,这样的魔术是被看作神迹的。

接下来就是达赤说什么他们信什么了:"什么,你们是来寻找满地生长天堂果的海生大雪山冈金措吉的?那我告诉你们,你们真是有福气,你们见到了我,就算见到了冈金措吉。你们知道党项大雪山吗?"刀疤看了看大脑门。大脑门说:"知道。"达赤说:"知道就好,党项大雪山里有许多冰窖,所有的冰窖都是通往海生大雪山冈金措吉的门户,这个秘密谁也不知道,就我知道。"达赤说着随手又变起了魔术，又让孩子们万分惊奇了一番，然后说，"走啊，你们跟我走啊。"刀疤要走，又摇了摇头，所有的孩子都摇了摇头。他们说："我们要和冈日森格一起去。"

达赤翻起白眼瞪着天空说："冈日森格？冈日森格是个什么东西？你们不要告诉我，让我猜一猜，它不是狮子，它不是牦牛，它不是马，它不是羊，它也不是人，我知道了，它是一只高高大大的藏獒，是金黄色的，对不对啊？"孩子们惊奇地说："对啊，对啊。"达赤说："那就让我问问大哭女神，问问伏命魔头，问问一击屠夫，问问金眼暴狗吧，这些依附在我身上的神会告诉我，冈日森格是跟你们一起去，还是循着你们的足迹自己单独去。你们看见了吧，我手里现在什么也没有，我把两手合起来再分开，如果手里是鸦头男神，那就说明它跟你们一起去是吉祥的，如果是獒头女神，那就说明它自己单独去才是吉祥的。"手掌合起来，转眼又分开了。七个上阿妈的孩子伸出了七颗头，看到他的手心里突然出现了一个铜塑的神像，是女神，是藏獒头颅的女神。他们愣了：这就是说，冈日森格只能单独去了，这是神的旨意，是谁也不能违背的。

七个上阿妈的孩子跟着达赤，朝着比昂拉雪山大得多的党项大雪山走去。

达赤是西结古草原的送鬼人。送鬼人是祖祖辈辈继承下来的。每年藏历正月十五，西结古寺要举办一次驱鬼法会，喇嘛们骑着快马，念着猛咒，在西结古草原上到处奔走，把为害各处的鬼都驱赶到西结古寺最高处密宗札仓明王殿后面山坡上的降阎魔洞里，在住持活佛的带领下，吹着十四把黄铜号角，敲着十四面雅布尤姆鼓，念诵着《仅用一击就能杀死妖魔经》以及各个密法本尊如雷贯耳的法号，在铁棒喇嘛声色俱厉的恐吓声里，把鬼一个个装进黑疫病口袋、红死亡口袋和白殃祸口袋，然后交由送鬼人背着这三个口袋去党项大雪山请求山神处理。山神有时会埋葬它们，有时会烧化它们，有时又会撕碎它们。党项大雪山，妖魔鬼怪的死亡之地，是吉祥的冰岭，也是恐怖的峰峦。

送鬼人达赤既然每年都要背着三个装鬼口袋穿过草原，走向雪山。他浑身就一定沾满了鬼气，连每一根头发都可能是病死殃祸的象征。人们不敢接近他，带着沉重深刻的恐惧躲避着他，同时又会尽量满足他的要求。他是乞讨为生的，无论是头人、僧人还是牧民，只要面对他伸出来的手，就都会把最好的食物施舍给他，希望他赶紧离开，不要把毁人的鬼魂留给自己。但事实上他是很少讨要食物的，头人们为了驱散他那辐射而弥漫的邪祟鬼污之气，每年都会给他许多财产，属于他自己的牛羊是成群结队的，足够他吃喝的了。他不愁吃，不愁穿，最愁就是没有女人喜欢他。所以当一个性情阴郁，急于为死去的两个丈夫报仇的女人走向他的时候，他突然就激动万分，当着这个女人的面，无比虔诚地向八仇凶神的班达拉姆、大黑天神、白梵天神和阎罗敌发了毒誓：要是他不能为女人的前两个丈夫报仇，他此生之后的无数次轮回都只能是个饿痨鬼、疫死鬼和病殃鬼，还要受到尸陀林主的无情折磨，在火刑和冰刑的困厄中死去活来。尽管这女人只跟了他两年就死了，但面对女人的誓言没有死。为了这不死的誓言，他离开西结古，把家安在了党项大雪山的山麓原野上。

盟誓者的新生活就这样开始了，他千挑万选，在牧人们的数百藏獒里，寻觅到了一只出生才两个月的属于喜马拉雅獒种的遗传正统的党项藏獒。他给它起个傲厉神主忿怒王的名字——饮血王党项罗刹。它浑身漆黑明亮,四腿就像四根正在猎猎燃烧的火杵;胸毛也是红红火火的,象征了它燃烧的激情和怒火。但那时候它一点发怒的心思也没有,当藏历年正月初一的这天送鬼人达赤揪着它的脊毛离开它的主人时,它只是用呼呼的喘气声对第一次感觉到的难受表示了一下奇怪:怎么回事儿,活在世上居然还有不舒服。送鬼人达赤一直揪着它,而且是甩来甩去地揪着它,它越来越难受,更加大声地呼呼喘着气,希望这个人就像它的主人那样把它抱在怀里,或者把它赶快送回到主人身边去。它当时根本就没有想到,主人因为害怕沾上鬼气已经把它送给这个人了。主人说:"你怎么天天来我家帐房门口转悠?你看上什么了你赶紧拿走,祈求你千万不要再来了。"话音未落,送鬼人达赤一把揪起了它。它那个时候正在主人身边玩耍,阿妈和阿爸——两只体大毛厚、威风无比的党项藏獒放牧去了,它只能跟着主人玩耍。

它被送鬼人达赤带到了他家里,那是一个没有窗户只有门的石头房子,门一关里面就漆黑一团了,点亮了酥油灯它才看到四壁全是鬼影,所有的鬼影都被一只柴手捏拿着,那是大哭女神的手,是伏命魔头的手,是一击屠夫的手,是金眼暴狗的手。这些抓鬼的手牢牢地捏拿着鬼影,让鬼影的面孔更加狰狞可怖。它惊怕地叫了一声,蜷缩到石墙的一角,好长时间没有睁开眼睛。等它睁开眼睛的时候,酥油灯灭了,送鬼人达赤已经离去,木门是关死的,只留下一条缝隙,透露着外面的阳光。它想出去,想回到主人的身边去。但它不是空气,不能飘过门的缝隙。它穷尽了所有它知道的办法,最后徒劳地看到外面的阳光正在消失,而自己已是筋疲力尽,饥肠辘辘了。它趴在地上休息了一会儿,就开始四处寻找吃的。在爪子和嘴可以够着的地方,它什么也没有找到,没有糌粑,没有牛肺,没有肉汤,没有自它断奶以后主人喂养它的一切,有的只是让它恐怖的寂静。它在寂静中发抖,抖着抖着就睡着了。它到梦里去寻找吃的,终于找到了,眼睛一睁,又没有了。它抽着鼻子闻了闻,觉得满房子都是肉味,猛地抬起头来,用穿透黑暗的眼光一看,看到墙上居然是挂着肉的,一溜儿全是一条一条的风干肉,还有甜丝丝的冰水,一闻就知道装在那几只鼓鼓囊囊的羊肚里。它大叫一声,激动得又扑又跳,但是它够不着,跳了无数次都够不着。它开始吠叫,希望阿妈或者主人能听到自己的叫声推门而入。但是没有,它一直叫到天亮,也没有一个人和一只狗前来轻轻叩一下门。它绝望地用头撞着门板,撞得脑袋都蒙了,大了,禁不住痛苦地趴在地上把沉重的脑袋耷拉在了腿夹里。大概饥饿就在这个时候给了它生存的灵感吧,或者它作为一只党项藏獒天性里就有在死亡线上求生的素质,它很快又站了起来,开始满房子绕着圈奔跑,越跑越快,越跑越快,跑着跑着,便一跃而起,四腿蹬着墙壁扑向了高悬头顶的风干肉。

一个月以后送鬼人达赤回来了。他神情木然地看着它,发现它长大了许多,尽管瘦得皮包骨,但架子显得比一般同龄的藏獒要大得多。他说:"我没有看错,你将来一定是一只大狗。"它烦躁地冲他叫了一声,闻出他身上的味道跟这房子里的味道是一样的,便没有扑过去。但是它心里很清楚,它跟他没有关系,跟这所房子也没有关系,它每天都千方百计地想离开这里,如今门开了,它更要离开了。它扑向了门口,想从他的腿边挤出去。早有准备的送鬼人达赤突然从背后亮出了一根粗大的木棒,挥起来就打。这是它第一次挨打,打得它连滚了三个滚,一直滚到了墙角。它看着他,眼睛里突然喷射出一股蓝焰似的光脉,低低地吼叫起来。送鬼人达赤满意地狞笑着,他知道眼睛里的蓝焰是党项藏獒最初的仇恨,也代表了它作为一只幼獒对人世狗道最初的理解。他说:"你就恨吧,好好地恨,欢畅地恨吧,恨所有把送鬼人当鬼的人,所有欠了人命的人,你要是不恨我就打死你,你要是越来越恨我就手下留情,因为你是饮血王党项罗刹。"它似乎明白了,或者它是天生倔强的藏獒,是从来不准备领略失败的党项藏獒,它迅速站起来,再次扑了过去。这次不是扑向门外,而是扑向了堵在门口的他。送鬼人达赤抢起木棒再次打了过来,它滚翻在地,比第一次更加狼狈地滚过去撞在了墙上。就这样,它不驯地站起来,扑过去,扑了二十六下,把党项藏獒的凶悍和坚忍全部扑了出来;就这样,他不断地把木棒抢起来,打过去,直打得它遍体鳞伤,倒在地上再也动弹不了。他踢了它一脚,对它说:"你还没有死,你就恨吧,好好地恨,无休无止地恨吧,恨所有见我就躲的人,所有欠了西结古人命的人,因为你是饮血王党项罗刹。"它瞪着他,眼睛里的蓝焰越来越炽盛了。但是它无法站起来,它几乎就要累死了。送鬼人达赤弯腰在它身上到处摸了摸说:"我这么狠地打都没有打断你的一根小骨头,看来我的恨神大哭女神、伏命魔头、一击屠夫和金眼暴狗已经在保佑你了。你就在这儿呆着吧,死了我就把你扔出去喂鹰,没死我就接着再打。"

送鬼人达赤提着木棒到处走动着,满意地看到挂在墙上的风干肉和冰水已经被它吃光喝干了,说明它每天都在黑暗里扑跳,它已经可以扑跳得很高很高,就像一只小豹子那样敏捷。他又在更高的地方挂了许多风干肉和几只盛满冰水的羊肚,然后走了,一走又是一个月。

等到送鬼人达赤再次回来的时候,它又长大了许多。挂在墙上的风干肉和冰水已经一扫而空,说明它的扑跳比一个月前至少提高了一尺。它卧在墙角警惕地瞪视着这个人,看到他把一只手藏在身体后面,就站起来,条件反射似的撮起了脸上的皮肉。它知道他身后藏匿着木棒,木棒带给它的痛苦就像母亲带给它的温暖一样,已经深深镌刻了它的记忆里。这样的记忆对它高傲的天性无疑是极大的伤害,让它提前懂得了这样一个道理:摆脱木棒痛苦的唯一做法就是消灭木棒。它扑了过去,就像这些日子它在极度饥饿中扑向墙壁上的风干肉一样,扑跳的距离完全比得上一只成年的藏獒。送鬼人达赤吃惊地"哎呀"了一声,往后一缩,抡起木棒就打了过来。它的扑咬和他的棒打都是高速而准确的,但倒在地上的却不是它希望中的木棒而是它自己。倒地以后它再也没有找到站起来扑咬第二次的机会,木棒就像雨点一样打了下来,它蠕动着,惨叫着,差一点昏死过去。这一次教训让它明白了这样一个道理:你必须学会一扑到位,一口咬死的本领,在强大的敌手面前,你的第二次第三次扑咬是不存在的。送鬼人达赤丢下打断了的木棒,又一次把新带来的风干肉和装冰水的羊肚挂在了墙壁更高的地方,走的时候他说:"你恨谁?恨我是不是?那你就恨吧,我要的就是你的恨。恨我吧,恨一切人一切狗吧,恨那些我给他们背走了鬼他们反而不理我的人吧。但是你最最应该恨的是上阿妈草原的人和狗,知道吗,是上阿妈草原的人和狗。"

又是一个月,又是一次无情的棒打,又把肉和水挂高了一些,送鬼人达赤又一次走了。整整一年中的十二个月都是这样。饮血王党项罗刹一年没有来到阳光下面,一年没有看到草原和雪山、帐房和羊群,一年没有见过任何一只狗、任何一个动物,一年没有见过任何一个人——送鬼人达赤不是人是鬼,他就跟画在墙上的鬼影一样,心是一个阴湿的盆地,里面丛生着狰狞尖利的獠牙。它一年十二次被送鬼人达赤的木棒打瘫在地,它挣扎着站起来,顽强地成长着。随着肉体成长起来的还有愤怒和仇恨,还有比阴暗的石头房子阴暗一百倍的藏獒之心,还有它作为食肉动物的扑咬本领。最后一个月,送鬼人达赤把风干肉和装冰水的羊肚挂到了房顶上。等他走了以后,饮血王党项罗刹仰头一望,便冲墙而上,就像一只飞翔的鹰,把肉一口叼住,然后又冲墙而下。它长大了,迅速地长大了。

长大了的饮血王党项罗刹已不再见到送鬼人达赤就扑就咬,不,它知道他把越来越坚硬的木棒藏在身后,如果它不能让他丢弃木棒,那就只能在忍耐中蓄积仇恨,或者服从。啊,服从? 它怎么可以服从这样一个人呢? 然而服从似乎是必须的,因为它天生是人的伙伴,而现在它看到的人就只有这一个。况且服从也可以是权宜之计,如果这样的权宜之计能够让送鬼人达赤放下木棒,它就可以重新开始仇恨,毫不留情地扑向他的喉咙。于是它屈辱地扬起了头,摇起了越蜷越紧的尾巴。送鬼人达赤愣了,不禁微微一笑,但笑容只停留了几秒钟他就故态复萌,扬起木棒,照头便打,吼道:"你摇什么尾巴,你对谁也不能摇尾巴,你再摇尾巴我就把你的尾巴割掉。"这一次是打得最惨的,几乎要了它的命。它在伤痛的折磨中突然领悟了送鬼人达赤的全部含义,那就是暴烈,就是仇恨,就是毁灭——毁灭一切善意的举动。这样的醒悟对它来说是大有好处的,它对他采取了既不扑咬也不服从的态度,尽量躲开他的肉体,尽量靠近他的心思,活着,就必须知道他在想什么。

新的一年开始后,送鬼人达赤用绳子绑着它把它带出了石头房子。那一天没有阳光,那一天大雪纷飞,寒冷异常,那一天它被送鬼人达赤一脚踢进了一条壕沟,壕沟深深的,差一点把它摔死。它从壕沟里抬起了头,看到送鬼人达赤已经不见了。它顿时就变得狂躁不安,在壕沟里来回跑动着,想回到地面上去,回到已经习惯了的石头房子里去。但是一切试图跳出壕沟的努力都失败了。壕沟长五十米,宽两米,最深的地方有三十米,最浅的地方有十多米。壕沟原来是一个雪水冲刷出来的深壑,送鬼人达赤用一年的时间加深了沟底,加陡了沟壁,加高了沟沿,把它改造成了饮血王党项罗刹的新处所。饮血王党项罗刹在沟底不停地走动着,雪更大了,黑夜寂然来临,它一宿未睡。第二天早晨,太阳露出了云翳,雪停了,风还在吹,空气冷到尖锐,它仰望壕沟之上的一线蓝天,突然意识到死亡已经出现在头顶了。

代表死亡的是无数狼头。一颗颗狼头围绕着沟沿,悬空窥伺着它。它紧张得又蹦又跳,意识到蹦跳是毫无意义的,就开始奔跑。五十米长的沟底它只用六七秒就可以跑一个来回,跑了一会儿,又意识到奔跑更是无意义的,便停下来狂吠。它第一次用这么大的音量狂吠,发现它越是吠得起劲,窥伺它的狼头就越没有离开的迹象。狼也开始叫了,好像有点学它的意思。它以前从来没有见过狼,但是它听到过狼的声音。在藏獒面前,天敌的声音本来是泣哀和可怜的,如今却显得放肆而得意,充满了对它的蔑视和挑逗。它暴跳如雷,十次百次地暴跳如雷,终于跳不动了,大汗淋漓地趴在了地上。群狼嗥叫的声音更加得意了，它蜷起身子，闭上了眼睛，浑身开始发抖。它发现自己既是狂躁的也是胆小的，既是凶悍的也是恐惧的，那种在它的遗传中含量极少的怕死的感觉那间无比夸张地跑了出来，让它在死与不想死的刀锋上感到了生命的无助和无奈。它用两只大耳朵紧紧堵住了自己的听觉，抱着一种向困厄投降的心态，等待着末日的来临。

末日自然是不会来临的，因为没有一匹狼敢于下到壕沟里面来。它们窥伺着欢叫了好长时间就奔驰而去了。当寂静突然降临的时候，饮血王党项罗刹感到了一阵难以忍受的饥饿。它抬头看了看上面，绝望地发现这里的墙壁上投有悬挂的食物，有的只是石头。它依靠本能，知道雪是可以吃的，便开始舔雪。整整三天过去了，它把沟底的积雪舔得一滴不剩，然后就用前爪使劲掏挖沟壁。

第四天，也许是第五天，送鬼人达赤来了，从壕沟最浅的地方，扔下来一匹荒原狼。狼是活着的，是他从猎人手里用两只肥羊换来的一匹成年狼。饮血王党项罗刹惊然而起，纹丝不动地盯着狼。狼在拼命挣扎，很快就把绑缚它的绳子挣脱了，抬腿就跑，一看跑不出去，又回过身来，这才看到饥饿中瞪着血红眼睛的饮血王党项罗刹。饮血王党项罗刹还是纹丝不动，毕竟它是第一次这么近地面对一个本性比它凶残十倍的活物。狼把鼻子往上撮着，露出了锋利的虎牙，朝前走了一步。这说明狼已经看出它是一个不谙时世的少年，有点不怕它。但是狼没有想到，面前的这只藏獒虽然年少，但浑身日积月累的愤怒和仇恨早已经像大山一样沉重了。它愤怒的是整个世界，仇恨的是全部生命，更何况它现在面对的是一匹狼，一个狗类种族天经地义的敌手。它低下头，看了看自己饿瘪了的肚腹，发现那儿正在激动地颤抖，也就是说，即使它不想吃狼，肚子也想吃狼了。它带着正在极端饥饿中痛苦发抖的肚子跳了起来，扑了过去，速度快得连它自己都没有反应过来，牙齿就已经嵌进了狼的后颈。狼的挣扎让它激动，它又换口咬住了喉咙，便咕咕嘟嘟地饮起了狼血。送鬼人达赤在上面狂叫起来："一击屠夫，一击屠夫，伏命魔头，伏命魔头。"

就这样，饮血王党项罗刹在壕沟里呆了整整一年。

一年中它没吃过一口死肉，吃的都是活肉，是野兽的肉。野兽一来，照例先是战斗，后是吃肉。它跟雪豹斗过，跟金钱豹斗过，跟藏马熊斗过，次数最多的当然是跟狼斗，有荒原狼、豺狼，还有极端狡猾的雪狼。送鬼人达赤为了从猎人手里得到这些野兽，付出了头人们送给他的大部分财产——一大片羊群和一大片牛群。

一年中几乎天天都有野兽在壕沟上面叫嚣，它阴森森地仰望它们的身影，一天比一天暴躁地蹦跳着吼叫着，仇恨和愤怒也就一天比一天猛烈地蓄积着。

一年中它没有见过帐房和羊群，没有见过任何一只同类、任何一个人，除了人鬼不分的送鬼人达赤。

一年中它天天用前爪掏挖沟壁，因为它觉得这是一堵墙，掏着掏着就能掏出洞来，就能出去了。它掏出了许多个大洞，虽然没有如愿，但却把两只前爪磨砺成了两根钢钎，随便一伸，就能在石壁上打出一个深深的坑窝。

一年中它不避严寒酷暑，白天沐着阳光，晚上浴着星光，完全成了野性自然的一部分。它又长大了许多，已经不折不扣是一只大藏獒了。它身上充满了豹子的味道、藏马熊的味道、狼的味道，它在气息、心态和行为举止上已经不属于西结古草原,也忘了它曾经是一对牧羊狗的优秀的儿子。它正在理解自己作为饮血王党项罗刹的意义,正在按照送鬼人达赤的愿望,恶毒地仇恨着,时刻准备咬死出现在自己面前的一切。

一年结束的这天,它吃掉了一只用一头牦牛换来的荒山猫。这是送鬼人达赤投下来的一种最敏捷的野兽。按照荒山猫的本领,如果是面对别的藏獒,它完全可以攀缘着沟壁,逃离险境。但是饮血王党项罗刹没有给荒山猫逃生的机会,它跳得太高了,爪子伸得太长了。它用野兽所知道的最快的速度一口咬住了对方。

吃掉了荒山猫,它就昏睡不醒了。荒山猫的肉有强烈的麻醉作用,所有的动物吃了它都会昏然睡去。它睡了一天一夜,等它醒来的时候,它吃惊地发现自己躺在一片开阔的雪地上。送鬼人达赤用十几根皮绳和五头牦牛把它吊出了壕沟,又用一头最健壮的牦牛驮着它来到了这里。这里是党项大雪山的冰天雪地,是天造地设地生成着许多地下冰窖的地方。送鬼人达赤看它醒了,就用手撕着它的皮毛,使劲把它朝前推去。它顺着冰坡滑了下去,轰然落地的时候,地下冰窖里的一群雪鸡噗啦啦地飞了出去。

又是一年三百六十五个日子,饮血王党项罗刹就呆在方圆不到二十米的冰窖里。它出不去,冰窖的窖口高得超出了它的蹦跳能力。它只能沿着窖壁愤怒地奔跑,时不时地伸出前爪在冰墙上抓一把,抓出一道一道的深沟来。食物依然是活的,至少有半年是这样。半年中差不多每个星期都有一次殊死的战斗。它撕咬着投下来的野兽——狼、豹子或者藏马熊,从来没有放弃在第一时间扑过去一击致命的机会,有时候用牙,有时候用爪子。它的爪子不仅有力,而且越来越坚利了,因为它必须抠住光滑的冰石,无论它是平面的,还是斜面的。

半年以后,当饮血王党项罗刹业已证明自己是一只所向无敌的藏獒的时候,活物突然没有了,饥饿成了它必须天天面对的事情。送鬼人达赤一个星期才喂它一次,每一次他都会放下一根粗皮绳来,食物——一些烂羊肉或者烂牛肉就绑在皮绳的中间它扑咬不到的地方,它必须用牙咬住皮绳,用坚硬锐利的爪子抠住冰墙,一点一点地爬向食物。一吃到食物,皮绳就断了,它会从冰墙上摔下来,摔得浑身骨头疼。摔了两三次之后它就学乖了,在吃到食物之前,它会把两只前爪深深地打进冰墙,然后一步一个坑窝地挪下来。这时候它已经不是藏獒,而是一只其大无比的猫科动物了。依然是饥饿,按照饮血王党项罗刹的正常食量,它每天至少应该吃掉十公斤鲜肉,但是它现在平均每天一两肉都吃不到。饿极了它就吃自己的屎,就大口吞食用利牙切割下来的冰块。它瘦了,打不起精神来了。但是它的阴冷和残暴却越来越有质量地裂变成了浑身的细胞,忿怒和仇恨就像定时炸弹一样随时都会爆发,蕴藏胸中的亿万支毒箭正待射出,射向所有的所有的所有的。

有一天,当送鬼人达赤又来给它喂食时,吃惊地发现,冰窖的窖口残留着半截雪豹粗大的尾巴,朝下一看,看到饮血王党项罗刹正在大口吃肉。他愣住了,这就是说,冰窖已经圈不住它了,它爬出冰窖,杀死一只雪豹后又回去了。幸亏它没有跑掉,它万一跑掉了呢?第二天,送鬼人达赤把一只用两头牦牛换来的荒山猫扔进了冰窖。饮血王党项罗刹这时候一点也不饿,但它还是一跃而起,在对方还没有明白应该往哪里逃的时候,一口咬住了对方的脖子。荒山猫的肉没有雪豹的肉好吃,它吃完了雪豹，才去对付有麻醉作用的荒山猫，送鬼人达赤在窖口等了一个星期，才等来它昏睡不醒的时刻。

这一年是是藏历铁兔年，铁兔年结束的时候，饮血王党项罗刹出现在了石头房子的门前。它被两根粗铁链子牢牢地拴着，就像一只真正的看家狗那样。它仍然过着与世隔绝的生活，见不到帐房和羊群，见不到任何一只同类、任何一个人，除了送鬼人达赤。它的生活一如既往地延续着：一是忍受饥饿，二是忍受仇恨。饥饿可以通过吃肉来消除，可是仇恨呢？送鬼人达赤每天都在对它吼叫："上阿妈的仇家，上阿妈的仇家。"这样的吼叫让饮血王党项罗刹很快就明白：它的生活不在这里，在上阿妈的仇家那里。当生活和仇恨已经画了等号的时候，上阿妈的仇家就成了仇恨的代名词。

夏天到了，送鬼人达赤要带着饮血王党项罗刹去上阿妈草原了，突然听说了冈日森格的事情，听说了七个上阿妈的孩子的事情。他大喜过望，立刻决定：暂时不去了，如果能就地复仇，就用不着去了。

带着七个上阿妈的孩子，两天后送鬼人达赤来到了党项大雪山的山麓原野。他做的第一件事情，就是走向自己的石头房子，从饮血王党项罗刹的脖子上解开了两根粗铁链子。饮血王党项罗刹几年来第一次看到除开送鬼人达赤以外的人，它瞪起血红的眼睛，带着装满草原的仇恨，迅雷霹雳般地奔跑过来。七个上阿妈的孩子愣住了，惊骇无地互相撕拽着，转身就跑，边跑边扯开嗓子喊起来："玛哈噶喇奔森保，玛哈噶喇奔森保。"

第十八章

一进入密灵谷，没跑几步，冈日森格就感觉到了异样，流动的空气告诉了它，切。它几乎是用舌头尖挑着小白狗嘎嘎，沿着谷底，用它三级跳似的步态，风驰电掣般地靠近着密灵洞。它看到洞口外面簇拥着许多马和许多斜背着叉子枪的人，有人举枪对准着它，黑洞洞的枪口就像人的眼睛一样深不可测。它全然不顾，它知道枪的厉害就是人的厉害，从枪口射出来的子弹差不多就是人的权威的象征，但是它不怕，它从来不怕死，所以也就永远不怕瞄准自己的枪。它从谷底一蹦而起，四肢柔韧地从这块冰岩弹向那块冰岩，飞快地来到了密灵洞前。有人喊起来，冈日森格听清楚了，这是藏医尕宇陀的声音。这个声音一出现，所有举起的枪就都放下了。

"强盗来了，骑手们来了，你们好啊，难道你们不认识我了？我是药王尕宇陀。我治好了草原上所有人的胆汁病、气类病和黏液病，我给贪病、痴病开出了甘露殊胜的妙方，我把鬼宿、魔土、毒水、恶兽、厉虫降伏在大药王琉璃光佛的威力之下，啊，我呀，我恨不得把我身上的每一根汗毛都变成解除病痛的药宝。但是我怎么就除不掉你们仇恨的铁锈、怨怒的沉渣和嫉妒的浮垢呢？冈日森格的前世是阿尼玛卿雪山上的狮子，曾经保护过所有在雪山上修行的僧人，难道你们不知道吗？知道了为什么还要举枪瞄准啊？你们这些对雪山狮子如此不恭的人，难道你们不怕有一天我会对你们说——你们的病痛我是解除不了的，去找你们的强盗嘉玛措吧，因为是他给你们种下了病痛的根。"

大黑獒那日似乎听明白了藏医尕宇陀的意思,响亮地吠了一声。

牧马鹤部落的军事首领强盗嘉玛措大声说:"部落没有强盗,就好比羊群没有藏獒;草原没有药王喇嘛,就好比冬天没有牛粪火。我是仇恨的根,你是煮根喝汤的神,你在山头上,我们在山底下,我们可不愿意听你给我们说——你们的病痛我是解除不了的。放下枪放下枪,骑手们放下枪。"

冈日森格无畏地穿过骑手们的空隙跑进了密灵洞,看了一眼就知道七个上阿妈的孩子已经不在这里了。主人呢?我的主人呢?紧急中它没有忘记把小白狗嘎嘎小心翼翼地放在大黑獒那日面前。大黑獒那日吃惊地后退了一步,疑惑地望望冈日森格,又盯住了小白狗嘎嘎。冈日森格来不及表示什么,眼睛急闪,闷闷地叫着:主人呢?我的主人呢?突然它不叫了,跑过去闻了闻撒在地上的羊骨节,转身就走。

强盗嘉玛措一看地上的羊骨节就知道七个上阿妈的孩子刚刚还在这里。再一看冈日森格又知道七个上阿妈的孩子是可以找到的,跟着冈日森格就行了,它也在找呢。他立刻向藏医尕宇陀弯腰告辞,招呼骑手们赶快跟上冈日森格。藏医尕宇陀心说:完蛋了,冈日森格就要暴露它的主人了。他叫了一声:"冈日森格,你回来,听我的,你回来。"

冈日森格没有回来,它已经闻到了主人离开密灵洞的踪迹,现在唯一的想法就是追撵而去。它出了洞口,直奔洞后边的那一面冰坡,冰坡尽管陡了点,但对它那种三级跳似的步态来说差不多是如履平地的。

骑手们拉着马跟了过去。强盗嘉玛措催促道:"快啊快啊,只要我们紧紧跟上雪山狮子,就能抓到七个上阿妈的仇家。"说着丢开了自己的坐骑一匹大黑马的缰绳,兀自爬上去,站在冰坡顶上打出了一声尖利的呼哨。大黑马知道这是对自己的召唤,返身回到洞口,扬起四蹄,利用奔跑的惯性,一口气跑上了光滑的冰坡。强盗嘉玛措跨上大黑马,朝着已经跑出两箭之程的冈日森格追了过去。

冈日森格回头望了一眼,突然放慢了脚步,慢到大黑马可以轻松追上自己。但是大黑马没有追上来,大黑马总是在一定的距离上跟着它。于是冈日森格明白骑在马上的人并不是要抓住它或者杀死它,他们另有目的,他们的目的到底是什么?冈日森格想了想,跑得更慢了,直到所有的骑手都骑马跟在了身后,才又开始风驰电掣般跑起来。

密灵洞里只剩下藏医尕宇陀和大黑獒那日了。大黑獒那日很想跟着冈日森格跑出去,但尕宇陀拽住它不让它动弹,它只好卧在他身边让心情沉浸在冈日森格离去后的孤独里。朝夕相处的经历和冈日森格作为一只狮头公獒对它这只妙龄母獒的吸引,使它已经离不开冈日森格了,这就是孤独产生的前提。孤独是纯粹精神层面的东西,是人的体验,藏獒跟人一样,是依赖人类社会和狗类社会生活的动物,人在离开亲人后感受到的孤独也正是它们感受到的孤独,不同的是,它们比人更强烈更真诚。

孤独的大黑獒那日现在面对着一只陌生的小狗,它轻轻一闻就知道这是一只西结古草原的小藏獒。小藏獒是死了还是活着,它一时不能确定,所以就一直保持着距离。藏医尕宇陀摸了摸小白狗嘎嘎的鼻子，抓起来放到大黑獒那日的嘴边说："舔一舔吧，它还活着。不知道它是哪儿的，它怎么会让冈日森格叼到这里来呢？"大黑獒那日听明白了，伸出舌头舔着嘎嘎血肉模糊的断腿。尕宇陀看它舔干净了断腿上的血，便从豹皮药囊里拿出一些白色的粉末、黑色的粉末和蓝色的粉末，撒在了伤口上，又涂抹了一层糨糊状的液体，然后从自己身上撕下一块袈裟布，把断了的腿骨对接好，一圈一圈缠绕着，结结实实包扎起来。小白狗嘎嘎仍然闭着眼睛，但显然已经醒了，痛苦不堪地吱吱叫着。

这叫声似乎把大黑獒那日吓了一跳，它倏地站起，朝后退了退，但马上又走了过来，审视了一会儿，便卧在地上，用两只前爪款款地搂住嘎嘎，在它白花花的绒毛上柔情地舔起来。它没有生过孩子，还是个姑娘，但它是母獒，是母獒就有喜欢孩子的天性，况且这时候它正处在突然到来的孤独的煎熬里，它需要慰藉。大黑獒那日柔情似水地舔着，想起这是冈日森格叼来的小白狗，便恍然觉得它就是冈日森格的孩子，既然是冈日森格的孩子，自然也就是自己的孩子了。可是，大黑獒那日疑惑地想，它怎么会如此地洁白，而我怎么会如此地漆黑呢？

舔着舔着，大黑獒那日的意识突然又进了一步：既然小白狗是冈日森格的孩子，也是自己的孩子，那自己为什么不可以带着它去寻找冈日森格呢？傻呆在这里干什么？它站起来，把小白狗嘎嘎叼到了嘴上，朝前走了几步，下意识地看了看盘腿审视着它的藏医尕宇陀，突然又犹豫了。它知道面前的这个恩人不允许它这样走掉。它是一只护佑整个西结古草原的领地狗，对某一个人的意志可以遵从也可以不遵从，但面前的这个人和所有的人不同，他是神奇的藏医，是专门守在这里给它和冈日森格治伤的恩人。恩人的话是一定要听的，哪怕听了不合意。它半是企求半是无奈地望着藏医尕宇陀，讨好地摇了摇尾巴。尕宇陀凝视着它，突然伸出双手，把小白狗嘎嘎接到了自己怀里，站起来，对它说："本来你的眼睛是不能见风见雪的，但是你已经跑出去了，风见了你，雪也见了你，你是好是坏我已经无能为力了。昂拉山神的意志就是你的眼睛的未来，但愿它今天是高兴的，它会让你左眼的视力恢复到从前。现在咱们走吧，密灵洞里的聚日已经结束，西结古寺威武庄严的大药王琉璃佛前的金灯还需要我添加酥油呢。如果你想去看看光芒四射的琉璃宫殿，就牢牢跟着我；如果你不想去，就悄悄离开我。但是我要告诉你，跟我去的好处是，你也许会遇到一个千载难逢的机会——大药王琉璃佛降旨昂拉山神，把神奇的光明全部给你永远给你。到了那个时候，你的视力不仅不会下降，还会比从前明亮一千倍。"

大黑獒那日听懂了似的跟上了藏医尕宇陀。眼光一刻也没有离开过他抱在怀里的小白狗嘎嘎。

他们走出了密灵谷，路过雕巢崖时，引出一片高兴而感激的雪雕的叫声。大黑獒那日不安地吠着，拿出一副随时跳起来撕咬的架势紧贴着藏医尕宇陀，生怕雪雕俯冲下来叼走他怀里的小白狗嘎嘎。

牧马鹤部落的骑手们从来没遇到过如此能跑善走的藏獒。冈日森格差不多就是为奔走而生的，它用快慢调节着自己的体力，一直都在跑或者走，似乎永远不累。它的伤口已经完全长好，按照藏医尕宇陀以及所有爱护它的人的愿望，恢复过来的体力显得比先前更强壮,更富有生命中最为重要的柔韧耐久。强盗嘉玛措连连咋舌:"要是藏獒可以用来当马骑,冈日森格就是草原上最好的坐骑,豁出我强盗的生命我也要得到它。"

一般来说,在走路与奔跑的持久性上,马是草原的佼佼者,藏獒算什么,能有马十分之一的能耐就不错了。但是面对冈日森格,连强盗嘉玛措的坐骑大黑马都不敢自夸了。大黑马是一匹在部落赛马场上跑过第一的儿马,它只佩服天上飞的,对地上跑的一概不服,自然也就不服冈日森格。所以它一直走在所有马的前面,紧跟着冈日森格,连喘气都是你走多长路我跟多长路的样子。冈日森格当然明白大黑马的心思,无所畏惧地跑一阵走一阵,根本就没有停下来休息的迹象,搞得大黑马禁不住烦躁起来,好几次都想跑到冈日森格前面去拦住它。马背上的强盗嘉玛措阻止了它,它只能这样紧紧地跟着,就好像它是冈日森格的保镖。大黑马不快地想:颠倒了,马和狗的作用彻底颠倒了。就这样颠倒着走啊走,大黑马禁不住就有些佩服:我都有点累了,它怎么一点也不累,反而越走越快了。

冈日森格带着骑手们翻过了一座雪山,又翻过了一座雪山,也不知翻过了多少座雪山,终于在天黑之前,绕来绕去地走出了昂拉雪山。强盗嘉玛措十分纳闷:七个上阿妈的仇家为什么不直接走出昂拉雪山而要绕来绕去呢?难道他们忘了进山来的路?他让一部分骑手迅速返回牧马鹤部落,向头人大格列报告他们为什么没有在天黑之前撤回峇宝泽草原的原因,自己带着另一部分骑手继续跟踪着冈日森格。

冈日森格走到朦朦胧胧的夜色中去了。月光下的西结古草原到处都是白雾,白雾是半透明的,能看到野驴河的浪花、架在河面上的转经筒和满地的草影。隐隐传来藏獒穿透力极强的叫声,那是碉房山下的生活,领地狗们正在巡逻。冈日森格趟过了野驴河,又一次趟过了野驴河,一条河它来回趟了七八次,吃了七八条鱼,才离开河岸,朝着南方走了一程,突然扬起头,在空气中闻着什么,转身向东,朝着昂拉雪山小跑而去。强盗嘉玛措指挥骑手们紧紧跟上,毫不怀疑冈日森格走过的路线就是七个上阿妈的仇家走过的路线。现在冈日森格又走回去了,也就是说七个上阿妈的仇家又走回昂拉雪山去了。

有一个问题,聪明的强盗嘉玛措始终想不通:七个上阿妈的仇家为什么不回他们的家乡上阿妈草原,而要在危险重重的西结古草原东奔西走呢?,藏医尕宇陀一屁股坐在了昂拉雪山山口的黄昏里。他走累了,想歇一会儿。他知道大黑獒那日也需要歇歇了,就说:"你抓紧时间,赶紧卧下。再次上路的时候,我们要一口气走到西结古寺。"大黑獒那日没有卧下,它看到尕宇陀把小白狗嘎嘎放在了地上,就过去舔了舔,轻轻叼了起来。它要走了。它的鼻子指向空中,使劲闻着,丢下藏医尕宇陀它的恩人兀自走了。尕宇陀奇怪地看着它,想叫它回来,话到嘴边又咽了下去。

大黑獒那日仿佛知道藏医尕宇陀嘴里有话,回头看了看他,突然又走回来,听话地卧在了他身边。但是它始终望着远方,始终把小白狗嘎嘎叼在嘴上。小白狗嘎嘎在尕宇陀怀时就已经睁开了眼睛。它看到了一个喇嘛模样的人和一只黑色的可以做阿姨的母獒,闻到了一种熟悉的气息,知道自己是安全的,就乖乖的一声不吭。上了药的断腿很疼,但是能忍,藏獒天生就具备忍受巨大痛苦的能力,或者说承受疼痛的力量和撕咬对手的力量是成正比的。危险来了不跑,有了伤痛不叫,是造物主对它们的要求。

藏医尕宇陀望着大黑獒那日,有一点明白了:它虽然服从他的意志卧在了这里,但心里想的却是走,而且要叼着小白狗嘎嘎走。它要去干什么? 去找冈日森格? 冈日森格这会儿在哪里? 是不是已经找到了自己的主人七个上阿妈的孩子? 如果找到了,那就是说人和狗都已经落入牧马鹤部落的强盗嘉玛措手里了。尕宇陀摸着大黑獒那日的头,忧心忡忡地说:"去吧去吧,你实在想去你就去吧,你去了或许好一些,或许强盗嘉玛措会顾及你对冈日森格的感情而放了冈日森格一马呢。不过,这小狗,谁知道它是哪儿的,你还是放下吧,它是你的累赘。"说着,朝前推了推大黑狗那日。

大黑獒那日走了,这次是真的走了。但它没有放下小白狗嘎嘎,这是母亲的意志,孩子只有在自己身边才是放心的,怎么可能是累赘呢? 尽管事实上嘎嘎并不是它的孩子,它自己迄今还没有生过孩子。它对小白狗嘎嘎的感情很大程度上来源于对冈日森格的感情。小白狗是冈日森格叼来的,而在它既牢固又朦胧的意识里,冈日森格是唯一一只能给它带来孩子,能让它变成一个妻子和一个母亲的雄性的藏獒。

大黑獒那日在黄昏的凉风里,走向了冈日森格。冈日森格在哪里? 风中的气息正在告诉它。

风中的气息有时也会是过时了的气息。大黑獒那日走去的地方往往又是冈日森格已经走过的地方。所以它们很久没有碰面。直到午夜,当冈日森格返回昂拉山群,在雪冈上撒了一脬热尿之后,大黑獒那日才准确地知道对方现在去了哪里。也就在这时,冈日森格也敏锐地从空气中捕捉到了大黑獒那日的方位。大黑獒那日沿着冈日森格的足迹往南走,冈日森格跟着风的引导往北走。走着走着,一公一母两只藏獒几乎同时激动地一阵颤栗。冈日森格叫起来,大黑獒那日叼着小白狗嘎嘎跑了过去。见面的那一刻,母獒一头撞在了公獒身上。公獒闻着它,舔着它。母獒把小白狗嘎嘎放到雪地上,用更加温情的闻舔回报着对方。两只藏獒缠绵着,好一会儿才平静下来。

已经是凌晨了,东方突然有了天亮的迹象。一直跟踪着冈日森格的牧马鹤部落的强盗嘉玛措和他的骑手们这才明白过来:跟了半天冈日森格苦苦寻找的原来是大黑獒那日。它的主人七个上阿妈的仇家它怎么不找了? 是现在不找了,还是一开始就没打算找? 不不。强盗嘉玛措寻思,不是为了寻找主人,冈日森格为什么要离开那个洞? 它就是在寻找它的主人,它和大黑獒那日的相遇不过是个插曲,它一定还会继续找下去。瞧,它们正在商量呢,已经开步了,一前一后朝着昂拉雪山外面开步了。

它们走得很快,似乎想趁着夜色还没有消失的时候甩脱强盗嘉玛措和骑手们的跟踪。嘉玛措鞭策着大黑马跟得很紧,心说你休想甩脱,牧马鹤部落的强盗怎么可能连一只藏獒都跟不住呢。勇敢的强盗甚至都可以抓住你,再用锁链拴着你,让你拽着他去寻找你的主人七个上阿妈的仇家。他这么想着,突然又不走了,前面被跟踪的两只藏獒也不走了。怎么回事儿? 在前面的前面,在最后的夜色淡淡的黑暗里,居然又出现了几只硕大的藏獒。

第十九章

冈日森格和大黑獒那日显得非常平静,它们知道这样的遭遇是躲不掉的,因为双方都有灵敏的嗅觉和天生准确的判断,当你闻到对方的气息时,对方也闻到了你的气息,你东它东,你西它西,还不如直接走过去,是谈判还是厮打,该出现的就让它早早出现,没有必要延缓时间。

相比之下,堵截它们的獒王虎头雪獒和它的几个伙伴反而显得不那么平静了。它们虽然预见到会在这里挡住冈日森格,但没有想到在看到冈日森格的同时也会看到大黑獒那日,而且大黑獒那日嘴里居然还叼着那只跟白狮子嘎保森格散发着同样气息的小白狗。它们用吃惊的眼光互相询问着:大黑獒那日不是已经撞死了吗?小白狗不是已经让雪狼叼走了吗?难道三匹雪狼没有来得及吃掉它就已经命丧黄泉了?更让它们吃惊的是,它们居然没有闻到大黑獒那日的气息,它们心里只想着冈日森格而没有想到大黑獒那日,所以就连它的气息也没有闻到。为什么?难道器官的功能也是可以随着心事的变化或有或无、时强时弱的?你闻到的永远都是你想到的,你想不到的也是你永远闻不到的?

藏獒与藏獒,人与藏獒,在积雪的山垣上,静静地对峙着。在人的这一面,自然是智慧的强盗嘉玛措首先明白过来,他压低嗓门惊喜地告诉身边的骑手:"看清楚了吧,那是谁?是我们西结古草原的獒王。獒王来了。"骑手们说:"獒王来了好啊,有獒王在,冈日森格今天算完了,命大概是保不住了。"强盗嘉玛措说:"可是我们还要依靠冈日森格寻找七个上阿妈的仇家呢,你们说怎么办?"骑手们说:"强盗说怎么办就怎么办。"

大黑獒那日放下小白狗嘎嘎,走了过去。毕竟它是西结古草原的领地狗,它钟情冈日森格,也喜欢獒王虎头雪獒和同胞姐姐大黑獒果日。它现在只能这样,在忧虑和歉疚中去和昔日的伙伴主动套近乎。大黑獒果日迎了过来。姐妹俩碰了碰鼻子,互相闻了闻,然后一起走向了獒王虎头雪獒。虽然吃惊但头脑却很清醒的獒王虎头雪獒立马瞪起了眼睛,冲着大黑獒果日发出了一阵低沉的吠声,警告它不要和一只西结古獒群的叛徒过于密切,尽管这个不要脸的叛徒是你的亲妹妹。"不要这样,不要这样,獒王你千万不要这样。"大黑獒那日向獒王翘起了大尾巴,缓缓地摇着,讨好地摇着。獒王停止了吠声,晃晃头允许它讨好自己。大黑獒那日朝獒王走去。獒王斜觑着它,一副轻蔑嫌弃的样子。突然,就像是哪根神经被触动了,獒王暴躁地吼了一声,扑过去一口咬在了大黑獒那日的肩膀上。它这是诅咒,并没有使劲,只用牙齿挑烂了对方的皮。它诅咒这只美丽母獒的轻薄:你身上全是冈日森格的味道,而且是情到深处的那种臊味,你这个不要脸的。大黑獒那日赶紧退了回去。它喜欢獒王虎头雪獒,但更钟情于冈日森格,它只能这样,在惆怅、孤独和失望中和冈日森格站在一起。

冈日森格知道一场残酷的撕咬就要开始了。它叼起在雪地上发抖的小白狗嘎嘎,放到了大黑獒那日面前,叮嘱它看好,又安慰地舔了舔它的眉心,好像是说:"你放心吧。"然后,冈日森格扭转了身子,哗哗地带着声响竖起了浑身金黄的獒毛。它走了过去。它知道面前的灰色老公獒已是自己的手下败将不必再和它战斗,知道自己不能把牙刀的切割挥洒在作为母獒的大黑獒果日身上,还知道按照獒群的规矩獒王虎头雪獒不能首先迎战自己,就用眼光拨开稀薄的夜色,走向了獒王身边的另一只黑色公獒。

黑色公獒也意识到今天首先出战的应该是自己,便在心里冷哼了一声,连声招呼都不打,在蒙蒙亮的晨色里对方还看不清怎么回事儿的时候,直接扑了过来。冈日森格不是用眼睛,而是用感觉知道对方已经行动了。它戛然止步,四肢牢牢地钉在地上一动不动。黑色公獒一头撞过来,就像撞在了一块冰岩上,来不及撕咬,就被一种前所未有的坚硬推搡了出去。冈日森格还是一动不动,等着它再撞再咬。黑色公獒没有再撞,它知道自己根本撞不倒对方,就扑过去一口咬向冈日森格的脖子。冈日森格心说你真是了不起,你的虎牙居然差一点咬住我的脖子,可我的脖子怎么能让你咬住呢? 那可是脖子啊,咬住就是致命的。

冈日森格闪开它的虎牙,假装回了一口,自然没有咬住什么。接下来,冈日森格频频咬它,但没有一次是咬上的。这使得黑色公獒突然骄傲起来:你不过如此嘛,你扑咬了多少次都咬不上我,'还能扑咬我们的獒王? 它想不到这是冈日森格对它的麻痹,更想不到它一有轻敌思想,失败就已经成为定局。就在麻痹刚刚生效的时候,冈日森格突然用一种对方根本想不到的姿势跳了起来,速度之快,黑色公獒的眼光都来不及跟上。这才是一次真正的扑咬,是冈日森格的第一次扑咬。躲闪是没有用的,因为正是黑色公獒的躲闪才让它的脖子准确地嵌进了冈日森格的大嘴。冈日森格一口咬了下去,心说是死是活就看你的命大命小了。黑色公獒倒在了血泊中。红雪闪耀着,清晨来临了。冈日森格跳出了搏杀的圈子,山挺在那里,直面着另一只走到前面来的铁包金公獒。

铁包金深沉地望着冈日森格,并不急着进攻,好像它是一只谋深计远、老成持重的藏獒。的确如此,它一直在琢磨冈日森格的特点:出其不意,攻其不备,速度快得惊人;而且扑杀蛮野,力重千钧,牙刀飞快,割皮割肉断筋断骨就像酥油里抽毛一样容易。它也一直在琢磨冈日森格的缺点:是不是睫毛太长了,比一般藏獒多遮出了一些盲点呢? 它的盲点在哪里? 是不是鼻子太宽了,咬不着脖子咬它的鼻子,也会让它血肉模糊丢尽脸面吧? 是不是尾巴太大了,咬断它的尾巴不也是可以让它身名俱裂吗? 是不是肚腹无毛的地方太多了,用牙当然咬不着,用爪子掏呢? 是不是也能掏出它的肠子来? 冈日森格,你并不是完美无缺的,你比我们的獒王差远了。

冈日森格一看就知道铁包金是一只用机灵的脑袋而不是用发达的四肢驰骋草原的藏獒,用人类不好听的语言来形容,那就是狡黠阴险的诡诈之徒。面对这样的敌手,这样一双一直在窥伺你的破绽的眼睛,你该怎么办? 冈日森格想都没想就扑了过去,它要做的就是不让铁包金机灵的脑袋发挥作用。铁包金吃了一惊,发现自己根本就没有时间去琢磨对方的长短并想好对付的计策,它只有时间去琢磨如何死里逃生的问题。真是一只幸运而机智的藏獒,当它意识到它根本无法躲避冈日森格的闪电攻击时,干脆就顺势倒在了地上,在忍受对方撕咬自己的同时,两只后爪使劲蹬起来抓伤了冈日森格的肚腹。冈日森格稍感意外:原来藏獒也是可以主动倒地的。心说我又学会了一招:先示弱后逞强,关键的时刻倒在地上说不定也能出奇制胜。它在铁包金的后颈上咬了一口,知道不是致命的,也知道自己可以咬第二口第三口,直到把对方咬死。但它没有这样,它觉得自己已经赢了,只要对方服气,就没有必要再下狠手了。它跳到一边,喘着粗气,冲动而渴望地看着獒王。

獒王虎头雪獒早已是跃跃欲试了。它声音低低地吼着,一方面是赞叹冈日森格:你真不错,你要是我的属下,我就让你去咬死那个屡屡挑衅我的白狮子嘎保森格,你是一定能咬死它的,可惜现在不行,现在要死的只应该是你而不是任何别的藏獒;一方面是告诉冈日森格:准备好了吧,我要撞击你了,别以为你是撞不倒的。

冈日森格昂然而立,粗壮的腿叉开着,就像四根坚实的柱子牢牢地支撑着身体。天亮了,地白了,昂拉雪山变成了一大片银色的巍峨。冈日森格望着雪山的巍峨,豪迈地觉得自己也是一个巍峨,它崛起在昂拉山群里,迎接着獒王虎头雪獒的撼动。

风起山摇,獒王虎头雪獒猛刍刍地撞过来了。

真是遗憾,太遗憾了,冈日森格的巍峨和坚硬并没有达到它自己期望的程度,它被獒王撞得离开了原地,虽然没有摔倒,但已经不是稳如雪山冰岩的感觉了。冈日森格想:到底是獒王,厉害着呢。看我也撞它一次,试试它的定力比我怎么样。它用吠叫打了一声招呼,就虎彪彪地飞撞而去,用自己的肩膀撞在了獒王的肩膀上。

獒王动了,獒王也和冈日森格一样离开原地了,虽然没有摔倒,但已经不是睥睨一切的感觉了。獒王吃了一惊,它觉得自己是不应该动的,既然动了,就说明冈日森格的冲力和定力跟自己是一样伟大的。它心说怎么可能呢? 这个世界上居然有一只藏獒是獒王虎头雪獒撞不倒的。它闷闷地吼着,它说獒王撞不倒的冈日森格,你敢和獒王比拼撕咬吗?

撕咬是你死我活的打斗,獒王有着无比的自信和自豪:它的虎牙是六刃的,而冈日森格跟一般的藏獒一样是四刃的。六刃的虎牙比四刃的虎牙多了三分之一的战斗力,冈日森格的下场恐怕跟它打败的所有藏獒的下场是一样的了——悲惨地负伤,或者悲惨地死亡。

然而冈日森格根本就没有把獒王的六刃虎牙放在眼里。它以为六刃虎牙固然厉害,固然是獒王克敌制胜的法宝,但法宝是大家都可能有的,你有我不具备的六刃虎牙,我就有你不具备的别的本领或者武器,那也是克敌制胜的。它出于尊重獒王尊重地头蛇的原因,做好了后发制人而不是先发制人的准备。打斗是千变万化的,走着瞧啊,只要你想咬死我,就会有自己反而被咬死的可能,活着的机会是大家的,不是你一个的。冈日森格等待着,显得异常得沉着冷静,反正结果是不必多虑的:不是胜利就是失败。

但是冈日森格没想到,紧接着出现在它面前的偏偏是第三种结果:强盗嘉玛措策马来到了它们中间,指着獒王虎头雪獒说:"仁慈的昂拉山神正在看着你呢,你就不要打了吧,打死了冈日森格,谁领我们去抓捕七个上阿妈的仇家呢?"在强盗嘉玛措看来,冈日森格是必败无疑的,但是命运并没有让冈日森格的悲惨下场就在这个时候到来,西结古草原还需要它活着。獒王虎头雪獒没有听懂强盗嘉玛措的话,或者说他假装把嘉玛措的阻拦当成了进攻的鞭策,闷雷一样吼叫着扑了过去。

冈日森格倒地了,獒王还没有碰到它,它就已经倒地了。它是一只善于向一切敌手学习打斗技术的藏獒,立马用上了刚刚从铁包金那里学来的顺势倒地、蹬腿抓腹的战法。但是冈日森格只成功了一半,它用比闪电还要快捷的示弱法成功地避开了獒王闪电般的攻击,却没有像铁包金抓它那样抓破獒王的肚腹。獒王毕竟是獒王,它并没有上当,而且还明智地意识到,并不是自己扑倒了对方,对方不仅是勇武的更是狡猾的。獒王虎头雪獒谨慎地后退了一步,响雷一样吼叫着,又一次跳了起来。

这时强盗嘉玛措生气地大喊一声,毫不留情地举起马鞭抽了过去。獒王在空中愣了一下,赶紧低头躲闪,马鞭从它的头顶呼啸而过。它噗然落地,看到冈日森格并没有借机扑过来,就愣愣地盯着强盗嘉玛措。嘉玛措说:"你怎么不听我的话呢?难道牧马鹤部落的强盗没有权力让你服从他的命令?你是我们西结古草原的獒王,是最最强悍的藏獒,你当然可以咬死它也必须咬死它,但并不是现在。现在它还要带我们去寻找七个上阿妈的孩子呢。和冈日森格相比,七个上阿妈的孩子才是我们真正该死的仇家。"

獒王虎头雪獒看着听着,知道面前这个人不是一般的骑手或者牧人,一般的骑手或者牧人是不可能朝着獒王举起鞭子的。尤其是当它听到"强盗"这个词儿后,立刻明白自己必须听他的。它知道人类的强盗是带领骑手打仗冲锋的,是和头人、管家同样重要的众人之首。既然连众人都得听他的,作为领地狗的藏獒就更应该听他的了。它遗憾地回到了自己伙伴的阵营里,用血红的吊眼凶恶地盯着冈日森格和大黑獒那日,嗡嗡嗡嗡地叫着,从胸腔里发出了一声"迟早我要收拾你"的警告。

强盗嘉玛措驱赶着獒王:"走吧走吧,这里不需要你,你还是回到草原上去吧。"獒王虎头雪獒带着他的伙伴快快不快地离开了冈日森格和大黑獒那日。冈日森格朝着空气闻了闻,知道獒王一伙真的走了,这才卧下来,蜷起身子舔了舔被铁包金抓伤的肚腹。大黑獒那日走了过去,看冈日森格舔着有些费劲,便心疼地伸出了嘴,把肚腹上有伤没伤的地方都舔了一遍。舔伤是为了消炎止痛,一般的咬伤和抓伤都可以舔愈。冈日森格觉得没事儿了,站起来感激地回舔了一下大黑獒那日的鼻子,呼呼地说:"我们走吧。"

现在,是冈日森格叼着小白狗嘎嘎了。在冈日森格的错觉里,小白狗就是大黑獒那日的孩子,因为大黑獒那日对待小白狗嘎嘎的样子充满了母亲的温柔与甜蜜,既然大黑獒那日是它的母亲,自己就应该是它的父亲了。而小白狗嘎嘎感受到的也正是来自母亲和父亲的疼爱,它甚至在冈日森格嘴里调皮起来,咬住冈日森格嘴边的毛,使劲拽着。冈日森格宽厚地让它拽,同时加快了脚步。它知道小白狗饿了。

太阳出来的时候,冈日森格和大黑獒那日走出了昂拉雪山。它们在野驴河边停下来,放下小白狗嘎嘎,蛮有兴致地抓起鼢鼠来。鼢鼠们正在疏松的土丘后面竖起前肢对着太阳洗脸,看着两只硕大的藏獒朝自己扑来居然傻愣着没有逃跑,因为在它们的记忆里,这么威风气派的藏獒是不吃它们的。是的,冈日森格和大黑獒那日不吃它们，它们分别都咬死了一只，然后叼给了小白狗嘎嘎。小白狗嘎嘎不客气地吃起来。肥胖的鼢鼠，脆骨的鼢鼠，连皮都很嫩的鼢鼠，让小白狗嘎嘎觉得今天的早餐格外香。

然后，它们卧下了。让牧马鹤部落的强盗嘉玛措和他的骑手们吃惊的是，冈日森格和大黑獒那日卧在河边晒起了太阳，好像已经没什么牵挂，用不着再去寻找七个上阿妈的孩子了。强盗嘉玛措沮丧地说："那我们不是白跟着它走了这么久吗？"骑手们比自己的强盗更沮丧，都溜下马背，仰躺到河边的草地上唉声叹气，有的甚至打起了鼾声，滚雷似的把瞌睡传染给了不远处的藏獒。冈日森格和大黑獒那日打着哈欠，低伏着头颅昏昏欲睡。而小白狗嘎嘎已经睡着，它失血过多，再也打不起精神了。

强盗嘉玛措跳下马背，吩咐骑手们点火烧茶，凑合着填填肚子，然后返回牧马鹤部落的驻地耷宝泽草原。

喝了茶，胡乱吃了些糌粑，骑手们在强盗嘉玛措的带领下吆吆喝喝地走了，很快消失在冈日森格和大黑獒那日看不见的地方。走着走着，强盗嘉玛措突然勒马停下，用马鞭点了三名骑手，招呼他们跟自己一起下马。他说："这两只藏獒是贼奸贼奸的，狡猾得跟人一样，只要我们跟着，它们就不会去寻找七个上阿妈的仇家了。我们现在只能悄悄地过去盯着它们。"三名骑手跳到地上，跟着强盗嘉玛措蹑手蹑脚地摸了过去。

果然不出所料，冈日森格已经把小白狗嘎嘎叼在了嘴上。大黑獒那日紧挨它站着。它们四下里张望着，也是悄悄地迈动了步子。

它们沿着野驴河往前走，前面是草原和山脉互相拥有的地方。走了大约一个时辰，冈日森格和大黑獒那日好像闻到了什么，多少有些激动地猛摇了一阵尾巴，突然跑起来。步行跟在后面的强盗嘉玛措和三名骑手追了几步，知道自己是追不上的，便顾不得隐蔽，赶紧回头，打响了呼哨。他们身后三四个箭程之外跟随着他们的坐骑和别的骑手，强盗嘉玛措的坐骑大黑马首先循声跑来。嘉玛措飞身而上，打马便追。骑手们纷纷跟了去。草原上扬起了烟尘，扬起了牧马鹤强盗和牧马鹤骑手的威风。

冈日森格听见了人声，也看见了人影，仿佛早就想到强盗和骑手们会有这一招，它跑得更加雄健稳当了。大黑獒那日紧傍着它，奔跑的速度跟它相差无几——虽然它的左眼一直在流泪，视力越来越差了，但体力一点也不差，发达的肌肉和从伤痛中恢复过来的能量昭示出这样一种可能：冈日森格能跑多远，它就能跑多远。这当然也是冈日森格的希望，按照人类的说法那就是：大黑獒那日既然已经是冈日森格的一根肋骨了，也就永远落不下了。

草原和山脉飞驰而去，天际线上缓缓出现了狼道峡。

和狼道峡一起出现在冈日森格和大黑獒那日面前的，还有几个外来的人。那几个外来的人中除了一个人，其他都是陌生人。冈日森格和大黑獒那日就是为了这一个人才疯跑到这里的。它们早就知道这个人要来，就在它们于野驴河边昏昏欲睡的时候，就在骑手们点火烧茶胡乱吃着糌粑的时候，就在它们猜测到强盗嘉玛措假装撤走又悄悄跟在后面的时候，它们就得到了这个人要来的消息。告诉它们这个消息的,除了风,除了风中的气息,除了它们比一般藏獒还要敏锐的嗅觉,还有它们对这个人深挚而透明的感情以及由此而生的第六感觉。它们长途奔走,暂时放弃了对七个上阿妈的孩子的追寻,来到狼道峡口迎接这个人。这个人就是父亲。

第二十章

父亲离开西结古草原已有半个月,如今又回来了。这半个月里,他先是来到了多猕草原,这里是青果阿妈草原工作委员会总部也叫多猕总部的所在地。但是在这里他没有找到他希望找到的人,听他反映情况的人对他说:"你住下来等等吧,麦政委不在,草原纠纷和部落矛盾是目前我们遇到的最棘手的问题,你最好直接向他报告。"麦政委是多猕总部的一把手,他一个星期前深入上阿妈草原调查研究至今未归。

父亲在多猕总部等了一天,突然想到,与其在这里枯等,不如自己去找,麦政委能去的地方我也能去。

父亲骑着大灰马来到上阿妈草原,才知道麦政委已经去省里了,他是从上阿妈草原直接去的,多猕总部的人不知道。父亲扑了个空却了解到一些关于冈日森格和七个上阿妈的孩子的事情。

冈日森格最早是一只出色的猎狗,它咬死的藏马熊和雪豹以及荒原狼多得人们都说不上数字。阿妈河部落的头人甲巴多看它气高胆壮,有兼人之勇,就用一顶帐房把它从猎人手里换了过来,作为他的看家狗。冈日森格思念过去的日子,经常挣断锁链跑到山林里去寻找自己的旧主人,直到旧主人突然失踪,它跑遍上阿妈草原,哪儿也找不到了的时候,才安下心来忠于职守地做起了看家狗。半年后的一个早晨,冈日森格发现猎人的玛瑙项链竟然戴在了甲巴多的脖子上。它愣了片刻,悄悄地到处闻了闻,又从头人甲巴多的帐房里找到了猎人的藏刀和弓箭。它根本没有像人类那样皱着眉头思考和研究半天,就果断地做出了一个注定它今后要背井离乡的决定,那就是咬死阿妈河部落的头人甲巴多,为旧主人报仇。咬死甲巴多对冈日森格来说就像咬死一只狼一样容易,它做到了。然后它就离开了人们的视线,躲进了猎人经常打猎的山林。头人甲巴多的家人带领部落骑手去山林里扫荡和围剿,它又跑出山林,回到了草原上。七个流浪草原的孩子收留了它,成了它的新主人。七个孩子都是孤儿,是塔娃,曾经被上阿妈草原苦修密法的彭措大师收留过,玛哈噶喇奔森保——十万狮子之王驭獒大黑护法的称名咒,就是彭措大师传授给他们用来驱狗保命的。后来大师圆寂了,他们就到处要饭,过着饥一顿饱一顿的日子。他们没有固定安歇的地方,这里一宿,那里一夜。正因为没有固定的地方,尽管后来甲巴多的家人知道冈日森格被七个流浪的孩子藏了起来,但一时半会也没有找到他们。就是这一时半会的延误,让警觉的七个孩子和尤其警觉的冈日森格离开了上阿妈草原。父亲后来了解到,在上阿妈草原的古老神话里,阿妈河流域是个骷髅鬼多多、吃心魔多多、夺魂女多多的地方,而阿妈河的源头雪山,是满地生长着天堂果的海生大雪山冈金措吉,那是一个没有痛苦,没有忧伤的地方,是所有神仙和无数孩子幸福生活的地方。他们带着命案在身的冈日森格要去寻找这样一个地方,于是就沿着阿妈河溯源而上,来到了西结古草原。

父亲没找到麦政委,只好返回多猕总部一直等着,边等边跟着当地的牧民学藏语。等了十多天才等回去省上汇报工作的麦政委,他把自己知道的事儿如此这般一说,麦政委说:"你的意思是要我跟你去一趟西结古草原?"父亲说:"你要是去不了,派人去也行,只要能解救七个上阿妈的孩子,能解救藏扎西,能解救冈日森格。"麦政委说:"不,我要亲自去一趟。"

父亲没想到,一穿过狼道峡,就见到了他日思夜想的冈日森格和大黑獒那日。见到它们的这个地方,就是他第一次见到冈日森格和七个上阿妈的孩子的地方,就是他请他们吃"天堂果"的地方。仿佛这是个灵性的所在、缘分的所在,它一再地启示着他:你是一个为狗而生的人,你永远都要生活在藏獒的生活里。父亲喜出望外地瞪着冈日森格和大黑獒那日以及小白狗嘎嘎,禁不住喊了一声。那声音在别人听来,差不多就是一声狗叫。他忘了自己是在马背上,想一蹦子跳过去,结果身子一歪摔了下来。

冈日森格放下小白狗嘎嘎,一个箭步扑过去,用自己的身体接住了父亲。父亲和它滚在了一起,滚到了大黑獒那日身边。大黑獒那日掩饰着激动,含蓄地舔了舔父亲的衣服。父亲一把搂住了它的头,问它伤口好了没有。大黑獒那日不知道怎样表示自己的感情,突然立起来,用前爪摁住父亲的头,撒出一泡热尿来,浇湿了父亲的腿。父亲说:"哎哟,你这是什么意思?"

几个外来的人吃惊地看着眼前的情形,不知道怎么了。父亲站起来,一一指着它们说:"麦政委,它就是我说的雪山狮子冈日森格,它就是我说的大黑獒那日。你说它们灵不灵,居然知道我今天要回来。"已是人到中年的麦政委惧怯地说:"这么大的狗,不咬人吧?"父亲说:"那就要看麦政委能不能解决好西结古草原的问题,解决好了它们不仅不咬你,还能和你做朋友,解决不好就难说了,我听这里的人讲,藏獒会记恩也会记仇,十年二十年忘不掉,而且还会遗传。"麦政委说:"你可千万别吓唬我,我就怕狗。"父亲说:"这里是狗的世界,怕狗就寸步难行。"说着,抱起了小白狗嘎嘎。父亲问道:"它是哪儿的? 怎么受伤了?"冈日森格用只有父亲才能分辨出来的笑容望着父亲,嗅了嗅身边的大黑獒那日。父亲说:"该不会是大黑獒那日的孩子吧? 不可能啊,它的孩子怎么是纯白的?"

这时前面传来一阵马嘶声。他们这才发现跟着两只藏獒来到这里的还有一队人马。麦政委说:"他们是干什么的?"父亲又问冈日森格和大黑獒那日:"他们是干什么的?"冈日森格转身狂吠起来,但并不扑过去撕咬。父亲有点明白了:至少这队人马跟冈日森格和大黑獒那日不是一伙的。他走了过去,大声问他们:"你们是哪个部落的? 来这里干什么?"

强盗嘉玛措猜到父亲问的是什么,觉得就是自己回答了,对方也听不懂,就掉转马头,对身边的骑手说:"走喽走喽,七个上阿妈的仇家回老家了,我们也该回去了。"嘉玛措现在是这样想的:我的判断绝对没有错,冈日森格就是在东南西北地寻找它的主人七个上阿妈的仇家。七个上阿妈的仇家现在已经回到自己的草原上去了。冈日森格带着叛变了西结古草原的大黑獒那日一直跟踪到了狼道峡口,正准备穿过狼道峡跑向上阿妈草原,却被那个救过冈日森格也救过大黑獒那日的汉扎西拦住了。和汉扎西在一起的还有几个外来的陌生人，好像是西结古工作委员会的人，又好像不是。

强盗嘉玛措是这样想的，也是这样说的。几个时辰后，他来到了牧马鹤部落的驻牧地碦宝泽草原，喝下了一银碗头人大格列亲自端给他的慰劳酒。大格列说："虽然我们的强盗没有抓住七个上阿妈的仇家并砍掉他们的手，但他把他们赶出了西结古草原，功劳也是不小的。至于冈日森格，它最好留下来别走。它的伤看来已经好了，该是用凶猛和智慧证明它自己是了不起的雪山狮子的时候了。在冈日森格证明它之前，最最重要的，就是把西结古草原仔细清理一遍，抓住那个吃里爬外、严重违背了草原规矩的藏扎西，砍掉他的双手。各个部落的骑手已经出发了，我们的骑手什么时候行动呢？强盗嘉玛措，这方面的事情我听你的安排，如果你觉得强盗的荣誉和骑手的光荣对你来说并不重要，你完全可以吃饱喝足，然后搂着老婆睡它几天几夜。"强盗嘉玛措把银碗递给大格列头人的侍女，拉了拉斜背着的叉子枪说："尊敬的头人说得好，我真是应该吃饱喝足，再搂着老婆睡它几天几夜，但那是在抓住藏扎西并惩罚了他以后。藏扎西是西结古草原的叛徒，我们牧马鹤部落不惩罚他谁来惩罚他？草原的利益大如天，部落的名誉大如地，再来一碗壮行的酒，我现在就带着骑手们出发，不抓住叛徒藏扎西，决不回家。"

冈日森格扬头看着强盗嘉玛措带着他的骑手绝尘而去，确信这次他们是真的走了，再也不跟踪它了，便转过身来撕扯父亲的坐骑大灰马背上的褡裢。父亲对麦政委说："它这是饿了，它知道那里面有吃的。"父亲把小白狗嘎嘎放到地上，从褡裢里取出一个羊皮口袋，正要拿风干肉喂它，却见它一口叼住了整个口袋，生怕父亲不愿意似的，赶快离开了那里。它在十多步远的地方等着大黑獒那日。大黑獒那日明白了，叼起正拖着断腿往前爬的小白狗嘎嘎，跑向了冈日森格。

两只藏獒朝着西结古的方向走去，走几步又回过头来望着父亲。父亲牵着马跟了过去。它们又开始往前走。父亲试探似的停了下来，它们便停下来等着父亲。父亲对麦政委说："不是它要吃东西，是有人要吃东西。"麦政委问道："谁？"父亲说："还能是谁，它的主人呗。我们得赶快跟着它们走，七个上阿妈的孩子还不知道怎么样了呢。看来它们到这个地方来接我是有目的的，因为它们知道只有我这个好心肠的外来人才能解救它们的主人。"父亲这么一说，冈日森格就把羊皮口袋放到地上了。父亲过去捡起来，塞进了马背上的褡裢。麦政委说："我看你把狗想象成你自己了，它们怎么会知道这些。不过我欣赏你这样想，这样想是对的，有利于工作。"

一行人跟着冈日森格和大黑獒那日朝前走去。在冈日森格，这一次是真的要去寻找自己的主人七个上阿妈的孩子了。在大黑獒那日，是爱的驱动，冈日森格走到哪里，它就必须跟到哪里。而人的目的就复杂多了：为了七个上阿妈的孩子，同时还为了藏扎西，为了冈日森格，为了西结古草原和上阿妈草原的和平宁静，为了工作委员会的工作，为了下一步在草原上顺利建立部落之外的政权。

麦政委作为青果阿妈草原工作委员会总部的一把手，之所以亲自带人来到西结古草原，完全是因为父亲反映的问题和父亲以藏獒为友的做法在他看来无比重要。他根据各个工委汇报的情况，知道在青果阿妈草原，藏狗尤其是藏獒既是牧民生活必不可少的伴侣,又是崇拜的对象,团结最广大牧民群众的一个关键,就是团结草原的狗尤其是藏獒。只要藏獒欢迎你,牧民群众就能欢迎你。你对藏獒有一份爱,牧民对你就有十分情。但麦政委只是在纸上谈狗,并不知道怎样才能团结藏獒,怎样才能让藏獒欢迎你并和它们建立感情。他这次跟着父亲来西结古草原,也有一点拜父亲为师的意思,所以他和父亲说话就随便一点。和父亲相反,麦政委是个怕狗的人,什么狗都怕,好像他前世是一匹被狗咬怕了的狼,见什么都凶巴巴的有一点气冲霄汉,唯独不敢见狗。后来父亲才知道,麦政委小时候在山东老家要过几年饭,那里的狗见穷人就咬,见富人就摇,不像草原上的藏獒,眼睛里全然没有富人和穷人的区别,有的只是好人和坏人、家人和外人、亲人和仇人的区别。麦政委被老家的势利狗咬怕了。

　　不怕狗的父亲和怕狗的麦政委跟着冈日森格和大黑獒那日没走多远,父亲就说:"它们离开野驴河了,看来它们要去地方不是碉房山,是别的地方。麦政委,你说怎么办,我们是跟呢还是不跟?"麦政委说:"你来确定吧,我听你的。"父亲说:"还是让冈日森格和大黑獒那日来确定吧,如果它们希望我们跟着,说明它们对我对麦政委你都是信任的。如果它们只希望我跟着不希望你跟着,那就说明它们并不知道你的到来对它们有利还是有害,你最好不要跟着,等你证明了你的意图并取得了它们的信任以后再说。如果你硬要跟着,它们就会乱走一气直到把你甩掉。"麦政委说:"我只听说狗听人的,没听说人听狗的,这样复杂的事情它们怎么能知道?"

　　父亲说:"人以为复杂的事情在藏獒看来其实是很简单的,因为它们有人所不及的直觉和准确的理解。就比如我们现在说话,你我的神态、语气、亲切的程度以及手势、距离等等,冈日森格和大黑獒那日早就注意到了,它们会由此得出你是我的朋友还是亲人还是上级还是敌人的结论,然后确定它们对你的态度。不信你看着,如果我打你一拳,你还我一拳,互相怒目而视,它们就会停下来观察事态的发展。如果我们紧接着哈哈大笑,它们就会释然地眨一下眼,放松地走路,以为这两个人就跟熟狗和熟狗打架一样,玩呢。而能够这样玩的,关系肯定不一般,彼此绝对是可以信赖的。"说着父亲从马背上斜过身子来,打了麦政委一拳。麦政委眉峰一皱,眼睛一横,举拳还了过来。似乎一直在专心走路的冈日森格和大黑獒那日顿时停了下来,警觉地回望着他们。父亲突然哈哈大笑,又打了麦政委一拳说:"你看你看,冈日森格的眼睛眨巴了一下,它们又开始走路了。"麦政委说:"的确是这样。"正想笑出声音来给两只藏獒听听,就见自己的警卫员从后面蹿过来说:"汉扎西同志,我们大家都很尊重和爱戴首长,请你注意自己的行为,不要随便对首长动手动脚。"麦政委忍不住哈哈大笑说:"看来人就是没有狗的理解能力强,狗知道的事情人不知道。"父亲跳下马背,认真地纠正道:"不是狗,是狗中的藏獒,应该是藏獒知道的事情人不知道。"

　　父亲让冈日森格和大黑獒那日确定麦政委是否可以跟着它们的办法很简单,就是过去把小白狗嘎嘎从大黑獒那日嘴上接到了自己怀里。父亲说:"还是让我抱着吧,你这样叼着,小狗不舒服。"大黑獒那日好像挺愿意的,眼睛眯着摇了摇尾巴。父亲抱着小白狗嘎嘎回到了马背上,走了片刻,就把小白狗嘎嘎交给了身边的麦政委。走在前面用眼睛的余光看着父亲的大黑獒那日立马停下了,闭上受伤的左眼只用右眼望着麦政委,一副猜忌重重的样子,肥厚的嘴唇震颤出一阵呼噜噜的声音,表示着它对父亲随便把它的孩子交给别人的不满。但是冈日森格没有停下,它连头都没有回一下,说明它早已看见父亲把小白狗嘎嘎交给了麦政委,还说明它觉得这没什么不妥的,麦政委和父亲是一样的人。甚至它都有可能做出这样的判断:父亲想救自己的主人七个上阿妈的孩子,但是他没有这个能力,就去把有权有威的麦政委请来了。大黑獒那日望望麦政委,又望望一直走在前面的冈日森格,似乎明白了冈日森格坚定的背影告诉它的是什么,双腿一跳,追了过去。

接下来的时间里,大黑獒那日一直和冈日森格并排走着,尽管它右眼的余光依然不时地瞟着麦政委的怀抱,但再也没有回过身来。偶尔扭扭头,那也是为了让冈日森格舔舔它流泪的左眼。父亲说:“你可以跟着了,麦政委,它们知道你是专程来解救七个上阿妈的孩子的。如果它们不信任你而要千方百计甩掉你,那就绝不允许你抱着它们疼爱的小白狗。”麦政委说:“道理是对的,是不是事实就很难说了。”这时警卫员出来说:“首长我来吧。”说着从马背上探过身子来,把小白狗嘎嘎揪到了自己怀里。父亲说:“别别别,这是不允许的。”警卫员说:“谁不允许?”没等父亲回答,就听前面传来几声粗哑的吼叫。大黑獒那日和冈日森格一前一后跑了过来。父亲说:“快把小狗还给麦政委。”说着翻身下马,拦住了两只怒气冲冲的藏獒。冈日森格和大黑獒那日又跳又叫,直到惊慌失措的警卫员把小白狗嘎嘎送回到麦政委怀里。父亲说:“麦政委,看见了吧,这就是信任和不信任的区别。应该祝贺你啊,这么快就成了藏獒的朋友。”

再次上路的时候,父亲说:“现在它们至少已经知道你是一个很重要的人物,是后面这几个人的上司。”麦政委摇头说:“无根无据,你凭什么这么说?”父亲说:“找根据还不容易,你让你的人把我抓起来,看它们怎么反应。”接下来的试验让麦政委心服口服。当父亲被跟随麦政委的几个人拽下马背,反剪着胳膊,痛叫起来的时候,奔跑过来的冈日森格和大黑獒那日并没有扑向撕拽父亲的那几个人,而是扑向了麦政委。麦政委大惊失色,几乎脱手把小白狗嘎嘎扔到地上,喊了一声:“汉扎西快救我。”父亲哈哈大笑,他一笑,冈日森格和大黑獒那日就不扑不咬了,眨巴着眼睛疑惑地看着父亲,仿佛说:又跟熟狗和熟狗打架一样,玩呢?父亲走过去,从麦政委怀里接过眼看要掉下来的小白狗嘎嘎,蹲下来,高兴地拍拍大黑獒那日的头,又将将冈日森格额头上的长毛说:“好啊好啊,你们这么做真是让我高兴。”鼓励赞美了一会儿,又站起来说,“赶紧走吧,不能再玩了,解救七个上阿妈的孩子要紧。”

但是冈日森格和大黑獒那日不走,即使父亲骑马走到了前面它们也不走。父亲又是手势又是喊叫:“走啊,走啊。”它们还是不走。父亲抬头一看,恍然明白过来:麦政委不见了。麦政委下马跑到不远处的草洼里方便去了。大概刚才吓得不轻,有一点禁不住吧。

等麦政委回来后父亲说:“对它们来说你已经比我重要了,它们肯定是这样想的:汉扎西救不了七个上阿妈的孩子,能救他们的只能是这个麦政委了。你说它们聪明不聪明?你看,它们开始走了吧,它们是专门带着你走的。刚才你去方便了,它们不走;现在你的几个部下也去草洼里方便了,它们照走不误。孰重孰轻,它们可都掂量得一清二楚。"麦政委骑到马上说:"人都说势利狗,看来是名不虚传的。"父亲说:"这叫机灵不叫势利。要是它们势利,能在主人倒霉的时候如此执着地去寻找他们吗? 麦政委,我给你提个建议,你把你的文书、警卫员和所有部下都换成藏獒,它们绝对会竭尽全力为你工作,任何时候都不会背叛你。"麦政委说:"那敢情好,那我就不是多猕总部的政委了,我成了青果阿妈草原的狗头,是真正的狗官了。"父亲说:"你不是狗头,是獒王,草原上的头人和牧民都会信赖你和倚重你,工作不用搞了,政权不用建立了,你以獒王的名义发号施令就可以了。要是去省上开会,谁也不带,就带两只威风凛凛的大藏獒,主席台上一坐,谁敢不毕恭毕敬。"麦政委哈哈大笑。

说着话,他们走上了一面缓慢的大斜坡,草原升高了,牧草变得又短又细,到处点缀着粉红色的狼毒花和金黄色的野菊花。间或有巨大的岩石凸现在狗尾巴草的包围中,岩石上布满了红白两色的盐花,就像绘上去了一朵朵怒放的牡丹。

父亲从褡裢内的羊皮口袋里拿出一些风干肉,一点一点喂着小白狗嘎嘎,又不时地把肉扔给前面的冈日森格和大黑獒那日。冈日森格和大黑獒那日每次都互相谦让着:你不吃我也不吃。好几次都是冈日森格把指头粗的风干肉咬成两半,自己吃一半,留给大黑獒那日一半。后来就不谦让了,在草原靠近山脉的地方,正在嚼肉的大黑獒那日扬起头,闭着流泪的左眼瞄准似的望着前面,突然跳起来,箭一样朝前飞去,等它回来的时候,嘴里已经不是风干肉而是一只黑狼獾了。黑狼獾还活着,腿一蹬一蹬地挑逗着捕猎者的食欲。大黑獒那日把它丢到地上,征询地望了一眼冈日森格,便大口吞咬起来。它知道做过看家狗的冈日森格一般不吃野食,自己没有必要客气。冈日森格看它吃着黑狼獾,也兀自吃掉了父亲再次扔过来的风干肉。

草原还在升高,黄昏了,山脉的坡脚和草原连在一起,看上去不是山脉。翠绿的坡脚之上就是雪线,被晚霞染成金黄的雪山从绿浪里拔出来后,又奔涌到天上去了。雪浪高悬的草地上,坐落着几顶牛毛帐房,牧归的羊群和牛群把自己的黑色和白色流水一样泼在了帐房四周。冈日森格和大黑獒那日回头看了看父亲,没等父亲说什么,便走向了最近的一顶帐房。

立刻传来一阵狗叫声。一只浑身枣红的魁梧公獒轰轰隆隆地动山摇地跑了过来。麦政委赶紧对父亲说:"别让它们过去,打起来怎么办?"父亲说:"不过去晚上我们住哪里? 它们肯定是为了我们才走向帐房的。"

冈日森格停下了,朝着枣红公獒发出了几声友好的吠叫,紧紧斜卷在脊背上的大尾巴鹅毛扇一样摇晃着,摇起了一股草腥味浓郁的风,风中有它的气息。它的气息太异陌了,对方一闻就知道它不是西结古草原的藏獒。枣红公獒依然靠近着它,只是放慢了脚步,不叫也不吠,阴沉恶毒地窥伺着它,一副随时准备扑过去拼命的样子。大黑獒那日赶紧跑了过去,横挡在枣红公獒面前,细声细气地说着什么。它不认识枣红公獒,枣红公獒也不认识它,但它们身上都有着西结古草原特有的味儿,就像是揣在兜里的证件,对方一看(闻)就知道是自己人。枣红公獒平静了一些。大黑獒那日又跑回来,跃然而起,把两条前腿搭在冈日森格的肩膀上,用鼻子呼呼地嗅着,显得亲热而狎昵。它用狎昵的动作告诉枣红公獒:这只外来的狮头公獒是我的老公,你可千万不要攻击它。枣红公獒听懂了对方的话,愈加显得平静了。冈日森格放心地走了过去,半途上没忘了舔一舔大黑獒那日流泪不止的左眼。双方都很放松,一片和平景象。冈日森格和枣公獒甚至互相闻了闻鼻子,在冈日森格是表示感谢,在枣红公獒是表示宽容。

　　但就在这时,突变发生了,假装平静和宽容的枣红公獒一口咬住了冈日森格的脖子。脖子尤其是喉咙是最最要害的地方,长于厮杀的野兽都知道,坚决保持着祖先野兽习惯的藏獒当然也知道。但知道应该是两方面的,一是撕咬对方的脖子,二是保护自己的脖子,即使在两只本该敌对的野兽突然讲和,并用互相闻鼻子的方式消除龃龉的时候,它们中间的优秀者也绝不会忘乎所以地放弃对自我的保护。枣红公獒是优秀者,它用顺伴敌意的方式实施了攻击。冈日森格也是优秀者,它其实早就猜到枣红公獒不会放过自己,便用欲擒故纵的办法诱惑了对方的攻击,然后一闪而逝,脖子上相关命脉的筋肉奇迹般地躲开了锋利的牙刀,脖子上无关痛痒的鬣毛奇迹般地团起来塞了对方一嘴。然后就是反击,冈日森格的反击也是一口咬住对方的脖子。它咬住的不是鬣毛,也不是一般的筋肉,而是喉管,一咬就很深,钢牙仿佛被大锤打进去了,直锲喉底,然后就拼命甩动大头,淋漓尽致地发挥着它那异乎寻常的撕裂能力。

　　当身材魁梧的枣红公獒躺在地上抽搐着死去的时候,马背上的麦政委惊呆了,指着冈日森格说:"它怎么这么凶暴?它哪里是狗啊,它比老虎还老虎。这可怎么办?这不是人杀狗,是狗杀狗,人杀了狗可以处分人,狗杀了狗难道也要处分狗?"父亲说:"谁来处分它?它是前世在阿尼玛卿雪山上保护过修行僧人的雪山狮子,人是不能动它的。能够处分它的还是它的同类,就看冈日森格能不能遇上真正的对手了。"麦政委怜惜地看着枣红公獒说:"这么大的一只藏獒不到一分钟就被它咬死了,还能有谁是它的对手呢?"父亲说:"但愿没有,但愿它平安无事。"

　　冈日森格若无其事地站在枣红公獒的死尸旁边,平静地望着远方,比平时更显得温文尔雅。大黑獒那日走过去,慰劳似的舔着它阔鼻上的血,那不是它的血,那是敌手的血,可以说结束这场战斗,它滴血未流。它卧了下来,好像很累,头耷拉着,下巴支撑在弯曲的前腿上,眼皮犯困似的忽闪了几下。了解它的父亲说:"你看它装得多像,一副无辜受屈的样子。"说着来到马下,走过去拍打着冈日森格说:"起来吧起来吧,我们不会怪罪你的,我们赶紧走,离开这个是非之地。"冈日森格不起来,头伏得更低了,一眼一眼地瞟着前面。父亲突然意识到了什么,循着它的目光朝前看去。

　　又来了三只狗,都是伟硕的藏獒,一声不吭地站在二十步远的地方。它们正在判断面前的情形:枣红公獒倒下去了,外来的藏獒也倒下去了,是不是两败俱伤?需要不需要它们补斗一次?更奇怪的是那只黑色的狮头母獒,它身上散发着西结古草原的味道,却对那只外来的藏獒那么亲热,到底是怎么回事儿?还有人,这样的人我们可从来没见过,他们是不是来偷羊偷牛的?会不会闯进帐房给主人和主人的财产造成威胁?这三只伟硕的藏獒是牧人家的看家狗和牧羊狗,常年生活在高山草原,对西结古以及碉房山上发生的事情一无所知。它们一方面好奇地研究着面前的人和狗,一方面监视着他们,尤其是人,一旦他们走向畜群或者帐房,它们就会毫不含糊地扑上去,一口封喉。但如果人家只是走在草原上,那它们就只能这样远远地看着了。它们不是领地狗,并不负责整个草原的安危。

大黑獒那日跑了过去,又像刚才那样凭着自己一身的西结古草原味儿,和三只虎视眈眈的藏獒虚情假意地套着近乎,然后又跑回来,前腿狎昵地跨上了冈日森格的屁股,告诉对方:现在你们明白了吧,我和这只外来的藏獒是什么关系? 都是自家人,何必要动怒呢。它的行为显然起到了麻痹对方的作用,三只伟硕的藏獒冷冷地看着,表面上无动于衷,但监视人的眼光已不是直直的而是弯弯的了。有一只藏獒甚至放松地摆了摆大头。父亲想尽快离开这个地方,一边回到马上,一边对冈日森格和大黑獒那日大声说:"快走吧快走吧,你们不走我们走了。"说着打马朝前走去。冈日森格还是不动。大黑獒那日想跟上父亲又恋着冈日森格,左右为难地彷徨着。麦政委说:"我们是跟着它走的,它不走我们去哪里?"父亲说:"是啊,我们长的又不是狗鼻子,闻不到七个上阿妈的孩子在哪里。"

这时狗叫了,三只伟硕的藏獒都叫了,叫声很低很沉,就像男低音在歌唱。冈日森格听出叫声里有呼唤主人的意思,警觉地抬起了头。大黑獒那日则神经质地一个箭步蹿到冈日森格前面,用自己的身子护住了这只它热恋着的外来狗。父亲发现,有人来了,是个穿着光板老羊皮袍的牧人。

牧人看到来了几个汉人,便早早地下了马,丢开缰绳,像见了头人那样弯着腰快步走了过来。父亲用藏话问了一声好。牧人呀呀地应承着,堵挡在三只藏獒前面,朝着自家的帐房做了一个请的姿势。父亲和麦政委对视了一下,正要下马,就见冈日森格忽地站了起来。"冈日森格。"父亲怕它扑过去再咬出狗命来,严厉地喊了一声。牧人盯住了冈日森格,吃惊地问道:"冈日森格? 它是冈日森格?"父亲说:"对,它就是雪山狮子冈日森格。"牧人长长地"哦"了一声,这才看到自家的枣红公獒躺倒在地上,地上红堂堂地流着血。他惊叫着,跟跟跄跄跑了过去。

就跟儿子去世了一样,牧人抱着死去的枣红公獒号啕大哭。

然后就是下跪。牧人给冈日森格跪下了。他已经听说西结古草原来了一只上阿妈草原的藏獒,它是一只年轻力壮的金黄色狮头公獒,它前世是神圣的阿尼玛卿雪山上的狮子,曾经保护过所有在雪山上修行的僧人。还听说,部落联盟会议做出了决定:冈日森格必须用自己的凶猛和智慧去证明它的确是一只了不起的雪山狮子。也就是说,它必须打败西结古草原上所有对它不服气的藏獒才能留在西结古草原享受雪山狮子的荣誉和地位。但是牧人没想到这样一只神勇传奇的雪山狮子会突然来到自家的帐房前,咬死自家的牧羊狗枣红公獒。枣红公獒可是一只一口气咬死过五匹荒原大狼的悍獒。牧人伤心地哭着,给来自神圣阿尼玛卿的雪山狮子磕了头,生怕再发生不测,吆着喊着把自家三只伟硕的藏獒赶到了帐房跟前。他从帐房里喊出了老婆和儿子,叮嘱他们好生看好自家的狗,不要让它们招惹冈日森格,好生招待雪山狮子和几个跟雪山狮子在一起的汉人,不要让他们饿着渴着,自己跃上马背就要离去。父亲追过去冲他喊起来:"你要去哪里? 你不要害怕,我是汉扎西,多猕总部的麦政委来到了西结古草原,他是个吉祥的菩萨。"牧人"扎西扎西"地回应着,朝着晚霞烧化了雪山的地方奔驰而去。他是野驴河部落的牧民,他要去向头人索朗旺堆报告发生在这里的一切。这里是野驴河部落祖先领地的南部边界,是个曾有过战争的地方。

藏獒 2

第一章　狼来了

从来没有见过这么大的雪，下了半个月还在下，天天都是鹅毛飘洒。草原一片沉寂，看不到牛羊和马影，也看不到帐房和人群，人世间的一切仿佛都死了。野兽们格外活跃起来，肆虐代替了一切，到处都是在饥饿中寻找猎物的狼群、豹群和猞猁群，到处都是紧张愤怒的追逐和打斗。荒野的原则就是这样，当你必须把对方当作惟一的食物而奋不顾身的时候，你就只能是一个暴虐而玩命的杀手、一个用自己的生命作抵押的凶悍的赌徒。

保卫草原和牧民，保卫吉祥与幸福，使命催动着藏獒勇敢而忠诚的天性，西结古草原的领地狗群在獒王冈日森格的率领下，扑向了大雪灾中所有的狼群、所有的危难。

大黑獒那日终于闭上了眼睛，长眠对它来说的确来得太早太早了。它不想这么快就离开这个让它有那么多牵挂的世界，眼睛一直睁着，扑腾扑腾地睁着。但是它毫无办法，所有围着它的领地狗都没有办法，生命的逝去就像大雪灾的到来一样，是谁也拦不住的。

獒王冈日森格陪伴在大黑獒那日身边，它流着泪，自从大黑獒那日躺倒在积雪中之后，它就一直流着泪，它一声不吭，默默地，把眼泪一股一股地流进了嘴里：你就这样走了吗，那日，那日。跟它一起默默流泪的，还有那日的同胞姐姐大黑獒果日，还有许许多多跟那日朝夕相处的藏獒。

雪还在下，越来越大了。两个时辰前，它们从碉房山下野驴河的冰面上出发，来到了这里。这里不是目的地，这里是前往狼道峡的途中。

狼道峡是狼的峡谷，也是风的峡谷，当狂飙突进的狼群出现在峡谷的时候，来自雪山极顶的暴风雪就把消息席卷到了西结古的原野里：狼灾来临了。狼灾是大雪灾的伴生物，每年都有，并不奇怪。奇怪的是今年最先成灾的不是西结古草原的狼，而是外面的狼，是多猕草原的狼，是上阿妈草原的狼。都来了，都跑到广袤的西结古草原为害人畜来了。为什么？从来没有这样过。獒王冈日森格不理解，所有的领地狗都不理解。但对它们来说，理解事情发生的原因，永远不重要，重要的是行动，是防止灾难按照狼群的愿望蔓延扩展。堵住它们，一定要在狼道峡口堵住它们。

出发的时候，大黑獒那日就已经不行了，腰腹塌陷着，眼里的光亮比平时黯淡了许多，急促的喘息让胸脯的起伏沉重而无力，舌头外露着，已经由粉色变成黑色了。冈日森格用头顶着它不让它去。它不听，它知道这是一个非同寻常的日子，狼来了，而且是领地外面的狼，是两大群穷凶极恶的犯境的狼。而它是一只以守护家园为天职的领地狗，又是獒王冈日森格的妻子，它必须去，去定了，谁也别想阻拦它。

冈日森格为此推迟了出发的时间，用头顶，用舌头舔，用前爪抚摩，用眼睛诉说。它用尽了办法，想说服大黑獒那日留下，最充分的理由便是：小母獒卓嘎不见了，你必须在这里等着，它回来找不见我们就会乱跑。在冬天，在大雪灾的日子里，乱跑就是死亡。小母獒卓嘎是大黑獒那日和冈日森格的孩子，出生还不到三个月，是那日第六胎孩子中惟一活下来的。其他五个都死了。那日身体不好，奶水严重不够，只有最先出世也最能抢奶的小母獒叼住了那只惟一有奶的乳头。六个孩子只活了一个，那可是必须呵护到底的宝贝啊。有那么一刻，大黑獒那日决定听从冈日森格的劝告，在它们居住的碉房山下野驴河的冰面上等待自己的孩子。

可是，当獒王冈日森格带着领地狗群走向白茫茫的原野深处，无边的寂寞随着雪花瑟瑟而来时，大黑獒那日顿时感到一阵空虚和惶惑，差一点倒在地上。大敌当前，一只藏獒本能的职守就是迎头痛击，它违背了自己的职守，就只能空虚和惶惑了。而藏獒是不能空虚和惶惑的，那会使它失去心理支撑和精神依托。母性的儿女情长、身体的疲病交加，都不能超越一只藏獒对职守的忠诚。藏獒的职守就是血性的奉献，狼来了，血性奉献的时刻来到了。

大黑獒那日遥遥地跟上了冈日森格。獒王冈日森格一闻气味就知道妻子跟来了，停下来，等着它，然后陪它一起走，再也没有做出任何说服它回去的举动。

冈日森格已经知道大黑獒那日不行了，这是陪妻子走过的最后一段路。它尽量克制着自己恨不得即刻杀退入侵之狼的情绪，慢慢地走啊，不断温情脉脉地舔着妻子。就像以前那样，舔着它那只瞎了的眼睛，舔着它的鼻子和嘴巴，一直舔着。大黑獒那日停下了，接着就趴下了，躺倒了，眼巴巴地望着丈夫，泪水一浪一浪地涌出来，眼睛就是不肯闭实了。冈日森格趴在了那日身边，想舔干妻子的眼泪，自己的眼泪却哗啦啦落了下来：你就这样走了吗，那日，那日。

也是一场大雪，西结古草原的大雪一来就很大，每年都很大，去年的大雪来得格外早，好像没到冬天就来了。大雪成灾的日子里，正处在第五胎哺乳期的大黑獒那日带着自己的两个孩子，来到了尼玛爷爷家。他家的畜群不知被暴风雪裹挟到哪里去了，两只大牧狗新狮子萨杰森格和鹰狮子琼保森格跟着畜群离开了帐房，一直没有回来。畜群肯定死了，它们是经不起如此肃杀的饥冷之灾的，说不定连新狮子萨杰森格和鹰狮子琼保森格都已经死了。尼玛爷爷、尼玛爷爷的儿子班觉、儿媳拉珍、孙子诺布与看家狗瘸腿阿妈、斯毛阿姨以及格桑和普姆，一个个蜷缩在就要被积雪压塌的帐房里，都已经饿得动弹不得了。

大黑獒那日立刻意识到自己应该干什么，它先是走到尼玛爷爷跟前，用流溢着同情之光的眼睛对他说：吃吧，吃吧，我正在喂奶，我的身体里全是奶。说着它骑在了躺倒在毡铺上的尼玛爷爷身上，用自己的奶头对准了尼玛爷爷的嘴。

尼玛爷爷哭了，他边哭边吃。他知道母獒用奶水救活饥饿之人的事情在草原上经常发生，也知道哺乳的母獒有很强的再生奶水的能力，不吃不喝的时候也能用储存的水分和身体的脂肪制造出奶水来，但他还是觉得母獒给人喂奶就是神对人的恩赐，是平凡中的奇迹。他老泪纵横，只吃了两口，就把大黑獒那日推给了身边的孙子诺布。

诺布吃到了那日的奶，看家狗瘸腿阿妈、斯毛以及格桑和普姆也都依次吃到了那日的奶。接下来是拉珍，最后是班觉。大黑獒那日的奶水，让他们从死亡线上走回来了。

一连五天都是这样，大黑獒那日自己无吃无喝，却不断滋生着奶水，喂养着尼玛爷爷一家四口人和四只狗以及它自己的两个孩子。但体内的水分和脂肪毕竟是有限的，它很快枯竭了，它似乎不相信自己的奶水这么快就会枯竭，还是不厌其烦地喂了这个再喂那个。

十张饥饿的嘴在那种情况下失去了理智，拼命的吮吸让枯竭的奶水再一次流出，但那已经不是奶水，而是血水。血水汩汩有声地流淌着，那么多，那么多，开始是白中带血，后来是血中带白，再后来就是一股红似一股的纯粹血水了。

大黑獒那日扑通一声倒了下去，倒在了尼玛爷爷身边。尼玛爷爷抱着它，哭着说："你不要再喂，不要再喂，我们不吃你的奶了。"但是奶水，不，是血水，还在流淌，就像大黑獒那日哺育后代的本能、吃肉喝水的本能、为人排忧解难的本能那样，面对一群不从它这里汲取营养就会死掉的人和狗，血水不可遏制地流淌着，你吃也好不吃也好它都在流淌。

那就只好吃了，尼玛爷爷吃了，班觉吃了，拉珍吃了，诺布吃了，瘸腿阿妈吃了，斯毛吃了，格桑吃了，普姆吃了，还有那日自己的两个孩子。他们一吃就挺住了，挺了两天，獒王冈日森格和几只领地狗就叼着吃的用的营救他们来了。

叼来的是军用的压缩饼干和皮大衣，是政府空投在雪灾区域的救援物资。白茫茫的雪原上找不到人居的痕迹——火、或者帐房的影子——救援物资都投到昂拉雪山中去了。那是个雪狼和雪豹出没的地方，是个只有藏獒才敢和野兽抢夺空投物资的战场。獒王冈日森格带着它的领地狗群抢回来了一部分空投物资，分送给了牧民们。牧民们不知道这是政府的救援，虔诚地膜拜着说：多么了不起的藏獒啊，它们是神和人之间可以空行的地祇，把天堂里的东西拿来救我们的命了。

冈日森格来了以后，发现妻子大黑獒那日已经站不起来了。那日皮包骨头，把自己的血肉全部变成汁液流进了人和狗的嘴里。它给那日叼去了压缩饼干，那日想吃，但已经咬不动了。它就大口咀嚼着，嚼碎了再嘴对嘴地喂。那一刻，冈日森格流着泪，大黑獒那日也流着泪，它们默默相望，似乎在祈祷对方：好好的，你一定要好好的。

就是这一次用奶水和血水救活尼玛爷爷一家的经历，让大黑獒那日元气大伤，精神再也没有恢复到从前。身体渐渐缩小，能力不断下降，第六胎孩子虽然怀上了，也生出来了，却无法让它们全部活下来。乳房的创伤一直没有痊愈，造奶的功能正在消失，奶水断断续续只有一点点，仅能让一个孩子吃个半饱。大黑獒那日哭着，眼看着其他五个孩子一个个死去，它万般无奈，只能以哭相对了。

孩子死了之后，獒王冈日森格曾经那么柔情地舔着自己的妻子，似乎在安慰它：会有的，我们还会有的，明年，这个时候，我们的孩子，就又要出世了。大黑獒那日好像知道自己再也不会有孩子，呜呜地哭着，丈夫越是安慰，它的哭声就越大越悲切。好几个月里，每当夜深人静，它都会悄悄地哭起来。

谁能想到，大黑獒那日伤心的不光是孩子，还有自己，它知道自己就要走了，就要离开它的草原它的丈夫了。而对獒王冈日森格来说，一切都是猝不及防的，大黑獒那日都没给它一个从从容容伤心落泪的机会，它只能在心里呜呜地叫，就像身边的风，在呜呜的呜叫中苍茫地难受着。

大黑獒那日死了，它死在前往狼道峡阻击犯境之敌的途中。獒王冈日森格泪汪汪地站起来,就在那日身边用四条腿轮番刨着,刨着。所有的领地狗都泪眼矇眬地围起来看着獒王,没有谁过去帮忙,包括那日的姐姐大黑獒果日。它们都知道獒王是不希望任何一只别的狗帮忙的。獒王一个人在积雪中刨着,刨下去一米多深,刨出了冻硬的草地,然后一点一点把那日拱了下去。掩埋是仔细的,比平时掩埋必须储存的食物时仔细多了。埋平了地面还不甘心,又用嘴拱起了一个明显的雪包,然后在雪包边撒了一脬尿,这是为了留下记号,更是为了留下威胁:藏獒的味道在这里,哪个野兽胆敢靠近!

所有的领地狗——那些藏獒,那些不是藏獒的藏狗,都流着眼泪撒出了一脬尿,强烈的尿臊味儿顿时氤氲而起,在四周形成了一个无形的具有巨大慑服力的屏障。

冈日森格用眼泪告诉埋在下面的那日:我还会来看你的,我不能让狼和秃鹫把你刨出来吃掉,等着啊,我一定会来的。

然后它来到大黑獒果日身边,用鼻子碰了碰对方的脸,意思是说:你能不能留下来? 你留下来吧,现在是大雪灾的日子,狼群是疯狂的,是无所顾忌的,光有气味的守护恐怕不保险。大黑獒果日立刻卧下了,好像是说:你不说我也会留下的,不能让狼把它吃掉,人会找它的,人比我们还需要它,要是看不到它的尸体,人会一直找下去。

獒王冈日森格走了,头也不回地走了。在这个狼情急迫的时刻,与生俱来的藏獒的使命感完全左右着它的想法和行动。狼来了,是多猕草原的狼,是上阿妈草原的狼,都来了,都跑到广袤的西结古草原为害人畜来了。作为称霸草原的一代獒王,如果不能带着领地狗群以最快的速度赶到狼道峡口,挡住汹汹而来的狼群,那就等于放弃职责,等于行尸走肉。

冈日森格走着走着就跑起来。它的奔跑如同一头金色狮子在进行威风表演。鬣毛扎煞着,唰唰地抖,粗壮的四肢灵活而富有弹性,一种天造神物最有动感的兽性之美跃然而出。让漫天飞舞的雪花都相信,它那健美的肌肉在每一次的伸缩中,都能创造出如梦如幻的速度和力量。

但就是这样一只山呼海啸的藏獒,它的眼睛是含泪的,因为自己的爱人大黑獒那日走了,永远地走了!

像一只鹏鸟的飞翔,飒爽飘舞的毛发如同展开的翅膀,獒王冈日森格不知疲倦地奔跑着,身边是疾驰的景色,是暴风雪的啸叫。而在暴风雪看来,獒王冈日森格和它的领地狗群才是真正挥洒不尽的暴风雪。

紧跟在獒王身后的,是一只名叫江秋帮穷的大灰獒。它身形矫健,雄姿勃勃,灰毛之下,滚动的肌肉松紧适度地变奏着力量和速度,让它的奔跑看起来就像水的运动,流畅而充沛、有力而柔韧。

下来是徒钦甲保,一只黑色的钢铸铁浇般的藏獒,大力王神的化身。它的奔跑就像漫不经心的走路,看起来不慌不忙,但速度却一如疾风卷地。它黑光闪亮,在一地缟素的白雪中,煞是耀眼。

离徒钦甲保不远,是它的妻子黑雪莲穆穆。穆穆的身后,紧跟着它们出生只有三个月的孩子小公獒摄命霹雳王。也是挟电携雷的疾驰,也是威武雄壮的风姿,无论是公的，还是母的小的，都在按照草原和雪山亘古及今的塑造，自由地挥洒着生命的拼搏精神和阳刚而血性的质量，不可遏制地展示着野性的美丽和原始的烂漫。

就要到了，很快就要到了，狼道峡口开阔的山塬之上，狼影幢幢，已经可以闻到可以看到了。那么多的狼，为什么是那么多的狼？所有的领地狗百思不得其解：往年不是这样的，往年再大的雪灾，都不会有这么多外来的狼跑到西结古草原来。狼群分布在雪冈雪坡上，悄悄地移动着，不是为了逃跑，而是为了应战。

这个多雪的冬天里，第一场獒对狼的应战，马上就要开始了。多吉来吧站在雪道上用粗壮的四肢轮番刨挖着雪，一会儿用前爪刨，一会儿把屁股掉过去用后爪刨。雪粉烟浪似的扬起来，被风一吹，落到雪道两边的雪坎上去了。两道雪坎峙崎着一条雪道从寄宿学校的帐房门口延伸而去，已经到了五十米外的牛粪墙前。牛粪墙是学校的围墙，将近一米的高度，已经看不见了。但是多吉来吧知道雪里头掩埋着一堵墙，它用前爪一掏就掏出了一个洞，三掏四掏墙就不存在了。

多吉来吧曾经被送鬼人达赤囚禁在三十米深的壕沟里，天天掏挖坚硬的沟壁，爪子具有非凡的刨挖能力，在一米多厚的积雪里刨出一条雪道不是什么难事儿。它想把雪道开通到很远很远的地方去，远方有更多的人，有充饥的食物和暖身的皮衣皮裤，还有救命的藏医喇嘛和那些神奇的藏药，这一点它和父亲一样清楚。

雪道继续延伸着，多吉来吧刨啊刨啊，就像一个硕大的黑红色的魔怪，在漫无际涯的白色背景上，疯狂地扬风搅雪。

父亲站在寄宿学校学生居住的帐房门口，抬头看了看依然乱纷纷扬雪似花的天空，哈着白气对刨挖不止的多吉来吧大声说："我知道你能把雪道开到狼道峡那边去，但是来不及了，真的来不及了，多吉来吧你听我说，我不能再等下去，我应该走了。"多吉来吧的回答就是更加拼命地刨雪，它不愿意父亲一个人离开这里，离开是不对的，离开以后会怎么样，它似乎全知道。但是父亲想不了这么多，他只想到现在，现在他必须挽救帐房里的人。

帐房里躺着十二个孩子，其中一个已经昏迷不醒了。昏迷不醒的孩子叫达娃。

三天前达娃想离开学校回家去，父亲不让他走，父亲说："达娃你听话，你离开这里就会死掉的，你知道你家在哪里？你家在野驴河的上游，很远很远的白兰草原。"达娃不听话，他为什么要听话？学校已经断顿，听老师的话就等于饿死在这里。他悄悄地走了，三天前的积雪还没有这般雄厚，只能淹没他的膝盖，他很快走出去了四五百米，等多吉来吧发现他时，他已经在危险中尖声叫唤了。

危险来自狼，狼在大雪盖地的冬天总会出现在离人群最近的地方，而且一出现就是一大群。这一点多吉来吧比谁都清楚。它很后悔自己没有早一点发现达娃，它刚才睡着了，为了守护父亲和父亲的十二个学生它已经好几个昼夜没有睡觉了。它发出一阵沉雷般穿透力极强的吼声，裹挟着刨起的雪浪飞鸣而去，几乎看不清是什么在奔跑。

围住达娃的饥饿的狼群，你争我抢准备扑向食物的狼群，哗地一下不动了，静默了几秒钟，又哗地一下转身纷纷撤走。只有一匹额头上有红斑的公狼不甘心一群狼就这样⋯无所获地被一只藏獒吓退，扑过去咬了一口达娃才匆匆逃命。多吉来吧远远地看见了，盯着红额斑公狼追了过去，一副不报仇雪恨不罢休的样子。追着追着又停了下了,似乎意识到这个时候最要紧的是救人而不是追杀,它用一种响亮而短促的声音喊叫着,把父亲从帐房里喊了出来。

父亲跑了过去,心想夏天死了一个孩子,秋天死了一个孩子,都是一个人离开寄宿学校后被狼咬死的。多少年都没有发生的事情突然发生了,牧民们已经在嘀咕:"吉利的汉扎西怎么不吉利了?不念经的寄宿学校是不是应该念经了?让孩子们学那些没用的汉字汉书,神灵会不高兴的,昂拉山神、碧宝山神、党项大雪山仁慈的雅拉香波山神已经开始惩罚学校了。"现在是冬天,狼最多的时候,可不能再死孩子了。

父亲看了看远远遁去的狼群,又看了看坐在雪中捂着大腿上的伤口吸溜着鼻涕的达娃,立刻埋怨地拍了多吉来吧一下:"你是怎么搞的,居然让达娃离开了学校,居然让狼扑到了他身上。"多吉来吧委屈地抖了一下,扬起脖子想申辩几句,看到父亲抱起达娃那心疼的样子,顿时把委屈全都吞进了肚里,赶紧跳过去,用眼神示意着,让父亲把达娃放在了自己身上。

多吉来吧把达娃驮回了帐房,达娃躺下了,躺下后就再也没有起来。一是惊吓,二是饥饿,更重要的是红额斑公狼牙齿有毒。达娃中毒了,伤口肿起来,接着就是发烧,就是昏迷。

这会儿,父亲从帐房门口来到达娃跟前,跪在毡铺上,摸了摸他滚烫的额头,毅然决然地说:"走了走了,我必须走了,你们不要动,尽可能地保持体力,一点点也不能消耗。"十二个孩子躺满了毡铺,父亲望着满毡铺滴溜溜转动的眼睛,恋恋不舍地说:"你们挨紧一点,互相暖一暖,千万不要出去,听到任何声音都不要出去,外面有多吉来吧,多吉来吧会保护你们的。"孩子们嗯嗯啊啊答应着。父亲说:"不要出声,出声会把力气用掉的,点点头就行了。"说着脱下自己的皮大衣,盖在了孩子们身上。那个叫作平措赤烈的最大的孩子突然问道:"汉扎西老师你什么时候回来?"父亲说:"最迟明天。"平措赤烈说:"明天达娃就会死掉。"父亲说:"所以我得赶紧走,我在他死掉以前回来他就不会死掉了。"

父亲要走了,就在这个冬天的第一场大雪下了整整半个月、被雪灾围困的十二个孩子和多吉来吧以及他自己三天没有进食、让狼咬伤的达娃高烧不醒的时候,他犹豫再三做出了离开这里寻找援助的决定。他知道离开是危险的,自己危险,这里的孩子也危险。但是他更知道,如果大家都滞留在这里,危险会来得更快,就像平措赤烈说的,说不定明天达娃就会死掉。为了不让达娃死掉,他必须在今天天黑以前见到西结古寺的藏医喇嘛尕宇陀。如果他不出去求援,谁也不知道寄宿学校已经三天没吃的了。

父亲想起了央金卓玛,如果是平常的日子,不是今天,就是明天,央金卓玛一定会来这里。她是野驴河部落的牧民贡巴饶赛家的小女儿,她受到头人索朗旺堆的差遣:每隔十天,来寄宿学校送一趟酸奶子。酸奶子是送给父亲的,也是送给孩子们的。在草原人的信条里,不吃酸奶子的孩子,是长不出智慧来的。可现在是大雪灾,马是上不了路的,怎么驮运酸奶子?当然她也可以步行,但是有狼群,有豹子,有猞猁,有许多意想不到的危险,她一个姑娘家怎么敢出现在险象环生的雪原上?

父亲走出帐房,拿起一根支帐房的备用木杆把帐房顶上的积雪仔细扒拉下来,然后把木杆插回门口的积雪,从门楣上扯下两条黄色的经幡,沿着雪道走向了多吉来吧。

多吉来吧依然用粗壮的四肢刨扬着雪粉,看到父亲走过来,突然警觉地停下了。父亲说:"我走了,这里就交给你。我知道你是想开出一条雪道好让大家一起走,但这是不可能的。孩子们已经饿得走不动了,我明天不把藏医喇嘛叫来,达娃就会死掉,你希望达娃死掉吗? 不希望是吧?"多吉来吧似乎不想听父亲说什么,烦躁地摇了摇硕大的獒头,又摇了摇蜷起的尾巴,看着父亲朝前走去,一口咬住了父亲的衣襟。

父亲说:"什么意思啊,你是不想让我走吗? 那好我不走了,你走吧,你去把吃的给我们找来,把藏医喇嘛尕尔字陀给我们叫来。"说着父亲挥了挥手。多吉来吧明白了,跳起来朝前走去,走了几步又停下来,回头若有所思地望着父亲,好像是说:"我走了你们怎么办?"父亲立刻看懂了多吉来吧的眼神,说:"是啊,你走了我们怎么办? 狼会吃掉我们的,可要是你在这里,狼就没办法了。"父亲来到它身边,重托似的使劲拍了拍它,把一条黄色经幡拴在了它的鬣毛上,"这十二个学生就靠你了,多吉来吧,你在,他们在,知道吗多吉来吧。夏天死了一个学生,秋天死了一个学生,可不能再死学生了。"说罢,踩着没腿的积雪缓慢地朝前走去。

多吉来吧不由自主地跟上了他。父亲挥动另一条经幡说:"放心吧,我有吉祥的经幡,经幡会保佑我。再说野驴河边到处都是领地狗,冈日森格肯定会跑来迎接我的。"一听父亲说起冈日森格,多吉来吧就不跟了,好像这个名字是安然无恙的象征,只要提到它,所有的危害险阻就会荡然无存。

多吉来吧侧过身子去,一边警惕地观察着帐房四周的动静,一边依依不舍地望着父亲,一直望到父亲消失在弥漫的雪雾里,望到狼群的气息从帐房那边随风而来。它的耳朵惊然一抖,阴鸷的三角吊眼朝那边一横,跳起来沿着它刨出的雪道跑向了帐房。多吉来吧知道周围有狼,三天前咬住达娃的那群饥饿的狼,那匹咬伤了达娃的红额斑公狼,一直埋伏在离帐房不远的雪梁后面,时刻盯梢着帐房内外的动静。但是它没想到狼群会出现得这么快,汉扎西刚刚离开,狼群就以为吃人充饥的机会来到了。

多吉来吧呼哧呼哧冷笑着:这些狼的眼睛里居然只有汉扎西没有我,狼们居然也敢于蔑视一只曾经是饮血王党项罗刹的铁包金公獒,那你们就等着瞧吧,到底是汉扎西厉害,还是我厉害。它看到三匹老狼已经抢先来到帐房门口,便愤怒地抖动火红如燃的胸毛和拴在鬣毛上的黄色经幡,瓮瓮瓮地叫着冲向了它们。其实集结在这里的狼没有一只是敢于蔑视多吉来吧的,它们有的先前曾远远地看见过这只凶神恶煞般的藏獒,有的虽然第一次看见,但一闻它那浓烈刺鼻的獒臊味儿,一看它那悍然霸道的獒姿獒影,就知道那是一个能够吞噬狼命豹命熊命的黝黑无比的深渊。但是所有来这里的狼都没有办法放弃,饥饿的催动就是生命的催动,蜷缩在帐房里的十二个孩子的诱惑,就是冬天的莽原上雪灾的地狱中狼的天堂。

许多狼已经很多天没吃到东西了,冬天来临之后,那些能够成为狼食的野物冬眠的冬眠,迁徙的迁徙,生机盎然的原野一下子变得荒凉无度,而大雪纷飞的日子又把狼群的饥荒推向了极致。它们只能这样:冒着死亡的危险走向人群。通常情况下,它们走向人群是为了咬杀属于人的牛羊,但这次它们把目标直接对准了人——寄宿学校的十二个孩子。

谁也不知道这是为了什么:为什么狼群不去咬杀它们习惯于咬杀和更容易咬杀的羊群和牛群,而把果腹的欲望寄托给了最难吃到口也很少吃到口的人?为什么这么多的狼突然集结到了这里?开始是一群几十匹,一天之后又来了一群,又来了一群,等到父亲离开的时候,寄宿学校的周围已经有两百多匹荒原狼了。父亲不知道四周埋伏着这么多的狼,多吉来吧也不知道,他们只感到狼害的气息越来越浓,却无法预测那种血腥残忍的结果:这么多的狼要是一起扑过来,十二个孩子和他们的保护者多吉来吧将会是一种什么情形呢?

好在荒原狼没有一起扑上来,似乎它们还没有形成一起扑上去的决定,正在商量和试探。它们也很难做到一起扑上去,因为跑来围住寄宿学校的不是一股狼群,而是三股狼群。三股狼群的领地都属于野驴河流域,它们各有各的地盘,从来没有过一起围猎的记录,无论是散居的夏天,还是在群居的冬天。但是今年不同了,它们从野驴河的上游和下游来到了中游,就像事先协商好了,从东、西、南三面围住了寄宿学校。

三匹老狼抢先来到了帐房门口,它们来干什么?它们明明知道仅靠它们的能耐万难抵挡多吉来吧的撕咬,为什么还要冒险而来?三匹老狼一匹站在雪道上,两匹站在雪道两边踩实的积雪中,摆成了一个弯月形的阵势,好像帐房里十二个孩子的保护者是它们而不是多吉来吧。多吉来吧最生气的就是这种带有蔑视意味的喧宾夺主。它一边瓮瓮地叫着,一边咝咝地吐气。这是一种表达,翻译成人的语言就应该是:哎呀呀,你们的蔑视就是你们的丧钟,你们是狼,你们永远不明白藏獒的另一个名字就是忠于职守,更不明白为什么你们动不动就会死在藏獒的利牙之下。

多吉来吧在冲跑的途中噗地一个停顿,然后飞腾而起,朝着站在雪道上的那匹老公狼扑了过去。

老公狼一动不动。藏獒扑向它的时候离它还有五米多,它完全可以转身跑掉,但是它没有,它似乎等待的就是多吉来吧的扑咬。多吉来吧心里一愣:它为什么不跑?眼睛的余光朝两边一扫,立刻就明白了:老不死的你想诱杀我。以它的经验不难看出三匹老狼的战术:让老公狼站在雪道上引诱它,一旦它扑向老公狼,雪道两边的两匹老母狼就会一左一右从后面扑向它。多吉来吧不屑地"嗤"了一声,眼睛依然瞪着老公狼,身子却猛地一斜,朝着右边那匹老母狼寿然蹬出了前爪。

这是三匹老狼没有想到的。更没有想到的是,多吉来吧的一只前爪会快速而准确地蹬在老母狼的眼睛上。老母狼歪倒在地,刚来得及惨叫一声,多吉来吧就扭头扑向了还在雪道上发愣的老公狼。这次是牙刀相向,只一刀就扎住了对方的脖子,接着便是奋力咬合。老公狼毕竟已是生命的暮年,机敏不够,速度不快,连躲闪也显得心有力无力。想到自己非死不可,它浑身颤抖着发出了一阵告别世间的凄叫。多吉来吧一口咬断了老公狼的喉管,也咬断了它的凄叫,然后扑向了左边那匹老母狼。

老母狼已经开始逃跑,但是它那老朽的身体在这个生命攸关的时刻显得比它诅咒的还要迟钝。它离开踩实的积雪跑向疏松的积雪,刚扑跳了两下,就被多吉来吧咬住了。死亡是必然的,眨眼之间,老母狼的生命就在多吉来吧的牙刀之间消失了。

多吉来吧舔着狼血,一条腿搭在狼尸上,余怒未消地瞪视着自己的战利品——两具狼尸和一匹被它瞪瞎了一只眼的老母狼。

瞎了一只眼的老母狼趴卧在原地,痉挛似的颤抖着,做出逃跑的样子却没有逃跑。多吉来吧咆哮一声,纵身跨过雪道,扑过去一口叼住了独眼母狼的喉咙。但是它没有咬合,它的利牙、它的嘴巴、它的咬狼意识突然之间停顿在一个茫然无措的雪崖上——它听到了一阵别致的狼叫,那是狼崽惊怕稚嫩的尖叫,是哭爹喊娘似的哀叫。多吉来吧愣住了,嘴巴不由得离开了独眼母狼的喉咙,一个闪念出现在脑海里:那或许是独眼母狼的孩子,正在凝视母亲就要死去的悲惨场面,感到无力挽救,就叫啊,哭啊。

多吉来吧哆嗦了一下,作为曾经是饮血王党项罗刹的它,天性里绝对没有对狼的怜悯,用不着同情一只伤残的老狼而收敛自己的残杀之气。但它毕竟是一只驯化了的狗,它时刻遵循着这样一条规律:跟着阎王学鬼,跟着强盗学匪。后天的教化曾把它扭曲成了送鬼人达赤的化身,又把它改造成了父亲的影子,它在父亲身边的耳濡目染,让它在内心深处不期然而然地萌动着对弱小、对幼年生命的怜爱。

多吉来吧抬头看着洋洋洒洒的雪花,想知道那匹哀叫着的狼崽到底在哪里,但是它没有看到,只看到眼前独眼母狼在狼崽的哀叫声中挣扎着站了起来,用一只眼睛惊恐万状地瞪着它,一步一步后退着。多吉来吧轻轻一跳,却没有扑过去,眼睛依然暴怒地凹凸着,竖起的鬣毛却缓缓落下了,一只前腿不停地把积雪踢到独眼母狼身上,好像是不耐烦的催促:快走吧,快走吧,你是狼崽的阿妈你赶紧走吧,再不走我可要反悔了,毕竟我是藏獒你是狼啊。

独眼母狼读懂了多吉来吧,转身朝前走去,走了几步又停下,望了望隐蔽着狼群也隐蔽着狼崽哭声的茫茫雪幕,突然掉过头来,朝着多吉来吧挑衅似的龇了龇牙。多吉来吧疑惑地"哦"了一声:它为什么不逃跑?孩子在呼叫它,它居然无动于衷,非要呆在这里等着送死。突然又"哦"了一声,意识到独眼母狼原本就是来送死的,为什么要逃跑?来到帐房门口的三匹老狼都是来送死的,不是送死它们就不来了。多吉来吧惊讶得抖了一下硕大的獒头,举着鼻子使劲嗅了嗅北来的寒风。

寒风正在送来父亲和狼群的气息,那些气息混杂在一起,丝丝缕缕地缠绕在雪花之上。它伸出舌头舔了一下雪花,感到一根火辣辣的锋芒直走心底:父亲危险了,父亲的气息里严重混杂着狼群的气息,说明狼群离父亲已经很近很近了。而三匹老狼之所以前来送死,就是为了用三条衰朽的生命羁绊住它,使它无法跑过去给父亲解围。

多吉来吧高抬起头颅,生气地大叫一声。主人危险了,快去啊,主人危险了。它跳了起来,看到独眼母狼朝它一头撞来,知道这匹视死如归的老母狼想继续缠住它,便不屑一顾地从老母狼身上一跃而过。

多吉来吧狂跑着,带着鬣毛上的那条黄色经幡,跑向了狼群靠近父亲的地方。这时候它还不知道,出现在学校原野上的,是三股狼群,一股狼群跟踪父亲去了,剩下的两股依然潜伏在寄宿学校的周围。学校是极其危险的,帐房里的十二个孩子已经是狼嘴边的活肉了。

饥饿难耐的狼群就在多吉来吧跑出去两百多米后,追不及待地钻出隐藏自己的雪窝雪坎,密密麻麻地拥向了帐房。

帐房里,十二个孩子依然躺在毡铺上。他们刚才听到了多吉来吧撕咬三匹狼的声音,很想起来看个究竟,但是最大的孩子平措赤烈不让他们起来。平措赤烈学着父亲的口吻说:"你们不要动,尽可能地保持体力,一点也不能消耗。"调皮的孩子们这个时候变得十分听话,已经饿了三天了,没有力气调皮。他们互相搂抱着紧挨在一起,平静地闭着眼睛,一点儿也不害怕,外面有多吉来吧,多吉来吧让他们天不怕,地不怕,狼豹不怕。

可是谁会想到,多吉来吧已经走了,它为了援救它的主人居然把十二个孩子抛弃了。狼群迅速而有序地围住了帐房,非常安静,连踩踏积雪的声音也没有。它们是多疑的,尽管已经偷偷观察了好几天,知道里面只有十二个根本不是对手的孩子,但它们还是打算再忍耐一会儿饥饿的痛苦,搞清楚毫无动静的帐房里孩子们到底在干什么。

一种默契或者说狼群之间互为仇敌的规律正在发挥着作用,带领两股狼群的两匹高大的头狼在距离二十米远的地方定定地对视着。片刻,那匹像极了寺院里泥塑酒主敌鬼的头狼用大尾巴扫了扫雪地,带着一种哲人似的深不可测的表情,谦让地坐了下来,属于它的狼群也都谦让地坐了下来。另一匹断掉了半个尾巴的头狼转身走开了,它在自己统辖的狼群里走出了一个S形的符号,又沿着S形的符号走了回来。

仿佛断尾头狼的走动便是命令,就见三天前咬伤了达娃的红额斑公狼突然跳出了狼群,迅速走到帐房门口,小心用鼻子掀开门帘,悄悄地望了一会儿,幽灵一样溜了进去。

红额斑公狼首先来到了热烘烘、迷沉沉的达娃身边,闻了闻,认出他就是那个被自己咬伤的人,却没有意识到正是它的毒牙才使这个人又是昏迷又是发烧的。它觉得一股烧烫的气息扑面而来,赶紧躲开了。狼天生就知道动物和人得了重病才会发烧,发烧的同伴和异类都是不能接近的,万一传染上了瘟病怎么办? 它想搞清楚是不是所有人都在发烧,便一个一个闻了过去,最后来到了平措赤烈跟前。它不闻了,想出去告诉狼群:"孩子们都睡着了,赶快来吃啊,只有一个发烧的孩子不能吃。"又忍不住贪馋地伸出舌头,滴沥着口水,嘴巴迟疑地凑近了平措赤烈的脖子。

一根细硬的狼须触到了平措赤烈的下巴上,他感觉痒痒的,抠了一下,还是痒,便睁开了眼睛,愣了,接着就大喊一声:"狼,狼。"敞开的狼道峡口形如一个巨大的白色弯月,在雪花的遮掩下豪迈地朦胧着,天空正在呼啸,雪原正在流淌,白色的浩茫中,那悄无声息的,却是最应该闹腾起来的狼群。

南边是来自多猕草原的狼群,北边是来自上阿妈草原的狼群,它们井水不犯河水,冷静地互相保持着足够的距离。对它们来说,这里既不是本土,也不是疆界,不存在行使狼性中固有的领地保护权的问题。更重要的是,当它们不约而同地穿越狼道峡，来到这里面对陌生草原的险恶和未知时，就已经意识到，它们的目的是共同的，敌人是共同的，犯不着一见面互相就掐起来，至少现在犯不着，现在是大敌当前——藏獒来了，西结古草原的领地狗群来了。

静悄悄地，两股狼群在雪雾的掩饰下一声不吭地完成了各自的布阵。这样的布阵既是古老狼阵的延续，也是头狼智慧的体现。虽然狼姓种族的许多阵法传了一代又一代，是约定俗成的，但也往往体现着头狼对事态的判断和它采取的应对方式，其中不乏创意，不乏灵活机动的改变。所以两股狼群的狼阵在大致相同的布局中，又有了一些不同。

相同的是，多猕狼群和上阿妈狼群的布阵用人类的语言都可以概括为散点式阵法，就是壮狼、弱狼、公狼、母狼、大狼、小狼插花分布，远远看上去，零零散散一片全是狼，到处都是弱狼小狼，到处又都是壮狼大狼。如果敌手想要擒贼先擒王，或者采取凌强震弱的战法，它就不知道哪儿是王、哪儿是强；如果敌手想从虚弱的地方寻找突破口进入狼阵，或者先吃掉弱的来它个下马威，它就不知道哪儿是弱，哪儿是突破口。散点式阵法里，狼与狼前后左右的间距大致是五米，五米是个双保险的距离，既可以在进攻时一扑到位，又可以保证逃跑时不至于你挤我撞，自相踩踏。还有，散点式阵法可以让攻入狼阵的敌手在任何一个地方受到壮狼大狼的猛烈反击，而把狼群的损失减少到最低程度。

不同的是，多猕狼群的布阵里，中间基本上是空的，方圆二十步只有一匹狼，远远一看它就是头狼，多猕头狼在这个危险时刻一反常态地显示了自己的中心地位。上阿妈狼群的布阵里，中间也是空的，但没有头狼，头狼在什么地方？仔细观察，就会发现狼阵北缘的一角，狼的分布不是五米一匹，而是密集到两米一匹，那儿有头狼，上阿妈头狼是隐而不蔽的。

多猕头狼傲立在它的群体中扬头观望，它已经看清楚了狼道峡口的北边上阿妈狼群的布阵，心里一阵不快。对方是一种向北倾斜的阵势，北缘一角密集的狼影和头狼所处的位置说明，它们随时都想逃跑。在面迎领地狗群，南靠多猕狼群，又绝对不能退进狼道峡的情况下，它们只能往北逃跑。多猕头狼冷笑一声：还没有开始厮杀，就已想到逃跑了。那就跑吧，北去的山塬上，虽然有可能是牛羊成群的牧地，但也有可能是藏獒众多的战场，要想立足这片陌生的草原而不付出代价，那是不可能的。

但从上阿妈头狼的立场来说，它的布阵一点也没错。在獒与狼的对阵中，狼永远是被动的，是防守的。个体的狼和小集群的狼要是遇到领地狗群，毫无疑问是要溜之大吉；大集群的狼面对领地狗群时，首选的仍然是逃跑，除非领地狗群里没有藏獒，或者只有少量的藏獒。作为一股外来的身处险境的狼群，上阿妈狼群的布阵并没有超越狼的惯常思维和一般行为。狼群首先得有一片生存的空间。你不能指责它的贪生怕死，因为在贪生怕死的背后，隐藏着一匹头狼老辣而周全的考虑，这样的头狼一定是一匹历经沧桑而又老成持重的头狼。

多猕头狼远远地看了一眼上阿妈狼群的头狼，再次审视了一番自家狼群的布阵，固执地摇了摇头。虽然它也可以老辣而周全地设置一个便于逃跑的狼阵，但便于逃跑的狼阵往往又是容易遭到攻击的狼阵，它不能还没有看清对方就逃之夭夭。

作为一匹身经百战的头狼,它必须知道西结古草原的领地狗群到底是什么样的——是以藏獒为主,还是以藏狗为主?单打独斗的本领如何?集群作战的能力怎样?尤其是至关重要的獒王,到底是怎样一只藏獒,它有超群的勇敢吗?有超群的智慧吗?知己知彼,是生存的需要,是宜早不宜迟的。

更重要的是,它必须按照祖先的遗传和自己的经验行事:狼群应该在失败中逃跑,不能没有失败就逃跑,必须留下几具狼尸再逃跑,一逃就脱。因为同样处在饥饿中的领地狗群一定会像狼一样扑向食物而放弃追撵,不留下几具狼尸就逃跑,领地狗群就会一直追下去,追得狼群筋疲力尽,然后多多地咬死狼,一鼓作气把狼群撵出西结古草原。

多猕头狼研究着狼阵,又看了看飞驰而来的西结古草原的领地狗群,走动了几下,便尖锐地嗥叫起来,向自己的狼群发出了准备战斗的信号。

所有的多猕狼都竖起耳朵扬起了头,眼睛喷吐着虽然惊怕却不失坚顽的火焰,竖起的狼毛波浪似的掀动着,掀起了阵阵死灭前的阴森之风。雪花胆怯地抖起来,还没落到地上就悄然消逝。兽性的战场已经形成,原始的暴虐渐渐清晰了。

多猕头狼继续嗥叫着,似乎是为了引起领地狗的注意,它把自.己的叫声变成了响亮的狗叫。叫声未落,席卷而来的领地狗群就哗的一下停住了。

是獒王冈日森格首先停下来的,它跑在最前面。它一停下,身后的大灰獒江秋帮穷和大力王徒钦甲保就戛然止步,接着所有的领地狗也都停了下来。大力王徒钦甲保闷闷地叫着,左右两翼和獒王身后的领地狗们也跟着它闷闷地叫着,似乎是说:怎么了,眼看就要短兵相接了,为什么要停下?

按照狗群进攻狼群的惯例,这个时候是不应该停下的,就像一股跑动中劲力十足的风,一停下就什么也不是了。

但獒王冈日森格宁肯让领地狗群失去劲力和锋锐,也要停下来搞明白为什么面前的狼群不跑,还故意用狗叫挑衅。它用雄壮的吼声回答着徒钦甲保和所有领地狗们的询问,以不可置疑的威严让它们安静下来。它从容地扬起硕大的獒头,把穿透雪幕的眼光从南边横扫到北边,仔细听了听,闻了闻,然后用两只前爪轮番刨着积雪,似乎在寻找答案:为什么多猕狼群要用狗叫吸引领地狗群的注意?难道它们希望领地狗群首先进攻它们?难道它们愿意牺牲自己,给上阿妈狼群创造一个逃跑的机会?

一直站在獒王身边的大灰獒江秋帮穷用一种发自胸腔的声音提醒它:不,狼不是獒,两股互不相干的狼群,从来不会有帮助对方脱险的意识和举动。冈日森格哼哼了两声,仿佛是说:你是对的。

冈日森格朝前走去,走到一个雪丘前,把前腿搭上去,扬头望了望上阿妈狼群的布阵。它一眼就看出那是一个随时准备逃跑的狼阵。领地狗群一旦进攻多猕狼群,上阿妈狼群肯定会伺机向北逃跑,而藏獒以及藏狗的习性往往是咬死扑来的,追撵逃跑的,放弃不动的。上阿妈狼群一跑,领地狗群必然会追上去,这样多猕狼群就会伺机摆脱领地狗群的袭扰,快速向南移动。南边是昂拉雪山绵绵不绝的山脉,隐藏一群狼就像大海隐藏一滴水一样容易。狡猾的多猕狼群,它们的布阵给领地狗群的感觉是既不想进攻,也不想逃跑,实际上它们是既想着进攻,又想着逃跑的。

既然这样，那就不能首先进攻多猕狼群了。

但是不首先进攻多猕狼群，并不意味着首先进攻上阿妈狼群。獒王冈日森格明白，如果自己带着领地狗群从正面或南面扑向上阿妈狼群，上阿妈狼群的一部分狼一定会快速移动起来。一方面是躲闪，一方面是周旋。就在领地狗追来追去撕咬扑打的时候，狼阵北缘密集的狼群就会在上阿妈头狼的带领下乘机向北逃窜。这时候领地狗群肯定分不出兵力去奔逐追打，北窜的狼群会很快隐没在地形复杂的西结古北部草原。不，这是绝对不可以的，北部草原牛多羊多牧家多，决不能让外来的狼群流窜到那里去。更重要的是，在它们进攻上阿妈狼群的时候，多猕狼群就会悄然消失，等你明天或者后天再追上它们的时候，它们就已经是吃够了牛羊肉喝够了牛羊血的胜利之狼了。狼的胜利永远意味着藏獒的失败，而藏獒的失败又意味着畜群的死亡和牧家的灾难。这是不能接受的，永远不能。

獒王冈日森格掉转身子，看了看大灰獒江秋帮穷和大力王徒钦甲保，又扫视着大家，似乎在询问：你们说说，到底怎么办？又是大力王徒钦甲保着急地带头，领地狗们此起彼伏地叫起来：獒王你怎么了？你从来都是果敢勇毅的，从来没有像今天这样拿不定主意过。大灰獒江秋帮穷跨前一步，吐着舌头用一种呵呵呵的声音替獒王解释道：今年不同于往年，往年我们见过这么多外来的狼吗？冈日森格瓮瓮瓮地叫着，好像是说：是啊，是啊，也不知多猕草原和上阿妈草原到底发生了什么，居然迫使这么庞大的两股狼群，不顾死活地要来侵犯我们西结古草原了。

这么深奥的问题，自然不是领地狗们所能参悟的，它们沉默了。

獒王冈日森格晃了晃硕大的獒头，沉思片刻，转身朝前走去，走着走着就跑起来。那从容不迫、雍容大雅的姿态，正在无声而肯定地告诉它的部众：它已经想好办法了，而领地狗们要做的，就是紧紧跟着它，不要掉队，也不要乱闯。

大灰獒江秋帮穷和大力王徒钦甲保互相比赛着跟了过去，领地狗们一个个精神抖擞地跟了过去，排列的次序好像是提前商量好了的：先是能打能拼的青壮藏獒和那些命中注定要老死于沙场的年迈藏獒，再是小喽罗狗，最后是小獒小狗。

这时小公獒摄命霹雳王生气地喊叫起来，像自己这样一只骄傲的小公獒居然不被重视，落在了队伍后面，简直就是耻辱。它想得到允许跟着阿爸阿妈去前面冲锋陷阵。但是它喊叫了半天也没有人理睬，就着急地跑起来。它撞开挡路的小獒小狗，又撞开队伍中间的小喽罗藏狗，直接跑到了獒王冈日森格身边。

冈日森格突然停下了，严肃地望着小公獒，呼呼地叫着，仿佛说：不行，这不是平时闹着玩，你赶紧回到后面去。小公獒倚小卖小，梗着脖子不听话。它的阿爸大力王徒钦甲保跳了过来，大吼一声：回到后面去。小公獒求救地望着獒王，还是不听。就见一向对它温柔体贴的阿妈黑雪莲穆穆忽地扑过来，一口叼起它，转身就走。

小公獒绝望了，在阿妈嘴上哭着喊着，直到被阿妈放回到领地狗群后面的小獒小狗群里。阿妈黑雪莲穆穆厉声警告它：领地狗群自古就有服从命令听指挥的规矩，你要是乱来你就得死，知道吗？说罢就匆匆忙忙回到前锋线上去了。小公獒望着阿妈跑远的背影，委屈地哭了。突然意识到周围的小獒小狗正在嘲笑它，便怒叫一声,朝着一只比自己大不了几天的小雪獒扑了过去:你敢嘲笑我,我是摄命霹雳王。

领地狗群跑向了上阿妈狼群,跑向了狼道峡口的北边,越跑越快,以狼群来不及反应的速度拦截在了狼阵北缘狼影密集的地方。

獒王冈日森格停下来,目光如电地扫视着十步远的狼群:头狼? 头狼? 上阿妈狼群的头狼在哪里? 冈日森格的眼光突然停在了一匹大狼身上,那是一匹身形魁伟、毛色青苍、眼光如刀的狼。岁月的血光和生存的残酷把它刻画成了一个满脸伤痕的丑八怪,它的蛮恶奸邪由此而来,狼威兽仪也由此而来。

冈日森格跳了起来,刨扬着积雪,直扑那个它认定的隐而不蔽的头狼。

第二章　小母獒卓嘎

原野就像宇宙的空白,坦坦荡荡地散布着白色的恐怖。风是鬼,雪是魔,天上地下到处都是冬天的凶暴。冷啊。父亲把手中那条黄色的经幡使劲系在了棉衣领子上,这一来可以防止风雪往脖子里灌,二来可以保佑自己。他知道经幡上的藏文是《白伞盖经》里的咒语,念诵这样的咒语,毒不能害,器不能伤,火不能焚,寒不能坏。可现在他念诵不了,嘴唇差不多就要冻僵了,只能把经幡系在脖子上,让路过嘴边的风替他去念诵:"哗啦啦啦,钵逻嗦噜娑婆柯。"

父亲吃力地行走着,一脚插下去,雪就没及大腿。使劲拔出来,再往前插。这样一插一拔,不是在走,而是在挪。有时候他只能在雪地上爬,或者顺着雪坡往前滚,心里头着急得直想变成一股荒风吹向碉房山上去,吹到西结古寺的藏医喇嘛尕宇陀跟前去。但事实上他是越走越慢,慢到不光他着急,连等在野驴河边的狼都着急了。

跟踪他的狼群已经分成两拨,一拨继续跟在后面,截断退路,一拨则悄没声息地绕到前面,堵住去路。狼的意图是,既要让他远离寄宿学校以及多吉来吧,又不让他靠近碉房山,就选定在野驴河畔,神不知鬼不觉地吃掉他。

父亲浑然不知,他全神贯注于身下的积雪,根本就顾不上抬头观察一下远方。等他走累了停下来喘息的时候,就低着头一阵阵地哆嗦。他把皮大衣脱给了他的学生,只穿着一件棉袄。棉袄在冬天的西结古草原单薄得好比一件衬衫,好在他胸前戴了一块藏医喇嘛尕宇陀送给他的热力雷石,那是可以闪烁荧光、产生热量、具有法力的天然矿石。当然更大的威胁还是饥饿,他和孩子们一样,也是三天没吃东西了。

哆嗦够了继续往前走,父亲看到自己已经来到一座卧驼似的雪梁前,不禁长喘一口气。他知道翻过这道雪梁就是一面慢坡,顺着慢坡滚下去,就是野驴河边了。他伸出舌头舔了舔脖子上的经幡,心说我这就是念经了,猛厉大神保佑,非天燃敌保佑,妙高女尊保佑。吃的来,喝的来,藏医喇嘛快快来。达娃好好的,十二个孩子都给我好好的。父亲就像一个真正的牧人,念了经,做了祷告,心里就踏实起来,浑身似乎又有力气了。

在心念的经声陪伴下,父亲终于爬上了雪梁。他跪在雪梁之上,眯着眼睛朝下望去,一望就有些高兴:一览无余的皓白之上,夹杂着星星点点的黑色,不用说那是来迎接他的领地狗群了。他揉了揉眼睛,再次让眼光透过了雪花的帷幕,想看清獒王冈日森格在哪里。父亲倒吸一口冷气:哪里是什么领地狗群,是狼,是一群不受藏獒威慑的自由自在的狼。

狼是跑来跑去的,看到他之后,跑动得更加活跃了,明显是按捺不住激动的样子。

草原上的大风只要裹挟着雪,就会让满地的积雪变得虚实不均,原因是风头的力量比风身风尾要大得多。当它面对着倾斜的地面时,就像一些直上直下的舌头,有力地卷走了虚浮的雪花。而风又是连环排队的,一股风的风头落下的地方,也是后面无数风头落下的地方。这些地方的积雪会变得又松又薄,松薄的积雪在奇寒无比的气温下起不到给地面保暖的作用,地面上的冻土就会因结冰而膨胀起来。这样一来,覆盖厚雪的地面和膨胀起来的地面看起来一样平整,却有着软硬虚实的不同。对这样的不同,有经验的牧民能够分辨,那些灵性的动物更是一望而知,对它们灵敏的嗅觉来说,覆雪的软地面和膨胀的硬地面有着完全不一样的味道。

来到野驴河边拦截父亲的狼,就是踩着那些不规则的硬地面跑来跑去的。

父亲又开始哆嗦,是冷饿的哆嗦,也是害怕的哆嗦,心里一个劲地鼓捣:完蛋了,完蛋了,今天要把性命交待在这里了。他深知雪灾中狼群的穷凶极恶是异常恐怖的,饥饿的鞭子抽打着它们,会让它们舍生忘死地扑向所有可以作为食物的东西。前去碉房山寻找食物的他,就要变成狼群的食物了。

父亲看到狼群朝他走来,就像军队进攻时的散兵线,二十多匹狼错落成了两条弧线,交叉着走上了雪梁。一匹显然是头狼的黑耳朵大狼走在离他最近的地方,不时地吐出长长的舌头,在空中一卷一卷的。父亲哆嗦着用下巴碰了碰脖子上的经幡,嘴唇一颤一颤地祷告着:"猛厉大神保佑啊,非天燃敌保佑啊,妙高女尊保佑啊。"他心里越害怕,声音也就越大,渐渐地就把祷告变成了绝望的诅咒:"狼我告诉你们,你们今天可以吃掉我,但即便是我用我的肉体喂饱了你们,你们也活不过这个冬天去。獒王冈日森格饶不了你们,我的多吉来吧饶不了你们,西结古草原的所有藏獒都饶不了你们。"

狼近了,二十多匹狼的散兵线近在咫尺了。黑耳朵头狼挺立在最前面,用贪馋阴恶的眼光盯着父亲,似乎在研究从哪里下口。父亲一屁股坐到积雪中,低头哆嗦着,什么也不想,就等着狼群扑过来把他撕个粉碎。就像我们大家都知道的,奇迹是命运的转折点。父亲没有想到,就在他已经绝望,准备好了以身饲狼的时候,他的祷告居然起了作用:保佑出现了,猛厉大神降临了。就像他后来说的,人是离不开神的,尤其是冬天,神是冬天的温暖,只要你虔诚地祷告,就不会不起作用。

一阵尖锐的狗叫凌空而起。父亲猛地抬起了头,惊喜得眼泪都出来了,心说我早就说过,野驴河边到处都是领地狗,冈日森格会跑来迎接我的。说完了马上又发现自己高兴得太早了,因为沿着拐来拐去的硬地面扑向狼群和跑向他的,并不是冈日森格和它的领地狗群,甚至都不是一只成年的藏獒或者成年的小喽罗藏狗,而是一只出生肯定不超过三个月的小藏獒。小藏獒是铁包金的,黑背红胸金子腿,奔跑在雪地上就像滚动着一团深色的风。

　　小藏獒从冰封雪盖的野驴河中跑来,那里是它居住的雪窝子。冬天雪沃大地的时候,领地狗群就会刨挖出一些雪坑作为睡觉休息的地方。积雪如果太厚,雪坑就会很深,很深的雪坑是很暖很暖的,而藏獒和其他藏狗都会在冬天加长加密自己的皮毛,待在雪坑里就有冬天不是冬天的感觉,往往会融化身下的积雪。于是它们想出一个两全其美的办法,就是把雪坑刨挖在野驴河厚厚的冰面上,河冰的温度低于积雪的温度,这样既有了躲避风寒的雪窝子,又不至于因为皮毛加长体温加热而融化了身下的积雪。

　　一直待在冰上雪窝子里的小藏獒其实早就看到那些狼了,它非常生气,狼群居然敢到野驴河边藏獒的雪窝子跟前来。但是它没有出来干涉,也没有发出任何声音。家里就它一个人,它本能地知道雪天里狼群的险恶,而自己还是个毫无威慑力的小孩子,一旦暴露,就会成为饿狼肚子里的肉。它静静地趴在雪坎后面死死地盯着狼群,盯着盯着就忍不住了。在看到父亲出现在雪梁上之后,看到滴沥着口水的狼群的散兵线逼向父亲之后,它突然跑出来了。它忘了雪天里狼群的险恶和自己的孤单弱小,忘了它作为一只小藏獒根本不可能从这么多狼的嘴边救出父亲,更忘了它自己就要被狼牙撕碎的后果,朝着狼群吠叫着奔跑而去。

　　父亲呆住了。他认识这只小藏獒,小藏獒是冈日森格和大黑獒那日的孩子,是个女孩,名叫卓嘎。卓嘎一个人跑来了,出生不到三个月的小母獒卓嘎胆大妄为地跑向了二十多匹狼的散兵线。父亲用惊异的眼光连连发问:怎么就你一个人? 你的阿爸阿妈呢? 你的那么多叔叔阿姨呢?

　　逼近着父亲的狼群停了下来,转头同样吃惊地望着小母獒卓嘎:原来这里是有藏獒的,不过是小的,是母的。这么小的一只母藏獒,也想来威胁我们吗? 真是不知天高地厚了。吃掉它,吃掉它,首先吃掉这只藏獒,然后再吃掉人。黑耳朵头狼用爪子刨了几下积雪,似乎是一种指挥,狼群的散兵线顿时分开了,五匹大狼迎着小母獒跑了过去。

　　危险了,危险了,小母獒就要被吃掉了。父亲大喊一声:"卓嘎快过来。"喊着就站了起来,就跑了过去。他也和小母獒一样把什么都忘了,忘了雪灾中狼群的恐怖和人的危险,忘了一旦二十多匹饿狼发威,他根本就不可能从那么多利牙之下救出小母獒。他跑了两步就翻倒在地,沿着雪坡滚了下去。

　　现在的情形是,小母獒卓嘎正在不顾一切地朝着父亲这边跑来,父亲正在不顾一切地朝着小母獒卓嘎滚去,他们的中间是二十多匹饥饿的狼。

　　狼是多疑的,依据它们自己的习性,决不相信小母獒的狂奔是为了援救父亲、父亲的翻滚是为了援救小母獒;也不相信孤孤单单的一个人和一只小母獒在援救别人时会有这么大的胆量。它们觉得在人和小母獒的大胆后面一定隐藏着深深的诡计——许多藏獒和许多人一定会紧跟着他们夹击而来,而避免中计的惟一办法就是赶快躲开。

　　黑耳朵头狼首先躲开了,接着二十多匹饥饿的狼争先恐后地躲开了,速度之快是小母獒卓嘎追不上的。小母獒停了下来,看到狼群已经离开父亲,就如释重负地喘息着,朝着父亲摇摇晃晃走来。父亲已经不滚了,坐在雪坡上朝下溜着,一直溜到了小母獒卓嘎跟前,张开双臂满怀抱住了它,又气又急地说:"怎么就你一个人?

别的藏獒呢？冈日森格呢？大黑獒那日呢？果日呢？它们怎么不管你了，多危险啊。"

小母獒卓嘎听懂了父亲的话，一下子就把刚才朝着狼群勇敢冲锋时的大将风度丢开了，变成了一个小女孩，蜷缩在父亲怀里，呜呜呜地哭起来。它舔着父亲的手，舔着父亲胸前飘飘扬扬的经幡，用稚嫩的小嗓音哭诉着它的委屈和可怜：阿妈大黑獒那日不见了，阿爸冈日森格也不见了，所有的叔叔阿姨都不见了。它是自己跑出去玩的，玩累了就在暖融融的熊洞里睡了一夜，今天早晨回到野驴河的冰面上时，看到所有的雪窝子都空了，所有的领地狗都不知去哪里了。

父亲当然听不懂小母獒卓嘎哭诉的全部内容？只猜测到了一个严峻的事实：野驴河边没有别的藏獒，领地狗们都走了，獒王冈日森格不会来迎接他了。他仰头望了望聚集在雪梁上俯视着他们的狼群，问道："冈日森格和领地狗群到底去了哪里？它们会不会马上就回来？"小卓嘎知道父亲说的是什么，却不知道如何回答，汪汪了几声，便跳出父亲的怀抱，朝前走去。

小母獒卓嘎拐来拐去地，准确地踩踏着膨胀起来的硬地面。父亲踩着它的爪印跟了过去，顿时就不再大喘着气、双腿一插一拔地走路了。

很快他们来到野驴河的冰面上，走进了獒王冈日森格和大黑獒那日居住的雪窝子。小母獒卓嘎细细地叫着，好像是说：你看你看，它们没有马上回来。父亲蹲下来抚摩着小卓嘎说："那你就带着我赶快离开这里，这里很危险。"小卓嘎没有听懂，父亲就指了指碉房山，用藏语说："开路，开路。"小卓嘎明白了，转身就走。

他们走出了雪窝子，走过了野驴河，正要踏上河滩，小母獒卓嘎突然停下了。它举着鼻子四下里闻了闻，毫不犹豫地改变了方向，带着父亲来到一座覆满积雪的高岸前。父亲哆嗦着说："走啊，你怎么不走了？"看它不听话，就佯装生气地说："那你就留在这里喂狼吧，我走了。"说着朝前走去。小母獒卓嘎扑过来一口咬住了他的裤脚，身子后拽着不让他走。父亲弯腰抱起了它，正要起步，就见狼影穿梭而来，五十步开外，飞舞旋转的雪花中，一道刺眼的灰黄色无声地集结着。

已经不是二十多匹狼了，而是更多。父亲不知道除了在野驴河畔堵截他的二十多匹狼，还有二十多匹狼一直跟踪着他。这会儿五十匹狼汇合到了一起，就要对他和小母獒卓嘎张开利牙狰狞的大嘴了。父亲绝望地说："小卓嘎我知道你为什么来到了有高岸的地方，你是不想让我们四面受敌对不对？但是没有用，这么多的狼，我们只有一大一小两个人，肯定是保护不了自己的。"说着他紧紧抱住了小卓嘎，好像只要抱紧了，可爱的小母獒卓嘎就不会被狼吃掉。

狼群快速而无声地靠近着，三十步开外，二十步开外，转眼之间，离他们最近的黑耳朵头狼和另外三匹大狼已经只有五步之遥了。小母獒卓嘎挣扎着，它想挣脱父亲的搂抱，完全按照一只藏獒的天赋本能，应对这个眼看人和藏獒都要遭受灭顶之灾的局面。但是父亲不松手，在父亲的意识里，只要他不死，就不能让小母獒卓嘎死。小卓嘎急了，细嗓门狂叫着，一口咬在了父亲的手背上。父亲"哎哟？一声，禁不住松开了手。

小卓嘎跳出了父亲的怀抱，扑扬着地上的积雪，做出俯冲的样子，朝着狼群无畏地吠鸣了几声，转身就跑。跑了几步，就把头伸进高岸下的积雪使劲拱起来，拱着拱着又把整个身子埋了进去,然后就不见了。如同消失了一样,连翘起的小尾巴也看不到了。父亲心说它这是干什么呢?是害怕了吧?到底是小女孩,它终于还是害怕了,害怕得把自己埋起来了。

父亲朝着高岸挪了挪,用身子挡住了小卓嘎消失的地方,瞪着狼群死僵僵地立着。他已经不再哆嗦了,冷也好,饿也罢,都已经不重要,他现在惟一能感觉到的就是恐惧。而恐惧的表现就是僵硬,僵硬得他什么表示也没有,连舔舔脖子上的经幡,祈求猛厉大神、非天燃敌、妙高女尊保佑的举动也没有了。

但是在黑耳朵头狼和团团围住着他的狼群看来,父亲的毫无表示是不对劲的,他不哭不喊不抖不跑就意味着镇静。而他凭什么会如此镇静呢?是不是那个一直存在着的深深的诡计直到这个时候才会显露杀机?更重要的是,那只小母獒不见了,从来就是见狼就扑的藏獒居然躲到积雪里头去了,这是为什么?如果不能用诡计来解释,就不好再解释了。

就在重重疑虑之中,狼群犹豫着,离父亲最近的黑耳朵头狼和另外三匹大狼在一扑就可以让对方毙命的时候,突然又把撕咬的冲动交给了随时都会到来的耐心。狼是世界上最有耐心的动物,耐心帮助它们战胜了不少本来不可战胜的对手,也帮助它们躲过了许多本来不可避免的灾难,现在耐心又来帮助它们了。它们强压着饥饿等待着,观察着。父亲也就一直恐惧着,僵硬着。

狼群等待的结果是,诡计终于显露了。而对父亲来说,这又是藏獒带给他的一个奇迹、一个命运的转折点。

父亲万分惊讶地看到,消失了的小母獒卓嘎会突然从掩埋了它的积雪中蹿出来,无所畏惧地吠鸣了几声后,一口咬住了父亲的裤脚,使劲朝后拽着。这是跟它走的意思,父亲僵硬地走了几步,又走了几步。黑耳朵头狼和另外三匹大狼跟了过来,始终保持在一扑就能咬住父亲喉咙的那个距离上。垂涎着一人一獒两堆活肉的整个狼群随之动荡了一下,就像静止不动的一片黑树林在大雪的推动下猛地移动起来。

接着就是静止。狼群静止着,它们盯死的活肉我的父亲静止着,连小母獒卓嘎也哑然静止了。静止的末端是一声哗变,覆满高岸的积雪突然崩溃了,哗啦啦啦。雪崩的同时,出现了一个棕褐色的庞然大物,嗷嗷地吼叫着,又出现了一个庞然大物,也是嗷嗷地吼叫着。

小母獒卓嘎悄悄的,悄悄的,父亲学着它的样子也是悄悄的,悄悄的。而狼群却抑制不住地骚动起来,它们用各种姿影互相传递着消息:诡计啊,果然是诡计,不可战胜的对手、死亡的象征原来隐藏在这里。

雪大了,不知不觉又大了,大得天上除了雪花再没有别的空间了。风吹着,乱纷纷的雪花从天上下来,又从地下上去,情绪是那么欢快、饱满,这是草原的冬天最伟大的饱满和最自由的欢快。就在永恒的大雪饱满欢快的时候,血雨腥风出现了。

上阿妈狼群的所有狼都没有想到,打斗会是这样开始的:从北端开打,从头狼开打,从防止逃跑开打。这对一门心思准备向北逃跑的上阿妈狼群来说,无疑遭遇了当头棒喝,用人类的战术形容就是上兵伐谋。上阿妈头狼不免有些心惊肉跳,看到领地狗群在一只金黄色狮头公獒的带领下奔扑而来,立刻意识到獒王来了。

上阿妈头狼觉得这獒王伟岸,挺拔,高贵,典雅,就像一座傲视万物的雪山,有一种来自天上的宏大气势。但让它感到恐怖的还不是外形上的不凡,而是那看不见的智慧的火花:这獒王不仅识破了上阿妈狼群和多猕狼群准备分道扬镳、各奔南北的意图,而且采取了惟一能够同时打击两股狼群的办法,那就是来到上阿妈狼阵的北缘,断然堵住它们的逃跑之路。一眨眼工夫,它的老辣而周全的布置就成了必须立刻改变的愚蠢之举。来得及吗? 恐怕来不及了。但上阿妈头狼毕竟是一匹历经沧桑而又老辣成性的头狼,即便来不及改变战术,它也要尽最大可能挽救它自己,挽救它的狼群。

上阿妈头狼短促急切地嗥叫着,狼阵北缘的一角,密集到两米一匹的狼突然靠得更近了,身贴身,肩靠肩,张大嘴巴,飞出牙刀,从嗓子眼里呼呼地嘶叫着,保护着自己,也保护着头狼。头狼立在它们身后,瞪视着横冲过来的冈日森格,差不多要把眼珠子瞪出来了,一副立刻就要跳起来迎接撕咬同时也要撕咬对方的架势。'

冈日森格本来打算凌空跃过最前面的一排狼,把牙刀的第一次切割留在头狼的脖子上,跑近了才意识到,也许是不可能的。这匹头狼看上去体大身健,非同小可,且满眼都是诡诈或者说是娴熟的经验。便迅速改变主意,低下头颅,蹭着地面猛烈地撞了过去。没有哪匹狼能经得起獒王的撞击,倒地了,一倒就是两匹。一匹是用头撞倒的,一匹是用爪子扑倒的。接着咔的一下,又是咔的一下,两匹狼的脖子几乎同时开裂了。死去吧你们。冈日森格吼了一声,这才一跃而起,直扑上阿妈头狼。

上阿妈头狼噌地跳了起来,凶恶的神情和尖利的牙齿都好像是扑上前去撕咬对方的样子,柔韧的狼腰却明智而弹性地弯过去,忽地一下掉转了身子。等冈日森格的牙刀飞刺而来时,它的喉咙已经安然无恙地离开了獒王攻击的锋芒。这时一匹身材臃肿的尖嘴母狼疯跑过来挡住了獒王扑跳的线路。上阿妈头狼蹭着母狼的身子跳起来,一头扎进了前面密集的狼群,只让冈日森格锋利的牙刀飞在了它的大腿上。

嗨,我怎么咬在了狼的大腿上?! 冈日森格愤怒地想着,跃过那匹身材臃肿的尖嘴母狼,眼光钢针一样盯着头狼,再次扑了过去。

头狼混迹在狼群里东蹿西蹿,把自己的部众看作了挡箭牌。冈日森格紧追不舍,忽而腾空,忽而落地,每一次落地都会让一匹做了头狼挡箭牌的狼受伤或者毙命。几次扑跳之后,眼看就要咬住对方的喉咙了,突然又收回牙刀停了下来,"钢钢钢"地叫着。好棒一匹狼,不愧是头狼,居然躲过了獒王六次扑咬。这么棒的一匹头狼是不能死的,它死了谁来和多猕头狼对抗? 生生死死的草原法则告诉獒王,制约狼群的,除了藏獒和藏狗,还有狼群本身,有时候狼群对狼群的制约往往比藏獒和藏狗更有效。尤其是头狼之间的争斗,从来就是你死我活的,在狼的世界里,它是超越了一切仇恨的最高仇恨。'

獒王吼叫着放跑了上阿妈头狼,眼睛里刀子一样的寒光左右一闪,跳起来哗哗哗地开始扫荡别的狼。它的身边,一左一右,是大灰獒江秋帮穷和大力王徒钦甲保,两个训练有素的獒界杀手,把扑打撕咬的技艺发挥得淋漓尽致。每一个动作都利落而精确,如同精心设计的一道杀戮流程线,倒在地上的壮狼大狼身上,不是脖子上血流如.注,就是肚子上洞口烂开。

　　拥挤在狼阵北缘的狼大约有七十多匹,而跟着獒王冈日森格抢先扑向狼群的藏獒,至少有三十多只,七十多匹狼哪里是三十多只藏獒的对手,很快就是狼尸遍地了。天上飞的、地下铺的,都是雪一样零碎、雪一样厚重的狼血。藏獒也有受伤的,獒血一落地,就和狼血不分彼此。只是,对狼来说,流血是亡命奔跑的理由,对藏獒来说,流血是更加生猛的借口。准备北窜的上阿妈狼群这个时候不得不在头狼的带领下朝南跑去,没跑多远就碰到了多猕狼群的狼阵。

　　按照狼的世界永远不变的古老习惯,狼阵是决不允许冲撞的,不管是作为异类的藏獒藏狗,还是作为同类的外群之狼,谁闯进狼阵就咬谁。溃散中的上阿妈狼群本来是想绕过多猕狼阵的,但领地狗群尤其那些藏獒追得太急,扑得太猛,它们慌不择路。就像来到了河岸边,扑通扑通跳进了深不可测的水里,接着就是浪起波涌,多猕狼群和上阿妈狼群打起来了。

　　好啊,好啊,打起来就好啊。獒王冈日森格希望的就是狼跟狼打起来,只是没想到它们的内讧会来得这么快。追撵中的獒王停下了,沉沉地叫了几声,让紧随其后的领地狗群也都停了下来。领地狗们看着狼跟狼的混战,叫着,喊着,多少有点惊诧地互相询问着:照这样打下去,还要我们藏獒干什么?

　　同样惊诧的还有上阿妈头狼,以它的经验,它知道宁肯让追上来的藏獒咬死,也不能闯入多猕狼阵。狼阵都是利牙的汪洋,它们会从四面八方刺向你,刺得你遍体鳞伤,然后让你死掉。而藏獒咬你,只要是面对面的,往往会一口咬死,让你少受许多痛苦。上阿妈头狼嗥叫起来,告诉闯入多猕狼阵的部众赶快出来,没有闯入多猕狼阵的部众跟着自己迅速绕过这里。它边叫边跑,不断回头看着,发现自己的妻子——那匹身材臃肿的尖嘴母狼就在自己身后,没有闯入多猕狼阵的狼正在快速跟来,而那些不小心闯入多猕狼阵的狼却已经无法出来,只能是死无葬身之地了。

　　上阿妈头狼心里恨恨的:好啊,多猕狼群,居然咬死了我的狼,咱们走着瞧。它越想越恨,越恨就越希望绕开这里,因为只有绕开这里,才会把多猕狼群暴露在藏獒面前,也才能保证自己的狼群安全南逃。上阿妈头狼越跑越快,尽管它的大腿已经被獒王冈日森格的牙刀戳了一下,但并不影响它在自己的狼群危难存亡之际,履行一个头狼的职责。

　　绕过去了,马上就要绕过去了,绕过去就是胜利。当上阿妈狼群和领地狗群之间横亘着一个多猕狼阵时,往南就不再是逃跑,而是行进了。

　　上阿妈狼群的举动立刻引起了多猕头狼的注意,它依然处在狼阵中间方圆二十步的空地上,不停息地嗥叫着,一边指挥自己的狼群坚守阵地,咬死一切闯入狼阵的野兽,一边警告上阿妈狼群不要绕过多猕狼阵向南逃跑。规则在领地狗群到来之前就已经确定了,多猕狼群向南报复人类,上阿妈狼群朝北雪根畜群,你们怎么不遵守了呢?

　　多猕头狼完全明白,如果上阿妈狼群跟它们一起向南逃跑,那就意味着两股狼群要互相竞争着把危险留给对方,把安全留给自己。这样的竞争肯定是要打起来的,而且会一打到底。两股外来的狼群一旦摆脱前来堵截的领地狗群,就会占领一片属于自己的领地当作首要目标。这时候惟一要做的,就是彻底战胜并最后吃掉同类而不是报复人类？多猕头狼不希望出现这样的局面，一再地警告着，很快就发现它的警告毫无作用，上阿妈头狼不仅不听它的，反而带着自己的狼群跑得更快了。

绕过去了，马上就要绕过去了，绕过去就是它们的胜利。多猕头狼仰头观望着，呼呼地吹了几口粗气，把飘摇的雪花吹得活蹦乱跳。它再次嗥叫起来，声音颤颤悠悠的，已不是鼓吹坚守，而是撺掇逃跑了。

哗的一声响，就像浪潮奔涌，是朝着一个方向的奔涌，多猕狼群整齐划一地丢下了闯入狼阵没被咬死的上阿妈狼，丢下了狼阵中所有的狼都必须至死坚守的岗位，撤退了，逃跑了，去和上阿妈狼群比赛亡命的速度了。都是朝南，在两条平行线上。都是朝向昂拉雪山的生命的野性展示。迷迷茫茫的平行线无尽地延伸着，上阿妈狼群想跑到多猕狼群前面去，多猕狼群想跑到上阿妈狼群前面去。跑啊，跑啊，不光是狼群的疯狂，而是整个草原的疯狂，是冬日大雪上天入地的疯狂。疯狂的逃跑后面，是藏獒以及所有领地狗更加疯狂的追撵。

追上了，眼看就要追上了。獒王冈日森格把追兵分成了三路，一路由大灰獒江秋帮穷率领，追撵上阿妈狼群；一路由大力王徒钦甲保率领，追撵多猕狼群；另一路由獒王自己率领，处在两条平行线的中间，作为两路追兵的接应。最先被追上的是上阿妈狼群，毕竟它的头狼是受了伤的，整个狼群也在和藏獒和多猕狼群的厮打中消耗了体力。

领地狗群的扑咬开始了，谁跑得慢谁倒霉。眼睛伤了，喉咙穿了，被咬出血窟窿后跑不动的狼就要死了。大灰獒江秋帮穷一连扑倒了三匹殿后的狼，又大吼一声，吓得一匹母狼和一匹幼狼栽倒在地，浑身颤抖着再也站不起来了。江秋帮穷让开了母狼和幼狼，所有的领地狗都让开了母狼和幼狼，它们是兽中的君子草原的王者，不屑于也不习惯以雄性的骠勇悍烈面对年轻的母狼和孱弱的孺子。

但是外来的母狼不了解西结古草原的王者之风，望着一个比一个凶悍的领地狗从自己身边踏踏而过，脑子轰然一响，肚子一阵剧痛，哀号了一声，便口吐鲜血闭上了眼睛。母狼死了，惊吓让它的苦胆崋然迸裂，只留下幼狼依偎在母亲的尸体上兀自发抖。

小公獒摄命霹雳王跑到幼狼身边，好奇而愤怒地吠叫着，一口咬住了幼狼的脖子，它是多么想咬死这匹幼狼，多么想使自己跟它的父辈们那样，勇敢而激动地让舌头沾满狼血。但是它很快松口了，只咬下几根狼毛粘连在自己嫩生生的虎牙上。毕竟规则比欲望更强大。欲望是来自心理和生理的，是实现的需要。规则是来自遗传和骨血的，是祖先的支配。祖先的遗传规则正在告诉它：你要是咬死小的，等你长大了，你就再也无狼可咬了，而无狼可咬的藏獒也一定是衰落迟暮的藏獒。小公獒用吠叫发泄着对狼天然生成的愤怒，渐渐后退着，突然转身，追逐别的狼去了。

就在部众纷纷倒下的时候，上阿妈头狼采取了一个引敌向邻的办法，它带着自己的狼群迅速向多猕狼群靠拢，好像这样就能把追兵全部甩给多猕狼群。冈日森格心想如此也好，三路追兵就可以合为一路了。獒王吼起来，吼了三声，大灰獒江秋帮穷和大力王徒钦甲保就率领自己的队伍，迅速横斜过来，跑在了獒王的两翼和身后。

　　冈日森格步态稳健地奔跑着,潇潇洒洒就像鹰的飞翔,没费多少工夫就追上了上阿妈头狼和它身边的身材臃肿的尖嘴母狼。只差一步就可以咬住头狼的喉咙了,但就是这一步的距离似乎永远不能缩短,固定着,追了那么长时间仍然固定着。不是獒王追不上,而是它还在思考那个问题:好棒的一匹头狼,它要是被我咬死了谁来和多猕头狼对抗? 可它毕竟是一匹危害极大的壮狼,不咬死它对西结古草原对牧民的牛羊乃至对领地狗都会是巨大的威胁。

　　獒王冈日森格突然不再犹豫了。距离陡然缩小,不是一步,而是一寸。一寸的距离就要消失,上阿妈头狼毙命的时刻已经来到了。小母獒卓嘎早就知道这里有个藏马熊冬眠的洞穴。洞穴被干草和积雪覆盖着。它曾经不止一次地钻进去,趴卧在沉睡不起的藏马熊身边,感受它们的体温散发出的暖融融的气息。它觉得这是好玩的,是一种值得褒奖的勇敢冒险的行为。凭着它对藏马熊气味的神经质的反应,它知道身边这两个睡死过去的大家伙是极其凶悍的。而在它和所有藏獒的性格里,挑战凶悍便是最基本的特征。

　　但是小母獒卓嘎也知道,自己还太小太小,小得只能挑战睡着的凶悍,而不能挑战醒着的凶悍。所以当它在阿爸冈日森格和阿妈大黑獒那日以及所有的领地狗都离去的时候,当它遇到父亲,又遇到狼群,必须按照一只藏獒的职守保护父亲,撵走狼群的时候,它是那么自然地依靠着父母遗传的聪明,想到了自己的无能,也想到了一个解救父亲的好办法。

　　它带着父亲来到了河边的高岸前,又钻进一公一母两只藏马熊一起冬眠的洞穴,用吃奶的力气咬它们的肉,撕它们的皮。看到它们惊醒后怒然而起,便赶紧跑出来,机敏地把父亲拽离了洞口。

　　两只藏马熊一前一后冲出了洞穴,它们生气啊,恼怒了:谁搅扰了我们的睡眠,要知道我们在冬天是不醒来的。它们看见了狼群,也看见了父亲和小母獒卓嘎。小母獒卓嘎悄悄静静的,也启示父亲悄悄静静的,因为它天然就知道悄然不动的结果一定是藏马熊对他们的忽略。而狼群还没有来得及意识到这一点,它们毫无理智地骚动着,为了想象中父亲与小母獒的诡计而激愤而沮丧得放声大叫。

　　一公一母两只高大的藏马熊气得呼哧呼哧直喘息,以为咬醒它们的肯定就是这伙骚动不宁的家伙,便扬起四肢冲撞而去。黑耳朵头狼首先后退了,接着所有的狼都四散而去。等它们摆脱两只藏马熊的追撵,重新聚拢到一起,寻找猎逐了大半天的父亲和小母獒卓嘎时,发现他们早已离开被狼群追逐的危险之地,走到碉房山上去了。

　　父亲在小母獒卓嘎的带领下,准确地踩踏着膨胀起来的硬地面,朝着碉房山最高处的西结古寺走去,,

　　野驴河边,五十匹狼透过弥扬的雪花绝望地看着他们,此起彼伏地发出了一阵阵尖亮悠长的嗥叫。它们依然忍受着饥饿的折磨,嘶叫里充满了凄哀动人的苦难之悲、命运之舛。但这并不意味着它们会就此罢休,它们在悲哀中承认着失败,而承认失败的目的,却是为了下一次的不失败。

　　父亲不走了,站在半山坡的飞雪中听了一会儿狼叫,然后坐下来抱起了小母獒卓嘎,动情地说:"是你救了我的命小卓嘎,这辈子我是忘不掉你了,我会报答你的,我也希望救你一次命。"父亲的眼睛泪汪汪的,他一想到小卓嘎出生不到三个月就能救人的命,胸腔就有些热,鼻子就有些酸。他从头到尾抚摩着小母獒卓嘎,突然长叹一声说:"可惜你太小了,你要是一只大藏獒,就能把你阿爸冈日森格和你阿妈大黑獒那日找回来了,我现在需要它们,寄宿学校的十二个孩子需要它们。你看这阵势,雪灾恐怕一时半会过不去,狼只会越来越多,多吉来吧一个人是顾不过来的。"

小母獒卓嘎仰脸望着父亲的嘴,认真地听着,它当然听不懂父亲的全部意思,但是有几个词汇它是熟悉的:阿爸冈日森格、阿妈大黑獒那日以及多吉来吧。它眨巴着眼睛想了想就明白了:父亲在想念它的阿爸和阿妈以及多吉来吧,自己应该去寻找它们,先找到阿爸和阿妈,再找到多吉来吧。多吉来吧?不就是寄宿学校那个冷漠傲慢不理人的大个头藏獒吗?

一个月以前小母獒卓嘎跟着阿爸阿妈去过一次寄宿学校,它们是去看望父亲的,是定期看望,差不多一个月一次。以学校为家的多吉来吧虽然不叫不咬,但那冷若冰霜的眼神,那假装没看见的傲慢,让它感到十分不舒服。它甚至有点奇怪,和蔼可亲、十分面善的父亲怎么会和一只相貌凶狠、目空一切的藏獒生活在一起?多吉来吧——当父亲叫唤着那个傲慢的家伙,希望它过来理理客人时,小卓嘎记住了这个名字。多吉来吧不听父亲的,梗着脖子坚决不过来,父亲就把小母獒卓嘎抱到了它跟前说:"你们热乎热乎吧,或许将来有一天,你多吉来吧也会有孩子的。"多吉来吧无奈地张开嘴,重重地舔了它一舌头,把它舔得翻滚在地上。站在一边的大黑獒那日看见了,心疼地吼了一声:"你想干什么?"还好,多吉来吧没有舔疼它,它感到多吉来吧的舌头有力而温暖,带着一股傲慢的骄气、一股野蛮的爱怜。

父亲放开了小母獒卓嘎,跟着它继续往上走。心里着急地说,到了,到了,西结古寺马上就要到了。他发现,狼已经不叫了,原野轰隆隆的,风声和雪声恣情地响动着,仿佛是为了掩护狼群的逸去。狼群去了哪里?不会是去了寄宿学校吧?那儿本来就有狼,加上这一群,多吉来吧可怎么办哪?寄宿学校已经死了两个孩子,千万不能再死人了。牧民们说,吉利的汉扎西已经不吉利了,不念经的寄宿学校应该念经了,昂拉山神、碧宝山神、党项大雪山仁慈的雅拉香波山神已经开始惩罚学校了。谁说我不吉利了?我要是不吉利多吉来吧会跟着我?獒王冈日森格会常来看我?谁说寄宿学校没有念经?学校里是学生跟着我学文化,我跟着学生学念经。谁说山神开始惩罚学校了?我们又没做错什么,为什么要惩罚?惩罚?丹增活佛保佑,整个西结古寺保佑,千万不要再有什么莫名其妙的惩罚。

父亲这时候还没有意识到,他所担忧的,也正是跟踪围堵他的狼群急切想做到的。狼群迅速回去了,回到寄宿学校去了,在吃掉父亲的希望破灭之后,它们把更大的希望寄托在了十二个孩子身上。它们并不担心多吉来吧的保护,多吉来吧再强横也只是孤零零的一个,狼群要是一哄而上,那就是山崩地坼,谁也无法阻挡。它们担心的倒是别的狼群已经成了这次围猎的胜利者,十二个孩子已经被命主敌鬼的狼群或者断尾头狼的狼群吃掉,连渗透着人血的积雪都被舔得一干二净。

狼群跑啊,疯狂地跑啊,带着饥荒时刻吃肉喝血的欲望,沿着膨胀起来的硬地面,跳来跳去地跑啊。

黑耳朵头狼一直跑在最前面,它身材修长,四肢强壮,步幅大得不像是狼跑,而像是虎跳,即使饿得前胸贴着后背,依然保持着狼界之中卓越不凡的领袖风采。

第三章　护人魔怪多吉来吧

寄宿学校的帐房里,躺在毡铺上的平措赤烈刚喊了一声"狼",用一根细硬的狼须触醒了他的红额斑公狼就跑出了帐房。倒不是这一声喊让它受到了惊吓,而是断尾头狼并没有给它首先撕咬和首先吃肉的权利,它是前来侦察动静的:帐房里的孩子们到底在干什么? 侦察完了,它就应该出去向断尾头狼报告了。

断尾头狼看着红额斑公狼,从它扭来扭去的姿势中,明白了它的意思。正要向自己的狼群发出扑进帐房的信号,就见对面不远处,那匹像了寺院里泥塑命主敌鬼的头狼,那匹始终带着一种深不可测的哲人表情坐在雪地上的头狼,没有任何过渡地一跃而起,直扑帐房,一直环侍在命主敌鬼身后的属于它的狼群哗的一下动荡起来,向着帐房包围而去。

断尾头狼愣了一下:不是刚才说好了吗? 由我们首先行动,我们吃够了你们再吃,怎么你们不信守约定了? 它连连咆哮着,想提醒命主敌鬼似的头狼不要乱来。看对方丝毫不听它的,便厉叫一声,朝着命主敌鬼横扑过去。转眼之间,两匹头狼扭打在一起了,它们身后的两群狼也对撞过去,一个对一个地厮打起来。

其实荒原狼是不应该这样的,尽管这两群狼从来没有一起合围过猎物,但如果需要,它们并不在乎打破这种老死不相往来的习惯。可这次不行,当父亲和十二个孩子以及多吉来吧被绵延不绝的大雪灾锁定为孤立无援的猎物时,冥冥之中的指令,那个只允许强者生存的自然法则,让它们无比清晰地获得了这样一个启示:变化就要出现了,野驴河流域只需要一股狼群,只需要一个头狼,而这股狼群和这个头狼,只能是这次围猎的胜利者。

本来断尾头狼以为,黑耳朵头狼已经带着它的狼群追逐着父亲远远地去了,命主敌鬼也已经代表它的狼群公开表示了谦让,这个胜利者笃定是它和它的狼群了。万万没想到,就在猎物马上就要到手的瞬间,谦让的突然不谦让了,战争首先爆发在了狼与狼之间,而不是狼与敌手之间。

狼群和狼群的打斗其实就跟古老的人类战争一样,决定胜负的并不是那些兵卒,而是将军,头狼对头狼的胜利,才是最后的胜利。但是现在谁也没有胜利,断尾头狼和命主敌鬼势均力敌的打斗没有一天一夜是不会结束的。狼血正在濡染着雪地,命主敌鬼的肩膀烂了,断尾头狼的肩膀也烂了,命主敌鬼的脸上有了牙齿深深的划痕,断尾头狼的脸上也有了划痕。分开了,扑过去,再一次分开,再一次扑过去。地面上,血色越来越灿烂,有两匹头狼的血,也有狼群的血,源源不断地,一片片积雪正在变成一堆堆红色的晶体。

难分难解的打斗还在继续,突然从天上传来金属般坚硬的声音。所有的狼,包括断尾头狼和命主敌鬼,一个个都竖起耳朵,戛然不动了。那是一声狼嗥,来自狼群的边缘、哨兵的口中,紧张而恐怖。没有一匹狼不明白这是什么意思:出现藏獒了,一只藏獒朝这里跑来了。

狼群愣怔着,似乎大家都在想,一场凶吉难测的厮杀已是不可避免,饥寒交迫的狼群靠什么和藏獒打斗?体力呢?精神呢?按理说,体力和精神都在食物上,可是食物看不清楚了,已经来到嘴边的食物突然又远去了。

酷似命主敌鬼的头狼恨恨地朝前看着,看到了被多吉来吧咬死的两具狼尸,深不可测的表情一下子变得浅显易懂了:还等什么,早就应该吃掉它们了。它扑了过去,它的狼群紧跟着它,以同样的速度扑向了同类的尸体。

断尾头狼尖叫一声,似乎是后悔的样子:晚了,我怎么晚了?它带着自己的狼群迅速冲上去,没命地抢夺着,抢到一口是一口,决不能让的狼群独吞了本该属于它们的肉。三匹老狼是它这个狼群的,它派它们首先来和多吉来吧对阵,除了试探对方的凶狠程度、打斗能力,更重要的是为了让它们在这个关键时刻做出牺牲。三匹老狼已经很老很老了,它们一死就变成了食物,就能补充活狼衰弱的体力,有了体力才能保证狼群打败藏獒,吃掉寄宿学校的人。想不到的是,自己安排的食物却被命主敌鬼一伙抢先了,它怒不可遏,又毫无办法,狼本来就是为抢夺食物而生的,草原上没有一种生活会让它们变得温文尔雅。

两具狼尸转眼被撕碎了,狼群不是撕肉,而是在咔吧咔吧地断骨扯筋。等撕抢到了骨肉的狼跑向远方,躲在雪坑雪洼里大口吞咽的时候,那儿已经什么也没有了,连渗透了狼血的积雪也被舔食干净了。狼多肉少,很多狼急红了眼,却连一滴狼血也没有舔到,气得它们来回直跳。

断尾头狼更是愤怒有加,它虽然抢到了肉,但远远不够它填饱肚子。它觉得这是不能容忍的,死狼出自它的狼群,第一个满足的只应该是它。它气急败坏地踱着步子,看到独眼母狼坐在地上,用鼻子不无同情地指着它,便暴怒地叫了一声:你怎么没死啊?我是要你去死的,你却活得比我都安闲自在。它边叫边靠了过去,一口咬住了独眼母狼已经被多吉来吧咬伤的喉咙。

独眼母狼痛苦地扭曲着身子,却没有挣扎着逃脱。它知道自己不死是不行了,头狼和疯狂的狼群以及越来越狰狞的饥饿,已经把它看成是一具活着的尸体了。它现在惟一要做的,就是少受一些痛苦的折磨,快快地死掉。断尾头狼似乎知道它的心思,迅速换了一下口,锉动着牙齿,飞快地咬断了它的喉管,鲜血顿时滋满了断尾头狼的脸。

许多狼扑了过去。断尾头狼丢开还在无助地蹬踢着腿的独眼母狼,眯着眼睛,向所有扑过来的狼发出了攻击。不管是自己这一群的,还是命主敌鬼那一群的。

一声惊怕到极点的稚嫩的狼嗥颤颤悠悠地响起来,那是狼崽的哭声,仿佛也是它对这个世界的质疑:为什么呀,为什么对我好的,给我爱的,让我感到温暖的,就要这么快这么惨地死掉呢?独眼母狼不是狼崽的阿妈,狼崽的阿爸阿妈都死了,是被断尾头狼咬死的。断尾头狼咬死了这群狼的前任头狼,又咬死了对它一直愤恨不已的前任头狼的妻子,现在又咬死了阿爸阿妈去世后一直抚养着狼崽的独眼母狼。狼崽觉得世界或许就应该是这样:身强的吃掉体弱的,年轻的吃掉年老的。但狼崽不明白自己为什么会对这样的事情感到悲伤和痛切,它总是不由自主地想哭,想喊,总是一遇到流血和死亡心脏就咚咚大跳,身子就瑟瑟发抖。它觉得流血和死亡就像一片水,给别人的是狂喜和渴望,给它的却是窒息和深悲。

　　狼崽深悲的哭叫一直持续着,却丝毫没有影响狼群抢食独眼母狼的行动。狼越聚越拢,越抢越猛,命主敌鬼甚至都用上了和藏獒打斗的技巧和力量来抗衡断尾头狼的攻击。断尾头狼看到自己的攻击毫无作用,便回过头来,一口咬破了独眼母狼柔薄的肚腹,奋不顾身地把嘴伸进去,在热烘烘的肚子里又吃又喝。那里没有骨头,没有皮毛,连韧性的筋条都没有,有的只是血液浸泡着的绵软的五脏,不用牙齿,仅靠吮吸和吞咽就可以饕餮一番。命主敌鬼眼馋了,嫉妒了,忍不住扑过去,叼住断尾头狼的半个尾巴使劲往外拽着。断尾头狼回身就咬,两匹头狼又扭打在一起,打了一阵再去抢食独眼母狼时,独眼母狼已经不见了,连骨头也不见了,只剩下一些狼毛在风中和雪花一起飞扬飘舞。

　　断尾头狼用凶狠的目光扫视着狼群,好像是在追查谁吃掉了独眼母狼,最后眼光落在了依然哭叫不已的狼崽身上。似乎它认为是狼崽的哭叫破坏了它的狼尸之宴,它伸着脖子低着头,把鼻子撮成四道楞,迈着滞重的步态,以一种惩罚内贼的姿势乖谬地逼向了狼崽。

　　气氛顿时凝重了,狼们都知道,断尾头狼要咬死并吃掉狼崽了。谁也不敢跟过去,跟过去就意味着你想和断尾头狼抢食,或者你想阻止它这种乖谬之举。而此刻的狼们既不想吃掉一个弱小的同类,也不想冲撞了断尾头狼,就那么冷漠地眼睛直勾勾地看着:近了,近了,断尾头狼和狼崽之间的距离眼看就要消失了。

　　狼崽不哭了,它盯着断尾头狼凶狠的眼睛。知道对方是来惩罚自己的,反而不怎么害怕了,心脏不再咚咚地跳,身子也不再瑟瑟地抖,奇怪地想:我就要死了吗?我就要被它吃掉了吗?难道我们这些狼活着,就是为了让它们这些狼吃掉?

　　回答它的是命主敌鬼哲人似的一阵鼻息,似乎是在意味深长地告诉狼崽:“是啊,是啊,有些狼来到这个世上,就是为了吃掉别人,有些狼来到这个世上,就是为了被别人吃掉。”鼻息完了又是一声嗥叫,它带着金属般坚硬的力量告诉所有的狼:藏獒来了,已经来到眼前身边了,危险的时刻、血战的时刻来到了。就在獒王追上上阿妈头狼,准备立刻咬死它的时候,蓦然一股黄风吹来,那匹身材臃肿的尖嘴母狼身子一歪,楔进獒王和上阿妈头狼之间,凄厉地叫了一声,唰地停下,横挡在了冈日森格面前。獒王冈日森格一头撞过去,把母狼撞翻在地上,张口就咬。但是它没有咬住对方的喉咙,而是咬在了对方的肩膀上——獒王手下留情了,如果不是来不及刹住撕咬的惯性,它甚至都不想咬伤对方的肩膀,只想吓唬吓唬,让它逃走。獒王寻思,它是母狼,已经怀孕,眼看就要生了。作为一个心智超群、生理健全的雄性的藏獒,它对所有的母性包括宿敌狼族的母性尤其是妊娠的母性都抱有一种发白骨髓的怜爱心情。

　　獒王冈日森格用两只前爪死死地踩住母狼,不让它跑掉,它觉得母狼的丈夫——那匹上阿妈头狼一定会来救它的妻子,就故意用爪子揉动着母狼的胸脯,让它发出了阵阵凄厉的叫声。

　　很失望,獒王冈日森格对狼太失望了。上阿妈头狼居然逃跑得更快,任凭救了它的命的妻子如何惨叫,它都没有丝毫返回来营救妻子的意思,甚至连回头看一眼的举动也没有,只顾自己活命去了。

　　獒王吐着舌头仰头观望,领地狗群对两股狼群的追杀正在进入最猛烈的状态。

雪粉就像迷雾,升腾在西结古草原的大雪灾中。飞雪似乎小了,一片白色之上,狼影和獒影的奔腾叫嚣,就像山洪的暴发。能够冲决一切的,是生命骄横恣肆的灵韵,是物种豪放不羁的神采。藏獒们正在胜利,以少胜多的领地狗群很快就要把两股外来的狼群赶进绵延不绝的昂拉雪山了。那儿没有牛羊,没有牧家,那儿只有狼群和豹群。只要守住昂拉山口,不让它们出来,就等于把它们赶进了一个死亡之地。狼与狼的战争马上就会到来,多猕狼群和上阿妈狼群的你死我活,外来狼群和本地狼群的你死我活,还有狼和豹子的你死我活,都将变成一种有利于牲畜和牧民,有利于藏獒和藏狗的结果。

冈日森格这么想着,突然意识到自己怜悯一匹怀孕的母狼是不明智的,因为它很快就会死掉,与其以后让它的同类把它杀死吃掉,不如此刻就结果了它的性命,让它少受些饥饿、冷冻、仇恨、惊悸的折磨。它舔了舔母狼的脖子,再一次望了望前方,似乎还在期盼那个被妻子营救而去的丈夫回来营救它的妻子。但是没有,荒茫的雪原上,依然是朝前奔逐跳跃着的狼群和领地狗群。

身材臃肿的尖嘴母狼在獒王冈日森格强劲有力的爪子下面拼命挣扎着,冈日森格张开了嘴,摆动着脖子咬了下去。动作不仅一点也不凶猛,反而十分的优雅大方。就是这优雅大方的动作,给了母狼一个被救的机会。一道闪电出现了,一匹大狼出现了,一次营救出现了。那匹大狼肯定是蹭着厚实的积雪悄悄地匍匐而来的,等它出现的时候,机敏如獒王冈日森格者,也大吃一惊:都这样近了,自己居然没看见。

冈日森格本能地护住猎物,甩头就咬,大狼似乎只想营救母狼而没有考虑自己的安危,并不躲闪,龇出狼牙接住了对方的犬牙。只听咔吧一声响,电光石火喷溅,大狼身子一歪倒了下去。这样的硬拼,再健壮的狼都不是藏獒的对手。獒王张嘴再咬,不禁"哎呦"一声,飞出的牙刀倏然收回了。它眨了眨眼睛,瞪着大狼呆愣着,甚至让跳起来的大狼在它肩膀上咬了一口,它还是呆愣着:这是怎么回事儿啊,前来营救的居然是多猕头狼。

是的,是多猕头狼,冈日森格一来到狼道峡口就注意到它并记住它了。它闻了闻,气味分明是不一样的,母狼是上阿妈狼群的气味,大狼是多猕狼群的气味。多猕狼群的头狼怎么会来营救上阿妈狼群的母狼呢?

或许在神秘的豺狼世界里,为了种的延续,有一个暗中起着巨大作用的天然法则。在这个法则里保护后代是超越现实和超越界线的,不管后代是哪一股狼群哪一片草原的。或许什么法则也没有,它就是多猕头狼的独立行动,就像獒王毫无原则地天然同情着所有的母性包括宿敌狼族的母性尤其是妊娠的母性一样,多猕头狼也天生柔情地怜爱着怀了孕的母狼,而不管它属于自己的狼群还是敌对的狼群。

獒王冈日森格一直呆愣着,多猕头狼轻而易举地又咬了它一口,这一次是咬在了前腿上,因为它劲健的前腿仍然踩踏在母狼身上。冈日森格疼得吸了一口冷气,却没有反咬一口,一瞬间甚至都没有了丝毫对狼的愤怒。不仅没有愤怒,还按照多猕狼的愿望,抬起前腿,放开了母狼,用嘴一拱:走吧。

身材臃肿的尖嘴母狼跳了起来。这匹因为营救自己的丈夫上阿妈头狼而被獒王抓住的母狼,这匹正在为一个只管自己逃逸不管妻子死活的丈夫而满脸羞愧的母狼,这匹有孕在身却得不到丈夫的保护自己还要舍命保护丈夫的伟大而可怜的母狼,它被獒王冈日森格放跑了。

　　惨烈的战伐之中,死亡的血泊之上,震怒的獒王、厮杀成性的冈日森格,厚道地放跑了一匹怀孕的母狼。就像父亲后来说的,这是一种超越物种和超越仇恨的表达,是一只气魄惊人的藏獒对一匹敢于在刀刃之下营救丈夫的母狼的致敬。父亲还说,在草原上藏獒宽恕狼尤其是母狼和幼狼的事情多了,每年都能听到或者看到,要不怎么说藏獒的品德首先不是凶猛勇敢,而是宽厚仁爱呢。

　　母狼跑了。跑离的瞬间,它好像非常留意地看了一眼多猕头狼,眼里充满了感激、提防和疑虑:怎么是你救了我呀? 母狼跑向了上阿妈狼群,那是它活着就得依附的群体,是神圣的不可脱离的生命之所系。

　　多猕头狼也跑了,边跑边冲着尖嘴母狼的背影严厉地叫了一声,仿佛是说:告诉你丈夫,让它保护好它。獒王冈日森格望着母狼,又望着多猕头狼,默默的,凭着一切伟大生命都应该具备的对高尚与勇敢的钦佩,克制了自己追上去杀死多猕头狼的欲望。它舔了舔腿上的伤口,静立着,直到看见母狼和多猕头狼都绕开领地狗群,回到了自己的群落,才闷闷地叫着,恢复了自己对狼的深仇大恨,又开始奔跑起来。

　　冈日森格很快追上了领地狗群,追上了两股挨得很近的狼群,心里一再重复着刚才那个决定:咬死它,咬死上阿妈头狼,这种忘恩负义的头狼要它活着干什么。它眼光流萤般飞走,很快发现了体大身健的上阿妈头狼,便加快速度追了过去。

　　上阿妈头狼狐疑地盯着又回到狼群里来的妻子:居然你死里逃生了,为什么那獒王没有咬死你? 母狼不理它,又开后腿,尽量保护着下坠的肚子,用一种看上去很别扭的姿势奔跑着。上阿妈头狼妒忌地吼起来,意思是说:为什么? 为什么它不咬你? 它连我都咬伤了,凭什么不咬死你? 回头一看,只见气势雄伟的獒王正朝着自己奔扑而来,便横斜过去,拦在尖嘴母狼前面,龇出利牙威胁地命令道:你给我挡住,挡住。说罢撇下妻子转身就跑,一溜烟地跑到狼群前面去了。

　　尖嘴母狼委屈地流出了眼泪,声音细细地嗥叫着,似乎在质问丈夫:怎么这个世界上就你的命重要? 我的命不重要吗? 孩子的命不重要吗?

　　獒王冈日森格看到了母狼的眼泪,仿佛也听懂了对方的心声,它绕过母狼,在狼群中杀出一条血路,直奔上阿妈头狼。紧随身后的大灰獒江秋帮穷和大力王徒钦甲保以及别的领地狗立刻意识到,獒王是要放过这匹母狼的,也都从母狼身边纷纷闪过,扑向了另外的目标。

　　上阿妈头狼一看不好,知道自己已经成了獒王确定要杀死的对象,恐惧而绝望地嗥叫一声,身子一倾,离开狼群奔西而去。

　　西边是一条雪岗,缓慢的雪坡匀净得就像刚刚擦洗过。这样的雪岗对上阿妈头狼是有利的;因为狼比藏獒更能爬高就低,只要雪岗那边有陡坡,它就有把握摆脱追撵。它朝着雪岗跑去,獒王追撵着,一前一后,它们跑上了雪岗。

　　上阿妈头狼大失所望,雪岗那边没有陡坡,只有牙长一点缓坡,然后就是一马平川。它在失望中跑下缓坡,知道自己死期已到,跑着跑着就不跑了,疲累不堪地趴在积雪中,告别世间似的凄声叫唤起来。

上阿妈头狼叫了半晌也不见獒王冈日森格扑过来咬它,扭头一看,不禁大为迷惑:獒王根本就不在自己身后,也不在雪岗上。再一看,獒王跑到那边去了,那边什么也没有,只有雪花在飘舞。上阿妈头狼倏地站起,也不想追究獒王放弃它的原因了,撒腿就跑,很快绕过雪岗,朝着自己的狼群追奔而去。这时它听到了獒王的吼叫,那吼叫滚雷似的运动着,让奔驰在雪野里的所有狼、所有领地狗都听到了。

狼们依然在逃命,领地狗群却纷纷停下了,呼哧呼哧喘着粗气。大力王徒钦甲保和獒王一样轰隆隆地叫着,似乎在遗憾地询问:为什么不追了? 眼看狼群就要跑不动了。大灰獒江秋帮穷二话不说,朝着雪岗那边的獒王跑了过去。徒钦甲保犹豫了一下,跳起来跟了过去,领地狗们也都纷纷跟了过去。它们知道:又有别的事情了,獒王在召集它们呢,什么事情会比追杀入侵领地的外来的狼群更重要呢?

獒王冈日森格继续吼叫着,看到自己的部众一个个跑来,便把吼叫变成了悲郁哀痛的哭声。领地狗们一听也哭起来。苍茫无际的雪原上,藏獒以及藏狗们的哭声就像远处昂拉雪山的造型,绵绵地陡峻着。漫天的雪花纷纷把纯洁的问候落向它们:獒王怎么了? 领地狗群怎么了? 和以往许多次一样,一直待在狼群边缘的哨兵,并不是看见了藏獒,而是闻到了藏獒风卷而来的浓烈气息,所以在它发出紧张而恐怖的警告之后,总得过一段时间藏獒才能到来。但是这一段预期中的时间在今天会是如此短暂,没等两股狼群把自己的事情处理好,藏獒的身影就在飞雪中翩翩而至了。

还是那只硕大的黑红色魔怪多吉来吧,它是这个地方的守护神,它一口气咬死了两匹老狼,咬伤了一匹老狼,然后就去追撵它的主人——我的父亲。父亲危险了,狼就要把他吃掉。追着追着它突然又停了下来,因为它比谁都清楚,只要它离开,帐房里的十二个孩子就必死无疑,而父亲,父亲真的就会被狼吃掉吗? 多吉来吧看了看拴在自己鬣毛上的黄色经幡,想起父亲离开它时手里也挥动着一条经幡,想起父亲说到了领地狗群,还说到了獒王冈日森格。冈日森格和领地狗群都在野驴河边,它们怎么可能容忍狼群对父亲的侵害呢? 十二个孩子显得比父亲更需要它了。它转身就跑,边跑边后悔:我怎么离开了呀,我这个笨蛋。

多吉来吧穿过蜂拥在寄宿学校四周的狼群,跑向了学生住宿的帐房,它在门口一站,放眼一扫,便狂叫着奔扑而去。谁也无法理解在那么多狼影之中,它怎么一眼就看到了断尾头狼,一眼就明白了对方正打算咬死并吃掉狼崽,更无法理解它的奋猛的奔扑竟是为了营救狼崽。父亲后来对我说:藏獒总有一些举动是我们无法解释的,在它们复杂而幻变的天性里,仿佛有一种神秘的力量,引导着它们的表现,使它们往往出人意料。有些本该属于人类而人类又很难做到的举动,也就通过这样的表现变成了藏獒天赋的智慧。

多吉来吧扑过去吓跑了断尾头狼,一口叼起狼崽,迅速回到帐房门口,把狼崽放在了门边的积雪中。狼崽又开始哭叫了,它不愿意离开自己的群体,更不愿意来到一只藏獒的身边。藏獒是狼的克星,狼是藏獒的天敌,而现在它却瑟缩在克星的身边,一边仇恨着,一边害怕着。它朝前爬去,知道一回到狼群自己就会被断尾头狼咬死并吃掉,但还是想回去。它是狼,它必然要回到狼的群体当中去。多吉来吧用唬声威胁着不让它走。看它不听,就用嘴轻轻一拱,把它拱进了帐房门口。

　　帐房里，除了昏迷中的达娃，所有的孩子都起来了。他们挤成一团，紧张地看着门外狼群之间的打斗和狼吃狼的血腥场面。直到多吉来吧出现在门外的雪雾中，才松了一口气。正准备回到毡铺上躺下，就见一匹灰色的狼扑了进来。他们齐声叫唤着互相抱在了一起，仔细一瞅，才看清是一匹狼崽。

　　平措赤烈挺身而出，一脚把狼崽踢出了门外。狼崽打着滚儿，疼痛地尖叫着。多吉来吧回头冲着帐房里面"汪"了一声，似乎表示了它的反对：为什么要残害一个幼小的生命呢？多吉来吧走过去，再次把狼崽拱进了帐房。这一次平措赤烈没有踢，而是一把从脊背上揪起了它，到处摸了摸。发现它的气息是温热的，肚腹也是温热的，就把它搂在了怀里，告诉别的孩子："我要用狼保暖我的身子，我不消耗体力了，我要睡啦。"

　　孩子们都跟着平措赤烈躺在了毡铺上。狼崽哭着叫着，与其说是害怕，不如说是吃惊，它太不习惯这样被人紧紧搂了。但是平措赤烈搂着它不放，它意识到哭叫挣扎是没用的，就安静下来不动了。一丝温暖从它的皮毛和人的怀抱接触的那个地方升起，很快袭遍了全身。它感觉昏昏沉沉的，打了个哈欠，就把自己的危险处境抛在了脑后。它闭上眼睛，睡着了。毕竟它太小，还属于懵懂无知的阶段，一睡就睡出了一个美好境界：断尾头狼死掉了，阿爸阿妈活过来了，一直抚养着它的独眼母狼也活过来了。它们轮番在它身上舔着，那个舒服和甜美，是饥餐血肉的时候没有的。

　　但搂着狼崽取暖的平措赤烈是睡不着的，别的孩子也睡不着。冷啊，饿啊，还有声音，外面的声音大起来了。风声、雪声、多吉来吧攘斥狼群的吠鸣声。噗啦啦啦，是藏獒扑过去了，还是狼群扑过来了？孩子们猜测着，却没有谁强挣着起来看个究竟，饥饿引起的乏力让他们连孩童的好奇也没有了。惟一能够让他们爬起来的，大概只有汉扎西老师的脚步声。汉扎西老师什么时候才能带着吃的回来呢？

　　此刻，多吉来吧也和孩子们一样，肚子瘪瘪的，咕噜噜直响。它看到被它咬死咬伤的三匹狼不在原地，就知道它们已经被狼群吃掉了，突然就后悔起来：自己刚才为什么不吃它几口狼肉呢？三匹老狼是来送死的，它们视死如归把自己变成了食物，又变成了狼群的力气，这样的力气是专门用来对付它的。它很生气，以为是自己的失误造成了狼对自己放肆的觊觎。它必须挽回失误，而挽回失误的惟一办法，就是再咬死几匹狼，不，咬死所有的狼。多吉来吧朝着狼群狂躁地斯杀而去。

　　狼群已经准备好了，多吉来吧一回来，它们就按照最初聚集在这里的目的，自动调整好了心理。那就是一致对外，先干掉这只悍猛的藏獒，再吃掉那些被困在帐房里的孩子。

　　狼影快速移动着，很快以东南两个半月状的队形，围住了帐房。东边是断尾头狼的狼群，南边是命主敌鬼的狼群。两股狼群的队形都是四层的布局，最前面一层都是老狼，中间两层分别是壮狼和青年狼，后面一层是幼狼和正处在孕期或哺乳期的母狼。这样的布局很明显是要牺牲一些老狼_的，老狼是自愿的，还是被逼迫的？父亲告诉我，人有多复杂，动物就有多复杂。那些在狼群中必须冲锋陷阵的老狼，肯定有自愿的，也有不自愿的，更有在自愿和不自愿之间徘徊的。但不管哪一种，它们都是一些积累了无数打斗经验的狼，个个老奸巨猾，一定会让对手遭受沉重打击。等它们牺牲够了,无论怎样悍猛的藏獒就都不可能保持最初的锋锐,对接下来蜂拥而至的壮狼和青年狼的攻击也就无能为力了。

然而来到这里的所有狼都没有想到,在它们十二分地畏惧魁伟剽悍的多吉来吧的时候,仍然低估了对方的能力。对方决不是一只按照狼的安排进行打斗的藏獒,它曾经是饮血王党项罗刹,它向来不懂得避重就轻、欺软怕硬、柿子拣软的捏等等做法是一种必要的选择。不,它已经杀死杀伤了三匹老狼,它现在不想再跟老狼斗,只想咬翻最强壮最厉害的。谁啊? 谁是最强壮最厉害的? 那就是头狼,多吉来吧眼光一扫,就认出谁是头狼了。

多吉来吧是朝着南边狼群的月牙阵厮杀而去的。南边狼群的头狼是命主敌鬼,它处在中间一层壮年狼的簇拥里,正瞪着眼睛期待着前锋线上老狼和藏獒的厮杀。没想到一眨眼工夫老狼的阵线就出现了豁口。多吉来吧直冲过来,眼睛的寒光刺着它,出鞘的牙刀指着它。命主敌鬼本能地缩了一下身子,想回身躲开,意识到自己已是躲无可躲,便惊叫一声,趴伏在地,蹭着积雪像一条大蟒一样溜了过去。

多吉来吧已经凌空而起了,按照它扑跳的规律,无论对方逃跑,还是跳起来迎击,在它落地的刹那,它都会用前爪摁住对方的肩胛,然后用牙刀一刀挑断对方的喉咙。但它没想到命主敌鬼会来这一手:反方向溜爬,一溜就从它巨大的阴影下面溜过去了。

多吉来吧大为恼火,觉得自己居然被对手戏弄了。戏弄是一百倍的侮辱,它决不允许自己容忍这样的侮辱,尤其是来自狼的侮辱。它没有让自己落地,就像长了翅膀一样,在空中扭歪了身子,伸出前腿斜岔里一蹬,蹬在了另一匹狼的脊背上。那是一匹紧靠着命主敌鬼的壮狼,壮狼有壮狼的结实,这一蹬没有蹬飞它,只是把它蹬趴了下来。而多吉来吧需要的就是这种结实,就像蹬在了坚硬的地面上,它借此在空中来了一个九十度的转弯,横扑过去,一爪踩住了眼看就要溜掉的命主敌鬼。这是运足了力气的一踩,击石石烂、夯铁铁碎,只听嘎吧一声响,命主敌鬼的屁股烂了,胯骨裂了,整个身子瘫在了地上。

命主敌鬼痛苦地皴起脸上的皮肉,扭过脖子来,闪烁着利牙唰唰撕咬。但它挺不起身子来,利牙全部咬在了空气里。多吉来吧一副不屑于对咬的架势,踩着命主敌鬼,昂扬着头颅,睥睨着四周。似乎想用自己威风凛凛的仪表朝着狼群炫耀一番后,再咬死和吃掉它们的头狼。

狼群窜来窜去的,没有一匹狼敢于冲过来营救它们的首领,但也没有一匹就此乱了阵脚,或者望风而逃。它们的窜来窜去似乎是一种语言的交流,商量着到底怎么做才能打败这只藏獒。突然它们不商量了,所有的狼都停下来,血红的狼眼齐唰唰地瞪在了多吉来吧身上。

多吉来吧依然克制着吞食血肉的欲望,望了望狼群中一匹离自己很近的大个头公狼,确定它就是自己下一个扑咬的目标后,才傲慢地晃动着头,哼哼了两声,吐出血红的舌头,从容地滴沥着口水,准备牙刀伺候了。

喉咙,喉咙,藏獒的牙刀和胃肠共同呼唤着头狼的喉咙,头狼命主敌鬼的喉咙马上就要被撕裂着吮血了。安然无恙,谁也没有想到,头狼命主敌鬼的喉咙最终会安然无恙地保留在原来的地方。原因是多吉来吧过于自信,以为食物已经到口,多分泌一些口水再把狼肉吞下肚子似乎更有味道、更有助于消化。就在这样的自信里，四周的狼群突然又开始窜来窜去了，比刚才更加迅疾而有声有色。多吉来吧警惕地看着，多少有些分神，不禁放松了踩住对手的爪子。

爪子下面的对手，不愧是一匹在精神气质上像极了寺院里泥塑命主敌鬼的头狼，利用放松的缝隙，在屁股流血、胯骨断裂的时候，竟然还能奔跃而起。就是这玩命的一跃，让它逃脱了在狼群看来已经死定了的命运。

命主敌鬼聪明地意识到自己是跑不远的，便放弃逃离，一头扎进了身前不远处虚浮而深厚的积雪。那些白色的晶体立刻陷埋了它，它不见了，只剩下尾巴在白雪之上摇曳不止。

多吉来吧暴怒，跳过去，正要刨雪而食，就见狼群潮水一样哗地一下朝它涌过来。它知道吃掉头狼已是不可能了，睁圆了吊眼，横斜着一扫，立刻盯上了刚才被它确定的那个目标——大个头的公狼。它毫不迟疑地扑了过去。这是在它幼年时代由送鬼人达赤用非人的手段逼迫出来的魔鬼似的一扑，几乎是所向无敌的。狼们都没有看清楚是怎么回事，就听大个头的公狼惨叫一声，倒在了地上。多吉来吧牙刀一闪，一口咬在了对方的喉咙上，獒头奋力一晃，喉咙立刻变成了一个血洞。命没了，升天了，一匹鲜活灵动的大狼转眼就变成一堆食物了。

多吉来吧来不及吞咽一口，再一次奔扑而去。狼群有点乱了，但仍然没有逃离此地的意思。它们跑动着，既不远去，也不靠近，是躲命，也是牵制，或者说躲命就是牵制。这个也牵制，那个也牵制，让多吉来吧不得不采取一种斗折蛇行的奔扑路线。扑倒了这个，再扑倒那个。牙刀是决不惜用的，扑倒一个咬它一口，每每都在一刀致命的喉咙上。那速度仿佛取消了时间，快得让狼们眼花缭乱，脑子一片空白。好几匹逃命的狼反而撞进了多吉来吧的怀抱，一撞之下，立刻变成了刀下鬼。

聚拢在一起的狼群渐渐散开了，一匹匹惊恐无度的狼毋庸置疑地传递着离开的信号。多吉来吧哼哼了几声，仿佛是得意的冷笑，舞蹈一般腾挪跌宕的扑杀也渐趋停止了。它吼喘着，挺身在血泊之上，看到十三匹已死或将死的狼横陈的地上，地上已经没有白色了，积雪变成了一片污迹，无声地昭示着战争的残酷和丑陋。

天上的雪小了一些，向晚时分的光线似乎比中午更明亮。风还在鼓动，帐房被掀动得呼啦呼啦响。东面以断尾头狼为首的狼群静悄悄的，本来它们是可以乘机袭击帐房里的人的，但是没有。多吉来吧很奇怪，它们居然没有趁火打劫。多吉来吧拉长了舌头，在凉风中散发着胸腹里的火气，低下头，撕了一嘴狼肉，连毛带皮吞了下去。它想迅速填饱肚子，然后回到帐房门口。只有站在那儿，心里才是踏实的。

遗憾的是，多吉来吧还没有来得及实现自己的想法，渐渐散开的命主敌鬼的狼群就又开始往一起聚拢，传递过来的信号也已经不是惊恐无度和离开这里了。多吉来吧一马吐掉了嘴里的狼肉，它要继续让自己饿着，要让极度饥饿的感觉成为它杀狼护人的巨大动力。它专注地观察着，发现那匹被自己一爪击烂了屁股，击裂了胯骨的头狼命主敌鬼又出现在了狼群里。

命主敌鬼头狼重伤加身而威权犹在，它蹲踞在地上，用红亮的眼睛狠毒地盯视着多吉来吧，也盯视着自己的同伴，不时地发出几声痛苦而焦急的嗥叫。大概它的盯视和嗥叫就是它的命令,聚拢过来的狼群迅速调整着队形,由原来四层的布局,变成了两层。靠近多吉来吧的一层是老狼和壮狼,外面的一层是青年狼和幼狼以及正处在孕期或哺乳期的母狼。更重要的是,老狼和壮狼形成了好几拨,一拨差不多八九匹,好比人类军队中战斗班的建制。

多吉来吧从胸腔里发出一阵低沉的呼噜声,警告似的朝前走了两步。看到狼的阵线居然一点也不慌乱,便朝后一蹲,狂躁地扑了过去。

就像一石击水,狼群顿时骚动起来,但却骚动得富有章法,就像它们在表演一种排练有序的集体舞,惊而不乱地跑动在广场上。多吉来吧自然是不会扑空的,身体的速度、前爪的力量和牙刀的锋利依然如旧,很轻松地又使一匹壮狼毙命了。然而这一次扑杀并不是值得称赞的一次,它那舞蹈般的腾挪跌宕还没有出现,八九匹狼就从前后左右一哄而上。它们要破釜沉舟了,不打算要命了。八九匹狼中有老狼,也有壮狼,老狼从前面扑来,壮狼从两侧和后面扑来。当多吉来吧用牙刀和前爪对付几匹老狼的时候,两侧和后面的壮狼也正好可以飞出自己的牙刀来对付多吉来吧。

多吉来吧受伤了,好几匹狼的牙刀同时扎在了它的屁股、大腿和腰腹之间,这是它第一次被荒原狼咬伤,它不相信似的扭头看了看咬伤它的几匹狼,又忽左忽右地看了看自己的伤口,惊诧地眨了眨眼,獒头高扬着,跳起来,朝着狼群俯冲而去。边冲边叫,仿佛是说:有本事你们别逃。

狼群哗地散开了,在多吉来吧俯冲之前就散开了。它的俯冲虽然没有落空,但跑来和它较量的已不是刚才那一拨狼,而是另一拨。它们的战术和刚才那一拨一样,也是八九匹狼围住多吉来吧,老狼从前面迎击,壮狼从两侧和后面围攻。

又是一阵激烈残酷的撕咬,一匹老狼死掉了,它用自己的生命给同伴创造了一个牙刀出手的机会。同伴们紧紧抓住这个机会,再一次让多吉来吧付出了忠诚于人类的代价。多吉来吧的伤口成倍增加,鲜血在周身滴沥,都能听到下雨一样的响声了。它再一次惊诧万分地看了看自己的伤口,悲愤地吠叫着,毫不怜惜自己地开始了新一轮的进攻。

狼又变了,第三拨狼代替了第二拨狼,八九匹狼按照事先商量好的,围绕着多吉来吧,准确地站到了各自的位置上。但这次多吉来吧并没有理睬跑到嘴边来送死的老狼,而是不停地旋转,让围住的狼搞不明白它到底要扑向谁。于是狼们也开始旋转,狼们始终想让老狼对准多吉来吧的利牙,只好随着它的旋转而旋转。

天上地下呼呼呼地响,风大了,雪急了,飘风骤雪在狼群和藏獒的搅拌下变成了一个巨大的涡流,光影奔驰着,飞起一片惊天动地的喧嚣。狼们晕了,但还是在旋转,似乎越晕越要旋转。而多吉来吧却已经腾空而起,越过了狼影旋转的包围圈,扑向了簇拥在圈外观战的另一些老狼和壮狼。

狼群措手不及,顿时乱了,密集的狼影奔来突去,攻又不能,逃又不肯,只能闪来闪去地躲避对方的扑咬。多吉来吧亢奋地吼叫着,只要狼群没有形成阵线,它就可以随心所欲了。只见它眼睛放电似的闪烁着,以快如流星的速度左扑右杀,漆黑如墨的脊影连成了一条线,火红如燃的胸脯连成了另一条线,矫健有力的四腿连成了第三条线。三条线并行着,就在黑压压一片狼群之间忽东忽西,时南时北。不时有狼的惨叫,不时有皮肉撕裂和鲜血迸溅的声音,不时有狼的倒下,倒下就起不来了,就只能死了。

来到这里的荒原狼完全没有想到多吉来吧会是这样一个狞厉可怕的护人魔怪,现在遭遇了,见识了,就有些后悔:为什么要来这里呢? 但既然已经来了,就不能半途退却,死了这么多的同伴,付出了这么惨重的代价,而依然饥肠辘辘,那就太不像狼了。

头狼命主敌鬼叫起来,它躲在一个多吉来吧看不到的雪洼里,用一阵锐利的叫声传达了它的意思。它的狼群听明白了,所有的狼,那些还活着的有伤和没伤的老狼和壮狼,那些直到现在还没有靠近过多吉来吧的青年狼和幼狼以及正处在孕期或哺乳期的母狼,都知道一个背水一战、拼死求胜的时刻来到了。

戛然而止,所有的狼都站着不动了,都用阴鸷的眼光盯着多吉来吧。多吉来吧感觉到有什么不对,却没有停下,依然扑打着。扑倒了一匹狼,又扑倒了一匹狼。它顾不上用利牙割断狼的喉咙了,它不再使用牙齿,只用岩石一样坚硬的前爪,迅雷般地打击着对方——捣烂这匹狼的鼻子,捣瞎那匹狼的眼睛。

命主敌鬼的锐叫再次响起来。狼动了,所有的狼都动起来了,这一动就是铺天盖地,奔扑啊,跳跃啊,厮杀啊,也不管自己的牙齿和爪子能不能够着对方,所有的狼都扑向了多吉来吧。

多吉来吧咆哮了一声,想看清到底有多少狼朝它扑来都来不及了。它奋力反击着,牙刀和前爪依然能够让靠近它的狼遭受重创。但它自己也在受伤,受伤,一再地受伤。甚至有两匹狼把牙刀插在它身上后,就不再离开,切割着,韧性地切割着,任它东甩西甩怎么也甩不掉。

扑向多吉来吧的狼还在增加,一匹比一匹沉重地压在了它身上。它根本就无法施展威力,惟一的想法就是站着不要倒下,它用粗壮的四条獒腿支撑起身体,也支撑起身体上面的一座狼山。

狼山移动着,那是多吉来吧在移动。多吉来吧突然明白过来,它不能再这样厮杀下去,它得回到帐房门口。帐房这个时候很可能已经危险了,里面的十二个孩子,那个几乎被断尾头狼吃掉的狼崽,很可能已经危险了。它驮着一座狼山,想着十二个孩子和一个邂逅沙场的狼崽,忍受着鲜血满身、牙刀满身的疼痛,吃力地挪动着步子,一步比一步艰难。

但是仿佛帐房已经离它远去,它怎么努力也走不到跟前去了。更惨的是,它听到了一个声音,那是命主敌鬼的嗥叫,是那种带着颤音的满足欣喜的嗥叫。它心想完了,这样的满足欣喜是吃到了食物的表示,是饱足的意思。头狼吃到了什么,是孩子们,还是狼崽? 它觉得孩子们已经死了,它没有尽到责任致使主人的学生一个个都成了狼的食物。它不走了,拼命地挺立着,突然一阵颤抖,软了,软了,心劲没有了,四腿乏力了,扑通一声响,它倒了下去,它背负着的整个狼山倒了下去。

狼们从它身上散开,围绕着它看了看,那无尽的悲伤遗恨,就在这一刻变成了欢欣鼓舞。它们嗥叫着,一个个扬起脖子,指着雪花飘飘的天空,呜哦呜哦地宣告着死亡后的胜利。

多吉来吧一动不动,血已经流了很多,现在还流着,无数伤口积累着难以忍受的疼痛。更重要的是,它觉得孩子们已经死了,它也就没有必要活下去了。它看到两匹健壮的公狼抢先朝着它的喉咙龇出了钢牙,便把眼睛一闭,静静地等待着那种让它顷刻丧命的狼牙的切割。

第四章　命主敌鬼、断尾头狼与黑耳朵头狼

獒王冈日森格和领地狗的哭声让雪花收敛了欢快的飘舞,沉重地直落而下。风和雪花都知道:藏獒死了。死去的两只藏獒被大雪覆盖着,平地升起的雪丘是它们的坟墓,那么高,好像天公格外同情逝去的草原精灵,尽把雪花朝这里堆积了。闻味而来的獒王冈日森格又是用鼻子拱,又是用爪子刨,好像只要刨出来,两只藏獒就能复活。

当大灰獒江秋帮穷和大力士徒钦甲保带着领地狗群蜂拥而来时,獒王已经把积雪的坟墓刨开了。死去的藏獒赫然裸露,獒王和领地狗们一看就认出来了,一只是大牧狗新狮子萨杰森格,一只是曾经做过看家狗现在也是大牧狗的瘸腿阿妈。它们死了,它们是尼玛爷爷家的帮手,在大雪灾的日子里,死在了远离帐房的高山牧场。它们的四周是一片高低不平的积雪,积雪下面埋葬着饿死冻死的羊群,有一百多只,或者二百多只。

完全能够想象两只藏獒是怎么死在这里的,就跟去年一样,当大雪灾降临的时候,尼玛爷爷家的羊群被突如其来的暴风雪吹散了。羊是最没有定力的牲畜,风往哪里吹它们就往哪里跑,风的速度几乎就是它们的速度,人是看不见也跟不上的。只有藏獒既看得见也闻得着,它们随羊而去。开始是想把羊群赶回到帐房旁边,赶不回来就只好跟着羊群跑,也不知会跑向哪里。直到积雪厚实起来,羊群再也跑不动了的时候才会停下。对羊群来说,停下来就是等死,不是冻死,就是饿死。这样的命运是牧羊的藏獒无法改变的,它们只能眼看着羊一只只死去,一只只被大雪掩埋。它们坚定地守护着,就像守护活着的畜群那样,尽职尽责不让狼群和别的野兽靠近。藏獒是从来不会吃掉自己看护的牛羊的,哪怕牛羊已经冻死饿死,这是世代相传并且渗透在血液里的规矩,是它们至死不变的自律原则。而坚守这个原则的结果却是让它们自己也像羊一样冻死饿死。在冬天,大雪灾的日子里,许多牧羊的藏獒就这样死掉了。去年尼玛爷爷家死掉了鹰狮子琼保森格,今年又死掉了新狮子萨杰森格和瘸腿阿妈。宁肯自己饿死也不吃一口自己看护的已经死掉的牛羊的藏獒,就这样在用生命的代价换来声誉之后,悄悄地消失了。

天上,是大雪的惋叹,沉重得就像整个冬天。獒王冈日森格呆愣着,已经不再发出任何声音了,无声的哭泣让眼泪变成了滚烫的热流,顺着脸颊滴下来,很快在嘴边的獒毛上结成了冰。领地狗们悄悄的,有的在流泪,有的在一口一口地舔去同伴脸上的泪。它们是悲情的动物,它们对两种死亡有着天然敏感的伤痛,一种是主人的死,一种是同伴的死。一遇到这样的死亡它们就会情不自禁地哭泣和凭吊,然后就是撒尿——把獒臊味留下来,不让狼豹吃掉死者的尸体,只等着鹰雕和秃鹫前来送葬。鹰雕和秃鹫是不怕獒味的,甚至对獒臊味充满了欢喜。它们是天上的动物,和藏獒无怨无仇,它们负责人和藏獒的天葬,负责把人和藏獒的灵魂送上生生

不息的轮回之路。

尿撒了，鹰雕和秃鹫还没有来。獒王冈日森格甩了甩头，甩掉了糊满眼眶的泪水，闷闷地叫了一声，掉转身子，示意大家该走了，情势危急，更重要的事情不是哭泣，而是战斗。

大力王徒钦甲保首先跑起来。大灰獒江秋帮穷追过去拦住它，轻轻地叫着，好像是说：你不能这样，獒王冈日森格应该跑在最前头。徒钦甲保回头看了看獒王。獒王大度地喷吐着气雾，有意放慢了脚步，意思是说：跑吧跑吧，追杀狼要紧，并不是所有的时候，我都应该跑在前面。徒钦甲保跳起来，一头撞开江秋帮穷的阻拦，朝前疯跑而去。大灰獒江秋帮穷生怕徒钦甲保抢了头功似的紧紧跟上了它。

狼群已经不见了，浩淼的雪海雄浑地起伏着，和远方的山浪连在了一起。正北风变成了西北风，空气中的狼味已经很淡很淡，似乎就要消失了。大力王徒钦甲保停了下来，迷惑地摇晃着脑袋：狼呢？狼呢？哪儿去了？身后传来大灰獒江秋帮穷的叫声，似乎是一种嘲笑，又似乎是一种提醒：叫你别往前跑，你非要往前跑，迷失了目标是吧？你看獒王是怎么做的。说着，朝着獒王冈日森格靠了过去。

獒王冈日森格并没有停止跑动，只是略微改变了一下方向，地形的起伏和风向的改变并不影响它的判断。它知道狼群并没有跑远，就在前面不远处的雪浪后面。它超过了大力王徒钦甲保，来到领地狗群的最前面，放慢速度，四肢弯曲，身子低伏着，用自己的形体语言告诉部众：悄悄地跑啊，就像我这样，别发出声音来。

多猕狼群和上阿妈狼群都以为领地狗群已经放弃了追击，便不再狂奔，渐渐停下来，一边喘息，一边咆哮。这是一种互不相让的争吵，多猕头狼的意思是：这是我们的逃跑路线，凭什么你们要来啊？上阿妈头狼的意思是：谁抢先就是谁的，我们已经抢先了，你们就不能再和我们争了。

争吵持续了一会儿，接着就是厮打，多猕头狼直扑上阿妈头狼：你连你妻子都敢抛弃，你有什么资格跟我说话？在祖先遗传的规则里，两匹头狼的打斗是绝对不允许别的狼参与的，谁失败谁就得带着自己的群体离开这里，去寻找新的生存之地。上阿妈头狼立刻应战，扑上去，张嘴就咬。

都有同样的横暴和狡诈，都有同样的力量和技巧，多猕头狼和上阿妈头狼的打斗没有几十个回合是分不出输赢的。大雪奔驰的原野上，两匹凶悍的头狼你一嘴我一嘴地撕咬着，激烈得就像水流碰到了石头，一会儿一个浪花，一会儿一个浪花。

就在这时，獒王来了，领地狗群来了。等狼群发现的时候，已经离得很近很近了。两匹头狼的打斗倏然停止。几乎在停止打斗的同时，上阿妈头狼长嗥一声，转身就跑。它的狼群迅速跟上了它，哗的一下，狼影鼠窜而去。多猕头狼仇恨地望了一眼獒王冈日森格，咆哮了一声，然后紧张而不慌乱地跑了起来。它的狼群似乎有意要保护它，等它跑出去几米才跟了过去。

又一场疯狂的逃命和追逐开始了，逃命和追逐的双方都抱定了不进入昂拉雪山不罢休的目的。雪原上狼影和狗影的移动，就像降落的雪花一样紧急。

似乎喜欢游荡在冰天雪地里的凶暴赞神和有情赞神突然显灵了，它们不愿意獒王冈日森格和领地狗群就在这个时候把狼群赶进冰封雪罩的昂拉山脉，更不愿意领地狗群只管抵御外来的狼群而不去管管本地的狼群。风大了，呜呜地大了，从西北方向吹来的风突然把很多内容都包括了进来。除了寒冷和雪花,还有远方的信息,那就是血腥的味道,好几股本地狼群的味道,依稀还有多吉来吧和孩子们的味道。獒王冈日森格打了个愣怔:怎么会是这样? 好几种味道胶结在一起,就说明它们来自同一个地方,那是什么地方呢? 一想就明白了。哎呀不好,寄宿学校很可能出事了,那是个有许多孩子的地方,是它的恩人汉扎西居住的地方,是多吉来吧应该舍生忘死的地方。

獒王冈日森格惊叫了一声,奔逐的脚步没有停下,身子却倾斜着拐了一个弯,朝着和狼群的逃逸大相径庭的方向跑去。大灰獒江秋穷首先跟上了它。大力王徒钦甲保打了个愣怔,刚想问一声为什么,鼻子一抽立刻就明白了。身后的领地狗群远远近近地跟了过去,那些藏獒是知道獒王为什么改变方向的,它们也闻到了西北风送来的消息。那些藏狗暂时还不知道为什么,但是它们服从了,它们一贯的做法就是无条件地服从獒王。

只有一只藏獒没有跟着领地狗群改变方向往回跑,那就是小公獒摄命霹雳王。它仍然追撵着狼群,全然不顾身边同伴的纷纷离去,一副不达目的不罢休的样子。这一刻,天然生成的刚毅顽强就在它苦累艰辛的奔逐中彰显了不朽的风采,生命最优良的素质被它演绎成了宁肯累死也不放弃追杀的冲刺。似乎游荡在冰天雪地里决定着生物命运的凶暴赞神和有情赞神,也无法抗衡一只幼小藏獒表现力量、意志、精神和气质的信念,也不能阻拦这只小公獒在抵御外来狼群时舍生忘死的最平凡最自然的举动。

小公獒的阿妈黑雪莲穆穆首先意识到孩子没跟上来,停下来,严厉地吼叫着:过来,过来。接着小公獒的阿爸大力王徒钦甲保也停下了,獒王冈日森格也停下了,所有的领地狗群都停下了。徒钦甲保生气地叫嚣着,就要跑过去把小公獒赶过来,却被獒王冈日森格跳起来拦住了。

獒王的举动似乎在告诉大家:也许小公獒摄命霹雳王是对的,两股狼群眼看就要被赶进昂拉雪山了,现在放弃,那就是功败垂成。怎么办? 獒王的大吊眼在长毛之中忽闪忽闪地望着领地狗群,在提出问题的同时,立刻由它自己的吠叫做了回答。吠叫是两种不同的声音,分别指挥着不同的领地狗,也就是说,它们要兵分两路了。

分工瞬间完成:獒王冈日森格带着大力王徒钦甲保等二十多只奔跑和打斗俱佳的藏獒,继续追杀多猕狼群和上阿妈狼群,直到把它们赶进昂拉雪山;大灰獒江秋帮穷则带领大部分领地狗,去救援寄宿学校。獒王用碰鼻子的方法告诉江秋帮穷:我们把狼群赶进昂拉雪山后就去追你们,我们一定会赶上你们的。然后闷雷般地叫了一声,朝着狼群,也朝着小公獒摄命霹雳王奔驰而去。

两个多小时后,獒王冈日森格带着二十多只顽强超群的藏獒,终于把多猕狼群和上阿妈狼群赶进了昂拉雪山深邃幽静的山怀,又有几匹狼惨死在了逃跑的路上。

这时候獒王已经从狼的情绪、狼的语言中知道,两股外来的狼群来到西结古草原的目的,决不仅仅是为了吃掉一些牲畜,填饱自己的肚皮,也不仅仅是为了谋取一片领地,固执而顽梗地生存下去,它们有着更加凶险毒辣的目的,刻骨的仇恨和残酷的搏杀不过是刚刚拉开序幕。

好在两股外来的狼群都是死伤惨重,饥饿难忍,劳乏得就像抽了筋断了骨,它们需要休整,需要过几天才能恢复足够的胆量和力气。也就是说,狼群暂时还不会有大的报复行动,作为必须扼制外来狼群的獒王,它可以走了,可以去追赶大灰獒江秋帮穷,去奔赴寄宿学校的危难了。

獒王冈日森格和大力王徒钦甲保默契地扭转了身子,朝回跑去。另外二十多只藏獒紧紧地跟了过去。

獒王边跑边想:汉扎西的寄宿学校、寄宿学校的汉扎西,还有孩子们,可要好好的,好好的。夏天被狼咬死了一个孩子,秋天又被狼咬死了一个孩子,现在可不能再被狼咬死孩子了。多吉来吧,你是一只勇猛无敌的藏獒。一定要保护好他们,我来了,我们来了,所有的领地狗都来了。帐房东面,以断尾头狼为首的狼群一直静悄悄的,这样的坐山观虎斗自然是一种默契的体现,而默契来源于我们此前说过的那个也许就要出现的变化:未来的野驴河流域的草原上,只需要一股狼群、一个头狼,而不是像现在这样由三股狼群、三个头狼各领风骚。哪股狼群是这次围猎的胜利者,哪股狼群就应该是未来狼群的主力。从这个默契出发,断尾头狼决不会率众去帮助命主敌鬼,因为实际上它们并不希望自己的同类取得对多吉来吧的胜利。地球上的生存法则就是这样,你首先不是跟你的敌人争抢,而是跟你的同类争抢。现在,不希望胜利的已经胜利,断尾头狼和它的狼群就更需要沉默了。

沉默之后就是离开,它们要远远地离开,而且已经迈开了步子。但是且慢,情况好像正在发生变化,有一群野兽正在朝这边跑来,转眼就近了,都可以看到它们沿着膨胀起来的硬地面扭动奔跑的姿影了。

它们是黑耳朵头狼率领的狼群。它们一来就直奔帐房,闻出十二个孩子还在里面,就把帐房挤挤蹭蹭地围住了。

断尾头狼发出了一阵狗一样的吠鸣,告诉自己的狼群先别走,你看你看它们居然要抢了;还要警告黑耳朵头狼不要胡来,谁付出了惨重的代价食物就应该属于谁。

断尾头狼的叫声突然变得尖锐起来,仿佛是对自己人的怂恿:我们为什么要放弃呢? 走啊,走啊,别人能抢,我们也能抢啊。它叫着,率领自己的狼群扑了过去。

这是什么意思? 我们在这里前仆后继地打,凭什么你们要来抢肉吃? 帐房南面的狼群里,首先做出反应的是命主敌鬼,它烂了屁股,裂了胯骨,疼痛得都走不成路了,却还在那里用嗥叫指挥着它的狼群:打败多吉来吧并不是最后的胜利,吃掉十二个孩子才是最后的胜利,快啊,快去吃掉啊。

但是命主敌鬼这次指挥绝对是一个失误,它的狼听到了它的声音,就都把头抬了起来,包括那两匹健壮的公狼。

两匹健壮的公狼已经朝着多吉来吧的喉咙龇出了钢牙,眼看就要扎进去奋力切割了,突然抬起头,跳起来,在头狼不断嗥叫的催促声中,朝着帐房奔跑而去。

围绕多吉来吧的所有狼都朝着帐房跑去。它们以为多吉来吧已是盘中之餐,吃完了人还可以回来再吃它,哪里会料到,对方天生是一只九死一生的藏獒,难以想象的艰难早在它的童年时代就已经给它的生命锻造出了难以想象的皮实坚韧,死里逃生对它来说不过是一次寻常经历。

多吉来吧睁开了眼睛，看到身边没有一匹狼，便站了起来。它这一站，抵抗命运的意志、厮斗搏杀的能量就又回来了。因为它看到帐房居然是完好无损的，甚至连门也是原来的样子。环绕着帐房挤满了狼，狼们正在自相残杀，说明帐房里的十二个孩子依旧安然无恙。

多吉来吧大义凛然地走了过去，张着大嘴，龇着虎牙，喷吐着由杀性分泌而出的野兽的黏液，竖着鲜血的重量压不倒的头毛、鬃毛和身毛，旁若无狼地走了过去。这时候它并不主动出击，只是用它的磅礴气势、它的熊姿虎威震慑着群狼。它高昂着大头，微闭着眼睛，似乎根本就不屑于瞅狼群一眼，只用一身惊心动魄的创伤和依然滴沥不止的鲜血蔑视着狼群，健步走了过去。狼群让开了，按照多吉来吧的意志给它让开了一条通往帐房门口的路。

多吉来吧站在了帐房门口，面对着厚重的原野和漫天傲慢的飞雪，岿然独立着，凝神不动。

三股狼群依然纠缠在一起，不打出个一佛升天二佛出世绝不罢休。

但是透过雪帘能看清多吉来吧的狼已经不打了，断尾头狼和黑耳朵头狼以及它们身边那些健壮聪明的狼也已经不打了。命主敌鬼忍着伤痛，蹭着积雪爬过来，对自己的狼群拼命嗥叫着。狼们听明白了，不光它这股狼群的狼，所有的狼都听明白了：死尸复兴了，活鬼出现了，大敌当前狼跟狼就不要死掐了。那个藏獒是咬不死的吗？有了咬不死的藏獒，咱们狼就别想活着了。

狼们突然安静下来，互相张望着，一会儿又开始走动，回到各自的群落中去了。一片寂静，什么声音也没有，就连狼的喘息也消失了。除了风雪的脚步声，还在飒飒地爬过天地的缝隙。

多吉来吧依旧巍巍然屹立着，心里比远方的冰山还要明白：狼群在密谋，在越蓄越多的仇恨的推动下，酝酿着一种前所未有的集体残暴，群起而攻之的时刻又要来到，更加艰难残酷的打斗就要开始了。

悄悄地，狼群动荡起来。断尾头狼带着它的狼群从帐房东面包围过来，黑耳朵头狼带着它的狼群从帐房后面包围过来，属于命主敌鬼的狼群从帐房南面包围过来。这就是说，在坚固而悠久的野性和生存需要的推动下，从来没有同心协力围杀过猎物的三股狼群，现在要一起出击了。这样的出击并不意味着彼此配合，互相关照，但它们绝对会一起扑向这只比世界上最凶猛的野兽还要凶猛一百倍的藏獒，一起扑向它们既定的目标——帐房里毫无反抗能力的十二个孩子。

多吉来吧仰天长喘了一口气，感觉到那种从未有过的巨大危险已经从天上地下降临，看了看鬃毛上的黄色经幡，不由自主地迈开了步子。

它疲倦地走着，走着，张着大嘴，吐着舌头，沿着帐房缓慢地走了一圈，然后就跑起来。它其实已经跑不动了，但作为曾经是饮血王党项罗刹的多吉来吧，它就是要在极端的困厄之中超越自己的能力和体力。它环绕着帐房跑了一圈，又跑了一圈，似乎就要这样跑下去了，直到把浑身的鲜血全部洒落在环绕着帐房的雪地上。

红了，红了，鲜血把帐房圈起来了，那是浩浩大雪淹没不掉的藏獒之血，是堵挡狼群扑向十二个孩子的防卫之血。

狼们愣怔着，四面八方的三股狼群三百多匹狼形成了一个巨大的愣怔，星星一样密集的狼眼呆望着多吉来吧环绕帐房的奔跑。本来它们可以从任何一个地方冲过去,撕裂帐房,扑到孩子们跟前,但是它们没有。它们对这样一只刚猛无比的藏獒有着与生俱来的敬畏,或者它们喜欢沉浸在愣征之中,喜欢把愣征演化成非凡的耐心,等待一个更加适合扑咬的机会。

这个机会终于被断尾头狼首先捕捉到了,那一刻,就在它的前面,多吉来吧打了个趔趄。一个骁勇得超过了激雷超过了蛮力金刚的藏獒,一个有万夫不当之勇的英雄,差一点摔倒在血色灿烂的雪地上。断尾头狼立刻嗥叫了一声,向自己的狼群发出了准备扑杀的命令。

多吉来吧愣了一下,马上挺住了,它稳了稳身子,也稳了稳意识,歪头舔了舔那条依然飘摇不止的黄色经幡,再次顽强而蹒跚地跑起来。这次它跑进了帐房,它知道自己已经到了几乎无血可流的地步,再也没有力气用魔鬼似的跑动来威慑狼群了,只能来到孩子们身边,用最后的坚韧和刚猛咬死第一个也是最后一个敢于把牙刀龇向孩子们的狼。

它卧在饿得没有一点热量和力气的平措赤烈身边。平措赤烈睁开眼睛看了看它,吃惊地想问:你怎么进来了,外面是不是太冷了? 但是他问不出来,张张嘴,又把眼睛闭上了。而他搂着取暖的狼崽却依然沉睡在他的怀抱中,做着那个似乎永远做不完的美梦:断尾头狼死掉了,阿爸阿妈和一直抚养着它的独眼母狼活来了,它们轮番在它身上舔着,舔着。

帐房哗啦哗啦响起来,先是断尾头狼率领自己的狼群越过了獒血淋漓的防卫线,从帐房门口鱼贯而入。接着黑耳朵头狼的狼群和命主敌鬼的狼群也都扑了过去,一个个奋勇争先地趴在帐房上,用利牙撕咬着牛毛擀制的帐壁帐顶,撕咬着支撑帐房的几根木杆。

帐房烂了,接着就塌了,密密麻麻的狼影乌云一般覆盖过去。孩子们惊恐万状地喊起来,但已经晚了,多吉来吧死命挣扎着咬起来,但已经无济于事了。小母獒卓嘎带着父亲躲闪着虚浮陷人的雪坑雪洼,顺利来到了碉房山最高处的西结古寺。父亲来到照壁似的嘛呢石经墙前,聆听着从一片参差错落的寺院殿堂上面传来的胜乐吉祥铃的声音,赶紧趴倒在匀净的积雪中,一连磕了好几个等身长头。

父亲从来没有通过某种仪式把自己变成一个虔诚的藏传佛教信徒,但他知道每一个寺院外的藏民到了这里都会这样做,所以他也就这样做了。他坚信这样做是有好处的,吉祥如意会永远陪伴着他,就好比一个出生在西结古草原的孩子,用不着拿任何宗教义理来启蒙他,他天然就是一个把灵魂和肉体交付于信仰的皈依者。

父亲磕了头,绕过嘛呢石经墙,来到自己曾经住过的僧舍前。推开门看到里面没有人,便走向了经幡猎猎的大经堂。大经堂里还是没有人,也没有一盏点亮的酥油灯,黑乎乎地空旷着,似乎连沿墙一周的七世佛五方佛八大菩萨都灭灯走人了。父亲忍不住喊了一声:"阿卡(喇嘛),阿卡,我来了,我是寄宿学校的汉扎西,我来了。"没有人回答,他又走向了环绕着大经堂的护法神殿,走向了辛饶米沃且大殿和双身佛雅布尤姆殿,不断地喊着,还是没有人回答。

父亲奇怪了,赶紧走向大医王佛殿。心想藏医尕宇陀不会不在吧? 他喊着:

"药王喇嘛,药王喇嘛你快出来。"不大的佛殿里,也是一片原野般的空旷,只有七朵莲花的法座上,一手捧着药钵一手捻着无病花叶的青蓝色的药师佛,在户外雪光的映照下,寂寞地散发出一片清寒的琉璃之光。

父亲顶着风雪继续往前走,路过了活佛的僧院和别的一些殿堂,也没有看到人影和祭神的灯影。他打着冷战,愣怔在那里:偌大一座寺院,怎么一个人也没有?甚至也没有一只狗,那些盛气凌人的寺院狗都跑到哪里去了?进入寺院后一直跟在父亲后面的小母獒卓嘎突然跑到了父亲前面,叫了几声便往前走,不断地回过头来,用眼睛招呼着:走啊,我知道人在哪里,我带你去找人啊。

父亲跟了过去。他们绕过飘着经旗、护卫着箭丛的八座佛塔,来到西结古寺最高处的密宗札仓明王殿前。父亲从门缝里瞅进去,果然看到里面摇晃着几袭红色袈裟,丹增活佛的身影在惟——盏酥油灯昏暗的灯光下显得十分模糊,好像都不是人,而仅仅是影子了。父亲推门走进去,立刻就有人喊起来:"汉扎西来了。"

五个喇嘛围住了父亲。他们都是老喇嘛,他们望着父亲,眼睛里都有一种突如其来的纯净而希冀的光芒,这样的光芒只会出现在这样的时刻:大灾难来临了,微不足道的草原人除了更加强烈地倚重神佛,还希望倚重在他们看来无所不能的外来的汉人。老喇嘛顿嘎眼里的光芒似乎更加熠亮,用殷切到有点诏媚的口气说:"汉扎西你是来救我们的吗?听说天上会掉下吃的来。你看见吃的了?你有吃的了?"

父亲打了个愣怔,他万万想不到,神佛的寺院,他一心求助的对象,倒来抢先求助于他了。他神情木然地朝着老喇嘛顿嘎摇了摇头,走向盘腿打坐的丹增活佛,想告诉这位活在人间的救苦救难的神:"我是找吃的来了,丹增活佛你可千万不要吝啬,多接济我们一些,寄宿学校已经三天没吃没喝了。谁知道大雪灾还会持续多久?十二个孩子和多吉来吧的饭量大着呢,还有我,我也得吃啊。更要紧的是,药王喇嘛得跟我走一趟,他去了念一遍《光辉无垢琉璃经》,用一点豹皮药囊里的药,达娃就会好起来,我的学生就一个也不会死了。"

但是父亲最终什么也没说,因为打坐念经的丹增活佛这时站了起来,对他严肃地点了点头说:"寄宿学校没有吃的了,碉房山下的牧民没有吃的了,野驴河部落的牧民、整个西结古草原的牧民,都没有吃的了,很多人来到寺院找吃的,我说了,你们等着,我给你们好好念经。我已经念了一天一夜的《吉祥焰火忿怒明王咒》和《独雄智慧不动明王咒》。念着念着你就来了,你来了好啊,你去后面的降阎魔洞里看看,一魔洞的人,他们都吃的是什么。"父亲问道:"他们吃的是什么?"丹增活佛不回答,只是催促着:"去吧去吧汉扎西,你是个远来的汉菩萨,你去魔洞里,对那里的人念一遍六字真言,再念一遍七字文殊咒,你的使命就完成了,你就可以回到学校去了。"他看父亲站着不动,就推了一把说:"赶快去吧,你离开了学校,你和学校就都是危险的,夏天死了一个孩子,秋天死了一个孩子,再要是死了孩子,汉菩萨就不是汉菩萨,寄宿学校就不是寄宿学校了。"父亲:"为什么?"丹增活佛手摸念珠,闭上了眼睛,也闭上了嘴。

在老喇嘛顿嘎的带领下,父亲和小母獒卓嘎一前一后去了。

果然就有一魔洞的人,都是野驴河流域临近碉房山的牧民,他们千辛万苦来到西结古寺企求温饱,到了以后才知道,寺里的佛爷喇嘛们包括藏医尕宇陀和铁棒喇嘛藏扎西七天前就分散到草原上救苦救难去了。为了在大雪原上找到受困的牧民,他们带走了所有的寺院狗,也带走了大部分吃的和烧的,只给留守寺院的几个佛爷喇嘛留下了三天的食物。如今三天的食物已经吃干喝光,可是预期中早就应该走开的雪灾不仅不走,反而越来越严重了。牧民们来到之后,丹增活佛熄灭了殿堂里的所有酥油灯,只在明王殿马头明王和马头明王的正身观世音菩萨的神像前留下了小小的一盏。这是必须的一盏,是为了祈请天佛之尊,赶快摧破这皑皑无边的寒冬之魔的天灯,天灯不灭,他那颗静猛刚软的活佛之心就能变成乘风之龙,悲行于世界了。丹增活佛带着几个老喇嘛,亲自动手把熄灭了的酥油灯里残剩的酥油一滴不剩地取出来,分发给了来寺院的牧民:"吃吧,吃吧,也就这一点点不至于让你们饿死的圣油了。"完了他就让牧民们去了降阎魔洞,寺院里已经没有取暖的牛粪羊粪了,而降阎魔洞却是冬暖夏凉的。丹增活佛说:"你们向降阎魔尊祷告啊,向十八尊护。法地狱主祷告啊,向火焰冲天的大五色曼荼罗祷告啊,祷告一万遍,吃的喝的就来了,浑身上下就暖和了,西结古草原,不,整个青果阿妈草原的大雪灾就走了。"

父亲来到降阎魔洞的时候,里面的所有牧民都在祷告。他看不清他们,只听到抑扬顿挫的声浪从漆黑如墨的魔洞里传出来,就像一个巨大的蜂房正在嗡嗡鸣响。父亲顿时受到了感染,摸进去,按照丹增活佛的吩咐,大声念诵了一遍六字真言:唵嘛呢叭咪眸。又念诵了一遍七字文殊咒:嗡啊喏吧咂呐嘀。跟在他身后的小母獒卓嘎"汪汪汪"地叫起来,似乎它也受到了感染,也要用经咒为自己求得吉祥平安。

父亲害怕黑暗中那么多人不小心把小卓嘎踩了,赶紧弯腰抱起了它,心说走了走了,我得赶紧回到学校去了,你给我带路吧小卓嘎,咱们争取天黑前赶回学校。

父亲抱着小母獒卓嘎匆匆离去。他并不明白丹增活佛让他来降阎魔洞看看祈祷食物的牧民,他有点往歪里想:丹增活佛你没有必要让我来这里,我就是看不到这些饥寒中祷告的牧民,也完全相信你的话,寺院里真的没吃的了,但凡有一点点,你也会给我的。父亲越想越绝望,打着冷战,用藏话说:"哪儿都没有吃的,到底怎么办哪? 总不能让孩子们活生生饿死吧。"

走在前面带路的老喇嘛顿嘎说:"汉扎西连你都不知道怎么办,那我们就更不知道了。"父亲不无埋怨地说:"我不知道是应该的,丹增活佛怎么能不知道呢? 他可是惟一一个能让我看见他呼吸的神。"老喇嘛顿嘎不愿意父亲埋怨一个他所尊崇的活佛,生气地说:"你这个汉扎西,你不要这样说嘛,丹增活佛已经念过经了,马头明王是听经的,就算他不知道,明王也会告诉他。"父亲认真地问道:"明王告诉他什么了?"老喇嘛顿嘎眼睛一暗,痛苦地摇摇头说:"我也不知道啊。"

两个人说着,密宗札仓明王殿到了。

父亲放下小母獒卓嘎,进去向丹增活佛告别。丹增活佛神情冷峻地说:"汉扎西你说寄宿学校里除了学生还有谁? 多吉来吧? 冈日森格不在你那里? 领地狗没有一只在你那里? 怪不得我的预感不好了,越来越不好了。我想念一遍默记在心的《八面黑敌阎摩德迦调伏诸魔经》,可是怎么也想不起来了,这可不是好兆头啊。"父亲听着,心里一惊,身子不禁哆嗦了一下,抬脚就走。

丹增活佛紧跟了几步说:"我听到天上的声音了,上午和中午都有嗡嗡嗡的响声,汉扎西你听到了吗,天上的响声?"他看父亲摇着头,又说:"要是再传来一次响声,我就可以抓住它了,我想用火抓住它,你知道火从哪里来吗?"父亲不明白他在说什么,问道:"你抓住什么呀?什么火从哪里来?"丹增活佛欲言又止,望了望塞满雪花的天空,朝父亲挥了挥手:"走吧,走吧,你赶快回学校去吧,我的心是跳的,已经跳到嘴里头了。"

父亲要走,丹增活佛又一把抓住他,问了一个莫名其妙的问题:"西工委的人不会现在就回来吧?"父亲揣测着寄宿学校里十二个孩子和多吉来吧现在的情形,着急得不想回答,支吾了几声,走人了。丹增活佛跨前几步,一直目送着他,不停地念诵着祝福平安的经咒。

风大雪狂,遮住了声音,也遮住了视线,很快父亲就看不见身后的密宗札仓明王殿,更看不见虽然拿不出吃的来但依然被人信赖着的丹增活佛了。

丹增活佛这个时候跪了下来,用一种谁也没有听到过的声腔,悲切忧戚地喊起来:"慈悲的观世音、智慧的妙吉祥、威武的秘密主啊,我要烧了,我要烧了,我要把明王殿烧掉了,只要天上再出现声音,我就要烧了。三怙主看到了,汉扎西看到了,众生有情正在受难,饿莩就要遍地了,尸林就要出现了,我是不得不烧啊,马头明王、不动明王、金刚手明王,你们乘愿而来,如今就要随火升天了。"喊着,他哭起来,一个早已超越了俗世情感的佛爷,一个以护渡众生灵魂为己任的高僧,在大雪灾的日子里,面对他就要一把火烧掉的明王圣殿和那些木质的明王神像,失声痛哭。

他身边的几个老喇嘛面面相觑:怎么了?我们的佛爷怎么了?还是小母獒卓嘎在前面带路,他们沿着来时的方向,朝山下走去。突然父亲摔倒了,他走得很急,没踩到小卓嘎踩出来的硬地面上,一脚插进浮雪的坑窝,便沿着山坡一路滑下去。小母獒卓嘎连滚带爬地扑过来,从后面一口咬住了他的衣服,蹬直了四条腿,使劲往后拽着。它当然是拽不住的,自己跟着父亲往下滑去。父亲回头看了一眼,喊道:"小卓嘎你松开我,快松开我。"小母獒卓嘎就是不松口,滚翻了身子也不松口。

幸好碉房山的路是"之"字形的,父亲滑到下面的路上就停住了。他回身一把抱起小母獒卓嘎,疼爱地说:"小卓嘎你这么小,出生还不到三个月,怎么能拽得住我呢?以后千万别这样,如果下面是悬崖,会把你拖下去跟我一起摔死的。"小卓嘎不听他的,这样的唠叨在它看来绝对多余。它是一只藏獒,它天生就是护人救人的,这跟年龄大小没什么关系。它挣扎着从父亲怀里跳到地上,晃着尾巴飞快地朝前跑去。

前面是一座碉房,碉房的白墙上原来糊满了黑牛粪,现在牛粪已经没有了,只剩下了几面和雪色一样干净的白墙。但在父亲的语言里,它仍然是西结古工作委员会的牛粪碉房。父亲望着小母獒卓嘎,喊了一声:"别乱跑,回来。"小卓嘎"汪汪汪"地叫着不听他的。父亲突然愣住了,意识到小卓嘎不是在乱跑,它很可能闻到食物的味道了。又想起刚才丹增活佛那个莫名其妙的问题:"西工委的人不会现在就回来吧?"活佛的这句话肯定不是随便问的,很可能是想提醒他:如果西工委的人不回来,牛粪碉房里的吃的就不一定留着了。

牛粪碉房里真的会有吃的?

　　父亲知道,西工委的班玛多吉主任和两个工作人员半个月前就离开西结古草原去了州府。走的那天,路过寄宿学校时,班玛多吉主任下马来到了帐房前,他一边摸着孩子们的头,一边对父亲说:"以后就好了,以后我们会给寄宿学校盖教室的,教室比帐房好。帐房太小了,有了教室,再拉上电灯,那就是天堂啦。天堂不点酥油灯,酥油灯太暗了,看不清书上的字。"父亲说:"真的要盖教室? 什么时候?"班玛多吉说:"等我们草原变成极乐世界的时候。"父亲"哎哟"了一声说:"那是不是要用金子银子盖教室了?"父亲听丹增活佛说起过极乐世界,那是一片超出三界外的佛国净土,是阿弥陀佛献给众生的一个到处都是金宫银殿的地方。班玛多吉认真地说:"很有可能,不光是金子银子,还有琉璃墙、珊瑚砖、玛瑙地、琥珀瓦。"父亲哈哈一笑,指着班玛多吉主任说:"你可不要吹牛!"班玛多吉一脸正色地说:"乱怀疑,我们是吹牛的人吗?"说罢牵马就走,突然又回过头来,盯着帐房大声问道:"央金卓玛呢? 我怎么没见央金卓玛?"父亲说:"央金卓玛十天才来一趟,你要是想喝她送来的酸奶子,我去给你拿。"班玛多吉主任呵呵地笑着说:"她的酸奶子就不喝了,要喝就喝不酸的奶子。"说着纵身跨上鞍鞯,打马而去。

　　父亲寻思,如今雪灾了,班玛多吉主任他们肯定回不来了。他们在牛粪碉房里生火做饭,不可能一点吃的也不留下吧?

　　小母獒卓嘎经过牛粪碉房下面的马圈,沿着石阶走到了人居前,冲着厚实的门,又是用头顶,又是用爪子抠。父亲用手拨拉着石阶上的积雪,几乎是爬着走了上去,发现门是上了锁的,那是一把老旧的藏式铜锁,锁得住门板,锁不住想进去的人——他知道草原上的锁都是样子货,从来就不是为了真正意义上的防盗防贼,人们习惯于把财产的安全交给藏獒,而不是什么铜锁铁锁。再说西结古草原几乎没有什么盗贼,要有也只是极个别的盗马贼盗牛贼,而不会是入室行窃的贼。

　　父亲先是用手掰,冻僵了的手使不出力气来,只好用脚踹。冬天的铜是松脆的,踹着踹着锁齿就断了。小母獒卓嘎抢先跑了进去,径直扑向了灶火旁边装着糌粑的木头匣子,然后激动地回过头来,冲着父亲"汪汪汪"地呼唤着。父亲用同样激动的声音问道:"真的有吃的呀?"扑过去,哗地一下打开了木头匣子。

　　糌粑啊,香喷喷的糌粑,居然还有半匣子。好啊,好啊,父亲的口水咕咚咕咚往肚里流着,小母獒卓嘎的口水滴答滴答往外淌着。好啊,好啊,父亲和小母獒卓嘎都已经好几天没吃东西了,都有一种把头埋进木头匣子里猛舔一阵的欲望。但是谁也没有这样做,当父亲想要舔的时候,看到小母獒卓嘎以克制的神态冷静地坐在那里;当小母獒卓嘎想要舔的时候,也看到父亲以克制的神态冷静地坐在那里。

　　他们两个就这样互相观望着,感染着,一动不动。父亲突然决定了:这糌粑自己不能吃,一口也不能吃,要吃就和孩子们以及多吉来吧一起吃。他望着小母獒卓嘎,捏起一小撮,递到了小母獒卓嘎的嘴边。小母獒卓嘎顿时伸出舌头,舔了过来,但它没有舔在父亲的手上,而是舔在了地上,地上洒落了一小点,那是几乎看不见的一小点。小卓嘎知道,要是不舔进嘴里,那肯定就浪费了。

　　接着,小卓嘎做出了一个让父亲完全役有想到的举动,那就是假装不屑一顾地走开。父亲看着它毅然转身,迈步离去的身影,眼泪差一点掉下来。多好的小藏獒啊,出生还不到三个月,就这么懂事儿。

父亲揉了揉眼睛,把那一小撮糌粑搁到鼻子上闻了闻,小心翼翼地放回了匣子,然后关好匣子盖,抱起来就走。还没走出门去,就想到了丹增活佛。活佛其实早就意识到牛粪碉房里可能还有吃的,但他没有让一个牧民或者一个僧人来拿,自己也没有来拿。因为他总觉得西工委的人随时都会回来,他们回来吃什么?丹增活佛能想到别人,别人就不能想到丹增活佛?

父亲这么一想,就知道这糌粑自己是不能全部带走的。他又把木头匣子放下,到处翻了翻,找出一个装酥油的羊皮口袋,用一只埋在糌粑里的木碗把糌粑分开了。羊皮口袋里是多的,木头匣子里是少的,少的自己带走,多的送给西结古寺。要紧的是,谁去送呢?父亲觉得自己是不能去了,他必须赶快回到十二个孩子和多吉来吧身边去。丹增活佛说他预感不好,父亲的预感也不好,越来越不好了。他喊起来:"小卓嘎,小卓嘎。"

小母獒卓嘎没有走远,就在石阶下面等着父亲。父亲拎着羊皮口袋,站在门口说:"你说怎么办小卓嘎,我们两个恐怕得分开了。"突然又意识到,让这么小的一只小藏獒把糌粑送到西结古寺几乎是不可能的,便叹口气说:"你太小了,你不行啊,要是你阿爸冈日森格或者你阿妈大黑獒那日在这里就好了,要是我能把多吉来吧带在身边就好了。"

小母獒卓嘎仰起面孔,认真地听着父亲的话,这是它第二次听到父亲在它面前提起这几个它熟悉的词汇:阿爸冈日森格、阿妈大黑獒那日和多吉来吧。它再一次准确地意识到:父亲在想念它的阿爸和阿妈以及多吉来吧,自己应该去寻找它们,先找到阿爸和阿妈,再找到寄宿学校那个冷漠傲慢不理人的大个头的多吉来吧。

小母獒卓嘎要走了,告别似的朝着父亲叫唤了一声。父亲看着它,不知道怎么办好。一阵寒风吹来,他一阵哆嗦,羊皮口袋从冻硬的手里掉到地上,顺着石阶滚了下来,眼看就要滚到雪坡下面去了。小卓嘎忽地跳起来,扑过去一口咬住。

小卓嘎看父亲还在门口立着,便叼起羊皮口袋,放在了第一层石阶上,然后自己跳上去,再叼起羊皮口袋,放在了第二层石阶上。就这样,它叼一次上一层,最终把羊皮口袋叼到了父亲脚前。父亲惊呆了:这是谁教它的?它不仅是有力气的,也是有办法的,它这样的藏獒干什么不成?

父亲蹲下来,搂着小母獒卓嘎,亲热地舔了舔它冰凉的鼻子说:"现在只能靠你了小卓嘎,你把糌粑,送到西结古寺,交给丹增活佛,知道吗?西结古寺,丹增活佛。"父亲把羊皮口袋放到它面前,指了指山上面,山上面什么也看不见,整个寺院都处在雪罩雾锁之中。父亲又说了一遍,又指了指山上面,小卓嘎好像懂了,一口叼起了羊皮口袋。

小母獒卓嘎走了,它叼着羊皮口袋,几乎是翻滚着来到了石阶下面,抖了抖身上的雪,回望了一眼父亲,吃力地迈动步子,走了。父亲恋恋不舍地目送着它,直到它消失在雪雾中,才毅然回身,抱着装糌粑的木头匣子,踏雪而去。

父亲没走多远就离开了路,他想顺着雪坡滑下去,滑下去就是野驴河边,比走路快多了。他坐在地上,朝下轻轻移动了几米,然后就飞快地滑起来。

滑呀,滑呀,扬起的雪尘就像升起了一堵厚实的墙,父亲什么也看不清楚,只觉得雪涛托举着他,一股向下的力量推动着他,让他腾云驾雾一般毫不费力地运动着。突然他看清楚了，看清楚了身边眼前的一切，发现自己已经不知不觉改变了滑翔的路线，来到面前的不是野驴河边平整的滩头，而是一个巨大的看不见底的雪坑。他来不及刹住自己，"哎哟"一声，便一头栽了下去。

第五章　大火中涅槃的忿怒明王

　　已经晚了，来不及援救了.，獒王冈日森格用悲惨的叫声表达了它极其复杂的情绪：对自己的失望与指责，对狼群的愤怒与仇恨。它追上了大灰獒江秋帮穷一行，然后带着领地狗群风驰而来，一刻不停，几乎累死在路上。但还是晚了，帐房已经坍塌，死亡已经发生，狼影已经散去，什么也没有了，保护的对象没有了，撕咬的对象也没有了。

　　呜呜呜的哭嚎响起来，回荡着，是獒王和所有领地狗对人类死亡的悲悼，也是对藏獒自身的检讨：多吉来吧，你是最最勇敢顶顶凶猛的藏獒，你怎么没有保护好寄宿学校？学校的孩子死了，而你自己却活着。

　　多吉来吧还活着，它活着是因为狼群还没有来得及咬死它，獒王冈日森格和领地狗群就奔腾而来了。狼群仓皇而逃，它们咬死了十个孩子，来不及吃掉，就夺路而去了。它们没有咬死达娃，达娃正在发烧，而它们是不吃发烧的人和动物的。它们本能地以为发烧是瘟病的征兆，吃了发烧的人和动物，自己就会染病死掉。但不知为什么，狼群也没有咬死平措赤烈，平措赤烈是惟一一个没有发烧而毫发未损的人。

　　平措赤烈坐在血泊中瑟瑟发抖，他被疯狂的狼群咬死同伴的情形吓傻了，没有眼泪，没有声音，只有极度的恐怖深陷在黑汪汪的眸子里。面对着跑来救命的领地狗群，他只管呼呼地哈着白气，似乎忘了怀里依然搂抱着那个用来取暖的狼崽。

　　狼崽乖觉地闭着眼睛，似乎也闭住了呼吸。它知道所有的狼已经离开这里了，离开的时候它本来是要跳出人的怀抱跟它们去的，想了想又没去。去了就是死啊，断尾头狼一定会咬死它，这个咬死了它的阿爸阿妈，咬死了一直抚养它的独眼母狼的恶魔，不咬死它是不罢休的。它不想死，当它意识到自己如果进入别的狼群也难免一死的时候，就假装不知道狼们正在撤离，留在了平措赤烈的怀抱里。它已经想好了，只要三股狼群一跑远，它就跳出人怀，离开这里，去野驴河边那个阿爸曾经跟它嬉戏、阿妈曾经给它喂奶的地方。那儿有它出生的窝，还有阿爸阿妈埋藏起来的食物。

　　可是它没想到，三股狼群还没有跑远，许许多多藏獒和藏狗就来了。它蜷缩着身子一动不动，心里的害怕就像一只鸟飞进了一个黑暗的深洞，越飞越深，深到地狱里去了。好在獒王冈日森格和领地狗群早已是泪眼嚎啕，它们沉浸在极度的自责和悲愤之中，根本没有心思走到平措赤烈身边来，仔细看看他怀里揣的是什么东西。狼崽还活着，在它以为自己马上就要死掉的时候，它吃惊地意识到自己居然还活着。.

　　到处都是帐房的碎片，被咬死的十个孩子横七竖八地躺在地上。积雪是红色的，有紫红色和深红色，也有浅红色，偌大一片积雪都被染红了，整个雪原整个冬天都被染红了。獒王冈日森格一个一个地看着死去的孩子,不断地抽搐着,都是它认识的孩子啊,他们怎么就死在狼牙之下了呢?悼亡的悲哀和失职的痛苦折磨得獒王几乎晕过去。它趴下去,再站起来,接着又趴下去,都不知道如何立足,不知道自己还是不是藏獒了。

略感欣慰的是,它没有看到它的恩人——寄宿学校的校长汉扎西,没看到就好,就说明他还活着。可是活着的汉扎西现在到底在哪里呢?獒王冈日森格卧下来哭着,站起来哭着,后来又边闻边哭。狼群留下来的味道浓烈到刺鼻刺肺,它一闻就知道来到这里的狼至少有三百匹,怪不得多吉来吧伤成了那样,爬都爬不起来了,连眼睛都睁不开了。

多吉来吧知道自己还活着,也知道獒王带着领地狗群来到了这里。但它就是不睁开眼睛,它觉得自己是该死的,那么多孩子被狼咬死了,自己还活着干什么。快死吧,快死吧,无边的大地、饱满的天空,每一片雪花都是它的耻辱。一只藏獒,要么死在胜利的血泊中,要么死在失败的耻辱中,反正是不能苟活,不能在无脸见江东父老的时候还去见江东父老,所以它闭着眼睛,一直闭着在血水里浸泡着的眼睛。

獒王冈日森格甩着眼泪,四处走动着,好像是在视察战场,清点狼尸,一边清点一边佩服着:不愧是多吉来吧——曾经的饮血王党项罗刹,孤胆对垒,单刀争衡,竟然杀死了这么多狼,十五匹,二十匹,那边还有五六匹。它边数边走,渐渐离开了寄宿学校,沿着狼群逃遁的路线,咬牙切齿地走了过去。

根据三种不同的气味,冈日森格已经知道来到这里的是三股狼群,三股狼群都朝着同一个方向逃跑了。它们是西结古草原上野驴河流域的狼群,它们从来不会出现在一个地方,今年怎么都来到了寄宿学校?是大雪灾的原因吗?不是,不是,好像不是,往年也有大雪灾,往年它们可都是各自为阵,从来不远离自己的领地。

獒王冈日森格加快了脚步。大灰獒江秋帮穷和大力王徒钦甲保,还有黑雪莲穆穆和小公獒摄命霹雳王,用同样的速度跑过去,几乎同时超过了獒王。獒王用眼神鼓励着它们:跑啊,跑啊,谁首先追上狼群,谁就是好样儿的。江秋帮穷和徒钦甲保顿时像利箭一样奔跃而去。

领地狗群新的一轮奔跑又开始了,涌荡胸间的大悲大痛让它们已经顾不得长途奔驰的疲倦,顾不得去寻找獒王的恩人汉扎西,也顾不得去抚慰重伤在身的多吉来吧和恐怖未消的平措赤烈。报仇的冲动、雪恨的欲望,鼓动着它们,就像冬天鼓动着暴风雪,所向披靡地流淌在无边的雪原上。它们抱定了一拼到底的决心,攒足了灭敌杀狼的力量,一个个狂奔狂叫着:狼群在哪里?凶手在哪里?风雪正在告诉它们:就在前面,和它们相距十公里的地方。

要消除十公里的距离,对獒王冈日森格和领地狗群来说并不轻松,因为狼群也在奔跑。狼群知道,有仇必报的獒王必然会带着领地狗群追撵而来,就把逃跑的路线引向了野驴河以南的烟障挂。那儿是雪线描绘四季的地方,是雪豹群居的王国,那儿有一条迷宫似的屋脊宝瓶沟。狼群惟一能够逃脱复仇的办法,就是自己藏进沟里,而让雪豹出面迎战领地狗群。

獒王冈日森格很奇怪:这么大的草原,四通八达的西结古,三股狼群聚集到寄宿学校共同咬狗吃人,已经不好解释,朝着一个方向共同逃跑,就更不可思议了。一定有一个不可抗拒的原因,迫使它们不得不违背狼界的习惯,去做一件连它们自己都不知道结果好坏的事情。到底是什么原因呢?獒王冈日森格一直奇怪着,又寻思这样也好,要是三股狼群逃往三个不同的地方,那还得一股一股地收拾,等你咬杀了这一股,再去寻找另一股,说不定人家早就不见踪影了。

冈日森格步态稳健地奔跑着,渐渐超过了跑在它前面的黑雪莲穆穆和小公獒摄命霹雳王,又超过了跑在最前面的大灰獒江秋帮穷和大力王徒钦甲保。它不时地朝后看看,每看一次都会放慢一回脚步,等着后面的队伍全部跟上来。

领地狗群已经十分疲倦了,连续的打斗和连续的奔跑让它们又累又饿,体力严重下滑,生理上的每一种需要都在提醒它们:必须即刻找个地方好好吃一顿,美美睡一觉。但使命是至高无上的驱动,藏獒藏狗的天然禀赋不允许它们放弃追逐。让狼群咬死了那么多孩子,就已经算是彻底的丢脸彻底的失职,如果再放弃报仇那就等于是"活死人"了。藏獒是世界上最不愿意成为"活死人"的那种动物。它们即使顷刻死掉,也不会在仇恨面前保持沉默,为了狼的杀性永远是它们保持生命活力的原始基因。

獒王冈日森格始终保持着最快的速度,它是奔跑的圣手,是藏獒世界里的"神行太保"。它也有点累,但不要紧,四条腿上劲健的肌肉每一棱每一丝都是力量的息壤。它跑着,不时地抬头看看四周,就像欣赏风景那样,神态怡然地浏览着雪色的山塬和漫天的飘风骤雪,不时地从胸腔里滚出一阵雷鸣般的叫声。那仿佛是宣言,是早已有过的祖先对狼的宣言。

领地狗群的前面,被追逐的狼群并没有因为听到了獒王的宣言而乱了阵脚。黑耳朵头狼率领自己的狼群跑在最前面,下来是断尾头狼的狼群,最后是命主敌鬼的狼群。

被多吉来吧扑成重伤的命主敌鬼已经跟不上自己的狼群了,殿后的这股狼群暂时没有头狼,但它们的逃跑一点也不凌乱。大狼在前,母狼和小狼在中间,所有的老狼和一些壮狼跑在最后面。老狼是用来做出牺牲以延缓追剿的,壮狼是用来和强劲的追敌拼死一搏的。狼是这样一种动物,在一个群体里,它们有自相残杀的习惯,又固守着协同作战、共同抵御外敌的规矩。谁先死,谁后死,谁该死,谁不该死,似乎是早已由狼群法则确定好了的。

烟障挂已是遥遥在望,狼群放慢了移动的速度,渐渐停了下来。先是黑耳朵头狼的狼群停了下来,接着是断尾头狼的狼群停了下来。命主敌鬼的狼群好像不想停下来,却被红额斑公狼用严厉的叫声喝止住了。"红额斑公狼属于断尾头狼的狼群,但这一路却时刻关注着命主敌鬼的狼群的行动,并不时地冲它们吆喝几声,告诉它们要这样不要那样,好像要代替受了重伤而没有跟上的命主敌鬼履行头狼的职责似的。所谓狼子野心啊,从来就是迫不及待的,是不会掩饰的。

三股狼群静静地等待着,这里是屋脊宝瓶沟沟口巨大的覆雪冲击扇,再往前,就是浑浑莽莽的雪线,就是雪豹的王国。过早地靠近迷宫似的屋脊宝瓶沟,雪豹的攻击会对准狼群,等领地狗群到了再冲进屋脊宝瓶沟,雪豹的攻击就是藏獒而不是狼了。真的会这样吗?黑耳朵头狼认为肯定会这样,断尾头狼认为也许会这样,想取代命主敌鬼成为头狼的红额斑公狼认为未必会这样。但不管是怎么认为的,这都是狼的想法,藏獒是怎么想的,獒王冈日森格是怎么想的呢?

獒王冈日森格和它的领地狗群已经看到烟障挂了。烟障挂就像它的名字那样,即使在大雪纷飞的日子里,那山脉高耸的脊顶上,也是烟蒸雾绕的。这烟气让冈日森格蓦然明白,它们已经进入了一个危机四伏的地方。它放慢脚步走了一会儿,渐渐停下了,回头望了一眼领地狗群,突然卧了下来,似乎是说:休息吧,大家都累了。喘气不迭的领地狗们纷纷卧了下来,马上就要打斗了,的确需要休息片刻。

獒王寻思,这里是雪豹的王国,领地狗群从来没有进犯过这里,根本不是雪豹对手的狼群也不可能进犯这里,可为什么狼群把它们带到了这里呢?过于明显的意图让它在心里哼哼直笑:狼真是小看领地狗群了,好像我们都是傻子,根本就不知道闯入雪豹王国的厉害。我们怎么可能和雪豹打起来呢,又不是雪豹咬死了寄宿学校的孩子。藏獒从来不会跑进别人的领地跟人家胡乱咬杀,我们的复仇也从来不是漫无目标的。走着瞧吧,看到底雪豹会跟谁打起来。

獒王起身,抖了抖浑身金黄色的獒毛,威武雄壮地朝前走去。它要行动了,要发挥自己的聪明才智,让雪豹代替领地狗群去为西结古草原死去的孩子报仇雪恨了。领地狗群转眼离去了,平措赤烈依然枯坐在血泊中。他已经不再发抖,傻呆呆的脸上渐渐有了表情,那是悲戚,是喷涌的眼泪糊在脸上的痛苦和惊悸。狼崽这时睁开了眼睛,发现搂着它的那双手已经离开它,正在一把一把地揩着眼泪,便悄悄地挺起身子,小心翼翼地爬出了平措赤烈的怀抱,又爬到了他身后。狼崽停下来四下看了看,感觉腥风血雨正在扑面而来,受不了似的赶紧转过脸去,飞快地跑了。

狼崽一口气跑出去了两百米,翻过一座低矮的雪梁又停了下来。它辨别着它要去的地方:野驴河上游的方向在哪里?那个阿爸曾经跟它嬉戏、阿妈曾经给它喂奶的狼窝在哪里?它转着圈翘起小鼻子呼哧呼哧闻着,觉得四面八方都是野驴河的气息,就不知道往哪里走了。它徘徊着,发现不远处的雪丘上突然冒出了一双眼睛正在牢牢地盯着它。那是一双狼眼,狼被雪花盖住了,变成了一座雪丘,只露出一双黄色的眼睛毒箭似的闪射着。狼崽浑身一阵哆嗦,惊怕地转身就走。

雪丘动荡着,银装纷纷散落,狼站了起来,用一种暗哑短促的声音叫住了狼崽。狼崽停下了,回过身去,警惕地望着狼。狼一瘸~拐地走过来,看狼崽害怕地后退着,就晃了晃脑袋,似乎是说:我知道你是谁,你是断尾头狼的人,但断尾头狼不喜欢你,想要吃掉你是不是?你不要害怕,它已经跑远了,这个地方只有我,我不会吃掉你的。狼崽点了点头,表示相信它的话,扑腾着眼睛奇怪地问它:你在这里干什么?你为什么不跑?那么多藏獒刚才来过了,你不害怕它们咬死你?

狼挪了挪身子,把屁股上的血迹亮给了狼崽,好像是说:我的屁股负伤了,我的胯骨断裂了,我是一匹伤残之狼,我怎么跑啊?说着又朝狼崽靠近了些。狼崽这才看清楚,它就是那匹名叫命主敌鬼的头狼,也是一匹分餐了它的义母独眼母狼的狼。它吓得连连后退,就要逃开,却听命主敌鬼声音哀哀地乞求起来:你不要把我撇下,我就要死了,明天就要死了,我想死在野驴河的上游我自己的领地,你能不能带我去啊?狼崽犹豫着:我为什么要带你去野驴河的上游?野驴河的上游在哪里连我自己都不知道。命主敌鬼用鼻子指着说:就在那边,那边,你到我跟前来,我告诉你。狼崽说:你已经告诉我是那边了,我为什么还要走到你跟前去?

　　狼崽朝着野驴河上游的方向走去,命主敌鬼跟上了它。它们一前一后慢腾腾地走着。狼崽虽然害怕跟它在一起,但更害怕孤独,更害怕别的野兽,就不时地停下来,等着一瘸一拐的命主敌鬼。命主敌鬼对它很客气,每次看它停下来等自己,就殷勤地点点头,全然没有了头狼那种悍然霸道的样子。这让幼稚的狼崽感到舒服,心里的害怕慢慢消散了。

　　它们走了差不多一天,随着黑夜的来临,狼崽和命主敌鬼之间的距离渐渐缩小着,眼看就要挨到一起了。

　　命主敌鬼不禁在心里狞笑起来:得逞了,得逞了,自己立刻就要得逞了。狼崽是食物,而且是惟一的食物。命主敌鬼知道自己伤势很重,已经失去了捕猎的能力,如果不能想办法把食物骗到自己嘴边,就只能饿死了。

　　幼稚的狼崽哪里会想到这些,它那失去依靠的心灵期待着的不就是一匹大狼吗?苍茫的雪原苍茫的日子里,有一匹和蔼可亲的大狼陪伴着自己,比什么都踏实。

　　它们继续互相靠近着。狼崽还不知道,自己在命主敌鬼眼里早就不是一匹狼崽,而是一堆嫩生生的鲜肉了。命主敌鬼正在咧嘴等待,只要狼崽再靠前半步,哦,半步。小母獒卓嘎其实已经很累很累了,一离开父亲的视线它就放下了羊皮口袋。它坐在地上喘息着,直到力气重新回来,才又叼起羊皮口袋朝碉房山上走去。父亲说过,好的藏獒,优秀的喜马拉雅藏獒,自尊心都很强,一般不愿意在主人面前显出无能来。任何时候,任何事情上都不会有承担不起的样子。要是成了孬种,首先不屑的是它自己。小母獒卓嘎作为冈日森格和大黑獒那日的后代,继承了父母身上最优秀的品质,聪明勇敢,吃苦耐劳,心理稳健,而且早熟,出生还不到三个月,就已经担负起大藏獒的责任了。但小卓嘎的体力毕竟是孩子的体力,而且是女孩儿的体力,拖着疲倦饥饿的身躯,叼着沉重的羊皮口袋,行走在积雪覆盖的上山的路上,它停下来休息的次数越来越多了。

　　每一次停下来,小卓嘎都要把两只前爪搭在口袋上,流淌着口水,闻一闻糌粑散发出来的香味。它要是人,一定会说:真想吃一口啊。但它不是人,也就比人更自觉地信守着一只藏獒的承诺:把糌粑送上西结古寺,送到丹增活佛面前。至于它自己的饥饿,那是不能用咬开口袋吃掉糌粑来解决的,尽管藏獒跟藏民一样喜欢吃炒熟的青稞磨成的糌粑。

　　小母獒卓嘎幻想着像阿爸冈日森格和阿妈大黑獒那日那样,勇敢地扑向野物填饱肚子的情形,越来越艰难地沿着山路往上移动着。停下来多少次,就要重新起步多少次,终于不起步了,也就到达西结古寺了。这时候,它已经累得挺不起腰来。趴在地上,呼哧呼哧喘息着,似乎再也起不来了。而它面前的羊皮口袋,除了完好无损之外,还结了一层厚厚的冰,那是小母獒卓嘎的口水,它把自己的口水都流尽了。

　　西结古寺最高处的密宗札仓明王殿的门前,就要黑下去的天色里,五个老喇嘛围住了小母獒卓嘎,大眼瞪小眼地互相看了看,不知道它怎么了。老喇嘛顿嘎问道:"你为什么回来了?汉扎西呢?你不给他带路他怎么回寄宿学校去?"小卓嘎不吭气,它连"汪"一声的力气都没有了。老喇嘛顿嘎蹲下身子爱怜地摸了摸它,又捧起羊皮口袋闻了闻,惊叫一声:"糌粑。"起身走向了丹增活佛。

丹增活佛一直在念经。他很少跪着念经,但这次他跪下了。不是塌着腰坐在腿上的那种舒服一点的跪法,而是抬起屁股直起腰,低头用天灵盖顶着佛菩萨的神光和护法明王的肃杀之气,铆足了精气神的那种跪法。这样的跪法对他冻馁已极的身体无异于上刑。他咬牙坚持着,从嘴里进出来的经文瓷实得就像砖窑里烧过了一般,那是《明王悲愿经咒》,明王们的悲愿就是在大灾大难中护持众生有情。既然这样,那你们就升天吧,你们的升天是最好的护持。丹增活佛已经决定放火烧掉明王殿了。念经的意思就是虔心告知列位明王他们必须化为灰烬的理由,再就是等待天上的声音。他预感到那声音天黑以后就会出现,一旦出现,大火就会烧起来,明王殿就要烟消云散了。

丹增活佛看了一眼老喇嘛顿嘎捧在手里的羊皮口袋,又回头看了看肚皮贴着地面趴在地上的小母獒卓嘎,意识到是父亲把牛粪碉房里西工委的食物送来了,指了指明王殿的后面,挥了挥手。

老喇嘛顿嘎会意地走开了。这时候他没有想到活佛也是饥饿中的活佛,喇嘛也是饥饿中的喇嘛,就觉得只要有吃的,就都应该是牧民的。他抱着羊皮口袋匆匆走向了明王殿后面的降阎魔洞,一路上情不自禁地嘿嘿笑着,不住地唠叨:"糌粑来了,糌粑来了,用雪一拌,就是天上的酥油拌着地上的糌粑了。"到了洞口,他把羊皮口袋放到地上,冲里面说:"出来吧,出来吧,趁着天还没有黑透,你们把糌粑分掉吧。"

人们涌出了洞口,老喇嘛顿嘎简单说了糌粑的来历,害怕自己也分到一口,赶快离开了那里。

然而降阎魔洞里的牧民,四五十个饥荒难耐的人,并没有吃完小母獒卓嘎都能叼起来的半口袋糌粑。他们每个人只是撮了一点点,放在嘴里塞了塞牙缝,就把剩余的糌粑送回来了。不是一个人送回来的,是所有人排着队送回来的。他们把羊皮口袋放到明王殿的门前,一个个跪下了。五大三粗的牧民贡巴饶赛说:"佛爷吃吧,佛爷跟我们一样也是几天没吃东西了。"

丹增活佛走出来,面色苍白地说:"我要是这个时候吃东西,我还是佛爷吗? 不吃东西的佛爷才是真正的佛爷。你们吃吧,这是汉扎西送给你们的,不是送给我的。"说着,弯腰拿起羊皮口袋,解开袋口的皮绳,抓起一把糌粑递了过去。所有人都捧起了手。丹增活佛一撮一撮地抓出糌粑,均匀地分给了所有的牧民,也分给了五个老喇嘛。

分到最后,羊皮口袋里还剩差不多一把糌粑,丹增活佛拿着它走向了趴卧在明王殿门口的小母獒卓嘎。牧民贡巴饶赛知道活佛要去干什么,看了看自己手心里的糌粑,瞪着羊皮口袋说:"佛爷你还是顾顾你自己吧。"丹增活佛摇了摇头说:"我吃和它吃是一样的,这个小藏獒啊,给我们送来了救命的糌粑,它自己却快要饿死了。"说着蹲了下去,抚摩着小母獒卓嘎,把手伸进羊皮口袋,抠着底,抓着,抓着。他想多抓一点出来,多喂一点小藏獒,大雪灾的日子里,其实动物比人更需要照顾。

小母獒卓嘎站了起来,它知道人要给它喂糌粑了,感激得摇着尾巴,亲切地从喉咙里发出一阵咝咝的叫声。它已经看到差不多所有的人都吃到了糌粑，也就不想如同在父亲面前那样假装不屑一顾地走开。它仰头望着丹增活佛，伸出舌头张开了嘴，一根一根地流着口水。

丹增活佛怜爱地点着头，正要把抓着糌粑的手掏出羊皮口袋，牧民贡巴饶赛快步走过去，扑通一声跪下，一把揪住羊皮口袋说："尊敬的佛爷啊你慢着，慢着，我来给它喂。"丹增活佛松开了手，似乎是为了把一个做善业的机会让给贡巴饶赛，赶快起身走开了。但是贡巴饶赛没有喂，他端详着小母獒卓嘎说："我认识这只小藏獒，它是领地狗，领地狗是用不着喂的，它自己会去找吃的。佛爷，佛爷，这一点糌粑还是你吃了吧。"

丹增活佛依然摇着头。贡巴饶赛站了起来，看到许多人都用惊异的眼光瞪着他，害怕被人抢了似的把羊皮口袋揣进了自己宽敞的胸兜，然后大声说："佛爷不吃，那就用它来祭祀带给我们灾难的山神吧，还有我自己的这一点糌粑，都让我去献给震怒的怖德龚嘉山神、雅拉香波山神、念青唐古拉山神、阿尼玛卿山神、巴颜喀拉山神和昂拉山神、砻宝山神吧，还要献给九毒黑龙魔的儿子地狱饿鬼食童大哭，献给护狼神瓦恰，让它们再不要吃掉我们的孩子。夏天吃掉了一个，他是我的儿子，秋天吃掉了一个，他是我的侄子，已经够了，够了，可不能再吃了。"说着他哭起来，他感觉自己是悲惨而崇高的，于是就伤心得泪流满面，也感动得泪流满面。

既然是要去祭祀山神以及地狱饿鬼食童大哭和护狼神瓦恰的，就不会有人阻止贡巴饶赛了。贡巴饶赛走了，他朝着远方的各大山神谦卑地低着头，在跪拜着的牧民恭敬有加的目光中，带着羊皮口袋里差不多只有一把的糌粑，匆匆离开了那里。

小母獒卓嘎望着贡巴饶赛，先是有点惊讶，接着就很失望。它年纪太小，还不能完全理解人的行为，心想你们所有人都吃到了糌粑，为什么就不能给我吃一口呢？阿爸大黑獒那日和阿爸冈日森格可不是这样，领地狗群中所有的叔叔阿姨都不是这样，它们只要找到吃的，总是要先给我一些，哪怕它们自己不吃呢。小母獒卓嘎委屈地哭了，呜呜呜地哭了。它是个女孩儿，发现它对人家好，人家对它不好，就忍不住哭了。

丹增活佛赶紧走过去，把右手伸到了小母獒卓嘎面前。那只手是刚才抓过糌粑的手，上面还沾着一点糌粑。小卓嘎看了看那只手，又抬头看了看手的主人，滴着眼泪走开了。它不舔，它为什么要舔活佛的手？它知道活佛跟自己一样也是一口未吃。它来到明王殿的门边，卧下来，歪着头把嘴埋进鬣毛，思念着阿爸阿妈和领地狗群以及它觉得对它不错的汉扎西，伤心地闭上了眼睛。它还不知道阿妈大黑獒那日已经死了，一闭上眼睛，立刻觉得阿妈就要来了，就要叼着肥嘟嘟的黑狼獾或者雪鼬来喂它了。

一股寒烈的风呼呼地吹来。丹增活佛生怕沾在手上的糌粑被风吹掉，举到嘴边，伸出舌头仔仔细细舔着，舔着舔着就僵住了，就像一尊泥佛那样被塑造在那里一动不动了。而且脖子是歪着的，耳朵是斜着的，眼睛是朝上翻着的，一副想抽筋又抽不起来的样子。

所有人都瞪起眼睛望着他：佛爷啊，你怎么了，总不会是刚才这一阵寒风顷刻把你吹僵了吧? 丹增活佛还是不动。老喇嘛顿嘎扑了过去,摇晃着丹增活佛的身躯说:"佛爷啊,你到底怎么了?""听,你们听。"丹增活佛喊起来。天已经黑了,天一黑地就亮了,一片白亮,亮得似乎一点皱褶、一点杂色也没有。雪花还在飘洒,好像是由下往上走,波浪一般从地面翻滚到天上去了。"听,你们听。"丹增活佛又喊了一声。

跪在地上的牧民都站了起来,支棱起耳朵听着,什么异样的声音也没有,只有风声雪声。但僧俗人众绝对相信丹增活佛是听到了什么的,因为大家都知道他修炼过佛智密集,证悟到了瑜伽一境,聪明的耳朵可以自除暗障,听得很远很远。丹增活佛听了一会儿又说:"东方来的声音越来越大了,你们好好地听啊。"说着他转身走进明王殿,从靠墙的经龛里拿出了据说是密宗祖师莲花生亲传的《邬魔天女游戏根本续》和《马头明王游戏根本续》,小心揣在怀里,然后扑通一声跪下,从右到左最后看了一眼列位明王,猛猛地磕了一个头,伸直胳膊,轻轻一挥,打翻了供案上惟一一盏酥油灯。

火苗消失了,又突然增大了,不是灯捻的燃烧,而是木头供案的燃烧。着火了,明王殿里着火了。

这时老喇嘛顿嘎喊起来:"听到了,我也听到了,就在我们的头顶。"接着一个牧民也说:"声音,声音,天上的声音,嗡嗡嗡的声音。"所有的牧民都在说:"哦,天上的声音。"

仿佛声音就是火焰的驱动,风来了,钻到明王殿里头去了。供案上的火焰乘风而起,朝着明王木质的身躯飞舐而去。木质的身躯是涂了桐油和酥油的,是披挂着经绸和哈达的,见火就着,忽的一声响,火焰高了,胖了。先是金刚手明王身上燃起了大火,接着是不动明王,最后是马头明王。那马头明王是畜生道的教主、观世音的变化,是密宗佛主大日如来的理性体现。它的正身观世音菩萨以温静慈悲的形态站在它的身后,抢着把自己燃烧起来了。仿佛燃烧便是涅槃,便是显示了神像来到人间的因缘。

火焰忽忽地升腾着,高了,高了。丹增活佛退出了明王殿,张开双臂拦住了扑过来要去救火的牧民和喇嘛:"走开,走开,小心烧坏了你们。"几个老喇嘛和一堆牧民不听活佛的,活佛越关照,就越不听活佛的。救火要紧啊,这是寺院的火,是神圣机密的密宗札仓明王殿的火,烧坏了自己算什么,烧坏了灵佛那可就是天塌地陷了。他们挤着扑着,拦不住他们的丹增活佛只好厉声喊起来:"退回去,退回去,这里是咒语王的圣殿,我是咒语王的化身,我要咒你们,你们这些只顾救火不顾命的人啊,我要咒你们。"他喊罢,真的念起了莲花生大师咒:"嗡叭嘛吧杂日弘。"

这是不常用的咒语,老喇嘛顿嘎首先听懂了,惊呼着告诉了另外几个老喇嘛。几个老喇嘛赶快转身,跟着活佛张开了双臂,喊着:"哎哟快快快,快走快走快走,这里的火你们救不得,救火的人要吃咒哩。"他们帮着丹增活佛把牧民们撵离了火场,然后走来,疑惑地围住了丹增活佛。

丹增活佛说:"明王们要走了,从此就不再陪伴我们了',走吧,走吧,我送你们走吧。"说着眼睛湿润了。几个老喇嘛也随着丹增活佛哭起来,顿嘎扑通一声跪下说:"可是佛爷,我们为什么要这样?"丹增活佛说:"地上没有火,天上看不到,白茫茫一片的草原,哪儿有人有牲畜啊？我们没有牛粪,没有柴草,没有燔烟,也没有点灯的酥油,我们拿什么点火呢？"老喇嘛顿嘎说:"就是非要点火,也不能点着明王殿哪。"丹增活佛说:"我们只能点着明王殿,明王殿是离西结古寺建筑群最远的一个殿。"

几个老喇嘛仍然不明白,但他们习惯于听从佛爷的,就又把佛爷的意思用他们的话传达给了牧民。牧民们一个个跪下了,朝着莫名其妙的火焰磕起头来。

丹增活佛伤心难抑地喊起来:"马头明王走了,走了走了走了,不动明王走了,走了走了走了,金刚手明王走了,走了走了走了。"喊到最后,突然就痛声大哭。五个老喇嘛也哭了,也是痛声大哭。情不自禁的哭声里,装满了撕心裂肺的离愁别绪。

这些明王,这些木质的古老塑像,已经不仅仅是寺院僧众内心崇拜的偶像了,而是朝夕相处的伴侣,是如影随形的亲人。他们和它们,天天都是眼睛对着眼睛,共照着一盏灯,共用着一盆水,共有着一种日子。他们用经声向它们无休无止地说呀说呀,而这些密宗的本尊大神——恐怖愤怒的明王们却用机密神圣的沉默,殷勤地首肯了它们的所有祈求。"明"是真言咒语之意,明王就是咒语王。咒语王无声的咒语,对魔鬼是投枪,对善良的活佛喇嘛却是无比亲切的呼唤。这样的呼唤如同阿爸阿妈的呼唤,把他们的感情唤走了,把母爱和父爱的温暖送来了。可是如今,一切都将远去,去了就不再回来,等到大火熄灭,这里就什么也没有了。

丹增活佛和五个老喇嘛沉甸甸的哭声盖过了风雪的肆虐。牧民们也哭了,除了伤别,还有惊怕:天大的事情发生了,眼前的佛爷放弃了保佑,火中的神祇就要离开西结古草原了。随着火势的增大,他们哭着,跪在地上往后退着,突然尖叫起来,看到火焰烧着的已不仅仅是几尊震伏魔怪的咒语王的塑像,而是整个密宗札仓明王殿了。

碉房山上一片火红,笼罩大地的无边夜色被烧开了一个深深的亮洞。只见亮洞破雪化雾,拓展出偌大一片清白来。天上嗡嗡嗡的响声就从这片清白中洒落下来,越来越大了。接着便是另一种声音的出现,就像敲响了一面巨大的鼙鼓,咚的一下,又是咚的一下。丹增活佛喊起来:"不要哭了,不要哭了。"于是大家不哭了,静静地听着。咚的一声,又是咚的一声,好像在那边,碉房山的坡面上。

丹增活佛长舒一口气,一屁股坐在地上,指着远方,抖抖索索地说:"去啊,你们快去啊,有声音的地方。"大家疑惑地看着他不动。他又说:"谁找到有声音的地方,谁就会得到保佑,去啊,快去啊,你们愣着干什么？明王到了天上,就会把福音降临到人间。"

老喇嘛顿嘎首先反应过来,问道:"佛爷你是说西结古草原有救了？天上掉下来吃的了？"他看丹增活佛在点头,就朝牧民们招着手说:"走喽,走喽,你们跟我走了。"顿嘎和另外几个老喇嘛朝山下走去,牧民们满腹狐疑地跟上了他们,议论着:天上就会掉雪,什么时候掉下来过吃的？

丹增活佛看他们走下山去,回头再次望着火焰冲天的明王殿,突然打了个愣怔,喊起来:"小藏獒呢,那只给我们送来糌粑的小藏獒呢,怎么不见了？"没有人回答,都走了,连明王殿里的金刚手明王、不动明王、马头明王以及马头明王的正身观世音菩萨都已经随火而去了。丹增活佛直勾勾地盯着密宗札仓明王殿的门边,门边的地上,就在刚才,委屈坏了的小母獒卓嘎滴着眼泪歪着头,把嘴埋进鬃毛,伤心地趴卧着。可是现在,那儿正在燃烧,一片熊熊烈火把小卓嘎趴卧着的地方裹到火阵里去了。

丹增活佛忽地站起来,扑向了火阵,扑向了被大火埋葬的小母獒卓嘎。

第六章　獒王大战屋脊宝瓶沟

当獒王冈日森格想到办法让雪豹去为十个死去的孩子报仇的时候,同样的办法也出现在了大灰獒江秋帮穷的脑子里。江秋帮穷疾步过去,想把自己的想法告诉獒王,却见冈日森格也朝自己快步走来。

两只藏獒碰了碰鼻子,会心地笑了,真是英雄所见略同。獒王冈日森格欣赏地咬了,大灰獒江秋帮穷一口,用甩头踱步的姿势告诉对方:我去前面拦住狼群,不让它们进入屋脊宝瓶沟,你带着大家从后面追赶,一定要迫使狼群跑上烟障挂的雪线。雪线是雪豹王国的界线,只有越过了这个界线,才能引来雪豹的攻击。大灰獒江秋帮穷瓮瓮瓮地叫着,好像是说:獒王你多带几只领地狗去吧,毕竟狼太多太多,连多吉来吧都被它们咬得半死不活了。

獒王冈日森格本来是打算带几只藏獒去的,听大灰獒江秋帮穷这么一说,就断然决定一只藏獒也不带。我是西结古草原的獒王,我怎么可能不如多吉来吧呢?它被咬得半死不活,不等于我也会被咬得半死不活。它豪气十足地走来走去,哼哼哼地叫着,那是说:还是让我去单打独斗吧,如果我不能一个人把狼群堵挡在屋脊宝瓶沟外面,我就不做獒王了。说着抬腿就走,突然又回来,审视着江秋帮穷,再次和它碰了碰鼻子,獒王说:江秋帮穷你听着,在西结古草原的领地狗群里,我下来就是你了,万一我出了事儿,万一我一个人没有把狼群堵挡在屋脊宝瓶沟外面,你就要多多承担责任,你就是獒王。江秋帮穷吓得朝后一跳,浑身的獒毛抖颤着说:你是在嘲笑我吧伟大的獒王?我一没有你的智慧,二没有你的勇敢,三没有你的威望,我要是能当獒王,所有的领地狗就都是獒王了。冈日森格眼睛里充满了对同伴的温情,信任地用鼻子指着它:听我的江秋帮穷,你是一只了不起的藏獒,你不能太小看自己。

这时大力王徒钦甲保走了过来,嫉妒地望了一眼大灰獒江秋帮穷,用一种沉郁不爽的眼神询问獒王:你们在说什么? 为什么还不出击?

獒王冈日森格也用眼神简单回答着它:你们听江秋帮穷的,它让你们什么时候出击你们再出击。说罢转身迅速离开了那里。它无声地奔跑着,在朦胧雪幕的掩护下,沿着冲击扇的边缘,低伏着身子,绕过狼群,来到了屋脊宝瓶沟的沟口。

屋脊宝瓶沟是一道布满风蚀残丘的沟,也就是雅丹地貌。奇妙的是,所有的残丘都是一种造型,就像耸立在寺院殿堂脊顶上的金色宝瓶,组成了一片望不到边际的迷宫,不光地形复杂,连能够传递味道的风也是东南西北乱吹乱跑的。狼群只要进入迷宫,就会消失得无影无踪。

獒王警觉地站在耸立沟口的第一座宝瓶前,沟里沟外地观察了一番,然后飞快地刨深了一个雪洼,跳进去藏了起来。

这时在狼群的后面,大灰獒江秋帮穷已经带着领地狗群及时冲了过去。狗的吠鸣响成一片,扬风搅雪的集体奔驰让雪原变成了一片沸腾的海,沙啦啦的喧嚣就像狂风里的潮水奔着高岸汹涌而去。三股狼群动荡起来,按照一路跑来的次序逃向了屋脊宝瓶沟。

沟口两侧的雪线上,错落叠加着许多如牛如象的冰石雪岩,一片累累凹凸的洁白之上,什么也看不到,看不到雪豹的影子,看不到生命的任何迹象。但是奔跑的狼和追撵的藏獒都很清楚,雪豹是不会忽略任何闯入者的,它们一定躲在冰石雪岩的缝隙里,惊讶地望着狼群和狗群的到来,随时准备跳出来和闯入者厮杀一番。

所有的狼都知道,它们必须在雪豹准备厮杀而没有厮杀的瞬间,躲进屋脊宝瓶沟,否则不仅不会达到引诱雪豹袭击领地狗群的目的,反而会陷入被雪豹和藏獒前后夹击的局面,那样就完了,就死无葬身之地了。狼群疯狂地奔跑着,马上就要到了,屋脊宝瓶沟的沟口就像一个巨大的佛掌,伸展而来,只要跳上去就能安全脱险。但是狼群没想到,安全脱险在离它们只有一步之遥的时候,突然消失了。

獒王冈日森格从雪洼里猛地跳了出来,狂叫一声,疾扑过去,准确地扑向了跑在最前面的黑耳朵头狼。黑耳朵头狼大吃一惊,刹又刹不住,躲又躲不开,一头撞进了冈日森格的怀抱。冈日森格摇晃着头颅,牙刀一飞,顿时在狼脸上划出了一道深深的血痕。黑耳朵头狼惨叫一声,以头狼的敏捷滚倒在地,滚向了自己的狼群。

狼群呼啦啦停下了,瞪着自己的头狼,也瞪着从天而降的獒王冈日森格。冈日森格龙腾虎跳,闪烁不定,一次次的扑击使它变成了一股忽东忽西的金色电脉,谁也不知道它会射向哪里。转眼之间,七匹大狼滚倒在地了,有死的,有伤的,也有不等对手扑过来就提前倒地的。

但死伤几匹狼并不能说服狼群放弃目标,随着黑耳朵头狼一声声的催促,狼群又开始朝前奔跑。

獒王冈日森格像一只猫科动物,敏捷地跳向了沟口的高地,两股阴寒的目光探照灯似的扫视着冲锋而来的狼群。突然转过身去,用屁股对着白花花的狼牙,朝着屋脊宝瓶沟宝瓶林立的沟脑,用发自肺腑的声音咕噜噜地叫起来。这是藏獒招呼同伴的声音,谁都听得出来,狼也听得出来,而且格外敏感。冲锋而来的狼群急煞车似的停下了,传来一片咻咻声,蹭起的雪粉一浪一浪地冲上了天。高地上的冈日森格冲着空洞无物的屋脊宝瓶沟激动地摇着尾巴,那穿透力极强的声音变得亲切而柔情,好像许多领地狗,那些早就埋伏在屋脊宝瓶沟里的激动而好战的藏獒,正在朝它跑来。

好厉害的领地狗群,居然早就算计好了狼群的逃跑路线。反应最快的是已经受伤的黑耳朵头狼,它把划出深深血痕的狼脸埋进积雪中蹭了蹭,然后嗥叫一声,跳起来就跑。既然獒王亲自带着藏獒在这里设伏,那就绝对不可能进入屋脊宝瓶沟了,不如抢占先机,趁雪豹还没有反应过来,逃出这个很可能要被前后夹击的危险境地。黑耳朵头狼一跑,它的狼群跟着它跑起来。它们沿着沟口东侧风中颤动的雪线,尽量和那些隐藏着雪豹的冰石雪岩保持着距离,一路狂颤而去。

紧跟在它们身后的是断尾头狼的狼群。断尾头狼早就看到了出现在屋脊宝瓶沟沟口的獒王冈日森格,也正在怀疑是否有重兵埋伏。一看前面的狼群改变了方向,马上意识到黑耳朵头狼已经把最危险的处境留给了它们,现在自己的狼群首当其冲,既暴露在獒王的伏兵面前,又暴露在雪豹的觊觎之下。它心里愤愤不平:好阴险的黑耳朵,往屋脊宝瓶沟逃跑的时候,你抢在最前面,现在遇到了埋伏,却要把我们亮出来承担危险。不行,绝对不行,你们能逃跑我们也能逃跑,看谁跑得快。断尾头狼带着它的狼群,以分道扬镳的姿态,沿着沟口西侧风中颤动的雪线,躲开那些雪豹藏身的冰石雪岩,一路风驰而去。

现在,暴露在獒王冈日森格面前的就只有命主敌鬼的狼群了。这是一股失去了头狼之后还没有来得及产生新头狼的狼群,是一股被一匹野心膨胀的红额斑公狼视为麾下之卒的狼群。它们停了下来,一瞬间有些茫然:是跟着黑耳朵头狼的狼群往东跑,还是跟着断尾头狼的狼群往西跑?身后就是紧追不舍的领地狗群,容不得它们三思而行,得赶快决定。大家互相瞪来瞪去,不知道该由难来拿主意,谁的主意是最好的。

这时红额斑公狼呜哇呜哇叫起来:听我的,你们听我的。它朝前走了几步,狠狠地盯了一眼不远处的沟口高地上威风凛凛的獒王冈日森格,疑惑地用前爪刨弄着积雪:不对啊,两股狼群都跑掉了,埋伏在这里的领地狗群怎么不追?獒王用发自肺腑的咕噜噜的叫声招呼着它的部下,它的部下——那些早就埋伏在沟里的凶悍而霸道的藏獒怎么一个也不露出沟口?更不好解释的是,身后追撵而来的领地狗群这么多,看不出狗员减少的样子,怎么可能又会在面前的屋脊宝瓶沟里冒出一大群藏獒呢?

红额斑公狼再次呜哇呜哇地叫了几声:快啊,领地狗群就要追上来了,你们跟着我,往屋脊宝瓶沟里跑,沟里没有埋伏,我保证,沟里没有埋伏,只有獒王一只藏獒。

红额斑公狼率先跑了过去。命主敌鬼的狼群犹豫着,看到身后追兵已至,便纷纷乱乱地跑起来。跟人群一样,狼群是由许多个家族组成的,在紧急慌乱之中,在没有了头狼,而又不可能绝对信任红额斑公狼的情况下,每个家族都会做出自己的选择。有的家族朝东去了,有的家族往西跑了,只有三个家族三十多匹大小不等的狼跟在红额斑公狼的后面,朝着沟口,朝着獒王冈日森格奔跑而来。

獒王冈日森格吃了一惊:你们不要命了,这么一点兵力就想冲破我的防线?它跳下高地,横挡在了狼群面前,做出随时都要扑过去的样子等待着。近了,近了,透过弥扬的雪片,已经可以看清为首那匹狼额头上的红斑了。先咬死它,一定要先咬死它,而且必须一口咬死,让它和敢于冲过来的狼都知道,谁忽视了獒王的存在,谁就要流失鲜血,流失它的性命。

奔跑中的红额斑公狼从獒王冈日森格的姿势和眼神里看到了死神的咆哮,知道再跑前一步就是肝脑涂地,本能地也是智慧地戛然止步。它身后的三十多匹狼也都停了下来,惊恐地望着冈日森格,又不时地朝后看看。

后面,追撵而来的领地狗群突然分开了。它们在大灰獒江秋帮穷的指挥下,一部分由它自己率领,朝东去追撵黑耳朵头狼的狼群,一部分由大力王徒钦甲保率领,朝西去追撵断尾头狼的狼群。照江秋帮穷的意思,只有把狼群逼上雪线,逼到摞上山顶的冰石雪岩上去,才会真正激怒隐藏在石洞岩穴里的雪豹,引得它们疯狂出击。更重要的是,大灰獒江秋帮穷还记得冈日森格的话——如果我不能一个人把狼群堵挡在屋脊宝瓶沟外面,我就不做獒王了。江秋帮穷以为作为獒王,冈日森格是惟一的,谁也不能代替,所以它不能带着领地狗群继续追撵跑向沟口的狼,追急了狼就会疯跑,三十多匹狼要是不顾死活地往沟里乱撞,冈日森格说不定就来不及——堵挡了。

冈日森格看到狼停了下来,又看到领地狗群在大灰獒江秋帮穷的指挥下,兵分两路去追撵跑向沟口两侧的狼群,不禁微微一笑。它知道江秋帮穷是为了它好,让它实现自己的诺言——一个人把狼群堵挡在屋脊宝瓶沟外面。也知道只要它冈日森格愿意,它永远都会是西结古草原的獒王。但它更知道领地狗群中宽厚谦让的可贵,大灰獒江秋帮穷是宽厚谦让的,难道它獒王冈日森格就不应该是宽厚谦让的?

红额斑公狼看到后面已经没有了追兵,胆气顿时大了一倍,后退着进入身后的狼群,用鼻子碰碰这个又碰碰那个,仿佛是说:一起上,咱们一起上,一起咬死它,咬死这只獒王。三十多匹大小不等的狼中有十二匹壮狼,体大身长,凶狠生猛,在草原上也算是风骚卓异的壮士,如果不是跟藏獒比,那也是威武不凡的一代天骄。尽管它们还不习惯听从红额斑公狼的话,但也不会坚决反对,共同的仇恨和共同的求生欲望促使它们认同地点着头:对,一起上,只有一起上,才能咬死这只身为獒王的藏獒。

十二匹壮狼跟着红额斑公狼慢腾腾走向了獒王冈日森格,在离对方一扑之遥的地方哗地散开了,散成了一个半圆的包围圈。

冈日森格卧低了身子,用钢锥一样的眼光一匹一匹地盯着狼,仿佛从镜子一样明亮的狼眼里看到了鲜血淋淋的孩子的尸体。一共十个,十个孩子都死了,都是断裂的脖子,都是满身的血窟窿。它们咬死牛羊马匹倒也罢了,为什么还要咬死人呢?作为獒王它饶不了它们,所有的藏獒都饶不了它们。咬死它们,咬死它们,只要它们不是一起朝它扑来,它就能首先咬死领头的狼,再一匹一匹咬死别的狼。

獒王冈日森格不希望对手一起扑来,但对手琢磨的恰恰是一起扑过去。也就是说,一旦扑撞发生,就在冈日森格一口咬住一匹狼的同时,另外十二匹壮狼的所有狼牙,也会齐头并进地扎在獒王身体的各个部位。那是密集的利刀,是切割皮肉的最好武器,獒王就是当场不死,也会因为满身的皮开肉绽和失血过多而疼死,气死,晕死。

冈日森格意识到了危险的程度,朝着显然是领头的红额斑公狼警告似的吼了一声:你小子注意了,就是我自己死掉,我也要首先咬死你。

显然獒王的警告没有起到任何作用,红额斑公狼撮了撮鼻子,龇了龇牙,身子朝后一倾,招呼自己的同伴:上啊,上啊,我们一起上啊。小母狼卓嘎走了,走的时候它没有声张。它并不是不知道什么叫告别,藏獒与藏獒之间,藏獒与人之间,离开的时候,总是要打一声招呼的。用声音,或者动作,或者眼神。但这次它没有,因为它是被丹增活佛突然点着的大火吓跑的,吓跑的时候它把惊叫憋回到了肚子里。它知道那是很丢脸的,一只优秀藏獒的基本素质之一就是沉稳冷静,就是无论面对什么危险都不该发出惊怕恐惧的尖叫,不管它是大藏獒还是小藏獒。

小卓嘎悄悄跑离明王殿后,就没有再回去,它感觉自己又有力气了,有了力气就得到处跑一跑,做自己该做的事情。它一直没有忘记父亲,那个叫做汉扎西的人,几个小时前给它说起过它的阿爸冈日森格和阿妈大黑獒那日,说起过寄宿学校那个大个头的多吉来吧。它意识到父亲的思念也正是它自己的思念。它不可能抑制住自己的思念,一直待在碉房山下的野驴河边哪儿也不去。更何况它是一只以帮助人为天职的藏獒,它不去找它们,谁去找它们? 先找到阿妈大黑獒那日和阿爸冈日森格,再找到多吉来吧,告诉它们:汉扎西想你们了。

其实它这个时候已经饿得连石头都想啃了,它多么希望待在人的身边,让人喂它一点吃的。但它又知道人也处在冻饿当中,它不可以奢求什么。它觉得找到阿妈阿爸就好了,阿妈阿爸一看它的表情就知道它多长时间没吃东西了。它们一定会想办法搞到吃的,搞不到就会把自己肚子里的东西吐出来。对它们来说,就是自己饿死,也得喂饱孩子,这是天经地义的。

就这样,小母獒卓嘎强忍着冷冻和饥饿,带着每只藏獒都会有的被人信任、为人做事的美好感觉,走向了雪野深处。以它的阅历和小小年纪,它决不会想到,凶险的雪野、狰狞的深处,到处都是虎口,死神的眼睛正瞪着它,在所有的路段,所有的雪丘之巅,设下了掳夺性命的埋伏。而它的寻找,与其说是寻找亲人,不如说是寻找死亡。它走着,闻着,沿着膨胀起来的硬地面,踏上了一条它自认为走下去就能见到阿妈阿爸的路,很快走远了,远得连碉房山上明王殿的火焰也看不见它了。

能够看见它的是另外一些亮色,是虚空里飘然而来的阴森森的蓝光,蓝光一闪一闪的,靠近着它,突然熄灭了,什么也没有了。

黯夜的天空,隐藏了落雪,大地在一尘不染的白色中无极地荒茫着。那些旷世的寂寥,以无声的恐怖,塞满了无所不在的空间。惟一的动静应该来源于狼,但是现在,狼们屏住了呼吸,闭上了眼睛,利用嗅觉摸索着走来,不让小母獒卓嘎看见和听见。它们蹑手蹑脚,移动着,移动着,九匹荒原狼从两个方向,朝着一只束手待毙的小天敌,鬼鬼祟祟移动着。它们聪明地占据了下风,让处在上风的小卓嘎闻不到刺鼻的狼臊,而它们却可以闻到小卓嘎的气息并准确地判断出它的距离:一百米了,七十米了,五十米了,它们匍匐行进,只剩下十五米了。白爪子的头狼停了下来,所有的狼都停了下来。而迎面走来的小母獒卓嘎没有停下,它还在走,懵懵懂懂地径直走向了白爪子头狼。

哗的一下,亮了,雪原之上,一溜儿灯光,都是蓝幽幽的灯光,所有的狼眼刹那间睁开了。小母獒卓嘎倏然停止了脚步,愣了,连脖子上的鬣毛都愣怔得竖起来了。丹增活佛后来说:我没看见小藏獒离开寺院,要是看见了,一定会抱住它不让它走。是我的疏忽啊,我怎么可以疏忽一只给我们送来救命糌粑的小藏獒呢?

老喇嘛顿珠后来说:可惜大家都没看见,它肯定是滴着眼泪悄悄走掉的,它看到我们大家都吃到了糌粑,就是不给它吃糌粑,就委屈地走掉了。

父亲后来说:都怪我都怪我,我为什么要让小卓嘎独自去给西结古寺送糌粑呢? 要是我一直跟它在一起,一切就都不一样了,它不会遇到狼群,我也不会掉到雪坑里了。

父亲顺着碉房山的雪坡滑下去，一头栽进了一个巨大的看不见底的雪坑。那雪坑虽然看不见底，但并不是没有底，是因为天地都是白色，坑壁也是白色，坑底也就跟天空一样深远了。落底的刹那，雪粉飞溅而起，就像沉重的岩石掉进了水里。好在坑底的积雪是松软的，栽下去的父亲无伤无痛，扒拉着身边的积雪站起来，什么也不想，就想找到已经脱手的木头匣子。

雪光映照着坑底，坑底光洁一片。几步远的地方，一个黑色的圆洞赫然在目，一看就知道是砸出来的。父亲从圆洞一米多深的地方挖出了木头匣子，看到里面的糌粑好好的，这才长舒一口气，扬起头朝上看了看。

这是一个漏斗形的雪坑，感觉是巨大的，其实也不大，只有十米见方。坑深是不等的，靠山的一面有十四五米，靠原的一面有七八米。对一个栽进坑里的人来说，这七八米的深度，差不多是高不可攀的。

父亲把木头匣子放到雪地上，走过去用手摸了摸，发现直上直下的白色坑壁上覆盖着一层雪，雪里面是坚固的冰和更加坚固的岩石。这就是说，他很难刨开一条雪道爬上去，至少在这里是不行的。他沿着坑壁走去，不时地摸一摸，瞪起眼睛看一看。觉得希望不大，便下意识地捋着脖子上的黄色经幡，嘴里轻声念叨着："猛厉大神啊，非天燃敌啊，妙高女尊啊，你们这些大神大仙可要保佑我呀。"这些神祇是他在西结古寺里朝拜过的，丹增活佛告诉他，它们原先都是西结古草原喜怒无常、善恶无定的地方神，被护法神吉祥天母和大威德怖畏金刚降伏后成了如意善良的随护神，祈求它们是很灵的，佛菩萨、金刚神们管不过来的事情它们都管。

父亲在坑底走了一圈，借着雪光到处看了看，没发现可以爬上去的地方。只在靠山的一面，十四五米高的坑壁上，看到了一道裂隙。裂隙看上去不足一人宽，弯弯曲曲不知道通向哪里。裂隙的中间裸露着一片黑色，说明那是土石，有土石就好，就可以踩着往上爬了。

但是父亲有点疑惑，那土石怎么是长了毛的，毛在风中沙沙地抖。父亲正要伸手去摸，突然惊叫一声，发现那不是土石，那是一只野兽。

野兽为了不让人发现自己而眯起的眼睛倏然射出两束光芒，照亮了父亲。父亲一连打了三个寒战，寒战未止，那野兽便忽一声扑过来，一口咬在了父亲的肩膀上。父亲一个趔趄倒在积雪中，爬起来就跑。可是他能跑到哪里去呢？他站住了，回过头去大吼一声："什么东西咬了我？"吼完了他就不怎么害怕了，就准备面迎攻击了。父亲就是这样，他和所有人一样害怕野兽，但他又从来不是一个胆小怕死的人，一想到大不了死掉，他就显得遇事不慌，处变不惊了。这一点几乎和藏獒一样，父亲有时候其实就是一只藏獒。

父亲攥起拳头望着前面，又一次看到了裂隙，看到了裂隙中间的黑色——野兽又回去了，回到了裂隙里，把自己变成了土石的模样。父亲知道那是狼，狼的眼睛闪着幽蓝的光，一波一波的，如针如箭，变成了最阴毒的威胁，正要穿透他的胸膛。

父亲寻思：狼怎么会在这里？难道和自己一样，也是掉进来的？掉进来后就出不去了？可见这是一个连狼都跳不出去的地方。人出不去，狼也出不去，这么一点地方，就等于是在一个窝里，你不吃掉它，它就要吃掉你，真正是你死我活了。父亲这么想着，心里并不特别紧张，他觉得一个人对抗一匹狼，吃亏的并不一定是人。

重要的是人必须拿出胆量来,让狼感觉到你根本就不怕它。

父亲隔着棉袄揉了揉被狼牙刺伤的肩膀,朝前跨了一步,威慑似的咳嗽一声,吐了一口痰。狼抖动了一下身子,警惕地睥视着父亲,眼里的蓝光更幽更毒了。父亲想,要是我的眼睛也能发光就好了,最好是红光,火一样的,一烧起来狼就不敢过来了。

狼似乎马上看透了父亲的心思,跳出裂隙走了过来。它是歪着身子横着走的,走得很慢,磨磨蹭蹭的,好像在试探人的反应。父亲大着胆子又朝前跨了一步,想把狼吓回去,没想到狼不仅没有停下,反而摆正身子,冲了过来。父亲吓了一跳,正要后退,就见狼又停下了,停在了离他五六步的地方。这才看到在他和狼之间的雪地上,放着那个木头匣子,狼是冲向木头匣子的,匣子里的糌粑被它闻到了。

狼一边警惕地瞄着父亲,一边紧张地啃咬匣子。咬了几下咬不开,就想叼起来回到裂隙里去。父亲瞪起了眼睛,那是十二个孩子的口粮,是多吉来吧的口粮,我都舍不得吃,怎么能让你吃!他大喊一声,不假思索地跑过去,抬脚就踢。狼似乎没想到父亲的反应会这么勇敢这么快捷,丢下木头匣子,忽地转身,一蹦子跳进了裂隙。好像对它来说,木头匣子里的糌粑并不是非抢不可的,占住裂隙才是最重要的。

父亲抱起木头匣子,退到了紧靠坑壁的地方。站了一会儿,看狼贴在裂隙中一动不动,便疲倦地坐在了雪地上。一坐下就感到奇冷难忍,开始一阵阵地哆嗦。他放下木头匣子,刨出一个雪窝子坐了进去,感觉好多了,不再哆嗦了。

他想静下来,琢磨出一个爬上雪坑的办法,被狼咬伤的肩膀却又如火如燎地疼起来。他解开棉袄扣子,手伸进去摸了摸,摸到一把又黏又湿的东西。知道自己流血了,赶紧从脖子上的那条黄色经幡上撕下来一绺,扎在了伤口上。他心说,保佑我,保佑我,天佛地神都来保佑我,狼牙是有毒的,达娃中了红额斑公狼的牙毒,伤口肿了,发着烧昏迷不醒了,你们千万不要让我中毒呀。他用手焐了焐冻僵的嘴,使劲念起了经幡上的咒语:"钵逻嗦噜娑婆柯,钵逻嗦噜娑婆柯。"

和草原上的牧民一样,父亲是个遇事容易往好处想的乐观主义者。念了几遍咒语,心就放下了,就觉得自己已是金刚不坏之身,一时半会儿不会受到恶煞、碍神、非时、天寿的危害了。父亲活动了一下肩膀,感觉已经不疼了,一点也不疼了,好像从此再也不会疼了。

父亲坐在雪窝子里,头露在外面。为了不让嘴陷进疏松的积雪,他把木头匣子支在了下巴上,然后忍着肩膀的疼痛望着十步远的狼,心里恨恨的:居然咬了我,要是让多吉来吧或者冈日森格知道你居然咬了我,那你就没命了,就是有十个护狼神瓦恰也保佑不了你了。狼你听着,你是个瘌痢头我记住了。我一定会告诉它们是你咬了我,一定会让它们咬住你的后颈把你的灵魂憋死在躯壳里。只要我能出去,我一定要想办法出去。

父亲这么想着,发现已经看不见狼了。雪又开始纷纷飘落,而且很大,厚重的雪帘拉满了夜空,两步之外什么也看不见。他想这样下去我会不会被雪埋掉啊?不能这样坐着,要起来,起来。但他在心里越是叫唤"起来",就越懒得起来,他很饿,很困,身上一点力气也没有,还有冷,他知道一站起来自己就会哆嗦,哆嗦几下寒气就哆嗦到骨头缝里去了,那样他很快会冻僵,就会冻死。

父亲没有起来,冷冻威胁着他,困乏缠绕着他。更不妙的是,在雪帘遮去了狼影之后,他由不得自己地渐渐松懈了,甚至有一个瞬间他忘记了狼,也忘记了自己为之负责的十二个孩子和多吉来吧。这样的忘记直接导致了他的闭眼,一闭上眼睛他就睡着了。雪花在他身上洒着洒着,漫不经心地埋葬着他,很快他就没有了。漏斗形的雪坑里,一片皓白,除了那个裂隙,除了那匹狼。

狼跳出了裂隙,它那双能够穿透夜色的眼睛此时穿透着雪花的帘幕,已经看到父亲被大雪掩埋的情形了。父亲纹丝不动。狼撮着鼻子,龇着牙,鬼蜮一样走过来,站了父亲跟前。父亲的头就在它的嘴边,那已经不是头了,是一个鼓起的雪包。狼用鼻子吹着气,吹散了雪粉,吹出了父亲的黑头发。狼知道,离黑头发不远,那被雪粉依然覆盖着的,就是致命的喉咙。狼的肚皮在颤抖,那是极度饥饿的神经质反应。一匹为了活下去的饿狼,马上就要把它与生俱来的凶狠残暴演绎成利牙的切割了。

而即将被切割的父亲一点觉察也没有,他还在沉睡,甚至有了一阵鼾息。好像在做梦,梦到自己正在吃肉喝酒,面前是一堆篝火,暖烘烘的。多吉来吧卧在自己脚前,獒王冈日森格和大黑獒那日以及它们的领地狗群环绕在四周。太阳冉冉升起,蓝天无比高远,草新花艳,百灵啁啾,原野奢侈地和平着,宁静着。央金卓玛朝他走来,她牵着驮了两桶酸奶子的大白马,嘻嘻哈哈地朝他走来。白花花的酸奶子啊,在央金卓玛的笑声中变成了享不尽的温暖和惬意。

狼似乎看到了父亲的梦,伸出舌头,在他那一堆乱草一样的头发上舔了几下,好像先要舔掉他那美妙如歌的梦,再一口咬向他的喉咙。当红额斑公狼招呼跟随自己的十二匹壮狼在同一时刻一起举着牙刀刺向獒王冈日森格的时候,公狼已经做好了首先扑上去牺牲掉自己的准备。在它看来,用它的一条狼命换来西结古草原獒王的命,这样的同归于尽太合算了。

红额斑公狼一边招呼,一边用碰鼻子的方式——叮嘱十二匹壮狼:当獒王咬住我的时候,你,咬住它的脖子,你,咬住它的头皮,你,咬住它的右前腿,你,咬住它的左前腿,你,咬住它的右肋,你,咬住它的左肋……你们咬住以后就拼命撕扯,撕烂一切能够撕烂的,撕掉一切能够撕掉的。叮嘱完了,便喊一声:上啊,大家一起上啊。然后就义无返顾地扑了过去,所有的狼都扑了过去,从不同的方向扑向了它们既定的目标。

獒王冈日森格愣了一下:狼群果然采取了自己最不愿意看到的极狠极毒的群殴式战法。面对这样的战法,它不得不退后几步。就在这退后几步的时间里,它明智地意识到,它首先应该做到的并不是自己咬住扑来的狼,而是不让扑来的狼咬住自己。它迎敌而上,跳了起来,一跳就很高,高得所有的狼都不知道目标哪里去了。狼们纷纷抬头仰视,才发现獒王正在空中飞翔,已经和下面的它们交错而过。

而对獒王冈日森格来说,真正的能耐还在于和狼群交错而过的同时,完成了空中转向的动作。当它噗然落地的时候,它面对的已经不是十三匹壮狼那直戳而来的阴寒彻骨的牙刀,而是一片灰色的侧影。冈日森格大吼一声,不失时机地再次跳起,直扑红额斑公狼。

红额斑公狼非同小可,就在獒王高跳而起的瞬间,它就已经知道狼群的这一次进攻失败了,及至獒王在空中和狼群交错而过,它又马上估计到了侧面受敌的危险。藏獒是那种最懂得擒贼先擒王的动物,只要它们进攻,首先受到攻击的自然是对方的领袖。不,它不想承受这样的攻击,因为在它看来,如果不能换来獒王的死,自己的任何牺牲都是不合算的。它拼命朝前蹿去,一下子蹿出了一只优秀藏獒的扑跳极限。

獒王冈日森格扑到了狼群中间,却没有咬住它想咬的,只好顺势一顶,从肚腹上顶翻了一匹壮狼。一口咬过去,正中咽喉。獒头一甩,嗦喇一声,一股狼血飞溅而起。接着又是一次扑咬,这一次冈日森格把利牙攘进了一匹壮狼的屁股。壮狼还在朝前奔跑,獒王的拽力和壮狼的拉力一起撕开了屁股上的血肉。壮狼疼得惨叫一声,跌跌撞撞朝前跑去,一头撞在了沟口高地下硬邦邦的冰岩上,歪倒在地。'

转眼就是一死一伤,狼群乱了,四散开去。獒王冈日森格停了下1:.把叼在嘴里的一片狼屁股肉吞了下去,然后回到它应该把守的地方,用满脸的凶鸷张扬着自己的愤怒,盯着狼群,气势磅礴地走来走去。

离獒王二十步远的地方,红额斑公狼发出一阵威严的叫声,迅速稳住了狼群。散去的狼群纷纷回来,重新聚拢在了它身边。红额斑公狼和它们碰着鼻子,告诉它们:我们还有十一匹精明强悍的狼,绝对的优势仍然在我们这边。不要气馁啊,咬死它,咬死它,我们一定会咬死它。

精壮的狼群做出很受鼓舞的样子,迈动劲健的步伐,迅速排列出一条弧形的攻击线,堵挡在了獒王冈日森格面前。攻击线上居中的和最突出的自然还是红额斑公狼。冈日森格冷飕飕地望着红额斑公狼,也像对手那样琢磨着:咬死它,咬死它,我一定要咬死它。

新一轮打斗开始了,又是准备做出牺牲的红额斑公狼首先义无返顾地扑了过去,所有的狼都扑了过去,从不同的方向扑向了獒王冈日森格。这就是说,狼群的战术没有变,依旧抱定了最初的企图:在獒王咬住红额斑公狼的同时,别的狼迅速咬住獒王,即使不能当场置獒王于死地,也要让它在皮开肉绽和失血过多之后疼死、气死、晕死。

似乎冈日森格也没有改变战术,它狂跳而起,一跳就很高,如同在空中飞翔。吃过亏的狼群突然刹住了,意识到獒王会在空中转向然后从侧后攻击它们,便一个比一个迅速地扭转了身子。但是它们没有看到獒王冈日森格的影子,当噗然落地的声音从它们侧后砸起一阵雪浪时,狼群才发现獒王并没有像上次那样在空中和它们交错而过,而是高高地跳起之后,又原地落下了。落地的时候,狼群恰好挪开了它们那阴寒彻骨的牙刀,来到冈日森格嘴巴前面的,又是一片灰色的侧影。

咬啊,尽情地咬啊,想咬谁就咬谁。獒王冈日森格锲而不舍地直扑狼群中间的红额斑公狼。

红额斑公狼立刻意识到进攻又一次失败了,它们的敌手不愧是獒王,不仅有超凡的勇猛,更有超凡的智慧。它就像上次那样,拼命地朝前蹿去,以一匹最优秀的狼的逃窜速度,离开了獒王的扑咬距离。没有扑到红额斑公狼的冈日森格,借惯性扑翻了另一匹壮狼,一口咬在了后颈上。狼的后颈是护狼神瓦恰寄住的地方,也是狼的灵魂逃离躯壳的通道,獒王冈日森格不让护狼神瓦恰寄住,也不让狼的灵魂逃离,只让粗大的血管激射出一股狼血刺进了它的喉咙。獒王舒畅地咽了一口,又咽了一口,然后从狼身上跳起来,扑向了另一匹离它最近的黑脊毛壮狼。

狼散了,除了那匹黑脊毛壮狼被獒王压在粗壮的前爪之下,正在将死而未死之间挣扎之外,别的狼都踢雪而去。但是所有的狼都没有跑远,它们转身从不同的方向看着黑脊毛壮狼被獒王冈日森格咬死的惨景,悲愤地齐声嗥叫。叫着叫着,它们走到了一起,是红额斑公狼再一次把它们召集到了自己身边。有一匹狼在红额斑公狼面前不安地跑来跑去,似乎在询问:到底怎么办? 红额斑公狼阴森森地瞪了它一眼,哈着白雾告诉它:你说怎么办,总不能就此跑掉吧,我们还有九匹壮狼,优势还在我们这一边。然后又用昂头向敌的姿势对大家说:绝对不能放弃,也许就在下一刻,我们就能咬死獒王了。

獒王冈日森格从死狼的血泊中抬起了头,喘了一口气,轻蔑地望着九匹壮狼哼哼了一声:又凑到一起干什么,还不快跑啊? 两个回合就死了四匹狼,你们都不想活了? 回答它的是狼群对抗到底的决心,九匹狼排成了两列纵队,一队四匹狼,两队的中间靠前是红额斑公狼。红额斑公狼还是一副不牺牲掉自己不罢休的架势,带着两列纵队,一步比一步沉稳有力地走了过来。

冈日森格一边深长地呼吸着雪沫濡染的空气,一边研究着狼群进攻的队形,呼啦啦地摇了摇沾满狼血的鬣毛。它知道狼群的队形对自己非常不利,它既不能像第一次那样跳到侧面攻击狼群,也不能像第二次那样采用原地跳起的办法,到底怎么办? 它突然把身子一摆,朝一边跑去。

獒王冈日森格跑向了另一个方向,那儿站立着另一群狼,它们是跟着红额斑公狼准备冲进屋脊宝瓶沟的三个狼家族的其他成员,是不能参加恶战的母狼、弱狼和幼狼。它们忧心如焚地观看着壮狼们的打斗和牺牲,根本想不到冈日森格会朝自己奔扑而来。它们愣了,反应最快的母狼赶紧护住了幼狼,嗷呜嗷呜地叫起来,这是叫给壮狼们听的,意思是我们危险了,我们危险了。

红额斑公狼吃惊地望着冈日森格,正在琢磨这个獒王想要干什么,就见身边所有的壮狼都朝獒王跑去,试图阻拦它对母狼、弱狼和幼狼的袭击。排好的两列纵队顿时散乱了,壮狼们个个争先恐后,生怕晚一步自己的妻子儿女就会惨死在獒王的牙刀之下。红额斑公狼一屁股坐在地上,沮丧地大叫一声:完蛋了,这一个回合又要失败了。它深知藏獒的习性,尤其是作为獒王的藏獒,在没有消灭强大的壮狼之前,根本不可能去扑咬那些对獒王丝毫没有威胁的母狼、弱狼和幼狼,獒王的举动必定有诈。

冈日森格一看壮狼们不顾一切地朝自己跑来,心里释然而笑,要的就是你们这样。它放慢了速度,突然转身迎着壮狼们扑了过去。没有队形和没有指挥的壮狼,在獒王冈日森格眼里,不过是一群倒霉蛋。它腾蛟起凤,电闪雷鸣。一连扑倒了五匹壮狼之后,才利用牙齿连续挑破了两匹壮狼的肚子,然后它用这一个回合中最野蛮最舒展也最能代表獒王气质的一扑,扑向了一匹正准备逃跑的壮狼,大吼一声:晚了,为什么早点不逃? 声音未落,形影已到,它一口咬住了对方的喉咙,嘴巴奋力咬合着,牙刀一阵锉动。血出来了,性命就要失去了,狼蹬踢着四条腿徒然挣扎着。

獒王冈日森格呼出一口粗壮的闷气,从容不迫地咕了几口狼血,抬头望了一眼不远处挤在一起瑟瑟发抖的母狼、弱狼和幼狼,又望了一眼恶狠狠地瞪着它的红额斑公狼,甩了甩硕大的獒头,漫不经心地走向了屋脊宝瓶沟口它最初守护的地方,伸直前腿卧了下来。

獒王冈日森格很满意这一个回合自己的战绩,两伤一死,受伤的很快也会死,肚子上的窟窿深到肠胃里去了,那是到了阴间也无法愈合的。它伸出舌头舔了几口积雪,给自己的火气降了降温,用一种怒目金刚般的冷静而超然的眼光望了望雪片奋勇的天空,然后阴沉沉地盯住红额斑公狼。

红额斑公狼走向那些幸存的壮狼,冲它们哧哧哧地吹着鼻息,它说:加上我,我们还有六匹壮狼,还不到畏避退却的时候,上啊,跟我一起上啊。两匹壮狼不听它的,转身就走,走到那几匹颤抖不止的母狼、弱狼和幼狼身边去了。那头也不回的姿态似在说:反正你红额斑公狼又不是头狼,我们为什么非要听你的?

红额斑公狼不满地冲它们咆哮了几声,又把舌头吐出来,朝着仍然围绕着自己的另外三匹壮狼放松地甩了几下,它说:知道为什么我们狼总是打不过藏獒吗?不是本领不行,而是胆气不壮。你们是胆气超群的三个,跟着我冲啊,不到最后见分晓的时候决不要后退。三匹壮狼也把舌头吐出来甩了几下,赞同地点着头,然后在红额斑公狼的指挥下,排成了几乎没有间距的一线,不屈不挠地冲了过去。

獒王冈日森格忽地站了起来,把大吊眼从长毛里瞪出来,看着这个以命相拼的队形。它知道这样的队形就跟人类老鹰捉小鸡的游戏一样,你很难跳过去从侧面和后面攻击狼群,也不能首先撕咬为首的红额斑公狼而给别的狼造成群起而攻之的机会,最好的办法……啊,最好的办法是什么?

獒王跳了起来,不是原地跳起,也'不是从狼群头顶飞翔过去,而是恰到好处地从狼群中间陨落而下,用沉重的身躯夯开了没有间距的一条线。

局势马上就变了,现在是两匹狼在前,两匹狼在后,在前的两匹狼必须迅速转过身来,否则难免被对手撕烂屁股。可是当它们紧急转身,牙刀相向的时候,发现獒王已经再一次跳起,跳到狼的夹击之外去了,速度之快是狼所无法想象的。四匹狼头对着头,龇牙咧嘴而又莫名其妙地瞪视着自己人。而獒王却以更快的速度在两匹狼的身后发起了进攻,它猛扑过去,一头撞翻了一匹壮狼。在对方仰面朝天的同时,一口咬住柔软的肚腹,獒头一摆,撕出了里面的肠子。然后就用牙齿带着这根肠子,扑向另一匹壮狼。

依然是撞翻,咬噬,这次咬住的不是肚腹而是喉咙。喉咙破了,后颈也破了,狼还活着,但已经活不久了。獒王冈日森格扬起头颅,让飘落的雪花舔了舔自己满脸的狼血,看到红额斑公狼和另一匹壮狼正一左一右朝自己冲来,便往后一挫,扑向了左边的红额斑公狼。

红额斑公狼毫不退缩,对着一片铺天盖地的金黄色獒毛张嘴就咬。咬了两下什么也没有咬到,定睛一看,才发现冈日森格已经改变方向,扑到右边的壮狼身上去了。那壮狼毫无防备,想要躲开,身体却根本来不及做出反应,几乎就是把脖子主动送到了獒王的大嘴里。獒王一阵猛烈的咬合,看到狼血嗞嗞地冒出来,便不再恋战,跳到一边,用一双恨到滴血的眼睛望着红额斑公狼。

獒王冈日森格喘着气,胸腹大起大落着,似乎是说:十个孩子啊,十个孩子都被你们咬死了,我们的报复这才开始,但是对于你,我不咬了,你是一匹勇敢的狼。你回去吧你,我不咬了,你带了别的狼再来和我斗,我跟一匹狼一对一地打斗,算什么本事? 红额斑公狼前后左右地望着已经死去和就要死去的同伴,悲愤地摇晃着身子,嗥叫起来:这才多大一会儿工夫,你就一口气杀掉了我们十匹狼。我要报仇,一定要新仇旧恨一起报。

红额斑公狼不屈不挠地嗥叫着,它的全部经历就是在草原上见识、接触和恶斗藏獒,这样的经历让它在肉体和精神上都更加地相像着它终生的敌手。它不像别的狼,一味地用畏惧和仇恨蒙蔽着自己的眼睛。不,它在学习,潜移默化中它学会了藏獒的刚毅、坚忍、顽强、发愤。它和藏獒一样,永不言败,永不后退,永远都是出发、奔走、进攻、牺牲的战斗姿态。獒王冈日森格欣赏地看着它,深深地叹息道:如果它是一只藏獒该多好啊,可惜它是狼,可惜了,可惜了,这种无所畏惧、敢打敢拼的素质,这种铁骨铮铮、悍烈悲壮的做派,居然也会属于狼。

红额斑公狼一步比一步坚定地靠近着獒王冈日森格,冈日森格也一步比一步深沉地靠近着红额斑公狼。都是英雄,都是宁为玉碎不为瓦全的荒野的灵魂,都在用生命最激烈的燃烧、最丰满的形式成就着种族的声誉。

风大了,吹来一天朵大的雪片。冬天正在释放所有的愤懑,好像这些晶体的愤懑聚攒在天上已经很久很久了,一旦释放就不是飘洒,而是爆发。大雪正在爆发,寒冷正在爆发,屋脊宝瓶沟的沟口,惟一一匹敢于独立挑战獒王的战狼也正在爆发,似乎此前的所有扑咬打斗都不过是预演,现在正式开始了,红额斑公狼挑战獒王冈日森格的扑咬正式开始了。

第七章　　癞痢头公狼与癞痢头母狼

这是九匹荒原狼和一只小母獒的遭遇,在小母獒卓嘎这边,根本就谈不上对抗,结果是惟一的:在惨烈的叫声中变成狼的食物。

但藏獒是世界上惟一一种遇到任何危险都不知道退却的动物,见厉害的就溜,或者不经过殊死搏斗就变成食物的举动,在老虎豹子藏马熊那里都是可能的,在藏獒却连万分之一的可能都没有,不管是大藏獒,还是小藏獒,也不管是公藏獒,还是母藏獒,遇到强大敌阵的惟一反应,就是以最快的速度扑上去,在最短的时间里把自己牺牲掉。

小母獒卓嘎就是这样做的,它吼了一声,毫不犹豫地扑了过去。它扑向了白爪子头狼,感觉告诉它,这是九匹荒原狼中最强大的一匹。在它的记忆里,最强大的敌手都是由阿爸冈日森格来解决的,所以当它扑过去时,觉得自己已不是小母獒卓嘎,而是威风凛凛、气派非凡的阿爸冈日森格了。

白爪子头狼狞笑一声躲开了。它知道藏獒的习性,面对再强大的敌手都不可能不扑,那就扑吧,看你能扑几下。

小母獒卓嘎一扑没有奏效,便又来了第二下。这一下可不得了,它虽然没有扑到白爪子头狼,九匹荒原狼的狼阵却被它一下子冲垮了。只见狼们哗地散开,一个个惊慌失措地离开它,飞也似的朝远处跑去。小卓嘎很得意,爽朗地叫了一声,正要撒腿追过去,就听一声轰响,夜色中一团黑影从天而降,在它前面五米远的地方砸出了一个大坑,松软厚实的积雪顿时浪涌而起,铺天盖地地埋住了它。它拼命挣扎着,好半天才从覆雪中钻了出来,看到一个体积很大的东西出现在面前的雪光中,以为又是一个什么敌手要来伤害它,想都没想就扑了过去。

噗哧一声响,它以为很硬的东西突然变软了,软得就像浮土,就像草灰,一头撞上去,连脖子都陷进去了。它赶紧拔出头来,甩了甩粘满了头的粉末,疑惑地看了看,才发现那不是什么有嘴有牙的敌手,而是一个大麻袋。麻袋摔烂了,从裂开的地方露出一角面袋。面袋也烂了,淌出一些十分诱人的东西。是什么?它小心翼翼地闻了闻,更加小心翼翼地尝了一舌头,不禁惊喜地叫起来:糌粑?啊,糌粑。

其实并不是糌粑,而是青稞面粉。小母獒卓嘎还不知道这是飞机空投的救灾物资,也不知道那九匹狼逃离此地并不是因了它的威力,而是空投物资的惊吓。就在麻袋还在空中呼啸的时候,狼群就已经看到了。见多识广的狼群和小卓嘎一样,也从未见识过飞机空投,不知道天上也能掉下食物来。以为那是藏獒或者人类的武器,是专门用来对付狼群的。狼群飞快地跑开了,跑着跑着就有几匹狼停了下来,白爪子头狼呵斥道:"你们还想着那只小藏獒呢?那是个诱饵你们怎么不明白,要不是刚才跑得快,天上的东西早就砸死我们了。你们听,你们听。"又是一声轰响,离它们很近,好像是追着它们的。它们再次奔跑而去,比赛似的,一匹比一匹争先。

九匹荒原狼转眼不见了踪影。小母獒卓嘎举着鼻子到处闻了闻,没闻到刺鼻的狼臊味,心里便不再怒气冲冲。围绕着麻袋转了一圈,站在裂开的口子前,张口就舔。却没有舔到糌粑上,而是舔在了积雪里。它知道糌粑是人的,作为一只领地狗,它从来不随便吃人的东西,除非人家抛撒给它。但是它很饿,它不能总是在想舔糌粑的时候舔到雪粉上。它半是果敢半是迟疑地又舔了舔,才把舌头稳稳当当地搁在了糌粑里。

真舒服啊,糌粑是温暖的,而不是冰凉的,一股阿妈的乳汁一样的温暖清香,锋利地刺痛了它的肠胃,肠胃神经质地蠕动起来,它再也无法按照习惯决定自己什么可以吃,什么不可以吃了。它吃起来,先是用口水拌一拌糌粑再往嘴里送,很快口水没有了,它就把积雪掺了进去,一口下去差不多一半是糌粑一半是雪。雪在嘴里很快化成了水,喉咙轻轻一抽就把糌粑冲下去了。小母獒卓嘎从来没有大口吃过干糌粑,第一次吃就一口也没有呛住。它很高兴,意识到人是对的,却没有意识到自己非常聪明,见识过人用青稞炒面加水拌糌粑的情形,就知道水之于糌粑的意义了。

小卓嘎很快吃饱了,肚子鼓鼓的,舒畅地打着哈欠,卧了下来。它想睡一会儿,睡一会儿再去寻找阿妈阿爸。刚闭上眼睛就在心里嘀咕了一句:我怎么这么懒惰啊,不是出现了两次轰响吗?这边的轰响是天上掉下来了糌粑,那边的轰响呢?看看去,到底掉下来了什么。毕竟它是一只小藏獒,是个女孩儿,对什么都充满了好奇。

它走了过去,还没到跟前就闻到了一股熟羊皮的味道,立刻就知道这是人穿的那种羊皮大衣。它高兴地跑起来，以为马上就要见到人了。到了跟前才发现，原来只有大衣没有人。大衣本来是十件一捆，一摔，散了，变成七零八落的一大片了。

小母獒卓嘎从每一件大衣旁边走过，失望地把吐出来的舌头缩了回去，把摇着的尾巴贴在了胯骨上：居然这么多羊皮大衣都不是穿在人身上的，那么人呢？它觉得很可能有人会把自己盖起来，便钻到每一件羊皮大衣下面看了看。它没看到人，只在一件大衣的胸兜里发现了一封薄薄的信。

信是牛皮纸的，中间有个红色的方框，方框里面写着蓝色的钢笔字。小卓嘎认识这样的信，它记得有一次西工委的班玛多吉主任把这样一封信交给了阿爸冈日森格。阿爸叼着它跑了，跑到很远很远的结古阿妈县县府所在地的上阿妈草原去了。回来的时候又叼着一封也是牛皮纸的信，交给了班玛多吉主任。班玛多吉主任高兴得拍了拍阿爸的头，拿出一块熟牛肉作为奖励。

阿爸把熟牛肉叼回来，一撕两半，一半给了它，一半给了领地狗群中的另一只跟它同龄的小公獒。它很高兴，正想美美地吃一顿，没想到小公獒三口两次吞掉了自己的，然后跑过来抢它的。它是个女孩儿，力气没有男孩儿大，不仅熟肉没有保住，自己还被对方扑翻在了地上。它很生气，从此再也不理小公獒了，尽管小公獒见了它总想跟它闹一闹打一打，但它总是躲着：去你的去你的，我说不玩就不玩。

小公獒名叫摄命霹雳王，是人给它起的名字，人以为它出生在祭祀誓愿摄命霹雳王的日子里，肯定和这位了不起的密宗厉神有关系，就给它起了这么个名字。它很得意，它的阿爸大力王徒钦甲保和阿妈黑雪莲穆穆也很得意。它们知道人并不轻易用神的名字命名藏獒，一旦命名了，就意味着他们对小公獒的欣赏和厚爱，也意味着他们对小公獒的阿爸和阿妈的倚重：苍鹫生不出麻雀，仙鹤的窝里没有野鸷，什么样的父母生出什么样的孩子，你们看，你们看，多么壮硕的大力王徒钦甲保和黑雪莲穆穆啊，生出了这么好的摄命霹雳王。

小母獒卓嘎想着小公獒摄命霹雳王，把信从羊皮大衣的胸兜里叼了出来，立刻有了一种使命感：快啊，快啊，快找到阿爸冈日森格和阿妈大黑獒那日，让它们看看，这里有一封信呢。它想象着自己把信交给阿爸，阿爸再把信交给班玛多吉主任的情形。仿佛看到这封牛皮纸的信已经变成了一块奖励来的熟牛肉。熟牛肉是好吃的，被小公獒摄命霹雳王抢走的熟牛肉更是好吃的。

小卓嘎再次上路了，没走多远，突然又停了下来，回过头去，呆望着自己刚刚驻足的地方。仿佛那儿有人了，人的气息和声音夹杂在风卷的雪花中零零碎碎地纷扬着。它寻思自己是不是应该回去，看看到底是什么人到了那里。又一想，算了吧，万一是牧民贡巴饶赛呢？它可不愿意再见到这个人了。它是个女孩儿，想到它对人家好，人家对它不好，就忍不住要伤心。它不愿意伤心，它知道找到阿爸阿妈就不会伤心了。

它继续朝前走去，叼着信，选择着积雪中膨胀起来的硬地面，一边走一边闻。领地狗群的气息，阿妈和阿爸的气息，好像在那边。那边是雪山峙立的地方，是浩浩无边的雪原祖胸露怀的地方。

小母獒卓嘎没想到，它前去的正是白爪子头狼带着它的狼群逃逸的地方。九匹狼跑出去一公里多一点就不跑了，停下来，大眼瞪小眼地商量着：怎么办，到哪里才能搞到吃的啊？白爪子头狼不吭声，它一直警惕地回望着刚才跑来的路，突然卧下了。等着，就在这儿等着，我感觉这儿是很好的，这儿是个平坦向阳的塬坡，积雪不厚，雪下面就有羊粪牛粪狗粪的气息，是个家畜必经之要道。

九匹狼全部卧下了，静静地等待着。一个时辰后，猎物果然出现了，远远的，一个小黑点在夜幕下的雪光里移动着。白爪子头狼忽地站了起来，眯起眼睛看了看，抬起鼻子嗅了嗅，用压低的嗥声紧张地告诉它的同伙：怎么还是那个小藏獒？狼们纷纷站起，根据约定俗成的排列，迅速分散开来，组成了一个准备出击的埋伏线。亲自担任瞭望哨的白爪子头狼走上一座高高的雪丘，伏贴着耳朵，只露出眼睛，监视着渐渐靠近的小卓嘎。

小母獒卓嘎扬起脖子竖起鬣毛直走过去，天生灵敏的嗅觉已经告诉它前面有狼，而且就是刚才遇到的那一伙。但是它没有停下，它一点也不害怕它们，干吗要停下。不知深浅的小卓嘎加快脚步，多少有点兴奋地迎狼而去。小母獒卓嘎的感觉没有错，是有人出现在了空投的青稞面粉和羊皮大衣旁边。

这些人是从西结古寺下来的，他们按照丹增活佛的指引，在碉房山的坡面上，找到了最先发出声音的地方。那地方有一个雪坑，雪坑里横躺着一个鼓圆的麻袋。不知道里面是什么，大家谁也不敢动。左看右看研究了半晌，老喇嘛顿嘎说："走，我们去那边看看，响声不是一个。"他们蜂拥而去，看到的居然是一顶没有支起来的白帐篷。白帐篷连在一个人的身上，这个人正躺在地上往天上看，一见他们就坐起来大声问道："喇嘛们，牧民们，你们怎么知道我在这里？"

黑压压一伙人朝他围过去，近到不能再近的时候老喇嘛顿嘎才喊起来："班玛主任，是西工委的班玛多吉主任。"老喇嘛顿嘎和另外几个老喇嘛都知道班玛多吉半个月前去了州府，吃惊他在这个大雪灾的夜晚居然会出现在这里，异口同声地问道："班玛主任，你从哪里来？"

班玛多吉是个性格开朗喜欢说话的人，你问一句他一定要回答十句："你们说我从哪里来？我从天上来。"他伸展胳膊，气派地指了指天，"我张开翅膀在天上转了整整一个白天，看到地上白茫茫一片到处都一样就不知道往哪里降落了。万一降落到了豹子窝里，饿狼群里，我就不是你们的班玛主任啦，我就成了豹子的肉狼的屎啦。还有救灾物资，飞机装了一肚子不知道往哪里丢。州委的麦书记说，天黑了以后再飞一次，牧民们说不定会点起火来，哪里有火就往哪里投。看来你们也知道我在天上飞着，救灾物资在天上飞着，点起了那么大的火。"说着，拽了拽连在腰里的降落伞的绳子，"喂，拿一把刀子来，把它给我割断，麦书记怕我掉下来摔死，给我绑得太紧了。我说摔不死，下面是雪，雪是软的，掉下去也是雪烂我不烂。快啊，刀子，我已经解了半天了，就是解不开。这个麦书记，我没有摔死，倒叫他绑死了。快，刀子。你们说我从哪里来？我从天上来，哈哈，天上来的都是神，我也是神啦，是白衣白马白伞盖的宝藏神增禄天王，我来了，吃的用的就来了，快，刀子。"

有个牧民拔出自己的腰刀交给了老喇嘛顿嘎，顿嘎持刀要割，看到绑在班玛多吉主任身上的既不是羊皮绳也不是牛皮绳，而是一种和雪光一样干净白亮的绳子，突然就不敢了，想到他自称是天上来的宝藏神，就把刀转过来，刀尖朝里，刀柄朝外，双手捧着，递了过去。

　　班玛多吉拿过镶铜包银的腰刀,三下五除二割断了绑在自己身上的尼龙绳,站起来说:"走啊,找吃的穿的去,你们看到吃的穿的了吗?"他把腰刀还给了顿嘎,观望着雪光映照着的夜色,抬脚就走。

　　老喇嘛顿嘎看了看堆在积雪中的降落伞,疑惑地问道:"这个帐篷不要了?"班玛多吉主任"哦"了一声,看周围的人都望着降落伞,哈哈一笑说:"对,这是天上的帐篷,不要啦,送给你们啦,你们卷起来拿走。"几个老喇嘛和牧民们呆愣着,没有人敢去卷走天上的帐篷。班玛多吉说:"那就算了,放这儿吧,想拿的时候你们再来拿,不拿也没关系,反正你们也不缺帐篷。"

　　一伙人来到了那个鼓圆的麻袋旁,班玛多吉主任说:"幸亏我从天上下来了,要是我不下来,这些救灾物资算是白投了,你们怎么就不知道把麻袋打开呢?里面是面粉,面粉啊,面粉是什么?就是没炒熟的糌粑。"说着,纵身跳进被麻袋砸出的雪坑,骑在麻袋上,喊一声:"给我刀子。"

　　班玛多吉主任割开了麻袋,也割开了里面的面袋,抓出一把面粉给大家看:"天上掉下面粉来啦,你们看,如今的日子多好啊,下雪就是下面粉。"说着朝嘴里丢了一口,顿时呛得连连咳嗽,咳得吐尽了面粉,才喘着气,从麻袋上下来,一步跨出雪坑说:"赶快把它分掉,不够的话,再到别的地方去找,我们一共空投了十二麻袋面粉和八捆羊皮大衣。"

　　大家都很饿,而且不光自己饿,分散在雪原四周的家人家畜此刻比他们还要饿,说不定有的已经饿死了。但牧民们以最大的毅力忍耐着,就是没人敢过去动一动这些天上来的面粉。他们互相看着,一个个摇着头:天上的面粉是神灵的享用,大雪灾的日子里,神灵的享用一定也不宽裕,怎么能随便拿走呢?宁肯饿死也不能拿走,饿死的人来世说不定还能升天或者成人,拿走了神灵的,来世就只能是地狱里的饿鬼了。只有老喇嘛顿嘎显得很高兴,喃喃地说:"佛爷保佑,有吃的了,终于有吃的了。"

　　班玛多吉主任看牧民们不动,着急地喊起来:"你们不饿啊?现在你们连这点面粉都不敢拿,以后西结古草原变成了极乐世界,给你们金山银山你们怎么办?"

　　老喇嘛顿嘎对牧民们说:"佛爷说了,谁找到有声音的地方,谁就会得到保佑,明王到了天上,就会把福音降临到人间。眼看着西结古草原有救了,你们怎么站着不动啊?"说着,招呼几个老喇嘛走下了雪坑,开始把面粉一把一把往袈裟襟怀里抓。

　　牧民们看到喇嘛们带了头,顾虑顿时少了许多,有几个大胆的首先走了过来,捧起面粉一口一口地舔。嘴巴的响动顿时盖过了风声,好几个人呛住了,一把眼泪一把鼻涕地咳嗽着。后面的人纷纷挤过来,凑不到跟前有人就喊起来:"神赐的面粉人人有份,我家的老人三天没吃了,我家的女人四天没吃了,我家的牧狗五天没吃了,我家的牛羊好多天没吃了。"

　　老喇嘛顿嘎兜着一怀面粉挤出雪坑,对那个喊喊叫叫的牧民说:"你把皮袍撩起来,我把我的倒给你。"又吩咐另外几个老喇嘛:"你们赶快回到寺里去,丹增佛爷还饿着呢,三世佛、五方佛、怙主菩萨、一切本尊、四十二护法、五十八饮血,他们都饿着,所有神灵都饿着。快啊,快回去,已经好几天没有焚香献供了。"几个老喇嘛兜着面粉匆忙朝山上走去。顿嘎留下来,想知道哪里还有面粉,是不是真的就像班玛多吉主任说的,从天上掉下来了十二麻袋面粉和八捆羊皮大衣。

一麻袋面粉根本不够四五十个牧民分的,他们每个人身后都有几十张嗷嗷待哺的嘴,救人救畜救狗是他们来到碉房山上求救于寺院的目的。有人失望地哭了:"没有了,没有了,这么快就没有了。"班玛多吉主任立刻喊起来:"谁说没有了,走走走,跟我走,我们到别的地方再找去。"

班玛多吉不断吆喝着,带着牧民们走下碉房山,来到雪原上,沿着刚才空投飞机的走向艰难地走了过去,走了差不多一个小时,终于找到了已经被小母獒卓嘎发现的一麻袋青稞面粉和一捆摔散了的羊皮大衣。

班玛多吉得意地说:"怎么样?我没说错吧,如今的草原上,到处都是天上掉下来的东西。"老喇嘛顿嘎若有所思地点着头说:"这种事情我以前也见过。"班玛多吉瞪起眼睛问道:"你见过?在哪里?"顿嘎郑重其事地说:"在梦里,我梦见从天上掉下来了一座比草原上最大的帐房还要大的金房子。"班玛多吉主任一巴掌拍在老喇嘛顿嘎的肩膀上,几乎把顿嘎拍倒在地:"金房子?是闪闪发光的金房子吗?是地上铺满了珍珠、墙上挂满了宝石、顶上缀满了玛瑙的金房子吗?那就是极乐世界,极乐世界已经在你心里了。"

班玛多吉是一个来自安多地区的藏民,老家在甘南草原一个汉藏杂居的地方。从小就是见了藏民说藏话,见了汉人说汉话,藏文和汉文也都识得几个。这在当时当地肯定是个不小的能耐,很快他就成了政府机关的干部。没干多久,就因为"工作需要"西进到了青海的西宁,又从西宁西进到了青果阿妈州。那时候梅朵拉姆已经调到县上出任妇联主任去了,西结古工作委员会没有头儿,麦书记就让他临时负责,三个月后便顺理成章成了主任。班玛多吉是个干什么都热情似火的人,麦书记很器重他,对他说:"在西结古草原就要靠你多做工作了。"

班玛多吉拍着胸脯说:"靠我吧,我是靠得住的,我是个藏民,草原上的人绝对相信我。麦书记你就记住我的一句话,藏民都是属藏獒的,你要是对他们好,他们就是上刀山下火海都会听你的。就说马上就要开展的'除狼'运动吧,谁都知道狼是祸害,一年要吃掉牧民的多少羊啊。号召'除狼'是为他们好啊,他们没有理由不听话。"麦书记忧心忡忡地说:"我看不那么简单,喇嘛和牧民除了念着六字真言宰羊吃肉外,对野生动物尤其是狼,绝对不会动刀动枪,好像有了藏獒,人就可以高枕无忧了。你一定要一户一户地做工作,扎扎实实地发动群众。州上的安排是一个地方一个地方地轮着搞,西结古草原安排在最后,到时候我们会来开一个动员大会。"

这天晚上,千辛万苦来到西结古寺祈求温饱的所有牧民,都得到了足够维持三天的面粉,然后四散而去,各回各的帐房了。

班玛多吉主任和老喇嘛顿嘎与牧民们分手,返身往回走。雪越来越厚,路越走越难,他们好像迷路了,怎么走都走不到碉房山下。班玛多吉奇怪地说:"不对啊,天都快亮了,我们怎么还在走?是遇到了鬼打墙,还是遇到了白水晶夜叉鬼要把我们引诱到地狱里去?"老喇嘛顿嘎再也走不动了,坐下来喘着气说:"我得挖个雪窝子睡一觉,你要是不想休息,你就先走吧。"班玛多吉吃力地爬上了一座雪丘,朝前仔细看了看,突然喊起来:"寄宿学校,我们怎么来到寄宿学校了?"赶紧溜下雪丘,拉起老喇嘛顿嘎说:"走,到了汉扎西的帐房里你再睡,睡在这里会叫狼和豹子吃掉的。"

黎明正在驱赶着黑夜,黑夜就要离开雪原了。在东方天际巨大的泛白之光的照耀下,两个人朝着不远处静悄悄的寄宿学校走去。还没走到跟前,班玛多吉就喊起来:"汉扎西你好吗? 孩子们都好吗? 央金卓玛来过了没有? 我可实在是想吃她的酸妍子了。多吉来吧,多吉来吧你好吗? 你怎么不来迎接我们? 哎哟妈呀帐房,帐房怎么塌掉了?"他打了个愣征,突然丢开老喇嘛顿嘎,疯了似的朝前跑去。真是一匹了不起的狼,明知道冲过来就是死居然还要冲。獒王冈日森格抖擞起精神,迎着红额斑公狼扑了过去。却有意没有扑到它身上,而是和它擦肩而过。稳住自己的同时,冈日森格倨傲地扬起了脖子,然后喟然长叹:狼啊,说实在的,我还真有点佩服你了,真不想立刻就把你咬死。以往的狼都无法和藏獒相比,那是因为狼怕死。现在你不怕死了,你就至少在精神气质上可以和藏獒平分秋色了。那就来吧,红额斑公狼,我给你一个成就声誉的机会,你得逞了你就滚。

獒王冈日森格挺身不动,红额斑公狼扑过去在它亮出的肩膀上咬了一口,又咬了一口。正准备咬第三口时,獒王大吼一声:行啦,你还想咬死我呀。看红额斑公狼还是一副不罢不休的样子,便一头顶过去,顶得它连打了几个滚儿。

红额斑公狼翻身起来,透过一天纷乱的雪片,用阴毒的眼光凝视着獒王,竖起耳朵听了听,突然扭转身子,紧紧张张跑向了那些需要保护的母狼、弱狼和幼狼。

领地狗群就要来了,红额斑公狼听到闻到了它们凌乱而有力的脚步声,心说它们来干什么? 是来咬死并吃掉滞留在沟口的狼群的吗? 事不宜迟,得赶快离开这里。红额斑公狼坚定地嗥叫着,对那些狼说:你们跟着我,一定要跟着我,当我扑向獒王,当獒王咬住我之后,你们就往屋脊宝瓶沟里跑,越快越好。千万不要回头看,只要跑进沟里一百米,你们就没事了。

狼群听话地跟上了红额斑公狼。它们朝獒王冈日森格把守的沟口走去。冈日森格奇怪地想:它们怎么又来了? 这一次,我是不会再让任何一匹狼咬住我了。我是獒王,我可不能丢脸地让自己遍体鳞伤。

屋脊宝瓶沟的两侧,狼群终于被兵分两路的领地狗群逼上了雪线,但是雪豹——被狼群惧怕着的雪豹,被领地狗群期待着的雪豹,并没有出现。那些平日里豹影出没的冰石雪岩,那些散发着浓烈的豹臊味的深洞浅穴,在这个大雪灾的日子里,变得跟没有生命的太古一样寂然无声。

狼群在雪豹的家园里奔逃着,开始是胆战心惊的,之后就无所顾忌了,不停地探寻着四周的嗅觉告诉它们:这里,现在,一只雪豹也没有,连那些还不能奔扑腾跳的豹子豹孙也没有。而追撵着狼群的藏獒比狼群更早更明确地意识到:雪豹搬家了,整个烟障挂——雪豹的家园已经不是它们的栖息之地了,至少暂时不是,在这个大雪灾的日子里不是。

没有就好,没有雪豹我们就有救了。这是狼群的想法。狼群逃窜在撺上山顶的冰石雪岩之间,已经不再担忧前边有堵截,两边有埋伏了。它们加快了逃跑的速度,离追撵的领地狗群越来越远了。而领地狗群此刻想到的是:它们去了哪里? 那么多雪豹到底去了哪里？想着想着，就有了另一层隐忧，就放慢了追撵的速度。尤其是大灰獒江秋帮穷，当它意识到豹群和狼群一样，也会被饥饿驱使着，去袭击这个季节比较容易得手的羊群牛群和人群时，突然就停了下来，不追了。它身后的领地狗也都不追了。

大灰獒江秋帮穷吩咐另一只藏獒：你快去，快去屋脊宝瓶沟的东边，让大力王徒钦甲保也不要追了。然后朝着自己身边的领地狗急急巴巴地叫起来：现在重要的已不是对付狼群，而是要搞清这么多雪豹到底去了哪里。找到雪豹，必须尽快找到雪豹，一刻也不能耽误。不然我们找到的就很可能是人和牲畜的噩耗，是跟寄宿学校一样的悲惨景象了。

江秋帮穷放弃了狼群，带着一拨领地狗朝獒王冈日森格跑去。

听到了领地狗群的喧嚣声，獒王冈日森格不禁有些奇怪：它们怎么回来了，难道这么快就把狼群逼到了雪豹的攻击之下？又看看面前的狼群，心想看来这些狼是逃不脱死神的追撵了，即使我不咬死它们，群情激愤的领地狗群也会把它们撕个粉碎。

獒王再次挺身抬头望了一眼从屋脊宝瓶沟的两侧跑过来的领地狗群，望到了奔跑在前的大灰獒江秋帮穷，一丝尖锐的来自内心的预感，伴随着如同针芒刺身的担忧油然而来。

预感是由于悲伤和思念，悲伤和思念的痛楚对獒王冈日森格来说，早就是一种它无法克服也无法丢弃的情感的游走了。在这大雪灾的日子里，它思念曾经和它相依为命的主人"七个上阿妈的孩子"尤其是刀疤，思念曾经救过它的命的恩人汉扎西。大雪灾一开始它就在痛彻骨髓的思念中东奔西走。现在，思念到了一个极点，就变成了天然发达的预感。预感来自遥远的风、奔驰的空气、漫天的雪花，更来自它那颗金子一般珍贵的藏獒之心，来自它对主人和恩人深入骨髓的忠诚，来自它伸缩无限而又无形无色的所有的感官。很可能，很可能已经出事了，刀疤已经出事了，汉扎西已经出事了。汉扎西的学校里，十个孩子已经被狼咬死，汉扎西到底去了哪里？有一种祖先的遗传隐隐约约左右着它的行动，坚定地消解着它对自由奔驰和追杀狼群的迷恋。那就是它必须为它的主人和恩人付出一切，包括生命，也包括了至高无上的獒王的地位。

冈日森格知道为什么自己一见到大灰獒江秋帮穷，思念带来的预感就会变成尖锐的针芒刺出它内心的痛楚。因为潜在的逻辑是这样的：只有丢开獒王的位置和责任，它才有可能前往寻找已经很久没见面的刀疤和汉扎西。而丢开獒王位置和责任的前提是，必须有一只藏獒代替它成为新的獒王。江秋帮穷我的好兄弟，你是可以的，你硕大的身躯、威严的形貌、高贵的仪表、坚毅的性格、超群的智慧、刚猛的作风，使你天生就是一个出类拔萃的獒中之王。你应该代替我，你必须代替我，哪怕是暂时的。我说过，如果我不能独自把狼群堵挡在屋脊宝瓶沟外面，我就不做獒王了。江秋帮穷你是知道的，我从来不食言，从来不，有诺必践向来是我的信条。我现在已经失职了，我没有把狼群堵挡在屋脊宝瓶沟的外面，你看，你看，它们就要从我身边溜过去了，不，已经溜过去了。

就在獒王冈日森格眼皮底下，两只本该立刻死掉的壮狼安然无恙地溜过去了，一些母狼、弱狼和幼狼心惊肉跳地溜过去了，一群突然又回到这里来的原属于命主敌鬼狼群的狼喜出望外地溜过去了，最后溜过去了那匹用自己的生命掩护着别的狼的红额斑公狼。

红额斑公狼非常奇怪：獒王怎么了？它不仅容忍了这么多的狼的安全逃离，还容忍了我对它肆无忌惮的挑衅——我暴躁异常，狂扑不已，而它却始终无动于衷？不扑了，不扑了，赶紧走吧，领地狗群就要来了。

狼群跑进了屋脊宝瓶沟，獒王冈日森格一副不屑一顾的样子，看都没看它们一眼，心里就想着刀疤和汉扎西：预感怎么这么不好啊，很可能，很可能已经出事了，主人刀疤出事了，恩人汉扎西出事了。

獒王冈日森格烦躁不安地踱着步子。大灰獒江秋帮穷疾步来到它跟前，用身体的扭动对它说起了雪豹失踪的事情。冈日森格惊骇得狂叫起来，像是说原来狼群和我们都估计错了呀。然后举着鼻子吸了吸飞舞的雪片，心绪不宁地又是张嘴又是龇牙，意思是说：风太乱，雪太乱，我的心也乱，我什么也闻不出来，只能闻出我的预感来。我的预感中：刀疤出事了，汉扎西出事了。对不对啊？你们闻闻，好好闻闻。

所有的领地狗都闻起来，嗅觉格外灵敏的大力王徒钦甲保很快闻到了雪豹远去的足迹，激动地吠叫着，就要跑过去。獒王冈日森格用自己扑向狼尸的行动告诉徒钦甲保：等一等，等吃了狼肉再走，大家已经很长时间没吃东西了。徒钦甲保摁住狼尸吃起来，它的妻子黑雪莲穆穆和孩子小公獒摄命霹雳王跟着它吃起来，所有的领地狗群也都你撕我扯地吃起来。

冈日森格来到大灰獒江秋帮穷身边，拿嘴唇摩挲对方的鼻子，用眼睛里的语言和鼻子里的表达絮叨着：你已经看见了，那么多狼居然在我的眼皮底下溜进了屋脊宝瓶沟，这就是说，我要走了，我已经不是獒王了。它说罢就走。江秋帮穷跳过去拦住了它：伟大的冈日森格你不能这样，你是惟一的獒王你不能走，你走了领地狗群怎么办？冈日森格依然拿嘴唇摩挲着对方的鼻子，缠磨地说：草原上的獒王虽然是惟一的，但不是永远的，我走了还有你，你就是獒王。江秋帮穷吼叫起来，仿佛是说：没有哪只藏獒会服气我。冈日森格说：你带着领地狗群去找雪豹，一定要找到雪豹，决不能让它们趁着大雪害牛害羊甚至害人。等你咬死了最多的雪豹，就不会有藏獒不服气了。江秋帮穷坚决而激切地吼叫着：即使我咬死最多的雪豹，我也不能是獒王。冈日森格不听它的，忽地掉转了身子。

冈日森格闪开了大灰獒江秋帮穷，朝着碉房山的方向奔跑而去。江秋帮穷追了几步，知道獒王去意已定，自己根本追不上，停下来，无奈地叹着气：冈日森格你其实并不了解我，我干什么都可以，惟一不能干的就是獒王。因为我时不时地会有犹疑，会有迷茫，我是一只感情很容易出现倾斜的藏獒。每当感情出现倾斜，我就迷茫得不知道应该干什么了。

大力王徒钦甲保不解地望着远去的冈日森格，意识到獒王给大灰獒江秋帮穷已经托付了什么，便慢腾腾走到江秋帮穷身边，假装没看见，用肩膀撞了它一下。江秋帮穷忍让地退了一步，谦虚地哈着气，似乎在问候徒钦甲保：你已经吃饱啦？

半个时辰后，吞掉了十具狼尸的领地狗群在大灰獒江秋帮穷的带领下，离开烟障挂的屋脊宝瓶沟口,循着开阔的冲击扇上雪豹留下的足迹的气味,跑向了远方看不见的昂拉雪山。

雪豹,所有的领地狗都在心里念叨着雪豹,都已经感觉到饥饿的雪豹正在大肆咬杀牧民的牛羊马匹,一场势必要血流成河的厮杀就要发生了。父亲后来说,绝对是猛厉大神、非天燃敌和妙高女尊的保佑。过去,这些西结古草原的山野之神是随心所欲,无恶不作的。你不殷勤周到地供奉祈求它们,它们就会毫不留情地把灾难降临给你。但自从皈依藏传佛教,变得只行善不作恶之后,它们就寂寞了,无所事事了。因为人遇到大事小事,到了寺院首先祈求的是释迦牟尼、无量光佛、琉璃如来、大悲观音、大智文殊、吉祥天母、怖畏金刚等等一些至尊大神,很少有人麻烦它们。它们在冷落中天天盼着人的祈求,好不容易盼来了,那就要一起出动,使劲保佑。要不然我怎么知道应该把木头匣子支在下巴上呢?我的喉咙离狼牙只有两寸,可它就是咬不着,一咬就咬到木头匣子上去了。木头匣子被雪覆盖着,它看不见却可以闻得着,但神把它的嗅觉蒙蔽住了,它连肉的喉咙和木头的匣子也分不清了。

父亲的说法也是牧民们的说法,肯定是对的。在西结古草原,所有的牧民都相信,父亲是一个许多神灵都愿意保佑的有福之人,甚至连狼都觉得不可思议:送到嘴边的肉怎么就吃不上呢?

那一刻,在瘌痢头的狼看来,父亲已是半死不活了。面对一个半死不活的人,咬断他的喉咙再把他吃掉,是每一匹饿疯了的狼的必然行动。它毫不犹豫地咬了下去,牙齿咔啦一响,才发现它咬住的根本就不是柔软的喉咙,而是木头匣子。它用力过猛,牙齿一下子深嵌在了木头里。等它拖着匣子又甩又蹬地拔出牙齿,再次咬向父亲时,父亲已经不是一个半死不活的人了。他的头倏然而起,满头满脸满脖子的雪粉唰唰落下,眼睛里喷射着来自生命深处的惊惧之光,奋起胆力大吼一声:"哎呀你这匹狼,你怎么敢咬我,冈日森格快来啊,多吉来吧快来啊,狼要吃我了。"然后起身,跳出雪窝子,就像一只藏獒一样,趴在地上扑了过去,一边不停地喊着:"冈日森格快来啊,多吉来吧快来啊。"狼吃了一惊,张开的嘴巴耄然一合,转身就跑,以最快的速度撤回到了裂隙里。

父亲后来说,我们经常说狗仗人势,其实在草原上,往往是人仗狗势。我一喊冈日森格和多吉来吧就把狼吓跑了。狼肯定知道我喊叫的是狼的克星的名字。就像在人的世界里,在藏獒的世界里,传说着虎豹豺狼一样。在狼的世界里,肯定也传说着藏獒的故事,哪只藏獒叫什么名字,是什么毛色,长什么样儿,凶猛程度如何,咬死过几匹狼和几只豹子,狼们肯定知道。狼有自己的语言和思维,它们用一种特殊的方式遗传了这些语言和思维。对生存的法则、种群的消长、克星的数量、食物的来源以及所有关于内部关系和外部关系的认识,就是通过这种遗传得到了世代不绝的延续。也就是说,不管我面前的这匹狼有没有在很近的距离上窥伺过冈日森格和多吉来吧,它都有可能知道冈日森格是西结古草原战无不胜的獒王,多吉来吧是一股曾经是饮血王党项罗刹的横扫一切的原始风暴。所以我要让它明白:我是谁,我跟这两只藏獒的关系,我是不可以被狼被一切野兽吃掉的。一旦你头脑发昏吃掉了我,那你和你的家族就别想活了,藏獒不报复就不是藏獒。

雪花依然狂猛地飘落着,还是两步之外什么也看不见。父亲走过去,抱起了被狼拖到雪坑中间的木头匣子,返身回到了雪窝子里。他吃了几口雪,就开始大声说话:"狼你给我听着,我叫汉扎西,是寄宿学校的校长和老师,学校有一只藏獒你知道吧?它日夜和我厮守在一起,它的名字叫多吉来吧。"父亲讲起了多吉来吧的故事,尤其讲到了它对狼的威慑,它咬死一匹狼就像咬死一只兔子那样容易的往事。完了又用更加细致的描述说起了獒王冈日森格和它的领地狗群,说着说着父亲就看见狼了。原来落雪正在小去,天色渐渐亮了,狼离开裂隙,站在雪地上,正在静静地听他说话。

狼听人说话的姿势有点古怪:歪扭着头,把嘴藏进肩膀。一只耳朵对着人,就像木偶那样一抽一抽的。尾巴耷拉在地上,后腿绷直着,前腿弯曲着,一副只要听得不耐烦马上就会离开的架势。

父亲不说话了,他累了,觉得如果语言真的是管用的,自己已经说得够多够好,用不着再说了。狼警觉地直起了脖子,亮起阴险的丹凤眼,直勾勾地瞪着面前这个蓦然陷入了沉默的人。

父亲比狼还要警觉地望着狼,心说天亮了,我得想办法爬出雪坑了。他朝上看了看,刚要站起来,突然感到肠胃一阵抽搐,天转起来,雪坑转起来,眼前哗地一下又变成黑夜了。他闭上眼睛,双手捂住了头,等着,等着,似乎等了好长时间,天旋地转才过去。他知道这是休克前的眩晕,其后果就是很快躺倒在地上让狼吃掉。他也知道眩晕的原因,是饥饿,他已经四天没有进食了。他不由自主地盯住了放在面前的木头匣子,又毅然摇了摇头,再把眼光投向狼时,狼已经回到裂隙里去了。

雪越来越小,天越来越亮,一切都能看清楚了,而看得最清楚的却是绝望。父亲发现自己昨天夜里想对了:这是一个连狼都出不去的地方。四壁高陡光滑,根本就无法攀缘,除非有人从上面放下绳子来,可是谁会知道他在这里呢?冈日森格、大黑獒那日、所有的领地狗,还有多吉来吧,你们的鼻子可是很灵的,赶紧闻啊,闻到我的危险把我救出去啊。父亲越是这么想,就越觉得希望渺茫。这是大雪灾的日子,天上的飞雪和地上的积雪早已隔断了他的气味,况且他身陷雪坑,气味不可能发散到原野上随风进入藏獒的嗅觉。

父亲绝望地喊起来,但声音小得似乎连对面的狼都无法听到。他饿得已经没有力气了,连大喊一声也不行了。怎么办?总不能就这样坐着,最终变成狼的食物吧?父亲再次盯住了面前的木头匣子。这次他没有摇头,他一直盯着,盯了差不多半个小时,才伸出手去,死死抓住了似乎已经自动打开的匣子盖。

父亲终于抓出了一把糌粑,吃了一口,又吃了一口。吃糌粑的时候他似乎忘记了学校的十二个学生和多吉来吧。他后来辩解说,即使想着他们我也会吃的,因为他们离糌粑太远太远,而我就在眼前——离食物近的饥饿比离食物远的饥饿更难以忍受,这肯定是个真理。况且我要爬出雪坑,对我来说天大的事儿就是爬出雪坑。

父亲把抓出来的一把糌粑吃完后就不吃了。他舔着自己的手掌,瞅了一眼裂隙,吃惊地发现狼正在看着他,不是一双眼睛看着他,而是两双眼睛看着他。也就是说,在这个看清楚了困境,也看清楚了绝望的早晨,他又看到了更加绝望的情形:

十步远的地方是两匹虎视鹰瞵的狼。哎哟妈呀,怎么会是两匹狼,而且都是大狼。一匹是他已经十分熟悉的瘌痢头公狼,另一匹也是瘌痢头,看肚子上的奶头显然是一匹已经多次哺育过后代的母狼。母狼一直躲在裂隙里头,现在它出来了,看到父亲吃糌粑,不想露面的母狼忍不住露面了。

父亲几乎惊厥,呆望了片刻,才看明白,狼肯定不是掉到雪坑里来的,它们很可能一直住在裂隙里。裂隙很深,是可以通向地面的。但是现在不行,从山上滚下来的冰雪封死了裂隙口,它们只好困守在这里。困守的时候,饿得互相啃咬毛发而使它们变成瘌痢头的时候,一个人从天而降。

公狼和母狼一起流着口水,贪馋地凝视着父亲。凝视当然不是目的,它们走了,公狼在前,母狼在后,慢慢地,迈着坚定而诡谲的步伐,走到了雪坑中央,用天生的虐人害物的眼光,告诉父亲:你完了,一分钟之后你就完了,我们是两匹狼,一公一母两匹大狼,知道吗?困兽的意思是什么?饿狼的意思是什么?就是宁肯一辈子背着怙恶不悛的恶名声也要吃掉你的两排钢牙铁齿。

父亲惊惧得脑袋一片空白,连用冈日森格和多吉来吧的名字威胁对方都不会了。抱着木头匣子站起来,浑身哆嗦着,哆嗦了几下,腿就软了,就站不住了,一屁股坐进了雪窝子。现在,白色的地面上只露着父亲黑色的头和一双惊恐失色的眼睛;现在,狼来了,两匹大狼冲着父亲软弱的脑袋,不可阻挡地走来了。

父亲下意识地抓住了系在脖子上的黄色经幡,使劲捋了一下,好像要把经幡上藏文的《白伞盖经咒》抓在手里,变成杀狼护身的利器。他张嘴吃风地大声唠叨着:"钵逻嗦噜娑婆柯,钵逻嗦噜娑婆柯。"看到两匹大狼一点收敛的样子也没有,赶紧闭上眼睛,绝望地说:"吃吧,吃吧,要吃就快点吃吧,反正就要死了,害怕已经没用了。"

第八章 "千恶一义"的尖嘴母狼

冈日森格奔跑着,累了,累了,它一直都在奔跑和打斗,已经体力不支了,渐渐地慢了下来,吼喘着,内心的焦灼和强大的运动量让它在这冰天雪地里燥热异常。披纷的毛发蓬松起来,舌头也拉得奇长,热气就从张开的大嘴和吐出的舌头上散发着,被风一吹,转眼就是一层白霜。好像它改变了毛色,由一只金色的狮头藏獒,变成了一只浑身洁白的雪獒。

它停下来,奇怪地看了看自己,赶紧舔了几口雪。它知道自己必须降温,否则热气就会越冒越多,白霜也会越积越厚,白霜一厚就是冰了,它背着沉重的冰甲是跑不了多少路的。可降温是需要心静体静的,在这种预感到主人和恩人已经出事的时候,它怎么能静得下来呢?

冈日森格忍不住又开始狂跑,心焦越来越严重,身体里的每一个器官都变成了一团焦炭,炽热地燃烧着。再加上狂跑,吞吐的白雾越来越多,越来越潮湿,一再下降的气温迅速把蒸腾而潮湿的热气改造成了晶体,很快它就是冰甲披身了。

但是冈日森格没有停下,风从东方吹来,从碉房山的方向吹来,就像亿万滴水汇成了海,亿万缕疾走的空气汇成了雪野里激荡的风。它是那么的无边,以至于淹没着你,让你根本就无法选择你想要什么,不想要什么。几乎在同一个瞬间,冈日森格得到了狼的信息、自己的孩子小母獒卓嘎的信息、刀疤的信息、汉扎西的信息,它用宽阔的鼻子迎风而嗅,心急如火地思考着:到底应该先去哪里啊,是先去杀狼,还是先去寻找小母獒卓嘎?是先去寻找恩人汉扎西,还是先去寻找主人刀疤?

冈日森格带着浑身的冰甲没命地跑啊,跑着跑着风就告诉了它:好像都在一条线上,狼是最近的,下来是小母獒卓嘎,再下来是汉扎西,最后是刀疤,刀疤在昂拉山群衔接着多猕雪山的某一个冰雪的山坳里。这就是说,次序是早已安排好了的,它只管用最快的速度往前奔走就是了。

天黑了,大雪灾的白天和黑夜似乎没有区别。白天有多亮,夜晚就有多亮,夜晚有多黑,白天就有多黑。冈日森格接近了狼群,狼在上风,它在下风,狼没有发现它,它已经发现了狼。再说它是浑身披着冰甲的,它和天地浑然一色,它的移动就是雪的移动,而狂风暴雪的日子里,雪的移动是最正常的移动,狼群根本就不在乎。

是一股九匹狼的小型狼群,它们在白爪子头狼的带领下逃逸到了这个地方,这是个平坦向阳的塬坡,是个家畜必经之要道,也是冈日森格必经之要道。

这会儿,九匹狼正排列成一个准备出击的埋伏线,全神贯注地等待着猎物——小母獒卓嘎的出现。站在高高的雪丘上,亲自担任瞭望哨的白爪子头狼不禁有些奇怪:小藏獒怎么还不过来?它走到一座雪梁背面后就再也没有出来,是不是它发现了我们,正准备逃跑呢?想着,白爪子头狼跑下雪丘,来到埋伏线的中间,噗噗地吹着气,好像是说:过去吧,我们过去吧,再不过去,到嘴的肉就会消失得无影无踪了。别的狼亢奋地用大尾巴扫着积雪,一跳一跳地做着准备,就要奔跑而去了。

一只小藏獒,一个手到擒来的猎物,一堆活生生血汪汪的肉。狼群的口水已经流出来了,流到地上就结成了冰。

迷乱的狂风大雪中,一座雪丘奔驰而来。突然停下了,停在了狼群的后面。哗啦啦一阵响,狼群惊愕地回顾着,发现那不是雪丘,那是一个披着冰甲的怪物。那也不是一个怪物,那就是一只硕大的藏獒。反应最快的白爪子头狼跳起来就跑:上当了,我们又一次上当了,原来那小藏獒自始至终都是诱饵。狡猾的藏獒,阴险的藏獒,快跑啊,你们还傻愣着干什么?

冈日森格扑了过去,咬住了一匹来不及逃跑的狼,甩头挥舞着牙刀,割破了喉咙,又割破了后颈,然后追撵而去。

狼群当然不可能逃向被它们认定为诱饵的小母獒卓嘎,而是逃向了北边,冈日森格追了一阵就不追了。它停下来,举着鼻子闻了闻,发现已经闻不到自己的孩子小母獒卓嘎的气味了,而恩人汉扎西和主人刀疤的气味却愈加强烈地扑鼻而来,马上意识到小母獒卓嘎已经被它抛到身后,不在上风的地方了。

冈日森格抖动满身的冰甲徘徊着:是回去寻找,还是丢下自己的孩子不管,只管去寻找越来越危险的恩人汉扎西和主人刀疤?是的,汉扎西和刀疤已经十分危险了,气味正在告诉它——人和藏獒一样,在危险的时候,将死的时候,总会因为紧张、惊怕、悲伤、痛苦等等情绪,散发出一种特殊的气味。这种预告危险的气味,人是闻不到的。一般的藏獒也很难区分,只有那些嗅觉特别发达的藏獒才可以辨认。现在,冈日森格辨认出了它的恩人汉扎西和主人刀疤的危险,它就只能丢下自己的孩子不管了。

冈日森格心焦如焚，迎风的奔跑就像逆浪而行，越来越吃力了。体内的热气一团一团地从张开的大嘴里冒出来，冰甲也就不断增厚着，一寸，两寸，最厚的地方都变成三寸了。奔跑沉重起来，慢了，慢了，渐渐跑不动了，只能往前走了。开始是快走，后来变成了慢走，越走越慢，慢得都不是行走，而是蠕动了。这是坚顽而拼命的蠕动，冈日森格好几次差一点倒下，每一次都又开粗壮的四肢，硬是挺住了。挺住的力量来自于挽救恩人和主人的心愿，也来自于一阵阵长笛奏鸣一样的狼嗥。

又来了一群狼，从侧面快速跑来，截断了前去的路，也截断了恩人汉扎西和主人刀疤随风传来的味道。冈日森格慢腾腾地挪动着步子，鼻孔的热气和眼睛的眨巴在冰甲上掏出了几个孔洞，两只暗红色的眼睛就像探照灯一样扫视着面前飞雪的幕帐。它看不透，发现不了狼的影子，但鼻子已经告诉它，狼群离它只有不到半公里，而且非常迅速地朝这边跑来。

藏獒的天性是见狼必咬的，但冈日森格的智慧正在提醒它，这一次它必须违背它的天性，因为营救恩人和主人才是最最重要的。这样的提醒让它突然趴下了，它打了几个滚儿，想让冰甲赶快脱落，结果冰甲不仅没有脱落，反而沾了厚厚一层雪。它不敢再滚了，再滚下去就会越滚越大，就像人类滚雪球那样。它站了起来，如同一座雪丘，滞重地挪动着，挪动了不到一百米，就再也挪不动了。它身子一歪坐了下去，一座移动着的雪丘坐了下去，啪啦一声响，就生了根似的静止不动了。

夜色在凄寒中凝冻着，天地间装满了寂寞，寂寞得连雪片都有了大雁鸣叫似的声音。素来粗犷的野风这时候显示了少有的细致，把一缕至关重要的信息送进了雪丘的孔洞。那里透露着冈日森格的鼻息和眼睛，那里的大脑和记忆正在根据风的信息准确地判断着狼群的来历：是它带着领地狗群曾经堵截过的上阿妈草原的狼群，它们被领地狗群赶进了绵延不绝的昂拉雪山，却没有按照领地狗群的愿望，在狼群与狼群、狼群与豹群的打斗中自然消亡。它们来了，来到了西结古草原的纵深地带，正在寻找围困在大雪灾中的人群和畜群。

冈日森格知道，对不熟悉西结古草原的狼群来说，要在暴风雪中，在这片浩浩茫茫的原野上，找到死去的或者正在死去的人群和畜群并不容易，所以狼群直到现在还处在饥饿当中，还是极其疯狂的凶残和横暴。冈日森格一遍遍地问着自己：现在到底怎么办？还没有问出个究竟来，上阿妈狼群的影子就黑魆魆地出现在了不远处的雪色白光里。

狼群奔跑着，为首的是上阿妈头狼，它身后不远，是身材臃肿的尖嘴母狼。头狼和它的妻子好像已经看到或闻到了一只藏獒的存在，甚至都已经感觉到了这只藏獒的乏弱无力，带着整个狼群，无所顾忌地朝着雪丘掩盖下的冈日森格包抄而来。当狼崽朝前跨出了最后半步，咧嘴等待的命主敌鬼一口咬住它的时候，狼崽不禁发出了一声撕心裂肺的尖叫。尖叫是它这个年纪的狼崽所能做出的最强烈的反应，它浸透了对世界的吃惊，浸透了它对自己所从属的这个物种的质疑：这就是狼吗？狼怎么能这样？我知道你是匹头狼，你分餐了我的义母独眼母狼，现在又要吃掉我了，可我是个小孩，我还没长大，身上没有多少肉，你为什么要吃掉我呀？就是这样一声出于生命本能的尖叫，这样一种锋利的质疑，挽救了狼崽的性命，也挽救了小母獒卓嘎的性命。

小母獒卓嘎一听到尖叫就不走了,它本来是走向九匹狼的埋伏线的,狼崽的尖叫却让那准备要它命的埋伏线徒然失去了作用。小卓嘎好奇地眺望着发出尖叫的地方:怎么了?那儿怎么了?哪里来的小孩,是不是在叫我呢?小孩对小孩总有一种天然默契的吸引力,叼着一封信的小母獒卓嘎大胆而兴奋地走了过去。没看到什么,便沿着一道雪壑,来到了一座雪梁的背后,借着夜色中的雪光仔细一看,柔软的鬣毛倏然就挺硬了。

小卓嘎看到了一匹嘴脸乖谬的狼,看到狼牙狰狞的大嘴正叼着一匹狼崽。狼崽挣扎着,继续用尖叫质疑着:为什么呀,为什么?你是我的父辈你怎么能这样?小母獒卓嘎的第一个反应便是把整个身子朝后一坐,低伏着身子扑了过去。突然又停下了,意识到自己还叼着一封从羊皮大衣里找出来的信。张嘴丢开,稚嫩地狂叫了一声,一头撞了过去。

按照小母獒卓嘎的属性,它当然不是为了营救狼崽,可如果不是为了营救狼崽,它干吗要如此快速地扑过去呢?也许它可以等大狼吃掉了小狼,然后再实施藏獒对狼的天然追杀。可是它没有,它似乎心中充满了愤怒:该死的坏蛋,你居然要咬小孩!它撞在了命主敌鬼的胸脯上,是何等的猛烈,顿时就让命主敌鬼一个趔趄倒了下去。命主敌鬼的屁股负伤了,胯骨断裂了,而且一瘸一拐走了这么多路,早已饿馁不堪了,哪里经得起一只小藏獒不知天高地厚的碰撞。倒地的同时,口中的狼崽也脱落到了地上。

狼崽翻身起来,掉头就跑,跑出去了十多米,才停下来舔了舔被命主敌鬼咬疼的地方。出血了,有牙印的腰窝已经出血了,但是不要紧,没有咬断它脆生生的骨头,它还能跑,还能叫。它仇恨地叫了几声,又伤心地叫了几声,这才意识到是别的动物救了它。谁啊,谁救了我?定睛一看,顿时就傻眉瞪眼的了:藏獒?居然是藏獒救了它?

狼崽转身就跑,它觉得现在威胁到它的不仅是命主敌鬼,还有藏獒,尽管是一只那么小那么小的藏獒,但毕竟也是作为克星的藏獒。它跑啊跑啊,想跑到很远很远的地方去,突然又停下了。毕竟是个小孩,不可遏止的好奇心暂时战胜了恐惧,它很想知道,那只勇敢的小藏獒是如何对付命主敌鬼的。

小母獒卓嘎扑着,吼着。命主敌鬼把受伤的屁股塌下去,拱起腰来,凶恶地张嘴吐舌,一次次用自己的利牙迎接着对方的利牙。和所有的狼一样,命主敌鬼无法克服作为一匹狼在藏獒面前本能的畏葸。尽管这只藏獒的身量如此之小,小得就像一只夏天的旱獭。它在畏葸中极力防护着自己,眼看防护就要失去作用,突然意识到,也许孤注一掷才是摆脱撕咬的最好办法,于是就扑通一声趴下,把整个身子展展地贴在了地上。

小卓嘎扑上去轻而易举弛咬了命主敌鬼一口,发现自己居然一口就咬死了这匹嘴脸乖谬、獠牙狰狞的狼。狼全身伏地,闭着眼睛,没了呼吸,一动不动。小卓嘎又一次扑了过去,却没有再咬,藏獒天生是不咬已经断了气的对手的,除非肚子饿了要吃肉。小卓嘎这个时候哪里顾得上吃肉,它太兴奋了,平生第一次咬死了狼,而且是一匹大狼,自己多么了不起啊。

它围着死狼转着圈,炫耀似的喊叫着,突然瞅见不远处正在瞪视着自己的狼崽,便欢天喜地地跑了过去:我把它咬死了,我把吃你的恶狼咬死了。

装死的命主敌鬼睁开眼睛,迅速站起来,用幽暗的眼光扫视着小藏獒远去的背影,情绪复杂地吐了吐舌头,转身一瘸一拐地离开了那里。它很庆幸,庆幸自己骗过了小藏獒,又很遗憾,遗憾自己没能吃掉狼崽。更重要的是,前途未卜,它心里装着越来越沉重的担忧和恐惧。它知道自己越来越难了,在受伤的屁股痊愈、断裂的胯骨复原之前,即使它回到自己的狼群里,死亡也会随时发生。

狼崽一见小母獒卓嘎朝自己跑来,转身就逃。小卓嘎追了过去,依然高兴地喊叫着,突然愣了一下,停下来惊奇地看着狼崽,似乎这才意识到:自己从狼嘴里救出来的这个小孩,也是一匹狼。

是狼就必须扑咬,小母獒卓嘎扑过去了。作为藏獒它似乎只能用最猛恶的姿态对付所有的狼,不管它是大狼还是狼崽。缓缓起伏的原野上,雪幕朦胧的夜色里,一只小藏獒对一匹狼崽的追逐就像两只皮球的滚动,使劲朝一起滚着,一旦碰上,就又会倏然分开。

狼崽喜欢顺着雪岗跑上去再跑下来。它的腿比身子长,这样跑上跑下似乎更带劲。而小母獒卓嘎总是在对方往上爬下颠的时候,从雪岗根里绕过去堵挡在对方面前。它是天生的追捕能手,腿比狼短却比狼粗壮有力,跑动的频率和肌肉的耐力都是动物里面第一流的。对它来说,追上一匹也许年龄比它还要小个十天半月的狼崽,并不很难。

狼崽知道自己今天是跑不脱了,但它又奇怪每次被小藏獒挡住的时候,自己都能安全逃离。它为什么不咬死我? 它本来完全可以咬死我,却又一次次放过了我。其实狼崽的疑惑,也是小母獒卓嘎的疑惑,每一次追捕的过程中,小卓嘎都是怒气冲冲恨不得立刻咬死它。一旦和狼崽碰了面,就又会情不自禁地停下来,或者扑上去咬一嘴狼毛,然后再放跑狼崽。小卓嘎心说我这是干什么呢? 是在跟狼崽玩吗? 它是藏獒,它有和狼死斗死掐的天性,但它又是一只小藏獒,一个小孩,更有和别的小孩一起玩的天性。两种天性交叉起来,同时制约着它的行动,让它一会儿是愤怒的战士,一会儿是充满童稚的玩伴,一会儿吃惊自己居然没有咬死狼崽,一会儿又觉得这个狼崽多好玩啊,每一次都会让它抓住它。

就这样,逃跑的还在逃跑,追逐的一直在追逐。终于逃跑的停下了,追逐的也追不动了,狼崽和小母獒卓嘎双双累瘫在一座雪岗下面,挤在一起呼哧呼哧地喘着气。好像它们压根就不是互为仇寇的敌手,而是一个窝里出来的姐弟。

这时狼崽呜呜呜地哭起来,它害怕自己被小母獒卓嘎咬死,想跑又跑不掉,只好哭起来。一哭就又想到了别的伤心事:为什么呀,为什么对我好的,给我爱的,让我感到温暖的,都一个个悲惨地死掉了? 先是阿爸阿妈被断尾头狼咬死了,后是一直抚养着它的独眼母狼被狼群吃掉了,它没有了亲人,没有了依靠,连赖以生存的狼群也失去了。它失去了狼群它就得死,不是被别的狼咬死,就是被藏獒咬死。它一想到死,想到亲人的死和自己的死,就会感到无比的窒息和悲伤,一丝疼痛催动着它的声音,它一声比一声哀恸地哭着:死了,死了,我就要死了。

小母獒卓嘎知道狼崽在哭,还知道哭是需要安慰和同情的,尤其是一个小孩的哭。于是它便同情起狼崽来,用鼻子蹭了蹭对方脖颈上硬生生的狼鬃,好像是说:怎么了? 你怎么了? 回答小卓嘎的是一股浓烈的狼臊味儿,刺激得它脑袋里轰然一声,几乎要爆炸。

狼和藏獒身上都散发着野兽的味道,这样的味道在人看来差不多是一种味道,但在动物的鼻子里,狼有狼味儿,獒有獒味儿。獒闻了狼味儿就会愤怒,狼闻了獒味儿就会惊悸。

小母獒卓嘎愤怒地唬了一声,狼崽一阵哆嗦,哭声也就颤栗起来,好像马上就要咽气了。小卓嘎听着,那种由草原上的人感染而来的同情心再一次升起,赶紧止住了唬声。它是个小孩,还没有长成坚硬而稳固的藏獒心理,先天的禀赋和后天的塑造正在胶结起来影响着它的一举一动。它歪过头去,把鼻子埋进对方灰黄的狼鬃,像是要适应一下,半天没有起来。

狼臊味儿的刺激又来了,脑袋里轰轰的,就要爆炸的感觉又来了。愤怒又一次缠住了小卓嘎,它用地道的藏獒咬狼的声音低沉地吠了一声,抬起头一口咬在了狼崽的脖子上。

狼崽顿时哑巴了,似乎连呼吸也没有了。小母獒卓嘎不禁打了一个激灵,赶紧放开了狼崽:我咬死它了吗? 真的咬死它了吗? 哎呀呀,我又一次一口咬死了一匹狼。但是这次,小母獒卓嘎一点也不兴奋,更没有自己多了不起的感觉。它围着狼崽转着圈,禁不住悲伤起来:你怎么就这样死了? 你跟我一样是小孩,怎么还没长大就死了? 转了几圈它就扑到狼崽身上,鼻子凑过去,呼呼地闻着,似乎狼臊味儿没有了,脑袋里也不再轰轰作响了,愤怒隐逸而去,只有丝丝不绝的同情单纯地陪伴着它:小孩,小孩,你要是不死就好了,就可以和我玩了。

小母獒卓嘎伸出小舌头惜别似的舔着狼崽,突然听到一阵咚咚咚的响声。抬起头来四处寻找,什么也没找到。又侧着耳朵把头贴在了狼崽身上,才发现那声音居然来自狼崽的胸脯。小卓嘎知道这是心脏的跳动,这样的跳动在它还没有出生时就已经十分熟悉了,阿妈大黑獒那日让它在感受到心跳的同时也让它感受到了母爱的存在。但是它从来没有听到过自己的心跳,它甚至不知道自己也是有心跳的。一听到狼崽的心跳,就感到十分吃惊,一种源自母亲胎腹与怀抱的温存,一种让它迷恋的亲切,油然而生。

小母獒卓嘎这个时候还不知道心跳和生命的存活有着直接的关系。它仍然以为狼崽已经死了,而死了的狼崽身上居然有着似曾相识的母爱的律动。小卓嘎恋恋不舍地用鼻子触摸着狼崽心跳的地方,一种巨大而空旷的孤独悄然爬上了它的心室,思念出现了,就像雪片一样轻盈而妖娆,无边而绝望。它坐在地上哭起来,声音细细的,是属于藏獒那种隐忍而多情的哭泣。

伴死的狼崽知道小母獒卓嘎为什么会哭:想阿爸阿妈了,这个小藏獒跟我一样想它的阿爸阿妈了。但它毕竟是狼种,不知道哭是需要安慰和同情的,或者说它现在还没有发育出一种对异类的同情来。它只把对方的哭泣当成了一个逃跑的机会。它猛地睁开眼睛,瞄了一下小卓嘎,跳起来就跑。

小卓嘎愣了,不哭了,一瞬间就把孤独、思念和伤心全部丢开了。它跳起来就追:哎呀呀,你活了,你活了,不许你活,我要吟死你,咬死你。一公一母两匹大狼半天没有把钢牙铁齿攮在父亲的脖子上,等死的父亲奇怪地睁开了眼睛,一瞥之下,不禁叫了一声:"天哪。"

两匹狼就在三步之外,定定地站着,一眼不眨地望着他。不,不是站着,而是趴着,癞痢头母狼趴着,癞痢头公狼也趴着。不,不是趴着,而是跪着,癞痢头公狼跪着,癞痢头母狼也跪着。不仅仅是跪着,而是在磕头,它们的磕头不像人那样是撅起屁股以额磕地,而是翘起屁股,把闭合着的嘴巴平伸在地上。

父亲惊异地看着它们,看着它们奴颜婢膝的姿势,看着它们水色汪汪的眼睛,似乎觉得自己已经用不着害怕了,问道:"你们这是干什么?"

狼不回答,它们听不懂父亲的话,即使听懂了也不会用声音回答。它们就像人类的聋子和哑巴,只会用动作和眼神,用跪着磕头的姿势和乞求的泪眼表达它们的意思:糌粑,给我们一口糌粑。

父亲还是不明白,问道:"诡诈奸猾的东西,你们不是要吃我吗,为什么又不吃了?"说着他突然有了一种十分不好的感觉,那就是狼在做一件它们并不情愿做的事情。这样的事情虽然符合它们牟取食物时不择手段的本性,却是不到万不得已不会做的。而他汉扎西,一个两条腿走路的人,是不是也要做一件自己并不情愿做的事情呢? 不,他心说,我不做,就算面前的狼不是吃人的狼,而是乞求糌粑的狼,我也决不能把糌粑送给它们。糌粑不是我的,是学校里十二个孩子的,是多吉来吧的。

但是手,父亲冻硬的手,两只似乎已经不属于他的手,却毅然决然地违背他的意志,把木头匣子端出了胸怀,端到了两匹狼的跟前,甚至还帮它们打开了匣子盖。父亲的嘴而不是父亲说:"吃吧,糌粑,我知道你们狼饿极了也会吃粮食。"'

两匹狼狐疑地望着父亲,先是母狼点了一下头,把平伸过来的嘴点进了积雪,然后是公狼点了一下头,但没有把嘴点进积雪。癞痢头公狼迅速站了起来,猜忌难消地瞅着父亲,飞快地把嘴巴伸进匣子,又飞快地伸了出来。它没有急着吃,再次瞅瞅父亲,看他依然坐着,白色的地面上依然只露着他那颗黑色的头,便一口叼住了木头匣子。

癞痢头公狼没有把匣子叼起来,它似乎知道那样会使匣子失去平衡,洒掉里面的糌粑。它是拖着走的,就像拉车那样,让木头匣子蹭着积雪的地面平稳地移动着,很快离开了父亲,靠近了裂隙。

母狼跟了过去,它走得很慢,几乎不是走,而是挪,后半个身子沉重地累赘着,两条后腿似乎一点劲也用不上。父亲看了一眼就知道,母狼受伤了,大概是腰伤,从山上滚下来的冰雪在封死裂隙出口的同时,砸伤了它的腰。怪不得它昨天整夜都躲在裂隙里不出来,怪不得它的伴侣——那匹癞痢头的公狼会把占住裂隙看得比什么都重要。

父亲看着,突然就有些后悔:自己刚才为什么要害怕呢? 它不过是匹虚有其表的残狼、疲狼、将死而未死的病狼,自己完全没有必要把糌粑送给它们。可是,把糌粑送出去是由于害怕吗? 不是,不是啊,是因为狼的下跪磕头,是因为这样一种狡猾或者说智慧的野兽居然学着人的样子引发了他的恻隐之心。而且是如此可怜的一匹野兽,伤痛在身,几乎都走不成路了,为了一口吃的,还要艰难地挪过来,朝着他，前腿折叠着，把嘴平伸到地上，磕头啊磕头。

父亲后来才知道，西结古草原上，许多动物，尤其是藏獒和狼，都会像人一样跪拜磕头，因为它们几乎天天都能看到给佛寺，给神像，给雪山，给河水，给旷野里的嘛呢堆、嘛呢筒和"拉则神宫"跪拜磕头的牧民，也能揣测到牧民们为什么磕头。就像人在很多方面都会学习动物一样，动物也会模仿人的行为，让它们在性命攸关的时刻像人一样做出跪拜磕头的举动，乞求命运的转机，根本就不是什么难以想象的事情。

父亲望着依然慢慢移动的母狼，不禁生出一丝怜悯，在心里给它鼓着劲：快啊，快啊，快走啊，去晚了糌粑就没了，公狼三口两口就吃干净了。马上又发现，自己真是有点以小人之心度君子之腹。癞痢头公狼根本就没有吃，它把木头匣子拖到裂隙下面后，就耐心等着自己的伴侣，连看都不看一眼糌粑，只让难以控制的口水一串一串往下流着。一瞬间，癞痢头公狼好像不是狼了，不是父亲眼里自私自利的恶兽了，而是一只先人后己的藏獒，或者是一个人，一个从来就不会贪得无厌的僧人。

转世？父亲突然想到了这个词。他寻思，癞痢头公狼的前世很可能是一个人或一只藏獒，不知为了什么，这辈子转世成狼了。

母狼终于挪到了木头匣子跟前，疲倦地卧下来，也不急着吃，而是用一种情意绵绵的眼神望着公狼。公狼把嘴伸进匣子，做了一个吃的动作，好像是说：快吃啊。母狼吃起来，刚舔了两口，就被糌粑呛住了，咔咔咔地咳嗽着，瞪着糌粑不敢吃了。公狼示范似的张开了嘴，让口水一摊一摊地流进了木头匣子，然后伸进嘴去，舔了一口浸湿的糌粑，伸了伸脖子朝下咽去。没有呛住，公狼似乎早就知道糌粑只有用液体拌一拌才不会呛住。母狼一看就懂了，也把口水流进了木头匣子，然后伸进嘴去，用舌头搅一搅再舔起来。就这样，一公一母两匹狼不断把口水流进匣子，互相谦让着你一嘴我一嘴地吃起来。它们吃得很仔细，很温馨，一点也没有平时吃肉时那种拼命争抢，大口吞咽的样子。

父亲看呆了，禁不住也像狼一样一摊一摊地流出口水来，恍然之间觉得自己也正在舔食糌粑。咕嘟咕嘟咽了几下，才意识到糌粑已经全部给狼了，自己什么依靠也没有了。如果不能很快回到地面上去，说不定就熬不过这个白天和接着到来的夜晚了。他站起来，爬出雪窝子，于心不甘地站到坑壁下面朝上看着。这儿上不去，那儿也上不去，再换个地方还是上不去。他沿着坑壁的半径来回走，一次比一次沉重地叹息着。最后不走了，也不朝上看了，上牙碰下牙地哆嗦着，想到跟自己在一起的还有两匹狼，赶紧掉转了身子。

糌粑吃完了，母狼已经回到了裂隙里。公狼守在裂隙口，用一种沉郁幽深的眼光望着父亲，好像在研究着什么。突然它不研究了，跳起来，毫不犹豫地来到了雪坑中央，当着父亲的面抬起了屁股。它要干什么？撒尿？它为什么要把尿撒在这里？这绝对是雪坑底下最中央的地方？这里撒完了，又去两边的坑壁根里撒。一共撒了三脬尿，三脬尿不偏不倚处在一条线上，这条线正好把雪坑从中间一分为二截断了。

当公狼满意地看了看它的三脬尿，走回裂隙时，父亲明白了：狼在划分界线，意思是那边是它们的领地，这边是他的领地，谁也不得逾越。其实父亲也没有想过逾越,因为在狼占据的那半个雪坑的坑壁上,更没有攀缘而上的可能。他格外担心的倒是狼过来,他知道自己很快就要撑不住了,死亡随时都会发生。他只希望自己死僵了以后再变成狼食,而不是还没等到咽气就被两匹狼迫不及待地撕破喉咙。

父亲打着哆嗦回到了雪窝子里,坐了一会儿,还是在哆嗦,小哆嗦变成了大哆嗦,浑身难受得真想把自己咬一口。他寻思这雪窝子多像一个自己给自己挖好的墓穴啊,待在这里不死也得死了。他起身来到雪窝子外面,在狼划分给他的领地上胡乱走着,冷不丁摇晃了一下,又是一阵肠胃抽搐的难受,又是一阵天旋地转的感觉。眼前黑了,休克前的眩晕又来了。他"哎呀"一声,靠了坑壁上,接着腿就软了,沉重的身子滑了下去,滑倒在雪窝子旁边后,就什么也不知道了。

痢痢头公狼在那边看着,疑惑地瞪起了眼:怎么了,这个人怎么了?它直起脖子观察了一会儿,看父亲半天没有动静,就离开裂隙走过来,走到它划定的界线前就不走了。还是观察着,并且用鼻子使劲嗅了嗅。它嗅到了食物的气息,人即将变成尸体的气息,似乎很兴奋,来回走动着,沿着它划定的那条分界线,差不多走了二十个来回。它犹豫不决,往这边抬了几次腿,都没有超越界线。突然它停下了,加固界碑似的又在雪坑中央尿了一脬尿,然后拉长脖子,扬起了头,用鼻子指着铅云密布的天空,扯起嗓子呜儿呜儿地嗥叫起来。

雪又下大了,父亲身上很快覆盖了一层雪花。痢痢头公狼忽高忽低地嗥叫着,不知为什么,它一直用一种声音嗥叫着。母狼听到后走出了裂隙,坐在地上,也跟着丈夫嗥叫起来。它们的嗥叫很有规律,基本上是公狼两声,母狼一声,然后两匹狼合起来再叫一声,好像饕餮前它们要好好地欢呼一番,又好像不是。到底为了什么,父亲要是醒着,他肯定知道,可惜父亲昏死过去了,已经主动变成一堆供狼吃喝的热血浸泡着的鲜肉了。冈日森格把仇恨和勇气收敛在了凝固的雪丘里,屏声静息地趴卧着。它不相信狼群已经发现了它,发现了它的狼群绝对不会这么大胆地朝它跑来。它从雪丘的孔洞里望出去,看到一匹匹狼影的跑动不急不躁,稳健而富有弹性,就知道它们已经确定了奔赴的目标,这目标正处在不远不近的距离之中。

很快体大身健的上阿妈头狼从雪丘一侧跑过去了,许多狼影纷纷闪过去了,冈日森格禁不住放松地呼出了一口气。大概就是这口气的原因,上阿妈头狼突然不跑了,回过头去,疑惑地望着:味道,好像有味道,是藏獒的味道。狼群非常整齐地停了下来。上阿妈头狼举着鼻子在空气中嗅了嗅,小心翼翼地走过来,站在五步之外,谨慎地盯住了雪丘。就是这个地方,没错,就是这个地方散发出了藏獒的味道。它惊恐地朝后退了退,看到尖嘴母狼居然走到了雪丘的跟前,便警告似的叫了一声:回来。

尖嘴母狼没有听丈夫的,鼻子几乎挨着雪丘闻起来,一直闻到了冈日森格呼吸和窥伺的孔洞前,惊诧地扬起了头,俨然一种果然不出我之所料的神情。它跳起来就跑,突然又停下来,看了一眼上阿妈头狼,回到雪丘跟前,用屁股堵住了雪丘的孔洞,摇晃着那条毛茸茸的大尾巴,一副安然、悠闲的样子,似乎在告诉上阿妈头狼:没事,这里什么也没有。

一般来说,母狼尤其是妊娠期的母狼,为了养育和保护后代的需要,嗅觉要比公狼灵敏得多,它说没事,那就肯定没事。上阿妈头狼困惑地嗅着空气,走过去在雪丘上抓了几下,感到疏松的积雪里面是坚硬的冰壳,就觉得是自己的鼻子出了问题。它冲着随它停下来的狼群弯弯曲曲叫了几声,又开始奔跑起来。狼群再次启程了。

尖嘴母狼看到所有的狼跑进了雪雾,这才又一次用鼻子闻了闻雪丘的孔洞,好像是通知里面的冈日森格:没事了,狼群离开了。然后悄然而去,很快跟上狼群,消失在了一地沙沙流淌的黑影里。

这到底是怎么回事?尖嘴母狼不仅没有撕咬它,反而用屁股堵住雪丘的孔洞掩护了它?冈日森格怎么也想不明白。它认识这匹尖嘴母狼,那牢牢记住的气味让它想起了领地狗群和上阿妈狼群以及多猕狼群的交锋,却忘了出于一只雄性藏獒超群的心智和健全的生理,出于对所有母性包括宿敌狼族的妊娠期母性的怜爱之心,它曾经在可以一口咬死的情况下放跑了尖嘴母狼。冈日森格很容易忘记自己那些侠义仁爱、厚道宽恕的举动,所以就不明白尖嘴母狼的掩护是一种报答,也不明白这样的报答虽然罕见却很正常。它一方面意味着母狼对狼族狼行的背叛,一方面又意味着对狼族的忠诚和对狼族声誉的提拔。

在草原的传说里,狼是那种"千恶一义"的野兽。这"千恶一义"的意思是,一千匹"恶狼"里定会产生一匹"义狼",或者说,狼在千次恶行之后,定会有一次义举。这样的义举能够保证它们在生命的轮回之中有一个好的转世,比如可以进入天道、人道、阿修罗道,而不至于堕入饿鬼道、地狱道,或者继续生活在畜生道。

尖嘴母狼大概就是一匹"千恶一义"的"义狼"吧,冈日森格虽然不能完全理解,却并不等于糊涂到分不清好坏。它记不住自己对别人的施恩,却永远不会忘记别人对自己的施恩。它蜷缩在雪丘里感激着这匹母狼,一再地感叹着:今年的冬天,怎么这么多的狼,怎么外来的狼群里居然有高义行善之狼?但愿它也像掩护我一样去掩护牧民,掩护已经十分危险了的恩人汉扎西和主人刀疤。

一想到汉扎西和刀疤,冈日森格就再也卧不住了。它试图站起来继续走路,但已经不大可能。大雪倾盆而洒,压迫着身体的雪丘快速变大着,冰甲的重量和积雪的重量早已超出了它的负荷能力。它只能一动不动,就像被如来佛扣压在了五行山下的孙悟空那样,眼睛可以观望,呼吸可以畅通,思想可以活动,但就是不能运动着四肢奔走而去。

冈日森格焦躁起来,一焦躁口腔里和舌头上就大冒热气,一冒热气就又在冰甲之内涂抹了一层冰。这层冰很快封住了雪丘上眼睛的孔洞,它发现自己什么也看不见了,一片漆黑。它摇起了头,发现头被卡在冰甲之中丝毫动弹不得,赶紧大口喷气,似乎再不喷气,呼吸的孔洞——这个它和外界惟一的联系就要被寒冷和霜雪封堵住了。

风小了,大雪垂直而下,掩埋着冈日森格的雪丘转眼又增大了一些,雪海之上所有的雪丘都增大了一些。仿佛再也无法摆脱了,丰盈而饱满的西结古草原的冬天,把神威无穷的雪山狮子冈日森格,牢牢禁锢在了前往营救恩人和主人的途中。死亡的魔鬼正在显示法力,灵肉危在旦夕。命运对藏獒的不公就是这样,尽管它们冒着生命危险救过许多动物许多人,可一旦自己陷入绝境,却是谁也靠不住的,只能在孤立无援中自己营救自己。

它有自救的办法吗？有啊有啊，冈日森格是雪山狮子，它有能力对付所有的冬天，对付冰天雪地中的一切困厄。它在生命之火走向熄灭的时候，仍然以最强大的力量爆发出了智慧的亮光。那就是依靠本能，从肉体到内心，断然抛弃愤怒和焦躁，沉着冷静、安详闲定，在生命需要蛰伏的时刻，清醒地把蛰伏进行到底。这就是藏獒的素质，是人所不能的天然禀性。

冈日森格安静了，眼睛闭上了，心灵闭上了，什么也不想，连呼吸的孔洞是否会被寒冷和霜雪堵住也不想了，就想着安静本身。如同草原上的高僧大德们躲在深洞黑穴里修炼密法那样，让虚空和无有占领一切，在所有的时间和空间里，忘掉世界，更忘掉自己。

就这样过了很长时间，天亮了，雪还在下，风又起，雪丘几乎变成了一道圆满的雪岗。冈日森格依然安静着，安静的结果是，它体内的五脏六腑、浑身的每一个细胞都在产生热量，热量在安静中氤氲着，越聚越多。就像种子在分蘖、酿母在发酵，而嘴巴却在不焦不躁中闭合着，既没有冒火气，也没有出热汗。这样的热量是从皮毛里透出来的，不会增加冰甲的厚度，只会慢慢地融化冻结在皮毛上的冰雪。更要紧的是，雪丘，不，雪岗已经十分厚实，外面寒冷的空气进不来，融化的冰水不会马上再次结冰。

冈日森格渐渐感觉到了融冰在脊背上的流淌，感觉到雪岗里的空间正在扩大，身子正在解脱，禁锢正在消失。它试着站了一下，没等四腿站直，头已经碰顶了，赶紧又趴卧下来，安静了一会儿，再次一站，居然挺挺地站住了。

好啊，好啊，站起来就有力量了。对冈日森格来说，安静已经过去，现在能够挽救它的，就是它在安静中蓄积的力量了。它必须奋力一跳，冲破这硕大的房子一样的雪岗。它把獒头对准了鼻息穿流的孔洞，决定就朝着那儿冲撞，那儿是雪岗最薄弱的地方。'成败在此一举，生死在此一搏，冈日森格跳起来了，安静了这么长时间之后，它终于凶暴地跳起来了。

第九章　雪豹·猞猁·燃烧的喇嘛

小母獒卓嘎追逐着狼崽，不断地喊着：我要咬死你，咬死你。狼崽吓坏了，没命地逃跑着。其实这样的喊声在小卓嘎并不意味着愤怒和仇恨，更多的是顽皮捣蛋和游戏的兴奋。小卓嘎想起领地狗群里跟它同龄的小公獒摄命霹雳王，想起这只被人宠爱着的骄傲的小公獒是个蛮不讲理的家伙，动不动就会追它咬它。追它的时候总是威胁地喊着：你停下，你停下，不许你跑，我要咬死你，咬死你。它当时想：我就要跑，就要跑，等我长大了我也要咬死你。但它似乎永远跑不脱小公獒的追逐，每次都会被对方扑倒在地，狠狠地撕咬。当然小公獒是不会咬死它的，獒类世界里遗传的规则发挥着作用，小公獒牙齿的咬合总会在咬疼它并让它难以忍受的时候停下来，好像藏獒之间，难受是可以互相感应的。在小卓嘎的皮肉难以忍受的时候，也会让小公獒的牙齿难以忍受。

这会儿，小母獒卓嘎学着小公獒摄命霹雳王的样子喊叫着，很快追上吓蒙了的狼崽，像小公獒扑它那样扑倒了狼崽，一口咬住了对方的脖子。狼崽尖叫起来，一叫就把小卓嘎吓坏了,赶紧松口,跳到了一边,不停地摇晃着尾巴。像是一种解释:我跟你玩呢,跟你玩呢。

狼崽想跑,又没跑,定定地望着对方。它从小卓嘎的动作神情里读懂了对方的友好,猛然想到正是这只小藏獒把自己从命主敌鬼的利牙之中救了下来。想到小藏獒或许是不会吃掉自己的,要吃的话早就吃了,在自己哭泣或者装死的时候就已经下口了。

狼崽用孩子的迷茫忽闪着美丽的丹凤眼,走到一个离小卓嘎远一点的雪窝里卧了下来,伸出两条前腿,把下巴平稳地放在了上边。这就是说,它知道小卓嘎跟它玩呢,虽然它依然心怀警惕,但已经不怎么害怕了。

小母獒卓嘎走了过去,用一种顽皮而得意的眼光研究狼崽。以前都是小公獒摄命霹雳王追它,现在它可以追别人了,多有意思啊。被人追和追别人、自己逃和让别人逃,感觉是完全不同的;有一个随便可以被它追撵的伙伴,和没有一个这样的伙伴,感觉也是完全不同的。

小卓嘎紧挨着狼崽卧了下来,歪过头去,闻了闻依然浓烈的狼臊味儿,觉得已经不那么刺激了,脑袋里也没有了让它暴躁愤怒的轰轰声。而狼崽好像仍然不能适应它的獒臊味儿,更担心对方再次咬住自己。抬起头,紧张而恐惧地望着它,不时地撮起鼻子露露狼牙。

但是狼崽没有起身跑掉,这说明紧张已不似从前,恐惧正在消减。它和小卓嘎一样,也已经把对方当成了自己的伙伴,也许这个伙伴并不牢靠,但却是现在惟一的伙伴。在到处都是死亡陷阱的雪原上行动,即使是天性孤独的狼和天性孤傲的藏獒,内心也充满了对孤独和孤傲的排斥,充满了对友谊和伴侣的渴望。

它们相安无事地卧着,过了很久,一个共同的感觉让它们站了起来,那就是饥饿。小母獒卓嘎的脑海里突然出现了一个麻袋,麻袋是裂开口子的,裂口中溢出了许多积雪一样的面粉。它用鼻子碰着狼崽,好像是说:我带你去吃面粉吧,我知道有个地方有面粉。你喜欢吃面粉吗?我告诉你,面粉是温暖的,面粉里有着乳汁一样清香的味道。

就在小卓嘎这么说着的时候,突然就愣了。它记得当时自己吃了面粉以后,还看到了一些羊皮大衣,它从一件大衣的胸兜里叼出了一封薄薄的信。信?信到哪里去了?坏了,我把信给丢了。它立刻捡回已经丢在脑后的使命感,仿佛看到自己正在把信交给阿爸,阿爸又把信交给了班玛多吉主任,班玛多吉主任摸着它的头,称赞着它,给它奖励了一大块熟牛肉。

小母獒卓嘎跳起来就跑,突然又停下来望着狼崽,意思好像是:走啊,你跟我走啊。狼崽没有动,它现在还不可能跟着小卓嘎去寻找劳什子信,它想到的是应该去野驴河边,那个阿爸曾经跟它嬉戏、阿妈曾经给它喂奶的地方。那儿有它出生的窝,还有阿爸阿妈埋藏起来的食物。狼崽转身想离开,又觉得前途渺茫,孤寂难忍。赶紧回头,乞求地说:你还是跟我在一起吧。

小母獒卓嘎丢下狼崽不管了,信是最重要的,那是人的东西,对它和它所从属的种族来说,只要是人的东西,哪怕是一方纸片,也比属于自己的一切包括伙伴包括性命更重要。这是真正的喜马拉雅獒种的天然本性。这个本性让它们无比清透地意识到,任何时候,任何情况下,人的需要和人的利益都是高于一切的,在先人后己和先己后人之间,它们选择的永远是前者。

小母獒卓嘎奔跑而去,不时地停下来呼哧呼哧嗅着积雪。它记得信是黄色牛皮纸的,中间有个红色方框,方框里面写着蓝色的字。记得牛皮纸的信封上有一股它从来没有闻过的酸味儿,它现在要找的,就是这股记忆犹新的酸味儿。而对它来说,在毫无杂质异味的雪原上,找到一个它已经有了深刻的味觉记忆的东西,似乎并不是一件很难办到的事情。它快速地跑着,闻着,一个小时后终于找到嘴脸乖谬的命主敌鬼正要吃掉狼崽的地方,它记得就是在这个地方,它丢弃了那封薄薄的信。

它用鼻子吹着积雪,粗枝大叶地闻了闻,就知道信朝着什么方向跑远了。它自信地追踪而去,发现有时候信是蹭着地面跑的,有时候又会凌空而起,在天上飞一阵子,再落到地上,飞起来的时候信的酸味儿就消失了。但是不要紧,只要它顺风往前找,就又会发现信的踪迹。

终于信再也飞不起来了,信被埋住了,大概有一尺深。小母獒卓嘎坐下来长舒一口气,然后就开始刨挖积雪。它先用前爪轮番刨一刨,再调转屁股用后爪轮番刨一刨。吱啦一声响,爪子划到信封上了,它激动地使劲摇着尾巴,就像见到了思念已久的藏獒或者久别未逢的人。

小卓嘎把头伸进雪坑,在那黄色的牛皮纸、红色的方框、蓝色的字上逐一舔了舔。它是色盲,从颜色上分辨不出它们的不同来。但是从形状和味道上它知道那是完全不一样的。舔完了,又深情地闻了闻信封上氤氲不去的酸味儿,这才叼起来,往回走去。

小母獒卓嘎走了很长时间才走回到原来的地方,它惊喜地发现,都过去好几个小时了,狼崽一直等着它。狼崽生怕走开了小卓嘎找不到自己,就一步也没有挪动,甚至连面对的方向也没有改变一下。为什么要这样?狼崽并不十分清楚,它只清楚一点,II己一直生活在狼群里,对孤身一人闯荡荒原的日子没有太多的准备。它需要一个伙伴,这个伙伴带给它的应该是一种安全的感觉和驱散孤独的依靠。

狼崽一见到小母獒卓嘎。就飞快地跑了过来,似乎已经忘了对方是一只藏獒,而它是一匹作为藏獒天敌的狼。几个小时的苦苦等待,让它以为这只跟它邂逅又救了它的命的小藏獒也许再也不会照面了。它正处在极度失望中,严重地孤独着,凄凉着,伤感着,突然发现对方又回来了,这个喜欢跟它追追打打却从来不真的伤害它的异类的伙伴又回来了。

它跑边叫,叫出来的声音连它自己都感到吃惊:不是狼叫,而是獒叫,是小藏獒那种虽然稚嫩却不失穿透力的吼叫。

狼崽和小母獒卓嘎这时候都还不知道,西结古草原的狼,尤其是公狼,有着极强的模仿能力,只要需要,它们都能发出藏獒一样的叫声。小卓嘎也愣了:怎么你已经不是狼了,你突然变成藏獒了?小卓嘎喜欢这样的变化,这样的变化让它进一步剥蚀了内心深处对狼崽的拒绝,愈加清晰地意识到,一个伙伴跑来了,一个年龄跟自己一般大的小孩跑来了。

小母獒卓嘎和狼崽扑抱到了一起,这是没有任何敌意的扑抱,仿佛是朋友之间情不自禁的拥搂。一个说:你没走啊,我真担心你会丢下我走掉。一个说:你终于回来了,我以为你再也不回来了。

两个小家伙你顶我撞地激动了一会儿,饥饿又来纠缠它们了。狼崽用鼻子拱了拱小母獒卓嘎,毫不犹豫地朝着它认定的野驴河的方向走去。它要去寻找它出生的窝,那个狼爸和狼妈埋藏食物的地方。

小卓嘎果断地跟上了它,仿佛已经用不着争吵商量了,狼崽要去的,也应该是它想去的。它想去寻找阿爸冈日森格和阿妈大黑獒那日,它不知道它们在哪里,也就没有认定要走的路,总觉得只要选择积雪中膨胀起来的硬地面走下去,就一定能见到它们。

走着走着,小母獒卓嘎吃惊地叫起来:信呢? 好不容易找到的信呢? 再一看,也不知什么时候,那封信跑到狼崽嘴上了。小卓嘎笑着,没做出抢夺的样子,像是说:好啊,那你就帮我叼着吧,可千万别弄丢了。

它们走了很长时间,走过了夜晚,走进了八只猞猁的视野,走到了被白天描画出波浪的地平线上。雪还是没有消停的意思,飕飕的风迎面而来,把两个小家伙的眼睛吹得眯了起来。小母獒卓嘎和狼崽都累了,不约而同地停在了一道雪岗的旁边。这儿背风,可以依偎在一起暖和暖和。它们靠着雪岗卧了下来,互相搂抱着,都说:睡一会儿吧,睡一会儿再走。说着,一起闭上眼睛,你呼我哼地拉起了鼾。

到底是小孩,这样的时刻居然还能酣然大睡。风声狞笑着,凶险从深旷的雪色中悄然淡出,两个流浪儿的背景一片阴沉。

一直跟踪着它们的饥饿的大口,獠牙痒痒的大口,一群八只猞猁的八张血盆大口,已经离它们很近很近了。猞猁又叫唐古特林魔,在牧民们眼里,它们是山神的一种,是极其恐怖而又隐秘的大念怖畏神。猞猁一般不会成群结队地行动,除非它们不群聚就无法猎获食物,就会成为别人的食物。唐古特林魔身量比豹子小,但凶残和灵敏的程度是豹子的两倍。在草原上,由于栖息地的大致相同,它们死掐活斗的往往是雪豹或者金钱豹。一般来说它们不会给喜欢群斗的狼和喜欢冒死冲锋的藏獒找麻烦。它们远离着草原,只在雪山和森林之间活动,可以说它们是距离藏獒和狼最远的猛兽。

但是现在不同了,久久不去的大雪灾让草原上的所有野生动物都感到了热量的快速散失和饥饿的迅猛到来。超越界线的猎食蔓延着,凶暴和残酷正在被它们推向极端。天真无邪的小母獒卓嘎和狼崽,搂抱在一起睡得一塌糊涂的小母獒卓嘎和狼崽,在八只猞猁血红的眼睛里,早就是温暖如春的血汤肉酱了。

八只猞猁快速走过去,围住雪岗下面酣睡着的小卓嘎和狼崽。痛快的咬嚼就要开始,猞猁们交换着眼神,似乎想让开胃的涎水多悬吊一会儿,然后再割而食之。或者它们正在商量:谁首先开口,你还是它?

雪岗之上,浮雪一股一股地弥扬起来,加入了风的行列,呼呼地远了。又有新雪覆盖住了雪岗,雪岗静悄悄的。风正在说:死了,死了,小母獒卓嘎和狼崽就要死了。

终于商量妥当了,一只雄性的花斑猞猁率先跳过去,张嘴就咬。只听咔吧一声响,上牙和下牙的会合咬出了一嘴的粉齑,噗啦啦地落在了雪岗下。离开烟障挂的领地狗群一路奔驰,仿佛生命就挑在它们宽大的额头上,任由它们在寒冷的大冰碛地带,唰唰唰地挥洒着。风的力量让轻盈的雪片有了砂石般的沉重,所有的地方都被压瓷了,膨胀起来的是硬地面,凹下去的也是硬地面,消失了虚浮积雪的雪原让领地狗群变得格外豪烈而放达。领地狗群刚刚吞.掉了十具狼尸,处于半饥半饱的状态,既有体力,又有吃杀的欲望,正是奔跑行猎、阻击顽敌的时候。它们士气正高,在大灰獒江秋帮穷的带领下,风暴一般扑向了隐藏在朦胧雪色中的目标。

风中的信息已经告诉大灰獒江秋帮穷,雪豹群就在远方的大雪梁那边,那边是一片连接着昂拉雪山的大盆地,是牧民的冬窝子。整个冬天,这里集中了野驴河部落三分之一的牲畜和牧民。雪豹群就是冲他们而去的。

雪豹的日常生活大多以家庭以母豹为核心,公豹是自由的,它可以换妻,也可以天长日久地守着一个妻子。但无论是专一的,还是不专一的,公豹之间并不经常发生为了母豹的打斗,这样的和平共处使它们有了另一种可能,那就是在极端困苦的状态下,公豹会联合起来,带动母豹打破家庭的界线,以豹群的形式出现在因为有了它们而更加残酷的雪原上。但无论雪豹多么骄横蛮恶,豹群的形成首先并不是为了逐猎和围猎,而是为了保护自己。因为荒原狼和猞猁都已经群聚而动了,如果雪豹的行动还以家庭为单位,就很可能成为狼群或者猞猁群的猎物。据说西结古草原上曾经出现过一群二百多只的大集群雪豹,而通常年份的豹群大都在二十只到五十只之间。豹群一旦形成,胆气就粗了,就是一个危害极大的团队,袭击的对象除了牛羊,还有人,还有藏獒。

领地狗群秩序井然地奔跑着,大力王徒钦甲保奋力追上了跑在最前面的大灰獒江秋帮穷,十分不满地叫了几声:你跑得太慢了,你这样的速度跑在最前面,会让后面的领地狗伸展不开四肢的,还是我来吧,我来领着大家跑。说着,迅速超过了江秋帮穷。

大灰獒江秋帮穷蓦然跳起,拦在了徒钦甲保面前,大吼一声,张嘴就在对方肩膀上留下了一道牙痕,仿佛是在警告它:不得胡来,现在是长途奔走,跑得太快就会失去耐力你知道吗? 一旦跑累了再遇到雪豹群,我们将不堪一击你知道吗? 再说还有一些小喽罗藏狗,它们要是跟不上,留下来就等于留给了狼口豹口你知道吗?

大力王徒钦甲保没想到一向宽厚忍让的江秋帮穷会有这么激烈的反应,不服气地咆哮了一声,意识到这里是集体,现在是打仗,服从是惟一的要求,赶紧退回到原来的位置上跑起来。

开阔的盆地中央,野驴河部落的冬窝子里,二十多个西结古寺的活佛和喇嘛脱下红色的袈裟和红色的达喀穆大披风,举在手里,按照吉祥符咒万字纹的模样排列在了雪地上。袈裟和大披风猎猎浪浪地迎风而舞,加上他们穿在身上的红色堆噶坎肩和红色霞牧塔卜裙子,白茫茫的原野上,仿佛正在进行一场剧烈的燃烧。

藏医喇嘛尕宇陀站在万字符咒的前面,沙哑地喊着:“烧啊,烧啊,就这样使劲烧啊,一直烧下去,这是大祭天的火啊,亿万个如意空行母飞起来了,飞起来了,佛爷喇嘛们喊起来,就像藏獒那样喊起来。”

首先喊起来的是铁棒喇嘛藏扎西:“哦——呜——哇,哦——呜——哇。”浑阔的音量是藏獒的,抑扬的音调却是狼的。所有的活佛和喇嘛都喊起来,跟着活佛和喇嘛来这里的六只寺院狗和原本就在这里的三只牧家藏獒也都喊起来,喊声的气浪冲撞着雪花,雪花剧烈地腾跃翻飞着,半空里一片舞蹈。·让火红的袈裟',让更加火红的达喀穆大披风,让尤其火红的堆噶坎肩和霞牧塔卜裙子,在一片皓白的雪原上燃烧似的飞扬起来。这是藏医喇嘛尕宇陀的主意。尕宇陀一个人带着一只领路护身的寺院狗去砻宝泽雪原的牧马鹤部落救治了寒病在身的大格列头人回到西结古寺后,发现明王殿已经烧没了,而食物却因为火的原因出现在了碉房山下的雪原上。他对丹增活佛说:"尊敬的佛爷,你是对的,你让明王们回到了天上,天上就有神迹出现了。快把敬佛的糌粑给我一口,我有了力气就去把雪原烧起来,地上是白的,烧起来就是红的,天上一见红的,就知道人在哪里了。"

丹增活佛说:"药王喇嘛你有多大的法力能把雪原烧起来,你不会是想到了牧民的牛粪吧?我告诉你,牧民已经没有牛粪了,有牛粪就不会冻死了。"尕宇陀说:"佛爷说得没错,即使有牛粪也不能一把火全烧掉啊,我倒是祈愿天上掉下牛粪来。我想啊,要是让红披风的佛爷和红袈裟的喇嘛们都烧起来,天窗就开了,明王们就能看得见了,堆在云朵里的吃的用的就都会让空行母背到牧民们那里去了。"

丹增活佛明白了藏医喇嘛尕宇陀的意思,从供案上拿了一碗雪水拌成团的糌粑,双手捧给他说:"受难的众生有福了,饿殍不再遍地了,去吧去吧,你就替我去吧,你的意思就是我的意思,也是升上天的马头明王、不动明王、金刚手明王的意思,佛爷和喇嘛们会明白的。"

藏医喇嘛尕宇陀一到这里就把活佛和喇嘛们集中了起来。他把丹增活佛的意思告诉了他们,又说他已经得到了大药王琉璃佛的旨意,只要地上有火,天上就能出现神迹,等燃烧结束的时候,吃的用的就来了,冬窝子里的牧民就有救了。

活佛和喇嘛们是来这里救苦救难的,已经有七八天了,天天都有饿死冻死的牧民,他们的救苦救难就是为死去的人念诵《中阴闻教得度经》,举行颇瓦,也就是灵肉分离、魂魄升迁的仪式。

按理说牲畜要是冻死饿死了,牧民们就不会死,因为牧民们是可以吃掉死牛死羊的,但是各家各户牧放的牲畜往往都不会死在牧民们身边,暴风雪一来,就把什么都卷走了,帐房卷走了,牛群羊群和马匹卷走了,甚至连人和狗都卷走了。畜群是见风就跑的,如同卷起了一张纸,轻飘飘的很快不见了踪影。藏狗尤其是藏獒能凭着嗅觉找到畜群,人就不行了,只要眼睛看不见,就什么也找不到了。

袈裟和达喀穆大披风依然在无涯白色中飘舞,滞留在冬窝子里的五十多个部落牧民和他们的老婆孩子簇拥在一起,殷勤急切地望着神圣的活佛和喇嘛,期待着神迹的出现。在他们看来,活佛和喇嘛们的排列,吉祥符咒万字纹的形成,袈裟和大披风的猎猎响动,完全是一种机密而庄严的祭祀仪式,是摆脱饥饿和冷冻乃至死亡的必经之路。仪式一旦举行,神灵就会降临,有吃有喝的幸福生活就又要开始了。但他们没有想到,活佛和喇嘛们也处在极端难受的冻馁之中,大药王琉璃佛的旨意、天上的神迹,对活佛和喇嘛也是一种未知、一个秘密。火焰一样的万字纹的飘动到底能不能引来神佛的关照,仪式的执行者其实并没有十足的把握。

风一会儿大了,一会儿小了,火红的袈裟和披风蓬蓬勃勃的,活佛和喇嘛们一个个就像天真的孩子,痴迷地望着寂寥无声的天空和雪雾。六只寺院狗和三只牧家藏獒一直在叫,叫着叫着就朝前面的雪谷跑了过去,好像发现了什么,奔跑显得猛烈而狂躁,叫声也充满了刚健横暴的意味。

铁棒喇嘛藏扎西哦了一声,警觉地瞪起了眼睛。坐卧在雪地上的牧民纷纷站了起来,目送着跑过去的藏獒,预感不祥地说着什么。敏感的藏医喇嘛尕字陀挥舞着手中的袈裟喊起来:"马头明王、吉祥天母、大威德怖畏金刚,快来啊,快来啊。"

六只寺院狗都是清一色的大藏獒,加上三只牧家藏獒,一股悍猛骄人的獒群朝着突然来临的危险奔扑过去,很快跑进了雪谷马蹄形的谷口。

立马就有了雪烟白浪,吼声响成一片,猛兽与猛兽的决一死战突然爆发了,人眼暂时看不到的雪谷里,白浪雾时变成了血潮。

铁棒喇嘛藏扎西绰起铁棒跑了过去,看活佛和喇嘛以及牧民们都跟上了他,又停下来制止道:"你们听到声音了吧?不是狼的声音,是山神的声音,是山神的儿子雪豹的声音,豹群下山了,山神的儿子又要胡作非为了。我是铁棒喇嘛我来惩罚它们,你们定定的,不要乱啊。吉祥万字纹的符咒千万不要乱,看护好我们的孩子和女人,念想着我们法力无边的密法本尊胜乐金刚和大威德怖畏金刚,让神圣的本尊给我给藏獒们破天荒的力量吧,我们要把乖戾不正的山神和山神的儿子赶回山上去。"藏扎西说罢就走,就像藏獒的奔驰那样,携带一股凛然不可犯的气势,掀起了一阵雪尘的烟浪。

果然就是骁勇异常的雪豹群。藏扎西看到,已经有两只藏獒倒下了,雪豹也有倒下的,一只、两只,一共五只。厮杀还在激烈进行,四十多只雪豹如同一盘棋上的棋子,有条不紊地围攻着剩下的七只藏獒。每一只藏獒都在和两只雪豹扭在一起死掐,受伤是必然的,倒下却不那么容易。吼着、咬着,翻滚跳跃着,只要咬死咬倒一只雪豹,就会有另一只雪豹补上来。雪豹在身体的敏捷、四肢的扑打、牙齿的咬合、肌肉的弹性、力量的爆发等方面,一点也不比藏獒差,有时候还能超过藏獒许多。但心智、勇敢、气势、耐力以及那种大气从容的姿态,都不如藏獒,所以一对一地打斗,往往不是藏獒的对手,必须两只雪豹一起上,才能势均力敌地打下去。

剧烈的打斗持续着,每一只藏獒的倒下,都会换来两只甚至三只四只雪豹的死亡或者重伤。半个小时过去了,雪谷里已是死伤一片,獒血和豹血的流淌已是如溪如河,奔扑过来的九只藏獒靠着稳健的心理素质、超拔的勇敢精神和保卫家园而不是窃取他人财物的堂堂正义感,让二十多只雪豹躺在了血泊之中,有的死了,有的伤了,伤了的也快死了。

而九只藏獒也无一幸免地倒了下去,都已经死了,它们只要不死,就会挣扎着搏杀,只要倒下不动,那就一定是死了。

铁棒喇嘛藏扎西看呆了,呆愣的原因还不是藏獒和雪豹的死亡,而是雪豹作为山神的儿子正在出现神变。刚才他看到的是一股四十多只的豹群,被藏獒咬倒了二十多只以后,再看那些暴戾恣睢的雪豹,居然还有四十多只。这就是说雪谷里的豹群还在不断增加,也不知会增加到多少,而能够抗衡雪豹的藏獒却已经全部死去。现在,顶用的就只有他了,他是人而不是藏獒,就算他是一个不同于一般人的铁棒喇嘛,那也是喇嘛世界里和草原牧民中秩序和规则的维护者,而对这股庞大的雪豹群却丝毫没有威慑力。

　　藏扎西来不及为死去的九只藏獒伤心落泪,紧张而严峻地考虑着如何堵截雪豹群的问题:身后是五十多个牧民和他们的老婆孩子,是二十多个排列成吉祥符咒万字纹的活佛和喇嘛,命悬一线,危险就在眨眼之间,到底应该怎么办?

　　他炸起头发,竖起眉毛,不由自主地把手中的铁棒端了起来,突然发现自己根本用不着考虑怎么办,雪豹已经替他做了回答。摧枯拉朽的雪豹群朝他走过来,已经只有二十步远了。他惟一的选择就是像藏獒一样义无返顾地扑向它们,然后在扑打中死掉。

　　铁棒喇嘛藏扎西回头望了一眼藏獒和他必须舍命保护的牧民和僧人,大叫一声,朝着他认定的一只领头的大雪豹扑了过去。这是谁也没有料到的。

　　八只猞猁没有料到已经来到嘴边的血汤肉酱会转眼之间逸然而去。那只雄性的花斑猞猁更没有料到,它率先跳起来,张嘴咬住的并不是小藏獒或者狼崽汩汩冒血的脖子,而是一嘴冰块,咔吧一声响,冰块在嘴里变成了粉齑。冰块是飞来的,冰块怎么能飞到它嘴里来呢?

　　小母獒卓嘎和狼崽没有料到,它们依靠着的这座雪岗,正是禁锢了雪山狮子冈日森格的雪岗。现在,雪岗的怀抱里,禁锢正在融化,冈日森格已经凶暴地跳起来了。

　　一声巨响,雪岗爆发了,就像火山爆发那样,崩裂的冰块和雪块喷溅而起,凶猛地飞上了天,又唰啦啦地掉了下来。雪山狮子冈日森格在雪光里跃然而出,它抖擞着神威,落地的同时,又猛然跳起,躲开了冰块的砸击。等它打算跳向更远的地方时,突然看到八只唐古特林魔就在五步远的地方张牙舞爪地瞪视着它,不禁停下来,狂吼了一声。

　　它见识过这种野兽,知道它们的灵敏和残暴胜过了豹子,还知道在这样的野兽面前,任何理由的忍让和退却都只能是死亡的代名词。它毫不犹豫地扑了过去,八只猞猁也毫不犹豫地扑r过来。

　　碰撞发生了,猛烈的吼声中,冈日森格首先咬住了花斑猞猁的脖子,同时用沉重的身体夯倒了另一只猞猁。但是它没有时间咬死它们,它必须赶快跳起来躲开其他猞猁的攻击。即使这样它的前腿和屁股上已经有了两处滴血的伤口。何等敏捷的猞猁,速度快得居然让它躲闪不及。不能这样,不能贪婪于勇敢,光靠勇敢是赢不了猞猁的。

　　冈日森格后退了几步,窥伺着猞猁,也窥伺着机会。猞猁们张开大嘴呼哧呼哧地进逼着,除了已经被咬成重伤起不来的花斑猞猁,七只猞猁排列成半圆的一线,都把距离保持在了可以一扑到位的地方。这就是说,下一次碰撞还是七只猞猁一起上,而冈日森格要做的就是避开众口,各个击破。

　　但是冈日森格根本就无法避开,七只猞猁就是七支利箭,几乎不差一秒地同时而起,从不同的方向朝它激射而来。它躲无可躲,只好奋起迎击。完全是第一次碰撞的重复,冈日森格咬住了一只猞猁,用身体夯倒了一只猞猁,它自己也被再次咬伤,一处伤在肩膀上,一处伤在脖子上。

　　不行,这样下去绝对不行,它已经有了四处伤口了,有一处甚至在离喉咙和大血管很近的地方。冈日森格奋身跳开,后退了几步,继续窥伺着。除了那只在第二次碰撞中几乎被咬死的猞猁,六只猞猁再次排成一条线,凛凛地靠近着,朝着冈日森格飘过来一层阴恶毒辣的眼光。

冈日森格心想,谁是它们的头? 干掉它们的头,它们就不会如此整齐地发动进攻了。冈日森格挨个看了一遍,没看出谁是头来。正在疑惑,就见最边上那只母猞猁突然停下,回头望了一眼已经崩塌的雪岗。所有的猞猁也都停下了,也都回头望了一眼雪岗坍塌以后堆积起来的冰雪。

冈日森格立刻意识到这只母猞猁就是它们的头,往后一蹲,就要朝它扑去,突然看到从雪岗坍塌的冰雪里冒出一颗头来,是一只小藏獒的头。接着就露出了铁包金的身子,露出了从父母那里继承来的黑背红胸金子腿。哦,卓嘎? 冈日森格叫了一声,问道:你在这里干什么? 没等小卓嘎回答,它发现小卓嘎的身边又冒出一颗头来,居然是一颗狼崽的头。它吼了一声,不是冲着狼崽,而是冲着小卓嘎:你还愣着干什么,赶快咬死它。

但试图咬死狼崽的显然不是小母獒卓嘎,而是那只作为猞猁首领的母猞猁。似乎是为了避免腹背受敌,母猞猁丢开冈日森格,转身朝着狼崽和小卓嘎疾风一般扑了过去。它把狼崽和小卓嘎看成了严重威胁猞猁群的背后之敌,却没有想到,这样一来,反而给自己造成了真正的背后之敌,冈日森格怎么可能允许它的孩子小母獒卓嘎的生命受到威胁呢?

冈日森格不顾一切地奔跃而起,从背后直扑母猞猁。这是最能体现冈日森格风格的一扑,就像暴风雪的运动,迅疾而无所不包。母猞猁显然是跑不掉了,对冈日森格来说,躲开了猞猁群的集体攻击,任何野兽包括在残暴和灵敏方面超豹超狼的唐古特林魔,都不可能是真正的敌手。母猞猁被扑倒在了小卓嘎的面前,正好是仰面朝天,白嫩的肚腹哪里经得起冈日森格的撕咬,开膛露肠的时间只用了一秒钟。冈日森格跳过去,堵挡在了小卓嘎和狼崽前面,又顺势准确地咬在了母猞猁的脖子上,獒头一甩,那大血管就霍然开裂了。

现在还剩下五只猞猁了,它们依然迅捷、格外凶猛,丝毫没有撤退的意思。但它们已经失去了首领,失去了统一的指挥,就只会争先恐后,而不会密切配合,一起扑咬。而向来是独斗英雄的冈日森格最不在乎的就是对手的争先恐后,先来的先死,后来的后死,它会精确地利用对方你扑我咬的时间差,实现它各个击破的目的。

冈日森格沉着冷静地跳来跳去,一头撞倒了首先扑来的一只猞猁,几乎在利牙割破喉咙的同时,跳起来迎着第二只扑向它的猞猁撞了过去。猞猁再凶猛其力量也没有藏獒大,对撞的结果,只能是猞猁滚翻在地。冈日森格放过了被它撞翻的第二只猞猁,又去迎击第三只第四只朝它扑来的猞猁。第三只和第四只猞猁依然被它撞倒又被它放过了,轮到撞击第五只猞猁时,它才真正发威,吼声如雷,牙刀如飞,不仅没有放过,而且在咬死之后,又多余地在它脖子上划了一牙刀。

现在还剩下三只猞猁了。三只猞猁轮番从地上爬起来,很想马上进攻,却又停了下来,抖动着皮毛,想抖落满身的积雪。猞猁是一种非常喜欢干净的野兽,不允许自己身上沾染丝毫的尘土或者雪末,即使死到临头,也要保持一世的清爽纯洁。等它们抖尽了皮毛上的积雪,再准备扑咬对手时,冈日森格新一轮的进攻已经风卷而来了。嘎的一声,一只猞猁的右耳朵被撕了下来。猞猁惨叫一声,回身就咬,只见冈日森格从它身边腾空而起,沉重地砸在了一只金猞猁身上。金猞猁被压得趴了下来,冈日森格并不咬它,却把钢铁般的牙刀飞向了朝它横斜里扑来的另一只猞猁。

那猞猁原以为自己是在夹击,或者是在身后偷袭,没想到一下子变成了正面交锋的对手,本能地缩起身子,伸出两只锐利的前爪抓向了冈日森格的眼睛。冈日森格似乎已经料到这一招,獒头一抬,大嘴一张,便把抓过来的前爪含进了嘴里,只听嘎巴一声响,猞猁的爪子被獒牙咬断了,两只前爪都被咬断了。猞猁翻倒在地,沙哑地叫着连打了几个滚。

冈日森格从骑着的金猞猁身上蹦起来,飞向了前面,落地的同时,后腿并拢,以此为轴心,仰着身子猛转过来,恰好迎上了撕咬而来的金猞猁。冈日森格一头撞翻了它,然后一口咬在了它的喉咙上。

金猞猁死了,另外两只猞猁转眼变成了残废:一只没有了右耳朵,一只没有了前爪,没有了前爪的猞猁寸步难行,笃定是要死掉的,而且很快,很快它就会成为狼群的食物。没有了右耳朵的猞猁还能活,能活的就让它活着吧,冈日森格瞪着它,不断地吓唬着:走啊,你赶紧走啊。独耳猞猁看懂了冈日森格的意思,徘徊着,告别似的把七只死去的和重伤不能动的猞猁挨个看了看,舔了几口它们身上的血,最后仇恨地望了一眼魔鬼一样的荒野杀手雪山狮子冈日森格,头也不回地走了。

一直在惊愕中观望这场打斗的小母獒卓嘎高兴地叫起来,欣喜若狂地跑过去,在冈日森格身上又扑又咬。冈日森格温情地舔着自己的孩子,不时地睃一眼狼崽。

狼崽吓傻了,嘴里还叼着那封信,抖抖索索地蜷缩在积雪里,似乎连转身逃跑都想不起来了。

小母獒卓嘎急切地要把自己的新伙伴介绍给阿爸,跑过去打着滚儿从狼崽身上翻过去,又跑回到阿爸身边,撒娇地咬住阿爸粗壮的前腿不松口。冈日森格用鼻子拨开了它,仿佛说:快啊,快去把狼崽收拾掉,它正好是你的对手。小卓嘎解释似的跑过去,摇着尾巴在狼崽鼻子上舔了一下,又摇着尾巴回到了阿爸冈日森格身边。

冈日森格愣了:这到底是怎么回事儿? 自己的孩子居然交上了一个狼伙伴、一个狼弟弟。怎么办? 吃掉狼崽,天经地义,因为在狼崽长大的过程里,它会吃掉多少羊啊;放过狼崽,也是天经地义,因为毕竟藏獒尤其是雄性的成熟的是惜妇怜幼的。最好的办法还是刚才它的主意,让小卓嘎把狼崽收拾掉,它们旗鼓相当,正好可以磨练磨练小卓嘎的咬杀能力。

冈日森格舔了舔自己的伤口,也让小母獒卓嘎帮着它舔了舔伤口,然后用鼻息,用吼声,用眼睛和身体的语言,一再地催促着小母獒卓嘎:快啊,快去咬死吃掉这匹跟你一般大的狼崽。看固执的小卓嘎就是不听话,觉得再这样下去就是浪费时间,便一头顶开了小卓嘎,挫动着牙齿,朝着狼崽大步走去:我也该吃点东西了,狼崽的肉,是最鲜嫩的肉。小母獒卓嘎吃惊地望着自己的阿爸,汪汪地叫着,好像是说:不行,你不能吃掉狼崽,它是我的伙伴。可是冈日森格怎么会昕一个孩子的话呢? 它信步走去,把一口热气喷在了狼崽身上。狼崽感觉到已是大难临头,抖得更厉害了,叼在嘴里的信发出了一阵唰啦啦的响声。冈日森格奇怪地看了看信,突然听到小卓嘎哭了,呜儿呜儿的。哭声冷冷的硬硬的,有一种大力刺激的感觉,让它那因为搏杀猞猁而变得热烘烘的脑袋骤然凉爽了许多。它好像清醒过来:真是糊涂透顶了,我一个如此伟岸的大块头,怎么要去吃掉这么小的一匹狼崽呢?祖先制定的规矩可不是这样的,还是应该把它交给小卓嘎,还是要说服小卓嘎去吃掉它。

但是说服已经来不及了。游荡在冰天雪地里的凶暴赞神和有情赞神似乎不愿意一匹狼崽这么小就被藏獒吃掉,让雪花悠悠地送来了一种声音。这几乎就是神音了,它让幸运的狼崽顷刻脱离了死亡的危险。

这是一声狼嗥,隐隐约约从远方传来。冈日森格倏地抬起硕大的獒头,掀动着耳朵,把如梦似幻的眼光送给了雪花的舞蹈,一再地穿透着。它立刻就知道,传来狼嗥的那个雪遮雾锁的深处,是野驴河边碉房山升起的地方,也是恩人汉扎西的味道顺风而来的源头。

冈日森格听出是一公一母两匹狼在嗥叫,嗥叫很有规律,基本上是公狼两声,母狼一声,然后两匹狼合起来再叫一声。好像在呼叫别的狼,又好像不是,是在哭鸣,或者是在威胁人畜。到底是什么,冈日森格一时还无法判断。对无法判断的狼嗥它必须立刻搞清楚,更何况还有对恩人汉扎西和主人刀疤的担忧。

刀疤的味道已经闻不到了,而风依然是从昂拉雪山和多猕雪山那边吹来的,这说明刀疤很可能已经沉寂在昂拉山群衔接着多猕雪山的某个冰壑雪坳里。而汉扎西的味道却越来越浓烈,这是象征危险的浓烈,是让冈日森格必须舍弃亲情和生命的无言的驱动。

冈日森格毅然丢开了狼崽,丢开了小母獒卓嘎,朝着恩人汉扎西和碉房山奔跑而去。

小母獒卓嘎不由得跟在了阿爸后面,跑着,跑着,突然想到了狼崽。回头一看,狼崽也已经跑起来,但不是朝这边跑,而是朝着相反的方向跑去。嘴里依然叼着那封信,就像它变成了信使,要去交给班玛多吉主任。小卓嘎喊起来:那是我的信,我的信。看狼崽不理它,就又追着阿爸汪汪地叫:阿爸,阿爸,有一封信。

冈日森格这时候哪里有心思听孩子啰嗦,头也不回地往前跑着。小卓嘎只好放弃阿爸,转身去追赶狼崽,追赶狼崽嘴里的那封信。它从小就是一只责任感强烈的藏獒,这样的责任感是遗传的,也是后天感染的。阿爸冈日森格和阿妈大黑獒那日以及领地狗群中其他父辈们的所作所为,一直都潜移默化地影响着它,所以与其说它惦记着那封信,不如说它更惦记自己对责任感的身体力行——如果它丢失了这封信,它不能把这封信交给阿爸冈日森格,再让阿爸交给西工委的班玛多吉主任,它就连吃饭游戏的心思也没有了。

小母獒卓嘎好不容易追上了惊魂未定的狼崽,一獒一狼两个小家伙吼喘着趴在了地上,休息了半天才站起来。一个说往这边走,一个说往那边走。两个小孩只想说服对方跟自己走,却不肯各走各的路,互相的依赖仍然左右着它们的行动。嚷嚷了一会儿,小卓嘎就扑过去抢夺那封信,意思是说:你不知道人的事情的重要,我是知道的,我要去送信啦。狼崽转身就跑,它并不知道信是干什么的,只知道别人要抢的东西它偏不给。

　　小卓嘎追了过去，到底是孩子，追着追着，心思就变了，不再是不抢过来不罢休的意思，而是信走到哪里我就跟到哪里的意思了。狼崽看出了小卓嘎的心思，停下来，讨好地把信放在了小卓嘎脚前。小母獒卓嘎友好地摇了摇尾巴，舌头一卷，把信叼了起来。

　　它们碎步轻松地奔跑着，忽儿一前一后，忽儿齐头并肩，方向是狼崽认定的野驴河边，那个有着它出生的窝，有着狼爸狼妈埋藏起食物的地方。遗憾的是，它们始终没有找到这个地方，而对狼崽来说，找不到这个地方，也就是找不到安全，找不到生命的依托。它情绪低沉，步履滞涩，似乎已经预感到，前去的道路上，到处都是未知的凶险、无名的阴谋。

　　大雪覆盖的草原上，逆着劲力十足的豪风，连续两个小时风驰电掣的冈日森格，已经累得跑不动了，但它还是在跑。它调动体内的每一丝力量，尽可能地挤压着浑身滚动的每一条肌肉，在超越自我的运动中，始终保持着奔跑的姿势。一直都有狼嗥，一直都有恩人汉扎西浓烈的味道，那就是两根牢牢牵连着它的绳索，拽着它拼命地向前，向前。

　　终于来到了狼嗥响起的地方，来到了汉扎西遇险的地方。哦，原来是一个陷阱，是碉房山下一个阴深恶狠的雪坑。冈日森格吼着叫着，噌地一下停在了雪坑的边沿，只朝下扫了一眼，就奋身跳了下去。

　　冈日森格本来可以选择一处坑浅的地方往下跳，但是它没有。在它看来，为了自身安全的任何耽搁，哪怕是一秒钟的耽搁，都是不可饶恕的罪过。它从十四五米的高度跳到了坑底，就像炸弹落地，轰然一声，白花花的雪尘激扬而起。雪尘还没有落地，它就从积雪中自己砸出的地洞里爬了出来，扑向了父亲。它没有理睬狼，在它跳入坑底的一刹那，它就已经看到它们了，只有两匹狼，没什么大不了的，过一会儿我再咬死它们。它现在最想接近的是恩人汉扎西。它看到汉扎西已经死了，他被两匹癞痢头的狼咬死了。

　　冈日森格扑到了父亲跟前，用摇晃的尾巴诉说着它的思念和哀悼，趴在地上，一边流泪，一边舔着，舔着，好像是说：是我的失职啊，我没有及时赶到。它舔干净了父亲头上脖子上的积雪，想撕着棉袄把父亲从雪窝子里拉出来，它吃惊地发现，父亲光洁的脖子上居然是没有伤口的，怎么可能？狼咬死了恩人，怎么可能不在恩人的脖子上留下撕裂的伤痕？如果没有在脖子尤其是喉咙上留下伤痕，那就说明不是狼咬死的。再说了，狼咬死了他，为什么不赶快吃掉他，而要在那里长嗥短叫地暴露目标呢？

　　冈日森格掀动着狮子般漂亮的头风问着自己，禁不住用硕大的獒头顶起了父亲的头。父亲的嘴边结着冰，那是气流的痕迹，气流的进出如果发生在嘴边，就叫呼吸。啊，父亲还在呼吸，我的父亲它的恩人居然还在呼吸。冈日森格激动了，眼泪簌簌而下，父亲没有死，父亲是昏死了。冈日森格知道，昏死不是死，昏死是那种死了以后还能活过来的死，就像它自己经历过的那样。不同的是，它昏死了好几天才活过来，而父亲，被它轻轻一唤，轻轻一舔，就活过来了。

　　冈日森格站起来，朝着天空瓮瓮瓮地叫着，一瞬间的喜悦，让它忘记了狼的存在，或者它现在是这样认为的：没有咬死恩人的狼就不是真正的狼，既然不是真正的狼,那我为什么还要咬死它们呢? 爱憎分明的冈日森格,有恩必报的冈日森格,这时候不咬狼了。它甚至遵循了狼对界线的划分,不打算越过狼尿的遗渍去雪坑的那边走一走。它望了一眼隐身在裂隙里的狼,问候似的呼唤了一声,继续深情地舔舐着父亲。

父亲醒来了,一睁眼就看到了冈日森格。他愣怔着,皱起眉头想了半响,才隐隐约约想起昏死以前的事情来。他蠕动着嘴唇,想说什么又说不出来,吃力地举起胳膊,抱住了冈日森格的头。他唰啦啦地流着眼泪,就像见到亲人的孩子那样,在心里埋怨着:你终于来了,冈日森格你终于来了,你为什么这个时候才来啊,冈日森格。

冈日森格的眼泪和父亲的眼泪交?在了一起,整张獒脸和整张人脸都湿了,湿得就像淋了雨,又很快结成了冰。好长时间他们才分开,分开以后眼泪依然在流淌。

父亲从雪窝子里爬了出来,扶着冈日森格站直了身子。他浑身无力,两腿发软,渴望着食物。他知道自己必须立刻吃到东西,否则还会昏死过去。可是食物在哪里?他求救似的望了一眼冈日森格。

冈日森格知道他很饿,却没有理解他眼神里的那股撺掇之意,它仰起獒头,朝着天空疲倦地叫着,想把这里有人需要救援的消息传达给坑外的世界。虚弱的父亲只好又扶着它坐下来,抬起手,给它指了指前面的狼。这一次冈日森格明白了,父亲的意思是让它去咬狼,咬死了狼,就有吃的了。冈日森格听话地掉转了身子,用它惯有的骄横轻蔑的眼光扫视着对面的裂隙。

癞痢头母狼已经藏起来了。癞痢头公狼守在裂隙口,瞪着冈日森格,恐惧地蜷缩着,浑身发抖。它们曾经远远地见识过獒王冈日森格,狼界里对冈日森格也有许多传说,那传说在狼的语言里就像在人的语言里一样,充满了威慑与传奇,镇服了所有冷酷残暴的野狼之心,让它们一想起来就心胆寒。此刻,这一对癞痢头的狼夫狼妻知道自己已是死到临头,便不再有任何逃跑反抗的举动,深深地沉入死前的恐怖,一再地发抖,连裂隙沿上的积雪都抖下来了。

冈日森格站着不动,它还在想刚才想过的那个问题:狼也处在极端饥饿的状态中,为什么没有咬死恩人?没有咬死恩人的狼就是手下留情的狼,就是该活不该死的狼,我们为什么还要吃掉它?父亲不知道冈日森格在想什么,奇怪它居然如此滞缓,用手推了它:去啊,快去咬啊,咬死了好吃肉啊。冈日森格看了看父亲,觉得恩人的命令和主人的命令一样,是不能不服从的,就往前走了一步,还想往前走一步,闻到了狼尿的界碑,就又停下了。

冈日森格在犹豫:咬死面前这两匹狼,对它来说不费吹灰之力,更何况它有知恩报恩的义务——恩人饿得不行了,不吃就要饿昏饿死了。可面前的这两匹狼,是没有对恩人下毒手的两匹善狼,更是用呜叫引来了援救者的两匹义狼,它们对人是有恩的,吃掉它们是不对的。它回望着父亲,希望父亲能收回自己的命令。但是父亲没有收回,父亲再次指了指狼,又朝它挥了挥手:快去啊冈日森格,你还犹豫什么呢。冈日森格茫然不知所措地吼叫着,前爪不停地刨着积雪,用眼睛的余光看到父亲几乎抬不起来的手还在吃力地朝它挥动,便毅然越过狼尿画出的界线,走向了裂隙。

癞痢头公狼呜呜地叫起来,仿佛是冤屈的哭喊,是无奈的祈吁,也是深深的后悔。狼知道,如果它们不用嗥叫引来冈日森格,这个人就死定了,也知道,这样的嗥叫几乎等于给自己敲响了丧钟,雄风鼓荡的獒王冈日森格,或者别的藏獒,在跑来救人的同时,会毫不客气地咬死并吃掉它们,但它们还是坚持不懈地嗥叫着,宁肯让自己陷入性命攸关的泥淖。

或者,这一对狼夫狼妻压根没有料到结果会是这样,它们比人更了解自己的死对头藏獒:藏獒有恩必报,你没有咬死人,而且还救了人,它们就绝对不会对你下毒手。可是能了解藏獒的狼,却不一定了解千奇百怪的人,人和藏獒相比,往往是少讲或不讲感恩戴德的,感恩戴德这个词,几乎是个贬义词。比如父亲,在他糊涂的时候,在他饿得就要死去的时候,就想不起狼的好来了,执意要求一身正气的雪山狮子冈日森格去卑鄙地咬死两匹对他有救命之恩的狼。

冈日森格再次回头看了一眼就要饿昏过去的恩人,恩人眼巴巴地望着它,深陷的眼窝里,就像笼罩着一张迷茫的网,网上的所有信息都是督促,都是用狼肉救他一命的渴望。不能再犹豫了,冈日森格吼叫了几声,纵身一跳,来到了裂隙口,用两只蛮力十足的前爪,死死地摁住了癞痢头公狼。

癞痢头公狼悲惨地发出了最后一叫,算是向裂隙里面的母狼的告别,胡乱挣扎了几下,就瞪起眼睛,凝然不动了。好像是说:早知道是这样的下场,我们就不会嗥叫着求援了,我们死不瞑目,死不瞑目啊。

第十章　当神鸟从远方飞来

铁棒喇嘛藏扎西举起铁棒砸向那只领头的大雪豹。大雪豹忽地一下跳开了。藏扎西再砸它再跳,就像要把藏扎西吸引住似的,大雪豹总是跳不远,总在一个铁棒几乎可以砸到的地方唬唬有声地威胁着他。而其他雪豹却令人意外地冷漠着,一个个都是一副坐山观虎斗的样子。

藏扎西胆子更大了,一边追撵一边喊叫着:"来了来了都来了,六臂护法来了,骡子天王来了,阎摩德迦来了,胜乐金刚来了,来了来了,都到我的身体里来了。"大雪豹跑起来。藏扎西紧追不舍,他觉得只要打死这只雪豹群的首领,雪豹群才有可能撤退,五十多个牧民和二十多个活佛喇嘛也才有可能保全性命。

他用裹身的红毡氆兜着凌厉的风,追过了两座小雪丘,又追过了一座大雪丘,突然发现大雪豹不见。他追寻着足迹,沿着雪谷南坡往上跑,又看到大雪豹的足迹延伸到雪坡下方去了。雪坡的下方正在扬风搅雪。他沿着雪坡往下滑去,滑着滑着,发现脚前的一堆雪忽地跳了起来,等落地的时候就变成了那只大雪豹。

藏扎西哎哟了一声,用铁棒支撑着身子站了起来,愣对着大雪豹。大雪豹呼呼地叫着,龇牙咧嘴,意思是说:我是雪山之王,你是谁? 你怎么敢来挑衅我? 藏扎西下意识地朝后挪了挪。他有点紧张,他一紧张脸上的肌肉就会皱出一些笑,他呵呵呵地笑起来。大雪豹知道人在笑,它最忌讳的似乎就是人对它的嘲笑。它匍匐在地上,扭动着身躯,把粗壮的尾巴摆来摆去。

藏扎西再次哎哟了一声,只见一股雪尘风卷而来,眨眼之间,大雪豹的一只前爪抓在了他的手上,另一只前爪牢牢摁住了他的胸脯。他手里的铁棒顿时掉在了积雪中,胸脯一阵阵发烧发虚。

藏扎西知道雪豹和狼不一样,狼的扑咬,目的首先是咬住对方,雪豹的扑咬,目的首先是摁住对方;狼是先咬后抓,雪豹是先抓后咬,对付狼首先是对付它的利牙,对付雪豹首先是对付它的利爪。

也就是说,在大雪豹扑住对方和下口撕咬之间有一个间隔,这个间隔虽然短暂得只有零点几秒,但对不想让大雪豹咬死的藏扎西来说足足够用了。藏扎西两手迅速抓住雪豹的一只前爪,奋力朝一边扯去。大雪豹歪过头去咬他的手,正好把一只毛烘烘的短耳朵蹭到了他的鼻子上。藏扎西一口咬住了大雪豹的耳朵,弯起身来,把脸贴在了大雪豹的后脑勺上。

大雪豹没想到,转眼之间它就抓不着藏扎西的脸也咬不着对方的脖子了,反而让对方咬住了自己的耳朵,让对方腾出一只胳膊搂死了自己的脖子。大雪豹猛烈地甩头,猛烈地张嘴,但很快就发现自己的头已经无法自由转动,吃人的嘴只能对着空气狰狞地张合。呼吸也不再流畅,一只前爪被藏扎西撕扯着正在失去抓挠和拍打的作用。

大雪豹狂躁地用另一只爪子抓挠藏扎西的肩膀,抓了一下,又抓了一下。裹身的红氆氇顿时破了,血流了出来,割肉的疼痛流了出来。藏扎西在心里哎哟了一声,这一声哎哟就像播鼓,让他突然意识到,他是个见鲜血就发力,有疼痛就兴奋的人。他甚至以为血是大雪豹的血,疼痛也是大雪豹的疼痛,而他要做的就是让大雪豹痛尽血干。

一股劲风冲了上来,又跌了下去。藏扎西在心里叫着六臂护法、骡子天王、阎摩德迦、胜乐金刚的名号,毫不迟疑地抱紧了大雪豹,朝着谷底滚了下去。雪粉弥扬起来,烟浪就像蟒蛇奔走,是越来越长的一溜儿。积雪的山坡上一阵儿噗噗噗,一阵儿哗哗哗。

突然,安静了。扬风搅雪的雪谷静如死地。风悄悄的,漫天的雪花悄悄的,冰雪的起伏悄悄的,都在看着:那个喇嘛,那只雪豹,滚着滚着怎么就不滚了?不滚的时候铁棒喇嘛藏扎西骑在了大雪豹的身上。

藏扎西两手撕住大雪豹脖颈的厚毛,大声喊着:"六臂护法、骡子天王、阎摩德迦、胜乐金刚……"边喊边使劲往下蹲。大雪豹撑起了前腿,被他蹲了下去;大雪豹撑起了后腿,又被他蹲了下去。他不停地蹲着,喊着:"六臂护法、骡子天王、阎摩德迦、胜乐金刚……"只听喀嚓一声响,大雪豹的身躯再也撑不起来了。

藏扎西就像驯服了一匹烈马,翻身下来,吼喘着躺在了大雪豹的身边。这时候他才发现,大雪豹的长短就是他的长短,大雪豹的粗细就是他的粗细。大雪豹还活着,扭过头来冲他嗷嗷地叫,叫着叫着就想扑。但是大雪豹怎么也动弹不了,它是铜头铁腿麻杆腰,所有的雪豹都是铜头铁腿麻杆腰,大雪豹的腰已经被高大壮硕的铁棒喇嘛藏扎西蹲断了。

渐渐地,大雪豹连头也抬不起来了,体内正在出血,它就要死了。

藏扎西也和大雪豹一样平静地躺着,突然感觉到有什么不对,噌的一下跳了起来。他发现北风的啸叫格外响亮，雪谷里一片旷古的宁静，雪豹群早已不见了踪影，前方升腾弥漫的雪尘告诉他，雪豹群跑向了雪谷外面，跑向了五十多个牧民和二十多个活佛喇嘛。好像它们给他玩了一个花招，用一只并不是首领的普通大雪豹引诱着他，让他顾此失彼，然后集中兵力，袭击更大的人群去了。

藏扎西弯腰抓起一把雪，擦了擦肩膀上的血迹，连祈请山神原谅和祷告雪豹亡灵升天的简单仪式都没做，就沿着雪坡爬了上去。他在积雪中找到了自己的铁棒，心急火燎地朝着雪谷外面的牧民和活佛喇嘛奔跑而去。

藏扎西跑出雪谷，大喊大叫着跑向了人群，突然停下了。面前的情形惊得他扔掉铁棒，一屁股坐在了地上："我的青果阿妈草原啊，这到底是怎么回事儿？"

一片死尸，一片大雪遮不去的鲜血。死尸和鲜血不是牧民的，不是活佛和喇嘛的。在这开阔的盆地中央，野驴河部落的冬窝子里，二十多个活佛和喇嘛依旧按照吉祥符咒万字纹的模样排列在雪地上，他们手中的红色袈裟和红色达喀穆大披风依旧燃烧似的飘扬着，加上他们身上的红色堆噶坎肩和红色霞牧塔卜裙子，白茫茫的原野上，一片越来越醒目的火红。活佛和喇嘛们经声大作，是降伏山神的密宗祖师莲花生大师具力咒："唵阿畔啵咂日咕如呗嘛唑嘀。"这是一种驱邪禳灾的普通经咒，牧民们也在跟着念诵，声音就像火焰的升腾，呼呼嘀嘀地扩散而去。

牧民和活佛喇嘛们的前面，一片惊心动魄的死尸，一片大雪遮不去、积雪渗不掉的鲜血。环绕着死尸，是一些魁伟生猛的藏獒。藏扎西寻思，死去的藏獒又活过来了。再一看，哪里是出现了死而复生的奇迹，是领地狗群来到了这里。

领地狗们一个个呵呵呵地喷吐着气雾，表情复杂地望着雪地上横七竖八的死尸。死尸有藏獒藏狗的，也有雪豹的，藏獒藏狗死了六只，雪豹死了十三只。十三只雪豹一眨眼工夫就比赛似的命丧黄泉，可见这是一场多么激烈的打斗。雪豹群是跑来袭击人群的，没想到几乎在同时领地狗群兼程并进来到了人群的身边，为了食物的攻击和为了职守的保卫就这样演绎成了一场血雨腥风的战争。

藏医喇嘛尔宇陀正在一边念诵《光辉无垢琉璃经》，一边查看死尸身上的伤口，他不光查看了六只死去的藏獒藏狗，也查看了十三只死去的雪豹。断定它们确实没有活的希望了，这才抱着圆鼓一样的豹皮药囊，去给那些受伤的藏獒藏狗喂药抹药。

铁棒喇嘛藏扎西站起来，眺望着远方。视野之内，已不见活着的雪豹，残存的雪豹群已经逃之夭夭了。他走向似乎一点也没有受到惊吓的牧民，以喇嘛的身份关照地问道："你们可好，你们没有谁让山神的坏儿子吓掉魂吧？"好几个牧民都认真地摇着头说："没有啊，没有，你看看大灰獒江秋帮穷，它是多么了不起啊，就像真正的护法神，一口气咬死了三只雪豹。还有大力王徒钦甲保，就像长了翅膀，飞来飞去地咬啊，咬了这个的喉咙，又去咬那个的肚子。它的孩子摄命霹雳王一点也不像个出生才三个月的小公獒，哪个雪豹凶狠就往哪个雪豹身上扑。还有黑雪莲穆穆，它哪里是黑雪莲，叫它黑老虎还差不多，它咬死了那只个头最大的雪豹，又和小公獒一起咬死了一只母豹。"

藏扎西这才发现，整个领地狗群里，居然没有獒王冈日森格。他走向大灰獒江秋帮穷，抚摸着它血染的鬣毛，问道："冈日森格呢？我们的獒王冈日森格呢？"江秋帮穷知道他在问什么,转身把头指向了东方。藏扎西理解了,又问道:"它去了东方? 去东方干什么? 它是獒王,怎么可以在这个时候离开领地狗群呢? 幸亏还有你,你是勇敢无敌的,江秋帮穷。"

大灰獒江秋帮穷知道这个威严的铁棒喇嘛是在表扬自己,不好意思地摇了摇尾巴,吐着舌头低下了头,似乎是说:还差得远呢,比起我们的獒王冈日森格,我不过是个听命的走卒。说着它走过去,站在一只死藏獒的身边,不停地舔着,舔着舔着就潸然泪下了。

藏獒们开始哭泣了,不是藏獒的藏狗也跟着哽咽起来。它们在大灰獒江秋帮穷的带领下,把死去的六只藏獒藏狗团团围住,眼泪扑簌簌地往下滴。有几只藏獒哭出了声,哭声沙哑而隐忍。受到感染的牧民们也哭起来,一哭声音就很大,一个年轻牧民跪下来说:"这么快你们就要去转世了,下辈子你们一定是人,是我的阿爸和阿妈,是我的舅舅和叔叔。"

铁棒喇嘛藏扎西回到了活佛和喇嘛的队伍里。活佛和喇嘛们已经不再念诵莲花生大师具力咒了,改成了超送亡灵的救度法咒。法咒的背景上,藏医喇嘛尕宇陀大声地絮叨着:"去吧,去吧,宽心地去吧,世上没有一只狗、一个人,不是死了又活过来的,每一个生命,在转世来到此生此命之前,生生死死不知经过了多少个轮回。去吧,去吧,自由地去吧,你们会很快回到世上来,这个世上,还留着你们的主人,留着你们的朋友和仇家。"

一种声音出现了,与活佛和喇嘛们的集体法咒和尕宇陀的絮叨相比,那是一种洪大到惊天动地的声音。冲着这种声音,领地狗们全都仰起了头,狂妄地吠叫着。牧民们、活佛和喇嘛们,顿时就喑哑无声了,只把眼睛凸瞪成了两束疑惑的光芒,探照灯似的在雪花飘飘的天上搜寻着。父亲真是后悔啊。他后来说,他是饿糊涂了,什么也顾不得了,居然撺掇冈日森格去咬死那一对狼夫狼妻。狼夫狼妻宽容地对待了他,他为什么非要置人家于死地呢? 他说其实他一直没有真正清醒过来,先前被冈日森格舔醒的时候,眼睛虽然睁开了,脑子却依然是糊涂的。瘌痢头公狼在生命的最后关头悲惨的向母狼告别似的一叫,以及那一阵锥子一样尖亮的对冈日森格的喊叫,才把他彻底叫醒,让他想起他和这对狼夫狼妻共同待在雪坑里的每一分钟。

父亲说,如果两匹狼在他昏死之后不动声色地吃掉他,那就连鬼都不知道了,永远都不会知道。可是两匹狼没有,它们甚至都没有跨越公狼用尿液画定的界线,就在它们自己的领地上,用声嘶力竭的嗥叫召唤来了冈日森格。他怎么能恩将仇报呢? 恩将仇报的人,不仅死了不能转世成人,还会在地狱中天天接受阴魔黑阎罗的火刑折磨和骷髅鬼卒的湿鞭抽打。

父亲后来还说,他几乎就要改变对狼的看法了,如果不是狼咬死了寄宿学校的十个孩子,如果不是以后狼的乖谬反常和怙恶不悛远远超过了狼夫狼妻在雪坑里留给他的好印象,如果不是草原上藏獒与狼的战争一浪高过一浪地持续下去,他一定会想方设法阻止藏獒继续杀狼,至少会让他能够听从他的冈日森格和多吉来吧收敛它们的杀狼天性。可惜在狼的本性里,更多的还是凶残自私和吃羊害人,一旦群居,一旦集体行动,由生存法则决定的恶劣品行,就会在互相传染中比赛一样超量地发挥出来。也就是说,如果集体是坏的,个体的品质再好也是无法体现的,甚至为了求得坏集体的容纳,个体只能更坏更恶劣地表现自己。所以在父亲看来,那些只有夫妻两个在一起的狼、一个家庭为一群的狼、单干的狼,应该是好的,是人类的朋友,集体汇合时的狼,绝对是坏的,汇合得越多就越坏。荒原狼在很多情况下,很多时间里,是要集体汇合的,所以父亲最终还是没有改变对狼的看法。

还有一点,父亲很长时间以后才明白,那就是狼种之间的区别。荒原狼中,雪狼是最奸猾最阴险的;土狼是最猛恶最凶狠的;相比之下,马狼则显得不那么谲诈不那么残暴,是狼里的君子、兽中的鸽派。马狼集体汇合的时间最短,一年只有四个月,群情飞扬地表现弱肉强食的机会、发挥偷抢掳掠的机会、比赛残暴凶狠的机会,也就少得多了。藏民们管马狼叫"玉都狼","玉都"是山神的意思,"玉都狼"就是山神的狼。既然是山神的狼,当然就不能对人太无情无义,因为草原人对山神的祭祀从来没有间断过,也从来没有缺少过虔诚。父亲在雪坑里遇到的,就是马狼即"玉都狼"。

父亲的后悔是一生的,它一生都在为自己一闪念的不良意识而后悔莫及,检点不已。好在他的糊涂最终并没有变成结果。就在那一阵"冈日森格,冈日森格"的呼喊被雪花运载着从远处传来,就在尖亮的呼喊如同锥子刺得父亲彻底清醒的时候,冈日森格还没有把牙刀刺入癞痢头公狼的喉咙。父亲一听那呼喊就愣住了:央金卓玛?央金卓玛来了。他几乎站起来,又乏力地坐了下去,然后就明亮地发出了一声惊人的吼叫:"冈日森格,不要,不要,冈日森格。"

冈日森格忽地抬起了头。它没有把张开的大嘴、含住公狼喉咙的大嘴,迅速合拢,似乎就是为了等待那姑娘的呼喊,也等待父亲的这一声吼叫。它庆幸地长出一口气,两只蛮力十足的前爪迅速离开了被它死死摁住的癞痢头公狼,跳出裂隙口,回到了父亲身边。

癞痢头公狼站了起来,很吃惊自己没有被咬死,短促地咳嗽着,似乎在告诉裂隙里面的母狼:我没死啊,我没死。

雪小了,风也小了,沉甸甸的骤雪变成了轻飘飘的柔雪,雪网渐渐稀疏着,可以看到天空的乌青了。冈日森格仰起獒头,冲着天空滚雷般地叫起来。这是一种发自胸腔肺腑的极富冲力的吼叫,它能逆着风向行走,能在劲风的吹打中保持很长时间的音量,而不至于立刻衰减消散。这样的声音正在告诉那个在远处呼喊"冈日森格"的女人:它就在这里。

很快,央金卓玛出现在了雪坑的边沿。父亲永远忘不了,她的出现就像她的名字一样美妙,那就是天上的妙音送来了福气,就是从灾难的茫茫苦海中被救渡到了幸福的彼岸。央金卓玛是妙音救度母的意思,但父亲和她认识了那么久,直到今天这一刻,才对这个名字有了真正的理解。央金卓玛来了,食物来了,性命来了,必死无疑的人这才可以说:我又活过来了。

央金卓玛没有牵着她的大白马,也没有带来以往她总会带来的酸奶子,她只从家里背了一牛肚口袋糌粑,就一个人上路了。

糌粑是阿爸贡巴饶赛从旷野里带回来的,阿爸说,他拿了汉扎西送给西结古寺的一点点糌粑,去祭祀带给草原灾难的震怒的山神,山神立马息怒了。

那一刻，他跪在野驴河冰冻的河面上大声地喊着："光荣的怖德龚嘉山神、尊敬的雅拉香波山神、伟大的念青唐古拉山神、高贵的阿尼玛卿山神、英雄的巴颜喀拉山神、博拉（祖父）一样可亲可敬的昂拉山神、嫫拉（祖母）一样慈祥和蔼的奢宝山神，还有善良的九毒黑龙魔的儿子地狱饿鬼食童大哭、吉祥的护狼神瓦恰，你们看啊，这是献给你们的糌粑，糌粑不多，但心是很多很多的，是所有头人和牧民的心，是所有佛爷和喇嘛的心。这么多的心都在祈求你们，可怜可怜草原，可怜可怜我们这些受苦的人，让灾难离开，让死亡离开，尤其是不能再吃掉我们的孩子了。夏天吃掉了一个，他是我的儿子，秋天吃掉了一个，他是我的侄子，已经够了，够了，可不能再吃了。"

他就这么喊着，也不知喊了多少遍，突然一声巨响，整整一麻袋糌粑从天而降，就落在了离他十步远的地方。贡巴饶赛后来说："掉在别处的都是没炒过的面粉，惟独掉在我面前的是用炒熟的青稞磨好的糌粑。这就是虔诚祭祀的好处啊，山神、大哭、瓦恰听到了我的声音了，他们可怜我这个失去了一个儿子，又失去了一个侄子的苦命的人，把饥饿中的幸福降临给我了。"

贡巴饶赛带回家了许多糌粑，用雪水一拌，就可以捏成团了，尽管没有酥油糌粑那么好吃。央金卓玛对阿爸说："汉扎西把糌粑送给了西结古寺，他自己吃什么？寄宿学校的孩子吃什么？汉扎西的命根根多吉来吧吃什么？我要去了，要给他们送点吃的去了。"阿爸贡巴饶赛说："你不能去，这么大的雪，你会迷路的。"她说："阿爸你就放心吧，我就是闭着眼睛走也不会迷路。"贡巴饶赛说："雪厚风紧，你会陷到积雪里出不来的。"她说："阿爸呀，我像山神一样认识膨胀起来的硬地面，我不会往浮雪上踩。"贡巴饶赛说："大雪灾的草原上，到处都是饥饿，是狼群，你会被狼群吃掉的。"她说："阿爸呀，你已经祭祀过山神了，就不会有狼群要来吃我了。再说我有糌粑，它们要是来吃我，我就说糌粑比我更好吃，它们就会只吃糌粑不吃我了。"

但是阿爸贡巴饶赛还是不让她去，气愤地说："夏天被狼吃掉了一个孩子，那是你的弟弟，秋天又被狼吃掉了一个孩子，也是你的弟弟，都是寄宿学校惹的祸。寄宿学校是不念经的学校，汉扎西让孩子们学那些没用的汉字汉书，神灵已经不高兴了。草原上的人都说，让我们的孩子去喂狼，是神灵的惩罚。你不能去，吉祥的汉扎西已经不吉祥了，你不能再去找他了。"央金卓玛笑着说："阿爸呀，你知道我是不会听你的，我家的佛龛是草原上最圣洁最灵验的佛龛，你要是不放心，就多多为我念经祈祷吧。"

就这样央金卓玛不听阿爸的话，狼群不怕、豹子不怕、迷路不怕、大雪不怕地走来了，野兽放过了她，所有的危险都放过了她，她几乎是被风托举着顺利来到了这里。

气喘吁吁、满脸通红的央金卓玛坐在雪坑沿上，两条腿搭拉下来，望着父亲咕咕咕地笑。好像笑声就是她的喘息，笑够了也喘够了，这才说："汉扎西你不待在寄宿学校守着那些孩子，跑到这个大雪坑里来干什么？还有冈日森格，还有狼，哎哟我的阿爸，这个大雪坑里还有狼。"说着又笑起来，咕咕咕的就像一股清澈的泉水在往外冒。突然她不笑了，她想起了自己对汉扎西的担忧，就又冒着眼泪呜呜呜地哭起来。

父亲躺倒在地上，感激万分地望着她。他知道她为什么笑，却不知道她为什么哭，就把手伸出去，声音细弱地说："你呀，你是怎么知道我在这里的？"央金卓玛高兴地指着冈日森格说："是它把我叫来的，我本来要去寄宿学校，离这儿老远老远，就听到了它的声音。"

父亲点着头，用更加细弱的声音说："来啊，来啊。"是让她下来，还是让食物下来，父亲好像并不十分清楚。但是冈日森格是清楚的，它冲着坑沿上的央金卓玛吼起来：快啊，快把你背着的牛肚口袋扔下来。央金卓玛马上听懂了冈日森格的话，从背上解下牛肚口袋，丢给了它。冈日森格迫不及待地跳起来，在空中张嘴接住了牛肚口袋，用前爪摁在地上，麻利地咬开了拴在袋口的牛皮绳，来到父亲跟前。

父亲的眼睛闭上了，他没有来得及吃一口央金卓玛带来的糌粑，就又一次昏死过去了。冈日森格舔着父亲的眼睛，舔着他脖子上的黄色经幡，看舔不出他的清醒来，就冲着雪坑上面的央金卓玛叫起来，意思是：你快下来啊，快下来。央金卓玛已经起身离开了坑沿，听到叫声，她又回来，解开腰带，脱下她的光板老羊皮袍，扔了下去："我下去干什么，我下去就上不来啦。"

皮袍落入雪坑的一瞬间，把冈日森格和瘌痢头公狼吓了一跳。公狼在发抖，冈日森格却纵身跳起，就像母鸡护小鸡那样趴在了父亲身上。冈日森格以为是老鹰或者秃鹫俯冲而来了。一看不是什么飞禽，便再一次跳起，接住皮袍，撕过去，盖在了父亲身上。然后舔了舔父亲的脸，又叫起来，还是叫给央金卓玛听的：快下来啊，你快下来。

央金卓玛没有照面，她走了，只穿着一件装了羊毛的黑褐布的薄袍子，在白皑皑的雪原上就像一只母兽那样，准确地寻找着膨胀起来的硬地面，脚步匆匆地走到远方去了。

冈日森格只好自己想办法。它舔了一口牛肚口袋里的糌粑，凑到父亲跟前，又把糌粑舔在了父亲的嘴上。父亲纹丝不动。冈日森格就伸出前爪轻轻摇晃着父亲的身子。父亲还是不动。冈日森格想了想，走过去从牛肚口袋里又舔了一舌头糌粑，再次凑到了父亲跟前。这次它没有舔在父亲的嘴上，而是把濡湿的糌粑糊在了父亲的鼻子上。它知道，无论是动物还是人，鼻子都是最灵的，父亲闻到了糌粑的香味，就一定会醒来。即使他不醒来，肠胃也会本能地抽搐，嘴也会本能地张开。

冈日森格等待着，十分钟以后，父亲醒了。父亲说，在他昏过去的时候他感觉自己正在索朗旺堆头人的帐房里参加一次盛大的宴会。到处都是上等糌粑和手抓肉的味道，可他的眼睛不行了，怎么看也看不见，抽着鼻子到处闻，闻着闻着就醒了。原来喷香喷香的糌粑就糊在他的嘴上鼻子上。

父亲睁开眼睛张开了嘴，冈日森格就舔一口糌粑喂一下他，喂得他满脸满脖子都是糌粑。喂着喂着他就可以坐起来了。食物的伟大和神奇就是这样，它在很多情况下，在很多生命那里，是毕生惟一的目标。而冈日森格的了不起就体现在当它自己也是饥肠辘辘，也必须把食物当作惟一目标的时候，它总能产生克制自己的惊人毅力，而把人的生死饥饱放在第一位。它喂着父亲，自己却没有咽下去一口糌粑，咽下去的全是口水。

父亲坐起来后，就用不着冈日森格再喂了，他自己抓着糌粑吃起来，不时地把手举到冈日森格嘴前:"吃啊,你也吃一点。"冈日森格躲开了,它扭头看着狼,看得非常专注。狼也在看着它,是两匹狼一起看着它,母狼已经从裂隙里出来了,似乎它们已经确切地相信,自己没有危险,獒王冈日森格不会咬死它们。

两匹狼看着冈日森格,其实是看着冈日森格掌管之下的牛肚口袋,那口袋散发出的浓重的糌粑香味,就像头顶不可遏制的雪潮浩荡而来,刺激着狼夫狼妻发达的味蕾。狼的眼睛是湿润的,是那种亮如泉石的白色湿润,湿润里又有许多明晃晃的欲求。凭着祖祖辈辈与狼打交道的经验,冈日森格不会不明白它们的眼神和眼神背后的欲望。它犹豫着,并且商量似的看了看父亲。父亲是通狗性的,知道它的意思,一手摸着自己脖子上的黄色经幡,一手朝它挥了挥。冈日森格眯起眼睛笑了笑,一口叼起了牛肚口袋,来到了狼尿画出的界线那边,放下口袋,把前爪伸进袋口,朝外扒拉着。

一堆糌粑出现了。冈日森格叼起牛肚口袋,回到了父亲身边。癞痢头公狼几步跳过来,使劲闻了闻糌粑,一口不吃,回望着自己的妻子。母狼走了过来,很慢,腰伤妨碍着它,后半个身子似乎根本使不上力气。终于走到了食物跟前,它望着丈夫,半晌不动一口。大概是在悄悄地谦让吧,两匹狼的鼻子互相磨擦着,直到口水滴沥而下,眼看就要冻成冰了,它们才你一嘴我一嘴地吃起来。冈日森格注意到,就像藏獒之间的公平分配那样,没有谁会多吃一口,就连地上沾染了糌粑碎屑的积雪,狼夫狼妻也是各自都舔了三舌头。

冈日森格痴痴地看着这一对患难与共的狼夫狼妻,眼睛禁不住潮潮的,泪水吧嗒吧嗒落了下来。它想起了大黑獒那日,那日已经死了,它被埋葬在荒雪之中,已经有好几天了,果日守着它,它是不会孤单凄凉的吧。还有刀疤,它的主人,此刻在哪里呢?是不是还在昂拉山群衔接着多猕雪山的冰壑雪坳里,刀疤的味道最初就是从那里传来的。本来能够闻到的味道现在闻不到了,为什么?难道刀疤也会像大黑獒那日一样沉寂在这个雪灾和狼灾一起泛滥的冬天?

父亲吃惊地小声问道:"冈日森格你怎么了?"这话就像驱动冈日森格离开的力量,让它顿时显得急躁异常,它闷闷地叫起来。恩人汉扎西已经没事儿了,他身边有饿不死的食物,有冻不死的光板老羊皮袄,这里的两匹狼又不会伤害他,冈日森格放心了。现在要出去继续它的营救它的奔跑它的厮杀了。可是它出不去,它发现自己除了闷声闷气地喊叫,没有任何别的办法。它一边喊叫,一边来回走动,突然不动了,静静地听着,听到了一阵沙沙沙的脚步声,在很远很远的五公里以外的地方,不是一个人,而是几个人。它叫得更加沉重更有穿透力了,就像地震的震波从震源的雪坑出发,力大无穷地推向了前方:来人喽,来人喽。野驴河部落的冬窝子里,洪水到惊天动地的声音,终于在牧民们和活佛喇嘛们又惊讶又疑惑的搜寻中有了答案:啊?神鸟?

庞大的神鸟随着声音的增大,渐渐清晰了,就在活佛和喇嘛们的头顶,掀动着翅膀,嗡嗡嗡哒哒哒地盘旋着。显然它是看见了猎猎浪浪的红色袈裟和红色披风以及活佛喇嘛们的红色坎肩和红色裙子,才出现在这里的。

乱了,燃烧似的吉祥符咒万字纹突然乱了,活佛喇嘛们害怕得四散开来,就像升腾的火焰被神鸟巨大的翅膀扇成了零碎的火苗,星星点点地撒向了白色的原野。

牧民们更是惊恐万状，忽东忽西地奔跑着，跑到哪里都觉得逃不开神鸟翅膀的遮罩，只好一个个卧倒在能够把自己埋起来的积雪中。而领地狗们却无所畏惧地跑了过去，用最大的音量朝天空吼叫着。

铁棒喇嘛藏扎西惊叫着："神鸟，神鸟。"几个喇嘛用一种更加奇特的声音也跟着惊叫起来："神鸟，神鸟。"牧民们纷纷跪下了，活佛和喇嘛们也都跪下了。人们不由得眼望天空，凶吉难测地祷告着："神鸟啊，神鸟。"

藏医喇嘛尕宇陀知道得多一点，跑过去朝乱纷纷的人群喊道："不要怕，不要怕，这是飞鸡。"他说"飞鸡"这个词的时候用的是汉话，懂汉话的藏扎西听明白了，立马改变了祷告的词，"飞鸡啊，飞鸡，请赐给我们福分吧。"尕宇陀赶紧纠正道："也不是飞鸡，是……"到底是什么，他一时也说不明白了，吭哧了半天，只好说了一句他和别人都明白的话："保佑的来了，保佑的来了，马头明王、吉祥天母、大威德怖畏金刚，变成飞鸡保佑我们来了。"活佛和喇嘛以及牧民们反应敏捷地磕起了头。藏医喇嘛尕宇陀左右看看，也跟着他们无比虔诚地磕起了头。

这时人们看到，那被称作"飞鸡"的巨大神鸟从半空里下降着，越来越低，翅膀掀起的雪尘就像五彩的云朵，翻滚在神鸟四周，俨然是天界气象了。神鸟继续下降着，落地的一刹那，地上的积雪嚓嚓地陷开了两道口子。

领地狗群在大灰獒江秋帮穷的带领下，跑进了翻滚的雪尘，既勇敢又茫然地朝着神鸟又蹦又叫。

"哦——哟"铁棒喇嘛藏扎西和藏医喇嘛尕宇陀首先惊呼起来，他们怎么也想不通，神鸟的翅膀不是长在身体两边，而是长在脊背上的，不是上下扇动，而是像嘛呢轮一样急速旋转的。

"哦——哟"所有的牧民、所有的活佛和喇嘛都惊呼起来，他们不仅看到了翅膀的荒诞，还看到神鸟的头上居然坐着一个人，看到神鸟的肚子上奇怪地安着一道门。门开了，肚子里的东西哗啦啦地流了出来。同时出来的还有人。那些人踩着神鸟的腿踏上了西结古草原的冬日雪野，朝着活佛和喇嘛以及牧民们走了过来。

"哦——哟"又是一阵更加整齐更加雄壮的惊呼，透过渐渐稀薄的翻滚着的雪尘，人们发现，从神鸟的肚子里走出来的人居然是大家都认识的，而且有的还非常熟悉。他们是青果阿妈州委的麦书记，是结古阿妈县的县长夏巴才让，是结古阿妈县的妇联主任梅朵拉姆。

梅朵拉姆走在最前面，不，是跑在最前面，一边着急地跑，一边紧张地用藏话问道："谁死了？谁死了？"她已经从天上看到了死亡，还不知道是谁死了，就开始流泪。她心说西结古草原的每一个人每一只狗我都认识，不管谁死了我都会难过的。

领地狗群迎了过去，一个个都把尾巴摇成了扇子6年壮的藏獒们矜持一些，在离她几步远的地方停下来，笑呵呵地望着她。藏狗和年小的藏獒扑过去你争我抢地舔着梅朵拉姆的手，舔不上手的就撕扯她的衣服，似乎不跟她接触一下，就是天大的遗憾。如同牧民们希求活佛摸顶那样，为了得到一种心理的满足和慰藉，享受一次被美丽仙女抚摩的幸福，它们甚至排起了队。

大力王徒钦甲保不甘心自己排在队伍中间，觉得不能抢在大灰獒江秋帮穷前面接近梅朵拉姆，至少也应该是第二个。它气狠狠地朝前挤了过去，发现有个家伙飞快地从后面钻出来,蛮不讲理地用屁股抵住了它的胸脯。它生气地张嘴就咬,却发现这个敢于跟它大力王争抢的,原来是自己的孩子小公獒摄命霹雳王。

梅朵拉姆知道自己在领地狗中的地位,不停地摸摸这个又摸摸那个,尽量满足着它们。摸几下就问一句:"谁死了? 谁死了?"以首领的身份一直陪同着梅朵拉姆的大灰獒江秋帮穷好像听懂了她的话,汪汪汪地回答起来。梅朵拉姆听不明白,瞪着眼睛问它:"你是什么意思啊?"江秋帮穷转身就跑,跑向了死去的藏獒藏狗,意思是说:到底谁死了你来看吧,你一看就知道。

藏医喇嘛尕宇陀从呆愣中清醒过来,迎上去告诉她:"六只领地狗死了,十三只雪豹死了。"又指着前面说:"雪谷里还有,还有死的,九只藏獒死了,二十多只雪豹死了。"梅朵拉姆听了还在问:"谁死了? 谁死了?"铁棒喇嘛藏扎西以为她没有听懂,走过去把藏医尕宇陀的话用汉话翻译了一遍。梅朵拉姆急咻咻地说:"我知道不是人死了,是藏獒藏狗死了,我是问谁死了?"尕宇陀对藏扎西说:"你告诉她吧,她心里装着西结古草原的每一只藏獒藏狗,每一只藏獒藏狗都是她心尖尖上的肉。"藏扎西长叹一声说:"巴桑布死了,多吉死了,米玛死了,琼达死了,拉毛加死了,赤松德加死了–……"这些都是梅朵拉姆认识的藏獒藏狗,她急切地分开簇拥着她的领地狗,朝着死尸扑了过去。

梅朵拉姆一只地抚摸着死去的藏獒藏狗,用仙女柔软而纯真的声音呜呜呜地哭起来。所有的领地狗都跟着她呜呜呜地哭起来。

麦书记远远地望着,遗憾地叹口气说:"是刚刚发生的事情,我们要是早一点看到火,这些狗就死不了。"夏巴才让县长说:"不是火,是佛爷喇嘛们的袈裟和披风。"麦书记说:"那也是火,他们没有燃料,就只能这样点火,这些佛爷喇嘛们真聪明,他们居然预测到了飞机的到来。"夏巴才让县长说:"藏民的聪明是没说的,尤其是佛爷喇嘛们。"

麦书记和夏巴才让县长走过去,看了看死掉的领地狗和雪豹,来到了人群里。牧民们都恭敬地低着头,弯着腰,活佛和喇嘛们则平视着来人,只用温和的神情表达着他们诚实的敬意。麦书记对铁棒喇嘛藏扎西说:"你快带几个人过去,把飞机上卸下来的东西搬过来分给大家,有省里支援的干肉和面粉,还有多猕草原支援的奶皮子。"

藏扎西畏葸地望着翅膀已不再旋转的飞机,摇着头不敢过去。夏巴才让县长说:"快去啊,为了在机舱里装上这些干肉、面粉和奶皮子,麦书记都减掉了自己的秘书和警卫员。"看藏扎西仍然站着不动,就一把拉起他说:"走走走,我们两个一起去,我让你在飞机的肚子里坐一会儿你就不害怕了。这是苏联老大哥援助我们的,一共援助了两架,汉人一架,我们草原藏民一架,毛主席分配的,你们以后就可以坐着它上天啦。"

一听说上天,藏扎西就想到了灵肉分离,想到了往生极乐世界。觉得自己修为一般,佛法成就远远不够,还不是一块脱离轮回、超凡人圣的料,就更不敢过去了。藏医喇嘛尕宇陀走到他跟前,推了他一把,严肃地说:"铁棒喇嘛你听着,你是护法大神的化身,没有不敢过去的道理,千万不要让牧民们和这些外来的贵人笑话你啊。"

藏扎西听他这么说，只好壮起胆子，紧攥着铁棒，朝飞机走去。突然回过身来，一屁股坐下，右手朝上抬着，对惊异地望着自己的活佛喇嘛们说："念起经来，念起经来。"好像没有经声给他壮胆，他就会这样一直坐下去。

经声响起来，是《大空界幻化密咒经》。藏扎西端着铁棒走了过去，没走几步，又停下来，回头喊着："江秋帮穷，江秋帮穷。"大灰獒江秋帮穷立马跑了过去。藏扎西拍拍它的头，又推它一把，让它走在了自己前面。

夏巴才让县长跟在他身后，大声说着："飞机又不吃人，你害怕什么？我告诉你，今后的日子就是坐飞机上天，就是天上的奶皮子掉进藏民的肚子。"又回头对梅朵拉姆说："不要哭了，大家都应该高兴起来，这么大的雪灾里，死几只狗算什么？况且又不是白死，六只狗咬死了十三只雪豹，一只换两只还多出一只来。多好的豹子皮啊，要是草原牧民的藏袍都是豹子皮镶边的，那就气派了。"

雪还在下，但已经不那么急骤。藏扎西看到大灰獒江秋帮穷在前面，夏巴才让县长在后面，胆子大了些，脚步不由得加快了。这位不惧虎豹豺狼，不畏艰难险阻，不怕魑魅魍魉的铁棒喇嘛——草原法律和秩序的捍卫者，心惊胆战地走向了西结古草原有史以来第一次降落在地面上的飞机。

离飞机五十步远的地方，牧民们和活佛喇嘛们翘首等待着飞机送来的干肉、面粉和奶皮子。等了一会儿还不见来。麦书记说："怎么搞的？"就要过去看看，突然传来一声极其恐怖的惨叫。

人们惊讶着，只见雪幕深处人影晃动，看不清到底发生了什么。大灰獒江秋帮穷暴怒地吼叫着，似乎这是召唤。大力王徒钦甲保首先朝那里奔扑而去，所有的领地狗都跟上了它。麦书记往前走了两步又停下来，和几年前刚来草原那会儿相比，他已经基本不怕狗了，但骨子里的恐狗症还会时不时地冒出来制约他的行动。

梅朵拉姆忽地从死獒身边站起来，拔腿跑了过去，大声问道："怎么了？怎么了？江秋帮穷你把谁咬了？"

牧民们和活佛喇嘛们一个个呆愣着，谁也不敢往飞鸡那边挪动半步，越是不敢，就越是敬佩梅朵拉姆：不愧是仙女，说她是汉人吧，她和藏民的狗这么好，天生就有缘分，说她是藏民吧，她又不怕汉人才不怕的飞鸡，能从飞鸡的肚子里走出来。仙女是美丽、聪明、温柔、善良、多情、贤惠的象征，是草原人把理想女性和神性抟捏在一起，让人敬拜向往的一尊世俗味浓厚的母系神祇。她既是真实的，又是想象的，如同面前的梅朵拉姆，要具体有具体，要虚幻有虚幻。

就听梅朵拉姆紧张地用汉话喊叫着："住口，住口，江秋帮穷你给我住口。"就听仙女下凡的梅朵拉姆着急地用藏话喊叫着："冈日森格，你快来啊冈日森格，管管你的部下。"她还不知道冈日森格不在这里，一再地喊叫着，看喊不来就又大声说："药王喇嘛，尕宇陀喇嘛，现在只能请你过来了，拿着你的豹皮药囊快来啊，快来止血。"'天亮了，人心却跌入暗夜深处，越来越黑了。西工委的班玛多吉主任和西结古寺的老喇嘛顿嘎几乎不相信自己的眼睛，巡视在寄宿学校的地界里，连喘气都没有了。突然老喇嘛顿嘎喊起来："我祈求伟大的忿怒王快来到我的梦里头，把我从梦魇中赶出去，梦醒来，梦醒来。"

班玛多吉主任当然也希望自己是在梦中行走，但他毕竟是个来自汉藏交界处的藏民,已经不会用幻化的意念来麻痹和解脱自己了。他一把抓住顿嘎,浑身颤抖着说:"你说我们怎么办?白水晶夜叉鬼卒真的把我们引到地狱里来了。"看到老喇嘛顿嘎一脸的茫然无措,就推了一把说:"快把大药王琉璃光如来叫来,把观世音菩萨叫来,把金刚、明王、护法、本尊统统都叫来,把藏医喇嘛尕宇陀也叫来,让他们活,让他们活。"说着一屁股坐了下来,把头埋进了自己的腿,嘴里依然唠叨着:"去啊,去啊,把丹增活佛请来,把西结古寺的所有活佛喇嘛都请来,这里需要念经,就念那个《死去活来经》,一念经他们就活了。"

老喇嘛顿嘎神情木然地点着头,他依然相信自己处在极其黑暗的梦魇里,相信自己只要走出这片梦魇之地,眼睛看到的那些死亡、那些狼吃人的惨景就都会溘然逸去。因为惨景本来就是不存在的:撕成碎片的帐房、还没有被雪花完全盖住的十个孩子的尸体、紫红深红浅红的鲜血、浑身创伤就要死去的多吉来吧、几十匹狼尸的陈列,都是不存在的。存在的只是大雪灾以前的情形:孩子们的打闹、汉扎西和央金卓玛的身影、多吉来吧雄壮的叫声伴随着朗朗书声。

老喇嘛顿嘎很快走了,他要按照班玛多吉的吩咐,去西结古寺敦请天上的神佛、人间的喇嘛。走着走着突然自语道:"没有啊,我当了一辈子喇嘛,怎么从来没听说有个《死去活来经》?"

班玛多吉主任一个人坐在积雪中,坐了很长时间,直到毫发未损的平措赤烈来到他跟前,神情呆痴地望着他,才意识到自己不能这样枯坐着等待佛爷喇嘛们来这里念那《死去活来经》。他必须营救孩子,还有两个孩子是活着的,多吉来吧也是活着的。他站了起来,搂住平措赤烈,抚摩着那颗冰凉如石的头,眼泪哗啦啦地流下来:"孩子啊,我们来晚了,你是怎么活下来的,告诉我。"

平措赤烈不说话,身体微微颤抖着,黑汪汪的眸子里依然深嵌着极度恐慌的神情。班玛多吉在身上摸了摸,摸出一块上飞机前装在口袋里的干粮递了过去。平措赤烈一把抓住,狼吞虎咽地吃起来。班玛多吉转身走向还在发烧昏睡的达娃,一弯腰抱了起来。"走吧,咱们走吧,狼群光咬死了人,还没吃上肉,说不定还会回来,这里很危险。"说着,他来到刚才看见多吉来吧的地方,发现那儿已是空空如也。他吃惊地张望着:"哪儿去了?多吉来吧哪儿去了?它浑身上下没有一块好肉了,居然还能起身离开这里?"

多吉来吧走了,它已经意识到自己没有完成使命,和生命同等重要的职守出了重大纰漏,意识到它已是一个无颜见江东父老的败北之獒,浑身的伤痕将给主人带来许多麻烦。意识到它终身都要维护的荣誉感已经撕裂,至高无上的责任心已经粉碎。它惟一的选择就是像所有优秀藏獒都会选择的那样,离开领地,离开人的视域,走向孤独和寂寞,在狼群迅速到来之前,舔干净身上的血迹,然后悄悄地死去。是的,必须悄悄地死去,而且要快,它的嗅觉还有一点作用,知道狼很快又要来了,它不能活着让狼撕咬,不能,这是尊严的需要,死了就什么也不知道了,就没有尊严了。

就这样,多吉来吧踏雪而去,它已经流尽了鲜血,失去了全部的力气,只剩下了若断似连的意识,它就是靠着愧疚于汉扎西和愧疚于寄宿学校的意识,靠着一股只属于藏獒的超越极限的毅力,站了起来,走了出去,消失在了雪色浩荡的原野上。

那条拴在鬣毛上的鲜血染红的经幡一直飘舞着,仿佛是它牵着多吉来吧及时离开了这个狼群必来之地。

西工委的班玛多吉主任抱着达娃,带着平措赤烈,朝着碉房山的方向走去。他还不知道,自己身后两百米处就是一股逆着寒风闻血而来的狼群。

狼群哈哧哈哧喷着气雾,流着饥饿的口水,知道不远处就有死尸,便用毒箭一样的狼眼目送着他们,轻易放过了。它们是外来的狼群,深知要想在一片陌生的草原上立稳脚跟,绝对要掌握好杀性的分寸,该收敛的时候就得收敛,该爆发的时候必须爆发,该报复的时候才能报复。现在是死尸就在眼前,不吃白不吃的便宜就在眼前,还是暂时不要去扑咬活人了吧,免得过早地引来牧民们的注意,引来领地狗群的再次杀害。狼群耐心十足地看着人走远了,才在多猕头狼的带领下冲向了十具孩子的尸体。

似乎走了很长时间,班玛多吉主任才走到野驴河边可以通往西结古寺的那个地方,远远看到雪丘后面一股白烟升起。知道那儿有人走来,便大喊一声:"谁?"回答他的是一个姑娘的声音:"救命啊,救命啊。"班玛多吉快步走了过去,一看是央金卓玛,惊讶地问道:"你怎么一个人在这里? 不要命了? 现在是冬天,这里是雪原,到处都是野兽知道吗?"

央金卓玛双臂抱在胸前,用手摸着自己黑褐布的薄袍子,上牙嘚嘚嘚地碰着下牙说:"谁说现在是冬天,现在是夏天,谁说这里是雪原,这里是山前河边。连你都不怕野兽,我怕什么呀。"班玛多吉说:"我跟你不一样,我是男人。"说着,把怀里的达娃放到地上,解开腰带,冷峻地说:"你是想钻到我怀里来,还是想让我把氆氇袍脱给你?"央金卓玛没有回答,看着地上喊起来:"达娃? 达娃怎么了?"又看了一眼平措赤烈,吃惊地问道:"平措? 平措你怎么也在这里?"

平措赤烈一言不发。班玛多吉主任脱下自己的紫色氆氇袍,走过去披在了她身上,然后把扭成粗麻花的腰带展开,宽宽地裹在了腰身上,抱起达娃问道:"你现在要去哪里? 你不会是来迎接我的吧?"央金卓玛说:"我迎接你干什么? 我要去碉房山上找人。汉扎西不好了,汉扎西要死了。"班玛多吉指着自己和平措赤烈说:"我们不是人吗?"央金卓玛瞪他一眼说:"你看你看,我忘记班玛多吉是人了。"说罢转身就走。班玛多吉拉起平措赤烈跟了过去。

父亲和冈日森格从雪坑里出来了。他们是被西工委的班玛多吉主任和央金卓玛用腰带拽上来的。那时候,父亲已经吃了不少糌粑,糌粑在肠胃里消化着,通过血液迅速变成了浑身的力气,而对身陷困境的父亲来说,力气就是一切。

父亲来到坑壁前,抓住了从上面吊下来的腰带。那腰带很长,一半是班玛多吉的,一半是央金卓玛的,他和她的腰带都是幅宽一米、可以在腰里缠三圈的红色褐子,他们一撕两半,变成四条腰带后又对接了起来。父亲先把腰带绑在了冈日森格的腰身上,朝它做了一个往上跑的动作。

冈日森格曾有过做猎狗的历史,猎人从陷阱和峭壁下用绳索拉吊猎物的情形历历在目。它虽然对父亲的手势不理解,但等到班玛多吉和央金卓玛从上面一拽,马上就明白自己应该怎么做了,甚至比父亲想得更周到。它生怕自己身体沉重,腰带从自己身上进开,便死死咬住了腰带,走到雪坑的另一边,给自己留下了一段助跑的距离,然后以扑杀狼敌的爆发力,冲向了对面的坑壁。

遗憾的是上面的人没有及时拉紧腰带,这一次上跳并没有成功。又来了第二次,还是没有成功,毕竟雪坑太高它太过沉重了。聪明的冈日森格依靠发达的直觉总结起经验来比人类要快速准确十倍,马上意识到问题出在哪里。它来回走动着,朝着上面拉它的人吼了一声,开始了第三次努力。

这一次它放弃了一下子跃出坑口的目的,而是利用助跑和奔跳使两只尖锐而结实的前爪尽量靠上地抠进了坑壁的冰雪,上面的人使劲拽拉着,父亲跳过去用双手拼命托住了它的屁股,大声喊着六字真言:"喳嘛呢呗咪吽。"冈日森格用劲力十足的前爪,一下比一下有效地抠着坑壁,刨着冰雪,上去了,终于上去了。

拽它的班玛多吉和央金卓玛摞起来倒在了地上。他们哈着气,冒着汗,你拉我拽地想站起来,冈日森格来不及喘一口气,扑过去压倒了他们,感激万分地在他们脸上轮番舔舐着,用它黏稠的唾液表达着难以言表的心情:谢谢啊,谢谢啊。央金卓玛张臂搂住了它的脖子:"大獒王,你快让我起来大獒王,汉扎西还在下边呢,下边有狼。"

她这么一说,冈日森格就跳开了,来到雪坑沿上,朝着下面呵呵呵地叫起来。不是威胁,而是安慰,安慰着父亲,好像也在安慰着狼:别着急,马上你们就上来了。父亲仰头望着它,会意地点点头,摸着脖子上的经幡,毅然走向了狼。

瘌痢头公狼守候在裂隙口,看到父亲朝它走来,赶忙朝裂隙里头的母狼叫了一声。母狼探出头来看了看,又倏地缩了回去。公狼惊怕地瞪着父亲,把自己蜷成一团,龇牙咧嘴地威胁着父亲。一直在雪坑沿上监视着下面的冈日森格暴喊起来,它虽然大度地打算放并挽救这一对没有咬死父亲的狼夫狼妻,但却不允许它们对父亲有任何威胁的表示。公狼一听冈日森格的暴喊,顿时把牙齿含在了嘴里,眼睛里流露着无尽的乞哀,浑身沙沙沙地抖起来。

父亲停下了,看着三步远的公狼那水汪汪的眼神,突然明白了它的意思:它们不想出去,它们出去就是死,不是被藏獒藏狗咬死,就是被自己的同类或者其他野兽咬死。因为母狼的腰严重受伤了,既没有捕食的能力,也没有不让自己变成食物的能力。父亲问公狼:"那怎么办? 就在这里待着? 可待在这里也是死啊,你们会饿死的,除非有人给你们供应吃的。"这么说着,父亲后退了一步,点点头又说:"那就这样办吧,就按照你们的意思待在这里,伤好了以后再说。我们也算是同甘苦共患难了一回,没有情义,也有友谊,我不会丢下你们不管的。再见了,狼。"

父亲就要上去了,当他穿起央金卓玛的光板老羊皮袍,背起她带来的牛肚口袋,把腰带拴在自己身上时,公狼把母狼从裂隙里叫了出来。一对狼夫狼妻肩并肩地站在一起,目送着父亲,那眼神里绝对是跟人类一样的恋恋不舍。父亲一再地回望着,来到坑壁前,就要拽着腰带往上爬,突然又停下了。他把牛肚口袋解了下来,扔给了两匹狼,大声说:"里面还有一些糌粑,再说牛肚口袋也能吃。"

父亲很轻松地回到了地面上,因为腰带的一头绑在冈日森格身上。冈日森格往前走着,好像还没有真正用上力气,眼睛的余光里就有了爬出坑沿的父亲的身影。它停下来,转身跑过去,激动地舔着父亲的衣服和脸,好像不是它救了父亲,而是父亲救了它。

　　班玛多吉主任说:"汉扎西你怎么在这里? 是被狼群追来的吧?"父亲正要回答,一眼看到了雪地上坐着的平措赤烈和躺着的达娃,吃惊地扑了过去。"达娃,达娃。"父亲喊着,跪到地上,看达娃还在呼吸,就问平措赤烈:"你们是怎么来的? 别的人呢,多吉来吧呢?"

　　平措赤烈愣愣地望着父亲——寄宿学校的校长和他的老师汉扎西,扑过去,哇的一声大哭起来。这是狼群咬死十个孩子后他发出的第一个声音、第一次哭泣。

　　父亲预感到大事不好,摇晃着平措赤烈,吼一声:"到底怎么了?"看他只哭不回答,就把脖子上的经幡捏在手心里,双手合十,一上一下地颠声说:"如意善良的猛厉大神、非天燃敌、妙高女尊快告诉我,到底出了什么事儿? 你们可千万要保佑啊,保佑孩子们。"说着磕了一个头,抱着达娃站起来,喊道:"冈日森格,冈日森格,快,咱们走,去学校。"

　　冈日森格已经离开这里了,它想起了主人刀疤,想起了最初传来刀疤味道的那个地方,那是昂拉山群和多狍雪山的衔接处,是一个冰壑雪坳里长着茂密森林的地方。它朝那里狂跑而去,恩人已经无恙了,现在全力以赴要营救的是它过去的主人了。

　　班玛多吉主任走来拦住父亲说:"你不能去学校,学校已经没人了。"说着,从他怀里接过了达娃。父亲问道:"学校的人呢? 人都到哪里去了?"班玛多吉不回答。父亲绕开他兀自走去,平措赤烈追上了父亲。班玛多吉说:"回来,不能去,学校很危险,这个时候肯定有狼群。"

　　父亲不听他的,一把抓起平措赤烈拽着自己的手,奋不顾身地走去。央金卓玛喊道:"汉扎西等等我。"她脱下班玛多吉的紫色氆氇袍,扔到班玛多吉脚前说:"快把达娃裹起来,他会冻死的。"说罢,就去追撵父亲。

　　一男一女和一个孩子朝着寄宿学校蹬雪而去,雪还在下,还在下。

第十一章　　大灰獒江秋帮穷

　　夏巴才让县长被咬伤了,大灰獒江秋帮穷一口咬在了他的右肩膀上,让他仰倒在地后,又一口咬在了他的左肩膀上。这是一次严重警告,江秋帮穷似乎在告诉他:你不能拉着抱着硬要把藏扎西往飞鸡肚子里塞,藏扎西是威严而尊贵的铁棒喇嘛,谁也不能强迫他干任何他不愿意干的事情。幸亏梅朵拉姆跑来及时制止了江秋帮穷的再次扑咬,又喊来藏医喇嘛尕宇陀给他上了药又让他吃了药,没事儿了。尕宇陀对他说:"才让县长你也是个藏民,也没少来西结古草原,怎么就不了解这里的藏獒呢? 西结古草原的藏獒,护人就像护它们自己的眼睛,你可要小心一点。"

　　夏巴才让县长说:"真是狗咬吕洞宾,不识好人心,我又没什么坏心意,就是想让藏扎西进到飞机机舱里看一看,坐一坐,也算是长长见识。藏扎西硬是不去,我让飞行员拉他进去,飞行员一见江秋帮穷瞪着自己,伸出的手就缩了回去。我只好抱着藏扎西的腰把他往里推,他挣扎着死活不进。我是个犟脾气,你不进我偏要让你进。我考虑我是县长,我有这个权力,就算你铁棒喇嘛是个神,是个和巴颜喀拉山神一样厉害的大神,也在我的管辖之内,也得听我的。没想到江秋帮穷发怒了,这个畜生,差一点咬死我。"

梅朵拉姆说:"才让县长你说得不对,江秋帮穷咬你是因为你刚才说了不该说的话,你说,而且是大声说:'不要哭了,大家都应该高兴起来,这么大的雪灾里,死几只狗算什么。'这些话你怎么敢当着藏獒的面说,它们完全听得懂。人家藏獒藏狗是感情深厚的伙伴,又是为了保护人才战死的,怎么能不哭?什么叫死几只狗算什么?生命都是要轮回的,狗命和人命一样重要你不知道吗?你还说:'多好的豹子皮啊,要是草原牧民的藏袍都是豹子皮镶边的,那就气派了。'你怎么敢当着藏獒的面说豹子皮好呢?藏獒一听就觉得你是在表扬它们的敌手呢。"

夏巴才让县长气急败坏地说:"那好吧,以后牧民们的藏袍就都用藏獒的皮镶边。"梅朵拉姆瞪圆了美丽的眼睛,咬扁了洁白的牙齿说:"你敢,你要是这样做,就是藏獒不咬死你,我也会咬死你。"夏巴才让说:"那我就让你咬好了,我看你是胡说八道,我也是个藏民,我怎么不知道藏獒能听懂人的话。"梅朵拉姆笑着说:"才让县长你是青稞庄园里长大的藏民,你知道的草原还没有我多,我现在已经是一个真正的草原藏民啦。"夏巴才让:"你嫁给了巴俄秋珠你当然是草原藏民了。"

梅朵拉姆又说:"才让县长你知道为什么江秋帮穷只咬在了你的肩膀上,而没有咬断你的喉咙?"夏巴才让说:"我是县长,它知道的,它不敢。"梅朵拉姆抿嘴一笑说:"对了,它以前见过你,知道你还不是一个大坏蛋。"夏巴才让说:"我得感谢你啊,幸亏你及时赶到,你揪它的尾巴,扯它的鬃毛,用拳头捣它的脑袋,它一点也不生气,你把手伸到它嘴里掰它的牙,它居然没伤着你。"梅朵拉姆:"这就是我和藏獒的缘分,你不行,你得和它们好好培养感情。"夏巴才让县长说:"以后再说,以后我要出任它们的獒王,谁敢再咬我,我就把谁驱逐出领地狗群。"·

梅朵拉姆严肃地说:"夏巴才让同志你忘了你是县长啦,县长是要宽厚待人的,你要是抱着驱逐这个驱逐那个的想法出任獒王,两天时间,所有的领地狗就都会离开你。因为它们没有不想咬你的,到了那个时候,领地狗群还是领地狗群,而你却成了光杆司令。"夏巴才让说:"这么说我得原谅咬伤了我的江秋帮穷?"梅朵拉姆说:"当然得原谅,江秋帮穷跟你又没有私仇,它是为公,为别人,保护西结古草原的每一个人,是它的工作。"夏巴才让县长点点头说:"好吧,那我就听你的,我原谅它。"

牧民们和活佛喇嘛们眼里的神鸟,那只庞大的飞鸡,很快飞走了。铁棒喇嘛藏扎西望着飞鸡消失了的天空,如释重负地长出一口气,咚的一声坐在了地上。梅朵拉姆以仙女的姿态把从飞鸡肚子里卸下来的干肉、面粉和奶皮子分给了饥饿的人们,专门剩下一些干肉和奶皮子,堆在了领地狗群的面前。

但是领地狗群中的所有成员,包括那些并不是藏獒的藏狗,都没有吃一口梅朵拉姆留给它们的食物。它们流着口水闻了闻,抬头看了一眼大灰獒江秋帮穷,就走到一边去了。江秋帮穷走过来,叼起一根指头粗的干肉,放到了一个白胡子的老牧民面前。这就是说,它们不吃,它们要让牧民们和活佛喇嘛们吃。梅朵拉姆摸着大灰獒江秋帮穷的头说:"没关系的,吃吧,你们也饿了。"

江秋帮穷不听她的,转身离开了,所有的领地狗群都转身离开了。它们来到咬死的雪豹跟前,蹲踞在那里,一串一串地流着口水,眼巴巴地望着面前的死雪豹,连顽皮捣蛋的小公獒摄命霹雳王也像父辈们那样安静地蹲踞着。那些不是藏獒的藏狗们馋得忍不住要下口吃肉，却被独自巡视在死雪豹中间的大力王徒钦甲保一个个赶开了。藏獒们一次次期望着坐了一地的牧民和活佛喇嘛，看到饥饿的他们低伏着头颅，只顾自己吃东西，根本顾不上抬头望一眼它们，就只好耐心地等待着。

梅朵拉姆好奇地瞅着它们，首先明白过来，长长地感叹了一声说："藏獒就是比人懂事嘛，还不承认。"也不知道是谁不承认了。她明白藏獒是不吃没有剥皮的豹子肉的，不是它们咬不动，而是在它们的意识和习惯里永远都把人的需要放在第一位，拼命打斗的时候想的是千方百计保护人，打斗完了又想的是必须给人留下一张完整的皮子。梅朵拉姆喊起来：～陕啊，快过来，剥了豹皮它们才好吃肉。"

人们这才意识到这半天他们是只顾自己不顾别人的，这怎么可以呢？等领地狗群关照完了人，人就应该关照一下领地狗群了。他们失悔地叫着："阿唷，阿唷，怎么就忘了。"几个年轻牧民立刻跳起来，走了过去。藏医喇嘛尕宇陀猛不丁地喊道："让它们赶快去投胎吧，度亡了，度亡了。"

于是经声大作，所有的活佛和喇嘛都念诵起了《妙胜大威德》，希望这位密法的本尊大神引领雪豹的亡魂顺利找到一个投胎转世的好去处。几个年轻牧民从腰里抽出七寸或者五寸的藏刀，摁住雪豹开始剥皮。

草原上的雪豹皮，是命主大梵天和玛姆女王的衣裳，是山神献给人类的最好礼物。它象征了一个人的威仪和身份，也代表了这个人和山神的亲密关系。而山神往往又是财神，就像牧民们说的那样：豹子皮十张，金元宝一箱。一般来说，草原上的牧民和猎人很少自己动手猎捕雪豹，但却希望藏獒能够多多咬死雪豹或者金钱豹，以便减少牲畜的损失和得到美丽昂贵的皮毛。因为在神的序列里，雪豹属于喜怒无常，好坏兼有，福祸交错，吉凶莫测的山野之神，而藏獒是慈悲为怀，祥瑞有加，法力无边，道高一丈的在天之神和在天之神的伴侣。远古的在天之神和山野之神本来是可以平起平坐的，但自从佛教密宗祖师莲花生从印度进入西藏，降伏了雄野的念青唐古拉山神等诸多野神之后，作为在天之神的佛神就开始管理各路山野之神了。管理的过程就是生杀予夺的过程。这个过程是天经地义的，那些草原人戴在头上、穿在身上的豹子皮，大多是藏獒惩罚雪豹或者金钱豹的战利品。

十三具雪豹的尸体很快皮肉分家，血淋淋的雪豹皮一张张摊在了雪地上。牧民们围过去，捧着积雪把它们埋了起来，这是为了防止豹皮冻硬然后折裂，也是为了让积雪尽快吸干豹皮里子上的血水。

按照惯例，这些雪豹皮是要交给头人的，谁的藏獒或者谁看见藏獒咬死了雪豹，豹皮就应该由谁来呈送。头人偶尔会发话把豹皮奖给送来豹皮的人，更多的时候会自己留下来，然后给送豹皮的人一定的奖励。等于买下来，通常是一张雪豹皮奖励五只或六只大羯羊。西结古草原上，很多牧民家都牧放着三群羊，一群小的是头人的，一群大的是自家的，还有一群不大不小的羯羊，主要就是靠奖励积攒来的（呈送熊皮、貂皮、猞猁皮、水獭皮都会得到奖励）。羯羊就是阉割掉的公羊，只奖励羯羊的意思就是既让你拥有第三群羊，又不让你繁殖扩大，和自己原有的畜群以及头人的畜群争夺草场。也就是说它们主要是用来宰杀吃肉的。十三张雪豹皮将会从头人那里换得至少六十五只大羯羊，被大雪灾围困在野驴河部落冬窝子里的牧民人人有份。牧民们很高兴,觉得这是领地狗群带给他们的福分,一个个都说:"吃啊,你们也快吃啊。"

领地狗群开始吞吃雪豹肉,它们的吃法是标准的野兽吃法,只有两个步骤:撕扯和吞咽,几乎没有咀嚼。很快就没有了,十三具雪豹无皮的尸体都没有了,只剩下了咬不动的头骨、腿骨和脊骨。吃饱了的藏狗纷纷卧下,舔着嘴上的血,也舔着地上的雪,陶然欲醉。藏獒们却依然是精神抖擞的样子,在雪地上走来走去的。尤其是大灰獒江秋帮穷,不断地掀动耳朵听着,举起鼻子嗅着,抬起头来看着,好像随时都想发现什么,或者已经发现了什么。

父亲后来告诉我:你要是分不清哪是藏獒哪是一般的藏狗,你就看它们吃食,真正的喜马拉雅獒种有个祖祖辈辈遗传的习惯,就是从来不把胃填满,吃到六分饱就会自动停止进食。好像生理机制就是这样。而且也不像一般的狗那样饱足了就犯困就想卧地睡觉。藏獒是吃了就行动的野兽,六分饱是行动的最佳状态,既没有饥饿劳顿之困,又没有饱胀累赘之忧。永远年轻的食欲是它们永远保持旺盛精力和战斗姿态的重要条件。

现在,大灰獒江秋帮穷就要行动了,从它明亮的琥珀色眸子里,从它突然挺立不动翘首瞩望远方的举动中,藏獒们都知道它们马上就要离开这里。大力王徒钦甲保和自己的妻子黑雪莲穆穆已经摆出了起步奔跑的姿势。小公獒摄命霹雳王跑来跑去的,蛮有责任感地哄赶着卧在地上打瞌睡的藏狗:起来,起来,就要出发了,快起来。

梅朵拉姆突然喊起来:"冈日森格呢,怎么没见冈日森格?"

没有人回答她。大灰獒江秋帮穷理解地摇了摇尾巴,姿态优雅地跑起来。似乎在告诉她:冈日森格就在前面呢。小公獒摄命霹雳王首先跟了过去。大方王徒钦甲保紧趟几步,顶了一下小公獒,仿佛是说:往后,往后,现在还轮不到你逞能。所有的藏獒和藏狗都跟着跑起来。

一大片领地狗朝着碉房山的方向移动着。大灰獒江秋帮穷知道藏狗们满肚子都是食物不能快跑,心里尽管万分着急,但仍然压住阵脚跑得很慢。

梅朵拉姆走过去对麦书记和夏巴才让县长说:"我们也跟着去吧,没有它们引路,我们行动起来会很困难。"夏巴才让县长说:"就是不知道它们要去哪里。"梅朵拉姆说:"肯定是有人群的地方。"麦书记说:"有人群的地方就是我们应该去的地方,走。"

藏医喇嘛尕宇陀和二十多个活佛喇嘛也要跟着去了。他们穿上了红色的袈裟和红色的达喀穆大披风,就像在寺院里围绕着大经堂四周的经筒转经一样,排成一队,念诵着六字大明咒和七字文殊咒,有声有色地走着。煞白一片的背景上,依然是迎风猎猎的袈裟和披风,依然是剧烈燃烧的堆噶坎肩和霞牧塔卜裙子,一溜儿火红,老远就能看到,老远也能听到:一会儿是"喳嘛呢呗咪眸",一会儿是"嗡啊喏吧咂呐嘀",七句一变,变换的间隙里,会有铁棒喇嘛藏扎西大喊一声:"索,索,拉索罗,嘛齐白哈嘉索罗。"意思是:祭神了,祭神了,不死吉祥天保佑了。

活佛和喇嘛们又要去别处救助灾民了,他们已经相信了藏医尕宇陀的话:只要地上有火,天上就能出现神迹,等燃烧结束的时候,吃的用的就来了。更重要的是,他们作为被头人和牧民供养的僧人，必须在残酷的大雪灾中尽到救苦救难的义务：为死去的人和家畜乃至野生动物，念诵《中阴闻教得度经》，举行颇瓦超荐仪式。

但是领地狗群带着三个从飞机上下来的俗人和一群僧人只走了一个小时，就突然加快速度把他们丢下了。一股浓烈的大狼群的味道就像一堵随风走动的厚墙堵挡而来，大灰獒江秋帮穷以最快的速度首先穿墙而过，所有的领地狗也都穿墙而过，很快消失在危险笼罩下的前方。前方是畜群和人群，是没有炊烟的帐房。一离开领地狗群的引路，人群的走动就慢了下来，尽管藏医喇嘛尕宇陀和铁棒喇嘛藏扎西凭着经验也能认出膨胀起来的硬地面，但需要仔细分辨，而不能像动物那样依靠感觉就能脚踏实地。走到天快黑的时候，他们才朦朦胧胧看到了碉房山，看到一个人冒着风雪朝他们会合而来，走得差不多贴上了，那人才喊了一声："麦书记。"

麦书记一愣，用手拨了一下挡在眼前的雪帘，才看清这人是先他们一步降落到西结古草原的班玛多吉主任，急切地问道："怎么样？快说情况怎么样？"班玛多吉说："什么怎么样？"麦书记说："灾情哪，让你先到一步，就是为了及时掌握灾情，开展救灾活动。"班玛多吉主任一个五大三粗的安多藏人，这时哗啦啦地流下眼泪来，呜呜咽咽地说："还救什么灾啊，孩子们都死了，再救也救不活了，就剩下这一个了。"他抬头看到藏医喇嘛尕宇陀，生怕他跑了似的一把抓着对方的袈裟领口，"快啊，快给这孩子治病，这孩子还喘着气呢。"尕宇陀赶紧接了过去，摸了摸达娃的额头说："可怜的孩子，烧得就像点着的一炉子牛粪。"

大家坐下来休息。班玛多吉主任说起了狼群咬死十个孩子的事儿，麦书记果断地说："走，立刻去寄宿学校。"梅朵拉姆哭了，活佛和喇嘛们念起了经。夏巴才让县长说："汉扎西是怎么搞的，他要为寄宿学校的孩子负责。"班玛多吉说："汉扎西怎么负责？他一个人能挡住狼群？他没让狼吃掉就算万幸。"夏巴才让说："你不要祖护了，夏天死了一个孩子，秋天死了一个孩子，这个冬天又一下子死了十个孩子，头人牧民们会怎么说？寄宿学校还能办下去？"班玛多吉说："反正不能归罪到汉扎西一个人头上。"

夏巴才让说："那你说谁负责？总不能让守护寄宿学校的狗来负责吧？"班玛多吉说："能挡住狼群的只能是狗，领地狗呢？领地狗们都到哪里去了？"夏巴才让说："你不想让汉扎西负责，想让领地狗负责，也行啊，让领地狗给牧民们解释清楚，到底是怎么回事儿。"麦书记说："你们吵什么，解释清楚死去的孩子就能活过来啦？责任是大家的，首先是领导的，我有，你们也有。"说着站了起来，发现梅朵拉姆已经走到前面去了。

夜半的飞雪中，麦书记一行包括二十多个活佛和喇嘛来到了寄宿学校，意外地看到了丹增活佛和留在西结古寺的几个老喇嘛。他们是得到老喇嘛顿嘎的报信后，来这里念经的，当然念的不是班玛多吉希望念的《死去活来经》，而是超荐的法咒。

丹增活佛告诉大家："这儿什么也没有了，没有了死去的孩子，没有了孩子们的骨头，包括结实的头骨，都被饿疯了的狼群咬碎吞到肚子里去了。"班玛多吉主任问道："汉扎西呢？还有央金卓玛，还有平措赤烈？"丹增活佛摇摇头说："我们没有见到他们，只要是活着的，都没有见到。"夏巴才让县长说："是不是也被狼群吃掉了？"

班玛多吉说："不可能,他们都是命大福大的人。"其实他最担心的就是狼群吃掉他们,心想我不把汉扎西救出雪坑就好了,雪坑里虽然也有狼,但绝对不会威胁到他的生命。麦书记说："找,快找,我们分头找。"

丹增活佛沉重而缓慢地说："不能找,找不到,回去吧,在碉房山上等着领地狗群,让獒王冈日森格带着藏獒去找,人不行,人一找人,就会把自己给找丢了,别说你们不行,就连我们这些从生到死都属于西结古草原的人,也会在大雪灾的原野上迷路喂狼。"

梅朵拉姆一脸忧戚地说："我们见到了领地狗,冈日森格不在狗群里,它是不是也被狼群吃掉了?"丹增活佛说："从古到今,冤死的灵魂都会修炼成凶恶无度的赞神,现在天赞地赞岩赞水赞四面八方的猛赞都来惩罚我们了,大雪暴的天空下,什么事情都会发生。回吧,回吧,大家都回吧,这里不是草原的中心,麦书记来了,草原的中心就应该跟着他走了。"

麦书记一听就明白这是丹增活佛善意的提醒:茫茫雪原上,中心人物只能在中心的地方发挥作用,要不然你要做的就只能是保护自己,而不是领导草原或者拯救牧民。赶紧说："是啊,是啊,这里不是草原的中心,中心在碉房山上,西结古寺里。我来了,我就应该去中心和尊贵的佛爷待在一起,只有在那儿,我们才能把幸福的声音传达给整个草原。"

一行人冒着夜雪回到了碉房山,除了梅朵拉姆住进了西工委的牛粪碉房,别的人都去了西结古寺。丹增活佛把麦书记、夏巴才让县长和班玛多吉主任安排在了他的僧舍里,自己到双身佛雅布尤姆殿打坐念经去了。

大活佛的僧舍和西结古寺的所有殿堂所有僧舍一样,也已经断绝了取暖的牛粪,三个人裹着皮大衣在大泥炕上睡了一会儿就被冻醒了。

听着风中雪里金刚铃若断似连的玎玲声、经幡一刻不停的呼啦声、嘛呢筒节奏舒缓的吱扭声,夏巴才让县长坐起来说："依我看,'除狼'运动不一定一个地方一个地方地按次序动员,应该全面铺开,同时行动,西结古草原要是早一点搞,狼灾就不会这么严重。"麦书记躺在炕上,沉思地望着僧舍穹顶半晌不说话,突然说："我也在想这个问题,看来我们来晚了,雪停以后,要立即召开西结古草原'除狼'动员大会。"

班玛多吉主任打了一个哈欠说："召开的时间我早就想过了,应该就在这个月,藏历讲究月内四吉辰:每月的八日为药师佛的吉日,十日为空行母集会的吉日,十五日为释迦牟尼的吉日,最后一日为无量光佛的吉日。我们最好就在无量光佛的吉日这天召开动员大会。"麦书记和夏巴才让县长说："现在才是月初,为什么不能提前到八日或者十日?"班玛多吉说："无量光佛就是阿弥陀佛,是西方极乐世界的主尊佛。他发愿说,凡是诚心念诵他的名号的人,都会被送渡到西方极乐世界。让牧民们一边念着无量光佛的佛号一边'除狼',虽然是杀生,但也不影响他们进入极乐世界。"

麦书记说："我看这个主意很好,一遇到吉日,头人和牧民就高兴,就觉得这一天发生的所有事情都是吉祥的。会议的名称也可以叫作无量光会议,不光是佛光照临,也是西结古草原无限光明的意思。在草原上工作就得这样,信草原人所信,然后因势利导,效果往往是好的。"

三个人定好了日子,又开始定地点。麦书记想按照西结古草原的规矩,在野驴河部落的头人索朗旺堆家的大帐房里召开,又觉得索朗旺堆头人未必想得通"除狼"运动的意义,硬要在人家的帐房里召开,似乎有点那个。夏巴才让县长说:"干脆我从上阿妈草原调一顶最大的帐房过来,能容纳三百多人,又气派,又能显示'除狼'运动的威力。"麦书记说:"这么大的帐房,光运输就得几十头牦牛,草原上积雪太厚,牦牛根本走不动。"

班玛多吉主任说:"我看就应该在西结古寺里开,既然叫无量光会议,怎么能没有无量光佛在场呢? 西结古寺里,有无量光佛的殿一共两个,一个是大经堂,一个是十忿怒王殿。在大经堂里开会,影响佛爷喇嘛们念经,咱们就在十忿怒王殿里开。那是个开会的好地方,地方宽敞不说,还显得庄严而权威。"麦书记点点头说:"想法是好的,但我们做不了主,得和丹增活佛商量,我们的原则是,只要人家不给我们找麻烦,我们就尽量不要给人家找麻烦。"夏巴才让县长说:"我同意,在召开'除狼'动员大会之前,一定要把所有的麻烦消除掉。目前最重要的,就是处理好十个孩子的事情,毕竟孩子是死在寄宿学校的。我来草原这么久了,还是第一次听说狼群一下子吃掉了这么多孩子,牧民们知道了会有什么反应,很难预料。"

麦书记点着头,望了一眼微光泛白的窗外,穿上鞋站到地上说:"天已经亮了,我们去看看附近能不能见到领地狗群,一定要尽快让冈日森格带着领地狗找到汉扎西。"

三个人来到僧舍外面,走向一处能够眺望山下原野的地方,寒风夹带着雪片一下子把他们裹了起来,别说是能看到领地狗群,就连身边的殿堂也有影无形了。麦书记皱着眉头想了想说:"走,我们去和丹增活佛商量,不能光在这里等,等不来领地狗群难道我们就不找汉扎西了?"班玛多吉说:"还有央金卓玛和平措赤烈,一个姑娘,一个孩子,太危险了。"

经过了几条巷道、几座殿堂,他们见到了一个青年喇嘛,青年喇嘛告诉他们,丹增活佛走了,天不亮就带着藏医喇嘛尕宇陀和铁棒喇嘛藏扎西以及一些身强力壮的喇嘛,到野驴河部落的头人索朗旺堆的营帐里去了。麦书记问道:"他们去干什么,怎么走得怎么急?"青年喇嘛说:"肯定出大事了,索朗旺堆家的一只老黑獒来到了寺里。它浑身是血,尾巴被咬断了,一只眼睛被咬瞎了,瘸到雅布尤姆殿里,撕破了丹增活佛的袈裟。"

麦书记说:"这个丹增活佛,为什么不告诉我们,走,赶紧走。"又对青年喇嘛说:"你能不能给我们带路?"夏巴才让县长说:"麦书记你不是说西结古寺是草原的中心吗,我们离开这里不好吧。"麦书记说:"丹增活佛在哪里,中心就在哪里,长期在草原上工作,就要尊重和认可这个中心,只要我们和这个中心团结在一起,我们自然而然也就是中心了。"

一行四人穿过寺院,跌跌撞撞朝碉房山下走去。路过牛粪碉房的时候,又叫上了正准备去找他们的梅朵拉姆。还没有见到狼影,领地狗群就已经闻出来了:像一堵厚墙堵挡而来的大狼群的味道并不是一种味道,它是多猕狼群和上阿妈狼群的混合。又来了,几天前和领地狗群在狼道峡口交锋过的两股外来的狼群,已经深入到西结古草原腹地了。大灰獒江秋帮穷愤怒得就像一尊傲厉而疯张的狮子吼大神,飞扬的鬣毛抽打着远方的雪山,牛卵似的血眼喷吐着狂雪的粉末,喘息一声比一声响亮,就像荒风呜呜儿呜儿地呜叫着。

看见了,已经十分清晰了,狼影正在动荡,正在一片没有炊烟的帐房前迅速摆布着迎击领地狗群的阵势。好像两股狼群比第一次和领地狗群交锋时还要嚣张顽劣,一点惊慌失措、准备逃窜的样子也没有。

大灰獒江秋帮穷的奔跑就像一股仇恨的火焰飞速滚过荒凉的雪野,呼呼呼地煽动着,意思仿佛是说:不准备逃窜的蔑视是绝对不能允许的,狼,你就是狼,尤其是外来的狼,见了本土的藏獒你就得害怕,就得望风披靡。可是现在你居然没有害怕更没有溃散,好像这儿原本就是你的老家而不是领地狗群的老家。不,这儿是野驴河部落的头人索朗旺堆一家扎营的地方,这儿不是狼道峡口,这儿没有狼群停留片刻的自由。更何况它大灰獒江秋帮穷还带着更强的使命、更深的欲望:獒王冈日森格无比信任地把领地狗群交给了它,它就应该像獒王那样,雄暴地战斗、战斗,迅速地赶走、赶走,把入侵的狼群全部赶走。

大灰獒江秋帮穷没有停下,它看到两股狼群还在紧紧张张布阵,就带着领地狗群直接冲了过去。它的想法是一鼓作气,不等两股狼群做好准备,就先狂打猛斗一阵,咬倒一大片,给对方一个下马威。

大力王徒钦甲保犹豫了一下,想提醒江秋帮穷这样也许不可以,但又觉得这种时候江秋帮穷不可能听它的,反而会认为它是怯懦的。不,自己绝不能表现出丝毫的怯懦,至少不能比江秋帮穷更怯懦。它助威似的大叫着,紧贴着江秋帮穷冲了过去。所有的领地狗都毫不犹豫地跟着江秋帮穷冲进了狼阵,扑着,咬着,就像一把把尖刀,横飞而去。

似乎给狼群的下马威马上就要实现了,喊叫声、撕咬声响成一片。狼群的动荡突然激烈起来,好像有点乱了,几匹来不及躲闪的狼顷刻倒在了藏獒的利牙之下。而更多的狼却仓皇地从进攻者身边闪过,闪到领地狗群后面去了。

领地狗群这时候有点糊涂,以为自己进入了无人之境,想怎么打就怎么打。以为面前的狼群既然是外来的,就应该是槽头槽脑、胆小如鼠的。它们虽然众多,却不可能众志成城。大灰獒江秋帮穷这时候更是糊涂,它没有看出实际上两股狼群的狼阵早已布好,那是一种在运动中选择进退的狼阵,它的作用就在于以紧张的动荡麻痹对方,诱敌深入,而后发出致命的攻击。

大灰獒江秋帮穷还在带头冲锋,越冲越兴奋,好像所有遇到的狼都是不堪一击的,在獒牙凶猛的切割之下,短促的哀嗥声此起彼伏,倒毙的越来越多,转眼就是一大片。

江秋帮穷没有想到,对冷静而狡猾的多猕头狼和上阿妈头狼来说,领地狗群正在做一件替狼群消除累赘,精干队伍,增强战斗力的事情。倒毙的都是一定活不过这个冬天的老狼和残狼,而闪到领地狗群后面去的却都是壮狼和大狼。这些壮狼和大狼是两股狼群的主力,它们既然早就来到了这里,就不可能不做好准备,在残酷的草原上历经磨难之后,以逸待劳向来是狼群的基本战术。而领地狗群虽然在本土作战,却是连续奔驰,大有劳师以袭远的意思。

更不应该的是,在冲进狼阵后的搏杀中,当多猕狼群的味道和上阿妈狼群的味道泾渭分明地出现在领地狗群两边时,江秋帮穷用喊声把领地狗群分成了两拨,一拨由自己带领,攻击左边的上阿妈狼群,一拨由大力王徒钦甲保带领,攻击右边的多猕狼群。这样的分工虽然可以在一瞬间让两股狼群同时受到震慑,但却消弱了领地狗群的整体实力,损失立刻出现了。

进攻在前锋线上的藏獒,在以一当十的情况下,频繁地受伤,几乎没有一只不受伤,包括大灰獒江秋帮穷,狼牙把它的一只耳朵和半个脸面撕烂了。鲜血飞溅着,好像天上飘来的不是.雪花,而是血滴。狼们恶叫着,藏獒们更是恶叫着,每一匹狼的倒下,都会使撕咬这匹狼的藏獒两肋受敌。终于一只黑色的藏獒再也撕咬不动了,它的肚子被三匹狼的利牙同时划破,肠子拖拉了一地,拖拉着肠子的它,还在拼命撕咬,咬伤了一匹狼,咬死了一匹狼,然后才同归于尽地倒在了狼身上。

等第三只藏獒的尸体出现在狼尸之上时,大灰獒江秋帮穷才发现兵分两路是错误的,它用喊声急切地召集着,领地狗群边杀边朝它簇拥过来。

狼群的动荡戛然止息,就像突然消失了积雪覆盖的一片灰色岩石,被动地等待着领地狗群的撞击。这样的止息又是一种麻痹,让大灰獒江秋帮穷以为纠正了兵分两路的错误,它就可以带着领地狗群继续横冲直撞了。

面前依然是层层堵挡的狼,它们毫不退却,好像就愿意死在藏獒的怒齿之下,这让前锋线上的藏獒们更加恼怒:杀呀,杀呀。浑身的血脉就要爆炸似的膨胀起来,撞击,扑打,撕咬,每一只藏獒都淋漓尽致地表现着原始的草原赋予它们的拼杀艺术。随着狼的接二连三的倒下,它们一个个杀昏了头,忘乎所以地嗜血,忘乎所以地受伤,忘乎所以地冲锋,真是山呼海啸、风卷残云了。

多猕狼群和上阿妈狼群就在这个时候开始了它们的第一次进攻。它们似乎已经吸取了刚进西结古草原时互相掣肘的教训,彼此配合着都把进攻选择在了领地狗群的后面。

领地狗群的后面没有一只壮实的大藏獒,都是小藏獒和小喽罗藏狗,壮实的大藏獒们都争先恐后地跑到前面厮杀拼命去了。

而狼群的布局恰恰相反,引诱藏獒撕咬的,都是些似乎甘愿作为挡箭牌的老狼和残狼。从领地狗群后面进攻的,都是些直到现在还没有参加战斗的壮狼和大狼。它们既有厮杀躲闪的经验,又有千锤百炼的凶狠,加上数量上的优势——差不多是三匹狼对付一只小藏獒或者藏狗,基本上是稳操胜券的。

一片狼牙和狗牙的碰响,地上的积雪一浪浪地掀上了天,再下来的时候,白色就变成了红色。是狼血染红的,也是小藏獒的血和藏狗的血染红的。狼血和狗血明显的不一样,狼血更红,狗血更紫,那雪花也就一片红,一片紫。紫的显然比红的多,说明小藏獒和藏狗的血肉飞扬得更多。它们顷刻皮开肉绽,第一次在狼牙面前显出了无能的一面。怎么咬也咬不过狼,刚躲过狼牙,又遇上狼爪,等你好不容易咬住了狼的喉咙,你的喉咙瞬间也进入了狼的血口。

狼群是义无返顾的,作为以扑杀牛羊马匹等弱者为主的狼,很少主动扑咬藏獒和藏狗。但只要主动一次,就必然做好了不成功便成仁的准备。死亡似乎已经不重要,重要的是不能在饥饿中活着,更不能不报复人类而括着。活着就必须报复,就必须获得食物,而且是在一片陌生的草原上,一劳永逸地获得食物。

小喽罗藏狗们毕竟没有惊世骇俗的威猛之力,小藏獒们毕竟还没有长出荒野蛮地中的王霸之气。它们无可挽回地倒下了,一只一只地倒下了,从来没有这么惨烈这么迅速地倒下了。一倒下就再也别想起来,壮狼和大狼们坚硬的爪子和更加坚硬的牙齿,会让它们的命息毫无保留地顷刻离开肉体。

同时倒下的还有小公獒摄命霹雳王,但是它没有死,这个出生在人类祭祀誓愿摄命霹雳王的日子里的小公獒,似乎不愿意辜负它的名字,更不愿意辜负给它起了这个名字的人的期望。它用连它自己也想不到的遗传的能力,带着浑身的血迹和残存的力气,从死亡线上奋身而起,一口咬住了那匹就要举着狼刀杀死它的狼的喉咙。它还小,出生才三个月,牙齿还不能扎得更深,无法一下就挑断气管,但就是这种不能一击致命的咬合救了它一命。

狼没有倒下,而是疼得朝前疯蹿,一蹿就蹿出了三米多远。这等于带着它蹿离了最危险的地方。而对这匹朝前疯蹿的狼来说,却蹿到了一个必死无疑的地方。狼倒了下去,是另一只黑色小藏獒在跑向阿爸阿妈的途中顺势扑倒了它。现在,小公獒摄命霹雳王已经压住了狼的脖子,换口,又一次换口,连续换了三次口,那狼就动弹不了了。

风吹着,雪片雀跃着。小公獒摄命霹雳王站在狼尸之上抬起了头,多么威风啊,连它自己都这么认为。它还想跳起来,继续和别的狼打斗,但是不行,它使劲跳了一下,却只能跳到狼尸下面,前腿一滑,噗然趴下了。趴下后就再也没有起来。四周到处都是尸体,有狼的,更多的是藏狗的。

小公獒摄命霹雳王发现,那只刚才还在帮它扑狼的小黑獒已经躺倒不动了,糊满脖颈的血污说明它已经死去。它愣了一下,作为藏獒,它天生不怕狼的进攻,却十分害怕同类在自己眼皮底下死掉。它浑身抖了一下,想冲着咬死小黑獒的狼愤懑地叫一声,可声音一经过嗓子,就变成了哭泣。它必须哭泣,藏獒是悲情的动物,它是悲情的后代。它要么专注于勇敢打斗,要么专注于伤心难过。此刻,它什么也不顾了一只顾哀哀地哭泣着,为同伴的死奋不顾身地哭泣着。

狼来了,就是那匹咬死了小黑獒的狼扑过来,用已经受伤的前爪无比仇恨地把小公獒摁住了。小公獒还是哭着,连狼,连它自己都奇怪,本来应该条件反射似的扑咬反抗的它,居然一直哭着。狼没有咬它,狼也是会哭的动物,知道哭是伤心难过,就没有咬它。狼打量它,仿佛是说:喂,没见过你们藏獒死前是哭的呀。

这时,就像狼用受伤的爪子摁住小公獒一样,一双同样受伤的爪子也摁住了狼。是藏獒是那种体大力沉的藏獒。它跳起来就跑,一跑就跑到另一只大藏獒身边去了,那只大藏獒扭头便咬,一口咬住了狼的后颈,鲜血带着死亡同时出现在一片狼藉的雪地上。

原来是大藏獒们杀过来了。听到了领地狗群后面剧烈的厮杀声,大灰獒江秋帮穷这才意识到,自己带着最凶猛的藏獒在前面滥咬滥杀老狼残狼是个绝大的错误。老狼和残狼在这个严酷的冬天本来就是要死掉的,领地狗群的玩命搏杀不过是提前了它们的死期。而这样的提前对极需要除臃瘦身的狼群只有好处没有坏处。大灰獒江秋帮穷边跑边吼,带动着领地狗群转了半圈,就把壮狼和大狼转到了自己面前。小公獒摄命霹雳王被狼摁倒在地的情形恰好让它的阿爸大力王徒钦甲保和阿妈黑雪莲穆穆看到了。这怎么可以呢? 阿妈穆穆上前摁住了狼,阿爸徒钦甲保一口结果了狼。.

形势急转直下,狼们纷纷撤退,先是上阿妈头狼突然发出一声锐叫,然后抢先退去。它的狼群跟上了它,就像一个偌大的灰色滑板,快速地在踩不尽的积雪中滑动着。然后是多猕狼群的撤退。它的头狼并没有发出任何声音,只是通过动作把撤退的意思告诉了身边的狼。身边的狼也是用动作一传十十传百。狼群开始大面积动荡,转眼就和领地狗群分开了。

藏獒们没有追撵,它们查看倒下的同伴,一边仇恨着,一边伤心着。大灰獒江秋帮穷闷闷地叫起来,所有的藏獒和藏狗都闷闷地叫起来。这是哭声,是它们必须表达的感情。它们舔着死去的同伴身上的伤口,舔尽了上面的血,留下了自己的泪。藏獒的眼泪比人的浑浊,伤心越重越浑浊,伤心到最后就浑浊成黄色了。

忙着表达感情的领地狗群,它们的首领大灰獒江秋帮穷,都知道伤心是聚积和膨胀仇恨的前提,所以就尽情地伤心着,没料到已经得退了一次的狼群又发动了第二次进攻。

多猕头狼和上阿妈头狼嗥叫着跑到一起,又嗥叫着互相分开。像是已经商量妥当,带着各自的狼群,依靠数量上的优势迅速包围了领地狗群。然后就朝着一个方向旋转起来,一转就转成最初的局面了:老狼和残狼又来到了伟硕壮实的藏獒面前,壮狼和大狼又来到了领地狗群的后面那些小喽罗藏狗和小藏獒面前。这是一次大灰獒江秋帮穷和所有领地狗都没有想到的进攻,从来都是见藏獒就逃之夭夭的狼群居然掌握最佳时机发动了第二次进攻。这次进攻十分有效,那些壮狼和大狼紧紧挤在一起,让对手无法撕咬它们的两侧,而它们却可以用整体推进的办法,攻击并没有挤在一起的任何一个敌手。很快就有了分晓,撕天裂地的叫声中,倒下去的都是小喽罗藏狗和小藏獒,而它们,狼,在草原人眼里本应该一见领地狗群就哭爹喊娘的鬼蜮之兽,却一个个威风八面,雄风鼓荡起来。

死了,死了,等大灰獒江秋帮穷甩干了珍珠般的眼泪,带动着领地狗群旋转起来,想把壮狼和大狼转到壮獒和大獒面前时,已经晚了,又有几只藏狗死在了狼牙之下。

更糟的是,江秋帮穷怎么也不能把壮狼和大狼转到自己面前来,因为狼群也在转动,是和领地狗群同方向转动。这样的转动表明,伟硕壮实的藏獒们只能面对根本就没有必要杀死的老狼和残狼,领地狗群后面的小喽罗藏狗和小藏獒却必须一直面对杀伤力极强的壮狼和大狼。

撕咬不停地发生着,是狼对领地狗的撕咬,血在旋转着飞溅,把浩大的白色一片片逼退了。急躁的大灰獒江秋帮穷想制止和报复这种撕咬却无能为力,愤怒得整个身子都燃烧起来,边跑边声嘶力竭地吼叫着。

旋转的奔跑还在持续,领地狗群的死伤在继续。有一只藏獒突然不跑了,那就是小公獒摄命霹雳王的阿妈黑雪莲穆穆。穆穆保护着已经跑不动了的孩子,站在领地狗群的中央没有跟着旋转。穆穆就比领头的大灰獒江秋帮穷更快地清醒过来:不能啊,不能让狼群包围着我们,更不能跟着狼群旋转,必须冲出去,冲出去啊。

穆穆响亮地叫起来,看杀红了眼的大灰獒江秋帮穷和自己的丈夫大力王徒钦甲保都不理睬它,就一口叼起小公獒摄命霹雳王,朝着狼群突围而去。徒钦甲保看见了它,追过去汪汪地叫着:你怎么乱跑啊?穆穆用跑动的姿势告诉它:跟上我,跟上我。徒钦甲保打了个愣怔,恍然大悟地叫了一声,然后跳过去拦住妻子,回身朝着大灰獒江秋帮穷吼起来。它的意思是:穆穆你等着,领地狗群是一个集体,要突围一起突围,咱们不能擅自行动。黑雪莲穆穆明白了,放下小公獒,也跟着徒钦甲保吼起来。

大灰獒江秋帮穷听见了吼声,回头一看,吃惊地喊起来,好像是说:你们疯了,怎么带着孩子往狼群里跑?回来,回来。喊了几声,正要追过去阻拦,突然意识到自己错了,完全错了,大力王徒钦甲保和黑雪莲穆穆是对的,领地狗群必须冲出狼群的包围圈,重新组织进攻,否则只能是惨上加惨。江秋帮穷用粗犷如椽的喊声招呼着大家,看大家纷纷跑来,便身子一横,朝着徒钦甲保和穆穆跑了过去。

领地狗群奔腾叫嚣着,在狼群的包围线上奋力撕开了一道口子。

狼群似乎没有想到领地狗群会突围,当冲在最前面保护着妻子和孩子的徒钦甲保一连撞倒了四匹大狼后,才意识到这样的冲锋是不可阻挡的,便纷纷朝后退去。上阿妈头狼停了下来,仰头看了看,立刻明白领地狗群的突围意味着战场局面的改变,赶紧朝着自己的狼群长嗥一声,转身就跑。它的妻子身材臃肿的尖嘴母狼紧跟着它,所有的上阿妈狼也都跟上了它。

狼群的包围圈顿然消失了。多猕头狼有点奇怪,愤愤地望着跑离战场的上阿妈狼群,又看了一眼正在潮水般奔涌的领地狗,也意识到转着圈咬杀领地狗群的情形已经不存在了,马上就是两军对垒、楚界汉河的局面,这样的对峙对自己是不利的。

追啊,追啊。多猕头狼嗥叫起来,它带着自己的狼群朝着突围的领地狗群的尾巴追了过去。它想做最后一次出击,尽其可能地扩大战果。狼群很快撂倒了几只小喽罗藏狗。藏狗惨叫着,领地狗群停下了,大灰獒江秋帮穷突然意识到它们的突围已经变成了逃跑,便带着几只壮獒和大獒迅速跑过来拦截狼群。处在追杀最前锋的多猕头狼立马停了下来,紧张地尖叫着,指挥多猕狼群赶快撤退。

狼群以令人吃惊的速度撤退了。等突围成功的领地狗群回过头来,准备重新开战,挽回丢失的面子时,上阿妈狼群已经消失在风雪弥漫处,而给领地狗群最后一击的多猕狼群,也只是一个远去的背影,在雪花的遮掩下,渐渐消隐着,没有了,没有了。

一片哭声。狂乱的飞雪之下,静止的雪原无声地奔涌着。死亡像冰块一样结实,寒风把领地狗群的伤心凝固成了冬天的山岗。白茫茫的景色之上,笼罩着白茫茫的心境,一片幽深的远古的悲情如同雪原一样肆无忌惮地起伏在藏獒们的心里。

当领地狗群在死去的同伴身边哽咽而泣时,大灰獒江秋帮穷带着更加复杂的心情走向了野驴河部落的头人索朗旺堆家的营帐。它在大大小小十顶帐房之间穿行着,看到索朗旺堆家的一只长毛如毡的老黑獒卧在地上,它浑身是血,尾巴断了,一只眼睛也被狼牙刺瞎了。不远处是另外五只高大威猛的藏獒,都已经死了。它们是战死的,身上到处都是被狼牙掏出来的血窟窿。而它们的四周,至少有十四匹狼的尸体横陈在染红了的雪地上。江秋帮穷发现,所有的藏獒都是皮包骨的,看上去至少有一个星期没吃东西了。这些即将饿死饿昏的藏獒,在面对两股越是饥饿就越会穷凶极恶、越会把报复推向极致的狼群时,怎么能不死呢?

连藏獒都饿成了皮包骨,那么人呢? 大灰獒江秋帮穷打了个愣征,看到所有的帐房都静悄悄的,不祥的感觉顿时遮罩了它的心脑。它朝着最大的那顶帐房冲了过去,它知道那是头人的帐房,头人索朗旺堆在狼群走了以后还不出来,那就很可能是死了。

啊,一地的人头,帐房里面,隔着中间冰冰凉凉的炉灶,左右两边的毡铺上,排列着两溜儿人头。人头还长在人身上,人身是蜷着的,所有的人身都是蜷着的。这是一种不好的姿势。江秋帮穷知道,冻死的人都是蜷着的。它扑了过去,挨个儿看着,闻着,还好,还好,这些连着人头的身子还没有冻僵,也没有被狼咬出的血窟窿,更重要的是,它还能听到他们的心跳',能闻到他们微弱的气息。它长舒一口气:索朗旺堆头人还活着,他身边的这些人还活着,但就是起不来了。有的昏死了,有的濒临昏死,还有的……啊,这是个女人,女人死了,她已经没有气息没有心跳了。

都是饿昏和冻昏的,没有一个人的躺倒与狼有关,狼群被索朗旺堆家的藏獒拦截在了大帐房之外,大帐房里集中了营地中所有的人。可以想见,那几只藏獒是怎样在寡不敌众和饥饿困顿的情况下,保护了它们的主人。荒野里珍贵无比的生命就在神圣无比的保护中流逝了。

大灰獒江秋帮穷惊诧着,依靠藏獒的本能,它想到了西结古寺,想到了丹增活佛。它赶紧走出来,跑向了领地狗群。一边叫着,一边急躁地踱着步子,突然又跑回到索朗旺堆头人的营帐前,和那只长毛如毡、浑身是血、被狼牙咬断了尾巴、刺瞎了一只眼睛的老黑獒碰了碰鼻子。你还能走吗? 你得去一趟西结古寺了,你是头人家的藏獒,你去了寺院里的人才会知道头人索朗旺堆出事儿了。

长毛如毡的老黑獒摇摇晃晃地站了起来,带着前去报信的使命,艰难地迈开了步子。

谁也不知道这只长毛如毡、浑身是血、被狼牙咬断了尾巴、刺瞎了一只眼睛的老黑獒是靠了怎样的毅力,穿过漫漫雪原,到达了西结古寺的。它嗅着气息,一瘸一拐地来到双身佛雅布尤姆殿,撕破了丹增活佛的袈裟,然后就扑通一声瘫倒在了地上。老黑獒已经没有力气站立了,它抬头看着丹增活佛,看到他明白了它的意思,准备带人离开时,头便轰然耷拉下来,斜倚在了两腿之间。老黑獒把信息带给丹增活佛后就死在了雅布尤姆殿双身佛大怒大悲的目光之下。

雪花乱舞着,一会儿稀了,一会儿稠了。稀的时候像蝇蚊飞走,稠的时候像幕布连天。大灰獒江秋帮穷回到领地狗群里,走了一圈,吆喝了几声,便带着所有的领地狗来到了索朗旺堆头人的营帐前,走进了最大的那顶帐房。

领地狗们一个个卧下了,有的卧在了人的身边,有的趴在了人的身上。它们知道,包括索朗旺堆在内的所有人都是不堪冻饿才躺下起不来的,它们要做的就是用自己的体温尽快暖热他们。甚至有一只藏獒趴在了那个死去的女人身上,它明知女人已经没有了气息没有了心跳,但仍然毫不犹豫地趴在了她身上,好像只要它付出了热量和热情女人就能死而复生。它们一个个伤痕累累,悲哀重重,沾染着狼血,也流淌着自己的血,但它们是那种从来不顾及自己更不怜惜自己的动物,只要能挽救人的生命,它们就会忘掉自己的生命。就像小公獒摄命霹雳王那样,它已是血迹满身,残存的力气不足以使它自由地行动,但它还是学着阿爸大力王徒钦甲保和阿妈黑雪莲穆穆的样子,趴到索朗旺堆头人身上,用自己还有余热的肚子贴住了索朗旺堆冰凉的肚子。

终于有人坐了起来,他是索朗旺堆头人的管家齐美。

和别人一样,齐美管家最初也是被饥饿的大棒打倒在地的,饥饿让他瘫软乏力,昏迷不醒。一昏迷身体很快就被冻僵了,连舌头连嘴唇都硬邦邦地说不出话来了。但是这会儿他醒了,他发现丝丝缕缕的温暖正在血脉里游走,趴在自己身上的这只藏獒已经把它的全部热量转移给了他,那热量仿佛是带有营养的,饥饿造成的瘫软乏力渐渐地消弭着。

这时候齐美管家感觉到了一种猛然到来的沉重。这只四肢撑着自己硕大的身体趴在人身上的藏獒,本来是只给人温暖不给人重量的,但是现在,温暖似乎已经没有了,重量正在出现,一出现就死沉死沉的。齐美管家咬着牙坐了起来,伸出胳膊,抱住了伏在自己胸前的獒头,两股清冽的眼泪哗啦啦地流了下来。

藏獒死了,趴在齐美管家身上的这只藏獒,在用自己残存的热量焐热焐醒了他之后,悄然死去了。齐美管家看到了它肚子上的伤口,伤口红艳艳的,但已不再流血,血已经流尽了,为了挽救人的生命,它流尽了最后一滴血。

堆头人身上,用自己还有余热的肚子贴住了索朗旺堆冰凉的肚子。

终于有人坐了起来,他是索朗旺堆头人的管家齐美。

和别人一样,齐美管家最初也是被饥饿的大棒打倒在地的,饥饿让他瘫软乏力,昏迷不醒。一昏迷身体很快就被冻僵了,连舌头连嘴唇都硬邦邦地说不出话来了。但是这会儿他醒了,他发现丝丝缕缕的温暖正在血脉里游走,趴在自己身上的这只藏獒已经把它的全部热量转移给了他,那热量仿佛是带有营养的,饥饿造成的瘫软乏力渐渐地消弭着。

这时候齐美管家感觉到了一种猛然到来的沉重。这只四肢撑着自己硕大的身体趴在人身上的藏獒,本来是只给人温暖不给人重量的,但是现在,温暖似乎已经没有了,重量正在出现,一出现就死沉死沉的。齐美管家咬着牙坐了起来,伸出胳膊,抱住了伏在自己胸前的獒头,两股清冽的眼泪哗啦啦地流了下来。

藏獒死了,趴在齐美管家身上的这只藏獒,在用自己残存的热量焐热焐醒了他之后,悄然死去了。齐美管家看到了它肚子上的伤口,伤口红艳艳的,但已不再流血,血已经流尽了,为了挽救人的生命,它流尽了最后一滴血。

第十二章　大力王徒钦甲保

正在大雪日盛一日的时候,西结古寺的住持丹增活佛就说过,从来没有永恒不息的事情,什么不是荣耀一时的过客呢? 大雪也是一样啊,消停的日子快了快了。大雪最后的泛滥就像天大的簸箕扬起了无数白花,是大朵大朵的白花,大得就像党项大雪山山崖上的雪莲花。大朵的雪花虽然无声,却能让人感觉到那种汹涌澎湃的激越之音,天籁般地拍打着大地。然后就是寂静,是清明,是一无遮拦的缟素世界。

雪停了,在下得正狂正烈的时候,猛然就停了。天空不再被占领,雪片塞满的天地之间突然变得空空荡荡。雪后的气温比大雪中的气温又降了许多。草原上了无生机,牧草被积雪覆盖着,冻死饿死的牛羊被积雪覆盖着,死亡还在发生。

人在雪后依然是饥饿的。牛群和羊群以及马匹已经被暴风雪裹挟着远远地去了,谁也不知道是哪里的风雪掩埋了它们。偶尔会有一户人家拥有一匹两匹冻死饿死的马,那是拴在石圈里没有被风雪吹走的马。但马绝对不是食物。对牧民们来说,所有的奇蹄类动物都不能作为食物,人就是饿死也不能把它吃掉。因为那是佛经佛旨里的禁令,是信仰告诉他们的无上规矩。一旦违背,人就没有光明灿烂的未来了,就会转世成为畜生或者地狱之鬼。藏民是那种把血肉和骨头托付给信仰的人群,为了坚守不吃马的信条而冻死饿死是再自然不过的事。

当然他们也不能吃掉被藏獒咬死在帐房周围的狼。狼也是绝对被禁吃的,因为狼和天葬台上的秃鹫一样吃过死人。它们承担了把人的肉体和灵魂分开的工作,而这项工作是神圣无比的,它让狼和秃鹫在人的生死线上拥有了神性的光辉。还有战死在营帐之前的藏獒和藏狗,那是更不能当作食物的。牧民们会说:那是我们的兄弟、我们的姐妹,怎么能吃掉自己的兄弟姐妹呢? 你就是让我变成狼我也不能啊。

在野驴河部落的头人索朗旺堆一家扎营帐的雪沃之野,跟随丹增活佛来到这里的二十多个活佛和喇嘛,再次脱下红色的袈裟和红色的达咯穆大披风,举在了手里。又按照降魔曼荼罗·的程序,排成了人阵。袈裟舞起来,大披风舞起来,就像火焰的燃烧奔天而去,又贴地而飞。还有穿在身上的红色堆噶坎肩和红色霞牧塔卜裙子,都是火红的旗帜。在自得耀眼的原野上,呼啦啦地燃烧着。

天空一片明净,什么杂质、什么阻拦也没有,好像一眼就能看到天堂的台阶。藏医喇嘛尕宇陀站在降魔曼荼罗的前面,沙哑地喊着:"大祭天的火啊,红艳艳的空行母,飞起来了,飞起来了。"铁棒喇嘛藏扎西领着活佛和喇嘛们伴和着他:"哦——呜——哇,哦——呜——哇".

他们喊了很长时间,声音传得很远很远。那种叫作飞鸡的神鸟终于听见了,也看见了,嗡嗡而来,瞅准了人阵排成的火红的降魔曼荼罗,从肚子里不断吐出了一些东西。那都是急需的物资——原麦和大米,还有几麻袋干牛粪,轰轰轰地落到了地上。地上被砸出了几个大雪坑,一阵阵雪浪飞扬而起。装着大米的麻袋摔裂了,流淌出的大米变成了一簇簇绽放的花朵。草原人没见过大米,一个个惊奇地喊起来:"这是什么东西啊? 怎么跟雪一样白?"

这个时候从遥远的地平线上走来了几个人,他们是麦书记、夏巴才让县长、班玛多吉主任和梅朵拉姆以及那个带路的青年喇嘛。他们一来就仰天感叹:"太好了,太好了,救灾物资来得太及时了。"

在牧民们面前似乎是无所不知的班玛多吉主任抢着告诉那些不认识大米的人:"这是热地方长出来的粮食,跟青稞和麦子一样好吃。"说着抓起半把大米放在嘴里,咯嘣咯嘣嚼起来。又说:"做熟了更好吃,可以吃干饭,也可以吃稀饭。以后我们可以用牛羊换大米,天天煮饭吃。早晨吃稀饭,中午吃干饭,晚上吃不干不稀的饭。"

点起了干牛粪,化开了满锅的积雪,再加上白花花的大米,在班玛多吉主任和梅朵拉姆的操持下,一大锅稀饭很快熬成了。这锅西结古草原的人从来没吃过的大米稀饭,被梅朵拉姆一碗一碗地递送到了索朗旺堆一家人的手里。他们刚刚从藏獒和藏狗的温暖中清醒过来,看到了神鸟,又看到了非同寻常的大米。就把洁白温暖的稀饭当作了天赐的琼浆,捧在手里,仔细而幸福地往肚子里吸溜着。

救命了,救命了,天赐的琼浆救命了。他们一个个又可以走动了,除了那个死去的女人。索朗旺堆头人哭着说:"妹子啊,你要是再坚持一会儿就好了,神鸟和天食就来了。"那个死去的女人是索朗旺堆头人的亲妹妹,她一直有病,身体本来就不强壮,这么大的雪灾,一冻一饿就挺不过去了。索朗旺堆头人哭了一阵,突然抬起头来,端着舍不得喝的半碗稀饭,几乎是哭着说:"快去找人啊,快去找人。"

班玛多吉主任问道:"让谁去找人? 找谁啊?"梅朵拉姆说:"是啊,你快说找谁,我去找。"一直待在索朗旺堆头人身边的齐美管家说:"善良的头人是要领地狗群去找人的,找我们野驴河部落的牧民。"班玛多吉愣了一下,望着不远处的麦书记喊起来:"对啊,这里的人有吃有喝了,牧民们呢? 牧民们在哪里?"麦书记走过去说:"我和才让县长也正在考虑这个问题,牧民群众怎么办? 怎么样才能找到他们?"索朗旺堆头人指着远方说:"只能靠它们了,藏獒,领地狗群,快让它们去找啊,藏獒,领地狗群。"

雪虽然停了,饥饿和寒冷依然像两把刀子杀伐着西结古草原的牧民,牧民们很多都被围困在茫茫雪海中,有的正在死去,有的还在死亡线上挣扎。而领地狗群的任务就是想办法找到他们,给他们送去食物,或者把他们带到这个有食物有干牛粪的地方来。

梅朵拉姆跑了过去,她想告诉领地狗群:"你们必须分散开,四面八方都去找,用最快的速度找到牧民,不管他是哪个部落的,只要能走得动,都请他们到这里来。对了,还有走不动的牧民,走不动的牧民怎么办? 看样子你们还得带点吃的,遇到饿得走不动的牧民,你们让他吃了再跟你们到这里来。"

这时一股旋风卷上了天,迷乱的雪粉朝着梅朵拉姆盖过来,呛得她连连咳嗽。她什么也看不见了,只听到从前面的领地狗群里传来一阵扑扑腾腾的声音。伴随着低哑隐忍的吼声,一阵比一阵激烈。打起来了,领地狗群和不知什么野兽打起来了。惨叫就像锐痛的分娩,撕裂了雪原整齐如一的洁白。她仿佛看到了血,就像喷出来的雨,从地面往天上乱纷纷地下着。

她停了下来,不敢往前走了。一阵风从她身后吹来,吹跑了迷乱的雪粉,吹出了明净的世界。一个令她惊惑不解的场面出现了:什么野兽也没有,撕打扑咬的风暴居然发生在领地狗之间,那个炸蓬着鬣毛,嘴巴张成黑洞,眼睛凸成血球的漆黑漆黑的藏獒是谁啊?

"徒钦甲保? 徒钦甲保?"梅朵拉姆喊起来,她认识大力王徒钦甲保,所有的领地狗尤其是藏獒她都认识。还知道徒钦甲保是黑雪莲穆穆的丈夫,是小公獒摄命霹雳王的阿爸。她跑过去问道:"徒钦甲保你怎么了?"徒钦甲保后退了一步,冲她龇着牙,不希望她接近。梅朵拉姆说:"你疯啦,你还想咬我呀?"徒钦甲保又退了一步,继续把虎牙冲她龇出来,像是说:你别管,我们的事儿你别管。

大力王徒钦甲保转过身去,朝前扑了一下,又站住,绷起四肢,身体尽量后倾着。就像人类拉弓射箭那样,随时准备把自己射出去,射向大灰獒江秋帮穷的胸脯。梅朵拉姆喊一声:"我的天,这到底是为什么?"

大灰獒江秋帮穷昂起头,也昂起着作为首领的威风,怒目瞪视着大力王徒钦甲保。却没有耸起鬣毛,也没有后倾起身子,这说明它是忍让的,它并不打算以同样的疯狂回应这位挑战者。或者它知道徒钦甲保是有理的,当自己因为指挥失误而使领地狗群大受损失、而让上阿妈狼群和多猕狼群意外得逞的时候,徒钦甲保就应该这样对待它。它只能用耸毛、怒视的办法申辩,却不能像对方那样抱着一击毙命的目的拉弓射箭。

失败了,已经不可挽回地失败了,它大灰獒江秋帮穷从此无脸见人了。它的失败不是它不勇敢不凶猛,而是它没有足够的能力指挥好一个群体。它具有王者之风,却没有王者的智慧,不配做领地狗群的首领,哪怕是暂时的首领。而徒钦甲保的意思也是这个:你赶快让位吧,那个代替冈日森格成为新獒王的应该是我,是我大力王徒钦甲保。

这是一个胜者为王的地方,荒野的残酷、命运的无情以及对勇力和智慧的严格而超常的要求,使藏獒在选择领袖时决不心慈手软。当打斗成为解决问题的必要手段时,任何一只藏獒都不会放过。

就像草原上的摔跤手即将投入肉搏那样,大力王徒钦甲保走来走去地敌视着对方,越走越快,越走越快,搏杀一触即发。所有的领地狗都知道大力王徒钦甲保为什么暴跳如雷,它们把双方围了起来,以狗的好奇观察着这场没有悬念的搏杀。

徒钦甲保必胜,江秋帮穷必败。这样的结果连大灰獒江秋帮穷自己都知道——已经被事实证明不配当领袖的藏獒没有必要再用武力去遏制别人做领袖的欲望,更何况它江秋帮穷本来就不想当什么首领,是冈日森格硬甩给它的,就像甩给了它一个过于沉重的包袱。它勉强担当着,时刻期待着冈日森格的归来。投向远方的眼光里,每一缕水汪汪的线条都在深情地呼唤:獒王啊,你在哪里,你怎么还不归来?

大力王徒钦甲保开始进攻了,它觉得自己是为群除庸,就正气凛然、大模大样地扑过去,一口撕烂了对方的肩膀。江秋帮穷摇晃着一连退了好几步,心想徒钦甲保是不让我丢尽脸面不罢休的。但我已经无脸见人,再丢脸就等于是死了,那还不如真的死掉呢。它朝徒钦甲保迈出一大步,扬起头颅,伸长脖子,亮出了自己的喉咙:咬吧,咬吧,赶快咬吧,你最好一口咬死我。

徒钦甲保哼哼地冷笑着,再次扑过去,头稍微一扁,一口咬在了离对方喉咙只有两寸半的地方。大灰獒江秋帮穷吃惊地想:我都亮出喉咙了,它怎么能轻易放过呢? 大力王兄弟啊,看来你的心胸并不开阔,心地也不善良,你为了达到羞辱我的目的,毫不在乎你的同伴的尊严。你是一只好藏獒,但你不是最好的。最好的藏獒,能够担当獒王的藏獒,只能是包容、厚道、勇毅的冈日森格。

既然不能为耻辱立刻就死,那就争一点脸面给自己。何况,一旦徒钦甲保战胜了自己,就堵住了冈日森格重返獒王之位的路,而在它看来,领地狗群里,除了冈日森格,没有一个是配做獒王的,自己不配,徒钦甲保更不配。

大灰獒江秋帮穷突然不想自甘失败了,当徒钦甲保又一次扑向它,准备咬掉它的半个耳朵,让它留下永久的耻辱痕迹的时候,它忽地跳起来朝一边闪去。大力王徒钦甲保愣了一下,不禁大发雷霆,斩钉截铁一般钢钢钢地叫起来:你让领地狗群死的死伤的伤,你是有罪的,还不赶快接受惩罚,躲什么躲啊。说罢,就像狼一样,把鼻子笔直地指向天空,发出了一阵更加脆亮的钢钢钢的叫声。像是表明它在替天行道,它是正义的化身。然后纵身一跳,直扑大灰獒江秋帮穷。这次它把利牙直接对准了对方的喉咙,它要咬死它,咬死一个不愿接受惩罚的败军之将。

江秋帮穷一看对方朝天钢钢地叫嚣,就知道该死的自己可以不死了。在它看来,善于叫嚣和色厉内荏并没有太大的区别,虚弱而缺乏自信的藏獒才会那样。徒钦甲保是个性格浮躁、心智肤浅的家伙,这样的家伙绝对没有那种势大如山、磅礴如海的战斗力,自己是完全可以打败它的。可以打败而不去打败,反而一味地退缩着,要去成全一个无能之辈的狂妄野心,这不应该是一只富有责任感的藏獒的作为:赶快回来吧,冈日森格,领地狗群的首领,西结古草原的獒王,只能是你。

大灰獒江秋帮穷四腿一弯,忽地一下降低自己的高度,让喉咙躲过了徒钦甲保的夺命撕咬,只让自己银灰色的头毛轻轻拂过猛刺而来的钢牙。然后爪子一蹬,假装害怕地朝后一跳。徒钦甲保气急败坏地再一次钢钢钢地叫嚣起来。就在这时,江秋帮穷跃然而起,一个猛子扎了过去。

徒钦甲保受伤了,伤在要命的脖子上。江秋帮穷的两颗虎牙深深地扎进去,又狠狠地划了一下,这一划足有两寸长,差一点挑断它那嘣嘣弹跳的大血管。徒钦甲保吃了一惊,狂躁地吼叫着朝后退了一步。心说它反抗了,居然反抗了,它在狼群面前无能至极,却敢于反抗我的惩罚。

大力王徒钦甲保再次扑了过去,这一次更加不幸,它扑倒了江秋帮穷,把牙齿咬进了对方的后颈,却被对方一头顶开了。顶得它眼冒金花,踉跄后退着差一点坐到地上。徒钦甲保的獒头形状像一个寺庙顶上的金幢,比江秋帮穷的头看上去要大一圈,但却没有对方的头结实有力,当又一次头顶头的碰撞发生时,徒钦甲保一下子歪倒在了地上。

大灰獒江秋帮穷跳过去,用两只结实的前爪摁住了它。撕咬是随便的,既可以在脖子上,也可以在肚子上。但江秋帮穷却一口咬在了它的前腿上,而且没有咬烂皮毛就松开了。这是饶恕,是宽容,也是自信。我犯不着立刻咬死你,因为我不怕你,你可以再来,我保证你扑我几次,我就能撞倒你几次,起来啊,起来啊。江秋帮穷挑衅似的喷着鼻息。

徒钦甲保没有起来,不是它起不来,而是它不想起来。实力的悬殊是如此明显,大力王的怒气就是冲破九天华盖,也只能暂时忍着,痛心地放弃自己想做首领的野心。

徒钦甲保的妻子黑雪莲穆穆走过去,朝着大灰獒江秋帮穷叫了一声,冲上去一阵乱咬。江秋帮穷忍让地躲闪着,任由穆穆咬烂了它的鼻子,又咬掉了它的一撮鬣毛。穆穆来到徒钦甲保身边,在丈夫受伤的脖子和前腿上柔情地舔着。

这时小公獒摄命霹雳王来到了大灰獒江秋帮穷面前,愤怒地叫嚣着:你坏啊,你又不是真的獒王,你凭什么要对我阿爸下狠手? 它一副不知天高地厚要为阿爸报仇雪恨的样子,身后的阿爸和阿妈几乎同时叫了一声:回来,你不要过去,你会被它咬死的。小公獒不听阿爸阿妈的,它的体力已经有所恢复,才不在乎是死是活呢。它跳了起来,就跟它的名字所揭示的那样,又是摄命又是霹雳地直扑江秋帮穷挺起的胸脯,突然尖叫一声:哎哟妈呀,我的头,我的头。它感觉根本就不是毛烘烘的胸脯,而是一面坚硬的山壁、一块高大的岩石。它被撞得头疼欲裂,翻倒在地,而对方却纹丝不动。

黑雪莲穆穆跳过去护住自己的孩子,冲着围观的领地狗群汪汪地直嚷嚷:快来看啊快来看,江秋帮穷欺负小孩了,它算什么首领? 江秋帮穷瓮瓮瓮地辩解道:是它自己撞倒的,我可是动都没动。穆穆说:你不使劲它能倒地吗? 它撞我的胸脯怎么撞不倒? 领地狗们用声音和眼光附和着黑雪莲穆穆。它们跟徒钦甲保和穆穆一样,也对大灰獒江秋帮穷充满了怨恨:你指挥我们打仗,却让狼群取得了胜利,你没有做獒王的天然素质,你比冈日森格差远了,要是指挥这场战斗的是冈日森格而不是你,我们的伙伴能死那么多吗?

江秋帮穷听懂了领地狗群的埋怨,非常难过地望着它们。发现它们一个个都萎靡不振,茫然无措,突然意识到自己的荣辱成败根本就不重要,重要的是领地狗群必须振作精神,重新开始。大雪已经不下了,但灾难远远没有离去,对辽阔的西结古草原来说,饥饿依旧,寒冷依旧,死神甚至比大雪纷飞时还要狰狞。这样的时刻,散居在四野八荒的牧民们除了等待领地狗群的到来,还能依靠谁呢? 往年的雪灾,生死存亡之际,獒王冈日森格总会带着领地狗群及时赶到那些将死而未死的牧民们跟前,告诉他们哪里有大雪掩埋的牛羊的尸体,或者把西结古寺和头人们的施舍驮着叼着带到他们面前。可是现在,谁又能代替獒王冈日森格去完成这样的使命呢?

大灰獒江秋帮穷昂然扬起了头颅,冲着领地狗群朗朗地喊起来:出发了,出发了,该是援救牧民的时候了。喊了几声,就朝前走去。没有谁跟上它,它用眼睛的余光看到,黑压压一片领地狗群一直都是静止不动的。它很沮丧,却又于心不甘,回过身来,以首领的严厉大声吠叫着:快走啊,为什么不走,难道你们打算放弃领地狗的职责?

忽的一下,大力王徒钦甲保站了起来,恶狠狠地叫了几声,仿佛是说:滚蛋吧你,你有什么资格说这样的话?

徒钦甲保的喊叫顿时引来了所有领地狗的应和。它们冲着江秋帮穷怒叫着,叫着叫着就跑起来。也许最初它们仅仅是为了用奔跑消耗掉迅速恢复过来的体力,也消耗掉溢满胸腔的愤怒。但当心情复杂的大灰獒江秋帮穷也由不得自己地奔跑起来的时候,它们那无目的的奔跑就变成了有目的的追撵。先是徒钦甲保,然后是黑雪莲穆穆和小公獒摄命霹雳王,最后是所有的领地狗,都狂叫着追撵江秋帮穷而去。

转眼之间,大灰獒江秋帮穷变成了逃跑的对象。按照藏獒的本性,无论面对谁它们都不会逃跑。但是江秋帮穷太愧疚于自己作为首领的无能,太愧疚于狼群的胜利和领地狗群的损失了,它宁肯在逃跑中丢失本色,也不愿让心灵停留在愧疚之中。它狼狈不堪地奔逃着,好几次差一点被追上来的藏獒扑倒。它使出吃奶的力气躲闪着,一看躲不过,就哀号一声,跑向了视野中的梅朵拉姆:救命啊,仙女姐姐救命啊。梅朵拉姆这时候也正在朝它跑去,边跑边冲着领地狗群喊道:"干什么?你们这是干什么?"一人一獒转眼抱到一起滚翻在了积雪中。梅朵拉姆使劲爬起来跪在地上,像护着自己的孩子那样拥搂着大灰獒江秋帮穷,指着疯追过来的大力王徒钦甲保和另外十几只藏獒厉声呵斥道:"站住,都给我站住,我不管你们之间发生了什么,只要都是领地狗就不准互相残杀,你们想咬死它是不是? 那你们就先咬死我。"

追过来的藏獒停下了,冲着江秋帮穷和梅朵拉姆吼叫着,却没有扑过来。梅朵拉姆起身又是挥手又是跺脚:"滚蛋吧你们,牧民们还在雪灾中死活不知,你们倒有心思打架斗殴啦。"也不知它们听懂了没有,徒钦甲保带着黑雪莲穆穆和小公獒摄命霹雳王首先走开了,所有追过来的藏獒都走开了。它们走得远远的,走到了一座大雪梁的后边,尽量不让梅朵拉姆看到它们。

大灰獒江秋帮穷呜呜呜地哭起来,就像一个备受委屈的小孩,在梅朵拉姆温暖的怀抱里止不住流出了滚烫的眼泪。梅朵拉姆柔情地问道:"到底怎么了,为什么要打起来,雪灾还没有过去,牧民们还等着你们去救呢。"说着她用一只柔软的手,一再地抚摩它的头、它的沾血的鬣毛。

江秋帮穷摇晃着头,在梅朵拉姆的衣襟上蹭干了眼泪,挣脱她的搂抱和抚摩,转身朝前走去。它是听懂了的,梅朵拉姆话中的每一个字它都听懂了。它现在要做的,就是按照人的意志去履行一只藏獒的职责。梅朵拉姆保护了它,又如此信任地告诉它牧民们还等着它去救援呢。而它一生都要遵守的那个简单而实际的原则就是:人对它好它就得舍命为人。它知道这不仅是道义的需要,也是尊严的需要。尊严和道义说到底是虚幻而空洞的,但藏獒和别种野兽的区别恰恰就在于它能充分理解这样的虚幻和空洞,并时刻准备着为它而生为它而死。它在形而上的意义上付出,在一种看不见的理想色彩和獒格力量的驱动下冲锋陷阵。

大灰獒江秋帮穷越走越快,路过领地狗群时,它低下头,用节奏明快的碎步跑起来。大力王徒钦甲保要追过去,突然想起了刚才梅朵拉姆的训斥,便收住脚步喊起来:看啊,它在逃跑。江秋帮穷一听到喊声就把尾巴夹了起来,头也埋得更低了,嘴巴几乎是蹭着积雪的。它用装出来的猥琐的身姿告诉自己昔日的同伴:它是个失败者,它要逃跑了,要逃离领地狗群,躲到一个人狗不见的地方兀自伤感去了。

它满身的伤痕在跑动中滴沥着鲜血,疼痛一阵阵地纠缠着它。但肉体的伤痛比起使命以及耻辱和丢脸来又算得了什么? 更何况它现在又有了新的想法:靠自己一个,能找到多少被大雪围困的牧民啊,必须让领地狗群全体出动。而让领地狗群全体出动的前提是让獒王冈日森格赶快回来。是的,必须让冈日森格赶快回来,这才是它大灰獒江秋帮穷奔跑在寂寞雪原上的目的。尽管大脑并不觉得这个目的是最重要的,但浑身的细胞和坚固的神经却执着地左右着它,让它健壮的四肢只为了找到冈日森格而拼命奔走。

它跑啊,跑了很长时间,不停地举着鼻子迎风而嗅。嗅到了,嗅到了,终于嗅到了,冈日森格的气息就像正在出土的化石渐渐清晰了,而且是伴着人的气息的,也就是说,冈日森格和人在一起。这个人是谁呢? 好像是寄宿学校的汉扎西。不对,不对,冈日森格的气息从东边来,汉扎西的气息从南边来。冈日森格和另外的人在一起,他们的气息一阵阵地浓烈着,说明他们正在接近自己。

大灰獒江秋帮穷不再碎步奔跑,而是大步狂跑。跑着跑着又突然停下了,眨巴着一对琥珀色的眼睛,朝着南边不停地撮着鼻子,尖锐地想:我仿佛看到汉扎西的悲惨了,他正在哭泣,正在凄厉地呼唤,他身边还有一个女人和一个孩子,他们也正在哭泣,正在凄厉地呼唤。

为什么? 为什么会这样? 一股刺鼻的兽臊味风卷而来——狼! 狼群出现了,汉扎西和那个女人、那个孩子,就在狼群的包围中哭泣着,呼唤着。

大灰獒江秋帮穷相信自己的判断不会错,问题是正确的判断并不能带给它正确的选择。到底应该怎么办,是继续奔向东方去寻找冈日森格,还是转身跑向南方去寻找汉扎西一行? 找到冈日森格,是为了营救散落隐蔽在大雪原深处的所有牧民,跑向汉扎西,是为了营救危同累卵的三个人。到底哪个更重要? 江秋帮穷用两只深藏在灰毛之中的三角眼东一瞥南一瞥地窥视着,思索的神情跟雪原一样,茫茫然不着边际。

是九匹荒原狼围住了我的父亲,西结古草原的汉扎西。和父亲在一起的还有牧民贡巴饶赛的小女儿央金卓玛和父亲的学生平措赤烈。那九匹狼在一匹白爪子头狼的带领下,曾经胜券在握地围堵过小母獒卓嘎,意外地失手之后,又跟踪上了父亲一行。

父亲来到了寄宿学校,寄宿学校已经没有了,没有了耸起的帐房,也没有了留在帐房里的学生。消失的学生不是一个,而是十个,他们消失在了大雪之中、狼灾之口。冬天的悲惨从来没有这么严重过。父亲浑身发抖,连骨头都在发抖,能听到骨关节的磨擦声、牙齿的碰撞声和悲伤坚硬成石头之后的迸裂声。他哭着,眼泪仿佛是石头缝里冒出来的泉水,温热地汹涌着。哽咽的声音就像解冻的河岸,咕咚咕咚地滴落着,转眼就幽深到肚子里面去了。

还有央金卓玛,还有平措赤烈,还有远方的雪山和近处的雪原,都哭了。然后就是寻找,父亲没有看到多吉来吧的任何遗留——那些咬不烂的骨头和无法下咽的毡片一样的长毛,就知道它没有死,它肯定去了一个僻静的地方,在那里孤独地蜷缩着,藏匿着巨大的身形,也藏匿着薄薄的面子。面子背后是沉重的耻辱,是散落得一塌糊涂的尊严。在没有保护好孩子之后,不吃不喝,自残而死,仿佛是多吉来吧惟一的出路。

而父亲要做的,就是把多吉来吧从死亡线上拽回来。你不能死啊,多吉来吧。父亲的心灵和眼睛都是这么说的,还说他宁肯自己没有心灵没有眼睛,也不能没有多吉来吧。父亲就是这样一个人,总是把藏獒的生命看得比自己更重要,就像藏獒把人的生命看得比自己更重要一样。父亲了解藏獒,更了解多吉来吧,深知它们是轻生重义、轻荣重辱、轻己重人的。如果你不尽快找到它,它就不会再来见你,就要孤寂而死了。

父亲一手拉着平措赤烈,一手不停地揩着已经结冰的眼泪,凄厉地呼唤着:"多吉来吧,多吉来吧。"他前面走着央金卓玛,央金卓玛和野兽一样认得积雪中膨胀起来的硬地面。她一边找路,一边呼唤。尖亮的声音就像飞翔的剑,穿透了雪停之后无边的空雾。

狼群就是根据父亲和央金卓玛的声音跟踪而来的。它们听出了饱含在声音里的焦急和悲伤,知道悲伤的人是没有力气的人,就把距离越拉越近了,近到只有一扑之遥的时候,父亲发现了它们。

"狼。"父亲惊喊一声,两腿打抖,浑身僵硬,一把抱住了平措赤烈。心说这孩子是雪灾狼口里的幸存者,可千万不能再遭不幸。相比之下,央金卓玛倒显得不那么紧张。她转身跑过来,堵挡在父亲前面,冲着狼群喊着:"来了来了来了,多吉来吧来了。"喊着,扑通——一声跪下,捧着积雪,在自己脸上擦了几下,趴在地上,朝前扑了一下。

狼群哪里见过这样的人,惊慌地朝后退去。但是它们没有退远,在十步远的地方紧张地观察着。央金卓玛起身,踢着雪朝前走了两步,再次尖叫起来:"多吉来吧,多吉来吧。"白爪子头狼抖了抖耳朵,像是稳定团伙的情绪那样,松弛地张开嘴,长长地吐着舌头,迈步走去。它走了一圈,等回到原地时,包围圈就已经形成了。

九匹狼包围着三个人,三个人是疲惫而软弱的,而九匹狼则显得精神抖擞。它们被饥饿逼迫着,瘦骨嶙峋而又几近疯狂,就像一座座没有积雪没有植被的山,形削骨立,直插云空。父亲转着圈看着这些狼,两腿渐渐不打抖了。一边抱着平措赤烈,一边拽着央金卓玛,用下巴磨蹭着飘曳在胸前的经幡,声音颤颤地祈祷着:"保佑啊,保佑啊,勇敢无私的猛厉大神、非天燃敌、妙高女尊,千万要保佑啊,你们没有保佑我的学生,今天再不保佑我们,我就不信仰你们了。"

白爪子头狼试探性地扑了一下,扑向了平措赤烈。父亲哎呀一声,抱着平措赤烈蹲了下去。他本来是要躲闪的,往后一看,发现身后的狼就在三步之外,赶紧站起来,冲着白爪子头狼猛吼一声:"老子是藏獒,你敢吃了我?"这么一吼,似乎胆气就壮了,他丢开平措赤烈,把雪粉一股一股地踢了过去。

央金卓玛咕咕地笑起来:"你就说你是冈日森格,我就说我是大黑獒那日,我们就是领地狗群里做大王做王妃的那一对,狼们一听肯定会吓死。"笑了几声,突然想到了十个被狼吃掉的孩子,就毫无过度地变笑为哭,哗啦啦地流起了眼泪。没哭几下,又把父亲还给她的光板老羊皮袍脱下来,跳过去,朝着白爪子头狼仇恨地抡起来。

白爪子头狼一步一步后退着,引诱央金卓玛离开了父亲。父亲大喊一声:"回来,央金卓玛你回来。"她抡得正欢,根本就没听见,也没有看到另有两匹狼已经从她左右两侧包抄了过去。父亲跑上前一把拉住她,驱赶那两匹狼。

就在这时,另外六匹大小不等的狼冲向了平措赤烈。平措赤烈惊叫着跑向了父亲。一匹大狼一口咬住他的皮袍下摆,狼头一甩,把他拉翻在地上。别的狼哗地一下盖过去,压在了他身上。

父亲疯了,丢开央金卓玛扑了过去。他什么也不怕了,真的变成了一只他理想中的藏獒,勇敢地扑向了正要吃掉孩子的狼群。

狼群哗地离开了平措赤烈,又哗地扑向了父亲。父亲摞在了平措赤烈身上,狼群摞在了父亲身上。除了白爪子头狼继续纠缠央金卓玛,其余的八匹狼都扑过去摞在了父亲身上。它们就像从坟墓里飘出来的饥饿的骷髅,龇着白花花的牙齿,把父亲的衣服一下子撕烂了。

肉啊肉,饿狼眼里的父亲的肉,以最鲜嫩的样子,勾引着八个饥中之鬼最迫切的吞噬欲望。雪崩了,昂拉冰峰的雪崩引来了多猕雪山的雪崩。就在一道深阔的雪坳之中,崩落的冰雪铺天盖地,掩埋了满雪坳茂密结实的森林。那些冒出梢头的树木变成了松叶杉针的牧草,点缀在覆雪的蜿蜒里。平静得一点痛苦和一点慌乱挣扎也没有,好像这里从古到今就是这样。

但是雪崩后的平静并不能迷惑冈日森格。它来过这里,知道这里是昂拉山群和多猕雪山的衔接处,是一个冰壑雪坳里长着茂密森林的地方。它疑惑地抬眼四瞧:那些密集到几乎不透风雨的森林到哪里去了?又用鼻子四下里闻了闻,立刻就明白:埋掉了,埋掉了,倾泻而下的冰雪把森林埋掉了,同时埋掉的还有它昔日的主人刀疤。刀疤的味道从这个地方启程,传到了它的鼻子里,后来就闻不到了,这就是说,连散发味道的间隙也被埋堵起来了。

冈日森格站在多猕雪山坚硬的高坡上,深深地吸了一口气,便朝着掩埋了森林的积雪扑了过去。哗啦一阵响,它感觉脚下的大地动荡起来,松散的掉落似乎带动了整个山体的滑动。它立刻意识到脚下是空洞的,密集的森林支撑着崩塌的冰雪,让这里成了一个偌大的陷阱。

它吃惊地蓬松起浑身的獒毛,深吸一口空气,赶紧趴下了。那种来自经验也来自遗传的智慧告诉它,自己身体接触冰雪的面积越大,就越不可能陷落。

它提心吊胆地趴了一会儿,发现动荡消失了,四周又是一片平静。它轻轻地朝后滑动着,尽量把鬣毛和脊毛耸立起来,让它们成为翅膀接受风的托举。这样退了很长时间,终于退回到了多猕雪山坚硬的高坡上。

冈日森格四腿一蹬,立稳了身子,朝着看不出虚实的雪坳里那些树梢摇曳的地方大吼起来。到处都是回音,回音是可怕的,就像一只无形的大手,呼呼地拍打着,让对面的昂拉冰峰和身后的多猕雪山顿时变得又松又脆,瀑布一样掉下一些冰雪来。

它赶紧闭上了嘴,摇晃着大头琢磨着,突然一个警醒,沿着森林支撑着的覆雪的边缘,走了过去。突然停下了,试了试虚实,小心翼翼地用前爪刨挖起紧挨山体的松散的冰雪。它想挖出一个直通大陷阱的洞穴,跳下去,看看主人刀疤到底在不在里面。

洞穴赫然出现了,被压弯的树干从洞穴里伸了出来。冈日森格愣了一下,立刻感觉到刀疤的气息袅袅而来,是活人散发出的新鲜之气和肺腑之气。它高兴得狂摇尾巴,好像已经见到了刀疤,刀疤正在往外走。它卧下前腿,高高地撅起屁股,把头尽量朝下伸着,一边轻轻地叫,一边用那种在黑暗中毫无障碍的野兽的眼光,扫视着树与树的空隙。

这样过了很长时间,冈日森格有点急了,忽地站起,正准备不顾一起地跳下去,就听一个声音沉沉地传了上来。是刀疤的声音,啊,刀疤。它激动地回应着,当然是压低嗓门轻轻地回应着。

茂密的森林支撑起了崩落的冰雪，在几公里长的林带上，留下了一些黑暗的空隙。已经在黑暗中摸索了一天一夜的猎人刀疤，靠着一棵高大的青杆树，绝望地坐了下来。他是来打猎的，自从他离开寄宿学校也就是他长大以后，他就把打猎看成了自己的营生，他用猎物从头人或牧民那里换吃的和用的，觉得这样的日子挺不错，自由而富裕，从来不会饿肚子。但是刀疤没有料到会遇到雪崩，会被冰雪覆盖在一片黑暗危险的林带里。他想自己可能就要死了，饿死，闷死，被同样闷在林带里的野兽咬死，或者被随时都会坍塌下来的冰雪砸死压死。他反反复复想着这几种死，就是没想到活。

想着死的人，头总是低着的。他软塌塌地垂吊着脖子，像一只死前的野兽那样把头埋进自己的身体，闭上了眼睛。也不知过了多久，等他听到头顶掉落冰雪的声音，淡漠地抬起头来时，突然看到前面亮了，一束亮光从高高的覆冰盖雪的树冠上投了下来。他大叫一声，坐麻的腿来不及站起，四肢着地，朝着亮光爬了过去，还没爬到跟前，他就知道是怎么回事儿了。

冈日森格，冈日森格你怎么知道我在这里？这么大一片森林都被冰雪盖住了，而你偏偏就在我坐下来准备死掉的地方挖出了一个洞。刀疤激动地叫着它的名字，又是跳又是笑，最后哭了，用手掌一把一把地甩着眼泪："冈日森格，冈日森格你知道我没有阿爸，你又一次救了我的命，你就是我的亲阿爸。"

而冈日森格已经不再激动了，它显得平淡而冷静，就像偶尔和昔日的主人邂逅了一样，根本就没把救命不救命的事儿放在心上。它知道自己的叫声会引发新的雪崩，就一声不吭地趴在洞穴边上，放松地伸出舌头，呵呵呵地喘着气，探头望着下面。

刀疤是猎人，整天在森林里钻进钻出，一碰到上树就变成了猴子。他顺着树干很快爬出了洞穴，还像小时候那样，扑到冈日森格身上又拍又打。冈日森格老成持重地站着不动，生怕他一不小心，顺着多猕雪山坚硬的高坡再滑到洞穴里去，便始终歪着头，紧咬着他的羊皮围裙，直到他从它身上下来，稳稳地站住。

他把攥在手里拍打冈日森格的狐皮帽子戴在头上，整理着身上的弓箭和藏刀，紧了紧贴肉穿着的豹皮袍子和羊皮围裙以及牛皮绳的腰带。冈日森格耐心地望着他，看他整理得差不多了，才迈开步子朝前走去。

刀疤跟了过去。他们一前一后，花了大半天时间，才走出昂拉冰峰和多猕雪山之间深阔的雪坳，来到了雪原上。

黑夜来临了，刀疤停下来，想给自己挖个雪窝子睡一觉。冈日森格着急地围着他转起了圈子。刀疤挥着手说："走吧走吧你走吧，你是獒王，你应该回到领地狗群里去，等我明天扒了金钱豹的皮，掏了藏马熊的窝，就去找你。现在，我要好好睡一觉了，你不要在这里转来转去，吵得我光打哈欠睡不着。"说着便哈欠连天。

冈日森格多次救过刀疤的命，但刀疤似乎是绝情的，一副毫不留恋的样子。其实他的绝情完全是为了冈日森格，他知道冈日森格救了他之后就非常为难了：既想陪伴着昔日的主人，又想去做别的事情，作为一只以忠顺主人和保卫他人为天职的藏獒，如果没有人的推动，它自己很难做出选择。"去吧去吧，我没事的，需要你的时候我会去找你的。"刀疤跪在地上，一边挖着雪窝子，一边朝冈日森格不停地挥着手。

草原上的猎人差不多都是些无着无落无依无靠的人,他们像野兽一样生活在旷野里,天天都是风餐露宿,夜夜都是披星戴月。野兽一般是不会侵害猎人的。它们知道,这种穿着兽皮带着弓箭两条腿走路的人,这种浑身散发着各种野兽的味道和野兽一样机警灵敏的人,是专门猎杀它们的。它们见了就躲,闻了就跑,哪敢凑到跟前来。尽管如此,冈日森格还是不忍心就这样离开昔日的主人,依然转着圈子,看他挖好雪窝子睡了进去,便环绕着雪窝子,四面八方撒了几脬尿,留下一道足可以威胁野兽、阻止它们侵害的防护线,才悄悄地离去。

雪窝子里,刀疤静静地听着,突然坐起来,趴在了雪墙上。他痴痴地望着冈日森格,望着迷蒙的夜色在吞没冈日森格的瞬间张翕搏动的情形,心里突然一酸,眼泪像两匹被藏獒追逐的受伤的狼一样蹿了出来。那是从童年就开始了的思念深重的眼泪,是相依为命的伴侣埋在他灵魂深处的伤感而温暖的印记。他在心里感叹道:"为什么非要回到领地狗群里去呢?你是我的藏獒,你要是待在我身边该多好啊。"

刀疤说错了,冈日森格急着离开,并不是想回到领地狗群里去,它现在还感觉不到领地狗群已经出事了。它在这里闻到了尼玛爷爷家的味道,它要去看看了,好不好呢,这一家人?去年是不好的,去年的雪灾里,尼玛爷爷全家都饿得动弹不了,是大黑獒那日用自己的乳汁救了他家的人,也救了他家的藏獒。

午夜时分,冈日森格在一个背风的山湾里看到了尼玛爷爷家的帐房,闻了闻就知道,这儿还不错,帐房没有坍塌,牛羊也没有全部被暴风雪卷走,人和牲畜都挤在帐房里,在互相取暖中等待着雪灾的过去。忠于职守的看家狗斯毛以及格桑和普姆守护在帐房外面,发现了它的到来,一边用叫声通知着主人,一边跑了过来。它们敬畏地摇着尾巴,走过去谦卑地嗅了嗅冈日森格的鼻子。

班觉出来了,冈日森格赶紧跑了过去,瓮瓮瓮地叫着,好像是问他:还好吗?家里的人都好吗?尼玛爷爷好吗?拉珍好吗?儿子诺布好吗?班觉认出是冈日森格,大声喊叫着,喊出了全家所有的人。冈日森格跑向了尼玛爷爷,在他身上扑了一下。尼玛爷爷弯下腰,高兴得和它碰了碰头。

冈日森格依然瓮瓮瓮地叫着,像是在告诉他们:几天前我看到了你家的牧狗新狮子萨杰森格和瘸腿阿妈,它们已经死了,它们不吃看护的羊群就只能冻死饿死了。它们死在离这里很远很远的高山牧场,死在饿死冻死的一二百只羊群身边,一片高低不平的积雪埋葬了它们。冈日森格越来越伤心,眼睛不禁湿润了。

遗憾的是,尼玛爷爷一家听不懂它的叫声,也无法从雪光映照下的夜色里看到它的眼泪。他们兴奋地轮番搂抱它,向它问了许多话:"领地狗群好吗?头人索朗旺堆好吗?汉扎西好吗?丹增活佛好吗?你见到的牧民都好吗?他们的牛羊马匹还好吗?"他们不停地问着,几乎问遍了他们认识的所有的人、所有的藏獒,好像冈日森格什么都应该知道,什么都应该告诉他们。

冈日森格默默无语,它想起了大黑獒那日,眼泪就流得更多了。尼玛爷爷看它情绪越来越低落,就说:"饿了,饿了,你饿了。"拉珍赶紧回身进了帐房,拿出一些肉来捧到它嘴边。冈日森格把头扭开了,它想告诉尼玛爷爷一家大黑獒那日的死讯,却又不知道如何表达,着急地伸出舌头,低头一再地舔着自己的胸脯,像是要把心舔出来让他们看。

还是女人拉珍心细,弯下腰看着它,突然喊起来:"冈日森格哭了。"几个人不再说话,蹲在它面前,瞪着它深藏在脸毛里的一对亮如珍珠的眼睛,仿佛要从那眼睛里看到一幅图画,看到它伤心落泪的原因。

冈日森格也看着他们,眼光从尼玛爷爷、班觉、拉珍和诺布脸上扫过,发现他们的表情一个比一个茫然之后,突然发出了一阵有点沙哑的若断似连的叫声。它从来不这样叫唤,这是大黑獒那日习惯的叫声,它要用大黑獒那日的叫声让聪明的人明白它的意思:大黑獒那日死了。

四个人呆愣着,互相看了看,依旧是呆愣。冈日森格不停地用有点沙哑的若断似连的声音叫唤着,转动明亮的眼睛,观察着尼玛爷爷、班觉、拉珍和诺布的神色。心想:你们四个人都是被大黑獒那日救过命的,看你们谁先听懂我的意思。谁先听懂了我的意思,谁就是最最惦记大黑獒那日的,谁就有权让我、让所有的领地狗,为他去死,也为他去活。

冈日森格的叫唤持续了大约十分钟。十分钟里,它聚精会神地等待着四个人的反应,突然听到其中的一个人喊了一声:"那日,大黑獒那日。"它顿时感动得原地跳起,旋转了一圈,哭着扑向了那个人。

第十三章 群果扎西温泉湖上的白爪子狼

谁也没有觉察到大灰獒江秋帮穷的到来,狼和人都没有觉察到。等被吃的人和吃人的狼看到…道灰色的闪电从天而降时,一匹狼的肚子就已是血水汩汩了,接着是另一匹狼的尾巴被獒牙割掉。失去了尾巴的狼疼得惨叫着,回头便咬,恰好把脖子亮了出来。江秋帮穷后腿一蹬,利箭一样射过去咬住了狼脖子上的大血管,咔嚓一声响,那狼头就再也抬不起来了。

狼们吃了一惊,也不知道来了多少藏獒,从父亲身上跳起来就跑,跑出去两丈,回头再看时,发现居然只有一只藏獒。

白爪子头狼丢开央金卓玛,跑回狼群里,鼓劲似的把脖子上钢针一样的狼毫耸起来又伏下去。狼头摇晃着,大胆地朝前走了几步。狼群紧紧跟在它身后,一个个用血红的眼睛望着大灰獒江秋帮穷。

江秋帮穷使劲舔着父亲袒露的脊背,以为父亲已经死掉了,没想到父亲爬了起来,吃惊得江秋帮穷仰起身子跳到了一边。父亲后来说,江秋帮穷来得太及时了,狼群刚刚撕开他的衣服,正要用牙刀割肉时,它就来了。更加庆幸的是,狼群没有来得及咬断他的喉咙,因为按照它们这群狼的规矩,只有白爪子头狼才有权利首先把牙齿埋进猎物的喉咙,享受血管冲着黑洞一样的嗓门喷溢热血的乐趣。白爪子头狼晚来了一步,于是父亲就安然无恙了。

父亲感激地看着大灰獒江秋帮穷,把同样没有丝毫损伤的平措赤烈拉了起来。父亲说:"你怎么来了? 冈日森格呢?"江秋帮穷摇晃着大头望了望远方,似乎是说:冈日森格在东边,我收拾了这群狼,就去寻找它。

央金卓玛走来，看到父亲的衣服被狼撕得稀烂，就把自己的光板老羊皮袍披在了父亲身上，指着狼群对江秋帮穷说："你把它们都给我咬死，它们吃掉了十个孩子，十个孩子啊。"

大灰獒江秋帮穷反应敏捷地跳起来，直扑离它最近的白爪子头狼。白爪子头狼朝一边跑去，跑得很慢，好像并不在乎江秋帮穷的出现，尽管后者一出现就让九匹狼变成了七匹狼。江秋帮穷追上了白爪子头狼，眼看尖利的獒牙就要刺进它的屁股，白爪子头狼这才风快地刨动起了四只有力的爪子。它跑向远方，翻过一座雪岗后又跑了回来，它知道只要自己拼命跑，一只藏獒不可能很快追上它，就围绕着三个人转起了圈。

白爪子头狼跑了一圈，又跑了一圈。它想用兜圈子的方法拖疲拖垮江秋帮穷，就用眼神暗示站在追逃线外面观望着的另外六匹狼：你们暂时不要动，等这只狂妄的藏獒累得跑不动了再一拥而上。但它没料到，大灰獒江秋帮穷并不是它想象中穷追不舍的那种藏獒，当奔跑的双方第五次从六匹狼面前经过时，江秋帮穷突然离开了追撵的轨道，斜着身子刮风一样扑了过去。

六匹狼一点防备都没有，来不及散开，就被江秋帮穷一口咬住了一匹母狼的喉咙。江秋帮穷在牙齿奋力咬合的同时跳了起来，直扑另一匹狼。那是一匹行动迟缓的老狼，知道自己已经跑不脱了，干脆停下来，扎煞着狼毫，撮鼻龇牙地等待撕咬。但是江秋帮穷只是扑翻了它，虚晃一枪，把本该咬死它的时间留给了逃跑在前面的一匹杀伤力极强的年轻公狼。

年轻公狼虽然凶悍但缺乏经验，以为有老狼断后，追来的藏獒无论从时间还是从距离上，都不可能直接扑到自己。看到对方粗壮的前腿不可思议地踩住了自己的腰肋，吃惊得居然忘记了逃跑。死神的阴影就在这个时候笼罩了它，它在飞速而来的獒牙之下献出了自己滚烫的狼血。

现在，九匹狼只剩下五匹狼了。五匹狼要想在一只狂暴猛恶的大藏獒和三个人这里占到便宜，那是根本不可能的。白爪子头狼呜呜地鸣叫着，招呼自己的同伙赶快离开，它自己不知羞耻地首先跑起来，别的狼急忙跟上了它。

大灰獒江秋帮穷连吼带叫地追了过去，它是想彻底把它们赶跑，却听央金卓玛声嘶力竭地喊起来："一个也不要放跑，全部咬死，全部咬死。"江秋帮穷知道"全部咬死"是什么意思，也知道声嘶力竭的声音里包含了人类无限仇恨的意志。而自己便是仇恨的利器，是人的意志的实现者，绝对不能有丝毫的违拗。它不再沿着膨胀起来的硬地面绕来绕去地追，而是加快速度，像一架力大无穷的开路机，用四条腿的蛮力在松软的积雪中开出了一道沟壑，笔直地通向了奔逃中拐来拐去的狼群。

父亲喊起来："回来，回来，江秋帮穷你回来。"央金卓玛说："回来干什么？让它去咬，咬死全部的狼。"父亲着急地说："多吉来吧，让它去找多吉来吧，它鼻子一闻、耳朵一听就知道多吉来吧在哪里了。"央金卓玛一愣："对啊对啊，我怎么没想到，让它去找多吉来吧。回来，江秋帮穷你听我回来。"她喊着朝前跑去。但已经喊不回来了，江秋帮穷要去完成"全部咬死"的使命。这既是人的旨意，也是它自己的想法。它把浑身的每一个细胞都投入到了追撵中，都变成了创造速度的动力。

近了，近了，转眼就在五步之外了。白爪子头狼没想到江秋帮穷靠近得这么快,感觉到要是再这样伙同在一起跑下去,都会死掉。它用奔跑中挤出胸腔的粗气嗥叫着:分开,分开,各走各的路。然后扭转身子,朝西而去。

但是狼群没有分开,出于对头狼的信任和对群体的依赖,所有的狼仍然跟在白爪子头狼身后,纠缠在一起,你碰我我碰你地奔跑着,越跑越慢,越跑越乱了。

江秋帮穷很快追上了它们,扑咬是激烈的,在藏獒是仇雠敌忾的横扫,在狼是置之死地而求生的死拼。但是这群狼的运气太差了,他们遇到的大灰獒江秋帮穷是一只曾经做过领地狗群短暂的首领而被狼群打败后需要复仇需要发泄愤懑的藏獒,是一只已经从人那里领受了"全部咬死"的旨意的藏獒。这样一只藏獒在肉体和精神上都很容易进入最佳状态。超乎常态的扑咬速度和力量将使狼群失去一切抵抗和提防的灵性,最终成为它们无法逾越的死亡之渊。江秋帮穷很倒霉地被一拼到底的狼群咬伤了鼻子、肩胛和胸脯,但是谁咬伤了它谁就得倒下,倒下就是死,不是马上死,就是过一会儿死。三匹狼转眼不再鲜活灵动了,生命的气息争先恐后地从它们脖子上的血洞而不是从嘴里流进了雪后清新的空气。

一直很好地保护着自己的白爪子头狼又开始奔逃,那匹行动迟缓的老狼跟在了后面。大灰獒江秋帮穷扬头看了几秒钟,抬腿便追。老狼突然停下了,张着嘴,喘着气,横挡在江秋帮穷面前,前腿弯曲着,小孩子一样吱吱地叫起来,一副乞怜讨好的样子。

江秋帮穷愣了一下,戛然止步,它看懂了老狼的动作,也听懂了老狼的叫声,知道它不是在为自己乞命,而是在为白爪子头狼告饶,不禁隐隐地有些感动。寻思它大概是白爪子的母亲或者奶奶吧,不然它不会为了保护白爪子而把自己的生命置之度外。一种埋藏在獒性深处的怜悯,一种来源于人类的狗性的侧隐,悄悄地伸手摁住了它的杀性,让它顿时忘掉了声嘶力竭的央金卓玛要它"全部咬死"的旨意,它叫了一声,意思是说:为了你带给我的感动我就饶了你吧。它蹦跳而起,越过了老狼,继续去追撵已经跑出去二十步的白爪子头狼。

刹那间,老狼身子朝后一挫,用后腿作为轴心,忽地转了过去,以狼性最后的也是最彻底的凶恶与疯狂,扑向了江秋帮穷。

大灰獒江秋帮穷突然感觉到后腿一阵剧痛,整个身子被什么死死拽住了。扭头一看,原来是它侧隐之中饶了一命的老狼咬住了它,立刻暴怒得如同地火滚动。也是用后腿为轴心,忽地旋转起来,张足了大嘴,狂咬一口。看都没看一眼,就又把头转向了逃跑中的白爪子头狼,猛追过去。

它的身后,老狼死了,老狼的脖子上顺着暴起的大动脉,两个深深的牙痕就像冷兵器的金疮一样刺眼,红肉翻滚着,鲜血朝天而汨。

现在,九匹狼只剩下一匹狼了。对大灰獒江秋帮穷来说,在一无遮拦的雪原上追杀一匹狼差不多就是瓮中捉鳖,这一点连白爪子狼自己都知道。逃跑是茫昧而无奈的,失去了群体后就已经不是头狼的白爪子狼只是服从于生命惧怕死亡的规律,机械地刨动着四肢。但它的四肢是无数次疲于奔命的狂跑锻造而成的铁桨,即使在势如破竹的獒牙前来夺命的一刻,也仍然保持着有力的划动,保持着荒原饿神为食物而不驯的精神。

白爪子狼沿着一道被天光映照成青蓝色的雪沟跑去,突然攀上雪梁,希望在翻过雪梁朝下冲刺时,能够让自己失踪,或者至少把追撵的藏獒落得远一点。但是愿望毕竟只是愿望,逼临而来的事实是,大灰獒江秋帮穷和它一起来到了雪梁顶上,朝下冲刺的时候几乎就是藏獒的身子擦了狼的影子上。

不能再跑了,再跑就连喘息乞怜的机会也没有了。白爪子狼突然停了下来,头朝上尾朝下地蜷缩起身子,张着嘴汪汪地叫着,摇晃着狼头也摇晃着尾巴。这是最后的挣扎,是学着狗的样子,试图以远古的记忆——狗与狼的亲缘关系,唤起江秋帮穷的怜悯。可是大灰獒江秋帮穷却一点也不记得它的祖先和狼有血缘、是亲戚的历史,它的记忆只告诉它,那种和狼夹缠不清的亲缘关系只属于一般的藏狗,而不属于藏獒。如同父亲后来告诉我的,藏獒是远古的猛兽——那种被后人称为巨形古鬣犬的直系后裔,巨形古鬣犬在一千多万年以前就已经活跃在广阔的喜马拉雅地区了。而狼的进化史则只有不到三百万年,只有不到三百万年历史的年轻的小杂毛兽,身为活化石的藏獒老爷爷跟它有什么关系?

大灰獒江秋帮穷不理睬对方狼模狗样的乞怜,仗着奔跑的惯性,一爪伸过去把它打翻在地。跳起来就要牙刀伺候,突然发现这一爪打得太厉害了,白爪子狼顺着光滑而浑圆的雪梁飞速地朝下滚去。

江秋帮穷想追追不上,白爪子狼想刹刹不住,只听咚的一声响,就像大石入水,溅起的浪花把江秋帮穷的眼睛都糊住了。与此同时,追撵过去的江秋帮穷也像白爪子狼一样,陨落而下,在水面上砸出了一个深深的坑窝。坑窝动荡着,转眼又弥合成了平面。

水?哪里来的水啊?现在是严冬,苦寒伴随着大雪灾,除了还没有冻僵的人体和兽体的血液,所有的流淌都被禁止,所有的液态都被凝固,所有的活跃都被冻结,温暖和流淌只在记忆深处悄悄地运动着,最终成为甜蜜的梦幻出现在将死者的眼前。可是白爪子狼和大灰獒江秋帮穷碰到的却是一种真实的水,水不仅流淌,而且温暖,哪里来的水啊?那听懂了冈日森格有点沙哑的若断似连的叫声的,那喊出了"那日,大黑獒那日"而让冈日森格感动得扑过去的,原来是年事已高反应本该迟钝的尼玛爷爷。尼玛爷爷不仅理解了冈开森格的意思,而且立刻决定:跟着冈日森格走,去看看大黑獒那日。这个决定让全家人潸然泪下:大黑獒那日出事了,凶险雪灾的日子里,出事意味着什么呢?

尼玛爷爷拍了拍冈日森格的头说:"走吧走吧,我们一起走吧。"说着看了一眼儿子班觉和儿媳拉珍,兀自走去。他发现斯毛、格桑和普姆头一律向着远方站在他的前面,就知道自家的这三只藏獒早就从那种有点沙哑的若断似连的叫声中听明白了冈日森格的意思,已经做好了出发的准备,他满意地点点头,咕哝着:"狗啊,狗啊。"班觉追过去说:"阿爸,还是我去吧。"尼玛爷爷固执地摇着头:"不,我去,我一定要去。"

班觉只能留下了,哪儿有帐房和牛羊哪儿就是营地,他和妻子拉珍必须对营地负起责任来。他对儿子诺布说:"你跟着爷爷去,带上斯毛,不,还是带上年轻力壮的格桑和普姆,千万要小心点啊,路上。"

格桑和普姆早就是大藏獒了,威武得跟他们的阿爸白狮子嘎保森格和瘸腿阿妈一样。它们知道草原上有个传说说的就是它们的阿爸白狮子嘎保森格被冈日森格打败后自杀身亡的事儿,它们曾经记恨过冈日森格,但是现在不了。自从去年大黑獒那日用乳汁救了尼玛爷爷一家也包括它们自己后,它们就再也想不起仇恨了——大黑獒那日是獒王冈日森格的妻子,对那日的感激也应该是对冈日森格的感激。它们都是优秀的喜马拉雅藏獒,优秀的喜马拉雅藏獒从来都把感恩看得比仇恨更重要。仇恨是水,可以流走,恩情如山,永远都在挺立。为了获得一个感恩的机会,它们改变着本性,放弃了野蛮复仇的自由。就像父亲说的,感恩是存在于藏獒血脉骨髓里的基本素质,是它们胜出于一切动物而成为草原王者的根本原因。尤其是现在,当格桑和普姆从冈日森格的声音里知道了大黑獒那日的不幸后,就比人还要快捷地踏上了感恩之路。大黑獒那日出事了,也就是恩情的丰碑倒塌了,快啊,快啊。格桑和普姆焦急地跑到前面去,看到尼玛爷爷和诺布没有跟上,又担忧地跑回来,恨不得驮着一老一少两个主人,长出翅膀飞过去。它们汪汪汪地催促着:快啊,快啊。

三个时辰后,他们在冈日森格的带领下,接近了埋葬着大黑獒那日的地方。远远地就听到了那日的同胞姐姐大黑獒果日微弱的叫声。格桑和普姆疯了似的朝前跑去,一时间它们顾不得尼玛爷爷和诺布了,它们以为大黑獒那日还活着,就激动地狂奔而去。尼玛爷爷和诺布也很激动,但是尼玛爷爷腿脚已经不灵便了,只能做出跑的样子,在孙子诺布的搀扶下使劲挪动着身子。

格桑和普姆先到了,一看是果日,就汪汪地问道:那日呢? 那日呢? 大黑獒果日用鼻子吹了吹身边的雪包,倦怠地朝前走去。

好几天了,果日一直守护在妹妹的雪包旁。没有食物来源,它应该离开这里去打野食。但是它没有,它生怕野狼刨出来吃掉妹妹那日,就须臾不离地坚守着。现在,终于坚守到了人来狗来的时候,它必须离开这里去雪原上找一点果腹的东西了。它的步履缓慢而坚定,它不想让自己倒下起不来,也不想在这个谁都需要食物的日子里无能地去接受别人的食物,更不想在虚弱不堪的时候成为狼或豹子的美餐。它必须找到食物,而且要依靠自己的力量找到食物。它走了,显得平静而冷漠,甚至在和冈日森格擦肩而过的时候也是不吭不哈的,似乎连表示欢迎和高兴的力气也没有了。

冈日森格保护着尼玛爷爷和诺布同时到达,接着就刨挖大黑獒那日的尸体,人和藏獒一起刨。刨着哭着,人和藏獒一起哭。终于大黑獒那日出现了,尼玛爷爷抱住了它,眼泪哗啦啦的,一直哗啦啦的。没有声音,只有眼泪,无声的号啕比有声的号啕更是撕心裂肺的。哭了很长时间,尼玛爷爷用自己的体温暖热了已经冻硬的大黑獒那日,直到哭晕过去。

半个月以后,雪灾已经全部解除,尼玛爷爷一家给大黑獒那日举行了天葬仪式,全家都给它跪下了,跪了整整一上午。西结寺寺的喇嘛们念起了超度獒魂的《金刚上师净除因缘咒》,牧民们点起了柏枝、芭苈和酥油糌粑,在弥漫的香烟中,释放了一万个彩色风马。人们看到,天葬台上,翩跹的秃鹫已经吃尽了大黑獒那日的骨肉。彩虹架起了升天的桥梁,袅袅的香色里,灵魂在尸林空行母和圣地空行母的陪伴下,在有情众神的引导下,飘飘欲仙地走上了天堂之路。西结古草原上,牧民们就是这样永别着对他们有恩有德的一切,一只藏獒的忠诚和一个人的帮助,都会让他们回报全部的感情和整个灵魂。坚定而敏感的信仰神经，就是送别亲人和朋友进入天堂的保证。

就在尼玛爷爷老泪纵横的时候，冈日森格悄没声息地离开了自己死去的妻子，离开了这里的人和藏獒。它不能再沉溺在悲伤中了，它必须立刻回到领地狗群里去，这一点是它带着尼玛爷爷一行来看望大黑獒那日的路上突然意识到的。谁也不知道它为什么会有这样的意识。不是风，不是味，不是天上地下的一切告诉了它领地狗群的危机，而是它内心深处的一片柔情和思念让它毫无理由地产生了一种幻象。

幻象激烈地闪现着，让冈日森格相信它是那么可靠而精准。它脑海里演绎着关于领地狗群的现状：乱了，一切都乱了，大灰獒江秋帮穷被众狗赶走了，大力王徒钦甲保试图为王，但许多藏獒不服气，于是就打起来了。壮硕的藏獒与伟岸的藏獒、勇敢的藏獒与强悍的藏獒之间，你死我活地打起来了。

意识到自己依然是獒王、必须是獒王的冈日森格，用一只优秀的喜马拉雅獒种所具备的强烈责任感，坚决取消了自己的悲伤和对亡妻的流连，奋勇地踏上了回归的路。

半路上，它碰见了刚刚吃到一只秃鹫的大黑獒果日。秃鹫是饿死的，它在无边的雪原上找不到活食，也找不到腐尸，就从天上掉下来把自己摔死了。獒王冈日森格停下来，四只爪子原地刨动，好像是说：你不用回去了，就把那日交给尼玛爷爷吧，尼玛爷爷会处理好的。咱们走，赶紧走。大黑獒果日丝毫没有犹豫，转身跟着獒王去了。

雪色无涯，空旷到连死灭都没有痕迹的西结古草原，在远古的兽性中寂静着。所有的生命都在挣扎。寒冷彻骨，残酷泛滥到无边。冈日森格和大黑獒果日奔跑在永远颤动的地平线上，看到了一些帐房、一些牧民。牧民们还没有死，但很快就要死了。他们没有吃的烧的，四顾八荒，一筹莫展，就要长眠在雪霁之后更加寒冷的灾难中了。吃的，吃的，哪里能找到吃的？本应该找到吃的解救牧民的领地狗群，这时候却因为争当獒王而内讧纷起。冈日森格懊恼地埋怨着：不应该啊，西结古草原的领地狗们，你们不应该这样。

一黄一黑两只藏獒内心无比焦急，奔跑的姿影也就如飞如翔了。父亲凄厉地呼唤着："多吉来吧，多吉来吧。"央金卓玛凄厉地呼唤着："多吉来吧，多吉来吧。"平措赤烈用稚嫩的声音同样凄厉地呼唤着："多吉来吧，多吉来吧。"父亲说："我怎么不是一只藏獒啊，我要是一只藏獒，鼻子一闻就知道它在哪里了。"

央金卓玛说："我都饿了，累了，我们能不能不找了呀？多吉来吧一定会自己回来的，只要它活着。"父亲悲伤地说："你这个藏民丫头，说出话来怎么不像藏民说的？受了伤的藏獒，快要死的藏獒，都会离开主人默默死掉，你怎么连这个都不知道？"央金卓玛说："汉扎西你听我说，这么大的雪原，只要多吉来吧自己不出来，你就永远找不到。"父亲说："那我就永远找下去。"

央金卓玛一屁股坐在了雪地上："找去吧，找去吧，汉扎西你丢下我和平措赤烈，一个人找去吧。"看父亲不理她，就又说："我现在走不动啦，你说怎么办？"父亲说："你知道我会怎么办。"央金卓玛阴郁地翻了一下眼皮说："我知道你会丢下我的。"父亲说："你错了，在这种时候，你家的藏獒会怎么做，我也会怎么做。"央金卓玛说："我家的藏獒会背着我。"父亲说："那我也会背着你。"央金卓玛高兴地说："真的？那你快过来背我。"

父亲走过去拉住她的手，想拽她起来。央金卓玛拗着力气，反而把父亲拽到了她怀里，她嘎嘎嘎地笑着，突然就躺倒了。父亲也跟着躺倒了。他们滚翻在雪地上，紧紧地抱在一起。不，不是两个人抱在一起，而是央金卓玛抱着父亲。父亲使劲推着她，怎么推也推不开。平措赤烈和远方的雪山一样呆愣着，他这个年纪还不知道面前正在发生着什么。

父亲终于推开她站了起来，喘息着说："央金卓玛我告诉你，班玛多吉主任看上你啦，他早就看上你啦。"央金卓玛仰躺在积雪中，望着父亲几乎是哭着说："可是我看不上他，我看上你啦。"

父亲说："你这个丫头，尽想着不可能的事情。班玛多吉多好啊，他是西结古草原的主任，主任就是主人知道吗，就像我是多吉来吧的主人。"央金卓玛跳起来，瞪着父亲气愤地说："多吉来吧，多吉来吧，你就知道多吉来吧。"说着转身就走。父亲说："你要去哪里？你不能一个人走。"央金卓玛回头说："星星在黑暗的天上，你不是星星你怎么么能靠近它。"说着，噗噗噗地踢着积雪，神情黯淡地继续走去。父亲愣怔着，突然拉起平措赤烈跟了过去："你说得对啊央金卓玛，只有星星才能靠近星星，我们应该先找到冈日森格，让冈日森格带着领地狗群去找多吉来吧，那就容易得多了。"

父亲一行朝着碉房山走去，边走边喊："多吉来吧，多吉来吧你回来。"轮番呼唤的三个人都没有想到，就在离他们二百多米远的雪丘后面，多吉来吧正在踽踽独行。

多吉来吧听到了他们的声音，也闻到了他们的味道，它激动地加快了脚步，甚至都发出了呵呵呵的亲切的回应。但是就在沉重的獒头探出雪丘，瞩望主人的瞬间，它把激动一下子埋在了心底。它想到了寄宿学校的毁灭和十个孩子的死，想到了自己的责任和没有尽到责任的愧疚，它只能悄悄地远离主人以及所有的人，然后死掉，默默地死掉。

但是多吉来吧马上又站了起来，无奈地呻吟着：不能啊，不能现在就死。它把头再次探出雪丘，望着父亲他们远去的背影，踽踽珊珊地跟了过去。雪原上的凶险就像空气，时刻伴随着一切柔弱的生命，父亲他们需要保护，而能够保护他们的只有它多吉来吧。多吉来吧远远地挪动着，它知道自己虽然已经没有能力进行剧烈的打斗，但只要自己存在，就会有浓烈的气息传向四面八方。对任何凶残的野兽，这气息都有着强大而锐利的威慑作用，使它们不敢轻易觊觎而来。

就这样，在父亲一行全然不知的情况下，多吉来吧护送他们来到碉房山下。朦胧的夜色浸透空明的天地，白天并不显眼的雪光临照而来。父亲一行踏上盘山的路，这就是说凶险已经止步，他们安然无恙了。躲在积雪后面的多吉来吧望着自己的恩人也是主人的父亲，无声地流着泪，好像是说：再见了主人，永别了主人。然后恋恋不舍地转身，带着浑身的伤痕和痛苦，吃力地走向了空旷寂寥的天际深处。

其实大灰獒江秋帮穷和白爪子狼都知道西结古草原有一片叫作群果扎西的湖

群,群果扎西是吉祥水源的意思。它告诉人们这里是天下之水的源头湖群。湖群里有冷水湖,也有温泉湖,人和动物一般都是从平展开阔的南边而不是从光滑浑圆的雪梁这边接近湖群的,所以当江秋帮穷和白爪子狼掉进冬天不会结冰的温泉湖时,一时就不知道这里是什么地方了。

群果扎西温泉湖的水很深,掉进水里的白爪子狼半天才凫出水面,晕头转向地朝着刚才滚下来的雪梁游去。没游几下,就一头撞在了大灰獒江秋帮穷身上,又赶紧转身,游向了水面的中心。中心是白色的,像是一片覆雪的陆地。

自爪子狼的身后,大灰獒江秋帮穷乒乒乓乓地激溅着水花,像是在奋力追撵,其实是拼命挣扎。它因为体重,掉进水里后花了比白爪子狼更长的时间才凫出水面,然后就比白爪子狼还要晕头转向地乱游了一气。意识到不可能再顺着光滑而浑圆的雪梁爬上去,就远远地跟上了白爪子狼,好像此刻狼成了获救的指航,狼的去向就是生命再生的去向。

白色的陆地依然遥远,好像在你进它退,永远跟你保持着足够让你绝望的距离。白爪子狼已是精疲力竭了,身子下沉着,好几次都把狼头拖进了水。它在喝水,呛水,不停地咳嗽着,满眼都是惊恐之色,四肢的刨动显得毫无章法,腰肢乱扭着,淹没就在眨眼之间。

大灰獒江秋帮穷挣扎而来,毕竟它是藏獒,它有比狼更完美的肌肉、筋腱和关节,那是骨肉做的息壤,时时刻刻发酵着抵抗命运的力量。更重要的是,它有比狼更遥远的历史,它的祖先曾是古喜马拉雅海里类似海狗但比海狗大得多的一种动物。后来随着古大海的退去,渐渐就两栖了,就成为横行一方的陆地野兽了。但是远古祖先的漂浮能力和游泳技巧并没有丧失,生命的延续和遗传的风景互相帮衬着来到了今天,让它作为一只优秀而纯正的喜马拉雅獒种有了一种跨越历史长河的回归,那就是和水的亲和。它开始在水中恢复体力和能力,一股神秘的左右着生命的热能随着温泉水对冰凉身体的抚摩慢慢滋长着。等它望着狼头的指航,来到白爪子狼跟前时,挣扎已经不存在了。谐调的划动和顺畅的呼吸让江秋帮穷有时间停留在白爪子狼跟前,考虑这样一个问题:是一爪子把狼拍进水里淹死,还是一口咬烂狼的后颈血管,让这清白的水面漂浮起一层鲜红的狼血?

江秋帮穷想了想:还是咬死它。咬死是更痛快更自然的,咬死就会流血,血是残酷而美丽的。尤其是敌人的血。更要紧的是,仇敌的血能够慰藉它和满足它,自打领地狗群在两股庞大的外来狼群面前失手以来,作为临时首领的江秋帮穷一直懊恼不已,牙齿越来越厉害地痒痒着,复仇的欲望并没有因为身体浸泡在水中而有丝毫消退。咬死它,咬死它,牙齿和大脑都这样说。正好不断被淹没又不断冒出头来的白爪子狼又一次咳嗽着,以求生的本能把下巴搭在了江秋帮穷的肩膀上。江秋帮穷一口咬住了它的后颈,用舌头舔着湿漉漉的颈毛,眯缝起眼睛狞笑着,只等稍微一用力,就可以让它溅血了。

但是风阻止了它,风是从头顶掉下来而不是横空吹过来的。好像那风中的味道正要经过群果扎西温泉湖,一看到大灰獒江秋帮穷就直落而下,忽一下钻进了它的鼻孔。江秋帮穷不禁翻起眼皮看了一眼头顶的天空,也看了一眼白色的陆地,突然发现陆地已经很近了。它着急地思考着灌进鼻子 L 的味道,叼着白爪子狼迅速划向了陆地。

上岸的瞬间,江秋帮穷感觉陆地朝后滑了一下,差一点让它上不了岸。它赶紧松开嘴上的白爪子狼,拖着一身沉重的水,哗哗啦啦地站到了陆地上。而身后的白爪子狼却本能地用前爪扒住了陆岸,下巴上翘着,拼命拒绝着下沉。白爪子狼还残存着力量,紧闭的眼睛后面,顽强的生命意志依然发挥着作用。那就是乞生的表现,它让已经站到岸上的江秋帮穷意识到,必须拽它上岸,在它还活着的时候咬死它,否则它就会死掉。而等它死了再咬它,那就不是战而胜之而是贪而食之了。

江秋帮穷前腿趴下,伸头叼住了白爪子狼的肩膀,慢慢地朝后退去,直到把狼拖出水面,拖到陆地上。

又是风的到来,从头顶掉下来而不是横空吹过来,似乎是催促,钻进大灰獒江秋帮穷的鼻孔后就变成了冈日森格的獒王之气。那么浓烈,就像面对面走过。江秋帮穷丢开白爪子狼,扬起獒头,眺望着前面,一片云山雾海,仿佛獒王冈日森格就在雾海里头,昂扬地走着。

江秋帮穷跳起来跑了过去,一瞬间它忘记了自己满身的伤痕钻心的疼痛,忘记了拖上来打算咬死吃掉的白爪子狼。只想着一件事:赶快见到冈日森格,告诉它领地狗群已是群龙无首,它们不去救援围困在大雪中的牧民,也不去报复咬死了那么多领地狗的外来的两股狼群,它们丢弃了自己的职责,只想着谁来做头,谁来为王了。江秋帮穷知道,现在的领地狗群里没有一只藏獒是全体信服大家公推的,如果獒王冈日森格不赶快回去,领地狗群将陷入无休无止的打斗而一乱再乱。

大灰獒江秋帮穷在覆雪的陆地上直线奔跑,腾腾腾的脚步让整个陆地摇晃起来。而风的摇晃更加有力,仿佛迷雾里头的冈日森格也正在朝它奔来。它激动得四腿腾上了云彩,灵动妖娆地飞翔着。只听扑通一声巨响,水花爆炸了,它一头栽进了清白闪亮的湖水,深沉的水浪立刻吞没了它。草原上以藏獒为主的领地狗群是一个英雄荟萃的团体,但英雄的荟萃往往也是强盗的荟萃,当它们不是为了忠诚而是为了争夺权力大打出手的时候,英雄与强盗的界线就顿然消失了。这就跟草原人一样,部落的强盗如果不是舍生取义的英雄,那就只能是心胸褊狭、胡作非为的真正的强盗。现在,领地狗群的英雄们已经不再表现自己的英雄气概了,獒王没有回来,权力出现真空,互相倾轧的内部冲突随着在狼群面前的失手而愈演愈烈。

赶走了大灰獒江秋帮穷后,大力王徒钦甲保傲慢地行走在狗群里,企图迫使别的藏獒臣服,给它让路,却引起了众多藏獒的不满。

一只火焰红的公獒看到徒钦甲保走过自己身边时,居然蛮横地撞了自己一下,便忍不住扑上去咬了它一口。一场血战就这样开始了,结果是谁也没有占到便宜,都被咬烂了肩膀。在两败俱伤的情况下,徒钦甲保的妻子黑雪莲穆穆违背单打独斗时不得有第三者参与的规则,扑过去咬住了火焰红公獒的后腿。许多藏獒不满地叫起来,它们没有惩罚作为母獒的穆穆,却一拥而上,顶撞着徒钦甲保,救下了火焰红公獒。

其中一只好战的铁包金公獒在顶撞大力王徒钦甲保的过程中,突然有了咬死对方自己为王的妄想。它用货真价实的撕咬把徒钦甲保逼到了一座跳不出去的雪壑里,一口咬断了徒钦甲保的尾巴。困兽犹斗的徒钦甲保狂叫一声,以不想死亡的最后一拼，疯了似的回身扑过去，掀翻了铁包金公獒，然后一口咬住了对方的脖子。噗嗤一声响，大血管里的红色液体过于激烈地喷涌而出，差一点刺瞎了徒钦甲保的眼睛。

大力王徒钦甲保回到了领地狗群里，以咬死铁包金公獒的骄傲，雄视着众狗，马上引来一片狂吠。就有另一只铁包金公獒扑上来挑战徒钦甲保。

这一次徒钦甲保没有占到什么便宜，它跟大灰獒江秋帮穷斗，跟火焰红公獒斗，跟铁包金公獒斗，早已是遍体鳞伤。流淌的血让它耗损着体力，也让它失去了原有的反应能力。它被扑倒在一片狼藉的雪地上，毛发飞蓬似的扬起来，纷纷落地。它听到了对方的咆哮和自己的呻吟，然后痛苦地献出了自己的一只耳朵。

又是妻子黑雪莲穆穆违背单打独斗的规则，跳出来给丈夫解围。丈夫虽然得救了，但所有的领地狗包括那些小喽罗藏狗都开始鄙视它们。鄙视的结果就是愤怒和仇恨的产生，就是攻击的开始，它们把攻击的目标对准了徒钦甲保和穆穆的孩子小公獒摄命霹雳王。

混战以来，小公獒摄命霹雳王一直很紧张，它非常想扑过去，帮帮自己的阿爸和阿妈。但是它在犹豫，生命中的对藏獒规则的遵守，在它每一次准备冲过去时，都会跑出来麻痹它愤怒的神经，遏制它的冲动。它的心声悄悄地对它说：这没什么，没什么，大人们就是这样，小孩是不能参与的。有一次它似乎突破了规则的阻拦，全身匍匐在地，眼看着要跳过去了，打斗的双方突然又离开自己跑远了。它奇怪自己没追，抑制住了那种人和动物都会有的尽量接近打斗场面的好奇与激动，远远地观望着。就像一个冷漠的局外人、一只深沉的不屑于好奇的大藏獒，平静地挺立着，一直挺立到阿妈穆穆扑过去给阿爸解围。

但是现在，小公獒摄命霹雳王突然发现它不能再这样平静地挺立了，三只母性的大藏獒在全体领地狗的助威声中，朝自己奔扑而来。它从它们狂怒的咆哮和狞厉的面孔中看到了自己的危险，转身就跑。它想跑到阿爸阿妈跟前去，但是不行，它的这个意图就在它还没有逃跑时，就已经被老辣的大藏獒截断了。它本能地跑向了人，人现在是看不见的，但它知道就在大雪梁那边，它必须以最快的速度跑到大雪梁那边去。然而还是不行，一只母性的大藏獒抢先跑过去拦在了大雪梁的转弯处它必须经过的地方。小公獒只好再次转向，朝着漫无际涯的旷野疯跑。它知道自己是个小孩，根本逃不脱大藏獒的追杀，就一边玩命地奔跑，一边尖利地哭叫着。

近了，三只凶恶的母獒一只比一只近了，势不可挡的冲撞伴随着血盆大口和锋利的牙刀，咬死它的结果马上就要到来。一个孩子在长辈们面前的哭叫、乞求和挣扎，在被野蛮地扑倒咬死前的一刻，淋漓尽致地表现着。

近了，永远不可能被占领的地平线一点一点近了。小公獒摄命霹雳王发现，这一次好像是可以被占领的。占领了地平线，就等于占领了生与死的界线。这边是死，那边是生。不错，那边是生，是机会，是保佑，是它小公獒命大福大的证明。因为它看到了另一只藏獒，那是它有生以来知道的最伟大的藏獒。

獒王冈日森格就在这个时候出现在了地平线上。不，不光是獒王，还有大黑獒果日。一黄一黑两只气派非凡的藏獒，用它们那仿佛有着使不完的力气的四条粗硕劲健的腿,咚咚咚地敲打着冰雪覆盖的大地,冲着小公獒摄命霹雳王雄跑而来。小公獒迎了过去,在只差三秒钟就要被扑倒咬死的时候,它跑向了獒王.啊,獒王,它哭喊着,就像见到了救命的亲人,突然跌倒在地,连滚带爬地扑了过去。

獒王的出现就是公正的出现,在领地狗群里它决不允许以强凌弱,尤其是对小、藏獒小生命,不管出于什么原因,都只能保护,而不能残害。它的理由是:小孩永远是正确的。它大吼一声,让过小公獒,忽地一下横过身子,挡在了飞奔而来的三只母獒面前。三只母獒根本来不及刹住,也来不及躲闪,一个个撞在冈只森格身上,冈日森格岿然不动,它们却接二连三地翻倒在地。

獒王冈日森格回来了。领地狗群一片骚动,朝着獒十吠鸣而来,接着就是安静。它们有的摇晃尾巴激动着,有的喷出鼻息热情着,有的吊起眼睛肃穆着,有的吐出舌头庆幸着,表情各有不同,但有一点是共同的,那就是尊重与敬畏。无论从表情还是身形,都表现出了一种无条件尊重的姿态。一个能力出色、公正无私、富有牺牲精神的领袖,在群体中得到的就应该是这样一种姿态。

獒王冈日森格走进了领地狗群,一个一个地观察。鸦雀无声。獒王没有发出声音,所有的部下也都收敛了自己的声音,但有一种我们人类还不能完全破译的语言正在獒王和部众们之间交流。它或许是肢体语言,或许是表情语言,更可能是吐出的舌头和呼吸的语言。这样的语言让冈日森格明白了它离开后发生的一切,明白了曾经激烈地闪现在它脑海里的幻象居然是如此的真实,更明白了肇事者是谁。

冈日森格扬头巡视着,来到了大力王徒钦甲保身边,把身子靠在后腿上,怜悯地看着对方,似乎是在询问:它们说的没错吧?徒钦甲保满脸惭愧,一副低头认罪的样子。眼皮却撩起来,警惕地偷觑着獒王。獒王吼了一声,算是打了一声招呼,起身来回走了几下,突然扑过去,一口咬住了徒钦甲保的喉咙。徒钦甲保没有挣扎,它知道惩罚是不可避免的,知道为了自己一时的轻率和谮妄,它必须付出生命的代价。

然而大力壬徒钦甲保没有死,獒王钢铁的牙齿在咬合错动的一瞬间突然变得柔软温情了。它没有按照领地狗群的定律,以獒王的铁腕把一只敢于扰乱秩序的叛逆者送上西天。

围观的领地狗们面面相觑,好像是说:为什么要手下留情? 是因为听到了徒钦甲保的妻子黑雪莲穆穆的哭鸣? 或者是因为小公獒摄命霹雳王在意识到哭鸣无效后居然破胆扑向了獒王冈日森格? 这样的扑咬简直不可思议,稳固在小公獒生命中的藏獒规则突然不再遏制它的冲动了,它忘恩负义地扑向了刚刚从三只母獒的利牙之下救了它的獒王,并把短小的虎牙扎进了獒王的大腿。

但是獒王冈日森格没有生气,它放弃了对徒钦甲保的撕咬,扭头惊奇地看着小公獒摄命霹雳王,突然伸长舌头笑了笑,呵呵地叫着,仿佛是说:好样的,苍鹭生不出麻雀,仙鹤的窝里没有野莺,壮硕的父母生出了如此有出息的孩子,这么小就知道舍生忘死保护阿爸了。

似乎大家都相信,獒王冈日森格没有咬死徒钦甲保是因为小公獒摄命霹雳王的保护,獒王是大度而怜惜孩子的,看在儿子救老子的面子上,放了徒钦甲保一马。但是徒钦甲保自己非常清楚,獒王并没有真正放过它,只是给了它一个自己救赎自己的机会。在这个大雪成灾,人类的需要压倒一切的时刻,它必须出类拔萃地表现自己,让所有的领地狗都看到它的可贵从而原谅它的罪过,否则獒王的索命就会随时爆发。

大力王徒钦甲保站起来,神情复杂地望着獒王,用一种僵硬的步态后退着,突然转身,跑向了大雪梁那边。

獒王冈日森格跑步跟了过去,所有的领地狗都按照既定的顺序跟了过去。服从正在发挥着作用,冈日森格用獒王的权力和威信,强有力地影响了领地狗们的心理归属,毫不拖延地扭转了混乱不堪的局面。领地狗群无声而迅速地由一个强盗群体回归到了一个英雄群体,刚刚还是甚嚣尘上的倾轧内讧好像根本就没有发生过。

徒钦甲保翻过了大雪梁,所有的领地狗都翻过了大雪梁,突然都愣住了:人呢?大雪梁这边是有人的,有很多人,除了獒王冈日森格,大家都看到了。可是现在,这里已是空空荡荡,只有一些风吹不尽的脚印和一些没有人气的帐房,帐房里,拥塞着一些无法带走的空投物资。

獒王冈日森格叫起来,好像是说:找人啊,赶快找人啊,人到哪里去了? 许多藏獒翘起了头,望着天空呼呼地吹气,好像这里的人一个个升天入地了。大力王徒钦甲保随便闻了闻就跑起来,它那戴罪立功的心情让它急不可耐地跑向了人群消失的地方。

第十四章　食童大哭的化身与护狼神瓦恰的变种

焦虑让大雪梁这边的人群失去了耐心,他们议论纷纷却又无可奈何,让雪后清寒的空气充满了不安和忧愁的气息:到底怎么办? 如果领地狗群不能像往年雪灾时那样,承担起救苦救难的责任,那就只能依靠人了。依靠我们这些人,把饥寒的牧民带到有吃有喝的地方来,或者把吃喝送到牧民们那里去。可是雪原是无边的,暴风雪是狂猛的,牧民和羊群都是随风移动的,如果不依靠藏獒,人怎么知道哪里有人哪里没有人?

麦书记有点不理解,问道:"领地狗群不是无所不能吗? 为什么今年靠不住了?"梅朵拉姆告诉他:"獒王冈日森格没有了,没有了獒王的领地狗群就像失去了佛爷和信仰的牧民,从早到晚都是六神无主的,不知道该干什么好。"麦书记又问道:"獒王冈日森格呢,它干什么去了?"

没有人回答,不知道的人回答不了,知道的人好像不愿意说。麦书记盯着野驴河部落的头人索朗旺堆和管家齐美说:"连你们也不知道?"索朗旺堆头人叹了口气,想说什么又把话咽了下去。齐美管家说:"冈日森格不是找它的主人七个上阿妈的孩子,就是找它的恩人汉扎西去了。往年遇到雪灾时它也会这样,不过不像今年,今年的寄宿学校出了大事儿,汉扎西不知道去了哪里,冈日森格是不找见不罢休的。"

夏巴才让县长走过来说:"那怎么行呢,大事和小事、公事和私事都分不清,怎么还能当獒王？这要是人，就叫擅离职守，是要撤职的。"藏医喇嘛尕宇陀嘟噜着脸，哼了一声说："俗话说，走路不能横走，凡事不能怪狗。草原上没有孬狗只有孬人，被狼吃掉的孩子作证，都是因为汉扎西。神灵的惩罚已经开始，不念经的寄宿学校不能再办了。'"'

夏巴才让县长无奈地摇了摇头说："这个汉扎西，现在一点也不扎西（吉祥）了，坏了我们的名声。"班玛多吉主任不服气地说："什么叫大事小事分不清，对藏獒来说，忠诚救主，知恩报恩，这是最大的事情。至于公事私事分不清就更不对了，藏獒尤其獒王有什么私事？它们满草原奔波，到处救命，哪一次是为了自己啊？"夏巴才让县长说："你跟我争这个有什么用？你就说现在怎么办吧。"班玛多吉主任说："怎么办我也不知道，反正不能怨人家汉扎西，更不能怨人家冈日森格。"说罢，望了望麦书记。麦书记一脸严峻地走向了丹增活佛。

丹增活佛告诉麦书记："天上的神鸟送来了救命的食物，这都是政府的威力显现在了西结古草原上，我们没有理由不做神鸟的使者，把食物送给饥寒交迫的人。神会保佑我们的，光明的天佛、仁慈的山神，还有沿途无数个圣洁的拉则神宫，都会保佑我们的。"麦书记用已经十分熟练的藏语说："你是说我们该走了，我们是可以找到牧民们的？"丹增活佛深沉地点了点头说："是啊，是啊，只要不吉祥的人远远地离开我们，我们就一定能救活所有围困在大雪灾中的人。"

麦书记问道："佛爷你说谁呢？谁是不吉祥的人，难道连你也认为汉扎西是不吉祥的吗？"丹增活佛说："寄宿学校的事情、孩子们的死亡、越来越严重的狼灾，已经证明'汉扎西'是名不副实的，我要是不这样说，就是没有尽到责任啊。"麦书记说："善良的佛爷你有所不知，西结古草原的狼灾、吃掉孩子的事件越来越严重是另有原因的，它不该由汉扎西负责。"丹增活佛唰地一下撩起了眼皮："什么原因啊，麦书记能告诉我吗？"麦书记皱着眉头想了想，嗫嚅道："其实我也想不清楚，想不清楚啊。"

丹增活佛垂下了眼帘，用一种读经念佛的声音，悠长清晰地说："马头明王已经升到了天上，他给所有的喇嘛都托了梦，那个梦是这样的：九毒黑龙魔的儿子地狱饿鬼食童大哭来到了西结古草原，要求信仰他的人用孩子的血肉供养他。他说在他不想吃肉喝血的时候，他就是寄宿学校的汉扎西。想吃肉喝血的时候，就变成了狼，变成了护狼神瓦恰。这就是说地狱饿鬼食童大哭和护狼神瓦恰已经主宰了汉扎西的肉身。"麦书记摇了摇头说："胡说，胡说，这些都是胡说。"丹增活佛也摇了摇头说："政府啊，要是地狱饿鬼食童大哭没有附丽在汉扎西身上，头人和牧民还有喇嘛们就会寻找别的原因了，别的原因啊，啧啧啧啧，到底是什么呢？"

麦书记长长地"哦"了一声，直勾勾地望着面前这位睿智机敏的活佛说："丹增活佛你真厉害，你是在替我们着想了，想用汉扎西的离开，抹去所有的责任。"丹增活佛闭上了眼睛，于心不忍地紧问一句，像是在问自己："难道就只有请走汉扎西这一个办法了？"麦书记也像是自己问自己："别的办法呢？还有没有别的办法呢？"丹增活佛摇了摇头。麦书记说："看来只能这样了，+不过我会给他说清楚的，让他高高兴兴地走。"丹增活佛长叹一口气说："汉扎西会高兴吗？啊，不会的，不会的，他是冈日森格的恩人，是多吉来吧的主人，是西结古草原所有藏獒的亲人，藏獒不高兴的事儿，他是不会高兴的。"

不能再唠叨下去了，饥饿的还在饥饿，死去的正在死去，他们应该快快离开这里，去营救所有被围困在大雪灾中的牧民。

准备出发了，喇嘛们把原麦和大米用红氆氇的袈裟或达咯穆大披风包起来，拿皮绳捆在了身上。年老的丹增活佛和藏医喇嘛尕尔陀跟别的喇嘛背的一样多，因为他们相信这是一次比打坐念经还要管用的禅行，是一次苦修。吃苦是应该的，万一背不动倒在半路上也是应该的。

野驴河部落的头人索朗旺堆家族的人，从帐房里拿出了所有的羊肚口袋和牛肚口袋以及羊皮桶，装满食物后，分给了大家。麦书记挑了一个大牛肚口袋抱在了怀里，夏巴才让县长抢过来说："路长着呢，你能把一个羊肚背到牧民那里就不错了。大个的我来，我是藏民，这种事儿我比你能干。"班玛多吉主任和梅朵拉姆也都挑了一个比羊肚口袋大一倍的牛肚口袋背了起来，索朗旺堆人和齐美管家怎么也不让，一边抢一边说："牛肚子我们背，羊肚子你们背，你们力气小小的，我们力气大大的。"

最后，铁棒喇嘛藏扎西和另一个铁棒喇嘛一人背起了一个圆鼓鼓的大麻袋，那里面是烧火的干牛粪。

空投下来的救援物资是背不完的，也不能背完，他们此去的目的，更主要的还是把能走动的牧民引到这里来。这里是那个名叫飞鸡的神鸟常来下蛋吐宝的地方。索朗旺堆头人问道："神鸟还会来吗？天食还会有吗？"麦书记说："神鸟还会来，天食还会有，只要雪灾不去，天天都会来。"说完了才想起，如果没有燃烧的地标，白茫茫的雪原上往哪里空投啊？赶紧过去和丹增活佛商量。丹增活佛朝着铁棒喇嘛藏扎西喊了一句什么，藏扎西放下了圆鼓鼓的大麻袋，立刻就去布置。

转眼之间，二十多个活佛和喇嘛解下了捆在身上的物资，脱下红色的堆噶坎肩和红色的霞牧塔卜裙子，一件一件接起来，按照吉祥符咒万字纹的模样，铺在了白皑皑的雪地上，大地顿时火火灼灼地鲜艳起来。藏扎西怕被风吹散，跑进帐房搬来几袋大米，压在了红色万字符的边边角角。

索朗旺堆头人高兴地说："啊，神鸟就要来了，就要来了，这里是我的营帐，在我的营帐上空，肯定飘舞着一百个吉祥的空行母。善方之神在这里驻足，无垢莲花在这里开放。宝地啊，我的营帐是宝地啊。"

活佛和喇嘛们重新背起了物资，率先朝前走去，前面是一片沟壑纵横的雪原。一溜长长的救援队伍，就在这沟壑纵横的高旷之地，变成了寂寞天空下、残酷雪灾中，惟一的温暖。

救援队伍沿着高高耸起的雪梁缓慢地扭曲移动着，他们不能走直线，直线上的沟壑里，壅塞着一人厚甚至几人厚的积雪，随处可见置人于死地的陷阱。而在雪梁上，在弯弯曲曲的脊顶线上，风的不断穿梭把积雪扫得又薄又硬，人走在上面几乎没有什么阻力。但是很慢，绕来绕去走了半天，回头一看，发现早就经过的雪梁，依然在视域之内。更糟糕的是，走了很长时间，还没有遇到一户牧民。大家都在想一个问题：牧民们被暴风雪裹到哪里去了，这样走下去行吗？

一支队伍，在没有道路的空阔无边的原野上行走，要想邂逅散若晨星的牧民，几率是很小很小的。可要想增大几率,那就只能分开走了。.

"分开走行吗?"麦书记问身边的夏巴才让县长和班玛多吉主任。班玛多吉说:"不是行不行的问题,而是必须分开,救人要紧啊。"夏巴才让说:"不行,遇到狼群怎么办? 冬天的西结古草原,狼群都很大,十匹八匹不算群,人少了不好对付。"班玛多吉说:"我就知道你会反对,反正只要是我赞同的,你肯定会反对。麦书记你都听见了,他这种前怕狼后怕虎的人怎么还能当县长? 我们藏民里头没有他这样的县长。"

麦书记说:"那你来当县长? 你把西结古草原的工作做好了,我就让你当县长。"班玛多吉主任指着夏巴才让县长说:"那他去干什么? 他来西结古草原当主任?"麦书记说:"他去州上,还是你的领导。"班玛多吉气急败坏地说:"还让他当我的领导,那我就离开西结古草原,到别的草原去。"夏巴才让说:"那你滚吧,你现在就滚,西结古草原的工作我来做。"

藏獒 1+2+3全集 ————

藏
獒
3

开篇　凶　兆

父亲万万没有想到，那场举世无双的劫难，不仅没有放过天高地远的西结古草原，而且还从父亲的寄宿学校开始，拿藏獒开刀。

劫难到来之前，西结古草原发生了几件让父亲刻骨铭心的事情，后来父亲才意识到，那便是预兆。

预兆首先是父亲的藏獒多吉来吧带来的。因为思念主人而花白了头发的多吉来吧，被带到多猕镇的监狱看守犯人的多吉来吧，在咬断拴它的粗铁链子、咬伤看管它的军人后，一口气跑了一百多公里，终于回来了。父亲高兴地说："太好了，多吉来吧只能属于我，其他任何人都管不了。"但是命运并不能成全父亲和多吉来吧共同的心愿：彼此相依为命、永不分离。就在情爱甚笃的多吉来吧和大黑獒果日养育了三胎七只小藏獒、酝酿着激情准备怀上第四胎时，多吉来吧又一次离开了西结古草原。

那时候，父亲最大的愿望就是扩大寄宿学校，把孩子们上课、住宿的帐房变成土木结构的平房，好让同年级的所有孩子可以在教室里一起上课，不用分拨；宿舍里也可以烧炕，不会再冻坏孩子们。更重要的是，房子比帐房坚固，即使再有狼群来，只要不出去，就不会发生狼群吃掉孩子的事情。

恰好刚刚建起的西宁动物园派人来到西结古草原寻觅动物，他们看中了多吉来吧，拿出几十元要把它买走。父亲说："多吉来吧怎么能卖呢？不能啊，谁会把自己的兄弟卖到故乡之外的地方去呢？"动物园的人不肯罢休，一次次提高价格，一直提高到了两千元钱。父亲从来没见过这么多的钱，这么多的钱足够修建两排土木结构的平房，教室有了，而且是分开年级的；宿舍有了，而且是分开男生女生的。父亲突然发狠地咬烂了自己的舌头，声音颤抖着说："你们保证，你们保证，保证要对多吉来吧好。"

父亲流着泪，向多吉来吧和大黑獒果日一次次地鞠躬，说了许多个热烘烘、水淋淋的"对不起"，然后帮着动物园的人，把多吉来吧拉上汽车，装进了铁笼子。多吉来吧知道又一次分别、又一次远途、又一次灾难降临了自己，按照它从来不打算违拗父亲意志的习惯，它只能在沉默中哭泣。但是这次它没有沉默，它撞烂了头，拍烂了爪子，让铁笼子发出一阵阵惊心动魄的响声。父亲扑过去抱住了铁笼子："怎么了？怎么了？"父亲满怀都是血，是多吉来吧的血，它似乎在告诉父亲，接下来的，是血泪纷飞的日子。

远远地去了，多吉来吧，到距离西结古草原一千二百多公里的西宁城里去了。多吉来吧可爱的妻子大黑獒果日照例追撵着汽车，一直追出了狼道峡。

多吉来吧离开不久，和父亲一样把藏獒当亲人喜欢的梅朵拉姆也从西结古人的眼前消失了。梅朵拉姆是被迫离开的，她作为结古阿妈县的县委副书记，陪同州委麦书记来西结古草原落实莱羊莱牛的公购任务，来了才一天，就被一辆来自西宁城的吉普车带走了。她是那么不愿意，藏在了牧民家里。是麦书记带人找到了她。麦书记说："你要相信组织是正确的。"来人严肃地说："你不考虑你自己，也得考虑你的父母,为了你的父母,你必须回去。"麦书记问梅朵拉姆的父母怎么了,来人深沉得就像黑夜,只摇头不说话。梅朵拉姆只好跟着走了,她给麦书记留下了一个电话号码,是她父母单位的,她说:"万一有什么事儿,你们从州上打这个电话,一定打呀。"说着就哭了。

尽管事有蹊跷,但谁也不会联想到西结古草原未来的劫难。只有藏獒有了预感,它们包围了吉普车,不让它走动。吉普车在一阵猛烈的吼叫之后,恶毒地前蹿,将藏獒撞得东倒西歪,在碾破一只藏獒的肚子以后,扬长而去。一路尘土裹着梅朵拉姆是藏獒惨死的哭声飞扬。冈日森格带着领地狗群疯狂地追撵着,一路哀号。

紧跟着是水灾,春天的野驴河水涨出了人们的想象。党项大雪山的融化比往年推迟了,却比往年增多了,天气好像是突然温暖,几天之内就融化了平时两个月的冰水。而在野驴河下游,冰面还没有完全消融,河道也没有安全开通,上游冲下来的冰块死死堵住,形成了一道高高的冰坝。大水朝着两侧漫溢而去——淹没了草原和牛羊、帐房和牧民。这是突发事件,根本来不及向草原以外的政府求救,牧民们只能依靠藏獒自救。已经无法知道西结古草原的领地狗和各家各户的藏獒救出了多少人、多少牲畜,只知道很多藏獒累死了,累死在把主人拖向陆岸的那一刻,累死在追赶着牛羊顺流而下的激浪中。

父亲的寄宿学校的帐篷搭在高处,远离野驴河,损失不大。但出售多吉来吧的钱却被公社截留用于救灾,修建平房的愿望就搁浅了,而且成了永远的空想。

水灾以后是雷电之灾。雷电发生在下午,轰鸣把天空炸裂了,闪电就从裂缝中横劈下来,劈死了索朗旺堆生产队的牧民喜饶巴。劈死喜饶巴的这个瞬间,他家的藏獒德吉彭措疯了似的扑向了雷电。雷电远远地逃走了,但却把仇恨的种子深深埋进了德吉彭措的心里。

喜饶巴无妻无后,待藏獒德吉彭措如同亲生儿子。他被雷电殛杀以后,德吉彭措便成了一个孤儿,父亲把它带到了寄宿学校,它就成了父亲的藏獒。但是只要天空出现雷鸣电闪,它就会狂吼不止,会追逐而去。终于有一天,德吉彭措追进了昂拉雪山,追上了冰峰雪岭之后,就再也没有回来。

半个月之后,父亲去昂拉雪山找到了德吉彭措,但已经不是生命,而是一具烧焦的尸体。父亲用他的大黑马把德吉彭措驮下了山,驮到了天葬场。本来是秃鹫蔽日的天葬场,那天居然一只秃鹫也没有。父亲仰望天空,禁不住悲从中来,连绵不绝。

父亲去了西结古寺,把他的预感告诉了丹增活佛。丹增活佛问父亲:"你知道藏巴拉索罗吗?"父亲摇头。丹增活佛叹口气说:"不知道也好,知道的越少,就越没有牵挂,越没有牵挂,就越没有恐怖。汉扎西你去吧,什么也不要管,今后发生的一切都是预见之中的,在宁玛巴古老的伏藏《鬼神遗教》里,就有过一个这样的预言:"在一个有三座大雪山的地方,诞生了黑命主狼王,它拿走了人的灵魂,试图用黑暗取代佛光。"父亲还想问什么,丹增活佛说:"去问魔鬼吧,魔鬼就要来了。"

1 地狱食肉魔之 血光初溅

魔鬼终于来了,劫难终于来了。

漆黑如墨,青果阿妈草原的夜晚就像史前的混沌,深沉到无边。一个魁伟高大、长发披肩的黑脸汉子,骑着一匹赤骝马,带着一只以后会被父亲称作"地狱食肉魔"的藏獒,从狼道峡穿越而来。

地狱食肉魔一进入西结古草原就显得异常亢奋,居然肆无忌惮地跑向了三只藏马熊。主人黑脸汉子似乎想看看自己的藏獒到底有多大的能耐,阴险地撺掇着:"上,给我上,咬死它们,咬死丹增活佛。"地狱食肉魔看了看主人,利牙一龇,扑了过去。

三只藏马熊是两公一母,两只公熊之间正在进行爱情的角逐。一看有藏獒跑来骚扰,两只公熊争先恐后地迎了过来。地狱食肉魔就在这个最危险的时刻显示了自己的神奇,它突然停下来,直立而起,吸引得两只公熊也同时站起来又是挥掌又是咆哮。地狱食肉魔旋风一样把身子横过去,横出了一道流星的擦痕,然后歪着头,从两只公熊亮出的肚子前冲了过去。只听"嚓"的一声响,又是"嚓"的一声响,两只公熊无毛而薄软的小肚子抢着烂了,刚才的爱情角逐让它们勃起的生殖器还没有来得及缩回去,就被地狱食肉魔一口咬住,连同小肚子一起扯烂。两只公熊赶紧把直立变成爬行,但为时已晚,只能愤怒地吼叫,痛苦地哀鸣。它们的力量远远超过了地狱食肉魔,却被对方用难以想象的速度和诡诈轻而易举地剥夺了生命的希望。母熊落荒而逃,它逃离了杀手,也逃离了同伴,因为它知道,爱情和爱人都已经没有了,两只公熊今天不死,明天就一定会死——流血而死,疼痛而死,悲观绝望而死。

黑脸汉子带着地狱食肉魔朝前走去。他在心里狞笑。他的目的当然不是咬死两只藏马熊,而是实现自己的誓言:所有的报仇都是修炼,所有的死亡都是资粮,鲜血和尸林是最好的神鬼磁场,不成佛,便成魔。他要用自己的藏獒,咬死西结古草原所有的寺院狗、所有的领地狗、所有的牧羊狗和看家狗。

包括獒王冈日森格。

包括曾经是饮血王党项罗刹的多吉来吧。

黑脸汉子一路念叨着冈日森格和多吉来吧,选择最便捷的路线来到西结古草原的腹地,第一个碰到的,便是父亲的寄宿学校。他勒马停下,藏在了一座草丘后面。他不想见到父亲,无论他多么想杀死这里的藏獒,都必须等待一个父亲不在寄宿学校的时候。

父亲在寄宿学校,但很快就离开了。父亲当然不是为了黑脸汉子和地狱食肉魔离开,父亲的眼前,出现了麦书记的枣红马。马鞍歪着,皮鞭子扯到了一边,马肚带也断了。枣红马扬头瞪眼,一副受到惊吓的样子。父亲朝远方瞅了瞅,看到一片灰黄的烟尘从狼道峡的方向腾空而起,一种不祥之感油然而生。他心急火燎地扯掉鞍鞯,跳上枣红马,打马就跑,没忘了喊一声:"美旺雄怒,美旺雄怒。"

一只赭石一样通体焰火的藏獒从帐房后面跳出来,跟着父亲跑向了碉房山。

漆黑闪亮的大藏獒大格列和另外四只大藏獒以及小兄妹藏獒尼玛和达娃羡慕地望着被主人招走的美旺雄怒,亢奋地来回奔窜着,意识到自己的使命是守护寄宿学校和孩子们,很快又安静下来。

父亲驱马跑向烟尘腾起的地方。但是烟尘在移动,很快又延伸到别的地方去了。他只看到了马蹄和獒爪的印痕,那么多,一大片。他知道自己追不上那些人,调转马头,跑向了碉房山。

碉房山上的牛粪碉房里,西结古人民公社的书记班玛多吉一听到父亲火烧火燎的喊声,就从石阶上跑了下来,看了看麦书记的枣红马,大叫一声:"不好,麦书记被劫走了。"父亲说:"谁会劫走麦书记? 为啥劫走麦书记?"班玛多吉说:"是为了藏巴拉索罗。麦书记不能出事,藏巴拉索罗更不能出事,藏巴拉索罗必须属于我们西结古草原!"一、

班玛多吉皱着眉头朝远方看了看又说:"你说他们往东去了? 东边是藏巴拉索罗神宫,再往前就是狼道峡。劫走了麦书记的人一定会去藏巴拉索罗神宫前祈告西结古的神灵,然后直奔狼道峡。快,你去通知领地狗群,我去通知我们的骑手,集合,都到藏巴拉索罗神宫前集合。"说着,大步流星走向了不远处的草坡,那儿有他的大白马和护身藏獒曲杰洛卓。

大白马和枣红马朝着不同的方向飞奔而去。马背上的班玛多吉和父亲就像两个急如星火地奔跑在战场上的古代骑手。一黑一赤两只藏獒跟在他们身后,它们粗硕厚硬的爪子弹向柔软的草原,沙沙沙地漂动在草浪之上,轻盈潇洒得如同流云飞走。草原无边,蓝天无限,晴好的风日里,大踏步走来的却是阴险。

父亲离开寄宿学校不久,黑脸汉子便从草丘后面闪了出来,低沉地吆喝着,命令地狱食肉魔冲了过去。

守护寄宿学校的藏獒大格列和另外四只大藏獒以及小兄妹藏獒尼玛和达娃,已经来到牛粪墙的缺口也就是寄宿学校的大门前,用胸腔里的轰鸣威胁着来犯之敌。它们不是好战分子,只要地狱食肉魔不再继续靠近,它们就不会主动进攻。

但是地狱食肉魔没有停下,进攻只能开始。

大格列首先扑了过去。它是一只曾经在砻宝雪山吓跑了一山雪豹的藏獒,它只要进攻,就意味着胜利。胜利转眼出现了,大格列惊叫一声,发现胜利的居然不是自己,而是对方。地狱食肉魔用难以目测的速度带出了难以承受的力量,让大格列首先感觉到了脖子的断裂。轰然倒地的瞬间,大格列看到第二只大藏獒的喉咙也在瞬间被利牙撕开了。

第二只大藏獒被父亲称作"战神第一",曾经在冬天的大雪中一口气咬死过九匹大狼而自己毫毛未损。遗憾的是,这一次它损失了生命,它都来不及看清楚同伴大格列是怎样倒下的,自己就已经血流如注、命丧黄泉了。

第三只扑向地狱食肉魔的是"怖畏大力王",它曾经守护过牧马鹤生产队的一个五百多只羊的大羊群,连续三年没有让狼豹叼走一只羊。它有扑咬的经验又有扑咬的信心,但结果却完全超出了它的经验和想象,它的扑咬还没发生,就把脖子上的大血管奉献给了地狱食肉魔。

第四只大藏獒叫"无敌夜叉"。它是一只老公獒,身经百战,老谋深算,几乎没

有在打斗中失过手。它知道来了一个劲敌,就想以守为攻,伺机咬杀。正这么想着,发现机会已经来临,对方居然无所顾忌地卧了下来。它带着雷鸣的吼声扑了过去,立刻意识到它的身经百战和老谋深算几乎等于零,它的扑咬不是进攻,而是自杀。

还剩下最后一只大藏獒了。有一年雪灾,这只大藏獒帮助救援的人找到了十六户围困在大雪中的牧民,牧民们就叫它"白雪福宝"。它从现在开始成了一秒钟的生命,一秒钟很快过去了,就像光脉的射击、声音的飞驰,白雪福宝还没有做出扑咬还是躲闪的决定,比意识还要快捷的利牙就呼啸而至,让它茫然无措地滋出了不甘滋出的鲜血。

黑脸汉子看着倒在地上的五只大藏獒,咬牙切齿地咕哝了一句:"该死的反动派、该死的牛鬼蛇神、该死的丹增活佛。"

地狱食肉魔奓拉着血红血红的长舌头,耀武扬威地走进了寄宿学校的大门。黑脸汉子骑马跟在它身后,警惕地看着前面:多吉来吧,寄宿学校的保护神、曾经是饮血王党项罗刹的多吉来吧怎么还不出现?他看到学校的孩子们一个个惊恐不安、无所依靠地哭喊着,这才意识到多吉来吧不在寄宿学校。他遗憾地叹了一口气,瞪着孩子们怀抱中的小兄妹藏獒尼玛和达娃,下马走了过去。

黑脸汉子把小兄妹藏獒尼玛和达娃揣进自己的皮袍胸兜,带着地狱食肉魔,离开寄宿学校,带着刀刀见血的仇恨,亢奋不已地朝着实现誓言的方向走去。

这是公元一九六七年的夏天,草原的景色依然美丽得宛若天境。

2 格萨尔宝剑之 圆 光

那些日子,整个青果阿妈草原都在传说,麦书记把藏巴拉索罗带到了西结古,交给了西结古寺的住持丹增活佛。丹增活佛把麦书记和藏巴拉索罗秘藏在了西结古寺,所以如今的青果阿妈州,权力和吉祥的中心已不在州府所在地的多猕草原,而在西结古草原的西结古寺。传说的力量自古以来就是最伟大的力量,草原上推动历史发展的往往是传说,甚至可以说,草原的历史就是传说的历史。而消失不久的部落战争的影子就在传说的推动下悄悄复活了。

没有人不相信这样的传说,尤其是西结古草原的人。因为有人真真切切看到麦书记走进了西结古寺。那一刻西结古寺的傍晚突然亮了一下,把麦书记的枣红马和马背上的褡裢映照得无比醒目。褡裢自然也进入了传说:藏巴拉索罗就装在褡裢里头,沉重得几乎把马腰压塌。

几乎在传说出现的同时,西结古寺里,丹增活佛举行了一次"圆光占卜"。

占卜是在大经堂里举行的,一幅"格萨尔与五种猛兽"的巨大"堆绣"悬挂在两根柱子之间,"堆绣"前的大供桌上,立着三尊菩萨,分别是观世音菩萨、地藏王菩萨、大势至菩萨,三个龙凤呈祥的七彩木斗环饰成半圆,一个木斗里是酥油糌粑团的切玛和青稞,切玛和青稞上,插着十六根箭;一个木斗里是药宝食子,有肉豆蔻、雪莲花、藏茵陈、佛手参、虎头大黄、白脂石、鹫心石等等;一个木斗里放满了金豆、银饼、珊瑚、珍珠、玛瑙、红松石和绿松石。木斗前面的三个银碗里,是作为三白的牛奶、酸奶和奶皮,另三个银碗里,是作为三甜的冰糖、红糖、蜂蜜。供桌的中间,是金碧辉煌的吉祥八清净,有"万字不断"、宝瓶、金鱼、莲花、白伞、右旋海螺、金轮、尊胜幢等。供桌前面,最显眼的地方,摆着一铜碗清水和一面银镜,水碗被一顶高僧戴的五佛冠覆盖着,银镜被黑、白、黄、绿、蓝、红、紫的七彩经绸包裹着。被彩色经绸包裹着的,还有占卜师丹增活佛的右手大拇指。

丹增活佛面对菩萨和格萨尔盘腿打坐,入定观想藏巴拉索罗,祈请菩萨颁布神谕,祈请格萨尔明示藏巴拉索罗的未来。西结古寺的喇嘛们组成三排,也是盘腿打坐,一遍又一遍地高声念诵着"藏巴拉索罗"和绿度母咒:"喳嗒咧都嗒咧都咧煞哈。"一个从牧民家里挑选来的六七岁的小男孩,被喇嘛们簇拥在中间,好奇地左看看,右看看。许多牧民拥挤在大经堂里,跪倒在地,等待着占卜的结果。

两个小时后,丹增活佛用一阵谢神降临的长号般的声音,宣告了祈请结束,接下来就要验看占卜结果。那个六七岁的小男孩——他一定是个天真纯洁、灵肉没有污染、绝对不会说假话的男孩,被老喇嘛顿嘎带到了丹增活佛前。早已守候在那里的藏医喇嘛尕宇陀,当着孩子的面,解开了丹增活佛右手大拇指上的彩色经绸。尕宇陀指着大拇指上亮晶晶的指甲盖说:"看看,仔细看看,上面有什么?"孩子看了看,毫不犹豫地说:"经幡。"尕宇陀也看了看,看到的是一幅袖珍的图画,图画上有一串飘扬的经幡。尕宇陀又把孩子领到供桌前,揭掉了覆盖着水碗的五佛冠:"看看,仔细看看,里面是什么?"孩子看了一眼就说:"这么多啊,山上的经幡。"尕宇陀也看了看,看到水碗里还是一幅经幡飘扬的图画。接着他又小心翼翼打开被七彩经绸包裹着的银镜说:"看看,仔细看看,不要急,慢慢说,银镜里的显现是最重要的。"孩子面对银镜,吃惊地发现,跟平时自己照镜子不一样,里面不是自己的脸,而是一堆石头和一片经幡的列阵,便大声说:"拉则,拉则(山顶上的神宫)。"藏医喇嘛尕宇陀也看了看银镜,丢开孩子,走到丹增活佛跟前说:"多多的经幡有哩,是从山顶铺到山坡上的神宫。"

丹增活佛盯着自己右手大拇指的指甲,虔诚地说:"无处不在的菩萨,请告诉我们这些福分浅薄的人,为什么不是藏巴拉索罗,为什么没有未来的昭示?"一连说了几声,看到亮晶晶的指甲盖上还是经幡飘扬的影像,便摇着头对尕宇陀说,"真正的藏巴拉索罗并没有显现,显现的只是山顶上的神宫。"尕宇陀说:"以往有关藏巴拉索罗的圆光中,显现的都是麦书记,所以我们说,麦书记和藏巴拉索罗是合二为一的。可这次显现的怎么是神宫呢?"丹增活佛说:"神宫是吉祥的,就叫藏巴拉索罗神宫吧。建起神宫,祈求神灵的赐福,这是我们必须要做的。"

尕宇陀问道:"真正的藏巴拉索罗什么时候才能显现呢?"丹增活佛说:"不知道,当真正的藏巴拉索罗显现的时候,观世音菩萨、地藏王菩萨、大势至菩萨,还有莲花生的化身格萨尔王,都会作为吉祥的见证出现在指甲盖上、水碗中和银镜里。等着吧,过些日子我们还要占卜,或许下一次,我们就能看到由观世音菩萨、地藏王菩萨、大势至菩萨和格萨尔王恩赐给我们的藏巴拉索罗了。"

于是,西结古草原的牧民以最快的速度、最大的热情在一座遥遥面对狼道峡的山冈上,建起了藏巴拉索罗神宫,神宫是保佑藏巴拉索罗,也保佑麦书记的。在西结古牧民的眼里,麦书记是一个只要牧民遇到灾害就会跑来救苦救难的人,这样的人不是人,是可亲可敬的神。神保佑了我们,我们就要保护神,西结古草原的心肠,总是如此的柔软而明亮。

麦书记听到了传说和藏巴拉索罗神宫,心情沉重地对丹增活佛说:"我悄悄地来,就不想让人知道。如今不比从前,我走到哪里都不是好事情,传来传去会引火烧身的。"丹增活佛说:"也是你考虑不周啊,你来的时候派个人通知我一声,我会让藏扎西带着袈裟去狼道峡口迎接你。你披上了红氆氇的袈裟,就没人认出你来了。"麦书记说:"我哪里还能派出人来,我已经是一个浑身不吉利的孤家寡人了。"说着黯然神伤。

丹增活佛说:"既然我们的圆光占卜显现了神宫,神宫就必须出现在我们的草原上。要知道你的灾难就是草原的灾难,你的平安就是草原的平安。"说着,抬头望了望大经堂正前方的释迦、燃灯、弥勒三世佛的造像,微闭了眼睛又说:"慈悲吧,祝福吧,魔鬼是不会损害你的,我祈请无处不在的金刚上师为你消除恐惧和担忧,放心吧麦书记,只要有喧嚣,就会有宁静,吉祥的日子不是远去了,而是走来了。"说着盘腿坐下,大声念起了金刚萨摧破咒。

麦书记思前想后,觉得还是离开西结古寺的好,在这个特殊到无法理喻的年代里,人的灾难不能让神来承担,神是承担不起的。他谢绝了丹增活佛的一再挽留,离开西结古寺,骑马出现在草原上,朝着狼道峡走去。他向所有遇到的人打招呼,目的是想引发新的传说:麦书记走了,带着藏巴拉索罗离开西结古草原,回到青果阿妈州上去了。

遗憾的是新的传说还没有来得及产生,外面的骑手就出现在了西结古草原。他们带着自己草原的领地狗群,一路奔跑一路喊:"藏巴拉索罗万岁,藏巴拉索罗万岁。"他们把自己的心思暴露无遗,想让西结古草原明白,他们来这里是正当、正确、正义的,谁也不能藏匿了麦书记、霸古了藏巴拉索罗而不受到任何追究。

接着就出现了麦书记的失踪,出现了被人拉歪了鞍鞯、割断了马肚带的枣红马,出现了父亲揪心揪肺的担忧:莫非丹增活佛的预言,不,宁玛巴古老的伏藏《鬼神遗教》的预言,就要变成现实?——在一个有三座大雪山的地方,诞生了黑命主狼王,它拿走了人的灵魂,试图用黑暗取代佛光。

3　格萨尔宝剑之獒王老了

野驴河边的草滩上,领地狗群正在休息。

阳光照透了河水,让人和藏獒都有了这样的感觉:阳光真是太多太多,多得堆积成了无尽的波浪,一任滔滔流淌。草原一进入夏天,河水就胖了、大了,大得领地狗们经常不是走着过河,而是游着过河。就像现在这样,一听到父亲的吆喝,它们纷纷蹚进了河,蹚着蹚着就游起来。它们游得很快,没等父亲来到河边,就纷纷上岸,迎着父亲跑过来。

父亲掉转马头,朝着野驴河下游跑去。领地狗群跟上了他,一阵狂奔乱跑把大地震得草颤树抖,连碉房山都有些摇晃了。突然河水来了一个九十度的大转弯,宽浅的水面拦在了面前。父亲催马而过,所有的领地狗都加快速度激溅而过,水面哗啦啦一阵响,浪花飞起来,地上的雨水上了天。一道彩虹跨河而起,五彩的祥光慈悲地预示着什么——生命的来或去、时间的短或长、天气的阴或晴,或者别的。

父亲停下了,回头看着彩虹,心里头并没有升起应该升起的喜悦。彩虹无疑是吉祥的,但他只相信彩虹预示了某一个人、某一只藏獒、某一件事情的吉祥,而不相信它会预示整个西结古草原的吉祥。动荡、打斗、流血、死亡立刻就要来到了,怎么可能吉祥?

吉祥的彩虹倏忽而逝。父亲的眼光从天上回到了地面,怜悯地落在了獒王冈日森格身上。冈日森格一直跑在后面,它似乎尽了最大的努力想跑到前面去,但依然跑在最后面。它老了,已经力不从心了,一代獒王以最勇武威猛的姿态带着领地狗群冲锋陷阵的作用,似乎正在让时间轻轻抹去。

可它毕竟还是獒王,它得努力啊,努力不要停下,不要失去一只领地狗的意义,更不要成为领地狗群的累赘。

父亲知道,冈日森格早就不想做獒王了,它几次把獒王的位置让给别的领地狗,甚至有一次都得到了人的认可,凡事都让领地狗群中最聪明、最有人缘,也最能打斗的曲杰洛卓出头露面。但是不行,领地狗群在一瞬间就形成了默契:最大可能地孤立和打击曲杰洛卓。

父亲和熟悉领地狗群的人都很奇怪:在以往的年代里,在别处的草原,所有的獒王都会在能力和体力下降的老年,被年轻体壮'、能力超群的其他藏獒取而代之,唯独冈日森格是例外的,谁也不想取代它,包括曲杰洛卓。曲杰洛卓一点点当獒王的意思都没有,更不想因为得到了人的信任而被领地狗们赶出群落。

赶出群落的曲杰洛卓被父亲收留了几个月后,又做了班玛多吉的护身藏獒。班玛多吉书记高兴地逢人就说:"我有了曲杰洛卓谁敢来欺负我? 上阿妈的人敢来吗? 哼哼。"他哪里知道,曲杰洛卓对他的依附是万般无奈的,它一万个不想离开领地狗群,时刻想回去,回到獒王冈日森格身边去。

父亲跳下马背,轻声呼唤着冈日森格,走了过去。一直跟在他身边的火焰红藏獒美旺雄怒立刻明白了他的意思,跑过去拦在獒王冈日森格面前,用碰鼻子的方式传达着父亲的意思。冈日森格望着父亲快步迎了过来。

父亲揪着冈日森格的耳朵说:"你就不要去了吧,你老了,已经不需要再去战斗了,跟我去寄宿学校,让孩子们跟你在一起。"冈日森格没有任何表示。父亲又说:"你要是不放心领地狗群,就让美旺雄怒跟它们去,美旺雄怒虽然不能取代你的作用,但如果领地狗群需要你,它会立刻通知你。"

冈日森格也许并没有听懂父亲的话,但父亲不断揪它耳朵的动作让它明白了父亲的意思。它听话地坐了下来,吐着舌头,恋恋不舍地看着领地狗群。父亲面朝领地狗群,挥着手喊起来:"藏巴拉索罗,藏巴拉索罗,獒多吉,獒多吉。"他在告诉领地狗群,你死我活的时刻又一次来到了,快到藏巴拉索罗神宫那里去。然后又使劲拍了拍身边的美旺雄怒,又一次喊道:"藏巴拉索罗,藏巴拉索罗,獒多吉,獒多吉。"

火焰红的美旺雄怒奇怪地看着父亲和坐在地上一动不动的冈日森格,犹犹豫豫地跟在了领地狗群的后面。领地狗群奔跑而去,渐渐远了。

父亲翻身上马,冈日森格跟上了他。一人一狗朝着寄宿学校移动着,很快变成了草冈脊线上的剪影。剪影的距离渐渐拉大了,大得父亲在草冈这边,冈日森格在草冈那边。父亲勒马停下,想等等冈日森格,突然听到了美旺雄怒的喊声。父亲策马跑了上草冈,吃惊地发现,领地狗群又回来了。

跑向藏巴拉索罗神宫的领地狗群,半途中发现它们的獒王没有跟上来,就自作主张地又回来了。它们聪明地把獒王冈日森格拦截在了父亲看不见的草冈那边,用无声的环绕告诉獒王:你在哪里,我们就在哪里。冈日森格很不满意,烦躁得来回走动着,它清楚地记得父亲喊了好几声"藏巴拉索罗",知道领地狗群根本不应该回来,回来是不负责任,是有辱使命。它用压低的嗥声生气地表达着自己的意思:快去啊,快到藏巴拉索罗神宫那里去,你死我活的战斗等待着你们。

领地狗群依然环绕着它,固执地表达着它们跟随獒王的意愿。父亲看明白了,长叹一声,骑马走过去说:"那你就去吧,去吧,冈日森格,它们离不开你,但是你要小心,一定要小心。"冈日森格抬头望着自己的恩人,深陷在金毛中的眼睛泪光闪闪的,似乎是诀别:那我就去了,去了。

父亲后来说,那是一个容易伤感的年代,藏獒和人都敏锐地觉察到伤感时时刻刻逼临着自己,似乎任何一件事情都会触动那颗脆弱的心,让他们泪如泉涌。父亲看到冈日森格流出了泪,自己也禁不住湿润了眼眶,忧心忡忡地挥了挥手。

獒王冈日森格走了,没走几步就跑起来,它已经感觉到了藏巴拉索罗神宫的危险,舒展年迈的四肢,不失矫健地跑起来。领地狗群跟在了獒王后面,没有谁超过它,不知是无法超过,还是不想超过。

美旺雄怒懂事地回到了父亲身边,它知道只要冈日森格一归队,自己就没有必要继续混迹于领地狗群了,它是一只已经把主人融入生命、也让主人把自己融入生命的藏獒,更喜欢和主人待在一起。父亲点了点头,认可了美旺雄怒的选择,正琢磨是跟着领地狗群去藏巴拉索罗神宫看看,还是回寄宿学校守着孩子们,一抬头,看到远方草毯和云毡衔接的地方,狼烟一样快速流动着一彪人马,流动的方向是碉房山,是西结古寺。他定定地看了一会儿,突然惊叫一声:"哎呀妈呀,我怎么没有想到?"

这时枣红马也意识到,视野之内那一彪人马的流动很可能与它的主人麦书记有关,嘶叫一声,抬腿就跑。美旺雄怒"轰轰轰"地叫起来,警告父亲和枣红马停下,看父亲和枣红马不理它,便撒腿跟了过去。

他们朝着西结古寺疾驰而去。

父亲拉着枣红马、带着美旺雄怒走上碉房山,在西结古寺,看到的是一帮多猕草原的骑手。多猕骑手拉着马站了一堆,他们低着头弯着腰,面对一群喇嘛谦卑而小声地说:"麦书记呢?我们来接他,就像寺庙之佛与旷野之神都知道的,多猕草原是整个青果阿妈草原的中心,麦书记应该回去,藏巴拉索罗更应该回去。"在多猕骑手的身边,立着二十只多猕藏獒,个个都是壮硕伟岸的大家伙,它们低着头一声不吭,好像主人的谦卑感染了它们,它们也只好装模作样地谦卑一下。

父亲知道表面上越是谦卑就越是坚定勇敢,骑手和藏獒都一样,他们既然敢于来到这里,就都抱定了硬碰硬的决心。

西结古寺的喇嘛们特意在红袈裟的外面披上了黄色的法衣,这是显示也是强调，他们要在这个特殊的年代里，让人们知道佛法依然是威严而庄重的。十六只作为寺院狗的藏獒一字排开，昂起头瞪视着多猕藏獒，一副森严壁垒、众志成城的高山气派。为首的铁棒喇嘛藏扎西说："麦书记来过，一点也不假，但如果说他现在还在我们这里，就像是说夏天过了草原还会开花一样，连你们自己的藏獒和我们的寺院狗都不相信。不信你问问我们的寺院狗，麦书记是不是已经远远地走了。"寺院狗们一听藏扎西提到了它们，便冲着多猕藏獒叫起来，此起彼伏，唾液飞溅。但二十只多猕藏獒没有一只被激怒的，仍然平静地低着头，一声不吭。

多猕骑手的头扎雅再一次弯下腰，谦卑而小声地说："我们都是佛爷加持过的人，不相信喇嘛的话还能相信谁？我们再到别的地方去找找，看看，在西结古草原，除了寺院还有哪个地方敢把麦书记和藏巴拉索罗藏起来。"说罢朝着自己人招了招手，"走啊，我们先去里面拜拜佛，拜了佛再去寻找麦书记。"

藏扎西听出这是要搜查寺院的意思，跨前一步，脸上毫无表情地说："闭关啦，神佛们闭关啦，从今天开始，涂泥封门修行三年，三年以后你们再来。"多猕骑手的头扎雅突然把腰直了起来，眼睛一横说："谁闭关啦？你们的丹增活佛闭关我们相信，要说一世之尊、二度法身、三方教主、四大天王、五智如来、六臂观音、七光琉璃、八大菩萨、九尊度母、十座金刚统统都已经闭关，那是妄言，我们倒要看看，尊敬的喇嘛为什么要欺骗我们。"说罢，举起一只手，朝空中吆喝了一声："獒多吉，獒多吉，拉索罗，拉索罗。"

二十只多猕藏獒突然跑起来，它们并没有跑向前面深怀敌意的寺院狗，而是围绕身后的嘛呢石经墙，朝拜似的顺时针旋转着。

铁棒喇嘛藏扎西和一群喇嘛以及十六只寺院狗都有点发呆：它们这是要干什么？现在不是玩游戏的时候。正琢磨着，只听"轰"的一声响，多猕藏獒突然散开了，散向了所有的小路、所有的通道。那些树杈一样的小路和通道是通向寺院纵深处各个殿堂的，也就是说接下来所有的殿堂将在同一时刻受到多猕藏獒的侦查：到底有没有麦书记和藏巴拉索罗的味道，能不能嗅到他们的去向。

藏扎西愤怒地抡起了铁棒，又不知道抡向谁，把铁棒往下一噘，指着多猕骑手的头说："你们的藏獒不能胡跑八跑，这是冒犯，冒犯寺院是要受到惩罚的。"他看对方冷笑着不说话，便朝着寺院狗喊道，"拦住它们，快啊，快去拦住它们。"

其实十六只寺院狗早就冲出去了。它们冲向了小路和通道上的多猕藏獒，比铁棒喇嘛还要愤怒地大喊大叫着。然后就是厮打，十六只作为寺院狗的西结古藏獒和十六只来自远方的多猕藏獒在大大小小的通道上疯狂地厮打起来，都是一对一的厮打，激烈得好像遍地都是龙卷风，尘土高高地扬起来，弥散在以金色、红色、白色为主调的寺院顶上。蔚蓝的天空突然笼罩起一片灰黄，仿佛要遮掩那一种惨不忍睹的结果。

厮打的结果在未厮打之前就已经知道了：两败俱伤。所有的藏獒都知道对方和自己都是龙吟虎啸的厉害角色，几分钟之后就会是皮肉烂开也让对方皮肉烂开。但它们还是要为这一场无法彻底取胜的厮打拼尽全力，因为各自的主人需要它们这样。主人们并不准备接受一个两败俱伤的结果，在铁棒喇嘛藏扎西和众喇嘛这边，是一定要赶走来犯者的；在多猕骑手这边，是不找到麦书记和藏巴拉索罗决不罢休的。

多猕骑手的头扎雅拉长声调吆喝着,四只没有受到任何阻拦的多猕藏獒从发呆的观战中清醒过来,快速跑向了前面的大经堂、护法神殿和双身佛雅布尤姆殿。铁棒喇嘛藏扎西追了过去,又倏然停下,吩咐跟在自己身边的一群喇嘛:"快去把门关上,把所有殿堂的门都关上。"喇嘛们飞快地跑向了殿堂。这样的举动更让多猕骑手相信:麦书记和藏巴拉索罗就在西结古寺某个神秘的堂奥里。连父亲也有点奇怪:既然麦书记已经走了,为什么不让多猕人去里面看看?

藏扎西留下来,继续面对着多猕骑手,生怕他们也像他们的藏獒那样四散着跑向那些通道、那些殿堂。一扭头发现父亲站在不远处,便大声喊起来:"汉扎西你来得正好,你看看我们西结古寺今天怎么了,简直兵荒马乱嘛。他们多猕人和多猕狗蛮横得就像土匪,说我们藏匿了麦书记,你可以作证,你的马也可以作证,麦书记是不是远远地走了?麦书记走了,带着他的藏巴拉索罗走了,他就是把藏巴拉索罗留给我们,我们也不要。我们有自己的藏巴拉索罗,我们的藏巴拉索罗,它就在野驴河上游高高的白兰草原,汉扎西你得跑一趟,去白兰草原把藏巴拉索罗带到这里来,这里没有它和它的伙伴就挡不住多猕土匪。"

父亲听着有点糊涂,走过去小声问道:"你是说麦书记去了白兰草原?"藏扎西显得比他还要疑惑,压低了声音却又让对面多猕骑手的头能听见:"麦书记为什么要去白兰草原,那里难道有他藏身的地方?"父亲说:"你不是说藏巴拉索罗在白兰草原嘛。"藏扎西把嘴凑到父亲耳边,声音低得多猕骑手的头再也听不见了:"我说的是寺院狗,一只了不起的名叫藏巴拉索罗的藏獒和另一些寺院狗寄养在白兰草原的桑杰康珠家,你赶快去把它们带回来,寺院需要它们,需要强大的保卫。"

父亲"哦"了一声说:"原来藏巴拉索罗也可以用来给藏獒起名字,可你还是没说明白藏巴拉索罗是什么?"藏扎西摇了摇头说:"我也不明白是什么,反正藏巴拉索罗是麦书记的命根子,也是草原人的命根子。"

这时多猕骑手的头扎雅突然抢过来,一把拽住了枣红马的辔头,又把缰绳从父亲手里扯了过去,惊得父亲浑身抖了一下。赭石一样通体焰火的美旺雄怒忽地跳起来,直扑多猕骑手的头扎雅。父亲大喊一声:"美旺雄怒不要。"美旺雄怒身子重重地落在了扎雅身上,牙齿却忍让地没有咬住他,只用爪子"吱啦"一声撕裂了对方紫褐色的氆氇袍。

多猕骑手的头扎雅躲开美旺雄怒大声说:"这不是麦书记的马吗?我认识的,麦书记不在这里在哪里?"

父亲跳过去扭住了缰绳说:"麦书记在哪里我还要问你们呢,要是他好好待在寺院里,他的马为什么要跑到寄宿学校去?把马还给我,还给我,我还要去白兰草原呢。"扎雅固执地不松手。父亲担心美旺雄怒会再次扑向对方,争抢了几下就放开了。

铁棒喇嘛藏扎西说:"就把麦书记的马给他们,土匪是什么都要抢的。你骑着寺院的马去吧。"父亲想了想说:"不,我还是回寄宿学校骑我自己的马。"

父亲带着美旺雄怒下了碉房山,走向了寄宿学校。他坚持要骑自己的马是因为他突然觉得自己必须立刻回到寄宿学校去,一是督促孩子们学习,不要看老师 ~

离开就没完没了地打闹，二是他想把美旺雄怒留在学校，草原上到处都是陌生人陌生藏獒，光有大格列和另外四只大藏獒以及小兄妹藏獒尼玛和达娃，他放心不下。

他快步走着，还没望见寄宿学校的影子，就已经累了。而美旺雄怒却像火箭一样冲了出去，一边猛冲一边狂叫。一种不祥的感觉如利爪一样抓了一下父亲的心，他的心脏和眼皮一起突突突地狂跳起来。

半小时后，父亲望着草地上的血泊和尸体，好像被人一刀插进了他的心脏，惨烈地叫了一声，晕倒在地。

4　多吉来吧之人臊

记忆中永远不会遥远的主人和妻子以及故乡草原的一切，主宰着多吉来吧的所有神经，让它在愤懑、压抑、焦虑、悲伤中度过了一天又一天。它不知道这里是西宁城的动物园，更不知道从这里到青果阿妈州的西结古草原，少说也有一千二百公里，遥远到不能再遥远，它只知道这是一个它永远不能接受的地方，这个地方时刻弥漫着狼、豹子、老虎和猞猁以及各种各样让它怒火中烧的野兽的味道，而它却被关在铁栅栏围起的狗舍中，就像坐牢那样，绝望地把自己浸泡在死亡的气息提前来临的悲哀中，感觉着肉体在奔腾跳跃的时候灵魂就已经死去的痛苦。

每天都这样，太阳一出来，多吉来吧就在思念主人和妻子、思念故乡草原以及寄宿学校的情绪中低声哭泣，然后就是望着越来越多的游客拼命地咆哮，扑跳。它撞得铁栅栏哗啦啦响，它用吼叫把流淌不止的唾液喷得四下飞溅，让游客们纷纷抬手，频频抹脸。它总以为只要自己一直咆哮，一直扑跳，游客们就会远远地离开，让它度过一个安静而孤独的白天，一个可以任意哭泣、自由思念的白天。但结果总是相反，它越是怒不可遏、暴跳如雷，簇拥来的游客就越多，里三层外三层，简直就密不透风了。于是它更加愤怒更加狂躁地咆哮着，扑跳着。

直到中午，饲养员出现在后面光线昏暗的栅栏门前，打开半人高的栅栏门，让它进到一个铺着木板的喂养室里，丢给它一些牛羊的杂碎和带骨的鲜肉后，它的咆哮、扑跳才会告一段落。它不像别的藏獒，只要透心透肺地思念着故土和主人，就会不吃不喝，直到饿死，或者抑郁而死。不，它是照样吃，照样喝。它不想让自己体衰力竭，因为它还想继续咆哮和扑跳，还想着总有一天，铁栅栏倏然进裂，它将冲出去咬死所有囚禁它的人和野兽——它总觉得空气中弥漫不散的狼和豹子以及各种野兽的味道，都是囚禁它的原因。

但是今天，它已经没有力气了咆哮了，两个轮换着喂养它的饲养员三天没有照面，没有人喂它。多吉来吧蜷缩在牢笼的一角，瞪视着外面的人群。人群乱哄哄的，比以往多了一些，有的是游客，有的不是游客。多吉来吧能分辨游客和非游客，游客是那些走来走去看这个看那个也包括驻足看它的人，非游客是那些只看大鸟笼的人。

大鸟笼高大如山，包裹着一些布和纸，里面有许多它在草原上见过和没见过的大鸟和小鸟。多吉来吧不知道那些包裹着大鸟笼的布和纸是一些被称作"标语"和"大字报"的东西，只知道那上面写着字。人类的字它是见过的，在主人汉扎西的寄宿学校里就见过,也知道字是被人看的,人看字的时候,就会很安静。那些围着大鸟笼子看字的人开始也是安静的,但后来就不安静了,就吵起来,打起来。

打起来以后,多吉来吧看到了喂养它的两个饲养员,一个在挨打,一个在打人。多吉来吧撑起饥饿乏力的身体,冲着人群吼了几声,它不能容忍别人拳打脚踢喂养它的饲养员,只能容忍喂养它的饲养员拳打脚踢别人。尽管两个饲养员对它从来都是公事公办、不冷不热的。后来,两个饲养员互相打起来,多吉来吧不知道如何选择"容忍"和"不容忍",立刻停止了吼叫。它焦急地望着前面,直到一个饲养员把另一个饲养员打倒。它再次吼起来,心里的天平马上倾斜了:它是藏獒,它有保护弱者的天性,它同情那个挨打的中年饲养员,仇恨那个打人的青年饲养员。

这天晚上,挨了打的中年饲养员从铁栅栏外面扔进来了几个馒头,絮絮叨叨对它说:"我已经没有权力喂你了,有权力喂你的人又不管你的死活,我家里只有馒头没有肉,你就凑合着吃吧。"这是饿馁之中一个挽救性命的举动,感动得多吉来吧禁不住哽咽起来。

以后的一个星期里,都是这个中年饲养员偷偷喂它。它知道中年饲养员喂它是冒了挨打的危险的,就一边吃馒头一边哽咽,哽咽得中年饲养员也哽咽起来:"没想到你什么都懂,你比人有感情,你能报答我吗? 你要是足够聪明,就应该知道我希望你做什么。"这话显然是一种告别,中年饲养员从此不见了。

青年饲养员似乎突然想起了自己的工作职责,和以前一样带着不冷不热的神情出现在牢笼后面光线昏暗的栅栏门前。他打开半人高的栅栏门,让多吉来吧走进铺着木板的喂养室,丢给了它一些牛羊的杂碎和带骨的鲜肉。一种力量和激动正在启示着多吉来吧:冲破囚禁的日子就在今天,不仅仅是为了它格外思念的主人和妻子以及故土草原、寄宿学校,还有对中年饲养员的报答,还有横空飞来的预感:弥漫在城市上空让它慌乱的气息正在向西席卷,那是预示危机和灾难的气息。如果这气息卷向草原,危机和灾难就会降临草原。多吉来吧狼吞虎咽吃掉了所有杂碎和带骨的鲜肉,却没有像往常那样回到铁栅栏围起的房子中,继续它的咆哮和扑跳,而是毫不犹豫地扑向了青年饲养员。

扑向青年饲养员的那一瞬间,多吉来吧忽然明白了,让它慌乱的气息是人臊味。

多吉来吧以最狰狞的样子扑向青年饲养员,仅仅在他脖子上留下了一道牙痕,就放开他。青年饲养员意识到这是它给他的一个活命的机会,大喊大叫着夺路而逃。喂养室通往外界的那扇门倏然打开了,多吉来吧紧贴着饲养员的屁股,一跃而出。

多吉来吧逃出牢房,游客们尖叫着,到处乱跑。它追了过去,又扑向大鸟笼子,看到那些围观纸字的人比游客跑得还快,正要奋力追赶,发现许多野兽已经出现在自己身边,强烈刺鼻的兽臊味儿几乎就要淹没它。多吉来吧扑向虎舍,看到老虎在铁栅栏内的虎山之上无动于衷,又扑向山猫,扑向猞猁,扑向黑豹,最后扑向了狼。它直立而起,摇晃着狼舍的铁栅栏"轰轰轰"地响着,吓得两匹狼瑟瑟发抖。

多吉来吧猛撞狼舍的铁栅栏,突然听到了一声吆喝,扭过头去,看到个青年饲养员逆着人流朝它走来,手里拽着一条粗大的铁链。

多吉来吧猛然醒悟,它的目标不是战斗,而是自由。多吉来吧朝着有人群的地方逃跑,它追上人群,用自己的凛凛威武、汹汹气势豁开一道裂口,然后狂奔而去,等到人群消失、裂口消失的时候,它发现动物园的围墙已经抛在身后,野兽的味道突然轻淡了,它又闻到那股让它慌乱的人臊气息。它停下来,转身回望着,看到从围墙断开处,几个人追了出来,为首的是青年饲养员。

多吉来吧向西奔跑。这个不是死就是逃的日子,正是草原出现变化的前夕,和平与宁静就要消失,灾难的步履已经从城市迈向了遥远的故乡,对多吉来吧的思念将出现在西结古人的心里。

多吉来吧远离了动物园,奔跑在西宁城的大街上。已经是下午了,斜阳不再普照大地,阴影在房前屋后参差错落地延伸着,街道一半阴一半阳。阴阳融合的街道对多吉来吧来说,就是一些沟谷、一些山壑。沟谷里有人有车,它不到大车小车奔跑的地方去,知道那是危险的,更记得当初就是这些用轮子奔跑的汽车带着它离开了西结古草原,一路颠簸,让它在失去平衡的眩晕中走进了动物园的牢房。

它在人行道上奔跑,人们躲着它,它也躲着人。它跑过了一条街,又跑过了一条街,不断有丫、丫杈杈的树朝它走来,有时是一排,有时是一棵,夏天的树是葱茏的,树下面长着草,一见到草它就格外兴奋,毕竟那是草原上的东西。还有旗帜,那些在风中飘摇的绸缎,也是再熟悉不过的,只是它不知道,飘摇的绸缎在草原上叫做经幡和风马旗,在这里叫做红旗和横幅。如果它和它的种属不是天生的色盲,它一定还会发现,草原的经幡是五彩缤纷的,而城市的旗帜只有一种颜色,那就是红色,就像喇嘛身上袈裟,城市已经是一片红色的海洋了。

多吉来吧突然慢下来,围绕着一座雕像转了好几圈。它不知道这是一个伟人的雕像,只是觉得它跟西结古寺里的佛像一样,就倍感亲切,以为这是草原、故土、西结古对它的陪伴,它是漂流异乡、孤苦伶仃的多吉来吧,它太需要这样的陪伴了。

再次往前走的时候,多吉来吧看到就像包裹着动物园里的大鸟笼,布和纸以更加泛滥的形式出现在了街道两边。它讨厌它们,尤其讨厌纸,不仅因为那些纸后面有一股难闻的糨糊味,也不仅因为那些纸上写着神秘而吓人的字;更重要的是它的出现不符合草原的习惯,草原上只有很少很少的纸,人是珍惜纸的,不会糊得到处都是,也不会在纸上把字写得那么大、那么狰狞可怖。

多吉来吧跑过了五条街,发现前面又齐刷刷出现了三条街,突然意识到这种房屋组成的有树的沟谷,这种飘摇着绸缎、悬挂着布、张贴着纸的街道是无穷无尽的,它不可能按照最初的想法,尽快甩开它们,走向一抹平坡的草原。它疑惑地停了下来,一停下来就听到有人发出了一声恐怖的尖叫。

原来它停在了一个六七岁的红衣女孩身边,它当然不可能去伤害一个女孩,打死也不可能,但十步之外的女孩的母亲却以为它停在女孩身边就是为了吃掉女孩。母亲尖叫着扑了过来又停下,声嘶力竭地喊起来:"救人啊,救人啊。"

很多人从四面八方跑了过来,一看到多吉来吧如此高大威猛,就远远地停了下来,有喊的有说的:"狮子,哪里来的狮子?""狮子身上有黑毛吗? 不是狮子是黑老虎。""不对,是狗熊吧。""什么狗熊,是一只草原上的大藏狗。"多吉来吧听不懂他们的话,但从他们的神情举止中看出了他们对它的畏避,似乎有一点不理解,询问地朝着人们吐了吐舌头。

那母亲以为这只大野兽马上就要吃人了,吓得"扑通"一声跪倒在地上,哭着招呼围观的人:"快来人哪,快来人哪,这里出人命了。"倒是那红衣女孩一点害怕的样子也没有,好奇地看着身边这只大狗,小心翼翼地伸手摸了摸它的头毛。多吉来吧在西结古草原时长期待在寄宿学校,职责就是守护孩子,一见孩子就亲切,它摇了摇蜷起的尾巴,坐在了女孩身边。

母亲叫着女孩的名字,让她赶快离开。女孩跑向了母亲,多吉来吧跟了过去。在这个举目无亲的地方,孩子就是亲人,就能指引它走出这个城市。母亲站起来,抱起女孩就跑。多吉来吧发现她们前去的是一个街口,一片敞亮,以为母女俩是在给它指路。它高兴地追过去,在她们身后十米远的地方健步奔跑着。

那母亲回头一看,再次尖叫着,惊慌失措地朝马路对面跑去,那儿人多,走向人多的地方她们就安全了,更重要的是,人群后面有一小片树林,树林旁边就是她们的家。母亲的腿软了,她跑得很慢。多吉来吧跟在后面,也放慢了奔跑的速度。这时候,车来了。

是动物园用来拉运动物的嘎斯卡车,浑身散发着野兽的气息。车头里坐着追撵而来的青年饲养员,他带着一杆用来训练民兵的步枪。他看到多吉来吧追着那女人和红衣女孩来到了马路中央,就把举起来瞄准了半天的枪放下,果断地对司机说:"冲上去,撞死它。"

嘎斯卡车"忽"的一声加大油门,朝着毫无防备的多吉来吧冲了过去。

5　格萨尔宝剑之神宫

一座面对狼道峡的山冈,草色绿得能把人畜晕倒。冈顶和山麓按东西南北的方向耸立着四座神宫。神宫也叫拉则神宫,意思是山顶上的俄博,或者叫山顶上的箭垛。神宫由地宫和天宫两部分组成,地宫里埋藏着一些被寺院活佛加持过的宝物:佛像、佛经、佛珠、佛衣、金刚橛、七珍八宝等等。从地宫中央高高升起着一杆宫心木,被红色的氆氇裹缠着,环绕着宫心木,就是天宫的景象:几袋粮食围了一圈,一些泥塑的佛像围了一圈,金银铜铁的盛水宝器围了一圈,抹着酥油的嘛呢经石围了一圈;然后是短柄的达瓦刀、长柄的尼玛刀、铁铸的斧钺和打造的金刚杵;最后是一圈白石,白石内外密集地插着指头粗的桎柳和绑着羽毛的桦木箭,一根根白色的羊毛绳和黑色的牛毛绳从宫心木的高端流泻而下,连接着桎柳和箭丛,无数哈达、经幡和风马旗飘摇在绳子上,斑斑斓斓,蔚为壮观。

神宫的作用就是祈求神的降福,依靠神来战斗,西结古草原的人希望山神、河神、天神、地神、风暴神、雷雨神、四季女神等等一切自然之神都汇合在此处,以巨大的凝聚力保卫尊敬的麦书记和神圣的'藏巴拉索罗。

首先来到这里的是上阿妈草原的骑手,他们站在山冈前平整的草地上,敬畏地望着四座神宫,一时不知道怎么办好。他们明白这样的神宫是专门用来保卫藏巴拉索罗的,如果他们想把藏巴拉索罗从西结古草原拿走,就必须举行拉索罗仪式,祭祀神的同时祈求所有的地方神开阔一下自己的心胸,宽容地对待他们这些外乡人在西结古草原的所有行动。他们坚定地相信,如果不举行拉索罗仪式,神的惩罚立刻就会降临头顶。可是现在,他们什么仪式也来不及举行,就听到了一阵马蹄的轰响,听到了几声人的呐喊,更重要的是,他们听到西结古领地狗群的集体吼叫,隐隐约约地,从野驴河的方向,逆风而来。

比人反应更强烈的是上阿妈领地狗。它们"哗"地一下跑到了人的前面,用自己的身躯堵挡在了迫降而来的危险前面。它们也开始吼叫,此起彼伏,如狮如虎,试图用自己的声音盖过对方的声音,用自己的震慑抗衡对方的震慑。

就在两股领地狗群震慑与反震慑的声浪中,西结古公社的书记班玛多吉出现了。他带着一群西结古草原的骑手,纵马而来,一溜儿排开,在绿色山麓下的四座彩色神宫前,拉起了一道防御线。班玛多吉勒马停下,面对着一群上阿妈骑手,"哼"了一声说:"我们吉祥的黑颈鹤信使还没有把洁白的请柬送达上阿妈草原,你们怎么就跑到我们的草原上来了,你们来干什么?"

上阿妈骑手中,领头的是公社副书记巴俄秋珠。巴俄秋珠笑了笑说:"班玛书记你好,你忘了我在西结古草原长大,我十多年都没有回来了,我回来看看不行吗?"班玛多吉说:"看看是可以的,但为什么要带着这么多骑手、这么多藏獒?"巴俄秋珠说:"人多狗多是为了表示对你们的尊重。听说你们的草原上长出了藏巴拉索罗神宫,我们大家都想来顶礼磕头。"

班玛多吉挥着手吼道:"你们有什么资格到这里来顶礼磕头,这里是我们的神,我们的神就只能保佑我们。"巴俄秋珠说:"我记得有一年你来上阿妈草原开会,见了我们新刻在石崖上的佛菩萨倒头便拜,我们说什么了没有?天下藏民的神都是一样的神,你们的也是我们的,就好比西结古寺里的佛爷喇嘛保佑着我们大家一样,西结古草原宽宏大量的骑手们,为什么变得这么小气,为什么不准我们顶礼磕头?"

班玛多吉说:"巴俄秋珠你什么时候变得油嘴滑舌了?你们是冲着麦书记和藏巴拉索罗来的,谁不知道你们的狼子野心啊。"巴俄秋珠说:"知道就好,藏巴拉索罗代表了我们青果阿妈草原,更代表了吉祥的未来,我们要把它献给北京城里的文殊菩萨。"班玛多吉说:"既然这样,那你们就回去吧,藏巴拉索罗已经来到了我们西结古草原,只有我们才有资格把它献给北京城里的文殊菩萨。"巴俄秋珠说:"我们是想回去,但上阿妈草原的父老乡亲不让我们回去,他们对我说,把藏巴拉索罗敬献给北京城里的文殊菩萨的只能是我们上阿妈草原。"

班玛多吉还要说什么,就见站在巴俄秋珠前面的几只大藏獒眼放凶光,朝着他这个敢于指手画脚的人狂吠了几声,抑制不住地扑了过来,便大喊一声:"曲杰洛卓,曲杰洛卓。"

曲杰洛卓早就守护在他前面,威胁地跳了一下,又立住了。它知道几只上阿妈大藏獒并不是真的要来撕咬自己的主人,眼放凶光也好,狂吠奔扑也罢,都不过是做做样子而已,便把身子一横,飘晃着长长的鬣毛,坐了下来。几只上阿妈大藏獒扑到跟前就停下了,不阴不阳地低吼了几声,朝后退去。巴俄秋珠喊起来:"退回来干什么?往前冲啊。"几只大藏獒没有听他的,也像曲杰洛卓那样坐了下来。一时间,双方的藏獒都不叫了,连正从远方奔扑而来的西结古领地狗群也不叫了,好像它们从这边的平静中得到了某种启示:生活在延续,日子一如既往地和平着,领地狗与领地狗之间并不会发生激烈的厮打与流血。

没有发生厮打与流血的日子已经很久很久了。几年来和平与宁静一直是草原的伴生物,部落飞快地消失,草原与草原之间的界限已经淡化,人民公社用一种高度集中的生产方式把更多的牧民招呼到了一起,人是可以在自己的公社不同的草原上常来常往的。领地狗群虽然依旧坚守着自古以来的领地,却已经看惯了外来人和外来藏獒的造访,不像过去那样神经质地见生人就设防,见生狗就追咬了。仿佛一种默契正在形成:能不打就不打,包容,包容。

上阿妈骑手的头领巴俄秋珠看到几只大藏獒居然不听自己的,恼怒地从马上跳下来,挨个踢着大藏獒的屁股,看它们还是无动于衷,就挥动马鞭抽起来,边抽边说:“不敢打斗的藏獒就不是藏獒,我要你们干什么。”来到西结古草原的上阿妈领地狗是清一色的藏獒,它们的獒王帕巴仁青是一只黄色多于黑色的巨型铁包金公獒,看到巴俄秋珠挥鞭如雨,它从狗群里跳出来,扑过去用自己的身子挡住了巴俄秋珠,仿佛是说:主人啊,要抽你就抽我吧。巴俄秋珠更加生气了:“你这个不负责任的獒王,你还来护着它们,那我就先抽死你。”他让自己的骑手统统下马,对它们说:“抽,你们轮换着给我抽,要让我们的领地狗知道,它们要么死在战场上,要么死在主人的鞭子下,退却是没有活路的。”

骑手们犹豫着不想举起鞭子。巴俄秋珠说:“你们不忍心抽是不是?那你们给我上,给我把西结古骑手一个个撂倒,给我占领神宫,抢来麦书记和藏巴拉索罗。”这更不可能,虽然上阿妈草原和西结古草原是两个公社,但毕竟是一个县,双方的骑手已经多少年没有发生冲突了。人和人之间很少积怨的事情,缺乏仇恨的动力,怎么去打呢?只能让藏獒打,藏獒天生就是为了打斗,而且是为人而打,藏獒不打,他们就打藏獒。主人的存在,就应该是鞭子的存在。上阿妈骑手们朝着獒王帕巴仁青举起了鞭子,这个抽几下,那个抽几下。帕巴仁青惨叫着,但就是不躲开,它生怕自己一躲开,主人的鞭子就会落到别的领地狗身上。

骑手的鞭子终于唤醒了上阿妈领地狗们的天性,那几只最早出击的大藏獒又开始出击了,它们挂着眼泪扑向了班玛多吉,扑向了西结古阵营。

曲杰洛卓一看几只大藏獒的神情就明白:这次是真的,真的撕咬而来了。它从班玛多吉身前冲出去,想拦住对方,发现对方狗多势众,便飞身而起,落地的时候已经越过几只大藏獒,站到了巴俄秋珠的马腿之前。马后退了一步,惊慌得咴咴直叫,连马背上的巴俄秋珠也禁不住“哦哟”了一声。这正是曲杰洛卓所期待的,它要吸引几只大藏獒回身来救它们的主人,自己主人的危险也就不解自脱。遗憾的是,几只大藏獒根本没有上它的当,依然保持着最初的进攻路线,直扑班玛多吉。

班玛多吉有点不知所措,他坐下的大白马回身就跑。大白马一跑,好几匹西结古骑手的坐骑也都跟着跑起来。巴俄秋珠哈哈笑着,一声吆喝,所有的上阿妈领地狗都叫嚣着杀了过来。一溜儿排开的西结古的防御线顿时散乱了。

曲杰洛卓奋力拦截那只离主人班玛多吉最近的藏獒,却被上阿妈草原的另一只驴大的雪獒横斜里扑过来咬住了。一黑一白两只同样健硕的藏獒扭打起来。上阿妈的其他领地狗并没有倚仗数量上的优势破坏藏獒之间一对一的打斗规则,视而不见地从它们身边纷纷经过,直扑西结古骑手,确切地说是直扑骑手的坐骑。那些坐骑惊得顺着山冈两侧拼命逃跑,骑手们想停下来直面对方藏獒的撕咬都不可能。班玛多吉气急败坏地大喊:"我们的领地狗怎么还不来?冈日森格,冈日森格,你真是老了吗,真是不中用了吗?"

喊声未落,就听五十步开外,獒王冈日森格回应似的吼叫起来。

獒王来了,西结古草原的领地狗群来了,一来就拦住了疯狂追撵的上阿妈领地狗。

逃跑的西结古骑手和追撵的上阿妈藏獒都停了下来。冈日森格高昂着头颅,一副从容不迫的样子,径直跑向了上阿妈的领地狗群。它的处变不惊的威仪以及眼神里的和平与静穆让人不由得心生钦仰,没有哪只藏獒扑来拦截它。它跑到了依然扭打在一起的曲杰洛卓和那只驴大的雪獒跟前,并没有帮着自己人撕咬,而是用一种苍老而浑厚的声音在它们耳边低低地吼起来。

扭打停止了,双方都有伤痕,但都不在要害处,曲杰洛卓和驴大的雪獒好像一直都在比赛夯撞摔打的蛮力,而没有用上尖利的牙齿和坚硬的爪子,忍让的眼睛都含有这样的意思:还不到你死我活的时候,等着瞧啊。

冈日森格带着曲杰洛卓回到了自己的群落里。上阿妈的领地狗也朝后退去,退到了上阿妈骑手跟前。对峙的局面立刻出现了,一转眼的工夫,山冈前平整的草地上,映衬着东西南北四座藏巴拉索罗神官,西结古领地狗和上阿妈领地狗不靠人的指挥,自动完成了两军对垒时必不可少的部署。就在一片三十米见方的空地上,心照不宣的决斗就要开始了。

谁都知道自古以来领地狗群之间的争锋绝对不可能是一窝蜂的群殴,天经地义的打斗秩序永远都是一对一的抗衡,什么时候哪只藏獒出阵,由獒王来决定。好比人类的打擂台。和人类不同的是,它们没有三盘两胜或者五盘三胜之说,它们会拼尽全部成员,拼到只剩下最后一只狗。胜利的标志也不是你死伤得多,我死伤得少,而是直到对方没有一只狗能够站起来迎战。除非一方在打斗的过程中主动认输并且撤退,除非人出面阻拦,或者带着领地狗群离开。

但现在人是既不会阻拦也不会离开的,西结古的骑手和上阿妈的骑手都指望自己的领地狗群获胜。双方在沉默中紧张地观察着,用不着谈判协商,一个默契正在形成:谁的领地狗群赢了,谁就可以拥有藏巴拉索罗神官的祭祀权,祭祀权的获得意味着神的保佑和身外之力的加持,意味着他将找到麦书记并得到神圣的藏巴拉索罗,就能将吉祥的藏巴拉索罗献给北京的文殊菩萨。

上阿妈獒王帕巴仁青已经意识到人的意志不可违背,打斗在所难免,必须全力对付。它在自己的狗群里逡巡着,闪烁着深藏在长毛里的红玛瑙石一样的眼睛,确定着第一个出场的獒选。一只毛色和长相跟上阿妈獒王一样的铁包金公獒跳到了獒王跟前,请战似的跷起了前肢。獒王帕巴仁青停下了,严厉而不失温情地在对方鼻子上重重舔了一下。

铁包金公獒立刻跳了起来,它跳出领地狗群,朝对方的阵线冷冷地望了一眼,不紧不慢地来到了打斗场的中央。

骑马站在后面的巴俄秋珠不禁"哦哟"了一声:"小巴扎?怎么是小巴扎?"立刻

意识到,这个时候是不能有任何怀疑的,便换了一种口气说,"小巴扎加油,加油啊小巴扎。"小巴扎是上阿妈獒王帕巴仁青的孩子,出生才一年两个月,还没有完全长熟,怎么能第一个出场呢?

但在上阿妈獒王帕巴仁青看来,它派自己的孩子第一个出场,既有尊重对手的意思,又有一定要旗开得胜的决心。按照惯例,对方也会派出一只一岁多一点的藏獒对打,而在这个年龄段上,很少有藏獒能和小巴扎相较,无论是个头和力量,还是随机应变的水平,小巴扎都是最出色的。

现在就看西结古领地狗了,看獒王冈日森格会派出谁来第一个应战。冈日森格在自己的群落里走来走去,路了所有的藏獒,折回来又一次路了所有的藏獒,似乎有拖延打斗的来临。跑到冈日森格跟前请战的藏獒一只接着一只,冈日森格都视而不见。

打斗场上的小巴扎有点着急了,叫阵似的吼起来。

一只小黑獒从西结古领地狗群里跳出来,飞身而去,撞在了小巴扎身上。它年龄跟小巴扎差不多,性格也和小巴扎一样,初生牛犊不畏虎,看着年迈的獒王举棋不定,早就忍不住了。

冈日森格十分不满地冲着小黑獒吼了一声,退回到西结古领地狗群的边缘,万分担忧地看着打斗。

小黑獒和小巴扎迅速扭到了一起,扭到一起后就再也分不开了,毕竟双方都是少年藏獒,打架只能是孩子气的,不像成年藏獒之间的争斗,一个回合一个回合节奏分明地撕咬。小巴扎意识到这样的扭打一点风度也没有,极力想脱开,但是不行,小黑獒硬是撕住它不放,似乎小黑獒自己想做个孩子,就不想让对方变成大人。

小巴扎只好认可这样的打法,开始全神贯注地对付。扭打激烈起来,吼叫着,翻滚着,牧草的碎叶雪花一样扬起来。血光出现了,一道接着一道,也不知道是谁的血。突然不动了,就在小黑獒摁住小巴扎,小巴扎又翻过来摁住小黑獒的时候,扭打停止了。所有的人、所有的藏獒都瞪起了眼睛,他们都知道,小黑獒失败了,不是战斗失败,而是生命失败,它被小巴扎咬死了。

小巴扎扬起血污的头颅,呼哧呼哧喘着粗气,眨巴着眼睛,极力想弄掉粘住了眼旁黑毛的鲜血,突然意识到自己首先应该得意一番、骄傲一下,便转身朝着上阿妈领地狗群和自己的阿爸上阿妈獒王帕巴仁青走了几步,气派地晃了晃头。意思好像是说:瞧瞧我呀,我没有给上阿妈领地狗丢脸。

巴俄秋珠喊起来:"不行了,你们不行了,藏巴拉索罗神宫归我们祭祀了。"

班玛多吉无言以对,只在心里埋怨西结古领地狗群。

小巴扎回过身来,把身体靠在后腿上,向着西结古领地狗群张大了血淋淋的嘴,炫耀着自己的利牙,等待着下一个挑战者的到来。西结古领地狗一片静默,所有的藏獒都想即刻扑上去为小黑獒报仇,但獒王冈日森格始终不吭声,它好像忘了自己是獒王,不知道这会儿应该干什么了。

面前的打斗场上,小巴扎无声的炫耀已经变成了血沫飞溅的喊叫,肆无忌惮的挑衅里,含满了嘲笑和轻蔑。

班玛多吉喊起来:"上啊,止啊,你们怎么了?"

西结古领地狗群骚动起来,好几只藏獒来到了冈日森格跟前摩拳擦掌。冈日森格依旧视而不见。一只少年公獒终于忍不住了,咆哮了几声,愤激难抑地跑向了打斗场中央的小巴扎。

少年公獒比刚刚战死的小黑獒大两个月,是从小和小黑獒一起吃喝一起玩耍的伙伴,伙伴一死,它就哭了。对藏獒来说,伤心和报仇是一座山的两面,既然已经伤心过了,报仇就是必然的了。

獒王冈日森格来不及拦住它,便警告似的叫了一声:小心啊。它似乎已经预知了这场打斗的结果,伤感地叹息着,回头看了一眼一直待在班玛多吉身边的曲杰洛卓,卧下来,一眼不眨地望着前面。

正如冈日森格所料,打斗一开始,就出现了一边倒。小巴扎乘时乘势,狂猛地扑过来,又迅速地退回去,避免了刚才和小黑獒打斗时的纠缠。少年公獒显出笨拙来,它还没有脱离孩子阶段,全部的打斗经验都依赖于平时兄弟哥们之间的扭缠和翻滚,根本就不适应这种大藏獒才会有的打斗节奏。三个回合下来,它的脖子、肩膀和脸上就有了三处伤口。而小巴扎身上却没有任何少年公獒留下的痕迹,它是早熟而聪明的,三个月前就开始和自己的阿爸上阿妈獒王帕巴仁青对打,阿爸用它所知道的所有办法扑倒咬住了它,它也就心领神会地学到了这些办法,成了一只在年龄相仿的藏獒中没有敌手的出色少年。

少年公獒的身后,许多西结古领地狗叫起来,好像是在提醒少年公獒。但是獒王冈日森格知道,这样的提醒还不如不提醒,一旦小巴扎意识到别人的提醒在对方身上起了作用,它立刻就会改变主意,直接咬向对方的喉咙,或者咬向喉咙和肚子之外的另一个地方。打斗靠的是打斗者自己的感觉,而绝不是别人的指挥。感知瞬间的变数,敏捷地捕捉到经验和经验之外的任何危险迹象,心脑和肉体的完美协调,条件反射似的产生应对的办法,才是最最重要的。

冈日森格懊悔地自责着:我失职了呀,我怎么没有早早地教会孩子们。它知道,少年公獒死定了,除非它转身逃跑。可少年公獒是西结古草原的藏獒,面对强敌,就是让它死上一百次,也不会逃跑一次。它再次回头看了一眼仍然待在班玛多吉身边的曲杰洛卓,忽地站起来,瞪凸了眼睛看着少年公獒。

伤痕累累的少年公獒悲壮地朝前移动着,面对它已经感觉到的死亡,无所畏惧地一连靠近了好几步。

冈日森格突然想起来,还有一种办法也许能让少年公獒不死,冈日森格吼了一声,向前走去。

6　多吉来吧之红衣女孩

嘎斯卡车撞翻了多吉来吧。

但转眼死去的,转眼又活过来了。青年饲养员和另外一些人刚刚把多吉来吧抬上嘎斯卡车的车厢,它就睁开眼睛倔强地站了起来。它腿上背上头上都是血,望着面前惊呆了的人,把发自胸腔的恶气呼呼地喷在了他们身上。但是它没有咬人,它现在不屑于咬人,哪怕是图谋害他的坏人。它假装不知道是人让它流了血,让它昏死了片刻,摇头晃脑地甩着鲜血,撞开人群,跳下了车厢。

遗憾的是,它没有按照自己的愿望尽快离开这里,它摔倒了,趴在地上半天没有起来,毕竟是钢铁的汽车撞了它,身体的好几处疼得它无法行走。趁着这个机会,青年饲养员从车厢前面爬下去,拿了枪,就在五米之外瞄准了它。

多吉来吧是见过枪的,在草原上就见过,知道枪是一种无法抗拒的武器,人只要拿着它,再厉害的动物也只能自认倒霉。它想跑开,瞪圆了眼睛,使劲站起来,又"扑通"一声卧下了。它把眼睛眯起来,无奈地望望黑洞洞的枪口,又望望更加黑暗的饲养员的眼睛,从肺腑里发出了一串呼噜噜的声音,像是威胁,又像是乞求。饱经沧桑、历练风雨的多吉来吧已经学会乞求了?

青年饲养员的眼睛亮了一下,这一丝光亮,照见了自己内心的善良。他毕竟陪伴了它一年,冷热饥饱操心了它一年,他的心突然就软了,食指竟然没有力量扣动扳机。

青年饲养员走了,带走了原本要打死多吉来吧的枪,带走了几乎撞死它的嘎斯卡车,把自由和无法想象的命运留给了多吉来吧。司机说:"你的心真狠,你居然把它遗弃了。"青年饲养员说:"我是怕麻烦,咱动物园要一只伤狗干什么。"

多吉来吧挣扎着站了起来,蹒蹒跚跚朝前走去。围观的人们隔着十几步就给它让开了路。它吃力地抬起头,望着前面百米外一片敞亮的街口,那里大概就是走出城市的关口吧?但是它知道自己是走不到街口去的,它急需要卧下、休息,在安静的沉睡中调动起体内自我修复的各种因素,尽快赶走伤痛的折磨,强健起来,奔跑起来。

它走上了人行道,卧下来喘了几口气,又起身走向了紧挨着人行道的一小片树林。树林虽小,却是葳蕤茂密的,藏在里面,街上的人就看不见了。

让多吉来吧想不到的是,城里的人和草原上的人是完全不一样的,一点也不在乎一只藏獒的需要和感觉,更有人跟狼一样,有着欺软怕硬的禀性。他们看它毫无反抗的能力,就围住了那片树林,拨开树枝,用一些寒夜贼星一样的眼光窥伺着它。五六个人你一言我一语:"啊唷,两条狗皮褥子也能做了。""就在这里扒皮,还是抬回去扒皮?""当然要抬回去了,我不要狗皮,我就要狗肉。""去,拿绳子来,先把它绑了再说。"

眼睛和声音都是不怀好意的,多吉来吧已经感觉到了,它愤怒地叫嚣着,却叫不出自己的威猛和凶暴来,乏力和疼痛的感觉让它的大头沉重得低了下来,气体的进出急促而软弱,就俺破裂了气管一样嘶嘶地响。它无奈地停止了叫嚣,张大嘴,头一歪,阴森森地望着那些不怀好意的眼睛,渐渐闭上了自己的眼睛。

很快绳子就来了。几个闯进树林的人在三步之外用掰下来的树枝试探地捅着多吉来吧,看它没有反应,就挨过来,像宰牲那样,把多吉来吧的四个爪子绑在了一起,又在它脖子上狠狠地勒了几圈。多吉来吧嗅到了这帮人的味道,储存在记忆里。这时为首的人说:"王祥你看着,我们去找架子车。"王祥说:"你们可要快点,万一它醒了呢?"

多吉来吧听懂了他们的话,便在立刻就要昏死过去的时候顽强地拉住了自己的意识,闭上嘴,用牙齿咬住了舌头:醒着,我要坚决醒着。然而从心里从脑中出现的却不是清醒,而是迷蒙的晚景,就像草原的雨天蒸起了一天一地厚重的烟岚。死了,眼看就要死了,即使不死于汽车的冲撞,也会死于人的捆绑,狠勒在脖子上的麻绳让它呼吸困难,马上就要断气了。

将死而未死的迷蒙让多吉来吧闻到了一丝熟悉的味道,仿佛是远去的,又像是最近的。它让情绪在身体内部的奔涌中安静下来,仔细品了品,散淡的意识便渐渐聚拢在了一个红色的人体上。哦,它明白了,原来是那个六七岁的红衣女孩。她来了,她走进了树林,站到了它面前,带着一脸的小迷茫和小惊讶,声音细细地问道:"大狗你死了吗?"

多吉来吧使出残剩的力气让尾巴摇了摇,又用鼻子哝哝地叹了一口气,它吃力地张了张嘴,像是艰难的呼吸,又像是最后的求助。女孩理解了,她蹲下身子,伸出小手,抓住了紧紧勒绕在多吉来吧脖子上的麻绳。

守在树林外面的那个叫王祥的人喊了一声:"小孩你出来,小心把你咬了。"红衣女孩不理他,她知道是他们绑了大狗,就更有点故意捣蛋的意思了:你们绑了我爸爸,现在又要绑大狗,你们是多坏的人啊!她用两只白嫩的小手开始解绳子,可怎么也解不开,解得手指都疼了,就趴在多吉来吧身上,用两排珍珠似的小白牙一点一点地解石头疙瘩一样的绳结。

王祥看红衣女孩不理他,正想钻进树林把她扯出来,就见自己的儿子从马路对面走了过去。于是他喊住儿子,让他过来,叮嘱道:"你在这儿守着,林子里头有一只快死的大狗,人问起来你就说死狗是我们的。"又皱起眉头看了看远处说,"他们怎么还不来,是不是找不到架子车了?我知道哪里有。"王祥快步走去,留下儿子心不在焉地在树林边坐了下来。儿子对爸爸给他派的活一向是反感和抵触的,这次也不例外,坐了半天才意识到爸爸是让他在这里守着一只大狗的,忽地跳起来,掀开树枝就往林子里钻。

他愣了,他十岁的样子,或者还不到,最喜欢的就是狗,现在他看到一只壮硕的有黑毛也有红毛的狗就卧在他眼前,大狗身边还有一个红衣女孩,女孩趴在地上,正在用牙齿一口一口地撕着绑住了大狗四个爪子的麻绳。

勒绕在脖子上的麻绳已经解开,多吉来吧好受多了,由雪山草原、艰难岁月磨砺而成的生命的坚韧、由喜马拉雅獒种的优秀遗传带给它的抗病抗痛的能力,不知不觉发挥了作用。它觉得自己走向死亡的脚步渐渐缓慢,似乎就要停止了,剧烈的疼痛变得可以忍受,呼吸也顺畅了许多。它忍不住睁开眼睛,瞪着男孩,嗓子里忽忽的,就像刮出了一阵仇恨的风。

男孩叉着腰说:"它是我的狗,你动什么?"女孩抬起头瞪着他,以同样坚定的口气说:"不是你的狗,是我的狗。"男孩说:"是我们的,我们的狗。"这次他强调了"我们",想把自己的爸爸端出来。女孩一听更生气了:"你们为什么绑我的狗?我的狗,我的狗,我看见了就是我的狗。"两个孩子好像在争抢一件在大街上见到的玩具,谁也不让谁。多吉来吧似乎知道它们在吵什么,冲男孩唬唬地威胁着,又伸出舌头友好地舔了舔女孩的手。

男孩不吵了,他意识到爸爸的说法是不可靠的,大狗的举动已经说明了它归谁所有。他坐在了地上,眼馋地望着多吉来吧继续舔舐女孩手的举动,冲着女孩讨好地笑了笑。女孩不理他,再次趴倒在地上,去用牙齿费力撕扯绑住了大狗四个爪子的绳结。男孩说:"我爸爸去找架子车了,他们要把它拉走。"女孩不理,多吉来吧也不理。男孩说:"我爸爸是个坏蛋,跟他一起的都是坏蛋,他们爱吃狗肉,我不爱吃。"说着咽了一下口水。女孩和多吉来吧还是不理。男孩说:"我来解疙瘩,我力气比你大。"说着,屁股蹭着地面挪了过去。

把牙齿都撕扯疼了的女孩只好把绳结让给男孩。男孩望着多吉来吧胆怯地说:"它不会咬我吧?"多吉来吧长时间都是孩子的伴侣,就像熟悉自己一样熟悉孩子,它立刻看出女孩和男孩已经和解,又从男孩的神情举止中猜透了他的心,眼睛里顿时露出了平和友善的光波。而喜欢狗的男孩也敏捷地领悟到了狗眼里的内容,嘿嘿一笑,抓住多吉来吧爪子上的绳结,使劲用手拽着,拽了几下没拽开,就像女孩那样,趴在地上用牙齿撕扯起来。

捆绑结实的麻绳终于解开了。多吉来吧斜躺着,吃力地把四肢蜷起来又伸展开,扭了扭腰肢,然后把两条前腿平伸到前面,嘴唇进两腿之间,身子端端正正地趴卧着。这是恢复体力、自疗伤痛的最好姿势,这个姿势表明了它内心的踏实:它已经感觉到了不死的希望,那就是自己被汽车撞坏撞痛的是韧带和肌肉,而不是骨头,骨头好好的,至少那些维系生命和行动的大骨头好好的。

男孩挪到前面,摸了摸多吉来吧的鼻子,从口袋里掏出一个青稞面花卷,自己咬了一口,把剩下的送到了多吉来吧嘴边。多吉来吧不吃。女孩说:"我的狗,你喂什么?"男孩不跟她计较,把青稞面花卷塞进口袋,摸了摸獒头上的伤痕说:"它流血啦,血流完了它就会死掉。"女孩说:"才不会呢。"男孩说:"我有办法让它不流血。"女孩说:"我的狗,不许你想办法。"男孩讨好地说:"我给你的狗想办法还不行吗?走,我们买药去。"女孩摇着身子不说话。男孩说:"我爸爸流过血,他买药的时候我见过,我知道买什么药。走啊,没有药大狗就会死掉的。"说着拉起了女孩的手。

药店离这里不远,男孩拉着红衣女孩走进去,来到柜台前,仰头望着一个女售货员,大大咧咧地说:"我要买白药。"女售货员问道:"什么白药啊?很多药都是白的。"男孩说:"就是流血的白药。"女售货员拿出一个拇指大的小瓶子:"是这个吗?"男孩点点头,一把抢了过来,拉着女孩,转身就跑。等女售货员绕过长长的柜台,撵到药店门外时,男孩和女孩已经消失在了人群里。

回到树林里,男孩打开小瓶子,把粉末状的云南白药撒在了多吉来吧的伤口上,老练地再次掏出青稞面花卷,抹了一些药面,塞到了多吉来吧半张的嘴里。多吉来吧忍着疼痛吞下那个花卷,望着两个孩子,眼睛湿湿的,就像人的感激那样,真实而闪光。

男孩知道自己已经发挥了作用,说话应该是有分量的,就站起来,两手叉在腰里说:"现在我们应该转移啦,转移到我爸爸找不到的地方去。"女孩觉得他在学着大人的样子玩游戏,嘿嘿地笑着,也把手叉起来说:"转移喽。"

这时树林外面有了响动,一辆架子车骨碌碌地过来,倏然停下了。几个男人大声地互相开着玩笑,来到了树林的边缘。男孩紧张地说:"我爸爸抓大狗来了,怎么办?"女孩浑身一颤,咚地坐下,一把抱住了多吉来吧的头。

7　地狱食肉魔之桑杰康珠

在寄宿学校,晕死过去的父亲很快被孩子们和美旺雄怒的喊声唤醒了,醒来后才知道,他需要承受的悲痛要比他看到的严重得多:有人来过了,带着一只藏獒,不光咬死了漆黑如墨的大格列和另外四只大藏獒,还掠走了小兄妹藏獒尼玛和达娃。

大格列和另外四只大藏獒战神第一、怖畏大力王、无敌夜叉、白雪福宝都是来自牧马鹤草原的獒中枭雄,谁能几口咬死它们? 父亲脑海里出现了一个形象,那是他在西结古寺的降阎魔洞里看到的,是十八尊护法地狱主中排位第四的地狱食肉魔,这个形象之所以如此的刻骨铭心是因为传说它能一夜之间吃掉草原上所有的藏獒。父亲不寒而栗,有人带着一个堪比地狱食肉魔的恐怖家伙来过了,又走了。他们到底要干什么? 难道就是为了咬死大格列和另外四只大藏獒,抢走尼玛和达娃?

父亲坐在大格列和另外四只大藏獒身边,眼睛湿汪汪的,突然站起来,冲着孩子们吼道:"哪里的人,哪里的藏獒,你们认得吗?"被地狱食肉魔吓傻了的孩子们一个个摇头。父亲又吼道:"他们往哪里去了?"孩子们齐刷刷地举手指了过去。父亲回头一看,吃了一惊:孩子们指的方向是野驴河的上游,高旷寂静的白兰草原。

他心里不禁一阵抽搐:咬死大格列和另外四只大藏獒也许仅仅是个开始,这个人、这只堪比地狱食肉魔的藏獒,显然是路过寄宿学校,他们很可能是冲着藏巴拉索罗去的,藏巴拉索罗危险了,寄养在白兰草原桑杰康珠家的藏巴拉索罗和另一些寺院狗,将面对一场血肉喷溅的极恶之战。父亲打了一声唿哨,从五百米外的草场上招来了自己的大黑马,解开缠绕在脖子上的缰绳,跳上去就跑,突然又撤着缰绳拐回来,对一个歪戴着狐皮帽、伏在大格列身上哭泣的孩子说:"秋加你起来,千万别动大格列,这里是行凶现场,现场是不能动的。"父亲催马而去,看到美旺雄怒跟了过来,比划着喊道:"你留下来,留下来。"然后长叹一声:"要是多吉来吧还在寄宿学校就好了。"

寄宿学校的六只大藏獒是一年前多吉来吧离开西结古草原去西宁动物园后,父亲从过去的牧马鹤部落头人现在的牧民大格列那里要来的。要来不久,大格列就生病去世了。为了纪念这位性情耿直、为人豪爽的朋友,父亲把其中两只最年轻的大藏獒的名字改成了大格列和美旺雄怒。美旺雄怒是牧民大格列的宝帐护佑神,意思是火自在青年不死三昧主,恰好也契合了这只大公獒赭石一样通体焰火燃烧的毛色。父亲和这六只大藏獒仿佛上一辈子就一起待过,一见面就很亲热,他就像旧主人一样对待着它们,它们也像对待旧主人一样对待着他。草原上的人都说,亲密的伙伴除了一个变绿一个长肥的草原和牲畜,再就是一个舔者麻一个拌糌粑的汉扎西和他的藏獒,"者麻"是不拌的糌粑,意思是说父亲和他的藏獒亲密无间到同吃同住了。

一个月前父亲又从领地狗群里抱来了小兄妹藏獒尼玛和达娃,它们是多吉来吧和大黑獒果日的第三胎公獒赛什朵的孩子,是多吉来吧和大黑獒果日的嫡传后代,父亲在它们身上寄托了自己对多吉来吧的思念,也寄托了对未来的希望。可是现在,寄托没有了,希望被强盗掠走了。掠走尼玛和达娃的强盗一定是个识别藏獒的行家,一眼就看出它们未来的品相和能力是草原藏獒中第一流的。

父亲骑马奔驰在草原上,心急如焚,只嫌野驴河太长太长,怎么也到不了上游,到不了白兰草原。

白兰草原是西结古草原最美丽的部分,有高大的乔木、丰茂的牧草,有巨大的冰川和冰川融水形成的碧绿的湖泊。它依靠着白兰雪山,曾经是著名的白兰羌的驻牧地,号称白兰国,一千多年后它成了西结古寺的属地,生活着西结古寺的属民,属民们固定给西结古寺当差和交纳菜牛菜羊。公社化以后,所有的属地属民都归了公社,但公社书记班玛多吉特意在白兰草原组建了一个生产队,交由西结古寺管理,实际上就是维持了古老的习惯,让西结古寺仍然拥有一定的属地属民。至于西结古寺把一只叫做桑巴拉索罗的了不起的藏獒和另外一些寺院狗寄养在白兰草原的桑杰康珠家,父亲还是第一次知道。

终于进入了白兰之口,一片长满了虎耳草、血满草、仙鹤草和野生芜菁的漏斗形原野出现在面前,漏斗的中间是星罗棋布的湖,人们叫尕海。白兰湿地的紫色岚光里,一群群的白鹤、天鹅、斑头雁和藏雪鸭各自为阵又互相交汇着,清亮的鸟叫声穿云而去,翩然起舞的姿影礼花一样飞上了天。

父亲来不及观赏仙境一样的景色,绕过湿地,跑向了进入白兰草原后碰到的第一个牧民。

那牧民一脸黝黑,魁伟高大,留着披满了肩膀的英雄发,带着一匹赤骝马和一只雄壮的藏獒,正躺在一片粉黄色的仙女三姊妹花中休息。发现他后,牧民站了起来,双手紧紧抱在皮袍鼓鼓囊囊的胸兜上,目光如炬地看着他。雄壮的藏獒却趴卧在花丛里,嚯嚯嚯地低声叫起来。

父亲一听叫声就知道这是一只不认识自己且充满了敌意的藏獒,没有跑得太近,远远地停下来喊道:"你好啊兄弟,桑杰康珠家在哪里?"牧民抬手指了一下。父亲驱马就跑,焦急中连声谢谢都忘了说。

父亲来过几次白兰草原,知道桑杰康珠既有姑娘的美丽,又有小伙子的能干,就像牧民们说的:"白兰草原哪里最美丽?尕海在哪里哪里就最美丽;牧家的人堆里谁最耀眼?桑杰康珠在哪里哪里就最耀眼。"桑杰康珠十六岁时才随着阿爸回到老家白兰草原,一来就用枪打死过一只奇大的藏马熊。那时候她家只有两只藏獒,阿爸天天带着它们去放牧。藏马熊似乎摸准了这个规律,只要羊群一走,就会来到帐房跟前转悠。有一次甚至走进了帐房,偷吃了糌粑,踩塌了锅灶,撞翻了佛龛。桑杰康珠没有害怕,第二天就把这只奇大的藏马熊打死在离帐房三百米的水洼里。这说明她有白兰人的遗传:最早的白兰国就是二个女性比男性更强悍、更尚武的部落王国;也说明她有她奶奶的遗风:她过世的奶奶从十三岁开始就成了西结古草原交通风雨雷电的苯教咒师。桑杰康珠唱着儿歌,把自己想象成苯教的神灵病主女鬼、女骷髅梦魔鬼卒、魔女黑喘狗、化身女阎罗,端起枪瞄准了藏马熊。那些儿歌就是咒语,奶奶把咒语当做儿歌教给了她。打死藏马熊以后,阿爸的枪就成了她的枪,她就像一个小伙子一样,天天背着比她高的叉子枪进进出出。后来枪被公社书记班玛多吉没收了,桑杰康珠追到碉房山上责问班玛多吉:"为什么不能让我有枪,枪是我们白兰人的衣裳,你收走了枪,就等于扒了我的衣裳。"班玛多吉说:"这是上面的指示,牧民的枪都要统一保管。"桑杰康珠说:"你说是保管？谁来保管？总得有个人吧,那个人是谁啊,能不能是我？"班玛多吉说:"保管的地方和人都已经有了,那就是西结古寺,就是丹增活佛。"桑杰康珠又去西结古寺找到丹增活佛,虔诚地磕了一个头,站起来后又是双手叉腰、愠色满面了:"佛爷你说为什么？为什么你要拿走我的枪？"丹增活佛说:"不是我拿走了你的枪,是担心你做出恶业的怙主菩萨、四十二护法拿走了你的枪。"桑杰康珠声音尖脆地说:"我是病主女鬼,我是女骷髅梦魇鬼卒,我是魔女黑喘狗,我是化身女阎罗,枪就是我的无上法器,什么菩萨护法,谁也不能没收我的法器,赶快把枪还给我。"丹增活佛呵呵一笑说:"你说的这些都是山野之神,在佛菩萨这里,任何山野之神都不过是小鬼,小小的鬼,顶礼膜拜佛菩萨是你唯一的选择。赶快去怙主菩萨和四十二护法座下上香磕头吧,但愿你的语言没有减损你对他们的恭敬心。"桑杰康珠没有去上香磕头。她的阿爸继承奶奶的衣钵也是一位苯教咒师,却又虔诚地信仰着佛教,知道她的情状后,一连几天都在家中的佛龛前念经,祈请怙主菩萨和四十二护法不要把惩罚降临到女儿身上。菩萨和护法是宽容的,丹增活佛也是宽容的,不仅惩罚没有降临,还把一群了不起的藏巴拉索罗为首的威武而吉祥的寺院狗寄养在了他们家。这是莫大的荣幸,为什么会飘然而来？阿爸是知道的:就是因为啊,桑杰康珠是美丽而耀眼的。一个姑娘的美丽和耀眼,本身就是佛菩萨的恩赐,当她的面孔在阳光下展露而又出言不逊时,谁都会原谅,一切都会被原谅。

但是今天,美丽的已经不美丽,耀眼的已经不耀眼。当桑杰康珠一家带着几辈子都不曾积累这么多的悲伤出现在父亲面前时,父亲都不知道如何表达自己的吃惊了。悲惨的事件比父亲想象得还要悲惨,尽管他从寄宿学校出发时就知道对方只有一个人一只藏獒,但他还是不相信似的问道:"他们几个人？几只藏獒？"桑杰康珠说:"就一个黑脸汉子、一只藏獒。""真的是这样吗？"父亲还是不相信。桑杰康珠说:"还有两只小藏獒。"父亲说:"那是他们偷抢了我的,我的小兄妹藏獒尼玛和达娃。"

父亲怎么能不震惊呢？仅仅一只藏獒就杀死了这么多藏獒,包括那只曾经一口气咬死过三只雪豹的了不起的藏巴拉索罗,西结古寺寄养在桑杰康珠家的全部寺院狗一只不剩地都被咬死了。在桑杰康珠家的帐房前,从远方的白兰雪山倾斜着延伸而来的草地上,父亲望着死去的藏獒数了数,一共十二只,除了三只不到一岁的小藏獒,其余的都是肩高至少八十公分的大藏獒,尤其是金黄色的藏巴拉索罗,伟壮的身躯如同一只狮子,差不多就是獒王冈日森格的另一个版本了。

父亲摇着头,不停地说着:"不可能,不可能。"连如此伟壮的藏巴拉索罗都被咬死了,那它是一只什么样的野兽？父亲的脑海里再一次出现了那个恐怖、狞厉、巨大、无常、贪嗔无量的形象:降阎魔洞里,十八尊护法地狱主中排位第四的地狱食肉魔。他双手捂住了自己的胸脯,似乎害怕心脏跳得太激烈而蹦出胸腔,喘着气说:"要是多吉来吧还在西结古草原就好了。"

桑杰康珠瞪着父亲说:"别提你的多吉来吧了,我看见它的时候,想到的就是你的多吉来吧,我心想那个名叫多吉来吧的饮血王党项罗刹怎么又回来了？"父亲

"嘀"了一声,那口气中既有对多吉来吧的深沉思念,又有对桑杰康珠的不满:你怎么可以把它和多吉来吧联系到一起呢,我的多吉来吧不是魔鬼是善金刚,它去了千里之外的西宁动物园,啊,我怎么让它去了千里之外的西宁动物园呢?

父亲说:"多吉来吧和地狱食肉魔都是人教出来的,凶猛和恶毒大概是一样的,但心是不一样的。"气糊涂了的桑杰康珠说:"一样,它们从里到外都是一样的。"父亲问道:"你是说它跟多吉来吧长得很像,也是一只脊背和屁股漆黑漆黑、前胸和四腿火红火红的藏獒?"

桑杰康珠把眼睛里的仇恨收敛了一下说:"是啊,是啊,我不知道这魔鬼叫什么名字,我就叫它多吉来吧。"父亲气咻咻地打断她的话:"不要再叫它多吉来吧了,它怎么叫多吉来吧呢,多吉来吧是我的亲弟兄知道吗? 你快说黑脸汉子带着地狱食肉魔去了哪里?"

桑杰康珠不理他,转身走进了帐房,一会儿她出来,快步走向帐房后面,腰里已经多了一把刀鞘上镶着绿松石、刀柄上嵌着红玛瑙的藏刀。帐房后面拴着几匹马,桑杰康珠从地上搬起鞍子,扣在一匹青花母马的背上,使劲系上了马肚带。

被地狱食肉魔吓得脸色惨白、浑身僵硬的桑杰康珠的阿爸,一个脸上的褶子比头发还要多的苯教咒师,直到这时才抖抖索索走出了帐房。他告诉父亲,魔鬼来的时候他没有露面,一直躲在帐房里一边偷看一边念咒,可他的咒语是不顶用的,不该发生的事情还是发生了。又说:"那个魔鬼一样的黑脸汉子、那只魔鬼一样的藏獒,朝着你来的路走了,这会儿大概已经走出了白兰草原。"父亲愣了一下说:"我怎么没碰到?"突然一个警醒:他不是没看到,他看到了,又被他轻易放过了,那个他进入白兰草原后看到的第一个牧民,那只趴卧在花丛里嗡嗡嗡低声吠叫的藏獒,不就是凶手吗? 父亲更加清晰地想起来:凶手的双手紧紧抱在皮袍的胸兜上,胸兜鼓鼓囊囊的,里面不是小兄妹藏獒尼玛和达娃是什么?

父亲转身跑向了自己的大黑马。他要去追撵凶手了,还要把这个坏到不能再坏的消息带给西结古寺的丹增活佛和铁棒喇嘛藏扎西,带给公社书记班玛多吉,带给正率领着领地狗群决一死战在藏巴拉索罗神宫前的獒王冈日森格:了不起的藏巴拉索罗死了,寄养在白兰草原桑杰康珠家的十二只寺院狗都死了,还有我的大格列,它也死在地狱食肉魔的利牙之下了。

一匹青花母马从父亲身边风行而过。父亲愣了一下,就听身后桑杰康珠的阿爸喊起来:"回来,康珠你回来,你不能去送死,不能啊。"愤怒至极的桑杰康珠不听阿爸的,鞭马鞭得更狠了。

父亲追了过去,他本想跑到前面拦住她,可是他的大黑马已经有点老态,怎么也追不上年轻的青花母马,眼看着桑杰康珠和自己越来越远。他严厉而急切地喊起来:"康珠姑娘,康珠姑娘。"

回答父亲的是一匹狼的嗥叫:"呜儿,呜儿。"父亲打了个愣怔,胸口一阵惊跳,自从九年前发生了寄宿学校的十个孩子被狼群咬死的惨剧后,父亲一听到狼叫就紧张,就会联想到孩子们的安全。他勒马停下,朝狼叫的地方看了半晌,看到了羊群,却没有看到狼,又策马往前跑去。父亲忧心忡忡:麦书记失踪了,外面的骑手犯境了,地狱食肉魔来到了,紧接着,狼又开始聚合行动了。

发出嗥叫的是一匹白兰母狼。它是昨天晚上靠近桑杰康珠家的,靠近的目的是为了报复。它的两个孩子、两匹刚刚独立生活的公狼,第一次偷袭羊群,就被寄养在桑杰康珠家的寺院狗咬死了。它必须咬死至少二十只羊作为回敬,否则就愤怒难平。

但是一靠近桑杰康珠家的羊群,机敏的藏獒就开始吼叫了,无论从哪个方向,无论是上风还是下风,它都能感觉到死亡随时都会发生,不是羊的死亡,而是自己的死亡。

不甘心就此撤退的白兰母狼远远地观望着,突然看到,用不着自己行动,报复就从天而降,而且是那么彻底:所有的藏獒都死了,就在它的瞩望之中,被一只格外强悍的藏獒以不可思议的速度一只只咬死了。它惊呆了,简直不敢相信自己的眼睛,更不明白这到底是为什么,怎么藏獒咬起藏獒来,比藏獒撕咬狼群还要凶残无度?

现在,羊群就像数不清的一大团一大团的肉,毫无障碍地暴露在了白兰母狼面前。白兰母狼冲进惊慌失措的羊群,咬死了三只羊,突然就不咬了。它嗥起来。很快有了回应,近的、远的、更远的,四面八方的狼嗥悠然响起。白兰草原的狼群,朝着桑杰康珠家驻牧的地方,迅速汇集而来。

这些狼是互相认识的,冬天属于一个群体,夏天食物丰富,旱獭、鼢鼠、兔子、黄鼬这些小型动物到处都是,用不着集体捕猎,就又会分散行动。但有时候它们也会改变冬聚夏散的规律,就像现在,意外而特殊的情况发生了,它们必然要聚在一起行动了。它们先是赶走了满地的秃鹫,用死去藏獒的血肉填饱了肚子,然后才开始用它们的语言表示惊诧:我们的宿敌怎么都死了?

一匹毛色发黑的头狼——父亲借用宁玛巴古老的伏藏预言,把它称作黑命主狼王——比别的狼有了更准确的判断:发生在藏獒之间的不是打斗,是屠害,而且是有预谋的屠害。很可能藏獒的死亡并没有结束,接着还会有。而狼群必须跟上去,藏獒死在哪里,就应该吃到哪里,毕竟是藏獒的肉,是世仇的肉,进食的过程伴随着泄恨和报仇的快感,跟吃羊肉牛肉鼠肉兔肉是完全不一样的。更重要的是,它想搞清楚,究竟为了什么,会发生如此惨烈的藏獒对藏獒的咬杀。

黑命主狼王朝前走去。别的狼也都迤逦而行。草原一片沉默,云朵诡谲了,风的吼叫变得机密而恐怖:吃掉它,吃掉它。

8　格萨尔宝剑之　曲杰洛卓

冈日森格的吼声延缓了小巴扎的进攻。小巴扎有点纳闷:对方獒王过来干什么?再一看,冈日森格不是跑向自己,而是跑向少年公獒的,就更有些奇怪了。毕竟它还是一个孩子,天真而缺乏阅历,不知道、没见过的事情太多太多。

冈日森格来到少年公獒跟前,愤怒地叱责着,一口咬在了它的肩膀上:你这个无能的家伙,真给我们西结古领地狗丢脸啊,你给我滚回去。少年公獒一愣,接着就哭了。它很委屈,它出生入死地战斗,眼看就要战死了,尊敬的獒王却不能给它一点赞许、一点理解和一点尊重,毕竟它还是个孩子,它需要鼓励和温情,哪怕是为了让它死去的鼓励和温情。

冈日森格继续愤怒地叱责着，又是撕咬，又是吼叫，驱赶着少年公獒退向了打斗场的外面。这就等于少年公獒已经认输，它可以带着獒王的鄙视和自己的性命回去，让别的藏獒来应战小巴扎。

小巴扎呆愣着，听到身后自己的阿爸上阿妈獒王帕巴仁青一连吼了几声，才意识到獒王冈日森格不是跑来惩罚部下，而是跑来救命的。这哪儿成？ 小巴扎愤怒地从冈日森格的侧后扑过去，直扑它的肚腹。

冈日森格朝后看了一眼，木然呆立着，既没有躲闪也没有反击，好像小巴扎的利牙就要刺穿的肚腹跟它毫无关系。

真是一发千钧，空气一阵动荡，地上的草根和泥土被好几只爪子踢扬而起，咆哮如雷，一阵旋风从另一个方向刮来，轰然一声响，小巴扎倒在地上了。

冈日森格依然呆立着，在它和小巴扎之间，挺立着怒发冲冠的曲杰洛卓。

曲杰洛卓终于出动了，冈日森格释然地喘了一口气，它等待的就是这一刻，此前所有的举棋不定都是为了这一刻。它作为獒王在指挥和判断上的无能，小黑獒的死和少年公獒的受伤与认输，似乎都是为了给曲杰洛卓愤然出击做好铺垫，不然怎么能显出曲杰洛卓的重要呢？

打斗场的核心转眼变成了年少的小巴扎和年轻的曲杰洛卓。都是最优秀的战士，都是虎贲之将，但毕竟一个是轻量级，一个是重量级，小巴扎即使有整个青果阿妈草原最好的造就和整个喜马拉雅獒种最好的禀赋，也只是个有望成长的大孩子，只两个回合，身上就有了四处伤痕。第三个回合是致命的，曲杰洛卓一口咬在了小巴扎的脖子上。

血流如注，小巴扎趴下不动了。这只为上阿妈领地狗群立下首功的少年英雄，被曲杰洛卓三下五除二就收拾得没有了刚才的威风。曲杰洛卓知道马上就会有更厉害的藏獒扑向自己，片刻也没有沉醉在牙齿插进敌手血肉的舒畅中，迅速抬起头，警觉地扫视着上阿妈领地狗。

寂静笼罩着藏巴拉索罗神宫前的草地，观战的人和狗都悄悄地瞪着前面，好一会儿，才看到上阿妈领地狗群里慢腾腾走出了那只已经和曲杰洛卓对峙过的驴大的雪獒。它不吭不哈地摇着头。好像不是来打斗，而是来会见老朋友的。曲杰洛卓立刻变换了自己的表情，显得既不愤怒，也不警觉，带着一副我来跟你玩玩的轻松样子，悠闲地舔着嘴唇，抖着毛发，走向了对方。

它们走到了一起，你打量着我，我打量着你，甚至还友好地互相嗅了嗅鼻子。突然一声吼，曲杰洛卓奔跃而去，直扑不远处趴在地上不知死活的小巴扎。

雪獒愣怔了一下：你不会是怯懦到想去进攻一个已经不能动了的孩子吧？ 就见曲杰洛卓绕着小巴扎跑了一圈，然后闲庭信步似的走过来，走着走着，就微闭了眼睛，不知为什么，脸上笑眯眯的。

曲杰洛卓来到雪獒跟前，就像第一次走近它那样，冲着它的鼻子爆炸似的吼了一声，然后迅速跳开，奔跃而去，围着小巴扎跑了一圈，又笑眯眯地回到了雪獒身边。

雪獒还是愣怔着，以为对方又要爆炸似的吼一声。就在这个时候，雪獒想不到的事情发生了，曲杰洛卓既没有用速度也没有用力量，不过是用了一点麻痹，就一口咬向对方，咬住了大血管和喉咙之间的那个地方。一阵猛烈的撕扯，鲜血染红了雪獒的洁白，就像春天消融着草原的积雪。雪獒扭头就要反咬，却见曲杰洛卓已经松开牙齿，跳起来朝后蹦去。

驴大的雪獒恼羞成怒地就要扑过去，忽听身后传来一阵上阿妈獒王帕巴仁青的吼叫，它望了一眼没有理睬，那吼叫便越来越急。雪獒知道这是让它赶快回去的意思，十分不情愿地回应了一声，慢腾腾地扭转了身子。

雪獒朝回走去，不断顾望着曲杰洛卓，眼睛里一半是不服气的愤怒，一半是不期而至的感激。感激是因为雪獒突然意识到曲杰洛卓并不是只能咬在自己的大血管和喉咙之间，它本来可以咬断自己的大血管，也可以咬住自己的喉咙挑断气管，但是它没有，它留了雪獒一条命。雪獒记住了，记住了恩情但也没有忘记仇恨。对藏獒来说，报恩和报仇是两种并行不悖的生命驱动，它们共同塑造着藏獒，令人钦羡地完善着藏獒那种恩怨分明的狗格和獒性。

这时西结古草原的獒王冈日森格掩饰不住兴奋地轻轻叫起来，它看到换下雪獒的居然是上阿妈獒王，上阿妈獒王上场了。这就提高了曲杰洛卓的地位，只要曲杰洛卓打败上阿妈獒王，它就获得了出任西结古獒王的最有说服力的资格。冈日森格用不大的叫声鼓舞着曲杰洛卓。曲杰洛卓感激地回望了一眼，用叫声坚定地回应着：不，即使我赢了，你还是我们的獒王。

上阿妈獒王帕巴仁青来到打斗场中央，怜悯地看了看还没有气绝的小巴扎，滴了几滴眼泪，扬头一甩，就把所有悲伤的湿润甩出了深深的眼眶。它朝前走了几步，无限轻蔑地瞪了一眼曲杰洛卓，然后屁股一蹲，坐下了，这是更加轻蔑的表示。但是所有上阿妈领地狗都知道，这样的轻蔑是装出来的，它们都看出这只名叫曲杰洛卓的西结古大藏獒具有不凡的身手，不仅雪獒打不过，别的藏獒也很难取胜，只能由獒王亲自上场了。

曲杰洛卓定定地立着，看着天，看着地，就是没用正眼看对手，这也是蔑视，它要从神态上以牙还牙。而它的感觉却全部集中在对手身上，对手姿态的变化、眼光的游弋、鼻子的抽搐、毛发的抖动，甚至气息的长短，它都能感觉到。它以此判断着对手的策略，确定着自己防守和出击的办法。

什么动静也没有，声音驻足了，草原上随时都在跑动的透明的绿风戛然消失。双方表面上的蔑视浮云一样飘忽，而实际上的重视却如潜流涌动在它们心里，也涌动在观战的每只藏獒、每个骑手的心里。空气越来越紧张，惊心动魄的扑咬一触即发。上阿妈獒王帕巴仁青趴下了，趴得就像一只癞皮狗，紧贴着地面，散了架似的。而曲杰洛卓感觉到的却是强大的威逼，一股重锤击石般的威逼大面积而来。

突然有了声音，是风的声音，是上阿妈獒王帕巴仁青掀起的一股黑色疾风，以狂飙突进的力量，朝着曲杰洛卓覆盖而来。

曲杰洛卓浑身的肌肉砰地紧了一下。根据经验它没有胡乱行动，它觉得上阿妈獒王要么会中途停一下，以迷惑它，打乱它躲闪的节奏；要么会改变方向，扑向自己认定的提前量，以便在它躲闪落地的同时，一口咬住它的脖子；要么会从它的头顶呼啸而过，然后急转身，从后面万无一失地攻击它。所以它稳稳地站着，觉得只要自己沉住气不动,对方的诡计就会不攻自破,然后它将在对方失算的懊恼中扑过去,后发制人。

但是曲杰洛卓没想到上阿妈獒王帕巴仁青居然什么诡计也没有,一点战术都不讲,就像一个没有经历过真正拼杀的孩子,就靠着它的鲁莽和无知以及难以想象的速度,直截了当地扑向了自己。黑色疾风"呼啦"一声盖住了曲杰洛卓,那股重锤击石的力量压住了它的身子,也压住了它的所有本领。它期望于自己的奋勇潇洒的战斗转眼变成了摆脱危险的狼狈挣扎。

巴俄秋珠高兴地吆喝起来:"胜利了,胜利了,藏巴拉索罗归我们了。"上阿妈骑手们也跟着他吆喝起来,声音一浪高过一浪。

曲杰洛卓奋力抗争着,拖泥带水地翻滚到了一边,脖子上已经是血色濡染了。一个血洞,深深的就像藏獒的眼睛,血滋着,滋成了一条线。这一口太让嗜杀成性的藏獒们佩服,太让曲杰洛卓丢脸,也太让西结古草原的獒王冈日森格提心吊胆了。冈日森格禁不住叫起来,是助威,也是再次表达自己的期待:一定要胜利啊曲·杰洛卓。

曲杰洛卓稳住自己,看到上阿妈獒王又一次趴下了,趴得更像一只癞皮狗。曲杰洛卓冷笑一声,愤愤地想:你不要以为你趴得跟上次一样,我就会觉得你还像上次那样扑我咬我,不,我决不上你的当。

很快又有了声音,依然是黑色疾风席卷而来的鸣响,上阿妈獒王帕巴仁青再一次朝着曲杰洛卓覆盖过来。曲杰洛卓挺着血脖子昂然而立,固执地一动不动。

结果和上次完全一样,上阿妈獒王帕巴仁青罩住了曲杰洛卓,曲杰洛卓的勇敢对抗又一次变成了狼狈挣扎。等它挣扎着脱离上阿妈獒王的撕咬后,发现这一次对方的牙齿还是深深扎进了脖子上的那个血洞。一个血洞连续扎了两次,那血洞就越来越大、越来越深了。血冒着,冒成了一股水,把曲杰洛卓的半个身子都染红了。

巴俄秋珠带领着上阿妈骑手们再次吆喝起来。

紧张观望着的西结古獒王冈日森格突然张大嘴,想用叫声提醒曲杰洛卓:注意啊,上阿妈獒王下一次的进攻一定还是前两次进攻的重复。想了想又把吼叫咽回去了,它知道曲杰洛卓能听懂的声音,上阿妈獒王也能听懂,自己的提醒不仅帮不了曲杰洛卓,反而会害了它。

果然就像冈日森格预料的那样,上阿妈獒王第三次重复了先癞皮狗一样地趴下,然后以狂飚突进的力量直截扑咬的办法。

曲杰洛卓绝对不相信上阿妈獒王的第三次扑咬还会这样,它不愿意陷入对方的诡计,却陷入了诡计后面的诡计。它仍然静立着不动,结果发现自己又错了。上阿妈獒王帕巴仁青第三次覆盖了曲杰洛卓,第三次咬住了对方的脖子,更不可思议的是,它的牙齿第三次深深扎进了已经扎了两次的那个血洞,血洞更深更大了。

曲杰洛卓的脖子上血滋着,滋成了一根棍,看到那根棍的人和狗都知道,大血管断了,出现了一片喊叫声,在上阿妈方面是兴奋,在西结古方面是惊叹。看不到那根棍但能感觉到热血滋涌的曲杰洛卓也知道,自己的大血管正在快速送走鲜活的气息,命脉正在关闭,死亡即刻就会来到眼前。

　　曲杰洛卓回头看了看肝胆相照的獒王冈日森格,看了看它日日夜夜都想回去的西结古领地狗群,看了看它的主人班玛多吉,两行诀别的眼泪簌簌而下。獒王冈日森格用同样悲伤的眼泪诀别着曲杰洛卓,走了过去。班玛多吉从马上跳了下来,边走边喊着:"曲杰洛卓,你回来吧,回来吧。"

　　曲杰洛卓没有让獒王冈日森格和主人班玛多吉走到自己跟前来,它浑身一阵剧烈的抖动,似乎把所有的精气都从骨髓深处抖落到了四肢上,然后跳了起来。谁也没想到曲杰洛卓脖子上的血滋成了一根棍还能跳起来,更没想到跳起来后它还能以风的速度扑向上阿妈獒王。

　　趴在地上的上阿妈獒王帕巴仁青知道自己已经来不及起身迎战,奋力打了一个滚儿,打出了六米之外。曲杰洛卓擦着对方的獒毛呼啸而过,下雨一样淋了对方一身血,然后直飞而去。它没有停下来转身再次扑向上阿妈獒王,它好像再也停不下来了,飞着,飞着,直直地飞着,鲜血淋漓地飞着,飞向了上阿妈领地狗群,用自己峻急猛恶的奔势,撞开了一道豁口。

　　曲杰洛卓把自己从上阿妈领地狗群的豁口中扔了进去,如同把一块巨大的岩石从山顶扔向了深渊,力大无比。人和狗都不想让它撞到自己,纷纷躲闪着,只有跟它交过手的驴大的雪獒没有躲闪,它怀揣报恩的心情,从一个本来不会撞到它的地方迎过来,横挡在了曲杰洛卓前面。神态是慈祥的,叫声是轻盈的,眼睛是湿汪汪的,里面除了感激还有同情。它知道按照惯例,这样的神态和叫声一定会使曲杰洛卓停下来,停下来当然还是得死去,但至少可以感觉到同类送别的眼泪,同类也可以感觉到它离世前的不舍。獒类世界的同病相怜和惺惺相惜由来已久,这种祖先遗留的心态是从来不分敌手还是朋友的。

　　但是曲杰洛卓没有停下,它朝着雪獒直撞而去,就像撞在了山上,山倒了,它也倒了。脖子上的血哗地一下喷成了柱子,接着就没了,好像这是最后一次喷涌,把剩余的所有鲜血喷涌完了。曲杰洛卓静静地躺在地上,眼光以最艳丽的血色扫视着天上的蔚蓝,呼吸和心跳却正在迅速而不情愿地消失着。

　　同样失去呼吸和心跳的还有驴大的雪獒,雪獒死了。曲杰洛卓撞在了它的肚子上,肚子没有烂,但里面的脏器肯定彻底烂了,烂得它连伤别的感觉都来不及表达了。雪獒一身洁白,即使内脏出血,外表也像雪山一样高贵而耀眼。

　　在包围着死去的曲杰洛卓和雪獒的上阿妈领地狗群里,首先传出了哭泣的哀叫。接着,西结古领地狗群也嗷嗷嗷地哭起来。獒王冈日森格的哭声格外响亮,它在这个藏獒与雪獒之间不知道为什么要发生战争的日子里,用哭声表达着它内心最隐秘的疑惑。

　　班玛多吉也哭起来,发出的声音跟獒王冈日森格的声音一模一样,毕竟曲杰洛卓是他的护身藏獒,感情已经很深很深了。他牵着马走过去,想走进上阿妈领地狗群去看看他的曲杰洛卓,最好能把它驮回到这边来。刚要走进打斗场,就听上阿妈骑手的头巴俄秋珠喊起来:"你不要过来,小心啊,我们的领地狗群可不喜欢你走进他们中间。"班玛多吉停下来站了片刻,转身回去了。

　　藏獒们不可抑制的哭声里,迅速走出悲伤的上阿妈獒王帕巴仁青站到了打斗场的中央,浑厚而刚硬地叫起来。这是挑战,是得意非凡的胜利者督促对手赶紧上场的信号。西结古獒王冈日森格听到挑战后沉默了片刻,用微弱的声音回应着,好像是说:等一等,或许不需要应战了,你们赢了,我们输了。

獒王冈日森格来到了班玛多吉跟前,仰头望着他,眼睛里饱含期待甚至祈求。班玛多吉看不懂它眼睛里的意思,皱着眉头,咬着牙齿,粗声大气地说:"冈日森格,我们这是怎么了? 我们的领地狗怎么都这么懦弱,养兵千日,用兵一时啊,要为曲杰洛卓报仇,打败它们,一定要打败它们,麦书记是我们的,藏巴拉索罗是我们的。"

冈日森格没听懂或者不愿意听懂班玛多吉的话,依然祈求地望着他,直到班玛多吉说出这样的话来:"你为什么不去打? 你总不能让我、让我们的骑手去打斗吧? 总不能看着西结古草原的藏獒和人都死尽了你才行使獒王的权力吧? 总不能把藏巴拉索罗神宫的祭祀权拱手让给他们,让他们找到麦书记,把藏巴拉索罗从西结古草原拿走吧?"

没等班玛多吉说完,冈日森格就转身离开了。

忧伤的獒王冈日森格走到了自己的领地狗群中,一个一个地看着它的部下,每一个部下的表情都是激动和愤怒的,包括那些不可能参与打斗的母獒和小獒,都希望自己是下一个上场的獒选。但是冈日森格始终没有首肯,它路过了所有能够上场的成年公獒,觉得没有一只能够抗衡上阿妈獒王,就沉重地摇起了头,勇敢不等于去送死,已经知道无法取胜的藏獒还有什么必要派它上场呢?

所有西结古骑手的眼睛都盯着冈日森格。他们看到它离开领地狗群朝前走去,走了几步,突然就消失了,连影子也没有了,这才意识到天黑了,谁也没有发现黄昏什么时候到来,天就已经漆黑一团了。

9 多吉来吧之强盗

西宁城的那片小树林里,女孩刚抱住多吉来吧的头,就有五六个男人呼呼啦啦涌进来,他们看了看男孩和女孩,又看了看已经解掉麻绳的大狗,一时没敢过来。王祥捡起地上的麻绳,瞪着自己的儿子呵斥道:"我就知道你不干好事。"说着一麻绳抽在了儿子脸上。男孩瞪着爸爸仇恨地喊起来:"大狗不是你的狗,大狗是她的狗。"王祥说:"她的狗? 她一个小屁孩,能养出比狮子老虎还要大的狗来?"几个男人笑起来,看到多吉来吧瘫软在地上,眼睛睁着,却没有力气瞅他们一下,就大胆地靠了过去。为首的人从王祥手里叨过麻绳,又要行绑。

红衣女孩哭了,她给予保护也寻求保护似的把小身子偎在了大狗怀里。王祥过去,一把揪起了女孩。女孩哭得更厉害了。为首的人挥动着麻绳说:"把他们撵走,快把他们撵走。"一个男人先把男孩推出了树林,又要赶女孩时,突然僵住了,只见趴在地上虚弱不堪的大狗突然摇摇晃晃站了起来,瞪着他们一声不吭。为首的人似乎不相信这只就要死去的大狗会咬人,一把揪住女孩的红衣服,喊了声:"出去。"

话音未落,就听大狗一声号叫,哗地一下扑了过来。为首的人被咬伤了,咬伤的就是他揪住红衣女孩的那只手。那个刚把男孩推出树林的人被一狗爪抓烂了裤子和里面的皮肉,而对用麻绳抽了男孩的王祥,多吉来吧只是用头顶翻了他,没有在他身上留下牙伤和爪痕，似乎它已经闻出他是那男孩的爸爸。仅仅一个动作，就对付了三个人，五六个男人哇啦哇啦喊叫着，连滚带爬地出了树林。

多吉来吧把头伸出树林，"轰轰轰"地叫了几声，看他们狼狈而逃，就又退回来卧在了地上。

红衣女孩抹着眼泪再次坐到了多吉来吧身边。男孩回来了，红着脸，坐在了多吉来吧的另一边。坐了很久，天就要黑了，树林里一片黯淡。男孩又一次说："现在我们应该转移啦，转移到我爸爸找不到的地方去。"女孩扑腾着大眼睛，似乎并不理解转移是什么意思。男孩又说："天黑了它怎么办？我爸爸他们还会来的。"女孩明白了，抱了抱多吉来吧说："大狗回家，大狗回家，大狗我们回家吧。"说着站了起来。多吉来吧望着女孩，看她做出要走的样子，便懂事地站起来，率先朝着树林外面走去。

多吉来吧一直走在前面，准确无误地走着。要是大人肯定会吃惊，这从来没去过红衣女孩家的大狗怎么会带着两个孩子走向女孩家呢？但在孩子们看来这很正常，大狗本来就应该知道他们希望它知道的一切。多吉来吧边走边嗅着地面，地面上留着女孩从街上回家，又从家走向那一小片树林的脚印，它理解了女孩要带它回她家的意思，就循着脚印的味道走去了。

这天晚上，多吉来吧住在了红衣女孩家。女孩家就女孩一个人，爸爸被抓到牛棚里去了，妈妈被单位叫去交代问题去了。妈妈走了以后，她独自待在家里害怕，就去树林里找大狗，现在她不害怕了，她把大狗带到家里来陪伴自己了。女孩当然无法把这些告诉多吉来吧，但多吉来吧本能地四处闻了闻，就闻出了眼泪的味道，那些混合在潮气中的酸楚告诉它这是一个正处在不幸中的家庭。它舔了舔女孩的脸，像是在安慰她，也像是在强调自己对她的陪伴和保护，至少今夜是这样。

女孩摸着被多吉来吧舔出痒痒来的脸，高兴地拿出馒头让多吉来吧吃，也让男孩吃。多吉来吧和男孩不客气地吃着，吃够了，多吉来吧来到水缸边，也不管会不会弄脏里面的水，伸进头去，噗嗤噗嗤舔起来。男孩笑着，也学着它的样子舔了一肚子凉水。男孩从身上摸出那个从药店抢来的小瓶子，把剩下的云南白药一半撒在了多吉来吧的伤口上，一半倒在了它的舌头上。

男孩该回家了，出去看了一眼漆黑的天色，被吓回来了。女孩说："你住我们家吧，我们家的床比天都大。"男孩说："我身上有土，我不上你家的床，我和大狗一起睡。"他们一左一右坐在多吉来吧身边玩起来，玩累了就靠着多吉来吧睡着了。多吉来吧把身子弯起来，用一种能够温暖两个孩子的姿势趴卧着，渐渐进入了梦乡。

梦乡一片红亮嘈杂，就像它期盼中的故土西结古草原。怎么那么多血啊，血在奔腾，那不是它熟悉的野驴河吗？诡异的亢奋的人臊吹拂，主人汉扎西危险了，寄宿学校的孩子们又要面对狼灾了，妻子大黑獒果日疯了似的吼叫着，叫着叫着就被冰雪掩盖了。一片血色，飞起来的血色，号哭着的血色。

天快亮的时候，多吉来吧被自己的吼声惊得站了起来，这是最后一次惊醒，不是被噩梦，而是被一种远来的敌意的声音。是脚步声，隐隐约约、杂杂沓沓的。它警觉地几步走向了门口，这几步让它不禁有了一种伤痛正在消失、身体正在恢复的兴奋。它没有撞开门板出去，而是来到了门边灯光照不到的黑暗中，静静地等待着。

它在等待强盗，它那与生俱来的超人的感觉给了它一个准确的信息并左右了它的行动：那些发出杂沓脚步声的是强盗，而且一定会出现在这里，这里是它今夜的领地，身后是两个它必须保护的孩子。

脚步声越来越响了，接着又有了喊叫的声音和打门的声音，这说明强盗并不想在这个夜深人静的时刻隐瞒自己的行动。多吉来吧有点奇怪，它对城里的事情总是感到奇怪，它当然不知道强盗是来抄家的，而抄家在那个年代属于绝对正确的革命行动。它试着跳了一下，又跳了一下，感觉已经好多了，四肢依然是有力而结实的，不妨碍奔跑，也不妨碍打斗，只是脖子还有点疼，那是麻绳勒的。它瞪大了红亮的眼睛，再一次跳起，就在门被打开的同时，扑向了蜂拥而来的人群。

惨叫出现了，先是一个人的，接着就是好几个人一起惨叫。来抄家的二十多个造反派从门口哗地一下散向四周，他们看到一个硕大的黑影闪电般地东扑西跳，吓得大呼小叫，纷纷逃跑。多吉来吧追撵着，但并不疯狂。它意识到自己今夜的领地很小，就是红衣女孩的家，离开了那个家，一切就都是陌生难测的。它不能在陌生的地方逞凶，它追出去一百多米就不追了，吼了几声，听到房子里传来红衣女孩的哭声，赶紧返回，冲进了房子。

抄家的人跑出去一公里才气喘吁吁停下来，心有余悸地回头观望。有人问："是什么？到底是什么？"一个被咬伤了胳膊的人说："狮子，这个地方怎么会有狮子？"另一个被咬伤了肩膀的人说："家里还养着狮子，他们为什么不交代？想用狮子对付我们，真正是死不悔改。"有个穿着黄呢大衣的人说："走，回去找那个女的，我喜欢她家的狮子，我要让她把狮子交给我。"'

红衣女孩是被外面的喧华吓哭的，一见大狗回来，就上前揪住了多吉来吧的耳朵。多吉来吧歪过头来，舔了舔女孩的胳膊，像是告诉她那些强盗已经被撵跑了。男孩睡得很沉，迷迷糊糊搞不清刚才发生了什么，站起来揉着眼睛问道："是不是我爸爸又来了？是不是啊？"他以为多吉来吧什么都应该知道。多吉来吧坐在了地上，这就是它的回答，不管它听没听懂男孩的话，它都得用行动告诉对方：放心吧，不管谁来都没关系，有我呢。

不可能再有睡眠了，一只大狗和两个孩子默默地等待着黎明。当天上的乳白刷白了窗户、街上出现汽车奔跑的声音时，多吉来吧的心里同时也出现了一丝光亮，那就是昨天它看到的一片敞亮的街口。它觉得这个街口应该是城市的出口，它必须尽快走出去，走向草原，走向主人和妻子。它起身过去，用爪子拨开门扇，来到门外，闻了闻讨厌的城市的杂乱气息，便回头告别似的盯上了两个孩子。

两个孩子清亮清亮的眼睛同时也盯上了多吉来吧，仿佛他们和它之间有一种天然相通的感觉，让他们立刻明白了它的意思。他们跑了出来，一人喊了一声："大狗你不能走。"喊声未已，多吉来吧就跑起来，不时地回头，恋恋不舍地看着，看到两个孩子追了过来，就又停下，回身朝他们摇着尾巴。

两个孩子跑到它跟前。男孩一把揪住它的鬣毛说："大狗你要去哪里？"女孩打了一下男孩的手说："你怎么揪它？你揪疼了它。"多吉来吧眯了眯眼睛，刷啦啦掉出一串眼泪来，它这是感动，也是感激，更是伤心，就要离去了，尽管一起只待了一夜,但它是在孤独的苦难中和他们度过了难忘的十多个小时,这对记恩感恩、容易悲伤的藏獒来说,已经足够引起感情的波动了。多吉来吧伸出舌头,把不肯落地的几滴眼泪舔进了嘴里,又舔了一下女孩的脸,舔了一下男孩的脸,然后带着不得不离去的忧伤,转身走了,走了。

男孩推了推女孩:"你把大狗叫回来。"红衣女孩没有动,她从大狗的眼睛里看出了义无反顾的离别之意,知道自己不可能叫它回来,就定定地站着,用两只小手背捂住两只大眼睛,泪水欷歔地哽咽起来。男孩喊了一声:"大狗你回来,她哭了。"喊着自己也哭了。多吉来吧回头望了一眼,犹豫着,似乎要过来,突然又坚决地扭转了头,跳了一下,奔跑而去,远了,远了,很快消失了。

多吉来吧直接跑向了它昨天看好的那个街口,街口依然一片敞亮。可是一走进敞亮它就发现自己的判断失误了,敞亮的原因是街口连接着广场,而不是城市的消失。它失望地原地打转,禁不住冲着堵挡在面前的另一些房屋、另几个街口狂吠起来。狂吠引起了路人的注意,他们纷纷停下来畏葸地看着它。它立刻意识到这样的注意对自己十分不利,赶紧闭了嘴,转身就走。

它原路返回,想回到红衣女孩和男孩身边去,经验告诉它:孩子总是善良和可靠的。而在陌生的城市里孤独流浪的它,除了依仗本能走向善良和可靠,不可能有别的选择。它走着走着跑起来,一种就要失去什么的感觉让它急切地想回到那个它住了一夜的家里,把自己交给女孩和男孩,也让自己负责任地去保护女孩和男孩。但是很快它就知道过去的已经过去了,人类社会和獒类社会一样,孩子是不起主导作用的,一旦孩子受制于大人,就什么希望也没有了。

多吉来吧停了下来,看到红衣女孩的母亲回来了,一起出现的还有夜里被它撵跑的那些来抄家的强盗。强盗们站在房门前,吆三喝四的,其中那个黄呢大衣的声音格外刺耳:"快说,你把狮子藏到哪里去了?"女孩在哭,男孩已经不见了。女孩的母亲也在尖声尖气地喊:"你快说呀你,它去了哪里,说了好让人家去抓它。"女孩就是不说,母亲使劲摇晃着她:"说呀,说呀,求求你说呀,你不说人家不罢休。"多吉来吧意识到他们对女孩的逼迫与自己有关,"轰"地叫了一声,像是说:"我在这儿呢。"

除了女孩,所有的人都抖了一下。接着就是喊声和奔跑声,连女孩的母亲也离开女孩躲到一边去了。多吉来吧克制住扑过去撕咬的冲动,它大义凛然地走过去,来到女孩身边,稳稳当当地坐下,目光四射地望着那些人。女孩的双手立刻搂住了它的脖子。

跑散的人静悄悄地观望着,半晌,有个胸前挂满了像章的人大声说:"啊哟,黑天半夜咬我们的原来是它呀,我在动物园见过它,它是藏獒。"

多吉来吧顿时盯上了他,准确地说是盯上了他胸脯上亮闪闪的像章,"汪"地叫了一声,神情突然变得亲切友好起来。在草原上,几乎所有牧民都佩戴着这种亮闪闪的东西,那是护身的小佛龛、背面有佛像的铜镜、包银的火镰、镶宝石的奶桶钩、雕刻精美的子弹盒、铆嵌着金属的皮带、富丽堂皇的腰扣、银元一样的"珞热"、银质的针线包以及丁丁当当的耳环、手镯等。多吉来吧觉得这个人的像章和牧民的佩饰没什么区别,像章上的人头和它看惯了的佛像也没什么区别,不禁见了老朋友似的摇了摇尾巴。

满胸像章的人说："咦？它好像认识我。"黄呢大衣打着手势带头围拢了过来，看到多吉来吧没有愤怒扑跳的样子，便喊道："快啊，机不可失，快撒网啊。"满胸像章的人说："会把那女孩网住的。"黄呢大衣从满胸像章的人手里夺过渔网，对女孩的母亲喊道："快把她拉开，快拉开。"女孩的母亲大着胆子走过去，拽起女孩就跑。与此同时，"哗"的一声响，一张大网撒向了多吉来吧，像一片乌云，遮去了半个天空。

多吉来吧抬头一看，獒嘴大开，利牙狰狞，愤怒地跳起来，朝着遮盖而来的乌云扑了上去。它哪里知道这不是乌云，是一张渔网，它没见过渔网，以为一撞就开、一撕就烂，等到它被牢牢网住时，才意识到这东西作为人的武器，厉害得跟枪一样，是它无力反抗的。它吼叫着，挣扎着，在渔网里翻腾跳跃，想把捆住它的无数绳索粉碎成灰烬。它累了，躺下不动了，编织成渔网的柔韧的绳索却牢固如初。很快，渔网收紧了，它开始移动，它被十几个人拖拉着，向着马路越来越快地移动着，蹭起的尘土飞扬而起，一浪一浪地弥漫着。

红衣女孩哭着追了过去。她的母亲也追了过去，一把拽住了女孩，喊着："它又不是你的，你追它干什么？祸害，祸害。"

女孩哭得更响亮了，滤净了弥漫的尘埃，传出去很远。多吉来吧看不见女孩，却听得见声音。在所有乱七八糟、铺天盖地的市声之中，它就听清了女孩的哭声。于是它把对强盗的愤怒暂时丢开了，它也哭起来，它觉得女孩的痛哭里有一种熟悉而亲昵的温情，那是西结古草原寄宿学校里主人汉扎西的温情，是领地狗群里妻子大黑獒昔日的温情，是所有被它守护过的孩子以及吃过的糌粑和牛羊肉带给它的温情，就越哭越厉害，凄惨得如同锦缎撕裂，连城市都不忍了，回应似的响起了汽车喇叭声，到处都响起了汽车喇叭声。

就这样，多吉来吧和女孩在哭声中分别。女孩被母亲拽回了家，母亲烦躁地说："哭什么哭，你爸爸关进牛棚都一个月了，也没见你这么伤心过。"仿佛前世的恩情变成了今世的机缘，女孩抹着眼泪坚定地说："它比爸爸好，就是比爸爸好，爸爸不管我，我有一次叫街上的野孩子打了他都不管我。"

多吉来吧被它认定的强盗拖拉着，沿着马路一直向北，终于停下来的时候，肩膀、屁股上的皮肉已经磨烂了，一路都是血。它看到了自己的血，那血就沿着眼光爬过来染红了它的眼球，那么可怕，就像从血水里捞出来的两盏灯。它就用这两盏灯，仇恨地照耀着那些人。

那些人在黄呢大衣的指挥下扯开了渔网的收口，生怕多吉来吧跑出来咬死他们，比赛一样跑开了，跑出了一个很大的门，然后从外面把门关死了。

多吉来吧打了好几个滚才立住身子，用牙齿撕扯着渔网的缠绕，渐渐移动到了敞开的收口处。脱离渔网的一瞬间，它朝着这个陌生的地方滚雷似的叫起来。四周不是墙壁就是窗户，头上是高高的顶棚，它的声音滚过来滚过去，塞满了空间，似乎立刻就要爆炸，炸开这个限制了它的自由的地方。它叫了一会儿，便朝着关死的门冲了过去，这时候它悲哀地意识到，磨烂的地方不光是肩膀和屁股，还有肚子，肚子上的皮很薄很软，大量的血正从那儿流出来。

门不可能为它敞开。它沮丧地卧在门边，粗喘了一会儿气，才腾出时间来仔细看了看四周,不免有些吃惊:房子居然有这么大的,从来没见过。它不知道它看到的是一座学校礼堂,礼堂很长时间不用了,桌椅板凳都堆在一角,中间空荡荡的,前面的讲台上,堆积着一些彩旗和演节目的道具,证明这是个曾经很热闹的地方。

多吉来吧在门边卧了很长时间,在寂静淹没而来、一股汹涌的悲凉就要掀翻它的时候,它站了起来,带着一丝侥幸,在礼堂里到处走了走,没有,没有通向外面的任何缝隙,在它够不着的地方,是一扇扇的窗户,玻璃透视着遥远的蔚蓝。它失望地吹着气,选择了一个隐蔽的地方卧下来,把那些能够舔到的创口都舔了舔,然后忍着疼痛闭上了眼睛。

很快就是黄昏,天色黯淡了,礼堂的双开门忽地被人打开了,多吉来吧闻到了一股鲜羊肉的气息。它跳起来,跑了过去,不是冲着肉,而是冲着通往自由的门缝。遗憾的是,它在礼堂这边,门在礼堂那边,没等它跑到跟前,门就咚地关上了。门外有几个人在说话,说着就唱起来:"拿起笔,做刀枪,牛鬼蛇神一扫光。"歌声渐渐远了。立起来扒在门上的多吉来吧"扑通"一声摔倒在地上,绝望让它浑身发软。

它躺着,身边是一堆带血的鲜羊肉,但是它不吃。它已经很饿很饿,恶劣的情绪比治害更像猛兽吞噬着它的能量,身体的消耗正在加紧,补充迫在眉睫,但是它不吃。它是一只惯于用肉体磨难担当精神痛苦的藏獒,尤其在彻底绝望、在痛彻肺腑地思念着主人和妻子的时候,它绝不可能用食物来干扰自己的忧伤。它坚决不吃,看都不看一眼,连口水也不流。它想把自己饿死,而饿死之前唯一要做的,就是思念,就是在思念中一心一意地哭泣。

过了很久,眼泪把礼堂的水泥地面打湿了,沿着它硕大的獒头,开出了一朵偌大的黑色莲花。天黑了,漫漫长夜无边无际,终于到了尽头,抬头向着高高的窗户看了看,原来还是昨天的太阳,冷漠依旧。但日子突然不同了,就在它疲倦地站起来,顶着枯寂凄凉的压迫,再次侥幸地走向礼堂别处,想看看有没有出去的可能时,门开了,有个东西出现在门口的缝隙、明亮的天光下。

多吉来吧扑了过去,它全神贯注着缝隙,扑向了光明,却没有在乎那个东西。那个东西以同样的速度扑了过来,扑向了它,让它不得不戛然止步。

没有惯常对陌生者的审视,也没有警告与威胁的吠叫,止步的同时就是撕咬。多吉来吧把利牙对准了对方的喉咙,对方的利牙也对准了它的喉咙,碰撞的刹那,不是它咬住对方,就是对方咬住它。一种保护自己的条件反射让多吉来吧缩了一下头,同时伸直了自己的一只前爪。缩头的动作把对方咬住它的时间推迟了半秒,伸直的前爪却让这推迟了的撕咬变得再也不可能。前爪捣歪了对方的鼻子,对方什么也没有咬到,正要再行撕咬时,却发现在半秒钟的时间差里,自己的喉咙已经变成了多吉来吧牙刀下的烂肉。它"噢"的一声怪叫,就要跳开,沉重的身子却轻飘飘地飞了起来。多吉来吧不是扼住它咬断它的喉咙,而是扬起獒头,把它甩向了空中,用它自己的重量撕裂了它的喉咙。它轰然落地,挣扎着站起,晃了一下,又倒下去,就再也起不来了。

多吉来吧顾不上品咂这突如其来的打斗和突如其来的胜利,朝门扑去。礼堂的双开门早已经严丝合缝地关起来,它扒了几下没扒开,就用头狠狠地撞了一下,然后回头,怒气冲冲地望着那个刚才跟它殊死搏斗的家伙,好像门的关闭是这个家伙的所为。但是一瞥之下,多吉来吧的怒气就不再冲它了,它死了,拘魂鬼从滋血的喉咙里溜进去拿住了它的命。它死了之后多吉来吧才看清刚才和自己打斗的是一只长脸突嘴的大型猎犬。多吉来吧没见过这种犬,但一闻味道就知道它是自己的同类,它迷惑地看着它:猎犬跑到这里来干什么?又像人类的孩子一样眼睛扑腾着望了望上面,答案立刻有了。

多吉来吧看到礼堂两边高高的窗户玻璃后面站满了人,就知道猎犬是他们放进来的,他们要看热闹,畜生打斗的热闹对城市的人类永远都有热血沸腾的刺激。但是多吉来吧始终都不会知道,这场打斗更直接的原因是保皇派和造反派的斗争——保皇派要保卫单位的领导,以黄呢大衣为首的造反派要揪斗领导,恰好保皇派养了许多狗用来守卫领导,黄呢大衣说:"那就让狗来决定,我们的狗要是胜了你们的狗,你们就乖乖把人交给我们。"对方说:"行啊,要是你们的狗打不过我们的狗,你们就永远不能跟我们作对了。"多吉来吧望着窗户两边黑压压的人影,恶狠狠地叫了几声,知道自己对他们无能为力,就走到礼堂的一角卧下来,兀自愤怒着,伤感着。门又响了,在亮开缝隙的同时,四只大狼狗鱼贯而入。

多吉来吧眼光毒辣地盯着四只大狼狗,慢悠悠地张开大嘴龇出了利牙。

10　地狱食肉魔之勒格红卫

魁伟高大、长发披肩的黑脸汉子骑着赤骝马,带着他的地狱食肉魔,抱着抢来的小兄妹藏獒尼玛和达娃,就像旷野里无根无系的空行幽灵,快速绕过紫色岚光里百鸟竞飞的白兰湿地,跑出了白兰之口。他知道父亲马上就会追踪而来,更知道自己必须尽快接近下一个目标,再下一个目标,在更多的人知道他和他的藏獒之前,就让应该飞扬的血肉飞扬起来,把应该抹掉的生命迅速抹掉。

黑脸汉子举头望了望泛滥着寂静的原野,知道离索朗旺堆生产队不远,那儿有曾经是头人财产的最好的看家藏獒,便掉转马头,向北跑去。

过了一会儿,青花母马带着桑杰康珠来到了这里,没等到主人的指令就停下了。桑杰康珠望了望斜洒着阳光的原野,撇了撇缰绳,举鞭朝北奔驰而去。

又过了一会儿,大黑马带着父亲来到了这里。父亲勒马停下,前后左右望了望疲倦地辽阔着的原野,犹豫不决地转了一圈,朝东走了几步,然后跑起来。

几个小时后,白兰狼群在黑命主狼王的带领下,来到了这里。它们嗅着空气,也嗅着地面,知道一个人朝北去了,一个人朝东走了。两匹公狼分别朝北和朝东跑去,跑出去大约五百米,又迅速跑回来,似乎是告诉黑命主狼王,北去的路上洒满了地狱食肉魔的气味。黑命主狼王扭身朝北跑去,还是白兰母狼抢先跟在了后面。所有的狼都跟着它们跑起来。

东去的父亲心室里拥塞的全是惊恐和畏怖。他试图想象一下那种场面:地狱食肉魔是如何残暴无度地摧毁了十二只藏獒的生命,可他的想象力太贫乏,怎么努力,出现在眼前的也只是一片片流淌的鲜血、一个个奔突跳跃的生命僵硬地倒在地上的影子。他无数次地见识过藏獒和狼和豹和熊以及和藏獒自己打斗的情景,但所有的情景似乎都无法成为这次打斗的参考。越是无法想象他就越要想象,越想象就越恐怖,心惊肉跳的感觉一直陪伴着他。

父亲心惊肉跳的追撵从白天持续到夜晚,不能再追了,大黑马已经出汗,它需要休息。父亲牵马走着,只要碰见帐房,就会走过去,喊出主人来告诉人家地狱食肉魔和黑脸汉子的事儿,一再叮嘱:"小心啊,今天晚上要格外小心。"路过了牧民贡巴饶赛家,他走进去喝了一碗酥油茶,吃了几口糌粑,督促贡巴饶赛的小女儿央金卓玛赶快去一趟藏巴拉索罗神宫,告诉她丈夫班玛多吉:小心啊,一定要让獒王冈日森格小心,让所有的领地狗小心。

出了贡巴饶赛家,父亲牵着马朝西结古寺走去。他想这会儿铁棒喇嘛藏扎西正望眼欲穿地等着他,而他带给西结古寺的却只是一个坏透了的消息,而不是什么可以战胜多猕藏獒的了不起的藏巴拉索罗和它的伙伴,心里就非常难受,步履越来越滞重了。

恐怖就像夜晚的黑色无边无尽地堵挡着他,牵在后面的大黑马好像有点不愿意,一再地后赘着,想回到寄宿学校去。父亲拍了拍它的头说:"你今天怎么了,真的是老得不中用啦?"正说着,就见面前的整块黑夜突然破碎了,许多鬼影从草丛后面嗖嗖嗖地扑了过来,父亲吓得锐叫一声,朝后跳去,却被自己不忍松开的马缰绳拽了回来。鬼影抓住了父亲,呼哧呼哧喘着气。父亲定睛一看,噗地松了一口气。·

父亲一把揪住歪戴着狐皮帽的秋加说:"你们怎么在这儿?"秋加说:"我们到西结古寺请藏医喇嘛尕宇陀去了。""请尕宇陀干什么?"说这话时父亲很紧张,以为哪个孩子病了。秋加说:"动了,动了,现场动了。"父亲说:"谁动了?"秋加说:"行凶现场动了。"父亲:"我是说谁把行凶现场动了?"秋加说:"大格列动了。"父亲愣了一下,突然明白过来,问道:"另外四只大藏獒呢,动了没有?"秋加说:"另外四只大藏獒没有动,乌鸦要来啄眼睛,我们埋起来啦。"父亲点着头说:"把它们埋起来是对的。"一晃眼,才看到孩子们身后,立着一个高高的黑影,那是骑在马上的藏医喇嘛尕宇陀。

父亲从尕宇陀嘴里知道,多猕骑手和二十只多猕藏獒已经离开了西结古寺,他们咬伤了几只寺院狗,搜遍了西结古寺的所有殿堂,没有找到麦书记,更没有找到藏巴拉索罗,问丹增活佛又问不出结果,就匆匆离去了。父亲说:"幸亏只是咬伤了几只寺院狗,可是在白兰草原,桑杰康珠家了不起的藏巴拉索罗和所有的寺院狗都已经被地狱食肉魔咬死了。"尕宇陀惊叫一声:"啊,你说什么?"

一行人匆匆忙忙走向了寄宿学校。尕宇陀则告诉父亲,西结古寺之所以把了不起的藏巴拉索罗等十二只寺院狗寄养在白兰草原的桑杰康珠家,就是害怕这些寺院狗被人害死,但现在它们还是被人害死了,死得一点预兆都没有,连能掐会算的丹增活佛也没有事先觉察出来。

父亲惊问道:"谁要害死寺院狗?"

尕宇陀说:"还能有谁啊,除了勒格。"

父亲惊呼一声:"勒格?他为什么要害死寺院狗?"

尕宇陀说:"他有过誓言,要用自己的藏獒咬死西结古草原的所有藏獒。"

父亲说:"他疯了,怎么会有这样的誓言?"

对勒格父亲是熟悉的,他就是那个曾经被父亲称作"大脑门"的孩子,是"七个上阿妈的孩子"中的一员。十几年前他成了父亲的学生后,父亲就给他起了个名字叫勒格,勒格是羊羔的意思,父亲说:"你是个苦孩子,没阿爸没阿妈的,就像一只找不到羊群的羊羔,就叫这个名字吧,说明你是草原的多数,是地地道道的贫苦牧民。"贫苦牧民勒格十六岁时离开了父亲的寄宿学校,在西结古草原索朗旺堆生产队放了两年羊,然后成了西结古寺的一个青年喇嘛。以后的事情父亲就不知道了,只知道他离开了西结古草原,离开的时候偷走了领地狗群里的两只小藏獒,一只是獒王冈日森格和大黑獒那日的最后一代,是公獒;一只是多吉来吧和大黑獒果日最初的爱情果实,是母獒。冈日森格、多吉来吧、大黑獒果日,都曾经为寻找自己的孩子而满草原奔走。大家都猜出来了,勒格偷走这两只小藏獒的目的是什么,都说这是魔鬼的做法:冈日森格的后代怎么能和多吉来吧的后代配对呢?它们的母亲——大黑獒果日和大黑獒那日可是亲姊妹啊!在西结古牧民的伦理中,用这样的亲缘关系培育后代,是要遭受天谴的,无论是人,还是藏獒。但勒格好像不在乎,他执意要把这种人类所不齿的畸形交配强加给藏獒,然后诞生出他的理想,那就是超越,既超越冈日森格,也超越多吉来吧,更要超越大黑獒果日和大黑獒那日,达到极顶的雄霸、空前绝后的威猛与横暴。

父亲一路走一路惊叹:勒格回来了,那个一口气咬死了包括了不起的藏巴拉索罗在内的十二只寺院狗的地狱食肉魔,难道就是冈日森格和大黑獒那日、多吉来吧和大黑獒果日的后代,是它们的孙子?

大格列又活过来了。它没有流尽最后一滴血,它在剩下最后一滴血的时候突然就不流了。藏獒天生顽强的生命又一次创造了死而复生的奇迹。

从梦魇中苏醒的大格列在看到父亲之后,伸出舌头舔了一下自己的嘴唇,父亲立刻意识到它想干什么,吩咐秋加:"快去舀水,不,拿牛奶。"

藏医喇嘛尕宇陀在牛奶里放了他新近用鹿泪、马泪、牛泪、藏獒泪和仙鹤草汁、马瑟花汁、凤毛菊汁以及三十二种寒水石配制的"七泪寒水丹",看着父亲一点一点喂进了大格列嘴里,又借着酥油灯的光亮,拿出两颗用紫盐花、熊结石、仙人姜、檀香、乳香、丁香、麝香、旋复花、菖蒲根、砒石粉等藏药炼制成的"十六持命",用手掌碾碎后撒在了肚腹左右两处伤口上。

父亲说:"你看这个地狱食肉魔,太毒太阴了,就往最软的地方咬,它有多长的牙,咬得这么深。"尕宇陀若有所思地望着血洞一样的伤口,一声不吭。

大格列斜躺在地上,感激地望着父亲和尕宇陀,不时地呻吟着。它的痛苦只有它自己和父亲知道,这是躺在刀锋上的痛苦,是再差一丝丝就已经死去、就已经诀别主人、诀别忠诚的肉体之痛和心灵之痛,虽然它无比坚强地拽住了就要飞速逸去的生命,但在那边,死亡的利爪依然牢牢嵌在它的皮肉上,而且正在用力,时刻都在竭尽全力把它朝昏暗的地狱拽去。

父亲说:"大格列你一定要活着,千万不要放弃啊!"大格列扑腾着眼睛,痛苦地龇着牙,泪珠子扑棱棱地滚动着,似乎是说:我要走了,我肯定是活不了的,我活过来就是为了向你告别。父亲说:"尕宇陀你看呢?"

藏医喇嘛尕宇陀沉重地摇了摇头说:"我用上了豹皮药囊里最好的药宝,那是丹增活佛在大药王琉璃光如来面前加持过的药宝,要是再不管用,那就是生缘已尽、无计可施了。"他看了看天上稀疏的星光,又说,"药力正在发挥作用,天一亮我们就知道了:它要是眼睛闭着,那就是死了;要是眼睛睁着,冒着白光,那就是可以活下去的预兆;要是眼睛瞪着,冒着血光,那你就要动手打死它吧,它活着不如死,那个疼痛是你我不知道的,你就给它个痛快让它去吧。"

11   地狱食肉魔之大格列

天亮了,父亲看到了他最不想看到的,大格列的眼睛既不是睁着的,也不是闭着的,而是瞪着的,瞪着的眼睛里,冒着两股疹人的血光,被风一吹,便有了一层惨淡的涟漪,忽地一下明晰了,忽地一下暗淡了,明晰的时候淌着泪珠,暗淡的时候泪珠就断了。父亲蹲在大格列跟前,呆愣着,不知怎么办好。

藏医喇嘛尕宇陀说:"你看它的眼睛,正在向你乞求一死,动手吧汉扎西,它现在的每一分钟就像一年一样长。"父亲说:"你让我动手,怎么动手? 我已经动手啦。"说着,把手伸到大格列的下巴后面,轻轻挠着,想用这种办法安慰它,减轻它的痛苦。但大格列一阵猛烈的抽搐,一条多起来的后腿无助地在空中刨着,刨着,显得更加痛苦了。

一直陪伴着大格列不断给它舔着伤口的美旺雄怒看到伙伴如此难过,自己也难过地叫起来,叫声就像小狗的声音,吱吱吱的,悲伤凄婉。秋加哭了,他身边的七八孩子也都抽抽搭搭的。他们和父亲和美旺雄怒一样,也是彻夜未眠。

大格列知道人们和美旺雄怒都在为它哭泣,眼睛持续地明晰血亮着,泪珠滚下来,落在了身下的草叶上,晶莹晶莹的。突然泪珠不滚了,一阵疼痛让它的整个身子晃了一下,它想咬紧牙关忍着,却乏力得怎么也合不上嘴。

父亲说:"大格列,你还不如不活过来,你让人家干脆一口咬死就没有现在的痛苦了,赶紧闭上眼睛吧大格列,你闭上眼睛你就看不见我们哭了,你自己也不会这么伤心难过了。"父亲撕了撕自己的胸口,想把自己的心痛撕出来,又对尕宇陀说,"你看它难受的样子,你能不能把它的伤转移到我身上来? 你是喇嘛,是药王,你难道一点点办法也没有吗?"

尕宇陀叹着气,摇着头,又说:"是啊是啊,我没有办法,连我这个药王喇嘛都救不了它,你还留着它干什么? 还是赶快动手吧汉扎西,一个好主人是不会让他的狗痛不欲生的,你让它在将死的苦难中继续守着你是不仁慈的。"

父亲知道尕宇陀的话是对的,但他怎么能下得了手呢? 虽然大格列跟他一起生活的时间只有一年,但一年里几乎每天都是亲密无间的。在父亲看来,一个人和一只狗在一年中建立的感情,要比人和人在十年中建立的感情还要深厚。父亲舍不得的,似乎并不是一只和他朝夕相处了一年的狗,而是那些一旦狗死了就再也不会重复的日子,那些给他带来震撼和温暖的动物行为,那些让人踏实、令人感怀的人与狗的往事。

学校放假的日子到了,要把孩子们一个个送回家里去。过河的时候,父亲想,要是能知道这里的河水有多深就好了。大格列立马冲了出去,河水把它漂起来的地方,它坚决不让孩子们和父亲过。父亲说:"大格列是知道我的心的。"初冬和早春,河水封冻了,但是冰很薄。父亲想,要是能知道哪儿冰薄哪儿冰厚就好了。大格列立马冲了出去,翘起前肢用自己的身体边砸边往前走,一旦砸出窟窿,就换一条路线,直到整条路线砸不出半个窟窿,它才会允许孩子们和父亲踏上冰面。父亲说:"大格列的心就是我的心,我前一秒钟想到的,它后一秒钟就做到了。"有一次孩子们回家,父亲有别的事儿,就让大格列单独去送。走了以后父亲才想到,我忘了告诉大格列,应该把最远的秋加先送回去,秋加脚上新长了两个鸡眼,要是疼得走不动了,别的孩子还能背着他。孩子们返校后,父亲问秋加:"那天你是怎么回去的?"秋加说:"大格列先送了我,再送了别的同学。"而以往,秋加总是最后一个被送回家的。父亲说:"大格列什么都知道,什么都做得比人好,大格列啊,你就差两条腿走路了。"

父亲记得,每当它骑着大黑马外出,只要叫上大格列,它就会走在大黑马的前面。大黑马跟着它,蹄子就再也不会陷进旱獭洞、鼠兔窝里了。如果父亲外出留下它守家,它就会在上课的时候准时把贪玩的孩子们赶进帐房自习,又会在下课的时候准时把孩子们赶出帐房玩耍。谁也不知道它是依靠什么掌握时间的,但其准确的程度连父亲都无法做到。今年春天父亲去西宁探亲,回来的时候看到学校的学生、那些调皮捣蛋又恋着爷爷奶奶阿爸阿妈的孩子,居然没有一个逃学的。代管着学校同时也能教孩子们学藏文的寺院喇嘛告诉父亲:"了不起啊,你的大格列,它就像守着羊群一样守着孩子们,不让一个人离开学校。"父亲还了解到,他走后,美旺雄怒不吃不喝,无精打采,天天等着他回来,有时候还会离开学校去狼道峡口守候。而大格列是照吃照喝的,吃饱了就去做事儿,不仅做了它经常做的,还做了许多过去只有父亲才做的事情。代管学校的喇嘛说:"它除了不会给学生上课,什么都会。"然后又说,"汉扎西你也了不起啊,能把大格列训练得比人有灵性。"父亲说,其实他没有在任何事情上训练过大格列,一切都是大格列自己学会的,大格列太聪明了,有无师自通的本领。

大格列没有救过父亲的命,也没有像冈日森格和多吉来吧那样,在和野兽的对抗中有过更多智勇惊人的表现,但是它知道父亲的心,它是一只想主人所想、做主人所做的狗。不,它并不仅仅是一只狗,而是寄宿学校一名忠实可靠的员工,不计报酬地做着分内的和分外的一切。它是那种活着就必须为人为生活承担责任的藏獒,它平凡而伟大。

更让父亲难忘的是,大格列居然知道父亲心里时刻牵挂着远去了西宁动物园的多吉来吧,每当父亲无意中把它叫成多吉来吧,或者跟它唠叨起多吉来吧的事情,它就会比父亲更快更多地流出眼泪,冲着远方——父亲有一次指给它的西宁的方向,使劲地哭叫,似乎想让多吉来吧听到:你的主人想你呢。

但是现在,父亲却要亲手打死它了。父亲看了看自己的手,他还没有动手,手就已经开始颤抖了。而且颤抖在延伸,延伸到了身体的每一个部位,包括心脏,心的颤抖告诉他:他没有这个能力,他只能忍受和大格列同样的疼痛,然后看着它死去。父亲跪倒在地上,流着眼泪说:"大格列,我知道你很难受,可是我不能给你个痛快,原谅我吧,我不能。"

　　父亲扭过头来,请求地望着身边的藏医喇嘛尕宇陀。尕宇陀明白父亲的意思,整个身子都摇晃了一下,一连后退了好几步:"你不要这样看着我,我是喇嘛我不行。"看父亲的眼光依然盯着他,恐慌地转身就走,没走几步就一头撞在了一个人身上。尕宇陀抬头一看,"哦"了一声,转身回去,拍着父亲的肩膀说:"汉扎西你快看,替你动手的人来了。"

　　来人是铁棒喇嘛藏扎西。在西结古寺,可以杀生而不会受到神灵惩罚的只有护法金刚的化身铁棒喇嘛。但是父亲一见藏扎西就更加难过了,他知道对方是来干什么的,没等对方开口,就已经从那黯然阴郁的眼神里读懂了埋怨:汉扎西你是怎么搞的,让你去白兰草原把了不起的藏巴拉索罗带到西结古寺去,可是都一天一夜啦,藏巴拉索罗在哪里?我们寄养在桑杰康珠家的其他寺院狗在哪里?

　　父亲转过脸去不看他。藏扎西说:"现在保卫我们西结古寺的只有十六只寺院狗,而且有的已经被多猕藏獒咬伤了,了不起的藏巴拉索罗和它的伙伴要是不回到寺里来,再来一拨外来人和外来狗,西结古寺就只能让他们任意糟蹋了。"

　　父亲紧闭了嘴唇不说话,仿佛只要不说话,所有的坏消息就都不存在了。藏扎西感到蹊跷,牵着马走过来,连连追问:"怎么了?怎么了?"

　　藏医喇嘛尕宇陀一心想早一点终结大格列的痛苦,指着地上说:"是你的眼睛不管用了,还是大格列在你的眼里已经死了?快快快,举起你的铁棒吧,汉扎西心疼得都不会说话了。"

　　藏扎西丢开马缰绳,蹲下身子一看,不禁打了一个寒颤,吃惊地问道:"谁啊,谁能把大格列咬成这个样子?瞎(读如哈)熊和豹子也不能啊。"

　　父亲说话了,一说就很多,把所有该说的都说了。藏医喇嘛尕宇陀补充说:"知道这个黑脸汉子是谁吗?是勒格。"藏扎西瞪着尕宇陀说:"勒格?你怎么知道是勒格?"尕宇陀说:"了不起的藏巴拉索罗死了,十二只寄养在桑杰康珠家的寺院狗都死了,怎么一点预兆都没有?除了'大遍入'的魔法,害人的麻风,什么东西能遮蔽丹增活佛的觉察呢?"藏扎西打着冷战说:"'大遍入'是佛法的死敌,我们怎么办?勒格是发过誓的,要用自己的藏獒咬死西结古草原的全部藏獒。"说罢,又打了一个冷战,使劲攥了攥铁棒。

　　父亲说:"我现在最担心的是谁你们知道吗?"藏扎西和尕宇陀对视了一下,异口同声地说:"獒王冈日森格。"父亲说:"是啊,是啊。求求你了藏扎西,快帮我把大格列安顿好,我要去藏巴拉索罗神宫看看冈日森格。"藏扎西说:"我也得赶紧回寺里去.这个勒格,这个地狱食肉魔,我要在班达拉姆跟前状告他们,要在降阎魔尊和十八尊护法地狱主跟前怒咒他们。"

　　铁棒喇嘛藏扎西再次仔细看了看大格列,然后起身,沉重地举起了那根象征草原法律和寺院意志的铁棒。他让孩子们离远点,也让还在给大格列舔伤口的美旺雄怒离远点。美旺雄怒望着藏扎西,知道他要干什么,停止了舔舐,悲哀地哭叫着,就是不离开自己的伙伴。

　　父亲过去,抱住美旺雄怒,使劲把它推到了一边。美旺雄怒挣脱父亲,扑了过去,用自己的身子护住大格列的头,扬起脖子,"轰轰"地叫着。它知道狗头是最重要的,藏扎西的铁棒一旦抡起来,砸向的一定是狗头。

父亲摇着头,对藏扎西说:"算了吧,那就算了吧,你看美旺雄怒不愿意,它会记你的仇的。"藏扎西说:"汉扎西你真是个无用的人,你怎么比我们喇嘛还心软?美旺雄怒是不懂事,它一点也不知道大格列的痛苦。"藏医喇嘛尕宇陀也说:"大格列的痛苦只有大格列知道,你看它望着铁棒一声不吭,那就是想死了,要是不想死,它会喊叫的。"

父亲蹲下来,擦了一把眼泪,轻轻抚摸着大格列说:"大格列,你真的疼得受不了了吗?你真的想死、想离开我们吗?你不要这样看着我,你要是不想死,就张张嘴喊我一声。喊啊,喊我一声。"父亲一连说了几遍,大格列浑身颤抖着,用雨蒙蒙的眼睛无限悲凉地望着父亲,一丝声音也没有发出来。

父亲叹口气,再次抱住美旺雄怒,推搡着它离开了大格列。美旺雄怒不情愿地服从着父亲,冲着铁棒喇嘛藏扎西咆哮起来。父亲一边流泪,一边安慰着美旺雄怒,又朝藏扎西无奈地摆了摆手:"动手吧,你最好一下就把它打死。"说罢,他最后望了一眼大格列,紧紧地闭上了眼睛。

藏扎西朝手心吐了一口唾沫,两手合拢着摩擦了几下,握紧了铁棒,忽地一下抡了起来。

大格列把头歪在地上,眼睛直勾勾地望着父亲,依然是无限悲凉的告别的神态。父亲的眼睛突然睁开了,又赶紧转过身去闭上了。

就在这时,就在藏扎西抡起的铁棒风声猎猎的时候,大格列叫了一声,它冲着父亲,用生命的余热,恋恋不舍地叫了一声,声音很微弱,微弱得连离它最近的藏扎西都没有听到。但父亲听到了,大格列的伙伴美旺雄怒听到了,而且听出这声音里充满了哀求:我能忍啊,再疼我也能忍,我不离开你们,不离开你们。

几乎在同时,父亲和美旺雄怒扑了过去,父亲扑向了藏扎西,美旺雄怒扑向了大格列。"它要活,它要活,它要和我们一起活。"父亲的声音雷鸣一样打懵了藏扎西,抡起来的铁棒砰然一声打在了地上。大格列立刻知道自己没有被打死,又一次更加微弱地叫了一声,已经不是哀求,而是感激了。

父亲扑到大格列跟前,声音哽咽着说:"大格列你放心,你不会死,不会离开我们,我们永远在一起。"美旺雄怒也哭起来,声音里充满了苦涩和感动,它跳起来扑向了铁棒喇嘛藏扎西,不是记了仇的撕咬,而是真挚而朴素的谢忱,它张嘴就舔,抒情地舔了舔藏扎西的手,更加抒情地舔了舔他手中的铁棒,然后回来,激动地舔着大格列的伤口和抱着大格列的父亲,"哈哈"地叫着,好像死里逃生不是大格列,而是它自己。

秋加和孩子们呼啦一下扑向了大格列,用那种呼唤阿爸阿妈的声音,无比亲切地喊叫着:"大格列,大格列,你没有死啊,大格列。"

父亲来不及擦干眼泪,留下美旺雄怒守护寄宿学校,骑上大黑马,奔向藏巴拉索罗神宫,去看望獒王冈日森格了。

12 多吉来吧之狮子吼

礼堂里,面对四只鱼贯而人的大狼狗,张开大嘴龇出牙的多吉来吧忽地站了起来,“咝咝”地吸了几口冷气,感觉昨天被渔网拖在地上磨烂的地方突然疼起来,肩膀、屁股、肚子上的创口一起疼起来。它冲着创口发出了一种刚健有力的叫声,把一股股白雾般的气息送了过去,仿佛创口是听话的,它一吠叫就能制止它们的疼痛。它叫着叫着,就把眼光从自己的创口沿着地面慢慢地移向了四只大狼狗。

依然是吠叫,多吉来吧本来不喜欢吠叫,尤其在打斗撕咬的前夕,它的做派从来就是不虚张声势,不威胁挑衅,战而不宣,惊雷无声,把所有的能力都展示在深不可测的沉默里。但是今天,当它用眼光重重地扫了一遍四只大狼狗后,突然就喜欢上吠叫了。它吠叫不止,一声比一声亢亮有劲、短而不猝。

四只大狼狗也在吠叫,它们整齐地站成一排,吠叫的姿势一律是鼻子指天、嘴巴朝上,此起彼伏的节奏听起来就像河水奔腾,流畅而明快。它们想用这个样子告诉对方:它们是训练有素的军犬,它们的能力超过了人类,所以就被人类用来弥补他们的不足。它们是优越的,在所有的城市狗中,它们有无可比拟的后台和无可比拟的伙食以及无可比拟的仪表,它们是凶恶的,更是尊贵的,它们希望当它们发出震慑之声时,所有的敌手都乖乖地走到跟前来俯首帖耳。它们义正词严地喊叫着,好比它们的主人在面对敌人时发出的那种声音:举起手来,缴枪不杀。

一切都在理解之中,聪明的多吉来吧没见识过军犬的能耐,也不懂它们的规矩,但却依仗着狗对狗的理解看透了它们的心思。狗的声音和动作总是心灵的语言,这一点和人不一样,人的语言包括行为语言,往往并不代表心灵和心思。多吉来吧叫着叫着改变了姿势,也是鼻子指天、嘴巴朝上的样子,像是在告诉对方:不要以为就你们会叫,你们会什么我也会什么。

正叫着,多吉来吧的眼睛噌地一下亮了,是闪射亲切之光、缠绵之色的那种熠亮,叫声也不由自主地改变了腔调,有点柔婉,有点激切。它从窗户玻璃后面的人群里看到了那个男孩,那个曾给它喂药、曾和它一起在红衣女孩家度过了一夜的男孩,它相信男孩的后面一定站着那个女孩,叫着叫着就哭了,一丝孤独者的留恋、一种苦难的流浪汉在无助中寻找依靠的企盼,针芒一样刺穿了上方的玻璃。男孩一定是听明白了,突然抹起了眼泪,向它招了招手,从窗台上跳了下去。“咚”的一声响,男孩不见了,多吉来吧的心碎了。

四只大狼狗朝前跨了几步,叫声也拔高了几度。从心碎中回过神来的多吉来吧朝后一挫,似乎要跳起来,扑过去,突然又稳住了,来回踱了几下,一屁股坐下,专心致志地投入到了用声音抵抗声音的努力中。礼堂这时候变成了一个巨大的音箱,汪汪汪、荒荒荒、嗡嗡嗡的,双方的音波滚滚而来,又撞墙而去,穿梭在头顶,回荡在耳边,然后又催动出新的更加坚硬结实的吠叫来。

双方都是百分之百的投入,看起来就像人类的对骂,但人类的对骂重要的是内容,所以人常说“有理不在声高”,狗的对叫重要的是声音的质量,也就是音域、音速、音量、音色、音强等等特质所产生的另一种对抗能力。我们常常看到两只愤怒的狗互相骂着吼着朝对方奔扑过去,还没有掐起来,一只就转身离开,或者落败而逃,就是因为声音的比拼已经有了分晓,谁胜谁负不需要牙刀相向了。现在这座空旷礼堂里的对峙就是这样,当四只大狼狗试图首先用声音营造出打击的威力和效果时,多吉来吧做出了一副兵来将挡水来土掩的姿态,用自己最不擅长的叫嚣进行着战斗。

作为军犬的四只大狼狗发现它们此起彼伏的吠叫都被对方沉甸甸的回叫顶了回来，就觉得蹊跷。它们停了下来，居中那只为首的黑脖子狼狗左右看了看，用头势指挥着，等它们再次叫起来的时候，队形、姿势和声音都变了。

原来是整齐的一排，现在是两前两后的方阵；原来是鼻子指天，现在是鼻子向前；原来是此起彼伏的吠叫，现在是异口同声的壮吼，就像铜钹击响，音调铿锵，满礼堂轰鸣瞠瞠。四只大狼狗挺胸昂首，和声如鼓。

多吉来吧愣了一下，站起来，也像对方一样鼻子向前，吼声震耳。不同的是，四只大狼狗始终都在用嗓子叫喊，而多吉来吧已经不是了，它把从嗓子里发出的吠叫变成了从胸腔里发出的声波振颤，呼呼呼、刚刚刚的，雄壮而有力。

开始是四只大狼狗合吼一声，多吉来吧吼一声，好像都那么响亮，分不出雌雄来。后来就变成了双方同时吼叫，声音在空中一碰撞，强弱就出来了，总是多吉来吧盖过四只大狼狗。听起来整个礼堂就只有多吉来吧的声音，连四只大狼狗都有些惊讶：我们怎么好像哑巴了？

为首的黑脖子狼狗首先不叫了，望着同伴，用眼神表达着自己的意图。同伴们明白了，很快又站成了一排，两只先叫，两只后叫，声音顿时衔接成了一条没有休止符的音流，既是高亢的，又是可以占领一切时间、淹没一切空间的。

多吉来吧静静地望着它们，先不叫，听了听再叫，这次它加快了节奏，一声紧接着一声，对方无论哪两只吼叫，都会跟它同时张嘴，然后被它浑厚壮猛的声音所覆盖。它的声音曾经在辽阔无边的草原上威胁过看不见的狼豹，那时候它处在原始浩茫的高风大气里，不经意地锻炼着声音的野旷，无限放大着吼叫的力量。为了让草原至尊的王霸之气传得更远，祖先的遗传加上环境的磨砺，让它的嗓子、胸腔和腹腔，都具备了发声的功能，那种声音不尖而利，不疾而远，不大而强，如同平静的河面之下涌动着湍急的潜流，只要接触到它，就会被一股无法抗衡的力量疯狂地推向死亡。

四只大狼狗感到巨大的压力从四面八方挤压而来，似乎房顶就要塌下来，墙壁就要倒下来，地面就要翻起来。它们紧张地交换着眼色，毫不妥协，它们是军犬，声音是经过训练的，意志更是经过训练的。它们拼命吼叫着，唾沫雨点一样飞溅而来，淋到了多吉来吧头上。

多吉来吧岔开四肢，把身子牢牢固定在地上，脖子前伸着，用自己的唾沫回敬着对方的唾沫，一声比一声吼得敞亮。声音在轰然鸣响，就像把大天阔地里滚滚向前的惊雷突然装进了一个小匣子，礼堂几乎就要爆炸了。四只大狼狗的坚强意志这时候得到了充分体现，越吼越有精神，虽然音量不及对方，但耐久、韧性的能力看上去只会比对方好不会比对方差。

这样吼了很长时间，四只大狼狗惊怪地发现，多吉来吧居然是闭着嘴的，也不知是什么时候闭上的。但它的声音依然响亮，从东墙撞到南墙，从天上撞到地上，最后再撞到它们身上，撞进它们的耳朵。为首的黑脖子狼狗一声怪叫，四只大狼狗突然闭了嘴，多起耳朵听着，听着闭嘴以后它们的声音滑翔在四周，回音叠加着回音，旧雷撞响着新雷，好像声音一离开口腔，就可以独立自主，想响多久就能响多久。

滑翔的吼声渐渐变小了，撞来撞去的回音走向结束，首先消失的是四只大狼狗的声音，之后的几秒钟里，多吉来吧野獒之吼的回音还在礼堂内奔走。四只大狼狗面面相觑：这个来自荒野的家伙，到底能发出多大的音量啊，这么持久这么沉重，似乎连礼堂外面窗台上的人也感到了振颤，纷纷从玻璃上掉下去了。四只大狼狗望着窗外，呼哧呼哧的，知道自己又一次落入了下风，便开始酝酿下一轮的吼叫。

但是多吉来吧已经顾不上眼下的吼声之战了，它依靠灵敏的嗅觉比四只大狼狗更准确地捕捉到了礼堂外面一些人从窗台上跳下去的原因：那个男孩又来了，那个女孩也来了，隔着厚厚的墙壁，它清晰地闻到了他们的味道，也猜到了两个孩子的心情。它叫起来，但不是面对敌手的怒吼，而是依恋亲人、企盼营救的哭声了。它跑了过去，疯狂地跳了一下，窗户是够不着的，只能站起来面对墙壁。它用爪子使劲抠着，抠着，抠一下，哭一声，一直抠着，一直哭着。它的爪子曾经是坚硬的铁杵，击碎过多少冰块土石，抓破过多少野兽的厚皮，多少次帮助它完成了一只伟大藏獒的使命，维护了饮血王党项罗刹的一世威名，可是这次，爪子不行了，它年事已高，又遇到了钢筋水泥，用尽了力气，却一点效果也没有。它着急地在墙上刨着爪子，似乎在说：不争气的爪子啊，不争气的爪子你怎么软成酥油了。

而在墙外，男孩带着女孩，沿着礼堂，跑啊跑啊，跑得气喘吁吁，大汗淋漓。女孩的红衣裳在跑动中变成了一条线，圈住了礼堂，绑住了水泥的墙壁。他们跑了一圈又一圈，没找到一个可以放出大狗的地方，只好停在门前，求几个守门的人。守在门口的人不理他们，他们就哭了。其中一个胸前挂满了像章的人似乎被感动了，指了指不远处站在窗台上的黄呢大衣说："你们去求他，他是头。"两个孩子去了，双手拽着黄呢大衣的脚："叔叔，叔叔，放了大狗吧，叔叔。"黄呢大衣觉得自己就要被拽下窗台，跳到地上呵斥道："哪里来小痞孩，给我滚远点儿。"他们没有滚，男孩跪下了，抱着黄呢大衣的腿，女孩学着男孩的样子也跪下了，也抱着他的腿。黄呢大衣抬脚踢开了两个孩子："去去去，去。"

礼堂里的多吉来吧听到了，只要它把注意力集中到两个孩子身上，它就能听到墙外他们发出的任何声响，甚至都能感觉到他们在做什么。它跳着叫着，哭啊，用身体哭，用眼睛哭，用嗓子哭。这样的哭声、这种情不自禁的表达，让它突然明白，它不是为了自己，而是为了两个孩子的委屈。两个孩子已经被它看成是亲人了，它是必须有亲人并且随时准备为亲人去战斗去牺牲的，这是它活着的理由。它作为一只优秀藏獒最受不了的，就是看到和它亲近的人为了它而备受委屈，那绝对是一种撕心裂肺的折磨。它暴怒地蹬踏着墙壁，轰隆隆地咆哮着，把肩膀、屁股和肚子上磨烂的伤口咆哮成了嘴巴，喷吐出点点鲜血来。

四只大狼狗目瞪口呆地望着它，以为这是它的一种新战法，便急急忙忙投入了迎战。新的一轮吼叫比赛又开始了，黑脖子狼狗带领它的同伴，齐声爆叫起来。这次它们运足了力气，叫一声，中间停一下，然后再运足力气叫一声。每一声都叫得结实硬棒，冲力强劲，如同汹涌的大水进入了高落差的河床，激荡连接着激荡，显得气势逼人，胸有成竹。

多吉来吧愣住了，顾望着四只大狼狗，才意识到这场吼声之战并没有结束，它在伤情之余还必须认真对付敌手的挑衅。它回过身来，轰轰而叫，叫声豪壮，粗而不短，也是叫一声，停一下，运足了力气再开始叫，而且总是在对方叫的时候它才叫。野獒之声转眼又盖过了狼狗之吼，压迫和威逼出现了，多吉来吧用胸腔和腹腔发出的声音，再一次让对方感受到了来自荒野的王者之气、悍拔之风，那是鲜血淋漓的叫声，是用肩膀、屁股和肚子上磨烂的伤口发出的拼命之声。它没有发现，伤口大了，越来越大了。

四只大狼狗中一只年轻的公狗首先感觉到了摧毁的恐怖，是声音对心智和胆魄的摧毁，它突然不叫了，转身就走。走到门口，看走不出去，就又回来，望着多吉来吧，尖细地呻吟着，瘫软在了地上。它被多吉来吧用忧伤而暴怒的吼叫打倒了，这不可挽救的软弱顿时瓦解了同伴的斗志，为首的黑脖子狼狗就像泄了气的皮球，嗓子里嗤嗤地响起来，它不叫了，狼狗们都不叫了。

礼堂里只有多吉来吧的怒吼还在轰鸣，就像巨大的铁锤一下比一下沉重地夯砸着它们的脑袋。它们有些慌乱，看到对方的声音呼呼而来，吹飘了同伴身上的毛，就更有些不知所措了。

黑脖子狼狗强迫自己扬起头，眼睛绷起来，闪射着最后的怒光，张大了嘴，想要再次发威，但只吼了一声，便沮丧得连连摇头。它围绕着同伴走了一圈，无可奈何地卧了下来。另外两只大狼狗也尽快卧了下来。它们就像最初被人类驯服了蛮恶的野性那样，伸直前腿，朝着依然叫嚣不止的多吉来吧鞠躬致敬。

多吉来吧胜利了，用自己并不擅长，却依然葆有荒原之野和生命之丽的吼叫，吼垮了四只大狼狗。它得意地看到，和它放浪而舒展的草原的野性相比，豢养的城市的骄横永远都是弱败之属。但多吉来吧的得意转眼就消失了，它立刻又发现了自己的失败，它不叫了，不叫的时候它感到了伤口的疼痛，是钻心揪肺的那种疼痛，也是不屈不死的獒魂的疼痛——这是城市打败它的证据。城市是居心叵测的，让它伤痕累累不说，还把它关在了这里，把两个亲近它的孩子隔在了外面。

礼堂外面，被黄呢大衣踢开的两个孩子又开始奔跑。他们一个拉着一个，跑着，瞅着，失望地"哎哟"着，哪儿也没有，没有一个可以放出大狗的地方，最后只好再次停在了黄呢大衣跟前，男孩再次跪下了，女孩也跪下了。

黄呢大衣不理他们，走过去朝着一帮拉狗的人说："说话可要算数啊，要是打不过，人今天晚上就得交给我们。"一个拉狗的眼镜说："做梦去吧，这么多狗，怎么可能打不过。"男孩和女孩追到了黄呢大衣跟前，拌和着眼泪的哀求一声比一声恳切、一声比一声凄惨："叔叔，叔叔，放了大狗吧，叔叔。"黄呢大衣瞪起眼睛："滚滚滚滚滚！"

胸前挂满像章的人走过去，把两个孩子拉到自己身边问道："我知道这藏獒是动物园的，你们跟它是什么关系？"他们不知道怎么回答，互相看了看。女孩突然说："大狗是我爸爸。"满胸像章的人怪怪地"哦"了一声，想哈哈大笑，突然又严肃了面孔，点点头，认真地说："你爸爸？原来它是你爸爸，怪不得你们要救它。"说罢，走了，走到礼堂门口，看那些拉狗的人把一只只狗排成了队，就要打开门放进去。满胸像章的人拦住他们，说了几句阻止的话，却被领先的一只黑毛披纷的西宁土狗扑过来咬住了衣襟。他吓得尖叫一声，赶紧跳开了。黄呢大衣狞笑着说："你想做叛徒是不是？咬死你。"

礼堂门响了，扑在墙壁上的多吉来吧猛然回头，看到一群狗排着队走了进来，忽地转身，盯住了它们。它知道它们是来干什么的，立刻变得冷静而森然，墙外的孩子、远方的主人和妻子，突然之间离开了它的牵挂，只有一种幻灭的忧伤和抽象的悲情占据着它的头脑，绵绵不尽地发酵着它对城市、对敌狗的仇恨。

战斗又要开始，这次可不仅仅是声音的对抗。新来的一群城市狗激动地跑来跑去，看多吉来吧似乎有些畏缩，便嚣张地扑了过来，扑在最前面的是那只黑毛披纷的西宁土狗，它张嘴就咬，又一次张嘴就咬。

13　地狱食肉魔之刺杀

桑杰康珠骑着她的青花母马向北而去．路上看到了新鲜的马粪和粗硬的狗屎，就断定自己追踪的方向没有错，那个黑脸汉子带着地狱食肉魔就在前面。她甚至猜到了他们北去的目标——索朗旺堆生产队，那儿有西结古草原最好的看家藏獒，这些藏獒和它们的父辈祖辈过去都是头人的私有财产，是从整个部落中精挑细选出来的。如果黑脸汉子和地狱食肉魔来到西结古草原就是为了和所有优秀的藏獒过不去，就一定不会放过索朗旺堆生产队的藏獒。

天就要黑了，索朗旺堆生产队遥遥在望。桑杰康珠跳下马背，从腰里摘下藏刀，拔出来，藏进右边的袖筒，然后把刀鞘塞进了怀抱。她站在草莽之中望了望青红色的天际，把憋在胸腔里的一股怒气长长地吐出来，又深深地吸进去，牵着马朝前走去。桑杰康珠有点犹豫，自己义愤填膺地追逐到这里，到底要杀掉谁？杀掉咬死了藏巴拉索罗等十二只寺院狗的地狱食肉魔吗？但草原的规矩历来都是人不能杀死藏獒，藏獒只能让藏獒来杀死。可如果一只外来的藏獒杀死了那么多西结古草原的藏獒，而西结古草原的所有藏獒都没有能力报仇的话，人还能后退吗？还有，除了杀掉地狱食肉魔之外，是不是也要杀掉那个黑脸汉子？如果不杀死黑脸汉子，黑脸汉子能饶过她？

美丽的桑杰康珠把洁白的牙齿咬得嘎嘣嘎嘣响，撕住马鬃。飞身上马，袖筒里的藏刀就像她的心脏一样，跳跃着，越来越冰凉。

桑杰康珠没有想到，她的一举一动其实早就在黑脸汉子和地狱食肉魔的窥望之中了。出类拔萃的地狱食肉魔随便一闻，就闻出了追逐者的味道，它用朝后轻吠的举动告诉了黑脸汉子，黑脸汉子便让马粪和狗屎指引着追逐者的方向，自己带着马和藏獒，躲到了路边的草冈后面。几分钟之后，黑脸汉子就把被别人跟踪变成了跟踪别人。

天已经黑了，夜色中的桑杰康珠在黑脸汉子的眼里就像一只藏獒。他看得见她，因为他是用心看的，当一个男人用心看一个女人的时候，黑夜就不起作用了。他骑着马在草浪之中沙沙穿行，理解他的赤骝马四蹄轻盈得如同腾云驾雾，地狱食肉魔更不用说了，连微小的哈气声都没有发出来。更何况风是逆向的，桑杰康珠只要看不见形迹，也就听不到声音。

跟踪的距离越来越近，黑脸汉子两腿一夹，让马加快了脚步，差不多只有十步远了,突然从黑脸汉子鼓鼓囊囊的皮袍胸兜里传出了几声稚嫩的狗叫。那是小兄妹藏獒尼玛和达娃的声音,它们处在离黑脸汉子的心最近的地方,很容易知道黑脸汉子在想什么,便朝着已经有味道传进它们小鼻子的桑杰康珠发出了警告。

桑杰康珠扭过头来,明白自己成了猎物,"哎哟"一声,打马就跑。黑脸汉子生气地拍了一巴掌尼玛和达娃,喊了一句什么,就见地狱食肉魔朗叫一声,从黑暗中飞身而去,拦在桑杰康珠的青花母马前,张牙舞爪地扑了一下。青花母马已经在家门口见识过这只藏獒的蛮野,早已吓得魂飞魄散,不听桑杰康珠的指挥,扭转身子往回跑,恰好和纵马而来的黑脸汉子相交而过。黑脸汉子用双腿牢牢夹住马身,探出身子,一把搂住她的腰又撕住了她的腰带,没费什么力气,就把她抱到了自己的赤骝马上。

赤骝马狂奔着冲向了夜色,它似乎知道这个时候主人需要更平整的草地、更隐蔽的地方。黑脸汉子放开缰绳,一手抓着桑杰康珠的氆氇袍,让她仰面躺在鞍鞯之前马脖子扬成一堵墙的地方,一手攥住她的右胳膊,用拇指按了按里面的藏刀,冷冷地狞笑了几声,然后低头一口把藏刀从她袖筒里叼出来,横在了嘴上。桑杰康珠怒目而视,气得浑身发抖。

黑脸汉子松弛下来,由着赤骝马跑了一程,又由着它停了下来。打眼一看,就见两厢是凸起的黑影,中间是平整的洼地,用鼻子哼了一声,翻身下马,然后把桑杰康珠抱下来,放在了草地上。桑杰康珠忽地坐了起来,看到地狱食肉魔就守在跟前,自己的头差点碰到它的头上。

地狱食肉魔晃了晃硕大的獒头,盯着桑杰康珠,眼光就像带毒的针芒,阴森森地明亮着。黑脸汉子跪下来,掏出胸兜里的小兄妹藏獒尼玛和达娃交给地狱食肉魔看护,自己把手伸进桑杰康珠的怀抱,摸出了镶着绿松石的刀鞘,又从嘴上取下刀柄上嵌着红玛瑙的藏刀,使劲插进去,扔向了十步之外,然后就像藏獒盯着狼那样,用犀利如刀的眼光盯着她。

桑杰康珠的青花母马走了过来,静静地看着主人。地狱食肉魔望着青花母马,觉得主人俘虏了姑娘,而母马是可以驮着姑娘离开的,就想把母马赶走,却见主人的赤骝马热情地跑过去,围绕着母马转来转去。它鄙视地瞪着赤骝马,轻轻唬了一声,又意识到作为一只听命于主人的藏獒,在主人没有授权之前,公马和母马的事情它是管不了的。它把眼光收回来,扫了面前一眼,不禁大吃一惊:主人让它好生看护的两_只小藏獒正在干一件将会危害主人性命的事情。它吼了一声,扑过去,一口咬住了尼玛。尼玛奶声奶气地叫唤着。黑脸汉子朝着地狱食肉魔点点头,意思是:你饿了? 你要吃了它? 那就吃吧。

是达娃想出来的主意,它是妹妹,但心眼比哥哥多。它首先跑过去,用鼻子触摸着被黑脸汉子扔在草地上的藏刀。哥哥尼玛皱着小鼻子想了想,才知道达娃是什么意思。尼玛飞快地过去,叼起了藏刀,在达娃的掩护下,悄悄走向了仰躺在地上的桑杰康珠。它们不认识桑杰康珠,但她的味道告诉它们,她是西结古草原的人。它们不是要让桑杰康珠攥起藏刀杀了这个外来的黑脸汉子,仅仅是出于藏獒维护领地财产、维护主人或熟人财产的本能,才把属于桑杰康珠的藏刀送到了她手边。尼玛跳起来,正准备用牙齿提醒一下那只没长眼睛的手,就被地狱食肉魔咬住了。

　　专注地盯着桑杰康珠的黑脸汉子教唆地狱食肉魔吃掉尼玛，但地狱食肉魔并没有听他的。藏獒是天性爱护弱小的，尤其是同类的弱小，即使凶残暴虐至于地狱食肉魔，也不能例外。地狱食肉魔松松款款地咬着尼玛，一甩头把它甩了出去，算是对它的教训，然后叼起桑杰康珠的藏刀，放回到了十步之外。

　　被甩出去的尼玛蜷在地上哭着，它想起了奶奶大黑獒果日，想起了阿爸赛什朵和阿妈娘毛希安，想起了把它们从领地狗群带到寄宿学校的父亲，还想起了寄宿学校的藏獒大格列和美旺雄怒，他们对它们小兄妹多好啊，不是舔就是抱，哪像面前这个黑脸汉子、这个阴沉沉的地狱食肉魔，说打就打，说咬就咬。

　　妹妹达娃跑过去，趴在哥哥尼玛身边，安慰地舔着它的鼻子，舔着舔着，又有了新主意，那就是逃跑。达娃转了转眼睛，站起来跑了几步又回来，看到尼玛摇了摇尾巴，就知道哥哥已经明白了。尼玛畏怯地望了望不远处监视着它们的地狱食肉魔，蜷起的身子更蜷了。它知道逃跑是必须的，但现在不行，必须等到地狱食肉魔不注意它们的时候。

　　黑脸汉子看了一会儿桑杰康珠，看到了她的美丽，也看到了她心里的愤怒。他起身走过去，捡起藏刀，扔到了她怀里。他阴鸷地盯着她，拍了拍自己的胸脯，告诉她：来吧，就往这儿刺。桑杰康珠站起来，刷地抽出藏刀，伸手便刺。

　　桑杰康珠的藏刀刺向了黑脸汉子的胸脯，却没有刺进肉里，毕竟她从来没有刺过人，不知道刺人和藏獒撕咬一样，应该在柔软的地方下手。更重要的是，地狱食肉魔扑过来了，它扑倒了桑杰康珠，前腿压在她身上，"轰轰轰"地叫着。它没有咬她，很可能因为她是个姑娘，而且美丽迷人，或者它知道主人喜欢她。它用吼声吓唬着她，眼睛却看着主人黑脸汉子。

　　黑脸汉子瞪了她一眼，漫不经心地走到一旁小解去了。小兄妹藏獒尼玛和达娃稚嫩地吠叫着扑了过来，它们是西结古草原的藏獒，自然要保护西结古人的安全，不管它们有没有能力保护。

　　桑杰康珠用眼角看到了尼玛和达娃的举动，感动得唉叹了一声，生怕它们被地狱食肉魔咬死，大声说："秋珠，秋珠（小狗），不要过来，不要过来。"说着，突然想起汉扎西说过，黑脸汉子抢走他的这两只藏獒是小兄妹两个，名叫尼玛和达娃，便又道，"尼玛，达娃，你们不要命了，不要管我，快走开。"尼玛和达娃不听桑杰康珠的，依然玩命地吠叫着朝地狱食肉魔扑去。

　　地狱食肉魔的反应却是好奇，它用天真而友好的眼光瞪着尼玛和达娃，看它们互相鼓励着咬住了自己的腿，干脆放开桑杰康珠，跳过去，卧倒在草地上，任由两个小家伙在自己身上胡乱爬、胡乱咬。

　　尼玛和达娃的拼命撕咬差不多就是给地狱食肉魔挠痒痒，它们咬了一阵，渐渐发现已经没有咬的理由了，需要它们保护的桑杰康珠安然无恙地站了起来，她好好的，身姿挺拔，步履稳健，不需要它们保护了。尼玛和达娃停止撕咬，呆呆地看着桑杰康珠快步走向了自己的青花母马。

　　桑杰康珠骑上了青花母马，掉转马头要离开这里，看到尼玛和达娃准备跟她去，却被地狱食肉魔拦在那里，就又拐了回来。。地狱食肉魔用嘴拱着它们，一拱一个跟头。它们可怜地叫唤着,似乎在请求桑杰康珠:把我们带走,把我们带走。桑杰康珠知道它们叫唤的意思,喊了声:"尼玛,达娃,我来了。"驱马朝它们跑去。青花母马畏惧着地狱食肉魔,翘起前肢,差点把主人摞下马来。

桑杰康珠赶紧稳住马,跳下来,想过去抱起尼玛和达娃。地狱食肉魔蛮横地挡在了她面前,威胁她不要过去。她停下,望着想到她身边来又被地狱食肉魔堵挡着过不来的尼玛和达娃,无奈地跺了跺脚,转身要走,又戛然止步,冲着躲向五十米开外的青花母马尖细地喊了一声:"回来,回来。"

一瞬间的灰心之后,桑杰康珠又变得意志坚定、复仇心切。她不走了,她要跟着黑脸汉子,守着尼玛和达娃。她知道虽然藏刀已经回到自己手里,但如果认为只要靠近他们就能派上用场,那就大错特错了。她必须成为他们的一部分.然后哄得地狱食肉魔和黑脸汉子在她身边闭上眼睛睡着之后,她的藏刀才是管用的。

黑脸汉子看她想走又没走,走过来审视着她,眼睛里充满了疑问:你的心还不死,你还想杀了我?

桑杰康珠平息了一下自己的情绪,问道:"把我带到这里来的汉子你叫什么?我还不知道你的名字呢。"

黑脸汉子说:"勒格红卫。"表情依然是冷漠的。

桑杰康珠又说:"红卫是什么意思?从来没听说过。"

勒格红卫咬着牙在心里说:愚昧的人啊,连"横扫一切牛鬼蛇神"的红卫兵都不知道。报仇的机会来到了,我把名字由"勒格"改成"勒格红卫"了。

桑杰康珠看出他心里有话,挥了一下手说:"不说名字啦,不管你叫什么,你的眼睛告诉我,你是一个喜欢姑娘的男人,但是在西结古草原,没有哪个姑娘会喜欢一个带着魔鬼的男人。"

勒格红卫狞声哼了一声,像是威胁。

桑杰康珠立刻说:"不过再有力量的魔鬼我也不怕,我是病主女鬼,我是女骷髅梦魇鬼卒,我是魔女黑喘狗,我是化身女阎罗。丹增活佛说了,天下魔鬼是一家。听懂了吗?你和我是一家。"

勒格红卫转身走开了。

桑杰康珠大声说:"勒格你听着,你再去白兰草原的时候,我家的黑帐房是你的,白帐房也是你的,我家除了年老的阿爸,再没别的男人。"这是招婿的意思,在草原上,招婿的姑娘都这么说。

勒格红卫扭过头来,看了看她腰际的藏刀,一副识破诡计的神情。

桑杰康珠说:"我的话语代表我的脸,又美丽又温暖,我的藏刀代表我的心,又尖利又冰凉,是不是啊?现在我把冰凉交给你,剩下的就是温暖了。"说着从腰里取下藏刀递给了勒格红卫。

勒格红卫摇头不接,他觉得藏刀对桑杰康珠是没有用的,人世间最伟大的神保佑着他,他和他的藏獒是战无不胜的。最伟大的神,不是释迦牟尼,不是观世音菩萨,不是吉祥天母,不是马头金刚,不是战神威尔玛,不是女神十二丹玛,不是赞魔夜叉,不是狮座护法,不是铁锤大威德,不是阎摩德迦,更不是怖德龚嘉山神、雅拉香波山神、念青唐古拉山神、阿尼玛卿山神、巴颜喀拉山神,而是升起在东方的最红最红的太阳神。

桑杰康珠看他脸色平和了一些,瞪起眼睛问道:"勒格红卫我问你,为什么你要杀死那么多藏獒?"勒格红卫低下头,眼睛里亮亮的、水水的,那是他的怨愤,是他不愿意说出来的积郁。桑杰康珠吼起来:"你没有哑巴你为什么不说?"

勒格红卫倏地抬起来头说:"你去问丹增活佛。"

桑杰康珠愣了一下,还要问什么,就听地狱食肉魔大叫起来,原来是小兄妹藏獒尼玛和达娃逃跑了。

尼玛和达娃看到勒格红卫和桑杰康珠说话,而地狱食肉魔抬头专注地观察着主人和桑杰康珠的表情,就趁机跑进了黑夜。等地狱食肉魔发现时,它们已经在百米之外,向着寄宿学校的方向小跑而去了。地狱食肉魔追了过去。幸亏它追了过去,当它堵住它们的去路时,前面二十米远的草洼里,突然出现了一溜蓝幽幽的狼眼之光。

是跟踪地狱食肉魔的白兰狼群,大约有五十多匹。它们躲在草洼里,悄悄地靠近着,很想试探一下,看看凶暴无比的地狱食肉魔,是不是像白兰母狼说的,是一只专咬同类不咬狼的藏獒,恰好看到两只小藏獒匆匆忙忙、偷偷摸摸离开人和猛獒,主动朝它们跑来,便想咬死吃掉它们,引起地狱食肉魔注意。但是地狱食肉魔出现得太快了,让它们来不及张开牙刀。

地狱食肉魔见狼就吼,还没吼完就开始扑,好像它是炸药,狼就是导火索,一点就着。五十多匹狼怎么可能害怕一只成年藏獒?哪怕它被白兰母狼传得神乎其神。看到地狱食肉魔扑了过来,它们哗地一下聚拢在了黑命主狼王的左右,然后以十匹大狼为先导,"呼啦"一声形成了一个包围圈。当十匹大狼奋勇争先想齐心协力咬死对方时,却发现今天的死亡格外诡怪,它光顾的不是孤独的敌手,而是群聚的自己,是所有带着轻视包围了地狱食肉魔的大狼。

地狱食肉魔的扑咬带着一股巨澜澎湃的气势,威不可挡,没等它触到狼的肉体,狼就趴下了。狼们不知道自己是怎么受伤或者死掉的,只觉得它高高跳起,在你的身体上面虎跳鹰拿,身手疾快就像子弹射击。狼见识过人的子弹,认为那是世界上速度最快的一种伤害,现在又从宿敌藏獒这里见识了具有同样速度的伤害,觉得那根本就不是藏獒的利牙和利爪,而是子弹一样的夺命之器。几匹狼用咆哮紧张地传递着这个信息。黑命主狼王发出一声嗥叫,带着几匹狼直奔百米之外的勒格红卫和桑杰康珠。

地狱食肉魔似乎早就知道狼会这样,转身飞驰过去,抢先来到离主人还有二十米远的地方,猛吼一声,惊得黑命主狼王直立而起,仰身倒地,爬起来就跑。黑命主狼王当然不是真的来伤害这一男一女的,不过是调虎离山而已,但没想到地狱食肉魔的阻击如此神速,差一点要了自己的命。它赶紧返回狼群,没做任何停留,吆喝起同伴,朝前奔逃而去。

狼群退了,在丢下五具尸体之后,带着五个受伤者,迅速退到了地狱食肉魔攻击不到的地方。一场噩梦如同黑夜,在露出了一点星光之后,又被漆黑染透了。当然黑命主狼王的狼群是不会放弃跟踪的,尤其是在它们亲身经历了地狱食肉魔的厉害之后,就更相信藏獒的死亡还会发生,饕餮藏獒肉的机会,泄恨和报仇的时刻,就在此去不远的地方。

勒格红卫望了望离去的狼群,又望了望地狱食肉魔,遗憾地叹了一口气,心想他在苍宝雪山修行的时候,把一只小藏獒和一匹狼崽混养在一起,天天给它们念诵"大遍入"猛力之轮颠覆咒。

尼玛和达娃挤在桑杰康珠的怀抱里,吃了一些桑杰康珠从勒格红卫那里要来的糌粑,已经睡着了。地狱食肉魔一直走在前面,它没有来过这里,自然不知道前往索朗旺堆生产队的路线,但它明白主人的意图,就用鼻子捕捉着味道走了过去。索朗旺堆生产队拥有西结古草原最猛恶的看家藏獒,最猛恶的藏獒也有最强烈的味道。桑杰康珠发现,地狱食肉魔不仅走对了方向,而且走的是一条最便捷的路线,应该在天亮后才会到达的目的地,天亮前就能赶到了。

桑杰康珠越来越紧张,她把藏刀抽出来再次藏在了袖筒里,掩饰不住地颤抖着,暗暗祈告:"亿万个白水晶夜叉鬼卒,亿万个绿宝石凶暴赞神,快来啊,快来刺瞎地狱食肉魔的眼睛,索朗旺堆生产队的藏獒危险了。"

她一边祷告一边琢磨:我是不是可以跳下去,一刀扎在赤骝马的屁股上,马一受惊就会把勒格红卫掀到地上,然后她再扑过去,一刀刺向他的心脏? 不不,勒格红卫是多么优秀的骑手,他不会从马上摔下来。或者她可以走到他身边,告诉他两个小藏獒太重了,她抱不动,在把尼玛和达娃交给他的同时,一刀刺进他的怀抱。不不,万一他有防备呢? 阴谋一旦败露,你就再也无法接近他了。

她皱着眉头想,没想出来,又舒展了眉头想,还是没想出来。但她知道自己必须想出办法来,因为她来这里的目的已经不单单是报仇,更重要的是阻止新的打斗,不,不是打斗,是屠杀。她是大名鼎鼎的桑杰康珠,是美丽耀眼的魔女黑喘狗,是强悍尚武的化身女阎罗,她不能眼看着地狱食肉魔就像咬死寄养在她家的十二只寺院狗那样,咬死那些让西结古草原引以为荣的索朗旺堆生产队的看家藏獒。

她摸了摸袖筒里的藏刀,觉得前面有些异样,抬头一看,发现他们已经进入了索朗旺堆生产队的草场,一户牧家的帐房就在不远处的草冈下寂寞地张望着。夏天的晚上帐房是不拉紧门帘的,佛龛前酥油灯的光亮从门里流出来,就像流出了一轮月亮,照耀着曼妙飘舞的经幡。经幡是挂在绳子上的,绳子是固定帐房的,她看到了绳子,突然就高兴地哼哼一笑:有了有了,办法有了,她想到了一个可以同时杀死勒格红卫和地狱食肉魔的好办法。

14　格萨尔宝剑之獒王之战

遥远稀疏的星光照不亮草原,这是一个黑得有点疯狂的夜晚。巴俄秋珠和他的上阿妈骑手们都觉得,看不见打斗就等于看不见胜利的过程,那是没有意思的,不如天亮再打。班玛多吉和他的西结古骑手们欣然同意,他们巴不得这样,因为他们总不肯放弃赶走上阿妈骑手和领地狗、保住麦书记和藏巴拉索罗的希望,期待着一夜安静之后,能出现一个转败为胜的契机。

藏巴拉索罗神宫前草色深沉的旷野里,升起了上阿妈骑手和西结古骑手的帐房。然后就是点着酥油灯宰羊。双方都把羊群赶到了这里,就像古代打仗那样。

牛粪火点起来了,煮羊肉的浓香弥漫在夜空里,藏獒们的口水流成了河。双方的骑手们都把最好的熟肉抛给了它们。它们吃着,知道是人的赐予,也是人的托付,人把责任义务、流血牺牲、最后的胜利、未来的日子,统统托付给了它们,它们就得以身相许、以命相搏了。

吃了肉就去喝水,在走向野驴河的时候,上阿妈领地狗和西结古领地狗之间只有不到二十米的距离,它们互相平静地观望着,甚至用鼻息和轻吠友好地打着招呼,秩序井然,一点张牙舞爪的举动也没有,好像离开了藏巴拉索罗神宫前的打斗场,它们就是好邻居、好朋友。

后半夜是休息。人睡了,藏獒也睡了,除了哨兵。其实哨兵也睡了。人和藏獒都不担心会有趁着月黑风紧前来劫营的,在大家无意识中必然遵守的规矩里,劫营是耻辱的,是趁人不备的偷窃行为,而擂台赛是荣耀的,即使失败也是光明的失败。

只有一只藏獒没有睡,那就是西结古草原的獒王冈日森格。它彻夜都在想象着黎明后的打斗,想象着上阿妈獒王——那只黄色多于黑色的巨型铁包金公獒会如何扑咬,想象着对方那双深藏在长毛里的红玛瑙石一样的眼睛里蕴藏着如何深奥的内容。后来它又想到了自己,它老了,已经不是一个打斗的好手猛将了。它为自己的老迈惭愧着,觉得自己实在对不起西结古草原的人和领地狗,还需要它挺身而出的时候,它怎么就老了呢?

惭愧的感觉让它一直紧闭着眼睛,似乎都不愿意看到天亮。但是天还是亮了,阳光很快洒满了大地,又有许多花开出了颜色,草原比昨天更加秀丽。

班玛多吉吆喝着:“獒王,獒王,你是怎么了獒王? 天已经亮了,该起来战斗了。”獒王冈日森格睁开眼睛站了起来,望了望前面的上阿妈獒王。

上阿妈獒王帕巴仁青一夜都在打斗场中央休息,它在那里守护照顾着它的孩子小巴扎。小巴扎奄奄一息,却无人照料。上阿妈的骑手们把全部精力都集中在了对胜利的等待和对藏巴拉索罗的期望中,理所当然把伤残的和死去的抛在脑后了,上阿妈獒王只好来到这里,不时地舔着小巴扎的伤口,给孩子最后一点世间的温暖。当然上阿妈獒王彻夜守在打斗场中央,也有急切巴望第二天的胜利快快来临的意思,好像不这样守着,胜利就会偷偷溜走。

冈日森格动作迟缓地走了过去,它已经懦弱得迎风摇摆,引起一片吃惊。尤其是上阿妈獒王瞪大了眼睛:你怎么还能和我对阵? 冈日森格意识到对方的吃惊就是自己的机会,一股杀伐的欲望骤然左右了它的心脑,身体也随之有了反应:一停、一跳、一扑,张嘴的同时利牙龇出,“嗷”的一声响,居然咬住了对方的脖子。动作的协调、目标的准确连冈日森格自己也没有料到。

上阿妈獒王帕巴仁青疼得惨叫一声,奋力朝后一跳,似乎这才意识到冈日森格是来打斗而不是来问安的,于是就更加吃惊:对方扑咬的动作看上去并不迅捷,甚至有点笨拙,怎么就一下子咬住了它的脖子呢? 仔细一想,才明白在对方并不迅捷的动作中,有一种威武到超凡脱俗的气势是自己很少见过的,而且它的停、跳、扑、咬简单实用,一丝丝多余的动作都没有,老辣到脱尽了所有的花色,只有最本质的存在。上阿妈獒王立刻不敢掉以轻心了。

但冈日森格接下来的动作并不是乘风鼓浪而是迅速离开,它走了,它在扑上去咬了一口上阿妈獒王之后，莫名其妙地扬长而去了。上阿妈獒王哪里肯放过，跳起来就追，看到冈日森格头也不回，只管走去，好像根本就没有想到对手会追撵而来，就寻思如果自己不能突袭过去一口咬烂它的肚皮，那就太无能、太愚蠢，连一只普通藏狗都不如了。上阿妈獒王瞅准对方的肚皮，狂奔过去。

冈日森格不为人觉察地轻轻抖了一下，它没有回头，但感觉仍然保持着年轻时的敏锐和发达。它在上阿妈獒王就要挨着自己的时候突然停了下来。狂奔而去的上阿妈獒王没想到它会停下来，来不及收住自己，准备咬破对方肚皮的牙齿却从肚皮旁边一滑而过。

冈日森格身子略微侧了一下，让上阿妈獒王擦着身子超过了自己，然后忽地回头，牙齿正好对准了对方的肚皮。又是"嗤"的一声响，准确扎进了上阿妈獒王最柔软的部位，随着对方朝前奔跑的惯性，划出了一条长长的口子。

上阿妈獒王帕巴仁青停下了，回过身来，看了看自己肚皮上的伤痕，愤怒地咆哮着，没做任何思考，就一跃而起。冈日森格的反应之快连它自己也吃惊，它不是转身逃跑，也不是朝一边躲闪，而是迎着对手，同样也是一跃而起。但双方的'一跃而起截然不同。上阿妈獒王是斜射出去的抛物线；而冈日森格是原地跳起，直线上升，好像它已经没有力气把自己猛烈地抛掷出去了。

两只藏獒就在空中砰然相撞，跟人摔跤一样四条前肢纠缠在了一起。上阿妈獒王帕巴仁青扑向对手的雷霆之力达到了高潮，而冈日森格不仅没有顶撞，反而用爪子撕扯着对方的鬣毛，仰身倒了下去。眨眼之间，上阿妈獒王从对方身上飞了过去，重重地摔在了地上。冈日森格翻身起来，朝前一扑，咬住了对方的腰窝，大头挥动着，撕下一大片皮肉来。

冈日森格不禁有些纳闷：自己这是怎么了，一开始三个回合居然都赢了，自己好像又回到了从前，又有了霸者之气、王者之风，可以随心所欲地把握战斗局面了。提心吊胆地观望着的班玛多吉和他的西结古骑手以及所有的西结古领地狗，都长舒一口气。

班玛多吉骑到马上喊起来："巴俄秋珠回去吧，惹急了我们的獒王，没有你们的好下场。"

巴俄秋珠大声说："哈喇子的洞，深处在后面哩，往后看，往后看。"

冈日森格胸腹大起大落地喘着粗气，眯起眼睛，一边观察对方的伤势，一边琢磨下一步的行动。上阿妈獒王帕巴仁青的脖子、肚子、腰窝三处受伤，虽然没有致命，但很重，尤其是肚皮上的那道伤，很长一截，令人揪心地滴沥着浓稠的血。上阿妈獒王抬起头，让眼眶里含满了冷飕飕的光刀，"轰轰轰"地诅咒着冈日森格，义"刚刚刚"地威胁着冈日森格，朝后一退，突然趴下了。

上阿妈獒王趴得就像一只癞皮狗，紧贴着地面，散了架似的，好像它要重复和曲杰洛卓打斗的经历。冈日森格警惕地望着它，感觉到这只黄色多于黑色的巨型铁包金公獒一趴下来就会升起一股撼人的威逼气势，你无法仔细观察它，如果你非要仔细观察它，你的眼睛就会被无数飞针扎痛，飞针是它的眼光，它的眼光不知为什么比任何藏獒的眼光都要犀利、熠亮、毒辣、阴险。

怪不得曲杰洛卓一上场就失败了，是不是上阿妈獒王的眼光刺昏了它的头呢？

冈日森格正这么琢磨着,突然听到一阵声音,像是从对方眼睛里发出来的,带着红色的血光和黑色的阴光,带着风,呼呼地响起来。

冈日森格立刻面临着选择:是静立着不动,还是跳起来闪开? 也就是说,它必须立刻判断上阿妈獒王是会按照它躲闪的路线拐着弯扑咬,还是会直截了当地扑咬? 眼睛是靠不住的,只能靠感觉,冈日森格告诉自己:躲闪,躲闪,躲闪。接着就跳了起来,"刷"的一声响,它感觉躲闪是对的,又是"刷"的一声响,眼看就要落地,突然发现它错了,它不应该躲闪,它应该原地不动。因为它恰好落在了上阿妈獒王的大嘴里,而且是脖子落在了大嘴里。

冈日森格大叫一声,用前爪蹬着对方的胸脯,再次跳了起来。这是一般藏獒不可能有的一次亡命之跳,它让冈日森格在死亡前的一秒钟把生命重新抓到了自己手里。上阿妈獒王帕巴仁青在奋力咬合的时候遗憾地错过了对方脖子上的大血管。脖子流血了,那是小血管里的血,染红了冈日森格参起的鬣毛。

西结古獒王冈日森格稳住了自己,回身扫视上阿妈獒王,发现对方正在朝后退去,退了几步就趴下了,但撼人的气势依然盛大,刺人的眼光依然凛冽。冈日森格来不及思考静立还是躲闪,上阿妈獒王就已经刮起了一阵黑色狂飙,朝冈日森格压迫而来。躲闪,躲闪,躲闪,感觉告诉冈日森格,它只能躲闪。它跃然而起,改变了躲闪的节奏,跳起来赶紧落地,又跳起来赶紧落地,连续跳起了三次,落地了三次。但是很遗憾,上阿妈獒王提前半秒钟扑到一个地方等着它,它刚一落地,就把牙刀送了上去。

这一次上阿妈獒王帕巴仁青咬在了冈日森格的屁股上,血从很深的窟窿里冒了出来,虽然不致命,但难以忍受的疼痛让冈日森格禁不住转着圈蹦跳了好几下,直想把屁股甩离身体,甩到雪山那边去。

上阿妈獒王帕巴仁青第三次癞皮狗一样地趴了下来,依然用犀利而毒辣的眼光瞪着它。冈日森格忍着疼痛,撩起大吊眼,不屈地对视着,感觉就像强烈的阳光刺进了黑暗的眸子,顿时有了一阵眩晕。它再次发现上阿妈獒王具有如此完美的仪表,那巨獒特有的野性勃勃的灵肉组合,即使在静止不动的时候,也有奔腾呼啸的旷野气势。

冈日森格喘了一口气,似乎累了,不像年轻时那样不知疲倦了。但是它知道它不能再有自认老迈的感觉,它必须年轻起来,强迫自己用最后的血性迸发出最亮的光彩。它抖动着毛发,激励着自己的各个器官,激励着浑身的每一个细胞,希望它们伟大起来、年轻起来,就像真正的獒王那样丰盈而灵动、妖娆而激荡。

声音又来了,呼呼地响,是凌厉肃杀的黑色疾风,朝着冈日森格拍打而来。冈日森格忽地扬起了头,用寒冷如雪的眼光盯着上阿妈獒王。

马上又是选择,感觉告诉冈日森格:躲闪,躲闪,躲闪,你必须躲闪。但是感觉未必准确,它应该反其道而行之。它选择了静立不动。上阿妈獒王帕巴仁青闪电般的进攻开始了,冈日森格的选择也就闪电般地有了答案:错了,错了,冈日森格这次又错了。

智慧的上阿妈獒王帕巴仁青在关键时刻再次坚持了它的原则:没有战术的战术是最有用的战术,没有诡计的诡计是最好的诡计。它简单而稚拙地直扑冈日森格,横着利牙飞快地插向了对方的喉咙。冈日森格意识到自己已经不可能躲开,下巴一低,护住喉咙,用自己的额头迎着对方的牙齿顶了过去。

"嘎巴"一声响,冈日森格只觉得头昏眼花、额际刺痛,身子一歪倒了下去。它躺倒在地上只停留了两秒钟,就挣扎着站了起来。朝前看去,才发现上阿妈獒王也和自己一样倒了下去。也就是说,它的额头这一次经受了铁齿钢牙的攻击,也显示了无与伦比的坚硬,它烂开了额头上的皮肉,却也让对手在见识了一只立地生根的藏獒岩石一样的稳固之后,匍匐在地上了。

上阿妈獒王帕巴仁青很快站了起来,用舌头舔着牙齿。藏獒身上,最坚硬的是牙齿,其次是头,但这次最坚硬的却没有拼过次坚硬的,冈日森格只是损伤了额头上的皮肉,骨头却好好的,依然完美地坚硬着。

上阿妈獒王收回牙齿,闭上了嘴,眼睛放电一样瞪着对方。冈日森格避开了对方的眼光,感觉自己脖子、屁股、额头上的伤口,看到上阿妈獒王第四次紧贴着地面,癫皮狗一样地趴下了。

冈日森格挺立在离对手十米远的地方,表面上从容镇定,心里头却一抽一抽地紧张着。从上阿妈獒王红玛瑙石的眼睛火箭一样逼射的锋锐里,它看出了这一次扑咬的分量。大概是最后一次吧,上阿妈獒王帕巴仁青志在必得,不是撕开冈日森格的肚腹,让它拖着肠子断命,就是咬断它的喉咙,让它气绝身亡。

糟糕的是,冈日森格还没有想好是静立还是躲闪。

感觉,感觉,感觉怎么越来越不对了,一会儿是静立着不动,一会儿又是跳起来闪开。那就不要依靠感觉了,依靠头脑。冈日森格甩动硕大的头脑,急切而紧张地寻找着答案。突然,冈日森格昂扬起了身子,用琥珀色的眼睛里迸发而出的焰光炽火盯视着上阿妈獒王,告诉自己也告诉对方:惊尘溅血、一命呜呼的时刻已经来到,不是你,就是我。所有观战的人和狗都没有想到,癫皮狗一样趴在地上就要蹦跃而起的上阿妈獒王也没有想到,这一次冈日森格既没有静立着不动,也没有跳起来闪开,而是雄风鼓荡地俯冲过去,就在上阿妈獒王准备覆盖它的前夕,把同样勇猛的覆盖还给了上阿妈獒王。

成功了。冈日森格从跳起、奔扑到覆盖、撕咬,整个动作连贯得天衣无缝,就像它年轻时那样,出神入化得根本就看不出是打斗。没有声音,咆哮和厮打的声音瞬间消失了,只有空气的震动在不经意中变成了徐徐来去的夏风。

原始的恶浪淹没了上阿妈獒王帕巴仁青,野性的肉体压得它根本就喘不过气来。这只黄色多于黑色的巨型铁包金公獒依然像癫皮狗一样趴在地上,无声地惊讶着。被慑服后的钦佩左右了它的神经,它变得安静而容忍,甚至都忘了反抗和仇恨,忘了作为獒王的丢脸和屈辱,也忘了疼痛。

疼痛应该来自喉咙,冈日森格一口咬住了它的喉咙,疾速而准确,简直就是一把飞刀,让上阿妈獒王眼睛都来不及眨巴一下,就皮开肉绽。死了,死了,我就要死了。上阿妈獒王心里哭泣着,它知道只要冈日森格的牙齿轻轻一阵错动,它的气管就会断裂,死亡就会从裂口中溜进来,占据它的整个身体。

但是冈日森格的牙齿却迟迟没有错动,好像它很愿意这样把头埋在对方浓密的獒毛里延长即将咬死对手的兴奋,或者它听到了对方心里的哭泣,有一点不忍,又有一点同病相怜？

锋利的牙齿始终没有错动，准备就死的上阿妈獒王帕巴仁青不耐烦了，晃了一下头，催促着，又晃了一下头，还是催促着，等第三次晃头催促的时候，它惊愕地发现，自己居然把喉咙从冈日森格的牙刀之间晃出来了。冈日森格的牙齿松动了，上阿妈獒王吃惊地望着它，似乎是说：你怎么了？你没有老糊涂吧？片刻，冈日森格朝后退去，上阿妈獒王也朝后退去，它们好像互相听到了对方的心声，都变得彬彬有礼了。

上阿妈领地狗和西结古领地狗都不理解两个獒王的打斗居然会和平结束，恶狠狠地吼叫起来，就像人类的骂阵。狗叫声中夹杂着骑手们的喊声，也是恶狠狠的、不理解的。班玛多吉直着嗓子大声说：“冈日森格，你是怎么搞的？咬死它，咬死它，它是上阿妈獒王，它咬死了曲杰洛卓。”

冈日森格回头看了一眼班玛多吉，正在犹豫，满身血污的上阿妈獒王转身走到上阿妈领地狗群里去了。冈日森格望着上阿妈獒王的背影，忧伤地意识到：上阿妈獒王是不该失败的，它的失败比自己的失败更加不幸，自己会有年迈体衰做借口而继续以往的生活，它呢？它很可能就不再是上阿妈草原雄霸一代的獒王了。

上阿妈骑手的头巴俄秋珠看到自己的獒王败北而归，策马从领地狗群后面挤过来，用马鞭抽了一下上阿妈獒王，气恼地说：“你是可以咬死它的，你要是咬不死它，我们上阿妈藏獒还有谁能咬死它？去，接着咬，一定给我咬死它。”上阿妈獒王帕巴仁青率真地望着巴俄秋珠，似乎想让他明白：我已经输了，我打不过英雄的西结古獒王，只能回来了。但是巴俄秋珠不明白，一再用马鞭抽着它：“去啊，去啊，赶快去啊。”

上阿妈獒王再次来到了打斗场中央。空气一下子凝重了，大家都看着西结古獒王冈日森格。冈日森格站在领地狗群的边缘，半晌没有动静，似乎疲倦了，也胆怯了。身后，班玛多吉再次喊起来：“人家并没有认输，冈日森格，快上啊，为曲杰洛卓报仇。”接着是众骑手的催促，是西结古领地狗群的催促。

冈日森格无可奈何地走了过去。上阿妈獒王帕巴仁青用一种晚辈敬仰前辈的眼神望着它，第五次趴下了，趴得还是像一只癫皮狗，紧贴着地面，散了架似的。冈日森格下意识地抖了抖鬣毛，仔细观察着它，发现这只巨型铁包金公獒已经没有最初那股撼人心魄的威逼气势了，眼睛里也少了许多那种比别的藏獒更犀利熠亮、更毒辣阴险的光亮。它不由得悲哀起来，好像前后判若两人的不是对手而是自己。

阵风突起，一半是血光，一半是黑光，腾腾地朝着冈日森格覆盖而来。

已经用不着选择了，冈日森格知道它只能一动不动，如果对方想好了提前量拐着弯扑咬，那就算是自己选择正确、不战而胜，如果对方直截了当地扑咬，那它就坚强地顶住，它相信自己能够顶得住，上阿妈獒王已经没有大山倾颓一样的猛力和悍然超群的气度了。

结果瞬间而至，上阿妈獒王帕巴仁青的判断失误了，它扑向了假如冈日森格跳起来躲闪就必然会落地的那个地方，发现什么也没有扑着，就神情迷茫地盯着冈日森格看了一会儿，似乎奇怪对方为什么是静立不动的，然后浑身疲倦地朝回走去。它喉咙、脖子、肚子、腰窝四处受伤，已经流了很多血，现在还在流血，它实在支撑不下去了。冈日森格无限怜惜地看着上阿妈獒王，看到它凄凉无言地走进了上阿妈领地狗群后，所有的上阿妈骑手都发出了一阵"咝咝咝"的声音，那是失望，是鄙夷，是来自主人的冰凉冷酷的羞辱。

上阿妈骑手的头巴俄秋珠骑马走过来，用马鞭指着它奚落道："你就是这样给上阿妈草原争气的吗？难道上阿妈草原的肉不肥、水不甜，你吃了喝了不长力气就长毛吗？或者上阿妈草原的人对你不好，你想用自己的失败丢他们的脸？我们还有领地狗，我们还要打下去，藏巴拉索罗一定是我们的，我一定要用它把梅朵拉姆换回来，你要是不死你就看着吧。"

上阿妈獒王帕巴仁青仰头听着这一番比任何利牙的撕咬都厉害的奚落，就像受到了平生最严重的打击，张大了嘴，流着血水，似乎想申辩什么，但最终什么声音也没有发出来，眼睛闪射出两股失落之极的光焰，委屈地流着泪，蓦地一闭，轰然倒在了地上。

而在西结古领地狗群这边，冈日森格也倒了下去。它的伤并不重，它是累倒了。这样的疲累就像大棒的挥舞，从黏稠的精血里击打出了伤感和回望，让它感到它还是老了，真的老了，年轻的时光一去不复返，那种斗志旺盛、百折不挠，仿佛永远都打不死、拖不垮的精神，只能变成苦苦的记忆、恋恋怀旧的情绪了。

冈日森格把整个身子贴在地上，就像必须吸附地中的精气才能恢复体力似的，闭上了眼睛，什么也不看，什么也不管了。它知道西结古领地狗这边，下一个出场打斗的还应该是它，因为它是赢家，它必须接受另一只上阿妈藏獒的挑战。但是它太需要休息了，它希望自己这样趴着不起来，会给双方带来一个休战的机会。

上阿妈骑手的头巴俄秋珠远远地望着冈日森格，立刻意识到这样的暂停对自己是不利的，一旦冈日森格恢复过来，上阿妈领地狗群里，就更不会有谁能够抗衡了。巴俄秋珠吆喝起来，代替上阿妈獒王指挥着领地狗群。

"你，上，就是你，给我上。"一只被巴俄秋珠用马鞭指着的大个头金獒愣怔着没有动。它不是不想上场，而是不忍离开上阿妈獒王帕巴仁青。流血过多又被主人用奚落猛烈击打的上阿妈獒王就要昏过去了，大个头金獒正在舔着它的伤口呼唤它，这样的呼唤是必不可少的安慰，一只在鲜血中沐浴而来的藏獒如果连这一点安慰都得不到，它的精神和肉体就会迅速垮掉，不昏的也得昏，不死的也得死。

"上啊。"巴俄秋珠用鞭梢抽打着大个头金獒。大个头金獒望了望满脸怒容的主人，温情无限地最后舔了一舌头獒王的伤口，看到有别的藏獒过来替它舔舐呼唤，这才离开。它不放心地回望着，跑向了打斗场中央。大个头金獒昂起头，朝着西结古藏獒王冈日森格雷鸣般地吼叫着。冈日森格明白了，休战是不可能的，自己必须锲而不舍地战斗。它慢腾腾地站起来，身子一晃，哗地倒下去，更加瘫软地贴住了地面。它喘着粗气，喘着越来越粗的气，四肢僵硬地支撑着，给自己鼓着劲：起来，起来。庞大的身躯缓缓地崛起着，吃力地崛起着，眼看就要立住了，"扑通"一声，又瘫软了下去。

这时就听一阵马蹄的疾响由远及近，一个急急巴巴的声音从空中传来："冈日森格，你怎么了冈日森格？"

15　多吉来吧之脱困

多吉来吧的搏杀还在继续,礼堂的窗户玻璃上人更多了,密密麻麻就像砌起了好几面黑墙,那男孩就挤在林立的.人腿之间,断断续续叫着:"大狗,大狗。"叫几声,就低下头去,把战况告诉窗台下仰脸站着的红衣女孩。突然男孩惊叫一声:"大狗。"又浑身抖颤、声音结巴地对女孩说:"那么多狗都扑到了大狗身上,大狗就要死了。"女孩"哇哇"地哭起来。

也许是哭声的刺激,两个小时后,多吉来吧就让礼堂变成了屠宰场。城市的人想通过打斗屠宰多吉来吧,没想到多吉来吧却屠宰了一群城市狗。不,还有一只城市狗活着,那就是被多吉来吧用坚硬的爪子掏开了胸脯的藏狗,它的皮肉开裂了,胸骨断开了,心却被多吉来吧留下了。它还活着,只要不再参与残酷的打斗,并且有人照顾,它就一定能活下去。多吉来吧望着它,它也望着多吉来吧,双方眼睛里的内容是不一样的。藏狗是不尽不绝的仇恨;而多吉来吧是无限而有悔的怜悯:我呀,我怎么把它咬成这个样子了?

多吉来吧蹭着地面朝前挪动着,挪一下,眼睛里就多一点亲近,那是亲近草原故土的热肠在孤寂思念中的自然流露,那是藏狗身上滞留不去的草原味道对一个怀乡者的顽固吸引。它挪到了跟前,就把眼睛里的亲近无条件地送给了对方。它靠着藏狗卧了下来,有点糊涂了,伤心落泪的思念让它觉得藏狗仿佛变成了草原,它只要依附在草原的大地上,浑身的伤痕就会迅速痊愈,体力也会很快恢复。它把硕大的獒头一半枕在了自己腿上,一半枕在了藏狗腿上。

藏狗很吃惊,想咬又没咬,抬头看了看礼堂的门,门关着,寂然无声,又抬头看了看人影密密匝匝的窗户。眼光一到,玻璃就"哗啦"一声烂了,砸烂玻璃的人在一个利茬怒放的洞口喊叫着:"四眼,四眼,咬死它,咬死它,现在就看你了。"被称作四眼的藏狗望着喊叫的人,那是它的主人。它不顾伤痛站了起来,朝着多吉来吧龇了龇牙。"四眼,四眼,快咬啊四眼。"四眼藏狗再次望了望主人,一口咬了下去。

多吉来吧的后颈被四眼的利牙戳出牙眼的时候,它并不吃惊。它用力站起来,甩脱对方,发出一种奇怪的声音。早已脱离了草原的四眼藏狗,只拥有城市的思维和耳朵,听得懂主人的旨意,却丝毫不明白多吉来吧的藏话,听到主人的喊声再次传来,便又一次张大了血口。

疲惫不堪的多吉来吧忍受着藏狗的撕咬,一次次不厌其烦地甩脱着。终于忍无可忍,多吉来吧的反抗完全是草原风格的一展示,有熊的力量、豹的敏捷、狼的狠毒,牙刀闪电般飞出,又闪电般收回,"咕咚"一声响,喉咙洞开的四眼藏狗倒地了。

然后就是安静。都死了,所有被人驱使着前来撕咬多吉来吧的城市狗都没有逃脱既定的命运。多吉来吧看了看最后倒下去的四眼藏狗,把眼光投向了窗户玻璃后面林立的人。它悲凉地发现,暗淡的暮色里,男孩已经不见了,使劲闻了闻,到处都是乱七八糟的味道,根本就捕捉不到两个孩子的气息。它"汪汪汪"地哽咽着,哗啦啦地流出了眼泪。没有了,它现在的寄托、它希望自己去保护的两个孩子已经没有了,它用舌头舔着眼泪,望着高高的窗户,一次次用于涩的嗓子呼喊着,喊得嗓子都哑了,最后孤立无援地趴在了死去的藏狗身边。无可依附的时候,它只好一厢情愿地再次把自己依附在它唯一能感觉到草原气息的死去的藏狗身上。

多吉来吧想不到,这时候两个孩子被满胸像章的人带到了距离礼堂一百多米的空荡荡的锅炉房里。满胸像章的人对他们说:"你们就在这儿等着,哪儿也别去。"

天就要黑了,礼堂的门口,黄呢大衣对那个保皇派的眼镜说:"没什么可说的了吧?把人交出来。"眼镜断然摇头:"这不是最后的战斗,畜牧兽医研究所跟我们是一派知道不?我们已经商量好了,他们明天早晨派出六只大狗支援我们,六只大狗也是藏獒,敢不敢哪?"黄呢大衣横着眉毛不愿意。眼镜说:"你们怕了是不是?"黄呢大衣咬着牙说:"老子什么时候怕过你们,明天就明天,明天你们把人带到这里来,要是你们输了,当场交给我们。"眼镜说:"一言为定。"

一夜很快过去了,畜牧兽医研究所的大院里,作为科研对象的六只来自草原的成年雄性藏獒,被喂养它们的人拉上了一辆卡车。现在是早晨,这里是城市,六只身形魁梧、仪态霸悍的藏獒要去战斗了。那个关押着多吉来吧的礼堂早已从晨雾中醒来,等待着血雨腥风的打斗即刻开始。

多吉来吧度过了一个不平常的夜晚。先是它渴了,它在打斗中耗尽了体力,食物和水是必须的补充。它在焦渴中站了起来,慢腾腾地走动着,到处找了找,没有找到水。人不给它水喝,就是逼它喝血,但它实际上并不喜欢喝血,尽管它曾经是饮血王党项罗刹。它来到一只狼狗的尸体旁边,觉得狼狗离狼近一点,就撕开了脖子上的大血管,几乎舔干了狼狗能够涌现的所有鲜血,这才起身离开狼狗,浑身乏力地走向了散发着羊肉味的地方。

那羊肉放了一天一夜,已经不鲜不香了,多吉来吧闻了闻,想了想,又回到了那只狼狗身边。它吃起来,它预感到接下来的时间里它会消耗更多的体力和精力,就毫不犹豫地撕扯起了最能帮助它产生能量的狼与狗结合的肉。沉重的忧伤和无尽的思念这时候突然变成了一种督促,让它把本该彻夜伴随的哭泣变成了一种迫不及待的吞咽。

吃饱喝足之后它卧下了。它在伤痛的折磨中闭上了眼睛,它要睡觉,要在睡眠的松弛中用最快的速度消化掉满腹的食物,恢复它的体力和能力,然后把所有的精神都献给思念——思念它的主人、妻子、雪山、草原。但是它睡得并不松弛,伤痛带给它的是比无眠好不了多少的噩梦。它梦见了党项大雪山山麓原野上送鬼人达赤的石头房子,梦见了它小时候的所有磨难,梦见数不清的血盆大嘴从天边飞翔而来,一口吃掉了它。它愤怒而悲惨地号叫着,突然看到主人汉扎西来了,妻子大黑獒果日来了,他们不理它,又消失不见。它难过得心里发颤,低声哭诉起来,哭着哭着就有了变化:噩梦结束了,好梦出现了,它看到送鬼人达赤的石头房子正在变大,大得就像它咬死了十五只城市狗的那座礼堂。

礼堂的门咚咚咚地响着,突然打开了,走进来了红衣女孩和那个男孩。他们后面还有一个人,胸前挂满了金光闪闪的东西,手里攥着一根撬杠。多吉来吧警惕而懊恼地瞪着他,发现他和两个孩子说话时面带亲近的笑容,就把懊恼丢在了脑后。两个孩子抱住了它,"大狗大狗"地叫着,它也抱住了两个孩子,"嗷嗷嗷"地哭着,孩子们的眼泪和它的眼泪互相交换着,然后它被两个孩子和那个满胸金光闪闪的人带领着,恍恍惚惚走出了礼堂,走进了如水如波的月光,走过了一座院子,来到了大街上。夜晚的大街上,一辆汽车急速驶过。

多吉来吧这才意识到已经不是梦境了,两个孩子和一个陌生的大人,把它从困厄中救了出来,它自由了,再也用不着去迎接那些莫名其妙的打斗了。它伫立着,认真地看着两个孩子正在和满胸像章的人告别——孩子们说:"谢谢了叔叔。"满胸像章的人摸着女孩的头说:"谢你们自己吧,你一说大狗是你爸爸,我就知道它对你们多重要,快点离开这里,不要再落到他们手里。"满胸像章的人给多吉来吧招了招手,提着撬杠走了。多吉来吧深情地目送着他也目送着撬开了礼堂门的撬杠,突然扭过头来,猜测而忧伤地盯上了红衣女孩的脸。

它的猜测和忧伤很快被红衣女孩说了出来:"大狗你说怎么办啊?你不能去我家了,我妈妈不喜欢你。"男孩也说:"我爸爸那个狗日的,他要扒了你的皮,吃了你的肉。"多吉来吧眨巴着眼睛,好像听懂了,又好像没听懂,但稀稀落落夜行的汽车帮了它的忙,那种在夜深人静时格外夸张的轰隆隆隆的声音唤醒了它对城市的憎恶,它的心明亮起来:自己不是要跟着两个小孩去的,而是要离开,离开,离开城市,目标是草原故乡、主人妻子,是向着草原覆盖去的亢奋的人臊和伴生的危难,是预感中的需要——西结古草原的需要、寄宿学校的需要。它告别似的舔了舔女孩的脸,又舔了舔男孩的脸,慢慢地转身,慢慢地走了。

"大狗,大狗。"女孩叫着,男孩也叫着。女孩哭了,男孩也哭了。男孩呼喊着追了过去。多吉来吧跑起来,他追出去二十步,又赶紧回到越哭越伤心的女孩身边。大狗走了,就这么突然地离他们而去了,尽管两个孩子早已想到他们救大狗出来就是为了让它远远地离开,但还是不忍伤别,大狗一走就把心拽痛了。

两个孩子站在那里哭了很长时间,他们不知道他们的大狗又拐回来了。多吉来吧站在不远处黑暗的树荫下,发痴地望着他们,看他们朝女孩家的方向走去,就悄悄地跟在了后面。它知道城市的夜晚和荒原的夜晚一样潜藏着更多的凶险,尤其是对孩子。它要是就此一走了之,就算不上是一只至情至性的藏獒了。

多吉来吧暗地里护送着两个孩子来到了红衣女孩家。女孩敲门走了进去,男孩也走了进去,但男孩马上被女孩的母亲推了出来。母亲对女孩说:"你去哪里了,这么晚才回来?哪里的野孩子,也往家里带。"说着"哗啦"一声从里面关死了门。多吉来吧在黑暗中抖了一下,挺硬了脖子,瞪起眼睛看看,它不理解人的举动:那个母亲怎么会这样无情?

男孩离开了那里,走到阒寂无人的街上,又回到女孩家的门口,靠着门框坐了下来。这里毕竟背靠着熟人的家,心理上不至于特别空落害怕。,本来打算送孩子到家后就离去的多吉来吧不走了,它坐下来,远远地守护着,看到男孩歪着身子渐渐进入了梦乡,又悄悄走了过去。

多吉来吧卧在了男孩身边。它知道尽管是夏天,但这座高原古城的夜晚还是凉风飕飕的,它把自己的长毛盖在了男孩的脚上、腿上,又用带伤的身体挤靠着他,让体温就像一床棉被一样丝丝缕缕地传了过去。明天再走吧,无论离开城市、扑向主人和妻子的愿望多么迫切,它都必须在这一夜把自己交给孩子,以一只草原藏獒与生俱来的责任,保证孩子在安全和温暖中睡去。男孩睁了一下眼,把脸埋进大狗的鬣毛,又睡死过去了。

男孩实在太累了,他睡到太阳升高后才被开门出来的女孩叫醒。他站起来揉着眼睛对女孩说:"大狗呢,大狗呢? 大狗在和我睡觉。"红衣女孩摇摇头说:"没看见,你在做梦吧?"男孩挠挠后脑勺:"我在做梦? 哈哈哈,我在做梦。"这时女孩发现:男孩的脖子和脸上,粘着好几根长长的獒毛。再一看,腿上脚上也有。他们两个同时喊起来:"不是做梦。"他们把大狗的长毛一根一根集中起来,攥在了手心里。他们攥着獒毛尽量远地看着街道,心里头酸酸的,又一次眼泪汪汪了。凭着孩子的直觉,他们知道大狗再也不会出现在他们面前,在最后陪伴了他们一夜之后,它已经远远地离去了。

16 地狱食肉魔之 刀出鞘

桑杰康珠想到了可以同时杀死勒格红卫和地狱食肉魔的办法后,打马来到了勒格红卫身边,大声说:"勒格我渴了,我想喝奶茶,尼玛和达娃也想喝奶茶。"勒格红卫眨巴着黏黏糊糊的眼睛,阴郁地望着她,舔了舔自己干硬的嘴唇。

两个人走向了帐房,走着走着就有点奇怪:怎么帐房周围既没有牛羊,也没有一只守夜的狗? 下马进了帐房更奇怪:一里面一个人也没有。

桑杰康珠伸手在炉膛里摸了摸,还是热的,就去门口拿了几块干牛粪吹着了火,然后从胸兜里抱出尼玛和达娃,放在温暖的火炉边让它们继续睡觉。奶桶里有奶,陶锅里有水,揭开佛龛下的木箱,拿出了茯茶和盐巴。桑杰康珠说:"你来了,主人家就走了,魔鬼到来的消息好比天上的风,一会儿就吹得满草原都是。"勒格红卫不理她,默默坐在了火炉边的地毯上。

桑杰康珠烧好了奶茶,又找到木碗,给勒格红卫倒了一碗,给自己倒了一碗。喝完了,她又续上,然后去门口把狗食盆拿了进来,倒上奶茶,招呼守在门口的地狱食肉魔。地狱食肉魔进来了,看到狗食盆里冒着热气,就卧下来守着,想等凉了再喝。勒格红卫打着哈欠,朝着毡铺上摞起的被子靠了过去。桑杰康珠赶快把尼玛和达娃抓进了怀抱,匆匆出去了。

黎明悄然来临,东方是白的,西方是黑的,一片浩浩茫茫的黑白色,一个衔接夜晚和白昼的苍苍天穹。桑杰康珠沿着帐房习惯性地顺时针跑起来,她握着藏刀,念着草原上十分普及的《二十一尊圣救度母经》:"那摩啊日亚哒惹耶,目光如电的速捷勇度母·威光四射的朗月母·妙手莲花的紫磨金色母·胜势无限的如来顶髻母……"跑了两圈,就把八根拴帐房的牛皮绳割断了。牛毛褐子的帐房塌了下去,盖住了勒格红卫和地狱食肉魔。

桑杰康珠敏捷地跳上帐房,扑向了勒格红卫,看到隆起着地狱食肉魔的那个地方正在剧烈摇晃,又改变主意扑向那个更大的隆包,"嗨"的一声,一刀攮了下去。也不知攮在了什么地方,摇晃突然消失了,一切变得十分安静。

桑杰康珠跪在帐房上,正准备更加狠恶地再攮一刀,突然觉得铺了一地的帐房移动起来,就像洪水破堤,哗一下倾泻而去。桑杰康珠一个趔趄躺倒在帐房上,又被拖出了十多米,忽地掀出了帐房。藏刀脱手飞了出去。

等她滚了七八个滚,好不容易爬起来时,发现帐房已经被撕得七零八碎,地狱食肉魔黑魆魆的身影正在撕扯一块还没有撕碎的牛毛褐子。

桑杰康珠没想到地狱食肉魔的力气大到了这种程度,这么大的帐房,叠起来三头牦牛才能驮得动的帐房,而且是铺在地上的,竟被它从下面顶起来掀上了天。她下意识地摸了摸胸兜,发现尼玛和达娃不见了。她赶紧寻找,懵头懵脑地喊着:"尼玛达娃,尼玛达娃。"

突然勒格红卫从后面一把拉转了她,一把从自己胸兜里揪出尼玛和达娃,扔进了她的怀抱。桑杰康珠红着脸解释道:"帐房被风吹塌了,我把尼玛和达娃弄丢了。"似乎是为了揭穿她的谎言,勒格红卫伸手抓住桑杰康珠腰间的刀鞘,插进去刚才捡来的那把藏刀。桑杰康珠又说:"我的刀鞘这么不紧,我摔了一跤.刀也掉出来了,吃肉的时候怎么办,牙齿是啃不净骨头的。"让桑杰康珠吃惊的是,对这种连自己都觉得可笑的谎言,勒格红卫居然认可地点了点头。

一声不吭的尼玛和达娃闻到了桑杰康珠的味道,吱吱地哭起来,用哭声表达惊怕和委屈。桑杰康珠抚摸着它们,瞪着面前的勒格红卫,不明白他为什么不揭穿她刺杀未遂的行为,为什么不用一个剽野汉子或者仇杀之敌的方式报复她。

地狱食肉魔狂奔而来又狂奔而去.呼哧呼哧地喘着气,不是因为疲累,而是因为生气。它实在想不明白它司空见惯的牛毛褐子帐房居然会盖住它,它要反抗,要宣泄仇恨.要像撕咬一片勇猛的西结古藏獒那样腾挪跌宕、舍生忘死。

桑杰康珠警惕地望着地狱食肉魔,发现它行动自如,身姿英挺,一如既往地雄霸悍然,心说我不是狠狠地攮了它一刀吗,它怎么就毫发未损呢? 她毫无目的地走向了青花母马,突然听到一声吼叫,就见地狱食肉魔疯狂地朝西跑去,勒格红卫跳上马跟了过去。她知道西边遥遥在望的是昂拉雪山西山脚下的高山草场,索朗旺堆家的帐房就在那儿,西结古草原最好的看家藏獒也在那儿。她一动不动,心想勒格红卫是不可能再让她接近了,他给了她藏刀,却留下了更多的警惕。既然这样,她不如回去,现在回去还可以让尼玛和达娃安然无恙地回到汉扎西身边。

她骑上青花母马,掉转马头走了几步,忍不住回头看了一眼,突然感到不甘心。她抽出藏刀,又一次放在袖筒里,紧了紧镶氆氇袍的胸口,装牢尼玛和达娃,然后催马而去,喊着:"等等我,勒格等等我。"

桑杰康珠跑到了他跟前,停下来说:"勒格你还是离开西结古草原吧,不离开你和你的藏獒就会死在这里。"勒格红卫坚定地摇了摇头,那意思桑杰康珠完全理解:怕死就不来这里了,索朗旺堆生产队的看家藏獒没有死,西结古寺里还有不少可恶的寺院狗,冈日森格的领地狗群也还没有露面,怎么可能离开? 桑杰康珠说:"那你就打错主意了。"说罢,使劲晃了一下缰绳,朝前跑去,越跑越快。

勒格红卫愣了一下,明白她是要去通报消息的,心想那怎么行,要是他们把索朗旺堆生产队的看家藏獒转移到了别的地方,他和他的藏獒不就白来了吗? 他纵马就追,一路狂奔,眼看就要追上了,忽见青花母马像突然遭遇了野兽,跷着前腿直立而起,桑杰康珠惊叫一声,被抛了出去,重重地摔倒在了草地上。

勒格红卫丢开缰绳,从飞驰的马上跳下来,稳稳地站住,然后朝桑杰康珠跑去。

他看她歪着头,闭着眼睛,趴在地上纹丝不动,便跪下一把抱住了她。

桑杰康珠的眼睛倏地睁开了,与此同时袖筒里的藏刀比眼光还要犀利地亮了出来。她抬手便刺,刀尖瞬间划开了他的皮袍,又划开了他的胸脯。他"哎哟"一声朝后倒去,同时攥住她的手,朝上一撑,一脚踢翻了她。

勒格红卫站了起来,目光如剑地瞪着她,阴森森地说:"狠毒的姑娘,你让我流血了。"说着,撕开皮袍的胸口,伸手抹了一下,亮出被血染红的手掌让她看了看,一脚把掉在地上的藏刀踢给了她,然后上前,从她的怀抱里抓出尼玛和达娃,放在了自己淌血的胸脯上,呵斥道,"舔,你们给我舔。"

桑杰康珠愤怒地喊起来:"你杀死了那么多藏獒,你罪大恶极。"

勒格红卫平静地摇摇头说:"我的藏獒死了,我的狼死了,我的明妃死了,我的大鹏血神也死了,都是西结古的藏獒咬死的。我被撵出了西结古寺,连一个睡觉的地方也没有了。"

桑杰康珠说:"勒格你胡说,藏獒是绝不会咬死明妃的。"

勒格红卫说:"难道丹增活佛不会使魔法放毒咒吗?"

桑杰康珠说:"那你就去找丹增活佛算账。"

勒格红卫说:"我不杀人,我的誓言不针对任何人。"

桑杰康珠说:"还有大鹏血神,西结古草原的藏獒什么时候咬死过神?"

勒格红卫满脸的肌肉一阵颤动,厚重的乌云顿时压在了鼻翼之上,让人觉得比起他的藏獒、他的狼、他的明妃的死来,大鹏血神的死才是真正残酷地抽去了他的灵魂的死。

朝西跑去的地狱食肉魔这时已经不见了踪影,它是心急火燎去战斗的,它已经闻到了那些看家藏獒的味道。勒格红卫紧着要去追,就不想再跟桑杰康珠纠缠了。桑杰康珠躺在柔软的草地上,半天才坐起来,眼睛发直地望着迅速远去的勒格红卫的骑影,使劲咬了咬自己的嘴唇:我怎么就杀不死他呢?亿万个白水晶夜叉鬼卒、亿万个绿宝石凶暴赞神,再加上亿万个地神、龙神、杀敌能成的战神、女鬼差遣的念神、守土守舍的空行母,你们为什么不给我力量啊?

远远的,有了藏獒的叫声,连成一片,就像天边滚过了隐雷,一轮接着一轮。桑杰康珠浑身一颤,捡起藏刀,插入刀鞘,跨上了青花母马。

已经开始了,还没有到达索朗旺堆家,就已经开始了桑杰康珠绝不想看到的对峙。是那些优秀的看家藏獒主动前来迎击的,它们一闻刺鼻的獒臊味儿,就知道来了劲敌,你争我抢地跑来,生怕别的藏獒占了先而使自己失去表现威武的机会。桑杰康珠知道自己无力阻拦,但又实在不想看到十二只寺院狗惨死的境遇再次发生,就打马冲过去,抽出藏刀,朝着地狱食肉魔的夺;沮丧的是,这里是红额斑狼群的领地,它们从白兰草原来到这里,已经构成侵犯。它心里发虚,自己的实力不如对方,肯定是不战而败的。

但黑命主狼王并不打算接受不战而败的结果,作为一群狼的领袖,如果见到同类就跑,自己的下属就会蔑视你,反抗你,取代你。黑命主狼王长长地嗥叫了一声,放弃了继续隐藏行踪的打算,带头朝前跑去。它想抢在红额斑狼群之前靠近藏獒的厮杀现场,占领有利地形,让它的下属明白:它们的头狼是勇敢而坚忍的,任何时候都不会轻言败退。

就在黑命主狼王带领白兰狼群距离目标还有两百多米的时候，它听了红额斑头狼的嗥叫，便知道一场较量就要开始了。眼睛投了过去。

地狱食肉魔根本就没有理睬藏刀，眼睛一横，迅速瞥了一眼主人勒格红卫，朝着桑杰康珠扑了过来。青花母马等不到主人的驱使，扬起四蹄逃跑而去，跑向了索朗旺堆生产队的八只看家藏獒。一只看家藏獒立刻跳起来，朝着地狱食肉魔拦截而去。桑杰康珠喊了一声："不要过去，快跟我跑，快跟我离开这里。"

那些天生就会奋勇当先的看家藏獒哪里会听她的，打斗随即发生。惊心动魄的场面让一群乌鸦腾飞而起。乌鸦并不飞远，起起伏伏地哇哇叫着，这是召唤，是发给秃鹫的信号。乌鸦总是能最先预感到死亡，也总是让秃鹫先来啄碎皮厚毛长的尸体，然后大家一起吃肉。

天上很快出现了秃鹫，开始是一只，大概是搞侦察、打前站的，随着一阵"嘎嘎嘎"的叫声，慢慢就多起来，盘旋成了一片声色俱厉的乌云。乌云没有马上落下来，一声比一声尖亮地喊叫着，像是气急败坏了，又像是在制造声势，它们发现前来趁火打劫的不光是自己，还有黑压压的狼群

白兰狼群终于等到了地狱食肉魔咬杀藏獒的机会，激动得张嘴吐舌，都能把亮晶晶的口水泼洒到天上去。但它们绝不像秃鹫那样闹哄哄地表达情绪，它们是隐声而隐形的，远远地窥伺，悄悄地靠近。黑命主狼王不停地扬起头，前后左右地看着，它有些不安，总觉得起伏不平的草原上隐声隐形的不光是它们，似乎还有一股狼群比它们更迫切地等待着藏獒的死亡。它举着鼻子使劲嗅了嗅，意识到那是红额斑头狼的狼群，是大狼群，是野驴河流域最最强悍的狼群。

黑命主狼王又愤怒又沮丧：愤怒的是好不容易跟踪到了这里，为此已经付出了五死五伤的代价，却遇到了红额斑狼群的抢

17　格萨尔宝剑之　阳世离魂歌

"冈日森格，你怎么了冈日森格？"这个急急巴巴的声音是父亲发出来的。父亲一出现在藏巴拉索罗神宫前，就跳下马跌跌撞撞地扑向了冈日森格。冈日森格忽地站了起来，也不知为什么，冈日森格一听到它的恩人我的父亲的声音，浑身的疲惫、四肢的瘫软突然就消失了。它挺身而立，望着跑来的父亲，用眼神里发自内心的豪迈的微笑告诉他：我没什么，我好着呢。

父亲跪倒在地抱住了它，急切地说："我看见了，你都站不起来了，你没事儿吧？"说着，就在冈日森格的身上到处摸索，他想知道哪儿有伤，骨头断了没有。摸着摸着，父亲就哭了，他看到了冈日森格脖子、屁股、额头上的伤，他说："你都是老爷爷了，你怎么还跟它们打？你老了，打不过它们了，就不要逞能了嘛。"说罢又朝后看了看，冲着骑在马上的班玛多吉喊道，"班玛书记你混蛋，怎么还能让冈日森格上场？你看你看你看，血流了这么多。"

班玛多吉说："汉扎西你别骂我，连我的曲杰洛卓都战死了，冈日森格不上谁上？它好歹是獒王，人家的獒王上场了，就是要挑战我们的獒王。再说冈日森格打

赢了,它没有给我们西结古草原丢脸,应该高兴才对啊。"父亲这才意识到,已经发生的打斗是相当惨烈的,死伤的藏獒肯定很多。他站起来,四下里看着,看到了打斗场中央的小巴扎,禁不住大步走了过去。

上阿妈领地狗群不知道父亲要干什么,威胁地叫起来。父亲顾不上理睬它们,蹲下身子,凑过嘴去,在小巴扎的鼻子上试了试。觉得还有鼻息,而且是温热的,便抬起头朝上阿妈骑手高声说:"它还活着,它没有死,你们怎么没有人管?"又回头喊道,"曲杰洛卓呢?我怎么看不见曲杰洛卓?"班玛多吉告诉他,曲杰洛卓死在了上阿妈领地狗群里,又警告他:"你不要过去,你要是过去,也会像曲杰洛卓那样,再也回不来了。"

这个时候的父亲心里就装着藏獒的死活,哪里会在乎班玛多吉的警告,站起来就走,一边走一边喊:"曲杰洛卓,曲杰洛卓。"仿佛曲杰洛卓只是在别人面前死了,他一来一喊就又会活过来。班玛多吉惊慌失措地喊道:"危险,汉扎西,你回来。"

冈日森格"嗡嗡嗡"地叫着,使劲迈着步子,要追上去保护父亲,追了几步就停下了。它看到上阿妈领地狗虽然一只只都瞪着父亲,却没有一只做出撕咬的样子,那些平和而亮堂的眼睛告诉它,父亲不会有事儿。父亲和藏獒有着天然生成的缘分,他刚才那个用自己的嘴试探小巴扎鼻息的举动,已经让上阿妈领地狗从心里抹去了对他的敌意。

父亲就这样不管不顾地走进了上阿妈领地狗群中,找到了曲杰洛卓,又痛心地看到,曲杰洛卓身边还躺着一只驴大的雪獒,都死了,都用血色灿烂的眼睛痴望着高远的蓝天。它们一黑一白。黑的就像山,白的就像水;黑的典雅雄奇,白的高贵俊美。父亲不知道雪獒叫什么名字,名字是什么意思,只知道曲杰洛卓的意思是法智——法王智慧,或智慧的法王。藏獒之中,又一个法王离世了,在一场由人发起的莫名其妙的打斗中悲哀地离世了。

父亲的心里惨惨的,悲愤地想:为什么要打斗?谁能出来制止这场打斗?丹增活佛,或者麦书记,他们为什么不露面?在整个青果阿妈草原,大活佛的话、州委书记的话,哪一级领导、哪一个牧民敢不听?

不能怪父亲当时会有这样天真的想法,西结古草原,天高皇帝远,只有马道牛路,没有公路和邮路,甚至连一部通向外界的电话也没有。包括父亲在内的许多人并不知道那场轰轰烈烈的"文化大革命"在外界是什么样子的,只能感觉到草原跟过去不一样了,变化正在发生,空气紧张起来,人的行踪诡秘起来,野蛮和恐怖的气息迅速浓烈起来,藏巴拉索罗出现了。藏巴拉索罗有什么重要的?难道麦书记就是靠了它才成为麦书记的?怎么大家都想把它掌握在自己手里?要是麦书记没有带着藏巴拉索罗来到西结古寺,或者麦书记把藏巴拉索罗拿出来摆在草滩上,谁想要谁拿走,或者分开来一人一份,不就可以避免藏獒之间的打斗了吗?在父亲看来,不管是谁家的藏獒、哪一片草原的领地狗,都是人的兄弟,既不能死,也不能伤。人要争抢什么你就去争抢,千万不要把藏獒扯进来为自己拼命。藏獒的命跟人的命一样,都是金贵的,死不起的,死了就没了,生命就结束了,一切都都不存在了。

父亲流着泪,打着唿哨,叫来了自己的大黑马,又指着离他最近的上阿妈骑手的头巴俄秋珠,不容置疑地说:"巴俄秋珠你给我下来,下来帮帮忙。"巴俄秋珠诧异地看着父亲,似乎是说:我都是上阿妈公社的副书记了,你居然敢这样命令我。又看了看自己身边的骑手,自嘲地"呵呵"一笑,听话地跳下马,帮着父亲把曲杰洛卓抬上了大黑马的脊背。

父亲板着面孔说:"巴俄秋珠我问你,你为什么要带着人和狗来西结古草原闹事?"巴俄秋珠说:"汉扎西老师你别问了,这跟你没关系。"父亲说:"怎么没关系?这么多藏獒死了伤了,它们都是我心上的肉。"巴俄秋珠说:"只要你们把麦书记交出来,把藏巴拉索罗交出来,藏獒就不会死了。"父亲愤怒地说:"为什么?为什么你要这样做?"巴俄秋珠说:"为了把藏巴拉索罗敬献给北京城里的文殊菩萨啊。"父亲说:"那就更不应该了,北京城里的文殊菩萨要是知道草原上死了这么多藏獒,一定会不高兴的。"巴俄秋珠冷静了一下说:"北京城里的文殊菩萨会知道吗,真的会知道吗?"看到对方点了点头又说,"北京城里的文殊菩萨会知道梅朵拉姆被人抓走的事情吗?"

父亲愣住了,不知道怎么回答。巴俄秋珠说:"只要争抢到藏巴拉索罗,献给北京城里的文殊菩萨,我就能得到一切,包括草原的权力,包括我老婆梅朵拉姆。"父亲问道:"谁告诉你的?"巴俄秋珠说:"梅朵拉姆是怎样抓走的?汉扎西老师你说呀,她是在西结古草原被抓走的,是被麦书记出卖的,我有了藏巴拉索罗我就是麦书记,我就能把梅朵拉姆夺回来。"父亲听着,突然觉得巴俄秋珠可怜,便动情地说:"你光想着把梅朵拉姆夺回来,就没想到梅朵拉姆是最喜欢藏獒的,她要是知道你为了她就让藏獒咬藏獒,她是不会答应的。"巴俄秋珠叹了一口气说:"可是我有什么办法呢?汉扎西老师你说啊,我除了争夺藏巴拉索罗,除了把藏巴拉索罗献给北京城里的文殊菩萨,我还有别的办法吗?"

父亲默然了,望着死去的藏獒,感觉自己就要哭出来,赶紧扭头离开了。

父亲先把曲杰洛卓驮到了不远处的天葬场,又快速返回,把驴大的雪獒和那只被小巴扎咬死的小黑獒也驮了过去。来来去去,他都唱着西结古草原的牧民们给亲人送葬时唱的《阳世离魂歌》:"这一个瞬间,我这一世的因缘已完,我没有悲伤,没有诅咒,没有抱怨;这一个瞬间,我告别了所有的苦难,我离开冬天,告别苦寒,不再眷恋;这一个瞬间,我的来世已经显现,我神情坦然,内心喜欢,满怀莲花盛开的祈愿。"所有的人和所有的狗都感激地望着他,都把争抢与打斗暂时放到了一边。

天葬场上,常年据守在这里的司葬喇嘛立刻点起了牛粪和柏枝,"呜哇——呜哇——"地喊起来。隐身在远方山坳里的秃鹫纷纷飞来,覆盖住了天葬场。无数乌鸦也冒出来,环绕在秃鹫们的外围,准备捡食一点残羹剩饭。父亲走过去叮嘱司葬喇嘛:"人是怎么天葬的,它们就得怎么天葬,只要它们走得干净,一转世说不定就转世成人或神了。"父亲的意思是等秃鹫把筋肉吃完了,一定要一点不剩地把骨骼砸碎,拌着血水和糌粑,让秃鹫们啄食干净。司葬喇嘛说:"汉扎西你就放心吧,我知道你对藏獒的心,其实你的心也是我们的心。"父亲就像送葬自己的亲人那样,感激得朝着司葬喇嘛磕了一个头,又面对三只就要被秃鹫送去转世的藏獒,磕了三个头,算是最后的拜别。

父亲骑着马,以最快的速度跑回到了藏巴拉索罗神宫前。

死的送走了,现在要紧的是救活负伤。父亲央求巴俄秋珠帮忙,把还没有死却无人照料的小巴扎和已经昏过去的上阿妈獒王帕巴仁青抬到了马背上。

没有人阻拦父亲,西结古骑手和领地狗了解父亲,知道父亲必然会这样做,就都用平静的眼光看着父亲忙来忙去。上阿妈骑手和领地狗非常意外,发现父亲的行为不仅是大胆而奇特的,更是仁慈而芳香的。尤其是上阿妈领地狗,凭着灵性它们从父亲清澈的泪眼里看出了救死扶伤的温暖,便望着父亲的背影和驮着上阿妈獒王的大黑马,一个个摇起了尾巴。那只挑战冈日森格的大个头金獒早已拐了回去,好像父亲的行为取消了它的斗志,它再也不想发出雷鸣般的吼声了。

冈日森格安静地卧在地上,抓紧时间休息,它知道父亲带来的只能是暂时的休战,而不是永久的和平。

父亲很快回到了寄宿学校。从这一刻起,寄宿学校变成了战地救护所。需要救护的目前是三只藏獒:在极端的痛苦中不想死去还想陪伴着父亲的大格列、被曲杰洛卓咬伤的小巴扎和被冈日森格打败的上阿妈獒王帕巴仁青。从被救护的对象看,父亲的救护所从一开始就不单属于西结古草原,它就像一个处于中立地位的人道主义救援机构,属于整个青果阿妈草原,属于所有的藏獒。

救护所的医生只有一个,那就是藏医喇嘛尕宇陀。尕宇陀被父亲留下来随时救治大格列,看父亲一连驮回来两只将死而未死的藏獒,而且是上阿妈草原的藏獒,便抱紧了豹皮药囊说:"汉扎西你就可怜可怜我这个老人吧,我的'七泪寒水丹'是新近才配制成的,光鹿泪、马泪、牛泪、藏獒泪我就用了五年时间收集,三十二种寒水石用了三年时间寻找,这么珍贵的药宝怎么能胡乱用在不相干的藏獒身上呢?"

父亲二话不说,"啪"地双腿并拢,举起双手,空中一拍,额前一拍,胸间一拍,"扑通"一声跪下,朝着尕宇陀匍匐而去。父亲一连磕了三个等身长头,站起来说:"伟大的药王喇嘛尕宇陀,你也可怜可怜这些藏獒吧,你的药宝是神赐的甘露,不洒到这些病痛者身上,就不是甘露是臭水了。"

尕宇陀愣了片刻,放下豹皮药囊,也是双腿并拢,举起双手。空中一拍,额前一拍,胸间一拍,跪下来朝着父亲磕了一个等身长头,两手撑地站起来说:"你怎么给我磕头,我应该给你磕头才对啊。"父亲说:"你把祈求还给了我,就是说你还是不愿意用你的如意甘露救治这两只藏獒?"尕宇陀说:"我给你磕头是因为你是藏獒的菩萨,你比我们这些草原人更知道藏獒是我们的亲兄弟。我服了,为了不让我的甘露变成臭水,我只能听你的了。"

美旺雄怒奇怪地看着:主人和药王喇嘛怎么了?互相磕头是什么意思啊?

看着藏医喇嘛尕宇陀给小巴扎和上阿妈獒王喂了"七泪寒水丹",敷了"十六持命",父亲心里踏实了一点。他叮嘱尕宇陀千万不要离开,告诉孩子们待在学校,哪儿也别去,小心地狱食肉魔吃了你们。自己骑着马,又一次去了藏巴拉索罗神宫。上阿妈领地狗和西结古领地狗的打斗是不会停息的,死伤随时都会发生,他必须守在那里,让死去的立马天葬,把受伤的尽快驮到寄宿学校来。

一路奔驰,藏巴拉索罗神宫很快就到了。父亲让马立住,挺起身子,远远地观察着打斗的场面,吃了一惊:怎么回事儿,怎么又多了一拨人、多了一群藏獒?立刻想到了他在西结古寺见过的多猕骑手和二十只壮硕伟岸的多猕藏獒,想到了勒格和他的地狱食肉魔。难道他们都到这里来了？他们来到这里可不是对抗上阿妈骑手和上阿妈领地狗的，他们唯一的目标只能是西结古领地狗和獒王冈日森格，冈日森格危险了。

父亲双腿一夹，心急火燎地策马而去。

18　多吉来吧之逆流而上

离开女孩和男孩的多吉来吧走一阵、跑一阵，从早晨到下午，在横七竖八的街道里穿行着，始终没有走出城市去。好几次它似乎来到了城市的边缘，但发现前去的路上并没有草原的气息，就又折回去了。离开城市就是为了回到草原，可是草原，草原在哪里呢？它是被汽车拉进城市的，在进城的路线上没有留下它的任何痕迹，再说即使留下了痕迹，一年的风吹雨淋之后它还能闻出来吗？它东跑西颠，越跑越累，越累就越不知道草原在哪个方向了。它满眼流淌着湿漉漉的迷茫，不时地关注着那些一见它就躲开的人。它记得在西结古草原，只要遇到它解决不了的问题，总是人在帮助它，主人汉扎西，或者随便一个牧民。可惜在城市、在今天，它见到的人只有两种：一种是怕它的，一种是想害它的。

很快就是黑夜了，房子和灯火组成的沟谷似乎比白天更多了，多得让它绝望。它渐渐累了，想找一个地方休息。但哪儿都不安静，哪儿都有危险的存在，找了差不多两个小时，才给自己找到了一个灯火熠亮、旗帜飘扬、画像高耸的地方。这儿的灯火是小小的一串儿一串儿的，环绕着酷似佛像的毛主席画像，好比西结古寺大经堂里酥油灯的闪烁，这儿的旗帜是连成片的，就像草原上铺满山坡的经幡箭垛风马旗阵。它望着灯火、画像、旗帜，感到它们是安全的，是没有敌意、可以信任的。更让它放心的是，它看到了一些朝着画像跪着说话的人，如同西结古草原那些面对佛像或者活佛和喇嘛祈请福佑的牧民。多吉来吧卧了下来，就卧在了灯火通明处、全身画像的脚下，聆听着旗帜以草原的节奏呼啦啦响动，打量着那些跪在画像前喃喃自语的人。它不知道这是一些向伟大领袖"早请示、晚汇报"的黑帮，是一群没有自由的"请罪者"，只觉得他们表情是木然的，也是善良的。他们来了一拨，跪完了，自语完了，就走了；又来了一拨，跪完了，自语完了，又走了。就这样不间断地来来去去，多吉来吧觉得根本不需要提防他们，就闭上眼睛睡着了。

不知睡了多长时间，一丝温馨而惬意的味道走进了多吉来吧的梦乡，告诉它你该醒醒了。它迷迷糊糊睁开眼睛，看到还有人在跪着说话，就又闭上了眼睛。但这次它没有闭实，它怎么也闭不实了，那温馨而惬意的味道变成了一种带着草原气息的坚硬有力的袭击，让它睡意全无。它倏地站起来，几乎是不由自主的，用眼光也是用鼻子指引着自己，走向了二十步之外那些跪着说话的人。

一阵惊叫，那些人纷纷跳起，转身就跑。多吉来吧也很吃惊，停下来望着他们：这些和草原人一样跪着说话的人怎么害怕起它来了？真正的草原人是不会这样的，他们一看它的表情，就知道它是去打架的，还是去亲近的。让多吉来吧欣慰的是，还有一个人跪在那里一点儿也没挪动，它最初的动机就是要走向那个人的。它继续迈步，来到那个人身边，伸出舌头舔着，舔了脸和耳朵，又去舔手。那个人抱住它说："多吉来吧,你怎么在这里? 你是跑出来的吧? 我知道你在动物园里,很想去看你,但我没有机会。"说着吧嗒吧嗒流下了泪。

多吉来吧也是吧嗒吧嗒流着泪,继续用它的舌头呼唤着她的名字:梅朵拉姆,梅朵拉姆。

他们互相拥抱着,都想把各自的苦水吐出来,又都意识到这是不可能的,便沮丧地分开了。梅朵拉姆说："多吉来吧,你是怎么跑出来的? 你今后怎么办? 就在西宁城里做一个无依无靠的流浪狗? 你会被人打死的。"多吉来吧呜呜呜地吠叫起来,想对梅朵拉姆说:我要回家,我要回家,你能不能帮帮我,我要回家。梅朵拉姆说："我要是能照顾你就好了,可是我不能,我没有这个自由,我父亲是'反革命',母亲是'坏分子',我有一个伯伯在台湾,他托人给我带过一封信,我并没有看到信,却已经是潜藏在草原深处的'台湾特务'了。我们全家都在接受监督,我不能把你带回家去。"

多吉来吧听不懂梅朵拉姆的话,但是能揣摩话语的味道,知道梅朵拉姆的处境跟自己一样,甚至比自己还要糟糕。它用舌头安慰着她,突然就不哭了,警惕地看了看四周,意思是说:有我呢,我来保护你。

立刻就有了保护的机会。有两个中年男人和两个青年女人走过来,蛮横地说:"干什么呢? 向毛主席请罪的时候还抱着一只狗,不要以为它就是你的靠山,我们要'痛打落水狗'。走,回去写检查,为什么对狗的感情比对无产阶级革命派的感情还要深。"说着就要拉扯梅朵拉姆。多吉来吧怎么可能容忍他们这样,跳起来就扑,却被梅朵拉姆死死拖住了:"多吉来吧,多吉来吧,千万不要发怒多吉来吧。"又对那几个男女说,"我不能松开它,它会伤了你们的,你们先躲一躲,我马上就回去。"

几个男女看到多吉来吧的个头比跪着的梅朵拉姆还要高,又看它愤怒凶霸的眼睛里闪射着比最锋利的刀子还要锋利一百倍的寒光,知趣地走开了。

苦难中的邂逅,来不及喜悦,就又要分手了。梅朵拉姆长叹一声说:"多吉来吧,你不要跟着我,一旦他们把你抓起来,你还不如在动物园里。我知道你以后会天天来这儿等我,但是我不会再来了,明天我就要和父母一起被隔离审查了。你现在就走吧,千万千万别跟着我,走吧多吉来吧,保重啊!"

分手是艰难的,多吉来吧不可能不跟着她,一来是保护她,二来是依恋她。流落异乡、孤苦伶仃的时候,一个来自大草原的人和一只来自大草原的狗,是多么需要相依为命啊! 但梅朵拉姆知道,所有跟自己有关系的都可能被自己连累,包括一只熟识的狗。去吧,去吧,多吉来吧快去吧,孤独的流浪总比失去自由好。梅朵拉姆又是手势又是语言地打发着它,看它不走,又拍着地面欺骗它说:"那好,那你就在这儿等着,我去去就来,去去就来。"

多吉来吧明白了,于是就坐下来等着。它不知道,一杆步枪瞄准了它。

那是几个对毛主席无限忠诚的造反战士,他们对多吉来吧的深仇大恨来自它的位置。它有什么资格坐在毛主席画像旁边,和伟大领袖一起接受人们的跪拜? 这不是明目张胆的篡位吗? 是可忍孰不可忍! 他们怀着满腔的愤怒扣动扳机,多吉来吧眼看就要难逃厄运,枪手突然在准星里面看到了毛主席画像,内心和手指都禁不住一哆嗦。这一哆嗦,救了多吉来吧的命,子弹便飞到别处去了。多吉来吧已经知道遇见拿枪的人必须尽快躲开,压住扑上去拼命的怒火,转身就跑。

多吉来吧一路狂奔,居然就逃离了城区,到了湟水河的河滩里。它喝了一些水,在一个掏挖砂石的坑窝里躺了下来,想睡一会儿,眼光却被漂过河面的一些木头吸引了过去。它看着那些木头,突然站了起来,它想起了故乡的野驴河,经常也会漂过一些烂木头的野驴河是从西往东流的,无论你在什么地方,只要沿着河边逆流而行,就会回到西结古草原。它兴奋起来,望着城市,再次悲伤地想了想梅朵拉姆,步履滞重地迈开了步子。

作为喜马拉雅獒种的藏獒,天生的智慧又一次成全了它,事实证明它做对了,尽管沿着湟水河它不可能走到一千二百多公里以外的西结古草原,但至少方向是对的。它朝着西边跑去,跑出了城市,跑向了湟水河的上游。视野一下子开阔了,亢奋的人腺更加浓烈,正在从身后的城市向上游弥漫,想象中的西结古草原、预感中的危难、寄宿学校的狼灾,就要惊心动魄地变成现实了。它跑啊,跑啊,思念是动力,使命更是动力,双重的动力让它正在无意识中超越了自己。

一夜无眠,第二天天亮的时候,它看到了远远近近的山,看到了田野和村庄,看到河水在这里变成了几十股溪流,漫溢在开阔的滩地上,看到几只野兔在不远处活蹦乱跳。它追过去,咬死两只又大又肥的野兔饱餐了一顿,然后选择一块凉爽的地方卧下了。

它有些踌躇,不知道往哪里走了。几十股溪流来自不同的方向,到底哪个方向是西结古草原呢?它意识到自己非常疲倦,而疲倦的身体是不利于判断的,它把自己藏在蒿草的丛落里睡了过去。又是噩梦,噩梦的睡眠让它动不动就会在愤怒中醒来,醒来后它会悲哀地扫一眼周围,感觉是凄凉而平静的,就又去继续它的噩梦。后来就不做噩梦了,它睡得很踏实,直到黄昏。它被一股扑鼻而来的味道刺激得浑身一阵颤抖。它醒了。

刺鼻的味道来自一匹骡子。骡子来到离多吉来吧十步远的地方,正在专注地吃着青草。骡子是不怕狗的,在骡子的记忆里,生狗熟狗都不会咬它。它一边吃草一边放屁,屁的气息让多吉来吧高兴起来。多吉来吧没见过骡子,但一闻骡子的屁就知道它是马的近亲,而马是属于草原的。也就是说,它感觉自己已经接近草原了。多吉来吧站起来,打招呼似的走向骡子,望着它摇了摇尾巴。

骡子知道它是友好的,冲它打了两声响鼻,漫不经心地转过身去,一边吃草一边往前走,还不时地回头关照着它,似乎在引诱它。多吉来吧跟了过去,它喜欢这样的引诱,喜欢一切带着草原气息的动物的引诱。半个小时后,它跟着骡子来到了一排防风林带的后面,这才意识到,动物之间的心心相印通过眼神就能彼此互达,骡子好像知道它在想什么,而它喜欢骡子的引诱也正是因为它预见了骡子的去向,骡子的去向是个有马的地方。这是一座院落,院落里不仅有别的骡子,还有许多马。

骡子走进没有门庭的院落,冲着那些马噗嗤噗嗤地吹起了气。所有的马都回头看着骡子,也看着相跟而来的多吉来吧。多吉来吧昂扬着头,一匹一匹审视着马,它想看到一匹自己认识的马,然而没有。所有的马都是陌生的,还有那些堆在地上的辎重和鞍鞯,那些氤氲不散的气息,气息以最清晰的语言告诉它:它们虽然来自草原却是别处的草原。

这时院落深处有房子的地方一只狗怒叫起来,多吉来吧一听那又尖又短的声音就知道是一只母狗,便用粗壮的喊叫回应了一声,赶紧退出了院落。它在离院落五十米远的地方卧了下来,静静地等待着。它不懂得这里是路边的旅馆,就像古时候的驿站,它遇到的这些人和马,是一个给草原供销社运送茶叶的骡马帮。从满地的辎重和鞍鞯上它知道,这些马是要上路的。虽然马们要去的是别处的草原,但草原连接着草原,只要是草原,就总会靠近西结古草原。

院落里的母狗闻到了多吉来吧的气息,叫着跑了出来。多吉来吧不打算理它,依然趴卧着,甚至闭上了眼睛,突然嗅觉被刺激得痛了一下,一股阳刚的腥臊推动着气流逆向而来,它忽地睁开了眼睛,发现朝它跑来的不光是母狗,还有一只公狗。

母狗和公狗都是大黄狗,都是一副怒目圆睁、寻衅闹事的样子,不同的是母狗在吼叫,公狗却像哑巴一样一声不吭。多吉来吧知道不叫的狗才是真正厉害的狗,不叫的原因是它并不想吓唬你,只想一口咬死你。它绷紧了肌肉瞪视着公狗,却发现公狗张大着嘴巴首先扑向了母狗,一口就把母狗的肩膀撕烂了。母狗惨烈地叫了一声,"扑通"一声趴在了地上。公狗恶狠狠地瞪了母狗一眼,然后才朝多吉来吧奔扑过来。

多吉来吧惊呆了:这是怎么回事儿? 它看到黄色公狗的牙齿上还滴沥着母狗的鲜血,那鲜血就要甩到自己脸上,便狂猛地吼了一声:你停下。

19 地狱食肉魔之狼欢

两股狼群的较量开始了。

红额斑狼群悄悄地从三面靠近,一出现就对白兰狼群形成了围打局面。它们仗着狼多势众,把白兰狼群分割成了十几个单元,再分出一部分机动狼来,在单元与单元之间穿插奔跑,让牙刀于飞行之中横竖协割。咆哮与惨叫将响成一片,紫艳艳的狼血将纷至沓来。

然而,如此猛烈的狼群之战却没有发生死亡,不是白兰狼群防御有道、避杀有方,而是红额斑狼群始终有所克制,始终都坚守这样一个原则:只咬伤,不咬死。似乎胜利者现在不需要对方用死亡来供奉,似乎狼只有在极端缺乏食物的时候,才会咬死同类。更加克制的是,红额斑头狼和它的属下一直没有进攻黑命主狼王,不仅给了它面子,也给了它一个组织逃跑、免遭集体覆没的机会。黑命主狼王不禁有些疑惑:红额斑头狼怎么会仁慈到这种程度?

红额斑头狼自己也不明白自己的仁慈。草原突然变了,有许多外来的人在纵马奔驰,有许多外来的藏獒在飞扬跋扈,藏巴拉索罗神宫前藏獒的擂台厮杀正在进行,专门咬杀藏獒的地狱食肉魔又出现了。那些在夏天分散开去的小股狼群和家族狼群,纷纷跑来向它传递了所见所闻以及它们的惊悚不安。人性变了,獒性也变了,草原会不会遭遇危机? 狼群会不会遭遇危机? 在这疯狂的时候,它提醒自己,一定要克制,要忍让,藏獒之间的自相残杀已经失去分寸的时候,狼群之间的互相挤对却不能疯狂。让它们走,只要它们不在野驴河流域滋生是非,就应该保证黑命主狼王的健全和白兰狼群的一个不死。

黑命主狼王咆哮着，蹚开一条路子，首先跑出了包围圈，又在圈外焦急地嗥叫起来。白兰狼群朝着狼王簇拥而去，它们没有不受伤的，但逃跑的四肢却都还健全如旧。草原上腾起了一股亡命的尘烟。

红额斑头狼带着狼群追了过去，追上一座草冈，停下来集体嗥叫，警告白兰狼群：滚回老家去，野驴河流域不是你们耀武扬威的地方。但是红额斑头狼立刻意识到，警告没有起到作用，尘烟不再腾起，说明白兰狼群停下了。它们停下来干什么？抱了等着瞧的态度，继续窥伺这边的动静？

红额斑头狼回过头去，观察了一下藏獒对藏獒的咬杀场面，命令狼群停止嗥叫，然后带着狼群跑向下风的地方，以诡谲的姿影，悄悄地走了过去。

西结古草原，索朗旺堆生产队，循着刺鼻的獒臊味儿，跑来阻击劲敌、表现威武的八只看家藏獒没有料到，仅仅一眨眼的工夫，就有两只从来没有在野兽面前、在外来的藏獒面前失败过的伙伴，倒在了地上。死亡发生得既突然又容易，好像一出场一扑咬，接着就是死，速度快得连负伤流血的痛苦也省略了。

第三个出场的是一只蓝眼睛的铁包金公獒，它显然有着让地狱食肉魔始料未及的速度，只听"刷"的一声，就已经把两只前爪搭在了对方脖子上，但是它没有来得及下口，就被对方浑身一抖，抖翻在了地上，赶紧站起来，却只是为了把喉咙送到飞来的牙刀之下。

桑杰康珠跳下马，拽住勒格红卫的马缰绳喊道："勒格，勒格，快让你的藏獒住口吧，最好的看家藏獒是不能死的，你知道它们比牧人的命还金贵。"

勒格红卫咕噜了一句："头人的藏獒，剥削阶级的走狗，终于该死了。"

桑杰康珠说："什么什么，你说什么？"

勒格红卫轻蔑地望她一眼，立刻闭严了嘴。接着出场的是一只黑獒，形体并不宏伟，却有一种山呼海啸的气势，第一次扑咬就让地狱食肉魔后退了好几步。但这也是最后一次扑咬，地狱食肉魔的后退不过是为了让肌肉积攒出更多的力量，让它死得更利索一点。后退还没有停止，地狱食肉魔就开始了进攻，而进攻的开始就是结束，黑獒躺下了，血从喉咙里滋了出来。

死了，死了，七只看家藏獒莫名其妙地死去了。草地上横尸一片，鲜血流进了鼢鼠的洞穴，汩汩地响。

桑杰康珠哭起来："勒格，勒格，你死了藏獒你心痛，人家死了藏獒难道不心痛？"

勒格红卫叹了一口气，从马上下来，斜着眼睛把桑杰康珠投向地狱食肉魔的藏刀还给了她。桑杰康珠握住藏刀抬手便刺，却被勒格红卫用阴恶的眼光逼了回去。

第八只藏獒是索朗旺堆生产队看家藏獒中的首领，首领哭了，它走到每一个死去的同伴跟前，呜呜呜地凭吊着，眼泪刷拉拉流在了每一个同伴身上，才把仇大恨深的目光扫向了地狱食肉魔。它知道自己也难免一死，就奋不顾身扑了过去，居然一下子咬住了对方的肩膀。但它的咬合是无力的，就像啃咬坚硬的树根，牙齿怎么也攮不到里头去。啊，这是什么？是皮肉吗？它从来没见过藏獒有这么厚这么硬的皮肉。这个疑问刚一出来，它自己的皮肉就首先开裂了。地狱食肉魔的牙齿咬在它的后颈上,咬出了一根人指粗的大血管。地狱食肉魔退后而去,看家藏獒的首领脖子上发出一声噷响,仿佛一根琴弦砰然断裂,一股血柱悲愤地滋向了天空。

乌鸦一片,秃鹫一片,争食啄肉的声音响成一气。没等到看家藏獒的首领彻底咽气,也没等到已经现身的红额斑狼群走到跟前来,勒格红卫就带着地狱食肉魔离开那里,朝东而去。勒格红卫知道东边的草原牧家多,牧家多藏獒就多,他要带着地狱食肉魔一路扫荡过去,然后走向西结古寺,咬死那些寺院狗以后,再去挑战冈日森格和领地狗群。

就像红额斑头狼想到的,白兰狼群并没有听从对方的警告回到白兰草原去,回去就没面子了,狼群就该怀疑它的领导能力,就该有潜在的野心家出来聚众造反了。

黑命主狼王带着狼群来到一座高冈上,四下里眺望着,望到了几顶草浪中漂流的帐房,听到了几声藏獒的叫声,一个报复红额斑狼群的主意便悄然而生:去有人家的地方偷袭畜群,然后一走了之,嫁祸于人们熟悉的红额斑头狼的狼群。

黑命主狼王立刻带领狼群奔向了索朗旺堆生产队,刚刚失去了八只看家大藏獒,没有什么能够威胁和阻挡狼群的撕咬,帐房周围的牲畜遭到了空前残酷的洗劫,一百多只羊瞬间死亡。

一场痛快到无法形容的洗劫之后,白兰狼群飞身而去。它们跑向了勒格红卫和地狱食肉魔前去的地方,跑向了桑杰康珠骑着青花母马前去的地方,跑向了红额斑狼群前去的地方。黑命主狼王准确地估计到:前面还有痛快的洗劫等待着它们。

草原上出现了四股敌对的力量朝着同一个方向运动的情形。最前面是勒格红卫带着地狱食肉魔,见牧家就去,见藏獒就咬,一路风卷残云。接着是桑杰康珠的路过,她见了被地狱食肉魔咬死的藏獒总是惊叫一声,然后诅咒,然后发誓:一定要杀了勒格红卫和地狱食肉魔。下来又是红额斑狼群的靠近,它们潮水一般涌荡过去,当着伤心痛哭的牧家的面,把死去的藏獒吞食一净,然后又去快速追踪地狱食肉魔。最后是白兰狼群的到来,它们知道这里已经没有了藏獒,胆子大得就像回到了自己家里,肆无忌惮地冲向羊群和牛群,不吃光咬,咬死拉倒,血色的洗劫染红了草原,也染红了它们自己。

四股力量的同方向运动突然停止了,因为勒格红卫带着地狱食肉魔走向了碉房山上的西结古寺。

西结古寺里,腥风吹来,血雨淋头,地狱食肉魔面对十六只寺院狗的打斗突然爆发了。

红额斑头狼没有带着狼群跟到西结古寺,对狼群来说,碉房山是绝对不能上的,它们从来不上,因为它们和人类一样,从灵魂深处敬畏西结古寺的神圣和庄严。

红额斑头狼回头看了看远处,白兰狼群就在地平线的那边。红额斑头狼带着狼群冲了过去,一眨眼的工夫,白兰狼群便成了一个狼狈逃跑的集体。红额斑狼群以数倍于对方的实力,很快把追撵演绎成了杀伐,当三具狼尸成为侵入他人领地的惩罚时,白兰狼群的逃跑就变成了抱头鼠窜。

但红额斑头狼仍然是克制的,它们只咬死了三匹白兰狼,然后就不咬了,也不追了,只是不停地嗥叫以示恐吓。

白兰狼群逃跑的前方有父亲的寄宿学校。

20　格萨尔宝剑之　东结古入侵

心急火燎的父亲到了跟前才知道,新来到藏巴拉索罗神宫前的,既不是多猕骑手和多猕藏獒,也不是勒格和他的地狱食肉魔,而是东结古草原的骑手和领地狗群。不用说,他们也是来争抢麦书记和藏巴拉索罗。

现在,东结古草原、上阿妈草原、下阿妈草原和多猕草原的人和狗都来了,等待着冈日森格和西结古的领地狗群只有伤残和死亡。

父亲拉着大黑马走到了三军对垒的中间,那片三十米见方的打斗场边缘。和西结古领地狗对阵的已经不是失去了獒王的上阿妈领地狗,而是骄纵专横的东结古领地狗。现在,两只黑獒正在撕咬,和东结古黑獒战斗的是西结古的两年龄的黑獒当周。双方的嘴上、腰上都有血迹,比较起来,当周的伤痕重一些、血迹多一些。

父亲重重地叹气道:"打什么呀,打什么呀,你们之间有什么仇哇!"看当周又被咬了一口,父亲又吆喝起来:"当周你就认输吧,不要再打了,赶紧给我回来,都伤成这样了,还打什么。"

当周听到了父亲的呼唤,禁不住扭头张望,反应敏捷的东结古黑獒趁着这个机会扑了过来,一口咬住了当周的脖子。父亲又喊了几声,看喊不开东结古黑獒的利牙,丢开大黑马的缰绳跑了过去。

父亲违规了,在西结古的人和藏獒看来,他是要去掰开东结古黑獒的利牙,救当周一命的,但在东结古的人和藏獒看来,他是要帮着当周打斗,直接威胁到东结古黑獒的安全。东结古黑獒毫不犹豫地丢开已经躺倒在地的当周,朝着父亲扑过来。

观战的西结古骑手和藏獒一阵惊呼。他们看到了父亲的危险,却来不及扑过去解救。只有一只藏獒没有惊呼,那就是冈日森格。它在父亲冲着打斗的双方喊出第一声的时候,就感觉到了父亲的危险。它了解自己的恩人,它悄悄守候在了父亲身边。现在,它闪电般地超过父亲,向着东结古黑獒迎击而去。

冈日森格没有龇出利牙,只是用自己虽然受伤却依然坚硬的额头撞翻了东结古黑獒,然后刹住脚步,横过身子来,用自己的伟硕挡住了父亲和被父亲扶起来的当周。

父亲回过身去,朝着东结古骑手喊道:"对不起了,我们输了,我们不是三个打一个,而是输了,当周输了,我输了,冈日森格也输了,藏巴拉索罗归你们啦,拿走吧,快拿走吧,不要再让藏獒们你死我活了。"父亲无意中把自己也当成了参与打斗的一只藏獒,诚恳地表示了歉意。东结古骑手的头颜帕嘉、一个在盘起的发辫中掺杂着黑色牦牛尾巴和红缨穗的汉子说:"你是谁?你说话算数吗?麦书记在哪里?藏巴拉索罗在哪里?"父亲无言以对,拉扯着当周和冈日森格回到了领地狗群里。

接着还是打斗。西结古领地狗中出场的是一只身量不大却十分狰狞的白腿公獒。父亲顾不上观看打斗,用大黑马驮着脖子上血流不止的当周,快步走向了寄宿学校。

这之后,父亲又连续四趟驮回了四只受伤的藏獒,两只是西结古的领地狗,两只是东结古的领地狗,都是重伤,都需要很多内服的"七泪寒水丹"和外敷的"十六持命"。藏医喇嘛尕宇陀打开药囊给父亲看:"没有药了,真的没有了,再有就是'晶珠三摩'、'五琼麝香粉',药力差远了。"

父亲擦着满头的汗,一屁股坐到地上,盯着身边的大格列看了一会儿,摇摇头说:"大格列,大格列,你还疼吗?"大格列的回答是眨巴了一下眼睛,仿佛说:我行啊,我只要能听到你的声音就能忍受了。

父亲起身把所有受伤的藏獒看了一遍,大声说:"药王喇嘛尕宇陀,这里就交给你了,你看好这些藏獒,也看好孩子们。"然后转身朝向帐房喊道,"秋加,秋加。"秋加探出了帐房。父亲说:"今天不学习了,你带同学们过来,给大格列说说话,给所有的藏獒说说话,说说话它们就不疼了。"

秋加跑了过来,问道:"外来的藏獒咬死了我们的藏獒,也给它们说话吗?"父亲说:"当然了。"秋加又问:"给外来的藏獒说什么话?"父亲说:"你就说,你们快快好起来,你们别打架啦,人的话有时候要听,有时候不能听,你们要分清好坏,天下藏獒一家亲,都是一个老祖宗,光会打架、六亲不认的不是好藏獒。就这些,说吧。"秋加又问:"它们不听人的话,听谁的话?"父亲说:"你啰唆。"

父亲走向大黑马,喊了一声:"美旺雄怒,快跟我走。"

赭石一样通体焰火的美旺雄怒在前面带出了一条没有旱獭洞、鼠兔窝的路,浑身是汗的大黑马驮着父亲快步走着,涉过野驴河,走向碉房山。美旺雄怒忽然停下来,朝着山上的空气忽忽地嗅着,转身朝自己跑来,一跃而起,把湿漉漉的舌头舔在了父亲脸上。腾地落到地上,朝前一扑,又戛然停住,朝着父亲身后的原野狂吼乱叫起来。

父亲转过身去,抬头眺望,什么也没有看到。而美旺雄怒却狂奔而去,好像威胁就在前面,为了父亲的安全,它要去战斗了。但是它并没有跑远,很快又回来,狂躁不安地转着圈,似乎心中茫然。

父亲一阵紧张,他从来没见过美旺雄怒这样。父亲打着冷战,拉紧了马,赶快朝碉房山上走去。火焰红的美旺雄怒咆哮着,在他的后面保护着他,突然又跑到了前面,冲着山顶上的西结古寺"呜呜呜"地叫,再"嗷嗷嗷"地叫,又"咦咦咦"地叫。是哭声。父亲听明白了,美旺雄怒发出的是藏獒在极端震惊之后大悲大恸的哭声。父亲停下脚步,仰望着西结古寺,脑子里轰地一下,差一点跌倒在地。

21 多吉来吧之情死

面对多吉来吧"你停下"的吼叫,黄色公狗没有理睬,它先一步跟着主人来到了这个旅馆,就认为这是它的地盘,怎么可能听从后来者的吆喝呢?更要紧的是它内心涌荡着无尽的嫉妒:自己的母狗居然叫着喊着扑向了一只看上去比自己还要伟岸健硕的雄性藏獒,尽管去撕咬对方的,但撕咬不过是一种试探,一旦发现这只邂逅的雄种比它现在的丈夫更加刚猛勇敢、见异思迁不是今天就是明天。公狗扑跳而起,带着一股罡风,把燃烧的妒火喷了多吉来吧一脸一身。

　　多吉来吧躲开了。面对黄色公狗的肆意挑战,多吉来吧本来并不打算交手。为了草原,为了那不祥的人臊,它必须要逃走,哪怕狼狈不堪大失风度。

　　但是多吉来吧没想到,黄色公狗扑咬落空,突然回过身去,再次咬了母狗一口。母狗更加惨烈地叫着,叫声一下子拽住了多吉来吧的脚步,也引发黄色公狗对多吉来吧的第二次进攻。这一次,多吉来吧不想回避躲闪了,一只偌大的公狗胆敢在它面前欺负一只母狗,就算这母狗是公狗的妻子,也会激起它贮满血管的刚直不阿和凛然正气。它顿时忘了自己目标,迎扑而上,在躲闪对方利牙的同时也亮出了自己的利牙。只见白光闪亮,"哧啦"一声响,皮肉开裂了,鲜血哗地飞溅而起,染透了清白的空气。

　　"老天爷,我的黄狗是我见过的最大最猛的狗,怎么让它三下五除二就咬死了。这条大藏狗,哪里来的?"有人大声说。多吉来吧这才看到几个骡马帮的人站在五十米远的地方,惊恐失色地望着它。它冲他们威胁地叫了一声,看到母狗汪汪叫着扑了过来,赶紧转身离开。

　　黄色母狗扑过来,环绕着死去的丈夫转了一圈,然后朝着多吉来吧紧追不舍。它的主人在后面喊它:"回来,你要去送死吗?"母狗不听主人的,它似乎只想着为丈夫报仇而忘了自己的安危。但是追着追着母狗的叫声就变了,当它追出主人的眼界,来到一片水泽的滩头后,那声音就不再是叱骂而纯粹是一种代表性别的喊叫了。多吉来吧听得懂这样的声音。它停了下来,看到母狗张开前肢扑了过来,就赶紧低下头,只把肩膀亮给了对方。

　　黄色母狗扑到了多吉来吧身上,啃了一口,又啃了一口,然后翘起尾巴,匍匐到它的眼皮底下,把满嘴的唾液用舌头撩到了它的脸上,似乎是说:你看呀,看我呀。多吉来吧看了一眼,看到母狗眼里的柔光就像野驴河的水,亲切而温暖,看到它的嘴角流淌着白沫、它的鼻头潮润得就要滴水,就本能地摇了摇尾巴,伸出舌头想舔又没有舔,不无生硬地扭歪了脖子,转身走开了。

　　它不喜欢这样一只母狗,刚才还是它人之妻,一转身就要对咬死丈夫的敌手表示钟情。而藏獒是不会这样的,不管公的还是母的,性格里都没有背叛,没有随风转舵,它们的忠诚一半体现于舍命相救,一半体现于舍命复仇。多吉来吧鼻子里呼呼地响,好像是说:不能给亲人复仇的狗啊,你算什么。它冷淡着母狗,找了一个干燥点的地方卧下,看都不看它一眼。母狗失望地瞅着它,把高高翘起的尾巴放下来,号哭似的叫了几声,小跑着离开了那里。

　　黄色母狗很快又回来了,叼着半个烙饼放在了多吉来吧面前。多吉来吧把吐出来的舌头缩进去,嫌弃地扭转头,闭上了眼睛。它知道母狗想干什么,而它要做的就是让母狗明白:狗和狗是不一样的,对一只藏獒来说,包括爱情在内的任何一种朝三暮四都意味着自杀。

　　但母狗没有轻易放弃。这天晚上,它没有回到旅馆的院子里,而是待在水泽的滩头一直陪伴着多吉来吧。它醒来的时候总要蹭过去靠在了多吉来吧身上,多吉来吧总是躲开。

　　天亮了,母狗的主人骑着马过来吆喝。母狗起身跑了过去,突然又停下,回头深情地望着多吉来吧,激切地呼唤着:走啊,走啊,跟我走啊。多吉来吧对它的呼唤嗤之以鼻,干脆朝着相反的方向走去。母狗用尖锐而细致的喊声表达着自己的失望,无可奈何地离开了多吉来吧。

多吉来吧看着远去的黄色母狗,也看着背着枪的母狗的主人和他胯下的马,那马是备好了鞍鞯、搭好了褡裢的,这是上路的信息,它是知道的。多吉来吧悄悄地跟了过去,还是最初的那种想法:虽然马们要去的是别处的草原,但草原连接着草原,只要是草原,就总会靠近西结古草原。

整整一天,骒马帮的人也没有发现多吉来吧。多吉来吧用不着看见他们,就凭着他们随风而来的味道,准确无误地跟踪着。路两边是荒地和农田,远方是村庄和山脉,草原迟迟不出现,而黄昏却不期而至。风大了,方向也变了。

骒马帮的人停下来准备扎营休息。黄色母狗突然闻到了一公里之外多吉来吧的味道,兴奋得上蹿下跳。主人看了看母狗,丢给它半个烙饼。母狗叼了起来,绕到了主人后面,以为主人看不见自己,转身就走。

风向一变,多吉来吧就加快了脚步。它怕失去跟踪的目标,没想到跟踪的目标却主动来找它。母狗一出现,它就停了下来,知道前面的人和马已经扎营休息,它也就不怎么着急了。闻了一夜又一天母狗的味道,已经熟悉了,算是朋友了。多吉来吧一动不动地站着,允许母狗在自己身上又舔又蹭,甚至让心急意切的母狗爬上了自己的脊背。但它自己却不做任何回应的动作,也不吃母狗送它的烙饼,忍受了一会儿母狗的亲昵,就跑进路边的荒地捉野兔去了。

这个地方有很多野兔,多吉来吧靠着灵敏的嗅觉和快捷的速度,毫不费力地抓到了两只,一只给了黄色母狗,算是对母狗的报答——尽管它并没有吃母狗给它的烙饼。母狗很馋肉,却不知道如何吞掉一只鲜血淋淋的野兔,盯着多吉来吧学了半天也没有学会。多吉来吧就帮它撕开了肚子,割开了胸腔,用示范的动作告诉它:要是你不能消化那些皮毛,你就最好从里面往外吃,我们的小藏獒就是这样吃野物的。母狗吃起来,刚吃了两口。就听多吉来吧凶巴巴地叫了一声。

多吉来吧发现了那几个人,他们藏在十多米远的青稞地里朝这边快速移动着。它警惕地瞪视着,随时准备扑过去。母狗呆住了,站在多吉来吧身边不知道如何好。母狗的主人突然钻出青稞地,朝着多吉来吧甩出了临时制作的套马索。多吉来吧有点犹豫,想躲开飞过来的绳套,又觉得绳套没什么可怕的,为什么不能扑上去咬断它?但没想到一瞬间的犹豫让它既失去了躲开的机会,也失去了咬断的可能,绳套以无可预料的速度和准确飞过来,扫过了它蓬松的头毛。只听"噗"的一声响,绳套稳稳地套住了脖子,接着就是嗷嗷地叫声。

黄色母狗的主人沮丧地喊了声:"怎么套住的是它呀?"马上又明白是自己的母狗主动钻进了绳套,母狗见识过主人使用套马索的身手,知道多吉来吧在劫难逃,就提前跳起来,扑向了绳套。母狗的主人疾步过来,疯了似的用绳索抽打母狗。多吉来吧愣了片刻,才意识到是母狗救了它,跳起来,扑了过去,突然从气味中感觉到这个抽打母狗的人就是母狗的主人,赶紧收回龇出的利牙,闭上嘴巴,只用额头撞开了他,然后用牙和爪子撕扯着绳套,直到绳套从母狗脖子上脱落。母狗的主人稳住自己,冲它们吼道:"都知道联合起来对付我了,我打死你们。"说着,从背上取下枪,拉开枪栓,"哗啦"一声让子弹上了膛。

母狗转身就跑,它比谁都了解主人的枪法,跑出去十米,看到主人已经举枪瞄准,而多吉来吧却还在原地咆哮,又转身跑回来,用头顶着多吉来吧,告诉它赶快逃跑。多吉来吧还是不跑,它不是不知道枪的厉害,而是发现对方瞄准的并不是自己,而是抢先逃跑的母狗。它用自己庞大的身躯堵住了母狗,然后用更加刚硬坚执的声音威胁着母狗的主人。母狗的主人移动着枪口,对准了多吉来吧的大嘴,扣住扳机的食指轻轻地收缩着。

黄色母狗知道枪声就要响起来,尖叫一声,扑向了主人,又意识到绝对不可以这样,慌忙回身扑在了多吉来吧头上。母狗的主人吃惊地"哎呀"一声,抬高枪口,扣动了扳机。枪响了,一瞬间母狗倒在了地上。多吉来吧看了母狗一眼,仇恨地狂吼着,扑向了母狗的主人,正要把牙刀刺向握枪的手,就听母狗在身后喊叫起来,扭头一看,发现母狗又站起来了,而且是又蹦又跳的。多吉来吧放过了母狗的主人,来到母狗面前,吃惊地用前爪捣了捣它,像是说:原来你没有被打死啊? 又感激地舔了一下对方的鼻子,告诉它:我记住了,你救了我两次。一次你钻进了套我的绳套,一次你挡住了射我的枪弹。

母狗的主人端着枪后退着,退进了其实对他并没有保护作用的青稞地,这才对其他人说:"它们两个好上了,不用抓,也不用打,只要大藏狗跟着母狗,它就是我们的。"有人说:"就害怕母狗跟着大藏狗走掉。"母狗的主人说:"你天天喂它们,它们能走掉? 没有喂不熟的狗。"

以后的几天里,多吉来吧一直跟着骡马帮往西走。一路上它和他们总是保持着一定的距离,但又不会消失到看不见的地方。让母狗的主人担忧的是,多吉来吧从来不吃他们的东西,不管是他们丢给它的,还是母狗叼给它的,不管是烙饼,还是肉,它只吃自己打来的野食。母狗的主人说:"这个大藏狗,它好像不想欠我们的。"有人说:"它走就走,只要让母狗怀上狗娃就成,它是多好的种公狗啊,万里挑一。"母狗的主人说:"我要的不光是狗娃,我还要它,我不会让它走的,它走我就一枪打死它。"

黄色母狗大部分时间和多吉来吧待在一起,它的百般缠绵说明发情期已经到了,多吉来吧忍受着它的缠绵,却不表示丝毫雄性的爱意。母狗急得咬它,它也忍受着。母狗知道它内心的防线比自己想象得还要坚固,就止不住伤心地哭了。

黄色母狗的哭声就像草原冬季风雪的号叫,一阵阵响起在夜晚的田野里。当多吉来吧闭上眼睛朦胧睡去的时候,那"风雪的号叫"竟会亲切而有力地勾起它对故乡的感情,让它恍然觉得回到了西结古草原,看到了暖雪中走来的主人汉扎西和妻子大黑獒果日,看到了人臊散尽、危难解除后大雪原的宁静。每当这个时候,它就会站起来,走向哭号的母狗,安慰地嗅嗅它的鼻子、舔舔它的眼泪。母狗不哭了,撒娇地依偎在它身上,用自己炽热的鼻息继续它母性的妩媚和引诱。多吉来吧一看母狗停止了哭号,就会理智地走开,在一个不即不离的地方卧下来睡觉,于是母狗就又会哭起来。多吉来吧让母狗依偎着自己,痴迷地听着它的哭声,沉浸在草原冬季风雪的号叫中,禁不住流出了深情的眼泪。母狗的哭号更让想起自己的身份:它是大黑獒果日的丈夫,不是任何其他母狗的丈夫。它有的是情有的是爱,却不能胡乱给予,藏獒的天性是本分的,不是滥情而脚踩两只船的。

　　黄色母狗绝望了。它不再用哭声乞求,而是不吃不喝,趴在地上就像死了一样。多吉来吧走过去嗅它,舔它,安慰它。它无精打采地闭着眼睛,似乎连看一眼多吉来吧的力气也没有了。正好骡马帮来到了一个小镇,需要补充给养,第二天没有上路,母狗就一直趴着。主人从扎营在路边的帐篷里走出来踢它,呵斥它,它也不理不睬。母狗的主人冲着多吉来吧喊道:"你看你看,都是你,你是不是一只公狗啊?"多吉来吧来到母狗跟前,歉疚地舔着它,舔着舔着,就啪嗒啪嗒滴下了眼泪。

　　多吉来吧流了许多泪,它预感到自己跟随骡马帮的日子很可能已经结束,它就要离开两次勇敢救命的母狗了。它看到了一匹真正的草原马,那不是~匹驮运的马,更不是一匹耕地的马,那是一匹用来骑乘奔走的马。草原马拴在一百多米外一根竖起的木头上,木头后边是一座两层的大房子,有高高的台阶和华丽的门窗,那些门窗多像西结古草原石头碉房上的门窗啊!多吉来吧相信草原马去的地方一定比骡马帮去的地方更接近西结古草原。

　　有人从大房子里走出来,站到了草原马身边。多吉来吧惊呆了,没想到马的主人是个戴着高筒毡帽、穿着紫褐色毪氇袍、一脸黝黑的藏民。它喜出望外地叫了几声,跑了过去,眼睛里流露着湿汪汪的激动,终于见到藏民了,尽管不是西结古草原的藏民,但它本能地意识到自己正在靠近那已经离开一年的、那在万般思念中想要回去的西结古草原。遥远的仿佛已经不再遥远了。

　　神志不清地趴在地上就要死去的黄色母狗突然站了起来,它看着多吉来吧跑向藏民的背影,像草原冬季的风雪那样哭号起来。哭号就像刀子飞翔,是那样的撕心裂肺。多吉来吧愣住了,营帐前骡马帮的人也都愣住了。母狗的主人说:"真想打死它,它会把母狗折磨死的。"有人说:"要打就趁早打,它是藏狗,小心它跟着藏民跑了。"母狗的主人说:"拿枪来。"

　　母狗的哭号越来越凄惨悲苦,那是一种无形的力量,足可以让多吉来吧发呆。多吉来吧走向了黄色母狗,踢了踢母狗,闻了闻母狗,舔了舔母狗,然后就翘起前肢,紧紧拥抱了母狗。母狗不哭了,激动地呻吟着。

　　母狗终于安静地卧了下来。

　　多吉来吧跑到竖起的木头跟前,闻了闻地上天上,草原马带来的草原的清香、藏民遗留的酥油的鲜香,都还是浓浓的、浓浓的。它朝着藏民骑马离开的地方跑去。母狗"汪汪汪"地叫起来。不是哭号,是充满了惜别的伤恸。多吉来吧停下了,回头望着母狗,突然又跑了回来。

　　大家都看出多吉来吧是前来告别的。黄色母狗看出来了,轻轻地叫着,轻轻地哭着。营帐前骡马帮的人也表情复杂地望了望母狗的主人。母狗的主人说:"只要大藏狗离开,我就开枪。"说着推弹上膛。多吉来吧专注于母狗,全部心思都放在告别上。它按照藏獒的习惯用碰鼻子的方式一再地表达着自己的心情,然后在母狗的哭声中,毅然转身。

　　多吉来吧真的走了,黄色母狗哭着送别它。母狗透过朦胧的泪罩望主人,看到黑洞洞的枪口正在眨巴着诡谲的眼睛,看到主人在屏住呼吸.,扣动扳机。它跳了起来,毫不犹豫地扑向了这只它一见钟情的雄伟壮丽的藏獒,扑向了带给它爱情和满足、带给它传宗接代机会的多吉来吧。枪响了,子弹打在了母狗的头上.母狗仆倒在地,血在抽搐中涌动。美丽的黄色母狗,在满足了爱情之后,勇敢地死去了。母狗的主人怪叫一声:"老天爷,我的母狗怎么会去救它?"

多吉来吧回过身来,惊愕地看着黄色母狗,好像不相信母狗会死去。闻着,舔着,终于明白母狗在第三次挽救了它的生命之后无可挽回地献出了自己的生命。多吉来吧止不住悲泪盈眶,开始是无声的,然后是有声的,就像母狗的哭声一样,挟带着草原冬季风雪的号叫。它又甩掉了眼泪,扭头咆哮着扑向了母狗的主人。

骒马帮所有的人都四散而逃,只把母狗的主人留给了多吉来吧。多吉来吧扑上去,一爪打掉步枪,咬烂了母狗的主人的手,然后扑倒他,把嘴贴到了他的喉咙上。它蓦然想起他是母狗的主人,就把龇出去的牙刀又缩了回来,只是冲着他的脸狂叫一声,溅了他一嘴稠乎乎的唾液。它松开了母狗的主人,再次回到母狗身边,卧下来,挨着母狗的身子,呜呜地哭着,哭着。

多吉来吧哭了很长时间,它知道在自己专心哭泣的时候,那杆枪会再次瞄准它,但是它不怕,它不怕的是子弹,更不怕的是死亡。但是,子弹却再也没有射过来。黄色母狗的主人仿佛被母狗的壮烈所感动,放弃了打死多吉来吧的打算。

黄昏的时候,多吉来吧看到骒马帮的人起营离开了,他们穿过了小镇的街道,走进了燃烧的西天,顿时就被晚霞烧化了。多吉来吧站了起来,在许多人的瞩望中,一步三回头地望着死去的恩狗,恋恋不舍地走了。

22　地狱食肉魔之一击毙命

勒格红卫带着地狱食肉魔一走上碉房山,十六只伟岸的寺院狗就严阵以待地出现在了半山腰。它们的身后,五百米之外,是巍峨的嘛呢石经墙。这是西结古草原最古老的石经墙,是西结古寺用真言堆积起来的吉祥照壁。勒格红卫丢开马缰绳,跪在地上,朝嘛呢石经墙磕了一个头,在心里默默祷祝着:

"伟大光明的吉祥天母、威武秘密主、怖畏金刚、猛厉诅咒众神、女鬼差遣众神,你们都是神圣的"大遍入"法门的本尊神,又是西结古寺和寺院狗的保护神,请你们主持公道,不要偏向任何一方。如果我的藏獒咬死了所有的寺院狗,请把这胜利看做是我的本尊神也就是你们自己的胜利,请把勇敢和好运赐给我和我的藏獒,请不要把惩罚降临我和我的藏獒。"

十六只寺院狗"轰轰轰"地吼叫着,警告地狱食肉魔不要靠近。地狱食肉魔眼睛眯眯笑着,鼻翼上挂着和善与慈祥,就像老牛拉犁一样,低伏着脖子,"呼哧呼哧"点着头。走到了离寺院狗只有三米远的地方,也还是"呼哧呼哧"点着头。

寺院狗们不认为它这是来进攻的,都还昂扬起身姿继续着警告:回去,回去,快回去。地狱食肉魔眼珠子转了一下,似乎把面前所有蠕动的喉咙都瞄了一遍,然后哗地睁大眼睛,身子一侧,选择一条偏斜的路线,扑了过去。十六只寺院狗凹凹凸凸站成一排,离地狱食肉魔最近的是中间那只藏獒,而地狱食肉魔却把首扑的目标定在了离它最远的那只四眼藏獒上。四眼藏獒伸长脖子看着中间,心说打还是不打? 打也轮不着它。它和大家都明白,打斗的时候,没有谁会在乎最远的目标。但是地狱食肉魔就在大家的常识之外开始了进攻,只见一道黑电闪耀,"啪嚓"一声响,骨头断裂了,是喉咙上脆骨的断裂,四眼藏獒并没有感觉到疼痛,就倒在了地上。它迅速站起,眨巴了几下眼睛,才意识到自己受到了攻击,跳起来就要扑过去,却只是做出了一个扑咬的样子,接着就趴下了,再也没有起来。

一击毙命。

立马就是血雨腥风了,嘛呢石经墙前,所有的寺院狗都停止了吼叫,当警告和震慑已经失去意义,剩下的就是默默打斗,伟大的藏獒都是要默默打斗。

地狱食肉魔又扑向了离四眼藏獒最近的那只老黑獒。老黑獒正在吃惊地关注着四眼藏獒的生死,地狱食肉魔便扑向了它的喉咙。喉咙就像从里面爆炸了一样,"砰"的一声,直接裂出了一个喷血的黑洞。老黑獒惨叫着,却没有发出声音来,声音全部从声带下面溜到体外去了。再次一击毙命。地狱食肉魔几乎没有停顿,就开始了第三次扑咬。这一次它本该扑向离它最近的死者老黑獒身边的那只枣红藏獒,但是它没有,它从排成一排的寺院狗这头,越过枣红藏獒跑向了那头,忽然折反。紧张的枣红藏獒刚松懈下来,地狱食肉魔的扑咬就倏忽而至,牙刀挑断喉管的速度快得都来不及紧张和悲哀。也是一击毙命。这时桑杰康珠赶到了,跺脚骂道:"寺院狗是佛爷的宝,你把佛宝咬死了,勒格你没有好下场,你来世是一匹狼。"

勒格红卫说:"就是它们把我撵出了西结古寺。"

桑杰康珠说:"可是寺院狗并没有咬死你。"

勒格红卫说:"草原上最坏的反动派,它们让我失去了'大鹏血神'。"

三只藏獒已经死去,不能再让地狱食肉魔主动进攻了。一只铁包金藏獒四腿一扬,扑了过去。地狱食肉魔迎扑而上,不躲不闪,直刺喉咙。还是一击毙命。桑杰康珠抽出自己的藏刀,用刀尖指着勒格红卫骂起来:

"勒格你听着,你说你的藏獒死了,活该;你说你的狼死了,也活该;你说你的明妃死了,更活该;你说你的'大鹏血神'死了,活该,活该,活该!你说是西结古的藏獒咬死了他们,可是西结古的藏獒怎么没有咬死你啊?你这匹恶狼!"

勒格红卫瞪着她,一言不发。

桑杰康珠跨前一步,把刀尖逼到了他的鼻子上:"不要咬了,你给我停住,停住。"

勒格红卫抬手挡开藏刀,冷冷地说:"'大遍入'法门不允许我有任何针对人的暴力,我既有咬杀所有西结古藏獒的誓言,也有不咬杀任何一个人的誓言。"

一男一女用坚硬的眼光对峙着。桑杰康珠知道自己不可能阻止这场屠杀,收起藏刀,转身就走,心里喊着:丹增活佛,你躲到哪里去了,快出来管一管。

扑咬继续着,又是几个一击毙命之后,转眼就剩下了最后一只寺院狗。

这是一只棕红色的藏獒。它哭着,走向每一个猝然死去的同伴,把眼泪滴落在它们.的眼睛上,它希望不管是睁着的眼睛,还是闭着的眼睛,都是跟它一起流泪的眼睛。

地狱食肉魔似乎想留下最后一只寺院狗的性命,滴沥着嘴里的血水,肌肉松弛地坐了下来。勒格红卫疾步过去,狠踢了棕红色藏獒一脚,恶毒地说:"你怎么还没死?你到底死不死?"棕红色藏獒转身就咬,它不知道这是勒格红卫的计谋,是对地狱食肉魔杀性的引诱。

地狱食肉魔扑过去,这是最后的一击毙命。

十六只龙吟虎啸的寺院狗就这样被地狱食肉魔咬死了。勒格红卫跪下来,朝五百米之外的嘛呢石经墙磕了一个头,再次在心里默默祷祝着:"伟大光明的吉祥天母、威武秘密主、怖畏金刚、猛厉诅咒众神、女鬼差遣众神,我的神圣的'大遍入'法门的本尊神啊,你们今天主持了公道,你们把勇敢无畏和一击毙命的好运赐给了我和我的藏獒,我们的胜利就是你们的胜利,请继续保佑我们,不要把惩罚降临给我们。"

地狱食肉魔声音壮猛地吼起来,像是对西结古寺的告别。勒格红卫牵上自己的马,下了碉房山,沿着野驴河,朝开阔的下游草场走去。那儿是牛羊的天堂,有不少看家的和牧羊的藏獒,咬死了它们,野驴河流域就没有多少家养的藏獒了,剩下的就只是冈日森格和它的领地狗群。

桑杰康珠没找到丹增活佛,只在护法神殿找到了铁棒喇嘛藏扎西。藏扎西风快地跑来,看到十六只寺院狗的遗体,又是捶胸又是咬牙。看着勒格红卫一行的背影,追了几步,意识到自己赤手空拳,又回到护法神殿,拿起供奉在护法神吉祥天母前的执法铁棒。跨出门槛时,一个跟头栽倒在地,铁棒甩出去老远。他爬起来,心说门槛怎么会绊住自己呢? 分明是神意啊.神意告诉自己:不能追,追上去又有什么用呢? 倒下的藏獒是不能死而复生的。尤其重要的是,他想起了丹增活佛的叮嘱:"可能有恶魔前来屠杀,这是不可避免的。我们是佛法僧三宝的守护者,能吃亏就吃亏,要忍啊,佛门就是忍,最重要的是保护好寺院,保护好麦书记和藏巴拉索罗。"

藏扎西悲哀地想,还会有许多西结古藏獒死去,死去的藏獒里,会不会有獒王冈日森格?

满心希望铁棒喇嘛藏扎西有所作为的桑杰康珠站在护法神殿的台阶下喊起来:"可怜的西结古藏獒没有人管了,连喇嘛也不管了。这是怎么回事啊?"她看看天,朝更深的地方看看天,天还是原来的天,怎么所有的事情都面目全非? 桑杰康珠咬了咬牙,在半山腰的屠杀现场找到自己的青花母马,寻着勒格红卫和地狱食肉魔的踪影,急速追去。

23　格萨尔宝剑之丹增活佛

在美旺雄怒大悲大劫的哭声引导下,父亲来到了西结古寺,寺里一片沉寂,没有狗叫,没有人声,甚至也没有风的脚步声。没有金刚铃的清响,连念经咒语都消失了。佛尊们默默地哭着,喇嘛们默默地哭着,一串串酥油灯就像一串串晶莹的眼泪,哀痛地闪烁着。谁说西结古寺里都是些淡漠于俗情、超脱于生死的人和神,死亡发生的时候,他们照样会悲伤。

父亲号啕大哭。铁棒喇嘛藏扎西说:"汉扎西你不要悲伤,它们是走向了来世,来世都是好日子。"他安慰着父亲,自己却悲伤难抑地转过脸去,揩了一把水淋淋的眼睛。

父亲拍了拍美旺雄怒的头,又说,"走吧,走吧,我们找丹增活佛去,佛门越忍,世界越乱,都到这种时候了,他为什么还不出面?"说罢,朝着双身佛雅布尤姆殿走去,他知道雅布尤姆殿是丹增活佛最喜欢待的地方。

藏扎西跟过来,小声告诉父亲:"你见不到丹增活佛,他躲起来了。"父亲问躲到哪里去了,藏扎西不说。父亲想,还能躲到哪里,不就是昂拉雪山里的密灵谷密灵洞吗?

当父亲骑着大黑马,带着美旺雄怒,走进昂拉雪山,来到密灵谷里的密灵洞时,那里根本没有居住人的迹象,只有一窝狼。在洞口平台上玩耍的狼崽一见他们就跑进洞里去了。一匹母狼冲出来声嘶力竭地嗥叫着,大概是通知远去觅食的公狼赶快来保护它们。美旺雄怒就要扑上去撕咬,被父亲厉声喝止住了。他说:"现在都忙着人整人、狗咬狗了,怎么还能顾得上和狼打斗,赶紧回啊美旺雄怒。"

父亲和美旺雄怒疲惫不堪地走出昂拉雪山,走向了寄宿学校。他担心骑在马上会犯困摔下来,就一直牵着马。可走着走着,身子就重了,双腿也软得迈不动了。他歪倒在地上,告诉自己休息一小会儿就走,眼睛一闭就睡死过去。大黑马卧了下来,美旺雄怒也卧了下来,它们一左一右守护着夜色中睡倒在旷野里的父亲。

父亲醒来时天还没有亮,朝着满天的星星眨巴了一下眼睛,忽地坐起来,吃惊得浑身一抖:怎么除了大黑马和美旺雄怒,还有一个黑影?恍惚中以为来了地狱食肉魔,"哎哟"一声,扑向大黑马。刚拽住大黑马的缰绳,父亲就看清了:那是一个人,是一个盘腿打坐、轻声念经的人。父亲走过去,"扑通"一声跪下:"哎哟丹增活佛,你怎么在这里?"

丹增活佛说:"我看见你在找我,我就来找你了。"父亲说:"你在什么地方看见我了?"丹增活佛说:"在密灵谷的密灵'洞里。"父亲说:"不对啊,密灵洞里住着一窝狼。"丹增活佛说:"我就跟狼住在一起,我通过狼的眼睛看见了你,也看见了你的心。你希望我是一座冰山,化成水去浇灭燃烧的火焰;希望我是一堵长长的高高的嘛呢石经墙,隔离开人和人、藏獒和藏獒的争抢打斗。"父亲不断点着头。

丹增活佛说:"好吧,我听你的话,现在就跟你去,看一看我的祈祷和你的希望能不能变成现实。"父亲虔诚地磕了一个头说:"总是这样丹增活佛,在我想到你的时候,你就顺着我的心思走来了。"丹增活佛说:"这就是你的佛缘。你也是佛,对草原人和草原上的藏獒来说,你是一个不穿袈裟不念经的佛,是外来的菩萨,你做着我们没做到的事情,我还能躲在密灵洞里不出来吗?"

父亲拉起了丹增活佛。他们骑着各自的马,朝着藏巴拉索罗神宫走去。

父亲问道:"丹增活佛,麦书记真的把藏巴拉索罗交给了你吗?"丹增活佛不吭声。父亲又问:"为什么不能把藏巴拉索罗拿出来,分给这些利用藏獒争抢的人?"丹增活佛摇头说:"藏巴拉索罗是权力和吉祥,坏人得到了它,魔鬼就会泛滥,黑暗就会到来。"

丹增活佛看了看浅青色的东方天际,仿佛有了不祥的预感,皱起眉头,念了一句父亲听不懂的经咒,打马加快了脚步。

天正在放亮,好像首先是从打斗场亮起来的,朦胧中对峙的双方、休息了一夜的人和狗的眼睛,首先看到的,是躺在地上的五只藏獒,三只是东结古的,两只是西结古的,都死了。它们本来都没有死,只是被对方咬成了重伤,不能回到自己的领地狗群里去。但一夜没有人为它们止血,血就流尽了,性命也顺便流走了。死亡让黎明的到来和消失都加快了速度,人影和狗影、狰狞和残酷、藏巴拉索罗神宫和藏匿不出的麦书记的诱惑,一切都清晰起来,气氛立刻紧张了。

散散乱乱的上阿妈骑手和领地狗群朝一起聚拢着,一夜的平静之后,他们又显得精神抖擞了。新的獒王已经产生,是上阿妈骑手的头巴俄秋珠指定的,是一只身似铁塔的灰獒,有一对玉蓝色的眼睛,名字叫恩宝丹真,就是蓝色明王的意思。

东结古领地狗也都剑拔弩张,它们的獒王大金獒昭戈望着打斗场上死去的三只东结古藏獒,悲愤地夯起浑身的獒毛,从胸腔里发出阵阵呼噜声。

如果不是丹增活佛和父亲出现在地平线上,打斗已经开始了。

西结古骑手的头班玛多吉首先看到了从地平线上走来的丹增活佛和父亲以及赭石一样通体焰火的美旺雄怒,纵马跑了过去。他跳下马说:"回去吧丹增活佛这里不是你来的地方,现在已经不比从前了,他们不会听你的。"丹增活佛说:"我知道他们不会听我的,但是佛不能不存在,我来了,怙主菩萨就来了,汉扎西也就不会到处找我了。"

班玛多吉说:"你会引火烧身的,大家都知道,麦书记把藏巴拉索罗带到西结古寺交给了你。"丹增活佛说:"引火烧身好啊,那样就升天就涅槃了。"班玛多吉"啊"了一声:"活佛你怎么这么说?"

丹增活佛爬下马背,把缰绳交给了父亲,自己径直走向打斗场。

草原上的藏獒跟草原人一样,对穿着紫红袈裟的僧人充满了尊敬,更何况面前这位僧人还用一件达咯穆大披风证明了自己在喇嘛堆里的尊崇地位。藏獒们纷纷摇起了尾巴,随着丹增活佛的手势,听话地后退了几步。

丹增活佛大声念起了密宗祖师莲花生大师具力咒:"喳阿眸啵咂日咕如呗嘛呲嘀。"一连几遍,又旋转着身子,声音朗朗地问道:"哪一只藏獒还要打呢? 过来跟我打。"在场的三群领地狗鸦雀无声,所有藏獒的眼睛都明晃晃地望着他,流溢着和平的光亮。丹增活佛抬起了头,目光灼人地望着来自上阿妈、东结古、西结古草原的三方骑手,声音严厉地问道:"哪一个骑手还要打? 过来跟我打。"

所有骑在马上的骑手,都已经滚鞍下马,包括上阿妈骑手的头巴俄秋珠,包括东结古骑手的头颜帕嘉。他们和藏獒一样,对丹增活佛毕恭毕敬。但藏獒恭敬是诚实的,人却不尽相同,大部分骑手出于他们至死不改的信仰,有一些骑手却仅仅因为习惯。习惯让他们滚鞍下马,却不能让他们一如既往的虔诚和听话。

巴俄秋珠走了过去,哈着腰,低着头,说话的口气也是柔和绵软的:"尊敬的佛爷,你来了,你要求我们走,我们当然应该听你的话。可是,可是,你知道现在和从前不一样了,还有人说话比你更有力量,我们不得不听啊。"有人喊起来:"麦书记,麦书记,藏巴拉索罗,藏巴拉索罗。"这是提醒巴俄秋珠。巴俄秋珠把腰哈得更低了,说出来的话柔里有刚:"保佑啊佛爷,保佑我们上阿妈人把神圣的藏巴拉索罗献给北京城里的文殊菩萨,不得到藏巴拉索罗,我们是不走的。"

丹增活佛说:"看样子你是要和我打斗了,那就打吧。"说罢,大声念起了金刚萨捶摧破咒,念着念着,举起双手,在空中、额前、胸间连拍三下,然后仆倒在地,朝着巴俄秋珠,磕了一个等身长头。所有的骑手都惊叫起来。草原上年年月月都是牧民给活佛磕头,哪里见过这么大的活佛给别人磕头!

巴俄秋珠承受不起,匍匐到地上,一脸的惶恐不安:"啊唷,你别这样,佛爷你别这样。"

一个是上阿妈公社的副书记,一个是西结古寺的住持活佛,两个人头对头地趴在地上,都在祈求对方,都不想在没有得到对方的允诺之前爬起来。谁先爬起来,谁就接受了对方的膜拜,就意味着允诺对方的祈求而放弃自己的祈求。

巴俄秋珠:"善良的佛爷啊,你看见死去的藏獒了吧?你肯定知道来到这里的藏獒还会死,你是明白怎样才能救它们的。救救它们吧,把麦书记交出来,把藏巴拉索罗交出来,我们就回去了,藏獒就不死了。"他嘴对着地面,粗气吹得草叶沙沙响。丹增活佛说:"麦书记是来过,但是又走了。"他也是嘴对着地面,却没有吹出草叶的响声来。

巴俄秋珠说:"不会吧,西结古草原建起了保卫藏巴拉索罗的神宫,这就是证据。"

丹增活佛说:"麦书记是青果阿妈州的书记,救苦救难的汉菩萨,他离开了西结古寺,我们不放心,就建起神宫祈祷保佑他平安无事。念经吧,行善吧,祈求吉祥加身吧,争抢是没有用的,感动昂拉山神、畚宝山神、党项山神以及亿万个绿宝石凶暴赞神和白水晶夜叉鬼卒保佑的时候,麦书记自然会来到你们身边。"

巴俄秋珠说:"正是要祈求吉祥加身的。在麦书记和藏巴拉索罗没有来到我们身边之前,我们还请佛爷给我们指明方向,麦书记和藏巴拉索罗到底在西结古草原的什么地方?"

丹增活佛说:"我们的圆光显示,麦书记已经没有藏巴拉索罗了。"

巴俄秋珠说:"佛爷说到圆光,那就再来一次圆光吧,我们相信你,但更愿意相信神圣的圆光卜占。你最好让我们亲眼看到它已经不在麦书记手中。"

丹增活佛说:"不不,这里没有尊胜的佛菩萨像,没有格萨尔王的画像,没有切玛和青稞,没有药宝食子,没有三白和三甜,没有吉祥八宝,没有供养神灵的金豆银饼、珍珠玛瑙,更重要的是,没有银镜,没有七彩的绸缎。"

巴俄秋珠说:"这里有藏巴拉索罗神宫,正如你说的,祈求的声音可以让昂拉山神、畚宝山神、党项山神听到,可以让亿万个绿宝石凶暴赞神和白水晶夜叉鬼卒前来显灵。俗话说,神闻香即可,佛闻声即乐,献给神灵的供养,可以是我们的经声和香火,而七彩的绸缎,是可以用袈裟来代替的。至于银镜,没有也就算了,当神谕显现的时候,佛爷的指甲盖和一碗清净水,足可以让我们心领神会。"

丹增活佛还是不愿意。巴俄秋珠撕住丹增活佛的袈裟,自己跪起来,也让对方跪起来,口气坚定地说:"你不能在这里圆光,那我们就去西结古寺,现在就去。"丹增活佛不想让这些已经不怎么虔敬佛神的骑手践踏那片神圣的净土,他不吭声了。

很快就有人端来了一碗清水,清水来自草原洼地的积水,有几个小小的水虫遨游在里面。丹增活佛脱下袈裟,盖在了水碗上面,又从袖筒里拿出一块作为手帕的黄缎子,包住了自己的右手大拇指,然后就是面对神宫的盘腿打坐和人定观想。他奋力进入深度虚空,观想着多猕草原上的多猕镇,一声比一声大地念诵着大白伞盖坚甲咒:"畔玛玛吽涅嗦哈。"而在他的右首,簇拥着上阿妈骑手,在他的左首,排列着东结古骑手。先是上阿妈骑手的头巴俄秋珠大声吼喊着："藏巴拉索罗，藏巴拉索罗。"接着，所有上阿妈骑手和东结古骑手都喊了起来，最后连西结古骑手也参加了进来，好像一场比赛，谁的声音大，圆光里显现的藏巴拉索罗就应该属于谁。

丹增活佛专注一心，大汗淋漓，调动全部的内力保持自己和神灵的联系，最后清楚地看到昂拉山神、砻宝山神、党项山神以及许许多多绿宝石凶暴赞神和白水晶夜叉鬼卒都来到了自己面前，便用一声狂猛洪亮的狮子吼，结束了观想。

丹增活佛一结束，骑手们也都停止了喊叫，都用期待的眼光看着他。他站起来，又跪下，轻轻抚摸覆盖着水碗的袈裟和裹缠着自己右手大拇指的黄缎子，对迫不及待走过来的巴俄秋珠说："谁来看？这里没有小男孩，谁的心地是干净的，身体是清洁的，说话是诚实的？"巴俄秋珠回头看了看说："那就是我了，我来看。"丹增活佛笑笑，抬眼看西结古的班玛多吉和东结古的颜帕嘉，他俩抢步来到跟前。丹增活佛望了望三方骑手的三个首领，慢慢解开右手大拇指上的黄缎子，然后一把掀掉了覆盖着水碗的袈裟，大声说："看啊，你们仔细看啊。"

24　多吉来吧之拐骗

多吉来吧告别死去的母狗，沿着那匹草原马和那个藏民逸去的路线，追寻而去。

走了一夜又一天，当又一个黄昏来临的时候，多吉来吧追上了高筒毡帽的藏民和草原马。它远远地看到藏民牵着马穿过田野，走进了一个小村庄，想跟过去，听到村庄里传来狗叫的声音，就停了下来。它卧在一棵矮小的树下，舒展身子休息起来。休息够了，就在田野里找吃的。它意外地捉到了一只黄鼬，吞食完了，又在下风处堵截住了一只兔子，又是一番饕餮，然后就睡了。

第二天太阳还没出来，藏民就骑着草原马走出了小村庄。多吉来吧跟了过去，越跟越近。"你好啊，我叫巴桑，你叫什么？"藏民高兴地用藏语跟它说。它听懂了，轻轻回应着靠近了一些。巴桑摸出一块酥油丢给了它，它知道这是见面礼，闻了闻，舌头一伸卷进了嘴里。

多吉来吧跟着巴桑和草原马，走过了一片片田野和一座座村庄。田野和村庄是永远走不完的？它经常会把疑虑深深的眼光投向巴桑和草原马：你们真的是在走向草原吗？走向青果阿妈草原、走向西结古草原吗？巴桑知道它在问话，却不知道它在问什么，一脸不解地摇着头。草原马开始也不知道，后来知道了，它在巴桑下马休息的时候，扬起四蹄，跑出去五十米又跑了回来。步幅是夸大的，身体是前冲的，姿势是潇洒的。跑出了一股蹄风，又带出了一股身风。还有一个动作，那就是不时地朝着两边扭一扭，却并不失去眼睛瞄准的直线。多吉来吧看懂了，那是只有在平阔的草原上才会有的跑姿，为了躲开随时都会出现的鼢鼠洞和旱獭洞，草原马养成了不时地朝着两边扭一扭的习惯。

草原，草原——草原马用自己的身形语言，千真万确地告诉多吉来吧，它们前去的就是草原，那儿是草原马肆意驰骋的故乡。多吉来吧很激动，在它的感觉里，西结古草原是世界上所有草原的心脏，只要进入草原马的故乡，它就有本事找到草原的心脏。

但在接下来的行程里,草原越来越渺茫了。他们正在往越来越热的低处走,而不是往越来越冷的高处走。记忆深处的草原,云彩是低的,星星是大的,空气是稀薄的,气候是寒凉的呀。

多吉来吧再次把疑虑深深的眼光投向巴桑和草原马,不懈地追问着他们:我们真的是在走向草原吗?怎么绿色越来越少了,气温越来越热了,氧气越来越多了?这次巴桑明白了,他转过头去,似乎不敢面对它的逼问。他没事儿似的唱起了歌。草原马似乎也有了疑虑,它在主人的催促下,脚步显得迟疑,经不住主人再三吆喝才抬腿向前,留下多吉来吧眯着眼睛发呆。

巴桑看到多吉来吧停了下来,回头喊道:"嗳,藏獒你走啊。"多吉来吧不听巴桑的。巴桑又喊道:"你要去哪里我知道,快跟着我来吧。"

这一天的行程里,渐渐没有了田野和村庄,没有了夏季的绿色,临近黄昏的时候,荒漠出现了。多吉来吧非常不安,它从小就以绿色为伴,没见过这种一望无际的荒漠景观。既然这里没有草,那就是离草原越来越远了。它再次停下来,想原路返回,巴桑却对它一再地招手说:"到了,明天就要到了。"一天之后,多吉来吧才明白不是草原到了,而是一个有人烟有房屋偶尔也有几棵树的地方到了。

这是一个被称作苏毗城的古城所在地,城墙的遗址是若断似连的,楼门却高挺完整。城里城外堆积着一些石头或土坯砌成的房子。巴桑来到一座木门敞开的石头房子前,把马拴在石头的拴马桩上,自己走到房子里面去了。多吉来吧凑过去,卧在了草原马的腿边,四下里打量着。它很不喜欢这个地方,但是它还想等一等,明天要是还往荒漠里走,它就坚决不走了。

巴桑从房子里走了出来,跟他一起出来的两个人,一见多吉来吧就惊叫起来。一个胖子说:"真的没见过这么大的狗,你说它是藏獒?藏獒是不是狗?黑狮子吧?"巴桑得意地笑了笑说:"那你就得出狮子的价钱了。"一个瘦子说:"我们要的可是能把狼群撵跑的狗。"巴桑说:"撵跑?它可不会撵跑,它只会把狼咬死吃掉。"胖子说:"五十就五十,你把它拴起来吧。"巴桑说:"拴起来怎么成?我从小就没拴过它,再粗的铁链子也拴不住。"胖子说:"那它跑了怎么办?"巴桑说:"藏獒什么都不知道,就知道报恩,只要你喂它,打死它也不跑。"瘦子进房拿了一块熟羊肉出来,丢给了多吉来吧。多吉来吧警觉地站起来,看都没看熟羊肉一眼,只是目光如剑地望着两个陌生人。胖子说:"看,它不吃,就是不打算报恩了。"巴桑说:"有空房子吗?圈起来它就吃了。"瘦子和胖子对视了一下,一起走过去,打开了旁边一间土坯房的门,然后迅速躲开了。

巴桑站到土坯房的门里头,朝着多吉来吧划拉着手说:"过来,过来。"多吉来吧不理他,它为什么要听他的?他又不是它的主人。巴桑想了想,对瘦子和胖子说:"它是要守着马的,你看它责任心多强。"说罢从拴马桩上解开马缰绳,把马拉进了土坯房,然后又一次划拉着手说:"过来,过来。"多吉来吧不看巴桑,看着马,它研究着草原马眼睛里的内容,犹犹豫豫地站了起来。它对巴桑心存疑虑,但对草原马是放心的。多吉来吧跟过去走进了土坯房,在这个异陌的地方,它唯一熟悉的就是这匹马和巴桑,它只能和他们待在一起,不管在外面还是在房子里。

巴桑快步走出了土坯房,想把马拉出来,却被跳过去的胖子一把夺过缰绳,拦腰抱住了他。瘦子"嗖"地蹿到门口,"哗啦"一声从外面关紧扣死了门。巴桑立刻意识到他们想干什么,大声喊着:"土匪,你们是土匪。"瘦子说:"你这个盗狗贼,一看就知道这狗是你偷来的,说,偷谁的?"巴桑不说,和胖子摔跤。胖子浑身是肉,但都是重量而不是力量,巴桑一使劲,他就倒在了地上。他"哎哟哎哟"地叫起来。瘦子又着腰,也不上前帮忙,只是喊叫着:"打贼,打贼。"从木门敞开着的石头房子里顿时出来了十几个人,不问青红皂白,扑过去就打。巴桑转身就跑,被一个眼疾手快的人一把撕住了氆氇袍。胖子爬起来,喊叫着:"打死他,打死这个盗狗贼。"

土坯房里,多吉来吧和草原马几乎同时感觉到危险降临。多吉来吧在草原马惊慌失措的嘶鸣中跳了起来,扑向了木板门,用爪子抓了一下,又用头顶了一下,知道木板是很厚的,抓不烂,也顶不开,就又扑向了墙壁。

墙壁是土坯的,多吉来吧试着用前爪捣了一下,就知道它没有水泥和石板的坚硬。它直立起来,抡起前爪,又是捣,又是刨,墙泥和土坯哗啦啦地掉落着,就像遇到了铁杆的刨挖。它想起在它很小的时候,在党项大雪山的山麓原野上,在送鬼人达赤把它圈在壕沟里的一年中,它就是用前爪天天掏挖着沟壁,把两只前爪磨砺成了两根无与伦比的钢钎,随便一伸,就能在石壁上打出一个深深的坑窝。而现在它面对的只是土坯,虽然年纪大了,力量不如从前了,但"钢钎"并没有变糟变钝,很快就是一线光明,接着就是一圈光明,接着就是一片光明。

多吉来吧跳出来了。

十几个人还在殴打巴桑。巴桑滚翻在地,一声比一声惨烈地喊叫着。突然叫声变了,变成了胖子的惨叫,又变成了瘦子的惨叫。多吉来吧虎跳鹰拿,电闪雷鸣。它用搏杀野兽的速度和技巧,一个不落地咬伤了所有凶手,却没大开杀戒咬死一人。它知道咬死人是要偿命的,它不能让巴桑偿命。

那些人带着伤痕吱哇乱叫着跑散了。巴桑爬起来,惊讶地看着咆哮不止的多吉来吧,又看看房墙上那个掏挖出来的大洞,一把抓住自己的头发,狠狠地揪了揪。多吉来吧停止了咆哮望着他,以为他是在找帽子,就把滚到地上的高筒毡帽叼起来送了过去。巴桑接过毡帽,还是揪着头发:"后悔啊,我真是后悔啊,这么好的藏獒我怎么要卖给他们。"这时草原马把头伸出墙洞咴咴地叫着。巴桑一瘸一拐地过去,打开铁扣推开了门。草原马忽地冲出来,跑出去二十多米又跑回来,站在多吉来吧和巴桑之间,警惕地昂扬着头颅。巴桑抓起拖在地上的马缰绳,爬上马背,招呼着多吉来吧:"快走啊,快离开这个土匪窝。"

巴桑害怕那些人追上来报复,远远地离开苏毗城,走向了荒漠中的黑夜。巴桑突然想家了,本来前天他就能到达家乡草原,为了出卖多吉来吧才多绕了两天的路。现在他想把两天的路变成一天的路,准备从荒漠的一角穿过去。几年前他曾经走过这条路,便捷不说,还能遇到一小片一小片的荒漠绿洲,马可以吃草,人可以喝水,最重要的是他能在荒漠和草原的衔接处看到马群。他是个在草原上人所不齿的盗马贼,他的生活就是把盗来的马卖给草原以外的汉人。他骑在马上,回头看看紧紧跟在马后面的多吉来吧,喟叹一声说:"我卖了你,你还要救我,我今生今世是不如你了,来世也不如你。来世你就是一个人,而我罪孽深重,很可能是一只狗,是汉地那些没人要的狗，我就是做狗也不如你啊！你看你多好，跟着谁谁就喜欢你。我要把你带到家乡去，让那些瞧不起我的牧民看看，我有藏獒啦。不过我没有牛羊没有帐房，养一只藏獒有什么用？我要把藏獒卖给牧民，三十只羊的价、七头牦牛的价，三匹好马的价，哈哈，我发财啦。藏獒你可不要离开我，我是个走南闯北的人，我知道只有青果阿妈草原和康巴草原才生长着狮子一样的大藏獒，你是哪里的狮子藏獒？是青果阿妈草原的，还是康巴草原的？”

多吉来吧突然冲着巴桑叫了一声，打断了巴桑的唠叨。它不喜欢巴桑唠叨，巴桑的唠叨干扰了它的注意力，让它无法仔细分辨从三十里以外传来的声音和气味到底是狼的还是狗的。多吉来吧悄悄地离开了巴桑和马，在一百米远的地方和他们平行前进。空气中的声音和气味纯粹多了，没有了巴桑的，也没有了马的，只有那在夜色中潜伏着和靠近着的：狼，还有狗。狼和狗的味道都来了，淡淡的，淡淡的，而声音却全然消失。寂静是危险逼临的前奏：狼来了，狗来了。多吉来吧实在搞不明白：怎么狼和狗一起来了？

25 地狱食肉魔之大黑獒果日

藏巴拉索罗神宫前，西结古领地狗群里，大黑獒果日悄悄地离开了自己的同伴。它是尼玛和达娃的奶奶，对尼玛和达娃的味道比谁都敏感。它并不知道寄宿学校发生了什么，奇怪尼玛和达娃的味道怎么会从野驴河下游草场的方向传来，但它却知道凶险、阴毒和暴虐。已经发生的并不重要，重要的是即将发生和正在发生的。

大黑獒果日无声而迅疾地穿过原野。临近野驴河下游草场的时候，它和桑杰康珠不期而遇。桑杰康珠在马背上冲它吆喝了一声。大黑獒果日则发出一声响亮的吠鸣，既是回应，也是提醒：看啊，看啊，我们的前面是什么！

他们的前面，有一顶帐房，有几个骚动的小黑点，那是勒格红卫和地狱食肉魔正在咬杀守护帐房的藏獒。

桑杰康珠生怕大黑獒果日成为地狱食肉魔的口下新鬼，立刻制止它：“别叫，千万别叫。”但大黑獒果日已经闻到尼玛和达娃的气息就在前面，吼叫着狂奔而去。桑杰康珠打马紧紧地跟在了后面。

帐房的主人不在家，大概是到藏巴拉索罗神宫前为西结古藏獒助阵去了。看家的藏獒已经倒在血泊中，还在喘气，但注定是要死了。勒格红卫和地狱食肉魔站在将死藏獒的旁边，警惕地望着大黑獒果日。

大黑獒果日突然停下，举着鼻子呼呼地嗅着。桑杰康珠飞身下马，来到血泊跟前，俯下身子摸了摸藏獒，浑身抖颤着说：“它有什么罪啊，你们要这样对待它。”

勒格红卫说：“头人的帮凶，一个牛鬼蛇神，早就该死了。”

桑杰康珠站起来，拔出藏刀，意识到那是没用的，突然就吼起来：“你杀死了那么多藏獒就不怕我吃掉你？”勒格红卫瞪圆了眼睛，奇怪地望着她，意思是：你能吃掉我？桑杰康珠说：“我真想吃掉你，真想变成一张大嘴吃掉你。”

桑杰康珠被自己的话惊呆了，因为她无意中说出了一个创世的传说：最早最早的时候,青果阿妈草原生活着一张大嘴,它吃掉了所有的男人,吃掉了所有男人的心,它就是女人的阴户。桑杰康珠攥了攥拳头,心说大嘴,大嘴,我就是那张大嘴。

这时,大黑獒果日发现尼玛和达娃就在勒格红卫的胸兜里,它跳起来,扑上去。尼玛和达娃也闻到了奶奶的味道,拼命地哭喊着。

桑杰康珠跳下马来,着急地喊着:"果日,果日,回来,不要去送死。"大黑獒果日哪里会听她的,越跑越快,突然呼啸而起,直扑勒格红卫的胸怀。勒格红卫身后的赤骝马惊得转身就跑,拉倒了攥着缰绳的主人。大黑獒果日跳上去就要撕开皮袍的领口,却被一股横逸而来的巨大力量推了一下,不由自主地歪倒身子,一口咬在了草皮上。

等大黑獒果日爬起来,准备再次扑过去时,发现面前站着一只跟自己的丈夫多吉来吧一样有着漆黑如墨的脊背和屁股、火红如燃的前胸和四腿的大公獒。它愣了一下,恍然觉得它就是自己的丈夫,定睛一看又不是,张嘴就咬。

地狱食肉魔忍让地后退着,它是公獒,它不能咬母獒,最多只能撞翻它。它从扑鼻而来的气息中已经知道这只母獒和主人胸兜里的两只小藏獒的血缘关系,也知道主人的意志里绝对没有放弃两只小藏獒的可能,所以它的后退非常有限,它宁肯受到伤害也要守护在主人的身边。好在它的皮肉有着一般藏獒没有的厚硬,它让大黑獒果日老而不钝的牙齿咬了好几下,都没有咬出血来。

被赤骝马拉倒的勒格红卫站了起来,看到大黑獒果日暴怒不已的架势和胸兜里两只小藏獒的反应,就知道它是两只小藏獒的亲人,但到底是祖母还是外祖母,他就无法辨清了。他咕噜一句:"果日,大黑獒果日。"突然意识到地狱食肉魔应该就是大黑獒果日的亲外孙,不禁有些激动,心想它们已经互相不认识了,说明他的"大遍人"法门是成功的,这个法门教给藏獒的,除了凶恶,就是翻脸不认人。勒格红卫想着,转身跑向了赤骝马。

两只小藏獒被勒格红卫兜得很紧,它们撕咬着它的皮袍,揪心地哭喊着。大黑獒果日愈加烦躁暴怒,朝着勒格红卫一连扑跳了几次,不是被地狱食肉魔拦住,就是被它撞翻在地。看到勒格红卫骑上了马,带着尼玛和达娃迅速离去,大黑獒果日无助地哭起来。

哭泣的时候大黑獒果日想起了丈夫多吉来吧,要是多吉来吧还在西结古草原,尼玛和达娃就不会被绑架了。似乎对多吉来吧的呼唤得到了回应,大黑獒果日突然闻到了一股熟悉的亲缘的味道,转眼又变成了一股透彻心肺的哀痛。它想不到亲缘的味道来自地狱食肉魔,地狱食肉魔实际上不仅是它的亲外孙,还是尼玛和达娃的哥哥,还以为那亲切迷醉的味道来自思念。有那么一个瞬间,它感觉到那亲缘的味道来自地狱食肉魔,又以为是尼玛和达娃把自己的味道蹭到了地狱食肉魔身上。

地狱食肉魔身上的亲缘之气越浓,大黑獒果日就越是悲伤,它悲叫一声,跪下了。

大黑獒果日两只前腿弯曲着,下巴匍匐在地,后腿翘起来,"呜呜呜"地哭泣着,屈辱地跪倒在了亲外孙地狱食肉魔面前,跪倒在了被"大遍人"的法门和复仇的欲念以及一场地覆天翻的运动搞昏了头的勒格红卫面前。

天低了,草湿了,一只母性藏獒的哭求跪拜让不远处的野驴河愕然停止了流淌,哗啦啦的声音消失了,一切都平静着,只有大黑獒果日为了孩子的哭声在草原上回荡。地狱食肉魔愣了一下,不禁后退好几步。。桑杰康珠丢开青花母马的缰绳,疾步走来,生气得眼里冒着烈火、脸上泛着绿光,瞪着勒格红卫喊起来:"你人的不是,人的不是,连大黑獒果日都给你下跪了,快把尼玛和达娃交出来。"

勒格红卫望着大黑獒果日,似乎心软了,唉叹一声,跳下马,手伸进胸兜,抓出达娃,放在了地上。

他说:"公的我留下,母的你带走。"

桑杰康珠说:"两个,把两个都交出来。"

他又说:"母的走开,母的走开。"

勒格红卫抱紧胸兜里哭泣的尼玛,再次踢了踢地上的达娃。达娃抬头看了看他的胸兜,用叫喊回应了一声哥哥尼玛的哭泣,望着奶奶大黑獒果日跑了过来,跑着跑着突然又停下了,返身跑了回去,仰头望着勒格红卫隆起的胸兜,一声比一声凄惨地乞求着:放了哥哥,放了哥哥,我要和哥哥在一起。

地狱食肉魔走过来,舔了一口达娃,像是安慰,又舔了一口主人,像是代为讨饶。

勒格红卫一把抓起达娃,重新放回了胸兜,故意使劲拍了拍它们,让它们发出了一阵更加凄惨的哭叫。

地狱食肉魔觉得这样是对的,只要不把小兄妹藏獒分开,放走和留着就都是对的。它前走几步,继续恶狠狠地监视着实际上是它外婆的大黑獒果日,监视着桑杰康珠。

桑杰康珠长叹口气,突然驱马离去了。

被红额斑狼群驱赶的白兰狼群意外发现了寄宿学校,黑命主狼王在下风处卧下来,命令白兰狼群卧下来,一边休息,一边观察面前这个有不少孩子的地方,到底有多少藏獒在守护,有多少大人在陪伴。

观察是隐蔽而持久的,狼群有效地利用着草丛和土丘隐藏自己,它们轮换着睡觉,耐心地等待一两个孩子脱离学校的机会。它们只看到寄宿学校的帐房之前,趴卧着几只大藏獒,不知道它们都是伤残者,有的甚至正濒临死亡。它们一贯机警,哪里知道人类自相残杀给它们提供了千载难逢的复仇机会。

寄宿学校孩子们的安危取决于狼群是否觉醒。

红额斑头狼赶走了.白兰狼群,率领自己的狼群,一心一意地跟在勒格红卫和地狱食肉魔后面,继续那种坐收渔翁之利的奔忙。它们沿着野驴河,来到牧草丰美、地势开阔的下游草场,惬意地远观了五六次地狱食肉魔对那些看家藏獒或牧羊藏獒的咬杀,更加惬意地吃喝了十几只藏獒的血肉,然后追踪着地狱食肉魔走出了野驴河下游草场。

跑在最前面的红额斑狼突然停下了。它支棱起耳朵听了听,立刻从低洼处跑上了一处台地,惊讶地盯着远方,举起鼻子嗅了嗅,然后轻轻咆哮了一声,让狼群里的几匹有经验的狼都来听听。几匹狼举着鼻子嗅起来,不停地抖动着耳朵,好像一种声音正在刺激着它们敏感的听觉。

认识显然是共同的:来了一股大狼群,是从上阿妈草原过来的。怎么上阿妈的狼群跑到西结古草原来了?红额斑头狼琢磨着,突然警醒:西结古草原的藏獒都忙着抵抗、忙着牺牲去了,谁还来管狼?外来的狼群哪有不乘虚而入的?

红额斑头狼看了看渐行渐远的勒格红卫和地狱食肉魔,遗憾似的长嗥了一声:不能再跟着他们去吃藏獒肉了,该放弃的便宜还是要放弃。西结古草原的藏獒正在一只只被外来的藏獒杀死,撵走外来狼群就只能靠它们了。

红额斑头狼率领狼群朝前跑去,一小时后,它们从三面围住上阿妈狼群。上阿妈狼群转身就跑,红额斑狼群紧追不舍。草原一片迷茫。

26　格萨尔宝剑之至高无上

三方骑手的三个首领班玛多吉、巴俄秋珠和颜帕嘉,瞪大眼睛看着,看清楚了丹增活佛右手大拇指甲盖上显现的图画,也看清楚了水碗里的影像,那是一把明光闪闪的宝剑。

丹增活佛瞪着宝剑,一声叹息。

颜帕嘉和巴俄秋珠还有班玛多吉齐声叫道:"格萨尔宝剑!"

丹增活佛起身,双手合十,喃喃自语道:"大家都知道,在我们的语言里,'藏巴拉'是财神,代表着吉祥、宁静、幸福的生活和充裕的财富,'索,索,拉索罗'意味着祭神的开始和人与神共同的欢喜,它在古老的吐蕃时代就进入了我们的传说。传说中的藏巴拉索罗是所有最显赫的善方之神集合最圆满的法门提供给众生的最方便的极乐之路。而在另一个传说里,藏巴拉索罗又代表了凶神恶煞的极顶之凶和极顶之恶。善方之神和凶神恶煞都曾经是西结古草原乃至整个青果阿妈草原的主宰,极乐之路和极顶之恶共同管理着人的灵魂和肉体,成为原始教法时期和雍仲苯教时期提供给佛教的基础。大乘佛法的金顶大厦从印度飞来,落在了这个基础上,就有了宁玛、萨迦、噶举、觉朗、格鲁等等法门。这些法门都把藏巴拉索罗看成是神佛意志的最高体现,剥夺了凶神恶煞运用藏巴拉索罗表现极顶之凶和极顶之恶的权力,成就了降福于人间的无上法音。"

丹增活佛静默片刻,又说:"再后来,靠着观世音菩萨、地藏王菩萨、大势至菩萨和莲花生的化身格萨尔王的力量,我们伟大的掘藏大师果杰旦赤坚,在一些殊胜的龙形山冈的包围中,在当年格萨尔王的妃子珠牡晾晒过《十万龙经》的地方,发掘出了莲花生祖师亲手修改和加持过的《十万龙经》,同时发掘到的还有一把格萨尔宝剑,宝剑上刻着'藏巴拉索罗'几个古藏文。于是格萨尔宝剑成了藏巴拉索罗的神变,它是和平吉祥、幸福圆满的象征:是尊贵、荣誉、权力、法度、统驭属民和利益众生的象征。在一次正月法会的圆光占卜中,包括西结古寺在内的青果阿妈草原上的所有寺院,都显现了格萨尔宝剑,显现了观世音菩萨、地藏王菩萨、大势至菩萨和格萨尔王的圣像,也显现了神菩萨护持着的美好未来。草原上的大德高僧、千户和百户以及部落头人,按照圆光占卜的启示,把格萨尔宝剑献给了当时统领整个青果阿妈草原的万户王,对他说:'你笃信佛教你才有权力和吉祥,也才能拥有这把威力无边的格萨尔宝剑。'从此,世世代代的草原之王,就像爱护他们的王位一样爱护着格萨尔宝剑,他们知道失去了宝剑,就等于失去了臣民的信仰、失去了地位和权力。后来万户王的传承消失了,格萨尔宝剑被西结古寺迎请供养。这是大家都知道的。大家有所不知的是,十多年前,麦书记来到了青果阿妈草原,他是个好人,他能够用他的权力守护生灵、福佑草原。在经过圆光占卜之后,我们选择了一个莲花生大师通过雷电唱诵经咒的夜晚,恳请麦书记来到西结古寺,当着三怙主和威武秘密主的面,把格萨尔宝剑献给了他。我们对他说,它就是藏巴拉索罗,你要用你的生命珍藏它。"

丹增活佛合十闭目,宝相庄严。所有的骑手包括藏獒受到感染,内心和面目都一片肃穆。良久,才听到上阿妈骑手的头巴俄秋珠声音从寂静中传来,阴沉而坚定。

巴俄秋珠说:"世道变了,麦书记已经不能带来吉祥,他不配拥有藏巴拉索罗了!"

一句话唤醒了其他人,东结古骑手的头颜帕嘉说:"是啊,只有北京的文殊菩萨才能带来吉祥,才配拥有藏巴拉索罗。"

巴俄秋珠又说:"找到麦书记,拿回藏巴拉索罗,去北京献给文殊菩萨,是神的意思。佛爷,您不能违背,您必须交出麦书记。"

一阵爆起的响声倏然拉转了他们的眼光。是马队的驰骋和獒群的奔跑,刚一出现,就在二百米之内,说明这些人和藏獒隐藏在附近已经很久了。东结古骑手和上阿妈骑手一阵慌乱,他们的领地狗群也不知所措,只是一阵狂吠。

只有西结古骑手和西结古领地狗知道自己应该干什么,只要是外来的,就意味着侵犯;唯一的选择只能是保卫。转瞬之间,西结古骑手翻身上马,密集地围住了东西南北四座藏巴拉索罗神宫。獒王冈日森格也带着领地狗群,井然有序地挺立在了西结古骑手的前面。

马队和獒群迅速靠近着,他们从西边跑来,绕开打斗场分成了三部分:一部分冲向了上阿妈的人和狗,一部分冲向了东结古的人和狗,一部分冲向了西结古的人和狗。父亲骑马站在西结古骑手的行列里,有些奇怪:这不是多猕骑手和多猕藏獒吗,他们的人和狗并不多,为什么还要分成三部分?难道他们狂妄傲慢到对谁都要仇恨,对谁都要进攻?

谁也没有发现蹊跷,除了西结古獒王冈日森格。冈日森格比父亲更早地认 -出了对方是多猕骑手和多猕藏獒,更早地对他们的兵分三路产生了疑惑,它看出三路人狗都是佯攻,主攻的是第四路人马——多猕骑手的头扎雅带着另外两个骑手,他们直扑打斗场的中央、刚刚结束圆光占卜的地方。那儿现在还站着两个人:一个是丹增活佛,一个是上阿妈骑手的头巴俄秋珠。

多猕骑手的头扎雅和另外两个骑手горизонт而来,撞倒了丹增活佛和巴俄秋珠,让马蹄翘起来,毫不留情地砸向了巴俄秋珠。马蹄落下来了,巴俄秋珠眼看要被马腾起的马蹄踢死踏死了。

冈日森格扑上去了,它用自己虽然受伤却依然铁硬的獒头,抵住了铁掌锃亮的马蹄。那马一个趔趄,差一点把多猕骑手掀到地上。冈日森格接着还是扑跳,撞走了另外一匹马。巴俄秋珠安然无恙,这个曾经在西结古草原光着脊梁跑来跑去的人,被冈日森格毫不迟疑地救了下来。

但是这还是佯攻,真正的目标是丹增活佛。多猕骑手的头扎雅从马背上俯下身子,一把抓住了丹增活佛的袈裟,把丹增活佛拽上了马背,立即调转马头,狂奔而去。

冈日森格追了过去,多猕骑手的目的已经达到,冲过去堵挡上阿妈人和狗、东结古人和狗、西结古人和狗的三路人马迅速撤了回来,在冈日森格面前形成了一道屏障。

巴俄秋珠从地上爬起来,望着迅速远去的多猕骑手和多猕藏獒,吐了一口唾沫,吆喝上阿妈骑手追击。与此同时,东结古骑手和东结古领地狗已经追了过去。只有西结古骑手原地未动,他们依然守在藏巴拉索罗神宫前,等待着外来的骑手还会拐回来。

他们执着地坚信,不祭祀神宫,没有神的保佑,得到了丹增活佛,也得不到藏巴拉索罗。

外来的骑手果然拐回来了。先是颜帕嘉和东结古骑手,然后是巴俄秋珠上阿妈骑手。上阿妈骑手返回稍晚,是因为巴俄秋珠有一阵犹豫,对祭祀神宫的必要,他心中掠过一丝疑虑。毕竟这已经是破四旧的时代了!

返回来的上阿妈领地狗碰见了西结古獒王冈日森格,它们友好地冲它打着招呼。一只身似铁塔的灰獒走到它跟前,跟它碰了碰鼻子,似乎是一种自我介绍:我是蓝色明王恩宝丹真,上—阿妈领地狗的新獒王。

冈日森格知道它们是来感谢的,感谢它救了巴俄秋珠的命。

冈日森格回到西结古骑手跟前,看到父亲和班玛多吉正在激烈争吵。班玛多吉责怪父亲叫来了丹增活佛。父亲说:“我不想看到藏獒一个个死去,必须有人出面制止,麦书记失踪了,你又不顶用,我只能去请丹增活佛。”班玛多吉说:“丹增活佛来了藏獒就不死了? 他来了连他也得死。”父亲问道:“丹增活佛会死吗?”

班玛多吉说:“他要是成了别人的活佛,他就等于死了。”

父亲吃惊得把眼睛瞪到了额头上:“他本来就不光是我们西结古草原的活佛,他是所有人的活佛,谁信仰他,他就是谁的活佛。”

班玛多吉说:“那是过去,现在不是了。”

其实班玛多吉担忧的是藏巴拉索罗也就是格萨尔宝剑的流失,草原上早已有了麦书记把藏巴拉索罗交给丹增活佛的传说。麦书记带着藏巴拉索罗来到西结古寺之后,青果阿妈州的权力中心就不在州府所在地的多猕草原,而在西结古草原了。格萨尔宝剑要是落在其他部落手中,西结古草原的权力就得而复失了。

班玛多吉心中感叹道:“单纯的汉扎西你哪里知道,这是一场严肃的夺权斗争!”

就在班玛多吉和父亲争吵的时候,对面的上阿妈阵营里,骑在马上的巴俄秋珠正在怒气冲冲地训斥自己的领地狗群:“冈日森格救我是因为我小时候是西结古草原的人,我后来成了上阿妈草原的人,现在又是上阿妈公社的副书记,你们为什么不救我? 我真替你们害羞,你们是干什么吃的,就会跑过去讨好人家,你看人家那个高傲的样子,理你们了没有? 以后不准你们跟西结古的藏獒碰鼻子,除非他们把藏巴拉索罗交给我们。"又朝着蓝色明王恩宝丹真说,"你现在是新獒王,要是你不好好表现,就算我不罢了你,领地狗群也会让你滚蛋。下来就要打了,你给我上场,就挑战他们的獒王,那个獒王已经老了,你肯定能赢它,只要赢了它,这个世界上就不会再有藏獒不服你了。"

也不知上阿妈领地狗们听懂了巴俄秋珠的话没有,但恩宝丹真显然是听懂了,它朝打斗场走了几步,突然又停下来,扭头用一种研究者的神态迷茫地望着巴俄秋珠,"呵呵"地轻声叫了两声,口气里充满了疑问:西结古草原的獒王可是救了你的命的,我怎么能挑战它呢?恩宝丹真当然不懂"恩将仇报"这个词,但却从骨子里、从遗传的本能中知道,无论谁,只要对自己、对自己的主人有救命之恩,就再也不能以恨相见、以牙相对了。

巴俄秋珠看恩宝丹真犹犹豫豫不肯向前,就晃了晃马鞭,督促道:"上啊,你给我上啊。"恩宝丹真还是不动,它的疑惑是根深蒂固的,人越是忘恩负义它就越是疑惑:不对吧,搞错了吧,我们藏獒可从来没有这样过。巴俄秋珠甩着马鞭抽起来。恩宝丹真不躲不闪,用一对漂亮的玉蓝色的眼睛固执而单纯地递送着越来越深刻的疑惑。巴俄秋珠吃惊地叫起来:"哎,你到底是怎么了?"

父亲在对面喊起来:"那个甩鞭子的巴俄秋珠,怎么能这样对待藏獒?"没想到他的话反而是火上浇油,巴俄秋珠抽打得更猛烈了。父亲二话不说,抬腿跑了过去,根本就没有想到可能招惹对方藏獒的攻击,因为这次闯入不是援救死伤的藏獒,明显带着挑衅的意图。

美旺雄怒"嚓"的一声,像箭一样射了出去,却发现冈日森格比自己还要快地跟上了父亲。冈日森格在打斗场的边缘用自己的身子挡住了美旺雄怒,它已经看出来了,上阿妈领地狗不会撕咬汉扎西。

父亲站到巴俄秋珠面前,怒目而视:"不要打了。"巴俄秋珠冷笑着说:"这是我们上阿妈的藏獒,我想打就打,你管得着吗?"父亲说:"你这个'光脊梁的孩子',你这个忘恩负义的家伙,你忘了梅朵拉姆是怎样对待藏獒的。"巴俄秋珠说:"你别给我提梅朵拉姆,我今天这个样子正是因为梅朵拉姆。"说着又抽起来。父亲跳到马前,双手攥住巴俄秋珠紧握马鞭的手,把马鞭夺了过来。

上阿妈领地狗群动荡了一下,但没有扑过来。巴俄秋珠挥手怂恿着领地狗群:"快啊,上,就像撕咬敌人的藏獒一样,把他给我咬出去。"上阿妈领地狗群再次动荡了一下,还是没有扑咬。巴俄秋珠急了,跳下马,跑前几步,朝着恩宝丹真狠狠踢了一脚,打了一拳,又把它朝着父亲推搡。他骂道:"叛徒,叛徒,你是上阿妈的藏獒,还是西结古的藏獒?要是不听话,就给我滚。"

父亲看着恩宝丹真,他相信它完全听懂了,不然它不会热泪滚滚。它朝着父亲走来,知道自己面临着两个选择:要么扑向父亲撕咬,要么跟着父亲离开上阿妈领地狗群。但离开显然是不可能的,对于做了叛徒的藏獒,不仅上阿妈领地狗群会咬死它,西结古领地狗群也会咬死它。

恩宝丹真热泪滚滚地扑了过来,扑到父亲身上张嘴就咬,却只咬在空气里、咬在衣服上,丝毫没有伤及皮肉,每一次咬合都好像是一次缠绵的解释:你夺走了他的马鞭,你是为了我,我怎么能对你下狠手呢?

火焰红的美旺雄怒又要响箭一样射过去保护父亲,西结古獒王冈日森格再次拦住了它,用湿漉漉的鼻息说:现在是假咬,我们一过去,说不定就变成真咬了。然后向着父亲呼唤:回来吧,赶紧回来吧。

父亲回来了,余怒未消地诅咒着巴俄秋珠。冈日森格看它手里还攥着夺下来的马鞭,一口叼过来,跑过去,放在了打斗场的中央。恩宝丹真心领神会地扑向马鞭,叼起来,走过去交给了巴俄秋珠。

巴俄秋珠接过马鞭,看了看父亲,示威似的再一次狠抽了恩宝丹真一下。父亲大声喊着:"残害藏獒的人,你会遭报应的。"

这时传来一阵响亮的笑声,是东结古骑手的头颜帕嘉发出的嘲笑,他嘲笑父亲,也嘲笑巴俄秋珠:"今天我遇到菩萨了,你们的藏獒怎么能跟菩萨斗? 回去吧,上阿妈的骑手们,藏巴拉索罗是不属于你们的。"巴俄秋珠恼羞成怒地说:"你不要嚣张,我认识你,你是东结古公社的民兵队长,你有什么资格跟我说话,我们不对等嘛。"他把"资格"咬得很重,意在强调自己是上阿妈公社的副书记。颜帕嘉笑得更响了,朗声说:"等我们拿到了藏巴拉索罗,你就知道不对等的到底是谁了。"

这样的口水仗让东结古的獒王大金獒昭戈不耐烦,"轰轰轰"地吼起来,盖过了所有人的声音。骑手谁也不说话了。大金獒昭戈走到了打斗场的边缘,把尖亮如刀的眼光射向了西结古獒王冈日森格。

27　多吉来吧之大漠群狼

当狼和狗的味道混杂而来时,多吉来吧的行进变得屏声静息,轻手轻脚。空气诡谲起来,阴谋在黑暗中发酵,变成了密如星星的针芒,从身前身后所有的地方刺激着它。它无声地小跑起来,想跑到巴桑和草原马的前边去,一方面是想尽量远一点地遏制住敌锋,在一个万无一失的地方保卫他们;一方面也是想给对方来个突然袭击,在对方以为离目标还远着的时候,从天而降,咬它一个冷不防。它本能地相信用潜行迎击潜行的方法一定能够奏效。

糟糕的是,巴桑虽然还没有感觉到险恶正在到来,但他对大荒漠里的黑夜有一种本能的恐怖,一发现多吉来吧不见了,就紧张慌乱地喊起来:"藏獒,藏獒,你在哪里藏獒?"多吉来吧想回应,刚要出声又闭嘴了。它依然健步小跑着,先是向前,然后右拐,埋伏在一座沙丘后面,朝着已经可以用嗅觉摸得着的敌群张开了血盆大口。

多吉来吧的身后,巴桑还在喊叫,突然不喊了,就骂起来。骂藏獒薄情寡义,无缘无故离开了自己,连个招呼都不打。骂自己愚蠢呆傻,专挑个黑夜走荒漠,那不是直接往狼嘴里走吗? 骂着,他停了下来,不走了,原地伫立了一会儿,掉转马头,往回走去。这时候,他又不害怕苏毗城的人了,觉得离苏毗城越近就越安全。但是他没想到,就是自己这种不信任藏獒的举动,打乱了多吉来吧的方略,也使自己陷入了凶险死亡的境地。

敌群已经近在咫尺了。多吉来吧匍匐在地,歪着头把嘴埋进两腿之间,只靠耳朵和鼻子确定着它们的距离和数量,心里还是那个疑问:怎么又有狼,又有狗啊?

它不知道,苏毗城新来了一帮外地人,他们喜欢吃狗肉,隔三差五就要杀一只狗解馋,结果几乎所有还活着的狗都逃离苏毗城,投奔了狼群,帮着狼群一起撕咬牲畜。狼患成灾,所以才有了巴桑要把它卖给胖子和瘦子的举动。多吉来吧一边感觉着狼和狗快速而无声的靠近,一边分辨哪是狼哪是狗,突然站起来,扑了过去。完全是饮血王党项罗刹的战法,一扑到位,前爪夯在一匹狼的眼睛上,利牙插在另一匹狼的脖子上,"咚"的一声响,又"嗤"的一声响,两匹饿狼看都没看清敌手是什么样儿就同时毙命了。

接着又是一次扑跳,这次它扑向了一只狗,扑向狗的力量比扑向狼的力气还要大,因为对方是一只卷毛大狗,是一个让多吉来吧百般鄙视的人类和狗类的叛徒。卷毛大狗知道自己不是对手,但并没有逃跑,以同类之间从祖先就开始的不可消解的妒恨,迎敌而来,张嘴就咬。多吉来吧火气冲天,狂叫一声,牙齿就来到了对方的喉咙上。

多吉来吧第三次扑跳而去,又一匹狼倒下了,它不绝如缕地嗥叫了七八声才死掉。多吉来吧喘了一口气,奋起智勇,准备继续拼命的时候,发现自己已经被狼和狗组成的群体团团围住了,蓝闪闪、黄灿灿的眼灯亮了一片。更不妙的是,它发现它已经看不到巴桑和草原马了。它跑上一座高高的沙丘,赶走了已经占领沙丘制高点的三匹狼、一只狗,扬头眺望着,看到在它走来的路上,荒漠朝着苏毗城延伸而去的地方,又亮起了一片眼灯。那是另一股狼和狗的群体,不用说它们已经围住了巴桑和草原马。多吉来吧抖动胸毛打雷似的轰鸣起来,似乎在告诉巴桑:不要远离我,靠近我,靠近我。

当轰鸣传来的时候,巴桑并没有意识到这是多吉来吧的声音,他以为天边真的出现雷声了,而前后左右围堵着自己的狼狗之群正是借了雷鸣的掩护突然出现在了这里。倒是草原马比主人更有灵性,立刻意识到了多吉来吧的存在,它不听主人的驱策,转身走去。巴桑以为马被狼狗之群吓坏了,使劲拽着缰绳,又拉转了它的身子,他还是以为离苏毗城越近就越是安全的。狼狗之群对他的想法了如指掌,把更多的大狼和大狗集中在了他的前面。他向前二十多步,就再也走不过去了,而停下来的这个地方恰好是个洼地,四面的沙丘不高却更适合狼和狗的扑咬。狼和狗密密麻麻排列在沙丘的脊线上,高处的可以扑到巴桑的喉咙,低处的可以扑到马的脖子,再低一点的可以扑到马肚子。巴桑吓坏了,草原马扬起脖子长嘶起来,一声接着一声,它这是报信给多吉来吧听的:危险了,我们危险了。

多吉来吧听到了草原马的嘶叫,立刻意识到他们死亡已经临头,自己不能在这里厮打下去了。它四下里观察,看到狼狗之群严密地部署在它和巴桑之间,不可能直接跑过去,连绕过去都不可能,左右都是密集的狼群。后面是狼狗之群的大本营,强烈厚重的狼和狗的臊味儿让多吉来吧知道,对方只安排了一些老弱病残把守。多吉来吧突然冲了过去,连唬带咬地摧破了围攻,然后以最快的速度奔跑而去。

围堵它的狼狗之群哗地一下动荡起来,追撵是它们的本能。大荒漠的黑夜里,一场赛跑开始了,多吉来吧在前,狼狗之群在后。距离渐渐缩小了,狼狗之群的速度比多吉来吧要快一些,它们是荒漠里的居民,习惯了在松软的沙丘上奔跑,个个都是"沙上飞",而多吉来吧总觉得爪子下面软绵绵的,力气越大就越使不上劲。更重要的是,它必须拐弯,一个一百八十度的大转弯,让它几乎再次把自己投入到狼狗之群的中间。好在它是要去救人救马的,这比让它自己面对死亡还能激发它潜藏在骨血里的潜能。在狼狗之群接近它就要吞没它的一瞬间,它跃过了一座沙丘,然后戛然止步,趴在沙壁下的坑窝里一动不动。狼狗之群有的从沙丘之上它的头顶飞瀑而去,有的从沙丘两侧奔泻而去,跑在前面的发现目标已经消失,停下来回头寻找时,跑在后面的来不及刹住,纷纷撞在了它们身上,猛烈的惯性让它们仰的仰、趴的趴,狼狗之群乱了。趁着这个机会,多吉来吧蹦起来,跃上沙丘,原路返回,稍微一拐,直奔巴桑和草原马。

包围着巴桑和草原马的狼狗之群没有耽搁多久,就开始了进攻。其实说进攻是不确切的,因为没有防御。巴桑和草原马都不过是俎上之肉,等待切割撕咬就是了。也就是说,这不是打斗的瞬间,而是吃肉的前夕,既然是吃肉就需要有先有后,抢先扑向巴桑和草原马的狼和狗都没有来得及把利牙插入血肉,就被后面更加强壮的狼和狗顶翻了。它们互相纠缠着、争吵着,仿佛这也是形成决议前的协商,片刻之后突然安静下来。一些狼和狗后退,把首先撕咬吃喝的机会让给了四匹强壮的狼和两只强壮的狗。四匹狼扑向了巴桑,两只狗扑向了草原马。

巴桑惊慌地喊叫着,胡乱挥舞着马鞭,却一点作用也没有,他的双腿和胳膊迅速被狼咬住了。他惨叫了几声,知道自己就要喂狼,恐怖得揪下了一把草原马的鬃毛。草原马跳起来往前跑,看跑不出洼地,就转着圈来回尥蹶子,却没有踢到一只扑咬它的狗。狗太熟悉马了,很容易地躲过了蹄子,然后一边一个咬住马的屁股把自己吊了起来。也许狼狗之群的失误就在于它们内部的争吵延宕了时间,也在于它们让两只狗去撕咬马,而没有让狼去撕咬马。狗毕竟是狗,无论如何还没有返扑归真到擅长于咬住猎物的喉咙一牙毙命的程度。它们没有立刻咬死马,就等于给多吉来吧赠送了一个救人救马、表现忠肝义胆的机会。它来了,摆脱了狼狗之群追杀的多吉来吧它悍烈无比地跑来了。

多吉来吧一来就出现了死亡,是狼和狗的死亡,只见一股黑风从天上扑来,只听一声雷鸣在耳畔炸响,咬住巴桑双腿和胳膊的四匹狼顿时滚翻在地。大概是大荒漠里的食物来源历来短缺,干旱枯瘦了植物也枯瘦了动物,荒漠狼比草原上的狼要小一些,体格小,胆子也小,滚翻在地的四匹狼竟有两匹抖抖索索起不来了。多吉来吧伸出铁硬的前爪,从这匹狼身上跳到了那匹狼身上,两匹狼的肚子就都被捣破了,捣得很深,破裂的肠子里血沫和狼粪飞溅而出。倒是吊在马屁股上的两只狗胆子不小,丢开草原马就横扑过来,扑过来就是倒地,一只狗被多吉来吧撞倒了,另一只狗刚咬住它的鬣毛就被它一口撕掉了耳朵,然后还是前爪出击,打在了对方鼻子上,打得那狗连打了三个滚,嗷嗷地叫着爬起来就跑。多吉来吧站在巴桑和草原马的身边,冲着狼狗之群威力四射地播放着一声声坚硬锐利的叫声,前冲后挫地运动着,做出随时就要扑过去的样子。

狼狗之群紧张地后退了五六米,形成了一个"凸"字形的轮廓。多吉来吧一看就明白,最突出的那匹大黄狼应该就是头狼。它朝前走了走,又回头招呼着人和马。驮着巴桑的草原马会意地跟过去,跟着多吉来吧走出了危险的洼地,走上了一座沙丘。

一直傻愣着的盗马贼巴桑直到这时才明白，藏獒没有离开他，藏獒来救他了，他和自己的马已经死里逃生。他喊起来："藏獒，藏獒。"喊了两声，眼泪就夺眶而出。一个盗马贼的眼泪就像两股清澈的悔恨之泉，淙淙地流淌在大荒漠的黑夜生死攸关的时刻。巴桑一巴掌拍在自己脸上说："你救了我的命，你就是我的亲阿爸，佛菩萨保佑，让我的亲阿爸来救我了。"多吉来吧听不懂巴桑在说什么，只能意识到语言里充满了悲戚，觉得人的悲戚。是因为作为藏獒的它没有尽到责任，就再次把眼光投向了狼狗之群"凸"字形的轮廓。

头狼，头狼，多吉来吧知道驱散狼狗之群的唯一办法就是干掉头狼。它以居高临下的眼光朝前扫去，看到作为头狼的大黄狼依然处在最突出的位置上，就咆哮了几声，纵身而起，跳下了沙丘。

狼狗之群在头狼的带领下朝前荡了一下，又朝后荡了一下，接着便朝前荡来。它们看到扑向它们的多吉来吧栽倒在了沙丘之下，半天爬不起来，又看到多吉来吧好不容易爬起来后，一瘸一拐地走着路，尖叫了几声，又开始呻吟，还不时地坐下来，弯过身子去舔着后腿。显然它的后腿摔断了，已经不能扑咬、不能厮打了。大黄狼得意地嗥叫了几声，带着狼狗之群威逼而来。多吉来吧紧张地咆哮着，想站起来，屁股使劲抬着，却怎么也抬不起来，只好瘫软在地上，着急而痛苦地扭动着身子。

沙丘之上，草原马"咳咳"地叫着，马背上的巴桑"唷唷"地叫着，他们都看清了多吉来吧受伤的情状，心说完了，又完了，死里逃生的他们又陷入绝境了。狼狗之群乘时乘势而来，转眼就来到多吉来吧跟前，三四米的距离让多吉来吧浑身发抖，连骨头都能打出响亮的冷战来。一匹大公狼扑了过来，咬住了多吉来吧的脖子，看到对方毫无反抗能力，赶紧又退了回去。一只恶狗扑过来，咬在了多吉来吧的肩膀上，看对方惨叫着并不回咬，就吐着舌头，回到了头狼身边。接着又是一匹狼的扑咬，也是咬了一口之后，转身回去了。都是试探，三次试探在多吉来吧身上留下了三处伤口，鲜血流淌着，多吉来吧舔都不舔，似乎已经没有力气顾及自己的伤势了。

头狼阴恶地瞪着多吉来吧，确定这只它从未见过的大藏獒真的不行了，便亢奋地抖动起耳朵，长长地狞笑几声，肆无忌惮地扑了过来。身后的狼狗们轰轰地涌动着，为它们的头狼咆哮助威。头狼一口咬向了多吉来吧的喉咙，大嘴咬合的瞬间，突然觉得什么也没有咬到，又咬了一口，还是没有咬到。不禁大吃一惊，知道事出蹊跷，赶紧后跳，却只来得及发出半声惨叫。瘫卧在地的多吉来吧闪电般起身，牙刀直刺头狼的喉咙。一切都是诡计，多吉来吧冒着被试探者咬死的危险，成功地把头狼引诱到了自己的嘴边。

咬死了头狼的多吉来吧大步朝前走去，机灵的草原马赶紧走下沙丘，跟在了后面。马背上的巴桑发现又有活的希望了，不停呼喊着："藏獒，藏獒。"走出去了几百米，巴桑才抬起头，发现蓝幽幽的眼灯已经不在眼前左右了。巴桑又一次哭了。草原马呼呼地打着响鼻，表达着它的庆幸，也表达着一个畜生对另一个畜生发自肺腑的感激。

第二天上午，他们穿过荒漠的一角，来到了草原的边缘。他们停下来休息。巴桑从马褡裢里拿出一个煜锅（整做的扁圆烙饼），让多吉来吧吃。多吉来吧坚决不吃，走到离巴桑二十步远的地方趴下睡了。

　　草原马脚步轻轻地来到多吉来吧身边，吃着周围的草，吃完了也不到别处继续吃，就那么身姿挺挺地站着，用它的身体为睡着的多吉来吧遮挡着荒漠边缘恶毒的阳光，也用尾巴驱赶着飞来骚扰多吉来吧的蚊蝇，好像它是不累的，也不知道还有不短的路要走，必须尽快多吃一些草。

　　巴桑看着自己的马，眼睛里潮潮的，连马都知道千方百计地报答救命之恩，而他却还在心里打着小算盘。他闭上了眼睛，重新考虑着如何处置多吉来吧的事情。一个盗马贼第一次为了一个畜生的去留在困乏之失眠。而多吉来吧永远都不会知道，正是它的勇敢和机智以及对人的忠诚，软化了盗马贼坚硬的心，给自己赢得了一个继续踏上回乡之路的机会。

　　太阳西斜的时候，他们又开始行走。巴桑骑马走在前面，对多吉来吧说："藏獒你听着，我不带你去我的家乡草原了，哪怕你能给我换来一百匹马。你是逃跑出来的是不是？就像我卖马那样，你被人卖给了外面的汉人是不是？你现在要回家乡是不是？我知道只有青果阿妈草原和康巴草原才生长着你这样的大狮子藏獒，告诉我你是青果阿妈草原的，还是康巴草原的，我好送你去啊。"多吉来吧知道他这番话很重要，使劲听着，也没有听明白，当巴桑说到"青果阿妈草原"时，它没有吭声；说到"康巴草原"时，也没有吭声。巴桑唉叹一声说："那我只能把你送到花石峡了，到了花石峡你自己走，你能走回去吗？"

　　第二天下午，他们到达了花石峡，这是个前往草原腹地的路口，有一些房子，有许多人，还有南来北往的汽车。巴桑不走了，下马指着前面的路对多吉来吧说："你就往前走吧，再走四五天，就能看到巴颜喀拉山，翻过了山往南去是康巴草原，往北去是青果阿妈草原，能不能回到家乡就看佛菩萨保佑不保佑你了。"多吉来吧顺着巴桑手指的方向看了半晌，摇了摇尾巴，好像听懂了。其实它只听懂了一点，那就是往前走，就凭这一点，它也要离开巴桑和草原马了。

　　多吉来吧朝前走去。草原马扬起鼻子嘶鸣着，这是送别：保重啊，藏獒！多吉来吧听明白了，脚步没停，头也没回，但叫声却一声比一声洪亮、恳切：谢谢啊，谢谢你们带我来到了这里！巴桑看着，听着，揉了一下眼睛，就呜呜呜地哭起来。

　　多吉来吧离开草原马和巴桑的视线，就奔跑起来。它突然闻到了深藏在草原内部的野兽的气息，闻到了寒凉可亲的雪山的气息，闻到了帐房和牛羊的气息，它觉得日思夜想的故土西结古草原就要到了，它很快就能见到自己的主人汉扎西和妻子大黑獒果日了。隐隐约约，带着城市亢奋的人臊在风中飘忽，从身后催促着它。多吉来吧突然意识到，自己处在两股风气之间，亢奋的人臊和自己回乡的方向完全一致，自己的使命是和裹挟着人臊的东风赛跑，赶在危难之前回到西结古草原，承担救援的草原救援寄宿学校的责任。

　　多吉来吧追逐着风头，向西飞奔。

28　地狱食肉魔之"大遍入"法门

　　勒格红卫策马而去,一路都是尼玛和达娃的哭声。地狱食肉魔走在主人身后,不时地回头看一眼大黑獒果日。

　　大黑獒果日远远地跟踪着他们,知道自己无能为力,对丈夫的思念便愈加强烈起来:多吉来吧,多吉来吧,你要是没有远走他乡就好了,我们的孙子就不会被人打劫走了。它望着远方,望着狼道峡口的方向,用发自胸腔的带有共鸣的声音嗡嗡嗡地叫着,好像这种穿透力极强的声音可以取消一切距离。

　　大黑獒果日的叫声让勒格红卫愣了一下,他起身从马背上卸下褡裢和缰绳,放开赤骝马,让它随意去吃草。又从褡裢里拿出糌粑吃了几口,也让地狱食肉魔以及尼玛和达娃吃了几口,然后拿出一根备用的马肚带,把尼玛和达娃拴在了草墩子上,再把另外一根马肚带和缰绳接起来,做了一个套马索。他招呼地狱食肉魔来到自己身边,让它和自己一起歪倒在了草墩子旁边。

　　鼾声响起来,有人的,也有藏獒的,不停地跋涉,不停地打斗,勒格红卫和地狱食肉魔真是太累了,想好了要假装睡着,一闭上眼睛就真的睡着了。

　　他们身后,被拴在草墩子上的尼玛和达娃却一点睡意也没有,它们望着不远处的大黑獒果日,挣扎着想过去,几次都被马肚带拽了回来。

　　聪明的妹妹达娃首先开始用牙齿切割马肚带,哥哥尼玛看到了,也学着妹妹的样子咬起来。马肚带是牛皮的,达娃稚嫩的小牙齿根本就咬不断,尼玛的力气大一点,咬了差不多一个小时才咬断。尼玛后退着,当确定马肚带已经不再牵连自己时,高兴得转身就跑。它几乎跑到了奶奶大黑獒果日身前,突然一个愣怔,"嚓"的一声站住了:妹妹怎么办?我怎么能把妹妹丢下呢?它回过身去,望着妹妹达娃,停了片刻,又悄悄地跑了回去。

　　大黑獒果日翘头看着尼玛,真想跑过去拦住尼玛,又害怕惊醒了地狱食肉魔,想喊又不敢喊,急得又刨腿又哈气。它毕竟是饱经风霜的老藏獒,比小藏獒要理智一些,能逃脱一个是一个,干吗要回去呢。

　　哥哥尼玛来到稳隐哭泣的妹妹达娃身边,用自己的小牙齿帮着达娃咬啮依然紧拴着它的马肚带,不时地呦呦安慰几句:我没走,我没走,要走我们一起走。达娃不哭了,抬头看着尼玛,突然一头顶了过去,好像是说:哥哥你回来了,快帮我咬断马肚带啊。又好像是说:哥哥你快走啊,你回来干什么。但是它顶得太猛了,哥哥尼玛"扑通"一声倒在了地上。

　　就是这一声倒地的响动惊醒了地狱食肉魔,它忽地站起来,一眼就看到拴着尼玛的马肚带断了。它冲着主人叫了一声,跳过去一嘴拱翻了正想跑开的尼玛,转身盯住了大黑獒果日。

　　大黑獒果日奔扑而来,一心想着把已经咬断绳索的尼玛从地狱食肉魔的阻拦中救出来。刚刚从睡梦中惊醒的勒格红卫站起来,老练地甩出了套马索,大黑獒果日一头撞进圈套,顿时被扯翻在地上。大黑獒果日哪里受过这样的侮辱,翻身起来,暴跳如雷,随着套马索的迅速拉紧,扑向了勒格红卫。就见地狱食肉魔狂吼着扑过来,挡在大黑獒果日前面,用肩膀狠狠一扛,扛得对方翻倒在地,然后又用坚如磐石的前肢死死摁住了对方。勒格红卫满意地哼了一声,指着大黑獒果日对地狱食肉魔说:"外婆,它是你的外婆。"

勒格红卫牵着马匆匆往前走。大黑獒果日被绑起来驮在了马背上,许多牛皮绳缠绕在它身上,把它和赤骝马连成了一体。牛皮绳勒得它几乎要窒息而死,但更糟糕还不是窒息,而是摇晃。赤骝马好像很不满意主人让它驮着一只陌生的藏獒,故意大摇大摆地走路,晃得大黑獒果日头晕目眩、呕吐不止。作为一只习惯于用健壮的四肢驰骋草原的藏獒,它最害怕的就是失去平衡、失去大地的依托,绑起来让马驮着它,等于要了它的命。它在恍惚、迷乱、痛苦、悲哀之际,感觉到了死亡的来临。

大黑獒果日睁大眼睛,无声地流着泪,突然看到多吉来吧从一幅图画中快速跑来,那以雪山为背景的草原的图画,是扑咬狼群、扑咬一切强大敌手的图画,是跑过来和它相亲相爱的图画。它兴奋地喊起来,喊着喊着,图画中多吉来吧消失了,地狱食肉魔出现了。大黑獒果日一阵纳闷:当记忆中的味道展示出形象的时候,地狱食肉魔怎么会变成多吉来吧呢?

勒格红卫停下了,抓出尼玛和达娃,放到地上,狡黠地撇着嘴说:"现在要考验考验你们,看你们是不是真正的好藏獒。"说着,挥了挥手,又踢了踢它们。尼玛和达娃愣愣地望着他,看他一再地挥手,达娃首先反应过来,用头顶了顶尼玛,转身就走。尼玛跟了过去。它们走出去十多米,再回头看时,只看到了勒格红卫大步前去的背影。

自由了,小兄妹两个都自由了,终于可以回到寄宿学校汉扎西身边去了。它们兴奋得叫起来,一个比一个欢快地朝前跑去。跑着跑着就停下了,聪明的妹妹达娃和憨厚的哥哥尼玛几乎同时停了下来,碰了碰鼻子,好像商量了一下,然后一起转过身去,朝着勒格红卫和地狱食肉魔大声武气地叫起来,一阵响亮的"汪汪汪"之后便冲了过去。它们惦记着奶奶大黑獒果日,它们要去救奶奶,如果救不了奶奶,它们宁肯让可恶的勒格红卫和地狱食肉魔再次俘虏。

勒格红卫看它们跑了回来,心想,果然是好藏獒。他一把一个抓起它们,重新放进了自己的胸兜。

他们继续往前走,没多久就看到地平线上出现了一顶黑色的牛毛帐房。地狱食肉魔和勒格红卫亢奋地跑了过去,却什么也没有看到,没有主人,更没有藏獒,只有青花母马和桑杰康珠。桑杰康珠从帐房里走了出来,庆幸地说:"你们扑空了,这里没有你们要杀要咬的。"原来她并没有离开,她是想既然自己无力阻拦暴行,与其跟在后面,不如绕到前面来告诉牧人和藏獒躲避。勒格红卫仇恨地望着桑杰康珠,把牙齿咬得嘎嘣嘎嘣响。

他阴沉沉地说:"为什么?为什么你要和我过不去?"

桑杰康珠说:"现在该你来问我为什么了,不知道。"

勒格红卫没有问她,他盘腿打坐,目不斜视,就盯着草地自言自语,好像听他说话的是穿行在草叶之间的蚂蚁,而不是桑杰康珠。桑杰康珠站在他的身后,忽然听见,他说的正是她一直追问的。她大感惊奇,不知道他为什么在这个时候突然开口,难道他阴冷表情下隐藏着一颗柔弱的心?

　　勒格红卫声音很低沉,言词不连贯,有时还会结巴。不是因为激动和愤怒。很久以来,他都沉默面对高山草原,他唯一的说话对象就是地狱食肉魔。这是多少年来他的第一次倾诉,他不知道为什么选择了对他恨之入骨的桑杰康珠为对象,也不知道为什么一开口就停不住。

　　他说他在索朗旺堆生产队放羊的时候,就是一个病人,去西结古寺做了喇嘛后,病就更重了,浑身上下仿佛有许多小虫子在爬动,有时奇痒,有时奇痛。藏医喇嘛尕宇陀的药治不好他的病,丹增活佛的经咒也无法使他平静。他请求丹增活佛允许他去砻宝雪山避世修行,因为在宁玛派和噶举派的普通教法里,避世修行是一种把病痛转换为佛法的方便之门。丹增活佛同意了,并给他亲授了尊胜白度母的长寿仪轨和六臂大黑天的三种随许法,叮嘱他坚忍,精进,不得懒惰,也不得逾越。

　　他这时已经当了三年喇嘛,他丢开上师关于"不得逾越"的教诫,开始秘密修炼讲究男女合修、证悟明空大乐的"大遍入"法门。他知道这种不是先显宗后密宗而是直接进入密宗修炼的做法,在主宰着西结古寺的大圆满法门和大手印法门里,是绝不允许的,它很可能带来极其危险的后果:聚毒成魔,或者暴死于身内毒焰。但他觉得自己是上根利器,只要修出正果,允许不允许又有什么要紧呢?

　　"大遍入"法门的修炼需要伴侣,他不仅给自己找了一个明妃(修法女伴),还私养了一只就认他而不认任何别的喇嘛的小藏獒。而在西结古寺数百年的传统是,只能有公共的寺院狗,不能有专属于活佛喇嘛个人的藏獒。他把这只小藏獒和一匹狼崽圈养在一起,小藏獒是牧民给他的,狼崽是拜托猎人抓来的。他修行了两年,用一种被丹增活佛说成是"弃佛反佛"的法门圈养了两年,结果是藏獒变成了狼,狼变成了藏獒。那只藏獒见羊就咬,往死里咬,咬死了光喝血不吃肉;那匹狼见人就跟,见狗就套近乎,不吃羊,专咬狼,不咬死不罢休。

　　有一天丹增活佛带着藏医喇嘛尕宇陀去砻宝雪山探望他,看到这匹狼和这只藏獒之后,脸色陡然大变,立刻念起了《猛厉火经咒》。丹增活佛说:"走火入魔的人啊,修炼出来的不是智慧,不是佛,不是一颗光明安详、利乐众生的心,而是比一般人炽盛一百倍的贪嗔痴慢妒,他调换了藏獒与狼的本性,说明他颠倒了佛与魔鬼、美善与丑恶、光明与黑暗的位置,靠近的是'大遍入'法门的邪道而不是正道,他是害人的麻风,害人的麻风。"

　　后来,冈日森格带着领地狗群咬死了那只变成狼的藏獒和那匹变成藏獒的狼。他悲痛地埋葬了自己的藏獒和狼,从砻宝雪山的修行地回到西结古寺,想问问活佛为什么要这样安排。没想到更大的不幸接踵而至。丹增活佛对他说:"你的业障现在是难以消除了,你还是离开我们吉祥的寺院吧,不彻底觉悟就不要回来。真正的'大遍入'法门不是你现在就能证悟的。走吧,快走吧,你留在寺里只能是祸害。"他给丹增活佛跪下了,乞求活佛留下他。他说:"我修炼'大遍入'就是为了解除病痛,现在病痛已经没有了,我可以一心念佛了。"丹增活佛断然拒绝,吩咐下去,不给他分配僧舍和僧粮,也不让他参加任何法事。他待在大经堂的廊檐下,化缘为食,什么也不离开,丹增活佛让铁棒喇嘛藏扎西带人把他抬到了碉房山下。他说:"只要不把我抬进'地狱',我就属于'天堂'。"几天后他果然又回来了。丹增活佛纵狗驱赶他。他愤怒而无助，只好逃之夭夭。

　　勒格红卫沉浸在往事之中，桑杰康珠看不见他的脸，不知道是不是布满了悲戚。只听见他喃喃说道："我的藏獒死了，我的狼死了，我的明妃死了，我的大鹏血神死了！"

　　桑杰康珠轻声说："大鹏血神是哪里的神，是你的本尊吗？我给你请一个。"

　　勒格红卫垂头说："'大遍入'坛城的中心大神，请不来啦。"

　　桑杰康珠说："请不来就不请了，你的明妃我来做，我做过的，我可不在乎什么大鹏血神。"

　　桑杰康珠说着，跪着朝前挪了挪，又警惕地看了一眼五步之外的地狱食肉魔。地狱食肉魔趴卧在赤骝马的前面默默无声，赤骝马和马背上的大黑獒果日以及草地上的尼玛和达娃也是默默无声，似乎都睡着了，没有一只眼睛是盯着她的。她假装脱衣解带，悄悄抽出了藏刀。

　　现在，她离勒格红卫只有不到一米，身子朝前一伸，就可以把藏刀插进他的喉咙了。

　　刺杀发生了，但却不是刺向勒格红卫的喉咙，而是刺向了地狱食肉魔的喉咙。出刀的瞬间，桑杰康珠心中一软，藏刀改变了方向。

　　桑杰康珠不应该把藏刀刺向地狱食肉魔。对地狱食肉魔来说，睡着和醒着都一样。藏刀从它的鬣毛之间刷然而过的同时，它就一口咬住了桑杰康珠的脖子。

　　然而，地狱食肉魔忽然发现，它咬住的不是桑杰康珠的脖子，而是勒格红卫的脖子。地狱食肉魔赶紧松口，当它再次扑向桑杰康珠的时候，硕大的獒头却被勒格红卫满怀抱住了。

　　勒格红卫喊了声："它会咬死你。"

　　桑杰康珠说："我不怕死。"

　　勒格红卫说："'大遍入'的法门不允许我害人，也不允许我亲自动手杀死藏獒。我发了誓，如果违背誓言，'大遍入'法门给我的出路有两条：一条是让仇人杀死我的一个亲人，一条是自己了断和世界、和'大遍入'本尊神的关系，也就是自杀。如果我不能选择其一，我就会堕入苦海，永永远远不得脱离地狱、饿鬼、畜生三恶途。你走吧。"

　　桑杰康珠看着暴怒的地狱食肉魔就要挣脱勒格红卫的搂抱，转身跑向拴在帐房后面的青花母马，飞身而上，打马就跑。她知道已经没有必要跟着他们了，她已经心软，已经有了同情，再也不可能把藏刀刺向勒格红卫，更何况还有地狱食肉魔的愤怒和警惕。好在她已经搞清了对方屠杀西结古藏獒的原因，还知道了大鹏血神对勒格红卫的重要。她想，既然大鹏血神尊崇到可以成为一座坛城的中心大神，它就不会真正的死去，就应该有无量之变来显示它的法威。丹增活佛为什么不能举行一个祈佛降神的仪式，还给勒格红卫一个大鹏血神呢？

　　桑杰康珠奔驰而去。勒格红卫站起来，抓起尼玛和达娃，牵上赤骝马，吆喝着地狱食肉魔，匆匆走向了下一个屠杀目标。走着走着，他又停下了，回望桑杰康珠消失的地方。

29 格萨尔宝剑之 东结古獒王之死

　　藏巴拉索罗神宫前,面对东结古獒王大金獒昭戈的挑战,冈日森格的反应却是困顿地打了一个哈欠,动作迟缓地卧了下来。它知道自己老了,已经不是雄姿英发、目空一切的时候了,它必须给别的藏獒创造出人头地的机会。曲杰洛卓死了,情势逼迫下,西结古草原的领地狗群里必然会冒出更加出色的藏獒,比自己出色,比曲杰洛卓出色,比整个青果阿妈草原所有的藏獒都出色。

　　果然,一只藏獒跳了过来。让獒王冈日森格诧异:就是你?你能迎战东结古獒王?

　　这是一只名叫各姿各雅的雪獒,虎背熊腰、仪表堂堂,但性格腼腆温顺,很少有争强好胜的时候,尤其是在和野兽和外来藏獒的打斗中,谁也不能把它跟大智大勇、出类拔萃联系起来。

　　冈日森格正准备摇摇头,就见雪獒各姿各雅已经走向了打斗场。

　　东结古獒王大金獒昭戈一看出场的不是冈日森格,毅然从打斗场的边缘退了回去,尖亮如刀的眼光顿时变得呆钝黯淡了。这是一种不屑的表示,傲慢的大金獒昭戈并不想轻易施展本领。高山只能和高山碰撞,高山要是掩埋了土丘,那不叫胜利,叫欺负。

　　各姿各雅看到獒王大金獒昭戈退了回去,知道对方瞧不起自己,又看到走出来抗衡的是一只虎头苍獒,便学着大金獒昭戈的样子,面带傲慢的神情,不屑地后退。退了几步,就"汪汪汪"地吠鸣起来。

　　勇敢善战、悍猛刚毅的藏獒一般是不会吠鸣的,尤其是打斗之前,但是各姿各雅却莫名其妙地吠鸣起来,而且沙哑短促、若断似连的,给人的感觉是它连虚张声势都不会。东结古骑手们和领地狗们都笑起来:这哪里是藏獒,是一只胆小怕死的笨狗熊吧? 可惜它这一身丝绸般漂亮的白毛了,可惜它那虎背熊腰、仪表堂堂的长相了。

　　但就在这时,所有的眼睛都看到,虽然叫声还在持续,各姿各雅却已经不在原地了,好像那儿本来就没有站立过一只雪獒。它正在摁住虎头苍獒,喷吐着满嘴血沫。

　　谁也没有看见它的奔扑和撕咬,等人们看清的时候,打斗已经结束了。

　　西结古的人和狗、东结古的人和狗、上阿妈的人和狗几乎同时发出了惊呼。西结古獒王冈日森格更是兴奋而欣慰:这可是只有獒王级别的藏獒才可能有的扑咬技巧。啊,獒王,各姿各雅不是西结古草原的獒王,谁是獒王?

　　父亲跑了过去,蹲下身子看了看虎头苍獒,怒瞪着各姿各雅,吼道:"它咬死你,你咬死它,你们互相咬吧,总有一天你们会把草原上的藏獒咬完。"雪獒各姿各雅温顺地摇了摇尾巴,一脸腼腆地扭转了身子,好像不敢面对父亲。父亲无奈地长叹一声,起身走开,又回过头来,就像一个长辈叮嘱一个管束不住又不能不管的孩子那样说:"不要往死里咬,咬伤就行啦,但也不要咬成重伤,听见了没有?"各姿各雅晃了晃身子,好像说:怎么可能呢? 藏獒的所有打斗都是血肉横飞、你死我活的。

东结古獒王大金獒昭戈来到虎头苍獒身边,悲痛地哭号了几声,然后抬起头,怒视着各姿各雅,目眦尽裂。雪獒各姿各雅腼腆地笑了笑,它为自己能够挑战威武不群的东结古獒王而振奋不已。

冈日森格跑向打斗场,横挡在了雪獒各姿各雅前面,用头一再地顶着对方。各姿各雅明白这是让它回去的意思,左右躲闪着就是不走,眼神里挂满了疑问:为什么?为什么?我已经打赢了一场,我应该继续打下去。

冈日森格用眼神传递着自己复杂的内心:你是一只有望继任西结古獒王的藏獒,你还要成长,怎么能轻易面对死亡呢?还是让我来打吧,让我去扫清你走向獒王之路的障碍。我老了,生命已经不重要了,我就是打不过东结古獒王大金獒昭戈,也会让它身受创伤。你再去挑战,就一定能赢它了。

各姿各雅并没有读懂冈日森格眼神里的内容,只知道自己必须服从獒王,就收敛了脸上的杀气,一如既往地带着腼腆的神情,温顺地转身走去。

东结古獒王大金獒昭戈冲着各姿各雅狂叫起来,让它留下性命再走。各姿各雅停了下来,看了看自己的獒王冈日森格。冈日森格冲着大金獒昭戈咆哮起来,告诉对方:我是挑战者,你来跟我打。看到一心想为虎头苍獒报仇的大金獒昭戈依然纠缠着各姿各雅,便毫不迟疑地扑了过去。

冈日森格的扑咬带着老藏獒的迟缓,大金獒昭戈稍微一晃就躲开了。它倏地横过眼光来,打量着冈日森格,嗓子眼里顿时冒水一样呼噜噜响起来,这是唬鸣,是从肚腹里发出来的雷霆。大金獒昭戈把雷霆之怒一轮一轮地送上天空,天空正在幻变,有云了,刚才还是一碧如洗,一下子就乌云翻滚了。

父亲看了看压抑的天空,担忧地喊了一声:"冈日森格,不要打了,回来吧。"班玛多吉在他身边说:"你胡喊什么?涣散军心,东结古出场的是獒王,我们出场的也应该是獒王。"父亲吼起来:"班玛书记你瞎了呀,冈日森格已经老了,不能再打了。"班玛多吉说:"它能不能打你不知道,领地狗群才知道,领地狗群没有怀疑它做獒王的资格,你怀疑什么?"

冈日森格又是一次动作迟缓的扑咬,被大金獒昭戈轻松顶开了。东结古骑手的头颜帕嘉喊起来:"昭戈,快啊,咬死它,咬死那个笨蛋。"

刹那间大金獒昭戈飞镖一样扑了过来,但它不是按常规扑向冈日森格的喉咙,而是扑向了冈日森格的头顶,似乎在炫耀它的跳高能力。它的矫健的身躯变成了飞翔的鹰,展开翅膀遮住了半个天空。冈日森格忍不住心中惊叹,大金獒是它见过的跳得最高的藏獒。更让它吃惊的是,对方跳高的目的并不是为了攻击,而是为了表演,是为跳高而跳高。至少表面上是这样。

大金獒昭戈落到了冈日森格后面,就在冈日森格准备前冲过去,躲开对方的后面进攻时,大金獒又跳了起来,奔跃的路线居然是原路返回。一眨眼工夫,又落在了它第一次起跳而冈日森格准备躲去的那个地方。接着就是第三次、第四次、第五次、第六次跳高。它以不变的路线和不变的高度,在冈日森格的头顶来回奔跃着,不知道它要干什么。

冈日森格把眼光送上了天空,忽然觉得头大了,天地倾斜了。它知道危险就要来临,大金獒的进攻马上就会出现。冈日森格稳住自己,蹦跳而起,试图从对方奔跃的路线中脱险而出。但是立刻它就发现失策,大金獒蓦然改变了奔跃的路线,几乎在冈日森格落地的同时,砸击在了它身上。

大金獒昭戈知道对方本能的反应是扭转脖子,抬头朝上撕咬,就朝下龇着牙刀,等待它的喉咙自动露出来。冈日森格果然中计,幸好有无数次出生入死的经验制止了它。它把脖子一缩,"扑哧"一声趴倒在了地上。大金獒一看冈日森格的喉咙贴近了地面,意识到它精心设计的战术已经落空,便恼怒地一口咬住了对方的后脖颈。

冈日森格知道,后脖颈离大血管很近,如果让对方把利牙扎得太深,就会有生命之忧,便把肩膀一斜,奋力朝一边滚去。它几乎是驮着庞大的大金獒,接连翻滚,从打斗场的中央一直滚到了边缘,才算把对方彻底甩掉。

冈日森格站起来,喘着粗气,摇摇欲倒地走向打斗场的中央。血从后脖颈上流下来,就像一些游走的蛇,在长长的鬣毛之间蠕动着,渐渐滴到了地上,一路都是血染的足印。

大金獒昭戈从后面看着它,突然意识到对方虽然甩掉了自己,却没有甩掉紧随不去的厄运,进攻的机会又来了。它用矫健的四肢无声地跳起来,以风的速度扑杀过去。冈日森格来不及回看,感觉到身后的气流正在发生变化,就知道死神的魔爪又要来掐死它,便玩命地朝前逃窜而去。

但是冈日森格没有逃脱,大金獒昭戈扑杀中的提前量准确到无与伦比,它的逃窜差不多就是把自己要命的腹腰奉送到了对方的魔嘴之下。情急之中,冈日森格还像上次那样"扑哧"一声趴下,让自己的腹腰紧紧贴住了地面。身量高大的大金獒昭戈只好一口咬在冈日森格的脊背上。

冈日森格又一次朝前滚去,又一次滚到了打斗场的边缘,当它又一次甩掉大山一样沉重的大金獒的时候,已经疲倦得发不出吼声了。

冈日森格满眼悲观地望着西结古骑手和领地狗群,似乎是告诉他们:对不起了,我给你们丢脸了,我老了,我已经打不过如此强悍的对手了。然后猛烈地喘了几口气,又重重地咳嗽了几声,带着落花流水的无奈,走向打斗场的中央。

西结古阵营里,父亲忍不住哭着喊起来:"回来吧,冈日森格回来吧,咱不做獒王了,咱回家。"他知道冈日森格不可能回来,就又把怒火喷向了班玛多吉:"什么藏巴拉索罗,你为什么不给他们?"说着,抹了一把眼睛,满手都是泪。班玛多吉也心中不忍,扭头寻找各姿各雅:"各姿各雅在哪里?你给我上,把冈日森格换下来。"

各姿各雅朝班玛多吉看了看,摇了摇尾巴,表示听到了。但它没有动,它信守着领地狗群的规矩,虽然焦急却很本分地伫立在观战的位置上。

而在东结古阵营里,骑手们正在轻松地说笑,颜帕嘉的笑声里抑制不住地夹杂着嘲弄:"这样的獒王,怎么还有胆量保卫藏巴拉索罗神宫,可惜了藏巴拉索罗,麦书记怎么搞的,居然把藏巴拉索罗带到了西结古草原。"

东结古獒王大金獒昭戈却没有东结古骑手那样轻松。它看着不屈不挠走向打斗场中央的冈日森格,既是嫉恨的,又是钦佩的:在它一生的打斗中,还没有遇到过一只这样的藏獒——它连续两次让你费尽心机的进攻失去了目标,你年轻力壮的身躯和久经沙场的智勇在它面前似乎永远得不到最充分的展示。

东结古獒王大金獒昭戈跳了起来，速度在这个时候变成了枪弹，根本就不显示线路，只显示结果。结果却让大金獒昭戈大吃一惊：它怎么只咬住了对方的尾巴？冈日森格面对着它，它的目标必须是喉咙。也就是说，在它的高速攻击面前，冈日森格不仅保住了自己的喉咙，还从容不迫地转过身去，只让自己蜷起的尾巴带着嘲讽进入了它的大嘴。

大金獒昭戈气急败坏地一阵撕扯，几乎将冈日森格的尾巴扯断。冈日森格的尾巴不是它想象中的脆骨，而是随着年龄老去了的硬骨，它一下没有咬断，准备换口的时候，对方已经脱身而去。看到冈日森格跟跟跄跄，差一点仆倒的样子，大金獒昭戈实在想不出这只老藏獒跟打斗的速度有什么关系。

大金獒昭戈琢磨着下一步如何扑咬，却见冈日森格使劲弯过身子来，想舔一舔自己尾巴上的伤口，可它和大部分狗一样是够不着自己的尾巴的，就追着尾巴转起来，一圈又一圈，越追越快，旋风一样，在打斗场的中央呼呼地响。大金獒昭戈有点纳闷：小狗才会追着自己的尾巴转圈圈，它都老了，怎么还这样？诡计？一定是诡计。可这样的诡计有什么用呢？只能自己把自己跑死、累死、转死。

大金獒昭戈看着，突然意识到尾巴的伤口是不疼而痒的，那种痒痒比疼痛还要难受。面前的冈日森格肯定是不堪忍受才这样的，这又一次给它制造了进攻的机会。冈日森格的身子是弯着的，转着的，当弯曲的身子凸出来的一侧转向它的时候，对方的头正好扭向自己的尾巴看不见它。它应该就在这个时候扑过去，一口咬住暴露而出的柔软的肚腹。

攻击的结果让大金獒昭戈再吃一惊：不是它咬住了冈日森格的肚腹，而是冈日森格咬住了它的肚腹。因为冈日森格突然不转了，它一停，对方扑咬的提前量就失去了意义，只能一头扎向它弯曲的身子。如果冈日森格这个时候动作稍慢，大金獒昭戈还可以咬住它的肚腹，撕开皮囊，掏出肠子。但就在大金獒昭戈牙刀逼临的一瞬间，冈日森格弯曲的身子突然绷直转向了，它什么也没有咬到，而自己的肚腹却不可原谅凑到了对方的嘴前。

肚腹破了，大金獒昭戈的肚腹霎然而响，就像有人正在解剖。这是它第一次负伤，却比它带给冈日森格的三次负伤加起来还要严重。

似乎连冈日森格都有些惊讶：怎么就这样得手了？

父亲又一次喊起来："行了行了冈日森格，你已经赢了你赶紧回来吧。"班玛多吉释然地笑着："行啊冈日森格，老了老了，还这么厉害，不愧是西结古草原的獒王。再咬啊，再这样咬它一口，它就死啦。"雪獒各姿各雅和所有的西结古领地狗都高兴得叫了一声。它们的叫声引起了东结古领地狗的不满，也都闷闷地叫起来给大金獒的助威。东结古骑手的头颜帕嘉喊起来："昭戈必胜，昭戈必胜。"

大金獒昭戈悲愤地长啸一声，震得空气动荡，草原摇晃。冈日森格好像受到了惊吓，竟有些抖颤，赶紧松开对方，朝后退去，还没有退到安全的地方，大金獒昭戈就拖带着淋漓的鲜血，不顾一切地扑了过来。

这一次冈日森格没有来得及躲开，或者说它干脆就没有躲。它挺立着，略微侧了一下身子，让大金獒昭戈咬住了它的肩膀而没有咬住它的喉咙，然后它奋然跳了起来。观战的骑手和藏獒都有些纳闷：怎么冈日森格又傻了，还嫌自己受伤得不够吗？让对手咬住自己以后才开始跳，这就等于帮助对方撕开自己的皮肉啊。

皮肉开裂的声音就像风在穴口吹出的哨音，尖锐而响亮。

只有正在搏杀的大金獒昭戈知道，正是冈日森格这种自残式的做法，让它立刻感觉到了危机的来临，跳起来的冈日森格迅速伸出前爪，猛捣它的鼻子。它惨叫一声，丢开对方赶紧后退，但已经晚了，血从鼻孔里冒出来，一下糊满了宽大的嘴。

骑手们和藏獒们明白了：冈日森格用自己肩膀上的一块皮肉，换来了大金獒昭戈鼻孔血管的破裂。

但冈日森格毕竟老了，如果不老，它一定会锲而不舍地追上去，在大金獒昭戈因鼻孔负伤而痛苦不堪的时候，扑住对方的脖子，一牙封喉。可惜它老了，它已经没有年轻时那种穷追猛打的连贯和流畅了。

大金獒昭戈退到一边，低头看了看自己还在滴血的肚腹，又抬头望着冈日森格，嗷嗷地叫了几声，大步朝前走来。不愧是东结古草原伟大的獒王，虽然肚腹已破、鼻子已烂，但只要不到生命的最后一刻，就决不放弃战斗。它扑了过来，依然是无法抵抗的力量，依然是快如闪电的速度。

冈日森格转身就跑，它知道打斗就要结束，但胜负并未确定，自己一旦被对方咬住，必死无疑。大金獒昭戈已经感觉到了死亡的恐怖，必然发挥最有威慑力的凶残，一只藏獒最后的凶残往往也是用生命搏取生命的最辉煌的一瞬。

冈日森格看到对方发狂地追撵着，就沿着打斗场的边缘拼命跑起来。冈日森格一生都是奔跑的圣手，到了老了还是，别看它气喘吁吁，好像就要跑不动了，但对方就是追不上，速度居然和年轻而疯狂的大金獒昭戈一样快。它跑了一圈又一圈，大金獒昭戈追了一圈又一圈。大金獒昭戈突然意识到这样的追撵对它极为不利，它重伤在身，跑得越快，血流得越多，离死亡也就越近。

东结古獒王大金獒昭戈毅然停了下来，看冈日森格还在狂跑，心说：我都不追了，它还跑什么？

冈日森格感到机会隐隐地出现了，是最后的，也是最没有把握的机会。它把四肢舒展成翅膀，尽量和地面保持着水平线，弹性的爪子比期望更加有力地蹬踏着，如水如风地跑起来。

旋流出现了，是冈日森格掀起的金色旋流，环绕着东结古獒王大金獒昭戈，迷乱了所有观战者的视觉，更迷乱了大金獒昭戈的视觉。大金獒昭戈感觉到威胁，又无法判断威胁会在什么时候出现，会以什么样的形式出现。它在旋流的中间转动着，突然发现圆圆的日晕一样的旋流变形了，破碎了。与此同时，一道光脉激射而出，仿佛一股冰融的瀑流击中了它，喉咙一阵冰凉，一股寒气刺入了身体。它浑身一颤，躺下了，虽然没有疼痛，但它知道自己只能躺下了。

一片寂静，所有观战的骑手和藏獒，都没有发出声音。风突然响起来，像是老天爷的叹息。

"昭戈"是卧龙的意思，卧龙彻底卧倒了，再也不是呼风唤雨的獒中卧龙了。

30　多吉来吧之望故乡渺茫

现在,多吉来吧不仅闻到了草原内部野兽的气息,也看到了野兽对它的顶礼膜拜,那是十几只对人对它都无害的小野兽——叽叽喳喳的旱獭,翘起前肢,拱手作揖,仿佛在列队欢迎它的归来。它高兴啊,"嗡嗡嗡"地回应着,吐着舌头,用热切的眼神频频致意。现在,它不仅闻到了寒凉可亲的雪山气息,也遥望到了它的风采:挺拔起伏的姿影,沁人心脾的银白。它使劲呼吸着,恨不得把那冰光雪色全部吸到肚子里。现在,它不仅闻到了帐房、牛羊的气息,也实实在在看到了它们的存在。朝思暮想的帐房啊它们是深色的,是牛毛编制的;梦中浮现的牛羊啊它们跟自己一样是浑身长毛的,是四条腿走路的。

多吉来吧跑出公路,跑向了旱獭,吓得旱獭一个个钻进了洞里。它跑向了两溜儿用绳子拉起来的经幡,激动不已地让飘荡的经文摩挲着自己的脸,又跑向了一群羊,顿时有一只大狗"杭杭杭"地叫着冲了过来,没冲到跟前就停住了。大狗不是藏獒,只是一只普通的藏地牧羊狗,看到多吉来吧如此硕大威风,吓得声音都变了。多吉来吧知道对方害怕自己,抱歉地缩了缩身子,赶紧离开了。离开的时候不禁"哦"了一声:西结古草原什么时候有了这样一只狗?想着它抬起了头,再次看了看远方的雪山,呼呼地哈着气:昂拉雪山啊我回来了;不,不是昂拉雪山,是耷宝雪山,耷宝雪山啊我回来了;不,也不是耷宝雪山,是党项大雪山,党项大雪山啊我回来了;不,也不是党项大雪山,是……突然它停了下来,发出了一种连自己都奇怪的声音,那是惊喜后的沮丧,是失望中的悲伤。

只要是草原,就会有旱獭、羊群、帐房和经幡,只要是雪山,就都会闪烁银白之光,播散寒凉之气。日思夜想的故土草原西结古依旧遥远,它的主人汉扎西和妻子大黑獒果日以及寄宿学校仍然渺茫。它大声哭起来,呼呼呼的声音如同悲风劲吹。草潮在悲风中动荡着,蔓延到天边去了。

多吉来吧从悲哀中清醒过来,它回到公路上,按照巴桑指给它的方向继续往前跑,跑过了白天,又跑过了夜晚。路多起来,好几条路朝着不同的方向延伸而去,插向了阴霾蔽日的天空。它停下来徘徊。一个穿着老羊皮袍的藏民赶着一群牦牛从它身后走来,朝着右边的草原走去,它跟了过去,没跟几步,又发现三个同样穿着老羊皮袍的藏民也赶着一群牦牛走向了它左边的草原。这里是人就都是藏民,是牛就都是牦牛,多吉来吧已经不能见藏民就跟,见牦牛就亲了。

多吉来吧卧下来琢磨,不经意就睡着了。等它醒来的时候,抬腿就走,刚才的迷茫和徘徊转眼就没有了。原来,天晴了,太阳出来了。这一路走来,都是朝着太阳落山的地方走,在无数个太阳落山之后,它看到了草原。现在只要它继续朝着太阳落山的地方走,就能走到西结古草原。

太阳已经西斜,强光照得多吉来吧眼睛眯了起来,它高兴地看到,给它指引方向的除了太阳,还有在金红的光晕里愈加巍峨壮丽的雪山。它跑起来,它知道太阳一落山自己的脚步就不会如此坚定,就想在太阳落山之前多赶一些路。

就这样昼夜兼程,走过了一片又一片草原,翻过了一座又一座山,遇到了狼,遇到了熊,遇到了金钱豹,也遇到了保卫领地的藏獒和藏狗,它克制着自己的杀性,能躲就躲,只要不妨碍它西去的进程。但野兽和藏獒藏狗并不理解它的心情,看它夹着尾巴往前跑,总以为它怯懦无能。不得已它咬死了一只拦路的金钱豹,咬死了两只追着不放的藏獒,还咬伤了一只藏马熊和三只藏狗。

眼前是一个牧区集镇,许多高高矮矮的房子错落在阳山坡上,许多大大小小的帐房散落在平川里,更重要的是,有三条河流环绕在这里,有三条路都是指向太阳落山的西方。多吉来吧犯难了,它试着把三条路都走了一遍,都是走过去五六百米后路就拐弯了,拐到山峡里头去了。山峡是朝南朝北朝东的,唯独没有朝西的。更让它疑惑的是,路居然也能过河,路一过河就凌空架在水面上,就把西去的方向改变了。这里不是平坦的大草原,到处都是陡峭的山、湍急的水,离开了公路,它根本就无法向西行走。多吉来吧绝望地望着滔滔不绝的河水,趴下了。

一趴就是大半天,它饿了,起身去寻找吃的,才发现这是一个没有野物的地方。集镇的街道上,来来往往的都是人,还有敞开着铺门的商店。一瞬间多吉来吧恍然回到了西宁城,紧张愤怒得几乎跳起来。它本能的举动是躲开人群,可是它已经进入了街道,躲到哪里都是人,很快就被人注意上了。"谁家的藏獒这么好。""是啊是啊,这么好的藏獒。"多吉来吧赶紧走开,忽然意识到他们说的是藏话,回头看到满街道几乎都是藏民,跟西结古草原的藏民差不多,悬起的心顿时落下了。它闻了闻空气里浓郁的酥油味、牛粪味和羊粪味,确定它并没有回到它极其讨厌的西宁城,而是来到了一个藏民聚集的地方。

多吉来吧心里松快了一些,藏民给它带来了安全感。它在街道上走着,和许多人擦肩而过。藏民们并不怕它,赞赏地看着它,甚至有人伸手梳理了一下它的鬣毛。它容忍着没有咆哮,仰起面孔,仿佛在询问那人:知道去西结古草原的路怎么走吗?接下来的走动中,它把它的询问用那双深邃而忧郁的眼睛告诉了所有面对它的人,但是没有人给它说起路的事情。它觉得他们比起它的主人汉扎西来差远了,读不懂它的眼神,看不透它的心。

多吉来吧失望得垂头丧气,它卧在一个味道蛮好闻的地方。过了片刻,就知道这是一个人人都可以吃饭的地方,连它也得到了一些羊骨头和一个鲜羊肺。是饭馆的阿甲经理拿给它的。阿甲经理板着面孔说:"哪里来的藏獒,卧在这里干什么?吃吧。"

多吉来吧吃起来。它发现人吃饭之前,总要把一些纸片交给饭馆的人,就从街上叼来大字报纸和标语碎片放在柜台上。阿甲经理惊呼起来:"你们看,你们看,多么聪明的藏獒,连吃饭交钱都学会了。"晚上它就卧在门口,守护着饭馆,这是它的本能,任何一个喂养过它的人,都会得到这样一种出自本能的报答。没有人骚扰它,看到它的人都以为它是饭馆喂养的藏獒。而阿甲经理也有这个意思:一定要好好喂它,别让它走掉了。

多吉来吧走遍了集镇的所有地方,它期望会在熙熙攘攘的藏民堆里看到主人,它从来就认为它的主人汉扎西是一个地地道道的藏民。它还不时去集镇西头的公路上察看。它沿着指向夕阳的公路往前跑,一直跑到公路突然改变方向的时候才返回来。它总觉得路是有生命的,或许有一刻,某一条路不再拐弯了,不再拐到朝南朝北朝东的山峡里头去了,也不再凌空跨过水面拐向更加莫名其妙的峡谷,而是劈开山脉,朝着太阳落山的地方,一直向西,向西。但是没有,它没有发现路的变化,不,变化还是有的,那就是更加弯曲了,更加执拗地向南向北向东去了。

集镇上的人都认识了多吉来吧,所有的狗也都认识了多吉来吧。人对它和气,狗对它也和气,好像这里的狗没有一只是坏脾气的。多吉来吧尽管处在落魄寂寥之中,仍然保持着傲慢骄矜的态度,只要不是来跟它玩的小狗崽子,它一律不理,好像这儿原本是它主宰的领地,它是不怒而威、睥睨一切的大王。

狗们的大度包容让多吉来吧有些奇怪,这里有各式各样的藏狗,却没有一只是藏獒。这儿离汉地比较近,藏獒都被"下边人"(指平原上的人)绑架走了。没有藏獒的地方是懦弱而平庸的,经常会有外人来闹事,抓人,斗争,游街,那些藏狗却熟视无睹,完全不尽捍卫领地安全的责任。多吉来吧看不懂那些外来人在闹什么,却对他们保持警惕,因为他们身上散发着那种亢奋的人臊,那是不祥的气息。

突然有一天,多吉来吧不再走动了,从晚上到早晨到中午都没有离开饭馆,大部分时间卧着。饭馆的阿甲经理很奇怪:"藏獒是怎么搞的,今天这么老实,不会是病了吧?"多吉来吧似乎听懂了,把抬起的头懒洋洋地耷拉在了前腿之间,然后闭上眼睛,从嗓子眼里发出一阵呼呼声,好像在生气,又好像在打鼾睡觉。阿甲经理给它端来了半盆肉汤,里面放了几块熟牛肉。它跳起来,呼噜呼噜把牛肉和肉汤全部吃干喝尽了,然后又趴下,又是一副无精打采的样子。阿甲经理说:"好着呢,能吃就没病,它大概终于把这里当成家了,它当成了家,就不会再走了。"

多吉来吧自己也不知道它为什么一整天都待在饭馆,直到下午,当一群外来的人突然包围了饭馆开始胡作非为时,多吉来吧才知道自己等待就是报答。外来人在墙里墙外糊满大字报,它不干涉;外来人给阿甲经理戴纸糊的高帽子,它也不吭声。等到那些人拧住阿甲经理的胳膊,吆三喝四地要把他带走的时候,它从门口站起来,威胁似的吼了起来。

那些人不理会多吉来吧,他们串联到这个牧区集镇传播革命火种已经好几天了,知道这只硕大无朋的狗不咬人。几个人架着阿甲经理走出了饭店,走向了街道,另一些人开始打砸饭馆里的所有设施。多吉来吧就在这个时候扑了过去,它一连撞倒了七八个人,几乎扯烂了所有来犯者的衣服,它让所有人心惊胆寒,却没有咬死一个人。他不能给阿甲经理带来杀人偿命的麻烦。在它攻击的时候,集镇上的所有藏狗都参与进来,成了它的帮手。它们借势狂吠着,朝着这里的藏民和这里的藏狗向来不敢得罪的外来人,第一次发出了愤怒的吼叫。那些人跑了,一个比一个狼狈地跑了。

多吉来吧追了过去。所有的藏狗都跟在了它身后,追着,喊着,高兴得打着滚儿。它们本来就应该这样,但不知从什么时候起它们不这样了。现在它们又开始了,又把捍卫领地安全的责任承担起来了,好像多吉来吧一下子唤醒了它们休眠已久的狗魂。它们从此一发而不可收,见了那些浑身人臊的外来人就吼叫就追咬,直到把他们追撵出集镇。

多吉来吧迅速回到街上,回到饭馆门前。阿甲经理等在门口,激动地过来抱它。它躲开了,它已经不习惯这样和人亲近了。阿甲经理去厨房拿了几块熟牛肉犒劳它,它让给几只追撵外地人回来的藏狗,神情淡漠地卧在了饭馆门口。忽然,一道闪电在脑海里掠过,它站起来,眼睛盯着饭馆对面的一辆卡车,就是这辆笨头笨脑的军用卡车唤醒了它记忆深处的光亮。它冲动地跳起来,想跑过去,又猛地停下了。它谨慎地四下看了看,慢慢地走过去,闻了闻车厢,又闻了闻车头,知道驾驶室里没有人,便回头看了看,看到阿甲经理正在把门口墙上的大字报撕下来扔掉,看到饭馆里坐着几个来吃饭的军人,立刻就明白,卡车是军人的。它朝军人走去,发现他们有点怕它,就停在饭馆门口摇了摇尾巴,然后走到阿甲经理身后,轻轻地叫了一声。

阿甲经理回头看了一眼,以为它是想吃肉了,嗔怪地说:"谁叫你刚才把肉让给了别人,你以为我的肉多得没处去了,可以胡乱散给天下的狗。"看到多吉来吧还在叫,就说,"等着吧,我去给你拿。"说着就要进饭馆。多吉来吧的叫声变了,忽细忽粗,奇奇怪怪的。阿甲经理停下来问道:"你怎么了,你哭了?哭什么,肉还有,肉还有,就是我们人不吃,也得让你吃啊。"

多吉来吧是哭了,那是离别的眼泪,仿佛是说:我走了,我就要走了,这个给我喂食、让我停留的人啊,我要走了。

阿甲经理没看懂多吉来吧的眼泪,去厨房又拿来几块熟牛肉,要丢给它时,发现它已经不见了。他喊起来:"藏獒,藏獒。"一声比一声大。

多吉来吧又一次来到了集镇的西头。还是那三条不变的路,从这里开始指向太阳落山的地方。太阳就要落山了,黄昏在路面上逗留,泥土是金黄金黄的;峡谷在不远处花瓣似的展开着,花瓣是明亮的绿色,中间是纯净的蓝色。多吉来吧把自己藏匿在路边高高的蒿草丛里,静静等待着。

一个让它激动也让它伤感的机会就要来到了,它很快就会知道,是哪条路能把它带回故土西结古草原。

31 格萨尔宝剑之救死

冈日森格刚闭上眼睛,父亲就跑进了打斗场,他看着死去的东结古獒王昭戈,痛心得冲着冈日森格喊起来:"你为什么要把它咬死?"又抚摸冈日森格的遍体伤痕,难过得一屁股坐了下去。

美旺雄怒来到了父亲身边,凑过去在冈日森格的伤口上轻轻地舔着。

东结古骑手的头颜帕嘉打马走过来,跳下马背,跪倒在獒王昭戈跟前,拿出一块酥油抹在了它身上,这是祝福的意思,是送它去远方的意思。接着就泪如泉涌:"昭戈,昭戈,我从小看到大的昭戈,你才活了几个年头就要离开我了。"

他仇恨地看着冈日森格,攥了攥拳头,冲着自己的阵营喊了一声:"东结古的藏獒们,为獒王报仇啊,谁来上?谁来上?"他跳上马背,刚一坐稳,突然又惊诧地"噢哟"了一声。

颜帕嘉的眼光盯着上阿妈骑手和领地狗群的阵营,空空荡荡的,人没了,藏獒也没了。他们是什么时候没有的?他们为什么没有了?西结古骑手的头班玛多吉一瞥之下,也高兴地对自己身边的骑手说:"上阿妈认输了,上阿妈回去了。"刚说完就意识到不对,他们的头巴俄秋珠是第一个喊出"藏巴拉索罗万岁"的人,怎么会轻易放弃呢?

不过颜帕嘉仍然是高兴的,自言自语道:"这些抛弃了神的人啊,但愿神的光辉也远离他们。"藏巴拉索罗神宫是胜利与幸福的象征,它聚集了山神、河神、天神、地神、风暴神、雷雨神、四季女神等等自然之神的力量。一群没有举行拉索罗仪式的人,怎么会得到神的保佑呢?

颜帕嘉走向自己的骑手,大声说:"伟大的神灵会把惩罚降给那些不尊重他们的人。而我们为了匍匐在神的脚下,牺牲了我们的獒王大金獒昭戈。昭戈此去,也要变成神了,这是我们献给拉索罗仪式的最好礼物。现在,我们要磕头,一人磕一百个长头,要是藏巴拉索罗神宫不在磕头中倒下,那就是对我们的允诺,我们不跟西结古的领地狗群打啦,直接去找麦书记,去找藏巴拉索罗。"

东结古的骑手纷纷下马,朝着东西南北耸立在冈顶与山麓的四座华丽缤纷、吉祥和美的神宫,虔诚地磕起了等身长头。

西结古的班玛多吉吼起来:"不准磕头,我们的神宫你们磕什么头?"父亲大步走到班玛多吉跟前说:"你就让他们磕吧,磕完了头他们就不打斗啦,神是大家的,又不是你一个人的。"班玛多吉说:"他们输了,他们应该离开西结古草原,他们磕了头就不会离开了。"父亲说:"不离开又能怎么样?能找到麦书记和藏巴拉索罗吗?说不定藏巴拉索罗早就被别人拿走了。"

班玛多吉担心的就是这个,多猕骑手已经掠走了丹增活佛,丹增活佛会不会把藏巴拉索罗交出去?即使他无法交出去,麦书记也会交出去。一旦落到多猕骑手或上阿妈骑手手里,藏巴拉索罗也就和西结古草原无缘了。班玛多吉当然相信不祭祀神宫多猕骑手和上阿妈骑手就得不到神的保佑,但如果北京的文殊菩萨保佑他们呢?他们抢夺藏巴拉索罗是要献给北京的文殊菩萨的呀!没有大神文殊菩萨的保佑,多猕骑手和上阿妈骑手怎么敢绕开神宫去追逐藏巴拉索罗!

班玛多吉对父亲说:"你去把冈日森格带过来,我们已经胜利了,我们要走啦,去寻找丹增活佛和麦书记,去保卫藏巴拉索罗。"父亲说:"你还想让冈日森格跟着你去打斗啊?它都起不来了,它在睡觉,我不能叫醒它,我要守着它。"班玛多吉说:"它醒了就让它来找我们,我们先去狼道峡 El,看看那里有没有多猕骑手和上阿妈骑手的踪迹。"

西结古骑手要走了,西结古领地狗群不走,它们不想落下獒王冈日森格。班玛多吉怎么吆喝也不顶用,求救地望着父亲。父亲絮絮叨叨地说:"走吧走吧,谁让你们是领地狗群呢,你们不听话是不对的,班玛多吉是西结古公社的书记,他有指挥你们的权力啊!你们的獒王冈日森格我来关照它,它不会有事儿的,你们放心去吧。冈日森格不在的时候,你们要团结呀,要听人的话,也要听……"父亲四处看了看,走过去搂住腼腆而温顺的各姿各雅松,"它可是一只好藏獒啊,不知道你们听不听它的话,慢慢地拥护吧,你们会习惯它的。冈日森格老了,已经不能带着你们四处征战了,就让它休息吧,以后永远都休息吧。"

父亲相信领地狗群的离开是因为听懂了他的絮叨,他望着它们的背影,感动地想:都是一些好藏獒啊,它们什么都懂,它们知道我的心。

父亲来到冈日森格身边，刚要坐下，冈日森格就醒了。它睁开眼睛看了看父亲和美旺雄怒，吃力地站了起来。父亲搂着它说："你的领地狗群走了，你不必跟它们去，打打杀杀有什么好，连我都不知道这是为什么。你跟着我走，去寄宿学校好好治伤吧，那儿有藏医喇嘛尕宇陀，还有很多受伤的藏獒。"

冈日森格眼睛湿漉漉地看着自己的恩人，用头蹭了蹭他的腿，然后抬头望了望西结古领地狗群远去的方向，听话地朝着寄宿学校的方向走去。父亲突然意识到，冈日森格早就醒了，它是希望雪獒各姿各雅代替它成为獒王。

他们身后，越来越远的地方，敬信着山野自然之神的东结古骑手还在磕头。一人一百个等身长头不是一时半会儿就能磕完的，它们磕得从容不迫、一丝不苟，磕头伴随着祈祷，整齐而抑扬顿挫。尽管誓死保卫藏巴拉索罗神宫的西结古骑手已经带着领地狗群离开，这里没有谁观看或者监督他们的虔诚，但是他们还是把膜拜的仪式按照内心的要求做得完美无缺。在每人磕了五十个头之后，渐渐洪亮起来的祈祷就盖过了风声，如同天赐的合唱壮美而浑厚，在辽阔的草原上浩浩然回荡。

藏巴拉索罗神宫在众人祈祷的和声里，欢喜地挥舞着满身的旗帜，它没有在外乡人的膜拜中倒下，也就是说西结古的神宫允诺了东结古人的祈愿，他们可以放心大胆地直接去寻找麦书记和藏巴拉索罗了。

起身的时候，东结古骑手们都长舒一口气，他们对北京的文殊菩萨的敬仰和对草原神宫的虔诚并不冲突，这使他们都放下心来。要知道他们纯朴的心中，对天下所有的神佛都是尊敬的啊！

成为战地救护所的寄宿学校里，唯一的医生藏医喇嘛尕宇陀正在念经，念的不是他每逢疗伤就会念起来的《光辉无垢琉璃经》，而是《免害地上动物咒》："唵嘎别啦嘎牧煞哈。"完了又是《卓玛救世经》。他一条腿跪在地上，一条腿屈曲而立，用了一个马头金刚的坐姿，结了一个释迦降魔的手印，目不转睛地盯着昂拉雪山，把那经咒念了一遍又一遍。突然他不念了，把打开的豹皮药囊端起来，在胸前晃了晃说："佛啊，佛啊，你看，你看，我的药宝用完了，救命救难足能念经了，你可不能让我尕宇陀丢脸啊，救不活这些藏獒，我算什么藏医喇嘛？我见了汉扎西我怎么说，他要是再给我磕头，我可就要撞死了。"

牛粪墙围起来的草地上，横七竖八地躺着那些伤势严重的藏獒：上阿妈的小巴扎、上阿妈獒王帕巴仁青、东结古的两只藏獒、西结古的黑獒当周和另外两只藏獒，以及被地狱食肉魔咬伤的父亲的藏獒大格列。秋加和几个孩子也像藏獒一样横七竖八地趴在地上。他们按照父亲的吩咐，一直在跟这些藏獒说话，也不知是否减轻了它们的痛苦。现在他们说累了，就一个传染一个地睡着了。

父亲带着獒王冈日森格和美旺雄怒悄悄地走近了他们，一个一个摇醒了孩子："去，回帐房睡去。"孩子们爬起来，一见冈日森格，睡觉的心思就没有了，都想跟它玩，有的揪住了它的耳朵，有的拉住了它的尾巴。秋加翻身上去骑在了它身上。冈日森格就像一个好脾气的老爷爷，尽量地配合着他们的玩兴。父亲看到了，吼了一声，抢过去一把拽下秋加："你们怎么还能这样，它一直都在打仗，身上受了那么多伤，你们看不见吗？在你们家，你阿爸受伤了，你爷爷受伤了，你们也会这样吗？"

草原上的孩子都有着亲近和心疼藏獒的天性，听父亲这么一说，都围住了冈日森格,轻轻抚摸着它,柔声问候着它:"冈日森格,冈日森格,你疼不疼?"冈日森格领情地望着他们,脚步迟滞地走动着,在每只卧倒不起、半死不活的藏獒身上闻了闻,最后停在了大格列身边,流着眼泪舔了舔它的伤口。大格列感觉到了,睁开眼睛看了看它,鼻子抽搐着,浑身突然一阵抖动,好像要告诉它什么。冈日森格再次舔了舔它的伤口,又用自己的鼻子蹭了蹭它的鼻子,好像是说:知道了,知道了,你想说什么我已经知道。然后来到藏医喇嘛尕宇陀身边卧了下来。

大格列想说的是,小心啊,獒王,只有您和多吉来吧才可能是地狱食肉魔的对手,而且是年轻时候的您和多吉来吧!

父亲和尕宇陀正在说话。父亲说:"没有药了,你说怎么办?"尕宇陀说:"你没见我正在念经吗?"父亲说:"念经谁不会念,我也会念。"尕宇陀说:"我念和你念不一样啊,我是个修行的人,千万亿佛土上都能长出我的声音来。"冈日森格听着,仰头看了看藏医喇嘛尕宇陀。尕宇陀拍了拍它的头说:"冈日森格,我知道你为什么卧在了我身边,你想让我给你敷药喂药是不是?药没有了,连我们的獒王我都不能救治了。听经好吗?你听我给你念经好吗?"说着把怀里的豹皮药囊放在了地上。冈日森格有点明白了,看了看里面空空如也的药囊,站了起来,在尕宇陀如泣如诉的经咒声中,走向了牛粪墙的外面。

獒王冈日森格走了,它是来休息和疗伤的,但现在,休息和疗伤都已经不可能了。它从现场的遗留和大格列身上闻到了地狱食肉魔的强盗气息,也从鼻子的抽搐和浑身的抖动中听懂了大格列的话。其实用不着大格列提醒,冈日森格一看一闻就什么都明白了:不是暴戾恣睢到极致的家伙留不下如此腥臊不堪、经久不散的味道。面对这样的味道,它唯一的选择就是出发,去寻找,去复仇,它是獒王,獒王的存在就是和平宁静的存在,现在和平没有了,宁静消失了,它不得不用连续不断的厮杀和战斗来挽救草原的碎裂,尽管它老了,已经承担不起那份过于沉重的责任了。

父亲追了过去:"冈日森格,你要去干什么?回来,你回来。"冈日森格不听恩人的,它知道恩人的心就像棉花一样柔软,但柔软的心对藏獒是不适用的,尤其是獒王。它跑起来,想用尽量矫健的跑姿让操心自己的恩人放心:我好着呢,你瞧瞧。它越跑越快,很快跑出了恩人的视野。父亲是了解冈日森格的,它越是神气十足他就越不放心。他回头喊道:"美旺雄怒,美旺雄怒。"美旺雄怒过来了。他比划着手势说:"我知道冈日森格要去干什么了,你跟着它去吧,遇到危险你帮帮它,帮不了就赶紧跑回来叫我。"火焰红的美旺雄怒飞身追了过去。

一离开父亲的视野,冈日森格就慢了下来,它需要在慢行中恢复体力,做好迎接恶战的准备,更需要稳住自己的心,仔细地判断,耐心地搜索。正走着,看到美旺雄怒追了上来,便停下来吼了一声,明确表示了它的不愿意。美旺雄怒不听它的,继续靠近着。冈日森格吼声更大了,它知道美旺雄怒一离开,恩人汉扎西身边就没有一只能够保护他的藏獒,就坚决要把美旺雄怒赶回去。美旺雄怒为难了,它吼叫着告诉獒王,自己必须听从主人的,看到獒王恼怒得就要扑过来,只好不再解释,转身朝回跑去。

父亲一见美旺雄怒就知道是冈日森格让它回来的,生气地说:"你听我的,还是听它的？去，快去跟着冈日森格，你不去我就不理你了。"美旺雄怒又追了过去。这次它没有被赶回来。它理解主人的心，也理解獒王的心，就远远地偷偷地跟着冈日森格，又不断地回头闻着来自寄宿学校的味道，随时准备跑回去。

寄宿学校里，藏医喇嘛尕宇陀还在念经。这次他吃力地换了一种金鸡独立的姿势，做出斧钺光明的手印，把经咒吼得就像唱歌一样。父亲来到他身边说："只要经好，用得着这么费劲吗？不要藏獒们的伤没治好，先把你累死了。"尕宇陀瞪着眼睛说："你不要亵渎我，我是谁？我是伟大的药王医圣宇陀·元丹贡布的转世，我用修密法的姿势威镇住山野里兴风作浪的魔怪，再用洪亮的声音把琉璃光如来叫醒。来啊，你也来啊，你这个汉扎西，你救下的藏獒，你为什么不念经？"

父亲看了看趴卧在地上的那些藏獒，有的醒着，有的昏睡着。醒着的无一例外地望着他和尕宇陀，那些眼睛有的是血色的光亮，有的是玉色的光亮。他知道那是血泪闪闪的乞求，是紧紧抓住生命不想死去的挣扎。他一阵钻心的痛，赶紧扭过头去，用手掌抹了一把眼泪，甩在了地上。

父亲对秋加和另外一些孩子说："来，过来，你们也来念经。"孩子们过来了。秋加问："汉扎西老师我们念什么经？"父亲说："会什么就念什么。"秋加说："唵嘛呢呗咪畔行不行？"父亲说："唵嘛呢呗咪吽行得很。"又有个孩子问道："嗡啊喏吧呕呐嘀行不行？"父亲说："嗡啊喏吧呕呐嘀也行得很。"孩子们背书一样念起来，先是六字大明咒，再是七字文殊咒。父亲也念起来，他念的经跟尕宇陀和孩子们念的都不一样，是自己发明的经："藏獒们好起来卓玛拉，藏獒的伤势好起来白水晶夜叉，所有的藏獒都好好的怙主菩萨，它们不好起来要你们干啥？藏獒们好起来四十二护法，藏獒的伤势好起来光荣的山神怖德龚嘉，所有的藏獒都好好的英雄的山神巴颜喀拉，它们不好起来要你们干啥？"

执着的经声终于感动了他们所知道所祈求的所有神祇。当又一个黎明来临的时候，一只藏獒轻轻地叫唤起来，是上阿妈的小巴扎，它醒了，一醒来就开始发泄愤怒。父亲激动得扑了过去，藏医喇嘛尕宇陀学着小巴扎的叫声也扑了过去，睡着的、打盹的、醒着的孩子们都扑了过去。父亲抚摸着小巴扎的头说："你可不要再死了。"小巴扎怒视着他，错动着牙齿想咬又没有力气咬。父亲说："秋加，快去把奶茶拿来。"

父亲和尕宇陀给小巴扎灌了一碗奶茶后，小巴扎就不再怒视了，但还是警惕地看着面前的陌生人。又有藏獒的叫唤传了过来，上阿妈獒王帕巴仁青也醒了。大概是小巴扎的声音唤醒了它，它是小巴扎的阿爸，它回应着小巴扎，声音里没有丝毫发泄愤怒的意思。阅历丰富的上阿妈獒王，睁开眼睛就知道正是面前这些陌生人让它们死而复生的。它望着他们，挣扎着想起来，却被父亲摁住了。父亲说："先别，先别，现在你还没有力气。秋加，再去拿一碗奶茶。"秋加说："没有了，刚才是最后一碗。"父亲说："牛奶呢？"秋加说："牛奶也没有了。"父亲说："快去，快去牧民的帐房里要些牛奶来，多要一些，你们就说汉扎西要喂受伤的藏獒，受伤的藏獒多得很啊，多得整个西结古草原都摆不下了。"秋加跑向帐房，拿了两个空瘪的牛肚口袋，带着几个孩子跑去。

这时大格列叫起来，它一直醒着，一直不叫，生怕父亲为它的伤痛担忧。但是现在它叫了，它看到父亲一会儿去关照上阿妈的小巴扎，一会儿又去关照上阿妈獒王帕巴仁青，就忍不住嫉妒地叫起来。意思好像是说：你是谁的主人，你为什么要管上阿妈草原的藏獒？父亲赶紧过去，蹲到大格列面前问道："疼吗？你疼吗？"看大格列闭上眼睛依然叫着，立刻就明白了，说："都是藏獒啊，你们之间有什么仇，往前两百年，说不定你们还在一个奶头上吃过奶呢。不过你是我最亲近的，待会儿喂牛奶，我会给你多喂一点。"大格列当然听不懂父亲的话，但它能从节奏的舒缓、口气的软硬中知道主人在安慰它，立刻睁开水汪汪的眼睛，感激地望着父亲。

整个上午，在寄宿学校的草地上，在藏医喇嘛尕宇陀和父亲持续不断的经声佛语中，那些横七竖八、伤势严重的藏獒一个个都醒过来了，都被灌了一碗醇厚的牛奶。除了两只西结古的藏獒，它们没有醒，没有醒就是死了，它们韧性而强悍的力量终于还是没有拽住生命的远去，早早地托生转世去了。尕宇陀念起了《度亡经》，袅袅地空行着，感染了在场的所有生灵。孩子们哭起来，藏獒们也哭起来，上阿妈獒王帕巴仁青、上阿妈的小巴扎、东结古的两只藏獒、西结古的黑獒当周、父亲的藏獒大格列，都为两只西结古藏獒的死亡而伤心不已。

当然伤心之余还有欣喜，毕竟大部分醒了，活了，而且站起来了。两只东结古的藏獒站了一会儿，就朝着牛粪墙外面走去，父亲上前拦住了："还没好利索呢，哪里去？去了就是你咬我，我咬你，不要去。"

上阿妈獒王帕巴仁青站起来后的第一个动作就是舔舐儿子的伤口。小巴扎也激动地回舔着阿爸。父亲看着它们，灵机一动就把黑獒当周连抱带搡地搞到了上阿妈獒王跟前："你们也互相舔一舔吧，舔一舔你们就不会再打架了，舔啊，快舔啊。"父亲看上阿妈獒王不明白，就自己伸出舌头舔了一下当周的伤口。上阿妈獒王看懂了，它必须听从这位救命恩人的。它抱歉地看了一眼自己的孩子小巴扎，就把舌头伸向了当周。小巴扎妒恨地冲着当周吼起来。父亲说："你怎么这么小气啊，难道你就不想得到别人的帮助？你们活着，要习惯于互相帮助，不能光习惯于互相撕咬。你站着，别动，我来给你舔。"说着，趴在地上，认真地舔起了小巴扎的伤口，舔了有十分钟才抬起头。他看到小巴扎已经不吼了，眼睛里的妒恨之光正在消失，就说："当周啊，你也应该去舔舔人家。"说着就把当周推到了小巴扎跟前。当厨是懂事的，它知道藏獒与藏獒的敌对完全是因为人的需要，现在人不需要敌对而需要友好了，它就必须友好起来。它也像父亲那样认真地舔着，等到父亲起身离开时，那场面就是上阿妈獒王帕巴仁青舔着当周的伤口，当周舔着小巴扎的伤口，小巴扎舔着上阿妈獒王的伤口。

父亲来到两只东结古藏獒的面前，坐在地上絮叨了半天，估计它们听懂了，才拽着鬣毛把它们带到了依然卧地不起的大格列身边："来啊，你们也亲近亲近吧。"大格列愤激地望着它们，挣扎着站起来，身子一晃又倒在地上了。父亲抚摸着大格列说："安静，安静，我在你身边你紧张什么。现在没有药了，你们的舌头就是药，互相舔一舔，伤才会好的。"说着，趴在地上，一会儿舔舔大格列的伤口，一会儿又舔舔两只东结古藏獒的伤口。他就这样做着榜样，坚持不懈地消除着大格列和两只东结古藏獒之间的仇视，直到它们互相舔起来。

父亲长舒一口气，疲倦地站了起来。突然意识到这里一片安静，四下看了看，才发现孩子们睡着了,藏医喇嘛尕宇陀也睡着了,牛粪墙围起来的芋地上,横七竖八躺着的已经不是伤势严重的藏獒而是人了。他也躺了下来,闭上眼睛,很快进入了梦乡,等他醒来的时候,已经是午夜了。

是奔跑而来的美旺雄怒叫醒了父亲。他睡眼惺忪地抱着美旺雄怒的头问道:"美旺雄怒,你怎么回来了?"美旺雄怒的回答就是不断舔舐自己的前腿。父亲翻了个身,凑近了看看它的腿,不禁惊叫一声:"怎么了,出什么事儿了?"月光下,美旺雄怒前腿上的伤口就像一朵血红的花。父亲站起来,又问了一句:"你说呀,快说呀,出什么事儿了?"但是马上父亲就明白,其实美旺雄怒已经告诉了他,所有的语言都在那一朵伤口上,那不是任何敌手咬伤的,是它自己咬伤的。美旺雄怒知道事情紧急,声音的语言和身形的语言都说不清楚,就咬伤了自己,用滴血的伤口告诉主人:血腥的事情发生了,赶快去救命哪。在西结古草原,包括美旺雄怒在内的许多藏獒,都会在紧急情况下用咬伤自己的办法给人报信。"秋加,秋加。"父亲喊起来。

父亲喊醒了秋加和孩子们,安排他们看好学校,看好那些受伤的藏獒。再寻找藏医喇嘛尕宇陀时,发现不知什么时候尕宇陀已经离去了。父亲埋怨道:"你是西结古草原唯一的医生,这儿是唯一的战地救护所,你怎么说走就走了? 没有药宝不要紧,没有药宝可以念经啊,经声是真正的法宝,你这个药王喇嘛,连这个都不知道。"父亲大步走向大黑马,备好鞍鞯,跳上了马背。

美旺雄怒立刻跑起来,它要在前面带路,只有它知道,到底在什么地方,到底发生了什么。

32   格萨尔宝剑之 多猕獒王之死

多猕骑手以为抓到了丹增活佛,再顺藤摸瓜找到麦书记,就能得到藏巴拉索罗。丹增活佛果然开口就说:"你们怎么知道找到了我就等于找到了藏巴拉索罗?看来多猕骑手是世界上最聪明的骑手,走啊,要是你们不嫌路远,就跟我走啊。"多猕骑手用马驮着丹增活佛,将信将疑地朝南走去,走了不到两个小时丹增活佛就下马不走了,告诉他们:"这里就是藏巴拉索罗。"

这是一个被称作"十万龙经"的殊胜之地,原野以龙的形象把一座座绵长的草冈延伸到了这里。草冈连接平野的地方,有一个大坑,有一座覆满了珠牡花的平台。珠牡是格萨尔王的妃子,意思是龙女,珠牡花就是菊属龙女花,一丛挨着一丛,颜色各个不同,红紫蓝黄白五色杂陈。奇怪的是,三米高二十米见方的珠牡台上,只生长珠牡花,别的花草一概不长。人们说,这是当年格萨尔王派遣妃子珠牡晾晒过《十万龙经》的地方,而龙经就来自平台旁边的大坑。大坑里长满了珠剑草,意思是龙草,龙草只开一种花,满坑都是雪青色的花朵,浓郁的香气从坑中弥扬而起,几公里以外都能闻到。《十万龙经》是古老的苯教经典,而出自珠剑坑的《十万龙经》却是经过藏传佛教密宗祖师莲花生的修改和加持,作为伏藏被宁玛派掘藏大师果杰旦赤坚发掘出来的。同时惊现于世的还有那把刻着"藏巴拉索罗"古藏文的格萨尔宝剑。如今这出自西结古草原珠剑坑的《十万龙经》不知去了哪里,只留下传说和信念就像永不消失的风日雪色一样永恒在人们的生活中。

丹增活佛告诉多猕骑手:"所有的寻找都是舍近求远,所有的丢失都会在自己身上找到。藏巴拉索罗就在这里,你们拥有了它,也就拥有了整个青果阿妈草原。"扎雅说:"几年前我来西结古草原朝拜过这里,这是个吉祥的地方,正可以埋藏藏巴拉索罗。"他踢了踢平台又说,"快啊佛爷,快告诉我们,藏巴拉索罗埋藏在什么地方?"丹增活佛说:"埋藏起来干什么? 在我们的信仰里,格萨尔到过的地方、神女珠牡到过的地方、晾晒过《十万龙经》的地方、莲花生降伏苯苯子(苯教徒)的地方、有过伏藏和掘藏的地方、上师果杰旦赤坚弘法的地方,就是藏巴拉索罗利益众生的地方。"

扎雅蛮横地吼了一声:"错了佛爷。"他一吼,远远近近观察着他的表情的二十只多猕藏獒也吼起来。扎雅说:"你说的藏巴拉索罗不是我们要找的藏巴拉索罗,我们要找的藏巴拉索罗是格萨尔宝剑!"

丹增活佛心平气和地说:"佛爷是不会错的,佛爷怎么会错呢? 是世界错了,你们错了。"丹增活佛拍了拍胸脯又说:"藏巴拉索罗不在别处,就在这里。远古的教典里,藏巴拉索罗是人心,人的好心、善心、光明的心,哪里有好心,哪里就有藏巴拉索罗。"

丹增活佛忽然大喝道:"我就是藏巴拉索罗,藏巴拉索罗就要死了!"

丹增活佛大叫一声,双手飞翔似的展开,转了一圈,眼睛一闭,朝后倒去。

扎雅想扶住丹增活佛,伸出手时已经来不及了。谁也没想到他这一倒下去,就把生命依附给了土地,死了,这么快就死了。多猕骑手们惊愣着。扎雅蹲伏在地,把脸贴到丹增活佛的鼻子上说:"没气了,进的出的都没有了,你们也试试。"骑手们轮番把脸贴到丹增活佛的鼻子上,也说:"没气了,进的出的都没有了。"扎雅撕开丹增活佛红氆氇的袈裟和黄粗布的披风,摸了摸胸口说:"不跳了,心不跳了。"骑手们轮番摸了摸,也说:"心不跳了,一丝动静也没有了,这么快就冰凉了。"扎雅最后又摸了摸,感觉丹增活佛的尸体冰凉得就像雪山融水里捞出来的石头。他站起来,皱着眉头想了半晌说:"谁说这佛爷不是藏巴拉索罗呢,在西结古草原,他在哪里权力就在哪里。谁也不准说他死了,他就是变成鬼魂,也要控制在我们手里。走啊,把他送到西结古寺去,我们就在那里宣布我们找到了藏巴拉索罗。"

这时二十只多猕藏獒此起彼伏地叫起来。骑手们发现他们已经走不了了。一百米开外,西结古骑手和西结古领地狗黑压压站了一片。扎雅说:"快,不要让西结古的人看到佛爷死了,他们会和我们拼命的。"骑手们把丹增活佛朝后抬了抬,翻身上马,排成一列,挡在了前面。二十只壮硕伟岸的多猕藏獒知道出生入死的时刻又来了,亢奋得你挤我撞。

班玛多吉带着西结古骑手和西结古领地狗群,小跑着过来,在二十米远的地方停下了。班玛多吉大声说:"不守规矩的多猕人,你们不会不知道这是什么地方吧? 珠牡台上的珠牡花、珠剑坑里的珠剑草难道没有让你们升起敬信的心来? 这里是《十万龙经》之地,野蛮的马蹄怎么可以践踏如此尊贵的地方呢?"扎雅回答道:"正是'十万龙经'这个名字吸引了我们,我们来看看,藏巴拉索罗是不是埋藏在珠牡台上、珠剑坑里。"班玛多吉说:"你们连藏巴拉索罗神宫都没有祭拜,怎么就敢争抢藏巴拉索罗? 对不举行拉索罗仪式的外来人,西结古草原的神灵是会惩罚他们的。"

扎雅哈哈大笑几声说:"什么祭拜藏巴拉索罗神宫,那都是四旧,不顶用啦,还不赶快回去烧掉,烧掉,乱讲迷信是没有好下场的。"

班玛多吉不寒而栗,惊讶地叫起来:"哎呀呀,这不是牧民说的话,这是夜叉疯魔的预言,你代替魔鬼说话,就不怕白哈尔护法神主割掉你的舌头,让你浑身长疮变臭?"扎雅又一阵哈哈大笑,说:"还是四旧,迷信,你们西结古人离开了迷信就不会说话啦?"班玛多吉说:"不跟你啰唆了,快把丹增活佛交出来,然后离开这里,离开西结古草原。"扎雅说:"我们是想交出来,可是我们的藏獒不答应,你们说怎么办呢?"班玛多吉说:"狠心无耻的人啊,你们怎么能忍心看着自己的藏獒死的死、伤的伤呢?"扎雅说:"你怎么知道是我们的藏獒死的死、伤的伤? 快按照规矩战斗吧,要是你们赢了,我们就一定把丹增活佛交给你们。"

一场流血亡命的打斗又要开始了,班玛多吉巡视着西结古领地狗群,心想獒王冈日森格没有来,到底让谁先上场只能由他来决定了。必须旗开得胜,必须让一只最有威慑力的藏獒一举灭除他们的威风。他喊起来:"各姿各雅,各姿各雅。"看到身边的领地狗群里毫无反应,正在寻找,就听对面的扎雅一阵惊叫,这才发现雪獒各姿各雅早已经冲出去了。

雪獒各姿各雅做出了一个谁也没想到的惊人举动,它没有按照所有藏獒打斗的常规,扑向自己的同类,而是扑向了多猕骑手的头扎雅,一口咬在了毫无防备的扎雅的腿上,又一爪掏在了扎雅坐骑的生殖器上。坐骑惊慌地跳开,差一点把扎雅撂下马来。靠近扎雅的多猕藏獒马上扑过来援救,雪獒各姿各雅把自己变作一股风雪的涡流,扭头往回跑。跑了两步,突然转身,以最快的速度再次扑过去,扑向了另一个骑手。这次它没有撕咬骑手,也没有撕咬坐骑,而是从马肚子下面噌地蹿了过去,又蹿了过去。追过来的藏獒本来完全可以咬住各姿各雅,但是每次从马肚子下面蹿过去后,各姿各雅的脊背都会使劲摩擦马柔软的肚腹,马的本能反应就是摆动身子跳起来。这一摆一跳,恰好就堵住了追上来的多猕藏獒,它们只能挤挤碰碰地绕过马再追,距离顿时就拉开了。

各姿各雅一连从五匹马的肚子下面蹿了过去,然后举着锋利的牙刀,从斜后方扑向了一只黑如焦炭亮如油的大个头藏獒,它是多猕藏獒的獒王,各姿各雅一来这里就盯上了它。

多猕獒王当然知道隔着几匹马的那边出现了险情,但已经有好几只藏獒扑过去了,它也就不去管了。它是沉着。而稳健的,仪表堂堂,雍容大雅,一派王者之风。它看清了冲过来的雪獒各姿各雅,甚至都看清了对方脸上的腼腆和眼睛里的温顺。正因为看清了,才觉得根本就不值得自己去亲自堵截。那雪獒不是西结古草原的獒王,没有超凡的体格,没有入圣的气度,更没有山岳般昂然沉稳的力量,它就是一个不谙世事的半大小子,还没有认出二十只多猕藏獒里谁是獒王,就被人吆喝着匆匆忙忙扑过来了。而真正强大霸悍的藏獒,绝不会匆忙胡乱行事,要出击就会冲着对方的獒王出击。

既然这雪獒不是西结古草原的獒王,那么谁是獒王呢? 多猕獒王在对方刚刚出现时就开始观察,到现在也没有观察明白,好像没有獒王? 这么大一群领地狗里怎么可能没有獒王呢? 它摇晃着硕大的獒头,眼光再一次专注地扫过西结古领地狗群:獒王肯定隐蔽起来了,它隐蔽起来想对付我。多玠獒王正这么凝神思考的时候,一场风雪突然降临,是夏天翠绿风景里的风雪,洁白得让它眩晕,冰凉得让它心痛。冰凉先是出现在脖子上,接着过电似的蔓延到了全身,当一股被冰凉逼出的热血从自己的脖子上激射而出时,多玠獒王才意识到自己被对手咬了一口。反咬是来不及了,那雪獒已经离开它的身体,转身跑去。

多玠獒王神态闲雅地回过头去,看了一眼飞身遁去的雪獒各姿各雅,闲庭信步似的迈步前走,又迈步后退,然后炫耀威风般地摇晃着,摇晃着,轰然一声倒在了地上。它就要死了,脖子上的大血管已经被挑断,血是止不住的,转眼身下就是一大片了。它躺在鲜血上,发出一声惊心动魄的吼叫,从容不迫地闭上了眼睛。熊心豹胆、虎威彪彪的多玠獒王,还没有搞清楚敌情,没有来得及出击就已经死了,谁也没有想到,雪獒各姿各雅神奇的偷袭会是如此的斩钉截铁。

雪獒各姿各雅在马腿之间穿行,一方面是摆脱多玠藏獒的追撵,一方面是扑向新的目标。新的目标不是藏獒,而是人,是被多玠骑手堵挡在后面的丹增活佛。多玠骑手们看着伟大的多玠獒王什么作为也没有,就已经血肉飞溅,倒了下去,吃惊得呆立在马上,一时还以为自己看花了眼。这正是雪獒各姿各雅冲破屏障的机会,它飞行在马肚子下面,左绕右绕,很快接近了丹增活佛,然后"刚刚刚"地叫起来。

追撵而来的多玠藏獒围住了各姿各雅,用吼声狂轰滥炸着。各姿各雅冲几十米远的班玛多吉叫一声,又冲多玠藏獒叫一声,脸上有了它惯常的腼腆和温顺。它后退一步卧了下来。它用行动告诉对方,它不走了,它要一直守护着丹增活佛,丹增活佛是西结古草原的,是班玛多吉和西结古骑手要抢夺回去的。

一只多玠藏獒抢先扑过来,却又突然停下了。所有围住各姿各雅的多玠藏獒都回过头去,就听扎雅大声说:"我们的獒王死了,难道是天雷打死的吗?跑过来的是什么藏獒,从来没见过呀。"班玛多吉带着西结古骑手和西结古领地狗群走了过来,好像各姿各雅的胜利给他注入了藏獒充沛的中气,也给他换了一副嗓子,他的喊声如雷如鼓:"不是说好了吗,只要我们赢了,就一定把丹增活佛交给我们。"多玠藏獒知道更大的危机已经来临,更重要的保护等待着它们,丢下各姿各雅,一个个跑到多玠骑手前面去了。

扎雅意识到多玠骑手和多玠藏獒不是西结古的对手,又想到丹增活佛已经死亡,要是对方知道,麻烦就大了。他朝多玠骑手挥了挥手:"走吧,赶紧走吧,还是要找到麦书记,麦书记手里才有真正的藏巴拉索罗。"有人问:"这个佛爷怎么办?"扎雅说:"只能撂下了,我们带个死人干什么,尽惹得人家追我们。"说着率先掉转了马头。骑手们跟上了他。

十九只多玠藏獒不想走,它们望着死去的獒王硬是不想挪动半步。伤心和凭吊是必须的,藏獒比人更容易产生生离死别的悲痛,更需要一个用眼泪表达感情的仪式。这是祖先的遗传,已经成为一种支配着习惯的潜意识了。扎雅和多玠骑手们回头喊着:"走啊,快走啊。"多玠藏獒们听话地回过身去,要走,又不忍心就这样走掉。突然一只藏獒哽咽了一声,接着就是泪流如注。所有的多玠藏獒都哽咽起来,围绕着它们的獒王,把清亮的泪珠流在了多玠獒王渐渐冰凉、硬化的身体上,《十万龙经》之地的天空,助哭的风声呜呜地响着,吹散了扎雅和多玠骑手催促它们快走的吆喝。它们不理睬自己的主人,不理睬人的无情,它们坚守着自己的绵绵情意,义无反顾地要把悲情藏獒发自肺腑的慷慨悲歌用声音和眼泪唱出来,哪怕即刻被就要扑过来的西结古领地狗群一个个咬死。

多猕藏獒忘情忘我地哭泣凭吊着,正在一步步靠近的西结古领地狗群当然知道,一个突袭猛进、摧枯拉朽的机会出现了,只要它们出击,这十九只多猕藏獒就会葬送在这《十万龙经》之地。但是西结古领地狗群在靠近到还剩十米的时候就停下了,没有一只藏獒乘机而出,包括最应该乘威再战的雪獒各姿各雅,也是远远地看着多猕藏獒悲痛欲绝的凭吊。不,西结古领地狗不是静静地看着,它们也在默默流泪,悄悄哭泣,冷漠不属于藏獒,哪怕是作为敌手的藏獒,也会对任何同类的死亡伤心断肠。

扎雅和多猕骑手看吆喝不来多猕藏獒,就先自奔跑而去。他们知道,只要多猕藏獒不被咬死,它们迟早会循着味道追撵而来。

班玛多吉和西结古骑手恼怒地望着远去的多猕骑手,直到看不见了,才把眼光收回来,这才发现珠牡花娇艳盛开的地方,雪獒各姿各雅守护在一个躺倒的人身边。那个人是谁啊?不用走近他们就看清楚了,那是红毡毵袈裟和黄粗布披风的拥有者,是丹增活佛。

33 多吉来吧之西奔

多吉来吧藏匿在路边的蒿草丛里,一眼不眨地瞪着三条路面,瞪了一个小时,机会终于按照它的愿望出现了,那是一抹在脑海中闪电般来去的略带亮色的记忆,是一辆它在集镇的饭馆对面看到的笨头笨脑的军用卡车。它一跃而起,扑了过去,沿着那条卡车选择的路,钻进了车轮掀起的飞扬的尘土。疾驰开始了,它的目的是追上卡车,绝不放过卡车,直到卡车停下。

记忆越来越清晰,再也不是闪电般来去了。它想起多年前第一次离开主人汉扎西时的情形:主人给它套上铁链子,把它拉上卡车的车厢,推进了铁笼子,那一刻,它就像一个孩子,委屈得哭了。它没有反抗,知道主人让它干什么它就得干什么。它大张着嘴,吐出舌头,一眼不眨地望着主人,任凭眼泪哗啦啦地流在了车厢里。就是这辆卡车的车厢,绝对没有错,尽管它的眼泪早已经干涸,气息也已经消散,但它还是闻出了车厢的味道。更何况开车的也是军人,虽然不是多年前的那个军人。在青果阿妈州州府所在地多猕镇的监狱,它待了两个月,天天都能看到军人。后来它跑了,它咬断了拴着它的粗铁链子,咬伤了看管它的军人,跑回了西结古草原汉扎西的寄宿学校。现在,它知道只要跟着卡车,就有希望找到多猕镇,找到那所监狱,它就知道路了,就能穿过多猕草原,再穿越狼道峡,回到西结古草原,就像第一次它跑回主人身边那样。

天已经黑透了。多吉来吧拼命奔跑着,它被裹在尘土里,什么也看不见,但是它知道卡车一直它只有十米远,也就是说它的速度和卡车是一样的。后来它就离开尘土了。它气喘吁吁,知道自己不行了,无论如何追不上了。它慢下来,闻着地上和空气中的气息,跟了过去。很快它就发现,气息越来越淡了,风很大,卷走了卡车的味道也似乎卷走了它的嗅觉。更糟糕的是,公路上不光是它追撵的那辆笨头笨脑的军用卡车,大大小小好几辆汽车从它身边飞驰而过,跑到前面去了,它用鼻子捕捉到的更多是这些汽车的味道。它当然有能力分辨清楚,但如果遇到岔路,遇到风向转变,就没有十拿九稳的把握了。

多吉来吧再次疾驰起来。不希望被穿透的夜色一次次地堵挡而来,又一次次无奈地裂开了口子。但黑暗是不屈的,多吉来吧每跑一步都像顶撞在一堵厚墙上。奔跑渐渐吃力了,缓慢了,胸腔里冒火,嗓子眼里冒火,眼睛也在冒火。四肢开始发软,身子沉重起来。突然,它停了下来,摇晃了一下身子,一头栽倒在路旁的河水边。好在这儿水不深,它呛了几口水,赶紧爬上来,呼哧呼哧地喘息着,再也起不来了。

天很快亮了,峡谷里的晴色透明得就像抽掉了空气。一辆拉着羊毛的汽车急停在五十多米开外,又倒回来。三个男人费了九牛二虎之力把多吉来吧抬上了装羊毛的车厢,怕它被颠下来,又在羊毛垛子上掏出一个坑,使劲推了进去。累昏了的多吉来吧哼了一声,表明它还不是一只死狗,还有知觉。司机说:"好一只大藏獒,连呻唤都是雄壮的。"汽车上路了。不知走了多久,汽车又停下了。司机下车撒尿,忽然听到藏獒在车厢上面"嗡嗡嗡"地吼叫。司机对同事说:"它怎么突然精神起来了?你听这声音,哪里是狗叫,分明是打雷。"正说着,多吉来吧从高高的羊毛垛子上跳了下来。

从昏睡中醒来的多吉来吧跳下车就往回跑,跑着跑着,它看到了那辆军用卡车停在路边,三个军人正在打开的车头边忙活着。多吉来吧停下来,远远地观察着,它不知道车坏了,需要修理,还以为卡车已经到达了目的地。它兴奋起来,眼光四下里闪烁着,想找到监狱,想找青果阿妈州州府所在地的多猕镇和多猕草原。但很快它就沮丧了,这里什么也没有,完全跟记忆没关系。它愤怒地咆哮了一声,然后告别卡车。转身朝着太阳落山的地方走去。

它觉得自己走了很长时间,走过了黄昏,走进了黑夜,不能再走了,尽管有路,但它只相信太阳,没有太阳的天空会让它迷失方向。它走出公路,来到河边喝了几口水,感觉饿了,正发愁没有东西吃,就见黑黢黢的浅水湾里,几只大鱼正在游动。它扑了过去,咬住了一条甩到岸上。正吃着,就听公路上一阵汽车的轰隆声。仰头一看,就见那辆笨头笨脑的军用卡车从自己面前疾驰而过。它吃惊地吼了一声,跳起来就追,恍然明白:原来卡车并没有到达目的地,刚才只不过是休息,就像藏獒,就像人,卡车也需要休息。

多吉来吧又一次钻进了卡车后面飞扬的尘土,用恢复过来的精力,疯狂地奔跑着。尘土好像空前厚实,它看不见前面的卡车,也看不到两边的景色,只能感觉到灰尘的微粒一团一团地钻进了它的鼻子,呛进了它的肺腑,它克制着难受,一再地告诫自己:追上去,追上去,更近更紧地跟上卡车,就像追逐野兽那样,始终处在一扑就能咬住对方的地步。它成功了,一步不落。

这时候,刚刚修好的卡车又坏了,是方向盘的问题,司机害怕栽进河里去,一脚踩住了刹车。

只听一阵刺耳的摩擦声,车停下了,黑暗中的多吉来吧、被尘土裹缠着的多吉来吧,一头撞了过去。"咚"的一声响,卡车摇晃了一下,它被弹了起来,弹出去了十米,轰然落地之后便什么也不知道了。几个军人下车拥到后面来,打着手电在车厢下面照了照,没发现什么,骂了一句这辆老掉牙的车,就去前面打开车头修起来。

天正在放亮,多吉来吧在一阵汽车的发动声中醒了过来。它恍恍惚惚地观察着身边,发现自己躺在一片灌木丛里,前爪上有血,舔了舔才知道不是爪子烂了,是头上的血流下去了。它愤愤地看着前面的卡车,不知道没有撞死已经是不幸中的大幸,要不是恰好撞到平放在车厢下面的备用轮胎上,就不仅是头皮开裂,早已经骨头粉碎了。

多吉来吧站了起来,走了几步,又试着跑了几步,然后就朝着笨头笨脑的军用卡车小跑着追了过去。追了一段就栽倒了,爬起来再追。卡车走得很慢,司机害怕方向盘再次失灵,不敢快跑,这倒方便了多吉来吧。它远远地跟着,虽然距离越拉越大,但毕竟能看见卡车,也能闻到卡车。两个小时后,卡车突然加速了,很快消失在多吉来吧的视线外。多吉来吧不得不跑起来,跑着跑着又栽倒了。它愤怒地吼了一声,一口咬在自己的前腿上,似乎是说:你怎么这么不争气啊!

多吉来吧趴在地上,心中一片绝望。山风吹来,它感觉到了风中的人臊,就是西宁城的纸墙边扭打的那些人身上的臊味,就是小镇饭馆里它撕咬过的那些外来人身上的臊味。现在,这些人臊已经无处不在,弥漫在它经过的所有山坡所有草原。显然,人臊已经超越它,在它前边,很可能早已经漫过了西结古草原,汉扎西、妻子果日、寄宿学校,说不定已经遭遇了危难。

想到故乡草原的危难,多吉来吧又有了力量,正艰难地向前爬行,忽然又听见了汽车的声音,而且闻到了那辆军用卡车的气息。多吉来吧大吃一惊,难道它又开回来了?

原来峡谷已经结束,路开始顺着山坡下跌,用一个个连起来的"之,'字形朝着草原铺排而去。车况的不佳卡车在多吉来吧的下方绕弯。它望着卡车,毫不犹豫沿着路和路之间的草坡溜下去。这是它的本能,在它最早开始追逐野兽、扑咬敌手的时候,它就知道直线比曲线更便捷、更容易得手。它在草坡上连爬带滚,很快接近了卡车,它在上面,卡车就在两米外的下面。它知道卡车一走下山坡,走过这些"之"字形的路面,就再也追不上了。它无助地坐下来,满眼惆怅地望了望远方的草原。似乎一望就有了灵感,它那仍然眩晕胀痛的脑袋突然轻松了一下:为什么不能让下面这辆可恶的卡车拉着它到达青果阿妈草原的多猕镇呢?

它倏地站起,顺着山势,对准车厢里那些扎成捆的犯人穿的蓝色棉大衣,跳了下去。

34 格萨尔宝剑之 女骷髅梦魇鬼卒

父亲离开两个小时后,寄宿学校里来了上阿妈骑手。他们去西结古寺搜查,一无所获,便想到了牧民的帐房。上阿妈骑手的头巴俄秋珠对骑手们说:"就是一个帐房一个帐房地搜,也要把麦书记搜出来。"他们路过了这里,忽然惦记被父亲救走的獒王帕巴仁青和小巴扎的死活。惊讶地发现,它们不仅活着,而且恢复得很快,已经能够站起来走动了。

上阿妈獒王帕巴仁青本能地朝他们走去,走了几步又回来,炫耀似的舔起了伤口。和刚才一样,帕巴仁青舔着当周的伤口。当周舔着小巴扎的伤口,小巴扎舔着帕巴仁青的伤口。

巴俄秋珠用马鞭指着当周说:"帕巴仁青你怎么给它舔?你忘了它是你的敌手啊?"帕巴仁青不明白他在说什么,或者它假装不明白,依然用湿漉漉的舌头涂抹着当周。巴俄秋珠说:"出叛徒了,这怎么可以?我得把它们带走,不然它们会叛变到底的。"说着举鞭抽了上阿妈獒王帕巴仁青一下,看它还在舔,就揪着鬣毛往前拖去。

首先表达愤怒的是十步远的大格列。虽然它伤势最重,站都站不起来,愤怒却一点也没有失去威力。它用粗厚的前爪在地上咚咚咚地敲打着,叫不出声来就呼呼呼地吹气,几乎能把气流喷洒到巴俄秋珠身上。受到它的感染,跟它在一起互相舔舐伤口的两只东结古藏獒吼叫起来,接着当周也发火了,要不是疼痛的伤口拽住了它,早已经扑过去了。被激怒的巴俄秋珠指着獒王帕巴仁青和小巴扎大声说:"这些藏獒眼看要把我吃掉了,你们居然一点反应都没有,那就赶快给我走,不走我就打死你们。上阿妈草原的藏獒没有当叛徒的自由。"

秋加和孩子们跑了过去,抱住巴俄秋珠不让他把上阿妈獒王帕巴仁青和小巴扎带走。秋加说:"它们有伤,它们走不动,汉扎西老师说它们在这里休息一个月才能离开。"另一个孩子说:"我们还要给它们喂牛奶、喂肉汤呢,它们走了我们就喂不上了。"巴俄秋珠推搡着他们,冲上阿妈獒王和小巴扎喊道:"咬,快把他们给我咬开。"上阿妈獒王帕巴仁青不动,小巴扎看阿爸不动自己也不动。它们的眼睛都湿汪汪的。

巴俄秋珠揪住领头的秋加,推倒在了上阿妈獒王帕巴仁青跟前:"咬,你给我咬。"帕巴仁青张开了嘴,朝秋加龇了龇牙,又朝巴俄秋珠龇了龇牙。但它谁也没有咬,而是一口咬在了自己腿上,腿上的肌肉顿时烂了,血从獒毛中洇了出来。帕巴仁青疼得用鼻子"哧"了一声,湿汪汪的眼睛里泪水终于破堤而出,呼啦啦地流了一地。巴俄秋珠怒斥道:"没有用的家伙,你还是獒王呢,你给我们上阿妈草原丢尽了脸。"说着踢了帕巴仁青一脚,又过去把秋加推倒在了小巴扎跟前,吼道:"咬,你给我咬。"

小巴扎看阿爸朝自己甩着眼泪晃着头,就想学阿爸的样子,也把自己咬一口,但牙到腿上又犹豫了,抬头望着阿爸,好像是说:阿爸,我不敢咬,我疼。巴俄秋珠再次推了推秋加,在小巴扎头顶又是挥拳又是咆哮:"快咬啊,你给我快咬啊。"小巴扎知道主人的命令是不能不听的,朝上看着主人盛怒的面孔,突然歪过头去,一口咬在了秋加的衣袍前襟上。它是故意的,它没有咬住秋加的骨肉,只是咬在了不会疼痛的衣袍上。但在上阿妈獒王帕巴仁青看来,就是咬在衣袍上也是不可原谅的,秋加是恩人,恩人的衣袍和骨肉一样都必须得到以命为代价的尊重和保护,当主人逼迫你攻击恩人的时候,你唯一的选择就是把牙齿对准自己。上阿妈獒王走了过去,惩罚似的一口咬在了小巴扎的肩膀上。小巴扎疼得尖叫一声,委屈地哭起来,呜呜呜地哭起来。

巴俄秋珠吼道:"你们是藏獒,还是我是藏獒?我都想咬了。你们怎么还不咬?"秋加呆愣着,突然明白过来:他们不能再让上阿妈獒王帕巴仁青和小巴扎为难了。他爬起来,仇恨地望着巴俄秋珠,招呼还在纠缠巴俄秋珠的几个孩子退回到了大格列身边。他们坐在地上,看着巴俄秋珠又是脚踢又是鞭打地赶走了上阿妈獒王帕巴仁青和小巴扎,一个都哭了。

上阿妈獒王和小巴扎蹒跚而去,不停地回望着,有些留恋,有些歉疚。大格列一直怒对着巴俄秋珠,当周和两只东结古藏獒似乎想过去把上阿妈獒王和小巴扎救回来,却被秋加和几个孩子抱住了。秋加说:"他们是魔鬼,会用鞭子抽你们的,你们不要过去。"

巴俄秋珠带着上阿妈骑手和领地狗群北去的路上,看到一个牧家姑娘骑马走在地平线上,就不远不近地跟了过去。姑娘掉转马头迎过来,横眉竖眼地说:"我是桑杰康珠,你们是谁?跑到我们西结古草原来干什么?"巴俄秋珠说:"我们来自上阿妈草原,来这里寻找麦书记,美丽而诚实的姑娘,你能告诉我们麦书记在什么地方吗?"桑杰康珠心想,终于碰到这帮外来的强盗了,便说:"不能,除非你们向佛菩萨保证,你们不是贪婪自私的人。你们不和任何人争抢藏巴拉索罗。"巴俄秋珠说:"请你可怜可怜一个失去了老婆的人,我得到了藏巴拉索罗,就能换回我的老婆。我的老婆是梅朵拉姆,我是上阿妈公社的副书记巴俄秋珠。"

桑杰康珠说:"知道你是巴俄秋珠,还知道你曾经是我们西结古草原的人,可我和你没什么交情,为什么要可怜你?"巴俄秋珠说:"不会可怜人的姑娘,就不是一个好姑娘。我的老婆梅朵拉姆,她是一个可怜一切的姑娘,所以她成了草原的仙女。"桑杰康珠:"我不会可怜一切,尤其是不会可怜跑到别人的草原来争抢藏巴拉索罗的人。我的可怜只有一点点,只能送给一个被我骑马追逐的人,他的名字叫勒格,知道吗,勒格红卫?"说着,眼睛突然一亮:枪?她看到枪了,巴俄秋珠背着叉子枪,许多上阿妈骑手都背着叉子枪,那可是远胜于藏刀的真正的武器,用不着靠近敌人,远远地瞄准,即便有一点心软同情,她也能万无一失地了却为西结古藏獒报仇的心愿——打死地狱食肉魔,打死勒格红卫。她脑子一转,立刻又说:"藏巴拉索罗是个宝,没有代价拿不走。"

巴俄秋珠说:"姑娘,你要什么代价?"桑杰康珠指着一个骑手背上的叉子枪说:"借给我一杆枪,我就告诉你们藏巴拉索罗在哪里。"巴俄秋珠说:"你要枪干什么?你们西结古人的枪呢?"桑杰康珠说:"我们西结古的骑手都好几年没有枪啦,枪都被丹增活佛藏了起来,丹增活佛说,枪是佛的敌人。可是现在,勒格红卫来了,地狱食肉魔来了,我不用枪口对准他们,他们就会咬死吃掉所有的藏獒。"巴俄秋珠惊怪地问道:"就是那个被你骑马追逐的人吗?为什么又要可怜,又要用枪口对准他?"桑杰康珠说:"我不是已经告诉你了吗,他的地狱食肉魔会咬死吃掉所有的藏獒,包括你们的藏獒。"巴俄秋珠说:"哪里来的强盗,哪里来的地狱食肉魔,他们来干什么?"桑杰康珠说:"你们来干什么,他们就来干什么,至于是哪里来的,我可不能告诉你。"巴俄秋珠立刻意识到这笔交易是划算的:既可以得到关于藏巴拉索罗的消息,又可以借这个姑娘的手,扼制甚至除掉一个争抢藏巴拉索罗的对手。

巴俄秋珠说:"我们的枪只借给诚实的人,你拿什么证明你不会欺骗我们?"桑杰康珠说:"我要是欺骗了你们,就让佛菩萨派遣女骷髅梦魇鬼卒来惩罚我吧。"

桑杰康珠的誓言是无法怀疑的,巴俄秋珠从一个骑手那里要来了枪和十发自制的火药弹,把它们交给了桑杰康珠。而他得到的是这样几句话:"麦书记不在西结古寺里,也不在牧民的帐房里,他在一个你们不敢去的地方。"这时候她想起了鹿目天女谷,觉得那是个恐怖阴森没人去的地方。骗他们走一遭,也是一件开心的事儿,就说出了它的名字,口气里透着不容置疑的神秘,心里却嗖嗖地冷笑着:"我就是佛菩萨派遣来的女骷髅梦魇鬼卒,我怎么可能自己惩罚自己呢?"

巴俄秋珠心想:那倒真是一个藏人藏宝的好地方。

桑杰康珠把比自己的身体还要高的叉子枪架了马背上,朝来路跑去,又见一彪人马和一群藏獒从南边的草冈背后闪出来,朝着碉房山的方向疾速跑去。她纵马过去堵在他们前面,认出是东结古草原的骑手,喝问他们来西结古草原干什么。

东结古骑手的头颜帕嘉说出的话居然和上阿妈的巴俄秋珠一模一样:"美丽而诚实的姑娘,你能告诉我麦书记在什么地方吗?"于是,他们也得到了相似的回答:"把你们最大的绿松石和红松石给我,把你们最华丽的藏刀给我,我就告诉你们麦书记和藏巴拉索罗在什么地方。"

于是。他们在上阿妈骑手身后,朝着鹿目天女谷飞驰而去。

桑杰康珠亢奋地鞭打年轻的青花母马去追赶勒格红卫和地狱食肉魔。青花母马的奔跑开始是疯张的,后来就迟缓了,再后来就偏离方向跑向岔路。桑杰康珠恼怒地喊道:"为什么给我捣蛋,你这个地狱食肉魔的帮凶。"

桑杰康珠很快就明白了,从前面的草坝背后隐约传来一阵厮打声,她以为是地狱食肉魔又在作祟,跑上草坝才发现是多猕骑手和多猕藏獒,它们攻击的是西结古草原的獒王冈日森格。

冈日森格为追踪在寄宿学校留下味迹的地狱食肉魔来到了这里,多猕骑手和多猕藏獒为寻找麦书记和藏巴拉索罗路过了这里。彼此相遇的一瞬间,多猕骑手的头扎雅喊起来:"咬死它,咬死它。"他并不知道他们遇到了西结古草原的獒王,只知道一只身形如此高大、气度如此不凡的藏獒绝非等闲之辈,而他们恰恰需要一个找准目标为死去的多猕獒王报仇雪恨的机会。

骑手们用声音和手势唆使着藏獒。十九只多猕藏獒刚刚从《十万龙经》之地赶过来,送别獒王的悲伤依然荡漾在胸间,报仇的冲动却又主宰了它们的身心。它们围住冈日森格狂吼大叫,打斗眨眼就拉开了帷幕。

但无论多猕藏獒咬死冈日森格的欲望多么强烈,都不能违背一对一的铁律群起而攻之。很快它们就发现没有一只多猕藏獒是冈日森格的对手,它们只能采取前赴后继的战术,让冈日森格在厮打的疲倦中自己认输,主动就范。桑杰康珠赶到的时候,疲惫不堪的冈日森格击败了七只多猕藏獒,正与第八只大藏獒艰难对峙,眼看就被对方压倒在身下。

桑杰康珠撒开缰绳,端着枪,驱马走过去大声说:"佛菩萨,佛菩萨,快快告诉我,这些没有鼻梁的多猕人和狗熊一样的多猕藏獒,为什么要欺负我们的老獒王冈日森格。无耻之极的多猕人,不想吃枪子的话,就赶快收场吧。"她端枪瞄准了骑手,几乎在同时,意识到自己用不着开枪,她的法宝还应该是语言,不见形迹却可以达到目的的语言。她说:"你们不就是来寻找麦书记和藏巴拉索罗的吗,咬死了我们的老獒王冈日森格,难道麦书记就会带着藏巴拉索罗走到你们面前来?"

多猕骑手的头扎雅一听就懂了桑杰康珠的话,立刻喝住了还在撕咬的多猕藏獒,喊起来:"啊,它就是你们的獒王冈日森格,怪不得厉害得让我们不敢相信,不过最后的胜利就要来到了,是我们的,不是你们的。快告诉我姑娘,麦书记在哪里,你的一句实话,就可以换取你们獒王的性命。"桑杰康珠说:"麦书记算什么,他只会给我们西结古草原带来灾难,比起我们的獒王冈日森格,他就是一摊没有用处的稀牛粪。你快把你们的藏獒带走,我用歌声告诉你。"

扎雅招呼骑手们离开。桑杰康珠在他们身后亢亢亮亮地唱起来:"牛羊爱吃的那扎草,它长在南方的平地上,不会念经的麦书记,他走过了那扎草地,走进了鹿目天女谷。"唱罢就跳下马,扑向了冈日森格。

冈日森格知道是桑杰康珠救了自己,感激地摇了摇尾巴,强迫自己站起来,舔了舔她的手。桑杰康珠坐下来,仔细看了看冈日森格,觉得没有性命之忧,就心疼地摸了摸它的伤口,口气坚定地说:"冈日森格,我不能陪着你啦,我得去追撵勒格红卫和地狱食肉魔,去给西结古草原的藏獒报仇。你赶快回到领地狗群里去,或者去找你的汉扎西。"冈日森格从她的手势中理解了她的意思,想告诉她前面的危险,又说不出来,急得"呵呵呵"直叫。

桑杰康珠翻身上马,朝着野驴河东去的方向奔驰而去。

冈日森格瞩望着桑杰康珠的背影,休息了片刻,循着她的路线走了过去。走着走着就停下了,前后左右地闻起来。不同的气味从三个方向徐徐而来,前边是远去的桑杰康珠,后边是追来的恩人汉扎西和赭石一样通体焰火的美旺雄怒,而它此行的目标勒格红卫和地狱食肉魔却突然出现在了右边。显然它是不能再跟着桑杰康珠走了,但如果继续追踪地狱食肉魔,恩人汉扎西和美旺雄怒怎么办?它知道他们是来找它的,他们找不到它,就会一直找下去。

冈日森格犹豫不决地转着圈子,另一股让它警觉的气息突然钻进了它的鼻子,它神经质地扬起了头:狼?怎么从狼道峡的方向随风飘来了这么浓烈的狼臊味?它下意识地朝前走去,突然又停下了,现在哪里还有咬杀狼群的时间,排除外来藏獒的挑战,就已经力不从心了,更何况还有对恩人汉扎西和美旺雄怒的担忧。它焦躁不安地吼了几声,不停地用前爪刨着地面。

狼群的气息渐渐清晰起来,清晰成了两股,一股是它极其熟悉的红额斑狼群的,一股是它不熟悉的外来狼群的,外来狼群和本地狼群的气息混合在了一起,说明狼对狼的战争就要开始或者已经开始,在藏獒与藏獒你杀我咬的时候,狼类也不可避免地陷入了自相残杀。这对西结古草原的领地狗群来说,当然是好事儿,无论外来的狼,还是本地的狼,都还顾不上侵害人畜。

此刻,冈日森格还无法知道,另有一股狼群即白兰狼群也来到了野驴河流域,它们处在下风口,没有把气息传给它,但它们现在是西结古草原上最危险的狼群。它们正在以极大的耐心和极恶的用心觊觎着寄宿学校,草原的狼灾已经降临,九年前狼群咬死十个孩子的惨景随时都可能发生。

冈日森格卧了下来,毕竟它是理智的,知道追踪地狱食肉魔的欲念无论怎么迫切,都不能立刻付诸实施,刚才和多猕藏獒的打斗已经耗尽了体力,它需要恢复,更需要打消一切后顾之忧——如果心里牵挂着恩人汉扎西和美旺雄怒,它就不可能百分之百地集中精力。它用最舒服的姿势趴卧着,把视觉和嗅觉的注意力都投放在了走来的路上。一个小时后,它看到美旺雄怒带着恩人汉扎西出现了。

父亲和美旺雄怒一见冈日森格，就激动地大叫起来。父亲忘了他的大黑马已经年老体衰，使劲用靴子后跟剁着马肚子:快啊，快啊。冈日森格望着他们，起身就走。它当然知道这样的相遇对没有预知能力的父亲来说意味着多大的惊喜，但它实在顾不上迎合一下这种惊喜，勒格红卫和地狱食肉魔已经走了很长时间，它必须尽快赶上去。恩人已经来到，履行一个獒王的职责，保卫领地，惩罚入侵者，为大格列报仇，为所有它已经预感到却还无法断定的死去的藏獒报仇，就是第一位的了。

当桑杰康珠和多猕骑手交涉的时候，魁伟高大、长发披肩的勒格红卫其实就在离他们不到三百米的地方。他把驮着大黑獒果日的赤骝马拴在草洼里的石头上，自己趴在高处观察着桑杰康珠和多猕骑手的动静。他虽然听不清楚他们在说什么，但当他看到多猕骑手和多猕藏獒朝南走去的时候，立刻决定:暂时放弃对西结古藏獒包括獒王冈日森格以及领地狗群的屠杀，跟上去看看，这些外来的人到底要干什么? 在"大遍入"法门的启示里，不是也有比咬杀西结古藏獒更重要的事情吗? 再说，尽管他潜意识里并不反感桑杰康珠跟着自己，但一想到她会追问他的往事，尤其是追问他的明妃、他的"大鹏血神"，就觉得还是甩掉她的好。更何况他看到了她胸前明晃晃的叉子枪，知道那是专门用来对付他和他的藏獒的。她有了枪，他就不得不万分小心了。

勒格红卫带着地狱食肉魔，沿着多猕骑手和多猕藏獒的路线，走向了恐怖阴森的鹿目天女谷。

35　格萨尔宝剑之　上阿妈新獒王之死

丹增活佛的红氆氇袈裟和黄粗布披风昭示着他们，班玛多吉跳下马跑了过去，所有的骑手都跑了过去。围住丹增活佛的同时，就知道他死了，西结古草原的灵魂死了。除了作为公社书记的班玛多吉再三再四地探摸着丹增活佛的气息和心跳之外，大家都哭起来。珠牡花芬芳、珠剑草吐香的《十万龙经》之地上，藏獒为藏獒而哭泣，人为人而哭泣。

班玛多吉要率领骑手和领地狗追击多猕骑手，有人问:"佛爷呢? 我们的佛爷怎么办?"班玛多吉说:"动不得，动了就说不清了，这里是现场，再说这是一个多么吉祥的现场啊，有珠牡台，有珠剑坑，有写在大地上的《十万龙经》，还有天上的神鹰，就要下来了，就要下来了。"骑手们朝天上看去。领地狗们见人在看天，也都翘首朝天上看去，它们看到了盘旋的秃鹫，不是一只，而是几十只。

秃鹫们催逼人离开，朝着人群淋起了雨，那是饥饿的口水。见淋了口水的人群好像还没有迅速离开的意思，秃鹫们便发起狠来，冰雹一样淋下来一天的鸟粪。有一坨正好在班玛多吉脸上开了花，他用手掌抹了一把说:"快走啊，神鹰们都急不可耐了。"说着大步过去，跳上了马。骑手们赶紧向圆寂了的丹增活佛磕头，祈祷，诚挚地告别，然后纷纷上马。

只有雪獒各姿各雅没有走，它朝着骑手们的背影叫起来，意思是说:不要走啊，你们不要走。骑手们不理它，它便冲过去，横挡在了班玛多吉前面。班玛多吉不理解，朝它挥着手说:"干什么，你要干什么? 让开，快让开。"见各姿各雅不仅不让开，反而叫得更凶了,便带着骑手们驱马绕了过去。

雪獒各姿各雅悲伤而忧急地看到无人理解它的意思,就跑向了领地狗群,用叫声表达着,用焦躁刨土的前腿表达着,用和它们一个个碰鼻子的方式表达着。领地狗群理解了,跟着各姿各雅跑向了西结古骑手,排开队列,密密匝匝地拦住了去路。班玛多吉把眉头皱成了昂拉雪山,怒气冲冲地呵斥着:"怎么了,我们西结古草原的领地狗群怎么了?不听我的话不说,还给我捣蛋。没有了獒王冈日森格,你们都成野狗啦?"领地狗们不在乎班玛多吉的呵斥,一任倔强地阻拦着。班玛多吉命令身边的骑手:"冲过去,冲过去。"自己首先打马跑起来。雪獒各姿各雅不想伤害到马,指挥着领地狗群让开了。班玛多吉带领骑手们从领地狗群的夹道里一拥而去。

各姿各雅失望得差点哭起来。它叫了几声,想再次追上去拦住骑手们,却发现天上的秃鹫已经一只接一只地落在了丹增活佛身边,便不顾一切地朝丹增活佛跑去。领地狗群纷纷跟上了雪獒各姿各雅。各姿各雅已经通过咬死多猕獒王的行动证明了自己超群的机智和勇敢,它们是服气的,在冈日森格不在的情况下,它们乐意听它的,它俨然已经在代行獒王的职责了。

班玛多吉跑着跑着,突然寻思道:没有了领地狗群,我们靠什么找到并保卫麦书记和藏巴拉索罗?靠什么去给丹增活佛报仇?他勒马停下,让骑手们等他一会儿,自己纵马跑向了领地狗群,用企求的口气喊着:"走吧,快跟我们走吧.各姿各雅.快带着领地狗群跟我们走。"

跑到跟前班玛多吉就不喊了。他看到那些饥饿的秃鹫被领地狗群赶上了天,雪獒各姿各雅正在温情地舔舐丹增活佛的脸,另外几只藏獒撕扯着他的袈裟。丹增活佛坐起来了,虽然眼睛闭着,却真真切切地坐起来了。班玛多吉想:死人都已经变硬了,怎么还能坐起来?赶紧跳下马过去,从后面抱住了丹增活佛,手在胸前一悟,不禁大吃一惊:佛爷啊佛爷,你的心怎么又跳起来了?再摸摸他的气息,气息是流畅而温热的。他放开丹增活佛,打着嗵哨让骑手们过来,喊道:"活了,我们的佛爷又活了。"

坐起来的丹增活佛又躺下了,躺下后就被各姿各雅舔开了眼睛。他看着天,看着天上的秃鹫,眸子转动着,突然呼出一股劲力之气,"啊呀"一声,双手撑地,欠起了腰,稍候片刻,便双腿一缩,站了起来。他整理着自己红毹毹的袈裟和黄粗布的披风,四下看了看,问道:"多猕骑手呢,他们又到哪里去寻找麦书记和藏巴拉索罗了?"班玛多吉说:"佛爷你不是死了吗,怎么又活来了?"丹增活佛说:"我死了吗?我是佛,佛怎么会死呢?佛没有活,也就没有死,佛是睡着了。"

班玛多吉后来才明白,丹增活佛一直在修证金刚乘无上瑜伽,其中有一法,就是离魂法,也叫如来灭度,做法的人有本事让自己的意识和呼吸心跳归空不见,自由住行。在别人看来,那就是死了,灵魂和肉体分家了。

班玛多吉说:"你还说你不会死,你已经被神鹰围住了你知道吗?今天是各姿各雅立了大功,它一是咬死了多猕獒王,二是救了佛爷你一命,要不是它,你早就跑到神鹰肚子里去了。"丹增活佛感激地摸了摸一直靠在自己腿边的雪獒各姿各雅,温情地念了一句金刚萨埵心咒:"唵,别扎萨埵吽呵。"算是对它的祝福。

雪獒各姿各雅高兴得刨腿扬头,眼睛里的腼腆和温顺更加可爱了。它毕竟是一只年轻的藏獒,不像老成持重的冈日森格,根本不把人的夸赞放在心上。它等待的就是被它救了一命的丹增活佛的表扬,现在它心满意足了,回到领地狗群里,率先朝西跑去。

班玛多吉意识到它们一定有西去的理由,不再吆喝,率领骑手要奔去西结古寺,防止外来的人去搜查。丹增活佛说:"你还嫌西结古寺不够烦乱吗? 寺院是清净安寂之地,你们去了寺院,外来的骑手就以为那儿藏着麦书记和藏巴拉索罗,你们是去保护的。他们跟到寺院闹腾起来,那还得了?"

大家就跟着领地狗群往西走去,不到半个小时,就发现雪獒各姿各雅又立了一功,它把领地狗群和骑手们带进了一片莽莽苍苍的开阔地,那儿长满了牛羊爱吃的那扎草,在开阔地的草潮那边,一队上阿妈骑手牵着马,藏身露头地走到洼地里去了。看他们行踪诡秘的样子,雪獒各姿各雅也放慢脚步,伏下了身子,所有的领地狗都学着它的样子放慢脚步伏下了身子。藏獒不是一般的狗,一般的狗在这种时候总会大喊大叫.藏獒身上有一半野兽的血统,保持有野兽接近猎物时屏声静息的天性。

丹增活佛首先溜下马,朝着班玛多吉摆摆手。班玛多吉和所有骑手都下了马,围拢到了丹增活佛身边。

丹增活佛小声说:"他们来这里干什么? 往前就是鹿目天女谷了。"班玛多吉失声叫起来:"鹿目天女谷?"他早就听说过这个地方,但是他和所有的牧民一样,都没有靠近过这个神秘的山谷,只知道无数山谷的传说。

鹿目天女谷自然是鹿目天女的领地。鹿目天女是一个有无量之变的密法女神,她让无数的白唇鹿做她的伴侣,因此哪儿有群聚的白唇鹿哪儿就是鹿目天女的行宫。她的华丽的行宫有时飞翔在蓝空,有时停留在云中,有时出现在冰山顶上,有时就坐落在鹿目天女谷连接着那扎草开阔地的谷口。她的行宫是两只眼睛的形状,不管在什么地方,都会发出两股白光。野兽中鹿的眼睛是最大最亮的,鹿目天女的意思也就是她有一双超美丽的鹿眼。据说几百年前,宁玛派的大师们就是在鹿目天女谷发掘了"大圆满要门阿底瑜伽部教法"的全部伏藏。而在比伏藏现世更为久远的年代,佛教把不能降伏收纳的山野之神和苯教神祇用法力统统赶进了这个山谷,交由鹿目天女管理。这个山谷便从此有了狞厉而恐怖的色彩,一般人不敢进入,进去就是死。也有超凡之人进去后出来就变成了格萨尔说唱艺人。青果阿妈草原的三个最著名的格萨尔说唱艺人都是从鹿目天女谷里走出来的,他们都是"巴仲艺人",也就是做梦学会唱格萨尔的人。据他们自己说,他们进到谷里走了大约不到五十个箭程就被一些凶神恶煞打昏了,醒来后就情不自禁地说唱起了格萨尔。一说唱格萨尔,那些一直包围着他们的凶神恶煞就惊恐万状地逃之夭夭了。

丹增活佛说:"几十年前,昂拉雪山的密灵洞被一场狗瘟废弃后,我就把鹿目天女谷当成了一个修证无上密法的去处,曾经在这里涂泥封门静修了五年。但是现在,它和密灵谷里的密灵洞一样,也已经和佛法密宗无关了。"班玛多吉说:"佛爷,你是说已经有人知道了?"丹增活佛点点头说:"是啊,不仅知道了,而且已经有人进去了。还有前面的上阿妈骑手,他们肯定是为寻找鹿目天女谷才来到这里的。到了这里,有眼睛的人都能找到,人不告诉他们,满地的白唇鹿也会告诉他们。走啊,悄悄地跟过去,他们要是想进山谷,就追上去堵住他们;要是不进山谷,就装作没看见,放他们过去。"班玛多吉说:"让他们进吧,进去就出不来了,神会管束他们。"

丹增活佛摇摇头说:"神就是信,信就是神,人要是不信,空净就没有了,心就会变实变脏,很容易沾染上魔鬼的气息,一旦出来,贻害牧民不说,麦书记和藏巴拉索罗也要遭殃了。"班玛多吉觉得丹增活佛的话里还有别的意思,想了想,不明白,就说:"上阿妈的人为什么要进鹿目天女谷?鹿目天女谷跟麦书记和藏巴拉索罗有什么关系?"丹增活佛说:"啊,我也不知道,做佛的人,是破了意识和知见的,也就是什么也不知道,世界上的事情,没有一样他知道。"班玛多吉惊讶而疑惑地望着丹增活佛,还想说什么,丹增活佛一甩披风,走到前面去了。

丹增活佛和骑手们很快走过那扎草地,看到了一个灌木丛生的开阔山口。

丹增活佛说:"那就是鹿目天女谷。"他从马背上溜下来,把马交给了马的主人,然后说,"我要回西结古寺了,你们去追吧。"

班玛多吉看到上阿妈骑手正在快步走向谷口,立刻招呼西结古骑手上马。他们"拉索罗,拉索罗"地喊着,追了过去。

班玛多吉带着西结古骑手和领地狗,来到灌木丛生的山口,及时堵住了就要隐入鹿目天女谷的上阿妈骑手和上阿妈领地狗。一场打斗势在必然了。在上阿妈骑手看来,鹿目天女谷里果然藏匿着麦书记,要不然西结古人不会专门跑来堵截他们。而在西结古骑手的头班玛多吉看来,不管鹿目天女谷跟藏巴拉索罗有没有关系,最重要的是,外面的人抢到哪里,他们就应该堵到哪里。

班玛多吉喊道:"各姿各雅,各姿各雅。"

上阿妈的巴俄秋珠也喊起来:"恩宝丹真,恩宝丹真。"

雪獒各姿各雅一如既往地腼腆和温顺着,甚至都有点唯唯诺诺、胆小怕事的样子。西结古的骑手和领地狗群已经知道它是那种大勇若怯、大智若愚的厉害角色,都把期待信任的眼光投向了它。而上阿妈的新獒王蓝色明王恩宝丹真却因为一直没有出色的表现,受到了上阿妈骑手的怀疑。巴俄秋珠喊完了它的名字,就有些犹豫,是让它上呢,还是让原来的獒王帕巴仁青上?瞅了一眼帕巴仁青,看它一副委靡不振的样子,就啐了一口唾沫,然后大声说:"恩宝丹真你的机会来啦,你要是再不好好表现,新獒王就不是你了。"

身似铁塔的恩宝丹真知道是催促它拼命。它迈着虎虎生威的步伐走过来,把一身蓬松的灰毛抖了又抖,然后用一对玉蓝色的眼睛深沉而阴狠地望着雪獒各姿各雅。各姿各雅似乎笑着,谦卑地低着头,走到离对方五步远的地方安静地卧了下来,好像是说:我可不想和你打斗,你想打你就来吧,咬死我算了。它的眼光柔和而善良,是最具有狗性魅力的那种善良,是只有见到主人或亲人后才会有的那种柔和。恩宝丹真稍微有些犹豫,它知道对方的柔和与善良也许是假的,但在这种假象没有被对方自己撕破之前,它是宁可做君子不做小人的。它也卧了下来,这个举动说明它充满了自信,以为犯不着在对方表示友好的时候发动突然袭击,堂堂正正地比拼力量和速度,就完全能够让对方一败涂地。

遗憾的是,人对藏獒总是缺乏理解,上阿妈的巴俄秋珠以为恩宝丹真害怕了,使劲鼓动着:"恩宝丹真,上啊,快上啊,你是我们的新獒王,不能还没有打斗就趴下。无敌于天下的蓝色明王,你的名字就是恩宝丹真.你快给我上啊。"

恩宝丹真只好站起来,扑过去一口咬向各姿各雅的脖子。

结果在所有人的预料之中,恩宝丹真不是各姿各雅的对手,它的体力和速度都不输于各姿各雅,但它的智慧不如。几个回合之后,恩宝丹真的喉咙就已经挂在各姿各雅的牙齿上了。

36　多吉来吧之 入狱

卡车在上午明丽的阳光下停在了监狱的高墙下。高墙上有岗楼,岗楼里有哨兵,居高临下的哨兵冲司机喊道:"怎么才回来?"司机说:"车况不好,多走了一个晚上。"哨兵说:"你拉的是什么,一只狗熊吗?"司机说:"什么狗熊,你才是狗熊。"哨兵说:"那是什么?是一只大狗?"

似乎是为了证明自己的存在,突然看到高墙的多吉来吧知道目的地已经到了,惊喜地叫了一声。司机愕然地站到驾驶室的踏板上往车厢里头看了一眼,不禁大叫一声:"哎哟妈呀,果然是一只狗,这么大一只狗。"多吉来吧立刻意识到危险来临了,从扎成捆的犯人穿的蓝色棉大衣上跳起来,跳出了车厢。车箱板挡了一下它的后腿,它脊背着地一连打了好几个滚儿。等它爬起来再跑时,司机喊起来:"打死它,打死它,快啊,别让它跑了。"哨兵举起了枪,就在多吉来吧跑出去五十米后,扣动了扳机。

多吉来吧趔趄了一下,保持着奔跑的姿势没有倒下,但速度明显地慢了下来。司机和另外两个从卡车上下来的人都跑了过去,不知从哪里冒出来的几个人也跑了过去,他们都是年轻的军人,天不怕地不怕,横挡在多吉来吧面前。多吉来吧忧伤地回过头去,看着从屁股上滴沥而下的血,似乎觉得自己已经不可能回到西结古草原,不可能回到主人和妻子的身边去了,眼泪哗啦啦流下来。它哭着,一瘸一拐地朝着人墙冲了过去。人墙哗地散了,那些人又跑到前面去,组成了新的人墙。多吉来吧哭得更厉害,血越来越多地流淌着,地上出现了一串红艳艳的血花血朵。它倒了下去,又起来,再一次冲了过去。

就这样,多吉来吧一次次冲破人墙,人墙又一次次出现在它面前。更不幸的是人墙在不断增厚,又有很多人加入了进来,其中一个穿军装戴袖套的学生,身上散发着人臊,手拿着一根铁钉丫杈的棍子捣来捣去,有一次居然捣在了它的眼睛上。幸亏它躲闪得及时,没有让对方把它捣成瞎子,但铁钉还是划破了它的脸颊和嘴唇。它彻底恼怒了,哭着叫着,不顾一切地扑过去,咬住那个戴袖套的手,让他丢掉了棍子。但紧接着它就再也扑不动了,枪伤的疼痛、脸颊和嘴唇上的疼痛拿住了它,力气随着鲜血的流淌丧失殆尽。一它跌倒在地,挣扎着怎么也站不起来,只有哭声一如既然地陪伴着它。它把思念主人和妻子以及故土草原和寄宿学校的感情,把不能扑向预感中的危难、氤氲不散的亢奋人臊的焦急,变成了最后的乞求,变成了从来没有忍受过的屈辱,永不甘心地表达着。'它的眼泪变色了,不是自的是红的,眼睛流血了,第一次因为示弱和乞求,而变得血色饱满。

戴袖套的学生用右手捂着受伤的左手,把掉在地上的棍子朝司机踢了踢说:"打呀,打死这个畜生。"司机说:"同学,我看算了,就让它这样待着:要是死了,咱们扒皮;要是活了,让它去咬狼,咱们扒狼皮,扒几张狼皮你带回老家去。"说罢,转身走了。

十分钟后,司机找来了一个年老的管教干部,指着多吉来吧说:"就是它,小心它把你咬了。"老管教怀抱着一团粗铁链子,畏畏缩缩地望着司机,再一看多吉来吧,顿时就不敢往前了。司机催促着:"快啊,这是考验你的时候。"老管教走近了一些,试探着伸过手去。多吉来吧吼起来,把满嘴的唾液当做武器溅了老管教一身,吓得他一屁股坐下,满怀的粗铁链子稀里哗啦掉在了地上。老管教恐惧地瞪着多吉来吧对司机说:"你们不要急,拴住它得有时间,我在这里坐一会儿,让它先认识我,然后再靠近它。"司机说:"反正这事儿交给你了,它要是跑了,你得承担责任。"

人们陆续离开了。老管教屁股蹭着地面,离多吉来吧远了一点,叹口气说:"你这只藏獒,我好像认识你,八九年前你是不是在这儿待过?你叫什么来着?叫多吉?叫金刚?我记得后来你咬断铁链子逃跑了,怎么又回来了?回来就没有你好过的,你看他们把你打成什么样子了。你要听话,千万不要对抗拿枪的人。他们都是后来的,不认识你。这儿认识你的人已经不多了,我算是一个吧。我是个没有后门的老管教,调不到城里去,现在又是批判对象,跟你一样失去了自由,你可要同情我、配合我,知道吗?让我把铁链子铐到你身上,不然我的日子就不好过了。"他就这么翻来覆去地唠叨着,多吉来吧安静了,加上伤痛和乏累的困扰,它闭上了血红的眼睛,也闭上了张开的大嘴,在神志渐渐变得模糊迷乱的时候,容忍了老管教对它的靠近。

老管教的靠近是一点一点的,直到多吉来吧完全闭上眼睛,连喘气都显得微弱不堪的时候,他才伸手触到了它的毛,先是轻轻地摸,然后轻轻地拽,看它没有任何反应,便大着胆子用指头使劲梳了梳它那足有一尺半长的鬣毛。接下来的时间里,老管教把粗铁链子牢牢固定在了它粗硕的脖子上,又找来一根一米多长的钢钎,用铁锤打进地里作为拴狗桩。一切妥当之后,他去向司机汇报。

多吉来吧昏睡了两天,当第三天的乌云从它心里升向天空的时候,它睁开了眼睛。它望着从自己眼前延伸而去的粗铁链子,呆痴了很久才回忆起两天前的情形。它心里一阵伤感和紧张,想跳起来,屁股上的枪伤一阵钻心的痛,只好慢腾腾地撑起身子,朝前走去。铁链子拽住了它,它回头咬铁链子,沮丧地知道它是强大而牢固的,它代表着人的意志,没有给它留下一丝逃离此地的可能。它想起八九年前自己从这里逃跑的情形,那一次它咬断了粗铁链子,咬伤了看管它的军人。可是这一次不行。这一次的铁链子粗得无法再粗,更何况它已经老去,牙齿也不如那时候坚硬锋利了。它丢开铁链子,朝着五十米之外的监狱高墙悲愤地咆哮起来。

听到咆哮,老管教从高墙拐弯的地方冒了出来,快步来到多吉来吧面前,惊叫着:"我的天,你流了那么多血还能活过来,要是人早就死了。"多吉来吧一闻味道就知道正是这个人给它套上了粗铁链子,一再拼命地朝他扑去。老管教后退着说:"别、别,你别生气,别把伤口挣裂了,我给你敷了药,也灌了药,还灌了羊奶,你能站起来就好,站起来就说明我有功了,我得表功去。"说着,老管教转身就走,刚走出去十多米,就听一阵哭声突然传来:"同学你醒醒,你醒醒。"老管教抬脚就跑,跑向了高墙拐弯的地方,倏忽一闪不见了。

多吉来吧搞不明白这哭声来自哪里,更不明白这哭声到底为了什么,只听伴随着诉说的哭声越来越声嘶力竭了:"同学你怎么了?你醒醒,同学你醒醒!"它屏住呼吸静静地听着,听了很长时间哭声才消失。

下午,正当太阳晒得多吉来吧烦躁不安的时候,老管教又来了。他给它带来了一个青稞面馒头、一小块生羊肉。在丢给它的时候,老管教说:"你可不能再咬我了,我是个好人,我在喂你。"多吉来吧从嗓子眼里发出一阵呼噜声威胁着他,先一口吞掉了肉,再一口吞掉了青稞面馒头,然后又朝他咆哮扑跳,一次次把沉重的粗铁链子绷成了直线。

老管教坐到它扑不到的地方说:"藏獒你听着,我们这儿有人突然躺倒起不来了,昏迷了,拉到医院抢救去了。我看是高原反应,他是个学生,从北京城来的,来串联,播撒革命的火种。来了就闲不住,整天写标语喊口号,上蹿下跳,能不反应?但是现在人家不怪高原反应,怪的是你啊,你咬伤了人家的手,人家要报复你。他们这会儿还在医院,顾不上你,你说你怎么办?是等着让人家回来打死你呢,还是要逃跑?"多吉来吧压根就没打算听他说话,不断地咆哮着,扑跳着。老管教又说:"我看你还是逃跑吧,像你这样的大藏獒,死了多可惜啊!我想放你走,大不了让我承担责任呗,批斗是免不了的,习惯了,没什么,最坏的结果也就是关到大墙里头去。我是个老好人管教,从来没有欺负过犯人,里头的犯人比外头的同事对我好。但是藏獒我害怕你咬我,你要是咬我.我就不能把铁链子给你解开了。"

老管教唠叨着,往前凑了凑。一贯聪明的多吉来吧这时候不聪明了,它受了枪伤,又被面前这个人用粗铁链子拴了起来,这就等于在它的意识里取消了对这里所有人的信任,它唯一的办法就是挣扎、不驯、怒号、仇恨。老管教看它一直都这样,自己说了那么多都是白说,起身走开了。

老管教很快又回到了这里,丢给多吉来吧几根羊肋巴骨。就在它一再地想吃又无法轻易够着的时候,他从后面悄悄过去,从作为拴狗桩的钢钎上解开了粗铁链子,然后站起来就跑,跑出去二十步远,才回头说:"藏獒你走吧,带着铁链子快走吧,走回你的老家去,让你的主人把铁链子解下来。"多吉来吧没有意识到它已经自由,只觉得突然够着了羊肋巴骨,就大口吃起来。它知道自己负伤了,多吃东西伤口才会好得快一点。吃完了就想发泄,它冲着老管教一边吼一边扑,这才发现粗铁链子在跟着自己移动。

多吉来吧诧异地回头看了看,又盯上了老管教。老管教正在给它挥手:"走啊,快走啊。"它走起来,一再地观察着老管教的举动,看他是不是在耍什么阴谋。它不明白:这个拴住了它的人,怎么又把它放走了?走了几步,多吉来吧就想跑起来,但是不行,屁股上的枪伤太疼。铁链子太长,太粗,太沉。它只好慢慢地走,简直不是困厄中的逃跑,而是黄昏后的散步。它着急起来,对着自己的无能咆哮着,一再地歪过身子去,怒瞪着自己的屁股和拖在地上的粗铁链子。

老管教知道送病人去医院抢救的人马上就要回来了,一回来多吉来吧的命就保不住了,自然比它还要着急,使劲跺着脚,压低了嗓门催促着:"快走啊,快走啊,你怎么好像舍不得走,这里有什么舍不得的?"但立刻他就明白是粗铁链子妨碍了多吉来吧。他回头看了看高墙拐弯的地方,听到已经有人声的喧哗从那边传来,紧趋几步,追上了多吉来吧,一脚踩住了粗铁链子,坚决地说:"来,我给你解开。"老管教似乎忘了这只藏獒正处在暴怒之中。多吉来吧哪里会明白老管教的意图,以为他是来阻止自己逃跑的,张嘴就咬,按照它兽性的本能它本来是要咬住他的喉咙的,突然想到他给自己喂过食,便把头一扭,咬在了他的肩膀上。老管教痛叫了一声,却没有撒手,拽住它脖子上的粗铁链子,哗啦哗啦摇晃着,摇大了圈套,双手拽着,从偌大的獒头上把粗铁链子拽了出来,又大喊一声:"逃,你快逃!"

一瞬间多吉来吧松口了,也愣住了。它明白过来,完全明白过来。它禁不住哗啦啦地流下了泪,它不走了。老管教躺在地上,用手捂着流血的肩膀,一再地喊着:"逃啊,你快逃啊!"多吉来吧这次听懂了他的话,但是它没有逃,越是听懂了,它就越是不能逃。它走过去,舔着老管教的肩膀,无比歉疚、无比懊悔。老管教咬着牙坐了起来,推了它一把,又蹬了它一脚:"藏獒你怎么了你?为什么不逃,再不逃你就完蛋了。"

多吉来吧深情地摇着尾巴卧了下来,满脸都是眼泪,都是感激和悔恨。老管教长叹一声,突然也像多吉来吧那样泪如泉涌了,哽咽着说:"你比人好啊,你比人有感情。"说着他抬起了头,无限悲戚地瞪着监狱高墙拐弯的地方。

从监狱高墙拐弯的地方走来了那些准备杀死多吉来吧的人。他们吆吆喝喝停在了二十米远的地方,立刻有几杆枪从人群里伸出来,瞄准了多吉来吧。老管教赶紧挪过去,挡在了多吉来吧前面。多吉来吧怒视着人和枪,站到了老管教前面。

"咦?都挺勇敢,都挺仗义的。"司机说,司机胳膊上有了红色袖套,身上也有了浓烈的人臊。

寂静。多吉来吧坦然如原、冷静如山地挺立着,感染得老管教也像山原一样坦然、冷静地从后面抱住了多吉来吧。风不吹了,云不动了,呼吸也没有了,什么声音都消失了,世界就等着枪响。

枪没有响。枪放下了。司机叹了一口气,突然说:"这么英雄的造型我喜欢,我下不了手。算了,还是让它走吧。"

老管教赶紧站了起来,绕到多吉来吧前面,用双手推着它的头:"走吧,赶紧走吧。"司机也说:"走吧,想去哪儿就去哪儿吧。"说着,挥了挥手。

多吉来吧最后一次舔了舔老管教的肩膀,转身走了。走的时候已经不是逃跑,而是惜别。它走得很慢,不停地回望着监狱的高墙和高墙前面那些给它送行的人,回望着老管教和司机,默默地流着泪,似乎是说:有恩的人们啊,我怎么才能报答你们?

37 格萨尔宝剑之獒王疯

上阿妈新獒王恩宝丹真倒下之后,巴俄秋珠对各姿各雅说:"你咬死的不过是一个代理獒王,真正的上阿妈獒王就要来了,你等着,你等着。"各姿各雅似乎听懂了他的话,不好意思地撮了撮鼻子。

这时班玛多吉哈哈大笑:"滚出西结古草原吧上阿妈人,麦书记和藏巴拉索罗跟你们没关系。"

巴俄秋珠恼羞成怒地挥动马鞭抽打了几下恩宝丹真的尸体,回身来到帕巴仁青身边说:"你还是我们的獒王,拿出你以前的威风来,给我上。"上阿妈獒王帕巴仁青望了一眼巴俄秋珠,依然是一副委靡不振的样子。巴俄秋珠弯下腰,指着前面的雪獒各姿各雅吼道:"西结古的藏獒咬死了我们的恩宝丹真你没看见吗?快去报仇啊,快去啊。"帕巴仁青坐了下来,好像没听见,神情淡漠地注视着前面。巴俄秋珠用手使劲推帕巴仁青,看推不到前面去,就举起马鞭抽起来,好几下都抽在了没有痊愈的伤口上。帕巴仁青疼得龇牙咧嘴,离开巴俄秋珠,后退了几步,又坐下了。巴俄秋珠说:"哪有上阿妈草原的獒王不听上阿妈骑手的,你不上,那就让你儿子替你上。"

巴俄秋珠来到小巴扎跟前,指了指雪獒各姿各雅,做了个扑咬的手势说:"獒多吉,獒多吉,你要是不咬死它,就不要回来,我们不要你了。"小巴扎毕竟是小孩子,想不了那么多,一看主人让它上阵,跳起来就扑了过去。

一直在前面静静观察着的雪獒各姿各雅早有防备,小巴扎一到跟前,它就躲开了。它连躲五次,惹得小巴扎急躁难忍,"刚刚刚"地叫起来。它一叫扑咬的速度就慢了,而且把头扬了起来,一扬头就给各姿各雅亮出了喉咙,更糟糕的是,它为了叫得响亮,眼睛朝向了天空。就在这个眼睛望着天空而不是平视对手的瞬间,各姿各雅发动了第一次反击,理所当然一口咬住了小巴扎的喉咙。

当各姿各雅猛然甩头离开时,它小巴扎就已经站立不稳,头重脚轻了。片刻,它倒在了地上,打了一个滚,把头朝向阿爸帕巴仁青,扑腾扑腾忽闪着眼皮,期待地看着:阿爸,阿爸,我不行了,快来为我报仇啊!

帕巴仁青走了过去,泪眼蒙眬地望着自己的孩子,舔哪,舔哪,在血流不止的喉咙上无望地舔着,一边舔,一边把眼泪糊在了孩子的伤口上。小巴扎也哭着,那是对世间的留恋,是无声的告别,当最后一滴眼泪变成珍珠滚落而下时,它的气息也就随之消失了,只有血是活跃的,还在旺盛而急切地流动。帕巴仁青呜呜地号啕起来。

上阿妈骑手的头巴俄秋珠走了过来,看了看小巴扎说:"好啊,好啊,要么你咬死敌人,要么被敌人咬死,你是藏獒你就得这样。"然后又对帕巴仁青说,"你要是早上,你儿子就不会死了。现在你该上了吧?快去给儿子报仇啊,咬死这只雪獒!"他看帕巴仁青还是无动于衷,再次挥动马鞭,使劲抽打着,"给我上,快给我上,你不上我们就进不了鹿目天女谷,就得不到麦书记和藏巴拉索罗,就换不来梅朵拉姆你知道吗?求求你了,快给我上。"

上阿妈獒王帕巴仁青扬头迎受着鞭打,痛苦地望着自己的主人,发出一声长叫,仿佛在乞求主人放弃。回答帕巴仁青的依然是鞭子。帕巴仁青吼叫起来,算是一声长叹,然后扑向了前面。前面是一块坚硬的石头,它把石头咬住了,牢牢地咬住了,它用最大的力气咬合在石头上,只听"嘎巴"一声响,一颗虎牙倏然崩裂,又是"嘎巴"一声响,另一颗虎牙也是倏然崩裂。悲壮而刚烈的自残让它满嘴是血,它疼痛得浑身抖颤,朝着巴俄秋珠张大了嘴,吐长了舌头,哈着红艳艳的腥气,扑簌簌地流着泪。他告诉自己的主人:我没有牙齿了,我不能打斗了。巴俄秋珠愣了一下,气得浑身发抖,像狼一样咆哮起来:"没有牙齿也得咬,只要你不死你就得咬,你是上阿妈獒王,你活着就得咬!"

巴俄秋珠的马鞭再次抽起来,如同风的呼啸,以前所未有的猛烈,落在了上阿妈獒王帕巴仁青身上。帕巴仁青跳起来了,终于跳起来了。这只黄色多于黑色的巨型铁包金公獒终于服从了主人的意志,它的眼泪哗哗而下,它在眼泪哗哗而下的时候,张着断裂了两颗虎牙的血嘴,扑向了西结古的雪獒各姿各雅。双方的骑手都吆喝起来:"咬死它,咬死它!"

雪獒各姿各雅一看上阿妈獒王帕巴仁青来势凶猛,不可抵挡,便朝后一摆,回身就跑,它想带着对方兜圈子,兜着兜着再寻找撕咬的机会。但帕巴仁青不跟它兜圈子,看一下子没扑着它,就又扑到别的地方去了。帕巴仁青扑向了另一只藏獒,那是西结古的一只母獒。母獒哪里会想到对方会攻击自己,愣怔了一下,来不及躲闪,就被对方咬住了喉咙,只觉得浑身一阵冰凉的刺痛,鲜血顿时滋了出来。所有的人、所有的藏獒,都惊呆了:公獒绝对不会、从来不会撕咬母獒,不管它是己方的还是敌方的母獒,这是藏獒的铁律,是远古的祖先注射在生命血脉中的法则,但是现在,上阿妈獒王帕巴仁青公然违背了。更何况它的两颗虎牙已经断裂,它失去了置对手于死地的锋锐,居然和拥有锋锐一个样。它这是怎么了?难道它不是藏獒?或者,它疯了。

上阿妈獒王帕巴仁青咬死了一只西结古母獒,又扑向了另一只小藏獒,也是一口咬死。这只出生还不到三个月的西结古小藏獒.连一声惨叫都没来得及发出。人和藏獒都是一片惊叫。惊叫还没落地,就见帕巴仁青已经朝着西结古骑手扑去,它张着断裂了两颗虎牙的血嘴,扑到骑手的身上,咬了一口,又扑向骑手的坐骑,一口咬破了马肚子,然后转身就跑。

帕巴仁青跑向了上阿妈的阵营,惊愣着的上阿妈领地狗群突然意识到它们的獒王得胜归来了,赶快摇着尾巴凑上去迎接,没想到迎接到的却是獒王所向无敌的断牙。断牙所指,立刻就有了惊讶的喊叫,有刺破鼻子的,有咬烂肩膀的,还有眼睛几乎被刺瞎的。领地狗们赶紧躲开,这一躲就躲出了一条夹道,夹道是通往上阿妈骑手的头巴俄秋珠的。

巴俄秋珠愣怔地看着帕巴仁青从夹道中朝自己跑来,忽地举起马鞭,恐怖地喊道:"魔鬼,魔鬼,你要干什么?"喊着,使劲挥舞着鞭子。上阿妈獒王帕巴仁青迎着马鞭扑了过去,一口咬在了巴俄秋珠的胳膊上,几乎把他的胳膊咬断,然后再次跳起来,扑向了另一个骑手。巴俄秋珠喊起来:"疯了,疯了,它疯了。"

是的,它疯了,上阿妈草原的獒王帕巴仁青疯了。它已经不知道谁是主人、谁是同伴、谁是对手了。疯狗帕巴仁青扑向了所有能够扑到的目标,包括人,也包括藏獒,包括西结古的人和藏獒,也包括上阿妈的人和藏獒。上阿妈骑手和领地狗群乱了,西结古骑手和领地狗群也乱了。双方暂时放弃了互相的对抗,都把对抗的目标锁定在了疯狗帕巴仁青身上。疯狗帕巴仁青张着断裂了两颗虎牙的血嘴,忽东忽西地追逐撕咬着,好像它是不知疲倦的,只要它不死,就一直会这样残暴乖张地撕咬下去。

西结古的班玛多吉指挥着自己的骑手和领地狗群躲避。而在上阿妈骑手这边,在一阵紧张忙乱的逃跑躲闪之后,巴俄秋珠和所有带枪的骑手都从背上取下了枪。十五杆叉子枪瞄准了他们的獒王疯狗帕巴仁青,但帕巴仁青快速奔跑在混乱人群狗群里,他们无法开枪。巴俄秋珠气得脸都紫了,不停地说:"丢脸啊,我们的獒王真是丢脸啊!"

终于一个机会出现了。当疯狗帕巴仁青再次扑向西结古领地狗群,眼看就要咬住班玛多吉时,雪獒各姿各雅斜冲过去,一头撞开了帕巴仁青。帕巴仁青丢开班玛多吉,朝着各姿各雅扑去。各姿各雅转身就跑,用一种能让对方随时扑到自己的危险的速度,带着帕巴仁青离开西结古骑手和领地狗群,朝着开阔的那扎草地跑去。疯狗帕巴仁青紧追不舍。上阿妈骑手的头巴俄秋珠纵马跟了过去,双腿夹紧马肚,两手端枪,在奔跑中瞄准了疯狗帕巴仁青。

大家都知道,只要枪响,丧失理智的帕巴仁青就会平静,是彻底的平静、永远的平静。

但是上阿妈獒王疯狗帕巴仁青似乎永远都不会平静,枪始终没有响。巴俄秋珠看到,在他的瞄准线上、疯狗前去的地方,突然出现了一列人影、一列獒影。他放下枪,勒马停下,仔细看了看,异常懊恼地发现:这里又增加了一个抢夺麦书记和藏巴拉索罗的对手,东结古骑手和东结古领地狗来了。

东结古骑手和东结古领地狗一靠近鹿目天女谷,就看见一只雪獒和一只黄色多于黑色的巨型铁包金公獒一前一后奔驰而来。它们立马停下,严阵以待,准备迎击来犯者。等到跑在前面的雪獒到了跟前,才发现它们是一个追一个,与自己没有关系,顿时就放松了警惕。

雪獒各姿各雅何其聪明,看来了另一队人和狗,就知道这些人和狗的到来对西结古骑手和西结古领地狗是不利的。官存奔跑中摇起了尾巴,脸上的神情卑微而平和。东结古领地狗都是清一色的优秀藏獒,一看对方表示友好,就大度地放弃了迎战的姿态,让雪獒各姿各雅闯进狗群,转眼消失了。

上阿妈獒王疯狗帕巴仁青一对深藏在长毛里的红玛瑙石眼睛燃烧着,几乎能喷出蓝焰来。它扑向了离它最近的一只黑色公獒。黑色公獒以为它会绕过自己继续追撵雪獒,正要让开.那快如闪电的撕咬就来到了自己脖子下面。黑色公獒惊慌地躲开,却已经被咬伤,正要横扑过去报仇,发现疯狗帕巴仁青已经扑向了另一只黑藏獒。这只黑藏獒有一点准备,猛吼一声奔扑而去,在被对方咬住自己肩膀的同时,也把自己的牙齿嵌进了对方的肩膀。疯狗帕巴仁青哪里在乎自己的肩膀,狂跳而起,踩着黑藏獒的身子,扑向了五步之外东结古骑手的头颜帕嘉。

颜帕嘉"哎呀"了一声,拽着缰绳要躲开,却把马屁股亮给了对方。帕巴仁青一口咬在了马屁股上,惊得马前仰后合,一下子把颜帕嘉摔了下来。幸亏他被摔了下来,摔得淹没在了马队中,帕巴仁青没有咬着他,就去扑咬别的目标。颜帕嘉惊慌地喊道:"疯狗,这是一只疯狗。"爬起来就跑,边跑边指挥自己的人和狗快速前进,他知道只有把他们和前面的西结古人以及上阿妈人混杂在一起,才有可能摆脱疯狗肆无忌惮的撕咬。疯狗是那只雪獒从对手那里故意引过来的,他们要做的,就是把它引还给对手。

东结古骑手和东结古领地狗被疯狗帕巴仁青追撵得七零八落,纷纷靠近了上阿妈阵营。上阿妈的巴俄秋珠再次端起枪,瞄准了越跑越近的疯狗帕巴仁青,就要开枪的时候,颜帕嘉突然在他面前晃了一下,挡住了他的眼睛。颜帕嘉的意思是:它把我们咬惨了,现在该咬咬你们了,你不能打死它。

疯狗帕巴仁青转眼到了跟前,带着空前肃杀的气息,无限夸张地演示着它风暴一般的乖戾恣睢。上阿妈骑手和上阿妈领地狗就像被狂风卷起的沙尘,呼啦啦地搅成了一团。巴俄秋珠看到这么乱的场面、这么近的距离枪已经失去作用,就只好喝令领地狗群咬死它。可是上阿妈的领地狗群怎么可能咬死它们的獒王呢?尽管它们知道獒王疯了,自己随时都会被疯獒王咬死咬伤,但它们不像人,它们只要清醒，就宁肯自己死伤，也不会扑向昔日的同伴和首领。

又是一次厮杀表演，疯狗帕巴仁青一连咬倒了两只藏獒、四名骑手，好像它意识到是人让藏獒们互相残杀的，是人把它逼成了这个样子。受了伤的马横冲直撞，踩踏着乱哄哄的人和狗。巴俄秋珠捂着自己胳膊上的伤口，惊恐失色地喊叫着："这可怎么办，这可怎么办？西结古的山神不顶用了吗，怎么不来管管这畜生。"

突然传来一阵呼唤："帕巴仁青，帕巴仁青，你怎么了帕巴仁青？"这声音紧张里透着柔和，严厉中藏着关切，好像帕巴仁青真正的主人来到了这里，让所有的上阿妈骑手和上阿妈领地狗都愣了一下。他们循声望去，只见那个曾经出现在藏巴拉索罗神宫前的寄宿学校的汉扎西老师，从那扎草地那边骑马跑来了。

西结古的阵营里，班玛多吉喊了一声："别过去，汉扎西，上阿妈獒王疯了。"父亲跳下马，询问地望了望班玛多吉，丢开大黑马的缰绳跑起来，呼唤的声音更加关切更加忧急了："帕巴仁青，你疯了吗？你怎么疯了？你还认得我吗？"疯狗帕巴仁青看到所有的人和狗都在躲避它，只有一个人正在快速接近它，便暴吼着扑过去。

人们惊叫起来，藏獒们也惊叫起来，但谁也无法阻拦父亲，更无法阻拦疯狗，就眼睁睁地看着父亲和疯狗相互跑近。疯狗是六亲不认的，疯狗咬伤他的结果是狂犬病，可怕得胜过了鼠疫、麻风和虎狼之害。父亲不管不顾，他在一片人和狗的惊叫声中张开了双臂，做出了拥抱帕巴仁青的样子，就像他曾经多少次拥抱冈日森格、多吉来吧、美旺雄怒、大格列那样。疯狗帕巴仁青扑过去了，张开血盆大口，龇出依然不失锋利的断牙，在搂倒父亲的同时，一口咬住了他的喉咙。

但是没有血，疯狗帕巴仁青咬住了父亲的喉咙，却没有咬出血来。父亲的皮太厚了，喉咙太硬了，就像裹了一层铁。人们当时都这么想。而父亲自己却什么也没想，当疯狗的大嘴咬住他的喉咙时，他并不认为这是仇恨的撕咬，他觉得他跟所有藏獒的肉体接触都是拥抱和玩耍，所以他现在跟帕巴仁青也是情不自禁的拥抱。他用蠕蠕而动的喉咙感觉着被断牙刺激的疼痛，依然在呼唤："帕巴仁青，你疯了吗？你是一只好藏獒，你怎么疯了？"这呼唤是那么亲切，气息是那么熟悉，一瞬间疯狗帕巴仁青愣住了，似乎也清醒了。它从小就是上阿妈草原的领地狗，没有谁像家庭成员那样豢养过它，它的主人是所有上阿妈人，听着上阿妈人的呵斥，服从他们的意志，成了它的使命。既然如此，它的感情就是粗放的、整体的、职业的。来到西结古草原后，它的感情突然细致了、具象了、个性化了。父亲，这个在藏巴拉索罗神宫前救了它的命的恩人，这个在寄宿学校的草地上倾注所有的力量和感情照顾过它的恩人，这个不怕被它咬死而深情地跑来想再次挽救它的恩人，突然抓住了它那已经麻木成冰的神经，轻轻一拽，便拽出了一天的晴朗。所有的坚硬，包括最最坚硬的疯狗之心，蓦然之间冰融似的柔软了。

帕巴仁青趴在父亲身上一动不动，在疯魔般席卷了几个小时后，终于静静地不动了。不动的还有嘴，嘴就那么大张着噙住了父亲的喉咙，用清亮而火烫的唾液湿润着父亲黑红色的皮肤。眼泪，哗啦啦的，上阿妈獒王帕巴仁青的眼泪哗啦啦地流在了父亲的脸上，让父亲深深的眼窝变成了两片透澈清莹的咸水湖。父亲后来说，草原上的藏獒啊，就是这样的，只要你对它付出感情，哪怕是疯狗，也会被感动，也会平静下来跟你心贴着心。

父亲推着帕巴仁青说："你都压扁我了，你还是让我起来吧。"

　　帕巴仁青明白了,把大嘴从父亲喉咙上取下来,沉重的身子离开父亲半米,卧了下来。父亲欠起腰,抚摸着它说:"让我看看,你的伤好了没有,啊,没有啊,又严重了,又有了新伤,到处都是血啊,你是怎么搞的,一点也不知道心疼自己。"这时父亲看到了它的嘴,惊叫起来:"你的牙?你的牙怎么断了?"好像断裂的是自己的牙,父亲一下子就哭了,痛苦地说:"没有牙你怎么活呀?"帕巴仁青当然听不懂父亲的话,但父亲心疼的抚摸就是翻译,让它准确地感受到温柔和关切。它流泪了,它不会倾诉它的委屈和无奈,但它完全明白父亲的心,明白父亲对它的爱护超过了任何一个人,也知道这爱护无比珍贵,是万万不能丢弃的。

　　父亲轻轻抚摸着它,用衣袖揩拭它嘴上身上的血,站起来说:"你跟着我吧,你不要待在这里了,这里的人都是魔鬼。"上阿妈獒王帕巴仁青仰头望着父亲,看父亲朝前走去,便毅然跟上了他。它跟得很紧,生怕被父亲甩掉似的。西结古骑手的头班玛多吉余悸未消地站在远处,大声问道:"喂,疯狗怎么不咬你啊?"父亲说:"我又不是藏獒,我怎么知道,你还是问它自己吧。"

　　这时有人喊了一声:"站住。"父亲站住了,就像又一次看到了藏獒的死亡,呆愣的表情上,悬挂着无尽的愤怒、悲伤和茫然不解。

　　前面,十步远的地方,上阿妈骑手的头巴俄秋珠正骑在马上,把枪端起来,瞄准着上阿妈獒王帕巴仁青。父亲"啊"了一声说:"巴俄秋珠你要干什么?求求你不要这样。"巴俄秋珠屏住呼吸一声不吭。父亲说:"我知道为什么你要这样,你要打就打死我吧。"巴俄秋珠还是不吭声。父亲又说:"难道你不相信报应吗?打死藏獒是要遭报应的。你没有好的来世了,你会进入畜生、饿鬼、地狱的轮回你知道吗?"

　　枪响了。这是谁也没有料到的,在父亲的乞求和警告声中,枪居然响了。枪声伴随着巴俄秋珠的咬牙切齿,嘎嘣嘎嘣的,就像嫉妒变成了钢铁,又变成了火药。他是这样想的:这是谁啊,是我们上阿妈草原的獒王帕巴仁青吗?上阿妈獒王不听上阿妈骑手的,更不为上阿妈骑手战斗,却要跟在一个西结古人的屁股后面转悠。叛徒啊,不管它疯还是不疯,它都是一个不折不扣的叛徒。连獒王都做了叛徒,藏巴拉索罗从何而来?梅朵拉姆从何而来?

　　帕巴仁青以无比清醒的头脑望着巴俄秋珠和黑洞洞的枪口,哭了。上阿妈草原的獒王、这只黄色多于黑色的巨型铁包金公獒,闪烁着深藏在长毛里的红玛瑙石一样的眼睛,哭了。它知道主人要打死它,知道自己已经中了致命的枪弹,它泪如泉涌,打湿了土地,打湿了人和狗的心。它张大了嘴,裸露着两颗断裂的虎牙,极度悲伤着,没有扑向巴俄秋珠,尽管它还有能力扑上去阻止他继续实施暴行。它不再疯了,清醒如初的时候,它服从了主人要它死的意志。它摇晃着,摇晃着,告别着人间,告别着救命恩人西结古的汉扎西。

　　枪响了,是第二声枪响。上阿妈獒王帕巴仁青应声倒地。巴俄秋珠一脸狰狞,吼叫着:"叫你叛变,叫你叛变,藏獒是从来不叛变的,而你却叛变了。"

　　父亲扑了过去,扑向了巴俄秋珠,伸手把他从马上拽下来,然后又扑向了上阿妈獒王帕巴仁青。已经没有用处了,父亲只能捶胸顿足:慢了,慢了,我的动作太慢了,我怎么就没有挡住他的子弹呢?帕巴仁青,都是因为我啊,我要是不让你跟着我走,上阿妈人也不会把你当叛徒。

　　谁也无法理解父亲这时候的心情,他愤怒得要死,又无奈得要死。他不理解巴俄秋珠——昔日那个可爱的"光脊梁的孩子"为什么要对一只情重如山的藏獒开枪——就算你是为了得到藏巴拉索罗最终得到你的爱情你的梅朵拉姆，就算你的动机是美好的、高尚的，但美好和高尚怎么能如此让人痛心地结出疯狂甚至邪恶的果实呢？更不理解为什么人需要如此争抢，藏獒需要如此打斗，不就是麦书记吗？不就是藏巴拉索罗吗？要他们有什么用？麦书记你藏在哪里你快出来吧，藏巴拉索罗是什么东西，你给他们不就了结了。不要再打了，不要再死藏獒了。

38　格萨尔宝剑之麦书记

父亲坐在上阿妈獒王帕巴仁青身边，守了很久，突然在心里念叨了一声冈日森格，这才站起来，过去牵上了自己的大黑马。他四下里看了看，不停地回望着渐渐冰凉的帕巴仁青，朝着鹿目天女谷敞开的谷口急速而去。

这一路走来，冈日森格一直走在他和美旺雄怒前面，一进入那扎草地，冈日森格就跑起来，一溜烟地不见了。父亲让美旺雄怒追上去寻找，自己循着藏獒的吼叫来到了这里。他知道冈日森格在追踪什么，那可不是一般的对手，那是一个名副其实的地狱食肉魔。在冈日森格的对决生涯里，恐怕没有谁能和地狱食肉魔相比，一场空前绝后的厮杀在所难免，就是不知道什么时候开始，在什么地方开始。

火焰红的美旺雄怒跑过来了，它是来告诉父亲，它已经发现了冈日森格的行踪。父亲跟着它走去，没走多远，就隐隐听到一阵吼叫，是冈日森格的声音，和年轻的时候一样雄壮、铿锵、醇厚、洪亮，在西结古阵营的背后，鹿目天女谷的深处，逆着流云风势涌荡而来。西结古骑手和领地狗都有点吃惊：獒王冈日森格什么时候跑到里头去了？虽然谷口草丘密布，浅壑纵横，地形开阔而复杂，它完全可以避开它们的视线走进去，但它为什么要这样呢？已经来不及琢磨了，冈日森格的声音突然变得激切紧张起来。父亲牵着大黑马，带着美旺雄怒，走进了谷口，然后朝着不远处的西结古骑手招了招手，喊道："快走啊，冈日森格都进去了，你们怎么还站着？"

班玛多吉和所有西结古骑手都没有动，他们惧怕被鹿目天女拘禁在沟谷里的山野之神和苯教神祇，看到父亲无所顾忌地走进了谷口，一个个吃惊地瞪歪了眼睛。但西结古草原的领地狗群是不害怕的，它们在雪獒各姿各雅的带领下随着父亲的喊叫跑了过去，又比父亲更快地跑向了山谷深处的獒王冈日森格。

上阿妈骑手的头巴俄秋珠观察着前面的动静，立刻意识到，如果不随着父亲深入鹿目天女谷，就别再想找到麦书记，得到藏巴拉索罗了。它指挥上阿妈骑手和领地狗群一窝蜂地跟了过去。东结古骑手的头颜帕嘉哪里会允许别人抢先，指挥自己的骑手和领地狗追进谷口，从上阿妈骑手身边一闪而过。

西结古骑手的头班玛多吉一看这样，便问自己的骑手："我们怎么办，是不是应该唱起格萨尔了？"他觉得既然"巴仲艺人"一说唱格萨尔，鹿目天女谷里的凶神恶煞就会逃之夭夭，骑手们唱起来恐怕也会收到同样的效果。骑手们沉默着，看班玛多吉一再地挥着手，便壮着胆子唱起来："岭国的雄狮大王格萨尔，要降伏害人的黑妖魔；我要放出利箭如霹雳，射中魔头把血喝；我要斩断恶魔的命根子，搭救众生出魔窟。"

班玛多吉带领西结古骑手,快步走进了狞厉恐怖的鹿目天女谷。

丹增活佛从鹿目天女谷回来,刚走进西结古寺,就在嘛呢石经墙前碰到了麦书记,吃惊地问道:"你怎么出来了,你要去哪里?"一把拽住麦书记,拉着他就走。

就像父亲后来说的,果然传说就是历史,在那些悲凉痛苦、激烈动荡的日子里,关于丹增活佛把麦书记和藏巴拉索罗密藏在西结古寺的传说,最后都一一得到了验证。事实上是,麦书记来了又走了,他觉得人的灾难不能让神来承担,便谢绝了丹增活佛的一再挽留,离开西结古寺,骑着马走向了狼道峡。

是丹增活佛让麦书记再次回到了西结古寺。麦书记离时,丹增活佛派铁棒喇嘛藏扎西暗中保护他。藏扎西骑着一匹马,牵着一匹马,又带了一袭袈裟,一直跟在后面。就在麦书记眼看要被上阿妈骑手发现的时候,藏扎西赶上去拦住麦书记,不由分说给他穿上了绛紫的袈裟,换上了寺院马。藏扎西说:"麦书记啊,如今能让你安生的就只有西结古寺了,赶紧跟我回去吧。"麦书记不去,说:"我就让他们抓住我,看他们到底能把我怎么样。"藏扎西说:"丹增活佛说了,野蛮的外道来到了草原,中了邪魔的人是什么事情都能做出来的。"说着走过去,拉歪了枣红马的鞍子和皮鞯子,拔出藏刀割断了马肚带,使劲捶了几下枣红马的屁股。枣红马没受过这样的待遇,惊怕地跑开了。藏扎西说:"应该让大家知道,麦书记已经从西结古草原消失了。"然后跳上自己的马,奔跑而去。麦书记胯下的寺院马立刻跟着跑起来。

丹增活佛把麦书记藏进了大经堂。大经堂里有十六根装着五妙欲供图、生死流转图、佛本生故事和莲花生入藏等刺绣唐卡和贴花唐卡的松木柱子。每个柱子都有两人抱粗,其中一根绘着格萨尔降伏魔国图的柱子是空心的,正好可以让麦书记待着。

这会儿,丹增活佛拉着麦书记回到了空无一僧的大经堂。两个人坐下,相伴着沿墙四周数千尊铜质的半尺三世佛和几十溜儿打坐念经的卡垫,几乎同时说出了第一句话。

麦书记说:"我怎么可以一直躲在这里呢?"

丹增活佛说:"你听我说,你还没到投胎转世的时候,你不能出去。"

麦书记愣了一下说:"你是担心他们会杀了我?毕竟我还是州委书记。"

丹增活佛:"在我们佛教里,不会有比死亡更轻松的事,可惜你还死不了,轻松的因缘还没有聚合,而活着的痛苦却从四面八方朝你跑来。你的皮肉不是藏獒的皮肉,骨头也不是藏獒的骨头,是经不起踢打的。茫茫世界,浩大无边,却没有你的去处,只有西结古寺对你是安全的,也只有佛菩萨才能保佑你,你就踏踏实实待在这里吧。"

麦书记说:"这场革命对每个人都是一次洗礼,就让我去接受洗礼吧。"

丹增活佛把腿盘起来,双手合十说:"啊,洗礼,每一个人的洗礼,也包括我吗?"

麦书记说:"当然,包括所有的活佛和喇嘛。"

丹增活佛说:"洗礼之后呢,是升天堂,还是下地狱?"

麦书记说:"不升天堂,也不下地狱,而是要更加彻底地为人民服务。"

丹增活佛:"我知道你们的'为人民服务'是什么,就是我们的藏巴拉索罗,意思一样,说法不一样,都代表了权力、地位、尊贵、荣誉以及和平、吉祥、幸福、圆满。"

麦书记点着头,指了指自己藏身的绘有格萨尔降伏魔国图的柱子说:"格萨尔宝剑还藏在这里头,我把它还给你们了,一定要保存好。"

丹增活佛嘴角露出一丝苦笑说:"愿佛法继续眷顾你,也眷顾格萨尔宝剑。其实藏在这里也是不保险的,许多喇嘛都知道,格萨尔降伏魔国图的柱子曾经是专门用来秘密供养格萨尔宝剑的地方。"

麦书记说:"难道喇嘛们会泄密?"

丹增活佛想起了正在肆虐西结古藏獒的勒格,但他没说出来。

麦书记说:"那就换一个地方嘛。"

丹增活佛说:"不用了,这个地方是吉祥的。"

麦书记说:"在他们心中,格萨尔宝剑就是权力。我可以落到他们手里,格萨尔宝剑不能。不能让他们手持格萨尔宝剑横行霸道。"

丹增活佛说:"其实没有什么格萨尔宝剑,只是名字叫格萨尔宝剑,也没有什么藏巴拉索罗,只是名字叫藏巴拉索罗,包括你,其实没有什么麦书记,只是名字叫麦书记。既然没有麦书记,你还去干什么? 既然只是名字叫麦书记,那就让名字代替你去吧。"

麦书记说:"名字怎么去?"

丹增活佛说:"我带着名字去,告诉他们,大回转的咒语已经毁灭了藏巴拉索罗,哪里来的藏巴拉索罗回到哪里去了。"

麦书记说:"不行,谁代替我去,谁就会倒霉,还是我自己去吧,这种时候,我不能放弃责任。再说这揪斗依我看也就是过关,现在不过,以后也得过,万一拖久了,连走资派也做不成了怎么办? 考验嘛,是要经得起的。"

丹增活佛沉默了片刻说:"如果你非要去,那也得看灯的意思,灯的启示就是在天之佛的启示。一个小时不灭,说明这里是吉祥的,你就必须留下;一个小时灭了,说明外面是吉祥的,你就可以去了。"

丹增活佛起身过去,在他的本尊佛威武秘密主和大威德怖畏金刚的供案上点起了三盏酥油灯,用钟鸣般的声音念了一遍芳香刚健的大威德九尊咒:"嗡诗勒唯知达哪哪畔哝。"回身坐到卡垫上,盘腿念起了经。

他们静静等待着,一个小时眼看就要过去了,灯不仅没有灭的意思,反而更加熠亮了。麦书记站起来,走到跟前,"噗噗噗"一口气吹灭了三盏灯。

丹增活佛看着麦书记,长叹一声,站起来说:"我知道你会这样,看来你是不会听我的了,那就让我陪你去吧。"

麦书记说:"不麻烦你了佛爷,我自己能对付。"

丹增活佛苦涩地一笑说:"既然你还叫我佛爷,我就更应该去了。这个时候不去,什么时候去? 害人的麻风来了,真正的修行开始了,险中的坦、困中的祥、苦中的乐是好的;浊世的清、污世的净、闹世的定是高的;色中有无,无中有色;大声是寂,大寂是声;我臭你臭,他空法空;莲花有馨又无馨,金刚有怒又无怒,众生有情又无情;我和佛法的缘分已经没有了,我和'没有'的缘分也已经没有了。佛法没有,缘分没有,'没有'也没有,草原真安静,这个世界真安静。你说的这个'文化大革命'是什么? 它就是一个安静、一个虚无,旷世之中一个转瞬即逝的安静和虚无。"

麦书记知道丹增活佛指的是心的修炼,心静了,一切嘈杂骚乱就都不存在了。也就是在粪坑里修炼清洁,在雷鸣中修炼宁静,在仇恨中修炼爱情,在死亡中修炼新生。麦书记说:"我不是佛,我做不到。"

丹增活佛说:"不是这样的,麦书记,不需要你做,就需要你不做。要知道所有的苦难、所有的魔鬼、所有的坏蛋,都是观世音菩萨的化现。它的作用就在于考验我们的坚定,托举我们走向无比的高妙和无限的光明。所以说慈悲也包括了伤害,包括了流血和死亡,所有的不幸都是慈悲的另一种表现。"

麦书记说:"丹增活佛,你是慈悲的,你会伤害我吗?"

丹增活佛说:"不是我伤害你,是你自己伤害你;不是我慈悲,是你自己慈悲。"

两个人走出了大经堂。

丹增活佛说:"麦书记你等等,我再去本尊佛前添两盏祈福的灯。"说罢,进去,过了一会儿才出来。

铁棒喇嘛藏扎西和许多喇嘛已经等在门口,他们都想跟去保护丹增活佛和麦书记。

丹增活佛说:"我们面对的不是狼群,去的人越多越不好。你们留下来保护西结古寺吧,这里佛宝万千,是草原和国家的财富,一定不能出事。我们已经没有寺院狗了,就得靠喇嘛来守卫。"

麦书记说:"是啊,出了事就麻烦了,牧民们会怪罪你们的。"

丹增活佛说:"人的怪罪是不怕的,怕的是心的怪罪,心的怪罪就是佛的怪罪。"

麦书记说:"你说的是你会怪罪你自己吧? 你是真佛,是草原的心,你说过的,佛就是心,佛教就是心教。"

丹增活佛惨然一笑说:"是真佛又能怎么样? 当佛心还不是众生之心的时候,即使是通往天堂的桥梁,也不可能是幸福的彩虹,而只能是灾难的乌云。"

麦书记说:"是啊是啊,即使真佛也不能免除人的所有痛苦。"

丹增活佛说:"你知道这是为什么?"

麦书记说:"因为人活着就是痛苦,世界是一片痛苦的海洋,一切的源泉都是痛苦。"

丹增活佛半晌不说话,突然抬头意味深长地看了麦书记一眼,摇了摇头说:"不对不对,佛不能免除痛苦的原因是,根本就没有痛苦。没有你,没有我,没有人,没有佛,没有世界,没有天地,自然也就没有痛苦。我空,人空,佛空,法空,连'空'也是空的,那就是'空空'。一切都空了,连空气也空了,哪里的来的痛苦啊? 就像你们汉和尚说过的,'本来无一物,何处染尘埃。'"

麦书记似有所悟地唉叹了一声,小声自语道:"空空,空空,空空,空空。"

丹增活佛又说:"再给你说一个故事吧,当初释迦牟尼作为忍辱仙人时,有个叫割利王的人割掉了他的耳朵、鼻子、两手、两足。释迦佛不仅一点儿嗔恨怨怼都没有,还笑着说,你割吧,想割哪儿就割哪儿吧。为什么会这样呢? 释迦佛是这样解释的:'我于尔时,无我相,无人相,无众生相,无寿者相。'也就是说消除了'我',消除了'人',消除了'有情众生',也消除了'生命长存',把什么都看空了,精神和肉体都没有了,痛又是谁痛呢? 痛都不存在了,烦恼也就不见了,你又从哪里生起嗔恨怨怼呢?"

麦书记说:"别说了,丹增活佛,我知道你是怕我受不了,我不会受不了的。"

丹增活佛说:"我是佩服你麦书记的,你会挺过去的。"

两个人走出西结古寺,走下碉房山,来到了原野上。

丹增活佛指了指远处堆满了坎芭拉草的行刑台说:"走吧,我们到那里去,那里是你应该去的地方,你是逃不脱了,连我也保护不了你。该来的都会来,该走的就要走了。"说罢,苍凉而声调悠长地唱起了六字真言。

39 多吉来吧之重围

多吉来吧告别老管教和司机,离开监狱,穿过多猕镇,走向了寥廓的多猕草原。这是它八九年前走过的一条路,它永远忘不了丰美的草原上铺满黄色野菊花和蓝色七星梅的情形,忘不了当年这条草原通道是如何顺畅无阻地让它回到了故乡西结古草原,回到了主人汉扎西的身边。它直线行走,想快一点,再快一点,心里头的激动就像天边的乌云一再地怒涌着。

多吉来吧的身后,差不多一公里的地方,是多猕草原的领地狗。它们一闻味道就知道,前面有一只十分强悍的外来藏獒。它们追了过来,在它们天经地义的职守和义务中,赶走或者咬死这只外来的藏獒,是一件丝毫不该犹豫的事情。

走了不多一会儿,多吉来吧就停下了,扬起脖子警惕地望着前面。再次出发的时候它走得很慢,而且也改变了方向,不是它不着急了,也不是枪伤妨碍着它。老管教的治疗和它自己超强的恢复能力以及一只优秀藏獒的毅力,都在减轻它的痛苦,它可以大步往前走了。但是它的小心制约了自己。它看到了前面三百米之外六顶帐房的帐圈(帐圈是草原上小于生产队的一种松散组织,类似于生产小组),知道那儿一定会有多只藏獒,就谨慎地绕开了。身经百战、英勇强悍的多吉来吧,它现在变得如此小心翼翼,为的就是避免打斗,避免伤亡,尽快回家,回家。它不想再受伤了,那样会延缓它回家的时间,更不想在逞勇争强的打斗中死掉。好不容易到了这里,眼看就要见到主人汉扎西和妻子大黑獒果日了,怎么能死掉呢? 它绕了很大一个弯,才绕开了那个六顶帐房多只藏獒的帐圈,回到直通狼道峡的路上。它加快了脚步,不断地看着一半阴沉一半晴的天色,突然又停下了,依旧扬起脖子,警惕地望着前面。

多吉来吧没有望到什么,却闻了出来:前面不是几家牧民合起来的帐圈,前面只有一顶帐房、一只藏獒。它犹豫了半响,最后还是决定绕开。等它回到老路上时,乌云已经笼罩了整个天空,酝酿已久的雨突然掉了下来。

雨不大,并不影响它的行动。它加快脚步,不断用鼻子在空气中闻着,利用它超人的嗅觉和听觉,躲开了沿途所有养着藏獒的牧家,躲开了一大一小两只过路的藏马熊,躲开了一个由六匹狼组成的狼家族,躲开了一对狼夫妻。甚至躲开了旱獭密集的地带,因为它们吱吱喳喳的叫声会成为向别的野兽和藏獒通风报信的语言:注意啊,一只来自他乡的藏獒正在雨中行走。

多吉来吧就这样躲来躲去地走到天黑,又走到天亮。雨大了,被雨水泡湿的屁股上的枪伤让它格外难受,它知道有必要用自己的体温尽快烘干伤口,否则很容易恶化,一旦恶化它就不可能顺利回家了。它走进一道沟壑,找了一处避风遮雨的土崖卧了一会儿,感觉伤口不疼了,就准备打一点野食:最好是火狐狸,吃了火狐狸,它就可以尽快赶路,而不用在乎天雨天晴了。火狐狸的内脏可以让伤口尽快长出肉来。这一点它的祖先早就通过遗传告诉它了。更何况在草原上火狐狸的踪迹是最容易找到的,它们的数量不亚于狼,而且不论公母大小,都散发着一股浓烈的狐臭味儿。多吉来吧举起鼻子,前后左右地闻了闻,让它喜出望外的是,它闻到的狐臭味儿正好在前面它要去的地方,它不必耽搁更多的时间就能吃到火狐狸的内脏了。

它兴奋异常又蹑手蹑脚地朝前走去,走出了沟壑,就在偏离它前去的路线三百米的一座草冈下,发现了一个狐狸洞。一只身材苗条、秀丽迷人的火狐狸站在洞口,忧愁满面地望着雨水淅沥的天空。也不知它在忧愁什么,全然没有注意到从下风的地方悄悄走来了一只大藏獒。多吉来吧在雨帘的掩护下悄无声息地靠近火狐狸。火狐狸惊愕万分地发现它时,已经不足五米距离,就只好把自己的内脏奉献给多吉来吧了。

多吉来吧吃了母狐狸的内脏,心满意足地朝前走去,没走多远,就发现自己不该偏离前去的路线到这座草冈下。它吃掉母狐狸的代价,就是把自己毫无保留地交给此刻它最不想遇到的凶险。草冈下早有一群狼埋伏在大大小小的草洼里,显然它们是来偷袭母狐狸家族的,没想到被一只藏獒占了先机。

狼群是多猕草原狼类中的一个大家族。它们一看多吉来吧就知道是外来的,而对外来的一切包括藏獒,它们都有一种欺生的冲动。尤其是现在,当眼看就要到口的狐狸成了藏獒的食物,它们自然就把窥伺的食物换成了这只孤苦伶仃的外来藏獒。它们看到这只藏獒的行动不太灵敏,明显是带着伤的。还看到它非常警觉,听到一点点声音都会停下来观察半天。这虽然不能表明它是胆怯和懦弱的,却至少说明它缺乏坦然和自信。二十匹狼在头狼的带领下纷纷从大大小小的草洼里跳了出来。

多吉来吧愣住了,它吃惊自己居然没有在吃掉狐狸之前就闻出来,是因为雨太大,还是风向出了问题?它来不及想明白,就发现二十匹狼中,至少十五匹是大狼和壮狼,剩下的五匹狼个头虽然不大,但也都是能扑能咬的少年狼。它迟疑地朝前走了走,眼睛里喷射着凶狠辣毒的火焰,脑子里却迅速做出了一个作为一只优秀的喜马拉雅藏獒从来没有做出过的决定,那就是赶快离开。还是那个一离开监狱就冒出来的想法主宰着它:害怕敌手的纠缠耽搁时间,害怕自己万一有什么闪失就再也回不了家。它转身就走,走着走着就跑起来,它跑得很慢,怎么也不习惯在狼群前面逃跑。狼们都有些发呆,眼睛里充满了疑问:是阴谋,还是真正的畏葸?

多吉来吧回头看了看,发现狼群没有追上来,便很快兜了一个圈子,朝着狼道峡的方向跑去。狼群明白这不是诱敌深入的阴谋,多吉来吧前去的方向,正是它们走来的路,那里没有任何埋伏。它们开始追击,一股狼风嚯然而起,一层层地撕裂着雨幕,雨乱了,横飞竖溅着,嗥叫冲天而起,就像激射而去的水浪,沉重地击打着多吉来吧。多吉来吧猛然停下,本能地转过身来,准备迎战。但理智却拼命地对抗着本能,让它在意识到狼势汹汹、不可莽撞后,又开始逃跑。

它是狼狈的,是空前耻辱的狼狈,连雨水都奇怪得不再淋漓了:顶天立地的藏獒啊,什么时候变成了惊弓之鸟?但是多吉来吧已经顾不上在乎别人的嗤笑了,它宁肯蒙受奇耻大辱,宁肯在逃跑的狼狈中背负胆小鬼的坏名声,也要回家,回到主人汉扎西和妻子大黑獒果日身边去,应对那裹挟人臊漫卷而来的危难。

毕竟屁股上带着枪伤,时间一长,狼群一点一点地靠近了。每靠近一点,头狼就会兴奋难抑地发出一阵嗥叫。头狼一叫,别的狼也会叫起来,是放纵而得意的叫声。在它们的猎逐生涯中,跑在前面的总是兔子或者鼢鼠或者狐狸,很少有机会快意追杀一只体魄强大的藏獒。它们高兴啊,用奔跑的威势震慑着,也用嗥叫震慑着。

疲累不期而至,多吉来吧无可奈何地慢了下来,又停了下来。狼群眨眼来到,它转身就咬,咬了一嘴狼毛。它只能咬到狼毛了!它忽地转身,夺路而逃。

已经逃不出去了,它只能搏杀,而搏杀就意味着死亡,它就要死了,现在的它根本就斗不过二十匹狼的集体进攻,它只能死了。头狼带着另外五匹大狼扑了过来,几乎同时在腰、臀、腿等等不同的地方咬住了它。它以牙还牙,但它只有一嘴牙,而对方却有六嘴牙,不,二十嘴牙。二十匹狼全都扑过来了,多吉来吧被密不透风的狼爪狼牙摁倒在了地上,它的还击顿时变成了挣扎。

多吉来吧知道自己就要死了,突然节奏舒缓地叫起来,当然不是怜惜生命,作为一只杀伐成性的藏獒,它就像不怜惜狼的生命一样不怜惜自己的生命。它是想到自己千里迢迢历经磨难来到了这里,就要回到故乡草原见到主人汉扎西和妻子大黑獒果日,却又如此轻易地葬送在了八辈子都没有惧怕过的狼群之口。它悲伤欲绝,痛心不已,放弃了反抗和挣扎,萎缩在地上,用叫喊告别着它所牵挂的一切。

它叫了有多长时间,叫着叫着就奇怪起来:自己怎么还在叫,怎么还没有死?用力一站,居然站了起来,再回头一看,狼不见了,二十匹狼无一例外地不见了。是厚重的雨幕把它们遮了起来?不是,雨幕怎么可能连味道也会遮起来呢?只有泥水中的狼毛和它身上隐隐作痛的狼牙之伤昭示着狼群的存在,但那是曾经的存在,而现在此刻眼目下,狼群已经明明确确地不在了。

多吉来吧大惑不解地瞩望了片刻,转身就跑。它心情激动,沮丧顿消,又可以活着了,而且是甩掉耻辱、带着希望活着。活着就要跑,继续跑下去,朝着故乡的草原和危难,朝着主人和妻子以及寄宿学校,跑下去,跑下去。

没有人知道狼为什么会放过多吉来吧,多吉来吧也不知道。父亲更不知道。大自然的心思不是父亲能够知晓的。父亲只能猜测,一只外来的伟岸凶悍到前所未见的藏獒,一只原本应该英勇无畏所向无敌的藏獒,在穿越雨夜和穿越峡谷的奔跑中忍辱负重,孤独前行。会给警惕的狼什么样的感受?什么样的狐疑和什么样的震撼?它们在多吉来吧的悲凉的叫声中听出了什么样的情怀?又体会到了什么样的感动?

总之,狼不声不响地撤了,它们目送多吉来吧孤独前行,神色肃穆。

但是,多猕草原的领地狗群又追上来了。对多吉来吧这只外来的藏獒来说,后者是更危险的对手。它现在不仅没有逃离追踪的可能,就连表现狼狈、让人嗤笑的机会也没有了。风从前面吹来,雨丝斜射着,多吉来吧闻不到多猕领地狗的味道,而多猕领地狗却能轻松捕捉到它的气息,加上雨雾蒙胧,水蔽天空,几乎在多吉来吧不知不觉的时候,多猕领地狗已经来到了身后。

听到了雨水中吧唧吧唧的脚步声,多吉来吧才回过头去,似乎不相信自己的眼睛,更不相信伤痛和疲累竟然让自己迟钝到了这种地步:已经在二十步之外了,黑压压一片敌手，黑压压一片死神的象征。这可不是狼群，是保卫领地、仇视一切侵犯者的同类。动物界和人类是一样的，同类对同类的嫉恨往往远甚于异类之间的嫉恨。多吉来吧吼起来，这是裹性的显露：那就死吧，那就死吧。但一想到死，它就不想死了，它千里跋涉来到这里，可不是为了死。它又改变了吼声，似乎在告诉对方：它不是侵犯，它来到多猕草原仅仅是路过，就要离开了，就要离开了。

多猕领地狗继续逼近。多吉来吧停下来，冲着包围了自己的同类吼了几声，就把利牙收起来，闭上了嘴，一副任凭宰割的样子。一只铁包金的猛獒首先扑过来，想用肩膀顶倒它，然后再用牙刀仔细切割，一顶不要紧，只听"咚"的一声响，它立刻被反弹回来，一屁股坐倒在地上。多猕领地狗们吃了一惊：一只老藏獒的身体居然如此硬朗，几乎不是骨肉是岩石。铁包金的猛獒爬起来又要扑，发现已经有同伴冲了过去。

这是一只棕红色的公獒，性格就像匕的毛色一样，燃烧着不服、不羁、不驯的光焰，它觉得既然同伴是被撞倒的，它的进攻也应该是撞击而不是撕咬。一来它想试试对方到底坚硬到什么程度，二来它觉得一旦自己撞倒了对方，那就证明自己比同伴厉害，这样的证明似乎比打败对手更重要。它也是用肩膀顶向了多吉来吧。多吉来吧用自己的肩膀迎接着它，只觉得骨头一阵闷疼，身子不由得摇晃了一下。好在倒下去的是对方。棕红色的公獒惊叫一声，踢踏着雨水爬起来，瞪着多吉来吧扑了一下，突然又停住，"刚刚刚"地叫了几声，转身就走。它不是害怕，而是羞愧，撞击之下，也是一个狗坐墩，它比同伴强到哪里去了？

多猕领地狗们"汪汪汪"地叫起来，翻译成人类的话，那就是：咦？咦？怎么这么厉害？它们定睛看着多吉来吧：漆黑如墨的脊背和屁股、火红如燃的前胸和四腿，老迈的伟岸里透出一种惊天动地的狮虎之威，浑身的伤疤就像勋章一样披挂着，说明它到老都葆有一种不甘雌伏的雄杰本色。它们激动起来，因为它们终于碰到了一个可以纵情挑战、可以检验自己能力的强硬对手。

又有藏獒扑过来，还是撞，不是咬。多吉来吧岔开粗壮的四肢，把爪子夯进湿硬的泥土，像一个健美比赛的选手那样，忽一下鼓硬了浑身的肌肉。倒地了，还是对方倒地了。多猕领地狗们前赴后继，接二连三地撞向了多吉来吧。多吉来吧的骨头"砰砰砰"地响着，始终证明着无与伦比的坚固，但却是令它自己担忧的散架、碎裂前的坚固。多吉来吧一看就知道，这一只只撞过来的藏獒，都是骁勇善战的草原之王，都有舍生忘死的非凡经历，只要它们坚持不懈地撞下去，总有一刻，它会扑通一下趴倒在地，一旦趴倒，就不可能再站起来了。

经过了十八只壮猛藏獒的十八次撞击，多吉来吧眼看就要坚持不住了，多猕领地狗们突然停止了撞击。多吉来吧狐疑地看着它们，等待它们新的撞击，却突然有了疑问：怎么没发现它们的獒王？难道这群领地狗中根本就没有獒王，才这样温文尔雅地用肩膀撞来撞去？

多吉来吧慢腾腾地把深陷在泥土里的四腿拔了出来，假装无所畏惧地朝前走去。

多猕领地狗们望着它，犹犹豫豫地跟了过去。多吉来吧的判断是不错的，它们的确是没有獒王的一群，獒王和另外一些最最强悍的藏獒被多猕骑手带走了，带到西结古草原争抢麦书记和藏巴拉索罗去了。它们没有了獒王就想产生新的獒王，它们之间的比试一刻也没有停止过,但结果表明,智慧和能力都是半斤八两,永远不可能有一只藏獒超拔而出,只好延宕下去,也无所适从下去。现在它们想:这只外来的藏獒是了不起的天生王者,能不能留下来做我们的獒王呢? 如果不能,再实施杀伐——轮番扑上去打败咬死这个凶极霸极的入侵者。几乎所有的成年藏獒都这么想,又都拿不定主意,最重要的原因是,它们不知道原来的獒王是不是还活着,能不能再回来? 趁着它们犹豫的机会,多吉来吧加快了速度,天黑了,天亮了,连接着多猕草原和西结古草原的狼道峡口突然来临了。

雨还在下,水从峡口流过来,淌成了河。不得超越的草原界线就在河的这边拦住了多猕领地狗。多吉来吧蹚过河去,停下来,回头注视着它们,声音柔和地叫了几声,好像是感谢它们的送行。直到这时,多猕领地狗们才意识到,留下这只了不起的天生王者做獒王的可能性已经没有了,扑过去咬死它的机会也已经失去了,它们只能看着它离去。

尽管新增的撞伤让多吉来吧痛苦万分,疲惫不堪的跋涉让它很想即刻躺倒在泥洼里酣然大睡,但是它没有停下来喘息片刻。它沿着狼道峡,一步一步靠近着西结古草原。

狼道峡时窄时宽,两岸的山势忽高忽低,从山上流下来的雨水汇聚到一起,在峡谷里奔腾着,弯曲而浩大。很多地方都被大水淹没了,它不得不选择山洪稍微缓慢的地方逆水游过去。它知道这样是危险的,一旦让山洪顺着峡谷冲下去,不被淹死,也会被礁石撞死。但它不能停下来,等雨住水枯了再走。前面就是西结古草原,那是主人汉扎西的草原,是妻子大黑獒果日的草原,也是它的草原。这是最后一段路,它已经等不及了,恨不得长出一对翅膀飞过去,飞过去。

它往前走着,奋不顾身。它差点被陡壁上坍塌下来的土石埋住,又险些被横斜而来的瀑布打翻在水里,冲下激流,葬身险滩。忽然,路被大水冲断了,中间是跌落的激流,两边是陡立的土壁,攀援和跳跃都是不可能的,它只能用前爪在陡壁上硬生生挖出一条垂直的通道。

更危险的一次是它又遭遇了群狼。它们站在峡谷一边的山坡上望着它,"呜啊呜啊"地嗥叫着。狼道峡是前往西结古草原的必经之地,也是恶狼出没的地方。狼群就像绿林好汉,啸聚在这里半路剪径,咬死牲畜咬死人乃至咬死藏獒的事情经常发生。但是今天,四十多匹狼的狼群没有任何行动,它们只是默默注视着这个与山洪和死亡抗争的家伙。它们忘了它是藏獒? 忘了它是自己的天敌? 它不屈不挠的身影会唤起它们心中的同情和尊敬?

终于,多吉来吧走出了狼道峡,草原出现了。

多吉来吧听到身后的狼群发出一阵叫声,听得它疑惑:怎么像是欢呼?

多吉来吧扭头回望,心中说了声:"谢谢。"

现在,多吉来吧面对着草原。

这就是它的草原,它的故乡西结古草原,就是主人汉扎西的草原,妻子大黑獒果日的草原。多吉来吧看到了雨后的彩虹,看到了蓝色晴日中的金色太阳。太阳照耀着雪山,把无量无边的冰白之光散射到了视域之内所有的地方。一切都是熟悉的,远景和近景、天空和地面、气息和阵风,都以原来的模样,亲切无比地欢迎着它。它哭起来,多吉来吧哭起来。它浑身乏力,四肢酸软,再也无法支撑自己沉重的身体了,"扑通"一声栽倒在地。多吉来吧哭起来它舔着泪雨浸湿的土地,它像羊和牛一样啃咬牧草,咀嚼着牧草,让满嘴馨香而苦涩的绿色汁液顺着嘴角流淌而出。

多吉来吧静静地躺着,尽情地感受故乡草原的气息,身下的土地温湿舒坦,给它的身体注入生命的活力。它安详坦然地趴着,像是睡着了。突然它摇摇晃晃地站了起来,朝着碉房山的方向走去,那儿有主人汉扎西的寄宿学校,有妻子大黑獒果日的领地狗群。走着走着它便逼迫自己跑起来,它渴望以最快的速度出现在主人和妻子面前。

跑不多远它就停下了,诧异地四下里看着:不错,就是记忆中的故乡,就是它熟悉的一切,但是风中的气息怎么和刚才不一样了呢?远远近近有那么多陌生的味道搅混在一起:外来的藏獒、外来的狼群、外来的人,怎么都是外来的?而且都混合有亢奋的人臊。它立刻躁动起来,那种曾经主宰了它的愤懑、焦虑、悲伤的情绪像坍塌的大山一样砸伤了它。它朝空气吼起来,吼了几声,就听到一阵奔跑的声音如浪而来,随着忽强忽弱的风一阵高一阵低。

——是狼,是狼群的奔跑,而且是外来的狼群。

多吉来吧瞪起眼睛,停止吼叫,原地转了一圈,四肢绷得铁硬,静静等待着。

40　地狱食肉魔之　雪獒战死

鹿目天女谷里,到处都是白唇鹿吉祥而胆小的身影。它们一个小时前看到多猕骑手和多猕藏獒偷偷溜进了山谷,后来又看到魁伟高大、长发披肩的勒格红卫带着地狱食肉魔偷偷溜进了山谷,再后来就看到了追踪他们而来的西结古獒王冈日森格,现在又看到这么多的人和狗走进了它们安静祥和的领地。它们飞快地集中到谷地两边的山坡上,惊讶地瞩望着,然后轰轰隆隆朝着隐秘的谷地纵深地带跑去。

随着白唇鹿奔跑的烟尘消失,一片四围缓缓倾斜、中间平凹的草地渐渐清晰了,好像一个天造地设的打斗场,把四面八方的斗士吸引到了这里。最先占领打斗场的是多猕骑手和十九只多猕藏獒,但他们并不知道这儿就是接下来的打斗场,还以为下马休息一会儿,再给藏獒们喂点吃的,就可以继续深入山谷寻找麦书记和藏巴拉索罗了。正要启程的时候,突然看到一只魁伟高大、长发披肩的藏獒和一匹赤骟马横挡在他们前去的路上,赤骟马的背上驮着一只黑色大藏獒。一个同样魁伟高大、长发披肩的黑脸汉子躲藏在赤骟马的后面。

多猕骑手的头扎雅"哦哟"了一声,表示对地狱食肉魔的惊叹,但也没有把它放在心上,觉得他们已经见识过了西结古草原的獒王冈日森格,就不可能再有更厉害的藏獒了。十九只多猕藏獒的想法跟扎雅大概是一样的,也没有表示出特别的警惕和仇恨。而在地狱食肉魔看来,这些多猕藏獒简直是不配自己仇恨的,听到了勒格红卫让它出击的命令后,它几乎是笑着走了过来,表情和肌肉以及走动的姿态都显得放松而懒散。这样的放松当然不是为了麻痹对方,地狱食肉魔用不着麻痹,它除了轻视,还是轻视,轻视到不屑于主动出击。

多猕藏獒中的一只金獒首先扑了过去,速度快得连多猕骑手都没有看清楚。就在金獒以为它可以一口咬住对方的时候,突然听到一声惨叫,居然是自己发出来的。金獒实在搞不明白它为什么会拿自己的脖子去撞击对方的牙齿。金獒躺下了,多猕藏獒一个接一个地扑过来,一个接一个地倒下。多猕骑手们一次比一次惊讶地喊叫着:"魔主,魔主,它是魔主,是厉鬼王。"突然听到身后又有了藏獒的吼声,赶紧回头,看到不知什么时候,西结古獒王冈日森格出现在了绿得流油的草坡上。

冈日森格最初是沉默的,以它的智慧,它当然希望多猕藏獒和地狱食肉魔一直打下去,最好靠了多猕藏獒的轮番上阵,就能消灭这只雄厚到极顶的魔鬼。但眼看着被消灭的只能是一只多猕藏獒,它突然沉默不下去了,用吼声宣告了自己的存在。经历过无数次残酷打斗的冈日森格不会想不到自己很可能不是地狱食肉魔的对手,但它更容易想到的是,如果连自己都不是对手,西结古草原就不会再有对手了。既然如此,它唯一要做的,就是用自己的智慧和不要命的举动拖垮地狱食肉魔,以便在自己失败或者死掉之后,让雪獒各姿各雅一举消灭它。

冈日森格挑衅似的吼叫着,尽量让自己老迈的嗓音充满雄壮铿锵的威慑。对面的地狱食肉魔立刻停止了对多猕藏獒的屠杀,瞪着冈日森格,显得既愤怒又吃惊:好一个雄伟的藏獒,怎么这个时候才出现?

地狱食肉魔没有马上扑过来,敢于挑衅自己的这只老藏獒到底有多老,是不是已经老糊涂了?太老的对手、稀里糊涂的对手,它是没有必要花工夫对付的。地狱食肉魔漫不经心地走了过去,甚至都"呵呵"地笑出了声,放松得好像随时都会卧下来睡觉。

地狱食肉魔的傲慢延缓了时间,让本来即刻就要发生的打斗推迟了,就在这瞬间的推迟之后,冈日森格突然不准备打斗了,它闻到了大黑獒果日以及尼玛和达娃的味道,也看到了大黑獒果日被绑在马背上的情形。更让它纳闷的是,这个地狱食肉魔的气息也是似曾相识的,到底是谁啊?它见过吗?没见过面怎么气息是熟悉的?

这时冈日森格突然看到了躲藏在赤骝马后面的勒格红卫,打了个愣怔,就把地狱食肉魔的气息暂时抛在脑后了。它很激动,毕竟勒格红卫曾经是"七个上阿妈的孩子"中的一个,而"七个上阿妈的孩子"又是它过去的主人。它亲热地"汪汪"了几声.想到自己的这个主人最早是牧民的装束,后来又是喇嘛的打扮,现在又成了长发披肩的云游僧的模样,就觉得有点奇怪。它带着奇怪的神情,摇着尾巴跑向了勒格红卫。

地狱食肉魔迎面截住,一头撞翻了冈日森格。冈日森格爬起来,左闪右躲地想绕开地狱食肉魔,发现对方快得就像自己的影子,无论你跑到哪里,面对的都是黑糊糊的山墙。冈日森格牛气地吼叫着,看到勒格红卫从赤骝马后面跳了出来,不仅不阻止地狱食肉魔对自己的拦截,反而对自己又是挥手又是喊叫:"不要过来,冈日森格你不要过来,我现在还不想看到你死,我要多看你一会儿才让你死。"

冈日森格后退了几步,疑虑重重地看了看它一路追踪的地觉呢?

不知道原因的冈日森格却知道如何解决面前这个复杂的问题。它又一次后退了几步,扬起头颅激切而紧张地吼起来。这是吼给西结古骑手和领地狗群听的:快来啊,快来啊,快来营救大黑獒果日,快来营救尼玛和达娃。冈日森格想:我曾经的主人我不能撕咬，散发着亲缘气息、很可能是我的后代的这只恶霸藏獒我也不能撕咬，但不等于别的领地狗不能撕咬，在自己无法赴汤蹈火的时候，让自己的同伴做出舍生忘死的努力就是必须的选择了。冈日森格吼来了西结古领地狗群，也吼来了一个它原本不想看到的局面，那就是在地狱食肉魔没有被它拖疲拖垮的时候，雪獒各姿各雅就来到这里，扑了过去。

地狱食肉魔挺立在离它的主人勒格红卫和赤骝马十五步远的地方，这个距离是最适合保护的，只要不是群起而攻之，它就有能力拦住任何一个威胁到主人的敌手并把它咬翻在地。所以当西结古的雪獒各姿各雅扑向大黑獒果日以及尼玛和达娃的时候，也就等于扑向了地狱食肉魔。

雪獒各姿各雅和地狱食肉魔一对一的打斗眨眼就开始了。

各姿各雅依然把腼腆和温顺挂在脸上，做出一副憨厚怯懦的样子，刚扑到跟前，又退了回来，张开大嘴，抱歉地哈哈着，假装被吓得不轻。地狱食肉魔一看它这副德性，干脆调转身子用屁股对准了它，好像是说，就凭你这样的，也配让我去直面？各姿各雅等待的就是这样的轻慢，朝后一挫，就要扑过去，突然又停下，加倍地憨厚怯懦着，连尾巴都摇起来了。它知道对方非同小可，不等到彻底消除对方的警惕，绝不能轻举妄动。地狱食肉魔后退着，用屁股靠近着它，似乎想进一步试探它承受侮辱的能力。各姿各雅干脆趴下了。

地狱食肉魔用屁股撞了撞各姿各雅的鼻子，看它一点反应也没有，就突然吼了一声，慢腾腾地走向了西结古獒王冈日森格。既然我用屁股撞你，你都可以忍受，那就说明你已经被我用气势打败，用不着再去费劲对付了，要对付的应该是下一个目标。雪獒各姿各雅偷眼看着地狱食肉魔，觉得时机已到，一跃而起，用比眨眼还要快的速度，扑向了对方的喉咙。

但是在大勇若怯、大智若愚的风格中从来没有失误过的各姿各雅，这次却不可挽回地失误了。它连对方的一根毛都没有咬到，就被对方一牙刀飞破了脸颊。

阴谋，双方都是阴谋。在雪獒各姿各雅是装出来的怯懦，在地狱食肉魔是装出来的愚蠢。前者是引敌人彀，后者是请君入瓮。毕竟地狱食肉魔不仅有非凡的力量和速度，也有超群的智慧，早就看出各姿各雅腼腆而温顺的背后，隐藏着巨大的狡诈。它识破了狡诈，同时也意识到这个阴险地袭击了自己的对手，有着超出它想象的厉害，不然它就不可能仅仅撕破对方的鼻子。

地狱食肉魔忽地转身，横扑过来，这是几乎所有对手都无法回避的一扑，包括雪獒各姿各雅。这一扑的特点是你的躲闪同时也是它的反应，它并不是从你的身形变化中判断你的去向，而是取消了判断过程的一种如影随形，它成了你的一部分，成了你的毛发、你的牙齿，只不过这牙齿最终是要咬向你自己的。

最终的结果立时就到，在雪獒各姿各雅一连躲闪了三四下之后，它感到喉咙上有了一阵奇异的冰凉，一下子凉透了它的心，接着就是仆倒。它被地狱食肉魔压住了，牢固得就像长出了根。它知道自己的悲剧已经发生，死亡在所难免，便惨烈地叫了一声，告别世间、告别伙伴的同时，提醒必然会扑过来为它报仇的獒王冈日森格：千万要小心啊，敌手的凶猛狠毒是草原上没有的。

地狱食肉魔愤怒至极，进入西结古草原后，还没有遇到过一只让它战胜起来如此费劲的藏獒。它咬穿了各姿各雅的喉咙，又挑断了对方脖子上的大血管，然后一口撕破了对方的肚子。它不是在战斗,而是在虐杀,完全是气急败坏的。它把自己的震怒大山一样耸立起来然后地震一样坍塌而去,转眼摧毁了雪獒各姿各雅年轻的生命。

都愣了。包括西结古獒王冈日森格,包括已经来到这里的上阿妈骑手和领地狗、东结古骑手和领地狗、西结古骑手和领地狗。半晌没有声音,没有任何反应。突然响起了哭声,是西结古领地狗群集体发出的哭声,哭声里蕴含了悲愤与惊讶。腼腆而温顺的各姿各雅死了,大勇若怯、大智若愚的各姿各雅死了,洁白如雪、身形如鹰的各姿各雅就这样飞快地死去了。

只有带着美旺雄怒来到这里的父亲不认为各姿各雅已经死去,他跑了过去,一点也不在乎地狱食肉魔的存在:"各姿各雅,各姿各雅。"

危险马上出现了,傲慢地站在各姿各雅尸体旁的地狱食肉魔怎么知道父亲不是扑向它,不是扑向自己身后的主人勒格红卫和驮着大黑獒果日的赤骝马呢?它跳了起来,扑向了父亲。与同此时,父亲身后,冈日森格和美旺雄怒从不同的方向也跳起来扑了过去,它们是去保护父亲的。它们都看出地狱食肉魔是一只无法理喻的藏獒,就毫不迟疑地把自己的生命当成了阻止进攻的屏障。美旺雄怒不愧是一只出类拔萃的藏獒,当主人需要它去救命的时候,它采取了一种最为便捷有效的方法,那就是首先扑向奔跑的父亲。在撞倒父亲、阻止了他的奔跑之后,它一跃而起,亮出虎牙,超过冈日森格,抢先来到了地狱食肉魔跟前。

地狱食肉魔张嘴就咬,一口咬在了美旺雄怒的耳朵上,不禁勃然大怒:居然没有让我一口咬住你的喉咙,你的本事也太大了。正要送上第二口,忽见一股金色的罡风从身边哮然而过,立刻意识到身后的主人勒格红卫和赤骝马已经十分危险,身子一顿,来了一个一百八十度的大转弯,飞扑而去,从侧后一头撞翻了冈日森格。跑去营救大黑獒果日以及尼玛和达娃的冈日森格迅速立住,对着这只气息让它倍感亲切的藏獒"刚刚刚"地吼叫着,却没有做出撕咬的举动,迷茫地后退了。地狱食肉魔生怕别的藏獒威胁到主人,也不恋战,跳起来,訇然堵挡在了主人面前。冈日森格牵挂着恩人汉扎西,边吼边退去。

父亲爬起来,扑向了雪獒各姿各雅:"各姿各雅,各姿各雅。"他摇晃着它,又想抱起它,发现它根本就不配合自己的搂抱,才意识到它已经死了,雄风卓越的雪獒各姿各雅已经不在了,它在展示着能力、最有希望成为西结古草原新獒王的时候,突然被命运击倒了。这仿佛是一种预示,所有的强悍和伟大、生命的张扬和风光,都已经黯淡了,萎缩了,不再成为草原的象征、雪山的变体了。父亲内心一片冰凉,丢开他只能丢开的雪獒各姿各雅,欲哭无泪地走向了打斗场的边缘。他身边一左一右是西结古獒王冈日森格和赭石一样通体焰火的美旺雄怒。它们护卫着父亲,警惕地回望着,生怕地狱食肉魔从后面突袭父亲。

而父亲,泪眼蒙眬的父亲,想到的却是:我怎么这么无能啊,怎么让藏獒一个个都死了呢?好像他是藏獒的天然保护神,所有藏獒的死亡都是因为他没有尽到责任。

父亲越是自责,打斗就越是残酷。他看到地狱食肉魔走了过来,站在打斗场的中央,冲着冈日森格轰隆隆地吼起来。谁都知道这是挑战,更知道没有哪只藏獒会回避挑战,尤其是西结古獒王冈日森格。许多人盯着冈日森格,都为它捏了一把汗。只有冈日森格自己明白，它已经不准备拼杀地狱食肉魔了。作为一只最是敢打敢拼的獒王，它无能地把牺牲的机会让给了同伴，眼看着对方转眼咬死了雪獒各姿各雅，咬伤了美旺雄怒，这样的痛苦几乎是无法忍受的。但现在它必须忍受，它在潜意识里已经把地狱食肉魔当做了自己的后代，忠于遗传、不伤害亲缘的天性牢牢禁锢着它。它隐隐约约感觉到，忍受的结果也许是好的，希望正从远方走来，打败地狱食肉魔的希望，正随着一缕清风，悄悄地走进了它灵敏的嗅觉。

父亲朝前跨了一步，喊道："冈日森格，你不要理它，过来，跟我在一起。"冈日森格听话地来到父亲身边。父亲揪住它的鬣毛不让它离开，然后一手叉腰，盯着前面躲藏在赤骝马后面的勒格红卫，大声说："勒格，勒格你给我过来，你不认识我了吗勒格？我是汉扎西，是你的老师，你想干什么勒格？你让你的藏獒杀死了这么多西结古藏獒，你是有罪的，惩罚就在前面等着你，你知道吗？亏你还当过喇嘛，你那些'【Ɪ奄嘛呢呗咪畔'白念了吗？"

勒格红卫不露面，也没有任何声息。

父亲又说："忘恩负义的勒格啊，你为什么要这样？你忘了冈日森格救过你的命，忘了我这个汉扎西用生命保护过你，忘了在你无家可归的时候是西结古草原收养了你，你忘了，把什么都忘了，就记住了仇恨，你为什么要仇恨？你仇恨谁就去报复谁，你不要乱咬乱杀好不好？"父亲揉着眼睛哭了。

勒格红卫说："汉扎西老师你不要说了，我现在不是勒格，我是勒格红卫，我要'横扫一切牛鬼蛇神'你知道吗？我不可能听你的话，我就听'大遍入'法门的话。"勒格红卫说罢，再次躲到了赤骝马的后面，不管父亲怎么恳求、规劝和诅咒，他都一声不吭。

父亲冲了过去，他已经顾不得自己了，只想把勒格从赤骝马后面揪出来，阻止接下来的打斗。地狱食肉魔哪里会允许父亲靠近它的主人，扑上来，张嘴就咬，咬到的却是冈日森格的肩膀。冈日森格同样也不会允许任何敌手伤害到父亲，但它只想保护，不想进攻，就只好把自己的肉体主动送入对方的大嘴。死亡瞬间就会发生，冈日森格用身子挡住父亲，听天由命地闭上了眼睛。地狱食肉魔看第一口没有致命，立马又来了一口。

勒格红卫老鹰一样刷刷地扑过来，一边抱住地狱食肉魔使劲朝后推着，一边焦急地挥手喊着："退回去，冈日森格退回去，不要现在就来送死，等我心里不难受了再让你死。"

勒格红卫的喊声提醒了父亲，他觉得自己可以不怕死，可以用生命为代价让勒格红卫放弃厮杀打斗的念头，但他不能牵连冈日森格。冈日森格不是一只见死不救的藏獒，不等他死，冈日森格就会先死。

父亲退了回去，冈日森格跟着退了回去。勒格红卫拽着地狱食肉魔也退了回去。

父亲大声说："勒格你听着，我最后再说一遍，我是你的老师，冈日森格是你的藏獒，我们都救过你的命，你要是还有良心，就给我老老实实的，不要再杀了，再打了。"

勒格红卫声音凄惨地说："我的藏獒死了，我的狼死了，我的明妃死了，连我的大鹏血神也死了，我被赶出了西结古寺，谁对我讲过良心啊？"

安静出现了,天色正在黑去。围观的骑手和藏獒全都望着父亲和冈日森格,他们奇怪父亲居然会不要命地冲过去,也奇怪面对挑战西结古獒王冈日森格居然是一副主动挨打的样子。

西结古骑手的头班玛多吉走过来,恼火地对父亲说:"你扑什么扑?让人家把你咬死怎么办?勒格已经变成魔鬼啦,已经不是你的学生啦,你还是让冈日森格给我上。"又摸摸冈日森格的头说,"冈日森格听我的,关键的时刻来到了,不要害怕,你从来没有输过,这次也不会输。上,给我上,咬死勒格的藏獒,也咬死勒格,不要客气,他早就不是你的主人啦,他连西结古草原的人都算不上。"

父亲瞪着班玛多吉说:"我算是看出来了,你不让冈日森格死掉是不甘心的。我告诉你班玛书记,我是勒格的老师他就得听我的。我今天豁出去了,我就是不让冈日森格上,就是要看看勒格有没有胆量纵狗咬死我。以往每次都是冈日森格保护我们,今天我要保护冈日森格一次。你过来,抱住它,不要让它跟着我朝前扑,要扑我扑,我是藏獒,我是獒王冈日森格。"班玛多吉吃惊地说:"汉扎西你不要命啦?你死了我怎么给上级、给牧民交代?"父亲说:"对藏獒你怎么不这么想?人命和藏獒的命是一样的,西结古草原的藏獒死了这么多,你作为公社书记不是从来没有给上级、给牧民交代过吗?你要是不想让我死,就赶快带着骑手和领地狗群离开这里,你们一走,外来的骑手就都会走,打斗不就没有了吗?"

班玛多吉说:"这是不可能的,我们离开了,麦书记怎么办?藏巴拉索罗怎么办?还保卫不保卫了?"父亲说:"麦书记在哪里?藏巴拉索罗在哪里?我不相信他在这里,我就相信他已经离开了西结古草原,已经回到了州上。"班玛多吉说:"我也不相信麦书记会带着藏巴拉索罗来到这里,但万一呢?万一藏巴拉索罗落到别人手里,我们怎么办?我现在的任务就是,外来的骑手找到哪里,我就要保卫到哪里。"父亲绝望地摇了摇头说:"既然我说服不了你,那就只好去说服勒格和它的藏獒了,过来,抱好了,把冈日森格抱好了。"

班玛多吉照办了,蹲下身子,紧紧地抱住了冈日森格。

父亲扑了过去,他不是两条腿扑过去的,他是四条腿扑过去的,它先是趴在地上,朝前走了几步,然后大喊一声,扑向了勒格红卫。他这样做是想告诉勒格:你的老师已经被你逼得不想做人啦,他现在是冈日森格,一只始终把你当做主人的藏獒。他要做的就是义无反顾,就是乞求你们离开或者被你们咬死。

勒格红卫不知所措,抱着地狱食肉魔对父亲说:"别,别,汉扎西老师你别过来。"

父亲扑到跟前,吼道:"堂堂男子汉利用藏獒打斗算什么,有能耐你把格萨尔宝剑拿到手。"

勒格红卫说:"我拿格萨尔宝剑干什么?"

父亲说:"格萨尔宝剑就是藏巴拉索罗,藏巴拉索罗就是格萨尔宝剑,你连这个都不知道,来这里干什么?"说着,张嘴就咬向了他的喉咙。

勒格红卫抱紧了挣扎着想扑向父亲的地狱食肉魔说:"汉扎西老师,我请求,我请求,我马上就请求。"心想,原来藏巴拉索罗就是格萨尔宝剑。他在做喇嘛的时候就知道,大经堂里绘有格萨尔降伏魔国图的柱子,曾经是专门用来供养格萨尔宝剑的地方。如果麦书记把宝剑还给西结古寺,说不定还会放在那里。

父亲停止了扑咬,趴着问道:"你想请求我吗? 我不会退回去的,除非你离开这里,离开西结古草原。"

勒格红卫说:"我要请求'大遍入'法门的本尊神,他们让我离开我就离开。天就要黑了,所有的本尊将在黑暗中显身明示,得到了明示我再告诉你。"

父亲像一只真正的藏獒那样,用前爪摁住控制在勒格红卫怀抱里的地狱食肉魔,把嘴凑到了勒格的嘴边,逼问道:"什么时候告诉我?"

勒格红卫说:"明天天亮。"

41　地狱食肉魔之大鹏血神

天已经黑透,鹿目天女谷里一片安静。尽管大家都知道鹿目天女并不高兴人群狗影的骚扰,时刻会把险恶与恐怖降临头顶,但来这里的各路骑手都不想离开,因为目的没有达'到:麦书记在哪里呢? 藏巴拉索罗在哪里呢?

午夜,冈日森格的叫声吵醒了一堆一堆蜷缩在地上的人。叫着叫着,它就跳了起来。一直守护着冈日森格的父亲以为它要跳向地狱食肉魔,赶紧阻拦,却发现它又把身子弯过去,冲着鹿目天女谷黑暗的谷口叫起来。班玛多吉过来说:"不要让它叫了,省点力气吧,明天它还要上场跟地狱食肉魔决斗呢。"父亲说:"班玛书记你怎么还不明白,明天决斗的是我,不是冈日森格。"

但是很快父亲就发现勒格和他的地狱食肉魔已经不在了。父亲吃惊地想,他们为什么会离开这里? 是良心发现了,无法面对自己的老师汉扎西和救过自己命的恩狗冈日森格,还是意识到这里人多藏獒多,大黑獒果日以及尼玛和达娃很可能会被解救而去? 反正勒格走了,在黑夜的掩护下,他牵着赤骝马,带着地狱食肉魔,悄悄离开了这里。

冈日森格也要离开了。它惦记着被勒格红卫绑架走的大黑獒果日以及尼玛和达娃。父亲和美旺雄怒跟了过去,所有的西结古领地狗都跟了过去。班玛多吉一看身边没有了藏獒,惶恐不安地说:"领地狗都走了,光留下我们能干什么,就是找到了麦书记和藏巴拉索罗,也保护不了啊。走,赶紧走,把它们追回来。"

西结古骑手一走。黑夜就紧张起来。上阿妈骑手的头巴俄秋珠、东结古骑手的头颜帕嘉、多猕骑手的头扎雅都在猜测:他们干什么去了,是不是又有了麦书记的新线索? 跟上去,这里是西结古草原,西结古骑手走到哪里,他们就应该跟到哪里。三方骑手争先恐后地跑向了山谷外面,生怕走慢了,藏巴拉索罗就会落到别人手里。巴俄秋珠带领上阿妈骑手跑得最快,他们觉得一定有什么值得追逐的目标吸引着西结古骑手,就超越而过,跑到最前面去了。

鹿目天女谷再次成为密法女神鹿目天女尊享宁静的领地,潜藏在黑暗中的白唇鹿奔走相告:走了,走了,强盗们走了。那些迄今都没有被佛教降伏收纳的山野之神和苯教神祇开始了愤怒的驱赶,呼呼地刮起一阵阵阴惨惨的风,推动着人马和藏獒的背影,让他们迅速消失了。鹿目天女谷里,又有了神秘、狞厉、恐怖的气息,寂寞和宁静悄悄归来。

桑杰康珠沿着野驴河一路奔驰,没有发现勒格红卫和地狱食肉魔,又拐回来寻找，满草原转悠到天黑又天亮也没有找到，便断定追踪了这么久的仇敌也许已经离开西结古草原，沮丧得又是拍打自己，又是拍打马背。青花母马知道主人的心思，安慰似的长嘶一声，摆头拽松了缰绳，朝着鹿目天女谷的方向走去。它是马，嗅觉虽然没有藏獒灵敏，但比人还是强多了。

桑杰康珠自己没有了主意，就任由青花母马驮着她朝前走去，就见迎面徒步走来一个人，定睛一看，塌下去的腰忽地直了起来。来人正是她一直都在追踪的勒格红卫。她飞快地靠近他，端起枪，瞄准着，没有瞄准勒格红卫，而是瞄准了他旁边一个更低的地方，那儿应该是地狱食肉魔奔跑的位置。但是她没有看到地狱食肉魔的影子，便把枪口朝上一抬，瞄准了勒格红卫的胸脯。

勒格红卫的胸脯鼓鼓囊囊的，让桑杰康珠犹豫了一下，她想到对方的皮袍胸兜里还装着尼玛和达娃，就又把枪口对准了对方的腿，正要射击，就见勒格红卫迎着枪口大步走来，突然停下，掏出藏刀对准了自己的胸脯，意思是说：你要是不想让两只小藏獒活了，你就开枪吧。

桑杰康珠大声说："你想杀了尼玛和达娃，我倒要看看，是你的刀子快，还是我的子弹快。"

勒格红卫阴郁地望着她，脸上挂着一丝冷笑。

一声猛吼传来，桑杰康珠回头一看，发现地狱食肉魔早已从身后包抄而来，正在不远处虎视眈眈地盯着她。她扭身瞄准地狱食肉魔。地狱食肉魔朝她奔扑而来，却被勒格红卫厉声制止住了。

皮袍胸兜里的小兄妹藏獒尼玛和达娃听到了桑杰康珠的声音，挣扎着想出去，却被勒格红卫的大手捂着，动弹不得。妹妹达娃脑子一转，用碰鼻子的方式对哥哥尼玛说：我们撒尿吧，撒了尿他就会把我们抓出去放列地上。说罢立刻撒了一脬尿。尼玛也撒了一脬尿，看到这人的手仍然紧紧捂着不松开，就失望得哭起来。妹妹达娃再次碰了碰哥哥的鼻子说：我们拉屎吧，拉了屎他就不要我们了。说罢就拉起了屎。哥哥尼玛也拉起了屎。藏獒是从来不在人怀里拉屎撒尿的，但这次拉了很多。勒格红卫把藏刀插进腰里，手伸进胸怀，一把抓出了达娃，又一把抓出了尼玛。尼玛和达娃委屈地哭起来，好像不是它们搞脏搞臭了勒格红卫，而是勒格红卫干涉了它们的拉屎撒尿。

桑杰康珠又回过身来，吼一声："快把尼玛和达娃还给我。"

勒格红卫把尼玛和达娃放到地上，迅速解开腰带，脱下皮袍，抖落着胸兜里的狗屎狗尿。尼玛和达娃意识到自己的诡计成功了，欢天喜地地朝桑杰康珠跑去。桑杰康珠收起叉子枪，跳下马，单腿跪在地上，想要抱起尼玛和达娃，就在这个时候，勒格红卫的皮袍飞过来了。就像此前用套马索套住大黑獒果日一样，皮袍准确地盖住了桑杰康珠的头。桑杰康珠一手拿着枪，一手抓着达娃，无法一把掀掉皮袍。等她放下达娃再掀皮袍时，已经来不及了，勒格红卫扑了过来。勒格红卫脸色黝黑，魁伟高大，一头潇洒的披肩英雄发，就像他的藏獒地狱食肉魔那样，雄壮而不可抗拒地扑在了她身上。

接下来就是力气的较量，勒格红卫用坚实的双臂告诉桑杰康珠：这个世界上比我力气大的人，还没有生出来呢。况且还有地狱食肉魔的声援，它似乎知道结果一定是主人的胜利，一动不动地站着，只用轻轻的叫声证明着自己的存在。桑杰康珠很快就有了诅咒,诅咒意味着她的无奈和妥协,她挣扎不动了,一点力气也没有了,只好把枪交给他。

桑杰康珠吼道:"那就开枪吧,现在你可以打死我了。"

勒格红卫坐在地上,把枪扔到了五步之外。

桑杰康珠爬起来,就要扑过去拿枪,看到地狱食肉魔已经守护在那里,便四下里望了望,厉声问道:"大黑獒果日呢? 你把大黑獒果日搞到哪里去了?"勒格红卫不回答。桑杰康珠愤怒地问道:"你们是不是把大黑獒果日咬死了?"勒格红卫还是不回答,抬头望着远方。桑杰康珠不禁尖叫起来:"死了,大黑獒果日死了。你们这些魔鬼,我怎么就不能打死你们。"勒格红卫不想再增加桑杰康珠的仇恨,他嗫嗫嚅嚅地说,他让赤骝马驮着大黑獒果日回他的"日朝巴岩洞"(修行者的岩洞)去了。赤骝马是认识路的,多远的路都认识,它要是不回去,西结古草原的人尤其是汉扎西,就会把大黑獒果日夺走。这么好的母獒,他可舍不得。桑杰康珠说:"你为什么不走? 你也应该带着你的地狱食肉魔滚回你的'日朝巴岩洞'去。"

勒格红卫阴沉沉地摇着头。他来西结古草原,就是要咬死所有的寺院狗、所有的领地狗、所有的看家狗和牧羊狗,它们都是"牛鬼蛇神"的走狗,现在目的还没有实现一半,怎么可能离开? 昨天见到汉扎西和冈日森格之后,突然意识到他还需要更狠心,才能突破汉扎西和冈日森格的情面。所以,他有了新的想法:把藏巴拉索罗抢到手。既然他的藏獒天下无敌,为什么要眼看着别人尤其是那些外来的骑手从西结古草原抢走藏巴拉索罗? 无论他和西结古的藏獒和丹增活佛有多大的仇恨,他都是一个西结古人。这些年来,他时时刻刻都想回到西结古草原来,如果扫荡了西结古的藏獒,再有了藏巴拉索罗,他就是西结古草原的主人,谁还敢随便欺负他。

勒格红卫说:"康珠姑娘,我知道你仇恨我,但你也可以不仇恨我。"

桑杰康珠说:"你不放弃咬死西结古藏獒的目的,我只能仇恨你。"

勒格红卫说:"我的藏獒死了,我的狼死了,我的明妃死了,连我的大鹏血神也死了。他们把我撵出了西结古寺,我无路可走,只有报仇。现在机会来了,可以'横扫牛鬼蛇神'了,我把名字改成勒格红卫,就是为了不放过这个报仇的机会。"说着,眼眶里突然湿汪汪的。

桑杰康珠很怕男人的眼泪,她眼睛一横,盯住了自己的枪:"让你的藏獒走开,我要取回我的枪。"

勒格红卫从地狱食肉魔身边拿起枪,还给了她,坐下来,仰脸望着她说:"明妃,你就像一个明妃。"

桑杰康珠说:"我本来就是明妃。"说着,抱起尼玛和达娃,坐到他面前。

勒格红卫说:"可是我的明妃死了,我的大鹏血神也死了。"

桑杰康珠用枪对着他说:"接下来就是你死。"

勒格红卫长叹一口气说:"死就死吧。"

勒格红卫无视桑杰康珠的仇恨和枪口,眼望远方,目光迷漓。他嗓子里发出低沉的声音,像是自言自语。渐渐地,桑杰康珠听出来了,那是他的讲述,断断续续,结结巴巴,痛苦而沉重。

……他的藏獒死了,他的狼死了,他被撵出了西结古寺,他于是去砻宝雪山投奔他的明妃。他看到的却是一具明妃的尸体。明妃的阿爸、一个脸上褶子密布的老人告诉他,他的女儿死了已经四五天了,就为了等他,才没有送到天葬场。他哭着说:"你知道我要来吗?"老人说:"不是我知道,是女儿知道,女儿死的时候说,勒格就要来了,一定要让他看上我一眼。"勒格是第一次看到老人的女儿,一个多么周正的姑娘啊。在"大遍入"的法门里,为了彻底破除欲念和俗念,双修的男女是不能提前见面的,一切都由明妃的阿爸来安排。阿爸当然求之不得,今生的明妃,下世的佛母,谁不想让自己的女儿有一个超凡入圣的来世呢。双修的时候,男女都用三张羊皮包裹头脸,谁也看不见谁,也不知道对方叫什么名字,只用本尊神的伴神雄神米楚巴(不乱)和雌神缪娃(不动)称呼彼此,而且只准在心里用雄神米楚巴或雌神缪娃的形象来称呼。如今勒格终于一目了然了,却已经是一张没有生命的面影。老人说不清女儿是怎么死的,越是说不清就越让勒格怀疑,他看到尸体上到处都是利牙撕咬的痕迹,就哭着说:"怎么这么深的伤口啊,不是獒牙咬不出来。西结古草原的藏獒从来不咬姑娘,这次为什么咬死了我的明妃?"

他觉得明妃的死一定是丹增活佛施放了魔法毒咒,便再次返回西结古寺,质问丹增活佛。丹增活佛陡然变色,厉声说:"你想用污秽的口水淹死我吗?我的法力从来不加害于人,哪怕他是佛法的敌人。是你的'大遍入'邪道、走火入魔的法门,害死了你的明妃。她是你的修法女伴,你让她浑身毒焰燃烧,却没有打通脉络让她连天接地,她无法排泄毒火烤炙的痛苦,只好用自己的牙齿咬死自己。她肯定疯了,用最大的力气把她的牙齿变成了獒牙。"他绝不相信,明明是兽牙的痕迹,丹增活佛怎么说是人牙呢。他在大经堂前追问丹增活佛,却被寺院狗一阵疯咬。这一次獒牙伤着了他,让他流了很多血,他的大鹏血神就在这次流血中消失了。

他从此失去了所有的依靠、所有的生存希望。他痛哭一场,离开了西结古草原。走的时候他说:"我发誓,我向伟大光明的吉祥天母、威武秘密主、怖畏金刚、猛厉诅咒众神、女鬼差遣众神以及所有'大遍入'法门的本尊神发誓,你们让冈日森格带着领地狗群咬死了我的藏獒、我的狼、我的明妃,让寺院狗把我撵出了西结古寺,咬死了我的大鹏血神,我就要想办法搞死你们的寺院狗、你们的领地狗、你们的看家狗和牧羊狗,还有你们的獒王。我不在乎我曾经是冈日森格的主人,它咬死了助我修法的一切,它就是我的敌人。'大遍入'法门的本尊神正在对我说:所有的报仇都是修炼,所有的死亡都是资粮,鲜血和尸林是最好的神鬼磁场,不成佛,便成魔。从今天起,你们小心提防,我将用我的藏獒,咬死西结古草原的全部藏獒,是的,咬死全部藏獒。"

勒格红卫愤懑而忧伤地结束了自己的话。半晌,桑杰康珠才说:"你也是一个可怜的悲惨的人,你怎么能让藏獒比你更可怜更悲惨呢?"

勒格红卫说:"我不让藏獒悲惨,还能让西结古人悲惨,能让丹增活佛悲惨?尽管我的明妃和我的大鹏血神一定是遭了丹增活佛的魔法毒咒,但丹增活佛是西结古草原的活神,是天佛的化身,我怎么敢对付他?"

桑杰康珠叹了一口气,怜悯地望着他,突然又一次想起了那个创世的传说:最早最早的时候,青果阿妈草原生活着一张大嘴,它吃掉了所有的男人,吃掉了所有男人的心,它就是女人的阴户。传说的启示让她觉得也许天意就是这样:阻止勒格的,只能是她。她是女人,西结古草原一张美丽的大嘴,她应该吃掉他,吃掉藏獒的灾难。她说:"还记得我给你说过的话吗,我想变成一张大嘴吃掉你?"

勒格红卫脸色骤然铁青,鼻子"哧"了一下说:"你还想杀死我。"

桑杰康珠说:"我当然可以杀死你,但只要你听我的话,不再屠杀我们的藏獒,我就不会是吃人的大嘴。我是病主女鬼,我是女骷髅梦魇鬼卒,我是魔女黑喘狗,我是化身女阎罗,我比任何姑娘都有资格做一个修法者的明妃。我有我的中心大神,我不在乎你的大鹏血神死了还是活着。"

勒格红卫呆愣着一动不动。

桑杰康珠说:"让你的藏獒不要动。"

勒格红卫犹豫一下,朝着地狱食肉魔做了一个不要动的手势。

桑杰康珠说:"现在,你发誓从此以后改邪归正,不再屠杀西结古草原的藏獒,你发誓你的仇恨会流进我的身体,变成一颗欢喜的心,你发誓你愿意得到我的拯救,做一个行事规矩、度人度己的喇嘛。你怎么不说话?难道你的发誓就是一句不吭吗?"说着,她丢开手中的枪,放下怀里的尼玛和达娃,迅速解散腰带,脱掉了皮袍,皮袍上连缀着她从东结古骑手的头颜帕嘉那里骗来的一把华丽的藏刀。

勒格红卫惊讶地叫了一声,他看到她光滑的肌肤了,看到她就像冰白的山峰倾颓而来,把他轰然压倒在草地上。地狱食肉魔平静地盯着他们,好像它是明白的,什么都明白。

接着就是模糊,一切界限都悄然模糊,男人与女人、征服与反抗、心灵与肉体、愤怒与温存、仇恨与爱情,都在时间的无常中把清晰的界限模糊成了一片混沌,瞬间产生的情绪又在瞬间消解,女人的疯狂终于换来了男人失去自我的叹息,男人一叹息,气氛就不再坚硬和冰凉了。草原上的人生就是这样粗犷而单纯,女人并不会把"以前"看得比"现在"更重要,从来可怕的不是失去贞操,而是失去欲望失去荣誉。复仇的灵魂这一刻露出了温情的假象,桑杰康珠的诅咒和詈骂不期然而然地变成了一种和平深处曼妙无限的冲动,天经地义地流淌在青花母马的阴影下。尼玛和达娃愣了。

然而,什么也没有发生。即将发生的时候,勒格红卫用最大的力气把桑杰康珠推开了。他惊慌失措地跳起来,看她起身就要扑过来,招呼一声自己的藏獒,抬脚就走。

桑杰康珠穿上皮袍,沮丧而愤怒地喊起来:"勒格你站住,你不是男人,不是一个需要明妃的修法者。"

勒格红卫一脸羞惭,径直往前走去。

桑杰康珠扑过去拿起枪,朝着他面对的天空就是一枪。

勒格红卫猛地停下,生怕这一枪惹怒地狱食肉魔,赶紧跳过去护住她,冷飕飕地瞪她一眼说:"藏巴拉索罗,我要得到藏巴拉索罗。"

桑杰康珠吃惊地说:"你也要去争抢藏巴拉索罗?你要它干什么?"突然意识到如果勒格红卫这样做了,至少可以保证麦书记和藏巴拉索罗不让外来的骑手抢走。她系好腰带,走过去拿起枪,激将地说:"你连麦书记和藏巴拉索罗在哪里都不知道,你不可能得到它。"

勒格红卫驱散着脸上的阴云,神秘而自信地说:"昨天夜里,在我奋力请求'大遍人'法门的本尊神们再次加持我的时候,我得到的明示是这样的:麦书记将在一个我熟悉的地方显现,那个地方高高的平平的,被寺院的金顶遥遥关照着;它是一个过去的部落用来惩罚罪人恶人的血腥之地,锋利的宝剑曾经在这里砍下过许多人头;是一个汉扎西和冈日森格解救过'七个上阿妈的孩子'的吉祥之地,攒动的人头说明部落法会的影子还没有散尽。"

桑杰康珠问道:"你说的是行刑台?"

勒格红卫点点头,还想说什么又蓦然闭了嘴:自己怎么可以泄露"大遍人"法门的机密呢?尽管面前是一个愿意做他的明妃却被他拒绝了的姑娘。

桑杰康珠又问:"麦书记,藏巴拉索罗,会出现在行刑台上?"

勒格红卫在心里回答道:"藏巴拉索罗并不会和麦书记一起显现,它被数百个空行母日夜守护着,敛尽光芒沉睡在一个巨大的彩绘圆筒里。想一想吧姑娘,在西结古草原,除了西结古寺,哪个地方还会聚集数百个空行母呢?"

勒格红卫大步前去。

42　多吉来吧之　狼恩

虽然在别人的领地上有些心虚胆怯,上阿妈狼群并不打算轻易离开,它们弯来弯去没有直接跑出西结古草原,招惹得红额斑狼群一直都在追撵。两股狼群在逃命与追命之间周旋着,持续了一个夜晚。

天亮时,追命的有点追不动了,逃命的也有点逃不动了,两股狼群慢下来。距离还是开始时的距离,但结果却越来越接近,狼道峡已经不远,上阿妈狼群就要被撵出西结古草原了。为此,红额斑头狼发出了一阵得意的嗥叫,提前宣告了胜利的到来。叫着叫着,声音就变了,是命令自己的狼群停下来的声音,得意中掺进了一丝警惕和忧虑。

红额斑狼群不追了,都把警惕的眼光扫向了远方。远方有一个小小的黑点,但那个黑点无论怎么小,对狼来说都是一座山、一种屏障的存在。狼们都在想:哪里来的藏獒,怎么会在这里,它孤零零地立在狼群面前想干什么?

追命的停下了,逃命的却没有停。上阿妈狼群恍然以为后面追撵的狼和前面堵截的藏獒是一伙的,西结古草原的生灵——狼和藏獒,在对待外来侵略的时候,仇敌变成了伙伴,对手结成了同盟。而它们别无选择,只有冲锋陷阵,夺路突围。

上阿妈狼群冲了过去。大家都想绕开多吉来吧,狼群中间哗然出现了一道裂痕。多吉来吧左看看,扑向了左边;右看看,扑向了右边。疲惫和伤痛拖累着它,它还是咬伤了两匹狼,等它扑向第三匹狼———匹冲它龇牙瞪眼的少年狼时,遭到了少年狼所属的整个狼家族的同时攻击,五匹成年狼从不同的方向扑过来咬住了它。

多吉来吧暴跳如雷,好像是说我才离开了多久,外来的侵略者居然猖狂到这种地步了。它狂吼狂咬着,虽然一口也没有咬住狼,两只前爪却比利牙还要迅捷地掏向了狼胸狼腹。那是永不松软的钢铁,所到之处,皮开肉绽。一阵混扑乱打之后,狼毛和獒毛变成旋风飞上了天,随着旋风上天的,还有三匹狼不甘就死的命息。

多吉来吧再扑再咬,围过来厮打的狼越来越多了。上阿妈狼群似乎也意识到,这里只有一只藏獒,只要狼群同心协力,就没有打不过、咬不死的道理。

坐山观虎斗的红额斑狼群悄悄靠近着。突然一声嗥叫，所有红额斑狼群的成员都愣了，它们不明白，为什么它们的头狼会在这个时候发出这样一声嗥叫。嗥叫之后，上阿妈狼群突然放弃对多吉来吧的围攻，溃退而去。

多吉来吧用爪子拖带着狼肠狼血追了过去。

上阿妈狼群被撵进狼道峡口的时候，多吉来吧"扑通"一声卧倒在地，舔着自己身上可以舔到的伤口，片刻之后，身子摇晃着站起来，硕大而沉重的獒头掉转了方向，面对它身后的红额斑狼群。

多吉来吧阴郁而伤感地望着红额斑狼群，这是和它一样把西结古草原当家园的狼群，这样的狼群可不是一番追咬就能赶走的。多吉来吧突然意识到，刚才对上阿妈狼群的追击消耗的是它最后的力量。它不远千里奔回自己的草原，不仅没有机会休息，也没有机会活命了。见到主人汉扎西和妻子大黑獒果日的千般努力，也许就要功败垂成。

多吉来吧安静下来，巍然耸立，如同冰山。

红额斑狼群就在四十米之外，一大片狼眼一起射向多吉来吧，也是不嗥不叫，冷静得就像寒冬。

沉默中的对峙让时间冻结了，也冻结了即将来临的死亡。死亡只能是多吉来吧，一只连逃跑都很吃力的藏獒，面对一股少说也有一百五十匹狼的大狼群，如果它不能变成一缕空气升天而去，就只能变成一堆鲜香的血肉，等待着被切割成碎块后，进入狼群的肚腹。

最初的行动是从狼群开始的。它们在红额斑头狼的带动下，集体朝前移动了两个身位。多吉来吧立刻做出了反应，也是朝前移动了两个身位。现在，多吉来吧和红额斑狼群的距离不足十丈。空气滚烫，好像来自藏獒肺腑和狼群肺腑的烈火，正在融合成另一种气体，一点就炸。

沉默之中，双方的眼光变得深邃遥远。多吉来吧想起了九年前的那场搏杀，大雪飘扬的日子，三股狼群围住寄宿学校，咬死了十个孩子，也几乎咬死它多吉来吧。就是因为它没有被咬死，挥之不去的耻辱让它差一点离开主人成为一只野狗。'当年咬死十个孩子的狼，只要活着的，就都在面前这股狼群里，包括红额斑头狼。红额斑头狼当时虽然还不是头狼，却是一匹比头狼还要勇敢聪明的战狼。多吉来吧盯着当年的战狼如今的头狼，心想上天给了自己一个复仇的机会吧，只恐怕自己是力不从心了！

而在红额斑头狼记忆深处，是更加深刻惨烈。十个孩子的血肉和几十匹壮狼的血肉，依然在眼前横飞。这只名叫多吉来吧的藏獒，它山呼海啸般的猛恶，曾让铺天盖地的狼一个个心惊胆寒。留在它的脑海里的不可磨灭的印象，已经不是恐惧，而是敬畏。

红额斑头狼浑身抖了一下，带着狼群，再一次朝前移动。现在，多吉来吧和红额斑狼群的距离只有二十米了。空气是透明的，却又是熊熊燃烧的，白色的燃烧里，涌动着白色的恐怖。众多的狼心和一颗獒心在无声而激烈的对抗中比赛着坚硬和气魄。

沉默。

红额斑头狼终于忍不住咆哮了一声，所有的狼都开始咆哮。多吉来吧昂然挺立,依然用天生的轻蔑不吭不哈地面对着狼群,缓缓地朝前走了一步,又一步。距离迅速消失,只剩下不到十米了,这是一只伟健的藏獒可以一扑致命的距离,其杀伤力不是任何个体的狼所能承受和回避的。红额斑头狼身子不禁缩了一下,狼毫顿时奓了起来。所有的狼都把身子朝后倾着,随时准备迎击扑过来的撕咬。

但是多吉来吧并没有扑过去,它又朝前走,把它和狼群的距离缩短成了四米,好像它面对的不是一群穷凶极恶的狼,而是一堆灰色的石头。它坦然、自信、不屑一顾,好像根本就没打算撕咬。九年前山呼海啸的猛恶、雷霆万钧的气象又回来了,同时回来的还有传递给狼群的心惊胆寒。

红额斑头狼后退了一步,突然一声嗥叫。这是号令,不是进攻的号令,而是撤退的号令。号令还没有落地,它就抢先转过身去,撒腿就跑。狼群跟上了它,它们其实早就想跑了,所以逃跑的动作协调如水,比进攻还要自然流畅。

多吉来吧没有追赶,尽管追赶是藏獒对狼的本能反应,尽管九年前的仇恨还耿耿于怀,尽管十个孩子音容笑貌就在眼前,栩栩如生,它也不能追赶。它闻到另外一股狼的气息,而且来自寄宿学校方向。

它不禁埋怨起来:西结古的领地狗群,獒王冈日森格,你们干什么去了?怎么一进入草原,到处都是耀武扬威的狼群,而不见你们的影子呢?

巴俄秋珠带领上阿妈骑手超越西结古骑手,跑向了前面,没发现什么值得追逐的目标,又往回跑,跑着跑着,突然勒马停下了。他身后的骑手和领地狗来不及刹住,跑出去又纷纷折回来,用眼睛问道:"为什么要停下?"巴俄秋珠举起马鞭指了指左前方说:"看见了吧,那是什么?"骑手们说:"早就看见了,不过是一只没有主人的藏獒。"巴俄秋珠说:"那好像是多吉来吧,多吉来吧可不是一般的藏獒,它是当年的饮血王党项罗刹。我听说它被汉扎西卖到了西宁城,怎么又回来了?"

巴俄秋珠吆喝着自己的人和狗,纵马跑了过去。

多吉来吧正从上阿妈骑手的侧翼插过,按照习惯,它应该扑向这些外来的骑手和藏獒,但它没有,寄宿学校的狼群、命在旦夕的孩子们比什么都重要,任何事情都不值得它去浪费时间。它想回避上阿妈骑手和领地狗群,却没想到他们跑过来横挡在了自己面前。它不高不低、气息平稳地吼了一声,态度几乎是和蔼的,意思是:请你们让开,我要过去。上阿妈领地狗们理解了,互相看了看,并没有对着吼起来。

巴俄秋珠大声说:"多吉来吧你在这里干什么?是不是也要去鹿目天女谷?我们听说麦书记在那里,你能带我们去吗?"多吉来吧没有听懂,以为对方的意思是挡着它不让它走,便用一种只有面对狼群时才会有的黑暗寒冷的眼光,针芒一样扎向巴俄秋珠。巴俄秋珠很气愤:"别忘了我曾经也是西结古草原的人,你不服从我,就不是一只好藏獒。"

多吉来吧的回答是一声刚猛的吼叫,告诉对方它才不管他曾经的身份,只知道他现在的身份:来自上阿妈草原的侵略者。巴俄秋珠冷笑一声说:"你的态度其实我们已经猜到了,但是你没有猜到我们的态度。你知道你今天为什么碰到我们吗?因为你的死期已经到了。"说着从背上取下了枪,喊道,"骑手们,快快瞄准这家伙,我们的藏獒没有一只能打过它。"'

骑手们纷纷取枪在手。

多吉来吧蹦跳而起,巴俄秋珠以为它要扑过来,正要端枪射击,却见它转身就

跑。'

"追。"巴俄秋珠狂叫一声。上阿妈骑手和上阿妈领地狗疯追而去。

西结古草原上,刚刚还是狼群的逃命,转眼又是一代悍獒多吉来吧的逃命了。多吉来吧拼命地逃着,上阿妈骑手和领地狗群拼命地追着,马本来就比藏獒跑得快,加上多吉来吧越来越倦怠的体力,距离渐渐缩小了。多吉来吧回头看了一眼,突然朝右拐去,跑上了一座马鞍形的草冈。马的速度顿时受到了限制,距离又拉开了。巴俄秋珠朝着多吉来吧开了一枪,看没有打着,喊道:"快啊,快啊。"然后扬鞭催马,跑上了马鞍形草冈的低凹处,一看前面还是草冈,愤怒地叫着:"獒多吉,獒多吉。"催促上阿妈领地狗追上去堵住多吉来吧。上阿妈领地狗箭镞一样"嗖嗖嗖"地冲向了前方。

多吉来吧是机智的,它把上阿妈骑手引到了一个草冈连着草冈的地方,这样的地方抑制了马的奔跑,使它暂时摆脱了枪的威胁,至于追上来的上阿妈领地狗群,它是不怕的,不就是牙刀和爪子嘛,不就是力量和速度嘛,它多吉来吧从来不惧怕,也从来不缺乏。而上阿妈领地狗群似乎也不想给多吉来吧造成致命的威胁,尤其是被父亲救了命的獒王帕巴仁青,怎么好意思再去咬杀西结古草原的藏獒呢。大概是受了帕巴仁青的影响,所有的上阿妈领地狗都是追而不近、近而不咬的。

但是上阿妈领地狗的客气并没有给多吉来吧带来好运,很快就是无路可逃——狼群出现了。

草冈连着草冈的地形对多吉来吧是有利的,对狼也是有利的,多吉来吧逃亡的地方,也正好被它吓退的红额斑狼群逃亡的地方。它翻过了一座草冈,又翻过了一座草冈,第六座草冈刚刚翻过去,就看到这股少说也有一百五十匹狼的大狼群,密密匝匝地堵挡在它面前。多吉来吧停下了,它只能停下,它已经失去了刚才那种山呼海啸、势不可挡的威猛气势,一副抱头鼠窜、见缝就钻的可怜样子。这个样子的藏獒,一旦闯进狼群,立刻就是肉糜。

多吉来吧呆愣着,巴俄秋珠带着骑手追过来,端起了一杆杆叉子枪。

多吉来吧前有狼群,后有叉子枪,心中一片绝望。狼群包围了寄宿学校,孩子们就要死去,主人汉扎西还没有见上一面,妻子大黑獒果日更不知凶吉如何,它的生命就要终结了。它千里奔波,回援故乡,到头来却是一事无成,就为了做枪的活靶、狼的美味?

多吉来吧走向上阿妈骑手,它宁肯让人打死,也不能让狼群咬死。

巴俄秋珠紧张地看看自己两边的骑手,大声说:"我喊一二三,大家一起开枪。"骑手们应和着,一个个闭上眼睛,扣住了扳机。

但是狼群没有让巴俄秋珠喊出"一二三"来,它们扑过去了,首先是红额斑头狼,带着一股迅疾的罡风扑过去了。多吉来吧以为是扑向自己的,回身要咬,却看到狼们一匹匹从自己身边飞驰而过,扑向了枪口,扑向了上阿妈骑手。

枪声啪啦啦的,就像是对骨头断裂的模仿,两匹狼顿时栽倒在地。

骑手们事先没有瞄准狼,大部分叉子枪打偏了,再装弹药是来不及的,群狼已经到了跟前,咆哮如雷,扑咬如风。就是骑手不怕,那些马也怕得要死。坐骑们纷纷掉转了身子,一口气跑下了草冈。追撵多吉来吧时一直消极怠工的上阿妈领地狗这个时候才赶到,看到狼群扑向了主人,大吼大叫着冲了过来。

红额斑头狼的指挥张弛有度，没等上阿妈领地狗靠近，它就发出了一声停止扑咬的尖嗥。狼群赶紧后撤，顺着草冈一路狂驰，跑上了另一座草冈，停下来再看多吉来吧时，发现它已经离开那里，奔向了一处洼地。

巴俄秋珠和上阿妈骑手们远远地注视多吉来吧和红额斑狼群，惊奇胜过恐惧：狼群救了多吉来吧！

后来，狼群救了多吉来吧，成了草原多年的传说，更成了父亲固执的叨唠。父亲用这个故事说明很多时候，人不如畜生，不如野兽，说明天地有灵。却说不出狼为什么要救多吉来吧。父亲说不出，草原上别的人也说不出。也许，不是说不出，而是不愿说。没有人愿意接受一个简单的解释：狼群不是救多吉来吧，是救它们自己。它们只看到骑手的枪口朝向，没看出枪口瞄准的只是多吉来吧。

作为狼，怎么会相信人的枪口瞄准的不是狼，而是永远忠诚于他们的藏獒？

43　格萨尔宝剑之　蓝马鸡草洼

西结古獒王冈日森格嗅着赤骝马留下来的味道，朝着狼道峡的方向走去。它走得有些吃力，它老了，它在和上阿妈獒王帕巴仁青和东结古獒王大金獒昭戈的打斗中多处受伤，流了很多血，又没有足够的时间恢复，它感觉自己就快筋疲力尽。但是，它必须尽快追上勒格红卫和赤骝马，否则目标就会走出狼道峡口，那是别人的领地，它和自己的领地狗群很可能就无力解救大黑獒果日以及尼玛和达娃了。父亲牵着他的大黑马，跟在冈日森格身后，不停地说着："你不要追了，你停下来休息，我带着领地狗群去追，一定把大黑獒果日、把尼玛和达娃救回来。"冈日森格没有停下，它更觉得自己责任重大、义不容辞。它走着走着，身子一歪摔倒了，挣扎着爬起来，再往前走的时候，不禁沮丧得呻吟了一声。它嗅着空气，看了看远方，突然凝神不动了。一会儿，它冲着天空"嗷啊嗷啊"地叫起来，然后扑过去咬住父亲的腿，使劲撕了一下，把裤子都撕烂了。父亲赶紧摸摸它的头："怎么了，冈日森格，到底出什么事儿了？"父亲相信冈日森格有事情要告诉他，一再地询问着。冈日森格就一再地表达着：啃咬他的腿，不停地啃咬他的腿，咬了几下，又去啃咬大黑马的腿。

父亲明白了，冈日森格是要他们快走，不要跟着它，它走得太慢了。父亲听话地骑上了大黑马，往前走了几步，再回头看冈日森格时，发现它已经趴卧在地，实在无法支撑自己的獒王冈日森格只好趴卧在地了。天光照耀着冈日森格越老越明亮的眼睛，那里面含满了泪水，是伤心，是不舍，是自责，还是别的意思？父亲来不及分辨，打马就走。

班玛多吉问道："冈日森格不走了，你知道往哪里走？"父亲肯定地说："知道。"班玛多吉回头看了看黑压压一片外来的骑手和藏獒，招呼西结古骑手跟上了父亲。上阿妈骑手、东结古骑手、多猕骑手看到西结古骑手还在走，也都没有停下来，他们始终以为走在前面的西结古人跟他们一样是在寻找麦书记和藏巴拉索罗。

父亲急急忙忙走着，累得大黑马浑身是汗。大黑马不走了，不是因为疲累，也不是因为要赖，而是在用行动告诉着急上火的主人：到了，獒王冈日森格要你来的地方已经到了,就在前面,你看,你看。

父亲愣怔了片刻,赶紧下马,小心翼翼地走向了前面的洼地。洼地几乎是个方圆一百米的聚光池,别的地方是高处先有阳光,这个地方是低处径自灿烂。茂盛的羽毛草、针茅草、狐尾草、紫云英泛滥而生,就像要把洼地填平似的。洼地的鲜花浓绿中,勒格红卫的赤骝马驮着大黑獒果日,在安闲地吃草。

父亲四下里看着,想看到勒格红卫和地狱食肉魔以及尼玛和达娃,半天没看到,就纳闷地走过去,拽住赤骝马,解开了绑缚着大黑獒果日的牛皮绳。这时班玛多吉过来帮忙,把大黑獒果日从马背上抱了下来。趁此机会,赤骝马跑开了。有骑手追过去要抓住它,它就朝着狼道峡的方向狂奔而去。

大黑獒果日和父亲相对而泣。东结古骑手和多狝骑手发现他们跟着西结古的人和狗走了这么长时间,看到的并不是麦书记和藏巴拉索罗,懊恼得嚷嚷了一会儿,便带着各自的藏獒,纷纷离开了。东结古骑手的想法是这样的:再去一趟碉房山,看一看那些碉房里有没有藏匿着麦书记,如果没有,那就退而求其次,占领西结古寺并让丹增活佛代替麦书记受过,因为没有了麦书记,丹增活佛就是西结古草原乃至整个青果阿妈草原人所共指的中心。而多狝骑手的想法是:别人走到哪里,他们就跟到哪里,只要发现麦书记和藏巴拉索罗,就豁出命来抢。这时巴俄秋珠带着上阿妈骑手也从前面回来了,犹豫了一会儿,便跟上了他们。

外来的骑手们谁也没有想到,从这里到碉房山,必然要经过行刑台,他们追逐搜寻的那两个人——拥有藏巴拉索罗的麦书记和拥有西结古寺的丹增活佛,这会儿正在行刑台上平静地等待着他们。

远远的地方,西结古獒王冈日森格吼起来,一听就是召唤:快来啊,快来啊。班玛多吉带领西结古骑手,迅速靠了过去。

草原上只要马能走过去就都是路,冈日森格带着西结古领地狗和西结古骑手走的是最便捷的一条路,当他们来到这里时,还没有一个外来的骑手和一只外来的藏獒经过这里。这里名叫蓝马鸡草洼,一面是野驴河,三面是缓缓起伏的草梁。翻上前面的草梁,踏上漫漫平野前走一公里,就是行刑台了。好像行刑台是个深奥的殿堂,蓝马鸡草洼便是进入殿堂的门户,冈日森格以守卫者的本能,站在门户前不走了。

数百只蓝马鸡飞起来,盘旋了一阵,又落进了草丛。它们不怕人,只是因为好奇,才要凌空看一看,"咕咕"地叫几声,以示这个地盘是它们的。

西结古骑手的头班玛多吉不理解,一再地询问父亲:"我们这是去干什么,为什么要停在这里?"父亲说:"我怎么知道,你最好亲自问问冈日森格。"冈日森格的回答就是不仅自己守在了这里,也让领地狗群一溜儿排开守在了这里。班玛多吉看出这是一个准备打斗的阵势,也就不再多问了,带领骑手,站到领地狗群后面,静静地望着前面。

前面,桑杰康珠纵马跑来。冈日森格迎了过去,突然又拐到父亲身边,用牙扯了扯父亲的袍襟。父亲跟了过去,刚走到桑杰康珠和她的青花母马跟前,就听到从马背上的褡裢里传出一阵小藏獒的尖叫。一

桑杰康珠跳下马说:"快快快,汉扎西,你要是想要尼玛和达娃,就快给我磕头。"父亲愣了:"尼玛和达娃?它们怎么在这里?"扑过去就要满怀抱住褡裢,吓得

青花母马转身就跑。桑杰康珠追上青花母马,从褡裢里抓出缩成一团的尼玛和达娃,丢在草地上说:"快啊,快给我磕头。"

父亲哪里顾得上磕头感谢,跳起来扑了过去,就像母亲扑向了失散多日的孩子。尼玛和达娃以孩子对母亲的直觉,迅捷地认出了父亲。尼玛一口咬住父亲的手,达娃一口咬住父亲的胸脯,尼玛又一口咬住父亲的脸,达娃又一口咬住父亲的脖子。它们咬着、舔着、叫着、哭着、委屈地埋怨着:你怎么才来啊,你去哪里了,怎么不管我们了?父亲搂着它们,亲着它们,像一只母性的藏獒那样深情而激动地舔着它们,叫着:"尼玛,尼玛,达娃,达娃。"一次次在它们柔软温暖的皮毛上揩擦着自己的眼泪。

这时桑杰康珠喊起来:"你们在这里干什么,往前走啊。你们不是要寻找麦书记吗?我告诉你们,麦书记将在一个我们熟悉的地方显现,这个地方高高的平平的,被寺院的金顶遥遥关照着。它是一个过去的部落用来惩罚罪人恶人的血腥之地,锋利的宝剑曾经在这里砍下过许多人头;是一个汉扎西和冈日森格解救了'七个上阿妈的孩子'的吉祥之地,攒动的人头说明部落法会的影子还没有散尽。"

班玛多吉不以为然地说:"别卖关子了,你直接说行刑台不就行了?前面就是行刑台。康珠姑娘,这么重要的秘密,你是怎么知道的?"

桑杰康珠说:"我是病主女鬼,我是女骷髅梦魇鬼卒,我是魔女黑喘狗,我是化身女阎罗,我遍知一切,能窥破前生来世,这么一点小小的预见算得了什么。"说罢,快步走向自己的青花母马,跳上去就跑,喊道:"走啊,跟着我呀,你们为什么不跟着我?"

班玛多吉挥挥手说:"会吹牛的姑娘,你想去哪里就赶紧去吧,我们是要跟着冈日森格的。"

行刑台的存在已经很久很久了,在过去的年月里,它是西结古草原所有部落惩罚罪人恶人的地方,那些从党项大雪山搬运来的大石头以永固的姿态,维持了它的高度,既有地表的高度,也有社会的高度。台上的一溜儿原木支架十分陈旧,支架上的一排铁环锈得爆起了几层皮。铁环上原本拴着一些牛皮绳,如今早已被饥饿的秃鹫吃掉,只剩下一些结实的绳结成了锈环的一部分。支架前后躺人、坐人、砍人的木案一如既往地宽大厚重。木案的后面,山一样堆满了坎芭拉草,那是一种酷似柏叶、油性很大、可以燃烧的草。牧民把它堆在这里,等到春秋两季祭祀山神的时候,用来点火煨桑。丹增活佛盘腿坐在木案上,木案的旁边,站着青果阿妈州委的一把手麦书记。

麦书记一身黄色的军装,丹增活佛一身红色的袈裟,远远看去,就像升起了一尊金黄的法幢和一个裹着红氆氇的宝瓶。他们的周围,是草原的辽阔,是起伏波荡、无边无际的绿色。今年的绿色格外绿,也格外盛大,连往年不绿的山腰也绿了,绿色的峥嵘之上就是白雪,一丝丝灰黄土石的过渡也没有。西结古草原以无与伦比的清洁和绿白两色的美丽,簇拥着古老的行刑台。

奔驰而来的桑杰康珠看到了麦书记和丹增活佛,不禁就佩服起勒格红卫来,他的"大遍入"法门真是神佛的灵验场。她飞身下马,快步走过去,"扑通"一声跪在行刑台下,磕了一个头,就大大咧咧站了起来。

桑杰康珠说:"丹增活佛我正要找你,没想到在这里碰到了你。"

丹增活佛说:"知道你在找我,不知道你为什么找我。"

桑杰康珠说:"我见到勒格了,我想问问勒格的事儿。"

丹增活佛点了点头。

桑杰康珠说:"我问勒格,为什么你要杀死那么多藏獒? 勒格反问我:为什么寺院狗要把我撵出西结古寺? 为什么西结古草原的藏獒把属于我的都咬死了? 他的藏獒死了,他的狼死了,他的明妃死了,他的大鹏血神也死了。我想知道的是,他们的死跟你有什么关系? 为什么勒格总是说,你去问丹增活佛?"

丹增活佛说:"你是西结古草原的信民,你不需要知道这些。你应该让勒格自己来问我,我会如实对他说。"

桑杰康珠又问:"那么大鹏血神呢? 我从来没听说有这样一个神灵。我想知道它有什么教法和仪轨,是不是传承了我们苯苯子(苯教徒)的信仰。"

丹增活佛说:"你不会是明知故问吧?"

桑杰康珠说:"勒格说所有的命加起来都抵不上大鹏血神的死,还说大鹏血神是'大遍入'坛城的中心大神。丹增活佛,如果你能举行祈佛降神的仪式,还给他一个大鹏血神,他一定会就此罢休,不再残害西结古草原的藏獒了。"

丹增活佛说:"愚蠢的人啊,勒格需要的不是大鹏血神,是遍地流淌藏獒的血。"

桑杰康珠说:"如果是这样,丹增活佛,就请你救救藏獒,也救救勒格。"

丹增活佛说:"我知道,如今能救藏獒和勒格的,除了我,就是你了。"

桑杰康珠说:"我? 我有法力吗? 丹增活佛能传给我法力吗?"

丹增活佛说:"你看到了勒格,你想阻止他的恶行,挽救他的灵魂,这是一种良好的缘起,是命里的因果,你和他都是无法回避的。祈福的经咒告诉我们,他只有在女人的帮助下,才能实现赎罪:他的地狱食肉魔咬死了多少藏獒,他就会挽救多少藏獒。康珠姑娘,我在这里请求你,佛门在这里请求你,毕竟勒格曾经是西结古寺的喇嘛,是我让领地狗咬死了他的藏獒他的狼,也是我纵狗把他撵出了西结古寺,他才变成今天这个样子的。"

桑杰康珠皱着眉头不说话,她的疑惑越来越深:莫非丹增活佛真的施放了魔法毒咒,害死了勒格的明妃,摧毁了"大遍入"坛城的中心大神——大鹏血神,现在要拿她去弥补他的过错?

丹增活佛又说:"'大遍入'邪道的进入靠的是母性,'大遍入'邪道的崩坏靠的也是母性。前一个母性代表无明和我执,后一个母性代表开放和空性。康珠姑娘,你是天生具有法缘的佛母,你会让他消除'大遍入'的偏见、走火入魔的法门,变成一个安分守己、彻悟正道的喇嘛。"

桑杰康珠说:"既然这样,那我现在就去找勒格。"

丹增活佛说:"你还应该去找你的阿爸,告诉他这里发生的一切。"

桑杰康珠说:"为什么要找阿爸?"

丹增活佛说:"只有你阿爸才能传授给你降服勒格的法力。"

勒格红卫曾经是西结古寺的喇嘛,他对西结古寺的熟悉就是对娘家. 的熟悉。当"大遍入"法门的本尊神启示他,在数百个空行母日夜守护的西结古寺,一个巨大的彩绘圆筒里,沉睡着藏巴拉索罗时,他就知道这实际上也是自己的猜测:大经堂中那根绘着格萨尔降伏魔国图的柱子里,一定藏匿着格萨尔宝剑。

现在的问题是,他如何潜入大经堂,如何独自靠近那根空心柱。

他把自己抢夺来的一匹灰骒马拴在了碉房山下的灌木林里,让地狱食肉魔看着它,自己步行上山,边走边想,等走进西结古寺的时候,主意也就有了。他绕过照壁似的嘛呢石经墙,停在父亲曾经住过的那间僧舍前,探头朝里看了看,看到里面没有人,便隐身而入。他从僧舍的柜子里找出一块酥油,在门板上厚厚抹了一层,从腰里解下火镰,再拿出一撮引燃的苞草,打着后插在了门板上。他走出僧舍,沿着僧舍后面曲曲扭扭的狭道,飞快地走向护法神殿的白色山墙,踩着祭台,爬进了一个半人高的佛龛。他蜷缩在佛龛里,闭上眼睛,念了几遍"大遍人"尊胜施火摧破咒:"苏哈苏哈加哒仇——苏哈苏哈加哒仇一"似乎风来了,从极天之处阴险地刮来了。他倏地睁开眼睛,看到僧舍那边已经燃起了噼里啪啦的火焰,右前方一百米处,大经堂的门前,铁棒喇嘛藏扎西惊叫起来:"着火了,着火了。"

就跟勒格红卫设想的那样,喇嘛们纷纷跑向了火灾现场,大经堂内外顿时空空荡荡。勒格红卫跳下佛龛,猫腰来到大经堂,直奔目标。

勒格红卫围绕着空心柱,紧张地用手指敲打着,然后拿出藏刀,在格萨尔降伏魔国图的边沿使劲一撬,一扇门便轻轻打开了。他爬进去,先是看到了一尊释迦佛的三尺金塑,他不是贼,尽管知道这尊佛像价值无与伦比,但也没有放在心上。他佛前佛后地看了看,没看到什么宝剑,站起来朝上瞅,上面黢黑一片,什么也看不见,又转着圈摸了摸柱子四壁,没摸到什么,正纳闷的时候,就见门扇也就是格萨尔降伏魔国图的背后,插着一个明光闪闪的东西。

勒格红卫愣了,那不是他要找的东西是什么?格萨尔的宝剑,万户王的象征,青果阿妈草原权力的象征、唯一的主宰,人人都想得到的藏巴拉索罗,他已经是它的主人了。他看到那宝剑跟他想象得一样华丽,有金银的装饰,有宝石的镶嵌,只是短了点,只有一尺多长。勒格红卫一把抓住剑柄,摇了几下才拿到手,飞快地从胸兜里面插进腰际,钻出空心柱,仔细关好格萨尔降伏魔国图的门,朝大经堂外面快步走去。

喇嘛们已经扑灭了火,都在那里议论:到底是怎么着火的? 是人干的,还是鬼的行动? 哪里来的人或鬼,敢于在神佛仙居的西结古寺放火烧房? 勒格红卫没有原路返回,而是朝上走过西结古寺最高处的密宗札仓明王殿的遗址,走到了降阁魔洞前的岔路口,顺着那条通向草原的小路,绕来绕去来到碉房山下灰骒马和地狱食肉魔藏身的灌木林里,然后骑马一溜烟地消失了。

蓝马鸡草洼人影憧憧,先是上阿妈骑手和领地狗走来,接着又出现了东结古骑手和领地狗、多猕骑手和多猕藏獒。这些人还没走到跟前,就传来了地狱食肉魔的吼叫。

蓝马鸡们再次飞起来,一片"咕咕"声:这么多的人,这么多的狗!'

父亲和班玛多吉看出獒王冈日森格想把各路外来的骑手堵挡在这里,不禁有些诧异:为什么是这里? 难道麦书记和藏巴拉索罗就在附近?

地狱食肉魔一转眼来到了离西结古领地狗群十多米的地方,冲着冈日森格发出了一阵挑战似的咆哮。

獒王冈日森格无奈地摆出了应战的架势。它已经闻到身后不远处就是麦书记和丹增活佛的味道,必须在这里挡住所有的危险。它朝着地狱食肉魔走去,也朝着不幸走去。不幸的原因还是它那灵敏的嗅觉和超凡的记忆,它更加切实地感觉到,地狱食肉魔的气息不仅是熟悉的,更是亲切的,亲切得就像自己的气息、就像妻子大黑獒那日的气息。它疑虑重重地朝前走了几步,坐下来,轻轻摇着尾巴。

而丧失了记忆的地狱食肉魔永远是简单的,在它看来,摇尾就是屈从,屈从就是死亡,它活着就是为了让别的藏獒死亡。它按照勒格红卫灌注在它骨血里的仇恨与毁灭的法则,猛恶地扑向了冈日森格。

冈日森格没有动,就像承受调皮孩子的游戏打闹一样,张大嘴巴,吐着舌头,仁爱地哈着气。地狱食肉魔一口咬在了冈日森格的脖子上,立刻就很后悔:自己为什么不能采取一击毙命的战术,为什么要来一次试探? 试探被对方当成了无能的表现,瞧瞧,对方根本就不在乎。地狱食肉魔迅速退回去‘,奋力助跑着,再一次扑了过来。这是一次真正的进攻,目标:喉咙。

冈日森格的喉咙很容易就被血嘴利牙噙住了,但是地狱食肉魔没有立即咬合,它有些诧异:这只外表高拔强悍堪与自己媲美的藏獒,死到临头了,怎么还不反抗? 不反抗是它害怕了,既然害怕,为什么又不躲闪? 诧异让地狱食肉魔放松了进攻,没有用最快的速度咬死冈日森格。面对敌手历来都是冷酷残暴的冈日森格,这时候拿出了老爷爷的温情和宽厚,即使感到了喉咙的疼痛,也没有做出任何回击的举动。

死亡即刻就会发生。父亲尖叫着:"冈日森格,你怎么了?"西结古骑手的头班玛多吉叹道:"完了完了,连冈日森格也完了,我们现在靠谁去战斗?"匆匆赶来的勒格红卫看到地狱食肉魔已经咬住了冈日森格的喉咙,惊讶地"啊"了一声,接着又阴险地放起了冷箭:"咬死它,它就是獒王冈日森格,就是丹增活佛。"

勒格红卫的声音让冈日森格翻起了眼皮,它翻起眼皮不是为了看清对方,而是为了看不清对方。它泪眼蒙眬,发现这位昔日的主人已经模糊,关于往事的记忆也已经模糊,清晰呈现的只有天塌地陷的危机。它不顾一切地掉转了身子,一头顶开地狱食肉魔,"轰轰"大叫,仿佛突然之间,它就不再惦记勒格红卫是它曾经的主人,也不再顾忌地狱食肉魔跟它的亲缘关系了。

地狱食肉魔后退了一步,意识到冈日森格居然顶撞了自己,就暴怒地一连跳了好几下,好像是说:死定了,死定了,你今天死定了。

冈日森格发出了一阵"呜呜"声,它为自己必须和亲人决斗而悲痛不已。班玛多吉朝它有力地挥着手,声嘶力竭地喊道:"冈日森格,拿出獒王的威风来。"只有父亲的声音是温暖而体贴的:"冈日森格,你老了,你就认输吧,不要再打了。"

冈日森格眯上眼睛,仰望空中最遥远的明亮,喑然一声长啸,把一只老獒王满腹满胸的惆怅和历经沧桑的悲凉呼了出去,然后像一个孩子一样,扑腾着泪眼,好奇而审慎地走向了它的亲缘后代地狱食肉魔。这一刻,它的内心突然豪烈起来,已经不仅仅是为许许多多被地狱食肉魔咬死的藏獒报了仇,也不仅仅是为了听命于西结古人的意志,服从于西结古人的需要。冈日森格用苍老的身躯支撑着勇毅者的尊严和一个獒王的神圣职责,坦然冷静地走上了血性之路、厮杀之路。

44 多吉来吧之 血战故乡

白兰狼群饿了,掠食的欲望愈加强烈,而由欲望产生的胆量和力量也跟着机会同时出现在眼前。机会不是一两个孩子离开寄宿学校朝它们走来,而是风的转向。原来的风是迎面而来的,狼群能闻到藏獒的味道,藏獒闻不到狼群的味道,现在的风突然倒刮而去,只让藏獒闻到了狼群的味道,狼群却闻不到藏獒的味道。立刻有藏獒叫起来,这一叫就暴露了它们的实力:趴卧在寄宿学校帐房前的几只大藏獒不是全部都叫,能叫的藏獒也不是吼声如雷、气冲牛斗,而是虚弱不堪、有气无力。黑命主狼王立刻明白过来,懊悔得连连刨着后爪:白白地窥伺和忍耐了这么久,原来这些藏獒都是毫无战斗力的,大概是老者,或者是伤者和病者。

黑命主狼王一跃而出,站在草冈的最高端,放肆地嗥叫了一声。狼们纷纷跳出了隐蔽的草丛和土丘,也像黑命主狼王一样嗥叫起来。

"狼来了。"十多个孩子喊叫着。这里没有大人,只有孩子,孩子们的头是秋加。秋加先是带着孩子们跑向了几只藏獒,像是去寻求保护的,马上意识到现在只能由人来保护这些藏獒,就大人似的对孩子们说:"你们守着它们,我去看看狼,少了扒少的狼皮,多了扒多的狼皮。"说罢,甩着膀子,大步走到了牛粪墙前,往前一看:"哎哟阿妈呀,这么多的狼。"一大片狼的涌动就像一大片云彩的投影,在秋加的眼里半个草原都黑了。他转身就跑,膀子再也甩不起来,到了孩子们跟前就哆哆嗦嗦地说:"我们回帐房吧,快回帐房吧。"

孩子们朝着帐房跑去,没跑几步秋加就喊道:"藏獒怎么办?"赶紧又带着孩子们跑回来。藏獒们都站起来了,包括差一点死掉的父亲的藏獒大格列。大格列也不知哪儿来的力量,站起来后居然还朝前走了一步。但它也只能走这一步,再要往前时,就"扑通"一声栽倒了。它挣扎着,却再也没有挺起身子来。

这时两只东结古草原的藏獒走到了孩子们前面,西结古草原的黑獒当周走到了孩子们一侧,都用扑咬的姿势对准了牛粪墙。

牛粪墙不到半人高,主要的用途是晾晒冬天取暖烧茶的燃料,哪里挡得住一群蓄谋已久的饿狼?有的狼扶墙而立,朝里看着,有的狼看都不看,一跃而过,还有的狼是大模大样从敞开的门里走进来的。四面都是狼,所有的狼都首先盯住了藏獒,它们看到两只藏獒已经死了,一只藏獒趴在地上起不来,能够站起来行走的只有三只藏獒,而这三只藏獒是多么疲弱啊,步履蹒跚,血色涂满了战袍,嘴大如斗,却吼不出雄壮的声音来。

狼群的包围圈很快就缩小了,离藏獒最近的狼只有三米了,离孩子们最近的狼只有五米了。狼群的步骤显然是先咬死藏獒,再吃掉孩子们。十多个孩子发出了同一种声音,那就是哭声,边哭边叫:"汉扎西老师,汉扎西老师。"

多吉来吧奔跑着,一头栽倒了,爬起来又跑。它已经看到了寄宿学校,"荒荒荒"地喊叫着:汉扎西,我来了! 又一头栽倒了,还是爬起来又跑,"荒荒荒"地喊叫着:孩子们,我来了。

黑命主狼王首先扑向了一只东结古藏獒。那藏獒无法迎扑而上,只能原地扭动脖子阻挡狼牙,阻挡了几下,就发现冷飕飕的狼牙是神出鬼没的。藏獒知道死亡已是不可避免,干脆后退一步,把身子靠在了秋加身上,意思是我就是死了,身子也是一堵墙,也不能让你们咬住孩子们。孩子们不是它的主人,却是在危难时刻关照过它们的人,而在它们的习惯里,只要得到一时片刻的关照,就会有奉献生命或者一生的报答。

另一只东结古藏獒似乎还能扑咬几下,几匹攻击它的狼暂时没占到什么便宜,但它终于在扑咬的时候趔趄在地,被狼牙轻易挑了一下,脊背上顿时裂出了一道大口子。它站起来,知道自己的反抗毫无作用,便也学着同伴的样子,把身子紧紧靠在两个孩子身上,告诉狼群:你们就是扑过来,也只能扑到我,而不能扑到孩子,至少在我没死之前是这样。

西结古草原的黑獒当周却义无反顾地扑向了狼群,它只有两岁,是个单纯的小伙子,一时忘了重伤在身。它被三匹狼扑倒在了地上,挣扎着起来后,看到一匹狼正骑在大格列身上试图将利牙攘入颈后,便一头撞了过去。它撞开了狼,却把自己撞趴在了大格列身上。马上有四五匹狼扑过去覆盖了当周。当周惨叫着。孩子们的哭叫声更大了。狼们上蹿下跳,你争我抢。

多吉来吧奔跑着,腹肋间、胸腔里、嗓子中好像正在燃烧,就要爆炸。一次次栽倒,一次次爬起,不管是栽倒还是爬起,它都会"轰轰轰"地喊叫:我来了,我来了。它已经看到了狼群,看到狼群正在围住孩子并开始撕咬,它吞咽着满嘴的唾液,卷起舌头,眼球都要喷出血来了。

听到了多吉来吧的声音,狼群扑咬藏獒和孩子们的精力突然就不集中了,都回过头来看着这只毛发披纷的藏獒。这给了十多个孩子和四只病伤在身的藏獒一线生机。多吉来吧跟踉跄跄冲到狼群的后面,而狼群的后面都是老狼和狼崽,从来不欺负弱小的多吉来吧这一次冲过去一口咬住了一匹狼崽,并让狼崽发出了一阵"吱吱吱"的尖叫。黑命主狼王愣了一下,咆哮着跑了过去。

多吉来吧转身就走,就像一个绑架人质的歹徒,在穷途末路的时候把赌注押在了弱小者身上。狼崽的父母和黑命主狼王哪里会允许它这样,跳上去就咬。多吉来吧大头使劲一甩,把狼崽甩出去老远。狼崽的父母跑向了狼崽,发现狼崽已经死了,悲痛地嗥叫。黑命主狼王听到它们的嗥叫,自己也嗥叫起来,这一声嗥叫就把所有狼的注意力吸引到这边来了。而这也正是多吉来吧的目的,它成功地转移了狼群的注意,又用成功地激发了狼群的仇恨。它跑起来,想牵引着狼群离开这里尽量远一点。

狼有拼命护崽的本能,也有欺软怕硬的习性,它们愤怒地追了过去,所有的狼都追了过去。多吉来吧回头看了一眼,突然不跑了,趴下了。潮涌而来的狼群哗地超过了它,又迅速围住了它。它趴着不动,希望片刻的休息能让它滋生搏杀狼群的力量。狼群没有马上撕咬,它们不相信一只孤胆袭击了狼群并咬死了狼崽的大藏獒,会是一只疲乏到无力打斗的对手,它们一贯的狡猾和机警提醒它们注意对手的阴谋。

白兰狼群不知道它们遇到的是大名鼎鼎的多吉来吧。它们虽然也属于西结古草原,却几乎不来野驴河流域活动,只听说过多吉来吧,却没有见过。在它们犹豫不决的时候,多吉来吧不吼不叫,不怒不躁,只用一种不经意的眼光瞟着黑命主狼王。它已经看出来了,狼群的心脏就是这匹狼。

而在黑命主狼王看来,越是平静安详的藏獒,越具有潜在的威慑,就越要小心提防。它派出去了好几匹狼,占领了四面八方的高地,想看看这只奇壮无比的藏獒是不是诱饵,是不是有更多的藏獒正在朝这里奔袭而来。十几分钟后,派出去的狼都开始嗥叫,那是反馈:没有,没有别的奔袭者。

黑命主狼王就更奇怪了:既然就这么一只藏獒,它为什么要这样? 它可以远远地离去,也可以去守着孩子们,就是没有理由一动不动地趴卧在这里。这样的疑问让黑命主狼王一直没有发出扑咬的命令。

时间就这样过去了,多吉来吧的喘息渐渐平静,奔跑带来的腹肋、胸腔、嗓子里燃烧和爆炸的感觉已经没有了,力量正在一丝丝地聚集。它试着扬了扬头,感觉脖颈是硬挺的,试着吼了一声,感觉轰鸣是饱满的,又试着鼓了鼓浑身的肌肉,感觉虽然不是特别硬朗,但至少不会一碰就倒了。它慢腾腾地站起来,又慢腾腾地朝前走了几步,朝后退了几步,像是活动筋骨,一前一后地倾了倾身子,看都不看狼群一眼,气定神闲地晃着头,又一次卧了下来。

黑命主狼王诧异地撮起鼻子,咆哮着朝前扑去,几乎扑到了多吉来吧身上。多吉来吧不仅没有惊慌,反而闭上眼睛,舒舒服服地把獒头靠在了伸直的前腿上。黑命主狼王赶紧退回来,正要再次扑过去时,就见多吉来吧忽地飞了起来,朝着狼影遮罩而去。黑命主狼王朝后蹦跳而起,一闪身躲到一边去了,却把死亡的机会让给了一匹毫无防备的大公狼。大公狼还没有搞清楚怎么回事儿,喉咙就被獒牙牢牢钳住了。狼命在獒牙之间游荡,咝咝地响了几声后就倏然消失。

黑命主狼王惊讶地看到,多吉来吧的扑咬根本不需要站起,不需要准备,更不需要威胁,想什么时候扑就什么时候扑,想扑到哪里就能扑到哪里。它嗥叫了一声,警告自己的部众:对方迷惑了我们,想让我们统统死于麻痹,小心啊,它可不是一般的藏獒。而多吉来吧需要的恰恰就是这种效果:让狼群在错觉中不敢轻易扑来,它却可以抓紧时间休息,尽可能多尽可能快地恢复足以战胜狼群的体力。

多吉来吧也在疑惑,白兰草原的狼群,怎么跑到野驴河流域来了? 尽管它走南闯北历经磨难见多识广,它还是不明白,为什么草原说变就变了,不该发生的流血和死亡统统发生了,秩序、规则、习惯、古老的约定,都变得陌生了、不起作用了? 而它和面前的狼群,却不由自主地成了陌生秩序的一部分。就像父亲后来说的,只要是人的活动,不管是生产活动,还是政治活动,草原上的藏獒和狼以及别的野生动物,都会被牵扯或者主动参加进来,只是它们不自觉罢了。

又一会儿过去了,以为多吉来吧会随时进攻的狼群终于怀疑多吉来吧是在休息。它们怎么能允许一只作为劲敌的藏獒在它们眼前旁若无狼地睡大觉呢? 黑命主狼王绕到多吉来吧后面,悄悄地靠近着,突然一张嘴,哗地咬向了对方的肚腹。

但是对方的肚腹突然不见了,黑命主狼王咬到的只是一嘴獒毛,它知道又一次上当了,赶紧躲闪,却被多吉来吧扭身一口咬住了后颈。狼王毕竟是狼王,居然一个滚儿打出了多吉来吧大铁钳一样的獒牙,打到狼群里头去了。多吉来吧追了过去,分明是在追撵黑命主狼王,却把身子一偏,张开大嘴,飞刀而去,一下子划破了一匹壮公狼的肚腹。壮公狼惨叫一声,回身就咬,发现多吉来吧已经扑向另一匹公狼,也是用飞鸣的牙刀,划破了对方的脸颊。

似乎多吉来吧的战斗这才真正开始。它拿出刚刚恢复过来的全部体力，冲进骚动的狼群，抖散浑身拖地的獒毛，如同一股扬尘的风，扑啦啦地迷乱了狼眼。它奔扑跳跃，扑倒一匹狼，不管咬在什么地方，都不会停下来再咬第二口。它知道停下来是危险的，狼群会铺天盖地而来，把几十张大嘴同时对准它。它想起了九年前的那场搏战、那种狼群在它身上摞成山的情形，那样的情形如果再出现，带给它的就一定是死亡。

黑命主狼王仿佛看透了多吉来吧的心思，它要做的就是尽快制止对方的奔扑跳跃，尽快给自己创造一个群起而攻之的机会。它迅速离开多吉来吧的扑咬范围，召集一些大狼壮狼来到自己身边，静静地等待着，只要多吉来吧冲过来，它们就会一拥而上，用狼牙齐心协力埋葬它。

多吉来吧一看，大吼一声，气势汹汹地冲了过去。

没等到多吉来吧冲到跟前，那些静立不动的狼就突然搅起了一阵旋风，前后左右地蹿动着，包围了多吉来吧。多吉来吧发现情况不妙，獒毛一扇，忽地跳了起来。黑命主狼王边叫边扑，所有的狼都跟着扑了过去，硬是从前后左右咬住多吉来吧的獒毛，把它从空中拽了下来。

多吉来吧被压住了，开始它还能站着，还能摇晃着身子试图甩掉那些狼，后来就没有力气了，覆盖而来的狼不断增加，重得它无法承受，只好侧着身子趴下来。好在它的上面是狼摞狼的，摞上去的狼不一定咬住它。它把下巴紧贴在脖子上，龇出利牙保护着喉咙，然后凭借狼的撕拽，仰面朝天，冒着自己的肚腹被狼咬破踩烂的危险，强劲有力地捣出了前爪和后爪。紧贴着它的那匹大狼顿时被它捣烂了肚腹，大狼疼得想离开，却被别的狼牢牢压着，连咽气前的挣扎都不可能了。多吉来吧用四肢紧紧抱住了这匹死狼，让上面的狼根本咬不着自己的胸部和腹部，又用狼头挡住喉咙和脖子，腾出利牙一次次地朝上攻击着。

很快多吉来吧就发现自己的攻击是徒劳的，摞上去的狼越来越多，越来越重，差不多就是党项大雪山了。最担心的情形已经发生，多吉来吧感到窒息正在出现，被压死的危险就要来临。它绝望地闭上了嘴，不再有任何撕咬对手的企图。

让多吉来吧没有想到的是，想置它于死地的黑命主狼王，这时候又成了它的救星。黑命主狼王也被压在下面了，窒息的感觉和被压死的危险同样没有放过它。它这才意识到：自己光想到了压死对手，没想到同时也会压死自己和别的狼。它嗥起来，它身边的狼和它上面的狼也都嗥起来，一个意思：走开，走开，让我们出去。狼们一层一层地离开了，空气飘了回来，呼吸舒畅了。黑命主狼王和压在多吉来吧身上的狼一个个站了起来。几乎在同时，多吉来吧丢开抱在怀里的死狼，打了一个滚儿，摇摇摆摆地挺起了身子。

多吉来吧满头是血，是狼牙撕咬的痕迹。它抖动着獒毛，抖落了浑身的尘土草屑，巡视似的转了一圈，四腿一绷，欻地扑了过去。它扑向了黑命主狼王，看到对方已经躲开，就又扑向另一匹公狼，一口咬住了对方的脖子。它愤然一撕，让大血管的开裂带出了一声死神的歌吟，然后激跳而去，再次扑向了黑命主狼王。黑命主狼王又一次躲开了，又一次把身后的一匹公狼亮给了多吉来吧。多吉来吧在咬住这匹公狼的同时，一爪伸过去，蹬踏在了另一匹公狼的腰窝里。

但就是这一杀性过于贪婪的蹬踏，让多吉来吧失去了平衡，它歪倒在地，放开了那匹本来可以咬死的公狼。那公狼回头就咬,咬在了多吉来吧的前腿上,让多吉来吧的起身慢了至少五秒钟,而这五秒钟恰好就是黑命主狼王扑过来咬它一口的时间。

黑命主狼王咬在了多吉来吧的脖子上,差一点把大血管挑破,然后又奋力后退着嗥叫起来。它通报了一个回合的胜利,督促众狼赶紧围过来集体进攻。狼们快速运动着,里三层外三层的包围圈眨眼形成了。多吉来吧知道接下来就是狼的四面出击,如果有七八匹狼同时扑过来,它就会防不胜防。它冲了过去,想撕开重围,占领一个不至于背后受敌的地形。但黑命主狼王的指挥太及时了,多吉来吧刚进入狼阵,就有了它的嗥叫,有了六匹大狼的围堵和进攻。

六匹大狼的战术和黑命主狼王一样,扑过来咬一口然后迅速离开,离开是为了让别的狼继续撕咬。狼们六匹一组,前赴后继,轮番进攻着。多吉来吧来回躲闪,很快就力不从心了。但力不从心并不等于束手无策,毕竟多吉来吧是打斗的圣手,它丢弃防守,又开始奔扑跳跃,这一次它收敛了牙齿,只扑不咬,就用前爪对准狼的脊梁骨,踢了这个,又踏那个。所有被它踢踏的狼都趴了下去,却又能立刻站起来。狼们以为它就会这样不轻不重地踢踏,也就不怎么害怕了,纷纷靠来,想伺机咬住它。有几匹狼也真的咬住了它,正要牙刀切割,却发现沉重的反击骤然出现,也不知怎么搞的,自己被一股劲力推倒了,接着就是伤口开裂,就是死亡,一连死了四匹狼,每一匹死去的狼都被多吉来吧在喉咙上咬出了一个深深的血洞。狼们恐惧地后退,给多吉来吧让开了一条突出重围的路。

多吉来吧吼喘着冲了出去,冲到了一面坡坎前,局势立刻变得对它有利了。它回过头来,在后面和两侧没有敌手威胁的情况下,面对追过来的狼群,一次次地扑咬着。它扑咬的是狼群的边沿,狼群再多,前面的也会挡住后面的,它左晃右闪,声东击西,一咬一处丽的伤痕,一咬一股喷涌的血泉。

这时黑命主狼王绕着狼群跑过来,想从侧面偷袭多吉来吧。多吉来吧假装没发现,等它到了跟前,突然转身,炸吼一声,扑了过去。黑命主狼王比别的狼多一种本领,那就是朝后奔跃,它让它幸运地躲过了死亡,却没有躲过伤残。它的皮肉开裂了,从脖子一直开裂到肩膀。它一连朝后奔跃了四次,才完全摆脱多吉来吧的撕咬,惊魂未定地跑到了狼群后面。

黑命主狼王忍着伤痛,扬起脖子,悲哀地长嗥了一声,眼光朝远处不经意地一闪,看到了牛粪墙里十多个孩子和四只伤残的藏獒,心里就有些懊悔:为什么非要和这只霸悍无比的藏獒纠缠不休呢?

黑命主狼王用招呼同伴的声调嗥叫了几声,抢先冲向了孩子们。

孩子们惊叫起来。多吉来吧沙哑地吼了一声,丢开正在和自己纠缠的一匹公狼,拼命跑了过去。

黑命主狼王只来得及咬住秋加的衣袍把他拽倒在地,多吉来吧就赶到了,它赶紧松开秋加,一个漂亮的朝后奔跃,躲开了多吉来吧的撕咬。

"多吉来吧,多吉来吧。"孩子们早就看到了多吉来吧,早就欢呼过了,但等它到了跟前,可以和他们互相触摸、紧紧厮守的时候,还是爆发出了一片欢呼。好像只要多吉来吧来到跟前,危险和恐惧就会烟消云散。孩子们争争抢抢地和多吉来吧拥抱着。多吉来吧气喘吁吁地舔了这个,又舔那个,让每个孩子红扑扑的脸蛋都变得水灵灵的。他们似乎忘了狼群,忘了残酷的打斗还在继续,只剩下重逢的喜悦,用情深意长的表现,否定了所有的不安和不幸。

黑命主狼王发出了进攻的嗥叫,自己却一动不动。围拢而来的狼惊愕地望着多吉来吧和孩子们,第一次没有听从黑命主狼王的命令。它们当然知道人与藏獒的亲密关系,但像眼前这样深挚到忘乎所以的情义表演从来没有见过。

多吉来吧和孩子们喜欢够了,又去问候黑獒当周和大格列,它知道它们是西结古草原的藏獒,如今受伤了,已经承担不起保护孩子们的责任了,就安慰地舔了舔它们。然后来到两只东结古的藏獒跟前,以主人的姿态,矜持地和它们碰了碰鼻子,眼睛里充满了疑问:你们怎么也在这里,而且受伤了,是谁把你们咬成这个样子的? 最后多吉来吧站到了两只死去的西结古藏獒跟前,凭吊似的闻了闻,突然一声猛吼:它们不是狼咬死的,它们是藏獒咬死的,怎么会是藏獒咬死的? 它四顾八荒:草原,草原,毕竟不一样了,奇怪得就像西宁城了,藏獒咬死了藏獒,把嚣张的机会提供给了狼,怪不得夏天的狼也是群居的,而且是见了藏獒不害怕,见了它多吉来吧也不害怕。一多吉来吧走过牛粪墙,走向了狼群。它走到七八米的地方突然卧下,用阴森森、红闪闪的眼光盯着黑命主狼王。孩子们再也不害怕了,举着拳头喊起来:"咬死狼,咬死狼。"多吉来吧回头看了看孩子们,打哈欠似的张了张嘴,像是说:放心吧,等我休息够了,面前这些狼就都得死掉。

多吉来吧只休息了不到十分钟,就被狼群催逼起来了。狼群知道不能让它休息,一点一点靠近着,不断用咆哮挑衅着它。多吉来吧吃力地站起来,恨恨地吹着粗气,走向了一匹离它最近的大公狼。大公狼赶紧朝后退去,退到了黑命主狼王身边,好像是去商量的:到底怎么打,一起扑还是分开扑?

多吉来吧继续靠近着,做出扑咬的样子,用刀子一样的眼光在两匹狼身上扫来扫去,扫得大公狼和黑命主狼王心里直发毛:到底对方会扑向谁呢? 多吉来吧突然停下了,从胸腔里发出一阵唬声,好像是最后通牒:你们谁不后退,我就咬死谁。唬了几声,多吉来吧纵身一跳,扑了过去。与此同时,黑命主狼王朝后奔跃而去,刷一下跃出了多吉来吧的扑咬范围。大公狼没有这等本事,只能转身逃跑,刚把头掉过去,就被多吉来吧牢牢压在了身体下面。

完蛋了,狼们都以为大公狼命已休矣,全然没想到多吉来吧会从大公狼身上跳下来,看都没看它一眼,就又走向了黑命主狼王,似乎是说你有朝后奔跃的本领,那我就看看你是不是每一次都能逃脱我的扑咬。多吉来吧又扑了一次,结果跟上次完全一样,黑命主狼王逃脱了,它扑住了黑命主狼王身边的另一匹狼。多吉来吧毫不犹豫地放掉了它,还是走向了黑命主狼王。同样的战法和结果一直持续着,直到再也没有一匹狼愿意跟黑命主狼王并肩站在一起。

狼群动荡着,黑命主狼王跑到哪儿,哪儿的狼就会纷纷离开。多吉来吧知道,它的离间之计成功了。黑命主狼王把它们当做了替罪羊,它们为什么还要和狼王站在一起成为刀俎之肉呢?

多吉来吧加紧了追咬,拿出最后的体力,再也没有给黑命主狼王停下来的机会。无处可躲也无狼帮助的黑命主狼王只好跑离了寄宿学校,跑上了两百多米外的一座草冈。多吉来吧没有追过去,它知道自己的力气正在耗尽,就卧在离孩子们十米远的地方,紧张地观察着狼群的下一步行动。它感到浑身的伤口就在这个时候一起疼起来,大概是挣裂了吧,怎么一下子全部挣裂了?

黑命主狼王嗥叫起来,是召集狼群来到自己身边的声音。狼群过去了,在草冈上待了一会儿,便又跟着黑命主狼王走了回来。大概是受到了黑命主狼王的训示吧,它们显然没有放弃咬死孩子的目的,新的一轮进攻正在酝酿之中。

多吉来吧站起来,步履滞重地走向了寄宿学校的帐房。它从帐房门口叼起主人汉扎西洗衣服用的一个马口铁盆子,拖到孩子们面前,又往返几趟,从帐房里叼来了孩子们用的三个搪瓷洗脸盆。它用爪子对着洗脸盆的盆底拍起来,拍一下,叫一声,着急地望着孩子们。秋加首先明白了,学着多吉来吧的样子,用自己的巴掌拍响了盆底,拍了几下觉得不够响亮,便捡起一块石头敲起来。

转眼之间,马口铁洗衣盆和三个搪瓷洗脸盆都被孩子们敲起来了。草原上的人都非常爱惜器皿,尤其是外来的铁质的器皿,从来没有人如此敲打过,狼自然也就从来没有听到过。它们不知道这是什么东西在响,还以为是爆炸,惊愕在三十米之外不知如何是好。多吉来吧冲过去了,就在这种亘古未闻的铁器的战叫声中,它蹒蹒跚跚地冲向了黑命主狼王。

黑命主狼王转身就跑,它一跑,狼们就都跟着跑起来。多吉来吧追了几步,突然停下来,身子一歪,倒了下去。不行了,不行了,它感到浑身的伤痛如同乱锥扎身,一点力气也拼挤不出来了。它艰难跋涉、奋力厮杀一千二百多公里,回到西结古草原后依然是艰难的奔逐厮杀,它就是金刚神躯,也已经散架了。它一声比一声气短地叫起来,看到白兰狼群还在奔逃,看到一种更大的威胁悄然出现在寄宿学校的南边,就把孤愤难已的叫声变成了一声叹息:我不行了,孩子们、几只伤残的藏獒们,就要变成狼食了。

45 地狱食肉魔之 独孤求死

蓝马鸡草洼里,走上血路的西结古獒王冈日森格首先扑了过去。因为是惩罚是复仇是正义之举,它觉得自己必须首先扑过去。扑过去是一种姿态,至于一下子就咬住对方,它也知道那是不可能的。但是就在它的利牙距离对方还有两寸半的时候,脑子里突然闪出一个侥幸的念头:并不是不可能,对方纹丝不动,就好像要试探它的牙齿够不够锋利。冈日森格獒头朝前使劲一抵,一口咬在了对方的肩膀上,只觉得牙根生疼,嘴巴震荡,就跟咬在了橡皮上,对方的皮肉咬前是什么样子,咬完后还是什么样子。它赶紧松口,退回到原地,吃惊地寻思:能咬破所有兽皮的牙齿,竟然没有咬破对方,是我的牙齿不行了,还是对方的皮肉有着出乎意料的坚韧?

而在地狱食肉魔这边,也有一种吃惊:一只如此年迈的藏獒,怎么可能有这么坚固的牙齿?差一点咬烂,就差一点,如果不是咬在肩膀上,很可能已经是伤口烂开了。接下来的打斗中,躲闪是必须的,绝不能让这种牙齿接触到它一般不会刻意防护的喉咙和软肋。它抖了抖被冈日森格咬乱的黑色獒毛,抖出了一片耀眼的油光闪亮,悍气十足地望着对方,朝前走了几步,走得虎虎有威,浩浩有气,好像是说:来啊,有本事再来啊。

冈日森格早已过了容易被激怒的年代,冷静地观察着对方,发现这是一只行动起来根本就没有破绽的藏獒:它的头颅是低伏的,这是为了保护喉咙和便于出击;它的身形是笔直的,这是为了保护两肋和缩小对方进攻的面积;它的四腿是弯曲的,这是为了爆发更大的力量和产生更快的速度;它的眼睛是眯缝着的,这是为了排除干扰、聚焦对手,以最精准的方式扑向对方的喉咙。冈日森格略微有些迟疑,它知道自己必须扑上去,也知道这一次扑咬肯定无法奏效,却又希望不至于彻底无效。它从嗓子眼里发出一阵呼噜噜的声音,突然意识到:从来没有绝对的无效,此刻无效的扑咬也许是最正确的举动。它扑了过去,就在对方闪开的同时,突然停下,狂吼一声,按照它预测到的提前量,第三次扑了过去。

第三次扑咬依然无效,地狱食肉魔轻松闪开了。冈日森格气急败坏地原地蹦跳,头颅乱晃,身形乱扭,四肢乱刨,眼光乱飞,几乎成了破绽的化身,从哪个角度进攻,都是可以一击毙命的。地狱食肉魔一瞥之下,知道机会到了,心里冷笑着,掀起一股风扑了过去。冈日森格瞬间被扑倒,却又跳起来溜开了。地狱食肉魔再掀一股风扑了过去,又扑倒了对方,对方又一次跳起来溜开了。地狱食肉魔第三次掀风而去,第三次扑倒了对方,对方第三次跳起来溜出了致命的撕咬。地狱食肉魔大吃一惊:原来对方气急败坏的原地蹦跳是装出来的。更让它吃惊的是,冈日森格的躲闪速度和技巧是它从来没有遇到过的,你风一样扑去,它风一样躲开,总是在你以为根本不可能躲过的时候消失在你的爪牙之外。你那骇人听闻的一击毙命在它面前烟消云散,打斗突然笼罩起了无法预测结果的迷雾。没有老,这只表面上老去的藏獒原来没有老。

地狱食肉魔突然不动了,定定地望着冈日森格,酝酿着第四扑,第四扑是志在必得的一扑。

冈日森格知道,是自己伪装的气急败坏干扰了地狱食肉魔,使对方的扑咬随意而简单,所以它逃脱了。但是现在,第四扑马上就要降临,不可能再是随意而简单的,迎受打击的时刻已经来到,似乎只有一种可能等待着它,那就是束手待毙。它提前跳了起来,在对方的第四扑还没有开始的时刻,它就已经朝后蹦跳而去。但是这样的蹦跳显得很不光彩,它好像不是战斗中的躲闪,而是逃跑。枭雄一代的西结古獒王冈日森格居然要逃跑了,连它自己也吃惊。它怎么可以这样,好像对方一瞪眼,一作势,等不到如风似电,它就被吓跑了。

冈日森格匆忙落地,转过头来,看到地狱食肉魔似乎已经放弃撕咬,便大吼一声,扑了过去。地狱食肉魔其实并不认为冈日森格的蹦跳是逃跑,看它转身扑过来,觉得这正是它等待的一个机会,也是大吼一声,迎头而上,张开大嘴,龇出牙刀,直逼对方的喉咙。它们在空中飞翔,力量和残酷在空中飞翔,胜败取决于轰然对撞的一瞬间,到底是谁的鲜血能够滋润对方的牙舌。冈日森格一看对方扑跳的高度跟自己一样,脑子里明光一闪,突然醒悟了:它不应该这样莽撞,虽然它老了,但还不至于愚钝到连回避死亡的能力都没有。经验和智慧让冈日森格慢了下来,速度一慢,身子就会下沉,恰好离开了地狱食肉魔疯狂扑咬的路线。当预期中对撞的瞬间啸然到来时,它们一上一下地交叉而过,先是冈日森格落地,后是地狱食肉魔落地,几乎在同时,它们转过身来,用争衡称霸的眼光再次瞄准了对方。

谁也没有死,也没有伤,在冈日森格是庆幸,在地狱食肉魔是愤怒:谁能躲过我的这一扑,只有它,只有它,这个老谋深算的家伙。地狱食肉魔再次跳起来,它是原地跳起，一连几跳。这是仇恨的宣泄，它仇恨的首先是自己、自己的无能，所以它一再地把自己置放在空中，然后重重地摔下来。跳着跳着，它就把宣泄仇恨的对象从自己转换成了敌方。它扑过去了，真正是残暴如山倒，如昂拉雪山的倾倒，遮蔽了冈日森格的天空。

冈日森格早有准备，但它立刻就知道，有准备和没准备是一样的，躲开对手的这次扑咬根本就不可能。它以一生的打斗经验和技巧做依靠，最多只能把死亡转换成受伤，而且是严重受伤。它本能地躲闪着，当地狱食肉魔一口咬住它的脖子后，它又本能地反抗着。好在它的反抗不是一般藏獒的反抗，这里面浸透了它对生命的认知和对死亡的看法，它不怕，不怕生命失去，所以它的反抗并不是垂死的、无用的。它紧而不僵，松而不懒，状态就像活佛修禅那样，信心十足地把爪子塞进对方嘴里，如同撬杠撬住了地狱食肉魔的血盆大口，脖子上的大血管因此没有破裂，生命得救了。冈日森格飞速蹭过地狱食肉魔红色的胸脯，蹭干净了自己脖子上的鲜血，借着对方的推力，翻滚在地，滚出去七八米，才脱离了对方的撕咬。

冈日森格站了起来，金黄的鬣毛就像风中走浪的牧草，依然自由而放松地起伏着。它等待着对方的扑咬，鼻子一抽，突然有空前迷茫的悲哀。它的嗅觉在不该发挥作用的时候离奇地敏锐精确起来，那个一直都很朦胧的亲缘关系渐渐清晰了：是正宗的后代，是它冈日森格与大黑獒那日的儿子的儿子，是亲得不能再亲的亲孙子。啊亲孙子，这个和自己殊死搏斗的原来是自己的亲孙子！它吼了一声，又吼了一声，一声比一声亲切温存，似乎想告诉地狱食肉魔：你是我的亲孙子，我是你的亲爷爷，难道你没有闻出来？

遗憾的是地狱食肉魔听不懂，它一看对方又一次活着离开了自己，暴怒不止地吼叫着，惩罚自己似的一头撞在了地上，然后用前爪狠狠地打着地面：我怎么还没有咬死它？这个威仪不肃的老狮头金獒，居然敢用不死来挑战我。它恶狠狠地几乎咬烂自己的舌头，再次扑了过去。

速度是魔鬼的，力量是风暴的，冈日森格是无可脱逃的，它被对方摁住了，它知道即便是年轻时候，它都无法回避它的亲孙子地狱食肉魔声光电影般的这一扑。它没有躲闪，而是在惊尘溅血的瞬间，主动把肩膀凑了上去。不，不要你的肩膀，我要你的命。地狱食肉魔在心里吼叫着，牙刀划过肩膀，直插对方的喉咙。喉咙颤抖了，在牙刀飞来的时候，它以极高的频率发出一阵惊恐的颤叫，然后砉然裂开，把牙刀紧紧吸住了。

血溅出来了，是西结古獒王冈日森格的血，溅在了地狱食肉魔的眼睛上。地狱食肉魔把眼睛一闭，甩头便撕。它已经得逞了，现在只需要把口子撕大一点，打斗就可以结束，它是胜利者，它不可能不是胜利者，它将在自己创造的骄傲和伟大中，把此生所遇到的最顽强的抵抗送进记忆，然后慢慢地嘲笑。

然而，想不到的事情总是出现在最后一刻，多少次从死亡线上爬出来的冈日森格其实并不会惊恐，它的喉咙的颤抖不过是一种极其有效的防护措施，颤抖中喉管滑过了利牙，只把保护着喉管的脆骨和肌肉让给了伤害。地狱食肉魔哪里会想到，它的甩头撕咬虽然撕大了裂口，但冈日森格的气息依然是畅通无阻的。就在它以为胜利已经属于自己而松开对方的时候，冈日森格腰身一挺，站了起来，迅速走向一边，在一个对方无法一下扑到的地方停了下来。

冈日森格打量着对方,似乎有些不相信自己的判断:这哪里是什么亲孙子啊?亲孙子有这样对待亲爷爷的吗?它的嗅觉呢,跟亲爷爷一样灵敏的嗅觉呢,为什么不起作用了?冈日森格咂摸着对方的气息,晃了晃头,一下子又晃掉了自己的怀疑:判断是没有失误的,的确是自己的亲孙子,地狱食肉魔的勇敢和打斗方式就是证明。冈日森格摇了摇尾巴,似乎是说:不能再打了,亲爷爷和亲孙子不能再打了。

地狱食肉魔一看冈日森格还能走动,恼火得几乎想把自己吃掉,撕扯着所有自己的牙齿可以够到的皮毛,以自虐的方式鞭策着自己:咬啊,咬啊,咬不死它我就不活了。然后回头看了看自己的主人勒格红卫。勒格红卫和它一样恼火,绷大眼睛催逼着它:快让它死,快让它死。地狱食肉魔答应似的吼了一声,跳起来奔扑而去。它这次用了一条弯来弯去的路线,让冈日森格一时不知道往哪儿躲闪了。冈日森格盯着它,干脆不躲不闪,就那么死僵僵地立着,好像它不是一个行将毙命的活物,而是一尊没有感觉的石雕。

但是凝然不动的石雕还是动了一下,在地狱食肉魔正要把大嘴贴向它的喉咙时,它突然自动倒地了,它宁肯被对方用坚爪踩痛踩伤,也不愿意已经带伤的喉咙再次负伤。地狱食肉魔咔嚓一下咬合,什么也没有咬到,便一爪夺过去,夺住了对方的胸脯,利牙直逼喉咙,再行撕咬。

冈日森格知道自己逃不脱了,也不管喉咙有恙无恙,身子一展,不仅没有躲闪,反而把自己的喉咙凑了上去。地狱食肉魔看到喉咙自己来到了跟前,赶紧咬合,却发现嵌进自己大嘴的,不光是喉咙,还有半个脖子。也就是说,可以置对方于死地的喉咙已经越过突出在外边的利牙,进到嘴里边去了,里边是舌头,舌头的舔舐只能是消毒,而不是杀戮。地狱食肉魔赶紧缩头,想把利牙挪到对方的喉咙上。冈日森格却使劲把脖子朝它嘴里塞着,好像不让它咬断脖子不罢休似的,与此同时,它抬起一只前爪,朝着虽然看不见却能估计到的地方,猛然打了出去。

冈日森格打中了,打中了对方的一只眼睛,虽然不是致命的,却是最具有摧毁力的。眼睛烂了,地狱食肉魔的左眼流血了,不管左眼以后会不会瞎,至少现在看不见了。

围观的骑手们惊叫着:"呀,呀,呀。"藏獒们欢呼着:"杭,杭,杭。"而冈日森格却抑制不住地哭起来:烂了,烂了,我的亲孙子的一只眼睛被我打烂了。哭着哭着,地狱食肉魔的疼痛就蔓延到了它身上,利牙咬啮一样折磨着它的心。它心说不打了,不打了,就让亲孙子咬死我算了。它沉重地低下头,愧疚地呆立着,等待着死,等待着用交出生命的办法实现亲爷爷对亲孙子的忍让。

地狱食肉魔觉得事情不妙,大幅度甩动着獒头,撕裂了冈日森格的脖子,然后风快地向左转了一个圈。左边是它从来没有见过的黑暗,它发现用急速转圈的方式可以使黑暗消失,但只要停下来,黑暗就又会出现。它烦躁地喊起来,似乎想喊来主人帮忙,把左眼的光明复原给它。

主人勒格红卫没有过来,只是焦急而恶毒地喊着:"咬啊,往死里咬啊,快一点,你耽搁什么?"在勒格红卫看来,他的地狱食肉魔之所以到现在还没有咬死对方,并不是它不能,而是它不想。

地狱食肉魔听明白了,又向右转着圈,用一只眼睛对准了冈日森格,才发现对方已经后退到五米之外,正在一边喘息一边流泪。不,不能给它喘息的机会,地狱食肉魔一跃而起,用一只眼睛喷吐着更加强烈的王霸之气、雄烈之风,扑向了这个世界上唯一一个伤害了它的藏獒——西结古獒王冈日森格。

冈日森格蓦然一阵颤抖,生命的本能给了它不想死亡的催动,它一下子又回到了最初的清醒:自己的亲孙子要杀死的可不光是自己,是西结古草原所有的藏獒。那么多西结古藏獒已经死掉了,凶手既然是它的亲孙子,就更应该由它来亲自惩罚。

冈日森格一跃而起,带着滴沥不止的血脖子,朝着自己的右边、对方的左边闪避而去,一闪就闪到了地狱食肉魔左眼的黑暗中。地狱食肉魔只好停下来向左旋转,一转就又看见了冈日森格,正要直扑过去,冈日森格倏忽一闪,又躲进了它的黑暗。这样重复了几次后,灵性的地狱食肉魔突然开始向右旋转,转了半圈,然后直扑过去,正好扑到了还在朝自己右边闪避的冈日森格身上。地狱食肉魔张嘴就咬,一口咬在了冈日森格的右耳朵上,差一点把整个耳朵撕下来。

冈日森格感觉到一阵钻心的疼痛,突然意识到,现在的问题根本就不是它应该不应该惩罚自己的亲孙子,而是它有没有能力实施惩罚。即使亲孙子瞎了一只眼睛,最大的可能仍然是自己被对方一口咬死。冈日森格把注意力集中在对方的眼睛上,想把对方的右眼也打出鲜血和黑暗来,但坚硬的爪子刚要伸出去,对方就敏锐地躲开了。

冈日森格愣了一下,当它确认地狱食肉魔真的躲开了它的打击时,突然就兴奋起来。变了,变了,局势终于变了。此前一直是它被动地回避地狱食肉魔,现在地狱食肉魔开始被动地回避它了,这说明对方已经意识到了自己的弱点。而对弱点的回避既是保护自己,也是暴露自己,当它集中精力保护这一边时,也就等于暴露了那一边。

冈日森格后退了几步,往右边一跳,又往右边一跳。地狱食肉魔赶紧向左,一再地向左。就在这个时候,冈日森格突然改变了跳跃的方向,猛地靠向了自己的左边、对方的右边,然后大水决堤似的扑了过来。地狱食肉魔没想到对方的扑咬并没有选择自己的弱点,赶紧把注意力集中到右边,但已经晚了,在它防御的牙齿撕住冈日森格的肩膀时,冈日森格进攻的牙齿已经提前插进了它的脖颈,开始猛烈撕咬。撕咬是有效的,虽然脖颈上是很结实的皮肉,但毕竟比对方肩膀上的皮肉要柔软薄嫩一些。冈日森格咬烂了它,终于发现自己的牙齿还可以年轻,还可以成为利器而让对方忍受伤残之痛。它想拼命切割,扩大战果,感觉自己的肩膀也正在痛苦地开裂,奋身一跳,退了回来。

地狱食肉魔第一次感觉到自己受了重伤,好像有点奇怪:被牙齿咬伤的样子居然是这样的不舒服。它摇晃着头颅,想看到脖颈受伤的地方,可是它看不到,又伸出舌头,想舔一舔伤口,怎么使劲也舔不上,于是就嗔目而视,怒吼着扑了过去。它的扑咬神速而准确,没等冈日森格做出躲到右边还是左边的选择,就被它一口咬在了脖子上。但冈日森格似乎并不在乎对方的撕咬,或者它期待的就是对方的撕咬,它伸出爪子,打向对方的右眼,想让所有的光明都离开对方。地狱食肉魔赶紧松口,后退一步,晃开它的爪子,突然跳起来,试图用沉重的身子把对方死死摁在地上。冈日森格闪开了,闪进了地狱食肉魔一只眼睛看不见的地方,迅速拉开距离,张嘴吐舌地大喘了一口气。

地狱食肉魔朝右转了一圈,才看到冈日森格,愤极恨深地盯着它。冈日森格喘息已定,傲然而立,似乎已经不再苍老了。它自己的感觉不老,所有人、所有狗的感觉都是不老。它的亲孙子地狱食肉魔冷酷无度的雄野和汪洋恣肆的猛恶刺激了它。它那来源于雪山草原的灵性再塑了它,那么多人、那么多狗的期待推动着它,它以年轻人的姿态开始了接下来的打斗。它扑向了地狱食肉魔,飞翔的速度,鹰鹫俯冲的速度,好像青春回来了,雪山狮子回来了。

一直沉默不语的西结古骑手的头班玛多吉昂奋地喊起来:"獒多吉,獒多吉,冈日森格加油啊,咬死这畜生。"他这么喊的时候,好像冈日森格不是畜生而是人。父亲也喊起来,一如既往地充满了担忧:"小心啊,冈日森格。"

冈日森格的俯冲是充满了迷惑的,当地狱食肉魔判断着左边还是右边的时候,它却从上边崩塌而下。但地狱食肉魔毕竟是将一只妖气、鬼气、神气、霸气集于一身的藏獒,仰头一看,便做出了一个让冈日森格措手不及的举动,那就是原地跳起,用自己平阔的脊背迎接冈日森格的踩踏。

已经来不及躲开了,冈日森格是飞翔的,也是失重的,踩住对方脊背的一刹那,它就失去了平衡,被对方掀翻在了地上。侥幸的是,地狱食肉魔忘了自己的左眼已经看不见,当它把冈日森格掀翻到自己左边的时候,也就失去了一个一刀送命的机会。它扑了过去,却只是凭着感觉扑向了冈日森格的喉咙。而冈日森格的老辣就在于它完全预知了对方的举动,翻倒在地的时候,它强迫自己侧身背对着地狱食肉魔。地狱食肉魔张嘴就咬,然后甩动头颅,一阵猛烈的撕扯,撕扯出了一股鲜血和一地金色獒毛,这才意识到自己咬住的根本就不是喉咙,而是后脑。冈日森格的后脑是坚固的,就算对方的利牙是钢铁铸就,也无法顷刻洞穿骨头。地狱食肉魔愤激而失去理智地蹬了冈日森格一爪子。冈日森格借力一滚,滚出了撕咬范围,忽地站起来,晃了晃头,把后脑上的鲜血晃得四下飞溅。

地狱食肉魔恶狠狠地吼叫着,朝前扑去,发现对方影子一样闪向了自己看不见的左边,突然又改变主意,身子朝左一摆,拔腿奔跑起来。它跑了一圈,然后跑向了冈日森格。在它的想象里,这样的奔跑就是追击,只要形成追逃局面,它就不怕对方利用自己独眼的弱点偷袭了。冈日森格的确跑起来,但并没有跑多远,它就直上直下地蹦跃而起,让来不及刹住的地狱食肉魔从自己下面嗖地蹿了过去,把屁股格外愚蠢地亮给了它。

冈日森格落到地上,兴奋地叫了一声,立刻又明白,它们是高手对决,真正的愚蠢实际上是不存在的。尽管如此,它还是按照自己的愿望,朝着地狱食肉魔的尾巴扑了过去。地狱食肉魔前腿一撑,后腿一蹬,神速地朝后蹦过来,落地的时候重重压在了冈日森格身上。冈日森格被压得趴下了,吼叫了一声,绷直四腿,使劲支撑起了身子。它很奇怪,它居然把身量超过自己的地狱食肉魔驮起来了。地狱食肉魔也很奇怪:这个不再老态龙钟的老家伙,怎么有着比年轻藏獒还要大的力气? 它在冈日森格背上啃了一口,俯下身子,直把利牙快速伸向对方的喉咙。冈日森格往前拼命一跳,摆脱了它,转过身来,扑了一下,却又矫健地朝后退去,在十步远的地方立定脚跟,用冷飕飕的眼光望着地狱食肉魔。

地狱食肉魔从一只眼睛里激射着焰火,仿佛要把自己、把敌手、把整个世界都要燃烧起来,而燃烧的方式就是斜着身子朝前扑咬。冈日森格立刻发现自己已经不可能躲到对方左眼看不见的地方去了,也不可能拿出看家的闪避本领,脱离急如星火的危险。对方的扑咬太不可思议了,速度是没有见过的,一只眼睛关照的面积也是没有见过的,它只能迎扑而去,只能承受死亡。

然而死亡是公道的,对谁都不会例外,在纠缠冈日森格的时候,必然也会去纠缠地狱食肉魔。冈日森格突然意识到,地狱食肉魔既然斜着身子消除了左眼看不见的弱点,那就不可避免地把整个腰腹暴露给了它,接下来的厮打中,不管地狱食肉魔的牙齿咬在它的什么地方,它都有可能把自己的牙齿或者前爪捅向地狱食肉魔的要害处。冈日森格坦坦然然做好了用死亡换取死亡的准备,看到地狱食肉魔倏忽而来,猛然伸出了自己的前爪。

事情果然就像冈日森格预想的那样发生了,地狱食肉魔咬住了冈日森格的脖子,冈日森格用前爪捅向了对方的上腹。皮肉瞬间破裂了,是冈日森格的皮肉,也是地狱食肉魔的皮肉。但破裂并没有深入下去,也没有扩大开来。地狱食肉魔从来不准备同归于尽,它只想让对方死,不想自己再受任何致命的伤害。它立马松口了,一松口,对方的前爪也立马离开了它的上腹。它狂吼一声,连连后退,又奔扑而去,看到冈日森格已经躲开,便四肢蹭着地面,霍地停下,然后又跳起来,以铺天盖地的气势,龇出蛮恶的牙刀瞄准了对方的喉咙,伸出酷虐的四爪瞄准了对方的肚腹。

冈日森格本能地躲了一下,发现躲闪是更快的死亡,赶紧又不动了。不,不是不动,而是原地翻倒,主动把已经受伤的喉咙亮给了对方的牙刀,把薄软透明的肚腹亮给了对方的坚爪,然后朝上举起了自己的四肢。又是一次自杀性抵抗,冈日森格期待在自己猝然死去的时候,也用自己并没有老化的爪子,掏出对方的肠子。鲜血,鲜血,它已经忘记了地狱食肉魔是自己的亲孙子,它渴望看到对方的鲜血,渴望自己的生命在最后的时刻挣扎出最有光彩的血性和阳刚。它的四只爪子直挺挺地翘起着,明白如话地告诉对方:你就成全了我吧,让我老当益壮一回,让我毫马嘶风一次。地狱食肉魔立刻看懂了,哪里会有成全之心,在空中缩起身子,歪斜了一下,躲开对方的四肢,却伸直了自己的四肢。它知道落地的时候,自己的后爪会捅入对方的肚腹,前爪会踩住对方的胸脯,而牙刀的指向必然是喉咙。啊,喉咙,所有的野兽都格外钟情的敌手的喉咙。

冈日森格意识到自己的渴望已经不可能实现了,忽地蜷起四肢,沮丧笼罩了它。但经验和沉着在这个以命相搏的时刻仍然成了它最忠实的朋友,它的王者之风里突然滋生出一股悍匪之气。它的抗争是无为的,似有似无,亦真亦幻,完全是化境的体现,在无知无觉、无他无我中成就了它蓄积一生的辉煌。能量和智慧出来了,冈日森格居然用蜷起的后腿挡住了对方的后腿,用蜷起的一只前爪护住了自己的喉咙,只把胸脯挺给了对方。胸脯是坚固的,是到死也不会钙化碎裂的。就在地狱食肉魔踩住胸脯的刹那,冈日森格把另一只前爪伸了出去,似乎是无意识的舒展,却舒展出了藏獒生命的全部强悍。奏效了,不可能不奏效,原因是地狱食肉魔太狂猛、太专一、太着急了。冈日森格又一次把前爪准确捣向了地狱食肉魔的眼睛,这一次是右眼,右边的眼珠顿时凹了进去,血从眼皮底下渗出来。白昼瞬间消失,仿佛地狱食肉魔一口咬住的不是敌手而是黑暗。黑暗牢牢粘住了它,即使它有力拔山、气盖世的能量也摆脱不掉了。

西结古獒王冈日森格突然发现,自己获胜的机会已经出现。它从地狱食肉魔的屠杀之中脱身而去,喘了一口气,仰头看了看天。天上乌云笼罩,万里无蓝,风在阴沉沉的草原上悄然止息,好像一点徐徐来去的情绪也没有了。没有了就好,它就可以在任何一个方向接近地狱食肉魔而不会被对方闻到味道。

地狱食肉魔一直在急速旋转,朝左转几圈,再朝右转几圈,以为这样转来转去,光明就会出现。它瞎了,两只眼睛都瞎了,而在它的概念里,却没有瞎眼这一说。它不理解这到底怎么了,使劲用鼻子嗅着,想嗅到主人的气息,然后走过去,问问他:我到底怎么了? 快帮帮我。但它没料到的是,它听到了主人的骂声:"咬啊咬啊! 你这个没用的东西,你去咬啊!"

它感觉到了主人的脚尖在踢,踢在它的伤口上。它感觉到疼痛,比冈日森格撕咬时更疼痛,这是它从来没有体会过的连心的疼痛。它转身寻找冈日森格的气息,它准备服从主人的命令做最后一次扑咬。它知道一定是最后一次,失去生命的只能是它自己。

地狱食肉魔仰天一声长啸,冈日森格和所有的领地狗和所有的人,都感觉到它虎落平阳的悲凉。

地狱食肉魔浑身绷紧的肌肉忽然松懈下来,它竖起耳朵努力倾听什么。所有旁观的人和狗也都跟随它倾听,但什么都没听见,除了草原上流动的风,甚至草叶上跳荡的阳光。

地狱食肉魔流血的眼睛里忽然有了眼泪,它听见了主人的哭声。那哭声不在空气中,而在主人的胸腔里。这个世界上,就只有它熟悉主人的胸腔,就只有它能够在主人的胸腔里听出和冷漠的表情截然不同的心思。那是一个情感丰富的深处,却从来不会呈现在主人的脸上。它知道,主人的脸上,永远只需要一种表情:冷漠无情。

地狱食肉魔丢下冈日森格,缓缓走过去,靠近勒格红卫,趴下身子,卧倒在勒格红卫身边,把泣血的头,埋在主人腿间。它轻轻舔舐主人的脚面。它感觉到主人的手掌落在自己后脑上,无声传递着主人的指令:去吧。

地狱食肉魔站起身,忽然仰天狂叫。所有的人和狗都惊诧不已,因为这狂叫声的基调已不是悲凉,恍惚中,似乎有欣喜,仿佛地狱食肉魔得到了丰厚的奖赏。没有谁能够明白地狱食肉魔的心境,因为没有谁能从它主人冷酷的脸上看出勒格红卫的心声。

地狱食肉魔义无反顾地向前扑去,扑向冈日森格,扑向死亡。

伴随地狱食肉魔赴死的是勒格红卫的号啕大哭。那是这世上,只有地狱食肉魔才能听见的哭声。'地狱食肉魔临死前的最后一瞬间,突然产生一丝疑惑。它在主人的哭声之外,还听到了另一声哭泣,这哭泣居然来自咬死自己的冈日森格。而且,它在冈日森格的哭泣中,突然感受到一股熟悉的亲切。一线光明在心底豁然闪亮,它忽然明白,冈日森格是自己的亲人!

46　格萨尔宝剑之　行刑台

这是一个清凉的草原夏夜,蓝马鸡草洼里一片鼾声。骑手们和藏獒们一堆一堆地栖息着,除了偶尔有守夜的藏獒与藏獒之间发出声音的对抗,偶尔有狼嗥从月亮悬挂的地方传来,看不出别的不融洽。离开黑压压的人群和狗群大约一百米,是勒格红卫和他的地狱食肉魔,后来桑杰康珠也来了,她把自己的马和勒格红卫的马拴在一起,坐在勒格红卫对面。

她看不清勒格红卫的脸,只感到脸上一片阴影。

她听到勒格红卫低沉的话音,不像是说给她听,他的听众像是这冥冥天地和茫茫夜空。

“我的藏獒死了!”

桑杰康珠看着他身边的地狱食肉魔,它安详地躺在主人身边,勒格红卫的手放在后背上,轻轻地抚摸,仿佛它是在酣睡之中,随时都会醒来,依照主人的召唤闪电出击。桑杰康珠坐在地狱食肉魔身边,也伸出手去抚摸它的身体。她的动作是下意识的,似乎仅仅是为了表达对勒格红卫的同情——怎么,她居然有了同情?这个恶毒的汉子,难道不是罪有应得么?

她的手指触摸到地狱食肉魔的肌肤的瞬间,心中莫名其妙有感动涌动。这个凶残的畜生,这个她费尽心机绞尽脑汁也不能击毙的魔鬼,一旦真的死在她眼前,她居然没有兴高采烈,反倒有一丝凄凉。

“我的藏獒死了!”

她听他再一次自语。她想像以前那样顶撞他:“你的藏獒该死!它咬死了那么多藏獒,它自作自受,它早就罪该万死了!”但她什么话也没说,她说不出口。她想说:“你不要难过,它死得英勇、死得壮烈,它死得其所。”她更说不出口。

桑杰康珠就默默地坐在地狱食肉魔身边,和勒格红卫隔獒相对。停了一会儿,勒格红卫又一次自语。

“我的藏獒死了!”

和地狱食肉魔一样,桑杰康珠也听到了勒格红卫胸腔里的哭声,这哭声让她慌乱。她从来不会想到,一个壮年男子的哭声会消解她心中的仇恨,让她像面对一个无辜无助的可怜人一样心软。

还不仅是心软,还有安慰的冲动。这更让她茫然,一个女人,在这茫茫草原,在这浩浩夜空,她拿什么去安慰他?

她又听到他的自语:“我的狼死了。我的藏獒死了。我的明妃死了。我的大鹏血神死了。我的藏獒又死了。”

她忽然听到自己心中的自语:“我是神灵病主女鬼,我是女骷髅梦魇鬼卒,我是魔女黑喘狗,我是化身女阎罗。”声音在心中一遍一遍回响,应和着勒格红卫的自语。说着说着,她说出声来,却不是“神灵病主女鬼、女骷髅梦魇鬼卒、魔女黑喘狗、化身女阎罗”,而是让自己震惊的一句话:“你需要一个明妃!”桑杰康珠躺下了,她仰望着天,天似穹庐。她听到了勒格红卫的回应,声音依旧断断续续,若隐若现。

勒格红卫说:“‘大鹏血神’没有了。”

桑杰康珠以为勒格红卫没明白,她又重复说道:“你需要一个明妃。”

然后,桑杰康珠把丹增活佛的话搬了出来:“‘大遍入’邪道的进入靠的是母性,‘大遍入’邪道的崩坏靠的也是母性,前一个母性代表无明和我执,后一个母性代表开放和空性,我是天生具有法缘的佛母,我会让你消除‘大遍入’的偏见、走火入魔的法门,变成一个安分守己、彻悟正道的喇嘛。"

勒格红卫叹了一口气,目光终于从深邃的夜色中收回,集中到她的脸上。就一瞬间,又离她而去,再度投向茫茫夜色。

她听到了他悲凉的声音:"你挽救不了我,你知道我为什么要修炼'大遍人'法门?"

她静静地听着,他却沉默了。他不仅是一个僧人,更是一个人。他想把一个僧人和一个人结合起来,而"大遍人"法门恰好给他提供了这样一个机会。他的全部追求也就是让自己有一个完整的生命,达到人生最起码的标准,除了拜佛修法,除了吃喝拉撒,还应该有爱,有男女之爱。就像六世达赖仓央嘉措,就像牧民们唱诵的那样:"喇嘛仓央嘉措,别怪他风流浪荡,他所苦苦寻求的,和凡人没有两样。"可是他发现追求的道路是那么艰辛、那么悲伤。他想对她诉说内心的悲伤,说出来的话依然是那一句:"我的藏獒死了,我的狼死了,我的明妃死了,我的'大鹏血神'死了。"

桑杰康珠说:"丹增活佛说了,我和你的认识,是一种良好的缘起,是命里的因果,谁也无法回避。丹增活佛还说,你只有在女人的帮助下,才能实现赎罪。"

勒格红卫又是叹气,他问她:"他居然提到了女人。他没告诉你'大鹏血神'是什么吗?!"

她摇着头,又听他说:"没有人能够拯救我,明妃也不能够。因为'大鹏血神'就是男人的根。我的大鹏血神没了,我的根没了。"

桑杰康珠听见自己一声叹息,很长很长。

桑杰康珠骑马沿着蓝马鸡草洼转了一圈,朝着行刑台跑去,她想去质问丹增活佛:"你施放了什么魔法毒咒,让勒格变成了一个废人? 勒格已经没有了根,你为什么还要让我去做他的明妃?"跑着跑着她停下了,她徘徊了片刻,跑向了白兰草原她的家。

天刚亮,太阳还没有出来,上阿妈骑手、东结古骑手、多猕骑手就在蓝马鸡的"咕咕"鸣唱中纷纷离开了蓝马鸡草洼。还是那个想法左右着他们的行动:再去碉房山寻找麦书记和藏巴拉索罗,如果找不到,就去占领西结古寺。他们走上缓缓起伏的草梁,进入平阔的草野往前走去。碉房山遥遥在望,行刑台慢慢而来。

西结古獒王冈日森格看到外来的骑手和藏獒都已经离开这里,强忍着伤痛站起来,朝前走了几步,又回头看了看被它咬死的亲孙子地狱食肉魔,看了看亲孙子身边的勒格红卫,晃头甩掉了含满眼眶的泪水,对着父亲和班玛多吉以及西结古骑手叫了一声,意思是:快走啊,时间已经被我们耽搁了,我们的目标是行刑台。

东结古骑手的头颜帕嘉首先看到了行刑台上的人,他喊了一声:"干什么的,见到麦书记了吗?"回答他的是比他反应敏捷的巴俄秋珠。巴俄秋珠打眼一看,立刻招呼上阿妈骑手策马而去。于是所有的骑手——上阿妈骑手、东结古骑手、多猕骑手都跑起来,"嗷嗷嗷"地喊叫着,突然不喊了,停下了:啊,麦书记,还有丹增活佛。他们没想到,要找的人居然都在这里。

更加吃惊的当然还是多猕骑手,他们明明看到丹增活佛死在了《十万龙经》之地他们的面前,怎么又活着从这里冒了出来? 吃惊完了又觉得本来就应该这样:活佛活佛,就是活着的佛,就是不死的佛,死了又活,活了又死,说死又活,说活又死,死死活活,反正既没有死又没有活,这就是真正的活佛。

巴俄秋珠喊了一声:"藏巴拉索罗万岁。"然后第一个驱马向前,又飞身下马,丢开缰绳,就要爬上行刑台。颜帕嘉哪里会让别人抢先,几乎是从马上飞下来,飞到了巴俄秋珠身上,硬是把他拽住了。两个人正在扭打,却见多猕骑手的头扎雅已经爬上了行刑台,他们同时跳起来,拽着扎雅的衣袍把他拉了下来。扎雅稳住身子,回头一拳,打在巴俄秋珠的胸脯上。巴俄秋珠要还击,又生怕颜帕嘉趁机跳上行刑台,一手攥住扎雅,一手攥住颜帕嘉,吼道:"小心我用枪打死你们。"扎雅说:"还是用藏獒见分晓吧,谁的藏獒赢了,麦书记就是谁的。"所有的藏獒都叫起来,拥挤到行刑台前,只等主人一声令下,它们就会一个接一个地扑向对方的藏獒。

台上的麦书记说话了:"求你们不要再让藏獒死伤了,你们抓个阄,谁赢了我就跟谁走还不行吗?"巴俄秋珠说:"不行,藏巴拉索罗只能属于我们上阿妈草原。"丹增活佛说:"我已经说过了,在远古的教典里,藏巴拉索罗有时指人心,人的好心、善心、光明的心,哪里有良心,哪里就有藏巴拉索罗。"巴俄秋珠说:"有枪就有藏巴拉索罗,有藏巴拉索罗就有良心。"说着从背上取下了自己的枪。

仿佛是早已商量好了的,所有带枪的上阿妈骑手都从背上取下了枪。装弹药的动作熟练而迅速,十五杆叉子枪霎时平端起来。枪口是明亮而黑暗的,就像人的眼睛,十五杆叉子枪就是十五双罪恶的眼睛,对准了东结古骑手和多猕骑手。大家愣了.只有愤怒的眼光,而没有愤怒的声音。巴俄秋珠身手矫健地跳上行刑台,亢奋地指挥着:"枪杆子掩护,其他人都给我上来。"没带枪的上阿妈骑手纷纷跳了上去。

上阿妈骑手们搜遍了麦书记的全身,也没有看到格萨尔宝剑的影子。

上阿妈骑手气急败坏地拳打脚踢起来:"交出来,交出来,快把格萨尔宝剑交出来!"

麦书记一脸轻蔑,仿佛是说:"你们不配,不配藏巴拉索罗,不配格萨尔宝剑。"

一阵暴打。巴俄秋珠把麦书记的腿支在木案上,用靴子使劲跺着说:"我们要的是藏巴拉索罗,不是你的腿。但要是你不说出来,你的腿就要变成'罡冬'啦。"

"罡冬"是用人的小腿骨做的吹奏法器,人们叫它人骨笛。

麦书记咬紧牙关说:"那我的骨头就是法骨,你们踩断法骨是有罪的。"

巴俄秋珠说:"有了藏巴拉索罗,献给了北京的文殊菩萨,就能免除一切罪恶!"巴俄秋珠把所有的怨恨集中在麦书记的腿上,拼命地踩。只听"嘎巴"一声响,麦书记发出尖厉的惨叫声,所有人都知道,麦书记的腿断了。

麦书记一头冷汗,轻声问丹增活佛:"活佛,你说怎么办?"

丹增活佛一声叹息,对巴俄秋珠说:"问佛吧,你们为什么不问佛?"

巴俄秋珠立刻跳到依然盘腿而坐的丹增活佛面前,撕住他的袈裟说:"好,我现在就问你,藏巴拉索罗在哪里?"丹增活佛他身后所有的上阿妈骑手都举起了枪。还是十五杆叉子枪,枪口的前方,是西结古领地狗群。每一个黑洞洞的枪口,都瞄准着一只藏獒。

行刑台上,丹增活佛倏然站了起来。他其实已经想到,勒格会去西结古寺格萨尔降伏魔国图的柱子里拿到宝剑,他希望勒格如获至宝地离开西结古草原,也吸引各路骑手随他而去。他没想到勒格不仅没有离开,反而变本加厉地把宝剑当成了继续杀害西结古藏獒的武器。他禁不住大喊一声："这就是藏巴拉索罗吗？"

忍受着断腿疼痛的麦书记也说："假的，假的，这个人的宝剑是假的，它不是藏巴拉索罗，不是格萨尔宝剑。"

上阿妈骑手愣了，瞄准西结古藏獒的十五杆叉子枪立刻放了下来。勒格红卫也愣了，惊讶地瞪着麦书记。

麦书记又说："真的是假的。"

丹增活佛接上说："真的是假的，假的是真的，假的不成真，真的不成假，大千世界，无真无假。"

勒格红卫说："不是真的，藏在格萨尔降伏魔国图的柱子里干什么？你们不要听他们的，他们是想阻止你们杀死西结古藏獒，他们不想让你们拿走藏巴拉索罗。"

巴俄秋珠望望丹增活佛，又望望勒格红卫说："我们相信谁的？"

勒格红卫大喊一声："我发誓。"

丹增活佛说："佛菩萨可以作证。"

巴俄秋珠说："怎么作证？"

丹增活佛沉吟着说："那就只好再来一次圆光占卜了，看看代表权力和吉祥的藏巴拉索罗是不是勒格手中的那把剑，看看真正的格萨尔宝剑是什么样子的。"

47　格萨尔宝剑之　神问

出现在寄宿学校南边的是一股精神抖擞的大狼群。因为有了它们，白兰狼群才放弃了觊觎已久的食物奔逃而去。也因为它们，多吉来吧心生更深的绝望：寄宿学校的孩子们没救了，它再也不能保护他们了。死神就在头顶打转，让孩子们死，也让多吉来吧死。

多吉来吧勉强站起来，走到牛粪墙跟前，直面着新来的狼群卧下了。

狼群太强大了，它们带着党项大雪山的气息，带着万分险恶的预谋和蓄积已久的凶狠，借着藏獒之间互相残杀的机会，乘虚而来。它们已经看出了多吉来吧的垂死，看出它的卧倒不是胸有成竹，而是认命。它们不紧不慢地靠近着，摇头摆尾，大大咧咧，好像不是来打斗，而是来观光的。

多吉来吧吼了一声，又吼了一声。声音暗哑，不像吼叫，像是呻吟。

多吉来吧不吼了，它用四肢使劲蹬踏着地面，缓缓地站了起来，不，是升了起来，就像一座黑山一样升了起来。黑山上到处都在流淌，所有的伤口都在流淌，包括西宁城里渔网拖拉的伤口，包括一路上汽车撞翻、枪弹击中的伤口，包括无数狗牙和狼说："在西结古寺的大经堂里，在格萨尔降伏魔国图的柱子里。"巴俄秋珠喊道："你再说一遍。"丹增活佛说："格萨尔宝剑只能放在格萨尔降伏魔国图的柱子里，别处是不合适的。不过我劝你们谁也不要拿走这把宝剑，不再吉祥的权力和欲望让它浸透了锋利的大黑毒咒，谁拿了谁就会倒霉。"巴俄秋珠说："倒霉的事情就不用你操心了，我们把宝剑献给北京城里的文殊菩萨，难道北京城里的文殊菩萨也会倒霉吗？你这个反动派。"

巴俄秋珠指挥上阿妈骑手和上阿妈领地狗，就要前往西结古寺，忽然一阵蹄声,西结古骑手和西结古领地狗来了。紧接在他们身后,勒格红卫也出现了。

脸色黝黑、魁伟超群、留着披肩英雄发的勒格红卫突然打马,越过西结古骑手和狗,直奔行刑台。一把明光闪闪的宝剑突然被他高高扬起,光芒照亮了所有人和狗的眼睛。勒格红卫高喊道:"我们的藏巴拉索罗,青果阿妈草原的权力,吉祥如意的格萨尔宝剑,我已经得到了。"

巴俄秋珠一看到宝剑,愣了。勒格红卫知道对方是怀疑的,立刻就喊道:"藏巴拉索罗,藏巴拉索罗,我从西结古寺的大经堂里得来,从格萨尔降伏魔国图的柱子里得来。"

巴俄秋珠一听,跟丹增活佛说的一样,带着骑手追了过去。行刑台前的原野上,以示警告的枪声砰砰砰地响起来。

勒格红卫扭头看着,朝右一拐,跑向了西结古骑手,举着格萨尔宝剑喊道:"班玛多吉你听着,要不要藏巴拉索罗就看你们的藏獒啦,上啊,让你们的藏獒上啊,只要把上阿妈骑手和上阿妈领地狗赶出西结古草原,我就把藏巴拉索罗交给你们。"看对方满眼疑虑地望着他不动,就又喊道:"我发誓,我向我的本尊神发誓,我说到做到,赶走了上阿妈人,藏巴拉索罗就是你们的。"

班玛多吉立刻调动骑手和领地狗跑过来,保护着勒格红卫,又指着追过来的上阿妈骑手,命令西结古领地狗:"冲啊,冲过去咬死他们,獒多吉,獒多吉。"獒王冈日森格带着西结古领地狗群冲了过去,看到上阿妈骑手和领地狗群纷纷停步,立刻停了下来。

勒格红卫对班玛多吉说:"西结古的藏獒都不打斗了,你们还想得到藏巴拉索罗?"

班玛多吉跑向冈日森格,催促它往前冲。冈日森格却坐下了。班玛多吉丧气地说:"冈日森格累了,不想再打斗了。你也是西结古人,快把藏巴拉索罗给我。"

勒格红卫打马跑向了对面的上阿妈骑手,挥舞着格萨尔宝剑,冲巴俄秋珠喊道:"你们不用追不用抢,只要你们把西结古藏獒全部打死,我就把藏巴拉索罗交给你们。"

巴俄秋珠问道:"我凭什么相信你?"

勒格红卫喊道:"我的藏獒死了,我的狼死了,我的明妃死了,我的大鹏血神也死了,我被撵出了西结古寺,都是藏獒干的,西结古的藏獒干的。"

所有听到勒格红卫喊叫的人都愣了,他们这才明白他要干什么:他撺掇西结古领地狗冲锋,原来是想让上阿妈骑手盛怒之下开枪打死它们。他始终没有放弃全部杀掉西结古藏獒的目的,他亮出格萨尔宝剑是为了让它去代替地狱食肉魔完成杀戮的使命。人们盯着勒格红卫,包括因惧怕上阿妈骑手的叉子枪已经准备放弃争抢的东结古骑手和多猕骑手。

勒格红卫又重复了一遍:"只要你们把西结古藏獒全部打死,我就把藏巴拉索罗交给你们。"

看巴俄秋珠依然疑惑,勒格红卫摇晃着格萨尔宝剑说:"我向'大遍入'法门的所有本尊神发誓,我骗了你们我就浑身长蛆、头脚流脓、生不如死。"

巴俄秋珠这次信了。他回头吆喝了一声,慢慢地举起了枪。牙肆虐的伤口,都在流淌殷红的鲜血。仿佛它是鲜血的披挂,是瀑布的披挂,而浑身的獒毛不过是浮游在瀑流血浪之上的青青牧草。

多吉来吧昂然升起，比它的身量升起得要高，高多了，那是气势的升起，是灵魂的升起。藏獒，当它的气势和灵魂昂然升起的时候，它就变成了草原雪山的一部分。它是从狼眼里升起的，狼眼看到的，就不是一只垂死的藏獒，而是一座巍峨的雪山。

前面的狼停了下来，它们都感受到无形的压迫，让它们呼吸急促。

它们回望头狼，头狼缓缓向前。它们纷纷后退，给头狼闪开一条道。它们看见头狼一脸庄重和肃穆，就跟着庄严肃穆起来。它们看见头狼站住了，又蹲下了，就跟着蹲下了。

它们仿佛在等待，等待这只藏獒的死。只有它死了，轰然倒下了，它们才能越过它，攻击它身后的学校。如果它一天不倒下，它们就一天不越过。如果它永远不倒下，它们就永远不越过。

多吉来吧默默伫立着，也让自己的神情有了庄重肃穆。但它不是对着狼群，而是对着天空。在它的眼里，已经没有了狼群，也没有了凶险，更没有了死亡。恍惚之中，它感觉自己立成了一道山呼海啸的景色、一个气吞山河的象征、一种不朽的精神、一个不死的灵魂、一尊愤怒的神。

草原静静的，天地凝固了。

行刑台上，班玛多吉派骑手去西结古寺取来一面银镜、一面铜镜和一黑一白两方经绸。丹增活佛用黑经绸包住了银镜，用白经绸包住了铜镜，把它们放在了木案上。他用一种唱歌似的声音念了一句莲花生大师具力咒："唵阿畔啵唖日咕如唄嘛哑嘀。"然后对行刑台下骑马并排而立的巴俄秋珠、班玛多吉、颜帕嘉和扎雅说："就不要水碗了，也不要我的指甲盖了，一银一铜的镜子是护法神殿吉祥天母和威武秘密主前的宝供，没有比它们更灵验的。双镜同照的圆光占卜是不能有嘈杂的，你们一定要安静，千万不要出声，免得挡住了神灵的脚步，干扰了占卜结果的显现。"

丹增活佛盘腿坐在了木案上，对着两面镜子，看了看天，又看了看四周泛滥着寂寞的原野，并没有立刻入定观想，而是念了许多咒语，然后诵经一样絮絮叨叨说起来："最早的时候，格萨尔宝剑成了藏巴拉索罗的神变，它代表了和平吉祥、幸福圆满，是利益众生和尊贵权力的象征。草原上的佛和人把格萨尔宝剑献给了统领青果阿妈草原的万户王，对他说：'你笃信佛教你才有权力和吉祥，也才能拥有这把威力无边的格萨尔宝剑。'那是因为所有寺院的圆光占卜中，都显现了格萨尔宝剑。后来世世代代的草原之王都得到了象征地位和权力的格萨尔宝剑，也是因为圆光的显现。再后来，我们把格萨尔宝剑献给了麦书记，更是因为我们听从了圆光占卜的启示，启示告诉我们，麦书记是个守护生灵、福佑草原的人。但是现在，一切都不一样了，和过去所有的时光都不一样了，被守护的生灵要攻击守护者，被福佑的草原要摧残福佑者。我们的圆光占卜啊，又轮到你来指引我们选择未来的时候了，请显示菩萨的恩惠，让我们这些失去了依止的人重新找到依止。我祈请三世佛、五方佛、八方怙主、一切本尊、四十二护法、五十八饮血、愤怒极胜、吉祥天母、莲花语众神、真实意众神、金刚橛众神、甘露药众神、上师持明众神、时间供赞众神、猛厉诅咒众神、女鬼差遣众神，还有光荣的怖德龚嘉山神、尊敬的雅拉香波山神、伟大的念青唐古拉山神、高贵的阿尼玛卿山紧抱着格萨尔宝剑的勒格红卫。

格萨尔宝剑被人抢走了,又被人抢走了。抢来抢去的战斗是激烈的,人们纠缠在一起,推着,搡着,打着,踢着,甚至有代替藏獒用牙齿咬的,不分彼此,交叉错落。上阿妈骑手的枪失去了作用,各方骑手的机会一下子均等了。所有的藏獒——西结古领地狗、上阿妈领地狗、东结古领地狗、多猕藏獒,都退却到一边,冷静地观望着。好像打斗不是藏獒们的天性,而是人的天性,好像不是人豢养驱使了藏獒,而是藏獒豢养驱使了人。

突然有人"嗷嗷嗷"地喊叫着,从人堆里滚出来,跳上马就跑。那是西结古骑手的头班玛多吉。

班玛多吉怀抱失掉了舍利子的格萨尔宝剑。他的右臂被人咬伤了,冒着鲜血,一路都是飘洒的红雨。

巴俄秋珠从地上爬起来,恶狠狠地望着班玛多吉的背影。一股怒火烧得他浑身发烫。跳上马背,一边追击一边装弹药。所有上阿妈骑手和上阿妈领地狗也都跟着他追起来。

东结古骑手和多猕骑手似乎犹豫了一下,意识到真正的格萨尔宝剑——藏巴拉索罗的最后归属并没有确定,就纷纷上马,紧追不舍。

勒格红卫抚摸着脸上摔烂的伤痕,知道自己不可能再把格萨尔宝剑夺回来了,夺回来也没有用处。他手握着丹增活佛的舍利子,幻灭的心事便骤然放大,一股巨大的悲伤横穿了他的肉体。他望了望身后烧没了丹增活佛的干干净净的一片白灰,望了望行刑台前死去的獒王冈日森格,望了望被自己一路绑架的大黑獒果日,望了望一直仇恨他却忍让着不过来撕咬他的美旺雄怒,望了望那些依然活着的西结古藏獒,"呜呜呜"地哭起来。勒格红卫站在风中,想着自己的身世、自己的仇恨,想着死去的藏獒和狼、明妃和"大鹏血神"以及这些年几乎是自己影子的地狱食肉魔,哭得更凶了。

半个小时后,跑在最前面的班玛多吉就被巴俄秋珠带着上阿妈骑手堵了回来。班玛多吉看到行刑台前还有西结古骑手和西结古领地狗,寻求保护似的朝他们跑去。但他没想到,这个举动无疑又把危险引向了西结古领地狗。

巴俄秋珠带着骑手追到了跟前,停下来喊道:"班玛多吉你听着,真正的藏巴拉索罗只能属于我们,只能由我们敬献给北京城里的文殊菩萨。快把藏巴拉索罗交出来,不交出来,我们就打死西结古的所有藏獒。"

班玛多吉说:"没见过世面的巴俄秋珠,我知道你是想表忠心,想用格萨尔宝剑换回自己的老婆梅朵拉姆,可你一个比牛羊聪明不了多少的老(意为愚钝)牧民,知道去北京的路怎么走吗? 知道北京城的城门在天上还是在地下吗?"

巴俄秋珠一下子呆住了,这是一个他从未想过但一提起来却又万分现实的问题,他愤愤然地寻思:是啊,把格萨尔宝剑进献给北京城里的文殊菩萨的路在哪里? 在上阿妈草原他是一个叱咤风云的公社副书记,一离开家乡,就只是一个从来没出过远门的牧民,连东西南北都辨不清楚,怎么可能走到西宁,走到远在天边的北京?

巴俄秋珠嘴一张,声音突然沙哑了,眼泪禁不住流了出来。他声嘶力竭地喊叫着:"格萨尔宝剑会保佑我,藏巴拉索罗会保佑我,北京城里的文殊菩萨会保佑我!"然后驰马跑出去,又跑回来,依然是声嘶力竭地喊叫:"举世无双的格萨尔宝剑,神圣无比的藏巴拉索罗,只能属于我们上阿妈草原。班玛多吉,你不交出来,我们就打死西结古的所有藏獒。"

西结古领地狗群仿佛听懂了巴俄秋珠的话,都满眼祈求地望着班玛多吉。班玛多吉看了看它们,又看看手中粘连着黑亮满了热烘烘的亲切、清澈如水的依恋、智慧而勇敢的星光般的璀璨。

班玛多吉跳下马,扑向了父亲,抡起巴掌,一个耳光扇了过去:"汉扎西你看到了什么你为什么不说?你这个叛徒,你害死了冈日森格,你活着还有什么用,你死去吧,快死去吧。"

父亲的脸红了,肿了,两边都是清晰的指印。血从嘴角和鼻子流了出来,眼泪也流了出来。他跪在地上,朝着冈日森格磕头,朝着班玛多吉和西结古骑手磕头,一遍遍地说着:"对不起啊,对不起啊。"

西结古骑手中有人哭着说:"说对不起有什么用,冈日森格已经死了,被你害死了。"

西结古领地狗走过来,围拢着自己的獒王冈日森格,闻着、舔着。终于相信獒王已经去了,突然就"呜呜呜"地哭起来,哭得天昏地暗。

父亲的藏獒美旺雄怒没有哭,它绕着獒王冈日森格走了一圈又一圈,用它自己的方式表达着它对冈日森格的尊敬和哀悼。突然停下了,把寒夜一样疹人的眼睛瞪起来,巡视着上阿妈骑手,渐渐把眼光聚焦在了巴俄秋珠身上。

美旺雄怒朝前走了几步,前腿蹬了一下,身子朝后一坐,就要扑过去。父亲看到了,大喊一声:"美旺雄怒。"连滚带爬地过去抱住了它:"你不要去,千万不要去,他们有枪,他们会打死你的。"美旺雄怒没有再扑,并不是父亲有足够的力气抱住它,而是它闻出巴俄秋珠身上有西结古草原的味道。对味道熟悉的人,哪怕他是坏人,它都得嘴下留情。这是主人汉扎西教会它的守则,它任何时候都不想违背。

哭声更大了。上阿妈领地狗、东结古领地狗和多猕藏獒也加入了悲伤悼念的行列。它们不在乎主人们对西结古獒王冈日森格的仇恨,只在乎自己的表达——为了一只伟大藏獒的死去。

父亲、麦书记和丹增活佛的眼泪以及藏獒们的哭声证明了西结古獒王冈日森格的确已经死亡,骑手们大着胆子扑过来了,上阿妈骑手、东结古骑手、多猕骑手都扑过来了,想在最近的地方,看看这只神勇无比的老獒王。

丹增活佛和父亲以及麦书记被挤到了一边,悲哀地静坐着。趁着这个机会,丹增活佛问道:"你现在可以告诉我了吧汉扎西,你在银镜和铜镜里到底看到了什么?"

父亲扭过脸去,也扭走了话题:"冈日森格死了,我也想死了。"

丹增活佛说:"佛法里面其实是没有死的,不生不灭,不垢不净,不增不减,没有生老病死,没有怨憎爱怜,没有欲求不得,没有苦集灭道。"

父亲说:"这样的经我也念过,既然本来什么都没有,你为什么还要为它们流泪呢?"

丹增活佛说:"是啊,是啊,佛对轮回世界是厌离而无牵挂的,是不应该有悲伤的。草原上的人,都想丢掉悲伤,都愿成佛,可我这个佛,有时候又想做一个人。"

父亲揩了一把眼泪说:"魔鬼正在无法无天地毒害着草原,草原上已经没有人了,只有藏獒。丹增活佛,我知道你们佛想转世成什么就能转世成什么,你转世成一只藏獒吧,转世成一只冈日森格一样的藏獒。"

丹增活佛认真而诚恳地说:"好吧,我答应你,再转世的时候,我就做一只藏獒,我的名字就叫冈日森格,我也是来自阿尼玛卿的雪山狮子,也是草原的獒王。"说着,一代圣僧的脸上又一神、英雄的巴颜喀拉山神、博拉(祖父)一样可亲可敬的昂拉山神、嫫拉(祖母)一样慈祥和蔼的砻宝山神,都来照临我们的头顶,护送我们走过艰难的时光。"

絮叨渐渐消隐,丹增活佛进入了观想。

原野装满了安静,极致的无声里,能听见灵识的脚步沙沙走去,又沙沙走来。那是法界佛天之上,丹增活佛正在交通神明:"你好啊,你好啊。"

西结古骑手的头班玛多吉首先跪下了,接着东结古骑手的头颜帕嘉跪了下来,上阿妈骑手的头巴俄秋珠跪了下来,最后跪下的是多猕骑手的头扎雅。所有的骑手都跪在了草地上。各方藏獒也都不出声息地卧在了各自的骑手身边,除了西结古獒王冈日森格。冈日森格没有卧,它站在麦书记身前,站在父亲身边。父亲几次用力摁着它要它卧下来休息,它都拒绝了,好像它已经预感到了什么,它必须站着,时刻保持警惕。父亲发现,它的眼光一直盯着勒格红卫。勒格红卫骑马而立,手里依然攘着那把明光闪闪的宝剑,冷峻得如同雕像。

谁也不知道过了多长时间,突然听到丹增活佛喊起来:"谁来啊,你们谁来看圆光结果。"骑手们这才看到丹增活佛已经出定,纷纷起身,熙熙攘攘地涌向行刑台。走在最前面自然是各方骑手的头。丹增活佛说:"人太多了,不是每一双眼睛都能看到的,你们选个人过来,要干净的、纯良的、诚实的、公正的、心里时刻装着佛菩萨的。"

班玛多吉要过去,被颜帕嘉一把拽住了。颜帕嘉要过去,又被扎雅拽住了。巴俄秋珠跳到跟前,推搡着他们,喊道:"我来看,我来看,你们看了我不信。"班玛多吉说:"你看了我们也不信。"颜帕嘉:"那就大家一起看。"扎雅说:"大家是干净的吗?纯良的吗?诚实的吗?还是我来看,我一定公正。"巴俄秋珠一手晃着背上的枪,一手揪住扎雅说:"我们这里就数你不干净,你们多猕人连藏巴拉索罗神宫都没有祭祀,有什么资格代表我们看圆光显示。"

丹增活佛说:"不要争了,我举荐一个人。"

大家都把眼光投向了丹增活佛:"谁啊?"

丹增活佛抬起手指了过去。大家一看是父亲。

没有人表示反对。巴俄秋珠张张嘴,想说什么又没说。

父亲说:"我?我来看圆光?为什么?"

丹增活佛说:"你不争抢什么,你反对所有的打斗,你爱护任何一方的藏獒。你的心就是一颗佛菩萨的心。你还是听他们说吧,他们是相信你的。"

巴俄秋珠说:"我们就不说了,你自己说吧汉扎西,你向佛父佛母、天地神灵保证,如果你说了假话,你遭殃,麦书记遭殃,丹增活佛遭殃,冈日森格遭殃,西结古草原上所有的藏獒都遭殃。"

这是最能保证诚实、公信的毒誓,巴俄秋珠算是摸准了父亲的脉搏,尤其是让"冈日森格遭殃,西结古草原上所有的藏獒都遭殃"这两条,绝对是约束父亲的铁律。父亲不寒而栗,征询地望着丹增活佛。丹增活佛深深地点了点头,父亲望着稍远一点的勒格红卫，望着行刑台下的各路骑手，就像宣誓那样，一字一顿地说："如果我说了假话，我遭殃，麦书记遭殃，丹增活佛遭殃，冈日森格遭殃，西结古草原上所有的藏獒都遭殃。"

丹增活佛虔诚地双膝跪地，生怕自己先于父亲看见，闭上眼睛，摸索着从木案上拿起银镜，解开了黑经绸，轻轻放下，又拿起铜镜，解开了白经绸，轻轻放下。

父亲轻手轻脚地走了过去，看了一眼银镜，又看了一眼铜镜，愣怔了一下，一脸紧张。他揉了揉眼睛，再次看了看银镜，看了看铜镜，神情更加不安了。他把两面镜子轮番端起来，转着圈，对着不同方向的光线，仔细看着，看着，然后又抬头看了看行刑台下的人和狗。所有骑手的眼睛都望着他，所有藏獒的眼睛都望着他。父亲收回眼光，看了看丹增活佛，发现丹增活佛依然闭着眼，就又盯住了麦书记。谁也不知道父亲为什么要盯住麦书记。

寂静。寂静得都能听到草地上蚂蚁的脚步声和天空中云彩的爬行。

突然一声响，银镜掉到地上了，突然又是一声响，铜镜也掉到地上了。瞪大眼睛看着的骑手们好一会儿才意识到两面镜子不是掉到地上的，而是被父亲摔到地上的。父亲摔掉了镜子，然后又拼命用脚踩，先是银镜变了形，后是铜镜变了形，接着铜镜干脆裂开了一道口子，嗡嗡地响。

丹增活佛睁开眼睛惊讶地看着父亲。行刑台下，所有的骑手都惊讶莫名地看着父亲。依然是寂静，骑手们惊讶得连叫声都没有了。倒是藏獒的反应比人要快，站在麦书记和父亲之间的冈日森格首先叫了一声。紧接着，行刑台下，西结古领地狗群里，父亲的藏獒美旺雄怒冲了过来，它敏感地捕捉到了接下来发生的事情，冲上行刑台，和冈日森格一起，保护着父亲，直面那些就要扑过来的骑手。

各路骑手这才发出一阵惊叫。上阿妈骑手的头巴俄秋珠狼一样嗥叫着，扑了过来。西结古骑手的头班玛多吉狮子一样吼叫着，扑了过来。东结古骑手的头颜帕嘉豹子一样咆哮着，扑了过来。多猕骑手的头扎杂雅不伦不类地怪叫着，扑了过来。父亲还在踩踏，他生怕镜面上还有影像，就恨不得踩个稀巴烂。两面神圣的用于圆光占卜的宝镜遭到如此摧残，怎么可能还会留下佛菩萨显示的圆光结果呢？再说还有时间，显现的时间已经过去，就是宝镜完好无损，骑手们也看不见了。再说还有冈日森格和美旺雄怒，就是镜面上还留有占卜的结果，暴怒的骑手们也冲不到跟前来了。除了班玛多吉，班玛多吉冲上了行刑台，对父亲吼道："你看到了什么？"

父亲把两面破镜子摞起来，一屁股坐了上去。班玛多吉使劲推开他，一手拿起一面镜子，左看看，右看看，除了破烂的痕迹，什么也没有看到，便又朝着父亲吼一声："你看到了什么？"父亲蹲在行刑台上，低着头一声不吭。班玛多吉又转向丹增活佛，吼道："他看到了什么，他为什么不说？"丹增活佛摇摇头，一脸茫然地说："我也在问他，到底看到了什么，为什么不说出来？"

巴俄秋珠喊起来："汉扎西你已经向佛父佛母、天地神灵保证过了，如果你说了假话，你遭殃，麦书记遭殃，丹增活佛遭殃，西结古草原遭殃，青果阿妈草原上所有的藏獒都遭殃。你说，快说呀，你看到了什么？"

父亲还是沉默。他只保证了他不说假话，但没有保证他必须说话。

所有的骑手都议论纷纷。巴俄秋珠从背上取下了枪，平端在怀里，对准了父亲。父亲抬头望着枪口,仍然一声不吭。冈日森格和美旺雄怒几乎同时吼叫着跳了过来,它们绝不允许任何人用枪对着父亲。巴俄秋珠马上意识到怎样才能逼迫父亲开口,掉转枪口,对准了冈日森格。他身后,所有带枪的上阿妈骑手都把枪口对准了西结古獒王冈日森格。

巴俄秋珠喊道:"你要是坚决不说,我们就打死冈日森格。"

西结古骑手的头班玛多吉催逼着:"为什么不说? 快说呀,你不能眼看着冈日森格被乱枪打死。"东结古骑手的头颜帕嘉和多狝骑手的头扎雅也用同样的话催逼着,那么多骑手、那么多藏獒都用声音催逼着。连麦书记和丹增活佛也开始劝他了。麦书记说:"汉扎西你就说出来吧,不要紧的,一切我都可以承担。"丹增活佛说:"汉扎西你能不能告诉我,让我斟酌一下,看是不是一定不能说。"

父亲依然沉默,感觉自己掉进了无底的深渊。

父亲听见巴俄秋珠又一声喊叫:"汉扎西,原来你也没良心,天上的菩萨地下的鬼神不要恨我,害死獒王冈日森格的不是我,是这个没良心的汉扎西啊!"

父亲抱住了冈日森格的头,把眼泪滴在那亲切而硕大的獒头上。

父亲终于说话了:"巴俄秋珠,要打死冈日森格的怎么是你啊! 你忘了十多年前,冈日森格刚刚来到西结古草原的情形? 你忘了你光脊梁奔跑在西结古草原的情形? 没有冈日森格,哪有你的活命! 没有冈日森格,哪有你和梅朵拉姆的爱情!"

巴俄秋珠不再吼叫,声音凄凉:"可是,没有藏巴拉索罗,我又怎么找回梅朵拉姆?"

父亲摇头说:"你要是作恶多端,藏巴拉索罗怎么会保佑你找回梅朵拉姆? 你又有什么脸面去见梅朵拉姆? 梅朵拉姆又怎么肯原谅一个双手沾满藏獒鲜血的人? 又怎么会原谅打死冈日森格的人!"

巴俄秋珠说:"我知道梅朵拉姆是藏獒的亲人,是冈日森格的亲人,我知道打死了冈日森格,她不会原谅我。但是,汉扎西你告诉我,我还有什么别的办法找回梅朵拉姆? 我得到了藏巴拉索罗,我就乞求藏巴拉索罗。我把藏巴拉索罗献给北京城的文殊菩萨,我就乞求文殊菩萨。只要北京城的文殊菩萨挥挥手点点头,这天上的鬼神地下括佛,谁敢惩罚我? 梅朵拉姆又怎么会怪罪我?"

父亲无话可说了,巴俄秋珠抬出北京城的文殊菩萨,他还能说什么!

父亲抱了抱冈日森格,忽然撒手,朝着巴俄秋珠,朝着所有举枪瞄准的上阿妈骑手,"扑通"一声跪下了。

父亲说:"你们就打死我吧。"

48   格萨尔宝剑之   獒王归天

就在父亲朝枪口跪下的时候,冈日森格怒吼了。

高山澎湃的冈日森格,竭智尽忠的西结古獒王冈日森格,昂扬起岁月斫砍、草原锻造的擎天之躯,用冰刀一样寒光闪闪的眼睛,瞪着巴俄秋珠和上阿妈骑手以及那些装饰华丽的叉子枪,怒吼了。

巴俄秋珠双手抖了。

冈日森格的吼叫更加宏大了,那是一种能把耳膜震碎的无形击打,是一种能让所有对手恐怖怯懦的威风表演。草原猎人的叉子枪,能让骑手威武剽悍的叉子枪,就在人的恐怖怯懦时发出了狼一般的嗥叫,是巴俄秋珠的枪首先发出了嗥叫。

冈日森格从行刑台上跳了起来,直扑巴俄秋珠嗥叫的枪口。

接着,所有上阿妈骑手的枪口都发出了狼一般的嗥叫。十五杆叉子枪飞射而出的十五颗子弹,无一脱靶地落在了冈日森格身上。

冈日森格长啸一声,从空中陨落而下,苍鹰落地一般重重地砸向了地面。

西结古草原仿佛摇晃了一下。青果阿妈草原仿佛摇晃了一下。远处的昂拉雪山、砻宝雪山、党项大雪山和近处的碉房山真的摇晃了一下。天上地下,所有的飞禽走兽都在惊叫:冈日森格,冈日森格。

还是一如既往的辽阔,还是原始的大地、原始的天空,悲哀在晴空下泛滥,白色的雪冠突然就是挽幛了,漫漫草潮以浩大的气势承载着从来就没有消失过的哀愁和忧伤。风的哽咽随地而起,太阳流泪了,让光雨的倾洒覆盖了所有的凹凸。绿色的地平线痛如刀割,瑟瑟地颤抖着。而在更远的地方,是野驴河饮恨吞声的流淌,是古老的沉默依傍着的无边的孤独,草原,草原。

远处突然有了一阵颤颤巍巍的狼嗥,先是一声,接着就是此起彼伏的群嗥,不知是欢呼,还是悲鸣。

骑手们纷纷后退,满脸惊恐无度。上阿妈骑手后退,东结古骑手后退,多猕骑手后退。只有巴俄秋珠站在原地惊愕,仿佛他不相信倒在他枪口下的西结古草原的獒王冈日森格真的死了。

西结古骑手呆愣着。他们在班玛多吉的带领下,集体呆愣着。

同样呆愣着的还有勒格红卫,他看着冈日森格的身体,奇怪自己怎么没有复仇的快意。更奇怪自己居然感觉到疼痛,就像西结古骑手和父亲一样感觉到疼痛,就像地狱食肉魔倒下时感觉到的疼痛。

父亲和丹增活佛扑下了行刑台,断了一条腿的麦书记也挣扎着扑下了行刑台。他们扑向他们的老獒王。十五颗子弹打出了十五个窟窿,十五个窟窿冒出了十五股鲜血。一身黄色军装的麦书记趴在血泊里,染红了自己;一身袈裟的丹增活佛趴在血泊里,染红了袈裟。父亲趴在血泊里,染红了他的眼泪。

冈日森格是死不瞑目的,望着恩人汉扎西的眼睛里,依旧贮次滚落了两串世俗的眼泪。

父亲说:"你不能光管你自己,你也要负责把我转世成一只藏獒。"丹增活佛说:"一定,一定。"父亲摸了摸朝自己靠过来的美旺雄怒以及小兄妹藏獒尼玛和达娃,说:"还有冈日森格,还有远方的多吉来吧,还有大格列,还有美旺雄怒,还有尼玛和达娃,还有许许多多的藏獒,你也要负责它们的转世。"

丹增活佛说:"我负责,我一定负责。"

父亲说:"冈日森格转世后,还会是藏獒吗?"

丹增活佛说:"不是了,冈日森格转世后是人,是一个名叫汉扎西的人。"

父亲说:"那他就会和我们在一起了,是吗?"

丹增活佛说:"是啊,是啊。"说着,擦了一把眼泪又说,"不要再有悔恨了汉扎西,你应该这样想:死就是搬家,你把一间房子住破了,要搬到另一间房子里去,这就是死。死也是换皮袍,把一件穿脏穿破的皮袍丢掉,找一件新皮袍再穿上,就这么简单。所以说,真正的死是没有的,人和藏獒,一切生命,都一样,冈日森格不是死了,而是暂时离开我们了。"

父亲说:"那就赶快转世吧,让所有跟冈日森格共同拥有的日子,都到来世去吧。"

上阿妈骑手的头巴俄秋珠又站在了父亲身前,对父亲说:"汉扎西你害死了冈日森格,还想害死西结古所有的藏獒?"沉浸在来世的父亲没听明白,巴俄秋珠又说:"你要是还不说出藏巴拉索罗是什么,我们就像打死冈日森格一样,打死西结古草原所有的藏獒!"

回答他的不是父亲的声音,而是班玛多吉的吼叫。西结古骑手们望着肆无忌惮的上阿妈骑手,突然意识到,不该怨恨父亲,导致獒王冈日森格惨死的是自己的无能。班玛多吉吼叫着扑向巴俄秋珠,所有的西结古骑手都扑向上阿妈骑手。忽然一声枪响。然后是一阵枪响。

49　格萨尔宝剑之　活佛涅槃

行刑台前的枪声,没有打破寄宿学校的静穆。

迷离恍惚中,一缕熟悉而温暖的馨香走进了多吉来吧的鼻孔、它的胸腔,然后动力似的响起来,鼓舞着它的血脉,热了,热了,想冷却一会儿的情绪突然又热了。它听见了主人汉扎西的召唤,还有妻子大黑獒果日的召唤,它要追寻召唤而去了。它觉得自己腾空而起,越过静穆的狼群,迈着细碎的步伐朝主人和妻子走去。

它就要见到主人和妻子了,猛然听身后一阵稚嫩哭喊,是寄宿学校的孩子们的哭喊。它回过头去,却没看见孩子们,也没看见寄宿学校。一股呛鼻的人臊忽然呈现鲜红的色彩,正铺天盖地席卷而来。

它看见一只藏獒正在奔跑,在城市的街道上,在山间的公路上,在茫茫沙漠里,在青青的草原上,在皑皑雪山下,在幽深的狼道峡。

它看见藏獒超越动物园的饲养员,超越红衣女孩和男孩,超越满胸像章的人和黄呢大衣,超越付出爱情也付出了生命的黄色母狗,超越盗马贼巴桑和他的草原马,超越饭馆的阿甲经理,超越拴它又放它的老管教,超越卡车司机,一路狂奔。

它看见礼堂一片城市狗尸体,看到多猕狼群飞溅的鲜血,看到渴望獒王的多猕草原领地狗的惋惜,看到在狼道峡注视它穿越洪水的狼群的眼神。

它终于看到了妻子,妻子大黑獒果日正迎面走来。

它看见了妻子眼睛里的光亮,看见了妻子如？訇滔不绝的野驴河一样的内心。它向着妻子奔跑过去。

它看见了主人汉扎西,傻子一样的汉扎西,日思夜想着多吉来吧的汉扎西。他却没有认出它。它的变化太大了,目光已不再炯炯,毛发已不再黑亮,一团一团的花白、疲惫不堪的神情、伤痕累累的形貌,让汉扎西若有所思。它用深藏的激动望着汉扎西,极力克制着自己,没有扑上去。它要等一等,等到主人认出它来的那一刻,再扑上去,拥抱,舔舐,哭诉衷肠。

　　汉扎西蹲在地上说:"你是哪里来的藏獒? 你很像我的多吉来吧。鼻子太像了,看人的样子也太像了。还有耳朵,还有尾巴……"突然,它跳了起来,几乎在同时,汉扎西也跳了起来。他们中间隔着大黑獒果日,它跳了过去,汉扎西跳了过来。他们交错跳过,拥抱推迟了。它又跳了过来,汉扎西又跳了过去,拥抱又一次推迟了。"多吉来吧,多吉来吧,你真的是我的多吉来吧?"汉扎西第三次跳了过去,它第三次跳了过来,拥抱第三次推迟了。"你怎么在这里啊多吉来吧? 你什么时候回来的多吉来吧?"汉扎西张开双臂,等待着它的扑来,它人立而起,等待着汉扎西的扑来,拥抱第四次推迟了。汉扎西泪流满面地说:"过来呀,过来呀,多吉来吧,我不动了,我等着你过来。"它立刻听懂了,瓮声瓮气地回答着扑了过去。拥抱终于发生了,但根本就不能表达彼此的激动,他们滚翻在地,互相碰着,抓着,踢打着。它一口咬住了汉扎西的脖子,蠕动着牙齿,好像是说:真想把你吞下去啊,变成我的一部分。汉扎西心领神会,喊着:"咬啊,咬啊,你怎么不咬啊? 你把我吃掉算了,多吉来吧,你把我吃到你的肚子里去算了。"说着把自己的头使劲朝它的大嘴里送去。它拼命张大了嘴,尽量不让自己的牙齿碰到汉扎西的头皮,然后弯着舌头,舔着,舔着,舔得汉扎西满头是水。汉扎西号啕大哭,它也是号啕大哭。汉扎西说:"从西宁城到西结古草原,一千二百多公里啊!"

　　神一样屹立的多吉来吧依然铁铸石雕,岿然不动。它空茫的眼中有泪光闪亮,表明它生命犹存,英魂不散。

　　在它面前,狼群依旧肃然静穆。

　　当上阿妈骑手的枪弹再次镇住班玛多吉和西结古骑手的时候,勒格红卫走了过来。他拿着谁也不知道是真藏巴拉索罗还是假藏巴拉索罗的宝剑,策马来到行刑台前,舒了一口气,叫了一声"丹增活佛",然后垂头而立。丹增活佛瞥了他一眼,爬上行刑台,威严肃穆地盘腿坐在了木案上。

　　丹增活佛说:"勒格你来了,你见了我既不下马,也不下跪,说明你不是来皈依的。"

　　勒格红卫一声不吭,似乎还没想好要说什么。

　　丹增活佛说:"勒格有什么你就快说,我已经做好准备了。"

　　勒格红卫突然抬起了头,问道:"丹增活佛,我想问几个问题,你向你的本尊神保证,你一定要说实话。"

　　丹增活佛合十双手,点了点头。

　　勒格红卫说:"我的藏獒死了,我的狼死了,是不是你安排西结古的领地狗咬死了它们?"

　　丹增活佛闭上眼睛不说话。

　　勒格红卫等了一会儿说:"那就是你安排的了。我再问你丹增活佛,我的明妃怎么也被藏獒咬死了,西结古的藏獒可是从来不咬姑娘的,是你使了魔法放了毒咒对不对?"

　　丹增活佛还是不说话,眼皮抖了一下,闭得更紧了。

　　勒格红卫又说:"那就是你使了魔法念了毒咒。我还要问你丹增活佛,你最仇恨的并不是'大遍人'法门,而是大鹏血神对不对? 又是你施放魔法毒咒,让寺院狗咬死了我的大鹏血神对不对?"

丹增活佛依旧不说话,好像入定了,不省人事了。

勒格红卫说:"那就是了,是你害死了我的大鹏血神。"说着,跨下马背,"扑通"一声跪下,声音嘶哑地说,"丹增活佛,那就对不起你了。所有的藏獒都是替你死的,剩下的藏獒还会替你死,你是西结古草原最大的罪人!"

丹增活佛突然睁开了眼,大声问道:"勒格我问你,在你的'大遍入'法门里,有没有一种办法可以消除你的心魔对藏獒的仇恨?"

勒格红卫站起来,声嘶力竭地吼道:"有,那就是你死,现在就死。"

丹增活佛平静地说:"好了,看样子你是来送我的,我们的缘分又要开始了。为了消除你的仇恨,离世是值得的。勒格,你听着,我在这里看着你。你的地狱食肉魔咬死了多少藏獒,你就要挽救多少藏獒。"

勒格红卫说:"我不,我谁也不挽救。"

丹增活佛声音朗朗地说:"离佛又来佛,来佛又离佛,离了又来,来了又离,离离来来,来来离离,到底是佛不是佛?"

勒格红卫飞身上马,面对各路骑手,再一次高高举起了那把明光闪闪的宝剑高声喊叫:"所有的草原骑手都听着,我告诉你们什么是真正的藏巴拉索罗,吉祥如意的藏巴拉索罗!"

所有骑手的目光都被他吸引,他又高声说:"汉扎西他为什么不说他看见了什么?他为什么不说藏巴拉索罗是什么?为什么他宁愿冈日森格死也不说?因为他是西结古草原的汉扎西,他要为西结古草原守护藏巴拉索罗。还因为他看见的藏巴拉索罗不是别的,就是格萨尔宝剑,就是我从西结古寺的大经堂得来的这把宝剑,就是我从格萨尔降伏魔国图的柱子里得来的这把吉祥如意至高无上的格萨尔宝剑!"

所有的骑手都涌动起来,他们看着父亲,父亲凄然摇头。

父亲心中,有草原,有藏獒,没有西结古东结古多狝上阿妈之分。吉祥如意的藏巴'拉索罗,是草原的神器,它保佑的是整个草原。它在谁的手上,都不重要。父亲摇头,是说勒格红卫看错他了,歪曲他了,完全不懂他那颗柔软的心。

父亲哪里想得到,他的摇头又给了勒格红卫歪曲的机会,勒格红卫说:"看啦,汉扎西摇头了,他说不是,格萨尔宝剑不是藏巴拉索罗,那就一定是啦,他想让我们都放弃格萨尔宝剑,藏巴拉索罗就留在西结古草原啦!"

骑手们再看父亲,父亲还只是摇头叹气。骑手们仰望丹增活佛,丹增活佛已经打坐入定了,很深很深,深得都听不见众生的祈求了。

勒格红卫高声喊道:"还有谁能说格萨尔宝剑不是藏巴拉索罗?"

一片肃静,格萨尔宝剑就一定是藏巴拉索罗了。勒格红卫又喊道:"谁要想得到格萨尔宝剑,谁就打死西结古藏獒,谁打死多,我就给谁!'巴俄秋珠喊起来:"勒格红卫你别跑,你看着,我们的枪法不会让你失望,藏巴拉索罗一定是我们的。"

巴俄秋珠扣动枪机,凄厉的枪声划破天空,一只西结古藏獒倒下了。

紧跟着,上阿妈骑手们都端起了枪,眼看就将是一群西结古藏獒的死亡,一种轰然爆炸的声音响起,吸引了所有人的注意,那是坎芭拉草燃烧起来的声音。

谁也没有看到木案后面堆积如山的坎芭拉草是如何燃烧起来的,没看到打响的火镰,没看到谁来点燃。火势一烧起来就很盛大,等听到轰响、再看草堆的燃烧时，就已经是烈焰熊熊、冲天弥漫了。偌大的火舌乘风摇摆，驱赶着人群和狗群纷纷后退。

父亲和班玛多吉跑过去，把行刑台下挣扎着往前爬的麦书记抬到了烈焰烘烤不到的地方。

什么也看不见了，除了火，半边天空都是火。藏獒们轰轰大叫，扑向了行刑台，又被热浪逼退了。只有父亲的藏獒美旺雄怒一直在往前冲，獒毛燎焦了，身上着火了，它还在往火里冲。父亲追了过去："美旺雄怒，你傻了吗，会烧死你的，快回来。"追过去的父亲头发立刻冒起了黑烟，但他还是不管不顾地往前滚着，直到一把抱住美旺雄怒。美旺雄怒向着火焰吼叫着，挣扎着，用不怕死的倔强让父亲突然明白过来：火焰里有人。他回头大叫起来："你们看看谁没有了？"没有谁听清他的话，只有他自己听清了，也回答了。

他喊起来："丹增活佛，丹增活佛。"

父亲的呼唤声中，勒格红卫呆若木鸡，他听见自己和丹增活佛刚才的对话在天空中回荡，那是只有他才听得见的声音。

丹增活佛问："有没有一种办法可以消除你的心魔对藏獒的仇恨？"

他答："那就是你死，现在就死。"

丹增活佛死了，不是死，是坐化，是圆寂，是涅槃。

父亲，俗人的父亲喊叫着，要扑向火阵，要去营救丹增活佛，骑手们中间，很多人都要去营救丹增活佛，但是没有人能够接近刑台。热浪和火焰如山如墙地保卫着丹增活佛，让他在大火中安静地成灰化烟、升天入地。美旺雄怒停止了前冲，所有的藏獒都怵然而立，悄悄地没有了声音。它们已经闻不到丹增活佛的气息了。火势再一次强盛起来，堆积如山的坎芭拉草，酷似柏叶、油性大得燃烧起来就像泼了汽油的坎芭拉草，牧民们祭祀山神的坎芭拉草，完全按照丹增活佛的心愿，完成了作为生物的使命：燃烧。

勒格红卫呆立着，很长时间都是一棵僵硬的树。他没有扑，没有想到应该去救，他知道救命是徒劳的，丹增活佛的离去是活佛自己和天上神灵共同的决定，营救才是违背佛意的。他在想：既然丹增活佛已经死了，完全按照他勒格红卫的愿望死了，他心中的仇恨是否消解了呢？

仿佛就这么一想，火势顿时小了下来。风不吹了，草没有了，火焰由冲天而铺地，开始是房子高的，后来就人高、半人高、一尺高，很快就是渺小如豆了。丹增活佛已经杳然不存，连较为完整的骨殖都没有了。一股粗硕的青烟，一片白花花的灰烬，中间闪烁着一只黑亮黑亮的眼睛。人人都知道那不是丹增活佛的眼睛，那是丹增活佛得道成佛的证明——珍贵的无比珍贵的舍利子。

几乎所有的眼睛都看见了明亮如星的舍利子，刹那间大家惊呆了，那一种惊愕带着来自内心的庄严和肃穆，带着信仰的力量让人们、让藏獒们暂且安定了。几只秃鹫飞过，几声狼嗥飞过，一抹白云淡淡地描绘在天上，天更蓝。

丹增活佛走了。纷乱的人世让他早早地告别了西结古草原和满草原的信民，他回到天上去了。他留下了利益众生的福宝舍利子，留下了天人下凡的信物。他想用肉体的毁灭，挽救草原的灾难、藏獒的命运，涅槃成了最后的努力。这是活佛的再生。是生命的延续，慈悲和欢喜化为光阴隐没在草原的绿色里。

骑手们跪下来,朝着舍利子磕头。各种各样的祈祷如潮如涌。很多人哭了,真挚的情感让眼泪闪烁一片,让哭声变成了一支支沉闷的号角。父亲边哭边说:"丹增活佛,你怎么就这样走了呢?你留下了我们,留下了苦难中的藏獒,你忍心吗,你就这样走了。"父亲的感情是世俗的,是那种只有亲人死后才会有的哭别。他想起在西结古草原,不论谁,只要遇到难处,都是丹增活佛出来化解,给予安慰和帮助,就哭得更厉害了。

50　地狱食肉魔之　救赎

只有勒格红卫在舍利子显现的时候没有跪下来磕头,他内心庄严而又茫然。冥冥之中,丹增活佛的舍利子牵扯着他的脚步。他木然上前,把手伸向黑亮黑亮的舍利子,仿佛那是丹增活佛留给他的誓言,他用双手去迎接。

他感觉舍利子粘连在一个沉甸甸的物件上,他抓起物件,烫得他一阵吸溜,又扔进了灰堆。灰粉扬起来,扑向他的眼睛。他眨眨眼,再次抓起了那物件。这次他没有松手,他看清楚和舍利子粘连在一起的沉甸甸的物件了,那是一把剑。

他盯着剑,两眼茫然。

这才是宝剑,这才是格萨尔宝剑。一把烙印着"藏巴拉索罗"古藏文字样的真正的格萨尔宝剑。真正的格萨尔宝剑原来稳稳当当揣在丹增活佛的怀抱里。

真正的格萨尔宝剑没有金银的镶嵌,没有珠宝的装饰,甚至连剑鞘都不需要。它古朴天然,仿佛不是人工的锻造,而是自然生成的天物。草原牧民世世代代的敬畏和祝愿附着在没有锈色的宝光里,给了它金银宝石无法媲美的明亮,至高无上的权力和遥远幽深的传说渗透在钢铁中,给了它不可比拟的神圣。

勒格红卫双手捧着格萨尔宝剑,木然站立。

所有骑手所有的目光在瞬间的木然之后,都豁然闪亮,行刑台下一片惊呼,上阿妈骑手的头巴俄秋珠扑向了勒格红卫。与此同时,东结古骑手的头颜帕嘉和多猕骑手的头扎雅也都扑上前。木然的勒格红卫被那惊呼声唤醒,本能地跳开,比受惊的兔子还要快。他跳下行刑台,直奔自己抢夺来的灰骒马,一跃而上。

巴俄秋珠知道自己追不上,站在行刑台上大声说:"勒格,你的话还算数吗?只要我们把西结古藏獒全部打死,你就会把藏巴拉索罗交给我们。"

勒格红卫不说话,只把自己从大经堂偷来的华丽的宝剑扔了过去。

巴俄秋珠没有接,看着它掉在了行刑台上。他说:"我们要的是真正的藏巴拉索罗。"

勒格红卫目光阴郁地望着对方,晃了晃手中的格萨尔宝剑没说什么。此刻他的心中一片怆然。丹增活佛死了,复仇的目的达到了,但更大的空幻和绝望却依然厚重地笼罩着他。他的藏獒、他的狼、他的明妃、他的大鹏血神却不能活过来。他没有丝毫的欣悦,只有无尽的悲哀、河流一样源远流长的悲哀。他手握格萨尔宝剑,悲哀且孤独地伫立着,茫然无措。

突然一声吼叫,没有来得及跳上行刑台的班玛多吉从后面靠近他之后,纵身跃下马背,扑倒了他。

　　勒格红卫"啊唷"一声，从马背上栽了下来，结结实实把脸杵到了地上，脸烂了，流血了。那一瞬间，他没觉得疼，他想起丹增活佛曾经的谶言："不再吉祥的权力和欲望让格萨尔宝剑浸透了锋利的大黑毒咒，谁拿了谁就会倒霉。"

　　紧跟着，所有的骑手——上阿妈骑手、西结古骑手、东结古骑手、多猕骑手纷纷下马扑过去，扑向了即使栽倒在地也还是紧黑亮的舍利子、烙印着"藏巴拉索罗"古藏文字样的真正的格萨尔宝剑，突然挥动拳头，喊起一声口号："誓死捍卫格萨尔宝剑！誓死捍卫藏巴拉索罗！"西结古骑手稍一犹豫，也举起了拳头，高声呼喊起"誓死捍卫"。口号声中，他们更加紧密地聚集在班玛多吉身边，表明了众志成城誓死捍卫的决心。

　　"誓死捍卫"声中，西结古藏獒的生命就无足轻重了。

　　巴俄秋珠命令所有带枪的上阿妈骑手端起了枪，然后喊道："打死它们，打死它们，一个也不要剩下。"话音未落，就打响了第一枪，一只西结古藏獒倒下了。

　　就在上阿妈骑手的枪声集体响起之前，行刑台上，响起一声狂笑。

　　是勒格红卫。他高高站立在行刑台上，向着所有的骑手挥挥手，高声笑道："疯狂的人啊，愚蠢的人，把你们愚蠢的枪放下！"

　　上阿妈骑手没有放下枪，但没有扣动枪机。他们听勒格红卫说话："知道我为什么能拿到格萨尔宝剑吗？是因为刚才，丹增活佛坐化之前告诉了我。知道我为什么让班玛多吉抢去吗？因为丹增活佛对我说，那是个不祥之物。"

　　班玛多吉叫道："你胡说，难道它不是格萨尔宝剑？"

　　勒格红卫说："丹增活佛说了，它是格萨尔宝剑，却不是藏巴拉索罗。"

　　勒格红卫高声问："你们应该还记得，丹增活佛说过，格萨尔宝剑是神变之物，它是藏巴拉索罗，又不是藏巴拉索罗。因为藏巴拉索罗是吉祥如意，而格萨尔宝剑不是。丹增活佛说，它在善良的人手中，它就代来吉祥，就是藏巴拉索罗。它落在邪恶的人手中，它就会带来灾难，就是不祥之物，就不是藏巴拉索罗。"

　　勒格红卫手指上阿妈的巴俄秋珠，高声说："你和我一样，心中充满了仇恨和邪恶，我们给草原带来的是鲜血和死亡。格萨尔宝剑就算还真是藏巴拉索罗，落到我们手上，也神变了，也就不是藏巴拉索罗了。"

　　勒格红卫略略停顿，然后以悲凉的口气对所有骑手说："你们看看藏獒的尸体，摸摸你们暴烈的胸膛，今天的草原，还有吉祥吗？格萨尔宝剑早就不是藏巴拉索罗了，它就是一个凶器！"

　　勒格红卫长叹一口气，对巴俄秋珠说："你带着格萨尔宝剑去北京，不但梅朵拉姆回不来，你自己也回不来了。"勒格红卫的声音变得严厉起来："因为带去的不是吉祥藏巴拉索罗，是不祥凶器。你把凶器送给北京城的文殊菩萨，你是什么居心?!"

　　勒格红卫沉默了，所有的骑手都沉默了。

　　班玛多吉手握格萨尔宝剑，茫然无措，他把宝剑贴在胸前，仿佛在问自己的心，是不是怀揣着善良。

　　所有的骑手都不知不觉摸着自己的胸，在扪心自问。

　　勒格红卫向巴俄秋珠招手说："放下你的枪吧，放弃你争抢宝剑的邪念，回上阿妈草原去，烧香吧，念经吧，祈祷吧，乞求佛菩萨饶恕你的罪过，保佑你的梅朵拉姆。"

回答勒格红卫的是巴俄秋珠凄凉的一声叫唤:"我都拜过了,藏菩萨汉菩萨,北京城的文殊菩萨,我都求过了,拜过了啊。你说的经文,我都转过了念过了。喇嘛经,汉经,还有革命经,我都念过了。梅朵拉姆还是没回来啊!我只有藏巴拉索罗了,没有藏巴拉索罗,我见不到梅朵拉姆啊!"

勒格红卫沉默了,他紧握丹增活佛的舍利子,心里对活佛说:"活佛你告诉我怎么办?你教我怎么办?"

忽然他有了灵感,身子转向西结古骑手群,高声说道:"班玛多吉书记,你把格萨尔宝剑给他,把你怀中不祥的凶器给他,让那个执迷不悟的人带去北京城,去亵渎神圣的文殊菩萨吧。"

班玛多吉却把格萨尔宝剑抱得更紧了。他高声回答说:"有见过梦想成真的吗?我们的藏獒流了那么多血,我们的獒王和我们的活佛都奉献了生命,我们才夺回格萨尔宝剑,我们怎么可能恭敬奉送给那个邪恶的人?"班玛多吉高声问:"西结古草原的骑手,你们答应不答应?"

回答声响彻原野:"不答应!"

比西结古草原骑手的回答声更响亮的枪声,还有一声凄厉无比的惨叫:

"梅朵拉姆!文殊菩萨!藏巴拉索罗!"

这是巴俄秋珠最后的疯狂,是无限积郁的全面发泄,是彻底绝望后的残暴杀戮。噼里啪啦一阵响,上阿妈骑手的十五杆叉子枪没有遗漏地射出了子弹。倒地了,倒地了,西结古藏獒纷纷倒地了。他们不敢杀人,杀人是要犯法的,他们只会杀藏獒,草原上藏獒再重要,也没有杀獒偿命的规矩。他们迅速装填着弹药,再次同时瞄准了西结古领地狗群。

勒格红卫呆若木鸡,他对着丹增活佛的舍利子说:"活佛,你错了。我做不到,我杀了多少藏獒,我救不回多少藏獒。我实在做不到!"

一阵马蹄敲打地面的声音骤然响起。桑杰康珠骑马从远方跑来,跑向了一个略微高一点的草坝,她想一览无余地看清楚勒格红卫在什么地方——她必须找到他,立刻找到他,但吸引了她目光的却是冈日森格的血泊长眠,是上阿妈骑手对西结古藏獒的屠杀。她吃惊地"啊"了一声,策马过来,从背上取下那杆她从上阿妈骑手那里骗来的叉子枪,瞄准了上阿妈领地狗。意思是说,你们打死了西结古草原的獒王,我就打死你们的所有藏獒。

巴俄秋珠喊道:"走开,小心我们打死你。"

桑杰康珠毫无惧色地说:"我是病主女鬼,我是女骷髅梦魇鬼卒,我是魔女黑喘狗,我是化身女阎罗,我是打不死的。"

密集的枪声响起来,十五杆叉子枪再次射出了要命的子弹,又有许多西结古藏獒倒下了。血飞着,飞着,密集的麻雀一样飞着;落地了,稠雨般地落地了。肉在地上喘息,很快就成了一堆狼和秃鹫的食物。皮毛,黑色的、雪色的、灰色的、赤色的、铁包金的,都是一种.颜色了,那就是血色。

桑杰康珠愤怒了,朝着正在冲她吼叫的上阿妈领地狗就是一枪。一只藏獒应声倒地。

巴俄秋珠急迫仓促地尖叫起来:"开枪啦,她开枪啦。打,打死他们的所有藏獒。"上阿妈骑手端起了枪,依然是十五杆装饰华丽的叉子枪,同时瞄准了西结古领地狗群。

桑杰康珠麻利地装上弹药,朝着上阿妈领地狗又开了一枪。又一只上阿妈藏獒倒下了。上阿妈骑手的报复接踵而至,十五杆叉子枪爆发出一阵激烈的射击。

一瞬间就是横尸遍地,是西结古藏獒硕大的尸体,在阳光下累累不绝。还有受伤没死的,挣扎着,哭号着,用哀怜的眼光向人们求救着。这时候,为救藏獒,从来都奋不顾身的父亲呆若木鸡,那不绝于耳的惨叫声他都充耳不闻。他呆呆地坐在行刑台下,紧紧地抱着胸。没有人知道,父亲的胸前抱着什么。

父亲抱的是小藏獒尼玛和达娃。

父亲的力量,也只够保护这兄妹俩了。

枪声中,有一声声狼嗥破空而来。面对藏獒的群死,父亲不知道它们是幸灾乐祸,还是兔死狐悲。

许多藏獒冲着狼嗥的方向吼起来,包括正在经受摧残的西结古藏獒,都本能地把警惕的眼光扫向了远方。父亲知道,即便面对人类的屠杀,它们也没忘记自己的职责。它们不怕死,但它们渴望人们枪下留情,让它们死在保卫草原的厮杀中。

红了眼的桑杰康珠正抬枪射击,不知不觉到了父亲跟前。被悲哀折磨得麻木的父亲突然扑向她,把她满怀抱住。父亲后来说他自己是个懦弱的人,没有能力阻止上阿妈草原的班玛多吉,就只好阻止西结古草原的桑杰康珠了。

桑杰康珠向父亲怒吼,说上阿妈骑手打死了那么多西结古藏獒,她才打死两只上阿妈藏獒。父亲顽梗地从桑杰康珠手里夺过了枪,冲着天空扣动了扳机,"砰"的一声响,叉子枪的后坐力把他夯倒在了地上。他趴着,死死地抱住枪,哭着说:"不能再打了,谁的藏獒也不能打了,再打就没有藏獒了。"桑杰康珠不听他的,以一个草原姑娘的泼辣和一个白兰后裔的强悍压住他,拼命抢夺着。

枪回到了桑杰康珠手里。她朝前跑了几步,似乎立刻就要打死巴俄秋珠。也许她知道,她的枪里这时没有弹药,所以她竭尽全力吼叫着,。就像一只恼怒得失去了理智的母兽:"勒格,勒格你在哪里?我就是你的明妃,我没有被藏獒咬死,你冤枉了丹增活佛。"

勒格红卫一直都在迎风呆立,这时候仿佛听到了天外之音,惊讶而虔诚地瞩望着桑杰康珠。

桑杰康珠继续喊叫着:"勒格,勒格你在哪里?我是你的明妃,你快来帮帮我,打死上阿妈人,打死上阿妈人。"她当然知道仅靠她的一杆枪是打不过的,勒格来了也打不过,但她还是要打,仿佛不打就不是她桑杰康珠,就不是一个霸悍如獒、威武勇悍的白兰人的女儿,就不是一个交通天神地鬼的苯教咒师的后代。,

一阵恐怖的噼里啪啦声掩盖了桑杰康珠的声音,十五杆叉子枪又开始了射击,又有一些西结古藏獒倒了下去,同时倒下的还有桑杰康珠。无法遏制疯狂的巴俄秋珠这一次抬高了枪口.一枪打穿了她的心脏。

父亲和西结古骑手们怎么也不相信巴俄秋珠会向人开枪,他们看到桑杰康珠倒下了,以为不过是躲避枪弹的卧倒,便没有在乎。他们扑向了那些陪伴他们长大并和他们生死相依的藏獒、那些受伤的四条腿走路的兄弟姐妹,试图给它们一丝临终前的安慰。只有泪眼蒙咙的勒格红卫跌跌撞撞地跑向了桑杰康珠。

勒格红卫扑到桑杰康珠身上,摸了一把她胸脯上的血迹,惨叫了一声:"康珠姑娘。"

勒格红卫说:"你说你是我的明妃,我冤枉了丹增活佛,谁说的?"

桑杰康珠也好像笑了笑,蠕动着嘴唇说:"阿爸,阿爸说的。"

勒格红卫说:"阿爸?你的阿爸是谁?"突然明白了,"是砦宝雪山的苯教咒师吗?"

桑杰康珠说:"阿爸骗了你,其实我没有死,我活得好好的。"

勒格红卫沉默着,突然又问:"你阿爸怎么跑到白兰草原去了?"

桑杰康珠说:"他愿意生活在老家。"

勒格红卫说:"不对,他用另一个姑娘的尸体骗了我,他害怕我再去找我的明妃。"

桑杰康珠说:"是啊,你已经背离佛门,阿爸不想再让女儿做你的明妃了。后来你让你自己失去了'大鹏血神'。阿爸就更不愿意你去找我了。"

勒格红卫哭了。桑杰康珠说:"阿爸说,是你让你自己失去了'大鹏血神'。你走火入魔,脱掉了皮袍,对着寺院狗又蹦又跳,说有本事你们咬掉我的'大鹏血神',我就离开西结古寺。没想到它们真的就咬掉了。"

勒格红卫说:"你阿爸说我错怪了丹增活佛?"

桑杰康珠突然清清亮亮地说:"你不要难过,你的'大鹏血神'虽然死了,但你要是死了,你就能找到它了。最最重要的是,我也要死了,我死了就能再做你的明妃了。"

勒格红卫意识到这是桑杰康珠最后的话,再也没说什么,又摸了一把她胸脯上的血迹,从她身边拿起了那支她始终不肯射向人的叉子枪,不紧不慢地装好了弹药。

他听到巴俄秋珠再次尖叫起来:"快啊,把所有的藏獒都打死,都打死。"

他站了起来,挺身在已经死去的桑杰康珠身边,似乎没有瞄准,就把子弹射向了五十米外的巴俄秋珠。这一枪果断而准确,很多人都看到巴俄秋珠晃一晃挺一挺然后从马背上栽下来的情形。

所有人还听见了巴俄秋珠惊天动地的那声惨叫:"我的梅朵拉姆啊!"

巴俄秋珠死了。突然一片安静。远处,狼嗥的声音大起来。

失去了疯狂首领的上阿妈骑手再也没有人开枪了。东结古骑手和多狨骑手以及他们的藏獒,都定定地伫立着,似乎谁也不想破坏这难得的安静。西结古骑手的头班玛多吉和父亲步履沉重地走过去,站到了勒格红卫面前。

班玛多吉紧紧抱着格萨尔宝剑,想表达自己的感谢。当他看清楚勒格红卫的眼睛后,就什么也说不出来了。勒格红卫的眼睛里,正在喷涌着巨大的悲伤和怜悯,那是他最后的也是埋藏最深的情绪,这时候悄悄跑出来成了他的主宰、行刑台的主宰。

勒格红卫说:"我违背了誓言,我打死人了。"

父亲轻轻地叫了一声:"勒格。"

勒格红卫看着父亲鼓胀的怀抱,笑问父亲:"是那捣蛋的小兄妹?"

父亲点头,松开手,怀里露出小兄妹藏獒尼玛和达娃可爱的小脑袋,它们望着